Ernest M. Hemingway.

Ernest Hemingway
Selected Letters

海明威书信集

(1917—1961)

㊤

〔美〕海明威 著 潘小松 译

上海译文出版社

图书在版编目(CIP)数据

海明威书信集：1917～1961(上、下)/(美)海明威(Hemingway, E.)著；潘小松译.—上海：上海译文出版社，2016.9
书名原文：Ernest Hemingway Selected Letters (1917-1961)
ISBN 978-7-5327-7215-5

Ⅰ.①海… Ⅱ.①海… ②潘… Ⅲ.①书信集—美国—现代 Ⅳ.①I712.65

中国版本图书馆CIP数据核字(2016)第037840号

Ernest Hemingway
Ernest Hemingway Selected Letters (1917-1961)

海明威书信集(1917—1961)(上、下)
[美] 海明威/著 潘小松/译
责任编辑/管舒宁 装帧设计/张志全工作室

上海世纪出版股份有限公司
译文出版社出版
网址：www.yiwen.com.cn
上海世纪出版股份有限公司发行中心发行
200001 上海福建中路193号 www.ewen.co
山东鸿杰印务集团有限公司印刷

开本 890×1240 1/32 印张 33.5 插页 12 字数 748,000
2016年9月第1版 2016年9月第1次印刷
印数：0,001—5,000册

ISBN 978-7-5327-7215-5/I·4387
定价(上下册)：118.00元

此书献给出版人、编辑、朋友
小查理·斯科瑞布纳

“告诉查理，对于他以及他考量事物的方式，我不胜满意与骄傲。”
——欧内斯特·海明威，
1959

序

欧内斯特·海明威一次谢朋友馈赠拿破仑手下的将军之一马波男爵回忆录："我从未见过那本马波译本，书棒极了。那年月人们的信写得多好，看我们的信写得多糟。"他一生都在谦恭地给朋友们道歉，说自己的信写得"无聊而且愚蠢"。然而，除了很个别的例子，他说的与事实不符。因为，他那卷帙浩繁的书信随处可见风言风语、掌故轶事。有的煞有介事，有的道听途说，庄谐并存；有的是吹牛大话，有的是自我攻击；有抱怨，有忏悔；有给别人的指导，有自我反思；有无边而不乏智慧的捏造，有对朋友和敌人进行的人物素描；有惹人注目的中伤、回忆与预测，也有口无遮拦的文学、政治与社会言论；有某日某时所做所想的什么，并且连当时的气候信息都有。总之，还有千百个话题，那充满了他活跃丰富的头脑的话题。

除非场合要求语言细致精准，他的信从不摆出正式的架势，连装都不装。他清楚这一点，心不由衷地哀叹过，其实又满不在乎。"很多时候，写作最好的人往往写信最糟。"1929 年他说，"这几乎是定律。"1957 年他又道："此信潦草，满是错字；写得匆忙；是信，不想当散文来写。"尽管老这么说，他自己一定知道日后读者自己会发现，从他的书桌台子抑或打字机书写板上流出的每一封信几乎都给人留下印象：这是那个时代最具影响力的人物之一的东西，毫无疑问。

成年后终其一生，海明威习惯写信，甚至有写信强迫症。对他来讲，通信是生活必需品。如果算上水火之灾殃及的书信，或者蠹鱼乃至热带虫子咬噬掉的书信，更或者有意无意不声不响扔掉的信（自己或别人干的且不论），再或者箱子里保险柜里堆着的以及被人扣着不见天日的信，在 1961 年他死之前的 50 年里，他大约写了六七千封信，还不包括有时长信之后发的洪水般多的电报之类。

假如他没写那么多信，严肃的小说作品也许还要多产些。海明威自己常这么想：“任何时候我能写一封好信，那就是我没在工作的征兆。”他曾经如是说。写信“是摆脱工作的令人陶醉的方式。同时又感觉你干了点什么”。他热爱写信，愿意“浪费”笔墨时间，无论身在何处，朋友在哪儿，皆令妙笔湍流或者涓涓细流。“只有习惯写了才难停下。即便是写信的方式我也愿意跟你谈，尽管话蠢得可悲，并且自说自话。”1951年他对查尔斯·斯科瑞布纳如是说，时正当他书信之花盛开的岁月，约从1949年始，延续至1952年。类似的时期还包括：比如1924到1928年，他迅速成名的时候，名誉的阶梯有时他爬得快得有点不留情面。再比如1939到1941年，他写《丧钟为谁而鸣》时期以及之后。

即便是写小说顺利的时候，他似乎也需要通过写信来松弛一下创作的注意力。在信里，他笔头松懈，鬼才在乎，长得没谱，措辞重复；而正经写作时却一次超不过500个单词，约束自己给最佳的词汇以最佳的秩序。所以，一天“严肃”界限的写作开始之前，一大早他通过写信来热身，让脑子动起来。手头的故事或章节在下午或晚上放到一边之后，他用写信来“冷却”头脑，很像运动员在赛后于跑道上再慢跑一下。

表皮下是他特有的工作与游戏之间的区分。游戏属于调剂：在最紧张的工作间歇提供放松，如此严肃的写作才有可能完成。写信是他的一种游戏形式。正因为是游戏，他的信才浑然天成；假如内容和组织都有花费心思之苦，就缺少直截了当了。而写小说则是最艰难的那种工作。为了流芳百世，编故事的人得设计安排。尽管海明威不吝惜时间写信，书信于他还是副产品，是游戏产品，属于一时的创作冲动。书信不是旨在长远的写作。福特·马多克斯·福特一次跟他说，一个人“写信要总想着身后”。海明威1950年说，这话“给我的印象如此之坏，以致我烧了房里所有的信，包括马多克斯的信。你把只有0.5卡的豆壳攒着等身后？这破玩意儿？那就留着吧。它们可不是为身后写的，豆壳也不是为身后当燃料的，只为此日此时；身后的事情会自己照料自己”。

海明威说自己单词拼写比菲茨杰拉德强点。这牛皮吹得虽然不为过，但他一生却总在犯明显的拼写错误，比如 apoligize（道歉），responsibility（责任），optomistic（乐观），its-self（其自身），volumne（卷）以及 manoever（演习）等。这最后一个单词对一个热爱军事语言的人来说总成问题。前面有了否定式，接着不用 or 却用 nor，这是海明威个人文风的特殊商标。对语法学家轻蔑，他在加 ing 或者 able 的时候往往保留原单词的 e，比如 loveing 或 comeing，再或如不朽的书名短语《流动的盛宴》（*A Moveable Feast*）。他从不在乎 who 和 whom 的区分，也不介意 lying 和 laying 有什么不同。“我对中学英语最后的记忆是，”他一次写道，“有回大争论，到底该写 already 还是 all ready。怎么会有这种争议？”海明威书写的时候常字迹潦草匆忙，难以辨认。每当此时，他总是忽略缩略语所有格撇号“’”。他很少在 t 上加横，或者在 i 上点那一点。他相信 Murphy 之类恰当名词的简单复数就代表 Murphy’s 了。海明威写地名少有可信者，虽然他所知比所写强些；一般的借口是写错了因为字典隔着好几间屋子呢。“我的信拼写和结构不佳，是因为粗率，而不是因为无知。”1952 年海明威如是说。他的法语、意大利语和西班牙语能听，加上大抵不查字书，他常在这些外语标记上犯语法硬伤错误，又喜欢在信里用外国字当佐料。海明威的态度是，这些纠错小事能雇人做。也有人怀疑兴许不受约束的语言恰可达既定规矩的彼岸，反倒是有自己的生命力。海明威显然会同意阿特穆思·沃德的观点：“我们好好的干吗在乎语法？”

海明威有时竭尽全力避免人指责他在语言方面装腔作势；那习惯弄得人管这语言叫“海明威切口”。莉莲·罗斯在《纽约客》人物报道的文章里专访我们这位来这座伟大的城市度假的伟大作家，就用了几个例子。跑堂的带他进旅馆房间，他说：“接缝看上去还行。”参观了纽约大都会博物馆之后，他喃喃自语：“对像我这样的乡下孩子来说好玩。”午饭大嚼，说了句：“吃好，消化好。”这语言倾向开始似乎是为了避免不礼貌地重复单数第一人称代词，接下来干脆连其他人称代词也剔除了，连带一定的动词和普通的 an 和 the 之类的冠词。这可能跟他喜欢电报语言有关。他在报社干的那些日子就开始喜欢电报语言了。然而，演讲和写信的时候他似乎也这副腔调，因为他觉得这样讲话踏实简洁，有阳刚气。“与周围的人不同的是，”他一次写信给福克纳道，“从小……我总过乡下人的生活。”在谈及人类进入现代后逐渐堕落时他反复用一个短语，据他说这短语是从实有其人的一个印第安老人那里捡来的：“从前好，现如今臭屎一堆。”

海明威一封接着一封地写信跟他远方的亲友谈他所谓的“丑闻”，以令他们觉得开心好玩。已故伊丽莎白·德鲁写及十八世纪书信体文字宣泄时，称之为“谣言文学”（Literature of Gossip）。海明威的许多书信段落很可戴上这顶帽子。“把丑闻告诉我，总十分安全。”他写信对约翰·多斯·帕索斯说，“一个耳朵听，再从我嘴里出。”这种惠特曼式的唠叨常出现于哥们之间的闲聊，又极可能被复制，只要他手里有支铅笔或者钢笔；他们如果没东西听，他就写信再说一遍。谣言闲话从他记忆中流出，如西班牙酒从放倒的羊皮酒囊里流出一般。“我跟你讲个有趣的故事。”他常这么写道，故事经常是——有时有趣，或者吵吵闹闹，或者恶意中伤，或者话语不堪，但很少枯燥。“我写信是因为喜欢得别人回信。”1950 年他曾如是说。他如魔鬼咂摸滋味般地期盼回信里有“丑闻”。“跟我说说，”他总乞求，“我寂寞得很……此地无聊……有什么新闻？”他期盼的信和成百封不期而至的信雪片般来到他书桌上。假如他喜欢，就回信，从不放弃传谣或收谣的快乐。

海明威天性喜欢编故事，也有编故事的倾向，职业也是编故事的；所以他信里再陈的故事并不都可靠。他相信并且常说作家都是说谎的人，显然乐于在谈话和书信里实践自己的言辞。在作家自己的真假王国的地图上，疆界不是飘着的旗子划的。许多收信人和听他独白的听众被他煞有介事的神情所说服，相信所陈故事皆属实，结果届时发现大抵是虚构的东西。一辈子都在叙述，海明威总把报告文学和虚构小说混为一谈。在书信写作的热头上，他根本不想放弃这习惯。

末了，有充分证据证明他用写信的方式来进行职业理疗，大概等同于坐在心理医生的沙发上治病，以此缓解当天故事情节给头脑带来的压力。“我可以此刻把它写出来，也可以那样挥之去。”1926 年他

对宝琳 · 费佛如是说。25 年后，他跟妻子玛丽说：“此信如空袭警报的哀鸣，在你的小钢琴上弹奏一下，让周围住的人害怕……我刚才是说今天有点情绪低落，对你倾吐以挥之去。”他的四任妻子不是仅有的听众，不过无疑的是她们听得最多。远在儿时，他写信给比尔 · 史密斯，用的是两人常模仿的奇怪的方言土语：“Havta carp along wit cheerful facial all diurnal and seek relief in a screed.”翻译过来是：“你一整天得满脸欢笑活着，然后通过写信来松弛一下。”

类似的陈述表明作者有忏悔心理。尽管如此，它们还不属于解罪请求——“保佑我，神父，因为我有罪”——它们只是对理解的要求，渴望合理的要求，甚至是想在别人的眼里心里看见羡慕的那种愿望。讲出内心的困扰能帮助他解脱红与黑式的愤怒，撇掉头脑里沸腾的残渣余孽，以满足同志式的交流需求，让信任的人理解自己并明白自己的生活大体是怎么回事。“我寂寞得可以。”他有一次说，“想写信给识文断字的人、知我所知而且似乎有头脑的人。”无疑，往往是他在自己跟自己解释，假定有个同情而默默的听者。在所有的通信中，一个声音反复出现：那便是热切希望别人照他本来的样子看待他，明白原本事情真相是怎么个情况，而不是广为传说的怎样怎样。

海明威 9 岁的时候写的三封“信”留到了今天。一封是在新奥尔良度假时写给父亲的，另两封是从南塔基岛写给母亲和姐姐的。这几封信粗略提供了艺术家少年时代的自画像。

> 亲爱的爸爸：上周五我们学校的水族馆水都混混的。我看了我从［德斯普兰斯］河里带到学校的蛤蜊。它夹住了我们一条大大的日本扇尾金鱼的尾巴。周六妈妈和我越过河那儿的要塞。它很高。我在河里抓了六个蛤蜊，有的小麦六英尺高了。你的爱子，欧内斯特 · M. 海明威。①

---

① 此信拼写错误多多。如 fish（鱼，单复同形）写成 fishes，tail（尾巴）写成 tale。——译注

亲爱的玛赛（琳）：在野外的时候我们屋赢了库恩兹屋。阿尔·伯山姆把钱德勒斯两颗牙齿打掉了，打架时。你亲爱温柔的胡德小姐让史密斯先生抱着他，用野兽皮带抽他。可爱的欧内斯特。

亲爱的妈妈和玛斯：我考过上六年级了，玛斯也是。爸爸和我得了些野玫瑰和野草莓。厄苏拉也考过了。周日学校野餐是明天。《圣尼古拉斯》［杂志］来了，没有玛斯写的那篇谈鸟的东西。艾米丽·哈丁寄你个铜碗当生日礼物。我们去了森林公园，来到大峡谷，它就像个巨大的滑坡雪橇。桑尼和特德害怕极了。可爱的欧内斯特。又及：爸给我5块银币奖励考试及格。

这些小信札直指他未来的某些偏好：热爱自然，对剧烈的体能运动感兴趣，乐于竞争，对个人的无畏感到自豪。尽管如此，它们并不代表少年时期的无度。再过些许年，我们自认所最了解的海明威才从雏菊童年期走出，出现于比他处在青春期的边缘时更崎岖更广袤的世界。我们因此首先选1917年的那封信：18岁的结实小伙，中学刚毕业，在北密歇根湖畔的土地上收获土豆和牧草；活快干完了，歇下来回忆在左近霍顿湾刚抓的四条大鳟鱼。44年后我们与他告别时——一个世界级的人物，病体老迈，充满幻觉，过度紧张，站在自杀的边缘——想想远在天边田园风光里的那个高个子年轻人，真是让人动心；那是基督教中产阶级家庭一个被人关爱的子嗣，勤劳，有责任心，渴望父母的赞扬。到1961年，他变了，但还不彻底。海明威生命最后几个星期里写的两封信反映出他仍然欣赏美利坚风光，仍然乐道美国的两条大河：密西西比河和黄石河；在那里，鲈鱼仍旧在跳，鳟鱼仍旧在游；60年生命转瞬已逝，鱼们仍在跳，照旧游。

1917年初秋，海明威行将开始第一次离开家庭圈子远游六个月，初出茅庐，去《堪萨斯城市之星》当记者。1918年5月，他向相反的方向旅行，此行的结果影响更深远。这次火车带他到了纽约。在纽约，他激动不已地探索这个大都会；穿着崭新的军装行至第五大道，随后高高兴兴登上部队的运兵船只去意大利北部开救护车。不到两个月，他成了皮亚韦河前线首批美国伤病员中的一员，米兰新建的红十字医院最早一批伤员中的一位。

他从米兰给家里写的信，反映了对自己战场表现的骄傲，在战火中勇敢行为的自豪，以及恢复期间如何克制；同时反映了他乐于对战事有所贡献，那场战争本该是打来结束一切战争的。1919 年 1 月，回到橡树园的小伙子改变了许多。参与作战、伤势严重、与红十字会护士恋爱、在异国结识新战友诸事都开阔了海明威的眼界，使他长大成人。两年前汗流浃背给《堪萨斯城市之星》写报道，这回有强烈愿望写另一种东西。他现在学会了喝酒抽烟；对有女人为伴的兴趣也显然增强，虽然不到他日后吹牛吹的那个程度。

内心的野性呼唤仍然强烈，于是夏秋最好的日子都是在北密歇根湖畔溪流度过的，不愿忙着去找工作屈身就饭碗，先抓条肥鳟鱼吃了再说。《军人之家》里的科瑞布斯和《大双心河》里的尼克 · 亚当斯的经历是海明威战后初期生活的最佳小说叙述。不过，两篇小说的背景以及其他作品的背景都生动地反映在他同一时期的书信里了。我们可以从这些信里追溯他文字的变化。这些信加起来是他写的最长的“书”，是他最接近自传的书写方式。

除了家人，那些年他的写信对象有：一起在密歇根度夏的忠实少年伙伴比尔 · 史密斯、比尔 · 荷恩、豪厄尔 · 詹金斯，还有一起在意大利开救护车的拉里 · 巴涅特，佩托斯基他那 15 岁的“路可嬷嬷”格瑞斯 · 昆兰，伊萨贝尔 · 西蒙斯，稍后有橡树园邻居戈多尔芬以及未来的妻子圣路易斯的伊丽莎白 · 哈德莱 · 理查森。

随着场景变化，通信人的名字也变了。不久，海明威写信的对象包括一些当时最著名的文学人物：欧文 · 韦斯特、埃兹拉 · 庞德、舍伍德 · 安德森、葛特鲁德 · 斯坦因、詹姆斯 · 乔伊斯、多斯 · 帕索斯、菲茨杰拉德、阿奇巴尔德 · 麦克莱什。不久，他与如下出版人进行了接触：罗伯特 · 迈克阿尔蒙、厄内斯特 · 沃尔什、哈罗德 · 洛布，以及霍瑞斯 · 利弗莱特；海明威并不真喜欢他们。他的写信对象还有：帮他起步的爱德华 · 奥布莱恩，别人模仿不了的编辑麦克斯威尔 · 帕金斯，最后是老少两代查尔斯 · 斯科瑞布纳；这些人他都相处不错，有口碑。20年代和30年代期间他给沃尔多·皮尔斯、亨利（迈克）·斯特拉特写了大量的信，这两位是他美国画家圈里的主要密友。他也写信给《布鲁克林每日鹰报》巴黎办事处的盖伊·希科克，互相开玩笑对骂。与他先期和后期通信的记者还有：《纽约客》的詹尼特·弗兰纳和莉莲·罗斯，《纽约时报》的J.唐纳德·亚当斯、哈维·布莱特和查尔斯·普尔。他与《老爷》杂志六年的交情引发了与阿诺德·金里奇的友谊；这段友谊贯穿了西班牙内战时期。在成功地使埃兹拉·庞德获自由的过程中，海明威与罗伯特·弗罗斯特和T.S.艾略特发展了点头致意的友谊。他写信的主要文学评论家对象有埃德蒙·威尔逊和马尔科姆·考莱，还有苏联的伊万·卡什金。海明威晚年还同80多岁的艺术史家贝尔纳德·贝壬松建立了愉快的通信关系。一些最有见地的关于菲茨杰拉德的文字是寄给菲氏传记的作者阿瑟·米泽纳的。他最喜欢的雇佣兵是E.E.多尔曼-史密斯，稍后叫欧格万，一战回来后的终生朋友。查尔斯·T.朗汉，他心目中二战及战后的主要军队英雄形象，也是他最喜欢的人。在生命最后的十年里，海明威常写信给阿德莲娜和吉安弗朗哥·伊万奇奇姐弟，他们是他所谓家族"威尼斯分支"的核心人物。海明威承认威廉·福克纳是他在美国小说领域的主要对手。他对福克纳的评估时冷时热，一般是通过第三方来提及后者的。尽管如此，海明威和福克纳互致对方的信至少各有一封保留下来了。

观察这"乡下小子"逐渐脱离少年时的乡土气、开始以不名一文拜见者的身份与名人打交道是件很能帮助了解海明威的事情，也很有趣。接着是社会、文学层面的平等交往，最终在他命定的领域作为大师与别人交往。20世纪20年代海明威的书信生动地反映了他为获得承认而进行的奋斗。正如许多划时代的作家一样——福克纳是另一个例子——他得为读者创造一种品位，同时自己的作品也被这种品位评判、接纳；海明威并没有即刻突破。直到1925年秋，战后他来到巴黎四年以后，《在我们这个时代》这个第一本引起人注意的短篇小说才为海明威树立起不太起眼的读者群。《太阳照常升起》的出版给他打上无可怀疑值得较量一番的作家烙印，那还是一年之后的事情了。

同年，即1926年，海明威私人年历里特别难过的一年。他说自己“不是圣徒，也不是圣徒的材料”。较早的书信有些已经反映了他非圣徒的一面，今后几年的岁月里还要暴露一些。在背后咬人一口的技术在他一开始就不是新手；然而，他早年晚年都被很多人背后咬过。回头以加倍的兴致反咬一口是他的特点。海明威脾气坏是出了名的，无论何种对他不利的批评都惹他发脾气。海明威非关文学的不满有时凝结成排斥，从前他爱过的人成了排斥的对象。他母亲因为寄给他关于《太阳照常升起》的侮辱性评论，被指为对他不忠。他姐姐因为责怪他离开第一个妻子也同样被指不忠。受到一样指责的还有他最小的妹妹，因为她违背他的意愿嫁人了。有人夸他的作品总令他高兴；贬损的评判则点燃他的怒火。海明威经常威胁要痛打跟他作对的人；虽然很少真的那么做，但还是显露他从小欺负人的苗头。他修改了吉卜林《假如》里的一句子，吹牛说他可以“与小人同行而不失寻常本色”。在他，这寻常本色往往成为朝牺牲品不幸的头上涂抹的醋和苦胆；他对罗伯特·迈克阿尔蒙、麦克斯·伊斯特曼、埃德蒙·威尔逊、葛特鲁德·斯坦因和温德姆·刘易斯的批评即如此。海明威对詹姆斯·琼斯的过度攻击简直让人难以置信，这可是斯科瑞布纳公司一起出版东西的同行作家啊。他认为琼斯没有尽到战士的责任，即此一端就招来他的攻击。海明威通过谩骂来广泛清洗郁结的情绪，谩骂的强度至少不次于江纳森·斯威夫特的口吻。被他贴过“笨蛋”标签的人多种多样，其中包括富兰克林·D. 罗斯福、蒙哥马利元帅、勒克勒克将军、安德烈·马尔罗、斯佩尔曼大主教以及参议员约瑟夫·麦卡锡；不太有名的还有几十个人。

《丧钟为谁而鸣》有一段文字虽然有力却不乏毒素。海明威坚持保留，他自我辩护的理由是删除它就像“把低音提琴或者双簧管”从交响乐队里剔除，“因为单独演奏时这两样乐器都很难听”。难听的哔哔声音从未消失于他的书信。很遗憾，他有时还用 frog（法国佬）、wop（意大利佬）、jig（黑鬼）和 kike（犹太佬）之类的字眼。尽管我们得提醒自己——像弗罗斯特、庞德和艾略特（姑且点几个）一样——海明威出生的时代里，这些表述词语在美国社会大多数层面很遗憾地属于常用词。海明威的反犹态度不过是表皮的。他的反犹只停留在口头习惯，而不像庞德那样成为恒久的主题。在《太阳照常升起》里，哈罗德·洛布成了当街示众的罗伯特·科恩，有人指责海明威让此人成为示众的对象，海明威反驳说，法律并不因为一个行为不端的粗俗男子碰巧出于犹太血统就禁止描画他。《丧钟》里上述那段文字显露出的海明威对巴黎大基诺剧院的口味引出几个段子，也许这些段子都不足信，但都说他在二战期间定有害人行径。没有必要过度详述类似不得体的例子。这些不得体是跟一个复合人格结构里的其他毛病并存的；在正常情况下这一人格结构够高够强壮。假如他的信里时不时冒出近乎自大狂式的傲慢吹牛，那很有可能不过是口头角力，以掩饰常常袭来的自我怀疑，即便是对自己的作品深信不疑的时候也复如此。他的疑心病像延长的呻吟伴随了他一生；这疑心病可以用他自己反复承认的说法来解释，即便解释不掉：疾病是文学产量的大敌。

海明威的缺点是实情，不可否认，事实上连他自己也不否认。他的有些品质也许平衡了他的缺点，这些品质使人扭转了对他的看法，有利于他。海明威必须被提到的美德有：终生坚持利用并开发自己的天分，作为艺术家的他内心正直，坚定地维护所从事艺术的尊严，不懈追求优秀，于己于他人的作品皆如此。海明威与安德森、庞德、斯坦因、福特、菲茨杰拉德、威尔逊、麦克莱什和福克纳的文学关系都惊人地显示他对表露竞争精神的兴趣，对俗套的痛恨，对草率从艺的厌恶，对避免重复的自豪，以及对勤勉、独立、诚实的高度重视。

作为一个人，他热爱坚毅、勇敢、有荣誉感、彻头彻尾诚实的品质；在自己的行事里也尽量遵行这样的操守，包括金钱方面。海明威的慷慨表现在许多领域：对老弱病残他即时表现出同情，对丧失亲人的人和被压迫的人也如此。海明威尊重形式的美、表演的精湛和耐力的持久。无论在哪儿发现这些，他都表示尊重，比如在如下人群：猎手、射击手、渔翁、向导、追踪者、剥兽皮的人、骑手和赛马的马匹、拳击手和回力球冠军、军事谋略家和史学家、棒球投手、接手和内场手。父亲的概念在他天平上也很重。他“热爱”自己的父亲“很长时间”，并把这种父爱传给了自己的三个儿子。他把自己极其复杂的人生经历中获得的经验知识和实用智慧与儿子们分享。海明威不太喜欢湿漉漉哇哇乱叫的婴孩儿；孩子长大成熟到能够对话，他的感情才增加。他给孩子们的信充满指引的光芒，属于最佳慈父传统中物。

海明威是很喜欢群居的人，他的交友能力也是身上明显的品质。海明威书信反映出他渴望聚集最近的男性朋友一起打猎、钓鱼、喝酒或者用来聊天。从他 19 岁到 59 岁，形式鲜有异样。“来啊伙计，”他撺掇豪厄尔 · 詹金斯和杰克 · 潘特考斯特，目标是去密歇根范德比尔特附近的潘恩巴伦斯钓鱼。他提供装备和枪支，他们则必须带足够的格洛格酒和香烟，此外还有足够的弹药，好在荒野中拿任何经眼的鹿啊熊啊之类练枪法。“来啊伙计，”他写信给比尔 · 史密斯、多斯 · 帕索斯、唐 · 斯蒂瓦特和哈罗德 · 洛布，一边计划着去一年一度的庞朴罗纳狂欢节呆上一周。“快来快来，”他从基韦斯特反复呼唤迈克 · 斯特拉特、沃尔多 · 皮尔斯、阿奇 · 麦克莱什和麦克斯 · 帕金斯，希望他们一起来挑战最近的湾流。分享是要紧的，这分享双倍三倍地增添他男子汉技能或耐力成就的快乐。“出来出来，”他从怀俄明州的诺德奎斯特牧场写信。盛情难却，先后应招的有查尔斯 · 汤普森、多斯 · 帕索斯、汤姆 · 谢夫林、比尔 · 荷恩及另一些人。人来了，他显然异常开心；人不来，他极度失望。“你了解他的，”海明威在米兰的红十字护士艾格尼丝 · 冯 · 库洛斯基写道：“男人们都喜欢他。你知道我说的话的意思。”她的意思是说，海明威的社交天性需要心灵相通、用意良好的伙伴陪着；有他们在他就能放松、吹牛、显摆、八卦并听人家八卦，讲荒诞不经的故事，开粗野的玩笑，射击，钓鱼，喝酒——往往是赛着来的——跟身量、力量和冒险精神相当的人分享所有、所知。

他跟所有朋友在一起的时候，都以扮演老师的角色而自豪，以有经验的知道内情的人的面目为荣：即便不是全部，我也知道很多，并且渴望传授给你们相应的答案，比如怎样才能在轮盘赌、赛马或者扑克牌游戏里获胜；从巴黎到蒙特鲁斯该怎样走，从芝加哥到霍顿湾该怎样走，从纽约到内罗毕该怎样走；比如怎样制作血红玛丽鸡尾酒；怎样击败对手；怎样跟海关官员智斗。“时刻准备着”也许是他的座右铭。海明威总是备有他所谓的“情报”，也就是最新最可靠的信息，诸如什么钩子虫子适合钓硬头鳟或虹鳟鱼，什么饵料适合枪鱼，什么枪适合危险的游戏，什么维生素适于健康。除了什么什么、如何如何，还有谁谁、什么时候、在哪里之类的世俗知识，索问即答。

海明威留给人的另一个表象：他是个勤奋的统计员，永远在记录重量尺寸、维度距离。他详细记录每天写的字数，并制作表格；他有日志证明自己是个多厉害的钓鱼手——每个战利品的长度和重量，钓它所需的时间。海明威住处的卫生间里到处是他体重的日常记录，晚年还有血压升降的记录。他对银行里自己的账一清二楚到分；自己写的书的销售数字也了然于胸；这些书挣了多少版税，个人所得税交了什么样可怕的数字他都知道。

我们在书信里检视海明威某些性格特质；然而，与书信本身活的细胞组织相比，任何类似的巡阅都显得苍白无力。他情绪好的时候很讨人喜欢；气候潮闷的时候他会牢骚抱怨满腔爆发；他时而温柔敦厚，时而粗鲁无礼；时而节制，时而失控；时而谦虚，时而虚荣。海明威是个狼吞虎咽读书的人，常整本整本地吃书到深夜；在文学评判方面，他总是直截了当，有时则异常机敏。尽管如此，海明威也常常对别人作品的好处视而不见——比如亨利·詹姆斯、伊迪丝·沃顿、E. M. 福斯特或者维吉尼亚·伍尔芙——这些作家都不入他的法眼，属于表现不佳者。在 1928 年写的一首“诗”里，海明威说“寻找秩序/会发现在经验的接受里/有某种纪律”。这里发出的是实用经验主义者的声音。先是某种态度，逐渐巩固成行为的准则；他选择按照准则生活。在经验的不断锤炼下，其他东西逐渐跟着改变。海明威的宗教观从 1918 年欢快的新教徒改到 1927 至 1937 年名义上的天主教徒，观此转变很引人入胜；二战后他又变成感伤的人道主义者。海明威的爱国主义年轻时表现为生机勃勃的理想主义，“大萧条”岁月则发展为犬儒主义。服役期在欧洲战区作为观察者和参与者时他就形成了对生养他的国家的热爱，这种爱在他晚年又强烈地复苏。假如说随着年龄的增加，海明威的婚姻道德观越来越世俗的话，他对家庭理想和伦理观念却保留了些许尊重，这些是他的出身成长环境培养灌输的。他曾经说，国内外政治给他的感觉是从痰盂里取水喝。在权力的座椅上粗暴地胡乱管理这个世界的所谓政治家们属于他眼中的主要恶棍。作家们则应该像吉卜赛人——“边缘人”——他如是称呼他们——偏居一隅，填充边际，对世人接受的观点表示不屑，讥讽华盛顿、巴黎、柏林、罗马沙龙里发出的政令布告，或者任何种类其他政府的交椅上发出的同类东西；这些统治机关是被统治者生命和财富的不速之客。海明威对抽象的概念或者形而上学的论述深恶痛绝，他拒绝知识分子的辞藻和哲学家的姿态；他的有些理念的阐述和美学声称甚至能让人吃惊，只有一个人在奋力掌握文字媒介期间才会学来那些东西。

人们可以随意疑心这部书信选集只收保留读者对写信人好印象的篇什，或者能让读者更喜欢写信人的篇什。我们这里不作类似的企图。为了反映大批书信的整体面貌而篇幅又不至于超过一册，许多信当然不得不排除。收入此卷的信选择标准是信的内容要有趣并且有价值。几乎每封入选的信至少能为反映海明威职业生涯的某些方面提供新的启示之光：从早年在《堪萨斯城市之星》和《多伦多星报》当记者到晚年写《流动的盛宴》时期。这些书信也相当详尽（也是读者期盼的）地揭示了海明威与家庭、几位妻子、儿子、朋友、敌人、作家同行以及世间各式各样人物的关系。书信还描述了他在四大洲二十多个国家的游历，近距离让读者看见了他命定环境里生活和思想的轨迹。

这些信的作者主要写严肃的作品。他深知自己的声誉和影响最终必须依靠长短篇小说。这些信虽然形式上远不那么正式，却像他的小说一样自身包含作者的实质——当然不完美，像人类其他成员一样有缺陷有瑕疵；然而又生动活泼，令人难忘。

“他是，”海明威的朋友阿奇巴尔德·麦克莱什写道，“我所认识的人里最具人文和精神力量的生命。在一间屋子里让人感到像欧内斯特那样存在的人在我眼里似乎只有富兰克林·罗斯福，当然丘吉尔也不例外。”这种存在在他的小说里也大抵是看得见的——甚至有声有形。海明威的书信里也能找到这种特质：生活报道随意轻松写来，悲欢得失一样不少。他热衷写信，至死方休。“请宽恕我又长又蠢的信。”他一次对贝尔纳德·贝壬松道，“我写信而不写小说，是因为写信给我带来奢侈的快乐，我希望它们也给你奢侈的快乐。”在贝壬松和其他许多收信人看来，这些信的确给了他们奢侈的快乐，并且不止于此。既然他已经故去二十年，就该让这些信有更多的读者；海明威的书总是拥有着广大的读者群的。

卡洛斯·贝克

致安森·T. 海明威

1917 年 8 月 6 日，密歇根州瓦龙湖

亲爱的爷爷：

一直想写信谢您寄我生日礼物和报纸。可是，我们每天投入 12 个小时割草、在农场上干活。[1] 期盼下雨，地里什么都干了。如果再不下雨，我们就得失掉土豆。吉奥叔叔和家人、格［瑞斯］姑姑和泰［勒］叔叔明天来这儿过一天。干草都收完了，可以轻松一点了。爸爸的福特车汽缸弄干净了，现在好开了，他不会考虑卖它了。

前日夜里我抓了三条虹鳟鱼，一条 6 磅，一条 5 磅半，一条 3 磅半。还在霍顿湾抓了条两磅的溪鳟。此地抓溪鳟，最大也就这样了。

我当然喜欢您寄报纸给我。此地除了迟到两天的日报，什么也没得读。

我也许在这里过完 10 月，给［吉姆·］迪尔沃斯干活。今秋不打算去伊利诺伊大学。回家后要么去［加利福尼亚］莱塞斯特舅舅那儿，要么去《芝加哥论坛报》试着找份工作。到明年该有着落了，那时可以上学去。

爱您和奶奶

欧内斯特

(此信藏肯尼迪图书馆)

[1] 从温德米尔海明威家的小农舍越过瓦龙湖就是龙菲尔德农场。

致 C. E. 海明威大夫

1917 年 9 月 19 日，密歇根州霍顿湾

亲爱的爸爸：

我昨晚从瓦龙湖来到这里［J. S. 迪尔沃斯太太的潘恩赫斯特农舍］取邮件，再拿些衣服。现在看来，还有 60 蒲式耳可卖的土豆；

不过这60蒲式耳可是上好货。你看，上好的净货有，疙里疙瘩的小玩意儿也不少。

我建议把好的都运回家，既然卫斯理［·迪尔沃斯］每蒲式耳只付85美分。沃伦［·萨姆那］关节扭伤了，都是我自己一人挖的。

我指望到星期六晚上干完，把它们都运到霍顿湾。这里的地干得像粉，恐怕晚种的豆子永远也熟不了了。早种的豆子就要长出来了。卫斯理建议把这些土豆运到O.P.［橡树园］去。我把它们挖出来，然后把好的挑出来放进柳条箱，再装进袋子里。傍晚沃伦来了约一小时。我们把土豆放到石船上，再运到谷仓。

今天“密苏里”号［湖里的蒸汽船］给你装去了我在明信片上提到的一桶苹果。我想，你也可以享用一袋土豆。这袋土豆是上好的那一批。

请马上指示。假如你要，我下星期三就给你运过去。船运。

我计划10月的头一个星期某时离开此地。曾经想雇伯拉克家捡拾土豆，但他们要5美分一蒲式耳，我于是让他们别干。

你的

欧尼

又：为什么不偶尔寄份《论坛报》给我？

EMH

（此信藏肯尼迪图书馆）

致家人

1917年11月19日，密苏里州堪萨斯

亲爱的爸妈：

这是我起头写的第三封信了。先头给别人的信都放一边了，这封是6:20干活后起手写的，所以尽量写完它。上两周忙得很，净干些琐碎的事情。上星期二我们都被叫出去训练演习了一整天。昨天我去泰叔家吃晚饭；早上他家新房紧邻着了大火，一个大谷仓烧着了；我去的时候消防队正赶到；帮忙劈开门，把消防水龙头送上房顶；总的来讲一天过得还可以。也许我要在海恩斯小姐家再呆上两周；到今天为止我已经呆了一个月了；两周后就能走人。[1]很高兴贝利一家上星期天又露面了。我收到他精彩的信，还有艾尔·沃克的信。艾尔问候你们。他在奥里维特。除非有什么人来，否则没有煤烧。不久学院就得关门。《星》报就没有短煤的危险。多谢给我邮票，寄信方便多了。上周我处理了一件谋杀案报道，一群笨蛋警察。也有一两回基督教女青年会基金之类的劳什子，我于是混为一谈。家里怎么样？出事故当然不好，不过能砸烂艾特伍德-罗果夫斯基车业土匪无论如何总是件好事。我已坐了几回救护车了。这里流行天花，我想明天可能还要接种疫苗。阿拉贝［尔］姨妈在腌制许多食品，在“食品”圈里很高调。新来一个叫约翰逊的好玩至极，动作速度如谷地小山民一般，我们一定是激发了他稀有的品行。有一个花花公子很敬仰品克尼，他是卡车队队长。往北走之前我会先去俄克拉荷马。现在得说再见了，想吃点晚饭的话只好打住。曲奇饼好吃极了。我爱你们。

欧尼

又及：收到你们的信了。多谢寄来包裹。也许它明天能到。

(此信藏肯尼迪图书馆海明威特藏部)

[1] 海明威 10 月 15 日坐火车到堪萨斯，10 月 18 日起为《星》报社工作。他新近参加了密苏里国民自卫队。11 月 15 日海明威致家人信中说：“我计划在此工作到春天，参军前再过一个好夏天。在任何情况下都不能再置身事外了；届时还不参与就很难。”（肯尼迪图书馆藏海明威书信）

致格瑞斯·豪尔·海明威

1918 年 1 月 16 日，堪萨斯市

亲爱的妈妈：

我今天才收到你的信。我开始奇怪怎么听不到家人的音讯。火车被困了，样子狼狈得很。此地零下 20 度，虽然没多少雪。在堪萨

斯，大多数乡野下了两三英尺。西来东来的火车都无法通过。我们肯定要被切断一阵子。这里短煤的现象还是很严重。春天快来了，我们该谋划一下了。妈妈，擦干你的那些眼泪开心起来，你得找些更值得你担心的东西而不是那个。别为我不是个好基督徒而烦忧哭泣。我一如既往是个教徒，每天夜里祈祷，还是坚定地信仰上帝。所以，开心起来！我是欢快的基督徒，因此不该让你烦恼。

我礼拜日不去教堂的原因是因为我总不得不工作到凌晨 1 点出《周日星报》，时不时还工作到 3 点 4 点。无论怎样，礼拜日上午睁眼已是 12:30 午间。所以，你看，不是我不想去教堂。你知道我不极力赞扬宗教，可也算尽量诚心地当个基督徒了。礼拜天是我一周里可以睡足的唯一日子。再有，阿拉贝尔姨妈的教堂讲究穿着风格，牧师也不可爱，我感觉不是地儿。

妈妈，你写卡尔［·埃德加］和比尔［·史密斯］[1]的话我读了非常生气。我立刻要回信说说我的所有想法。然而，我还是等到冷静下来。你从未见过卡尔，了解比尔也仅表面，却如此不公正。卡尔是个“王子”，待人最真诚，是我所知真正的基督徒；他对我的影响大过我认识的所有人。他不像皮斯利那样嘴上总挂着宗教，但内心却是个真诚的教徒，一个绅士。

我从没问过比尔去哪家教堂，因为那无关紧要。我俩都信上帝和耶稣基督，希望有来生；教条并不重要。

请别再不公正地批评我最好的朋友。高兴起来吧，因为你看见了我并不像你说的那样游移不定。

爱你的

欧尼

别读此信给别人听，回到开心的状态！

（此信藏肯尼迪图书馆）

[1] 小威廉·史密斯，海明威少年时期在密歇根度夏时的密友，1895 年 8 月 20 日生于圣路易斯，1972 年 1 月卒于弗吉尼亚州阿灵顿。他与海明威 1916 年在密歇根州霍顿湾结识。比尔和他妹妹凯瑟琳·福斯特·史密斯（凯特或凯蒂，日后约翰·多斯·帕索斯夫人）跟他们的姨妈约瑟夫·查尔斯夫人一起在潘恩湖一个小农舍度夏，日后此地重名夏勒瓦。卡尔·埃德加，

海明威给他外号奥德加，是北密歇根度夏时期的另一个朋友。此时他在堪萨斯居住并工作，爱上了凯特。他在海明威短篇小说《度夏的人们》里出现，就叫奥德加，见《尼克·亚当斯故事集》（纽约，1972 年）第 217—228 页。

致格瑞斯·豪尔·海明威

1918 年 3 月 2 日，堪萨斯市

亲爱的妈咪：

包裹今晚到了。我们刚才在新闻发布室把它打开，那蛋糕当然好极了。大约四个人在此，打开盒子吃蛋糕。是桃子味儿的，我打算把剩下的带回家和卡尔一起把它吃完。同事们都同意海明斯坦妈妈一定是个大厨。大家一起大声给你唱赞辞。这块蛋糕今晚可解了饥了，令报人唏嘘不已。这里没什么太忙的，除了和医院斗。[1]事情奇妙得很。昨天我正式被院方主事的阻止进入该机构。“老板”和政客们一定是在搅和。我们完整地拍下了他们的猫腻。老板说别管阻止不阻止的，仍然派我去无论如何找罪证。所以，各种动静都有。我每天同执行主编开五次会，开得晕头转向。我们肯定是打草惊蛇了。他们之所以不让我进门，是因为我有足够证据让他们都挨近刑罚。无论怎样，他们一定恨死海明斯坦，不惜手段要给他安个罪名。

然而，我们光明正大与他们斗。

很高兴孩子们都更好了。问候爹，我下次给他写信。很高兴“老象牙塔”［玛赛琳］过得这么开心。

祝你们好运

欧尼

问候大家

欧尼

（此信藏肯尼迪图书馆）

[1]“我们正大斗医院和卫生委员会……委员会政客们自今年年头以来贪污了 27 000 美元……我报道医院和医院贪污情况的调查。”（海明威 1918 年 2 月 23 日致母亲信）（藏肯尼迪图书馆）

致父母

1918 年 4 月 19 日，堪萨斯市[1]

亲人们：

我当然高兴得知你们的音讯，不管是爹的还是妈的。我这里一切都好。此地下大雨，下了一整天了。我把麦基诺呢子大衣穿上了，还把领子翻起来，让它下吧。这周忙征兵的事，写军队的故事，海军，海军陆战队，不列颠加拿大应征的士兵，还有新近的坦克兵。我随信寄给你们几个坦克兵的故事，有些写得很不错。我有望在 2 号见到你们，一有准信我就通知你们。[2]家里一切还好吧？

晚安

欧尼

（此信藏马里兰大学）

[1] 海明威此时结束了在《堪萨斯城市之星》为期 6 个月的工作。

[2] 他新近向驻意大利美国红十字会（ARC）救护队提出申请。

致家人

1918 年 5 月 14 日，纽约

亲人们：

我们被安置在华盛顿广场一个很不错的旅馆［厄尔饭店］。格林威治村的中心，离第五大道和拱门只有半个街区，就在广场。哈佛大学一伙今天早上就离开了；据最新消息我们下周二开拔。同时，我们在纽约的吃住都有人支付。我们每人发了一个军官箱子、正规美军军官服，衣服上有美军军官军衔识别记号，我的名字和单位都刻在箱子上；此外还发了军官大衣，一件雨衣，一顶夸张的野战部队帽子，一顶军装帽，四套厚内衣裤，软牛皮驾驶手套，一副科尔多瓦皮革制飞行员用的护腿，两双军官鞋，一件织毛衣，六双厚羊毛袜子，两件咔叽布衬衫，一件羊毛衬衫，还有许多东西我记不住了。每人发的装备价值200美元还要多。我们的军服是正规美军军官服，看上去像一百万美元的东西。列兵和军士见了我们得敬礼。等护照一来我们就能穿军装了，现在只名义上拿到了。芝加哥地区的护照都没下来。一旦我穿上军装就去拍照。现在所有东西都装进箱子了。

我昨天见到特德［·布鲁姆拜克］了，现在我们在一间屋子里住。我们单位有一帮花花公子，会过得很开心的。特德很高兴爸爸见了他，很遗憾没有见到家里别的人。

我们的时间属于自己，不用跟别人报告。今天早上我试了一下军装，下午特德、豪·詹金斯、哈弗·奥斯特霍尔姆、杰瑞·弗拉赫提和我一起驱车去炮台公园和水族馆。我们四处游荡，爬上796英尺62层楼高的伍尔沃思塔楼的顶层。从房顶上能看见迷彩的船只进出港口，远望“东河”至“地狱之门”；在霍布肯，“祖国”号现用于运输，在船坞里停着。她上次远航法国来回用了14天。河滨大道我走遍了，还从北边的哈莱姆河看纽约；去了格兰特的墓地，去了南边的“柿油女史”［自由女神］像。从伍尔沃思塔楼看纽约真是好极了。一旦我穿上军官服，我就和“夫人”订婚，已然调查了有没可能在街角的小教堂里办婚礼。我一直规划着当上军官后结婚，你们知道的。是新规定让我们成为军官的。我们相当于伪装的一等军士。之所以说我们像飞行员是因为没有命令我们的人。作战部规定去海外服役航行出发前三到四天要穿制服。于是就有了等待护照签证之事。写信给我寄到旅馆。

爱你们多多

欧尼

（此信藏肯尼迪图书馆）

致戴尔·威尔逊

1918年5月19［18］日，纽约

亲爱的威尔斯：

哈哈！哈！哈！哈！哈！以书信的形式给你诉状的不是别人，而是海明斯坦家最伟大的那个人。伍德罗，我的孩子，逗号，你好吗？感谢你寄来老“自由债券”。用史密斯的话说，你春风满面，这再好不过了。那了不起的希柯斯——他那乌龟壳的姿态和可怜的没屁帘样儿——他怎么样？他还归属于伟大的芝加哥人、“风城”最高贵后代又没有恶意的家伙吗——引语——告诉他我休战。不过，也得帮我这个忙。布鲁姆斯坦家［布鲁姆拜克家］的故事和我的悲惨结局来的时候，别让他这个有名的“缺裤子”读抄稿，因为我担心他连死人的名字都会删。虽然命运悲惨，你却没有死，这会让你爱开玩笑的癖性指向那一点。

下面说说赤裸裸不掩盖的事实吧。托德·奥米斯顿那白种新闻奴隶还每两个月从威廉·摩尔海德那里领津贴吗——就是那个名叫“破落威尔”的？满面春风的史密斯避开了了不起的戈斯的暖掌，对他说戈斯，他史密斯是多么愿意为他戈斯办的报纸工作？佩格·沃翰还花钱找屁屁吗？利奥小可爱还一天到晚觉得有屁屁在找他吗？伟大的弗莱斯勒还跟踪诡计多端的歌德弗瑞的影子（这影子也许映在希伯来猪跟前）寻找新闻智慧的明珠吗？没有了塔斯马尼亚的斯诺贝拉特这个丛林人兼自食其果的射箭手，塔嫩博姆过得怎样？啊？我问你呢？[1]

喔，他们发给我们军服了。我们现在是荣誉一等军士。伟大的海明斯坦大步走在百老汇。前夜还礼 367 次。自那以后他成天坐公交车。右胳膊舒服多了。今天我们游行到第五大道，从 82 街走到 8 街，接受老伍德罗和夫人的检阅。还有一帮大虫（“巨虫”的俚语）。伍德罗一点都不像照片上的他。我们都是委任的军官，在一个中队里而没有指挥官。由于体型威猛、面貌完美，海姆斯泰司作为不二人选当了你们的最高剪裁官，你们自当恭听他的粗声。我的职责大抵是正确指引你们第一排或首排。今天作为你们正确的向导，我独自大步走在这古老的大街上，感觉孤独得要死。不过，在眼睛右方，我清楚地看见了伍德罗。[2]

下面的话别告诉人，孩子，不过我们却是忙里偷乐。我的护照今天到了，星期一就能拿到法国和意大利签证。下面的话也不能告诉人。我外出去会了梅[3]几次，明天晚上还去那儿吃饭。我也花光了每一分钱。玛什小姐真的说她爱我。我跟她提议（将来结婚去）街角的小教堂，她却认为自己不想当战争寡妇。于是我掷下爸给我的150美元买了个戒指，无论如何我是订婚了。也破产了。死翘翘了。我本另有100块，可我用它买了一双科尔多瓦皮靴、一些干果、几瓶饮料，全花光了。不管怎么说，我的姑娘爱我，会等我回来。比尔，我他妈的怎么样？也许我能获忠于上帝委任状。天啊，她真是个好极了的姑娘，威尔斯！在我眼里真是好得不得了。假如你想说，可以告诉庞克·沃勒斯我订婚了。不过，看在上帝的分儿上，别在伙计们那里传，也别公开。

呃，再见了老伙计。替我问候哈普，也记得向皮特、老板、哈瑞·科尔和约翰·柯林斯问好，还有庞克、比尔和哈瑞·G.、斯文森和史密斯。

祝你好运

海明斯坦

（此信藏普林斯顿大学图书馆）

[1] 海明威之提及《堪萨斯城市之星》的同事时显示出他莫名其妙地喜欢给人起外号。

[2] 75 000人参与的“红十字会”动员游行5月18日受到伍德罗·威尔逊总统的检阅。

[3] 梅·玛什(1895—1968)在D.W.格里菲斯的《一个国家的诞生》里扮演角色，海明威因此熟悉她。1966年，她说她但愿认识海明威。

致家人

约1918年5月27日，海上，某戚戚之地

亲爱的爸妈：

我们就要到登岸的地方了。正进入众所周知的潜水艇区。我会把信寄出，这样你们就心定了，无论如何收到一封信。很开心的想法对不？这是世界上最烂的一个澡盆，跟你们说也许泄露军事机密。但是，这里绝对烂。现在你们想想世上最烂的船是什么样，你们就知道我上的是什么了。[1]我们在好天气里过了两天，温暖安静，小风也刮

得舒服！像平时在瓦龙湖[2]度过的日子。接着一场风暴清洗了餐厅，并且清洗得很有规律。我吃饭都得报告，刚得到批准，就看见隔壁邻居把手捂住嘴，突然向门冲去。这示意的动作力量太强大，我也冲向护栏。两天来定时有风暴，船一会儿跃起，一会儿翻滚，一会儿倒立，一会儿转着大圈晃悠。而我只气喘了四次。是什么的记录吧？你们都好吗？包括“大象牙塔”和众所周知的德西？[3]特德、我、豪厄尔·詹金斯都在一处，共度好时光。[4]风暴过去了，过去的两日天气不错。

和我们在一处的还有两名波兰军士。贾林斯基伯爵和霍洛琴纳诺维茨伯爵，虽然拼写不是这样的。[5]他们是花花公子。跟他们在一起我们才知道波兰裔美国人和波兰人有大区别。他们邀请我们去巴黎看看，我们一起开大派对。大约再有四天我们就能在海外某地登陆了。我会在港口把这封信发了，从那儿发出的就只有这一封信，所以别着急。我们在古老的小纽约过得很愉快，算是确实去过纽约了。在那儿红十字会把我们照顾得很好，什么也不缺。这里的基督教女青年会跟家里那儿的一个样，你们知道我在说什么；在船上总能看见她们，还有几个黑人女青年会员。“哥伦布骑士”会也有几个代表在船上，他们则文雅多了。特德、詹克斯和我前天第二次接种疫苗，现在胳膊胀疼快过去了。就剩一次疫苗没打了。要么在法国打，要么在意大利打。每打一次我都恶心得像条狗。对我来说，它们是三重伤寒，比在学校时接种的难受多了。刚才我们看见一艘美国大巡洋舰朝家航行，我们用阳光反射信号器给她发了信号，给她打了几个信号旗。自打大西洋出海以来她是我们碰到的第一艘船。夜间彩虹映照的泛着磷光的波浪真是美丽极了。尾波也有磷光；波峰厉害的时候能像篝火的火炬那样冲天。我们看见了几只鼠海豚和数条飞鱼。一帮起得早的家伙声称看见了鲸，可我们就是以怀疑的眼光看待他们。

船上的伙食很好，可我们一天只有两餐，十点一餐，下午五点一餐。想吃的话早上有咖啡和硬面包，但不值得起那么早。据最新消息，离开巴黎后我们就直奔各总部，接着直奔各前线，取代驻扎到期的那帮人。我们的六个月从开始驾车的那天算起，可能要过冬季了。给我的信寄到意大利米兰美国领事馆收转交美国红十字会意大利救护车队。

热爱你们

欧尼

(此信藏莉丽图书馆)

[1] "芝加哥"号5月21日驶往波尔多。
[2] 密歇根州佩托斯基附近海明威家度夏农舍所在地。
[3] 海明威的妹妹玛赛琳和弟弟莱塞斯特。
[4] 6月,西奥多·布鲁姆拜克、詹金斯和海明威将往意大利斯奇奥驾驶美国红十字会救护车。
[5] 詹金斯和这两个波兰军官出现于海明威1925年6月动手写的小说片段《与青春同在》,见《尼克·亚当斯故事集》(纽约,1972)第137—142页,题目则被专横地重起:《登陆前夜》。此信及下面海明威1918年给家人的所有信件经莉丽图书馆和海明威的妹妹桑尼(欧内斯特·J.米勒夫人)同意在此发表。

致露丝·莫里森 [?] [1]

约1918年6月22日,[2]意大利皮亚韦河佛萨尔塔

亲爱的露丝:

你们那老村一切都还好吧?所有的东西现在似乎都离我有百万英里远。想想去年这个时候我们还刚完成毕业之事。去年读该死的傻乎乎的预言时假如有人对我说,从那日起一年后我会坐在距皮亚韦河20码远的一个精致战壕里面对蹲坑,我会说:"你还是再呷一口吧。"我这里离奥地利前线只有40码,空中时有小东西呼啸而过,有大家伙唏嗑嘣吧,不时有机关枪噼里啪啦。写来句子有点复杂,但这一切显示我是个多么不高明的预言家。

你知道吗,在意大利军队里我的军衔是soto Tenente或者叫二等军士。我离开美国红十字救护队有一阵子了,暂时在这里执行一个小任务。别告诉家人;他们把我美化成开着福特穿越格伦斯森林呢。

我们驻扎在离奥地利前线1英里半的一所不错的房子里。这不错的房子有四间屋子,两间在楼下,两间在楼上。有一天,炮弹炸穿了房顶,现在只有三间了。两间在楼下,一间在楼上。我恰在另一间。因此得出教训:睡觉要在楼上。我们身后是意式大枪的声音,一整

夜咆哮。我的职责是管收容所。也即给前线的伤员和士兵发巧克力和香烟。每天下午和上午，我装满一个帆布背包，戴上钢盔和防毒面具，摔摔打打地走进战壕。日子过得还可以，就是见不到美国人，天啊我都快妈的忘了英语了。假如凯南或老罗福特贝利听见我一天到晚说意大利语，他们会从坟墓里翻转过来的。天啊孤独，多希望见个真信上帝的美国姑娘。我情愿放弃缴获的奥地利军官用自动手枪、德国钢盔、一切缴获的垃圾以及获作战勋章的机会，哪怕就换一场舞。

相信笔者，假如你想做点什么，就往信封上的地址写信，会有人转交给我的。露丝，假如你认识我在橡树园认识的无论谁有可能被诱惑来写信给我的，跟他们吹胡子瞪眼叫他们写信给我，说我保证立马回信。我还没收到美国来信呢，6 月 4 日就在这里[3]了。

今天下午我爬到房顶，拍了几张幸福的皮亚韦河和奥地利战壕照片。如果有好看的，我就寄给你几张。吃饭的时间到了，我饿极了。

那么（你知道我一到说再见就紧张，所以还是快溜吧，让你单独与信相处。）

欧尼

（此信藏马里兰大学）

[1] 基于内证推测身份：海明威在橡树园中学 1917 级有四个同学叫露丝（布伦姆伯格小姐、格拉斯小姐、莫里森小姐和斯旺森小姐）。女子来复枪俱乐部成员莫里森小姐似乎最有可能是此信收件人。海明威在“年级预言书”《高年级文档》第 57—62 页上提到她和露丝·斯旺森。

[2] 基于内证的日期推测：1917 年 6 月 14 日橡树园中学开学典礼。海明威服役记录，他自填表格说“1918 年 6 月 15—7 月 8 日参加皮亚韦河保卫战主战役”。

[3] “这里”指意大利，海明威去皮亚韦河做司务长前在斯奇奥开救护车。

致家人

1918 年 7 月 21 日，米兰

亲爱的爸妈：

我想布鲁米已经给你们写信讲了我受伤的事情。[1]所以，我就没别的再说了。我希望电报没让你们太着急，贝茨上尉觉得还是由我先告诉你们为好，省得报纸先说。你们知道，我是意大利战场第一个受伤的美国人，我想报纸会就此说点什么。

这里的医院真是桃子一样甜美。18 个美国护士照顾 4 个病人。一切都好，我很舒服；米兰最好的外科大夫之一在照料我的伤口。X 光显示还有两个弹片在我体内，一颗子弹在我膝盖里。大夫很明智，经会诊，拟等我右膝的伤愈合利落了再做手术。子弹届时被肉包住，他可以动刀利索，直进膝盖下边。让伤处先完全愈合可以避免感染和膝盖僵死。爸你不觉得这样做很明智吗？同时他也会从我右脚取掉一颗子弹。大夫也许一个礼拜后动手术，那时伤口愈合干净了，不会有感染。在伤病员收容站我就打了两针抗破伤风的针剂。其他子弹和弹片都被取出来了，左腿上的伤口愈合得很好。我的手指都清理完了，绷带也去掉了。由于没有损着骨头，我的伤不会留下后遗症，即便是我的膝盖上的伤。左右两膝盖里的子弹都没有让我膝盖骨骨折。左膝盖一个弹片有玩具车轱辘那么大，不过已经取出；此膝目前活动自如，伤口也近愈合。右膝子弹从左侧进了膝盖骨下边，丝毫没有伤着骨头。你们收到此信时，大夫已然做完手术，伤口届时就愈合了。8 月下旬我希望能在山里接着开车。我有几张皮亚韦河漂亮的照片，还有其他有趣的照片。也有很多奇妙的纪念品。我亲历了大战役，缴获有奥地利式卡宾枪和子弹，有德国和奥地利奖章，有军官用自动手枪，有德国钢盔，约有一打刺刀，有照明弹手枪，还有刀具和你们能想到的所有东西。纪念品数量的唯一限制是我拿不了这许多。死了的和被俘的奥地利人太多，战地黑压压一片全是他们。这是一场大胜仗，它向世人显示了意大利人多骁勇善战。

回家过圣诞节时我会告诉你们一切的。这里现在天气很热。我能定期收到你们的信。问候大家，爱你们所有的人。

欧尼

(此信藏莉丽图书馆)

[1] 此信写于海明威 19 岁生日，里面提到特德·布鲁姆拜克对海明威受伤之事的叙述。信于 1918 年 7 月 14 日寄往海明威家。(莉丽图书馆)

致家人

1918年8月18日，米兰

亲爱的家人：

包括爷爷奶奶和格瑞斯姑姑。谢谢你们给我40里拉！非常感谢。天啊，亲人们，关于我的中弹当然有不少谈论！《橡树叶》和他们的对手今天来了。我开始想，亲人们，也许你们并不欣赏我从前习惯于在家人的怀抱里生活。死去并读着自己的讣告，这是次等好事。

你们知道，人们都说这场战争不好玩。是没有什么好玩的。我不会说战场是地狱，因为自谢尔曼将军那时起，战争被说过了头了。不过，在我迎接地狱的时候，过头话已然说了八遍。只是碰巧这过头话赶不上我体验的战争阶段。比如，在一场袭击中，一发炮弹直接打中了站在战壕里的人群。除非直接打中，炮弹并不那样可怕。爆炸的弹片飞来时你得抓机会躲避。然而，假如炮弹直接打中了你的战友，那他们的血肉就飞溅你一身了。飞溅是字面描述。我在前线壕沟的六天里，离奥地利人只有50码，人家都以为我的生命有神魔保护。人家说有神魔保护意义不大，关键是真有神魔保护！我希望我有神魔保护。那敲打声是我关节击打木床架的声音。

在纸张的两边写太难，所以我跳过去。

现在可以举起手说我被高性能炸药、弹片和燃烧弹炸了。向我们射击的有迫击炮、狙击手和机关枪；另外转移阵地视线的一架飞机也在扫射机关枪。我从未被手榴弹扔着，但差点被枪榴弹打着。也许稍后会得颗手榴弹。撤退时一阵混乱中仅被迫击炮和机关枪子弹打着，按爱尔兰人的说法，已属走运。你们看呢亲人们？

迫击炮留下的那227处伤当时并不疼，我只感觉脚上穿了装满水的橡皮靴子，并且是热水。我的膝盖也表现怪怪的。那机关枪子弹像个冰雪球重拍了我一下，然而，它让我出血了。我起身把受伤的躯体弄进掩体。在掩体里我就倒了。和我在一起的那个意大利人血流了我整个外衣。我的裤子就像有人在里面新做了果冻，然后钻眼让浆出来。上尉是我好哥们，是他的掩体里发出的声音：“可怜海明他就要

R.I.P.了。”也就是说我要安息了。因为外衣全是血，他们以为我的胸被打穿了。我让他们脱掉我的外衣和衬衫，一件内衣也没穿，老躯干安然无恙。接着他们说我也许能活。那话无论如何让我开心。我用意大利语对他说，我想看看腿，尽管我害怕看它们。于是我们一起脱掉我的裤子；老腿肢还在那儿，不过天啊一片狼藉。我的两个膝盖都被射穿了，右脚的鞋子穿了两处大洞；他们不知道我是怎么拖着这沉铅走了150码的。还有两百多处肉伤呢。“啊，”我说，“我的上尉，这不算什么。在美国大家都能办到！深思熟虑地不让敌人预想他们抓到了我们的山羊！”

山羊的话需要某种大师的语言能力，但我扛过去了。接着睡了几分钟。醒来后，他们把我放担架上走了三公里来到一个收容站。抬担架的人走走放放，反复多次，因为路的“肠子”被炸出来了。每当大家伙来的时候，唏—唬—咣—他们就把我放下，弄平。我的伤此时就像227个小魔鬼在我赤身裸体上钉钉子。袭击期间收容站清空了，于是我在一个马圈里躺了两个小时，圈棚顶都被打飞了。我在这里等救护车。救护车来后，我命令车去接先受伤的士兵。他们装了伤病员来，接着把我抬进去。轰炸仍很激烈，我们的炮在身后也不停地射击，250和350像火车一样呼啸而往奥地利方。随后听见阵地后面的爆炸声。接着是奥地利方的大轰炸，爆炸声巨。不过我们的炸弹比他们多，比他们大。接着阵地枪声隆隆，就在棚子后咚—咚—咚—咚，75或149赶马似的驱往奥地利人的阵地。信号弹始终往天空跑，机关枪像铆钉机，哒—哒—哒—哒。

在一辆意大利救护车里走了一两公里，他们把我放在收容站。我和许多战友置身于军医中。军医给我打了一针吗啡和一针防破伤风的药；把我腿上的毛都刮了；从我腿上取出约28个弹片，大小有［见弹片图］，还有［见图］。他们给我包扎好，都跟我握了一下手；还想亲我，但都让我糊弄走了。接着在战地医院呆了5天，然后被清到这里的基地医院。

我给你们发了那电报免得你们着急。我在医院一个月零12天了，再过一个月有望出院。那意大利外科大夫给我右膝关节和右脚做

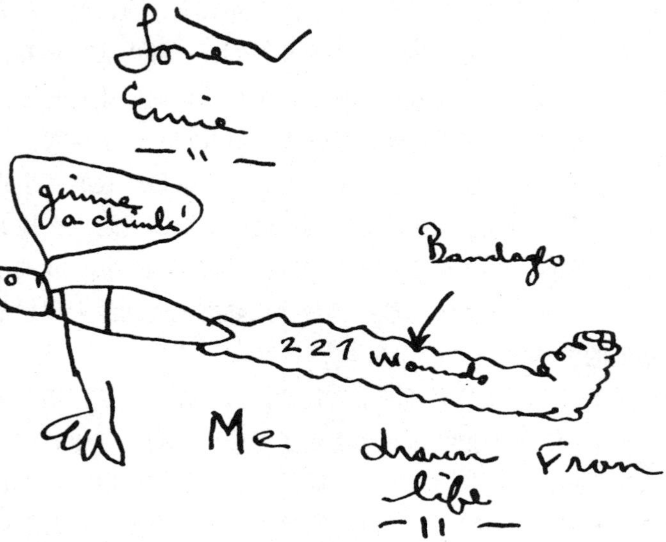

的手术非常好。缝了 28 针，跟我保证今后走路一如既往。伤口都愈合了，没有感染。他给我右腿加了石膏夹板，关节不会有问题。最后一次手术毕，我得到一些他从我身上取出的漂亮的纪念物。

现在要没有点痛感我就不会真的舒服。一周后大夫会给我去掉石膏，10 天后即能许我用拐杖走路。

我又得学习走路了。

你们问阿特 · 纽伯恩。他一开始在我们小队，但后来转到第二小队去了。布鲁米现在我们小队。假如我告诉你们小时候我学打扑克了，别哭泣。阿特 · 纽伯恩有些幻觉，自认为是个扑克能手。我就不细讲他那可悲的故事了，不过我让他相信自己不是个打牌的好手。我手里什么也没有就不再补新牌了。他开局下的注我加了倍，吓得他不下一次押的 50 里拉赌注了。他手里拿着 3 个 A，还不敢叫牌。爸，你把这话跟懂牌的人说说去。阿特像是给橡树园的人写信说他会照顾我。爸，现在男人对男人，你说那算照顾我吗？不，不是那么回子事。所以，你们看见了，战争不好玩，但在战争里发生着许多好玩的事情。不过，阿特赢了意大利钉马掌的头奖。

这是我有生以来写的最长的信了，还只说了最少的话。问候关心我的所有人，正如玛·佩廷吉尔说的："留下我们看着家的炊烟！"

晚安，爱你们大家。

欧尼

又及：今天收到赫尔姆勒斯的信称呼我列兵欧尼斯特·海——。我是 S. Ten 或者 Soto Tenenente 海明威。那是我在意大利军队的军衔，意思是二等军士。我不久有望成为 Tenenente 或者一等军士。

（此信藏莉丽图书馆）

致 C. E. 海明威大夫

1918 年 9 月 11 日，米兰

亲爱的爸爸：

8 月 6 日和 11 日来信今天都收到了。我很高兴你收到特德的那封信，我知道他收到你的信也会高兴的。他一听见我受伤就从前线赶来。他是在米兰基地这里写信给你的。那时我还没照腿部 X 光，也没做手术；所以我不知道他怎么跟你们说的，当时身体虚得要命。不过，我希望大家都没事。几天前我收到他从前线寄来的信，他们过得不错。妈妈写信给我说你和她要去北边。我知道你们假期过得很好。假如钓鱼了，就写信给我讲讲钓鱼的情形。我恨这战争就因为它妨碍我钓鱼。去年此时我正在［霍顿］湾抓虹鳟鱼呢。

我今天卧床，也许再有三个星期才能离开医院。我的腿恢复得很好，最终绝对会没有问题。左腿已经好了，右腿还有点僵硬，不过按摩、太阳浴和消极运动正使膝盖松弛。我的外科大夫萨马雷利上尉（意大利最好的外科大夫之一）总问我是否觉得你会完全满意手术。他说自己的工作必须接受芝加哥伟大的大夫海明威的检验，他要做到完美。手术的确完美。我左脚底有个约 8 英寸长的疤，上面则有个干净的小刺孔。那是铜壳子弹在你身上"穿孔"时留下的。我的膝盖也

医治得漂亮。爸，我永远也穿不了苏格兰短裙了。左腿、大腿、侧部就像一匹老马被50个主人打了标记，

我现在每天可以上街走一小会儿，用一根手杖或者拐杖。不过，右脚还不能穿鞋。啊，还有！我已被任命为一等军士，现在袖子上各戴两条金杠。因为一点也没有想到，所以有点吃惊。现在你写信可以称呼我一等军士或者 Tenente，因为我在美国红十字会和意大利军队都有这个军衔。我猜我是我军最年轻的一等军士。我感觉勋章和武装带上的肩章把我打扮得漂漂亮亮的。我也听说意大利给我发的银质奖章正在路上，出院时也许就能马上得到。还有，从前线传回消息，我受伤前就有人提议给我作战十字勋章，我猜是因为我在战壕里的整体傻表现。所以，也许我一次能得两个勋章点缀，不坏。

又及：假如不是过分要求，我希望你们给我订《星期六晚邮报》，让他们寄到我这儿的地址。无论我在哪儿，他们都会转交的。在前线，人很需要美国读物。

谢谢

欧尼

我太高兴霍普［查尔斯·霍普金斯］[1]和比尔·史密斯迹近，你们可以善待他们了。他们是我两个最好的哥们，尤其是比尔。常叫他出来，因为我知道你们会喜欢他的。他为我做过许多事。我出院后也许会回救护车队一阵子，因为这帮人要我去看他们，他们要办大派对。

我有天收到小队每个人写的一封长信。我愿回到救护车队，但开车还不行，还得六个月左右。我也许在山里指挥某个第一线阵地。无论怎样，不必担心，因为结果证明我不会死。我将永远去最能发挥作用的地方，你们知道，我们来这里就是为了这个。好，再谈，老童子军。

你的爱子

欧尼

（此信藏莉丽图书馆）

[1] 海明威在《堪萨斯城市之星》工作时，霍普金斯是午后版编辑。

致家人

1918 年 10 月 18 日，米兰[1]

亲爱的：

你们 9 月 24 日的信以及照片我今天都收到了。家里的人啊，我想得你们的音讯啊。照片也好得很。我想全意大利的人都知道我有一个小弟弟。老爸，你知道我们有多喜欢这些照片，多寄一些吧。你们和孩子们的照片以及照相的地方，那海湾是最能让我们喜笑颜开的东西。大家都喜欢看别人的照片。

老爹，你提起回家。战争结束前我不能回家。假如在合众国我能一年挣一万五我就回去。可是挣不着啊。这里能挣到。我们红十字会的所有人都得到命令：别报名回家。傻瓜才回家呢，因为红十字会这样的组织有必要呆在这里。为了继续运作，他们还要去美国招人。你们知道吗，我们不合格参军的才得来这里。现在回美国就是犯罪。由于视力不好，我离开美国前就不合格参军了。现在腿脚又受伤了，世界上任何国家都不会让我参军。不过，我可以在这里服役。我只要能跛行，而战争让我跛下去，我就呆在这里。救护车可不是懒人干的活。过去两周里我们死了一个伤了一个。你在战火里开食堂，就跟在战壕里的人际遇相同了。所以啊，呆在这里我的良心过得去。

我当然想回家探望你们大家。不过，得等战争结束。不会太久的。你们什么也不用担心。有结论证明我不会被报销的。伤口也不要紧。我才不在乎再受伤呢。因为，我知道受伤是什么样子。你们知道吗：遭罪不过如此了。受伤也让人感觉满足，因为你是为正义事业挨打的。在这场战争里没有英雄。我们都献身了，可得中的没有几个。即便得中，也算不得特别。他们只是有幸得中而已。我很自豪很高兴自己得中，不过没有什么特别的。想想成千献身的小伙子们吧；英雄们都战死了。真正的英雄是父亲母亲们。死是一件很容易办的事情。我面对过死亡，我真的知道什么是死亡。假如我该死一回，那容易得很。我所做过的事情里，去死是最容易的一件。可家人还认识不到这一点。儿子有一天死去，家人最伤心难过。世上为国捐躯的儿子的母亲是最值得自豪的人，也是最幸福的人。人在幻灭之前的青春幸福期间死去有多好啊。在炙热的光里消殒，强似身体损耗殆尽，老去，让幻灭摧毁。

所以啊，亲爱的老爸老妈，别为我担心！受伤之事并不坏：我知道并体验了。假如我死去，我觉得幸运。

你们一年前送走闯世界的儿子有这般疯狂吗？这里是伟大的旧世界 。我一直过得很开心。我们这群怪人都喜欢回到这旧世界。我以为跟你们说了我的感受了。不过，一周后，我会给你们写一封长信，让你们开心的乖信。所以，别为这封信情绪低落。我爱你们大家。

欧尼

（此信藏莉丽图书馆）

[1] 此信刊 1918 年 11 月 16 日《橡树园人》(伊利诺伊州橡树园)第 6—7 页。

致小威廉·B. 史密斯

1918 年 12 月 13 日，米兰

亲爱的滚花刀：

你以你的男子汉勇气坚持古老的空中作业；[1]艾维斯，我同你握手。不过，别做傻事！真的，鸟儿，你能小心的，所以当心点。

林人 1 月 4 日[2]即登佳船“鸠瑟普 · 威尔第”号航往合众国，也许下月下旬临幸芝加哥先生之城。你届时在哪儿？啊，惩罚飞机的人儿！啊，德国佬潜在的歼击手，你他妈届时在哪儿？叫你长官娘家姓白鬼佬？得安排重逢之事了。

不过你留神听好了，我不能拖延到夏天，很快就会再为果子面包而战斗。厮打皆为果酱，扭斗皆为蛋壳筒。甚至可以说为了蛋糕而战。一个月没有 210 了。什么也没有，除了光荣退伍，从国王那里一年领 250 里拉。乐观地翻译，250 里拉相当于 40 美元。50 铁 [……] 是不太够生活的。

不管它了。听着，我交了一个什么样的姑娘：最近我酒量见长——一天要喝18杯马蒂尼。4天前我离开医院，开小差跳上卡车跑200英里到前线会战友去了。他们是驻扎在帕多瓦郊外的英国皇家要塞炮兵“官儿军”。炮们都歇着呢。他们让我度过了愉快的时光。我们用了参谋部的车；我还骑了上校的战马打猎。我的腿啊全身啊。

比尔，接着说。我们坐着参谋部的车来到特雷维索。那位［艾格尼丝·冯·库洛斯基］[3]小姐在那儿的野战医院。她听说我酗酒了。她教训我了？没有。

她说：“孩子，我们一起来喝。假如你打算喝酒，我也想喝。你喝多少我喝多少。”她弄了些该死的威士忌，把酒生斟出来一些。以前除了葡萄酒她可是什么也没喝过啊，而我也知道她对酗酒的态度。威廉，这一举动很快就让我长大了。比尔，这是位了不起的姑娘，感谢上帝，我腿受伤了因此得遇她。该死的，我真的看不出她在野蛮的海明斯坦身上见到什么鬼。不过，根据某种非常幸运的误断，她爱我，比尔。所以我打算直击美国，开始为“公司”工作。艾格说我们可以一起穷着过开心日子。我独自过了几年穷日子，多少算是幸福；我想这日子总过得。

所以，我要做的便是直击两人生活所需最低工资，储蓄足够去北边过六个月左右日子的钱；然后拜访你去，索取最好哥们的效劳。啊哥们，我只有大约50年好活了，我不想浪费它们任何一段；我不在那“孩子”的身边的每一分钟都算是浪费。

尽量别把手指放在扳机上，因为你自己某时也在别人的瞄准对象里。

很快就能见到你了。

你

（此信藏普林斯顿大学图书馆）

[1] 1918年6月从密苏里大学毕业后，比尔·史密斯（1895—1972）到海军陆战队航空支队地面训练分队服役，地点在马萨诸塞州坎布里奇的麻省理工学院。直到11月“停战”之后退役。

[2] 1919年1月4—25日，海明威从热那亚返回纽约的旅途。

[3] 艾格尼丝是美国红十字会护士。海明威在米兰美国红十字会医院爱上了

她。1918—1919年秋冬，她志愿去翡冷翠和特雷维索工作。她生平事迹完整的叙述，请看迈克尔·S.雷诺兹的《海明威的第一场战争》(普林斯顿大学出版社，1976)第181—219页。海明威在“一篇很短的故事”里把她写成“艾格”和“露茨”；在《永别了，武器》里(部分)把她写成凯特琳·巴克莱。

此信及接下来致史密斯的所有信件都系普林斯顿大学图书馆提供。

致詹姆斯·甘布尔[1]

1919年3月3日，*伊利诺伊州橡树园*

亲爱的老头领：

天啊你知道我本会给你写信的。我日记一个月多的内容里你打开看看会发现“写信给吉姆·甘布尔”的潦草字样。每一天的每一分钟我都踢我自己，抱怨为什么不同你一起在陶尔米纳。一想起这个我就贼想念意大利。无论什么时候我觉得自己跟你一起在那儿，头儿，真的我就写不了信。一想到月光下古老的陶尔米纳，想到你和我，时或在月光里，总令人心醉，漫步在辉煌而古老的所在，海上的月道，艾特纳火山的火尽情燃烧，黑影重重，月光一道切下别墅后的台阶。啊吉姆，一想到这些我无限思念那儿。我来到我的房间，走到伪装成书盒的酒跟前，高高地凝重地斟了一注，加了常规量的水，放在打字机边上（磨坊俗称打字机，也叫受虐的键盘之类）。接着我凝视了一会儿，想着我们在“牛奶和鸡蛋”做的晚餐之后坐在火跟前的情形；头儿，我为你干杯，为你干杯。[2]

只要忍得住，看在上帝的分儿上别来这个国家。这话是知情人说的。我很爱国，愿为这个伟大而辉煌的国家去死。但我痛恨在这里生活。

我的腿令我灰心丧气。家人还好。又见到他们真是好极了。我走出火车的时候他们都没认出我来。回家的路不乏风暴，但令人愉快。在直布罗陀呆了愉快的三天。我从一位英国军官那儿借了套便服，去了趟西班牙。纽约正是忙碌的季节，也呆了几天。见到比尔·荷恩，[3]他常想起你。这里人试图把我弄成个英雄，但你知我知真正的英雄都死了。假如我自己真的是拼命三郎，我也早就死了。我知道是这么回事，并希望命运不挑头颅的尺寸。我们这个村子的每一个男性青年要么在海军后备部队，要么在学生军队训练营，要么在陆军军需兵营里。除了阿尔·温斯洛和我外都在这几处。几个老伙计在海军陆战队战死了。

我在这里荣光呢，可阿尔下周就回来了。他弄倒了几个德国鬼子，留了一条胳膊在德国战地收容所。所以我已然宣布在他回来的时候退出公众视野。

吉姆，我写了一些贼好的东西。对我来讲这是好事。我正发起反对你们《费城日报·星期六晚邮报》的运动。上周一我寄给他们第一个短篇，当然还没有收到回音。明天发给他们另一篇。我打算寄给他们许多篇，而且都是好东西。不，大头还没好呢，那个他们得花钱买，并且是为了保卫自己所得。真的，头儿，我很想意大利。我写她的时候，有的东西只有写情书的时候才会出现。是情书，不是肉麻的恭维信。奇德姐妹之中的一位刚端来一盘大龙虾沙拉三明治，我推想这是给我补脑的。可是我的脑子需要的是啤酒。在斯奇奥你去火车站附近的比拉利亚小馆尝过那儿的啤酒吗？我们兴许此时在马迪埃拉呢。啊，该死的。

詹克斯没离城，我们经常聚会。他和阿特·纽伯恩都问你好。那姑娘[4]还在皮亚韦河彼岸一个天啊叫什么托雷迪莫斯塔的鬼地方，离圣多纳直线距离有二十公里远。她在那儿办巡回护士野战医院，还有幼儿园，时不时地还当当镇长。虽然没提，但我想她给你寄徽章了。你收到了吗，还有变了花样的美国钱币？我真难过没有亲自参加，可我当时四处狂奔呢。等场景到了“威尔第”号起航，我也只好把东西交给她了。一切还好吗？假如你有机会去威尼斯，我希望你去找她。她叫艾格尼丝·冯·库洛斯基，暗号就用海明斯坦。有一天我收到哈里·纳普的信，他在找事情做，说买卖很不稳定。他的胳膊还好。寒冷的天气要我腿的命，关节火辣辣地疼。虽然都弄干净了，但爸说仲夏之前无论如何别干体力活。

带着很大的决心回家即刻开始挣饭的战斗，预料中的财务状况低迷。爹对我说："从未有过的好。一切都了不得。你为什么不跟我开口要钱。假如你愿意，搬来住吧！"那可是最后一棵救命稻草。一切我都估计错了。那位本以为死了的失踪了的"亲爱的叔叔"活着回来了，现在英国，让我烦了一个星期，该死的。

今天爸爸在谈论送我去海湾呆一阵子的事，虽然新奥尔良的赛事明天就要结束了。我正用打字机努力工作呢，会在这儿徜徉一阵子的。也许三月中下旬去那儿。

那姑娘不知道自己什么时候回来。我在攒钱，你能想象吗？我想象不了。银行里已经有172美元又50块"自由公债券"。那都是远离小酒杯省下的，也有海外朋友送的。也许她不喜欢戒了酒的我，那时我并没有认真戒酒。

假如你还在陶尔米纳，替我问候巴特莱特夫人和大家，替我向勃朗特公爵致敬。除了你，他是我在西西里唯一的真哥们。伍兹和奇森也许是好同事，但我感觉跟他们交友费劲。我这里有什么可以寄给你的吗？你有烟吗？当然你有马奇多尼亚烟。我希望自己也有。带点回来！不不不，真的，吉姆你需要什么吗？

真的希望同你在一起。

海米，

你看见了，我字打得很烂。这是第四等级的特权之一。

［画一杯啤酒］

信封上的地址是你回芝加哥后的家。

电话：橡树园181

他的标记

—''—

(此信藏诺克斯学院)

[1] 1918年甘布尔上尉到前线视察炊事班。海明威1918年7月8日受伤时在皮亚韦佛萨尔塔当司务长。

[2] 停战之后甘布尔复员回到西西里陶尔米纳。12月11日邀请海明威与他相聚，Munge uova("牛奶和鸡蛋")也许是甘布尔的炊事员的外号。

[3] 小W.D.荷恩，一如此信中提到的豪厄尔·詹金斯、小哈里·H.纳普和阿瑟·C.纽伯恩等，他们都是1918年美国红十字会的老兵。

[4] 艾格尼丝·冯·库洛斯基，见1918年12月13日信注[3]。

致劳伦斯·T.巴涅特[1]

1919年4月30日，橡树园

亲爱的劳瑞：

巴尼来驻扎吗？一切都还好？村里一切都安静，友朋消息无多。比尔·荷恩有一天从纽黑文写信给我了。我常见詹克斯，时不时见到［弗里德里克·］斯皮格尔。有一天乔克·米勒给我写了信，你也许记得那了不起的苏格兰威士忌酒徒。皮斯来过此地，一身优雅的紫色亚麻布衣服。菲德尔也来过。肖下士[2]去科罗那多了，现在该是回来了，不久我们会一起钓鱼去。我回家后即去府上拜访你家人，还有杰瑞家。他们告诉我，你们都在学校。就此我得跟你理论理论。你还记得给那个跳舞的K.梅耶许多关于海明斯坦的信息吗？那个长得不错性子却很不怎么样又特自以为是的货？无论怎样这个凯特就住在街对过，她跟园子里长着橡树的村里人吹风传递说了某句关于我的话。说我实际结婚了并与无数的女人纠缠不清。这话在橡树园的好姑娘们中引起轰动，我曾对这些姑娘发誓一直对她们是真诚的。你看见了，才离橡树园两年多，她们就相信别人议论我的任何话了。因此，你欠我的，并且我还要请你帮个忙。首先让我告诉你巴尼，跟野性子的女人打赌也好，跟温和女子发誓也好，此时都过眼云烟了。我现在是个自由人了！这包括迄今为止的所有女子，包括艾格［艾格尼丝·冯·库洛斯基］。我的天啊，哥们，你不会以为我要结婚并安顿下来吧，是吗？同时，我也刚从此地医院出来。又动了个手术，一切都很好。三两周后我去密歇根北部，去钓两三个月的鱼。

现在的情况是：我的家人（上帝永远保佑他们）嚷嚷着要我去上大学。他们要我安顿下来一阵子，强烈建议我去的地方是威斯康星。我对那儿一无所知，除了记得那儿没有值得我交往的从橡树园去的男性，鲍勃·麦克马斯特除外，也许鲁克·琼斯也除外。鲍勃·麦克今年还不在那儿。不过，我知道有些非常有趣的女子去了那儿。明年还有更多的人去。因此，我不知你可否写信给我报告所有的消息。有什么样的一帮人在那儿，你对那地方的任何意见。坦率地说，我真他妈不知去哪儿。但愿我能去斯奇奥，而不是这些地方。无论怎样巴尼，写信给我，好吗？我在纽约跟比尔·荷恩逗留了一阵。他特地让我问你好。

再见孩子

斯坦

原谅我打字烂，铅笔字也烂，我仍卧病在床呢。

又及：雅克·哈里斯在得克萨斯沃斯要塞，写信告诉我说正跟老婆闹离婚呢！！！

(此信藏肯尼迪图书馆)

[1] 美国红十字会老兵，第四小队队员。

[2] 也许是卡尔顿·肖，另一位第四小队的美国红十字会救护车队老兵。

致豪厄尔·G.詹金斯[1]

1919年6月16日，密歇根州博伊恩市

亲爱的寒热：

你好孩子。

对不住我此前没有写信，不过你知道是怎么回事。无论怎样音讯来了。首先，我希望疟疾没有烦你。肖下士和我在托雷多俱乐部参加了一个大派对。我们俩在俱乐部外的草地上躺了一会儿。你的老哥们海明创了俱乐部纪录。15杯马蒂尼，3杯香槟高杯酒，香槟不计其数，随后我昏倒了。

场合好极了。托雷多的夜显得干燥。下士收到斯温尼的电报说他和你一起去了个派对。真希望我也在那儿。下士问候你。七月下旬他也许会来这里。你和他会在这儿相聚。

我们在这儿钓鱼愉快极了。随信附上战果。那辆别克跑得不错。抓了六条虹鳟鱼，平均重量约3磅。照片里那条有4磅。天啊，詹克斯，它们能战斗。它们是湖里的阿蒂提［Arditi，意大利突袭部队］。“禁酒令”恐怕得让我们暂缓一阵子，你觉得呢？假如你觉得没事，我就寄点钱给你，帮我贮藏一些。

昨天收到艾格［艾格尼丝·冯·库洛斯基］从罗马寄来的很伤心的一封信。她跟她的少校分手了。心态扭曲极了，说我这下可感觉报了仇了，原来她那么对我。妈的，可怜孩子。我很为她难过，可也帮不了什么忙。我曾经爱她，她却欺骗了我。我也不怪罪她。我开始麻木自己，把她从记忆中抹去，借酒浇愁，烧去她和其他女人的记忆。现在一切都过去了。

她现在身无分文，我希望能为她做点什么。“然而，身后的一切对我紧闭——早就如此遥不可及，连从银行到曼德利的班车都没了。”

门罗附近，密歇根和瓦巴什之间一个十字街头有一家俄国香烟店，他们卖伊万诺夫牌香烟，还有我记不得名字的一些俄国烟。10支一盒，棕色纸包；方盒，大小跟“抛锚牌”［Pall Mall］差不多。看上去很苗条，是我抽过的最佳烟草。30美分一盒。随信寄上一美元，有时间给我寄上三盒。假如不知道那店在哪儿，就去打听一下。他们一个窗口卖水果之类的东西，另一个窗口卖俄国香烟和别的进口香烟。也许是亚当街。我记不得了。它对过朝密歇根大道方向是一家衬衫店。你去那儿时给我弄几盒，谢谢。它们是最好的药。

比尔问候你并跟你说别忘了来这儿。我们将共度美好旧时光！肯莱·史密斯[2]的地址是橡树园大道北，离我家向东两个街区，向北两个街区。他家的号码在“奥利维尔·玛布尔·盖尔”下的电话本儿里。他们要你来。我忘了给肯莱你的地址！

给我写信，孩子

你的老哥们儿

海米

（此信藏普林斯顿大学图书馆）

[1] 詹金斯（1894—1971），昵称詹克斯、小寒热、“找茬儿”、“专找茬儿”，伊利诺伊州伊万斯敦人。1918年同海明威一起在意大利开救护车。1980年4月9日纽约索斯比·帕克·博涅特拍卖会上，七封海明威致他的信卖出。另有四封为得克萨斯大学所有。此编所用信为詹金斯1962年提供给编者的。

[2] 耶列米亚·肯莱·史密斯(1887—1969)是凯瑟琳(凯特)·史密斯和小威廉·B.(比尔)史密斯的哥哥。

致豪厄尔·詹金斯

1919 年 7 月 26 日，博伊恩市

亲爱的詹金斯和巴尼：

啊，巴尼能来真是太好了。我刚收到你的信，拿给比尔［·史密斯］看了。今天下午我们打算从夏勒瓦发一封电报。我们会一起共度一段好时光的。

比尔和我有一套完整的野营装备够 4 人用的。帐篷毯子、炊具、营地炉子等都有。我们要去的地方是“秃松林”，宿营地在黑河。[1] 这里荒无人烟，是你能想象到的最佳钓虹鳟鱼的地方。一切都很明亮——不用刷子；鳟鱼也很乖。上次我们来的时候，比尔两度抓到虹鳟鱼并同时弄上来两条。这里也能抓苍蝇和蚂蚱，还有角鱼蛉幼虫。[2] 我们想钓什么都行，也可以漫步营地，兴许还能一窥鹿和熊呢。上次宿营地我们吓跑了一头熊。

我们有够 4 人在湖区钓鱼的完整装备，不过在溪流里钓虹鳟鱼的装备我们只有 3 套，兜网倒是有 4 具。

巴尼该去 V. L. 和 A.［冯·朗格克和安托瓦奈］买一个 10 英尺飞杆和飞线，如此装备就齐了。

我有 22 口径自动手枪一支，22 口径来复枪一支，32 口径自动枪一支。还有一支 0.2 毫米的射枪。你们俩鸟最好带些 22 口径子弹。

你们要买这种：22 口径“勒斯摩克”、“长来复”。别买无烟弹。最好买 1 000 左右，那儿很便宜。我们会有许多打猎活动。再去买一盒 100 只装 4 号卡里索弹簧钢钩，价钱约 14 美分 100 个。最好买两盒。

如果你们有旧毯子或帆布，把它们带来。我们有足够的，但多多益善。也把所有的旧衣服带来。

我们去的地方在夏勒瓦外 12 英里，在松树湖的霍顿湾。迪尔沃斯太太在这儿有两间茅屋，她接待客人。詹克斯啊，你和我、巴尼就住在那儿。比尔的农场约一英里远。我们只在这儿呆两三天，在湾区钓虹鳟鱼，然后继续前往秃松林。詹克斯，此行没有费用，我安排你同我住一间。巴尼可以住在隔壁。我们要过虹鳟鱼瘾，你看图片它们长什么样。

你们带烈酒不用伺机，我不信他们会搜小车。西密歇根收费公路是最佳路线。路况很好。你在任何蓝皮书里都能查到此路的信息。从密歇根市过来，经马斯克冈、鲁丁顿、马尼斯提、特拉威尔斯市来到湖岸，然后就是夏勒瓦。不到三天就开到了。也许就用两天。这里所有的公路都好。秃松林的路也可以。因为根本就没有车开过路。不用公路只要有指南针你就能穿越秃松林。刷刷的无拘无束。

啊，我们会度过好时光的。秃松林周围的乡野是我到过的最好地方，你知道比尔、你、巴尼和我会有瞬间美好时光的。布莱克湖边有很佳的宿营地，我们会打到一些山鹑。我保证你和巴尼会抓到想要的虹鳟鱼。寒热，你当然能烧虹鳟鱼吃。我知道比尔会喜欢巴尼的，我当然也高兴见到他。你知道比尔是什么样的人。带个照相机，也可以带别的你想带的劳什子。我们要拍一些动作佳片。

告诉巴尼我们要他来，我保证你和他会在这儿度过好时光。等我想到你需要什么时再写信给你。你出发时给我发个电报。到夏勒瓦后也可以打电话给我，让霍顿湾的杰斯·迪尔沃斯太太接转，我们会来接你。夏勒瓦任何人都会告诉你怎么去霍顿湾。是条直路，很容易找的。一路都像通衢大道。

天，詹克斯，能让你和巴尼来这儿见面真是好事。

昨天收到［肖］下士的信。他因为母亲的健康问题得去缅因州兰芝莱湖，所以也许不能来这里。他让我问候你们。

把我最好的祝愿带给巴尼和你自己，快快来这里。我们会为你们准备好一切。速发封信给我。

海米

又及：比尔说去穆尔塔苏必托，多带些烈酒来。给我们在秃松林拍照，篝火的河边，帐篷、满月、肚子里的美食，吞云吐雾，痛饮满瓶，对酒当歌。

海米

我不会跟斯皮格尔说的。[3]

（此信藏普林斯顿大学图书馆）

[1] 密歇根州范德比尔特附近佩托斯基东边。
[2] 具角鱼蛉幼虫。
[3] 弗里德里克・W. 斯皮格尔，美国红十字会第四分队老兵。

致豪厄尔・詹金斯

约 1919 年 9 月 15 日，密歇根州佩托斯基

亲爱的希特尔：

乔克、阿尔・沃克和我刚从西尼[1]回来。福克斯河真是无价之宝。大福克斯约是布莱克的 4 或 5 倍，有 40 英尺跨度的湖泊若干。小福克斯约有布莱克大，狐狸多得不得了。乔克抓到一只重 2 磅，长 15 英寸半。我抓住一只飞跑的狐狸也有 15 英寸！还有一只 14 英寸。我们抓了约 200 只，一周就抓没了。我们离照片上苏必利尔湖岩石有 15 英里。天，那是了不起的乡野。我看见几只鹿，40 码远的一只我射了三枪，用的是 22 口径机关枪。然而，这并没有阻止它前进。

昨天比尔、凯特、乔克和我还有“夫人”[2]去了布莱克。天下大雨，所以我们只抓了 23 只。乔克 8 只——我 9 只，比尔 4 只——凯特 2 只。它们不因为下雨就相互撕咬。不过有几只真是出色，身长约 11 英寸半。我们以前来过布莱克，猎量 40。比尔抓过一只弄坏了他的导鱼网。比尔声称足有三四磅。现在到季节尾了，马扎 [蚂蚱] 很容易到手。虹鳟鱼也进湾了，我期望能有一些超级果酱色的。你可以从迪尔斯坦[3]家门口看见它们在跳跃。

约酥老爷天 [老天爷]，寒热，我在小狐河一个旧水坝下丢了条我见过的最大虹鳟鱼。水坝上是些旧木料，外有一个马笼子。我都把

鱼一半弄出水了，可是鱼竿断了！鱼咬了4只蚂蚱诱饵。这条鱼是我抓过的最大的虹鳟鱼。事后我在不同的四个日子里试着再抓它，但它只咬了一次钩，重得像一吨砖头。那儿没有［字迹不清］，蝇黑［黑蝇］也少。波克明年打算弄辆福特来，你们会去那儿的。我们叫上下士［肖］、比尔·荷恩、亚利、“鸟儿”、乔克和马比[4]，凑成快活的一伙。布莱克湖和福克斯河通吃。

希特尔，你和马比每人该5块钱。假如你们愿意，就把它寄给我。我不提它。我自已名下也就5块了，不知如何才能从乡下回去呢。

照片他妈的不错吧？

你的朋友

海明骷髅斯坦

［又及：第一页上角］比尔问候你。乔克回来了，有信让伊利诺伊州艾尔姆赫斯特小J. L. 潘特考斯特转。给他打电话。

(此信藏普林斯顿大学图书馆)

[1] 西尼在密歇根州北半岛。福克斯河流经此地。这个地方被海明威写进《大双心河》。见谢立丹·贝克《密歇根校友季刊》(1959年)第45期第142—149页。现实里的大双心河在北边更远处。此信描述福克斯河之行，海明威以此入他的小说。

[2] 乔克即约翰·潘特考斯特，也叫波克和“印度液体奶油”。比尔(“鸟儿”)和凯特·史密斯当时在夏勒瓦湖霍顿湾附近度夏。“夫人”是他们的姨妈，圣路易斯的约瑟夫·威廉·查尔斯夫人。

[3] 霍顿湾的迪尔沃斯餐厅俯瞰夏勒瓦湖，海明威把他自己选的外号海明斯坦类用在这个名字上。

[4] 海明威给拉里·巴涅特起的外号先是巴尼，后来是马比。

致豪厄尔·詹金斯

1919年12月20日，佩托斯基

亲爱的寒热：

我打赌你一定在咒骂“鸟儿”［比尔·史密斯］和我两个家伙，怪我们不写信。他在每一封信里都问我要你的地址。前些日子我还给过他呢。所以我想现在你该有他的音讯了。他们怎么样？我收到波克的信，他对布莱克湖和小狐河称赞不绝，满嘴收杆、使诈、去饵、窥探之类，从他的信里听不到什么新闻。我赶紧谈正事以免也滔滔不绝类似话题。我 1 月 2 日或 3 日回家，在家约呆五天。然后去多伦多。[1]回来后我再说详情。关键是我要去罪恶（有时候是酒恶）之城。无论怎样在那儿要呆五天，我们要聚一下。我们去“威尼斯”［咖啡馆］喝干邑，去看演出。假如你没有安排跟别人去，我就跟你去看时事讽刺剧。你说怎么样？你现在何不去买 2 号到 8 号期间的票，我们去看。先在“威尼斯”来一瓶勋地酒，喝两三杯或三四杯干邑白兰地进入恰当的欣赏状态再说。怎么样？去买票好吗？我到后再跟你算钱。我想寄钱可手头空了，不过回家后可以敲“银行”的水龙头。多伦多之事有点像秘鲁甜甜圈那样不靠谱。假如你想联系波克，可以打电话给伊利诺伊州潘特考斯特的约翰 · L。电话本里有他。或者直接让电话中心转长途。波克就是小约翰 · L。我得住笔了。看看你能弄到票否。老公鸡圣诞快乐。

再见

斯坦

（此信藏普林斯顿大学图书馆）

[1] 海明威去多伦多的计划是去受雇当小拉尔夫 · 康纳波尔的跟班，此人是 F. W. 伍尔沃思公司加拿大分公司老总的儿子。

致格瑞斯 · 昆兰[1]

1920 年 1 月 1 日，橡树园

亲爱的路克嬷嬷：

自昨天早晨起就在这儿了，就像过了一百万年一样。啊，在你们村［佩托斯基，密歇根州］里的时候一天转瞬即逝——在这里度日如年。啊，路克，我想念你。今晚你会去艾尔可舞厅跳舞吗？我已经玩得很开心了，但我希望自己没有离开忒波斯基。

一个小时前一帮人来过。10:30［晚上］左右拉我去俱乐部跳舞，但我求饶过我，我要写信。晚上上床两条腿都不成样了，都是前些晚上跳舞跳的。两条腿的腿肚子痉挛麻痹了近整夜。三点以后才睡着。天啊，路克，伊琳不是悄悄进来的，她是大步流星来的。于是我一天不曾去舞蹈［跳舞］。仍然健在的祖父［安森·海明威］（不是已故的那位［欧内斯特·豪］）昨天拉我去跟拉里·劳德［苏格兰演员］吃午饭。拉里样子不错。他对恺撒［·威廉］的不过度很是挖苦，以“正义”的名义要求之。我们聊的就是诸如此类的话题。

我用的是“西美尔”，可这笔极烂，作家也不愿在这种纸上写东西。

乳脂软糖好极了，还得恰当地用老掉牙的词来夸。可也没法跟你的信比，那叫福音。

啊，我很高兴你是我的路克嬷嬷。

我跟全家说你是个多么可爱的人儿，说你如何会骑马、跳舞、游泳；说你做事总比别人好出许多，说你是个好童子军，说你如何漂亮，说你如何有智慧，啊，什么都告诉他们了。今天下午同伊萨贝尔·西蒙斯[2]喝茶我也滔滔不绝说起你。中西部的所有人都会知道斯坦·海明威在北方有个嬷嬷妹妹叫路克，美得了不得。

昨天下午与塔比·威廉斯相聚，他还是老样子的鸟儿。红·潘特考斯特和“寒热”给我打了电话，周六我们在“威尼斯”咖啡馆吃午饭。

周六晚上北边各地的红十字会老兵要聚餐，有15人呢。詹克斯安排的，他计划今天“发报”给我，说要来，实际打了电话问我啥时候在。这将是个场面。估计烈酒［字迹不清］横行，不会太错估。15个老战友！爸爸有6只绿头鸭，他给了我，好安排周日晚上的野味晚餐。周一我去帕格利亚其听踢踏·路佛，周二得去［佩托斯基］的伊莲·格尔德斯坦那儿，周三，同“寒热”一起去看时事讽刺剧。所以，看上去没有多少时间去上S.S.［周日学校］的课。

假如这封信太长，你就跳着看，随便漏看哪儿，你知道的。我想念你，感觉写信像是跟你说话，所以请你原谅我喋喋不休，叙述啰嗦人在干些什么。春天再见面你觉得不是件美事吗？近来没什么动静。不过有几个姑娘有点生气，因为我跟她们说她们的舞跳得不如你们几个。(替我问候你父母。)

也许我不去多伦多，也不去堪萨斯市。肯莱·史密斯应“火石轮胎”的人请求为他们物色一个搞宣传的人，为“卡车运输”运动做些什么。他请我来做这事。也许太晚了。他们三四天前就提出请求了。50美元一周，开销另算，去的地方包括克利夫兰、托雷多、布法罗、底特律等。假如位置还空着，我就拿下它。

啊，我得停笔了。

晚安，路克亲爱的嬷嬷。

来自你兄弟的爱。

斯坦

别犹豫不决，我替你拿主意。

[斟满啤酒的斯坦漫画]

(此信藏耶鲁大学图书馆)

[1] 格瑞斯·昆兰，1906年9月30日出生于佩托斯基，是海明威交往的一个黑肤色漂亮女孩儿，同时认识的还有伊莲·格尔德斯坦和马约莉·邦普姐妹。1919年秋海明威是在那个村子里度过的。格瑞斯后来嫁给了1916级耶鲁生小约瑟夫·E.奥提斯，在印第安纳州南本德度过余生(此信息得自唐纳德·F.盖勒普)。

[2] 海明威在橡树园的邻居。见他1922、1923、1925和1926年致她的信。

致多萝西·康纳波尔[1]

1920年2月16日，多伦多

亲爱的多萝西：

拉尔夫今天收到你母亲的信，其中一部分内容他“零售”给我了。据拉尔夫说，你带着5美元去了赌场，带着17美元回来了，因此对赌博大感兴趣。

我于是停下手头的巨著《欧洲议会的夜生活，又名我眼中的战争》，把少年虚度光阴的成果提供给你随便利用。

短讯。轮盘赌几乎一成不变地老实。它也无需不老实，因为无论怎样总能赢。你所选单个数字成功的概率是38比1，假如你赢了，赌资回报的概率是36比1。所以以平均法则来看，长久来讲你终究要输光的。

短讯。收付赌账的人控制或停下不老实的赌盘的方法有许多。不过，棕榈滩的轮盘系直不笼统者，用这些方法不起作用。

有一两招玩轮盘赌包你有机会挣钱，包你满意地获得玩得好的知识。天啊，谈轮盘赌都让我感觉饥饿！

凭直觉不好。凭直觉做事也许能撞运一次，但不走运的次数更多。

科学地玩的一个好方法是观察一阵子轮盘是如何转的，以及什么数字会赢。然而，真正要看的是什么号码不赢。接着是取一个不露面很久的数字，比如00，放个赌注在上面；假如你输了，就再放两个；假如又输了，就再放四个，以此类推直到那个数字出现。假如你坚持，你就赢了——不过的确要有胆子。真正玩轮盘赌的人走低的时候想要翻本就这么干。你知道三十八转总该有一次光顾。当轮盘走了二三十次没有数字显示，开始挺它就是不错的计划了。长时间来看，摆平一切的无他，就是平均的法则，法则避免轮盘再走五十次都不显示那个数字。有时候那数字会显示，可给你的机会却说它不会显示。

台子拥挤的时候、你挤不进去坐不下来的时候那样玩最好。当你坐下来的时候，最好这样玩：

[海明威画了一个带数字的轮盘赌盘子，
写下了在哪儿下赌资的建议]

轮盘也许转得高，也许中，也许低。也就是说，数字会在板子上三组中的一组里更经常地翻转。第一个十二，第二个十二，或者第三个十二。你得选似乎最经常出现的那组（无论哪组），按我画线的那样玩。如此，你用四个赌注就玩十二个数字。投注赔率大约是三次下注里有一次得手，也就是说2比1对你不利。不过，假如你两个赌注都赢了，覆盖四个数字，回报率就是9比1；假如你两个赌注都兑现，覆盖两个数字，回报率是 18 比 1。所以，假如你走运，长远来讲总能赢，能挣很多钱；至少在输光前能在那系统上玩很长时间。

也许你早就知道这些了。我的话就好比埃德温[2]解释说英国人得道因此球也得道之类。不过，或者碰巧你不知道呢，我于是狂言一通。我的话至少敢称不是纸上谈兵，而是在亚热普赌场的硝烟里磨练出来的。

葛德文·格里高利和拉·贝尔治昨天晚上来过，呆到 11 点以后。我们一起打台球，弹管风琴，胡诌八扯。我跟伊拉尼闹了隔离区犹太人讲的法语那样的笑话。拼写准确与否很令人怀疑。迪宁克夫人，迪西克夫人，还是德里克夫人，我要是能拼写对人家的名字就好了。她昨天打电话来要你的地址。迪什么克先生、德什么伊先生还是德什么克先生，她的丈夫，病得很重。她和我想去听音乐会，如果有音乐会的话。她准备给你母亲写信。

数字三上有英镑的符号。那个话是说希望用英镑，以前没有人用英镑于此。

你妈妈回多伦多后还会坚持自行车运动吗?

我们看一下，你不写信对吗? 我也不写。这封信只是为了谈论赌博的罪恶。也许你无论如何对轮盘赌不感兴趣。不过，它是世上最好的游戏，比掷色子更有优势。色子戏里赢的是朋友的钱，结果并无多少乐趣。轮盘赌你只从轮子里弄钱，没有伦理问题，你大可以占上风时不停手。在色子戏里或者扑克戏里就不行。输者说何时收手。而在轮盘赌里，你大得手时才说——停。

假如你按我的路子去玩儿，我想知道结果。为艺术而艺术，你知道，无论怎样拼写这几个词儿。发报给我，收电报的人付款的那种，或者别的方式。

替我问候康纳波尔夫人。

假如运气是雨滴，希望你是密西西比河。

欧内斯特·海明威

(此信藏普林斯顿大学图书馆)

[1] 多萝西(1893—1975)，小拉尔夫·康纳波尔的妹妹，当时正跟着父母在佛

罗里达棕榈滩度假。关于海明威在多伦多逗留的详情，请参阅卡洛斯·贝克《海明威传》(纽约，1969)第66—70页及1952年10月9日海明威致查尔斯·A.芬顿信。

[2] 佩托斯基的埃德温("荷兰人")·帕尔托普于海明威逗留多伦多期间在那儿有份工作。

致哈利耶特·格里德莱·康纳波尔夫人

1920年6月1日，橡树园

亲爱的康纳波尔夫人：

我得道歉未能早点写信跟你说我在你家有多开心，谢谢谢谢。[1]

你对我真好，我想让你知道，认识你们全家对我多有意义，还有我在你家度过的珍贵时光。

比尔·史密斯来这里晚了——昨天才到。车上满是泥，得在车库里放两天。星期四才能给它清泥。

布鲁米［布鲁姆拜克］常来，我们一起呆的时候很愉快。他准备好秋天出发，要离开旧金山。他说普通出海的人一个月能弄到70个牡蛎苗，几乎没有钱也能到横滨，即便离开旧金山时已身无分文。此行需要更多一些钱，所以我打算试试申请当个司炉工。他说我只需有到弗里斯克的钱就行。

布鲁米拿到护照了，我也快拿到去中国、日本和印度的签证了。

我在安阿波驻了脚，见到雅克·潘特考斯特；他和布鲁米6月15日或20日会一起来北边。

能把这帮人又弄到一起真好。家人也都好，6月7日准备往北走。我的姐姐玛赛琳和我最要好，所以我根本没别人相为伍。

我很想念多伦多，想念你和康纳波尔先生，想念多萝西和拉尔夫，经常想到你们。

能在佩托斯基见到你们就好了。我期待你们能来瓦龙湖。

我跟家人讲了多次你们是我认识的最好的一家子，我期待着让他们与你们见面，他们会同意我的看法的。

现在家里的房子一团糟。简妮——我们最后一根女仆救命稻草，无法忍受这样做，于是没人干活了。

在瓦龙湖则没有关系。

希望你和多萝西旅途愉快。问候康纳波尔先生和拉尔夫。

我知道这封信写长了。

你的诚挚的

欧内斯特·海明威

（此信藏普林斯顿大学图书馆）

[1] 康纳波尔夫妇在多伦多林德赫斯特街 153 号有个大房子，海明威 1920 年 1 月 8 日到 5 月 9 日在那儿住着。

致格瑞斯·昆兰

1920 年 8 月 8 日，密歇根州博伊恩市

最亲爱的 G：

我们外出去了布莱克湖，昨天回到［霍顿］湾，你的信正等着我。我收你的信的愿望超过收别人的信的愿望。当然收信在我是件乐事，所以——

天啊，G，你可真能野游，11、15 英里地走！［上帝啊］说真的那可真是野游。你一定觉得这时光前所未有。

你我一定属于那种不想家的人。我从未思乡，你的家乡则更遥不可及了。

我们此行非常愉快。布鲁米［布鲁姆拜克］和雅克［·潘特考斯特］还有“寒热”［詹金斯］以及一个新认识的家伙叫迪克·斯梅尔。

布鲁姆弹曼陀林弹得好极了。夜晚饭后在黄昏里他傍着篝火弹曼陀林。

睡前我们都蜷拢在火周围，月亮常显得美妙。这帮人让我大声读邓桑尼爵爷的奇境故事。[1]他可真是了不起。

比尔［史密斯］和查尔斯博士还有夫人［查尔斯夫人］一天也出来了。我们约抓了50条虹鳟鱼，他们带鱼回家的样子可是美妙而狼狈。

布鲁米和迪克在小溪里跋涉。布鲁米跋涉得累了，浑身湿透，营地高高在上，离他有两英里呢。布鲁姆的胡子是金色的，卷曲的。迪克说："天啊，鲍，你真像耶稣基督！"

"啊，"鲍回说："假如我是耶稣，就不会跋涉了。我会在水上行走，走回营地！"

这掌故不错，对吗？我们租了一辆小车和一节拖车，用一个星期。乔克和我痛钓了一阵子鱼。

昨天回到家，都去了瓦［夏勒瓦］，玩库克牌戏。我名下只有六个种子钱，心想要么给家里的银行写信多要些，要么去水泥厂干活。接着轮盘赌到凌晨2点，即今早，赢了59。在阿尔戈西拉斯[2]学的方法玩红与黑，有劲——可一起玩的人想回家，弄得我只好罢手。海明斯坦运气。59个种子钱得在水泥厂干几天呢。

一个帐篷里8个姑娘一定够多。天，把两个男人放一个帐篷里就嫌多了。他们能让你整洁，啊？

上周首轮月色我们不是说一等一吗？在营地大家伙卷在毯子里，营地的火烧得只剩炭了，那才叫棒。人家都睡了，你独自看着月色，悠悠思绪万千。在西西里人们说与月同眠是件奇异的事情，月光照在你的脸上。月亮敲击着夜。也许正是那令我感觉疼痛。

说说被踢出来的事情。厄苏拉和桑尼［海明威的妹妹们］同卢米思家的小孩还有另一个来访的女孩半夜起来吃饭。她们拽上鲍家的（布鲁米）和我。我们连去都不想去，本来就很无聊。我们12点出去的，在莱恩餐厅大吃了一顿，约3点才回来。

厄斯、桑尼、鲍勃·卢米思兄妹、让·雷诺兹、一个来看鲍勃的男孩还有布鲁米和我都去了。

卢米思太太想孩子了，心急火燎来到我们家，大声指责鲍家的和我天知道什么目的办这么个派对！我们拉扯在一起，真是扮演狐朋狗友的。

于是，第二天早上，布鲁米和我被踢出来，连跟他们说一声怎么回子事都不让！

母亲很得意有借口赶我出去，因为她多少有点恨我反对她一掷两三千块为她自己建新房，在［令人满意之举］应该送孩子去大学的时候。那是另外一个故事了。家事。家家有本难念的经。也许难念的经多的不是昆兰家而是斯坦家。红十字过去常把“多”（heaps）拼写成“伙”（ heeps）。

祖父把家财赌光了。有一个叔祖靠本国汇款侨居国外，回不去英国，手里的支票从未有隔夜不兑现的。他的跟班替他背书支票取钱。啊，那都是不能跟邻居说的家丑啊。诸如此类，谨举一例而已。

如此被踢出难道不荒唐？收到他们三四封信我连拆都没拆，所以不知道他们近况如何。令人厌恶，至少一年不理他们。

鲍家的都去了沃普兰。我今年冬天也得工作。雅克今冬也干活。春天我们也许买辆车，夏天就可以［驾着］去乡野了。我自己的祖国有许多地方还没有去，所以不愿在欧洲瞎晃。

不过，沃普兰是个刻骨铭心的所在，叫人无暇他顾。我以后会去的。你看，我为一家报纸工作、写作得了那许多乐子，我爱这个国家。

接下来呢——一切都在上帝的膝盖怀抱里。明年冬天我去纽约就差。随后，大路朝天任我行，长浪排空观海，看漂泊的旧汽船在油光的海上孤帆远影。

随后早晨醒来发现自己在陌生的港口。清新的气味扑鼻，人家的语言你听不懂。船上是搬运货物的窸窣声。

高脚玻璃杯和苏打水瓶子，闻所未闻的稀有故事，远方的老伙计。甲板上炎热的夜，只穿宽松睡衣。

在寒冷的夜里外面狂风呼啸，巨浪拍击着舷窗的厚玻璃。你在飞驶的船的甲板上，叫喊着才让人听见你的话。随后是脸颊贴在悬崖的草上，远眺大海。啊，有多少可看的东西啊，G。

无论怎样我敢打赌没有人像我这样给你写如此愚蠢的信。

我们在瓦三四天，打网球。比尔和医生——布鲁米和我，杰克和“寒热”。我们难得双打啊。今早还抓了条4磅的虹鳟鱼。

你在营地打网球吗？最近我们经常游泳。

给老亲爱的信得住手了。你觉得一切如何？

请写信给我。我也欠别人一封长信。

爱（我所得只有爱）

斯坦

替我问候“无用之人”和伊娃琳娜。布鲁米问候你。

（此信藏耶鲁大学图书馆）

[1] 邓桑尼（Lord Dunsany，1878—1957）著《奇异书》（*The Book of Wonder*，1915）。

[2] 海明威也许是在回家的船“鸠瑟普·威尔第”号 1919 年 1 月短暂停泊在西班牙的阿尔戈西拉斯期间学会轮盘赌的。

致豪厄尔·詹金斯

1920 年 9 月 16 日，博伊恩市

亲爱的“寒热”先生——爱抱怨的人：

很对不住老豆，我此前没有写信给你——好在那些哥们把他们离开前的情况都告诉你了。

他们走后我们抓了许多虹鳟斯坦［虹鳟鱼］。每天差不多抓两三条。我们还弄了艘高级帆船，每天远帆得不亦乐乎。昨天凯特［·史密斯］、奥德加［卡尔·埃德加］和我航至夏勒瓦。虽然在双帆之下，在风暴里还是艰难，不得不在艾恩顿停靠。电闪雷鸣风雨交加白浪滔天，上帝知道怎么回事。

鸭子季节今天始，我们希望对羽毛族开杀戒。我期望在此呆到十月中，然后跟夫人、鸟儿和结巴［比尔和凯特·史密斯］一起开车闪人。有家不能回，[1]我不知在芝［加哥］能去哪儿盘桓。也许让维加诺在威尼斯［咖啡馆］给我两条毯子。几天后就在芝加哥了。随后去多伦多或者堪萨斯市。堪市［《堪萨斯城市之星》报］来信请我报个数！我在多伦多［《多伦多星报》］一个月能挣 50 块的四倍，所以我打算对他们说此统计数字。我隐约感觉他们会通过的。如此，我夏天

就有足够的钱了。他们给鲍家的175美元一个月，给我总是比鲍家的多一些。希望能在那儿多挣些，因为我写特别通讯每月还挣100或150呢。所以我觉得堪市是个地儿，因为在那儿我的薪水会好，再说，给的跟多伦多差不多。

你怎么想?

关于杰克和卡普，别让你的热情与你自己一起跑了。[2]

记住，米斯克是个圈套。他一直病着，在拳击场上算完了。这都拜邓普西所赐。他们是非常好的朋友。杰克这么说的。你得给米斯克机会先尝试。当然期待米斯克反杰克是件荒唐的事情。

现在杰克正打算反另一匹优秀的老战马，此人是冈波特·史密斯，他也绝对完了。冈波特虽然是个该死的滥交者，但他是个绝好的战士。不过，现在他绝对完了。有一天晚上，有人（某个二流之辈）在大瀑布城把他打昏了。杰克很快也会去收拾他，接着也会打昏比尔·布瑞南，此人始终是个孬种。

你要让“寒热”记住的是那个吉奥［·卡彭提尔］也容易上这些圈套。

吉奥跟乔·让涅特干了二十个回合。他跟比利·帕普克和弗兰克·克劳斯交过手；把威尔士打昏过两次，也把贝克特打昏过，比邓普西摆平任何一个都来得快。他可不是绣花灯笼裤和昙花一现的人。别因为邓普西打遍天下无敌手就认为他可以把卡普先生打个落花流水。

假如你能找个人下十倍的赌注之类，说邓普西会短时间里把他弄走，我立马跟他赌。因为，只要吉奥对战柏特林·莱温斯基的号令一响，价码不攻自破。

邓普西和“寒热”尚未真正交手呢。吉奥腰带下交手的人可多。邓普西也许如他们所说很棒——但他从未证明除了痛殴时手快如闪电，他还能个什么。他能对一如他迅疾的人做什么？况且那人能躲闪他并出手还击。鹿死谁手还待观察。

想想这些事吧。邓普西也许得手。然而，另有可能他得不了手。这是杰克第一次交战，他们上场之前谁也没法决定结果。

我当然乐见“万人迷”弗朗西斯·威美特。让哈佛刺猬们见鬼去吧。

你在干些什么？波克在干些什么？他打算回学校吗？你见到迪克［·斯梅尔］了吗？

酒的问题怎样了？

爱抱怨的人，给我一封长信，告诉我你对我的邓普西—卡普看法如何想。

我们最近摘了许多苹果，还平整了九英亩甜红花草种。啊，是的，我还让船楔子撕破了肠子，内出血呢。大夫柳叶刀开了我的肚脐，取出很多脓。今天感觉好多了。他们认为我疯疯癫癫的，尽管就那么一阵子。

有一天我们弄到了拳击手套，打了一会儿拳。我跟“老实人”比尔［比尔·史密斯］交了四回手，没有一次击败他。啊不，只有三轮交手。反正把威尔的脸打肿了，变形了。威尔手快且出手狠，但不太会拳击。不过跟他打有意思，因为我左钩右钩地击打他的头，他却屡败屡战。另有一天我们打了三场网球，他在球场上令我难堪，远过我用拳击手套给他的难堪。

好吧，正式通报就这些了，我尽量打住。

写信给我，问你家人和迪克好。

伊默尔/斯坦

（此信藏普林斯顿大学图书馆）

［1］因为莱恩餐馆的那一幕，海明威的母亲不准他呆在温德米尔农舍。见卡洛斯·贝克《海明威传》（纽约，1969）第71—73页。

［2］1921年7月3日，在一年的宣传攻势后，杰克·邓普西在第四轮中打败了乔吉斯·卡彭提尔。

致格瑞斯·昆兰

1920年9月30日，博伊恩市

最亲爱的G：

你母亲早上告诉我今天是你的生日。我立马进城给你去找合适的礼物。然而，兜里只有5毛9分钱，办事太难。

考虑买59张一分的邮票当礼物——或者订一个月的《晚报》，或者在莱恩赫茨买特价的橡胶套鞋。然而，所有念头都被打消了。因为，你可以借邮票用，报纸也已经有了，也许不穿橡胶套鞋。

于是，凯特［·史密斯］和我还有医生［查尔斯大夫］去了马丁酒馆，每人要了一杯所谓的酒。我要求大家为一位非常令人尊敬的女士、我的老朋友干杯，今天是她生日。我们喝了。凯特问女士芳龄几何，我说快30了——慢慢地但肯定要奔30的。我们于是又为那话的分量干杯。为你过生日的钱于是花光了。

老豆，下次我试试等到你庆祝完生日再破产。

今天早上在你家厨房我们聊天，德吉来了。谈话中德吉告诉我活该我去年秋天赌"袜子队"赌输掉了。[1]想想这一组比赛还诚实。他并不责备袜队出卖自己等等。我愤怒已极，但愿没表现出来。我心中燃起揍他的强烈欲望，不过欲望被征服了，因为我想："少安勿躁，揍一个亲爱的朋友，这老讨厌的还能剩下什么呢？"

接着凯特和我去了天主教堂。点燃蜡烛后我默默祈祷，为想要的得不到的东西许愿。出来时情绪好极。主很快奖赏我了，一个带点浪漫色彩的历险。

此历险很小但所料不及，有片刻刺激；我很高兴自己点了蜡烛。你得见到丽丝才能知详情。

当我们在雨中驱车返家时，我沉思默想，15岁多好，你多好。雨越下越大。凯特要睡觉，我写了一首诗：15岁的你。回到家后，我记起你比我懂事多了。雨停了，凯特醒了。我想你会觉得那诗很傻，于是我没有寄给你。

啊，我很抱歉今夏没能好好陪着你，脾气也坏。很难过你不像以前那么喜欢我了。我喜欢你超过喜欢别人，听说你在背后说我坏话，我很伤心。

你生日不该说这些。希望你生日快乐。假如觉得自己还没那么老态龙钟，就写封信给我。

晚安

爱你的老亲爱

斯坦

又及：为你点一支蜡烛。不知会有什么结果。已告诉他们给你想要的一切。

（此信藏耶鲁大学图书馆）

[1] 指所谓黑袜队丑闻。8个芝加哥白袜队员被指在1919年“世界系列赛”里与辛辛那提红队比赛时“奉送”一局。

格瑞斯·豪尔·海明威

1920年12月22日，芝加哥

最亲爱的母亲：

真没意识到圣诞节如此近，实际就要到了。

你如果不在我们都会想你的。比尔·荷恩去东部了，不过肯莱和杜迪尔斯［Y. K. 史密斯夫人］打算出来吃饭。

我在这本叫《合作社共同体》[1]的杂志工作。在合作社运动里，它扮演的是口琴的角色而不是管乐的角色。假如人们关于这场运动的言论几乎都属实的话，那它可真就是一场运动了。这本杂志的发行量有65 000份。这个月当期有80页阅读的东西，约有20页广告。大部分阅读内容是我自己写的。我也写编者按和别的什么。将来什么都会试着写一次。

收到你的信真好。很高兴莱塞斯特［·豪尔］舅舅觉得他会喜欢我的。我也试着对他产生好感。希望你能去泡泡浴滚水池里游泳——听起来像从前在南塔基［1910年］游泳的样子。我和海草以及马蹄蟹共游，而你在咸水浴池里畅游。

爸爸让我在外时星期天读读你的信，所以我很知道你的所为［近况］。好像没什么对你来说是新闻的东西告诉你。我带桑恩［·玛德莱娜］去足球场舞会，她跳得很好，光彩照人。厄拉［厄苏拉］跟约翰尼在一起，一身杏白色夜礼服宫廷弄臣般划过夜空。她因为身材匀称，穿夜礼服好看极了。

圣诞节后周一杜德尔就要去纽约跟劳伦斯学习。我届时也会住在纽约。东小街63号。是个特别舒服的公寓房，七间屋子。无价之宝德拉给我们做饭。单身区里我们共有五人。

求你指示，洗耳恭听。至少你教我好，不是吗？无论怎样请垂示。很忙，很好，也很累。第一条有趣，但第二第三条则越发不那么强烈要求。哈什［·哈德莱·理查森］[2]从圣路易斯来过周末。星期六晚上来，星期一晚离去。我们呆在一起好极了。她极想让我去圣路易斯吃除夕大餐并参加大学俱乐部聚会——可我还不知能否如人愿。像是脐橙般落地生根了。

我薪水不错，可还是忙着应付圣诞节年关，付清各种账单。亟须买衣服，要么小了，要么穿过头了。

给小孩子几张小面额的纸钞过圣诞节——没时间去买东西。拿纸钞给富裕的在加利福尼亚享福的母亲当礼物不合适——所以我给你和莱西另准备了东西放在这儿，假如你决定再呆一阵子，我就邮递出去。[3]替我问候小小，转达我最深的爱。希望他和莱塞斯特舅舅圣诞快乐。但愿能亲见莱塞斯特舅舅。

昨天收到Z派分子古达孔斯特大夫的信，也许你记得事实上他是个外科大夫？他在新墨西哥州的圣塔菲，被任命为一家疗养度假农场的经理，待遇很不错。他要电汇给我一张票让我去那儿，说是那里有可以点火烧的马匹，男人不用刮胡子，还有其他许多吸引人的物事。他急切想让我去——我不该在船烂的时候老鼠般弃船而去——船烂的味道才刚可闻。等船完全烂掉，我也许往那儿赶。换句话说，我对［合作社］运动对世界还没有充满信心。

圣诞快乐，老妈——不会跟你说新年好，因为新年意味着又往坟墓趔趄近了一步，那儿没什么好快乐的。

希望你时光过得无价般珍贵。

爱你的

欧尼

（此信藏肯尼迪图书馆）

[1] 见海明威 1921 年 4 月 28 日致比尔·史密斯（小威廉·史密斯）信注[4]。

[2] 伊丽莎白·哈德莱·理查森（1891—1979）出生于圣路易斯。她 1903 年失去父亲，后者系自杀；1920 年失去母亲，后者长期卧病。毕业于玛丽学院（1910 年）。她在布莱恩·毛尔那儿呆了一学年。凯特·史密斯在玛丽学院时就认识她并邀请她到芝加哥。海明威在 Y.K. 史密斯的公寓里初次见到她，地点是北州大街 1230 号，时间是 1920 年 11 月初。

[3] 海明威的母亲由最小的孩子莱塞斯特（快 6 岁了）陪伴正探望加州的娘家兄弟莱塞斯特·豪尔。

致格瑞斯·豪尔·海明威

1921 年 1 月 10 日，芝加哥

亲爱的妈妈：

我最近很忙，否则早就给你写信了。我搬家了，像是我告诉过你，或者打算跟你说来着。

现在东小街 63 号。我想，自新年以来都未出门去那所房子——现在是 1 月 10 日，我很快就得出门了。

昨天我有意出门来着，但艾萨柯·唐·莱文，《每日新闻》驻俄罗斯记者，中午来公寓吃饭，接着下午又去听本诺·莫塞维奇在交响乐大厅弹奏。我想莫塞维奇是当下最好的钢琴家了。他比莱维茨基或约瑟夫·霍夫曼不知好到哪里去了。我想他超过了拉赫玛尼诺夫或加布里洛维奇——无论怎样他在头四名。

他弹奏的曲子比我上次听的要好。肖邦的 B 小调协奏曲、德彪西作低沉的天主教堂里的《大教堂颂》之类，随后是两首李斯特曲子伴之以《钟声》，一些现代曲子名字我记不得了。我是根据记忆复述的，否则会更准确些。

接着莱文带肯莱［史密斯］和我去看勒诺尔·乌尔里克在帕沃尔斯演的戏。记得我们看她演《玫瑰老虎》吗？这回的新戏是《子女》，跟《玫瑰老虎》一样好的轻喜剧。不知是否结构也同样好。不过勒诺尔是个好演员，戏里充满引人注目的东西，如多姿多彩的赌徒芬查和“海螃蟹”——海螃蟹很可怕——我害怕——你也许也会害怕。

在“霍腾托特”看了《威利·柯利尔》和《好运连连》，还有几出别的戏。乌尔里克的戏又看了两次。

莱文是个优秀的家伙，给了我们一些关于斡罗斯的冷消息，他回来才四天，明天去纽约。

我周薪加了10块纸币。10块就是10块。如此每周六就有50块纸币入账。当然这纸币不多，但还算几张纸币。

霍尼·比尔［比尔·荷恩］仍在“近东”，准确地说是在纽约东部。我相信孩子们都安然无恙。他们看上去很幸福，举止乖巧，身体健康。

今天采访了玛丽·巴特尔姆，她可是地道的“老牌”人物，一个优秀的女人，我为她倾倒，写了个妙极的故事。[1]出来后会寄给你一份。

我寄没寄给你一本烂杂志？

莱塞斯特小鬼好吗？

替我问候莱塞斯特舅舅。也道声爱你，剩下的爱都是你的。我的爱还有剩余，因为爱莱塞斯特舅舅就像爱小说里的抽象人物。

经常有你的音讯总是叫人高兴。

有机会我总是在户外——这里天气真不错——也就是说我们自己那儿一路天气都糟糕。

早晚我们总能得之，它还没来呢。

爱你，原谅破打字机——是新的，僵硬如冻胡子。

欧尼

（此信藏肯尼迪图书馆）

[1] 玛丽·M.巴特尔姆（1866—1954）出生于芝加哥，是位著名的挽救女青少年犯罪者的人士。她以“玛丽手提箱”著称，因为她给每个被告失足女青年一个装满衣物的箱子。从1923年到1933年担任芝加哥青少年法庭的法官，她是伊利诺伊州法院的第一名女法官。青年海明威的一个显著性格特点是崇拜某些比他年长的女人：玛丽·巴特尔姆、哈利耶特·康纳波尔、米尔德瑞德·阿尔德里奇和葛特鲁德·斯坦因等，还有其他一些。

致詹姆斯·甘布尔

约 1921 年 2 月 24 日，芝加哥[1]

情愿跟你去罗马也不去天堂句号［还没结婚句号：这些字划掉了］。悲痛无语句号。写东西卖句号［未婚：这俩字也划掉了］但富不起来句号所有作家先都穷然后富句号。我也不例外句号我们难道不会一起共度好时光句号主啊我多羡慕你

海米

东小街 63 号

伊利诺伊芝加哥

Y.K. 史密斯收转

（此信藏肯尼迪图书馆）

[1] 电报打字稿，有海明威手写指示修改之处。参阅海明威 1919 年 3 月 3 日致詹姆斯·甘布尔的信。甘布尔地址当时是费城南 16 街 356 号。

致 C.E. 海明威大夫

1921 年 4 月 15 日，芝加哥

亲爱的爸爸：

很高兴收到你两张明信片——你此刻一定过得很愉快。这里也是事情来去匆匆。我工作很卖劲，有机会晋升，估计薪水也会多些——不能详谈因为总有个管事的进来盯着你看你写什么。我们在环城路上有个新办公室——地址是伊利诺伊州芝加哥市北威尔斯街 128 号威尔斯大楼 205 房间，寄这儿我能收到。我有可能被任命为报纸的执行主编。这是私下偷偷告诉你的，别外传。

同时我还跟多伦多［星报］讨价还价呢，随时有可能把手头的工作一推去那儿。我 350 左右买的意大利里拉现在涨到 500 了——可以卖个好价钱——可我买里拉是因为需要——不是为了赌博。想 11 月去意大利假如里拉足够。昨天晚上曼福瑞迪来。他看上去不错，让我

问你好。

有一天晚上我让厄苏拉出来吃饭。不久打算回［橡树园］家。可现在忙得像条狗。下星期一去威斯康星采访。

他们今天绞死了卡迪内拉和考斯玛诺以及另一个意大利裔杀手。本该绞死的还有洛佩兹，暂缓执行。我猜卡迪内拉是条好汉，不改口。今天早上经过县监狱，外面有很多人等看热闹。[1]

去钓鱼了吗？

问候祖母祖父和格瑞斯姑姑还有卡罗尔，希望他们都好。[2]

给我好好休息好好钓鱼好好游泳——我当然愿意跟你们在一起——吃很多很多的虾——但愿能得一假期——总好像你一星期都忙得像条狗，好容易星期天了，得睡点觉，接着又是繁重的工作——秋天我打算教训一下这工作机器，去沃普兰呆一阵子。

两星期了太阳没在这儿露脸。我给你写充满阴霾的信，如此你就会欣赏你正拥有的美好时光了。我讨厌那些写信给离家的人说在家更好玩的人。这里一点都不好玩——没指望。

我收笔于欢快的憧憬

爱你的儿子
欧尼

（此信藏肯尼迪图书馆）

[1] 山姆·卡迪内拉和另两个人 1921 年 4 月 15 日在芝加哥被处绞刑。14 日《纽约时报》报道说卡迪内拉反对行刑者为节省时间在光天化日下动手。参阅海明威《在我们这个时代》第 15 章。

[2] 海明威大夫和夫人及 10 岁的女儿卡罗尔同安森和阿德莱德·海明威以及他们长大了的女儿格瑞斯在佛罗里达西岸的桑尼贝尔岛度假。

致小威廉·史密斯

1921 年 4 月 28 日，芝加哥

天啊，鸟儿，你看上去很糟啊。本编辑是绝不会数一篇失修的文章的字母的。你该能从这家泽尔尼克公司赚上一笔，就当夏天的副业吧。无论怎样你可以给“尼克”好好报一下密歇根的情况。本·布朗[1]给我们的拳击台装上横档了吗?

本编辑很惊诧你的境况——我的信该无拘束地往下流淌。我真不知道你老这么抱怨——虽然我在村子里时你看上去就不好。也没听说你跟本编辑有什么不快啊。所以,一阵子过后,不写信了,理由是假如一个人不愿与另一个人有什么瓜葛,他就不该模仿奥德加[卡尔·埃德加]以书信来追求巴特斯坦[·凯特·史密斯]。然而,假如你处于低潮,你显然是的,那就不受此限制了。[2]

我们[下]星期六搬到芝加哥100 E去。

杜迪尔斯[Y.K.史密斯夫人]5月28日回来。严恩[Y.K.史密斯]发胖了——172磅——在此重量与174磅之间摇摆。声称自打没有拘束以来,感觉从未有过的好。

费蒂斯[艾迪斯·佛莱]在此地,跟她父母住在弗吉尼亚旅馆。斯塔特[凯特·史密斯]就我所知一星期或者十天没见她了。上周斯塔特几乎每晚都跟严恩和我在一处——我们办了个令人陶醉的派对。她、严恩、本编辑和一个叫科瑞布斯[·弗瑞恩德][3]的优雅之士上周六晚参加了一系列日耳曼家庭度假村的晚会,这些私人场所无与伦比。我怀疑在德国也没这么好的。默塞尔红酒4毛钱一大杯,普通战前啤酒4毛钱一品脱。5毛钱就可以买一份好晚餐。这里一句英文都不用。你们来的话我们让他们说英语。星期天斯塔特和爷们严恩、荷恩和罗斯去了橡树园,他们的父母都呆在密歇根。我提到的地方都有令人陶醉的日耳曼轻歌曼舞。Wurtz n'sepp's,Komicker seppels以及另两处美妙的场所都不错。

本编辑自己也并非日子都粉红绚烂地过。上两周头疼欲裂,几乎疼得要死。昨天在办公室眼睛疼得要发疯,不得不回家睡觉。由于头疼不得不放下拳击手套——忙得团团转,同时给洛佩尔[4]定期供稿。过去两周里写的东西比前18个月都多。运动也没能让精神振奋起来——感觉完全颠三倒四。假如有地方去游泳就会好些。目前从办公室回家,吃饭,和几个人一起打两三圈盘式桥牌。接着上床睡一小会儿觉,又醒来,随后是彻底睡不着。于是开始工作,干到早上犯困。

吃了安眠药可不像管用的样子。真想跟你们一样去北方。怀疑今夏能否去——耶稣啊，有时夜里想起鲟鱼和鲈鱼，几乎学布谷鸟儿叫——不知奥德加对此的态度如何。也许不得不放弃这些去追求我想要的更多的东西——即便有了一切也不妨碍我喜欢这些。万事就是如此。一个人一生热爱两三条小溪，爱此胜过世上别的东西。——有一天爱上一个姑娘，该死的溪流不再提供他在乎的一切。只是令人难过的是乡村始终抓着我的心——今年春天尤其让我牵挂——你了解我的情况的——白天不怎么想，夜来则要我的命——而我又不能去。

记得去年夏天，那天我们往大学堂去在钱德勒酒馆下的那一弯小溪吗？那是一个人能碰上的最次小溪了。那天我与山姆·尼奇在溪流的另一处垂钓，在延伸处抓了那些大鱼，就是你我宰鱼的地方。那天胡普金斯［查尔斯·霍普金斯］和奥德加也在那溪流里抓了一大堆。记得我把钓竿都弄折了，就在你抓那大家伙的时候；还记得如何用网对付它的吗？耶稣啊，我敢打赌那儿有鲑鱼，有令人难以置信的鲑鱼。我又开始想这些了——又毁了一个白天。

这信成了抱怨信了——爱抱怨的人［豪厄尔·詹金斯］现在正挣着大钱——基于一项严格的委托——比他以前挣的都多并能坚持下去。他说要去北方呆一个月。下流的迪克一切都好——今天中午与他一起午饭。还不知道吉［·潘特考斯特］的计划。特奥多［·布鲁姆拜克］近况如何？特奥多写信了——只是明信片——没什么消息。

假如一个人的生活乱七八糟的主要原因之一是晚上太累，没有任何运动，那就是毁一个人的主要因素了。一个人到自己成了个被毁的东西才会认识到这一点。你似乎忙泽尔尼克的事也烦得很。烦就对了。

呃，恁——不久会发你一封佳信——这样写的信一两封就能让人从马上跌下来进棺材。

伊默

威美治

（此信藏普林斯顿大学图书馆）

［1］佩托斯基的汽配业主。比尔曾为圣路易斯“永固匹斯敦轮胎公司”工作。

[2] 此处戏言是海明威—史密斯通信里经常出现的东西。普通单词加词缀 -age，食品成了 eatage，书信成了 screedage，死亡成了 mortage 等等。海明威的外号“威美治”由如下演化而来：Weminghay = Wemage = Wemedge。

[3] 科瑞布斯·弗瑞恩德是海明威在芝加哥时的哥们，1924 年在巴黎又常相过从。

[4] 理查德·H. 洛佩尔是《合作社共同体》的出版人；弗兰克·帕克·斯多克布里奇是他的副手。公司当时刚从芝加哥奥格登大街 1554 号搬到北威尔斯大街 128 号威尔斯大楼。

致玛赛琳·海明威[1]

1921 年 5 月 20 日，芝加哥

最最亲爱的象牙雕刻：

希望你肚皮感觉好了。天啊，当我听说你挨刀了真是难过。没有什么比知道亲爱的老朋友或亲属挨刀更烦人的事情了。

跟爹谈话得知你手术做得不错。

哥们都想给你写信，我也很快就会去看你挨刀后的情形。

今晚，“爱抱怨的人”也就是“寒热”先生兼“爱抱怨的人”［豪厄尔·詹金斯］和严恩·［Y. K.］史密斯和本信作者拟坐最佳观众席观看“牲畜围场”队的弗朗奇·夏佛和“太平洋海岸”队的基涅·华生进行 130 磅级别最佳席位第十轮魔鬼摔压。该是场好戏，我期待着前往观看。

我觉得阿尔［沃克］在我这儿过得不错。希望如此——你告诉我他没有钱，所以玩的时候都是我付账——吃喝等等。阿尔听说你挨刀也一定会大吃一惊的。

道格拉斯知道你动手术了吗？他该很有所表示的。想想你只允许他亲吻你，该从他那儿享受点什么待遇。你的挨刀也许让他气急败坏，兴许把医院放进洋葱里窒息浸泡，就像把牛排浸泡在洋葱里一样。

所有的人听说你挨刀了都很伤心。

昨晚伊西·西蒙斯［伊萨贝尔·西蒙斯］和我弄了个令人陶醉的派对，去了四个本城最好的地方。想到你挨刀就伤心，尽力做到了强作欢颜。我们过得很愉快。伊西是个无价之宝。多么辉煌的夜晚。我们走出华尔兹舞厅，走入室外的空气中，天暖似热带，房顶上巨月当空。空气里是温暖的柔和，像小时候的情形。记得那时我们和拉考克斯一家还有夏洛特·布鲁斯一起滑板、一起玩跑羊快跑的游戏。

我和霍尼［比尔·荷恩］下周五晚拟去圣路易斯在哈什之家呆三天。该会过得不错。新“家”是个奇观——比原来的大多了——有电梯，我的前窗能俯瞰旧房屋的奇特尖顶、在拉什大街上的房子；也能看见大山般的瑞格莱大厦；满街绿草如茵，树木成长——好看极了。鲍比［·罗斯］不久就去纽约定居——你知道吗？霍尼工作很卖力。

我们有了一首优雅的歌子——我写的关于这些哥们的歌子——

鲍比在拉萨尔大街闲逛
“爱抱怨的人”花钱买恶之花
霍尼为一毛五分钱写广告
上帝啊钱可不老少！

天啊我很难过你挨刀。不过一个人不得不挨刀的话就从容赴刀去挨刀。今天下午巨困——你知道的，天热——今天早上之前就没进过卧房。天啊——真是度过好时光——跟伊［萨贝尔］出去比我在本城认识的任何人都好玩。扬塔在格罗滕凯勒见到我们一圈一圈跳华尔兹。周围全是德国人，好闻的啤酒味、烟味，用啤酒杯欢快地敲打桌子，要求再来点音乐，再来点气氛。

对不住打字很烂，也许错字千出——那是因为我打字用触摸系统——最近才学的，快是快了，但多有不准。凯特［·史密斯］问候你，说你最不该挨刀。我也不愿见你挨刀——你还让他们动刀取走了什么？我情愿一次手术都弄完。礼拜天我想能出来看你。

最爱你，亲爱的且且［姐姐］。希望你舒坦。

永远的

欧尼

（此信藏肯尼迪图书馆）

[1] 写给在橡树园医院里住着的玛赛琳“（一位摘除附件的病人）”。

致格瑞斯·昆兰

1921 年 7 月 21 日，芝加哥

亲爱的老 G：

你一定想我真是个十恶五毒的混蛋，因为我没回你和普吉斯［·马约莉·邦普］那珍贵的音讯——不过我猜给你俩的信已然解释了原因。本想给你俩一起写信——可写不好——要写的东西在我脑子里总分离；再说也有各自要对你俩说的话。

正因为你说我不写信给你，我才随信附上 2 月的一天情绪低落时写给你的信——如此你就不会觉得我把你丢在脑后了。

你像是想了解哈德莱的事——好吧，她的昵称叫哈什——是个棒极了的网球手，我所知最好的钢琴手，是极优雅的那种材料。[1]尽管简报预言我们秋天在圣路易斯举行盛大婚礼，我们还是打算愚人一回，在［霍顿］湾那小小机灵教堂结婚，然后四处瞎转三周，再回芝加哥——在肯莱·史密斯那儿住——大概呆到 11 月，然后去意大利一年或者两年。我从佩托斯基回来就一直在存钱并买进意大利通货。最近从老 K 那儿弄了笔钱，所以这方面情况不错。我们打算去那不勒斯呆到春暖。我想会住在卡普里岛，随后也许进卡普拉科塔的阿布鲁其——那儿有不错的鲑鱼溪——桑格罗河——还有网球场。那儿的海拔是 1 200 米——是人所知最好的地方。我从我最好的哥们尼克·涅洛尼那儿打听了价格等等，他刚来此地，我们是战友。他跟我在一起呢，给了我许多信息。秋天他就回去了，会为我们安排一切的。

不错吧？结婚的日子还没定，但会在 9 月初——头一个星期某天——你当然会出席。我不能请很多人，因为婚礼在北边举行，以免诸如此类的事情——不过你会来，不是吗？请帖以及诸如此类的东西会顺事成章地到达。

G，你别以为今冬我不写信就是把我喜欢的北边的众人都推翻了。今年冬天有点像往年一样稀冷——病了几回——常日夜加班挣钱——一直侧身写东西，忙得要死也累得要死，整个冬天弄得我除了哈什［·哈德莱］我谁的信也没给写一行。

现在的工作不错[2]——也许把它扔下去意大利是不明智之举——不过攒足了在那儿花两年的钱——有那时间写作我才能有机会出头。

［佩托斯基］的伊莲·格尔德斯坦来这儿了，我们一起打网球很开心。我还要去看她，却突然接到命令去东部采访［邓普西-卡彭提尔］拳击赛，不得不急忙离开——匆匆打点行李，连招呼都没机会跟她打一声。在此赛中输掉700多——也没能让脑子安定下来——3-1赌注下得不错——第二轮卡普差点中，他拿给我看的。我们运气不好——假如刚出手时没错就好了——事后诸葛亮有什么用？你别跟人说我们输钱的事——你知道——一有机会人都想说三道四。

我亲爱的老豆我要收尾了——得写"没用的东西"去了——9月见——伊莲说你越发漂亮了——但愿没变——别的姑娘说你美，那一定是美的。

给我写信好吗？记得问候你父母。我非常喜欢你全家——你知道我有多喜欢你——

永远的

斯坦

又及：也许你父母能带你和普吉来，还有谁？瑞德和丽丝？我不想请格瑞厄姆太太——你知道为什么的——因为我不要她来。不过别让普吉看见这话。

伊默

斯坦

给我报信——啊？

（此信藏耶鲁大学图书馆）

[1] 参见海明威1920年12月22日致母亲函注[2]。

[2]《合作社联盟》助理编辑。

致格瑞斯·昆兰

1921 年 8 月 7 日，印第安纳州戈申

最亲爱的 G：

当然有各种事情缠身没有给你写信。不过——终究是托词。

这地方可真好，不是吗？我老板派我去东部，开着他的车穿芝加哥而东，我目前剩最后一段路了。上帝啊希望明天中午前能到达。什——真不想亵渎神灵——作祈祷状。普吉在营地吗？她为什么不回我的信？

我亲爱的，真高兴你依然美丽。我可是比你老多了。（感谢上帝）你对佩托斯基那人不满意。你还是我最好的妹妹。别跟旁人说这个，要么是血要么不是；我知道你不愿当［基督徒］科学家。

我开了一天车累了。腿火烧火燎的，烧得尽出错。所以我该去澡盆里泡一阵子，看是否能把错字淹没了。

真希望你在这里跟我聊天，我寂寞得要死。假如你真的想要那张照片，就连结婚通知书和哈什［·哈德莱］的相片都留下吧。让我知道，假如你想要的话。都在家里呢。

附上哈德莱穿婚纱的照片一张。婚礼前散发很不合适，我想。不过，你是我妹妹，不是吗？天啊 G，我很高兴婚礼上就能见你了。最亲爱的老妹。不过你在营地一定很愉快。

我知道你对我结婚结得早是什么感觉。我也曾感觉早，但哈什和我意识到相互拥有生活才如这美妙旅馆般有趣（见信纸抬头的照片）。那样就得去挣钱。我从前也不想结婚，尽管有许多机会。

晚安，最亲爱的老妹——我非常爱你。

你永远的哥哥，

斯坦

（此信藏耶鲁大学图书馆）

致格瑞斯·昆兰

1921年8月19日，芝加哥

最亲爱的G：

真不幸，营地对你来讲已经提不起劲了。也许现在你感觉好些了。一般来讲一件事做第二遍就不那么有趣了，不是吗？我们应该什么事都只做一次，接着去干新鲜的事情——只是想想，新事物也许让我们筋疲力尽。

我当然认识名叫肖尔尼的人。两个小子，一个叫戈登，一个叫赫伯特。赫伯特比我大点，戈登和我是［橡树园中学］同班同学。他是个不错的家伙。我跟他们的妹妹也就说过话。

不会吧，他们真的说我在巴黎结过婚了？上帝啊，告诉我一切。是我抛弃了她还是什么？你会觉得我是个重婚犯？告诉我细节，我极有兴趣。

8月27日我就打算离开此地，第二天早上就到北边，也许直奔鲟鱼去了，钓鱼的季节还就剩三天了。9月1日他们就不对外人开放了。这么长时间没有钓鱼，我都快馋疯了。然后回家，呆到3号，隆重地结婚。该是个高级的婚礼，会有好哥们出席。人不太多，但都是我们喜欢的人。假期结束前我会去佩托斯基看你。

随信附上照片。比你认识我的时候样子文明多了，是吗？已然文明了12个月了，几乎被毁掉。

一会儿得去采访美国粮食生产者联合公司总裁。是午饭时抽空给你写信的。平时一起午饭的家伙生病了，于是跟你聊天。你不会介意吧？哈什在“上半岛”呢，享受着家庭天伦之乐。我们在［霍顿］湾时才能见面。桑尼在明尼苏达，玛斯［海明威的姐妹玛德莱娜和玛赛琳］在缅因。海明斯坦夫妇在瓦龙湖。此地我认识的人都走了，一个魂都不在。跟博伊恩瀑布一样寂寞。可还是得再呆俩星期。真是件好事。

昨晚梦见你，很好玩的梦。现在都忘光了。像是离你而去的那种，不过是好梦。我真希望记住梦里的内容。几个月来头一回梦里有你，你闯进了我的头脑。好玩居然昨晚做梦，今天早上第一件事就是收到你的信。也许造物主的手大步走进我屋子了。

啊，对了。司铎、牧师、神父或主教之类你知道多少？？在你广泛的朋友里，你能推荐个能干的司铎履行仪式吗？哈什说她不特别在乎牧师的出身，但最好别是穿赛璐珞领子、嚼烟草的。我们本以为夏天在哈勃泊因特能够请到圣路易斯的特特尔大主教，但届时他也许就不在那儿了。记住选牧师的时候得挑能阅读并有庄严感的。我们付神职人员费用付的就是庄严。我们不要福音派，因为他们往往大喊大叫"赞美主"，随后在仪式的节骨眼上在地板上打滚。最好是长老会的，要么就是圣公会的，对我来讲都一样。当地神职人员怎么样？给我个简介，好吗？给我选个牧师。

好了，我得去吃点什么了，然后开始跟这个"粮食生产者"打交道。三天后去新闻发布会。为了弥补随后假期人不工作的嘀咕，我现在忙得像条狗。尽管如此，指标已超额完成。当然都不是舒心的活。我在为他们写一本 10 万字的书，每次发表 5 000 字，连载。死样的很。你都认不出我了，一个搁浅的人，告诉你，一个搁浅的人。思想起来就多思，思不起来就别多思，别刻意去多思，尤其别去思眼跟前的上帝之子。

给我写信 G，我孤独得要命。

爱你很多

斯坦

（此信藏耶鲁大学图书馆）

致 Y. K. 史密斯

1921 年 10 月 1 日，芝加哥

亲爱的 Y. K.：

我跟母亲通电话时得知，她给你寄了一份请帖出席今晚在橡树园的招待会。[1]

当然，你和杜迪尔斯没机会去。万一你误解了邀请，我则花两分钟时间亲自拒绝你参加。

不是我不愿见你，正如杜迪尔斯经常大声念叨的杰作说你是个“英俊的小伙”。不过我感觉，姑且引用你妻子被人普遍崇拜的话“有点小瑕疵啊”。

在你和妻子外出时我会去帕罗斯园三角小屋里取剩下的衣物和我那些也许被翻旧了的书信。[2]

有点小瑕疵啊

有点小瑕疵啊

你在圣诞树上自己吊死吧。

永远的，

[欧内斯特 · 海明威]

(此信藏普林斯顿大学图书馆)

[1] 时值海明威的父母 25 周年结婚纪念日。

[2] Y. K. 史密斯(1887—1969)回复(10 月 2 日):“欧内斯特:你的衣服和东西已经归拢一处,在艾尔蒂斯储物间。从女看门人那里可以得到钥匙。清单如下:一个盒子,两包衣服,两顶帽子,一个斗篷,一个旅行包。也有哈德莱一些东西,我会自行转交给她。你也容易明白你写的信已然使你不可能在任何情况下任何时候在我家出现。”(此信藏普林斯顿大学图书馆)9 月 3 日霍顿湾婚礼之后,海明威和哈德莱在瓦龙湖度蜜月,住家里的温德米尔小舍,随后搬到芝加哥北迪尔伯恩大街 1239 号,放弃了原先与 Y. K. 史密斯合住的想法,因为海明威和史密斯吵了架。

致家人

1921 年 12 月 8 日，纽约

亲爱的爸爸妈妈和孩子们：

我们离开之前在旅店写这封信。[1]一切都很美好。旅途愉快，枣子和苹果都很好吃。妈妈的支票、南博恩的信和马萨温的信［桑尼和玛赛琳的信］都很让我们开心。

与鲍比 · 罗斯一起吃了晚饭，见了另外几个朋友，有我的朋友，也有哈什［·哈德莱］的朋友。我已经托运行李了，也看到船了。

瓦尔特·约翰逊［表兄弟］会送我们上船。我会把信交给船员邮寄。

一切都很美好，我们以优雅的方式出行。祝你们圣诞节愉快。

我建议你们远离牲畜饲养场，直到疫情处理完毕。也别让孩子们去。他们得找个新地方玩耍。

鲍比·罗斯问候你们。

欧尼和哈什

爱你们大家

(此信藏肯尼迪图书馆)

[1] 海明威和新娘此时正准备远航法国。在那儿，他将为《多伦多星报》写报道。

致家人

1921 年 12 月 20 日，海上

亲爱的家人：

我们旅途很愉快。在西班牙的威戈稍作停留，坐摩托艇上岸。马马虎虎过了一天。随后是常见的飓风。天气自行平衡，很好。西班牙太热，我只穿一件棉毛衫。港口有许多种金枪鱼——有些能跳 6—8 英尺，它们跳出水面去追沙丁鱼。

哈什在船上因为弹钢琴很受欢迎。一天晚上我们弄了个秀。餐厅弄出三张长桌，摆弄出一个拳击场，我和亨利·卡迪打了三个回合。他是中等体重的人，来自盐湖城，准备去巴黎打拳。哈什在我那一角，拳击间隙用毛巾帮我擦拭。

在西班牙沿岸菲尼斯特尔角我们看见一头鲸。威戈港几乎被陆地锁住，战争期间是德国潜水艇的极好藏身处。在威戈我用法语（地中海国际语言）跟人说话，为所有乘客当翻译。哈什（伯恩斯）能说法语，所以我们相处甚美。

谢谢你们来信。我们很高兴收到你们的信——这回用上爸爸的橡皮筋了——哈什在弹钢琴，我在写信；不过她的手被英吉利海峡的风吹冷了。我们的船航行通过比斯凯湾，在法国沿岸行驶一整天。经过许多颠簸的船只，我们这一条却稳如岩石。[1]

船上有许多有趣的人，但好人很少。明天中午能到哈弗尔登陆，明晚会到巴黎。我会从哈弗尔寄出此信［邮戳显示 12 月 25 日］。哈什和我问候大家并问候老祖一家。

爱你们——

欧尼和哈什

哈什在跟三个爱上她的阿根廷人说话，还跟一个法国老男人说话。

(此信藏肯尼迪图书馆)

[1] 此船系法国线路“S. S. 列奥波迪娜”号。

致小威廉·B. 史密斯

约 1921 年 12 月 20 日，海上

博伊：

西班牙威戈。那是为男人准备的地方。港口周长跟小小的特拉佛斯湾差不多，被棕色的大山锁绕着。花 5 块钱一个男子就能买条拉丁帆船。“大饭店”一天一块钱。海湾金枪鱼云集。

它们的动作一［如］彩虹斯坦［虹鳟鱼］——钓饵用沙丁鱼——以同样的方式追它们。我一次在空中同时见到 3 条，其中一条轻轻松松 8 英尺长。今年他们抓到的最大一条重达 850 磅。

威戈有四个瓦［密歇根州的夏勒瓦］大，海湾有三四个地方可以航船去。上帝啊，这地方真不错。

我们打算回到那里。山里的鲑鳟鱼溪。湾里的金枪鱼。可以游泳的绿色水域。维诺酒 2 个比塞塔 1 夸脱；三年陈干邑酒有蓝色标识，4 比塞塔 1 升。

这就是生活

伊默

威美治

为什么不写信让“美国运通法国巴黎”收转?

哈什拿一毛巾在我那一角，跟扬·卡迪打了三个回合——盐湖城158磅选手——刚成长的重量级——准备去巴黎打拳的意大利裔。在那儿有3场，在米兰有1场。

我们整个旅途中每天都训练。他们在餐厅里弄三张桌子，在柱子间摆一拳击台。在统舱我们为了给一个法国女人募捐还来了三场。她带着一个孩子，身上只有10法郎维持到法国目的地。她“美国远征军”的丈夫抛弃了她。

乘客们都说拳击好看。

得让哈什告诉你船的情况。假如我来写，你肯定以为我胡编。

威美治

(此信藏普林斯顿大学图书馆)

致舍伍德和田纳西·安德森[1]

约1921年12月23日，巴黎

亲爱的舍伍德、田纳西：

我们到了。并且就坐在正重新粉饰的圆形建筑对面的圆顶咖啡馆，靠着一个炭炉子取暖呢。外面冷得很，炉子让人觉得温暖。我们喝着混合朗姆酒，热辣辣的，流进体内像圣灵一样。

寒冷的夜晚在巴黎的街道，我们从波拿巴路往回走，令人想起狼在城市里偷偷摸摸行走的情形。想起诗人维永，想起蒙佛松的小巷深深。多美妙的城市。

“骨头” [哈德莱] 出去逛去了，我在挣每天的吃食，在这写字的机器上。一两天我们就能安顿下来了。随后我会寄出绍荐信，就像发出一批船只。目前还没有发出信，因为我们还在街上日夜行走，胳膊拉着胳膊，不时窥探一下庭院，在商店橱窗驻足。我担心点心店早晚要打垮“骨头”，她趋之若鹜。一定是在压抑欲望，我猜。

今早我们收到路易斯 · 盖伦蒂尔的便条，明天会去拜访他。[2]舍伍德的便条我们进旅馆时收到了。真谢谢你寄便条。我们正低落，看见这个又情绪高涨起来了。

雅各布旅馆[3]干净便宜。波拿巴路街角的普列奥克勒克斯餐厅和雅各布路的餐厅是我们常用餐的地方。我们俩能在那儿吃到高质量的晚饭。有酒，饭菜任选，12 法郎。早餐我们四处转，一般平均是 2.5 法郎一顿。我想东西比你们在这儿时还便宜。

我们是经西班牙过来的，除了一天风暴，没耽误什么。你该看看西班牙海岸。棕色的大山像疲倦的恐龙坍入大海。海鸥在船后跟着，稳稳地抓着空气，就像木偶线上下操纵的马戏团鸟儿一样。灯塔就像恐龙肩膀上戳的一支蜡烛。西班牙海岸很长，是棕色的，看上去很古老。

接着来到穿越诺曼底的火车上。村庄肥料堆上冒着烟，漫长的田野和树林，落叶满地，树枝都修剪光的树干。一卷乡野风光，边上高耸着塔。黑暗的车站和隧道。三等车厢满是当兵的小子。终于你自己的车厢里每个人都睡了，相互倚靠着。火车晃晃悠悠丁丁咣咣。这是别处没有的死一般的寂静，只有在火车厢里能见到，在长途旅行的结尾。

无论怎样我们很高兴我们来了。我们希望你能过一个好圣诞节并祝新年快乐。我们希望今晚大家一起都出去晚餐。

欧内斯特

（此信藏纽贝瑞图书馆）

[1] 海明威 1921 年春在芝加哥 Y. K. 史密斯的公寓里与舍伍德 · 安德森（1876—1941）和他的妻子田纳西相见。参阅卡洛斯 · 贝克《海明威传》（纽约，1969）第 78—79 页。

[2] 安德森写了绍荐信给路易斯 · 盖伦蒂尔、西尔维亚 · 毕奇、葛特鲁德 · 斯坦因和埃兹拉 · 庞德。芝加哥的盖伦蒂尔（1895—1977）时任国际商会巴黎秘书（1921—1928）。

[3] 雅各布路 44 号雅各布和丹格勒特尔旅馆。

此信与下面致安德森诸信经纽贝瑞图书馆允许使用。

致豪厄尔·詹金斯

1921年12月26日，巴黎

亲爱的唠叨抱怨：

圣诞节快乐并非常感谢送我围巾。“骨头”和我住在河左岸的这家小旅馆，就在艺术区后面，安然无恙。

我们的房间看上去像个卖酒的店——朗姆酒、意大利气泡葡萄酒、味美思酒塞满了一架子。我自己酿了一种朗姆混合酒，一定合你的意。

生活在这里很便宜。旅馆房间12法郎，纸币12.61法郎。两个人的一顿饭，男人足量，约12—14法郎——约每人50美分。葡萄酒60美分。好葡萄酒。朗姆酒14法郎一瓶。法兰西万岁。

别的没什么可写了。巴黎阴冷潮湿，可还很拥挤，欢快美丽。所有的咖啡馆前都有炭炉子，大家都安然无恙。

“骨头”和我准备买一辆摩托车，有旁座的那种。夏天到处去转转，去雅拉。

给我写一封男人看的信。问候吉和“下流的迪克”。

桑普歇

斯汀

（此信藏普林斯顿大学图书馆）

致豪厄尔·詹金斯

1922年1月8日，巴黎

亲爱的唠叨抱怨：

哈什［·哈德莱］和我正搬家到勒蒙大主教路74号的一个公寓。所以你写信可以请大主教收转。我想你该收到我上一封信了。我们过得很不错。我工作也很卖劲。写了一个长篇的主干，以及几篇文章。

有一天去了“佛罗里达”。经常在“玛德莱娜”附近一家餐厅吃饭。我把［1918年］我们在那儿时震掉的石头给哈什看。[1]他们不再理会它了。

我现在能［少有?］喝圣詹姆斯朗姆酒了。这可是真正的7年陈酿朗姆酒，滑得像小猫的脸颊。

这个公寓是个高级场所，明天我们就搬进去——不过不打算马上收拾，回来再说。我们打算去瑞士蒙特鲁斯附近的香拜呆几个星期，做点冬季运动。那是日内瓦上游的山里，有点像迪尔斯坦家的那种地方[2]——但主顾要好一些。有那些爷们在一起直如天堂。天啊，你不见好酒无限、滑雪不已吗？大雪橇大滑板。我真希望你、吉、博伊和“下流”也来这儿。

得收尾了。写信给爷们。围巾每天都戴着。我弄了套正装——量身做的——爱尔兰手工家制——700法郎。我买法郎时汇率在14，纸币，所以这个价格买衣服不坏。库克公司是一家著名的伦敦公司，你当然知道。这是此地［商店］能得最佳者了。

唠叨抱怨，给我写信。我想死你了，没有男人陪伴的寂寞。这边是男人生活的地方。爱你的，斯汀。

哈什也问候你。写信到大主教那条路77［74］号地址。就在潘提翁和理工学校后面，拉丁区最好一块地儿。问候迪克，告诉他我会写信给他。问办公室里的人好。

（此信藏普林斯顿大学图书馆）

［1］1918年德国轰炸期间“玛德莱娜”餐厅中楣的石头被震掉了。
［2］密歇根州霍顿湾迪尔沃斯家的产业。

致舍伍德·安德森

1922年3月9日，巴黎

亲爱的舍伍德：

你就像是很得耶稣垂青的人。这里发生了许多事情。葛特鲁德·

斯坦因和我就像兄弟，我们经常见她。[1]读了你给她的新书写的序，很喜欢。葛特鲁德因此文走红。哈什说告诉你，引她的话如下：她和刘易之间了结得很好。引话完毕。我的私家侦探密切注视着这对人。

乔伊斯的书真他妈的不错。[2]书也许会及时到你那儿。同时报告：他和家人正挨饿。不过你能每天晚上在米肖餐厅发现这帮凯尔特人。比尼 [哈德莱] 和我一周左右才去得起一次。

葛特鲁德·斯坦因说乔伊斯让她想起旧金山一个老太太。这老太太的儿子在克朗戴克金矿发了大财。她于是拧着手四处说："啊，我可怜的乔伊！我可怜的乔伊！他弄了恁多钱！"该死的爱尔兰人，他们得呻吟些别的什么，但你从不会听说一个爱尔兰人挨饿。

庞德取了我六首诗，写了封信把它们寄给了塞耶尔。就是斯哥菲尔德，[3]你也许听说过他。庞德认为我是个醉人的诗人。他也为《小评论》[4]取走一个短篇。

我一直在教庞德打拳，但不怎么成功。他习惯把脸冲前面，德性像龙虾或者淡水螯虾。他很愿意学但容易气急败坏。今天下午再去教一节，但也不会有太多的活，因为为了发汗我得空打一阵子。虽如此，庞德却不少出汗；我得为他说话。另外，他在不熟悉的领域冒着有失尊严和名声的危险这么干也够有运动精神的了。庞德真是个好人，说起他来人的舌头又苦又甜。他为4月号的《戴尔》[5]杂志写了一篇很不错的《尤利西斯》评论。

我不知道他与塞耶尔有多近，所以不知道塞耶尔会不会用那几首诗——不过我真希望他愿用。"骨头" [哈德莱] 现在叫比尼。我们相互称对方比尼。我是男比尼，她是女比尼。我们常说——男比尼保护女比尼——可女比尼要生小比尼。

我们见了勒维里耶，喜欢他——他为当地一本法国杂志写了篇评论《蛋》[6]的文章。假如他没给你寄，我给你寄一份。

你的书[7]看上去很诱惑人啊。去新奥尔良的费用有了，是不？我真希望自己也能这么工作。这该死的报纸玩意儿逐渐在毁我——不过我很快就同它一刀两断，再干大约三个月就行。

你见了本尼·列奥纳德也就算见了他们所有人了。希望你审视他后他还能睡个好觉。我见了这位皮特·赫尔曼了。他一个眼盲了。你知道，有时另一只眼也出血出汗。他们把他浑身打遍了——不过你照亮他那晚他一定看得很清。他是个不错的意大利小子，会走红的。

这信写长了，该死。再给我们写封信，好吗？我们收到你的信一天都觉得充实。

是的，格里芬·巴瑞仍在维也纳。他们说跟埃德纳·圣文森特[8]等在一起住。“圆顶”［咖啡屋］挤满了各色小东西，女的，“她”走进歧途了。像“里尔夫人”一样，“她”堆积起牺牲品。

好了，再见。田纳西[9]和你要多少爱，我们给多少。

欧内斯特

最近写了些不错的韵诗。我们爱葛特鲁德·斯坦因。

（此信藏纽贝瑞图书馆）

[1] 海明威刚见过斯坦因小姐（1874—1946）。
[2] 西尔维亚·毕奇刚出版的《尤利西斯》。
[3]《戴尔》的两个编者之一。
[4] 海明威给《小评论》投稿是（1923 年 9 月）第 9 卷开始的。
[5] 海明威和埃兹拉·庞德（1885—1972）1922 年才见面。庞德对《尤利西斯》异乎寻常的评论刊于《戴尔》第 72 卷（1922 年 6 月）第 623—629 页。
[6]《蛋之凯旋》（1921）得了《戴尔》头奖。
[7] 也许是《诸多婚姻》（1923）
[8] 米莱小姐（1892—1950）1921—1923 年游欧。
[9] 指舍伍德·安德森太太。1924 年他们离婚。

致豪厄尔·詹金斯

1922 年 3 月 20 日，巴黎

珍爱的唠叨抱怨：

你的信把我从一床痛苦里拉到磨［打字机］前，我像野东西一样拉起磨来。耶稣啊，我这两天病得不轻，还是喉咙老毛病，最后还是肿了。你给我一堆消息，听到你的音讯真是好啊，爱抱怨的人。

让我看看，不知有什么可告诉你的。啊，对了，我有一次坐在玛德莲大道掐死了［谋害］一棵苦艾草。人们对它另有称呼，可它真的是苦艾草。我看见菲德尔[1]走过，就用几个丑陋的字眼钉这公爵。他和他的犹太新娘比肩双双，公爵一口假牙度蜜月。那晚来我舍［宿舍］吃晚饭。他俩去意大利和奥地利等地度蜜月，我们见面的次日航船往合众国而去。吃完后哈什和我带他俩去一两个深巷，干掉几瓶香槟和别的什么酒。由于有了新贵身价，菲德尔不愿喝得太凶。我则结婚已久，我行我素。

哈什问候你。我们俩给你寄一张相片［海明威穿着新花呢外套］。唠叨抱怨啊，奥吉尔威裁不出那件外套的样子。这可是真的家织的，羊毛里能闻到真正的炭烟味道。

该死的打字机色带要磨损完了。我忙得要死。《［多伦多］星报》答应给我一个星期 75 块钱，只要我肯从这儿返乡后便前往——我想把信的抄件给你，可惜该死的太长。我撞上此运并继续看情况。除非爷们的后代要上大学了，否则干吗回去。除非为了见你们哥几个。你们哥几个干吗不来这里？前天在普奥附近一条溪流里抓了一条 6 磅的鲑鱼。那些用蝇诱饵的家伙成绩一直不坏。3 月开头正是鱼季的开始。

附上［比尔·］史密斯回我的信。这是我此前给他五封信后他回的；这是我收到的第一封回信。[2]读完后你寄还给我，我要留此存照。我当然极想告诉他，让他带着全家挤向某头大象的屁股，走得越远越好——可是我还是喜欢他，所以我没回信。这封信见鬼吧？就冲我和史密斯向来的关系？当然“夫人”[3]——让她的灵魂下地狱——这两年来一直使坏让他跟我对立。我并不知道他会这么听人宣传鼓捣！基督啊！你觉得我真他妈的变得那么坏吗？我们难道没有共度好时光？你、［鲍比·］罗斯和我，没有过好时光？我就那么被人讨厌？啊见鬼——被爷们捅刀可真不是滋味——尤其是你还爱着他的时候。把信给吉［杰克·潘特考斯特］看看。他要那样的话就让他见鬼去吧。我给他写了五封信，你知道就平常老写的那种信——我本以为他是太忙没时间回信呢。

我想看凯谢尔[4]的照片——他是个令人陶醉的斗士，可是对付那该死的黑鬼身量太小。自打来此我还没看拳击呢，没有人一起去——不过好的拳击赛倒是一直很多。我得找些爱好拳击的人，弄张季票之类。

顺便一提——你见到巴特斯坦［·凯特·史密斯，比尔的妹妹］了吗？自打分裂以后再也没有她的消息了——她当时并没有远我——我放她那儿约 800 美元价值的意大利汇票，说是一有地址后寄给我。她拟存放储蓄柜里，一旦有我们信就寄给我们。我已经写了五封信，没有回音；现在很需要那笔钱。也许她从未收到我的信。同时汇票的期限也满了——有几张都一年多了。真是一团糟。我也需要那钱去热那亚开［经济方面的］会。得先垫付费用，然后人家才付我钱。你帮我找找她好吗？要么是在芝加哥海滨旅店，要么在北威尔斯大街 128 号“合作”［合作社联盟］。看看她是否收到我的信。请她务必把钱寄给我。我为这些钱着急得要死。请挂号寄保险的；寄到勒蒙大主教路 74 号或者斯克瑞布路 11 号美国运通公司。等你收到这封信也许汇票来了。可我没有任何音信，写信写了两个月了。你最好帮我看一下。求你行吗？非常感谢，卡普。你要是想，就把比尔的信给她看。我可害怕再给她写信，害怕她不愿理我——我给比尔写了五封信。我喜欢斯塔特［凯特］比喜欢比尔多一些，但一定长度的时间后，一个男人也有所顾虑收敛，不愿在红尘里强作多情。科瑞布斯也许知道去哪儿找凯特——我肯定他知道。告诉她我一如既往。

我们过得很愉快。我定期跟埃兹拉·庞德打拳。他重击很棒。虽然如此，他落拳时我总能躲避。他要是再厉害点，我就把他打倒在地。他是个不错的玩的对手，戴着拳击手套猛打一通——有一天我会不小心，他会打得我屁滚尿流。他体重 180 磅。

我的东西陆续到了——我会为你留心在这儿找工作的。你会讲法语吗？替我问候鲍［特德·布鲁姆拜克］——我会给他写信的。由于每天用打字机时间天啊可怕得长，信倒写得不多了。前天我生病了。我们四人出去野餐，在往米尔德瑞德·阿尔德里奇家的泥灰岩山上——她写过那泥灰岩山，在《山顶上》——你知道——一个优雅的老太太。[5]我们看见 1914 年普鲁士长枪骑兵们呆的树林了，也看见英国人炸飞的桥了，完完整整地看见了。这是个美丽的山谷，树木都盛开着花。战斗打响时阿尔德里奇正在那儿，她跟我们讲了全过程。真希望你也在。出来前午餐，我消灭了一瓶葡萄酒。我们弄了辆福特车。一路都很欢快，我还喝了一大杯三星轩尼诗，眼瞅自己开着车回巴黎。我们去的地方挨近莫城，一个可爱的地方。

啊，我该上床睡觉了——该死的嗓子再有三天才会好——俩大肿块，还有白斑点。

再见，老抱怨的人，写信给爷们。

问候约翰和下流的迪克——让他给我写信，我也会给他写信，也许我在他之前写呢。听我忠告，远离女人和不良酒精。哈什问候迪克。

自始至终的，

斯汀

（此信藏得克萨斯大学图书馆）

[1] 瓦尔特·J. 菲德尔，意大利“美国红十字会”后期队员，属第四分队。

[2] 1922 年 2 月 19 日比尔·史密斯写信给海明威说：由于海明威跟 Y. K. 史密斯吵架，他们自己的关系“发生了急剧的很不令人满意的变化”，说“1922 年版的海明威跟较早版的海明威很不一样……我只希望时间会显示反方向的同等级变化”。

[3] 查尔斯夫人，比尔的姨妈。

[4] 斯蒂夫·凯谢尔，近乎海明威小说《世上的光》里的人物。

[5]《泥灰岩山顶》(1915)，阿尔德里奇(1853—1928)著。

致 C. E. 海明威大夫

1922 年 5 月 2 日，巴黎

亲爱的爸爸：

我很高兴收到你上一封信说你要去北边钓鱼。希望你现在就在那儿了。

春天虽然姗姗来迟，但已确然来这儿了。从温暖的热那亚回到这里变化的确大，在热那亚我根本就不需要穿外套。[1]

因为喉咙的老毛病我卧床已经四天了。现在逐渐恢复它的正道了，我期待明天能出门。五一节在这儿很安静，尽管有“同志们”向两三个警察开枪。[2]我在热那亚工作很努力，写了一些好东西。见了L. [罗伊德] 乔治、奇谢林、利特维诺夫等许多人。[多伦多]《星报》付我一周 75 美元外加杂费。不久可能为他们去俄罗斯。[3]正等信呢。一有详细我就告诉你。

天下雨了，霉天。巴黎郊外的乡野和皮卡迪那里真是漂亮。田地里满是黑色白色的大喜鹊，在田垄里行走着像乌鸦。也有很多云雀。还有很多我叫不出名字的寻常鸟儿。我们的家[4]附近有动物园，我们常去那儿辨认鸟的种类。有一天看见一只红交喙鸟。

这里的森林很野，没有林下灌丛，覆盖着山头山脊。哈什和我徒步 40 英里穿越森林，香蒂意森林、夏塔拉森林和孔皮涅森林。森林里有鹿和野猪，狐狸和兔子。我吃了两回野猪肉，很好吃。他们烧野猪的佐料里有胡萝卜、洋葱和蘑菇，外有焦黄的面包粉。也有野雉和山齿鹑。秋天我打算好好打打猎。

科瑞布斯 [· 弗瑞恩德] 来法国南部打野猪了。他们脚步当然很快，身后跟着猎狗，一副坏样子。

讲讲哈什和我徒步野外的事：我们去了艾斯河，穿过森林，攀过山头到埃斯尼映入眼帘的地方。人们在努力工作重建城镇，在增添许多丑陋的新房，丑陋的法式建筑。

我在床上用科罗纳打字机写信，不舒服，时不时地停下。刘易斯太太问候你，对你评价很高。我们也见到你的老病人文斯罗一家。哈什跟马约莉 · 文斯罗出去玩，我在热那亚的时候她还去门 [文] 家喝茶。埃兰在巴西有了个外交新职位。

老爸我爱你。希望你旅途愉快。在离开芝加哥之前我把两卷《世界的幻象》[5]寄给了 [詹姆斯 ·] 迪尔沃斯太太，会跟踪邮递过程。假如她收不到或者还未收到，我会给科罗克五美元，再给她寄两卷。不过我肯定她收到了。我给科瑞布斯留了邮资和迪尔沃斯的地址。

原谅拼写很烂，打字错误。

欧尼

（此信藏肯尼迪图书馆）

[1] 4月在热那亚召开的经济学国际会议。

[2] 参阅卡洛斯·贝克著《海明威传》(纽约，1969)第91页"1922年，巴黎"里海明威关于"五一"的一句话素描。

[3] 海明威从未去俄罗斯，但六个星期后他还在盼望。见1922年7月16日海明威致哈利耶特·门罗的信。

[4] 从他的住处沿于休路走一个街区。

[5]《世界的幻象》，雅各布·瓦泽曼著，路德维克·刘易森译，两卷(纽约，1920)

致 C.E. 海明威大夫

1922年5月24日，瑞士蒙特鲁斯附近香毕

亲爱的爸爸：

估计你收到我从巴黎给你写的信了。你没在《星报》上看见我的文章是因为你只有《星报周刊》。我的16篇文章都登在日报上了，从4月24到5月8日。我现在打算把一些文字给周刊。这些文字被搁置是因为热那亚的任务是日报的任务；执行编辑伯恩先生没把它们给周刊。

自我从热那亚回来，我一直卧病在床，什么也没写出来。

这里真的很好。我的老战友多尔曼-史密斯少校[1]假期跟我们一起过了；我们去钓鲑鳟鱼，去爬山；下周打算步行去圣伯纳关，然后进意大利，随后乘火车回巴黎。我已回复失去的体重，感觉身体又好了。喉咙还烦我，以大夫所能给我做的来看，恐怕今后它要烦我一生。

今天我们爬了马恩角，非常陡峭，非常危险，有7 000英尺高。在雪地里下行真是好玩，只管坐下让自己下滑。低谷地里满是水仙。有一天我们攀登当杜亚曼山，在雪线下恰见两只大貂。它们约有大个臭鼬那么大，但身子还要长，还要瘦。我在罗恩谷的罗恩运河溪里抓了几条鲑鳟鱼。都是蝇饵钓的。两千年来鲑鳟鱼都被人钓，所以它们戒备心很重。我还没被钓鲑鳟鱼事击垮，去了四次。山溪仍然满是融化了的雪，浑浊得很，无法垂钓。越过罗恩谷，走十二英里有一条非

常好的溪流叫斯多卡尔帕，就是流入日内瓦湖的那条，很令我喜欢垂钓。有三文鱼，但还是太浑浊。

《星报》为我去俄罗斯准备的证件今天来了，还有一张大额支票465美元，费用加三周薪水，每周75美元。[2]这是很受人欢迎的事情。

夏令营似乎很让人激动。都有谁去啊？希望你能走开去钓钓鱼。

哈德莱身体非常好，红得棕得像个印第安人。她从未气色这样好。这里是我们度过冬天的地方，不错，人群也熟悉。这里的山峰我们都爬过，准备再爬一次最佳的山峰。

希望你一切都好。问候妈妈和孩子们。替哈什和我送上各种祝福。

爱你的儿子，

欧尼

（此信藏肯尼迪图书馆）

[1] 见卡洛斯·贝克《海明威传》（纽约，1969）第91—92页。海明威1918年初识英军爱尔兰军官艾瑞克·爱德华·多尔曼-史密斯（1895—1969）。

[2] 见海明威1922年5月2日致他父亲的信注[3]。

致葛特鲁德·斯坦因和艾丽丝·B. 托克拉斯

1922年6月11日，米兰

亲爱的斯坦因小姐和托克拉斯小姐：

我们在这里约有一周了，赌赛马赌得很成功。我黎明即起，研究资料。在海明威夫人三杯鸡尾酒下肚、一支抹不去的铅笔在手、全神贯注的情形下，我脑子开窍了，挑获胜的马简直像剥花生壳一样容易。在她酒精洞察力的帮助下，在我一个与马同居一槽的老朋友的帮助下，21场里我们挑中了17个获胜者。

我们从瑞士越过大圣贝尔纳峰步行来到这里，两天里同“中国佬”领队［多尔曼-史密斯］走了57公里，像《汤姆叔叔的小屋》里的西蒙·勒格利那样严酷地监督我们。在爱奥斯塔，海明威夫人的脚肿了，所以我们没有一路走到米兰。这是一场伟大的艰苦跋涉，因为关隘没有开放，今年还没有人从瑞士那边攀山过来。领队和H夫人共同努力外加每两百码一杯干邑才使我完成最后两三公里的雪地行走。[1]

从这里上特连蒂诺的雷克阿挪和斯奇奥，再到皮亚韦河和威尼斯，随后回到巴黎。想在 18 日左右到家。今天雨下得很大，这意味着路况很糟糕。我不觉得 H 夫人的酒精天才能在泥泞的路上发挥作用。我知道一旦走路沉重，我根本赶不上他们。不过看他们撩起衣服在泥中奔走的样子还是很好玩的。

我们在瑞士过得很愉快。和“中国佬”一起爬了几座山；他自己单独爬了一座；耶稣升天节那天过一条深湍急流时差点没淹死。我们在贝恩德斯阿利雅茨碰头，每人喝了 11 瓶啤酒。H 夫人在草地上睡着了。结果是在夜的凉风里步行回家，两脚不像长在身上，像是与自己不相干，速度却快得可以。

希望不久见到你俩。

你的朋友，

欧内斯特 · M. 海明威

(此信藏耶鲁大学图书馆)

[1] 参阅卡洛斯 · 贝克《海明威传》(纽约，1969)第 92—94 页。

致哈利耶特 · 门罗[1]

1922 年 7 月 16 日，巴黎

亲爱的门罗小姐：

我很高兴自己的诗就要出现在《诗歌》上了。很可惜以前没有写。[2]

随信再附上一些，你也许能用。

向亨利 · B. 富勒[3] 致敬。假如你见到舍伍德 · 安德森，也向他致敬。

诚挚的，

欧内斯特 · 海明威

又及：我在此地见到一个小伙子，叫厄内斯特·沃尔什；他说你是他的朋友。他一直在生病，病得厉害；不过现在好多了。

自　传

出生地：伊利诺伊州橡树园

常住地地址：巴黎第五区勒蒙大主教路 74 号

职业：目前是《多伦多星报》驻俄罗斯通讯员[4]（护照迟到三周了。不过，麦克斯·伊斯特曼的护照昨天来了，所以不久我的也能来。利特维诺夫在热那亚向我保证没有问题）。

曾在《表里不一》[5]发表诗作等。

欧内斯特·海明威

（此信藏芝加哥大学图书馆）

[1] 门罗小姐（1860—1936）1912 年创办《诗歌》，主编至 1936 年。

[2] 六首诗以"流浪"为题发表于 1923 年 1 月第 21 期《诗歌》第 193—195 页上。

[3] 富勒（1857—1929），芝加哥小说家、诗人。著有《居悬崖者》（1893），《天光下》（1901）等作品。

[4] 海明威从未去成俄罗斯。

[5] 一首四行诗，"最终"发表于《表里不一》（*Double Dealer*）第 3 期（1922 年 6 月）第 337 页上。

此信及 1922 年 11 月 16 日信经芝加哥大学图书馆同意在此使用。

致家人

1922 年 8 月 25 日，德国特里伯格

亲爱的家人：

哈什和我还有"巩固出版社"的比尔·博德和他的妻子［萨里］这些天穿越"黑森林"，过得很愉快。[1]由于马克持续贬值，我们的钱比两周前开始的时候多了。假如呆得足够久，无疑可以分文不花就能活。经济学真是奇妙的东西。

非常感谢爸妈的生日祝福和可爱的礼物手帕。我很喜欢它们。

我们在这里钓了几回鲑鳟鱼。哈什第一次钓鱼就抓了三条大家

伙。我们有一天抓了十条，另一天六条。我用蝇饵在伊尔茨河抓了五条。我用的仍是原来的“麦金提斯”牌，它们似乎很符合国际口味。

夏令营怎么样？你们都度过了什么样的夏日？我们很久没有你们的音讯了。我随信寄上些德国钱给老爸。希望你们一切都好。我把大堆工作清理完后就好好给你们写一封信。我们打算去山里徒步旅行两三天，穿越森林，然后再回到打字机前挣饭吃。

我爱大家。迟到的生日祝福给 6 月 [15 日] 的妈妈、7 月 [19 日] 的卡罗尔和 9 月 [4 日] 的爸爸。更别提就要在感恩节过生日 [11 月 24 日] 的“修女骨头” [玛德莱娜] 了。这让我想起上次我们在意大利米斯特列一家餐厅吃的很不错的嫩火鸡，只有两毛钱一份。就可惜没有蓝莓酱。

永远的

欧尼

62 马克能买 6 杯啤酒、10 份报纸、5 磅苹果、剧场里的一个座位。我下次给你寄一些好看的钱。有些钱非常漂亮。给你攒了很长一段时间，后来不得不用掉。

欧尼

哈什也问候你们。我们打算去法兰克福，然后坐船走莱茵河到科隆。“中国佬” [多尔曼-史密斯] 他们团就在科隆。

(此信藏肯尼迪图书馆)

[1] 参阅卡洛斯·贝克《海明威传》(纽约，1969)第 95—96 页。

致哈利耶特·门罗

1922 年 11 月 16 日，巴黎

亲爱的门罗小姐：

我不知道你打算什么时候用我的诗作，因为此地埃兹拉·庞德在给三山出版社编我的集子，很快就要出了。我想用在你手里的那几首诗，假如你允许我再版这些诗。[1]

巴黎现在似乎很安静。圣路易斯的戴夫·奥尼尔，我相信你认识他，现与家人在巴黎；可能在此地呆上一两年。[2]他说得不很肯定，但一般都意味着两年。

[厄内斯特·]沃尔什先生上次有音讯时在德国。我刚从康斯坦丁堡回来，所以不知道沃尔什最近的情况。有一天晚上我看见帕德莱·考伦，但没有跟他提那事。

葛特鲁德·斯坦因在普罗旺斯的圣热米，说圣诞节后才回巴黎。昨天收到邮件包裹，是她寄来的卡萨巴大甜瓜，几乎有南瓜大。她在写一本新书。

我不知道刘易斯·加兰蒂耶在芝加哥时你是否见过他。他正与伊利诺伊州伊万斯敦的一个姑娘进行着一场难受的恋爱。那姑娘来巴黎是为了进修文化。她刚离城，我们都觉轻松了。

雪佛［福特·马多克斯·福特］明天来此地呆一个月。他一直住在英格兰自己的农庄里。乔伊斯在尼斯生病了。他的眼睛真是要他的命。弗兰克·哈里斯正试图找西尔维亚·毕奇（她出版了《尤利西斯》），想让她出版他自己的传记。虽然我告诉她这书将成为一本最好的虚构作品，但毕奇不愿出。

T.S.艾略特的新季刊《标准》似乎给了《戴尔》灵感，他们上一期编得很好。不过，那是美国闲话，不是巴黎琐屑。

他们说《石像鬼》[3]就要停刊了。我不认识那帮人，所以不知道情况。

喝辣朗姆混合酒和下跳棋的季节来了。像是个不错的冬天。咖啡馆白天人更多了，满是旅馆房间里没有暖气来取暖的人。

这封信像《佩托斯基度假晚报》的个人专栏。也许闲扯令你生厌了。

你的诚挚的，

欧内斯特·M.海明威

（此信藏芝加哥大学）

[1]《在我们这个时代》(巴黎，1924)里没有诗作。

[2] 见下一封信注[5]。

[3] Gargoyle，阿瑟·莫斯 1921 年 8 月至 1922 年 10 月期间编的一本小杂志。

致哈德莱·海明威

1922 年 11 月 28 日，瑞士洛桑

最亲爱的维奇——亲爱的小可怜维奇 · 扑：

我很难过你病得这么惨朽。我也犯着同样的病，从胸腔里咳出绿里带黑点的玩意儿。咳嗽得厉害，痛苦得很。神气十足的上司用百万条手绢，而我只用四条。对我辈小整洁来说当然很糟。我很高兴莱提霞照顾你，但感觉应该我来干。天啊，我但愿跟你一处，小可怜扑。

似乎好多天来头一次写信。我每天两点以后才吃饭，而且总吃剩饭。我来回往还只有三个地方，山上山下约三公里距离。一处一处的你总担心漏掉点什么。人们都说法语，俄国人不见影儿。我只是个小小蜡玩偶。梅森[1]在钱方面对我太抠，我连出租车都打不起，不得不坐公交车，或步行。他们期望我报道至午夜，夜夜如此，从早上九点开始。

礼拜天我解脱了，坐（免费的）摩托车旅游到夏多道（管它怎么拼写呢），然后从那儿到艾格尔，经戴厄布列瑞慈和古老的登特去蒙特鲁斯。然后我下车，坐缆索上山。在冈维希[2]吃的晚饭。他们听说马布和詹尼特[3] 23 号要来，中国佬［多尔曼-史密斯］16 号来，伊西[4] 2 号来。他们都给我的扑留了房间，而且都带着爱意说扑好话。天很黑，没有雪，除了洛谢杜拉耶和登特外。空中却有雪。礼拜天夜里下雪了，连洛桑都满是雪。现在则是雪泥铺路了。泥泞得很，但群山却光滑可爱。冈维希认为奥尼尔[5]一家该去勒撒旺兹的大饭店，因为那里的饭好，人也多，有音乐。纳西瑟斯饭粗，肃穆得像葬礼，什么也没有。我们会每天去勒撒旺兹，他们会在那里与我们会合。无疑那会是场好戏。跟芭芭拉和戴夫［· 奥尼尔］建议一下。无论怎样我觉得此议可行。

我真厌恶了这活——这么辛苦。别人都有两个伙伴或者一个助手；他们指望我一个人报道一切——所有的活只拿一份梅森抠门小薪水。这几乎办不到，因为同时发生许多事情并且不在一个地方；所有的事都是这样的。

你赶快来吧。即便你说身体不好无法出门我也想让你来，你知道为何。求你了，维奇，你知道我要你，不想拖延。我写此信时，本该采访那些俄国人的。可每次我动手写信都有类似的情况出现，所以让他们见鬼去吧。除非梅森给我很多钱，否则我这星期就找个时间辞职。假如他给我钱，你病好不好都来我这里。你知道你是可以飞来的。你想到过飞来吗？为什么不飞呢？飞来就不存在瓦洛布之类的问题了。查一下航班。你也可以取道贝尔。他们说那样走很容易。

这儿有个福斯特上校，我想是从圣路易斯来的。老头白胡子，说认识你父亲还有你家那儿的人，J.汉 · 刘易斯的朋友。

海军上将布瑞思托一家来了。他们去见了我妈。大家都问候你。斯特芬斯[6]给你写了封信。最亲爱的维奇我爱你——你写的信最好看。无论怎样，我们两人都感冒了，本月没浪费多少时间；也许你还病得挺重。我为你惋惜没有看到哑剧，那是多么舒服多么好玩的时光啊。我们要睡在一起吗？假如我这周辞职，你在第戎见我好吗？提前一两天告诉我。我得给你电报，让你给我寄登记了的护照。岑［亲］爱的小羽毛蓖麻油咪咪，外带呕吐物，我觉得真可怜，我要哭了。

我是你的小蜡玩偶。

偶爸爱偶妈

［沿左手空白处］亲爱的甜心妈咪！

［页末倒着写］你给斯坦们写信了吗？

你给福特 · 马多克斯 · 福特夫妇写信了吗？

瓦航［纳］路 50 号

(此信藏肯尼迪图书馆)

[1] "赫斯特国际新闻处"的弗兰克 · 梅森。

[2] 蒙特鲁斯附近香毕的一家膳宿公寓。1922 年 1 月海明威和哈德莱在那儿度假。

[3] 圣路易斯的帕西瓦尔 · 费兰夫人和女儿。

[4] 海明威橡树园邻居伊萨贝尔 · 西蒙斯。

[5] 圣路易斯的退休木料商兼业余诗人戴维 · 奥尼尔。奥尼尔的儿子乔治出现于海明威的短篇小说《越野滑雪》。

[6] 林肯 · 斯特芬斯(1866—1936)，美国新闻界揭发丑事运动的前领导人。

致伊萨贝尔·西蒙斯[1]

约 1922 年 12 月 1 日，洛桑

[第一页遗失]

没来呢。我每天都在盼望她寻找她［哈德莱］。假如她来不了，我就给“国际新闻处”打电报，让他们另派人；我就接着回巴黎。可怜的孩子，她一直感觉很不舒服，在巴黎生病可不好玩。

从伦敦到蒙特鲁斯有两趟火车可以乘。你的票买到蒙特鲁斯就可以，我们去那儿接你。那儿的铁路就微不足道了，都不卖出境的票。我说的两趟车都是 11 点离开伦敦。一趟是辛普顿快车，只有卧铺，很贵；另一趟有一二三等车厢，从巴黎到蒙特鲁斯有卧铺。假如你要卧铺就事先预定。车晚上 7 点 25 分到巴黎的里昂车站，按大陆 24 小时计就是 19 点 25 分。8 点 35 分离站前往瑞士。你可以把箱子直接登记托运到蒙特鲁斯，假如你要带箱子的话。在瑞士边境不一定检查。在蒙特鲁斯站会查一下。我们认识那儿的人，他们会让你过的。辛普顿东方快车早上 6 点 57 分到达蒙特鲁斯，另一趟车 8 点 57 分到。辛普顿东方快车的唯一好处是在瓦洛布瑞士边境你不用拿出护照和手袋，他们在车上就都做了。两种方式的检查都绝对是例行公事。他们就问问你有没有金币、巧克力和香烟。你说“什么也没有”，他们会说声“谢谢小姐”。就完事了。

不过，这是你第一次越国境，又是一大早，最容易的还是乘辛普顿东方快车。我不知道钱要多出多少，不会太多。不过另一趟也很不错。假如买不到铺位也没事，我们经常坐一晚，没那么糟糕。无论怎样祝你好运。

在里昂车站吃得也很好。餐厅在楼上。

希望我们能跟你们一路走下来。三四个人这样一起旅行很好玩，因为你可以占一个包厢，坐着聊天，在第戎下车买三明治，一路看乡野的月光；法国人关窗快我们就开窗快。一个人躺倒睡觉，其他人则在别人想进包厢时说：“嘘——有病人！”一脸严肃的样子。无论怎样，这条线旅行轻松得很。在过去的一年里我已经走了十二趟。

我想哈德莱已写信给你说穿什么衣服。姑娘大都穿马裤滑雪，上面罩件毛衣戴顶苏格兰圆帽。假如你没有登山鞋，蒙特鲁斯能买到非常好的。带绳子的滑雪手套那儿也很便宜。你知道那种衣服，我想哈德莱也带了，就是晚上跳舞什么的夜礼服。在阿尔卑斯农舍，我们赴宴不穿礼服。穿便装吃饭本身就是乐趣的一半。哈德莱穿马裤、护腿或高尔夫长袜，一般是后者；一件白色法兰绒衬衣、一件毛衣或骑马时惯穿的配腰带的夹克。衣服不用穿正式的，只是人们都着马裤而不是女式扎口短裤。短腿裤滑雪太松，在雪里太给风阻力。

我们会过得很愉快的。我想再没有什么更好的消息了：你要来欧洲，来瑞士。世界真是一个好玩的地方。1 月 7 日是沃德州科尔德桑鲁普滑雪道大型跳跃舞比赛的日子——你到时会是跳跃舞队的有聪明才智的队员。桑鲁普弄好的时候是非常好的滑雪道。

中国佬［多尔曼-史密斯］16 号来。无论怎样你会喜欢他的。我知道你也会爱香毕和勒撒旺兹的。我估摸这是世上最好的地方了。我们有很多东西可读；假如你有任何美国出的新东西，就把它带来。中国佬大步流星的时候一天能读一本书。我在乡下总是读斡罗斯的东西和乔·康拉德的作品——因为它们太长。

呃，这信该寄了。我不知道你为何在亚热普，怎么去的。不过这不要紧，要紧的是你来这儿了。那才是亮点。

这次［和平］会议很枯燥，也秘密，人们相互围着转——土耳其人今天就像北美洲的林鸳鸯，你要找他们，他们躲在洞里；你一走，他们就从洞里冒出来了。好了——再见——

一如既往

欧尼

(此信藏普林斯顿大学图书馆)

[1] 伊萨贝尔·西蒙斯(1901—1964)是海明威家在橡树园的紧邻。她毕业于橡树园高中(1920)，上过芝加哥大学(1920—1922)，有时约会海明威(1920—1921)。1922—1923 年期间她和几个朋友游欧洲，与海明威和哈德莱在蒙特鲁斯附近的香毕一起呆了两星期(1923 年 1 月 1—14 日)；另一次是 4 月在柯尔蒂纳达姆佩佐。

此信及下列致西蒙斯(1925 年嫁给了 F. R. B. 戈多尔芬)的信经普林斯顿大学图书馆允许刊出。

致埃兹拉·庞德

1923年1月23日，蒙特鲁斯附近香毕

亲爱的埃兹拉：

我们有意向加入你们。那里的生活怎么样？你付多少钱？旅馆怎么样？我能不能像莱茵河上的诺思柯利夫[1]那样在你的法西斯战友里隐姓埋名？他们会给哈德莱蓖麻油吗？你知道，墨索里尼在洛桑告诉我说我不能再在意大利生活了。你到底怎么样？夫人好吗？你们打算呆多久？回答这些看来很重要的问题。

我想你听说我损失少作的事情了？我上周去巴黎看还剩下些什么，发现哈德莱已经归置了，包括复写纸副本等。我的完整作品只剩下三稿铅笔写的一首拙劣的诗，涂涂改改的；约翰·麦克卢尔［《两面派》的编辑］和我的通信和一些新闻稿复写本。

你自然会说“好好”之类。但别对我这么说。我情绪还没到那儿呢。三年啊，写那该死的东西。有些人喜欢我想象的1922年的巴黎。[2]

现在写新东西。我们有6—8个月的嚼过。我把理发师都辞了，为的是即便身处圣安东尼十字架下也不干报纸的活了。小卵泡们工作速度够快的，我差不多被所有场合赶出来了，除了像你那样的局外人团体。上次斗胆露面是在“盎格鲁·美国人”［巴黎的出版俱乐部］，几个星期前的事了。

里拉像是在往下跌。显然道格拉斯[3]比墨索里尼伟大。凯尔特-意大利裔戴夫·奥尼尔刚花18法郎买了两只左脚靴（工厂弄错了）——售货员对他说几个星期后才看得出不同来。戴夫为此欢呼。靴子当然很痛苦。

哈德莱问候你和多萝西·庞德——我也问候——写信给我——

伊默（在“莱茵理想国”人们常这么说）

海姆

（此信藏印第安纳大学莉丽图书馆）

[1] A. C. W. 哈姆斯沃思，诺思柯利夫小伯爵（1865—1922）。

[2] 哈德莱前往洛桑时取道里昂火车站,海明威的手稿在此被偷。在一封未注明日期的信里,庞德称此损失为“上帝之举”并敦促海明威从记忆中重新捕捉内容;他称之为“最佳评论家”。另参阅《流动的盛宴》(纽约,1964)第73—74页《巴黎1922年》盗余素描。参阅卡洛斯·贝克《海明威传》(纽约,1969)第90—91页。

[3] 在《流动的盛宴》第111页海明威提到“道格拉斯少校——一位经济学家;他的想法庞德很是热心听取。”克里夫·休·道格拉斯少校(1879—1952)是《经济上的民主》的作者,“社会信用”组织的创办人。见休·肯纳《庞德时代》(加利福尼亚大学伯克利分校,1971)第301—317页写道格拉斯那章。

此信及下列致庞德的信(贯穿1924年)经印第安纳大学莉丽图书馆允许刊出。

致埃兹拉·庞德

1923年1月29日,蒙特鲁斯附近香毕

卡利诺:

左脚戴夫[奥尼尔]现在每天上两次法语课。他问门房这女人是不是好法语老师。门房说:“是的是的。不过她不太懂法语。她是个德国人。”

然而戴夫喜欢她。他也在创作些新诗。他的系统做法是用几个单词写他不明白的事物。任何不明白的东西都行。越不明白越“魔幻”,诗也就越好。他充分再现了你诗作的韵味。我想你在他眼里就是一种韵味,一种“魔幻”的韵味。这似乎冲我说诗里的字词就算是陈词滥调、拜伦式的短语、麦休·阿诺德的语词都不重要,重要的是“魔幻”。他还说画杯杯而不画丘比特娃娃的罗斯·奥尼尔诗写得比叶芝好得多。我说他的意思是奥尼尔家族的血让她比叶芝更能画丘比特娃娃。这话并不为大多数人接受。

你说要多呆两周是什么意思?是的我懂两周是什么意思——两个星期。升降机——电梯。公交车——街车。伦敦的一先令是这里的两毛五硬币。为甚要呆残忍的两周?我们原计划2月最后一周到那儿[拉帕洛]。按此计划,你则早已离去。我本想你整个冬天都在那儿。

说说卡拉布利亚。我很想去卡拉布利亚。从那儿去西西里很容易。可是，你会同南希［·库纳德］去卡拉布利亚吗？看样子倒是想去的。放下这不合时宜的美味。我明白你很看重拉帕洛，可你会去别的什么地儿而我们又不反对？还是你跑累了？常有的春天的筋疲力尽？我也想收敛一下不那么大步迈进，可同时又不愿意想得［亨利（迈克）·］斯特拉特可怜前往拉帕洛。斯特拉特不错，我喜欢斯特拉特。

假如你们都想去什么地方我们又不加干涉，那么我们就呆在此地到2月底或者2月中。随后去你们呆的地儿。我们原想呆在意大利到5月。随后穿越阿布鲁其向北移什么的，大迂回以绕开罗马和其他文化中心，翻山越岭走侧路，最后的目标是威尼斯。哈德莱除了和家人一起还没看过威尼斯呢。上次在米斯特列我们都没有钱跨越高架桥。

要是你离开而多萝西呆在拉帕洛一阵子，我们可以在那儿泊车，打场网球，兴许稍后在哪儿同你碰头。

高纬度让我实际上变得没有性意识。我不是说根除了男性至上的意识，而是指肾上腺素的活动受制约了。我想同伯尔曼讨论此事。这个现象可以为一篇论文贡献点滴。论文的主题是海拔2 000米以上妓女渐少与恩加丹谷之奇特例外；恩加丹谷每年冬天妓女集中，系圣莫瑞兹山纬度海拔2 001米所致。我敢说辅之以温度密度图表，就能得出结论。

写信报告消息给我。我们渴望见到你们。我们2月14日后才能动身。怎么协调日期行程？

爱你和多萝西——

海姆

谢谢你对一个青年人全集遭窃时所给予的忠告。掷地有声。我再次谢谢你。我重复一遍。感谢你。我会听从你的忠告的。

（此信藏莉丽图书馆）

致葛特鲁德·斯坦因

约 1923 年 2 月 18 日，意大利拉帕洛

亲爱的斯坦因小姐：

随信附上给《论坛报》写的评论。你可以随意删节或者干脆不用。假如你不喜欢这篇东西，我可以另写一个。这是我能持的最开放的态度了。

我们来这里三天后庞德走了。七天潮闷后，今天放晴了。我们打算月底去柯尔蒂纳再滑滑雪。哈德莱养得不错。这里有个不错的家伙名叫 [亨利·] 迈克·斯特拉特。我本计划跟他打拳的，可他扭伤了脚踝。这里的海水弱而无趣，看上去水里的盐分也不多。潮起潮落一英寸上下。浪破的时候像是有人拿一桶灰往驳船一侧倾倒。这地方不怎么样。

我一直努力工作，完成了两样东西。你关于工作所说的话，我想了许多，开始那样照着做了。假如你还想到了什么，我希望你写信告诉我。我努力从事创作，全心于兹。脑子似乎更好使了。

巴黎怎样？我们 4 月左右回去。迈克在替哈德莱画一幅好肖像。我写书写得愉快。

你把评论给约翰逊博士看看怎么样？

我们两人都爱你。

欧内斯特·海明威

评论发表后寄我一份好吗？

（此信藏耶鲁大学图书馆）

致埃兹拉·庞德

1923 年 3 月 10 日，米兰

亲爱的埃兹拉：

你寄的神秘的明信片收到了，已存放以备日后参考。我在米兰生病卧床了。咽峡炎。我们在奥尔比特罗呆了一小阵子，真是疯狂爱

它。那晚欲阻拦我们的是一位叫德拉·洛萨的考古学家。迈克阿尔蒙来过，呆了很长时间。[1]我读了几乎他出的所有的新东西。约16—18个短篇、一部小说。他在拉帕洛呆着的时候写了七篇或是九篇新作。假如我是赛马情报贩子，我会对朋友那贝壳一样的耳朵小声说："去给迈克阿尔蒙下一小注，你照得长彩不误。"此事得详议。

我们打网球打得痛快。我病好的话可以跟迈克［斯特拉特］打拳。他的脚踝好了。他给哈德莱画了绝棒的肖像。他们去翡冷翠了。哈德莱养好了，网球打得倍儿棒。周围几个男人都被她打败了。我还挽回一点面子，发明了一种斜线擦边球。信不信由你。我们把你的拍子放在"光辉"厅了，由"娇娇"替你们保管。我想这就算打得不错了，假如我说错了就纠正我。

你现在要么是喜欢上罗马了要么是厌烦罗马了。

迈克阿尔蒙跟我们谈了每个人的情况。这是最令人赏心悦目的事情。

我6月份也许去拉布拉多淘金。

随信附上我的论女诗人的小诗，带注解的。[2]

露西·斯托普斯[3]或者她的名字我弄错了，宣布与非常令人愉快的法国画家勒·桑订婚。不算宣布，是口头告诉人们。我们出席了那一凯旋的午餐会。

"娇娇"处有你一本《小评论》，包装纸很破。我偷看了一下，没什么好读的。你知道，太不丰满。我转寄给你，还是放在这儿？里面什么也没有。胖摄影师斯泰拉先生的作品。那也不能吸引我的眼球。

保持联络。地址：意大利柯尔蒂纳达姆佩佐市邮局留存

别把"女诗人"给我弄丢了。

伊默

海姆

（此信藏莉丽图书馆）

[1] 这显然（虽非必然）是海明威第一次与罗伯特·迈克阿尔蒙（1896—1956）相遇。日后于1923年他成为海明威的第一个出版人。

[2] 海明威的诗作《女诗人并注解》发表于《纵览》第4期（1924年11月）第317页。庞德1923年3月致海明威的信里说他不懂里面的注解。

[3] 露西·霍尔特和勒·桑 1924 年结婚。见海明威 1924 年 5 月 2 日致爱德华·J. 奥布莱恩的信。

致 C.E. 海明威大夫

1923 年 3 月 26 日，巴黎

亲爱的爸爸：

《星报》发电报要我写 12 篇报道法国人和德国人的文章。我取道巴黎前往德国。今天寄出第一篇，两周后能刊出。是《每日星报》。[1]

德国之行结束后我打算去钓鲑鳟鱼，在蒂罗尔与哈德莱汇合。那是在白云石山里的柯尔蒂纳达姆佩佐。

我希望你今年春天钓鱼也钓得痛快。我很感激你的信，真对不住我自己写得不多。一个人写作为生，信就很难写了。我在火车上 38 小时了，累得要死。过去的一年里我在铁路上走了近 10 000 英里。意大利去了 3 次；巴黎—瑞士来往 6 次，康斯坦丁堡—德国—勃艮第—旺代。旅行是旅够了。

爷爷好吧？原谅我用这破纸。问候妈妈和孩子们。爱你。

你的爱子

欧尼

（此信藏肯尼迪图书馆）

[1] 海明威系列文章的第一篇《法国还会有国王吗？》，1923 年 4 月 13 日刊登于《多伦多每日星报》。接着是另外十篇，4 月、5 月各五篇。见卡洛斯·贝克《海明威：作为艺术家的作家》第四版（普林斯顿，1972）第 426 页。威廉·怀特编目。

致爱德华·J. 奥布莱恩[1]

1923 年 5 月 21 日，巴黎

亲爱的奥布莱恩先生：

旺斯先生办公室的来信附件刚浮出水面。旺斯先生似乎有点以为我在给他下套：是我写信说你让我把小说寄给他，说你会写信跟他谈此事。我觉得是墨索里尼的邮政服务出了问题。[2]

似乎有什么东西在咒我。先是丢东西，[3]然后是让你谈这小说的信走了歧路。我两个月没得“画报”回音，以为他们当然买下稿子了。

旺斯先生的信让我情绪低落。因信分量沉而喝醉了酒，现在仍觉得低落。有人告诉他小说写得不错，他当然以为人家买了稿子。我想此注一定下得很无望。[4]

勒桑在此地。他向我问起你。他打算跟那个霍尔特姑娘去美国结婚。他似乎很快乐。

[亨利·] 斯特拉特画得越来越好了。有一天我把他画的一些东西给葛特鲁德·斯坦因看。她以为他大有前途。斯特拉特夫人在发你名字音的时候嗓音低沉厚重。一切都未变。

我记得四五年前给卡尔·哈里曼编的“红书”寄过一个短篇，是讲一个意大利枪手的故事的。他们给我回了封长信说是故事缺少心灵的触动，信好像是个叫肯尼科特的人或者名字类似的什么人写的。说假如我把枪手写成年迈母亲的唯一支柱，让他结果痛改前非，那就动听了。所以我猜把我的老人故事寄给他们不太好。自那以后这是我第一次把小说往外寄。

当然，此事很荒唐。小说退回来后有那样的信跟着让我害怕。让我语噎，无从写什么了。似乎毁灭了出版的任何理由。我仍然认为该杂志的读者比编者更有理智和品位。

我还是想发表想得要命。

假如你有高见，觉得该怎么办？

海明威夫人同此问候。希望你写得愉快顺利。希望你工作顺利。我们经常想到你。

诚挚的，

欧内斯特·M.海明威

（此信藏马里兰大学图书馆）

[1] 波士顿的爱德华·J.H.奥布莱恩（1890—1941）1915—1940 年编了二十六

卷《最佳短篇小说》。

[2] 奥布莱恩当时住在距意大利拉帕洛北两公里远的蒙塔列格罗村。

[3] 海明威指的是 1922 年 12 月哈德莱手提箱在里昂火车站被窃手稿丢失的事。

[4] 海明威哀叹的是《我老爹》被《画报评论》的阿瑟·T.旺斯退稿的事。

致葛特鲁德·斯坦因

1923 年 6 月 20 日，巴黎

亲爱的斯坦因小姐：

哈德莱和我明天（周四）晚饭后会来你处。假如你忙或者外出，我们就悄然离去。上周我们两家都有七大姑八大姨漂洋过海，他们说到就到。我非常渴望与你聊 toros y toreros［公牛和斗牛］的事情。我们也许 7 月 6 日往庞朴罗纳呆四天。我觉得不会伤着哈德莱的。[1] 我期望在加拿大买一头小牛练习舞动斗篷。就我而言太晚了，但也许能从孩子入手做点什么。

你永远的朋友，

欧内斯特·海明威

（此信藏普林斯顿大学图书馆）

[1] 哈德莱怀孕第五个月了。

致伊萨贝尔·西蒙斯

1923 年 6 月 24 日，巴黎

最亲爱的伊斯：

礼拜天下午我可以在［橡树园］门厅给你拍照：周围排上七卷哲学书，你则稍加探究下“自我”或“情结的升华”或随便什么；一长串摩托车载着追求者集聚在肯尼尔沃斯大街上。天啊——想象一下你住得离拉德克里夫奶奶只隔三个门——不，天啊，就在隔壁。而我们就在另一边。这里的夏天刚开始。周六晚上我们去看了五场拳击有奖比赛——“小不点”［哈德莱］、埃兹拉·庞德、《小评论》的 J［简］H［希普］、迈克·斯特拉特、迈克［迈克阿尔蒙］和我都去看了。令人陶醉的拳击赛。昨天起天气转热。8 月 1 日左右我们打算坐船去加拿大。

你怎么样？拉维尼娅前两天来了，让我们明晚去吃饭。她是个好孩子。呻吟来呻吟去。不是呻吟，而是谈来谈去讲想要个情人等等。似乎那能解决所有问题。问题不在有没有情人，而在有没有情事。必须是双向的爱，否则戏就不好看了。她迷人得要死。她有七卷易卜生随身全带着，是你那该死的一个英国朋友送的。

“小不点”身体很好。我们打算去西班牙的庞朴罗纳赶斗牛盛会。真希望你也跟着去。你不觉得斗牛应该有决然的事前影响吗？庞朴罗纳在群山边上一个叫纳瓦尔德的野性十足的地方，那里的山延伸至巴斯克乡下。也许你看不清我写的东西，但是记住，你自己写的也很糟。

你过得怎么样？你在干什么？想什么？在跟谁谈恋爱？等等等等。给我们写信。我们走之前还能收到一封。哈德莱把你的夹克送到列维太太那儿了。基督啊，我不想离开巴黎去多伦多那“教堂之城”。不过，生活里的一切还算有趣。我们 10 月起为 1924 年租了个公寓——一间大公寓——有放大钢琴的房间，有我的工作室——床上有电灯可以读书——有花园可供玩偶和后代戏耍。房租也便宜，我们冬天空着离去也支付得起。没有雪和山的地方我从不打算去。

记得我们在可怕的暴风雪里去普雷阿德山顶的第一天吗？[1]

明天在奥特意有越野赛。上周日外出，兜里装了 250 响当当的法郎。

“羽毛猫”和我同此问候——

永远的

欧尼

替我向你们全家致敬。向汉密尔顿夫妇致敬。向所有其他朋友致敬。

你去纽约干吗，上舞台？演出什么？快口剧？

法国巴黎勒蒙大主教路 74 号

谢谢去探望我们家人。

“小不点”让我告诉你列维太太收到她寄的钱了；她和热纳塔[2]都此问候。

[1] 1923 年 1 月去瑞士滑雪。

[2] 热纳塔·波尔加提，哈德莱的钢琴家朋友；1923 年 3 月底或 4 月初伊萨贝尔在柯尔蒂纳达姆佩佐与她相见。

致威廉·D. 荷恩[1]

1923 年 7 月 17—18 日，巴黎

亲爱的老比尔：

你真好。我手里还保存着的去年此时你给我的一封信还一直没回呢，就收到你写的这么封美妙的信。我给你写了七页纸讲我们斯奇奥之行以及翻过多勒米特前往特伦托之行。我们回程在加尔达逗留，湖上坐船去塞尔弥翁，接着徒步去维罗纳。[2]——记得我们从米兰开赴前线那天在加尔达脚下的那个小火车站看见塞尔维亚斯洛伐克人的情形。6 月一个炎热的日子。记得我们开赴分队，不知会是个什么样子，除了知道有一个游泳的地方。我们都开着菲亚特，记得吗？约翰逊大夫和另一些家伙在维森撒接我们。贝茨上尉真是臭狗屎以及七七八八的事情；记得“工厂”外桥下水流的样子，记得道路那头垒球场的样子。

我把这些都写下来了，也写了重访的过程——看在基督的分上，霍尼，别再回去——在任何情况下都别回去——因为这一切都消失了。意大利不复存在了。我把信撕掉了，因为太悲哀，因为在我这里产生了悲哀的情绪，所以没有理由让你再悲哀。

霍尼，我们得向前进，不能老回到旧的事物里去或者想让旧东西蹦出来，或者寻找记忆中事物的样子。我们记忆中的事物是手中拥有

的东西，它们很好很曼妙。我们得向前走去拥有别的东西，因为旧的事物除了在我们心中别无寄身之所。我讲的这些是不是像优质老肥料播撒机里的各种屎？我并不想进行道德说教。

无论怎样，哈德莱和我还有“中国佬”多尔曼-史密斯徒步攀越了圣伯纳关。史密斯在科隆德皇陛下的第五火枪队服役，此行是来休假的。他是我在米兰的战友，“停战协定”之后的战友。第一天我们从瑞士那边起爬了38公里，第二天爬了44公里，到达奥斯塔——在海拔2 000米处的山顶修道院里歇宿。然后从奥斯塔下山前往米兰——米兰我和哈德莱去了维森撒，然后坐公车去斯奇奥——从斯奇奥攀山越岭——多勒米特邮（?）现在是意大利人开的旅游饭店——到大家所谓美丽的小镇。假如奥地利不扔炸弹炸斯奇奥，意大利人也不会轰炸？然后前往特伦托，坐车穿越阿达美罗到里瓦，下行经拉格迪加尔达到塞尔弥翁——美丽的景区一直延伸到湖里。从德增加诺能看见湖景。记得我们看见捷克人的那个小站吗？那便是德增加诺。随后去维罗纳，接着坐火车去米斯特列，然后就是顺皮亚韦河而行——在蒙纳斯特尔看见养蚕的人家。我看见一个带角的东西穿着睡衣躺在担架上听蚕宝宝咀嚼[3]——记得菲利斯·布昂吉奥诺吗？佛萨尔塔——一个崭新的丑陋的新城，除了树上的疤痕在愈合长出了新皮，一点也没有让人想起战争。老战壕的迹象一点也没有。所有毁坏的房子都重建了，并被战争期间在西西里或那不勒斯避难的人们占用。我找到了我受伤的地方，那是一个绿色的光滑小山坡，一直延伸到河岸——让我想起葛提斯堡战役的当代画面。皮亚韦河很干净，也很蓝。没有雨。原来矮墙的地方马匹拖着一条巨大的水泥船。[4]

啊，——无论怎样我们回到了巴黎——我在米兰见了墨索里尼，对他进行了长时间的采访。我写了三篇文章预测法西斯占据政府的席位。[5]我们飞到斯特拉斯堡，徒步穿行黑森林，钓鲑鳟鱼，钓到许多。我们一路住在小客栈，相互恩爱[6]我们走莱茵河从法兰克福到科隆拜访了“中国佬”，随后回到巴黎——见到斯奇几乎杀了卡彭提尔。我收到《星报》的电报让我去康斯坦丁堡。我去了，跟大撤退的希腊军队为伍——在康斯坦丁呆了三个星期——不错的三个星期。就像天明了，你们都会开车前往博斯普鲁斯去看日出，肃然奇怪是否真的会有战争再把整个世界点着——还差不多真是。随后回家。在车里、在马背上、用两只脚穿越色雷斯地区；随后穿越保加利亚和塞尔维亚，最终直击的里雅斯特；吃了顿好饭；很高兴又用意大利语说话；上火车直奔巴黎。哈德莱同行。[7]她比以前更漂亮了。我们相互很恩爱，走哪儿都在一起。在奥特意看赛马，大家围坐在大炭炉前；11 月的明亮蓝天，坚硬的草皮，美丽的田野，我们在看台顶上观看每一场赛事，也看别的东西——随后我不得不去洛桑参加会议——在那儿呆到圣诞节——我们上山到一个瑞士老农舍，棕色的；滑雪了，坐了连排大雪橇；晚上喝热的混合饮料；白天很冷，天气清朗，有很多雪。随后我们去拉帕洛打网球——和庞德及迈克·斯特拉特——普林斯顿的家伙[8]——然后上多勒米茨——柯尔蒂纳达姆佩佐，滑雪到 4 月。这时我收到电报让我去鲁尔和德国其他地方。我去了；六周后回到柯尔蒂纳；带上哈德莱，我们回到巴黎。[9]

你现在恐怕烦了我的叙述。不过，我想给你点消息，打破人家把我们看成古典神话的状态。/

第二天——

亲爱的带角的东西——

那么，你是又恋爱了。啊，那是唯一值得做的事情。不管恋爱结果怎样，过程还是值得的。天啊，霍尼，我希望你结果如意。假如有什么人够格的话，那就是你。我但愿能和你最要好的姑娘各呆半小时；等我把真相告诉她们，你就得奋力摆脱她们追你了。

顺便一提：我一路都在给你寄明信片，都寄到 45E. Division 了。你一张都没有收到?

皮纳·鲍恩来我们住的公寓了，沸腾得像一只猫头鹰——还是旧时救护分队的样子，你知道的——含含糊糊，动不动就红眼，看自己如何放脚。我坚留他吃午饭，他说愿意；我们每人喝了一杯，真高兴又相互见面了。哈德莱出门给他添午饭的食材，这时皮纳突然放下杯子，很肃穆地跟我握了握手，即刻走下楼去。“可是皮纳，”我说：“你要在这儿吃午饭的！”他红着眼看了看我，表情肃穆，在楼梯上前后挥挥手说：“不了，海米。”他道：“那对你老婆不公平！”

这时，哈德莱手里拿着菜篮子，里面放着买的东西，还有颗怪模怪样的生菜头，走上楼。皮纳双手抓着她说：“海明威太太，我得走了。假如我呆着不走，对你不公平。”

啊，我们坚持留他，可他还是要走。我们跟着他来到街上，可他还是这么过分客气，直说：“这对她不公平，海米。我不能这么做。以我的情况不能这么做。”

抗议了一两个街区后，最终我把他送上出租车，说去他母亲或者姐妹或者别的什么人那里。我们招待了菲德尔公爵和他非常迷人过度受教育的年轻犹太夫人吃晚饭。饭后一起出去跳舞。我曾经在与一帮报界的人一起喝黑啤酒时看见公爵在皇家路上走过。

没见西米，也没见他的麦乳精新娘。

天热的时候西班牙是个很好的地方。两个月前去那里研究斗牛。住在马德里市萨尔桑杰若尼诺的一个斗牛士膳宿公寓。接着跟一队斗牛士游遍了整个西班牙——塞维尔、隆达、格兰纳达、托雷多、阿兰爵斯，领略了这些。[10]回来，接上哈德莱去庞朴罗纳——纳瓦尔的首府。刚回来：自离开军队以来这周是我过的最好的一周——庞朴罗纳盛大的狂欢节——5天的斗牛表演，日夜跳舞——妙极了的音乐——鼓、芦笛、横笛——韦拉斯克茨笔下喝酒的人（?）的脸、戈雅、格瑞柯画笔下人物的脸，都是穿蓝色衬衫手里拿着红手帕的男人，载歌载舞，转啊，抬啊，浮啊。整个集会就我俩是外国人。每天早上，下午准备斗牛用的牛从城里远在那一头的畜栏里放出来，追逐着经过小城的主街到斗牛场，跑在前面的是庞朴罗纳的所有的小牛犊！绵延一英里的奔跑——小岔道都安了大木门隔开，人群所有的人都跟牛群疯跑想抓住它们。[11]

天啊，他们在那城里斗牛。西班牙斗牛士里有8位最佳选手，其中5位被牛顶伤！公牛们一天放倒一位。

真正好的斗牛让人着魔，比尔。并不是人们说的那样残忍。这是伟大的悲剧——我所见最美的情景，斗牛者要有胆量和技巧，比别的事情更需要胆量。我们坐在最佳席位的就像观看战争进行，什么也伤不着你。我看了 20 场。哈什在庞朴罗纳看了 5 场，很疯魔。

啊，我看看，这封信显然绳子快用完了。

8 月 17 日我们坐库纳公司的安达米亚号船去蒙特利尔，27 日到达——随后去多伦多。还是往日做的一周 6 天的工作。你知道的，在多伦多，85%的居民礼拜天去新教教堂。这是官方的数字。我不知道另 15%的人干什么。也许是去天主教堂。

我们 10 月左右会有一个孩子诞生。我们希望他是个男孩，你做他的教父。[12]他头几个月是在滑雪板上度过的。他观看了柏特林滑雪战一次，卡彭提尔赛两次，5 场斗牛；因此假如胎教有任何作用，他的胎教已然完成。我们俩都疯盼这个小家伙。哈德莱身体一点也没不舒服，甚至一直都没恶心呕吐。她感觉从未这么好，样子很精神。比尔，大夫说一切都很完美，绝对让人羡慕。

天啊，我们过得真好玩，比尔。似乎我们并不想摆脱这一切。不过，只有我们俩的时候，花得如何精光无所谓——因为《星报》总给我派活，能带来很多钱——可我往开销账户打款到支票钱进账户得等一个月——我们每天花 10 法郎，随后五六百块来了又富得冒油。不过，我想应该有个稳定的工作了，在孩子一岁期间，各种开销等等——无论怎样要有稳定工作。不久等他或她长大，能跟家人一起分担工作。

我这个月有一本书要出版（秋天发行，不过 8 月份我会设法弄一本样书寄给你），现正读着清样。秋天还有一本要出版。[13]我会把两本都寄给你的。出版《尤利西斯》的那帮人在做这第一本，三山出版社在做第二本。我想部分篇什你会喜欢的。我花了许多心血在这些作品上。

哈什同此问候你。天啊，我希望你过得比信上透露的要好——我想你也过得不错。银行业或者无疑如地狱，可别的行业也见鬼［以下不清晰，部分清晰者原信上重影，像是：“霍尼，你看，我被浪漫故事打断了，而不是被业务打断了。”］唯一麻烦的是，浪漫故事里没有生计问题。一个人无论得干什么活，只要有像你这样和鲍比［罗斯?]这样的好伙伴，这个世界还是值得活着的。

霍尼，接着写——给我写信，我拿着它上开往蒙特利尔的船。有你的信我肯定感觉比什么都振作，一想到加拿大我就情绪低落。

问候你还有——爱唠叨抱怨的［詹金斯］，假如看见杰克［·潘特考斯特］，也替我问候一声。

奥因

(此信藏普林斯顿大学图书馆)

[1] 小威廉·D.荷恩生于1892年,1913年普林斯顿大学毕业。1918年加入美国红十字救护队驻意大利斯奇奥。海明威1920—1921年跟他住同一间屋子。此信里提到的别的老兵还有:赫伯特·S.约翰逊、罗伯特·W.贝茨上尉、理查德·T.(皮纳德)鲍姆和小扎尔曼·G.(西米)西蒙斯。

[2] 海明威回忆的是1922年6月与哈德莱同去的一趟旅行,以及1918年6月美国红十字在斯奇奥的那个机构。

[3] 此事海明威写进了小说《我躺下》,小说收入《首辑49篇》(纽约,1938)第461页。

[4] 1922年6月与哈德莱同访佛萨尔塔迪皮亚韦。

[5] 海明威的两篇论意大利法西斯主义的文章发表于1922年6月24日《多伦多每日星报》,第三篇发表于1923年1月27日。

[6] 1922年8月。

[7] 海明威1922年9月25日至10月21日的近东之行。

[8] 埃兹拉·庞德和普林斯顿1919级生亨利(迈克)·斯特拉特[参阅海明威1926年7月24日致亨利·斯特拉特信]1923年1月正带着他们的夫人在拉帕洛漫游。

[9] 这里海明威的时间成了万花筒了。他被召去鲁尔采访的时候是3月下旬,他人在巴黎;4月中回到柯尔蒂纳写《禁捕季节》。

[10] 海明威第一次去西班牙是跟威廉·博尔德和罗伯特·迈克阿尔蒙一起的。见卡洛斯·贝克《海明威传》(纽约,1969)第109—111页。

[11] 见《太阳照常升起》第15章。

[12] 事实上当了教父的是多尔曼-史密斯,教母是葛特鲁德·斯坦因。

[13] 指《三个短篇和十首诗》和《在我们这个时代》。后者1924年3月才问世。

致罗伯特·迈克阿尔蒙

1923年8月5日，巴黎

亲爱的迈克：

校样今天早上到了。你的信日期是周五。

空白页是印厂的错。一校的时候没有空白页。达朗蒂耶［第戎的印刷商］咋就不把一校连同二校一起寄来呢？我好作比较啊。

这个校样看着很好，很干净。我通读了两遍，哈德莱读了一遍。

随信附上我建议用的封面。比尔［·博德］建议加上短篇和诗作的题目。他说这些标题很好，能给封面增色，同时也激励买书的人。我喜欢这封面的样子。

也许你不喜欢。

出版人是你，你说了算。

假如你不喜欢标题，就把它们划掉改用下面字样：

THREE STORIES
& TEN POEMS

空间留大点，跟随信寄你的封面大体一致就行，书名放在下面，用小号字。怎么样？我认为封面的字体该瘦长一些，但字体要一样黑。现有这个字太扁。用“&”要比“AND”有力得多，也平衡得多，也一如随信附上的封面容许适当的空白。毕竟书的标题是《三个短篇和十首诗》。

至于额外的空白页。假如一面算一页的话，封面之后几乎所有的书紧接着都有四到八页空白页。有空白页比没有要好。最后一个短篇的后面空白处也越多越好。我们终会发现加了空白页的成书要比省纸缩减到 48 页、连扉页都抹掉要卖得好。假如一本书薄得要死，没有人愿意买。

我检查了一下住处的书的空白页，发现多斯·帕索斯的《三个士兵》里有八页空白，封面后紧跟着的，鬼影都没一个。

发现麦克斯·比尔鲍恩《七个男人》里有四页空白，不过很明显书的主人撕掉两页当垫罐头的纸了。

发现廉价版古斯·福楼拜的《包法利夫人》里有四页空白……

这些书的结尾处和封底前似乎都只有一个整页两面空白。

好了，似乎这就是处理此问题的方法了。你什么时候回来？他们届时该能弄好了。今天是 5 号。校对还需要半小时。他们该能开拍封面了。

你怎么样？我听说你也在干活。我也在干活。

假如你挂号经第戎邮寄，邮件会走得快一些并且不会遗失。

现在得停笔给你发信了。希望你游泳游得痛快。这里热死人了。17 号我们从瑟堡坐船［去加拿大］。从本周四开始算要一周［八天］左右。［迈克·］斯特拉特去合众国了。他们商量来商量去有一年了；他奶奶快死了。

收到信后给我回信，告诉我你怎么决定封面的事情，好吗？因为今天是礼拜天，所以没法寄挂号。科瑞布斯·［弗瑞恩德］把钱输光了。又带了些去布列塔尼了。现正琢磨去拜访史密斯［地名不清 Touravil?］。[1]

再见，

海姆

又及：我刚拿了封面和校样去葛特鲁德·斯坦因家。她说她认为封面加所有标题无论如何要有力得多并且美观。她提供了各种方案，还是没法推翻标有“1 号”字样的字头那张。她说要为那些标题找一副好的字版——要美观且深色，不要像那张那样字扁。

海姆

（此信藏耶鲁大学图书馆）

[1] 海明威的哥们，来自芝加哥的科瑞布斯·弗瑞恩德 1922 年来到法国。史密斯是谁不确定，也许是夏德·帕沃斯·史密斯。

致埃兹拉·庞德

约 1923 年 8 月 5 日，巴黎

亲爱的埃兹拉：

我会写绞刑的。已用全然不同的笔法重写玛艾拉之死，并且修理了别的角色。[1]新写之死甚好。戈巴尔的事我不知道。

他们该第一章第二章地被一一送上断头台。一起读的时候，它们又各章相连。似乎滑稽，但还各章相连。开头和结尾有公牛上场，中间重现一次。战争出场得明澈而高尚正如史实，缅甸人等出场。结尾的时候模糊，收场时一个伙计回家赢得掌声。逃难的人离开特瑞斯，希腊牧师被枪杀的缘故。通篇故事结尾时希腊国王和王后在御苑（刚写完），这就显示国王安然无恙。最后一句话是——正如所有希腊人，他真正想要的是前往美国。——我的哥们肖迪［沃纳尔］是放电影的，跟我在特瑞斯呆过，他刚给我提供希腊国王的材料。信心大增。

年轻的匈牙利人的故事里激进分子开始很高尚，后来则堕落了。美利坚出场时一群警察正朝抢劫烟店的匪徒开枪。写作形式还可以。

国王结果还令人陶醉。啊！那个国王。

我将开始写绞刑了。这时我想到她该是会骑马的。试试吧。明天上午去你那儿。

伊默
海姆

（此信藏莉丽图书馆）

［1］海明威想证明《在我们这个时代》里为巴黎所写的 18 篇微型作品显示了粗略的形式感。很明显他就内容和布局征求了庞德的意见。

致埃兹拉·庞德

约 1923 年 9 月 6 日，多伦多

亲爱的埃兹拉：

事情不会更糟了。你无法想象。我也不打算描述。不过，看在基督的分上，假如还有人拽出关于美利坚的更多东西，汤姆·米克斯居家寻美历险之类，就拿来同我写的一起参照一下。

哈德莱身体很好。我们到了合适的地方准备接生孩子，因为这是

城里才有的专门技术。他们别的事情都不做。吉米·福瑞斯[1]的一件乐事是去猎鹿。在过去三年里，每逢猎鹿的季节他就有个代后［后代］出生。他不会再去猎鹿了。猎鹿曾经是他唯一的乐趣。我能听见你说话："不过我亲爱的海姆，那个旧喷射器还好吧？"可是我亲爱的埃兹拉，我不知道啊。他们就那样。

十天航行之后，我们登陆了。一路都在刮大风。这条河真美。假如我由着性子在魁北克下船，住到把钱花完为止，就好得多。我周一去上班，那位王子周二到达。白马王子，帝国的使臣，金头发的家伙。

假如我是斯特拉特，我都要哭。我获悉的意思就是这个。有那该死可怕的东西我都睡不着。我五天没有喝酒了。一个男人因此理解［舍伍德·］安德森。我要是在这儿呆到次年，我能把此地的路都压陷了。那是男人唯一可干的事情。感谢上帝，我们得到了多萝西的照片。昨晚一夜没睡阅读《尤利西斯》以使自己开心。写得不错的一本书，你得找时间读读。

刚跟安大略省的首席司法官拉尼阁下谈过。他比巴托还巴托。他对欧洲的情形表示惊异。他描绘了法国人挨饿的情形、德国人胜利后的贪婪、残忍的西班牙人屠宰无辜的公牛、意大利人屠杀科尔夫的美国孤儿（我相信他们干过这样的事），可怜的人……

葛瑞格·克拉克讲故事很动听。奥尔基，是的可怜的家伙，他的（军）团得令开往印度了。可怜的家伙。是的是的可怜的奥尔基。你当然知道可怜的奥尔基的弱点。是，是，可怜的家伙，可怜的奥尔基。他们打算出来。是的，下星期坐船。可怜的奥尔基。是的，那儿当然没有女人。没有，没有女人。可怜的奥尔基。是的，也许跟上次一样。是的可怜的奥尔基的弱点。是的你知道那儿没有女人，于是可怜的奥尔基开始抽自己了。是的，接着是不断抽打自己，越发抽打自己直至失去记忆。

当他失去记忆的时候他就忘了抽打自己；现在他没事。

好吧，记得给我写信。你也许能拯救一个人的生命。有库玛埃的消息吗？他也许在地震中死了？可怜的家伙。希望那棵冰植物还立在那儿。是的是的，可怜的库玛埃。

好吧，再见，朋友，写信给我。问候多萝西。

海姆

(此信藏莉丽图书馆)

[1] 福瑞斯是《多伦多星报》的漫画主笔，海明威同他初次见面是在 1920 年。

致葛特鲁德·斯坦因与艾丽丝·B. 托克拉斯

1923 年 10 月 11 日，多伦多

亲爱的朋友们：

我想象的报社办公室打字机前的自由时间并不存在。一直没有任何自由时间，也没有别的什么时间。小格力托昨天凌晨两点诞生了。没有麻烦。只是用了三个小时。大夫还用了笑气。哈德莱说整个妇产行业都被高估了。孩子重七磅又五盎司。我想生得容易跟这有关系。此信开头最好谈谈这新生儿。我被告知他长得很好看，不过亲眼一见发现他极像西班牙国王。已经在吃奶了。摊上了个好大夫，是本城的专业人士。哈德莱感觉很好，让我问候你俩。

一直很忙。差点到哈得孙湾及其周边。上周去了纽约会见 L［罗伊德·］乔治。跟他一起坐专列穿越纽约和加拿大。孩子出生的时候我在前往多伦多的火车上。早产了两星期。L. 乔治专爱跟人吵架、脾气极坏、品行邪恶，在公开场合却不露面目。他留长头发可不是没理由的。每天晚上他取消第二天的约定，早上醒来感觉精力充沛又咒骂秘书取消约会。我听到的还是他处于最佳状态的事情。他想为［女儿］梅甘安排个好婚姻，希望在大西洋此岸重新开始人生。他在美国动静很大，可读英国报纸的加拿大人显然也在膨胀，他们把他在这儿的招待会弄得很无趣。我很高兴离开了他。

想到哈德莱得独自看完演出我就感觉恐怖，这里的一切都像场噩梦。我在任何地方工作都是一天 12 到 19 小时，晚上累得睡不着觉。回来真是失算之举。然而，我们有了墙上空间可以放梅森，一间崭新的公寓房，在沟壑里，城镇就此而止，再深入就是阳光明媚的乡野，

绵延美好的乡野。一座小山你可在下雪的时候滑雪，或者说我可以滑雪，从办公室回来之后。真的对哈德莱和新生儿有利，健康快乐。把回巴黎的钱又积攒起来了。我们用薪水过日子能结余七八百块钱。

在纽约收到《小评论》和你给舍伍德［·安德森］的瓦伦丁节礼。好宝贝啊，忍不住写写那十足的好货和十足的舍伍德。

你们俩好吗？在哪儿呢？与我的记忆相反，这里的烹调不错。加个鸡仔或小鸡仔饭还是不错的。我也找到一些不错的中国馆子。我们俩都想念巴黎。我第一次明白由于太多的事情排在前面要做又做不完，人是可能自杀的心都有的。发现这个道理只获得令人怀疑的价值。在纽约由于忙，我四天里没法知道舍伍德在哪儿，也不知别人在哪儿。试过电话之类。纽约百老汇和华尔街一带下区还是很漂亮的，除了闪电和花花样的人，它光芒不息。我在那儿就没见过人咧嘴笑笑。有个人拿着黄色红色的粉笔在股票交易所前的街上画画，一边大喊“他派独子来干这个。他派独子去死在树上。他派独子去树上吊死”。一大群人围上来倾听。你知道那都是做生意干活的人。职员、送信的小伙。“这小子艰难。”一个送信的小伙绝对严肃地对另一个孩子说道。很壮观，有些建筑的确壮观。新建筑。没有一座建筑的名字是我们闻所未闻的。形状好玩。从现在起算三百年后，全欧洲的人会来坐着橡皮脖子的马车旅游。会像埃及一样空旷死寂。这会是库克最有名的旅行。

说什么也不来这里居住。我要去医院，所以得收尾了。哈德莱和我爱你们。

海明威

（此信藏耶鲁大学图书馆）

致埃兹拉·庞德

1923 年 10 月 13 日，多伦多

亲爱的埃兹拉：

是，转交并记下内容。给比尔［·博德］发电报时要求他把消息

转给你。一切都安然无恙。实际上没有麻烦。孩子很像西班牙国王，不过缘此至今没反复考虑离婚程序。

谁是桑德福特？他看上去还近乎真。然而我觉得你见任何新男性朋友时我都该在场。

这里的事情越发糟了。我一天一场表演。今天算演过了。接着明天明天还要过。正如 1918。然而，一个人不能将没几年的余生中的一年就这样度过。我在干一份叫“啊加拿大”的工作，让大家了解［不列颠哥伦比亚］温德勒的情况。这无疑是关于印第安人领地里“七领地之首”、不中用的蠢蛋的。在每一个邮局也就是邮政局都有一行标语：“经常写信你就能使家庭抱团。”还有政府计划项目：从 20 岁起每周付两毛五到 60 岁，之后每年就能领 139 块钱年金。我记的数字是确切的。

礼拜天我想给医院里的哈德莱带一盒薄荷巧克力，只能从私货贩子那儿买，因为礼拜天糖果烟酒杂货店不能卖糖果。

虽然他们几乎都不开心，但总的说还满意。

在纽约去见 L.G. ［罗伊德 · 乔治］，跟他坐专列在此地旅行。在车上与记者和有头有脸的煤炭大亨在新闻发布车厢谈劣质软煤的情况时，孩子出生。凌晨两点。在多伦多外十英里处听到消息，进来想杀了城市版编辑［哈里］辛德马什。结果当然是妥协，告诉他永远也不原谅他。并且说从现在起我完成的工作里都含有极度的不屑和对他的仇恨以及对他那帮手淫相的助手的仇恨。假如编辑们的圈套露馅了我还要揍人。结果是在办公室的处境极不稳固。尽量坚持吧。接着是试着跟莱提霞借足够的钱让我俩都度过槛儿。持续从早上六点工作到凌晨两点。自打摆在明处后就更晚了。出了四趟长差，回来发现东西堆成山，要赶上就得整夜整夜加班。胃里由于神经疲惫都吃不下东西。失眠。我是他们骗回来做小新闻特写稿的，外加整理电文部。

高兴雪佛［福特 · 马多克斯 · 福特］拿到杂志［《跨大西洋评论》］。这是什么杂志？新杂志？我会弄些齐整的《啊加拿大》给他。感觉自己怨恨气很重、极度的令人绝望的累，做什么都毫无意义。不过，会看手相的人说，有病的牡蛎产的珍珠是最美丽的。

看在上帝的分上不要断了给我写信。是啊，书信是生活的保鲜剂。

我给比尔［·博德］发了电报开始向报纸印刷式的边框[1]开火。

那得看怎么做。预想方案的确不错。假如做不好很快就馊得可以。最终是比尔来决定。基督的鼻子啊，他本因这个出版社而该有点激动。我对他说把想法都讲出来，他是个能把想法和盘说出来的人。

问候多萝西。还有哈德莱的家人也替我问候。她很好，状态绝佳。她仍然喜欢我超过喜欢孩子。这小子的恶与生俱来，第一天吃奶发出的声响就像猪栏里发出的吃奶声。三天大的时候他咬得哈德莱都受不了。然而，当母亲的声称，总的来说感受是快乐的。经通盘研究，我坚信母性的快感主要是未嫁给言情艺术出色的学生的人体会出来的。这话并不是想自己打自己嘴巴，只是出于观察，谨供你思考。

看在基督的分上，写信给我。给我寄一本《笑》。这里当它淫秽杂志，所以买不到。总有一天某人会在这里生活，从而能体味我从这个城市往合众国发《尤利西斯》时的感觉（一本未失）。[2]

写信给我。

你的

海姆

我们公寓一层住着个前禁卫军军官，跟我一样无望。厅对过住着个动作迅捷的寡妇。极心满意足，渴望借给人东西。窗户外的景色很美。我住医院的时候就喜欢开窗。现在苍蝇都进来了。猫抓苍蝇抓得不亦乐乎。从味道闻出她已经把拉屎的地方由浴盆后挪了，正在试新自由的样本。稍后晚上我会根据气味找出屎堆，会借助一份《多伦多星报》小心地把它擦掉。

（此信藏莉丽图书馆）

[1] 博德计划用报纸头条蒙太奇作《在我们这个时代》的封面。

[2] 海明威偷运了几本《尤利西斯》入加拿大。

致西尔维亚·毕奇

1923年11月6日，多伦多

亲爱的西尔维亚：

我五次给你写信开了个头，而总没能写完。要么是手里有活，要么是有事，要么是该死的什么。刚从打字机上撕下给拉里·盖恩斯[1]的信。好像也无法写信给他。

啊，“羽毛猫”很好。孩子也很好。孩子身体结实，长得像他母亲。也像西班牙国王。在丢维尔他也许极吸引人的眼球。我们打算马上把他带到法国，让他相信自己是在法国出生的，如此他就得去服兵役，省得我们在关键昂贵的时段里得养着他。也许到那时，庞嘉热先生还在台上，兵役期会是四年或五年，我们就根本不用养他。

我们也许1月份能见到你。

在这里生活是不可能的。我挣的跟在巴黎时一样多。这里的公寓一年要18 000法郎，住在里面还什么都不能干。写点自己的东西是不可能的。报纸一天到晚要东西。要的东西比以前长，我都无法写东西了。报社的人也都是狗屎。

你能给我们找一间公寓吗？

感谢上帝我们就要回巴黎了。

假如孩子是女儿，我们会给她取名西尔维亚；是男孩我们却不能叫他莎士比亚。约翰·哈德莱·尼卡诺是他的名字。[2]斗牛士尼卡诺·维拉尔塔。

阿德里安［·莫尼埃尔］好吗？我们俩都问候她。我们有了首新歌唱给她。

虽然这不是个能写歌的地方。这人道的社会每年要7 853只羽毛猫的命。这人道社会一年到头就是要动物的命。女人们则鼓动这人道社会猎杀敲她们房顶的啄木鸟。

加拿大人从心底里就都是这自由开放大空间表层下的气囊［闲扯淡的人］。这里没有小白脸，因为老女人没有钱。否则的话到处都是。这是个令人恐怖的国家。

奥布莱恩已经把《我老爹》列入1923年"最佳最糟小说"。他还要求把书题献给我。别提这事，否则他可能改主意。他想知道我的短篇是否够结集成"伯尼·利弗莱特丛书"之一本。我还想上你的书架呢。假如你能好心忍受，我还想把莎士比亚书店的名放在三山出版社出的书上呢。

你再见过拉里吗？他常在瓦格拉姆体育厅打拳。没有"奥托"我就迷路。这里没有体育报纸。星期天杂货店卖糖果也是犯法的，你得偷着弄糖吃。

我们还一如既往相互喜欢，孩子是个好东西。我们是加拿大唯有的好人。

感谢上帝我们回去时你会在巴黎。告诉阿德里安我们会加入她的书室，可以读别的，不光是"他一掌打在敌人的下巴上"。

一提加拿大我们就想掴一掌。我想给全加拿大一个下钩拳。

再给我们写封信。我们爱你和阿德里安。

伊默

海明威夫妇

这封信几近它信的命运。刚在办公室发现它。我能写信但却不能寄信。没有时间干任何事。你知道吗？我连寄《三个短篇和十首诗》给评论家的时间都没有。需要一个文学经理人。今天在皮姆里克第二场赛事里给一匹马下注，结果它跑最后。没别的新闻。我俩都思念巴黎和你们。我想那书总会出的。博伊德［威廉·博德］日子不好过。你先看看他要印的东西吧。难怪他气馁。

这是我有生以来写给人的最长的一封信了。

送上海明威的爱。

替我转达最真诚的祝愿给［罗伯特·］迈克阿尔蒙。我就会给他写信。哈德莱也问候他。

(此信藏普林斯顿大学图书馆)

[1] 拉里·盖恩斯，多伦多黑人拳击手。

[2] 海明威的长子日后被昵称邦姆比。

此信及下列致毕奇小姐(1887—1961，巴黎莎士比亚书店的主人)的信，经普林斯顿大学图书馆俯允在此发表。

致 C. E. 海明威大夫

1923 年 11 月 7 日，多伦多

亲爱的爸爸：

我以为哈德莱已经写信给你感谢你寄来支票了呢。

我必须为我们的疏忽道歉。这支票太及时了，你真慷慨。雪中送炭，我们非常感谢你。这笔钱用在医院开销上了，我相信累计总共有 150 块钱呢。

礼拜天我写信给你和妈妈了。现在你无疑收到信了。

关于我写的何种东西，我去科博尔特和萨德布瑞转了一圈，离哈得孙湾有一半路程，报道了一些不同的东西。采访过各色人等：阿彭毅公爵、威廉 · 李斯特爵士、班廷博士等。处理的是银行业的报道。与罗伊德 · 乔治一起去旅行，处理各种外地报道，为“周刊”写东西。有两篇关于斗牛的文章很有意思；我想法给你寄两份样报。都是头版整版篇幅，带图片的。

上周五大家都去猎鹿了，而我却没去。孩子动不动就叫，好讨嫌。我想今后两三年他会把头都叫掉的。好像他唯一的娱乐就是叫唤；没人像他这样从中得到如此快乐。

从现在起到圣诞节，我一总为《每周星报》写东西。

替我问候普拉特先生。迈克 · 丹尼尔[1]的祝贺我不需要，我也不要他给的别的什么。我对他没有什么好感。盼我不好的有很多人，我没理由和颜悦色对之，因为他们现在伤不着我。范尼 · 比格斯和迪克森小姐是我真正的朋友，都被此人讯问过。有一天我会就此人写一篇很好的报道。像他这样的人大多数我都忘了，他们在我心里根本不再存在。

过去三天这里一直下雨。加拿大的破天气。我希望天晴起来冷起来。

啊，我必须找辆出租车回家吃晚饭了。感谢上帝我们很快就离开这地方了。美利坚合众国的经济也跟加拿大一样糟糕吗？这里银行倒闭，买卖左右下滑。一个到处破产的国家最叫人沮丧。

很高兴乔治舅舅打猎打得痛快。我在北方看见许多鸭子。除了去年夏天有一天去马尔恩猎乌鸦，在河里用22口径自动步枪打了几条大狗鱼，到现在还没打一枪呢。[2]啊对了，在瑟瑞斯我一天［1922年10月］打了二十二只鹌鹑。开阔的乡野长满了三齿蒿，似乎很容易袭击目标。我用的是借来的双管十二标准枪。不过，我经常去钓鲑鳟鱼。明年夏天6月份我们去西班牙，我会在欧洲钓鲑鳟鱼钓个痛快。都是免费的，只需办个许可证。河里鲑鳟鱼满是。那是个了不起的国家，西班牙，我想是欧洲最好的国家。在欧洲无论你到哪儿几乎都比这里要让人愉快。

这封信写得太阴郁了，要怪就怪天气吧。

我希望你们都好，一切都好。我们回到这里是错误之举。对待错误我们唯有支付代价并尽快摆脱它们。

来自你儿子的最最爱，

欧尼

（此信藏肯尼迪图书馆）

[1] M.R.迈克·丹尼尔，以“鬼鬼祟祟”著称，是橡树园中学校长。另几个提到名字的人是海明威的英文老师：弗兰克·J.普拉特、范尼·比格斯和玛格丽特·迪克森。见查尔斯·A.芬顿著《海明威的学徒期》（纽约，1954）第6页。

[2] 见海明威1922年3月20日致豪厄尔·詹金斯信。

致葛特鲁德·斯坦因和艾丽丝·B.托克拉斯

1923年11月9日，多伦多

亲爱的朋友们：

［比尔·］博德的事我们真是抱歉。我不明白他怎么没从鲍廷那儿或者别的什么地方得你们的地址。我本想另发个电报，可经济上很不逢时。不是因为费尔堡，费尔堡已经尽其所能了。我给它的只是一个机会而已。总有一天我要学会不在我认为有机会赢的那些马上下注，而在我认为能赢的马上下注。得到总比不得或者期盼多来得好。

哈德莱很好。马特也好。她早晚6点10点2点6点10点2点6

点 10 点 2 点 6 点 10 点喂他。她的奶水真多。小子体重增加了。我们弄了本《加拿大母亲手册》，里面满是这样的句子：“爸爸会做这事的。不是吗，爸爸？”这本书讲的尽是加拿大母亲比别的国家的母亲好。书是免费得的。早上 6 点我把哈德莱叫起床，说：“爸爸强把加拿大妈妈弄起床，不是吗，爸爸？”

我们仍然相处得不错。哈德莱真是块好料。我们有个 89 岁的好老太太帮着做家务。她人很好，就是累了，也许是因为太老了。所以，周二她就要离去。接下来就要试试年轻一点的帮手了。

我跟你说过我们的房租一年要 18 000 法郎吗？啤酒 17 法郎一瓶。即便是人家请我，我也尽量不喝。我从未有过 18 000 法郎；就是有的话我也想去对我有好处的地方。我们也许 1 月份回去。

我想我以前跟你说过：假如没见着戴夫 · 奥尼尔，不算有什么损失。戴夫是这样的人：你第一天见他的时候他对你可是再好不过了。

报纸上充满希特勒和鲁登道夫必败之类，读着觉得滑稽。迄今为止此论为时过早。

似乎从来没有过第三页。我不会写信。不再写了。非常感谢你写的评论。比尔 · 博德给我寄了今天的《论坛报》。对我而言评论很掷地有声。我喜欢。

令我心烦的是我这么智慧的人怎么会来这里。

马特状态很好。他能笑了，还很能笑。我很喜欢他。你会喜欢他的长相的。

我们打算在先贤祠后面原来住的地方左近安顿下来，即便是需要时间等待。1 月 19 日我们乘库纳航线“我的安东尼娅”号从纽约前往瑟堡。

我打算丢掉新闻饭碗了，我想。去年冬天你毁了我这个新闻记者。自那以后就没好。像头公牛，或者像新手，坚持力有，就是走路费劲，要很长时间。

他们开始攻击你和舍伍德［· 安德森］了，那帮年轻的评论圈里的家伙以及他们的读者。我从报纸之类的东西里能感觉到。啊，你会赢回读者的，等到一个美国家庭的历史［《美国人的诞生》］出版。

我现在有新的神了，年轻的潘丘 · 维拉。然而太晚了，否则可以给孩子取这个名字。假如真要脱离点原来的意思，这两个单词就得本身有点西班牙韵味。

要是再不去寄，这封信恐怕永远也走不了了。迈克阿尔蒙从安特卫普来信说他三星期来一直在工作，没见熟人，不打算去又打算去挪威、瑞典、芬兰、彼得格勒、莫斯科等地。假如不太麻烦的话就去。也许就很麻烦。

看此信的开头，是我们的错，不是博德的错。

原谅我用铅笔写信，还写这没趣的信，还耽搁了这么久。我在纽约会尽量去见舍伍德的，会把消息告诉你的。庞德成了伟大的作曲家了。你见到雪佛［福特 · 马多克斯 · 福特］办的新杂志［《跨大西洋评论》］了吗？今天收到庞德的信邀请我回家指导办刊方针之类。我觉得邀请信有点夸张了。贝尔蒙特明年还要斗牛，第一次出场会在塞维尔，在复活节期间。他保留自己选择公牛饲养场的权利。《地理与戏剧》里的斗牛士是高纳，你不喜欢的家伙。他在墨西哥。不喜欢他的还有别人。

我们得攒钱去庞朴罗纳。今冬去瑞士有点晚了，倒省钱了。这里有家中国佬餐馆，但菜单密得让人眼晕。我们吃得很好。

我 1 月 1 日就辞职不干了。有几个好故事可以写——尽量不冗长吧。

爱你们俩并祝圣诞快乐。

你的朋友

欧内斯特 · 海明威

（此信藏耶鲁大学图书馆）

致埃德蒙 · 威尔逊

1923 年 11 月 11 日，多伦多[1]

亲爱的威尔逊先生：

在伯顿 · 拉斯科的《社会与文学笔记》里我读到你请他注意我发

表在《小评论》里的某篇东西。

我把《三个短篇和十首诗》寄给你。就我所知，至今在美国还没有人评论这书。葛特鲁德·斯坦因告诉我她写了篇评论，可是我不知道她拿去发表了没有。

你不了解加拿大的情况。

我想寄几本书请人评论，但不知道是否该题献。在法国是必需的，在美国怎么样不知道。籍籍无名，书也不咄咄逼人；它们也许被拉斯科先生之流评论。加兰蒂耶三个月前就寄书给他了，还没有时间评呢（他一个半小时就能把书读完）。

联系的出版公司是迈克阿尔蒙。这公司出版过威廉·卡洛斯·威廉斯、米娜·罗伊、马斯登·哈特雷和迈克阿尔蒙的作品。

我希望你喜欢这本书。假如你感兴趣，可否给我提供四五个人的名单，我好寄书请他们评论？你要是能提供就太好了。现在这个地址到 1 月份有效，我们接着就去巴黎了。

有没有时间做此事我都感谢你。

你的诚挚的

欧内斯特·海明威

（此信藏耶鲁大学图书馆）

[1] 此信及 11 月 25 日信发表于威尔逊著《光的岸》(纽约，1952) 第 115—118 页。海明威第一次与威尔逊 (1895—1972) 见面是 1924 年 1 月在纽约。海明威准备出集子的时候请威尔逊编辑他的书信，威尔逊深感荣幸。见 1951 年 9 月 10 日海明威致威尔逊的信。

致爱德华·J. 奥布莱恩

约 1923 年 11 月 20 日，多伦多

亲爱的奥布莱恩：

你的信效应不能再大了。即便是有人告诉我有一百万块钱到了我手里、我得了维多利亚十字勋章、我答应再跨海游一次就能得毛里塔尼亚号船上的王室豪华舱年票并且可续可带家属、我被法兰西学士院

选中取代阿纳托尔·法朗士的位置。好吧，你可以把书题献给我。为了表示我多感激，我庄重向你和上帝发誓从今往后写小说时不考虑任何读者只想着你和上帝——有时连你都不想，连上帝都不想。[1]

我们在加拿大，[2]有一个孩子。这个国家一时的繁荣破灭了，大抵往地狱走呢。唯一能居住的地方，假如你结婚了，也无法居住。我到了阿比提比，也在周近走了走。银行倒闭的很多，别的行业倒闭的也很多，报纸经济窘迫，一时的繁荣反正是破灭了。我们也破灭了，新年 1 月会有点钱，会马上去巴黎。

我手头没有书了，但会叫人从巴黎寄一本给你。也许题献上写博尔托菲诺。[3]（不，我会让他们寄一本到这里来，再寄给你。）《在我们这个时代》（三山出版社）再有一个月左右就出来了。我会让他们寄给你一本的。我想你会喜欢它的。

你过度劳累生病了我很难过。很高兴你结婚了。结婚意味着什么不足为外人道。不过有两个幸福地结了婚的家伙我知道他们本来是极开心并且心满意足的单身汉。那么说你从头开始了。向罗梅儿·威尔逊表示祝贺。哈德莱同此祝贺，祝你们好运。

需要多少短篇才能列为“伯尼·利弗莱特丛书”的一种？

感觉低落沮丧。工作以便夜里累得不去想，更别说写东西了。早上在出租车里一则故事浮现于头脑。得咳出来，因为故事来得轻而易举很完美很明晰很恰当。你知道假如听之任之，它就会戛然而止并随风飘去，你就再也写不出来了。我的写作如憋屎，得在便秘前把它拉出来。我每天工作 14—18 小时以使报道继续，直到来年 1 月。基督啊，回到巴黎我们会开心的。

啊再见，祝你好运。你让我感到自豪和幸福。我深感荣幸，因为很少有人能做到这一点。这话听起来滑稽但你知道我在说什么。

你一如既往的
欧内斯特·海明威

（此信藏马里兰大学图书馆）

[1] 奥布莱恩当时请海明威允许他把即将出版的《1923 年短篇小说》题献给海明威。1923 年 11 月 6 日、11 月 25 日、12 月 12 日海明威致西尔维亚·毕奇、埃德蒙·威尔逊、詹姆斯·甘布尔的信里都提及此事。

[2] 海明威在多伦多的地址是：巴瑟斯特街 1599 号。

[3] 拉帕洛南部的一个意大利小村子。

致埃德蒙·威尔逊

1923 年 11 月 25 日，多伦多

亲爱的威尔逊先生：

非常感谢你来信。你真是太好了。

样书的尺寸有点蠢。迈克阿尔蒙想出一系列小书，里面包括米娜·罗伊、W. C. 威廉斯等人的作品。他也想将我列入。我于是把短篇和诗作给了他。我愿意出版书。一旦书出版，你就有后脊梁了。

我很高兴你喜欢里面部分作品。就我目前所能想到的，你的评论意见是全美国我唯一尊重的意见。玛丽·科伦有时也说得是那么回事。拉斯科对艾略特的评价有智力的成分。也许有好的评论家我不知道。

不，我不觉得《我老爹》是从安德森演化而来。这个故事是讲一个男孩和他父亲以及赛马的。舍伍德写过小男孩和赛马的故事，但很不同。是男孩和赛马的故事演化而来。安德森演化男孩和赛马的故事，我不觉得它们有什么相像。我知道自己的灵感不自他那儿来。

我跟他相熟，但好多年没有见面了。他的著作似乎见鬼，也许是因为纽约的人跟他说他的作品好的时候太多了。批评的功用。我个人很喜欢他。他写过好的短篇。

《戴尔》上的“简介”是否最好先放一放，等《在我们这个时代》下月出来？我会寄一本给你。你会从中了解我想表达什么。两本书一起就构成一篇评论了。

我真高兴你喜欢《小评论》上登过的《在我们这个时代》里的劳什子。我抓住不撒手的东西就在那儿。

没有书在手解释也没用。

你主动说要先于出版社帮我弄一本样书，真是太慷慨了。我不认识他们中的任何人。

爱德华·奥布莱恩有一天写信给我，要求我正式允许他把《我老爹》收入他的《1923 年最佳短篇小说》，问我是否同意他将此书题献给我。这书还没出呢，此事保密。他出的书有好有坏。他问我的短篇是否够列入“伯尼·利弗莱特丛书”单出一本。我不知道他的话是否意味着能让他们出版。假如你不介意，到时我写信咨询你。

E. E. 卡明斯的《巨大的房间》是我读过的去年出版的最好的一本书。有人跟我说这作品很失败。那么看看［薇拉·凯瑟的］《我们中的一个》吧。得奖，大卖，人们真把它当回事了。你经历过战争，不是吗？字里行间最后的一幕不妙吗？你知道从哪儿来的吗？《一个国家的诞生》的战争场景。我一段一段地辨认，都被凯瑟化了。可怜的女人，她得从某处找战争经历。

《小评论》里的东西是个玩笑。我回洛桑时在车里打尖时写的。那天在葛特鲁德家吃了顿美妙的午餐，在那儿聊了一个下午，读了她的很多新作，接着在餐车里独自喝了一大瓶博尼红酒。早上面对又开启的有线电广播，我尝试分析会议内容。[1]

她的方法用于分析任何东西都无可估价，或者用于记录一个人或地点的什么。她有个奇妙的头脑。我想就她的旧作什么时候写篇评论。她是从门肯和玛丽·科伦跌倒碰破鼻子的地方崛起的作家。

原谅我的信太长。再次感谢你的来信和好建议。我们过纽约时我会常去看你的。

你的诚挚的，

欧内斯特·海明威

（此信藏耶鲁大学图书馆）

[1] 海明威的诗作《他们都想要和平——什么是和平？》发表于《小评论》第 9 期（1923 年春季号）第 20—21 页。这首诗对洛桑和平会议的国际代表多有讽刺。

致詹姆斯·甘布尔

1923 年 12 月 12 日，多伦多

亲爱的吉姆：

真高兴收到你的信。过去两年我经常想你是不是就在欧洲哪个角落。从现在起请保持联络，这样命运安排我们相遇时就能见面了。我希望一个月左右的时间内能见你，假如你入纽约。

原谅这破打字机和抄写纸。假如不用这机器写信给你，我不知什么时候再有机会。我发现迟复信件真要命。我渴望给你立刻写信。

说说我们的情况，或者说综述一下我们的情形。哈德莱·理查森和我 1921 年 9 月结婚了；去欧洲度的蜜月。你会很喜欢她的。我肯定。不打算描述，你听我的没错。去年她只是在乡下呆着，打网球，弹拉威尔、勃拉姆斯、斯柯里亚宾的曲子，弹得都不错。她很不错，吉姆。我该知道的，因为我们结婚两年多了。我实际没什么朋友，我想象你有，因为你的婚姻很幸福。这话真是模棱两可，模糊不清。

无论怎样我们去了巴黎，接着去了瑞士过冬。在那儿我发现了滑雪，打算以之为终生功课。春天为一家报业辛迪加报道热那亚会议，写电报发送的文章。随后又回到瑞士。很爬了一阵子山。接着步行过圣伯纳关进入意大利，取道奥斯塔。此行可爱。当年在米兰指挥步兵的英国年轻军官多尔曼-史密斯是我的好哥们。我从陶尔米纳出现后，他跟我们一起徒步旅行。我们在米兰度过一段好时光。感觉日常生活枯燥的哈德莱耽于回忆这些，把鬼都召来了。那时每天晚上不是在柯瓦就是在画廊的康帕里餐厅吃晚饭；我们常去桑西洛看赛马，跑道新，顺便一提，看台也棒。

随后“中国佬”得回科隆驻地了。哈德莱和我去了维森撒，乘公车往斯奇奥，租车翻山越岭到罗维尔托和特连托，回走托纳尔关到拉格迪加尔达之首里瓦。在加尔达湖边的瑟弥翁尼，我们找到埃兹拉·庞德和他的夫人。在那儿呆了几天，游泳，晒太阳。

你还记得瑟弥翁尼吧？就是直指加尔达湖的那一个大“点”。去维森撒和柯在火车上就能看见的。

我们背着包从瑟弥翁尼徒步进入德增扎诺。火车在此地以往常停留一分钟。接着在维罗纳下车过夜。然后去米斯特列；租车往皮亚韦河。都成过眼云烟了。不过在皮亚韦低沼泽的雾霭中再看一眼远方的威尼斯还是很好玩的。

要不浓缩（加拼写错误）的话这封信就会写上四十页了。无论怎样我们夏天徒步穿越黑森林；秋天又去了康斯坦丁堡、阿纳托利亚、斯密尔娜、色雷斯等地。是作为《多伦多星报》和“国际新闻社”的战地记者去的。一路过得不错，很好玩；又及时回到瑞士进行冬季运动三个月。接着我们在拉帕洛打网球；我则为《星报》去了趟莱茵兰、德国和鲁尔地区；春天在巴黎好极了。去年夏天鲍勃·迈克阿尔蒙和我跟一群斗牛士游遍西班牙，去了马德里、塞维尔、隆达、马拉加、格兰纳达，最后到了北部。[1]

西班牙是最佳国度。这里的一切都未经娇生惯养，令人难以置信的强悍、奇妙。

我们终于在9月份回到这里了。10月10日约翰·哈德莱·尼卡尔诞生。他结实英俊，我们1月19日从纽约乘“安东尼娅”号出发返回巴黎，会带上他。就我所知，他是最年幼的乘库纳航线的乘客之一了。

我们但愿能在纽约见到你。难道这不很完美吗？接着会在巴黎找一间不带家具的大公寓，将那边弄成永久的大本营。我打算停了报纸的差事专事写作。我在巴黎出了两本书。爱德华·奥布莱恩把他的《1923年最佳短篇小说》题献给了我，为的是所谓年度最佳小说。他要把我的东西列入“伯尼·利弗莱特丛书”，不久在纽约出一本书。

这封信太拽词了。可是听到你的消息我太激动了，就不知不觉写了这么多。

你的画怎么样了？你打算干什么？我们在纽约能见到你吗？你什么时候再来欧洲？我们打算在卢森堡公园周围找个大地方，你来总有地方呆。我在巴黎认识一帮人：庞德、乔伊斯、葛特鲁德·斯坦因和许多画家。我发现总的来讲，画家比作家为人要好。

我们在米兰时多好玩啊，记得我在陶尔米纳去拜访你吗？像是很久以前的事了。自那以后我就没见过你。从皮亚韦到米兰你把一路坏事都摆平了。我什么也没做，除了享受你给我安排的舒适。

我不知道德特和埃斯特[2]怎么样了？我收到他们的婚礼通知和圣诞节的卡；随后杳无音信了。接着我在想你在干吗，老想。那个冬天我本愿越洋跟你呆在一起的，可我在攒钱跟哈德莱结婚；结果就没去成。顺便一说哈德莱在费城有些亲戚。罗森加尔腾夫妇。[3]你在奥地利去了哪儿？我们什么时候能见面？

写信给我。我知道自己的信是无聊的流水账。不过在加拿大，没有多少灵感。

永远的你的

海米

这信真是龙飞凤舞——我担心要是重读一遍就不想寄了——所以我不重读了，只说声再见，把它粘进信封——

（此信藏诺克斯学院）

[1] 海明威说的"事实"不精确。他没有在瑞士做冬季运动三个月，也没有在莱茵兰和鲁尔两个月。他第一次西班牙之旅是在 1923 年 5 月，是跟迈克阿尔蒙和博德一起去的。

[2] 1918 年美国红十字会驻米兰代表米德·德特威勒上尉和他的妻子。

[3] 已故哈德莱父亲的姐姐玛丽·罗森加尔腾姑姑曾住在费城里顿豪斯广场。

此信及另几封致甘布尔的信经诺克斯学院西穆尔图书馆档案室同意在此刊用。

致约翰·R. 伯尼

约 1923 年 12 月 26 日，多伦多

伯尼先生：

我来《星报》就职之前所有的事都是跟你打交道的。自我就职所

有的事都是跟［哈里·］辛德玛什先生[1]打交道的。

昨天辛德玛什跟我谈话的过程表明他既不公正也不聪明，也不诚实。我为与辛德玛什相处已经尽了最大努力。我做我的差事并且一直忙于差事。

不过完成的工作什么也不算，也无结果；并且唯一的衡量标准是看大人物一阵脾气之后是否施舍（并且动怒的理由是想象出来的几个瞬间）；假如于此还要问是辛德玛什的事还是我的事，我当然要走。我在处理一篇大报道，要求快并且准确还有别的；无端却成了《星报》这种素质的报纸一个助理执行主编受伤的虚荣心表现的牺牲品，我很惊怕。因为，犯了错的是他自己。

这里面有不正常的东西。出于某种原因辛德玛什先生说我觉得我比他更了解他分配给我的任务。我没有给他理由这么想，因此不能被控他的低下意识情结给他的想法，是我的原因。

几天前当辛德玛什先生想硬跟我吵一架时，我就给你写了份备忘录。不过事情的进展很让我吃惊，我都不敢相信。我把备忘录弃置一边，心想辛德玛什先生一定工作压力很大。我根本就不想爬到他的头上。

我当然有整个事情的证据供你调用。我不能再在辛德玛什手下为《星报》继续工作了。

［未落款，也许没有发出］

（此信藏普林斯顿大学图书馆）

[1] 哈里·辛德玛什，《多伦多每日星报》城市版编辑。伯尼是执行主编。

致约翰·R. 伯尼

约 1923 年 12 月 27 日，多伦多

伯尼先生：

我很遗憾从《星报》地方版编辑部给你呈辞职信。此辞呈 1924 年 1 月 1 日起生效，假如没有什么不便的话。

请相信此简短的备忘录不含不恭敬的内容。

欧内斯特

(此信藏普林斯顿大学图书馆)

致埃兹拉·庞德

1924 年 2 月 10 日，巴黎

亲爱的普罗米修斯：

我们在巴黎圣母院路 113 号找了间公寓。房子在锯木厂上方，每三个月三个月三个月一结。

我去 70 号乙了。进去时门房认出我是你好兄弟。可因为没有钥匙，入门不遂。我于是给［福特·马多克斯·］福特的报告打折扣，他报告说你期待我们来住到你回窝。

没有你而住在你家的街道不好玩，所以找个时间回来吧。今天雨夹雪。真愿去拉帕洛看你，但无法再面对更多的旅行。

我们在海上过了十天。[1]

在跨大西洋旅途中你似乎对音乐很看重。可惜我们没赶上音乐会。假如你还想高乐一回，我会介绍阿纳斯塔西年轻的斗士给观众，在合适的时候让他们相互把对方扔出去。

加利福尼亚的《金色的鲸》仍然在等着你呢。

这封信写得很烂，我在搬家开箱包啊——还没弄完呢。

亨利［斯特拉特］正卖力为《诗章》工作呢。[2]

哈德莱一直在生病。睡不着，体内翻江倒海。

(我也并在床上)

我打算试试给《跨大西洋》等写点东西。

目前美国反［舍伍德·］安德森，“《扫帚》帮小子”[3]等，动静很大。你得回来。

我很高兴你不用动手术剖腹了。我一路在船上想可怜的老埃兹拉在那该死的美国医院［在尼利］被那些无知的兽医开膛剖肚，就像因为一个囊肿他们几乎把我的亚当禁果取走。

我很高兴你没让人开刀。我会找一本医书研究一下如何把你的阑尾去掉，假如它变糟的话。

请代我和哈德莱问候多萝西。

这个城市没了你们就不好。

伊默

海姆

我大概有七个短篇要写。不知道何时何地能写。当你能在雨雪中分辨不同人的脸的时候，这个城市似乎充满了大量的屎。然而我吃牡蛎却吃得很开心，喝乡村红酒也喝得开心。

《戴尔》把 2 000 块纸币给了维坎 · 布鲁克斯或者一个叫范怀克 · 斯蒂德的家伙。[4] [吉尔伯特 ·] 塞尔兹的括约肌无疑失去了它迷人的紧凑，他离开了《戴尔》。一位上了年纪的处女 [玛丽安 · 莫尔] 取代了他的位置。蒙特葛扎指出，无疑一路货。[5]

写信给我。《金色的鲸》在《纽约先驱报》上插了则广告希望见佛教徒，无论年龄性别。就佛教徒。完毕。

(此信藏莉丽图书馆)

[1] 乘"安东尼娅"号那次旅行是在 1924 年 1 月 19—29 日。

[2] 亨利・斯特里特当时正为《十五篇诗章草稿》(1925 年)准备美术字头和花边。

[3] 显然指《扫帚》的编辑及他们的助手哈罗德・洛布、阿尔弗雷德・克雷姆博格、迈休・约瑟夫森、马尔科姆・考莱等人。该刊物存在的时间是 1921 年 11 月—1924 年 1 月。

[4]《戴尔》的 2 000 块奖金给了范怀克・布鲁克斯。

[5] 海明威长时间对吉尔伯特・塞尔兹(1893—1970)持偏见，自他认为塞尔兹退了他投给《戴尔》的一个短篇始。这篇东西据说是巴黎版《在我们这个时代》的第十篇"非常短的故事"。据塞尔兹说，即便是真退了稿，那也是斯哥菲尔德・塞耶尔干的。(见塞尔兹 1962 年 3 月 20 日至 23 日致卡洛斯・贝克的信。)另见海明威 1929 年 12 月 30 日致塞尔兹的信。

致葛特鲁德・斯坦因

1924 年 2 月 17 日，巴黎

亲爱的斯坦因小姐：

福特称他很中意那篇东西，打算拜访你。[1]我告诉他你花了四年半时间写这东西，旧稿有六卷呢。

他打算4月号发表第一篇连载，打算出3月的第一部分。他不知你是否能接受30法郎一页（他的杂志的一页）的条件。我说我想我能说服你接受。（可以表示不屑，但不要太不屑。）我明确表示这是他杂志扤到的一大勺，能得到是因为我弄稿的天才。你同意发表的话，他会觉得你得了大价钱。我没给他留下印象急于发表，但也没打退堂鼓。毕竟这是奎恩[2]的钱；这篇东西值他们手里的35 000法郎。

对他姿态高阔一点、潇洒一点。我跟他说，这六卷他们愿发表多少就发表多少，连载的话会一期比一期好。

你知道，这对他们来讲真的是扤了一大勺。同一期他们也发表乔伊斯的东西。谁知道呢，也许评论杂志一炮走红呢。虽如此，他们永远也不会付你9 000个30法郎的。

你的朋友

海明威

（此信藏耶鲁大学图书馆）

[1] 海明威曾帮助安排《美国的诞生》部分连载于福特·马多克斯·福特编的《跨大西洋评论》。

[2] 约翰·奎恩（1870—1924），律师、艺术品收藏家、艺术品赞助人。福特编的杂志是他资助的。1924年7月28日奎恩在纽约去世。

此信及下列至斯坦因小姐诸信经耶鲁大学贝涅克图书馆同意在此使用。

致埃兹拉·庞德

1924年3月17日，巴黎

亲爱的杜斯：

你毫无疑问同意我说自己是个婊子养的，因为此前没写信给你。我们在试验跟婴儿共同生活。哈德莱卧病很久了，我也病了几天，孩子一天到晚叫唤。试着写东西可就写不出来。在东一家西一家咖啡馆写了几个短篇。你说的关于“马槽阅览室”的话是对的。我们需要更多的空间，但支付能力不济。我们想过在你不住的时候能在你的公寓里呆着。又担心小海姆长到行动无深浅的年龄日子就更难了。刚要用这些字眼放弃我们最迫切需要的东西，就得到你的信让我们住，你真他妈太好了。这正是我们一直期盼的东西，松手放弃它似乎是罪过。不过我知道孩子一旦能走路，他就会把生活弄个天翻地覆。明年此时就会如此，或者更早一些。

哈德莱已经控制了局面，一切顺利。我的写作也不坏。福特4月在《跨大西洋评论》上发我一个短篇。另几个他无法发表。

邦廷[1]据说在热那亚的监狱里。我会写信给你说的任何在意大利的人，假如管用的话。

一周来天气不错。奥尼尔夫妇昨晚回来了。尚未见他们，也不想见他们。

亨利［·斯特拉特］去美国了。圣父宽恕他们因为他们不知道自己在干什么。

他给你的书弄的缩写、题花和尾花真是该死的漂亮。

“中国佬”［多尔曼-史密斯］在这儿呆了一个星期。礼拜天我们在他帮助下给孩子施洗了。[2]我没有别的什么好担心他的了。

迈克阿尔蒙在土伦。他已经完成了八或者十部小说。他谢我传递你的口信。哈德莱睡眠不好，或者说她自称睡眠不好。同一效应。

福特夫妇仍然在透过昏暗的玻璃窗户寻找公寓。小吉奥吉奥［乔伊斯］拒绝所有的给［詹姆斯］乔伊斯找到的公寓，因为他，吉奥吉奥，喜欢旅馆生活。

他在圣路可教堂唱诗班唱歌。

我随时准备承担我们阿斯奎斯式的鹊巢鸠占方针给你带来的任何额外租金、费用。

［J.P.］摩根搞坏了短期债券。一美元20.15。

我跟我们的女佣［玛丽·罗尔巴赫］说美国银行家摩根先生给了法国一亿美元支持法郎。她似乎并不太吃惊，只是说了句“这摩根先生太大方了”。

[乔治·] 安特海尔[3]据说打算跟芭芭拉和乔治·奥尼尔[4]夫妇去突尼斯。这报告每周一出一份，所以你不必注意。

乔伊斯有东西发表在四月号的《跨大西洋》。他的手稿开始只有7页（印刷字），可校样出来后添加的东西密密麻麻显微镜下才能看的手迹终有约9页之多。

比尔 [·博德] 正出着我的书 [《在我们这个时代》]。3周前已承诺装订——自那以后出版日期老变。装订厂老变日期，我等着等着都没有本杰明·富兰克林当年进费城时那种激动了。他当时腋下一边夹着一卷，兴高采烈。去他妈的文学。

我在写一些很棒的短篇。我真希望你在这儿，跟我说真的很棒。那样我也就信了。否则又能怎样。你是唯一懂得什么是该死的好作品的人。福特能解释作品，就是能叫人这样修改，那样修改；但在私人生活里他他妈的耽于做英国乡绅，你从他那儿什么主意也得不到。

他从未以文学的方式从他当过兵的奇迹里醒过来，我不管你怎么拼写奇迹二字。打倒绅士。他们在文学里自己投身地狱。

莫泊桑、巴尔扎克、《巴马修道院》的家伙 [司汤达]，他们都打过仗，不是吗？人家只是从战争里吸取了教训，并不在社会里继续鼓吹。

我打算否认自己参过战，免得自己也跟福特一样。

天啊，我真希望你在这儿。还有多萝西。

哈德莱同此问候。

内尔沃萨 [内沃索] 山主帅邓南遮。[5]啊，他够分儿。可惜来得晚了点。也许对他来讲从中弄点名堂太晚了点。

没见到你“中国佬”很惋惜。

伊默

海姆

摈弃意大利和所有意大利作品后我有些乡愁。我敢打赌那里现在很令人陶醉。

(此信藏莉丽图书馆)

[1] 巴希尔·邦廷是位诗人，曾为福特的《跨大西洋评论》工作。见尼古拉斯·胡思特《海明威和名不见经传的杂志》(马萨诸塞州巴尔出版社，1968)第70、72页。另见邦廷《诗选》(纽约，1978)。

[2] 邦姆比3月10日在圣路可圣公会教堂受洗，多尔曼-史密斯是他的教父，葛特鲁德·斯坦因是他的教母。

[3] 乔治·安特海尔(1900—1959)特别值得一提：他是《机械芭蕾舞》的作曲。庞德的《安特海尔与和声论》由三山出版社出版(巴黎，1924)。另见安特海尔自传《音乐的坏小子》(纽约，1945)。

[4] 大卫·奥尼尔的妻子和儿子。

[5] 加布里埃尔·邓南遮(1863—1938)。海明威1920年在多伦多康纳波尔家逗留期间读过他的《生命的火焰》(1900)。另见尼古拉斯·格罗吉阿尼斯编《88首诗》第19首(纽约，1979)第28页。据普林斯顿大学图书馆地图室主任劳伦斯·斯佩尔曼说，内沃索山是扎格热布西南约75英里南斯拉夫西北第纳尔阿尔卑斯山脉之斯涅兹尼克山峰从前的意大利名。邓南遮1917—1918年在那儿经历过战事。

致埃兹拉·庞德

约1924年5月2日，巴黎

亲爱的埃兹拉：

你的信我收到了。

谢谢推荐。

很高兴你能对当代的灾难产生兴趣。灾难有的是。

E. E. 卡明斯同斯哥菲尔德·布加林·塞耶尔的第一任妻子［爱莲娜］结了婚。[1]《戴尔》奖给了范怀克·布鲁克斯原因兴许在此。艾比·林克·斯蒂芬斯带着足让人反对的22岁大的布鲁姆斯伯瑞·尤万去了意大利。她对待他就像高更对待梵高。

发现滑稽戏的乔治·华盛顿·塞尔德斯这个人很好玩。他正娶妻，取道此地前往亚热普。我们祝愿这段姻缘圆满。

福特最近在英国。福特夫人亦即斯泰拉同一个晚上向哈德莱两次透漏秘密，说她“我抓福特抓得太晚，没法调教他了”。我不知道这是否意味着破门而入逮他还是别的什么。在外吃饭她不用人怂恿就开始讲50小时被拘在床生了朱莉。我打算借机插话讲我在堪萨斯住埃德·梅耶尔家时便秘的故事。通便机都叫人运来了，9天没有蠕动，经5小时奋力出来一泡屎。对这些荷马史诗里的体能运用乐而不疲，那我们就乐此不疲吧。

萨里［·博德］在莱特［拉耶］的圣日耳曼尼恢复健康。

我去了普罗旺斯，觉得那地方不适合作家。不过，我真希望自己是个画家。耶稣·基督啊多么美的柏树。意大利人偶一为之，这里却到处种柏树。我朝拜了梵高笔下的阿尔勒妓院和另几处圣地。250法郎六日游，包括火车票钱以及在尼姆斯考瑞达的一场表演，在如今这摩登时代算是不错的。尼姆斯、阿尔勒、阿维格农、勒鲍、圣热米，然后回家。

嘉兰蒂尔在《美国水星》上发表了一篇大文章。

“双面人”约翰·麦克卢尔写文章证明什么才叫诗歌，从你的作品里引了一些好句子。

嘉兰蒂尔在芝加哥论坛报的礼拜天杂志上写文章证明阿比·林肯、威廉·迪恩·豪厄尔斯、汉姆林·嘉兰、舍伍德·安德森和你的衣钵正传给我呢。这篇文章有些篇幅。在不知道他准备写这篇劳什子的情况下，同一礼拜我也为福特写了篇豆腐块证明嘉兰蒂尔是个犹太小子并且是个傻瓜。

每隔几天F［福特］太太就以最佳澳大利亚姿态来我们这儿。在用高嗓门抱怨自己碰到的麻烦（所有的麻烦）的同时，对着我们的小孩儿咳嗽打喷嚏。被袭的孩子已经恢复健康了，身体不错。我们的女佣［玛丽·罗尔巴赫］正学着侍弄他，我们去西班牙的话，她可以照顾他。6月28日离开，7月16日返回。

我觉得我的写作比以前好了。完成了10个短篇。

哈德莱和我日子过得很愉快。亚伯拉罕的儿子以撒的儿子约书亚的儿子大卫·奥尼尔的儿子在巴黎，逢人便作大许诺。

玛格丽特·安德森和爱登勃朗峰的乔吉特在巴黎。

俄罗斯舞票来得太晚，赶不上看了。我刚从尼姆斯回来。

W. C. 威廉斯在《跨大西洋评论》里把迈克阿尔蒙与W. H. 哈

德孙相比。

我已把表面近况说了，更多的记不得了。我从尼姆斯给你写了封信，你收到了吗？

我怀疑福特在《跨大西洋评论》上用各种假名赞扬自己的作品。

希望你的肚子没事。

福特应得鼓励，不过耶稣基督啊。这就像一个寻找发财机会的人在现时把吉姆·杰弗瑞们挖出来当可能胜任的重量级赛手。

福特该杀。事实上，福特夫人该上十字架。

我喜欢福特，但不是喜欢他这个人，而是喜欢他的文字。

你看福特干什么都以妥协的方式。换句话说福特采用发表的任何稿件在“世纪哈泼斯”等处也会被采用发表，除了法语写的［特里斯坦］扎拉之类的狗屎玩意儿。真他妈见鬼。该死的他又没有广告商可得罪或者订杂志的人退订，干吗不直射月亮。

别这样学我说话。我给他写了封有趣的纽约—巴黎书信，以提前一小时通知他的方式写的。他修修改改，删删削削，直弄到不知所云。见鬼。

我很知道《圣尼古拉斯杂志》不愿发表我仅有的一些短篇，福特也不会发表。那么我们他妈的该何去何从呢？

我问他我那部分是否印出来了，如印了我就可以去看墨索里尼·考克斯·麦考迈克夫人了。他说该死的我不会让人贷我们的钱（似乎大卫·奥尼尔这婊子养的打算聚集大商人辛迪加来办这杂志）。他会见鬼的。别把这些话跟福特说，否则免不了口角，徒劳无益。我们现在友好相处，我打算尽量为他直截了当做点事情。我不想争吵。

问候多萝西。你们什么时候回来？

伊默

海姆

（此信藏莉丽图书馆）

[1] 关于卡明斯之妻爱莲娜，见理查德·肯尼迪《镜里梦：E. E. 卡明斯传》（纽

约，1980）第 189 页。

致爱德华·J. 奥布莱恩

1924 年 5 月 2 日，巴黎

亲爱的奥布莱恩：

我给你寄了《在我们这个时代》、又一本《三个短篇和十首诗》还有四月号的《跨大西洋评论》（里面有我一个短篇）。我是寄到《1923 年最佳短篇小说》里所示伦敦地址的。你收到了吗？

比尔·博德现在给了我拉帕洛这个地址。

我完成了十个短篇，觉得该有个文学经纪人之类吆喝吆喝才好。另正好赶上“哈泼斯作品赛”。无论怎样，我该让这些东西动起来。

另外，我也快没钱了。因为，除了福特的《跨大西洋》付了我 150 法郎稿费外，我从未收到任何钱款。假如能得点钱于我不无小补。

《在我们这个时代》[1] 卖得很快。利润当然先去填比尔 [·博德] 出的其他书的亏空。

我想做的事是在纽约出一本大书。找一个好出版商，把所有的都编进一本书，收入《在我们这个时代》和别的短篇，《我老爹》和另 15 或 20 个短篇。一本书能收多少？

同时，假如能卖几篇小说也能贴补些家用，因为我放弃报纸工作了。

无论怎样，随信寄上两篇我觉得能卖的东西。有一篇（《史密斯先生和史密斯太太》）我肯定卖不出去。[2] 寄给你看看，当个纪念品，如果愿意寄还我也行。

请你把另两篇直接寄给兴许愿要的经纪人什么的不过分吧？哈泼斯短篇小说竞赛的情况如何？我该不该发几枚给他们？

你记得有一次在蒙塔列格罗[3] 的酒吧里说的话吗？我说有必要找

一些人崇拜，他们的体能表现像海豹猎人一样让你有崇拜的感觉，找一些离银行［乔奇思银行］远一点的人。[4]啊，我在斗牛的人群里找到这样的人了。耶稣基督啊，是的。

我在那里又找到了真正有趣的东西。好像这兴趣也能持久。我希望有一天能跟你一起去享受这乐趣。我对他们了解很多了。

啊，这信写得长了。斯特拉特去纽约了。勒桑娶了露西·霍尔特。我们经常见到他们。

我希望你和奥布莱恩太太来巴黎，来了要看我们喔。

你的永远的

欧内斯特·海明威

(此信藏马里兰大学图书馆)

[1] 巴黎的《在我们这个时代》刚由威廉·博德出版。

[2]《小评论》第 10 期(1924—1925 秋冬号)发表了这个短篇，题目用的是《艾略特先生和艾略特太太》。

[3] 拉帕洛北边的一个村子，1923 年 2 月海明威和奥布莱恩在那儿见的面。

[4] 奥布莱恩是波士顿人。见 1923 年 5 月 21 日海明威致奥布莱恩信注[1]。

致斯坦因小姐

约 1924 年 5 月 15 日，巴黎

亲爱的斯坦因小姐：

也许你已经见到斯特恩并且知道坏消息了。我见了他。他告诉我利弗莱特给他电报说拒绝出版此书。[1]

我真是对不住你。让人满怀希望却无以实现真不好意思。我也感觉糟透了。不过还有别的出版商，你别抱任何希望，我则继续见缝插针。早晚会推出的。邮寄电报东西都让人见鬼。美国人不能那样花钱。假如利弗莱特在这里，他会填出支票，让他们再考虑一下的。他们不会有经济损失。不赔钱再容易不过了。

我对此事感觉恶心。不过你别感觉不好，因为你毕竟写完了它。那才是要紧的。让此书得以出版是艾丽丝·托克拉斯、我、哈德莱和

约翰·哈德莱·尼卡诺尔及其他人的事情。早晚会以你希望的方式出版的。这不是“基督教科学”。

爱你的

海明威

(此信藏耶鲁大学图书馆)

[1] 哈罗德·斯特恩当时是霍瑞斯·利弗莱特在巴黎的经纪人。《美国人的诞生》节选本是哈科特·布瑞斯 1934 年出版的。此段理不清心绪的故事唐纳德·G. 盖洛普有定本研究《〈美国人的诞生〉之诞生》,见《新尾注》(纽约,1950);尤其见第 70—74 页。

致埃兹拉·庞德

1924 年 7 月 19 日,西班牙布尔盖特

亲爱的埃兹拉:

比利牛斯山西班牙这边海拔 900 米处是个看我经济状况败坏文学生涯倒霉的好地方。妈的。我五个上午都在斗牛场——三次被牛顶伤——四次用红布逗牛动作漂亮,一次用木杆很自然。最后一个上午胸和其他地方受到挫伤和擦伤。两次醉酒;见到比尔[·博德]醉酒两次。抓着牛角约六分钟终于把它的鼻子摁到沙地,阿尔加般诺因此给我份工作让我当长矛手。见到唐[纳德·奥格登]·斯蒂瓦特两次被顶伤。最后一天看见一个人被牛顶死。见到“中国佬”[多尔曼-史密斯]、迈克[阿尔蒙]、小乔治·奥尼尔和多斯·帕索斯开始越比利牛斯山西班牙这侧前往安多拉——400 公里,手里只拿着路图,其实根本没有路,没有指南针,钱也只有一丁点(其中大部分还是我的)。天知道他们会怎样。我们现在没有足够的比塞塔支付旅馆费用,不知道如何才能离开这里。你现在也许已见过比尔了。他是在最后一场最佳斗牛表演前离开的。萨丽不喜欢斗牛表演。我觉得他们度过了一段愉快的时光。

我从庞朴罗纳给福特写了两封信,没有收到回信。我觉得他是在跟我闹别扭,虽然基督知道我尽力帮他办刊物,并且是按他喜欢的方

式；除了没有印 J. J. 亚当斯之流的诗作。好吧我有上当受骗的感觉。[1]我努力了又努力，还是不能继续已完成三分之二的东西，还是无法在他说由我来办这份杂志后把它办得顺利。经济上手足无措，文学上又被自己的朋友耍了，我转而对斗牛场产生了极大的非智无识的乐趣。在这里即刻的胜利得到人们的欢呼鼓掌奖励，畅饮开怀，在街上被人指认，普遍受尊敬；还有别的回报，那都是文学家们要等到 89 岁才能得到的。

斗牛场是唯一文武结合能获成功的地方。在别的艺术领域，一个人越肉越狗屎，亦即乔伊斯样，他在艺术领域的成功就越大。乔伊斯和玛艾拉之间的艺术真没有可比性——玛艾拉远在一英里外——那么你看看这两个家伙。一个养了吉奥吉奥这样的孩子，另一个去送死或者去养公牛。而有点体面本能的人如你，看他们是怎么对待的？我真愿自己 16 岁而又能文能武。

伯顿 · 拉斯科说《在我们这个时代》显出某些人的影响，你当是谁？——说是拉德纳和舍伍德 · 安德森！

啊，原来如此。音乐会怎样？我为你向圣费尔明祈祷。不是你需要祈祷，是我发现做弥撒时没什么可做的，于是总为孩子祈祷，为哈德莱祈祷，为我自己祈祷，为你的音乐会祈祷。

我打算不得已而放弃写作，因为我们没有钱了。《跨大西洋》剥夺了我今秋出书的机会，明年春天会有某个婊子养的抄袭我的作品，然后说我是又一个模仿他写作的人。现在我们没钱了，我只好放弃写作；我永远也出不了书了。我他妈的高兴极了。这些该死的混蛋。

本月 27 日再见。

问候多萝西。

海姆

你当然听说斯蒂芬斯娶了个 19 岁的犹太妞知识分子。“革命”书里的最后一章。

(此信藏莉丽图书馆)

[1] 往西班牙前不久，福特不在美国时，海明威编辑了 7 月号、8 月号的《跨大西洋评论》。见卡洛斯 · 贝克《海明威传》(纽约，1969)第 128 页。

致葛特鲁德·斯坦因和艾丽丝·B.托克拉斯
1924年8月9日，巴黎

亲爱的朋友们：

消息是《跨大西洋》还在进行中。此地有个朋友[1]我让他保证每月给福特200美元，连给六个月。第一张支票已经开出，剩下的每月1号给，六个月后视情况再定。或者从福特那儿买断，让他当主编，或者继续每月200美元，再给六个月。

那样做对福特来说当然不好。他自此整夜不睡写着充气划艇之类。他成百成百地打出租车去跟娜塔莉·巴尔尼[2]化500法郎的缘，干这种事去了。一旦这善举实施，福特坚持另要下25 000法郎；善举之款增加，他声称10月前一分钱不要，届时科瑞布斯［朋友］这家伙能保证给他15 000法郎就行！这种推理法我实在无法苟同。

我找科瑞布斯赞助杂志纯粹是为了让你这个参加过世界大战的老兵编辑自印的好杂志不至于办得乱七八糟。福特却以为他在出售给科瑞布斯一个优秀的商业提案，以为科瑞布斯终究是个商人，是一切艺术家的敌人，而他——福特——是存活的唯一样本，有义务代表一个死去的种类把他——科瑞布斯这个天然的敌人——碾成粉末埋到地下。从现在起到10月他一定会跟科瑞布斯就此基本问题吵架。科瑞布斯准备好了笔和支票本应战。我希望邦姆比别长大成为自大狂。无论怎样，下一期杂志够呛。

你们走的那天福特告诉我下期有问题，无论如何他不会把手稿寄给印刷商。我于是决定把你的手稿抓在手里不放。他威胁说要弄一个季刊，真是夸夸其谈；又以［约翰］奎恩的死为借口决定不办了。

简·希普尝试用《尺度》这本艾略特少校［T. S. 艾略特］和罗泽米尔女士办的杂志来修补《跨大西洋评论》。[3]我不想摆脱福特后又还给他，把事情弄得一团浆糊，万一他真出一本季刊而《尺度》的事又没成呢。简有可能办这事，但少校可不是你的崇拜者；假如他不愿意，我不相信罗泽米尔能让他印这杂志。我也不相信简的撺掇能有力到让罗泽米尔就此力争。

无论怎样，现在能定期持续出，终究比受艾略特季刊的香气笼罩强，他的杂志又重又不切口。

这里的一切静悄悄。我们的电影《庞朴罗纳人》，雷说是他看过的最好的电影。真是不错。我等不及要让你们看看。我们想要的都有了。现在我每晚看一场斗牛。

“中国佬” [多尔曼-史密斯] 和上校去了安多拉，14 天里走了 460 公里。他们满载雪绒花和虱子回到这里。

我写作顺利。邦姆比又长牙了，准确地说约有 30 颗。没有一颗露出来呢。哈德莱很好，很开心，同此问候你们。

永远的

欧内斯特 · 海明威

科瑞布斯和他的钱的故事听着不错：从字面上讲，他娶了成百万块钱。还了我 1920 年 [在芝加哥] 借给他的 15 美元——我觉得这是福特感兴趣的。福特声称寄支票给琼 · 格瑞斯了。我就讲到这里。

最后一小时。

[林肯 ·] 斯蒂芬斯跟他的“昔日女友”在巴黎。他的妻子带着孩子在德国。他把旧人弄来见新人。这正如动物园里的猴房。假如这个是个男的他就想要个女的。他的朋友都是聚在他周围的盟友。我可不。

[第四页右空白处：] 谢谢你的 100 法郎。

(此信藏耶鲁大学图书馆)

[1] 科瑞布斯 · 弗兰德，海明威芝加哥时期的旧友，娶了一位女继承人；她投钱暂时维系了《跨大西洋评论》使其免于破产。见尼古拉斯 · 胡思特《海明威和名不见经传的杂志》(马萨诸塞州巴尔出版社，1968) 第 92—93 页。

[2] 巴尔尼小姐是富有的艺术品赞助人，是《跨大西洋》的股东之一。

[3] 简 · 希普是《小评论》的编者之一；T. S. 艾略特，海明威老拼错他的名字，1922 年 10 月起办《尺度》杂志。

致葛特鲁德 · 斯坦因和艾丽丝 · B. 托克拉斯

1924 年 8 月 15 日，巴黎

亲爱的朋友们：

几天前我往家里给你们写了信，也许你们现在已收到。今天很安静。因为是圣母升天节，锯木厂今天不开工。[1]

《跨大西洋》能人董事们今天开会选举科瑞布斯［·弗瑞恩德］为主席。他就要上任并支付所有账单。他每天早上在福特家吃饭，诸事顺利。真高兴它能在最小担忧中出版，因为一想到没能正常出版那本书［《美国人的诞生》］就不好受。

你们的信写得很好。高第[2]一切都好，上面的牙有一颗长出来了，我感觉边上另一颗也就要出来了。他在精神上硬如一柱金刚砂，自得其乐，不受外力影响，招他也没用。他会是条硬汉；越早被推向世界，世界就越有机会用他。我对他未来最大的希望是别因为需要5毛钱把爹妈杀了。

迈克阿尔蒙去了英国跟岳父母［约翰·埃勒曼爵士和富夫人］住。我知道他在教妻子［布莱赫］喝酒。希腊传统不是这样的，对吗?

我在这儿有个表亲，想在你跟前亮亮相。比尔·博德寄了一本他写的关于葡萄酒的书给你，你收到了吗？这本书卖得很快。

我写完了两个较长的短篇小说，一篇不太好。另写完了一个长篇，去西班牙之前就开笔了［《大双心河》］。我想象塞尚那样描绘乡野；有许多时间，于是略有暇创作。[3]这个小说有100页长，诸事无扰，乡野令人陶醉，我于是凑成全书，通读一过，觉得部分还算按该有的样子写出，写鱼的那段尤其令人陶醉。可写作也是否太艰难了点？我见你之前写作是件容易的事情。天啊，现在当然感觉不好，还很不好，但属于一种异样的不好。

［加斯东·］多米埃［法国总统］，你知道，他是个斗牛迷——有人想为巴黎准备一场设备齐全的斗牛比赛。到时很难收拾局面，不过有爱丽舍宫支撑的“皇帝”在，不打紧。9月第一个星期天他们就要弄一场斗牛表演，加斯东将在总统间［包房］观看。贝尔蒙特、［伊格纳修·］桑切斯·米加斯和奇楚艾罗外加米乌拉的公牛将上场。多么如梦似烟！我觉得他们无法把设备齐全的斗牛比赛弄这儿来。从前经常谈论，现在弄来个爱丽舍大亨，此人常去尼姆看“文明

斗牛”！你听说爱丽舍宫丢了10把金勺了吗？价值8 500法郎，在为美国海军上将们举行的招待会后丢的。真的，我看见简报了。“扶轮国际”的成员们想把简报内容给清理了。

哈德莱、高第和我都问候你们。别太久不来信。

欧内斯特·海明威

(此信藏耶鲁大学图书馆)

[1] 海明威在巴黎圣母院路113号的房东皮埃尔·肖塔德的锯木厂和堆放木材的院子。海明威夫妇的单元房在楼上。

[2] 邦姆比1924年3月10日被命以教名,教母是葛特鲁德·斯坦因,她开始称他为高第,取教子godson前半个单词。

[3] “塞尚”那个短篇《大双心河》发表于《本季》第一期(1925年5月)第110—128页。另一篇也许是《缺少激情》,此为斗牛故事,给海明威带来许多麻烦。他本想收入《没有女人的男人》(1927),最后决定不收。

致爱德华·J.奥布莱恩

1924年9月12日，巴黎

亲爱的奥布莱恩：

你好吗？你家人好吗？拉帕洛怎么样？我们仍在巴黎，刻苦地工作。小孩已近一岁，体格像路易丝·费尔珀。我们今年冬天也许去拉帕洛。

我写了14个短篇，有一本书准备出版，书名叫《在我们这个时代》。其中有一章我寄给你了，每个短篇里都插入了这一章。那是我原打算写这些东西的起因，各章的题头。所有的短篇都属于某个整体；头5篇故事发生在密歇根，由《在密歇根州北部》开头，那你是知道的；各篇里来个“砰”！《在我们这个时代》该是本好书，我想。我努力往好里写，所以你读结尾的时候是悄没声的，但绝对瓷实，是真家伙，只是很紧，贯穿每篇的是《在我们这个时代》各章的韵律。

有些故事我以为你会很喜欢的。我真愿指出给你看。书中最后一篇叫《大双心河》，约12 000个单词。滑雪的故事和《我老爹》讲完后这个故事开始往前追溯，结束于本书开头的密歇根场景。这篇比我以前写的东西都要好。我想做的是描述乡野。因此，你读后不记得文字是些什么，但乡野却实实在在印在你脑子里了。写起来很难，因为你写的时候一直要胸怀乡野，视线里要有乡野，不只是对乡野怀着浪漫的感觉。真是好玩，真令人陶醉。

福特在美国期间，我替他编了 7 月、8 月号《跨大西洋评论》。此前还替他读手稿，让他出版葛特鲁德·斯坦因的《美国人的诞生》。你读这个了吗？我觉得这东西写得好极了，不过读它你真的要费劲并且集中精神，就像读校样。我还当了年轻的［纳坦·］阿什和［柯农·］杰威特以及伊万·彼得的教练。他们这三个孩子很有天分——阿什天分最高——杰威特最弱。教人去按自己的方式做事，随后又让人去模仿别人的动作，这真叫人觉得丧气。

阿什和彼得还没什么，杰威特则太稚嫩。

你拼命去写个东西，写得汗水成醋。随后某人读了它。你写得笨拙不堪的地方是你无从另谋篇处，人家却巧妙地抄袭了。

迈克阿尔蒙写作一直在进步。他写了首优美的长诗，写了篇很叫人看好的散文，都收在《村子》里了。

我一直忙于写作，未能张罗出版事宜——只有一个短篇发表在《跨大西洋》4 月号上；下个月还有一篇发表，我会寄个清样给你。[1]

多斯·帕索斯和唐·斯蒂瓦特还有我等一帮人去了西班牙。我在庞朴罗纳一场业余斗牛赛中被抵伤。有 5 天都在斗牛场。学了很多关于斗牛的东西。这是一个男子汉该知道的东西。唐·斯蒂瓦特人很不错。我们一行继续前进，越过比利牛斯山脉西班牙这侧到安多拉——14 天走了 469 公里。

斯特拉特和家人在纽约，住莱克星顿大街 1 号——玛吉·斯特拉特喜欢这里。迈克工作很努力。

庞德和妻子［多萝西］11 月将来拉帕洛。

哈德莱很好，在此向您致敬。

你看见 9 月 3 日纽约《国家》上评论 1923 年之书的文字了吗？看他们是如何说《我老爹》的。这是我看见的第一篇评论，感觉好极。[2]

我知道你很忙，但还是请你写信给我。我出这本书的事你怎么看？有何建议？有 300 页呢。

你收到我寄的东西了吗？我也忘了寄的是什么了。

此致敬礼

你的朋友，

欧内斯特 · 海明威

(此信藏马里兰大学图书馆)

[1] 也许指刊于第 10 期(1924—1925 秋冬号)《小评论》第 9—12 页上的《艾略特夫妇》。

[2]《国家》第 119 页(1924 年 9 月 3 日)，约翰 · 斯摩腾克写道："海明威的《我老爹》(本卷题献的对象)无疑是本集最佳小说……一篇伦勃朗研究，富于色彩而又有节制，背景充满阴影，轮廓却异常鲜明。"

致葛特鲁德 · 斯坦因与艾丽丝 · B. 托克拉斯

1924 年 9 月 14 日，巴黎

亲爱的朋友们：

哈德莱会写信给你们讲苹果的事情。昨夜苹果来了，真棒。这是我在美国或在别的地方吃到的最好的苹果。我们吃晚饭与简 · 希普谈论你们的时候，苹果到了。包装很漂亮。

我跟 [福特 · 马多克斯 ·] 福特和科瑞布斯 [· 弗瑞恩德] 都说了给你支票的事情。除了承诺，一无所获。假如五天内没有收到，就写信给福特，口气要坚决，语调要显得吃惊。在他们堆账如山、海挣大钱前一定要拿到支票，让这样的抠门鬼掏钱很重要。

福特当然不会接受科瑞布斯具体开的一个数目，除非科瑞布斯承担所有债务，答应卖方提出的要求，他是不会接受任何东西的。所谓要求也就是有利可图，用假数字来填自己的欲壑。还自己戏称这是有利可图的要求。

现在科瑞布斯发现福特没有提到的各种债务，还有别的各种不时冒出来的事情。福特可以从这些东西里弄他更多的钱。他各种操控的绳索都有了，而根本就没有绳索可控制这些。通过科瑞布斯太太用尽了各种新英格兰式的抠，还是没用。他有机会找来一个艺术赞助人，而这个女人她坚持的是买卖。

三个多星期前，他俩都答应给你寄 7 月、8 月的支票；就在昨天，啊是前天，我获知还没有寄。科瑞布斯说他们只给“需要钱”的撰稿人支付支票。我痛骂了他一顿，跟他说即便如此，你也跟我一样需要钱。他昨天答应寄支票给你。不过，你得盯紧一点，因为这显然是美国人的老一套：债多了不愁，理所当然让你爱咋收咋收。

这本杂志被救的唯一原因是发表了你的东西。再说钱还有的是，他们也得过这一关。假如他们想停止出版，我就给他们难堪，狠敲他们竹杠，让他们把表演搞砸。所以，口气坚决点。

我想把娶了芭芭拉 · 惠特尼的年轻的巴斯［巴奇 · M.］亨利拉进来，准备好万一科瑞布斯有变，我们可以扔开福特和他们全部人马，把杂志办成个真玩意儿。巴斯还不知情呢，所以别说出去此事。

多斯 · 帕索斯走了。没有音信。天气终于好了。我烦死了福特和他自大狂式的盲目策略，把评论杂志的不搞砸的机会都毁了。要我就不会。

你们都什么时候回来啊？这里天气现在真的不错。自我们从西班牙回来还是头次遇上好天气。

啊，是的，我为 10 月号校了清样。又回到正常的行距了，双行距，看上去很好。我仔细对照手稿校的，希望没事。

他们校的 9 月号排版错误很糟，福特太马虎了。

你现在持有股份真好。根据法国法律，你可以把他们送进监狱，有五十种法子呢。对“政变”而言，有股份是件好事。

这里有个有钱的美国人，带着现金要买［安德烈 · ］马桑的东西。嘉乐里 · 西蒙斯在附近，我不知道马桑的地址。他要我替他挑一些，会寄钱给我。他是这么说的。

高第［邦姆比］很好，有六颗牙了。因为钱花完了，我们没去琼 · 格瑞斯消费。

你们登记“国防日”活动了吗？我们也没有登记。

我现在吃着苹果，感觉好多了。

高第、哈德莱和我都问候你们。

假如这里的鱼跟苹果一样大，一开春我就去钓鱼。

永远是你的

海明威

（此信藏耶鲁大学图书馆）

致葛特鲁德·斯坦因与艾丽丝·B.托克拉斯

1924年10月10日，巴黎

亲爱的朋友们：

啊，我们当然愿意让你们再回来。是的，我们期望高第[1]很快就能接受报纸采访谈论他如何像他父亲那样诚实。那不很好吗？这话像不像是我写了马尔科斯·O.里留斯？我要是抗议说我没有讲过那样的话，除非喝醉酒时发一般议论会不屑地表示这种看法；恐怕人家也不会接受呢。

《美国人的诞生》下一组来了，我今天就校对着呢。我会去一趟办公室，因为他们没有把原稿一同寄给我。

顺便一问，你老实告诉我，到底收没收到福特的一封信，上面写着私人保密字样，结果是不透露给我；里面说我原跟他说《美国人的诞生》是个短篇小说；他之所以继续发表是因为六个月后我又告诉他这不是个短篇，而是长篇，事实上是多部长篇？[2]他在这封信里还撒了一系列谎，都是不愿让我看见的；核心目的就是要你把小说的第一部定个统一价格，因为连载的稿费比一般稿费低，比如连载半年之久的短篇之类。

我不知道他是否把这信寄给你了——假如寄了，你可以告诉他回去后会跟他详谈的。

我一直在为发表这东西而奋战，因为弗瑞恩德夫人想出了个聪明点子，要放下得支付报酬的所有稿件以削减杂志的开销。她是个稀有人才，好吧。等你见到她就知道怎么应付她了。科瑞布斯的新想法是让年轻的作者免费投稿，并在光天化日下去追逐广告以示对杂志的忠诚。福特把一切都毁了，当然除了他自己。他把杂志卖给了弗兰德夫妇，而不是从他们那儿弄钱、按原计划那样让他们当局外人。现在两位感觉科瑞布斯得表现一下精神了，得在财政上把杂志弄转。科瑞布斯的经营之道和财政能力加上科瑞布斯·弗兰德太太的直觉本能及训练的结果是，唯一的办法弄转杂志就是停止所有开销。所以我相信这杂志 1 月 1 日左右[3]就得见鬼去。正因为此，我才要你及时索稿费，让《美国人的诞生》在评论杂志还活着的时候定期刊出。

你以为杂志死了，再不会出另一期了，以为福特 8 月份就在退订（福特忘了这个，科瑞布斯则一无所知）；其实是在苟延到年底呢。你回来后我们可以从不同角度谈论这事情。福特绝对是个扯谎的骗子，始终有不诚实的英国绅士的动机。

明天是高第的［第一个］生日。[4]我去街上给他买了个狗熊。简·希普和她的两个孩子星期六乘船去了合众国。迈克阿尔蒙在这里。H.D.［希尔达·杜利托尔］和迈克的妻子［布莱赫］来过，他们想见你们来着。埃兹拉礼拜天将去意大利，永久居住在那儿了。他一度患上神经崩溃，不得已在美国医院呆了两天，就在他打点行李最起劲的时候。城里冒出了些不错的小作家。多斯·帕索斯去美国了。唐·斯蒂瓦特在纽约已经拿到我的书［《在我们这个时代》］，或者此时该拿到了。我们自 5 月以来就没有收入，又处于通常的财务焦虑中。作为资本主义的赞成者，我为奥内斯特·卡尔的竞选祈祷；打倒激进分子！我们有一张马尼拉铁路债券，库利治店是菲律宾支持者的唯一平台。

好了，最好就此搁笔。这里天气不错。我干活也很卖劲。哈德莱和高第同此问候。

你永远的，

海明威

（此信藏耶鲁大学图书馆）

[1] 见 1924 年 8 月 15 日信注[2]。

[2] 海明威如此准确地描述了 1924 年 9 月 18 日福特致葛特鲁德·斯坦因信里的内容，他显然是读了那信的，也许是在《跨大西洋评论》的办公室里读的。见理查·M. 路德维格编《福特·马多克斯·福特书信集》（普林斯顿

大学出版社，1965）第162—163页。
[3]《跨大西洋》杂志的转让一如海明威所料，时间也预测得准确。
[4] 海明威的信很清楚地说日期是1924年10月10日。这的确是邦姆比第一个生日。此信的日期于是可能为10月9日。

致埃德蒙·威尔逊

1924年10月18日，巴黎

亲爱的威尔逊：

谢谢你在10月号《戴尔》上写的评论。[1]我很喜欢这篇东西。你说得很对，大写字母缺失——的确显得很傻，对我有影响——不过这是博德植入的。他在印制《在我们这个时代》，觉得这么干很好玩。我想他愿怎样就怎样，如果这让他开心，他就自己当他的傻瓜去。只要他不糊弄文本就行。

你喜欢这个作品，我可真是高兴。

无论怎样我问候你。你找到卓别林给你演芭蕾的角色了吗?

我们的生活很安静，工作也很努力；除了去了趟西班牙，庞朴罗纳，过了一段愉快的日子，别的没什么。我学了许多关于斗牛的东西和斗牛场里的内幕。我们有过许多小冒险行为。

我大部分时间在拼命工作，想着让东西写得更好。完成了一部14个短篇的集子和《在我们这个时代》每一篇故事的引子章——那是每一篇的写作指归——细节审视间歇给个整体画面。就像用眼看个什么，比如经过的一条海岸线；接着用15X的双筒镜看。或者也许是先看一眼，然后进去，在里面生活——再出来复看一眼。

大约三周前我把这书寄给了耶鲁俱乐部的唐·斯蒂瓦特。他在此地时主动提出试试替我把这本书卖掉。我想你会喜欢它的，此书作为一个整体还是很不错的。自《在我们这个时代》以来，我在一些短篇小说里跨越了人物和场景。当你能跨越人物和场景的时候，你的感觉会很好。现在似乎感觉自己高高凌驾于故事之上。

你觉得今年冬天会来这儿吗?我们也许整个冬天都在巴黎。没有足够的钱外出。孩子很好，很结实。哈德莱在忙着弹钢琴。

她向您和威尔逊太太致敬。

希望你一切都好，也希望你冬天过得愉快。渴望听见你教诲，非常感谢你写的评论。文章写得很酷，头脑清晰，体面，没有私人色彩，具有同情心。基督啊，我多么痛恨私人色彩的可怕评论。你记得我从多伦多写信要人写评论和宣传吗？随后是得了些评论，但令我恶心。

我觉得没有什么比无智慧成分的赞赏更令人泄气了。不是真的泄气，而是让你内心感觉有东西袭来。某个聪明的家伙说《在我们这个时代》［巴黎版］是一系列简略的速写，显示了作者的大才分，但明显有林·拉德纳的影响。不错！这种东西很好。不烦人。可有些冗长又感伤的混蛋可不。你是唯一的我可以一读的写评论的人；所评论的书是我读了的并且有所了解的东西。他们若笔谈我不了解的东西，我读谁还不是一样。智慧是如此稀有；拥有智慧的人往往生不逢时，于是语带苦涩或者宣传意味；于是话没什么用。

向你和夫人致以最良好的祝愿。

很诚挚的，

欧内斯特·海明威

这《什么使荣耀珍贵》真的是出好戏吗？[2]我的意思不是说一出好戏——这里反映还不错。

（此信藏耶鲁大学图书馆）

［1］威尔逊评论《三个短篇和十首诗》及《在我们这个时代》的文字发表于《戴尔》第 77 期（1924 年 10 月）第 340—344 页。

［2］《什么使荣耀珍贵》是麦克斯威尔·安德森和劳伦斯·斯塔林思写的一部战争剧（1924）。

致豪厄尔·詹金斯

1924 年 11 月 9 日，巴黎

亲爱的老唠叨抱怨：

昨天我去看“白袜巨人队”球赛[1]碰上《论坛报》的唐·斯基

恩，他刚从芝加哥回来，带来消息说你还在那地盘上活得很好。

爱抱怨的人啊你到底过得怎样，你个老龟儿子？

我收到你关于燕拉和他的爱巢的剪报了，不记得回没回信。字里行间你能看见唐·赖特扮演了多么好的角色，不是吗？天——呐，燕得到的一如既往是拐杖带泥的那一端，并且没有额外补偿。可怜那波兰女律师拿枪对准杜迪尔斯时连射击都不能。[2]

看啊，老抱怨。这里一出戏等你明年夏天来。现在就开始存钱，你来几乎花不了什么钱，在巴黎跟我们凑合过吧。我们有富余的一间房，可以一起嚼过。这是一个可逗留的地方。假如你碰见迪克·鲍姆，他会告诉你我们有多乐。我们有一个舒适的居所，一个让人心醉的厨子，就是没有爱巢。哈德莱和我今天谈起此事，我们决定你和"长角的东西"是我们愿意见的两个家伙，是可以一起玩得最开心的人。[3]

"长角的家伙"怎么样了？我希望他社会方面经济方面都成功。他配。每个人都该得到想要的东西。

我们想要的是你来这里。我们每年春天都很陶醉——见随信寄上的东西——每到7月份我家女佣［玛丽·罗尔巴赫］都带他去乡下学法语，在法语的源头学。

我们还打算去西班牙。1 000法郎租辆福特，内含保险费，从这里驱车。你得驾车。

钓鱼也很过瘾。就像第一次在黑湖钓鱼那样。比利牛斯山西班牙这侧的龙斯瓦真是最狂野的乡村。伊拉提河。今年夏天我们就去了那儿。你把车搁在布尔杰特，步行15英里进来。这道上都能晕倒骡子。多少场西班牙王室战争就发生在那里。[4]今年夏天我们可是屠戮了大鲑鳟鱼。哈德莱一个小时不到就抓了六条，从一个洞里，它们正在瀑布上跳着呢。水冰冷，森林都是处女地，从未见过斧子。巨大的榉树林高高在上。还有松树。我们在伊拉提河的源头野营露宿一周，然后回到布尔杰特上车，开过关隘到庞朴罗纳过狂欢节，看斗牛。连续六天六场斗牛。每天早上还有场业余斗牛。著名的斗牛士豪厄尔·格里菲斯·詹金斯和欧内斯特·德·拉·曼查·海明威代表芝加哥斯托克场将参赛。

这真他妈是你能看见的最狂野最好玩的时刻。全城的人点燃灯火一周。每天早上街上公牛狂奔，人们彻夜跳舞、放焰火。今年 7 月份我们几个实际上成了小城的客人。假如唐纳德 · 奥格登 · 斯蒂瓦特[5]到芝加哥，抓住他，给他接风洗尘，让他跟你细讲讲。他和多斯 · 帕索斯去年在那儿。唐是个不错的家伙。我给他写信了，让他找你去，不过他也许已经去过你那儿了。

我对上帝发誓，老唠叨，世上就没有什么事像它这么好玩。斗牛是世界上最美的东西。

庞朴罗纳是个迷人的城市，大约 30 000 人，地处纳瓦尔山中一个高原地。你能见到的最美乡野不过如此了。就在唯一能钓鲑鳟鱼的地方的边缘，这里没被机动车和铁路毁掉。你明白，在西班牙，主路就是通衢大道了——很少有——只有几处要道与大城市相连接，开车很舒服——不过小路是不存在的，除了骡子走的道，什么也没有。这里的人能容世上任何人。他们都是好人，像吉姆 · 迪尔沃斯；其野性一如雅克 · 哈里斯。

每人 250 美元就能从巴黎到西班牙再到巴黎一个来回。我正在凑我的那份呢。

去年夏天哈德莱和我两人一个月才花了 300 美元。我给你的是约莫估计的数，包括在西班牙境内旅行的可能遇上的额外花销。

看在基督的分上来吧。老唠叨，人生只活一次。这次玩一如既往在黑湖上钓鲟鱼一样最最美好，当年一起去的老朋友们都星散了。我们 7 月 1 日离开巴黎。你可以 8 月跟我们一起在巴黎过。我们可以去趟意大利重游旧地。

西班牙是唯一没有被打成碎片的国家。现在意大利可待你如狗屎。战后法西斯、糟糕的食品、歇斯底里患者。西班牙是真的旧时之属，你能过得很愉快，还花不了什么钱。

来啊老唠叨。多斯 [· 帕索斯] 和唐 · 斯蒂瓦特也许也会去。他俩都是不错的家伙。你知道的。旧时之属。唐就像混乱之前的比尔 [· 史密斯] 。同一类人，行为方式略不同。两人都喝酒。

想想啊，凹壁瓶装黑格威士忌才两块一毛五一夸脱，帝制夸脱啊。

吉［杰克·潘特考斯特］过得怎样？比尔有什么消息？巴特斯坦［凯特·史密斯］怎么样？Y.K.怎么样？

替我问候“下流的迪克”。他是少有的好人。

我上次去芝加哥，吉一家觉得来来往往很滑稽。自那以后我拿定主意往日的好时光去也，你心痛也无济于事。我们都从中抽身了。剥死马的皮有什么用。只有你没变得滑稽，也从未对人乱七八糟。有老唠叨在，无论何时我们都快乐。所以来啊。机不可失，我们都只活在世上一世，所以让我们一起快活吧。开始在银行存钱吧。

我拼命工作，屁股都快掉了。我想你会喜欢这部作品的。春天纽约会推出我一本书；另一本也完成一半了。第一本书有350页长。写了些醉人的钓鱼故事。

老唠叨，给我写信。哈德莱问候你。我们在一起总是很愉快啊。她是旅途最佳伙伴。最近她在恢复钢琴练习、干家务。孩子也成长顺利。她总是准备出去玩儿，在那家咖啡馆吃牡蛎，晚饭前喝一瓶普宜干白葡萄酒。我们家有好威士忌，有多得让人陶醉的书籍，有敞亮的壁炉，很舒服；可以躺，也可以阅读，想出去透气也容易。你会喜欢住在这儿的。你得来。

写信，老唠叨。我真但愿你此刻就在这儿。眼下是秋天，灰色雾蒙的日子，感觉不错，就是冷，是踢足球的天气。我念想的唯有这个。不过，哥们，我们有些个叫人着迷的拳击卡，我一星期去一次。记者入场卡［票］。

假如你攒够了钱，现在能来，我们就去瑞士滑雪，穿双刀溜冰鞋溜冰。昔日我们有一次穿双刀溜冰鞋溜冰，住在瑞士农舍，开销比住迪尔斯坦［迪尔沃斯家］少一点。饭菜醉人的好，羽毛床，大陶瓷炉；夜晚外面冷得星星都裂口子。白天滑雪晒太阳能把人晒得像印第安人。穿衬衫滑雪。有时连衬衫都不穿。在山路上穿双刀溜冰鞋溜冰。六英里长的路。晚上喝威士忌，吃大餐，打几圈桥牌。

比在楼群里住着强多了。人可以在这里生活。

啊，我得住笔了。我把信寄到纽加特老地址。

永远的你的，

斯汀

（此信藏普林斯顿大学图书馆）

[1] 约翰·J.麦克格劳（1873—1934），纽约巨人队队长。他带领球队连续十届得锦旗（1904—1924），三次“世界系列”赛中获胜。1924年10月和11月率领“巨人队”和“芝加哥白袜队”前往英国和法国参加一系列表演赛。

[2] 旺达·爱莲娜·斯多帕闯入据说是她情人的Y. K.史密斯的家（在帕罗斯公园），朝卧病在床的史密斯夫人（杜迪尔斯）开了三枪，杀了看门人亨利·曼宁，随后逃到底特律，次日自杀。（《纽约时报》1924年4月25—28日）

[3] 迪克·鲍姆，外号品纳德；威廉·道奇·荷恩；他们都是1918年起在美国红十字会救护车队的老兵。

[4] 唐·卡洛斯（称自己拥有西班牙王位）的支持者发动的西班牙王室战争，从1833年到1876年间歇发生。

[5] 斯蒂瓦特（1894—1980）生于俄亥俄州哥伦布市，耶鲁毕业生，幽默作家，模仿诗文作者，后来给好莱坞写电影剧本。

致罗伯特·迈克阿尔蒙

约1924年11月15日，巴黎

亲爱的迈克：

随信附上200法郎。周一我再给你另寄100。我们现在过得去。非常感谢。

读南森和斯特芬森事迹读得很过瘾。南森对他人而言就是某种精选了。我在报上读过斯特芬森，不过那只是节选。[1]写得真不错。我想读他的《我在爱斯基摩人中的生活》了。

凌晨了。邦姆比一夜未睡，哈德莱和我轮流看着他。有斯特芬森读我倒不在乎白夜。我想邦姆比是又在长臼齿了。

我认定那篇钓鱼长故事里的精神对话是狗屎，把它全删了。最后9页。我写得正欢的时候故事被打断了，再也回不去写完它了。等我意识到写得有多糟糕时简直要休克死；休克得我又回到河里，按该有的方式将它完成。就写钓鱼［在《大双心河》里］。

写了个 45 页长的短篇，我想你会喜欢的［《没有被斗败的人》］。

这里没有什么事。

我本想 300 法郎一起寄的，可银行今天关门了。昨天还别的债时涂桑和我发现钱取得不够。

［纳坦 · ］阿舍［ · 阿什］担心自己得了梅毒。到处跟人说自己彻头彻尾不道德。假如检验结果是梅毒，他打算回美国抢银行，弄够钱了此残生。我跟他说假如你这么彻头彻尾不道德，就把借我的书还给我。瓦色曼氏检验表明，他只得了虱寄生病。

［11 月号］《跨大西洋》里［拉尔夫 · 契佛 · ］邓宁的诗作好像不那么扎实。有一句“把百合放入我的手，把我漂向大海”之类是我读过的最该死的诗句了。它们跟邓宁一样糟糕。

唐 · 斯蒂瓦特还没给我关于我的书的任何消息呢。[2] 我得把《大双心河》的修改稿给他寄去。假如出版商就看中我要删的东西，是不是很滑稽？我有预感，他们会大肆取笑。[3]

有埃兹拉的消息吗？

厄内斯特 · 沃尔什在此地。他去博隆纳郊外的医院探望了卡恩瓦利，说他就要死了。我本想给你弄点消息，看他离死有多近；然而，自己离死很近的沃尔什、开始面对死亡的沃尔什，似乎对此话题并不感兴趣。

既然要死了，沃尔什现在为人很好。我不知道这对我们其他人有无同样影响。我觉得影响不大。比如我也能想象埃兹拉的样子。

“啤酒餐馆”还好吧？你那边天气怎么样？我们没有皮卡比亚太太的消息。

假如一切顺利，我们计划 1 月上旬去瑞士。

哈德莱问候你。也许不久能见到你。你有约翰 · 赫尔曼[4] 的地址吗？

你永远的，

海姆

(此信藏耶鲁大学图书馆)

[1] 海明威这里指的是北极探险家弗瑞德乔夫 · 南森和威尔雅尔木 · 斯特

芬森。

[2] 短篇小说集《在我们这个时代》1924 年 9 月 28 日被寄往斯蒂瓦特，乔治·H. 多兰公司在考虑出版，结果还是退稿了。见海明威 1925 年 1 月 20 日致葛特鲁德·斯坦因和艾丽丝·B. 托克拉斯信。

[3] 大约在 1924 年 8 月中，海明威就已经完成《大双心河》，包括 9 页结局。见 1924 年 8 月 15 日海明威致葛特鲁德·斯坦因的信。

[4] 约翰·赫尔曼（1901—1959）以长篇小说《真相》（1927）、《大短差》和《夏天结束了》（都是 1932 年出版的）闻名。

致罗伯特·迈克阿尔蒙

1924 年 11 月 20 日，巴黎

亲爱的鲍勃：

真抱歉没给你寄约翰·赫曼［赫尔曼］的地址，这里没人有他的地址。他离开时没给人留地址，说是要给［伊万·］薛普曼[1]寄的，但没有音讯。我在等他的地址。

你的［英美］作家选集我觉得很不错。[2]我手头只有两个新短篇，一个我恐怕无法发表同时也太长；另一个真是好得要命，是我写的最佳短篇，约有 10 000 字。[3]我现在还写着呢，一旦有好的短一点的东西，就寄给你。你可以用那个长的，可你说字数限在 5 000 左右。请告诉我进程，也告诉我时限。我自然想尽快给你，我让你有进展。假如新的作品（我正在写的）不那么好——你可以从我美国那本书选发 1 200 字的短篇。[4]

还没有［《在我们这个时代》的］消息呢。这里也没有什么新闻。［纳坦·］阿什和薛普曼打了一架；两人撕扯了半个小时却没人受伤。估计是谁也没吃太大亏。薛普曼的女朋友离他而去；他也随后回了比利时。她离开他是因为他借阿什钱装新牙。出于犹太佬的感激之情，阿什袭击了他。好了，就到这里。

这里冷得要死。所有的泉水都冻上了。我也冻僵了。寄上 100 法郎。“盎格鲁·美国人”［记者俱乐部］的年度晚餐盛况空前。今早七点起的床。比尔［·博德］日子过得很好。哈德莱问候你。很高兴你诸事顺利。自上次那个短篇［《没有被斗败的人》］以来我正经历一段写不出有价值的东西的时间。哈德莱问候你。

永远的你的，

海姆

问候“啤酒餐馆”。

(此信藏耶鲁大学图书馆)

[1] 伊万·比德尔·薛普曼(1904—1957)是海明威巴黎时期的老朋友。他们相遇于1925年10月。当时薛普曼(新罕布什尔州普兰菲尔德土生土长)为《美国养马人》当驻欧记者。海明威把《没有女人的男人》(1927)题献给了他，并在《战争中的人》(纽约，1942)的前言(第28—29页)里讨论了他参加西班牙忠于共和政府反佛朗哥叛乱队伍之事。他还出现于《流动的盛宴》(纽约，1964)第131—140页。1933年，薛普曼在基韦斯特当邦姆比的教练。第二次世界大战期间，他是第16装甲师第16团军士长。他著有诗集《玛泽帕》和赛马小说《大家的自由》。

[2]《当代作家作品选集》，迈克阿尔蒙编辑。

[3] 也许《缺少激情》从未发表；《没有被斗败的人》1925年夏发表于(德文)《纵览》，随后发表于《本季》第1卷(1925年秋冬)。

[4] 见海明威1924年12月10日致迈克阿尔蒙信。

致小威廉·史密斯

1924年12月6日，巴黎

亲爱的博伊德：

你满可以用俗话所说的手臂击倒我。自我们在黑湖交手以来我一直感觉不那么好。我有预感这封信会写得很长，虽然头脑有点眩晕，不利于写信。

你谴责我那封信时我当然知道你的感觉。在Y.K.那里，我得罪人的洋相出得更大。不过，惹怒我的是杜迪尔斯。一个没有怒气的男人是不会有高尚惊人的举动的。都见鬼去吧。我真愿你在这儿跟我聊聊。不过可以随时随心给我写信啊。上帝我真愿你来这儿。为什么不能来呢，你？花不了多少纸币的。

耶稣啊，自打中国人发明火药以来这世界就狂野了；人们想做的只是跟你一起喝酒。我们没消闲娱乐已然两个夏天了，只沾了个边儿。今夏“中国佬”［多尔曼-史密斯］和多斯·帕索斯和乔治·奥尼尔（戴夫·奥尼尔的孩子，从圣路易斯来）开始攀越比利牛斯山脉西班牙一侧。我跟他们走了一段，在伊拉提进了一个小镇，午饭不那么松快。一个西班牙人主动邀我去看一个洞里活了三年的鲑鳟鱼，那可是伊拉提最大的一条。它栖息的地方水面下 10 英寸就是女人洗衣服的地方。这家伙足有 16 磅。我什么家伙都使了，最后用我的钓竿拨它看是否真的是条鲑鳟鱼；它差点把我的钓竿从我手里敲掉。在伊拉提水域里假如说能找到杜父鱼之属，那你就能抓到任何尺寸的鲑鳟鱼。中等尺寸的鲑鳟鱼有的是。哈什和我从一个洞里抓到 7 条，它们就这么一直跳跃着。

你为什么不来呢。我们 6 月去西班牙。我们可以租一辆福特，加上保险费一个月 1 000 法郎——约合 50 美金——驱车穿越法国，上罗兰关，在伊拉提钓鱼——从布尔杰特徒步——然后去庞朴罗纳赶盛大的斗牛周。多令人陶醉的行程。多健康的活动。凉爽的山上夜晚，迷人的炎热白天。没有臭虫。

你近况如何？存钱吗？在巴黎有 10 法郎就能住一晚很舒服的房间；可以跟我们一起吃饭。我们能把人喂好的。

奥德加［卡尔·埃德加］结婚了！工厂主［海明威］终于知道奥德加结婚了。从未有谁为了结婚那样努力。加跟谁喜结良缘了？怎么个过程？

博德，我知道旧时的一切有多好；因为，我写的东西几乎全是关于那乡的。我心里只有这个。一想到乡村或者想到做什么，我总是想着旧时的玩意儿：湾区，农场，雨中钓鱼；和阿姨［查尔斯太太］一起在农场度过的陶醉日子，初去湾区钓鲟鱼的美好时光；和男子汉们一起度过的美好时光；秋天的风暴，挖土豆，所有的事；我们都经历了拥有了，并且不打算失去这些。只要不回去重复过一遍，这美好的记忆就不会失去。不能接着这么过，得玩些新花样，玩好的。比如这里和冬天山里的西班牙和奥地利。

知道我们又能重现往日地道美好的时光，多醉人。博伊德，世界上真正的白种男人的数量是有限的。我该说以前至多有 5 到 6 个。这数字也许有点夸张。假如他们没有以各种形式娶病秧子，也许数目要大一些。此地有一个叫刘易斯·嘉兰蒂尔的家伙本来好极，被世上绝对最铜臭的婊子勾走了并结了婚；他不再是个好人了。白种人这根细细的红线上伤亡这么惨重，我们得密切保持等级。有一个可怕的东西差点就嫁了多斯·帕索斯。多斯这家伙你会喜欢的。

假如这些话你觉得是过分的废话，记住，是因为我很久没有给你写信了。

哈什和我过得很愉快。我们去看拳击听音乐消遣，也去滑雪，看斗牛，钓鱼。她钓鱼并非出于一般女性的好奇，而是像男人一样。她对拳击跟对音乐一样懂行。她跟男人喝酒一般无退缩。结果邦姆比这男性后代结实得像费尔珀。整夜睡觉，平时欢乐得像小狼。天啊，博伊德，他的结实，他的协调能力有一天能让他有机会迈步惊人。吉［杰克·潘特考斯特］跟他在一起都显得弱些。他头脑也好使，跟他说一遍他就能做。哈什没变模样，总是越来越好看。她像一部劳斯莱斯那样管着家。

我们今年几乎身无分文地过日子。我写了本书，多斯·帕索斯约两个月前把它拿到纽约去了。我想，多兰准备出版它。我们在讨价还价。假如没谈成，伯尼和利弗莱特公司要它。不过，能不为闪米特人左右则是我尽量坚持的。两年前我为《多伦多星报》和赫斯特工作，写些怪怪的报道。没怎么多产，在那儿没有突破。我当时用约翰·哈德莱的名字为赫斯特报道洛桑会议——也许你在美国报纸上看见署这名的文章了。也许没看见。也用同样的名字被他们派往近东。跟《星报》有合同，不能用我自己的名字。

无论怎样，还是跟你说说吧。我从康斯坦丁堡回来后，哈什启程来洛桑和我会合并带来了我写的所有短篇——复写本等也都带来了，两年来所有的成果——150 页长篇小说也在里面，总之是所有的东西。因为，会议结束后我们打算去山里过圣诞节。我本打算把一捆东西寄出去的，再接着写那个长篇。她把大包小包和手提箱放在包厢里，出门去看大箱子是否上了车；回来手稿箱子就不见了。

她两天没敢跟我说，随后的日子我就难过了。你是知道那感觉的：一个面对已然面对实业家［命运?］的人，他的手已然在弹叩锡箔。你感觉得到的机会跟拳击手哈里·威尔斯一样多。

两年的劳动只剩下一个短篇，还是《我老爹》，奥布莱恩在他的书里发表过的。他当时题献这书给我，还把名字给写错了——于我此篇无甚助益。我不再担忧自己能否成为一个成功的作家了——一门心思写作，本希望也许这东西迟早会一鸣惊人的。

最近在研磨这部作品，一直努力工作。你看过其中部分成品吗?假如没有，我寄给你。

燕［Y.K.史密斯］怎么样了？我对这孩子的唯一感觉是对不住他，我的行为太操蛋了。天啊，真好玩。去年4月25日在阿尔勒斯我孤身一人，读到马赛报纸上一则消息，说芝加哥一女地区检察官用左轮手枪杀了芝加哥一个名叫Y.K.史密斯的有钱的政论家的门房，她本想杀史密斯夫人的，后者跳了窗户等等等等。这是法语写的滑稽故事，尤其是在它成为电文报道之后。我家人也及时把《论坛报》寄给了我，里面叙有适当的道德评论。我似乎闻见［唐·］赖特的马脚——或许我错了？我本想写信给燕，告诉他我们以各种可构想的立场支持他，可我不知道他会如何听我的。

你知道我对姨妈的感情。她死的时候你在圣路易斯我真欣慰。我当时想写信，可我不知道你的地址。何况，又能说什么呢。我想，尽管她历经磨难，可还是从生活里得到许多。我都不觉得她已经死了。

你知道唐·斯蒂瓦特的事吗？他是个迷人的家伙。让哈多克夫妇出趟国。跟老拉登纳家的故事差不多。他也从未读过拉登纳家的故事；当然我也无法弄来让他读。你和他还有写家能共有一段好时光。我有预感，你和编辑能做一本好玩的书，能让我们赚点钱维持一段时间生计。写一本真正好玩的书还得受许多惩罚。唐已遭了惩罚。他的老男伴被法律践踏了，因为账上一时短缺；他可是大银行家，市里的财神爷。唐在耶鲁时就脱身了。

麦克格劳和康米在这里非常成功。一般印象是麦克格劳把球队留在欧洲，如此没有人会再把红利撒出去了。我不会去想象“舒服”［多兰］和“笨蛋”是唯有的两人希望菲尔斯队别再苦撑。我在比赛场中见过麦克，正丢钱呢。他们在这里门票挣不了多少，在英国也不行，连补界外球的亏空都不够。在这里看了两场精彩的比赛。

我们在这里打网球锻炼身体。我不像以前那么弱了——可还是当不了好网球手。哈什打得不错。我在垒达拳击场跟拳击手拳击——一是练块儿，二是练躲拳头。这里的较量真是醉人，真有快手：马斯喀特、勒多克斯、布瑞东尼尔、该死的砍柴手保利诺——他打到谁，谁就起不来了——不过他除了英国重量级谁也伤不着。我想他左右开弓时眼睛是闭着的。不过，当他击中他们时，他们都是被人用布袋抬出去的。他的肩膀跟凯旋门一样宽阔，大约5英尺4英寸，腿短得像只鹬。他们得给他定制手套。他靠吃生鱼过活。他在对手面前样子坏极了，冷酷无情地敲打他们。啊，天晚了。记得给我报信。假如有钱，就来这里。假如没有，就攒钱，6月份来。哈什同此问候。

伊默

威明治

（此信藏普林斯顿大学图书馆）

致罗伯特·迈克阿尔蒙

1924年12月10日，巴黎

亲爱的迈克：

我一直等着有望写一个好的新的短篇；已完成的两篇一个1万字，另一个1万2千字。这是我最好的短篇小说了，所以寄给你。无论怎样，够短了。[1]

一切都好？我们打算19号去奥地利——去一个叫施罗姆的地方——从苏黎世离开主干道到因斯布鲁克，电车半小时在布鲁登茨下车。想出巴黎城，瑞士又太贵。我们打算在施罗姆住上一周，开销18

美元，三个人的开销。醉人的滑雪——从克罗丝特和达沃斯越过山就到。我希望“中国佬”［多尔曼-史密斯］会来这里。

这里没多少新闻。我前天做梦梦见你死了。希望你还能收到此信。吃早饭前我很小心，没跟人说梦的事。我梦见读报纸上你的讣告，满满一整版，还有你和布莱赫［迈克阿尔蒙夫人］的相片以及苏格兰埃勒曼城堡之类。有那么个城堡吗？小心走路，别被野蛮的法西斯小子撞着。赫尔曼［约翰·赫尔曼］的地址还没收到呢。

《跨大西洋评论》不存在了。福特打算办一本新评论杂志叫《向法兰西致敬》——一本人文艺术类季刊。你读到康拉德夫人给《时报》的信了吗？关于福特“写的有关我丈夫的令人恶心的书”那封。真是好信。[2]

卧病了一阵子，不过现在好了。极渴望离开此地去奥地利。随信附上我欠你的 100 法郎。谢谢。之所以一提是防止信万一有差错你收不到钱。哈德莱同此问候。

信写到现地址就成。他们会收转的。

（此信藏耶鲁大学图书馆）

[1]《军人之家》收入迈克阿尔蒙编《当代作家精选集》（巴黎三山出版社，1925 年 6 月）第 77—86 页。

[2] F. M. 福特著《约瑟夫·康拉德：个人的一段记忆》（波士顿，1924 年 11 月）。见戴维·道·哈维著《福特·马多克斯·福特：著作及评论目录》（普林斯顿大学出版社，1962）第 63—64 页。康拉德 1924 年 8 月 3 日去世。

致阿奇巴尔德·麦克莱什[1]

约 1924 年 12 月 11 日，巴黎

亲爱的麦克莱什：

我给马桑传话请他星期二中午十二点整来这里见我，一起去你住处吃午饭。希望约定的日子你那里没问题。假如不合适请告诉我，我跟安德烈另约。非常感谢你请我。

司各特［·菲茨杰拉德］发明了海明威那个拼写法［两个 m，没

有g]。我不懂为什么，除非司各特·菲茨杰拉德的拼写里有两个t。他说他写了篇评论很有助于《在我们这个时代》。我没见到评论，所以我想他跟你提我的时候把名字写成那样了。无论怎样，也许Hemminway能带来很多好运。

明天起再有一个星期我们就去奥地利了。哈德莱好多了，我们期盼周六见到你。

你永远的，

欧内斯特·海明威

(此信藏国会图书馆)

[1]"我1924年夏天在丁香[花园]见到海明威。"(见麦克莱什1963年8月9日致卡洛斯·贝克信。)

此信及下列致麦克莱什诸信经国会图书馆和麦克莱什同意在此发表。

致哈罗德·洛布[1]

1924年12月29日，奥地利施鲁恩斯

亲爱的哈罗德：

我给你寄了张卡，不过是寄往蒙特岁路16号的，也许你没有收到。一周的晴朗干燥的10月天后，大山里开始下雪了。也许你到这里时，大雪就漫天了。

这里吃得很好，有优质的白葡萄酒和红葡萄酒，另有30多种啤酒。旅馆里有保龄球道，我们都打保龄球。哈特曼[2]和我打个平手，你也许能打败我们。这是个醉人的地方。美妙的小镇，人们都敬畏上帝，很会喝酒。

我已经变得你都认不出来了。坚硬如赤铁矿，速度之快至少还要加一倍。

这里的开销事实上等同没有——一天85 000克朗住老年公寓房，另付暖气费15或20个苏。你能见到的最好的乡野在这里；野外徒步很醉人。走到哪儿都能看见耶稣受难的形象，上帝先生［字迹不清］代人类受过之举不同程度的都有。还有不错的小酒馆，里面尽是岩羚羊猎人，有优质的［字迹不清］的伯增产的白葡萄酒或红葡萄酒。

假如你不来，那就不只是婊子养的下流货，而且还很无知。来此畅通得很，所有海关手续都在火车上办，你只消在巴克斯下车就行。越过铁路，换点钱，再买张票到布鲁登茨。

从弗莱希曼那儿把我的书带来，好吗？[3]再带几瓶好威士忌。“壁洞”那家卖的最合算——歌剧院大道出口达恩汀路 19 号。假如你装在帆布背包或者野战背包里，他们就不会令你打开。拿出瓶起子，每瓶喝一口。他们只开手提袋和箱子。车厢是战前的旧奥地利式车厢，一等式样——每节车厢每边只有三个座——很舒服，能斜躺。

基蒂［·嘉奈尔］好吗？我希望她好了许多。哈德莱问候基蒂；我也问候她。我想听她谈谈对你新爸的看法。

他怎么样？一切都好吗？你到底过得怎样？

告诉基蒂你能守身如玉因为村里只有一位漂亮姑娘，她还拿大蒜当早饭。

邦姆比身体很结实，我们为他请了个保姆。

基蒂的帽子是友谊的开端，哈德莱认下了。

好吧——再见——快来，别忘了手稿和威士忌——把你自己的东西也抄正些带来。

永远的你的

欧内斯特

（此信藏普林斯顿大学图书馆）

［1］哈罗德·洛布（1891—1974），纽约人，普林斯顿大学 1913 级生。1924 年春在福特的办公室见到海明威。他编辑出版过一本小杂志《金雀花》，写过三本小说，帮过海明威《在我们这个时代》出版之事。《从前的样子》1959 年问世。此信及下列致洛布诸信经普林斯顿大学图书馆同意在此发表。

［2］伯特伦·哈特曼，美国画家，是他先撺掇海明威夫妇造访施鲁恩斯的。

［3］莱昂·弗莱希曼，伯尼·利弗莱特公司的文学猎头。当时正读着海明威的短篇小说，看有无可能为贺拉斯·利弗莱特接受出版，此事部分是受了洛布的怂恿。

致哈罗德·洛布

1925年1月5日，施鲁恩斯

亲爱的哈罗德：

糟糕透顶。今早听说你不能来我们都感到伤心。我们过得十分愉快。我老有预感你会露面。

美国春秋两季感动你，1月、2月可让你失望到底啊。一次2月份我回到美国，沮丧得要命。不过，你可以去看表演。纽约什么时候都是个美妙的地方。无论怎样你可以去西班牙。我想你现在总看上那种生活了。此生并不取决于你看上什么，而是在你可得什么。哈德莱声称来世我们能得到看上的东西。那也可能糟糕。我们这里的确有时提前行动。

唐［斯蒂瓦特］寄了一封圣诞贺信并附一张大大的支票。当我看见支票时倒抽了一口冷气。我以为是多兰[1]寄来的，因为里面附着多兰的一封信。然而，是唐寄来的。我想是圣诞节礼物，激励我们好好工作。他可真是醉人的家伙。无论怎样，多兰的信是给唐的，说是他会想，因为作决定花去时间够多，他们对海明威的手稿产生兴趣。每个人都读了四遍等等等等。不过多兰先生感觉他们不能在一个小说集里跟我一路玩性的把戏，因为多兰先生不喜欢“在一系列震撼中再围绕着这些震撼”，诸如此类屁话。他愿意跟我在长篇小说里跟我一路玩这个把戏。他们是否该写信给我建议如此这般，接着说也许把短篇小说作为第二卷出版以顺从某某之类。说他们都一致同意我作品的力量。多伟大的书啊，只是他们不愿出版这本书。

唐说都是些生猛的东西，只是无论好坏他们都不愿出短篇小说集。于是他把书给了门肯［H. L. 门肯］——那堆狗屎——门肯再推荐给［阿尔弗瑞德·］诺普夫——门肯不喜欢我的东西，而［乔治·让·］纳坦喜欢，此事终究也会以扯淡收尾。

接着说他打算把书稿送［贺拉斯·］利弗莱特。

唐说别当傻蛋在一个叫施鲁恩斯的地方饿死。

所以说，唐正操办着呢，没什么担心的。我也从未真正担心过他，因为他人好得很。不过，我希望你见他，替我们问候他，问他进展如何。他3月份回来。

他的地址是耶鲁俱乐部——范德比尔特大街，或者他处——谢尔顿——你知道的——莱克星顿大街之类——去见见他。他是个醉人的家伙。我也让他跟你联系。假如你想要，我可以给你个名片递给他，不过名片如狗屎。

韦德科普[2]写了我的斗牛故事——他讲西班牙的文章提到我的斗牛小说——很出色。文章说“知道不知道这是真正惊世骇俗的美国人讲的故事，极尽这种动物傲慢之能事。假如你看不明白，那你告诉我哪里兴许我还能找到这种文学”。

卖家市场的近况就是这些。他说我的所有作品不久都会问世。

我会写信给弗莱希曼[3]谈手稿的事情。我想这样最好。

哈德莱问候你——哈特曼[4]感觉伤心，因为你不来。我们都想着跟你一起度美好时光来着。

假如你想为我做点什么，你就订一份《汽车》杂志——送来这个地址，订一个季度就行，好吗?《汽车》的地址在福宝蒙马特的所有够档不够档的报刊亭里都能从那份出版物里找到。

我会把钱寄给你的。

航行前给我写封信，除非你不喜欢写信。除了三四个短篇小说，我没写什么；就这几篇也只开了个头就写不下去了。写小说要在大一点的城市。不过，写作终究是个什么玩意儿？事实上已然多得很了。来这里还没弄上件外套呢。常规9月天气。

问基蒂[5]好——希望她治疗之后有了好效果。

你的，

欧内斯特

（此信藏普林斯顿大学）

[1] 乔治·H. 多兰，纽约出版商。

[2] 汉斯·冯·韦德科普，梅因法兰克福《纵览》杂志巴黎文探。《纵览》发表过四首海明威的英文诗作和德文译本《没有被斗败的人》，德文标题译作《斗牛》。见尼古拉斯·于斯特《海明威和名不见经传的杂志》（马萨诸塞州巴尔出版社，1968）。

[3] 莱昂·弗莱希曼是1925年10月出版《在我们这个时代》的伯尼·利弗莱特公司的巴黎经纪人。

[4] 伯特伦・哈特曼，美国画家，当时正与妻子戈斯塔在施鲁恩斯过冬。
[5] 基蒂・嘉奈尔，洛布的密友。

致厄内斯特・沃尔什和伊瑟尔・摩尔海德

约 1925 年 1 月 12 日，施鲁恩斯

亲爱的厄内斯特并亲爱的摩尔海德小姐：

为新书评欢呼！我想你们俩干这件事简直太好了，很好的一件事。我只希望工作量别太大。我们听到消息都很激动。也不该有很大工作量。因为，评论最难的工作是带着心智阅读手稿。你是为季刊写评论并且住在柬埔，在那儿活动有限，所以还不那么费事。柬埔是施鲁恩斯边上的一个城市。[1]

我们决定，携带香贝坦红葡萄酒最好的方式是把它装入我们的陀螺式运转的胃里。在那里香味和品质经晃动后都不会失去。不过，我们在火车上已经喝过夏布里斯了，它们真是可爱的葡萄酒。

假如我在这里能帮上你什么忙，请告诉我。我有的是时间写信，会把消息传布给大家。

你做得对，把包锡铁皮箱交给美国快运公司，这样你就不会把手稿和兑换的钱弄丢了。火车方面的人很粗心并且不负责任。

寄上《大双心河》。你已经读过了。这是我花了功夫写得最好的东西。

在威尼斯旅馆我们聊天时你已听到我对办评论杂志的想法。那时遵医嘱你不能多谈。今后你的想法能付诸实施，我则乐见其成。

我相信最重要的事情之一是得到人们在写的最好的作品，如此就不会犯《双面人》[2]的错误。这种杂志二流印刷，刊登的却是一流作家的作品。

我看你的简介上说，手稿一旦被采用即付稿酬；我觉得这绝对是得一流作品的秘密法宝。这不是与大钱广告的杂志竞争的问题，而是明确回报艺术家劳动的问题。因为，最好的作品绝不会进入纯商业运

作的杂志，但艺术家会捏着作品，为它得些什么。只有对任何杂志或评论都无价值的时候，他才会放弃作品。

我看你没有理由不出版有史以来最好的评论杂志。即便只出4期——或者更少——你的成绩也比别人大。别家评论杂志挣扎在从手到口的生存线上，没有理由存在下去，也永远不会取得你的成绩。在那方面我都支持你——一路到底——我想看见你出最好的——最好的评论杂志——永远。

你感觉葛特鲁德·斯坦因怎么样？假如你要写信给她谈点什么，就写到法国巴黎第四区弗吕鲁斯路27号。你要我推荐人给你找手稿吗？或者你的手稿已足够办一期的了。

仔细校对和排版——没有什么像排版错误那样毁人欣赏好作品了。这就像音乐会上钢琴错一个音符、调错一个音弦。

好了就到这里。这个地址至少还管用两个月。寄到巴黎地址总会有人转给我们。

哈德莱问候你们俩。我们都希望厄内斯特好起来，希望你们喜欢巴斯克乡野。

总祝你们好，

你们的

欧内斯特·海明威

（此信藏弗吉尼亚大学图书馆）

[1] 得肺结核的沃尔什在法国西班牙边境的柬埔过冬，带着他的伴侣画家伊瑟尔·摩尔海德。

[2] 新奥尔良1922年5月号6月号的《双面人》发表了海明威的寓言故事《圣姿》和诗作《最终》。

致西尔维亚·毕奇

约1925年1月15日，施鲁恩斯

亲爱的西尔维亚：

你好吗？阿德里安［莫尼埃尔］好吗？巴黎好吗？

我们想念你们三个。哈德莱和邦姆比身体很好。邦姆比在这里跟一群孩子疯跑，玩捉人游戏。他开始讲蒙塔方话了。[1]

我出去旅行了几次。我们在高山里滑了几场雪，整夜的那种。得爬山才能够着雪。在阿尔勃格山哈德莱和我滑雪过弗莱克森关到勒西。邦姆比有个漂亮的保姆［马蒂尔达·布劳恩］，用克朗换算花不了多少钱。

除了《汽车》杂志没看见任何法国东西——约翰尼·邓迪的事真是美妙，不是吗？他竟然不想为《戴尔》的奖金数额而奋斗。

寄来的书我们都读了。是要我寄回去，还是寄给别人，还是稍后带回去？

文学界有什么脏事？《小评论》出来了吗？

等我们回去后，邦姆比就能帮你处理德文买卖了。迈克阿尔蒙的书《村子》[2]我收到了，好得很。假如有人要买这本书，就说著名的奥地利滑雪权威 E. M. 海明威郑重推荐。

我长了奇妙的大胡子。每次靠近边境都被逮捕。它看上去就像乔·戴维森[3]和基督之间竖着的十字架。我好好梳理一下它并在春天某个时候把它带到巴黎。人家要我去奥博拉美高剧团演《汉子摩西》。

除了旅行，我也干了不少活。哈德莱在一架好钢琴前刻苦练习。

急切等待丹尼·弗拉什和马斯喀特[4]的消息。那该是值得看的东西。对马斯喀特而言弗拉什积极得够力，可他经不起罚。

我希望乔伊斯一切顺利，阿德里安好。

请给我们写信。我们很想念你们。哈德莱同此问候。她说要等你见邦姆比。他在澡盆里划船。很久以前他就把水手给吃了。

永远的你的，

海明威

（此信藏普林斯顿大学）

[1] 施鲁恩斯坐落于奥地利沃拉尔堡蒙塔方谷。

[2] 罗伯特·迈克阿尔蒙著《村子》(1924)。

[3] 乔·戴维森(1883—1952)，美国雕塑家。

[4] 丹尼·弗拉什和埃杜瓦尔德·马斯喀特是轻量级拳击手。

致葛特鲁德·斯坦因和艾丽丝·B.托克拉斯

1925年1月20日，施鲁恩斯

亲爱的朋友们：

昨天高第明显长出两颗智齿，或者说智齿长出高第。也许说智齿有点夸张，那就叫臼齿吧。

我们都很好。高第能走路了，能一边走一边转身，能讲蒙塔方话；能姿态优雅地坐在便桶上，不再尿裤子了。弄得干干净净。有个漂亮的保姆名叫马蒂尔达。能坐雪橇出门。能吃卷心菜。喊着要啤酒。变得像中欧人。

你看见1月号《纵览》上胡安·格瑞斯著名的论点以及跟着格氏凑趣的言论了吗？我让人今天给我寄了一份。这本杂志看着叫人尊敬，但还不失活泼。打扮得很漂亮。你有［汉斯·冯·］韦德科普的消息吗？

厄内斯特·沃尔什给我来信并把计划书附给了我——说他和摩尔海德小姐决定开办一本新季刊等等。我写信让他给你写信。扮演艺术家资助人角色的沃尔什显示人们多么不能指靠一成不变处于静态的东西。

巴黎怎么样？有什么消息？唐·斯蒂瓦特寄给我多兰的信，说因为办公室里每个人都读了四遍，所以只能把书稿［《在我们这个时代》］束之高阁。只要是这样，就不能出。说虽然多兰先生愿意以一本小说震撼读者，但他不愿以一系列短篇小说来震撼公众。说假如我愿写长篇小说，他们就愿意把这本书作为续集出版。一切表明，出版业是商业，短篇小说集据信不好卖。唐接着去诺普夫试试，又去利弗莱特。他似乎很开心，三四月会来这里。

我们在阿尔勃格山里滑了三天雪，昨天才回来。我们不在家期间，邦姆比又长牙了。马蒂尔达是个很好的保姆，喜欢早上5点起床。她和邦姆比许多方面趣味相同。

关于滑雪，多西·约翰斯顿[1]虽然缺乏协调能力，但她的韧劲足以弥补之。假如倒过来，她跌得就更厉害。

一如既往我在乡下写作不灵。假如你读到什么又愿意寄给我，非常欢迎。《沃拉尔堡日报》读不到多少东西。

贝尔蒙特又在秘鲁斗牛了。据报道加洛因为债务在委内瑞拉的加拉加斯坐牢。这消息直接来自西班牙。据报道哈罗德·斯特恩在得克萨斯休斯敦，情形差不多。

我长了乔·戴维森式的美髯，瀑布般下垂。高第穿着毛衣简直就是施鲁恩斯的王。我们过得很愉快，也很省钱。哈德莱、高第和我都问候你们。

永远的你的，

海明威

（此信藏耶鲁大学图书馆）

[1] 约翰斯顿小姐自1924年12月即跟两位女友在施鲁恩斯。她是巴黎“美国图书馆”管理员的女儿。

致乔治·贺拉斯·洛里莫[1]

1925年1月21日，施鲁恩斯

先生：

我从未读到过没有虚构的斗牛故事，知道内幕的人、懂得斗牛是怎么回事的人写的那种。所以我自己尝试写了这篇，[2]揭示一下斗牛的实际情形。就像查尔斯·E.范隆恩[3]写拳击的故事。

在马德里，我住在斗牛士寄宿屋舍，跟踪西班牙所有的斗牛活动，跟斗牛士的随从一起旅行。明年夏天我还要回去。

这篇小说的确重技术，但所有的技术都没明显地加以解释，读者读起来还是清晰的。

我很希望你喜欢它。

你的诚挚的，

欧内斯特·海明威

（此信藏诺克斯学院）

[1] 洛里莫是《星期六晚邮报》的编辑。
[2]《没有被斗败的人》的德文本发表于《纵览》第五期(1925 年夏，1925 年 7 月)，英文本发表于《本季》第一期(1925—1926 秋冬季)，法文本发表于《银帆》(1926 年 3 月)。
[3] 查尔斯·艾美特·范隆恩(1876—1919)写长篇小说也写短篇小说。
此信经诺克斯学院西穆尔图书馆同意在此发表。

致豪厄尔·詹金斯

1925 年 2 月 2 日，施鲁恩斯

亲爱的“唠叨抱怨”：

很抱歉一直没给你写信。一直到处跑，身边带着你的信呢。不过你知道一个人一旦想写东西时会是个什么样子。唐·斯基恩是个好人。我在“白袜巨人队”比赛[1]时看见他了。他谈到你。他是个有望成功的人，在这里跟报纸也玩得很好。他写体育也很有趣。

我听见你的消息后不久就收到比尔·史密斯的来信，问老肯莱的事情我能否原谅他。说我是对的，并告诉我近两年的情况。我回信对他说我接受道歉。接着他写信跟我说自己经历的种种。上帝啊，他可真是过了一段见鬼的日子。他遭受的惩罚远比汤米·吉本斯给奇德·诺福克的多。我现在明白上次选举是如何跑偏，因为我们以为他想的是拉佛勒特，然而不是；他想的是惠勒和农场主。他的土豆经验是 60 美分一桶，而在城市里土豆已然是两块钱以上一桶了；并且你也不能不考虑苹果啊。老比尔对家庭、健康、财富以及其他种种的都草率得很，令人觉得闻所未闻。我并不有意跟他对抗并且希望他好；毕竟他是个好人。

我们但凡有点钱就在政治上保守起来，因为我们要保护自己的财产。这没错。假如不这样做就是傻瓜。不过，当一个男人有比尔那样的多年的运气而未成为上钩拳拳手，也算奇迹了。

我希望毕肖普家的小子们在巴黎的时候他能来。我当然也荣幸能陪他们转转。3 月初我也许去意大利办点事情，然后回北方工作。我尽量赶回去。假如赶不及见他们，就在他们回程途中见一面。哈德莱会提前一两天让厨子做点东西，弄点像样的东西当饭；我则保证他们不落下城里该看的东西。该有些好的拳击比赛。春天城里总有人。

“唠叨抱怨”，我们当然期盼见到你。爷爷说他在医院见到了你。很高兴你把他们弄出来。派尔斯可从没帮过人。爸爸说他正给我们寄你放大的邦姆比照片。迄今还没收到，但我们俩疯狂急切地等着看。我想他是需要时间复制一份。我们给他寄了张邦姆比的大照片当圣诞节礼物，也许锦上添花呢。

今天滑雪滑得爽，感觉累了。想喝点上等苏格兰威士忌。真愿你在这儿，我们能打开一瓶。不过得从巴黎往这儿带。欧洲中部没有好酒。不过啤酒不错——38 种——这儿到布达佩斯啤酒都不错，过了布达佩斯就不行了，再要好的就得去康斯坦丁堡了。德国佬在那儿呆得太久，他们建造了德国啤酒厂——真正的巴伐利亚牌子。我们从这里可以滑雪去巴伐利亚，一个来回不用签证。我打算去慕尼黑干点什么。

替我问候老混好人理查德。迪克的一切怎样？哈什同此问候。最近我干活很努力。体重减了 10 磅，不过体型很醉人。经历了欧洲最暖的冬天，而你们却经历着够烈的大风雪。

我打算从这里滑雪去意大利——把行李交火车托运，越白云山脉滑雪下去。得去米兰和拉帕洛见些人。天啊，墨索里尼做事不光彩，用一管直下的方式领导政府，有牢骚的人都被排掉了。你曾经写道意大利佬都鲁得很。

再给我写封长信。有你的音讯当然好。邦姆比已经长了 13 颗牙齿，跟这里的孩子玩捉人游戏。他有个美丽的奥地利保姆，学着说当地的德语。接着又回法国说法语。

啊，能见你多好啊。我们计划 7 月 1 日去西班牙。

马斯喀特目前是法国最佳轻量级拳击手。前些日子一个晚上，他两个回合击垮了丹尼 · 弗拉什。假如他来美国，你就下它一注。没多少钱。跟奇德 · 卡普兰和迈克 · 邓迪之流的小伙子交手在他不是件容易的事情，但这金发小混蛋就像一个砖建屠宰厂，出手像次重量级。

怎么打都没事，又学会了拳击。他必打败别人无疑。

法国人也许派吕西安·维尼茨前往参加轻量级比赛。有好戏看了。他从未击垮任何人却赢过734场！！！我的上帝啊，好一个拳击手。没有人伤到过他。他已是汤米·吉本斯这个年纪了，但仍有各方面实力。他先把对手的一只眼打得睁不开，随后是另一只眼，很有章法，接着是打裂了他的鼻子，继而有章法地猛击直到最后几个回合。他就像旧时的帕奇·麦克法兰。别人打到他的只是胳膊肘。他打布列多尼尔和弗瑞西（他们在美国都打得很好）是9 000拳比1拳——假如他们想决一雌雄，他则站着不动；他们只管猛击，却除了胳膊肘和手套外，哪儿也打不着。他看上去很容易袭击，可你试试看。

他们提到的保利诺是好袭击的大火腿，是块大板斧。

啊，我得停笔了。再见“老唠叨抱怨”。哈什和我问候你。

一如既往，

斯汀

（此信藏普林斯顿大学图书馆）

[1] 纽约“巨人队”和芝加哥“白袜队”1924年10月到11月在英国和法国进行了几场垒球表演赛。

致哈罗德·洛布

1925年2月27日，施鲁恩斯

亲爱的哈罗德：

谢谢你给我信，谢谢贺拉斯·利弗莱特[1]，谢谢为我做的一切。我们在“玛德楞纳之家”——阿尔卑斯俱乐部的小屋——两封电报来了，到海拔1 987米处。一封是你发的，另一封是唐［斯蒂瓦特］发的。我一开始没意识到，接着是不敢相信；等意识到了，激动得很，睡不着觉。我们刚进行了冰川之旅——坐雪橇到3 200米处。冰雪是如此之大，我的性器官到机智的阴茎、鸟喙、鸡巴或称工具都冻僵了或者说几乎冻僵；得用雪来揉。天啊真冷。接着用不到 12 分钟时间下滑 5 英里到冰川的外表。美妙的乡野。银装素裹。我们就这么一路来到瑞士。昨天在雪橇上走了 21 公里。接着又在山谷里步行 19 公里，从巴台嫩到施鲁恩斯。

啊，我真希望你能跟我们一起旅行。我们惊动了雷鸟，看见了许多狐狸的脚印留下的道，看见大雪兔——看见一只狐狸、两只貂。不过我想对我而言，你最好还是呆在纽约。

情况怎么样？秋天能和你的书一起出版吗？我得删除哪部分？能挣多少钱？

这钱当然有用。跟我们分租房子的人本来同意呆三个月，又找了个不带家具的公寓，才住半个月就溜之乎也。圣路易斯那个婊子养的给我往账上打了 2 500，今天收到截至 2 月 3 日的银行记账单显示那张支票被退回三次，因为对方储蓄资金不足。[2]因此，我们比破产还糟糕。

得马上回巴黎。我 1 月 10 日给［里昂·］弗莱希曼写信让他把手稿寄给我，但未收到他回音。

为洛布和斯蒂瓦特我得感谢上帝。

我把这封信寄到普林斯顿俱乐部。

对不住信只能写成这样了。上帝知道我对此书感觉良好，即便同时感觉被人踢了屎。

哈德莱问候你——

你的永远的，

欧内斯特

哈德莱收到基蒂［·嘉奈尔］醉人的信了。所有的肥料滋养了我们缺肥的生存状态。

（此信藏普林斯顿大学图书馆）

[1] 自阿尔伯特·伯尼 1918 年退休后，贺拉斯·利弗莱特（1886—1933）即掌伯尼·利弗莱特公司。1924 年他带头反对约翰·福特法官的《干净书籍法案》。

[2] 乔治·布瑞克，哈德莱朋友海伦的丈夫，替哈德莱投资理财，做得很糟。

致厄内斯特·沃尔什

1925 年 3 月 9 日，施鲁恩斯

亲爱的厄内斯特：

你 3 月 5 日的信今天早上到了。不过，先它而到的是你和摩尔海德小姐的好极了的电报。这让我们感觉甚好。《本季》的编者是两三个白人。

我想你该付［伯特朗·］哈特曼复制费每件 50—60 法郎。50 法郎足够，60 则超了，你给的话就显得你大方了。

我写完这封信后就写点关于埃兹拉的东西。我真想此刻在巴黎，可以引用他的作品。在这里写，除了欣赏之辞外，写不成什么。

从利弗莱特处得一电文，说他想在秋天出版那本书。我回电说同意。此书的题目叫《在我们这个时代》，就如那小玩意儿。[1] 书里 20 个短篇，其中 15 篇各含有《在我们这个时代》里的一章。我原先写这些就是为此。都勾连起来了。我想你会喜欢的。

《大双心河》是此书最后一个短篇。假如你提到这本书，就称它为短篇集吧。

酒对我影响到这个程度：酒瓶一开，我但愿《本季》的编者、哈德莱和那些作者得以永远地损坏彼此的健康。

假如你写的东西有一句比那还糟，第二轮酒就落到你那儿了。不过我知道你没写破句子。于是第二轮还是我的。就让我开喝 1911 年的教皇新堡。然后再来一瓶 1918 年的博恩慈济院。1918 年是 1896 年以来最好的年份。干吗那么较真呢，博恩慈济院从来不坏。

看啊——假如我们勾连得当，能有机会买到这酒。因为 6 月下旬去圣让皮杜波和红赛瓦尔关进西班牙的路上，我们会在巴杨停留。何不在巴杨开第一系列的第一瓶，在圣让皮杜波开第二系列的第一瓶呢？假如你感觉如此能收拾人，就那么干吧。

我得写埃兹拉[2] 去了，就此打住。家人问候编辑们。

你自己也好运连连。

你的

欧内斯特

刚写完评论埃兹拉的东西，哈德莱誊抄完毕。希望你喜欢。风风火火写了一整天以便你及时收到。我用了你自己的标题。

(此信藏弗吉尼亚大学图书馆)

[1]《在我们这个时代》(巴黎，1924)由三山出版社出版。

[2]《向埃兹拉致敬》刊《本季》(1925年5月)第一期第221—225页。本书省略了海明威致沃尔什后来的另两封续函：一封是3月18日写的，详谈海明威与圣昂纳路印刷商赫伯特·克拉克的斗争；另一封是3月27日写的，里面附有海明威寄给沃尔什的《没有被斗败的人》稿子，说他1924年9月、10月、11月都在写这个东西。

致C.E.海明威大夫

1925年3月20日，巴黎

亲爱的爸爸：

谢谢你美好的信，谢谢你寄给我《堪萨斯城市之星》的评论。我真高兴你喜欢那篇大夫的故事。[1]我把迪克·博尔顿和比利·塔毕肖的真人真名用在小说里了，因为我肯定他们不会读《跨大西洋评论》。关于密歇根乡野，我已经写了不少小说——乡野总是真实的——故事里发生的事则是虚构的。

《本季》——正要出我的一个篇幅较长的短篇，是讲钓鱼的故事的，分两部分，叫《大双心河》。[2]4月初该出来了。我尽量给你弄一本。小说里的河是［密歇根］希尼上方的福克斯河。我想这个故事你会喜欢的。

我没给你们寄我的作品是因为你或者母亲把［巴黎的］《在我们这个时代》等书寄还给我了，像是你们不想看。

你知道我尽量在小说里展示现实生活的情感——不只是描写生活——或批评生活——而是实际活生生再现生活。所以你读我的书时会实际体验到这一点。美的东西要写，丑恶的东西也要写，否则不成。因为，假如都写美，你就不相信所写的故事了。事物不是那样存在的。只有展示两者——三维地展示（假如可能四维地展示），才能达到我想要的写作。

所以，假如你看见我的任何作品是你不喜欢的，记得那是我写作时的诚挚表现，是我在奔某个目标。假如我写的东西让你们生恨或者让妈妈生气，紧接着的故事也许就是让你们极喜欢的东西。

非常感谢你们给我寄体育杂志和书评。我虽然把他们都借给了在孤岛上呆着的爱好体育的人士，但会记得让他们还回来归档的。

今年夏天在西班牙我们有望痛快地钓钓鱼。很长时间了，像是去不了。但是，伯尼·利弗莱特给了我200美元预支稿费，这回又能去了。我希望这本书卖得好！我的其他作品都脱销了。不知谁偷了我的［巴黎版］《在我们这个时代》副本。我去出版社想另弄一本，发现几个月前就卖得一册不剩。

美国和德国都在同一时间商谈出我的书。许多东西已经在那里发表了。[3]

圣诞节前哈德莱挂号寄给你们的约翰［·邦姆比］的照片你们有没有收到？

我很高兴母亲在画画。我很有兴趣看看画作。假如她拍了画作的照片，我希望她寄给我一些副本。

希望你们冬安。这里是常规的4月天。

爱你们并祝你们好运。

欧尼

（此信藏肯尼迪图书馆）

[1]《医生夫妇》刊《跨大西洋评论》第二期（1924年12月）第497—501页。
[2]《本季》第1期（1925年5月）第110—128页。
[3] 刊《纵览》。见《海明威：作为艺术家的作家》（第4版）"著作目录检索"，普林斯顿大学出版社1972年版。

致贺拉斯·利弗莱特[1]

1925年3月31日，巴黎

亲爱的利弗莱特先生：

随函附上签了字的合同并一个新作短篇以取代你删掉的那篇审查

通不过的。

既然合同只提及删除之处，那我们当然明白，未经我同意不能更改作品保留的字句。这条既保护我，也保护你；因为此作紧凑、用心，一字之改就能让整个故事变调。我肯定你和 T. R. 史密斯先生 [利弗莱特编辑] 明白这一点。

本书没有一处不是有机整体的组成部分，每一处都有明确位置。假如什么时候我的文字显得重复，那自有理由。

至于淫秽内容，你和史密斯先生当知道什么是不可发表的淫秽文字，什么是可以的。你们比我更了解。我知道老话婊子养的无需删了。这可真是福音。

至于书本身好卖与否，我无论怎样看不出它是赔本的买卖。我想，假如不带激情地看待它，我看赌一把的机会还是有的。

真正的好书而又不卖座的，经典的例子有 E. E. 卡明斯的《庞然大屋》。不过，卡明斯的作品风格是没有读过多少“现代”作品的人无法懂的。为了卖，则卖家的运气难佳。我的书雅人看了赞赏，普通读者能看懂。我的作品没有什么读过高中的人看不懂的。

所以我说有 1/3 的机会。我在雷诺从不赌杰弗瑞斯输赢，也不赌卡彭提尔，更不因别的什么感情用事下注。

假如不是因淫秽文字（假如有的话）而有可能有必要删节，那么就会破坏有机的整体，使之支离破碎。如此，没人会赞扬这部作品，也没人要读它。我之所以提到这点，是因为此地有报道说某些东西要被删除，因为它们似乎与故事不相干。也许这话不是空穴来风。

这篇新东西会给书大大增色的，是我写得最好的东西，会让书更有机连贯。

你删的是第二个短篇——《在密歇根州北部》。接着的三个短篇各往前挪一步。这个新的——《拳击家》——取代目前的——《三天大风》。

我不需要跟你说伯尼 · 利弗莱特出我的书我有多高兴。我希望自己成为公司的财产。这要看我们双方的努力。

请尽快把清样给我。

致敬！

诚挚的，

欧内斯特·海明威

附件：签字协议

新编索引显示新作位置

短篇题目

《拳击家》

~~《了不起的小战斗机器》~~

（此信路易斯·亨利·科恩专藏）

[1] 海明威致利弗莱特书信保存下来的这是第一封；其他信件的发出日期为1925年5月11日、15日、22日；6月21日和12月7日以及1926年1月19日。其中除了一封外，余者都由路易斯·亨利·科恩收藏，弗吉尼亚大学并誊录抄件。此处省略的是1925年3月2日和3月5日海明威致莱昂·弗莱希曼的信。3月2日海明威报告收到2月22日及23日洛布和斯蒂瓦特的电报，电文说《在我们这个时代》被采用了；3月5日他又报告说当日上午收到利弗莱特电报，主动要出他的书，还预支200美元稿费。同一天海明威回电表示接受。致弗莱希曼的信复印件出现于《在他们那个时代：1920—1940》（密歇根州布鲁姆菲尔德西尔斯出版社，1977）第38页。

致麦克斯威尔·帕金斯[1]

1925年4月15日，巴黎

亲爱的帕金斯先生：

从奥地利回来即收到你2月26日的信并随信附的前一封信的副本。不幸的是，我从未收到你前一封信。你信到来之前十天，我收到伯尼·利弗莱特的电报，主动提出秋天出一本我的短篇小说集。他们让我电复，我同意了。

我当时很激动地等着收你的信，可又不知能做些什么，直到看到伯尼·利弗莱特的合同。根据合同条款，他们有权选择我今后三本书里的一本，并同意收到稿子后60天内出版第二本，否则选择权当即失效；假如他们不出第二本，则连第三本的选择权一并放弃。

事情就是这样。我无法跟你说收到你的信我有多高兴。你一定知道我多愿把今年秋天即出的那本书的稿子寄给斯科瑞布纳公司。为了让人知道你家，上《名人手册》似乎近乎值。

我要你知道我有多感谢你来信。假如哪天准备好寄给你稿子让你考虑，我当然会做的。

我希望有一天能写出多提的《沙漠阿拉伯》那样的关于斗牛的书，一本带有美妙插图的大书。[2]不过，一个人要想夏天去西班牙晒太阳并写出经典作品，得省一个冬天的钱。我总听人说，悠着点。我不怎么在意写长篇。我喜欢写短篇小说并且我喜欢在那本斗牛书上下功夫。因此，无论如何，对出版商而言，我的前景并不好。长篇小说在我看来很做作，形式也太人为。如今有些短篇都近 8 000 到 12 000 字长了；也许我能写那般长也未可知。

［巴黎版］《在我们这个时代》脱销了。我自己也想买一本留着，可我听说现在很值钱。兴许你难买这本书就是因为此。我很高兴你喜欢它。再次谢谢你跟我约书稿。

非常诚挚的，

欧内斯特·海明威

（此信藏普林斯顿大学图书馆）

[1] 这是海明威致麦克斯威尔·帕金斯（1884—1947）的第一封信。此人自1926年起成为查尔斯·斯科瑞布纳公司海明威作品的编辑。见司各特·伯格《麦克斯·帕金斯：天才作家们的编辑》（纽约，1978）。

[2] 此早期想法日后成为《死在午后》（纽约，1932）。

致约翰·多斯·帕索斯[1]

1925 年 4 月 22 日，巴黎

亲爱的多斯：

曾收到过唐［·斯蒂瓦特］一封来信，他把你的地址给了我。我把这封信弄丢了，所以没法写信。耶稣啊，我真希望你在这里，我们喝个一醉方休，就像我现在这样。最近经常醉酒。我不知道是你一直想要这书［《在我们这个时代》］，居然还真越洋弄到了。你是个好人，多斯。我真希望你在这里。基督知道我欣赏你而舍伍德［安德森］却在妨碍我们。我4月1日前后把签了字的合同寄回利弗莱特公司了，他们说给我寄200美元，还没收到呢。也没有收到他们的回信。

一位叫乔治·考夫曼夫人的在这里，她说他们要删掉《印第安人营地》那篇，删掉《在我们这个时代》章节。耶稣啊我听到后感觉像挨了枪子儿。当然不能删，因为我的作品很紧凑很瓷实，每一环都相扣；一删就像往屎坑里打枪。

没什么让人不安的东西，一样也没有。

他们让我拿掉《在密歇根州北部》那篇，因为小说里的姑娘太粗俗。我给他们寄了篇醉人的新故事，主人公是尼克，一个一文不名的拳击手。还有一个莽汉故事叫《拳击家》——随《在密歇根州北部》后的三个短篇各往前挪一位置。这篇就是第5篇了。全书这样安排——第一章《印第安人营地》；第二章《医生夫妇》；第三章《了却一段情》；第四章《三天大风》；第五章《拳击家》；第六章《一篇很短的故事》；第七章《军人之家》……

《拳击家》真是醉人的故事，比《在密歇根州北部》好，尽管我总是喜欢《在密歇根州北部》，虽然某些人不喜欢。假如它的名字叫《爱荷华的路》，又假如某场景改成大家伙儿一块烤玉米，［L. H.］门肯会出版它的。

啊，我每天早上7点像个婊子养的那样开始干活，否则良心不安。晚上痛喝酒。我写了篇12 000字的斗牛故事，把一切都弄成狂欢了。另有一篇也写得顺利。假如酒喝得好又良心足够不安，无疑能写完。

现在正值夏日好天气。我早早干活，这样整个白天就能外出了。

《纵览》把那篇斗牛的故事翻译成了德文发表，毕加索为故事场景配了插图。[2]这本杂志也正准备出版我的黄诗一组，帕欣插图。你有什么黄色诗作愿让我署名吗？耶稣啊，我真希望你在这儿写几首美好的色情诗，因为目前这是我唯一的收入来源。哈德莱也在展示才华。我想这本诗作应署名C. U.夫人和A. M.海明威先生。两首诗得650

法郎。两首四行一首的诗每首得80法郎。干吗要参加全国诗歌比赛。

《纵览》杂志给我订单，让我每个月给他们点东西。他们目前挣着大钱。我从弗莱希特海姆那儿得到委托，让我写一本关于斗牛的书——弗莱希特海姆是个迷人的西班牙犹太人，25岁，是个斗牛迷——他认识董贝塔、维森特·帕斯托等人——他们要出一系列书。[3]插图是毕加索、格瑞斯等人在做。另外还有摄影当插图。他们已经做了拳击和关于马的书。

所以，这些都有小助。为容克们感谢上帝。正考虑为兴登堡作全国巡回演说。假如他们复辟了君主制，我很有机会当桂冠诗人。要知道艾略特在英国写作就是为了这个。布里吉斯先生和艾略特先生我要你们见见多斯·帕索斯先生及海明威先生。斯蒂瓦特先生，先生们。很高兴见到你，斯蒂瓦特先生。我们桂冠诗人得保持团结。唐写作了他喝酒了你死了。谁不得已把那廉价的讲师放到他的位置上。他声称自己是酒徒。记得他在庞朴罗纳是怎么吐得一地吗？狗屎。

真希望你在这里一起喝酒。有一个姑娘名叫哈德莱，她显示了不得了的酒量；她要见你。

你来吗？书怎么样了？天啊，我希望唐能用电影和《疯子傻瓜》[4]挣钱。他对《怜悯》和《冷嘲》似乎很有怨言。这《怜悯》和《冷嘲》是怎么回事？从未听说。

写到这里吧。哈德莱问候你。

你的

海明威

别让他们删。告诉利弗莱特别当该死的傻瓜。

(此信藏弗吉尼亚大学图书馆)

[1] 海明威和多斯·帕索斯(1896—1970)1918年在意大利初次见面，1922年在巴黎再续友谊。

[2]《斗牛》发表于《纵览》第5期(1925年夏和1925年7月)。

[3] 关于始于1920年的柏林杂志《纵览》的创办人阿尔弗瑞德·弗莱希特海姆，见尼古拉斯·于斯特《海明威和名不见经传的杂志》(马萨诸塞州巴尔出版社，1968)。

[4] 关于唐纳德·奥格登·斯蒂瓦特《疯子傻瓜》(1925)，见《太阳照常升起》第12章《怜悯》《冷嘲》段落。

此信及下列致多斯·帕索斯的信经伊丽莎白·多斯·帕索斯和弗吉尼亚大学图书馆手稿部多斯·帕索斯专藏允许在此发表。

致贺拉斯·利弗莱特

1925 年 5 月 11 日，巴黎

亲爱的利弗莱特：

3 月 31 日我寄你一封挂号信，并附上签了字的你寄给我的合同和一个短篇新作，取代你要从我的书《在我们这个时代》里删掉的那篇以通过审查。你同意收到合同后给我寄预支版税 200 美元支票。

我迄今未收到你确认收到我的信的音讯，也没收到支票，尽管你 4 月 14 日前一定收到了我的信。5 月 2 日纽约来的邮件我都收到了。

在你寄来的合同里没有提外文版权的事。莱昂·弗莱希曼先生（你在此地的代表）和近期跟你签约的哈罗德·洛布先生明确跟我说没有必要提外文版权，因为那都属于我。

我希望你书面确认这一点，表明我的书外文翻译版权全然是我的财产；我有权随机跟人协商处置它们。我想你不会反对此。假如你寄我副本，我会在一份上签字并寄回给你备案。

致敬！

非常诚挚的，

海明威

（此信路易斯·亨利·科恩专藏）

致贺拉斯·利弗莱特

1925 年 5 月 15 日，巴黎

亲爱的利弗莱特先生：

非常感谢你 5 月 1 日的来信，谢谢你寄来的支票。因为没有你的音讯我有点着急，于是几天前写了张便条，你无疑收到了。

之所以一开始就提及狗娘养的是因为在哈罗德·洛布的书［《小玩意儿》］里看见了它。自那以后我见过司各特·菲茨杰拉德上一本书［《了不起的盖茨比》］。想来就这么样了，人们并不在意这字眼印在书上。

我很高兴你喜欢那个新短篇［《拳击家》］，渴望看见清样。现在谈修改还早，等我看见那些地方你们让我改吧。只要你们不压缩，我并不想压掉什么。

我极崇拜你的建设能力，对你的添砖加瓦能力也极有信心。每隔一阵子说些不言自明的事不用说显然是好的。舍伍德·安德森写信告诉我说他现在投奔了你，我很高兴听到这个消息。他倒也配你给他出书。

下个月后半段我们打算去西班牙。我很想走之前把一校清样弄定。那儿政府部门的集邮者总想偷你的信。我记得有一次在那儿发现邮局把杂志撕开，裁了许多画片下来，贴在发报机上方的墙上。

你什么时候跟我们一起去那儿吧。［罗伯特·］本奇莱和唐·斯蒂瓦特等一帮人今年要去呢。等我有了钱我带你豪游西班牙，这样就可以少交点个人所得税了。

再次感谢你的信和支票。

永远的你的，

欧内斯特·海明威

（此信藏普林斯顿大学图书馆）

致贺拉斯·利弗莱特

1925 年 5 月 22 日，巴黎

亲爱的利弗莱特先生：

我今天把清样寄回给你，邮件上已注明明天跟“毛里塔尼亚”号海上走，连同这封信。用不了几天你就能收到了。

这次给短篇小说排的版真漂亮，我很喜欢它们的模样，要校之页也不多。我已写信给［曼纽尔·］康姆罗夫先生关于各章斜体字字头太黑的问题。这些字完全误起了强调作用，样子也蠢；每次上方用字框也并非本意。

你会看出我修改了《艾略特夫妇》的那篇，完全删除了淫秽意象。因为整个故事不断重复如下字眼："他们想尽办法要生一个孩子"，我于是就那只船和巴黎加了点东西以接上旧韵，保持小说的有趣成分。为了使故事成为一个整体，重复之字眼是不得已的。

真是耻辱啊，得修改作品。不过，你说了，只因为一个短篇里的几处有趣的话就压缩全书第一卷有点愚蠢。既然你删了，我就又润色了一下。你能否征求各路意见保证它不再被压缩？一个短篇被删了活力部分后再被压缩就更糟了。

简·希普原封不动发表了它，并没有惹麻烦。任何没有读过原作的人倒可能觉得滑稽了，而不是感觉危险。不过记住，我同意你删的部分，并把这些文字弄得更温和了；由你裁定。对我而言此作没有什么大不了的，我愿为你修改它。

编辑全书的人很有智慧，大部分句读的修改我表示同意。我不同意之处则改回原样了。我对句读的态度是，能常规则常规。假如槌球的棰子和台球杆被允许放到果岭来玩儿，那高尔夫球比赛要逊色多了。某个工具你如果有资格用来自我完善，那你得向人展示你比别人高明的多。不过，别让这话给过了一遍句读校样的人灵感从而再采取行动，因为现在没问题了。看上去卷面很好了。

重读一过，觉得比记忆中那本书要好。不是自我膨胀，因为每隔一段时间再读，我就奇怪自己怎么写得出如此醉人的故事。

急切地等着读清样，请尽快。

致敬，

非常诚挚的，

欧内斯特·海明威

（此信路易斯·亨利·科恩专藏）

致舍伍德·安德森

1925年5月23日，巴黎

亲爱的舍伍德：

真抱歉这么久没给你写信。我当然感谢你把我的书安排给利弗莱特出版。多斯·帕索斯来信说我收到葛特鲁德·斯坦因转来的你的信之前你就安排了。

是的，也许关于《许许多多的婚姻》[1]我的想法错了。等我有工夫再细读一遍。读连载真是件苦事。无论怎样，一切评论都是狗屎。除了你自己，没有人懂得作品的什么。上帝知道拿钱对事物表示态度的人是什么东西，职业评论家让我恶心。他们是追随文学阵营的太监。他们连妓女都不愿当，美德得很，都不会生育。出发点都那么美好高尚。但是，他们都是阵营的追随者。

上次见面以来，我拼命写作，同时过得也很愉快。等你和伊丽莎白[2]来，我们一起去西班牙看斗牛。我从公牛和斗牛的人群里得了些灵感，可还不知是什么。不管怎样，在下一本书我会展现全部所知，或者很大一部分所知。我真愿有足够的钱让我养牛。不过，我永远也不会有钱。连夏天去那里跟他们厮混都得拼命挣钱才得行。

我真的很高兴你去找利弗莱特。我不善写信，所以无法表达我有多感激你让人把我的东西发表了。这意味着许多东西。你得先发表，这才能给你支撑。就其他方面，这也意味着很多东西。

哈德莱很好。我们一如既往相爱相知。现在有了个孩子，他开始说话了，也能跟我一起走着去咖啡馆了。

葛特鲁德·斯坦因的书《美国人的诞生》真是好极了。你在《跨大西洋》里看见部分登出来的文字了吗？迈克阿尔蒙正准备出版它呢。[3]

一如既往问候你。我们都想见伊丽莎白。

你的

欧内斯特·海明威

(此信藏纽贝瑞图书馆)

[1] 安德森 1923 年的小说。

[2] 伊丽莎白·普拉尔,安德森第三任妻子,1924 年娶的。

[3] 见唐纳德·G. 盖勒普《〈美国人的诞生〉的诞生》,刊《新版权页》(纽约,1950)第 54—74 页。

致麦克斯威尔·帕金斯

1925 年 6 月 9 日,巴黎

亲爱的帕金斯先生:

我无法表达有多感谢你给我寄[巴黎版]《在我们这个时代》样书。人偶有的非常快乐的事情之一就是拿到样书;无论何时想起来都有好感觉。非常感谢你。

现在我又得了一本,随函把它寄给你。司各特·菲茨杰拉德住在此地,我们经常见到他。我们一起快乐地旅行,开着他的车从里昂穿越黄金海岸。[1]我读了他的《了不起的盖茨比》[1925 年],认为这是绝对一流的书。希望它顺利。

再次感谢你寄来小书。向你致敬!

你的诚挚的,

欧内斯特·海明威

(普林斯顿大学图书馆)

[1] 见《流动的盛宴》(纽约,1964)第 154—176 页。

致贺拉斯·利弗莱特

1925 年 6 月 21 日,巴黎

亲爱的利弗莱特先生:

就文集问题,我同意你的看法。首先我已拒绝授权两个短篇并且已经告诉[伊万·]彼得,他是替福特处理这件事的人。他得整个地跟你谈。

一个短篇对我的书不会构成伤害，也许还有助益。尤其是这个短篇才 5 页长。彼得拿着你的信来找过我，说是他会给你写信要《医生夫妇》的授权。

你觉得给的钱好你就授权吧。我不想得罪福特，因为他很有可能给我发一篇价值 25 美元的评论——实际上已经发了。你可以把我的稿费免了。

我们下周去西班牙。唐·斯蒂瓦特现在此地。我们一起去那儿见本奇莱。我是个芝加哥来的乡下小子，不懂如何从作家身上捞点什么。迄今为止，我只懂得如何从出版人那里捞点什么。下一步我要捞点钱，以便扮演捞作家的角色。接着可以拍点照片——海明威——被贺拉斯·利弗莱特捞之前和捞之后——然后把它们放进相框连同类似展品，我该能从作家那里捞取资本，快得如同我能让他们捂紧钱包。

我自然不介意任何文集收我的作品。我只希望它们按我写的样子发表，并付报酬。从《跨大西洋评论》选文章结集相当于给他们两次稿子，于我一点乐子都没有，尤其是自称“戴尔出版社”的来复制。我现在不愿与福特为伍。他够不喜欢我的了，只有强打精神他才会喜欢我的作品。我不想让他停止强打精神。

忠实于你的

欧内斯特·海明威

（此信路易斯·亨利·科恩专藏）

致哈罗德·洛布

1925 年 6 月 21 日，巴黎

亲爱的哈罗德：

我那个婊子养的编辑[1]两度给我打了 X。他明天来——也就是说 6 月 22 日星期一来——所以我们得到周三早上或周四晚上才能出门。

我会给你打电报的。帕特和达夫[2]也会来。帕特去苏格兰是为了钓鱼竿，达夫去英格兰是为了钱。就我所知达夫没带仙话里的小人儿跟她一起旅行，你不妨安排一群当地的仙话小人儿到火车站接她，带一束雏菊花环，如此，“方位”过渡就不那么突然了。

我在这里跟唐·斯蒂瓦特一起过得很愉快，感觉就像百万富翁。唐要去庞朴罗纳，鲍勃·本奇莱也去。庞朴罗纳之行一定不错。每天，钓鱼活动被砍掉我感觉很不好——不过，无论如何我们就要有一个星期的美好日子了。哈德莱和我的日子安排得都紧凑，我们过得很不错。我从奥地利回来后感觉不那样好了。再见。哈德莱问候你。

你的，

欧内斯特

我们会明白你的意图的。

我们会写个便条给宝琳［·费佛］，告之你有邮件来。我们还能为你做点别的吗？

去见科瑞布斯·弗瑞恩德，说我们要去钓鱼。

我的斗牛小说第一个连载15页刊这个月的《纵览》。

你的，

E.

鲍勃·迈克阿尔蒙写信讲他跟基蒂［·嘉奈尔］在伦敦去剧场看戏。我已经写信并汇款订了庞朴罗纳的票。保罗·费舍尔也许会来。我们的节目很醉人的。我想没别的消息了。我过得很愉快，感觉喜欢写作了。基督啊，我但愿这残酷的编辑别来。这一周旺季我给他们找房子可难了。

(此信藏普林斯顿大学图书馆)

[1] 可能是伯尼·利弗莱特的莱昂·弗莱希曼。

[2] 达夫·特维斯登和帕特·葛斯瑞。他们日后成为《太阳照常升起》里的布瑞特·阿什利和迈克·坎贝尔。达夫乳名玛丽·达夫·斯特林·拜伦，1893年生于约克郡，1938年去世。罗杰·威廉·特维斯登爵士，第十代男爵，生于1894年，1934年去世。

致厄内斯特·沃尔什

1925 年 6 月 25 日，巴黎

亲爱的厄内斯特：

乔伊斯昨晚遍发信问人《本季》的情况，并问他该把稿子寄给谁。这份稿子 10 天内能完成。你给他写封信好吗？就说你在等他的稿子等等。

你的信可以请莎士比亚书店收转，假如你没有他的地址。我通过西尔维亚［·毕奇］捎口信让他寄稿子到圣昂纳路 338 号。

永远的你的，

欧内斯特

我们在打点行李。猫咪［羽毛妞］担心我们一去不回，早早就在院子里等着了。

（此信藏弗吉尼亚大学图书馆）

致 F. 司各特·菲茨杰拉德[1]

1925 年 7 月 1 日，西班牙布尔盖特

亲爱的司各特：

明天我们去庞朴罗纳。在这里钓鱼呢。你好吗？泽尔达好吗？

我最近感觉比以往任何时候都好——自我离开巴黎之后除了葡萄酒，别的什么酒也没喝。上帝啊，这儿乡野真美好。不过，你不喜欢乡野。好吧，免去对乡野的描述。我不知道你对天堂怎么看——一个美丽的真空，富裕的一夫一妻人群，能耐都大得很，都是名门望族的成员，一醉到死。地狱大概是丑陋的真空，满是穷人，群婚群居，没有酒或者都有慢性胃病，他们称之为“秘密的忧伤”。

对我来讲，天堂就是一个大斗牛场，我拥有两个前排座位；场外有一条鲑鳟鱼小溪，别人不许在里面垂钓；城里有两座可爱的房

子：一座住我老婆和孩子，一夫一妻制，好好地珍爱他们；另一座安置九个美丽的情妇在九层楼的每一层；一座房子里点缀有《戴尔》的专藏本，印在软餐巾纸上，每层厕所里储放；另一座房子我们用《美利坚墨丘利》和《新共和》。另外，庞朴罗纳有个不错的教堂之类，我可以去，一路从这座房子忏悔到那座房子。我可以和儿子骑马到我养斗牛的牧场，名字是哈先达·哈德莱。沿路我向住在两旁的所有的私生子投掷硬币。我在哈先达牧场写作，并派我儿子去给情妇们上贞洁带，因为有人骑马来报信说看见臭名昭著的一夫一妻主张者菲茨杰拉德一路骑来，朝着晃荡喝酒的人群聚首的小城而去。

明天一早我们终究是要进城的。写信给我到西班牙庞朴罗纳昆塔那旅馆。

你或者不喜欢写信？我喜欢写信，因为写信让我感觉不在工作而又没有无所事事，很醉人。

再见。我们俩问候泽尔达。

你的，

欧内斯特

（此信藏普林斯顿大学图书馆）

[1] 菲茨杰拉德（1896—1940）1925 年 5 月在巴黎丁哥酒吧初遇海明威。见《流动的盛宴》（纽约，1964）第 149 页及其后。

此信及下列致菲茨杰拉德诸信经普林斯顿大学俯允在此刊用。

致哈罗德·洛布

1925 年 7 月 12 日，西班牙

亲爱的哈罗德：

昨晚我太小气太不像话。我不想让你在狂欢节的末了带着那让人恶心的粗鲁脏话离开。[1]我希望自己能抹掉一切恶德性，但又觉得抹不掉。这纸信是想让你知道我对自己的行为彻底感到羞耻，对我说过的恶心不公正而又莫名其妙的话感到羞耻。

再见并祝好运。希望能不久再见，并相处和好。

你的，

欧内斯特

(此信藏普利斯顿大学图书馆)

[1] 这是海明威在庞朴罗纳跟洛布吵架后第二天早上写的便条。见洛布《本来如此》(纽约，1959)第 295—297 页；卡洛斯·贝克《海明威传》(纽约，1969)第 150—151 页；《太阳照常升起》(纽约，1926)第 17 章。

致葛特鲁德·斯坦因和艾丽丝·B. 托克拉斯

1925 年 7 月 15 日，马德里

亲爱的朋友们：

我们过得很愉快。天气不太热。见了老相识贝尔蒙特。他也过得不坏。他让人把一头公牛献给了我们；哈德莱得了一只牛耳，把它包在手绢里；谢天谢地，那手绢是唐·斯蒂瓦特的。我告诉她该把牛耳扔掉或者切成片随信寄给圣路易斯的朋友们。她就是舍不得丢，牛耳安然无恙。

马德里现在很不错。膳宿公寓不错，房间也不错，每天 10 个比塞塔。人们重新侍弄了草坪——也许是鲍勃·迈克阿尔蒙提意见了；现在草坪很好。哈德莱在草坪上，等我写完信我也去。昨晚我们夜游；今天下午又是一场大型斗牛，赛手是弗瑞-维拉埃塔、利特里和尼诺·德·拉·帕尔玛。后两人是新起之秀。尼诺跟贝尔蒙特手牵手显出贝氏很廉价。他做的动作都是贝尔蒙特也做的，但比贝做得好——还逗他——拿腔拿调、节拍笨拙之类。随后他独自走出来，任何花样都不摆弄——文雅、谦虚，手里拿着帽子，缓慢而顺滑——还有精致的短标枪；开始 5 个自然动作，用的是斗牛红布——最后几个漂亮完整的动作相连接，接着完美地把牛杀了。

他来自隆达，西班牙人人对他着魔——当然除了那些不能容忍他的人。然而，就这样，他在马德里首次亮相的时候，他们还是整夜排队等着看。我们见了他 4 次，在瓦伦西亚还要见他 4 次。他把帽子给哈德莱拿着之类的动作很灵验，哈德莱不担心邦姆比了。玛丽［·罗尔巴赫］写道，他的精神面貌很好，跟所有的孩子都能玩好，总是很健谈。

校样怎么样？你们最近钓鱼了吗？

我们发现去年找到的满是鲑鳟鱼的最佳小溪被伐木及顺流运输木头之举毁了——所有的池塘都给清干了——鲑鳟鱼也都死了。21号我们去瓦伦西亚，在那儿一直呆到8月2日，最后一站。我们坐三等舱旅行，不很贵，也很好玩。有一个孩子从庞朴罗纳来，他父亲是塔法拉附近的葡萄酒酿酒商，把大桶大桶的样品拿到马德里去卖。当然，大家互相让酒喝；他灵感一动，一桶一桶打开；三个包厢，包括两名牧师和四名国民卫队队员喝得吃紧，不幸包括我自己。我要么是把票丢了，要么就是给人了。临近马德里，我越来越着急；越近越急。然而，国民卫队的人把我们带进去，根本不要票。这是我有生以来参加过的最佳聚会。只有西班牙人才会这样。哈德莱和牧师讲拉丁语。很好听。

我们都问候你们

永远的你的

海明威

（此信藏耶鲁大学）

致 C.E. 海明威大夫

1925年8月20日，巴黎

亲爱的爸爸：

谢谢寄给我《国际书评》、《森林与溪流》，谢谢你给我写这么好的信。昨天刚从西班牙回来。此次旅行好极。几乎每天都游泳。这些天日夜工作，写长篇［《太阳照常升起》］写了60 000字。还有15 000字要写。给你写完信后就又要开始写这东西。

伯尼·利弗莱特把我的书［《在我们这个时代》］的护封寄来

了，看上去很好。

今年夏天我们钓鱼运气不佳。去年夏天钓到那么多鱼的美妙小溪被伐木给毁了。鱼死了；池塘也被毁了；堤坝断了。让我感到不舒服。

看了 24 场斗牛，几度进斗牛场。

过海峡［麦吉诺海峡］一定很好玩。摩托车越野快得很。

明年夏天我们也想来。哈德莱和我想去苏必利尔湖北岸的一条小鲑鳟鱼溪流野营露宿。我们可以带着装备从温德米尔去往苏城，然后在那一带活动。我在想是不是去斯蒂尔河。

我的两条腿都在经常烦我。我想到 40 岁前后能不能健康走路都是事，假如不好好护理的话。

很高兴母亲在画画，她喜欢就好。我没见过她的作品。莱塞斯特学会打鱼了真好。我不知道生活里还有什么比这个更有趣。我今年很怀念钓鱼。

很不好意思，我不常写信。太忙，忙着两个活儿；并且一直在西班牙周围转。我曾给你写信起了个头，在庞朴罗纳给妈写信也起了个头，可是一直没写完。我们去了瓦伦西亚、马德里、撒拉戈莎和圣塞巴斯蒂安。就写到这里。祝你们好运，问候所有乡亲。永远祝福你们。

你的，

欧尼

问候厄拉［厄苏拉］。告诉她我会写信给她的。我们行将被迫离开这里［圣母院路 113 号］，如果地址有变化我会通知你们的。

（此信藏肯尼迪图书馆）

致厄内斯特·沃尔什

约 1925 年 9 月 15 日，巴黎

亲爱的厄内斯特：

我们在战争期间常停在米兰来克莫河边的贝拉吉奥度周末。可

是，我不记得那些酒吧的名字了。拉戈马吉奥街上的斯特勒撒酒吧总是我较喜欢去的地方。此外还有拉戈迪加尔达街上的赛米奥尼。我想你也知道这两家。拉戈马吉奥街的帕兰扎也不错。斯特勒撒是个可爱的地方，至少从前是的。别再给意大利打保票。

柯尔蒂纳达姆佩佐坐落于世上最醉人的乡野。这里的人好，广场也好。我们曾经在那里度过一个冬末，在贝勒维旅馆。东家是留吉梅纳德。这是我所知最可爱的乡下。我们今年冬天打算去那儿滑雪，假如一切都顺利的话。

我写完了一个长篇——得花整个冬天重看一遍并把它打出来。盖普看样子是个不怎么样的地方。我想继续徒步旅行，让我的头脑恢复正常。我身心疲惫；写完这本书后又开始酗酒。能喝海量威士忌而不醉，因为我的脑子太累。还每天在塞纳河里游泳。比缅因州海岸要冷。无法继续徒步旅行了，因为我的右脚韧带裂了。希望它不久康复。不喜欢在城里浪费秋色。哈德莱不能去，因为邦姆比刚回来。这个小城没有男人是我愿意带着上街走走的，又不愿带任何女孩子，因为我讨厌感情纠葛、私生子和赡养费。因此，可能会自己去。可是，我内心是如此的孤独，极希望有人跟我一起走走。兴许走过关口去奥斯塔，看看整个意大利的状况。也愿去威尼斯小小地猎艳；去康帕利餐厅吃顿好饭；在维森撒找个我知道的最好的旅馆睡上一觉；然后散步去斯奇奥和热克阿洛，在巴萨诺过一夜，再去戈拉帕、蒙蒂佩尔迪卡和阿撒罗尼爬山——没有战争的话多醉人。不过，在意大利你得有个姑娘相陪。啊见鬼去吧这一切。我把意大利埋葬了；一有机会她就变得恶心，为什么又将她挖掘出来说道。

给我写信报告消息并告诉我你的地址。替我们问候摩尔海德小姐。

永远的你的，

欧内斯特

请用“保证信托”的地址，因为这里的人老偷信件。

（此信藏弗吉尼亚大学图书馆）

致伊瑟尔·摩尔海德和厄内斯特·沃尔什

1925 年 11 月 30 日，巴黎

亲爱的摩尔海德小姐和厄内斯特：

我遵嘱寄回校样。只改动了 4 处措辞和 61 处排版错误如 had 里少了 h，much 里少了 h，you 里少了 u 以及漏字等等。

所以，别把我看成乔伊斯那样，每次清样寄来就重写整个故事。

重读［《没有被斗败的人》］一遍，有许多地方我想改动，但还是只字未改，除了那头神气十足的公牛的碑文上的数字。手稿上的数字写错了。

我收到了厄内斯特上封信，未及回信；因为哈德莱卧病在床一个礼拜，同时我又忙得要死。[1] 我会写一封长信的。我们打算 12 月 15 日去奥地利。到时写信请寄如下地址：奥地利福拉尔贝格州施伦斯市鸽子酒店。

《本季》能出来我自然激动。它该是个大数目。

问候你俩，

欧内斯特

（此信藏弗吉尼亚大学图书馆）

[1] 海明威当时一直在写《春潮》（纽约，1926），此作讽刺舍伍德·安德森。他在送唐·卡洛斯·古菲的样书上写道（没有日期）：他是一个周五开始写它的，次周四完成，正赶上感恩节。那么，此作写作时间该是 11 月 20—26 日共七天。海明威 1926 年 6 月 29 日致伊西多尔·施耐德的信（本书未收）说此作用了六天时间而不是十天。见麦休·J. 布鲁克里和小 C. E. 弗瑞泽-克拉克编《拍卖行里的海明威物件》（密歇根州布鲁姆菲尔德西尔斯出版社，1973）第 41 页，第 116 页。

致伊萨贝尔·西蒙斯·戈多尔芬

1925 年 12 月 3 日，巴黎

最亲爱的伊丝：

收到你如此醉人的信。你有权要我们俩的脑袋。哈德莱和我在西班牙的时候钱花得精光，在你婚礼那天都没能发封电报给你和弗朗西斯。[1]自那以后我们常谈送个什么礼物，哈德莱的计划如此醉人，以致你什么礼物也没得到。真不好意思。不过，我对上帝保证我们会弥补上的。

你和弗瑞斯科都喜欢这本书，我真太高兴了。剪报室给我寄来五十来篇评论，我猜书行销得不错。看见《新共和》11 月 25 日［保罗］·罗森菲尔德写的评论，很说好话，等等等等，但还是足以令你恶心，竟然要读这样的劳什子。

老是没恰当地记住你是个结了婚的女人，不知该如何确切地称呼你已婚的人儿。很高兴你嫁了个好人。谈起妻妾的话题，尤其不好说，既然你现在是结了婚的女人。你问到了，那么我就回答：你的位置仍然敞开着，给你留着呢，今后还将留着；我看看谁会来僭越。一周后我们去奥地利。那里的地址：奥地利福拉尔贝格州施伦斯市鸽子酒店。看在上帝的分上，写信给我。在施鲁恩斯收到一封信抵别的地方的四封信；收到你的一封信，抵他人的八封信。

我写完了一本好玩的书。[2]后天重打的稿子来了之后就海运寄往纽约。天啊伊丝，我多希望你跟我们一起去奥地利。醉人的滑雪。美丽的小城，也就柯尔蒂纳那么大。多斯·帕索斯也去。在多斯和唐·斯蒂瓦特以及另几个家伙之间，哈德莱似乎更有可能有后宫，所以我希望你能来，帮我维护一点旧宫纪律。

哈米的地址是哪儿?

书写完后就没有收到家人的音信。终于有了本好玩的书。希望你也觉得好玩。并且是个反复修改了多次的长篇小说。我想让它成为一本很好的书。

春天我们去西班牙，5 月、6 月、7 月都在那儿过。8 月份回来过犹太人所谓“年半”。打算在密歇根过整个冬天。你得来，在这儿保留一个位置。我想不久能挣点钱了，骨子里感觉到的。出版商们纷纷来找我提意向。

想来家人正祈祷呢，琢磨就我刚出的书该对我说些什么。就好玩的那本，他们也有很多事情要祈祷呢。觉得他们不读的话会轻松些。

你的家人写信跟你怎么说我的书？橡树园的反应真醉人。

邦姆比声音嘶哑，身体像袖珍版的费尔堡。哈德莱现在好了。前儿得了流感，在床上躺了一周。她现在忙着打点行李收拾东西，否则会给你写信。我们在西班牙期间，邦姆比在布瑞塔尼跟玛丽［·罗尔巴赫］，把英语都丢了；总是满口法语。我们出去散步，他会说“爸爸！找辆汽车”。他的嗓音低沉；管他的保姆叫母鸡玛丽。他现在说话用五个单词造句。发现所有的床下面都有狮子；于是追逐，用一个旧螺丝刀歼灭之。杀一个就说一声：“爸爸，小狮子在这儿！”他的 lint 发音时一如 lie 或者 lye。狮狮是他唯一的英文单词了。

天，我真高兴你喜欢这书。我知道弗瑞斯科是只佳鸟。问候他；我们三人都问候你们。

爱你的，

欧尼

（此信藏普林斯顿大学图书馆）

[1] 伊萨贝尔 1925 年 7 月 25 日嫁给了教授经典著作的 R. B. 戈多尔芬，此人外号弗瑞斯科。

[2]《春潮》由斯科瑞布纳出版（纽约，1926）。

致贺拉斯·利弗莱特

1925 年 12 月 7 日，巴黎

亲爱的利弗莱特先生：

我随此信寄上我的新书《春潮》的手稿，明天就能上“毛里塔尼亚”号上路了。司各特·菲茨杰拉德读了手稿，很是激动，说是要写信给你谈谈这本书；我不知道他写了没有。

这本书不是我迄今称之为《太阳照常升起》的那本长篇小说；那本我还在重写，会写一整个冬天。

如你所知，英语小说的黄金时代菲尔丁写了他的讽刺小说应对理查逊的小说。《约瑟夫·安德鲁斯》是这样被塑造来戏仿理查逊的《帕梅拉》的。现在，这两本书都成了经典。很久以来我都听到各路批评家哀叹美国缺少讽刺作家。也许你读了这本书之后就会觉得他们没有什么可哀叹的了。

路易斯·布鲁姆菲尔德也读过这手稿，说他认为这是他读过的最好玩的书之一，是完美的美国讽刺作品。

在实际层面，我觉得这本书当滑稽书长短正合适。你不想要太长篇幅。你可以把它弄成整篇幅的一本书，就像多兰处理唐·斯蒂瓦特的作品。比［斯蒂瓦特］著《戏仿史纲》（1921）长五千字。页面安排恰到好处，留有批注空白，页尾有空间；全书分章节，每章排字头；作者的注用不同字体；字行安排得当能给你足够的篇幅出版一本大小合适的书。布鲁姆菲尔德说他认为足够长了。我希望你能找拉尔夫·巴顿来做插图。

你会看见，虽然这是个讽刺作品，但它的故事很动人；人物一直在行动，从未跑偏成为纯幻想和精神意义上的劳什子。干货满纸。幽默不是拉德纳式的幽默；也不是斯蒂瓦特或者本奇莱的幽默。此书自立在那儿呢。

假如你接受这本书，你就得宣传。《在我们这个时代》我没怎么成功，广告不足，封面简介太拥挤；假如每条介绍单独使用，皆成有价值的广告词；可是它们被放在一起了，把读者弄得自我防护意识很强。我知道你认为短篇小说不好卖，只是为了将来合作才出我的书的。不过，这本书会好卖的，得认真布置安排。书该在春天出来。

我能想到的你不愿出版此书的唯一理由是担心得罪舍伍德。我不认为自己有东西的人会被讽刺伤着。无论怎样，在公众眼里，把我和舍伍德区分开来对你有利。你可以把我俩放在同一屋檐下；接待完一个再侍弄另一个。

假如你接受这本书，我要求预支500美元稿费。这是表示愿为此书推广的最低保证。我该要1 000美元的；因为你拿到的书稿假如有拉尔夫·巴顿做插图、又如你那样知道怎样推广，可以卖20 000册。我情愿等版税，不愿让你觉得我想抢劫你。好玩的书是不容易得的。这本书有利的是可以先卖给读过《黑笑》［1925］的人；一旦开了头，就无法阻止它了。本书不仰仗安德森而自有魅力；不过开头还是需要那元素的。它也会引起足够的喧闹。读过安德森的人会强烈感觉到它——或者这样或者那样。我今后三个月的地址如下：

奥地利福拉尔贝格州施伦斯市鸽子酒店。

你能即刻告诉我对《春潮》所做的决定吗？万一你不愿出版它，我还有几家可以考虑呢。尽管如此，我还是希望你能出版它，因为这是本很好的书；你可以让我俩都挣到许多钱。

致敬！

永远的你的，
欧内斯特·海明威

（此信路易斯·亨利·科恩专藏）

致格瑞斯·豪尔·海明威

1925年12月14日，奥地利施鲁恩斯

亲爱的母亲：

祝贺你画画获得成功！谢谢你寄给我《新共和》的评论。[1]也谢谢你寄给我《大西洋月刊》上登的关于［舍伍德·］安德森著作的评论。[2]阿奇·麦克莱什是个非常聪明的人。他说出了我自己对《黑笑》的看法。所不同的是：我认为此书除了两三篇正经东西，别的都是做作的假货；阿奇客气，没有明说。能写出类似最后那句子的人不该写作。

我们给你寄了圣诞礼盒，是给全家人的。哈德莱12月10日邮寄的，走的是头等件。一个包裹寄往橡树园，一个包裹寄往底特律玛斯［玛赛琳］。希望圣诞节你们能收到。如果能收到你寄的书我会很高兴的。我这个地址可以用到3月份。3月下半月我们去里维埃拉见一些朋友［杰拉尔德和萨拉·墨菲］[3]，跟他们一起扬帆。然后从那儿去西班牙。9月回美国。

我有一架新相机，会把邦姆比的一些照片都寄给你。他现在跟着保姆［马蒂尔达·布劳恩］滑雪呢。我们12月1日到达这里的，2英尺厚的雪，零下14度，当然是摄氏度。我在拼命工作。上月在巴黎累倒了。又有一本书［《春潮》］脱稿交给了出版社。我拼命写作，没有时间运动，总是弄垮身体。咳嗽很厉害，体重下降等等。这里的山会治好这一切的。

这里的乡野很可爱。松树，村里绿白相间的房屋。我们认识小镇上的所有人。我每周参加扑克牌戏并且是滑雪俱乐部的成员。我们是小镇上唯有的外国人。这是学外语的好方式并且不受干扰。

宝琳·费佛[4]打算来这里过圣诞节。多斯·帕索斯为《哈珀斯》杂志得去摩洛哥，2月才能来。我们打算去慕尼黑，飞越阿尔卑斯，在山地最高处——在希尔维瑞塔降落——然后滑雪下山。这是今年才有的新花样；我们是第一批实践者。每人花费大约75马克。我们有5人要去。要坐的飞机是一架著名的德国战机。昨天哈德莱还滑雪来着。我还太虚弱，没去。今天感觉好多了。

我们都问候你和爸爸，问候孩子们。

永远的你的，

欧尼

《新共和》的评论多啰嗦。我仍然喜欢读这啰嗦。

（此信藏肯尼迪图书馆）

［1］保罗·罗森菲尔德论《在我们这个时代》刊《新共和》第45期（1925年11月25日）。罗森菲尔德把海明威的短篇小说同立体主义绘画作比较，发现它们都受安德森和斯坦因的影响。

［2］麦克莱什为《大西洋书架》评论《黑笑》刊1925年12月号。

［3］杰拉尔德（1888—1964）和萨拉·墨菲（1883—1975）有三个子女：昂娜丽雅（1917年生）、保斯（1919—1935）和帕特里克（1920—1937）。虽然没有指名道姓，老墨菲夫妇出现于《流动的盛宴》（纽约，1964）其中的一个章节，在第207—210页。参见卡尔文·汤姆金斯《好好活着就是最好的报复》（纽约，1971）相关人物记。

［4］宝琳1927年5月嫁给海明威。她于1895年7月22日出生在爱荷华州帕克斯堡。时正为巴黎版《时尚》杂志工作。1951年10月1日她在加利福尼亚突然去世。

致西尔维亚·毕奇

约1925年12月14日，施鲁恩斯

亲爱的西尔维亚：

我们都抱歉周五没能去你那道别。我因为该死的喉咙和发烧卧病。喉咙的问题现在减轻了。旅行过得很愉快。邦姆比整夜说话。他不能肯定我们已知道正坐着火车旅行呢，整夜叫喊：“爸爸！火车！”“妈妈！火车！”

这里很冷，也很舒服。镇子里的雪已经有2英尺厚了。哈德莱昨天滑雪了。明天我们都去滑雪。

[下面是哈德莱写的]

（此信藏普林斯顿大学图书馆）

致F.司各特·菲茨杰拉德

1925年12月15日，施鲁恩斯

亲爱的司各特：

我希望你和泽尔达身体又都好了。宝琳［·费佛］把书带来了吗？我给了她鲁登多夫、布瑞格·扬和法拉尔的《聚焦》。[1]我自己也患该死的嗓子疼；尤其是给他们（墨菲夫妇）大声朗读《春潮》全文之后。一整天没能说话，于是有此莽举。耶稣基督啊，有时我真想长大。我都疼了一周了，想一两天后总会好的。

我们旅行很愉快。小镇里没有别的外国人。我卧床养病、和当地人打台球、滑了两次雪但浑身无力，结果腿软，结果胆怯。哈德莱和邦姆比身体很好。从前打台球我总是让哈德莱200的，现在她同我势均力敌。

两天来一直下雪。雪有2英尺半厚。天冷，空气好而有些憋闷。

又见山景美好。

读了屠格涅夫的《父与子》和托马斯·曼的《布登勃鲁克一家》第一卷。《父与子》远不是他最好的作品。里面有些醉人的东西，但不会再像它被写出来的时候那样激动人心。对一本书来讲，这评论就够可以的了。

你对墨菲夫妇的评价是对的。他们是了不起的人。好人又这样的好。

《布登勃鲁克》真他妈是本好书。假如他是个大作家，该有多醉人。你想啊，一本1902年出版的书直到去年才有英文本；你对这样的人群就更尊敬不起来：这人群被《大街》、《巴比特》之类的书搅动，你的男友门肯［L. H. 门肯］闹腾的，就因为这些书偶然写了被滥用的美国场景。

你读过［纳特·汉桑的］《土地的成长》吗？那么，看在基督的分上，读读托姆·博伊[2]吧。

我想你该从写了能教你点东西的作品的所有人那里学习写作。然而，这些混蛋所做的一切却是学习某些具体的观念；具体的观念只在发明时才重要。就像我此刻突然发现了引力的规则那样。

想让我写一篇论题材的重要性的小论文？啊，你酸溜溜感觉自己没赶上战争，其原因是战争的题材是最好的题材。它最大限度集合材料，加速动作，能带出各种东西，这些东西通常得等一辈子才有。让《三个士兵》成为醉人的书的是战争。让《夜街》成为糟糕的书的是波士顿。[3]两本书其实写得都好。我能听见你说我讲得不对。也许我讲的是不对。你也许发现爱情也是个好题材。其他题材主要围绕钱转，富有啊，贫穷啊等等。还有贪婪。先生们，小子老师累了。无趣的题材我该说是阳痿。谋杀是好题材；所以下次写书时弄个醉人的谋杀情节，然后高枕无忧。

看在基督的分上别因为没赶上战争就沮丧；因为，作为整场表演，我并未从战争里看见什么或者得到什么有价值的东西；没有让我自己感动（这是廉价的浪漫观点），因为我那时年轻。多斯很走运，他两次参战，在两次战争之间成长。他的第一本书很糟糕。

你可别糟糕到不回此信。因为，在这里书信抵百万金。

问候泽尔达

永远的你的，

欧内斯特

你原计划让哈罗德·斯特恩两周内变好怎么样了？——这些年都过去了。

(此信藏普林斯顿大学图书馆)

[1] 约翰·法拉尔编《文学聚焦》(1924)。1925年他在乔治·H. 多兰出版公司当编辑。1929年他与人合创法拉尔和莱茵哈特公司。

[2] 托马斯·博伊(1898—1935)写了《穿过麦子》(1923)等小说。

[3]《三个士兵》(1921)和《夜街》(1923)是约翰·多斯·帕索斯写的小说。

致阿奇巴尔德·麦克莱什

1925年12月20日，施鲁恩斯

亲爱的阿奇：

真抱歉在家里没能见到你。哈德莱很高兴那只耳环失而复得，对红玉髓首饰激动不已。重的那只尤其珍贵，因为挂在左耳将纠正她头部右倾，真不幸她老右倾。

真希望你和阿达来这里。2英尺半厚的雪。沙一般干，锯末一般轻。美妙的滑雪。我们也经常跟当地人打台球。我们一家是小镇上唯一的外国人。哈德莱连赢四局当地打法凯利台球；输的人有旅馆老板、我、滑雪学校的校长和五金工具店老板。我从前在台球桌上总是让她200点的——打400点一局。现在她能跟我打个平手。我成了当地打台球的人的香饽饽了。

我母亲把《大西洋月刊》上你评论《黑笑》的文章寄给了我。《月刊》说得没错，这是篇很好的评论。我母亲总是把舍伍德露面的所有东西寄给我：他何时离婚，或者别的任何东西；因为她读到别人说我也差不多是这么个人，只是稍逊色点。并且，她自然想让我知道大师的交游近况。你写了篇很棒的评论，有智慧，又不靠感叹号唤起人的热情；也不提石英工艺品馆，或者省略几个动词之类立刻让劳伦斯·斯道林思意识到一部杰作诞生了。多斯［·帕索斯］对斯道林思的看法是不错的。世人似乎觉得斯道林思是个伟大的批评家，因为他在战争中失去了一条腿。多斯的理论是：你在战争中失去的越多，你就越发是个糟糕的批评家。这听上去并不好玩。也许我没把意思弄对。

今天是星期天，所以没有邮件。顺便一说：假如你写信，看在基督的分上，写信寄到我们这儿来。我们过得很愉快，不过在施鲁恩斯，书信是让人激动的物事。我在床上躺了两三天，克服该死的嗓子疼。今天好多了。

舞厅里在盛大排练孩子们的圣诞节表演。楼上传来的唯一噪声是乐章结束的提醒声。

星期四我们去了布鲁登茨城，听了马姆中尉讲斯卡杰拉克战役。在那场战役里，他和几个德国人让［海军上将］耶里克和毕提气得发疯并且击沉了"勇士"号、"不屈不挠"号、"玛丽女王"号、"沃斯派特"号等等等等。动的图片大抵是假兮兮的，但动的图表却很棒。马姆中尉本人倒有东西可看：剃成大光头的人，眼睛上方的额头和骨结构突出，瓷实地突出于眼睛上方。鱼眼。无唇。奥地利的孩子们坐卧不宁。他们并不比我们听懂更多的内容。中尉几次不得不冲他们叫喊，轰他们出去。他精心准备了战役演讲，但就是得不到掌声；也没法引起听众的兴趣，最终自己的演讲也成为机械性的了。

司各特这么热衷最近那场战争，为什么不去看电影？有那么几个拍得好极的电影总在几个地方放映。英国拍的泽布勒赫电影、德国拍的潜水艇电影、英国拍的第二部伊普尔斯电影，还有三个很好的法国片，正经分三步描绘意大利场景——山脉、平原和皮亚韦河；还有天空和海洋。假如他不嫌麻烦去找电影，那就能看见同代人都无法比拟之多的战争素材。泽布勒赫那部电影就在他住的瓦格拉姆大街街角处放映。

这封信枯燥无味。你读完《［春］潮》了吗？怎么样？

我在这里一直读书呢。在我看来，屠格涅夫是有史以来最伟大的作家。他并没有写出世上最伟大的书，但却是最伟大的作家。当然，这只是对我而言。你读过他的短篇小说《响轮》吗？在《猎人笔记》的第二卷里。《战争与和平》是我所知最好的书。假如让屠格涅夫来写，想象一下那会成怎样一本书啊。契诃夫写了大约6个好故事；但他是不内行的作家。托尔斯泰是个预言家。莫泊桑是个职业作家；巴尔扎克也是个职业作家。屠格涅夫是个艺术家。我觉得成功是个可怕的事情：假如你在一本书上挣到了钱或者以某种方式挣到了钱，那每个秋天或者春天或者别的什么时辰，你得拿出一部现成的书稿；如此你就是个职业作家了。看上去书还是好书，也许没人知道有什么不同。所以，你在有机会出版前该提前准备好六年的书稿；因为，也许读者喜欢的是你的第一本书。

废话说多了。我怀念的是在巴黎时我们之间的谈话。巴黎对话、卢森堡公园、那里的酒和那里的报纸。想象一下芝加哥吧，只有两份晨报；在巴黎至少能读九份，可以一直读到中午，接着读下午的报纸，一直读到晚饭时分。假如你对马术运动感兴趣，白天又没有时间通读《奥特伊—隆尚马场报》、《骑手》，那么晨报《未来》和晚报《巴黎体育》就可以满足你了。我以前的读法太密集，可怕。

刚读完《布登勃鲁克一家》，托马斯·曼写的，其中1/2写得很好。柯林斯写的《月亮宝石》读起来更是一种享受。还有一本柯林斯的好作品要读：《以西结的女儿》。另有9卷本特罗洛普，2卷马利亚特上尉的作品。马利亚特上尉、屠格涅夫和已故［亨利·］菲尔丁法官是我最喜欢的作家。施鲁恩斯是个读书的地方。去年断了文学书和犯罪小说；读了21卷纳特·古尔德。他至少写赛马比舍伍德·安德森强得多。

我们旅行很愉快。哈德莱和邦姆比很好。哈德莱问候阿达。

给我写信。我不会再这么乱写一气了。告诉我一切下流故事。我们在这里怀念丑闻。所听丑闻唯有斯坦恩先生在格拉帕被人用枪射中睾丸，分别两次把球摘除；一个是当即摘的，另一个是去年经多道手术摘的。同时他属已婚，但没有子女。今年更发胖了。不过他的声音没有变。还是一如既往深沉。你对此有什么看法？

永远的你的，

欧内斯特·海明威

（此信路易斯·亨利·科恩专藏）

致F.司各特·菲茨杰拉德

约1925年12月24日，施鲁恩斯

亲爱的司各特：

我寄了400美元到你的门房那儿。你可以自留，也可以给哈罗德·斯特恩。[1]你的信可真醉人。我真高兴某人拼写比我还糟糕。

我当然认识汉克·威尔士。他在戈尔德菲尔兹当过酒吧招待，不知怎的成了报业人士。1918年任何报人都能在任何地方工作时，他来到这里。在一次摩托车事故里把什么都砸烂了。他的法语是自学的，能阅读、写作并讲话。他是个很好的报人。我初认识他时恨他，现在喜欢他超过别的报人，除了比尔·博德和盖伊·希考克。和平会议期间，汉克常发美丽惊人的故事。一天，豪斯上校对他说："威尔士，你是从哪儿弄来的事实？"汉克刚交了南斯拉夫油田之于日本之类的消息稿或者别的什么稿。"豪斯上校，"汉克道，"《芝加哥论坛报》要的不是事实，它要的是新闻。"

你为什么问汉克？他的举止可不让人愉快并且外表动作都可怕。我想我这么喜欢他的原因是因为他喜欢我。别跟他讲是我告诉你的他当过酒吧招待。他也经营拳击运动。

你对《在我们这个时代》里的短篇排名次很有意思。在没重读的情况下我的喜好似乎如下：一等货（《大双心河》、《印第安人营地》、《禁捕季节》的开头和结尾、《军人之家》）。见鬼，我无法给它们分组。你为什么不选《我老爹》？那是个好故事。虽然没达到预先设定的目标，但在我眼里它始终是个好故事。它跟那篇斗牛故事和"五万元"故事一样属于另一类东西。是我写得得心应手的作品。

《雨中的猫》写的不是哈德莱。我知道你和泽尔达总认为它是哈德莱故事。我写这个的时候，我们在拉帕洛，但哈德莱已怀有四个月的身孕，邦姆比在肚子里呢。旅馆老板是柯尔蒂纳达姆佩佐的那位老板；那男子和女子是哈佛的一个小伙和他的妻子，我在热那亚与他们结识。哈德莱生平从未发表讲话说要生一个孩子，因为她的大夫跟她说过各种情形——我无济于事。

哈德莱只在《禁捕季节》里出现过，那倒是一字不拉原样照搬故事。无论什么样的争吵让你心烦，这时你的耳朵格外灵敏，我是说我的耳朵；从一无所获的钓鱼之行回来后，我立马在打字机前一口气写了那个故事。说那导游醉酒是个悲剧，我说的是心里话，因为我跟旅馆老板告发了他——就是《雨中的猫》里出现的那个老板——他炒了那人的鱿鱼。在镇子上这是他最后一份工作了，于是喝得大醉，沮丧得很，在马棚里上吊自杀。当时我正在写《在我们这个时代》诸章，想写个没有暴力的悲剧故事。所以我没把上吊加进去。也许这样看似愚蠢。我并不认为这个故事需要上吊的内容。

我很为哈罗德·斯特恩难过，但别人也无法子，只有给他钱，对他好一点。不会有什么可得。没有解决办法。再次表示我喜欢他。也许跟汉克的情形一样：因为他喜欢我。

你也无能为力，除了给他钱。你已经给了他钱，自然不能继续给，把这当成义务了。他全然生活在他的想象里了。这可怜的老混蛋。我总是为人悲悯，尤其是为说谎的人、酒鬼、想过正常日子的妓女之流。从不为有钱人伤悲。毕竟，乞讨不是件好玩的事。一个往死里喝的体面人不该老筹款喝酒。我始终认为哈罗德有副很好的头脑；同时也认为他自己毁了脑子，或者说喝酒使他脑子涂了层浆糊。你对他已尽了自己所能；别再多给他钱。不过，看在基督的分上，别让他以为我绝对不相信他。因为，他已无可救药，故而悲哀；假如我伤了他的感情，我就睡不着觉了。基督知道我一旦睡不着觉，就会想起许多自己做过的破事，而稍加粉饰的东西则一点都没有。

往耳朵里捅的（这里引的是《拳击家》里的情节）是树桩。

迈克阿尔蒙是个婊子养的，他脑子像往里长的脚指甲。我为那位辩护完了。我仍然为他悲伤，不过是微不足道的悲伤。我为了你骂了他之后，他两夜在外跟人说我是多么可恶的野猪；说他如何为我做了一切，如何为我铺路之类（亦即把一版的糟糕小书都卖了并且把《在我们这个时代》15 法郎、40 法郎一本地卖了，而我却一个苏都没得。他出过的书这是唯一卖掉的一种）。他说我所做的一切就是在感情上剥削人。

我为这个修剪小脏脚指甲的辩护了 3 年，把大家都反了；因为我知道他跟英国人的那场婚姻安排很不愉快。不过，现在都结束了。我打算写信给艾略特夫妇[2]谈谈他。也许给他的情感上剥削人的说法提供点依据。

今天早上似乎情绪很不好。哈德莱在她的屋子里有架醉人的钢琴，正练着呢。昨天打牌了，7 瓶啤酒，喝太多了。赢了 158 000 克朗，约合 2.35 美元。

沃拉尔堡反正是没有仙女。

会给你完整地汇报陀思妥耶夫斯基心得的。

我觉得麦克莱什夫妇和墨菲夫妇都很好。菲茨杰拉德夫妇也很好。

上帝，我希望泽尔达在毕昂[3]能好起来。病痛是件讨厌的事情。她生病真是太糟糕了。我认为她在南方会好些。你俩要是在里维埃拉会比在巴黎情形好得多。去年秋天你们来时身体多好；巴黎对你们有害。我们会在那儿跟你们见面。

上帝，我真愿自己没喝那么多啤酒。准备花 80 000 克朗给邦姆比买匹摇马。你家的礼物跟马一起送就太好了。我替邦姆比谢谢司各提。

昨天前天刮了一场奇努克风，接着是雨，继而又晴又冷，雪毁了。

我打算给你买 2 本带插图的德国战争书籍。醉人的插图书籍正开始问世呢：一本是讲意大利山区前沿阵地战的，另一本是讲乌尔登堡炮兵史的。我把书寄到法兰克福。我看见讲山区的那一本了，很醉人。你收到后，假如觉得图画比德文文本佳，那我就再寄些。有一本是讲狂飙突击队的。那画山的图真是美极了。

我们去了布鲁登茨并听了马姆中尉讲斯卡杰拉克战役，还看了电影。你要是在会喜欢的。哈德莱讨厌中尉，她觉得惊悚。他是个可怕的人。

《芝加哥邮报》上《在我们这个时代》的评论说所有东西显然不是虚构，而是我们芝加哥新秀作家生平片断的描述。上帝啊，我经历的是什么生活啊。

正在读马利亚特上尉写的《单纯的彼得》。小时候读过，这才再读。了不起的书。他写了 4 本了不起的书：《弗兰克·麦尔德威》或称《海军军官》；《候补少尉稍息》；《单纯的彼得》和《斯纳列尤》或称《狗迷》。他晚年写了许多童书，人们把这些书弄混了。你该读读《单纯的彼得》。

假如你想读战争类的书，就读头 3 本吧。

宝琳·费佛明天来，在这里过圣诞节和新年。

知道你会高兴读到《纽约先驱论坛报》上说 2 人在索恩河畔沙隆冻死。你自己也差点在那儿冻死。我们及时撤离真是好事啊。顺便一提，你的车哪去了?

哈德莱、邦姆比与我问候泽尔达、司各提和你，祝你们圣诞快乐!

要不是因为啤酒，这封信会写得很好。

故事的原结尾是鼓掌（指《小小说》里的情节）而不是淋病；可我不知道鼓掌用一个爪子还是两个，于是改成淋病。我是见了鬼了。试试接受吧（这是我发明的俚俗语）。希望你圣诞快乐。

永远的你的，

约基·利弗莱特

即便是 400 美元的代价，也给我写封信。会把你提升至 435 美元的，但别喝醉了庆祝。

[左边际：] 你知道奥地利是什么意思吗? 意思是东方王国。是不是很迷人? 把这告诉泽尔达。

(此信藏普林斯顿大学图书馆)

[1] 哈罗德·埃德蒙·斯特恩(1891—1943),《戴尔》杂志前副主编;《美国的自

由主义》(1919)、《美国和青年知识分子》(1921)等书的作者;《美国文明》(1922)的编者。在《太阳照常升起》里,他是以哈维·斯通的名字出现的。

[2] 一开始叫《史密斯夫妇》。这篇小说攻击了查德·帕沃斯·史密斯先生和夫人,刊于《小评论》第10期(1924—1925秋冬季号)第9—12页。见海明威1927年1月21日致史密斯信。

[3] Salies-de-Béarn。法国地名,在比利牛斯山区,离贝昂尼不远。1926年1月泽尔达在那儿养病。

致F.司各特·菲茨杰拉德

1925年12月31日—1926年1月1日,施鲁恩斯

亲爱的司各特:

刚收到利弗莱特的电报——《春潮》退稿。正耐心等待《太阳照常升起》全稿——

我曾经在手稿的附信里请他们发电报告诉我决定用否。我一直就知道他们不能出版也不会出版这本书。因为,出版这本书会让目前他们的头号畅销书作家安德森显得拙劣。他的书已第10次印刷。我写作此书的时候没有想到这一点。

我还是不喜欢换出版社之类的事情。此书至迟春末该出来的。那样就最好了。稍后也不坏,但春天最理想。

我跟利弗莱特的合同——只是一封信[1]——说考虑到我的第一本是他们出资印的,那我头三本著作他们就有优先出版的选择权。假如收到手稿后60天内他们没有利用优先权,即视同放弃;假如他们没有利用第二本书的优先权,亦即视同放弃第三本书的权利。所以,我没有约束了,无论贺拉斯信中有什么话要说。

你知道的,我答应过麦克斯威尔·帕金斯,一旦从利弗莱特那里解放,一有机会,无论什么样的稿子都优先给他。

事情就是这样了。

同时,布拉德利(威廉·阿斯彭威尔)也找过我,他替诺普夫拉稿子。

又同时,我收到路易斯·布鲁姆菲尔德的信如下:

亲爱的欧内斯特——关于《春潮》我今天收到阿尔弗瑞德·哈尔考特的信，他即刻答复了我的便条/跟你谈完话后我自作主张了/关于你转换出版门庭的机会。他急切想看安德森的那篇东西，对你的东西也很熟悉——无论是杂志上的，还是《在我们这个时代》上的。就此他写道——"海明威是个本色人，他讲的是本色的东西。我该说，兄弟，不错；我们该与此年轻人相得益彰，那是相当有益的。我想看看他写的安德森的那篇。即便我们双方都挣不了多少钱，也算有机会好玩了一把。海明威的第一本小说也许震撼全国。["]

假如你需要预支版税，他也准备好了，只要你脱离利弗莱特后愿去哈尔考特。

我收到这迅速而有趣的回信后很高兴；当然，尽管这是预料之中的事情。

此事就是这样了。

在任何时候我都不打算欺骗你和麦克斯·帕金斯，帕是我给了承诺的。

明天上午我会发电报给利弗莱特，让他把手稿寄纽约耶鲁俱乐部（我今晚能想到的也就是这地址了）转交唐·斯蒂瓦特，同时用电文综述一下他在信里可能提到的意向。

下面我该怎么做由你决定。我可以发电报给唐让他把手稿寄到麦克斯·帕金斯那里。你可以写信给麦克斯，告诉他利弗莱特是因何退稿的，你自己的意见如何。说自己正在写《太阳照常升起》，好得不得了；两三个月后秋末就能写完；假如他们愿意，晚一点也行。

你看，这就让我在哈尔考特跟前为难了：我先把稿子寄给了斯科瑞布纳；假如斯科瑞布纳退稿就糟了，因为哈尔考特实际上等于什么也未见未看就接受了我。我正为拖延一点时间和一次机会而拒绝一件有把握的事情；但是，我并不后悔，因为通过他的书信我对帕金斯的印象很好，也因为你跟我说过他。此外，我信任斯科瑞布纳，愿与你为伍。

然而，你是此戏的重要角色。我不忍请你写哪怕是一封信，因为我知道你忙着远行忙着一切。

然而，有这样的情况。

我不知道到底该怎么给布鲁姆菲尔德写信。也许你能给我点建议。无论怎样，别跟布鲁姆菲尔德说我跟你讲的东西，他一直够哥们；也别跟巴黎圈的人说。等我信吧。

我早上会发电报给利弗莱特（让他把手稿寄到耶鲁俱乐部给唐）。我一旦有了你的信，就打电报给唐让他把手稿寄麦克斯威尔·帕金斯。请把斯科瑞布纳的地址写给我。

今天是星期四。你星期六（也许）能收到这封信。即将离港的邮船分别是“罗斯福总统”号（星期二），“陛下”号和“巴黎”号（星期三）。在信封上注明跟后两艘船走，会走得最快。

一天旅途劳顿，累得要死。奇奴克风刮了10天，雪都融化了。我今年恐怕又要把预支版税都花在电报上了。啊，对了，这让我想起我要预支500美元版税。我的《短篇小说集》预支版税是200美元。

从弗莱希曼等处听到的烦人的报告后，我觉得脱离利弗莱特感觉很好。利弗莱特在上次剧场冒险里大概赔了50 000美元；卖了一半的产业；把“现代丛书”等也卖了。他们本该让拉尔夫·巴顿或者［约翰·］海尔德或者［米盖尔·］科瓦鲁比亚斯来给《春潮》插图的。这本书比唐的第一部戏仿作品《史纲》［1921］还要多5 000字呢。

好吧再聊。我这个粗人仰仗你的好性子很多。再说吧。问候泽尔达，也问候你。哈德莱同此问候。

欧内斯特

新年一早又及

昨晚着急，无法入眠。你觉得我该去趟纽约吗？这样我就会在场，就能解决问题而不用什么事都等六个星期。也能即时就《春潮》的删削争执一番。假如利弗莱特如他电报所示要傍着我，我也能解决这问题。假如我转换出版商，我也好去取出《在我们这个时代》的纸型等等。与此同时，我至少要再等两周取我的新护照。旧的12月20日就过期了。12月8日或9日就申请了新的——得等5

周才来呢。

好吧再聊。邦姆比激动地等着拿新鸭舌帽和马鞭呢。我今天走海关去取。

永远祝你好的

欧内斯特

（此信藏普林斯顿大学）

[1] 这份合同上的日期为 1925 年 3 月 17 日。复制件见《在他们那个时代：1920—1940》（密歇根州布鲁姆菲尔德西尔斯出版社，1977）第 42 页右图。（原件由路易斯·亨利·科恩专藏）

致厄内斯特·沃尔什

1926 年 1 月 2 日，施鲁恩斯

亲爱的厄内斯特：

我不写“亲爱的厄内斯特并亲爱的摩尔海德小姐”，是因为你要我写实话，别的一概不写。我一开始大量地写实话的时候，就不免亵渎，更别说出言淫秽了。我出身于下中产阶级；假如让我对一位女士说马屎之类，我会感觉不舒服。

今天早上收到《本季》。真是漂亮！外观好，拿着阅读也舒服，用纸也对，装订也好，封面富丽，附录分开印——本该如此——机械操作好得出奇。至于内容，这是我 13 岁以来读的第一本让人激动的杂志，从前是等着每期垒球杂志出来。对上帝发誓这是实话。我并不因为自己的作品印成铅字或者出版物里有写我的文字就激动不已，说这话不是在撒谎；这你是了解的。

杂志里刊登的诗作是我在评论杂志里看到的最佳一组诗作。我希望你能有上代爱尔兰诗人伊西多尔·施耐德的作品，还有已故艾略特先生；你可以称之为《诗集》，让它成个集子。也许收一篇［威廉·卡洛斯］比尔·威廉斯的诗作，一篇 H. D. 的；假如她还能写信够着他们的话。弄上两行玛丽安·莫尔的诗，能够显示她档次的。请她作两行自己的诗作。

还没有读博伊尔呢；柯尼斯特的散文、伊瑟尔·摩尔海德的散文也还没读。以后再汇报吧。

乔伊斯很醉人。我通常是要知道全了才有意见的，但乔伊斯是一见就让我喜欢。喜欢他笔下的橘汁儿，喜欢他的利菲河水或者随便什么。

迈克阿尔蒙很不幸我一年前才读。虽然他让马克·吐温和狄更斯等人心灰意冷，可我还是没能再读他的作品。另一方面，我记得读过的他的作品的内容。这就是你要我说的实话。

真不真，红还是黑都不重要。我希望他喜欢美国的生活。

《蓝胡子最后一个老婆》让我不愉快地想起自己小时候认识的意大利知识分子。不过，假如我见到林纳提，我会告诉他这是写得很美的惊奇故事；翻译中失去了很多，我肯定。我们的意大利佬很能相互撒谎。

琼娜的［琼娜·巴恩斯的］小说很优秀。比佩尔木特姑娘的故事强多了。她为什么不把故事里的拉迪盖特写成个作家？我想，当你写现实中人物的故事时（最好不要写真人真事），你该除了电话号码地址外都照实写。写真人真事唯有如此才正当。迈克阿尔蒙总这么做；然后让人物的形象模糊，让别人认不出来；他也让读者认不出来这些模糊人物，这就不是艺术家所为了。琼娜的小说仍然是篇好东西。

我把自己的小说读了两遍（《没有被斗败的人》）。我读校样的时候还不喜欢它。我写它的时候认为这是个伟大的故事。别以为我对自己的东西感到犹豫或者怀疑。也别以为它比我同代著名的作家们写的要好得多。见鬼！我不是在跟同代人竞争，而是在跟钟表竞争——钟表在不停地滴答——假如能想出办法让自己的钟表停止滴答，而让别人的钟表接着不停滴答该多好。这两样东西让我选择，我情愿选择写出莫雷·卡拉汉的小说那样的作品。虽然对他而言，斗牛篇是好得多的作品。基督啊，我真想往好了写。一想到事与愿违我就难受：一方面以为自己写得很好，同时显然又在走下坡路。卡拉汉的短篇小说跟《都柏林人》一样好。

还没有读比尔·威廉斯呢。

觉得你不用废话就可以让哈利耶特·门罗见鬼去。毕竟，哈利耶特·门罗昏庸敏感又干枯得可以，这老婊子办着一本早没人看的死杂志。她从没写过一行诗歌，也没有写诗的能力。世界博览会开幕时，她要是能写一首《哥伦比亚颂》就好了。她很喜欢把自己看成一个拘谨美丽的白种女诗人——见鬼。见鬼？我这辈子只见过她一次，那是在巴黎。要不是有点喝多了，我会对不住她，连东西都无法下咽。

至于叶芝，他和埃兹拉以及那位“无名”是我最喜欢的诗人。假如说叶芝的诗歌还不醉人，那别人就更没好诗了，也不再会有好诗了。自然，我觉得你引用的他的那句诗不好；但那相当于一球评判瓦尔特·约翰逊。我从来读不了叶芝的神秘诗行，也读不了他的剧本和短剧作，这些都读不了。我认为他的《记忆》——在《戴尔》上刊登的——很了不起。

当一个人说自己是世上最伟大的诗歌评判者的时候，那纯属马粪。我们谈论此类东西时应该鼓足勇气。因为，我们都可能有那样的倾向；并且局外人不知道我们在拿闹哄哄的廉价货真要他们相信这是好东西。你兴许是世上最好的诗歌裁判。然而，假如你——看在基督的分上别说出来。作为一个美国人，他该比这愚蠢的德性明白些。

遵循这一原则，我得对你写的《在我们这个时代》的评论有节制些。不过基督啊，我认为这是篇醉人的评论。我只希望自己能按你说的我的写作方式来写东西。你一定能成为极好的散体文作家。哈德莱想知道你是从哪儿了解我和犹太女子的情况的？很久以来，这一直是家里头疼的问题。你谈论［伊曼纽尔·］卡恩瓦利的话很有意思。那篇关于迈克阿尔蒙的《高贵的气质》的书评开头则太不关痛痒。想想那书里的三个短篇：《村子》是迈克得拿出来亮相的资本；还有《急凑的一群》里的两个短篇；假如有人不戴有色眼镜评论他的话，这几篇是不会遗漏的。迈克的麻烦是他过于被误判、过于受诽谤，与太多的人为敌，一般还是喝醉酒和呕吐时树的敌人。并且，他从未得不戴有色眼镜的评论。喜欢他的东西的人知道评论家对他太不怎么样了：

要么过分赞扬，反之则更糟。左右是对他不利。

当你说迈克比马克·吐温好，这话只在一个方面正确：马克·吐温曾经写过大量的平庸作品。吐温写过并且只写了一本非常好的东西——《哈克·费恩》。假如你愿意，现在就读一下《哈克贝利·费恩》；对上帝发誓说真的，读一下吧，我三个月前重读了一遍；马克·吐温写的旁的东西都别读，就读一下《哈克贝利·费恩》。豪厄尔斯还是别的什么人想续写最后几章。小说的结尾是黑鬼吉姆被抓，哈克发现自己成孤家寡人了，他的黑鬼不见了。完毕。[1]你要是读了《哈克贝利·费恩》，扪心诚实自问一下，会相信迈克阿尔蒙写过任何（就算把他的作品集中起来）可以等同相提的东西吗？放在一间屋子也罢，放在同一房子里也罢，放在同一城市也罢，放在同一大陆也罢，放在同一本杂志也罢。假如他的东西可以跟《哈克贝利·费恩》比，我就不再写了。因为假如这样的情况可能发生，写也没有用处了。我说这话是认真的。我不介意你高论大话帮朋友；然而，我们私下里谈，我想知道你对此的立场。因为，我对《哈克贝利·费恩》感觉强烈。这并不意味着我不觉得迈克是个很有价值的写作者。假如他不富有，那是值得各种资助的。

你那份不宜公开的出版物和文件单子真是了不得。有一天你开始阻止诽谤起诉，我会把你的邮件都移交的。给克拉克的信收到当天就转交了。希望能派上用场。

我觉得在阿尔丁顿的信的脚注处写的评论品位低下，因为他写的关于埃兹拉的醉人的信一点都不具派性特征，起的是正面作用。他已尽力了，已尽不列颠评论家所能。我崇拜他写的信。

［乔治·］安特黑尔增刊是个醉人的主意。这是你能为艺术家做的最好的事情。你只能为艺术家做两件事：一是给他钱，二是展示他的作品。这是仅有的两个客观需要。音乐复制得很美。

邦姆比很自豪自己的照片登在杂志上，说："这是小吉恩和爸爸在雪里。"他还没学会用 avec 一词。

我能这么写个两三天。就是不知道如何夸《本季》。这是本很好的评论杂志。很好的评论杂志。

虽然我是天主教徒，但从不崇拜烈士或圣徒。迈克成为烈士大抵是自己的错。世俗的压力强大抵也是原因，但他自己的错不亚于此。你现在又要把迈克弄成个圣徒。假如你认为我说的不对就纠正：教会的好处之一是在我们能成圣徒之前他们就划定了时间界限。对一个真正的圣徒来讲，这没有什么区别。至少区别不比普通人大。假如他确实表现出勇敢，则无论有花环与否都是圣徒。［西奥多·］罗斯福们和［伍德罗·］威尔逊们则进不了圣徒之列。当然，在另一方面，圣徒之列能让圣女贞德之流进入。这样的人生活一团糟，可是死后却催生出奇妙的宣传组织。这么做仍然是好的规矩。在我看来，在批评领域，要给人不具偏见的明确意见，显示主人公受罚，比让他们成为圣徒来得重要。

最后，我觉得好的作品或者说好的诗作与我们这个时代根本就不相干——也改变不了我们什么。

下面是我对诗的一孔之见——

> 啊西风，你何时吹
> 让下面的小雨能下？
> 基督啊，我的爱拥在我臂膀
> 我则又上了我的床！

这是16世纪某诗。

还有一首17世纪安迪·马维尔写给他腼腆的情妇的诗作。

此外还有鬼知道什么时候的一个无名诗人的诗：

> 独自徘徊
> 闻两渡鸦私语，
> 一个对另一个说：
> “今儿哪聚哪吃？”
>
> “——远方有沟壑

才壮烈的骑士卧期间
他卧之处没有人住
只有他的鹰、猎狗和他的美娘。

猎狗行猎去了，
鹰抓野鸡去了，
美娘跟人去了，
所以我们可以美餐。”[2]

见鬼，你可能跟我一样熟记其余。在我看来，这不是济慈、雪莱伟大不伟大的问题。我们自那以后变化了，需要另一种伟大。我就是读不下去斯温朋、济慈或雪莱。小时候就试过，让他们的刻意虚假弄得不舒服。不过，真正的诗歌，地道的诗歌一直是有韵的，不押韵的各国所有时代里都少见——这是另一句大论。我并不了解所有国家。我所能说的只是一直都有好诗；有点运气就能读点好诗。好诗不会太多。我觉得你正朝好诗人的方向行进呢。我觉得伊瑟尔·摩尔海德画的卡恩瓦利很好。我现在知道卡恩瓦利长什么样了。

写得太长了。你们的工作十分出色——你俩都不错。哈德莱问候你们，说你的诗作让她着魔。

祝好运

永远的你的

欧内斯特

［纸背写着］又病了。卧床 5 天。嗓子肿得张不开。老毛病。明天起床。心脏见鬼。想又得去纽约做嗓子手术。真讨厌。你病了，但你从不像病人般写作。假如我在病床上，我就会像约伯在葬礼上一般。

欧内斯特

（此信藏弗吉尼亚大学图书馆）

［1］见《非洲的青山》（纽约，1935）第 22 页里一段类似的文字。

［2］“两只渡鸦”是海明威最喜欢的中世纪歌谣。他几次想用“才壮烈的骑士”作题目，但从未用上。

致贺拉斯·利弗莱特

1926 年 1 月 19 日，施鲁恩斯

亲爱的利弗莱特先生：

12 月 30 日《春潮》退稿信收到。大约两周前我给你发电报，请你把《春潮》稿子交给耶鲁俱乐部的唐纳德·奥格登·斯蒂瓦特。我希望你已办此事。

《春潮》是我第二本完整的著作，我投给了你，你没有选择出版它；因此，按我跟你签订的合同，第三本书的选择权你也就失去了。这一点很清楚。合同上写得很清楚：假如你收到手稿后六十天内未选择出版第二本书，你的选择权即失去。合同进一步说：假如你失去了第二本书的选择权，那第三本的选择权也就失去了。这一点没有疑问。

合同上没有写作品投稿的顺序；第二本书是否短篇小说集，幽默故事集，还是小说。合同上写的是我今后三本书里的一本必须是长篇小说。合同上只字未提长篇小说必须是第二部投稿。另一方面，合同写得很清楚：假如你退我第二部稿子，以后的稿子你也就丧失了选择权。

我遵守信用投给你《春潮》。我认为这是一本好书；司各特·菲茨杰拉德、路易斯·布鲁姆菲尔德和多斯·帕索斯（他们的阅读趣味各不相同）对此书也表现出热情。你拒绝出版它，说你们办公室里的人都说不好。我可以理解，因为我记得除了考夫曼夫人，你们办公室的人都反对出版《在我们这个时代》。一阵讨论之后，你们正式宣布拒绝出版它。你们办公室里的人曾经对哈罗德·洛布的一本小说很热情；尽管预期成功，结果证明也不被叫好。不过，因为是你们办公室拒绝了我的书，尽管你在《在我们这个时代》的问题上扭转了决策，我将来的书稿你就别指望有选择权了，根据合同你丧失了选择权。

我因此认为我可以随意把《春潮》和我将来的书稿交给开出最佳条件的出版人。

你知道我希望能写作一段时间。我也知道出版人从业不是为了健

身；我还知道我得持续回报出版人并最终让他们赚大钱。你当然不会指望我授权给伯尼·利弗莱特退我的稿子；他们似乎就是坐在椅子上退着我的稿子等待畅销书出现好数钱。而这一切不是200美元能办的。

我的护照过期一周了。等新护照一来，我就乘船往纽约。我期待在那儿同你会面。同时，也许能得你对此信的回复。来信请寄法国巴黎意大利路“纽约保证信托公司”收转。

你真诚的，

欧内斯特·海明威

（此信路易斯·亨利·科恩专藏）

致厄内斯特·沃尔什

1926年2月1日，巴黎

亲爱的厄内斯特：

收到你的大信，也收到你的小信。第一封信我随身带着阅读。第二封信今天收到的，让我担心。我希望你没有什么事。我希望你所说的只是一时爱尔兰阴郁情绪所致。

我并不想让自己的调子不欢。只是想说我多喜欢伊瑟尔·摩尔海德的作品。

我还重新发现《没有被斗败的人》是篇伟大的小说；我很自豪自己写了它。我正要寄你一个长篇幅的故事，我自己很喜欢这个作品；一到施鲁恩斯打字出来就寄。3号周三乘“毛里塔尼亚”号（二等舱）。一周后即达纽约。

别为我和迈克阿尔蒙担心。我很喜欢迈克阿尔蒙。此外，我也不会袭击任何人。我一生中拳击运动外只打过两个人。那还是因为他们要袭击我。我不同人吵架。

别让我们任何人死于疾病。我思考这个越久，就越觉得任何形式的死都能弄得让人心醉。我真正期盼的事情之一就是去死——但希望至少85岁时去死。生命很醉人。让我们像英国人那样只烦粪便吧。我明白你说［理查德·］阿尔丁顿的话了。也明白一切了。

再见并祝好运。问候伊瑟尔·摩尔海德。想顺访格拉斯，但得去纽约了，然后回来。尤其想回来。我想念哈德莱和邦姆比，非常想念。不跟他们在一起时，我总是酗酒。

你的，

欧内斯特

（此信藏弗吉尼亚大学图书馆）

致伊萨贝尔·西蒙斯·戈多尔芬

1926年2月10日，纽约

我亲爱的伊丝：

我来纽约了，要呆一个星期。昨晚坐“毛里塔尼亚”号抵达的。哈德莱和邦姆比在奥地利滑雪。哈德莱问候你。我急切想见你和弗瑞斯科［·戈多尔芬］。你收到此信后能否来“布瑞沃尔特”见我？假如我不在就留下你的电话号，我一回来就给你打电话。昨晚有点紧，午夜时分打算拜访你们，但明智仁慈的朋友们劝阻了我。

爱你，

欧尼

（此信藏普林斯顿大学图书馆）

致伊萨贝尔·西蒙斯·戈多尔芬

1926年2月25日，海上

我亲爱的伊丝：

真不好意思，我实在没抽出空来。我请你吃早饭，你没能来或者不愿来。好吧。接着是很多人来了。11点我不得不去厄内斯特·博伊德家。接着是他和我喝了三杯鸡尾酒。接着是跟杰克·考勒斯和罗比·罗斯吃午饭，我还迟到了。接着喝苦艾酒。跟罗比去看节目。往奥尼尔家去取东西，还得还东西并道别。往旅途认识的酒商杰克·考勒斯那儿去取酒。7点在梅尔莉酒家约会晚餐。到那时还没捆行李呢。抵达梅尔莉，发现大家都不对劲，包括我自己。马克·康纳利要我们去看演出，然而我却说得捆行李。大约九点终于离开去捆行李。同时迷上一个姑娘名叫艾莲诺尔·威利。[1]双方都一见钟情。前往布瑞沃尔特饭店。从48街坐的车，夜里阵阵寒风中忘掉艾莲诺尔。发现你的信。罗斯和我打包的时候，我9:30到10:00给你打电话三次。接着去剧场，讲好了在那儿会康纳利或者是康尼利的，发现大家都出来了。所以，我没看《智齿》；不过所有人都说好得很。又情陷艾莲诺尔·威利。在往霍布肯的路上经停许多酒商家。此时离开船还有二十分钟。在霍布肯渡船（不是童话船）上我头脑清醒了。决意：威利跟我有什么关系？最终船离开，送客的人群里的某人把多萝西·帕克斯苏格兰威士忌都偷走了。此行醉人。天气也好。我们都很愉快。这是我写的第一封信，或者说写的第一样东西。今天是星期四，我们星期天晚上抵达瑟堡。算算我星期六喝了一夸脱半的威士忌，还不包括香槟和鸡尾酒。还有苦艾酒。我真希望你们也在；不为别的，就为喝酒也行。

无论怎样，此行很醉人，见到你很醉人醉人。我们秋天再见。我仍然爱你，尽管你已结婚，有障碍。我觉得弗朗西斯是个好人，你嫁人嫁得不错。另一方面，我只希望邦姆比也会像弗朗西斯一样娶媳妇。祝你们一切都好。给我们写信。3月底前请寄奥地利沃拉尔堡施鲁恩斯陶比饭店。往后寄巴黎意大利路1到3号“纽约保证信托公司”。

爱你，

欧尼

又及：一直未能写信或发电报给家人。所以就说我到纽约是谣传。只好骗人了。

我落下一支非常好的沃特曼自来水金笔在我房间里了，大号金笔。我在布瑞沃尔特的房间号是344。不知你是否能去帮我取来，在布瑞沃尔特上锁之前通过哈米寄给我。我也许还落下了别的什么，还没有勇气检查呢。此笔笔帽四周有一圈金环，螺旋式样的，是自动灌墨的，笔尖很尖很硬；墨管比普通的大一倍。我知道自己落下了；不过万一他们说没有捡到你可能很不舒服。

祝好并谢谢。

欧尼

（此信藏普林斯顿大学图书馆）

[1] 艾莲诺尔·霍伊特·威利（1885—1928），以痴迷诗人雪莱著称。

致路易斯和玛丽·布鲁姆菲尔德[1]

约1926年3月8日，施鲁恩斯

亲爱的路易斯和玛丽：

讲讲纽约发生的事情——假如我真的去了纽约并且没有发生什么异常的话。终将醒来发现一切还得经历一番——事情是我刚弄明白利弗莱特先生或者贺拉斯——因为我们现在是贺拉斯和欧内斯特了——我跟贺拉斯喝了几杯，告诉他我很抱歉，一夜没睡好，因为担心斯科瑞布纳先生和哈尔考特先生而无法入睡。我努力骗自己说我不用给斯科瑞布纳《春潮》的首阅权；可我如果不先给他们看，我就是个骗子；因为去年3月我答应麦克斯威尔·帕金斯一有空就给他们写稿。所以，没有法子。麦克斯读了稿子，认为很好，一点也没有如司各特电报所言可审查之处。我同意让他们出版《春潮》和《太阳照常升起》；条件是预付1 500美元版税，15%的抽成；此外的权利不分成，除非是第二系列的权利。他起草了非常迷人的合同，非常慷慨。

我该是做了笔很好的生意并想看看哈尔考特·布瑞思会怎样反应。不过，我想这是我能洽谈的最好的预支条件了，除非他们愿支持我很长一段时间，无论书好卖与否。他们实际上这么做了并且甚至不问我要《太阳照常升起》稿子看。我跟帕金斯说我愿接受此条件并去跟哈尔考特说了情况。我认为他（阿尔弗瑞德·哈尔考特）是再好不过的人了。我觉得你去找他们办事再好不过了。我告诉他你出价多少把我弄到哈尔考特·布瑞思。不过，虽然我脑子能决定选哈尔考特，但对斯科瑞布纳还是有义务的；就算不是义务也是答应了人家的，假如这有区别的话——假如我做了什么让内心感到不安的话，写作也就没趣了。

无论怎样，哈尔考特先生说我随时可以找他们，他似乎说的是真心话。他还说，他崇拜［格兰威·］维斯克特的作品。我告诉他维斯克特的作品基本上不灵：我想自己不该说这话。我刚说完就后悔了。不过，我知道他的散文多么做作。我当时感觉拒绝哈尔克特之举诚实得异常：我的脑子告诉我这么做的。我想到闭嘴之前，却说出了对维斯克特的看法。

我两次拜访伊萨贝尔·佩特森，但没能见到她。不过，一天晚上在咖啡屋见到了约翰·法拉尔。我不知道他是否总是看上去像个女人——一个穿羊皮衣的女人——现在他外表是这样的。他很令人愉快，我们总是想聚一聚，但总没能聚一块儿。不过，能见到他可真好。

厄内斯特·博伊德人很棒。我以前见过玛德莱娜·博伊德，她也很棒。玛德莱娜·博伊德说她没能寄给你辈故事，因为新闻的大来源贝尔纳丁·索尔德在巴黎。我告诉她我见到此人了并且喜欢她。

见了许多人。鲍勃·本奇莱跟我一起回来了。他赶不上船票；人家就给他一纸合同，说哪儿有位置就让他上。可哪儿也没有，只好睡在女仆的房间里。第四天出来，他说好玩；不过就在这时他感觉自己长了虱子；第六天出来，他还真长了虱子。扬德尔兴许告了他。无论怎样他治愈了。多提·帕克也来了。她要去南方过一阵子。

这封信太烂。哈德莱说这里整个 2 月份都是春天。昨天天气还很美丽；今天早上开始下雪。你们俩都好吗？过得怎样？本月底或者 4 月初我们会在巴黎。我跟哈德莱说了你们的公寓——她很想看看。她不相信有我说的那样好，但寻思两家分担还是值得去巴黎的。杰拉尔德·墨菲夫妇请我们 4 月去安特贝斯，但我们 8 月才能前往。如此 4

月份5月份我们就能经常见面了——巴黎这两个月是最好的时候，正好是美洲赤鹿拥入之前。

哈德莱问候你俩。关于我跟斯科瑞布纳的业务安排别跟任何人说，好吗？我想给你所有的消息，但不愿消息传播。

你和［福特 · 马多克斯 · ］福特似乎是纽约最受崇拜的小说家。《曼哈顿中转站》［多斯 · 帕索斯著］已出第四次印刷本。欧文 · 戴维斯改编的《盖茨比》［剧本］很接近原本——很叫座。我得买票才得进场。有几次愿花钱退场，但总的来说还是个好剧本。知道电影拒绝了这个作品，说是有不道德的成分。唐 · 斯蒂瓦特还在好莱坞。船上大家人手至少三本［安妮塔 · 鲁斯著］《男人喜欢金发女郎》。这是我读过的最枯燥无味的书。1918年，这本书风靡全国，像流感一样。也许它会风靡世界。啊，这世界也许要被扫一扫。也许吧。

纽约所有的人都在谈论什么时候来巴黎。所以我猜大家都不太穷。

写信给我们。祝你俩好。

情深意长的，

欧内斯特 · 海明威

邦姆比现在说话都是德语。

他很好，很结实。

（此信藏普林斯顿大学公共图书馆）

［1］布鲁姆菲尔德（1896—1956）此时为人所知是因为他是如下书的作者：《绿湾树》（1924）、《占有物》（1925）、《初秋》（1926）。海明威1925年在巴黎与他相遇。见1927年3月31日海明威致F. 司各特 · 菲茨杰拉德信里对布鲁姆菲尔德的充满讥讽的评论。

致麦克斯威尔 · 帕金斯

1926年3月10日，施鲁恩斯

亲爱的帕金斯先生：

我听说克里尔斯没接受《五万元》篇的时候很遗憾，但不吃惊。

就是《邮报》和《自由》退稿我也不吃惊。这篇作品的机理太硬，没有理由让他们接受并非自己绝对想要的东西；他们常要的是作品名字对他们而言意味着点什么的东西。

正因为此，对我而言这东西在《斯科瑞布纳》［杂志］上发表意味着很多，从各方面讲都是。

目前，我能答应你《太阳照常升起》在秋天可以出版。我只有五章要过一下；然后再看一遍就寄出稿子。我想你将在5月某日收到稿件。这样就能给我余地看校样。如此我能看得更明了些。无论怎样秋天是肯定的，你可以提前。

鲍勃·本奇莱和我在“罗斯福”号上旅行很愉快。天气很好，过得也很愉快。自那以来我就一直在工作。司各特和泽尔达在巴黎。我们一起吃了顿午饭和晚餐，在他们往尼斯之前。他们看上去不错，泽尔达的病治愈得很成功。

我急切想看《春潮》的清样并把清样退还给你。多斯·帕索斯今晚或者明天抵达这里。我们计划去慕尼黑，然后从那里飞往此地和西尔维瑞塔的因斯布鲁克之间某个地方。杰拉尔德·墨菲夫妇和多斯都不会滑雪；而这却是让他们进山的最简便方法：他们时间短，滑雪当然是好方式。所需要的就是好天气。

《太阳照常升起》搞定我会很高兴的。如此就能想点别的，再写些短篇小说。

从现在起请用我的永久地址：法国巴黎意大利路“纽约保证信托公司”收转。因为，一寄回《春潮》的校样，我们就去巴黎、安特贝斯和西班牙了。

致敬！

诚挚的，

欧内斯特·海明威

（此信藏普林斯顿大学图书馆）

致麦克斯威尔·帕金斯

1926年4月1日，巴黎

亲爱的帕金斯先生：

我还没有收到校样，但有望今天或者明天收到。我尽量在4月3日让“阿奎塔尼亚”号捎走它。书衣很吸引人。

关于毛德·亚当斯就那么处理。我们把毛德·亚当斯改成勒诺尔·乌尔里奇或者安·佩宁顿，如此更有趣些；这样不提亚当斯小姐的名字[1]也能开同样的玩笑。

多斯·帕索斯跟我们一起去了奥地利；我们滑雪一周，过得很愉快。我重写完了《太阳照常升起》，想到更大一点的城市安顿，而不是呆在施鲁恩斯，于是来到巴黎。分租我们房子的人复活节就走，所以我们明天就搬入，或者再过一天。

《太阳照常升起》将被交给打字员重打，一两个星期内我会寄给你的。我的打字稿约330页，那是满页的。重读一过感觉令人激动。

我们5月15日要去西班牙呆4个月。从现在起我的永久地址是法国巴黎意大利路“纽约保证信托公司”收转。他们很可靠并投递精确。

我很遗憾没有人要《五万元》这个短篇。我授权你跟［保罗·］雷诺兹进行任何安排。我又想写短篇小说了——会先写些极短的故事。

我想先支600美元稿费，你能否寄到“保证信托公司”那个地址让他们收转？

随信寄上两三张照片，也许发行推广用得上。也寄一张我儿子的照片给你自己看。6月下旬和7月前三周我将与斗牛之事相缠，但并不想《太阳照常升起》成为遗作。

非常诚挚的你的，

欧内斯特·海明威

《五万元》的事情麻烦你了，谢谢。

（此信藏普林斯顿大学图书馆）

[1] 见《春潮》(纽约，1926)第5章第32页。

致 F. 司各特·菲茨杰拉德

约 1926 年 4 月 20 日，巴黎

亲爱的司各特：

收到柯尔蒂斯·布朗的信说江纳森·凯普想出版《在我们这个时代》，会预付 25 英镑（10%的版税，每册 3 元），并且不列颠的版权不包括加拿大。利弗莱特不愿把纸型卖给他们——他们打算自己排版。

柯尔蒂斯将成为我的欧洲大陆和英国代理人，说他们正同一家德国出版社讨价还价，后者想出 I. O. T. ［《在我们这个时代》］。

我一周左右前退回了《春潮》的校样给斯科瑞布纳。它看上去很好。

《太阳照常升起》写完了，打字员打毕退给了我，打字费共 1 085 法郎。我想我将寄出稿子。我已把稿子删改到约 90 000 字。题献也许如下：

此有指导意义之轶事集
给我的儿子
约翰·哈德莱·尼卡诺尔

我很希望你喜欢这本书。8 月份你就能看见它了。我想它兴许很有趣。稍后——你又不喜欢它了。

“中国佬”［E. E. 多尔曼-史密斯］在这里，他要呆两周。他和我打算 7 月底取道安多拉从萨拉戈萨徒步翻越比利牛斯山脉。

我患了一场重感冒。最近社会活动频繁，很烦这个。你了解唐要娶的这个女孩［比亚特丽丝·艾梅斯］的任何情况吗？我们 5 月 12 日去西班牙。哈德莱近来弹钢琴弹得很好。你的书写到哪儿啦？写信给我。卢梭在银行与我碰面的时候问起你。他请我们吃午饭。我们去了。六天里有五天去看自行车赛。跟“中国佬”［此处有一词辨认不清］去真好，还有许多将军之类；去看桑德赫斯特的戏剧《圣西

尔》。你的信刚到手。［厄内斯特·］沃尔什的诗作或者说裤裆里来的那玩意儿或者随便你叫它什么又让我呕吐了，弄到信封上了。不过，不像狗闻自己的呕吐物，我把信封撕掉了——一如我把原作撕掉；一如我把自己的小说撕下保存后把《本季》扔掉了。

阿奇·麦克莱什在波斯，没在此地，因此没见到他。见了布鲁姆菲尔德一次。很高兴你感觉苦，因为我明白那会刺激你的文学产品。

高兴听到你比［布斯·］塔尔金顿有远见；很遗憾你还是不如海明威看得远。法国女人能看多远?

我很高兴，假如你意识到文学批评是马粪而又没有马粪悦人的味道，又不能当肥料。还没看见《书人》。[1]不过，我还是要谢你帮忙。还没见《新小说》，除了《男人更喜欢金发女郎》，这似乎是拉德纳二流作品，很枯燥。帕金斯寄来［约翰·W.］托马森的书，似乎很稚嫩。我本以为要好得多呢。百年十字军，没有那么多手交手战斗。还没见到舍伍德·安德森的《笔记本》。[2]我想应该看看，为了得许多新思想。

我相信《五万元》此时正在某个经纪人手中。我满可以用那本可得的 250，把小说删削了给《斯科瑞布纳》［杂志］。我彻底厌恶写作，可又没别的在乎的东西，所以会继续写作。

保罗·内尔森会是个很好的故事让你去写，假如你知道怎么回事的话。

我很高兴你得到了《盖茨比》的电影改编权。有这笔钱，有“大使饭店”里的盖茨比本人在，你该能写一部很好的长篇，又值法郎在 30 左右的兑换率。也许某天你能得诺贝尔奖。明白吗那奖还没给过美国人呢。正把你推荐给沃尔什先生，要他把《本季》的 2 000 块钱给你；刚召唤我的律师，把你列为我的继承人。

所以，别担心钱的事。

“中国佬”说假如你喜欢，他就把贝拉蒙特森林[3]也留给你。宝琳·费佛说她可以把她《时尚》杂志的工作岗位给你。我已经写信给斯科瑞布纳，让他们把我所有的版税支票都寄给你。

你跟杰［拉尔德］·墨菲讲不讲斗牛声明都没有用，除非声明得很仔细。斗牛声明不关胆量的事，而是别的。压力之下的面子问题。[4]胆量不能为任何人挣钱，除了小提琴弦制造商。

你的朋友林［·拉德纳］受阻是因为他缺少智慧、缺少美学鉴赏力，他太压抑，太苦。无论有多少天赋，任何作家有其中一样的负担就已经很可怕了。他当然比大多数美国作家的智慧要多出100倍。

邦姆比咳嗽得很厉害。哈德莱穷咳嗽了6周了。我想他们俩是相互交替传染。

我们5月12日去西班牙。假如届时邦姆比没好，我照走，哈德莱就晚点来。我们9月底去美国。8月份在安特贝斯。我在那儿将得《太阳照常升起》样书一册。我们希望你就此给点建议或者别的什么。还没有人读过这本书呢，哪怕是一部分。假如你着急，我就跟你说，这不是一系列的轶事——也不像［多斯·帕索斯的］《曼哈顿中转站》，也不像［安德森的］《黑笑》。我努力追随《了不起的盖茨比》的轮廓和精神，但没学像，因为从没去过长岛。主人公跟盖茨比类似，是苏必利尔湖的一个三文鱼渔民。（苏必利尔湖没有三文鱼）。情节发生在罗得岛新港。女主人公是一个名叫苏菲·艾莲·洛布的女孩儿。她杀了自己的母亲。苏菲在辛辛监狱死囚室内生双胞胎的场景，她在那儿等着被处电刑呢，罪名是杀父杀妹，还有未出生的孩子我是从德莱塞那儿得的；别的一切实际上不是我自己的，就是你的。我知道你会喜欢读它的。《太阳照常升起》来自苏菲的声明，当她被绑在电椅上的时候，当电流加大的时候。

啊，何不写作？

向你全家致敬

赫伯特·J.美斯奇特

（此信藏普林斯顿大学图书馆）

［1］菲茨杰拉德在《怎样挥霍材料》［《书人》1926年5月号（总第63期）第262—265页］别开生面赞扬海明威。

［2］舍伍德·安德森的《笔记本、随笔和速写》（1926）。

［3］多尔曼-史密斯在爱尔兰卡湾郡库特希尔的祖宅。

［4］此名句的出处，后流通于多萝西·帕克的海明威记——《艺术家的回报》，见《纽约客》第5期（1929年11月30日）第28—31页。

致麦克斯威尔·帕金斯

1926 年 4 月 24 日，巴黎

亲爱的帕金斯先生：

我今天给你寄去《太阳照常升起》。也许让你先拿到书稿要好得多；这样你就能接着去处理稿子，我也可以再校一遍。读手稿的人会抓到许多小讹误，在送去印刷之前——错拼的单词、标点符号之类。我希望清样和手稿一起退我。

前面的三个引文我希望排出版让我看。最后一个可以删掉。

江纳森·凯普正出着《在我们这个时代》。他们自己排版印刷。几个月前柯尔蒂斯写信告诉我利弗莱特拒绝把纸型卖给他们。我今天收到合同了。他们得到了大英帝国版权，不包括加拿大。付我 10% 版税。25 英镑预支。

柯尔蒂斯先是拒绝《春潮》和《太阳照常升起》。继而表示假如有一天愿出版，到出版的时候再安排预支和合同条款。在我看来，他们在排版《在我们这个时代》，《春潮》似乎在英国无用处；可失去那部长篇的机会对他们就不公了。我相信你说过的：我拥有不列颠以及外国版权。我不觉得江纳森·凯普是英国最好的出版社，但他们也不是最差的。

几天前我收到司各特的一封长信说他开始写他的那本书了，不见外人不喝酒，拼命工作。他说他得了 15 000 美元的某电影改编权。这笔钱和其他东西可以帮他们度到圣诞节。我对他的艰难财政状况很动容，告诉他假如担心钱的事情，我会写信给你，把我所有版税直接寄给他到朱安雷宾帕基塔别墅。

我在写几个短篇小说。《银帆》发表了我的一个 15 000 字的故事，几个月前被翻译过去的。各路法国人很激动，对此发表了溢美之词。他们于是来要这些东西。我的法国市场不错（以法郎计）。我被人认为该是梅里美再生，可我从未读过他，但却总认为此人的作品不佳。当一个受欢迎的法国作家如梅里美先生和我自己（而不是当一个进口的伟大美国名字），其好处我想是：伟大的名字得付翻译费用；

假如供求规律还管用，这似乎在商业上对我不利。

我很抱歉对托马森上尉的书感到失望。他的书里刺刀太多了。假如你在写一本不太浪漫的书，又拿它当最大的资本之一，那你对刺刀的处理那般浪漫就毁了。刺刀是浪漫的好东西，但它附属于来复枪这个事实本身就限它于装点了：之用在实际操作的任何人手里杀伤力也不大，因为手里拿刺刀的人可能还有手雷武装——我很不同情拿刺刀的人。那本书大抵写得不错，闪光点也经常露出。让人失望的是那点新闻手法。你讲了那么多真实，你就没有资格再写不真的东西了，因为这毁了作品的阅读趣味。阿瑟·盖伊·安培［《在山顶》的作者］的一点影子都很有害。这本书让你意识到［托马斯·博伊德的］《穿过麦子》是多好的一本书。我听说有一本新书写战争的很不错，名字叫《朝火焰去》［赫维·艾伦著］。你读过吗？我读了《战争与和平》之决定，没有任何必要再写战争书了，我现在仍然坚持这一看法。

此信乏味且冗长。不过，假如它跟《太阳照常升起》（未见货色就瞎买的那头猪）一起到你那儿，你也许会忙着读那口猪；信里说什么不会那样重要——本来就不重要。

你的非常真诚的，

欧内斯特·海明威

（此信藏普林斯顿大学图书馆）

致 F. 司各特·菲茨杰拉德

1926 年 5 月 4 日，巴黎

亲爱的司各特：

你不再写作了？你过得怎么样？

我写完了一个短篇——很短——明天就寄给《斯科瑞布纳》。从周四起我们去西班牙过一周。麦克斯威尔写信来说《春潮》最迟 5 月 21 日就出来了。我 10 天或者 12 天前寄给了他们《太阳照常升起》

等。三周以来此地每天都在下雨。我感觉低落极了。有一段时间没见布鲁姆菲尔德、伊迪丝·沃顿、伯克文奇同志［康拉德·伯克维奇］或者小文学殖民地的任何其他人了。也许马德里会出现一个文学殖民地。

多提·帕克、塞尔兹夫妇［吉尔伯特先生和吉尔伯特太太］和赛沃德·柯林斯——你记得朝林肯开枪的那个人——都去西班牙了并且当然都恨西班牙。

墨菲夫妇昨抵达。结婚的不是多斯；是唐。假如我说多斯，那是墨水滑溜了。我会把那墨泼出去的。啊耶稣，这里天气如此糟糕，我感觉情绪低落，都不愿写作。我真希望你能跟墨菲夫妇一起来——我连个说话的人都没有，没有人一起胡说一通，都几个月了。在西班牙我当然没法聊天——来了 3 个月了。只能听人说话，看报纸。

写信给我。我都没收着什么信。你感觉好吗？你真的在写小说吗？你在抨击我写的死囚室场景，是吗？你是因为酒精中毒变成瞎子了？移除胰脏了？为了拯救法郎，我给掉了 200 000 法郎。哈罗德·斯特恩也给掉了同样数目。

我想几分钟后出去，醉得很异常。

问候你家人，

你的，

欧内斯特

（基督啊，这是什么名字！）

（此信藏普林斯顿大学图书馆）

致 F. 司各特·菲茨杰拉德

约 1926 年 5 月 20 日，马德里

亲爱的司各特：

听到你的消息真是高兴。很高兴注意到你在“戒酒”。对不起我的信很势利——我本意并非如此。你说你很不看重评论文章除非它们

有说好话的实际目的。我同意这话。为人效劳就是为此。今天你会见到哈德莱。我可真想自己也见到你。马德里不错，天气寒冷干燥，高空极目；很多的尘土吹向你的鼻子——或者说吹进我的鼻子。“柯瑞达”斗牛大会被兽医们取消了，因为参会的牛不合格，太小太病恹恹。他们否决牛的时候我正在外面，真是一群小动物，哈罗德·斯特恩喝醉的时候一把小刀就能把它们宰了。福特不是说我是英语世界的伟大作家吗？明天塞维尔一位得了花柳病的小伙子来——当地的孩子（吉尔伯特·塞尔兹很崇拜他，假如这对你意味着什么的话），地球上最下流的斗牛士之一——名字叫福尔图纳——我还不如——去朱安雷宾见你来得轻松些呢。我没能赶上 13 号的大型斗牛会——当然——今天的取消了——明天的是一群小人，星期一也许是场好斗牛赛。

[L. H.] 门肯很高贵，好吧。我真希望你来信回答。赫谢尔·布瑞克尔在巴黎。他读了《春潮》，很为它着迷；假如那意味点什么的话。无论怎样他本人也是个好人。塞尔兹当然——关于塞尔兹我没什么可说的。我与［塞尔兹］相遇是在诺尔·墨菲的家，同时受邀请的还有许多二等舱里见到的别的人；两封邮件、两封电报和一个电话把我们邀到一起。自打［1926 年 2 月］搭“毛里塔尼亚”号越洋以来我就没见过这么多二等舱旅客。

我不愿去寻找我的西班牙朋友，因为那样的话我就得说西班牙语（假如我能说西班牙语），就得走动；而我情愿工作。你对那些关于斗牛场笼统表述的看法是对的。类似表述都是废话。你对保罗·纳尔逊的看法则是错的——还错得离谱。我当时指的是你不知道的一个特别令人激动且富于戏剧色彩的故事。不是丑闻。也不是如你所说：简单的没受教育的年轻作家被光滑的爱尔兰善变的蜥蜴把毛衣拽到遮住双眼。那个故事不势利。我们到底为何要使劲写作？

我高兴得不得了听见你还在写书。真是好啊。这话不是开玩笑。我高兴听到麦克斯·帕金斯读了《太阳照常升起》有什么看法。这本书显然不是一册有指导意义的轶事集，而是一个很悲伤的故事——根本不是给孩子读的——唯一的指导是人们该如何去地狱（我能听见你说一点都不可怕）——我把它题献给邦姆比是因为我认为这么题让我愉快——假如你说得对，我不会把轶事部分加进去——你读到书后就会明白我为什么题献给他，当然还有另一个原因。我有复写本，你可以在朱安雷杉[1]读，假如清样届时还不来的话。

那两个酒瓶人喝的是波尔图葡萄酒。最好是三个［酒瓶人］，可我明白酒瓶很小。你读过《大不列颠百科全书》写美国草坪网球的条目吗？《大不列颠百科全书》的三文鱼比苏必利尔湖的三文鱼还要多。再说也没有什么区别，因为——看看莎士比亚和捷克斯洛伐克海岸等等吧。《新法兰西评论》7 月或者 8 月打算发表《五万元》，法文题目是 *Cinquante Grosse Billetes*。

此地无消息。写信给我，我向上帝发誓下次写一封好信。我知道这很糟，但我感到孤独得要死。

问候泽尔达。哈德莱问候你们全家。

为“干净书法案”[2]永远当你的同事

欧内斯特 · M. 屎

（此信藏普林斯顿大学图书馆）

[1] 也许是个玩笑。Sapins＝榉树。

[2] 所谓“干净书法案”是 1926 年冬纽约州立法会上 W. L. 拉夫博士提交的；1926 年 3 月 19 日在专门委员会的会上被否决。

致舍伍德 · 安德森

1926 年 5 月 21 日，马德里

亲爱的舍伍德：

去年秋天多斯 · 帕索斯和哈德莱还有我一天中午一起吃了顿午饭。我才把《黑笑》借给多斯。他读了；我们谈论了此书。午饭后我回家开始写《春潮》，直写了七天。

你说我对《诸多婚姻》的看法是错的；我对你讲了我怎么想《讲故事的人的故事》。我对《黑笑》的看法都在《春潮》这本书里了。本意并不是想做我在广告里看见作家们说的那些事。副标题说明我头脑里的伟大人种是白种。这是个玩笑，并不故意想恶；但这又绝对诚实。

你明白，我感觉假如说我们得劲往一处使；又假如你这样能写伟大作品的人却去写在我（一个从未写过伟大作品的人，但无论怎样属于同行匠人）看来很烂的作品，那我就该对你说出来。因为，假如我们得劲往一处使；又假如有人走下坡路，还从此不断走下坡路，并且除了同代人的撺掇外别无忠告——那我们就什么也产生不了，除了“伟大的美国作家”亦即学徒期津贴声称的那种伟大。

我想这封信很势利很糟糕，就像一本很势利很糟糕的书一样。这不是我想让此信变成这个样子的——也不是我想让那本书变成那个样子的。虽然我不太在意那书，因为那书不是个人的东西；越强硬就越好。

当然，看上去似乎我像本·海克特和另一些昙花一现的家伙一样与聪明的犹太人站到一起了。看上去似乎因为你对我一直很好，在《在我们这个时代》上帮了我很大忙；所以我才感觉有不可遏制的必要以一个作家的真诚感激来撞你的脸。不过，我想让你知道的是，当然又像在吹嘘——见鬼我也说不出口。

事情类似这样：1. 因为你是我的朋友，我不想伤害你。2. 因为你是我的朋友，这与写作没有关系。3. 因为你是我的朋友，我对你伤害就更多。4. 私人感情以外，任何好东西不会被讽刺伤着。

当然，假如有伤害的话，那只会是让你感觉很坏。因为没有人喜欢被人骂——但你不会介意被骂，挨骂只是很烦人，并不让你五内俱焚；假如你知道那人并不知道大家在说什么的话。所以，那可能是事情显现的方式。无论怎样我想你会觉得这本书有趣——这才是本书的宗旨。

这里很冷，在下雨。我正写些短篇，等待哈德莱下周来。你现在住在哪里？我们秋天到美国去，住在阿肯色州的皮戈特。[1]很不错的乡野。自打去年秋天以来我就没有见过葛特鲁德·斯坦因。她的《美国的诞生》是我读过的最伟大的书之一。我们整个冬天都在奥地利；我去纽约呆了一周。我一直很努力工作，尽量写得好一些。有时候写得好，有时候写得不好。

请让我知道你是否生气了。我常用的地址：

法国巴黎

意大利路

纽约保证信托公司收转

他们总是转给我的。我们整个夏天打算在西班牙过。

祝你永远顺利；哈德莱和我问候你妻子。

永远的你的，

欧内斯特·海明威

（此信藏纽贝瑞图书馆）

[1] 宝琳·费佛在阿肯色东北部的家。

致 C. E. 海明威大夫

1926 年 5 月 23 日，马德里

亲爱的爸爸：

我很高兴得知你的云雾山之行很精彩。也高兴听到别的消息。我们计划 9 月底或者 10 月初来美国，将在阿肯色州的皮戈特过冬。目前这只是计划，一切都还没定呢。

你在佛罗里达期间我飞了一趟纽约，呆了不到七天——只办了点业务——我想出纽约来着，可是不得不赶回“罗斯福总统”号。我知道假如我们尝试联络，会把事情弄复杂了；不联系吧又让大家都感觉不好；所以我没让任何人知道我来纽约了。

我的出版人现转为斯科瑞布纳出版社了，跟他们签了很好的合同。他们正出我的讽刺作品《春潮》——本月——我相信书已经出来了。还有一本长篇小说《太阳照常升起》——今秋出版。我正写些短篇小说，会发表在斯科瑞布纳的杂志上。

我来马德里的时候，哈德莱和邦姆比及他的保姆去里维埃拉的安特贝斯了。今天她本该和我在这里会合的。[1]可是，邦姆比咳嗽得厉害，她离不开他；所以，我几天后将和她在里维埃拉会合。等邦姆比好了之后——我们去西班牙住到 8 月——我们在安特贝斯同朋友们在一起呆着。

我在这里一直写短篇小说。我真高兴你和妈妈旅行那么愉快、大家都好。我们一登陆就去芝加哥；假如你们想让我们回去，我们就在橡树园跟你们呆三四天。哈德莱也要去圣路易斯见她家的人。不过，我不想太沉迷娱乐之类，所以她跟邦姆比去，我则呆在橡树园；在往皮戈特之前我抽一天去接她并见亲戚。在皮戈特，我能远离人群，他们也不来烦我，我就能工作了。我会写另一部长篇小说。有些人写小说可能是社交资本，而我则乐于像一头脚酸的熊一样独自游荡。

宝琳·费佛跟我们一起去了奥地利；今夏跟我们一起去西班牙；她在美国的时候就住在皮戈特；她在那里给我们弄了个家。我听说你们不高兴我想在温德米尔过冬，所以决定就此不烦你们了。

今早去做弥撒了；今天下午准去看斗牛。真希望你也来看。

向你和妈妈还有弟妹们表示至爱的问候，还有格瑞斯姨妈和外公。

欧尼

谢谢寄给我这么多漂亮的运动杂志。

（此信藏肯尼迪图书馆）

[1] 也许海明威 5 月 22 日周六听哈德莱说她来不了了。见海明威 1926 年 5 月 21 日致舍伍德·安德森信，说是她“下周”准来马德里。

致麦克斯威尔·帕金斯

1926 年 6 月 5 日，法国朱安雷宾

亲爱的帕金斯先生：

我很高兴收到你的信，也很高兴听说你喜欢《太阳照常升起》。司各特也说喜欢这部作品。我们因为咳嗽得厉害在这里暂时隔离。我

去了马德里一趟；我妻子和孩子还有保姆本来指望一周内和我会合。结果自己一到这里也咳嗽得厉害；所以在马德里呆了三个星期后我来到此地。我们将在这里再呆上三个星期，然后再接着西班牙之行。

至于地址：巴黎意大利路“纽约保证信托公司”收转是最佳永久地址。我会电报跟他们保持联系，告诉他们我在西班牙的地址；他们的转递服务很好。

7月6日和7月13日之间——包括前后两天——我在西班牙庞朴罗纳（纳瓦尔省）的昆塔那旅馆。假如你要发电报给我，就往那儿发。

最好别往那儿寄信。

这是我唯一确定的地址，但我会跟保证信托公司保持联系并告诉他们精确的信息。他们会转发给我所有电报并毫不耽搁地转交给我所有邮件。

我想清样上我将开始看手稿上的第十六页。头十六页上没有什么看不出结果的东西，或者在书的其余部分又解释一遍或重述一遍的东西——或者存在没必要陈述的东西。我想那么写下去从一开始就快得多。司各特同意我的看法。他建议我删掉各种东西——在开头诸章——我自己也从一开始就不喜欢那些——我想最好把那些删除；他表示同意。他也许会给你写信谈他对此的看法——对整个作品的看法。他跟我说他读了后很激动。

至于亨利·詹姆斯那事——我手头没有手稿的第二部分——在司各特那里呢——所以我不记得是怎么措辞来着。但相信提到的是某一偶发事情：一般认为是亨利·詹姆斯年轻时发生的。在我眼里，亨利·詹姆斯是像拜伦、济慈或者别的伟大作家一样的历史人物；关于他们的生活，个人的文学的生活，都有书记载了。我不相信提到此事即意味着讥讽。即便是讥讽，讥讽者也不是作家，因为作家没有在此书里出现。亨利·詹姆斯已经死了，也没留下后代被人伤害，也没有妻子；所以，我感觉从此以后他就算永远死掉了。我真愿此刻手稿在我眼前，好看看究竟是怎么说的。假如亨利·詹姆斯从未发生过那种事，那样说就是诽谤，无论他死了多久。假如他有那事，我看不出对他有何影响——他死了呀。我记得戈登和巴恩斯曾幽默地谈论巴恩斯的残疾问题；在他们眼里，亨利·詹姆斯不是该被侮辱的人或者该被保护不受侮辱的人，而只是一个历史榜样。我记得有架飞机和一辆自行车——但那跟詹姆斯没有关系，只是代表没有结果而已。司各特说他没有看出有什么跑色。[1]

清样到来之前，我不想思考此书；因为我在尝试写些短篇小说。清样来后，我想尽量以新的超脱的视角看待它。

直到今天我还没有短篇《阿尔卑斯山牧歌》的音讯呢——5月第一周前后我就寄给你了。你收到了吗？假如你没有收到我就另寄一份拷贝给你。在马德里我写了三个短篇，1 400字到3 000字不等。我还没叫人打出来寄出去呢，因为我在等《阿尔卑斯山牧歌》的消息。[2]

《春潮》怎么样了？有样书寄给我吗？

你能挂号寄给我200美元支票吗？就寄到保证信托公司的地址。很愉快接到你的信并得悉你喜欢这本书。

永远诚挚的你的，

欧内斯特·海明威

（此信藏普林斯顿大学图书馆）

[1] 詹姆斯在《太阳照常升起》第12章里叫亨利。

[2] 《斯科瑞布纳杂志》没有接受《阿尔卑斯山牧歌》；这个作品首次出现于范怀克·布鲁克斯编《美国车队》（纽约，1927）。在马德里一天内写的短篇小说是《杀手》、《十个印第安人》和《今天是星期五》。不过，海明威去西班牙前就开始写它们了。

致舍伍德·安德森

1926年7月1日，西班牙庞朴罗纳 [?]

亲爱的舍伍德·安德森：

你的信写得不错（这就不是老师对学生的口气了）。假如我写的那些信是势利眼信的话，那我坐在打字机前时一定是处于很傻的状态。不过，无论怎样，假如我曾经那样写过信，今后不再那样写了。我甚至都不想努力摆脱那封信——不过会捏住它的鼻子，去掉“假如”，放进一个“由于”。不过，无论怎样，你说此书会对你（知名度）产生好处的话是对的。我肯定因为它涉及许多人，会对我造成伤害。那又能怎样，见鬼去吧。因为我写它的六天写得很愉快，觉得很好玩；还因此赚了500美元稿费（此前的写作计得200美元，还没有短篇在美国售出呢）。你是中量级的冠军，因此下巴不会脆弱，我的下巴也不脆弱——不过，现在是无论得没得500美元，我都感觉很好。

不过，我要反一下你引的那位克利夫兰高贵的记者的说法，要向你指出我并没有撕掉或者烧掉这书的手稿以“保护”你；我从马德里写的信的意思无非是说，“安德森先生，我读过你的书，崇拜你很久了；我现在企图袭击你的下巴；理由如上。在我的葬礼上你会听见人大声朗读我的道歉文字副本”。

我很高兴见［拉尔夫·］彻尔奇。8月我们回巴黎，会呆到9月中海路回国。能去特罗特达尔［弗吉尼亚］当然好，我们也许还真去。我想我们可能在得克萨斯或新奥尔良登陆，然后直接从那儿去皮戈特［阿肯色］。我们没有钱，得省从纽约走的火车票钱，坐较便宜的船前往。冬末假如你没去巴黎，我想过去见你。能再次见你，我会很高兴的。我们愿去特罗特达尔。那里的乡野似乎很可爱。

无论怎样，再见。祝你好运。假如你不去巴黎，我在圣诞节前会见到你的。我去见你的时候，一定不迎面而上、忘掉躲拳——像上封信那样。哈德莱问候你和夫人。

永远祝福你，

欧内斯特·海明威

（此信藏纽贝瑞图书馆）

致麦克斯威尔·帕金斯

1926年7月24日，西班牙瓦伦西亚

亲爱的帕金斯先生：

谢谢你寄给我《小儿子历险记》［E.J.特瑞劳尼著］。我还没有收到呢，但很期盼读到它。

我想我们俩对一些单词的用法意见是一致的。我用词都得先考虑是否有可替代的字眼。不过，清样我会仔细读一过的。我想到了一处：迈克喝醉酒的时候想侮辱斗牛士，他老说——老对他说牛没有屎。那一处可以改成——我想也不损失审美价值——牛没有角。不过，布瑞特用“婊子”一词的事情——我从不用此词点缀什么，除非绝对需要。我想所用几处必须保留。整个问题似乎是一个作者不该使用与词汇自身价值或者含蓄的意思严重剥离的单词——比如“屎”之立于页面，除非整个文本完全是拉伯雷式的文本，都以夸张的手法表达，过分而不真实地强调。即便是很古老很经典的英语单词表述放屁，你也不能用。虽然我能想到一处也许可以用，是在足够悲剧氛围的情形下；可能完全被接受。战争事件里的一处对话，在行军的部队里进行的，还在炮火之下。

我想字词——我能删就删——用在《太阳照常升起》等作品里的，因为故事的悲剧色彩而合理合法。不过，当然，我有日子没见这样用了，打成字的则全然不见。

我不给杂志再寄短篇，是因为司各特打保票说杂志会买任何可以出版的东西；我的希望高燃。试了一个长的一个短的——我想大概故事不很娱人——两个都不能发表；我于是打退堂鼓，因为我还指望它成为某种收入呢。我想自己真傻没有多抄几份稿子，把它们寄出去。我 8 月 10 日回到巴黎后会抄几份的。迄今校样没有到。

我计划在巴黎把《太阳照常升起》等仔细再看一过。你想让我哪天退还你稿子？

至于秋天回去的事情——财务状况如此之糟——身体又弱，很容易受严重咳嗽影响；又需要在里维埃拉养病；一事又一事——遥望无期，虽然我希望回去，也很指望回去。我在欧洲从几方面讲都够长了。

《春潮》怎么样了？

“保证信托”总是我的永久地址。

我希望你的夏天一直过得很愉快。西班牙风沙大，且炎热，不过在欧洲，还是比别的地方好得多，就剩这地儿了。

永远的你的，
欧内斯特·海明威

（此信藏普林斯顿大学图书馆）

致亨利·斯特拉特[1]

约 1926 年 7 月 24 日，瓦伦西亚

亲爱的迈克：

照片很好，谢谢你寄给我们照片看。对你母亲的去世我们非常难过。哈德莱也难过。她问候你们，并向你俩表示慰问。有事关乎死，还是好人往往赴死。虽然活得够长就会死，我还对死一无所知呢。

在纽约你对我很好；别以为我不记得。我们秋天不走纽约回国。假如回的话会走得克萨斯加尔弗斯东。这里的一切从各方面讲都见鬼去了，不过明天开始有八场斗牛。加洛、贝尔蒙特、桑切斯·梅雅思、尼诺·德拉帕尔马，还有维拉尔塔、缪拉斯、维拉马耳塔斯、康查·Y.谢拉斯、姆鲁贝斯、佩雷斯·塔贝尔诺斯、瓜达莱斯茨和帕布洛·罗梅罗斯。哈德莱和我都在这儿呢。庞朴罗纳很了不得。邦姆比咳嗽得厉害，我们吓得要死，赶紧把他和哈德莱最后还有我从马德里弄到里维埃拉隔离，住在菲茨杰拉德从前的别墅：在朱安雷宾（阿尔卑斯沿海）。

没别的什么新闻可发。我很高兴你喜欢《春潮》一书。斯科瑞布纳今秋出的那本小说一出来我就发射给你。我们在巴黎的住处已经得通知要我们搬，8 月 8 日前我们得前去清理东西。记得替哈德莱问候冯·施莱格尔夫妇。我们也问候你、玛吉和孩子们。

写信给我，让巴黎“保证信托公司”收转。我希望你能为你父亲做点什么——虽然一个人失去所爱的人并且是生活与共的人一定是件很无望的事情。我们都该做点什么，安慰人是让人欣慰的事情之一。

再见，迈克。写信给我。

你的永远的，

海姆

（此信藏普林斯顿大学图书馆）

[1] 亨利·（迈克）·斯特拉特，美国画家（1896 年生于肯塔基路易斯维尔），普林斯顿 1919 级生。1922 年在巴黎庞德寓所初见海明威；此后经常在巴黎、拉帕洛相见，日后在基韦斯特也经常见面。1979 年，他编撰了“色彩自传”《岩石、裸体和花卉》，里面收有三幅海明威画像。

致麦克斯威尔·帕金斯

1926 年 8 月 21 日，巴黎[1]

亲爱的帕金斯先生：

我们从西班牙回来途中在安特贝斯角收到清样，那是十天前的事了。我脑子里记着你划出的要点，非常仔细地校阅一过。

第一——我从科恩开始。我觉得此书删除这第一部分就损失了；可如果把贝洛柯那段删除而又加进这部分就不知所云——如果没有贝洛柯的名字整个就不知所云。

第二——罗杰·普瑞司各特现在是罗杰·普伦提斯。我相信记忆中是跟一个叫罗杰·普伦提斯的同学，不过他至少不是格兰威［·韦斯克特］。

第三——赫尔格斯海默现在换成了别的。

第四——亨利·詹姆斯要么叫亨利，要么随便叫什么——你觉得哪个好就用哪个。

第五——我不相信“挖苦”章里和那首怜悯歌里的空白能招人反对——知道用什么词的任何人都能加词进去。万一冒犯人，可以加个单词“pretty”。

第六——公牛们现在没有阑尾了。

我尽量减少亵渎语言。不过，我写书的时候减去了如此多的亵渎语言，恐怕没有多少能再出口了。也许我们不得不把这本书看作是亵渎之书；希望下一本书不那么亵渎，也许还更圣洁一点。

今天的邮件里有一封邀请：西尔斯·罗巴克广播电台WLS欲广播《春潮》，伴随以简短的谈话，还有“听听一个著名的受人崇拜的作家的声音让普通人真正激动、永远留下记忆”的宣传单（你觉得这会是谁啊？）。另有一信来自《密苏里历史学会》，求一本《春潮》跟所有密苏里作家作品收藏大全保存在一起。突然如此似乎非常奇怪。

随此信附上短篇小说一个——《杀手》——著名的受人崇拜的作家亲自打字，用的是6岁大的科罗纳打字机。所以，假如你们杂志不要，就把它寄给西尔斯·罗巴克广播电台，请约翰·M.斯达尔收转。也许他愿意让许多普通人听到这篇小说。

我在昨天的邮件里还发现我欠亨利·罗美克公司16美元剪报费；这个公司地址在纽约西19大街220号。我手头没有美元。罗美克先生我相信是他自己允许用原名罗美克的，给我寄剪报真不错。不知你能否给他寄16美元，把账记在我很快就能得的稿酬账上。假如这事你做了，就对原名罗美克先生说这钱是我付他的，说他还可以接着往原地址寄剪报。

我上星期见到泽尔达时，她气色很好很可爱。司各特拼命工作。唐·斯蒂瓦特来了，带着一个很乖很漂亮的新媳妇。我希望你们这个夏天过得不错。我们在西班牙很愉快。我现在也拼命工作——计划本周末把校样寄回去，并将寄出另一个短篇。

祝好，

欧内斯特·海明威

（此信藏普林斯顿大学图书馆）

[1] 本信的回复地址为杰拉尔德·墨菲寓所：弗洛迪瓦路60号。同哈德莱闹掰后他独自住在那里。见海明威1926年9月7日致F.司各特·菲茨杰拉德信。

致麦克斯威尔·帕金斯

1926 年 8 月 26 日，巴黎

亲爱的帕金斯先生：

我明天就把校样交“毛里塔尼亚”号寄走，你一个星期后能收到。

你没有寄题献页或者扉页的引语。我忘了写的是什么了。诸引语里我想保留葛特鲁德·斯坦因的话，我记得是“你们都是迷惘的一代”。也许还有——就按手稿上写的吧。还有《传道书》里的一句引语。题献页是：

此书献给哈德莱及
约翰·哈德莱·尼卡诺尔

寄出校样前我也许改动了几处，又删掉了一些；至此你能看到这些了。我相信此书现在的开头（直接就写科恩，省掉热身文字）的确更好。毕竟，假如我写书不想额外啰嗦，那就坚持不啰嗦。既然终于脱稿，也就没别的机会让书变得更好。我现在对《太阳照常升起》很觉开心。希望你也感觉如此。

司各特今天来信说他正拼命工作，把前门都关了，窗帘都拉上。他有望 12 月 10 日从热那亚坐船到纽约。

假如“挖苦”那节和怜悯小调还烦人，你可以采取几个方法——把破折号缩小，接着省几个句号。或者干脆把它们关起来。没有破折号；也没有句号。你想怎么做就怎么做。只要文字没有变化、不加进别的东西，我不在乎它们怎么着了。

我想别的都没事了。我们去掉了贝洛柯、换了赫尔格斯海默的名字、把亨利·詹姆斯改成了亨利、把罗杰·普瑞斯科特改成了罗杰·普伦提斯，让公牛们的再生育功能变成不宜。

我现在要住笔了，没有别的话悬着了。你预期《太阳照常升起》什么时候出来？《春潮》怎么样了？寄我 200 美元支票好吗？弄完《太阳照常升起》真好。这样就能做点别的，不会有此书的事情干扰破坏别的产品。我想忘掉它一长段时间。把真人放进书是个大错误；

我希望不再犯这样的错误。

致敬，

你的真诚的，
欧内斯特·海明威

（此信藏普林斯顿大学图书馆）

致麦克斯威尔·帕金斯

1926年9月7日，巴黎

亲爱的帕金斯先生：

《太阳照常升起》清样两周前跟“毛里塔尼亚”号寄出，所以我没回你关于寄校毕清样的电报。现在你无疑收到了它们并接着下一步工作了。

今天我收到你从乡下发出的8月23日的信。

事实上我并没有泄气，尽管我从瓦伦西亚给你写信时可能一度泄气了。我觉得艺术追求上我没有问题。写作比得报酬更令人激动。假如我能继续写作，我们俩终究是能挣到钱的。我现在正努力将此前写的短篇小说都卖掉、给掉或者以某种方式清理掉，为更多的创作扫清道路。

奥布莱恩今天写信请求出版《没有被斗败的人》。这篇小说不知你读过没有。他打算收进年选1926年卷。我想这样大家都知道了。也许对《太阳照常升起》有帮助，因为这篇小说跟斗牛有关。两个作品都不提让人难堪的阑尾之事。

你的永远的，
欧内斯特·海明威

（此信藏普林斯顿大学图书馆）

致 F. 司各特 · 菲茨杰拉德

约 1926 年 9 月 7 日，巴黎

亲爱的老菲茨：

真高兴又听到大师的消息。菲茨，书写得怎样了？高兴听书的情况。老伙计，往下说。我开始写作的时候也有同样的体验。有一天我遇见《小茅屋》里的乔治 · 贺拉斯 · 洛里莫；自那以后，事情就顺利了。

你过得到底怎样？到这儿以后我决定给掉所有短篇、把要卖的东西都清理了。这样就能强迫我再写新东西了。所以，我把《今天是星期五》给了某个小册子组织，他们写信要我一篇随笔，跟考克陶的画一起发表。我把《阿尔卑斯山牧歌》寄给了《新大众》，这是我见过的最令人恐惧的最恶心的机构——他们也要我投稿——看看我自己怎么找托辞吧。《杀手》寄出了——我刚给斯科瑞布纳完成的。我刚收到麦克斯 · 帕金斯电报说“《杀手》棒！布里奇斯约稿。《太阳》校样收到。帕金斯”。[1]

所以说，连欧内斯特这样的愤世嫉俗小子有时也有愉快的惊喜。除非现在等着听布里奇斯突然死亡的消息、帕金斯炒了他的鱿鱼、斯科瑞布纳的杂志停刊了。否则，东西会发表的。

自那以后到昨天，我写完了一个新短篇，又开始另一个。多亏［保罗］ · 雷诺兹的信，多亏你对审查问题的优雅态度。整个法国为你们骄傲。警察和别的官僚层面都想废除优雅的审查条款，所以他们举出的朱安雷宾方面煽动元素，别去听。

《了不起的盖茨比》的作者至少拥有跟德瑞弗斯一样多的支持者。别让他们把你投入监狱。就是不让。真正的法兰西在支持你。

哈德莱和我仍然分居。[2]我 10 月份打算骑自行车去马赛，在马赛住一星期左右，在那儿写作。等你写完书，我骑车去看你。我们的生活都见鬼了，本以为美好生活指望的是这一件事。无需说哈德莱很了不起，所有的事怎么讲完全都是我的错。那是实话，不是客气。自去年圣诞节以来就见鬼了，许多不眠之夜，倒看清了周遭，得以研究司空见惯的领地，甚至喜欢上了它，也许乐于带人逛逛呢。我们创造了地狱，当然该喜欢它。

我删削了《太阳照常升起》，从科恩开头写——把第一部分都删了。还有几处小删削。重写了多处，更紧凑了几处。删削了的稿子清样读着感觉不错。基督知道我想写得更加好一点，但它自己就这么挪动了，很瓷实，很动听。我真希望你喜欢它。我想你会喜欢的。

正推进一部新长篇呢，进展顺利。我给它起名叫《世界的场》。你会喜欢这题目的。

问候泽尔达。告诉她我们来告别时没见到你们是多么遗憾。我自那以来没有喝酒，没进酒吧，"澳犬"没去，"穹顶"没去，"优选"也没去。没见任何人。也不打算见任何人。正尝试一个作家非常的写作实验。这也许结果还是一场虚荣追求。开始了半永久的自行车之旅，只要天气好，一旦我桌上的活干完，我就坚持骑。随后是许多要完成的东西，所有想写的短篇，也许在马赛着手。看看吧。

世界充满了事物，我肯定我们都会像国王一样幸福。国王有多幸福?

史蒂文森。

你的永远的，

欧内斯特

沃尔什，《士兵》那首瘾君子纵狗咬牛的诗歌的作者攻击我到了这个程度：《本季》下一期几个栏目会登出指控海明威把自己卖给既得利益者了。我给他寄了张明信片，说《本季》这一期出来后，他的诗令我恶心。现在似乎是我从一个无瑕的"文学"骑士变成了拿《斯科瑞布纳》大额报酬的惟命是从的作家。我看见了这东西的副本，是发表前他广为传布的复写本。先生们，我的暴脾气要来了。

[此信信尾倒写着：] 想写信的时候给我写信。我孤独得很。

(此信藏普林斯顿大学图书馆)

[1]《今天是星期五》发表于 As Stable Pamphlets(新泽西州恩格尔伍德，1926)。这篇作品被《新大众》拒绝了。《阿尔卑斯山牧歌》发表于范怀克·布鲁克斯编《美国旅行队》(纽约，1927)第 46—51 页。《杀手》是海明威发表在《斯科瑞布纳杂志》第 81 期(1927 年 3 月)第 227—233 页上的第一个短篇

小说。

[2] 8月从里维埃拉回来后海明威和哈德莱即分居。此事在《一个人的加纳利舞》里被处理成小说，见《斯科瑞布纳杂志》第81期(1927年4月)第357—360页。

致舍伍德·安德森

约1926年9月7日，巴黎

亲爱的舍伍德：

谢谢你写如此醉人的信给我。特罗特达尔似乎很不错。我嫉妒你在那里看见的秋天。一定很美丽。每年秋天我都想念美国的秋天，想得我都憔悴了。皮戈特在我眼里现在是地狱，还有别的很多事情呢。有两件事我曾经迫切地要去做，皮戈特的事是其中的一件。

看见《新大众》了——吉恩·约拉斯给我看的，里面有一首他的诗作——这本杂志似乎是内部刊物。我把第一部长篇的清样寄给斯科瑞布纳了——题目叫《太阳照常升起》。我真的希望你喜欢它。这部小说无论怎样写得不聪明；老天让我偏离了本来想写的那种。我希望学会怎样写。但是，唯一的方法似乎是：写去吧；终究会超过平均水平的。

你可以给马添足够的负担，让它没有机会获胜。在美国（美国人呢总是在美国，无论他们称呼住的地方叫巴黎还是巴拿米），我们都加重负担让马累死——更别说让它在重负下奔跑了。我住在这边的臭虫屋子里大概八个月了，失眠的老毛病常犯。这东西你可带到任何国家，我真庆幸自己结实。也许终究会好的。

我仍然感觉很不好，那时曾以权威的口气或者不通的方式给你写了那信。不过我想，年轻人总是得肯定自己；演出很惊心动魄，得保证每场都赢；在你25岁的时候除非你知道一切；等你有时间谢幕的时候，你已经35岁，根本没有机会知道任何东西了。也许，我们都得知道点什么。

这信写得乱七八糟。不过我真希望自己在特罗特达尔。无论怎样，11 月你来时我们在这儿。能再见到你真是好啊。

一如既往，

海明威

（此信藏纽贝瑞图书馆）

致麦克斯威尔·帕金斯

1926 年 9 月 28 日，巴黎

亲爱的帕金斯先生：

《杀手》的消息让人高兴。我肯定会寄给你更多的短篇。你跟我谈的关于《太阳照常升起》扉页的安排看上去很好。我相信你安排得会好看的。

罗杰的名字不用改成罗伯特·普伦提斯了，除非你已经改了，改了也没关系。我确认了一下跟我一起上学的孩子的姓名，发现普伦提斯是他的名，不是姓。

你预计《太阳照常升起》什么时候出来？我收到柯尔蒂斯·布朗的信，说他们正在寄凯普版《在我们这个时代》样书，已经写信给斯科瑞布纳要《太阳照常升起》的清样给凯普看。在我看来，他该拿清样。

曼纽尔·孔罗夫，编辑马可·波罗书的那位，有时也写很优秀的短篇小说。他读了《五万元》。我告诉他此篇何以未再版后，他主动提出试试并替我删削了 1 500 字。他把这个短篇带到乡下去了。等稿子回来，也许很适合杂志登。我等出短篇小说集的时候可以把原稿放进去。不过，假如我不喜欢修改稿，就不寄了。我想布里奇斯也许愿看看孔罗夫的短篇小说。他的有些东部题材的小说很好并且很短。

我会给布里奇斯写信，现在匆匆草此，要去赶“陛下”号船。

你的永远的，

欧内斯特·海明威

（此信藏普林斯顿大学图书馆）

致宝琳·费佛

1926年11月12日[1]，巴黎

最亲爱的费费：

自你10月26日情绪低落时写的信以来，除了那封电报，我没有听到你的任何音讯——通讯中断了。我写上一封信的时候（下周中某个时候你会收到此信），并不知道你的状况如此糟糕，甚至也不知道你开始这么感觉不好，这么焦虑。所以，我写的信似乎有点太不理解人了，很没心没肺。假如我收到你心情不好的信，我可以写信安慰你——可是信是在电报之后到的，我的上封信已经寄出了。

我感觉也绝对完蛋了垮了，费费。我现在也满可以写出来，那样也许就能摆脱了。你母亲肯定感觉不好，女儿要嫁一个离了婚的人，要破坏一个家庭，要惹一身麻烦——沉默的不准许肯定最可怕，你一点法子也没有。我肯定我们关系的这一部分会发展得很糟。你母亲自然不会有别样感觉。金[2]把她写的信给我看了。你母亲11月1日的信说你回来的时候气色还不错，也很幸福；可上星期整周——也就是我没有你音讯的那周——你神经崩溃了，形容很憔悴。说你在皮戈特很孤独，成天自己沉思默想；说你想的自然都是不快的事情。因此，你似乎正经历地狱的全部；你并不坚强，又被压垮了，所以可能毁了你。我们两败俱伤，又有什么好处？于是我想了一整天一整夜——焦虑像个绷带缠绕着我头顶的内层——脑子里没有别的。我所能想到的是你（我所有的一切、我所最爱、我放弃一切追求的对象、我背叛一切所追求的人儿、我灭掉一切所追求的人儿）正被毁灭，你的神经和你的精神日夜受着煎熬；而我又没有解决的办法，因为你不让我做什么。

我知道当我的信到你那儿的时候，你就得想法决定。我知道你会接受难过的一面，你认为正确的一面；我崇拜你的勇气——不过我根本不知道假如一起商量会不会是这个样子。我日思夜想只是感觉此事要命，我们都受着折磨。

你看，你回皮戈特之后，你说你要告诉你母亲；并说假如她不喜欢，你就离开——或者说她不得不回心转意——因为冒天下之大不韪的是我们，我们得自食其果。你说你要休息，不去焦虑，把身体养好，棒棒的，就是不去焦虑——那么，结果怎么样了？

现在我可以回顾一下孤独地等待你的日子了——不过知道一切都没事，只是等待——那些日子似乎令人难以置信地幸福。你现在把自己和自己的心都交给你母亲当人质了，整个事情似乎绝对无望。你过去三天不写信就总要去发电报——可我没有收到电报——你上封信是26号写的。金妮昨天收到你母亲的信，那是11月1日写的。我什么也没收到。所以，我不知道你是否放弃了我——甚至那时——你收到新近的信之前——就试图放弃我。费费，我在这儿度日如年，无聊可怕，我觉得自己都想尖叫。夜里尤其可怕得令人难以置信。

我们如此幸福过，拥有过整个世界，而这一切却成为代表原罪的影像。你不愿收我的信，也不愿接受我；想到这些我就一直害怕。我仿佛听见你说："我不能再这样下去了。我不愿意。我不能做。我不能再这样做了。"

这就是我想的东西。因为，假如其他海誓山盟都破了，这一个如何可以依靠？

我整天都想着要跟你说些什么，要告诉你些什么。我开始剪贴报纸；心想，这还不简单，什么事都没发生过，也没有什么困难是我们自己找的又解决不了的——只是我绝对与此事有关。

我知道你另外准备了三个月。因为，你认为这是哈德莱所要的时间——也因为你的处境如此，牺牲似乎是必要的——当然，哈德莱所要的是拖延离婚时间——不惜一切拖延离婚——她并没有想把我俩都打烂——她不会承认，但她知道我们是同一人——有时她承认这一点——给她时间拖延，这实际上是世上唯有的东西了。可她要的是让我们把她送上离婚的轨道；同时把我俩都打烂。

真是妙想啊。

所以，无论现在情况多糟，我不能发电报说"快"，因为电报会自动关掉，因为你做了选择——显然最好还是让机会给打烂——或者打——而不是相互见面又拖延离婚——所以我不能做任何拖延离婚的事情。我不肯定自己不会作打的准备，费费。

当然，我只是不愿。只有当你看见我琢磨难道这就是我经历的一切所得吗、这就是结果吗的时候，我才会去打烂这东西。

因为，任何人都可能被打。我们显然是选择了被打——我们自己的自由选择——事由可悲，考虑周密，完全首肯。

我知道这封信很糟很廉价很自怜，纠缠无聊……就算是吧。啊基督啊，我感觉糟糕极了。真糟糕，费费。

那么，假如哈德莱不愿离婚或者接受朋友的建议再次拖延，我们将何去何从啊。

我只要有你，别的都能忍受，也能经受——可现在我没有得到你，而你又故意闪了。我知道你头脑很乱很不舒服，费费，我无法忍受这个。

去年秋天，我很平静地说而不是虚张声势地说（在我们一起度好时光的时候）假如到圣诞节这事还没有理清，我就自杀——因为，那意味着此事就是理不清了——费费，我知道现在是你要吹，我可不能忍受——显然，我能做的就是把原罪从你的生命里剔除并避免哈德莱不得已离婚——赞扬哈德莱——通过自杀来实现这一切。后来我答应在你回来之前不做这事并且在任何情况下不考虑自杀。可是，现在一切又都失控了。你说话不算数了，我该考虑自杀或可解脱。只是没有什么能让你解脱。不过，我不是圣徒，生来也不像圣徒。趁着世界上还有点什么的时候我情愿去死也不愿苟活，让生活的每一部分都夷平毁灭，在我死之前弄得一片空白。[3]

不过，我不愿，我不愿想这个。也许你会回来；也许你会留点什么；也许我们会有胆子：在外科手术的中间不作自我牺牲。也许我们能挺过来。也许，也许，也许，也许。

我所要的一切就是你，费费。啊亲爱的上帝，我多想要你。我真不好意思写这信，我讨厌这信。可我得把毒解了，我为这毒焦急烦恼。没有音讯，进港的所有邮船没有你的信。却在昨天看见你母亲的信，信里的你在受良心的惩罚。我死后完全愿意下地狱，而不是现在。不过不是死活都下地狱，虽然现在似乎是死活都要下地狱。可是不会。请原谅我的这封信，费费。一切都很可鄙。我因为离你遥远才会这样的。只有84天了。从今天起到下周五，我当然该收到一信。金发电报问你的情况了——每天晚上并每天早上醒来我都为你祈祷几小时。我祈祷你好好睡觉，紧抱你，让你别着急。啊，费费，我爱你爱你如此爱你——我是你喝了就见鬼的烈酒。

欧内斯特

(此信藏肯尼迪图书馆)

[1] 虽然原信清晰地写着10月12日，但内证表明错了：应该是11月12日。
[2] 宝琳的姐姐维吉尼亚。
[3] 见海明威1926年10月初致伊西多尔·施耐德的信："这世界是如此残忍，能对我们下手做如此多的事情，能以如此多的方式伤害我们，当它用事故和疾病……时，像是在欺骗。你对地狱所能做的就是经受它，假如你能经受的话。你得经受。至少我想我总要经受。"海明威还说他"反对自杀，对自杀存有偏见"，"一个人不去自杀的真正理由是因为你总知道生活在经历了地狱之后是如何美好"。

致麦克斯威尔·帕金斯

1926年11月16日，巴黎

亲爱的帕金斯：

谢谢你寄来评论和广告。布鲁姆希尔德画的肖像很像我想象的杰克·巴恩斯的形象。肖像的样子很像一个作家，这作家因失去某不可替代部位或者因不可替代部位的萎缩而沮丧。只可惜这是海明威，而不可能是巴恩斯。终于成功地看上去像个作家了，真不错。广告和腰封看上去都很优秀。

我真愿能如你建议加些东西写布瑞特。这对第一次读这部作品的人来说无疑有价值。关于布瑞特，也有好材料可用。另一方面，任何前言或序言在我看来都破坏书的整体统一。虽然不显，但整本书是有某种韵律的；假如被破坏了，韵律就找不到了。第一部分是个整体，包括贝洛柯章——我可以删（已经删过一次），并且保持整体状态——但《五万元》的不幸表明删除那种东西有多难；我恐怕事后修补都不管用。

我很抱歉，因为我很想为你删改，但我觉得，我们终究会发现，现在我不妥协造成的损失，日后一定得到回报。我知道你不会让我把那放回去，除非你真的喜欢它。我知道在许多方面那会是不错的东西——但我终究觉得也许我们俩都会因此损失。你知道，假如你想要，我愿为斯科瑞布纳写书。多年来我都想要斯科瑞布纳出版我的书。也愿意我的书成为好书——越写越好——有时也许不那么好——我能写书，也许有幸学着越写越好——知道事物是怎么个样子运作，整个儿是怎么回事——不把事情弄糟。所以，假如这本书销量不好，也许某时有一本书会畅销。假如真是好书，我肯定它们会畅销的——假如我学着写得更好——但是，假如我开始着急，或者考虑卖不卖的事，那我就永远也写不好，只会卡在打字机上。虽然如此，上帝知道我目前需要钱，我还是愿这部书真的叫座，也因为你一直对我很好。

另外一件事是：布瑞特·阿什莱是真实的人物。其他真实人物詹姆斯、贝洛柯、赫尔格斯海默等如果不改动，我倒不在乎我笔下的人发生了什么——不过既然他们（其他人）受到保护，我觉得只要没有必要，也放过不改。那是书里唯一不是想象出来的——布瑞特的传。

我知道比尔·贝内特很失望地发现我从迈克尔·阿兰德［阿伦］的作品里抬出个人物。那说法很滑稽，因为我从未读过一个字的阿兰德作品。战后，我倒是与达芙·忒斯顿夫人、南希·库纳尔德、玛丽·比尔伯姆的作品为伍，这些人把阿兰德或者叫阿伦作为该推荐的亚美尼亚青年来抬举，让他试写几样东西；当他们发现他的亚美尼亚气浓得烦人的时候就放弃他了，不值得培养——不过，之前他还是有法子进入幕后的，进入了各色人等的生活。那时他的亚美尼亚气不那么重。

现在有意思的是我认识了一个姑娘，把她密切地揽进了生活，让我感觉很不好——除了我无法想象她会读点什么——看着她整个走进地狱——还在她出发时帮了一把——接着是感觉糟糕透顶。得悉自己又带着少年的热情从未读过的亚美尼亚跟屁虫（用的是伦敦人名字）的作品里抬出个人物——你想这是什么滋味——贝内特觉得没人有过头衔？是那个头衔得罪他了？还是只有写给女仆丫头看的书里的人有头衔？我没有读过阿兰德，所以不知道——现在我倒担心——因为也许我写得像阿兰德。那真是很好玩啊。

也许阿兰德愿写几章，那会卖几百万册。也许贝内特能为我们找到他。

孔罗夫结果从《五万元》里只删削了几百字。连载期间也许你能当主事者。或者，假如［威廉·莱昂·］菲尔普斯先生生病又短稿件，你就主事。你可以跟菲尔普斯先生说，假如他要压缩稿子，我就把压缩的版面买下来，不管版面值多少钱我都付相应的钱。或者我把作品所得跟他对半分。我想在拳击被废除之前发表这作品，或者在杂志被废除之前发表这作品。

我在这里发表的所有东西都被塞缪尔·罗斯窃取。他从未得我许可发表任何一字。而我在这里的作品一出来，他就盗版所有的东西，从不付我一分钱。我在《国家》和《新共和》上看见他的《两个世界》的广告了。

乔伊斯则完全被盗版弄得崩溃。罗斯未经他许可偷窃了《尤利西斯》，从未支付他一分钱；还按月连载《尤利西斯》并且删除部分内容。我今天见到乔伊斯了，他刚收到罗斯接受纽约某报纸采访的副本，说他发表《尤利西斯》是得乔伊斯首肯的，说他跟乔伊斯在钱方面安排得对乔极为有利，目前还不能透露；说乔伊斯在美国私下卖这本书挣了大钱。乔伊斯绝望得很。十三年生命的结晶被偷了；偷东西的人还不知足，还要坏人的名声。偷人一生的劳作还不知足，还要撒谎，还要篡改文本。

纽约地区检察官肯尼斯·辛普森已经答应一回纽约就把罗斯绳之以法。乔伊斯同时设法禁止罗斯继续胡为。[1]

这行当真是恐怖而令人泄气；一点都不让人稍微喜欢点犹太人。我很生气他偷用我的短篇小说——不过跟偷乔伊斯整本书比较起来，我这就微不足道了——不过似乎有声誉的出版物如《国家》之类就该拒绝接受罗斯的广告。难道国家就没有一个机构能把骗子的广告列入黑名单？今日的生活似乎格外复杂。

我下周计划和朋友驱车前往里维埃拉。他得去那儿取车，我则要见司各特。我相信他会搭 12 月 12 日的船。

我还有一张 200 美元支票没有兑现，因为法郎的价格太高——不过好像价位就停留在那儿了。我希望《太阳照常升起》卖得好，这样等我需要钱的时候就能从你那儿多得点——似乎该卖得好一点的——很有意思，人们对它的看法似乎很不相同——我总听人说书写得好。《纽约时报》的评论我得从头读到尾，这样才能知道人们是真喜欢它还是不喜欢。［康拉德·］艾肯似乎喜欢它。阿奇·麦克莱什告诉我他是个很好的评论家——我是说艾肯。也许这会鼓励别的小子喜欢这本书。好玩。写了本看似悲剧色彩浓的书，却让人以为是爵士乐般虚无缥缈的故事。假如往深了阅读，他们就读不下去了，因为会边读边哭。当今的生活真是有趣——这台打字机似乎自己跑了。

你的，

海明威

（此信藏普林斯顿大学图书馆）

[1] 罗斯盗版乔伊斯的《尤利西斯》直到 1928 年 12 月 27 日。纽约州最高法院此时责成他不得以任何形式用乔伊斯的名字。见理查德·艾尔曼著《詹姆斯·乔伊斯》（纽约，1959）第 598—599 页，第 616—617 页。

致哈德莱·海明威

1926 年 11 月 18 日，巴黎

我最亲爱的哈德莱：

我很抱歉我见到你后才收到你的信——因为我不知道你的决定，也不知道你怎么想的——一次又一次地伤害你，说些你很明智地得出结论最好还是写信商量的话题。

我觉得你的信跟你以往所作所为一样勇敢，全然不自私并且慷慨大方。

在过去的一周里，我发现（很可怕）宝琳和我无意中在给你施加压力，让你跟我离婚——这压力来自匆忙恐惧，担心我们会彼此失去对方——你疑心是再自然不过的事情，于是所作反应是不同意，这样两个人结婚的基础就不存在了。你的反应总是对的，我总是信任你的反应。我相信你的反应一如我相信你的头脑。

我想也许当宝琳和我都认识到我们那样对你是多么残忍，认识到再这样残忍下去，我们无法指望找到任何幸福的基础——认识到我们可以给你时间，你需要多久都行，我俩可以分别；而不是让你同意离婚，你并不认为离婚是不可避免的，也不想离婚——我想当你感觉到我们这样做了的时候，我希望你相信那是诚心诚意的，如此也许能解除你自然的正当的反应，让两个人自由结合；这两个人似乎相互不配结合，或者别的什么不尽人意，都有可能。

现在，假如你希望跟我离婚，我就立刻去找人办理细节、咨询如何接洽律师。我不计成本会立刻着手——如你信上所要求——会写信告诉你我了解的情况。

假如你不愿现在着手，或者宝琳回来前不愿着手——或者以后再说，悉听尊便。

假如这是不可避免的一步，我觉得对大家都好。一旦着手，事情也就有眉目了。亲爱的哈德莱，这不是我在给你施加影响——或者加快完成我自己的事情。只是我们俩像两个头昏眼花的拳击手般飘移不定，踉踉跄跄，还都不愿给对方猛的一拳：这一拳能结束战斗，让痊愈恢复的过程开始。

另外——我不知道你的美国计划——我不觉得你该为了回美国而急忙办离婚手续——你到美国后并不一定如你所愿。

你能做的是：启动离婚程序——再去美国看看，是否喜欢，其间的情形怎样：启动离婚，到你必须再次出现于离婚程序会有三四个月。我想程序会是如下：司法官要求我回到你身边——假如我拒绝，数月后还会有司法官来第二次要求——这时我俩都得出面表示正式拒绝和解——十分钟或者五分钟——跟行政长官之类陈述，然后就得许可离婚。

假如你愿意去美国，我肯定你花不了多少钱就能办此事。看看那里的情形倒也不失为好方式——看看西海岸，看看纽约。你可以乘坐很舒服的收美元的航线船，船会让你从马赛起航，在加利福尼亚登陆——走运河路。然后取道纽约返回巴黎。这样你就有机会看看两地。如此可能改变想法，给你点主意。

无论怎样，不管你怎么做，我正写信给斯科瑞布纳表明《太阳照常升起》的所有版税都支付给你。3 000册书卖掉之后，斯科瑞布纳就开始支付版税了——我们一块儿把那个数的预支花掉了——不过，从3 000册起版税会迅速攀升，每种书一册即可得30美分。麦克斯·帕金斯写的未来印数、他们做的广告等如果算数，那数目就可观了。

在任何情况下你可以绝对仰赖凯普公司支付的版税——我正指示经纪人这些版税也支付给你——凯普已经答应1月至3月间把书印出来——出版之日即付先行销售的版税，头3 000册支付10%的版税，往下至5 000册，支付15%的版税；再往后是20%。这就一本书来讲是很慷慨的版税了；在英国，这本书可能卖得很好。

我要你别反对这种安排——我在那么多事情上伤害了你，这是唯一能做来帮助你的事情——你一定要让我这么做。

我缺钱的问题好解决：我知道我可以向司各特、阿奇［·麦克莱什］或者墨菲夫妇借钱——他们都是有钱人——或者我可以接受宝琳的钱，她舅舅格斯似乎总想给她钱。同时我也需要点钱的压力，好在离婚的开头就把财务理清了——那些书所得及各种权益都归你——写这些书的时候就是你在支持我并帮我完成了它们。假如不是跟你结婚，没有你的忠诚、自我牺牲、激励和爱，《在我们这个时代》、《春潮》或者《太阳照常升起》我是不可能写出来的——此外还有现金的资助作后盾。

我本想加进《在我们这个时代》和《春潮》的，但我相信前一本还没盈利，后一本也不见得赚钱。

我正在草拟一份遗嘱，也在写信给我的经纪人和出版人，表示万一我死了，我所有书的收入，过去的和未来的，都归邦姆比，你可以作为信托人替他保存。

我一定要让你接受《太阳照常升起》的这些版税，哈德莱。你能否当个礼物接受，别抗拒，也别怀恨。因为，这就是你的权益，应当应分的。你如果大度一点当礼物收下，我就十分高兴。

有那个作依靠——不会低于几百美元——你就能去美国而不担心

钱的问题了。你不在期间，我会给邦姆比一个父亲该给的福利。我也以名誉担保宝琳不见邦姆比，万一那段时间她来的话——所以你别担心这个。假如这是你所担心的事的话。

我们的对话跟你信里的步骤有点弄混了。你说三个月的分居期限已经正式结束。假如对你来说意义不同，我肯定宝琳和我很愿意，我肯定，把分别的三个月度完整。假如你无所谓，我想她1月份兴许来，或者她想来的时候就来。请告诉我这一点你要我们如何，也告诉我你是否愿让我把你信里的事实转达给宝琳。

对不起这信写得长了。肯定还有我漏掉的许多东西。我会常去看邦姆比的——我想邦姆比最幸运的是有你当他的母亲。我不想表白我对你一针见血的思维、你的头脑、你的心和你非常可爱的手有多么崇拜。我祈祷上帝补偿给你我对你的极大伤害——你是我认识的人里最好的、最真的、最可爱的。

欧内斯特

（此信藏肯尼迪图书馆）

致麦克斯威尔·帕金斯

1926年11月19日，巴黎

亲爱的帕金斯：

我不知道你们杂志是否会垂顾幽默作品。无论怎样，给你寄上一篇。[1]假如他们不要，你看是给埃德蒙·威尔逊（寄《新共和》收转）好呢——他写信跟我说他们愿付50美元买我1 200字任何作品——还是寄给［保罗·］雷诺兹好呢？他给司各特写信说还想要我的作品——还是给能给我弄点钱的人。

谢谢给我抄写评论。他们对我们倒挺看重。倒是新鲜，居然有人怀疑我对葛特鲁德·斯坦因的作品很认真地对待——我本想嘲弄那浮夸的言语（葛特鲁德对先知角色的假定）来着。没有人知道先知之后的那一代，当然也就没有权利评判。《传道书》语录——一代人过去了，另一代人又来了，可大地永远存在——太阳照常升起。以后再印此书我希望你删掉徒劳之无益，布道人说，徒劳之无益，一切都是徒劳无益——一个人在太阳底下的所有劳作能得什么利？——把这节都删掉。语录只从《传道书》的诗篇开始，用第 4、5、6、7 首歌。也就是从一代人走了——在河流涌来时，人们又回来了处结束引语。

这样就清楚多了。此书的要点对我来讲是大地永远存在——对大地怀有好感和崇拜，对我这代人却不怎么看重，对虚荣之事也不在乎。我一开始只是犹豫是否要删除一个更好的作家的东西——但似乎还是有必要的。我没想把这本书写成空洞或者苦涩的讽刺作品，而是想写一出真正的悲剧：主人公永存，大地也永存。

我还发现大多数人不是用文字来思维的——大家写作用文字——所以在《太阳照常升起》里，批评家漏掉了内心独白并且很不高兴——或者说很失望我删除了第一稿 40 000 字东西，那些东西能让他们高兴——他们是高兴了，但这本书就会像布鲁姆菲尔德的作品一样十年让人感觉虚假，从此刻算起。

《太阳照常升起》可以成为一本更好的书，也应该成为一本更好的书——可先是唐·斯蒂瓦特在维希治肝病，那时我正写第一稿——接着我琢磨最好还是写你能写的东西，努力把它写出来，而不是去弄划时代的艺术作品——你想想那些写真正伟大小说的小说家所处的是什么样的时代。

《红色英勇勋章》［里的斯蒂芬·克莱恩］这样的孩子能有杰作——但总的来讲他们所写所为是一致的，他们都知道几样东西——在他们学习并经历的那个时代里，自己就学会了如何通过写作来实践写作。

我最好在自己也像个批评家之前住笔，真成那样可就遭了。无论怎样我希望你喜欢这部有趣的书。

致敬！

欧内斯特·海明威

（此信藏普林斯顿大学图书馆）

[1] 也许是《我自己的生活》。此篇刊《纽约客》第 2 期（1927 年 2 月 12 日）第 23—24 页。

致麦克斯威尔·帕金斯

1926年11月23日，巴黎

亲爱的帕金斯先生：

昨天“利维坦”号载有我寄给你的一个短篇——《在另一个国度》——给你们杂志写的。随函附上的是《学院幽默》来的一封信，唐·斯蒂瓦特说他们的稿费很高。你可以把这篇寄给雷诺兹，跟我一周前寄给你的那篇有趣的东西一起——除非你寄到别处了或者有别的情况。他可以寄给《学院幽默》的。

很对不起麻烦你；假如我有雷诺兹的地址就不麻烦你了——要不是想先给你们杂志投那篇趣文，也不会麻烦你。

我不知道《学院幽默》会不会买《五万元》。雷诺兹也许会寄给他们。我有预感他们会用。

我正在写另一个意大利故事。

布里奇斯先生关于《［给某人的］金丝雀》的信我收到了，还有你附上的两则广告。广告做得很漂亮。

有一天下午我带三岁的儿子去咖啡馆买冰激凌，他边吃着，另一只手还举着口琴；看了看四周说：“啊，跟爸爸的生活真美丽！”

你的永远的，

欧内斯特·海明威

（此信藏普林斯顿大学图书馆）

致F.司各特·菲茨杰拉德

约1926年11月24日，巴黎

亲爱的司各特：

我每周都想着在你离开之前去见你——迈克·沃德当时正弄辆车开，本可以去。可是，先是他病了——接着是车老有人占着：再接着是银行接替他的人病了，就这么到了本周三也就是今天，末了还是未动。

你怎么样？一直还好？你写作了吗？小说写得怎样了？我敢打赌一旦你安顿好了开始写作，这小说一定会是部很好的作品——你最近在朱安雷宾一定有很多时间写作。

我也写了一大堆；又卖了一个短篇给《斯科瑞布纳杂志》——凑成两篇——我已寄给他们另一篇，肯定他们会买——一篇很好的关于战时米兰的故事——刚写完一篇更好的，正要打字呢。手头另有两个短篇我知道卖不掉，所以没寄——但收进书里我估计没问题。

这个打字机是借来的，不好使——我自己的坏了。我看见《世界报》上有一则《太阳照常升起》的广告，说已经二刷了。同一份报纸11月19日有黑伍德·布朗恩写的充栏评论。坊间评论还好，只是小伙子们意见不一：我是从你那儿拷贝得多，还是从迈克尔·阿伦那里拷贝得多。所以我十分感谢你们俩——特别是你，司各特。因为，我喜欢你。可我不认识阿兰德。另外，听说他是亚美尼亚人。对亚美尼亚人表示感谢似乎早了点。不过，我当然是要谢你的。我正请斯科瑞布纳在第八版之后每一版都加个副标题

《太阳照常升起》(像你的鸡鸡一样，假如你有鸡鸡)

——一个更了不起的盖茨比

(在与F.司各特·菲茨杰拉德{爵士乐时代的先知}的友谊中写成)

上帝，我真愿见到你。在欧洲内外你是唯一我能多夸两句（或多反对两句）的人。不过，我当然还是愿意见你。我没有足够的钱坐火车，所以一直是沾光那些不怎么启动的免费汽车的。天气坏，骑自行车是不可能了。我试了一回弄得满身泥，肩上都挂了花。无论怎样，你好吗？

第二次印刷的印数如何？书是10月22日出的：11月19日广告是这么说的。麦克斯·帕金斯11月1日写信说预订没有多少，不过再订的人却源源不断。他没有提数字。他给你写信了吗？

《学院幽默》写信给我，让我给他们写随笔、劳什子、随便什么狗屎或者长篇小说。我把信转给了麦克斯，让他再转雷诺兹。有时我写有趣的东西；我想雷诺兹也许愿意把它们给卖了：有人告诉我《学

院幽默》给的价钱大。他们说 1 月号要登《太阳照常升起》的评论。希望普林斯顿的评论比兰普的评论强。

至于我这个著名的著名的作家的个人生活：哈德莱要跟我离婚。我已把现有的钱都交给了她，外加《太阳照常升起》已得的和未来的版税。凯普和海因曼都主动提出为我联络英国版权。你觉得雷诺兹能把它卖给电影制片人或者类似机构的人吗？假如有，我就能分一杯羹。近日一天只吃一顿饭，假如累了就睡觉——最近干活太猛——自 14 岁以来还没这么穷过，跟我卖给《斯科瑞布纳》的小说里的人物挣钱的本事差不多，真有意思。我想大家的生活都如同进了地狱。无论怎样，身体倒很健康，近来又能用头脑了。假如纽约有人问起我的情况，什么也别跟他们说。我愿跟你说说一切，可似乎却写不出，也不善谈这些。无论怎样，有这么多人能谈别人的事情，当事人倒用不着自己来讲了。

无论怎样，我现在已经过了瞎碰瞎撞的阶段；如今只有特殊情况下我才又去碰撞，我觉得这样的情况不会出现。不会把煤气半开着，也不会用消了毒的保险刀片来割腕。无恃无恐地继续在我的生活里扮演婊子养的原角色。我在生活里唯一有幸体面一点的是钱方面的事情，所以在这方面活得精彩、活得拘谨。我已被野心俘虏，无论发生了什么，都要干出点名堂。我想到目前为止，有些作品是好的。学了很多东西。

现在该停笔发信了。

给我写信，给我讲讲一切。你在纽约听到什么了？你打算在哪儿住？泽尔达怎么样了？司各提怎么样了？邦姆比和哈德莱很好。哈德莱外出的时候，我带了邦姆比十天。一天早上我带他去咖啡馆，给他买了个冰激凌和一只新口琴。他举着口琴，吃着冰激凌说：“跟爸爸在一起生活真美丽。”[1]他很喜欢我。当我问他爸爸是干什么的（希望他如剪报上说的那般说爸爸是个伟大的作家），他说爸爸什么也不干。于是我教他：“邦姆比将来养活爸爸。”他此后就一直这么说。邦姆比将来会干什么呢？邦姆比会在西班牙用公牛来养活爸爸。

爱你们大家

欧内斯特

（此信藏普林斯顿大学图书馆）

[1]"我们同意邦姆比所说。"菲茨杰拉德回信说。此信的邮戳是1926年12月23日。见安德鲁·特恩巴尔编《F.司各特·菲茨杰拉德书信集》（纽约，1963）第298—299页。他还说："我无法表达这一年半里你的友谊对我来讲多么有意义——这是我们欧洲之行的最亮点。"

致家人

1926年12月1日，巴黎

亲爱的爸爸妈妈：

谢谢你们写来的很好的信。我真高兴听见母亲画画成功。我感到今秋回不去真糟糕。跟爸爸一起打猎也未成行。不过，事情还是没结果呢。别担心邦姆比的健康。他没住小单居里，而是住在一幢舒适的、光线很好的有暖气的六楼公寓里，窗外风景很可爱，室内有一切舒适的现代生活设施。他不再拼命咳嗽了，完全好了。常去公园——卢森堡公园——玩，很结实强健。他能讲法语，德语很好，一点点英语；能说些很机智的话。在［墨菲］小屋里工作的是我：没人知道这个地址，无法打扰我。

我的长篇小说外界评论很好。我在11月19日纽约《世界报》上看到一则广告说第二次印刷就要出来了。《波士顿文摘报》给了它两个通栏。《纽约时报》、《世界报》和《论坛报》都有好评。很快英国版就要出来了。《在我们这个时代》在那儿出版，书出得也很好。我会保留《斯科瑞布纳》给我寄的一些评论；假如你们愿意看，我就寄给你们。12月《斯科瑞布纳》上我相信会有我一个短篇。要么12月，要么是1月。接着的一期也会有一篇。两篇校样都读了，但不肯定会在哪一期刊登。[1]

我有一张邦姆比的好照片，寄给你们当圣诞节礼物。你们喜欢的我的一张照片是曼·雷拍的；这张也是他拍的。邦姆比说明年要跟爸爸一起去西班牙跟公牛一起睡觉。他假装喝了清洁剂。哈德莱告诉他假如喝了清洁剂就会死，就会跟小耶稣一起上天堂。邦姆比用法语说还真是；假如小耶稣喝了清洁剂，小耶稣也会死的。我教他用英语祈祷，但他不认真学。我礼拜天带他去教堂，他说很好，因为教堂里满是狮子。他每天上午下楼六次，独自把报纸带上楼。爱你们俩；问候卡罗尔、莱塞斯特、桑尼、玛斯和厄拉，还有她们的丈夫、情人和后代。

欧尼

（此信藏肯尼迪图书馆）

[1]《杀手》1927 年 3 月发表；《在异乡》和《给某人的金丝雀》1927 年 4 月发表。

致宝琳·费佛

1926 年 12 月 3 日，巴黎

最亲爱的宝琳：

你通过金妮和航空邮寄来的信昨晚到了——12 月 2 日星期四——要么今晚要么明天我会将此电报发出——也许等明天的周末优惠价——也许今晚从证券交易所直接发报。金妮七点来这里。昨天本来是要跟律师在一起的，可是他把约见推迟到今天下午了。

我形容枯槁有一阵子了。本想发电报让你快来，只是我知道你有圣诞节安排和家人等。麦克莱什夫妇为我找了房子和床铺。人总要过日子。

除了晚上有点可怕阴郁，其他倒是没什么。你看，费佛，我想两个人若很相爱、各方面都相互需要，却又各奔东西，此事跟堕胎一样糟糕。又不似战争或者捕鲸之旅或者别的什么外力强加给你——无法抗拒——而是可以抵抗的事情。一场战争的日常或者长途旅行的事情就没有法子了。可是当你们所有的只是对方，却又故意分开，那就会让你感觉不好。最近我因此五内俱焚。我知道，或者无论怎样我感觉我能身心精神都忠于你，只要我还有身心和精神——现在我也知道自己还是那个人；可是我的身体是这一切的内在组成部分，却忍受孤独，那整体就动摇了，各种东西都开始跟我捣乱。平衡被打破，精神受打击。这对头脑也不利。整夜躺着，脑子里怪好玩的不知想什么；祈祷祈祷祈祷自己别发疯。我不能相信这能有好处；我相信这有很大的害处。

你也有过你的情况——而我又感觉如此糟糕——你现在是好了没事了，头脑实际了（像我俩从前那样）；我也会重回实际的，因为我天生就不是只情绪低落的老鼠。当我一直想要死的时候，我有足够的理智知道自己是个傻瓜：因为我想的去死只是让自己一段时间健忘空白直到能拥有费佛。我知道那会很好，让你知道我感觉很好，世界很美妙，我内心感觉很好，不像人们喂金丝雀用的乌贼骨头那样干巴，而是真的美好。我要给你写信说“好！”——那就意味着你读这封信如同是别人写的，知道我心里精神头脑都好。

我如此爱你费佛，我要你给我写信——只是写我俩相互的爱，不要流水账或者别的什么及时雨——因为我很久没有收到这样的信了，也很久没有收到不是等着十分钟内邮差就要走了快写的信了。我最想的不是跟你卿卿我我，也不是我俩冒天下之大不韪的感觉。我知道那很醉人，也很实际。我很欣赏航空信的机制和操作，从哪方面谈都不错。可是，当我收到电报之后你的第一封信时——第一次听到你的音讯，又要联络了——打开一看是在金妮的信里，我感觉很糟。你能不能给我写封信，写的时候当是没什么别的可说的，平常的话不会执笔——假如你那样感觉——感觉我们的相爱是件愉快的事情，往这感觉里掺进些未来幸福美满的东西。你感觉不好之前给我的所有信件都似乎在说你爱我胜过世上的一切。我每收到一信就幸福得忘乎所以。可这最近一封大信却似乎不再让人起兴——只是信誓旦旦表忠心——我担心你也许真的如你所说不得不放弃我并且正在这么做——别的一切都见鬼去吧。我想要你写一封从前那样的信，你感觉不好之前写的那种信。

[此信于此结束]

（此信藏肯尼迪图书馆）

致麦克斯威尔·帕金斯

1926 年 12 月 6 日，巴黎

亲爱的帕金斯先生：

非常感谢给我寄评论并告诉我《太阳照常升起》一书的前景情况。至于电影改编权，请尽量往好了弄，亦即挣钱越多越好——我自己不看电影，也不在乎他们怎么改动。得失都是他们的事情——我不写电影脚本。虽然如此，假如他们拍庞朴罗纳，会拍得很好的。公牛奔跑的街道、人们在前面跑着，然后进斗牛场；业余手被摔，公牛冲进人群等真的每年 7 月 7 日至 12 日就发生在每天早上；他们能拍到一些美妙的东西。我们有一年在斗牛场用一部德国袖珍相机自己弄了个电影——那相机是可以拍全景电影的，只要装上胶片按下按钮不断拍摄——别拖拉——就能看见人冲进斗牛场、越跑越快，然后都倒下，上面的人压着下面的人，成人堆，公牛挤进来踩压人群，都拍个正着。这过程很美妙但也如此短暂，没有什么商业价值。我还有张照片是唐·斯蒂瓦特在业余斗牛比赛被摔时的抓拍；也有一张我自己的斗牛照片。我来美国时会把它们带上，找时间把它们印出来。

关于短篇小说——我现在有了十个短篇——两篇较长的，其中一篇是《没有被斗败的人》——是篇斗牛的故事，12 000 到 15 000 字之间；另一篇是《五万元》。此外的八篇平均 3 000 字左右。我不知道这些是否够一本书。无论怎样，你觉得开春再出一本书是否明智？——还是等到初秋？《在我们这个时代》去年 11 月出版了——《春潮》是初夏出的——《太阳照常升起》是 10 月出的。你觉得是不是该歇歇？还是“书业就是这么干的，不是吗？”。

我会接着写那本斗牛的书。也许先写第一部分，让它赶紧给当下的场景让路。这本书会有插图——绘画和摄影——我想该有彩色复制的美工。这本书会很长，因为它不止涉及历史和课本或者为斗牛辩解之类——而是有可能的话写斗牛本身。由于没有人在英语书里读到过这种东西，我想整个从外围写起——写我如何对这件事产生兴趣；在我看到斗牛之前，这事是个什么情形——我没明白斗牛的事情之前它又是个什么情形——我自己的体验经历如何，它又是怎样影响其他人的——逐渐认识斗牛是怎么回事，从外围入手尝试构建斗牛的事情，然后一路写到里面去，分章节写一切。也许人们会感觉有兴趣，因为没有人了解这些——这事又真的很有趣——它关乎生死——一个年轻的农民或者一个擦鞋匠23岁之前一年有80 000美元的进项是够令人瞩目的。我想，一本关于一件事（除了教堂礼仪）真正写得好的书，又跟往昔有内在的联系，会有永久的价值的。不过，这样的书要写得瓷实，要真实，要有一切信息，要有趣——这书要写很久呢。假如你喜欢，可以作未来之想。[1]

我觉得还可以想一下的是短篇小说集——我认为首先是得好，不是急就之章，这很重要。因为，假如《太阳照常升起》有点成功，许多人会拿着刀子急切地盼望我滑坡——最好的应对方法就是不让自己滑坡。事情理清楚之后，头脑安静下来之后，我想另写一部长篇小说。同时，我还可以写一阵子短篇。我收到司各特的便笺，他说要去热那亚——我想你收到这封信之前或许能见他一面。

我自己的打字机坏了；这借来的又太有个性特征，我一直半身心在它身上，带着机器的恶意在写东西，没能重写我打算寄给你的另一个短篇，或者写一篇新东西。随信我会附上小金丝雀故事的清样。也许你会把它们转给布里奇斯先生并替我问候他。

你的永远的，

欧内斯特·海明威

（此信藏普林斯顿大学图书馆）

[1]《死在午后》(1932)又一次预想。海明威1925年首次跟帕金斯提到此预想。

致麦克斯威尔·帕金斯

1926年12月7日，巴黎

亲爱的帕金斯先生：

今天收到你11月26日的信。我觉得这书已经做得不能再好了，也不能再漂亮了。

我想要你——寄给我四本样书——另再给我几本，因为我在这里得花 70 法郎才能买一本：我要寄给柯尔蒂斯·布朗，好让他跟海因曼商谈合作事宜。我为［塞缪尔·］罗斯设了套，让新泽西的一个印刷商印几百本我的作品《今天是星期五》——罗斯很可能盗版此作品。这篇我弄了版权，刚从华盛顿收到版权登记证明。有了这个我们就能把他装进口袋里了。

关于画像——其实没有什么差别。当时，我不喜欢让家人感觉我真的就那模样。我明白，他们因为“我写作的方式”而感到羞辱。我父亲寄来一册《文学摘要书评杂志》，上面红蓝铅笔划了如下字眼——费城宾恩出版公司，报告天普·贝雷的书越卖越好。此外还写道——“我们的感觉是大家对性小说反应强烈；甚至对高眉现实主义手法的小说也反应强烈——（往后）洁净的浪漫的或者搅人的冒险故事总会掌握更广泛的读者。”不过，画像可能还是能让他们开心。复制得也不错。

你说《绿帽子》的话说得没错。我接触阿伦是通过司各特的谈论其人其作，那是一次从里昂到巴黎开着司各特的车时的谈话。[1]我记得跟司各特说把阿伦提起的是些什么人——甚至说起他有点恼火——唐·斯蒂瓦特也谈到他。当我听说小说的女主人公自杀了的时候，我想当然视《绿帽子》为廉价小说——因为基本的事实是阿伦认识的所有人里没有一个有胆量自杀的。所以我想，他们抗议的是我说的这种废话。布瑞特说得很精确，实际上没有人信她。也许现在他们有胆子自杀了。无论如何，这很好玩。

在我看来，生活里无论如何真的存在很光彩照人的东西——光彩照人的地方和各种光彩照人的东西；我想什么时候把它写进自己的作品。人们并不都像林·拉德纳发现的那样坏——也不完全像《太阳照常升起》里的那代人中的一部分那样情感空虚疲惫。我认识一些很不错的人，即便是直接迈向坟墓（假如一路走到底，任何类似的故事都是悲剧）也一路安排得很体面。跟爱情或者战争相比或者古老的为生命而奋斗的题材相比，阳痿是个很枯燥的题材。尽管如此，我希望

《太阳照常升起》能畅销，因为题材虽枯燥，这书却写得不枯燥。也许某个时候乘着这激励接着写下去；那样我们就会有本新小说，题材不枯燥而又能保持这一本书的好质量。只是，当然，就算你没有题材——布鲁姆菲尔德有题材——也但写无妨；假如上帝对你好，它们结果也会很好。不过，谈论写作总没有写作来得那么好。

我儿子期盼着圣诞书呢，跟他妈妈很激动地说这事——“麦克斯·帕金斯给我寄来很好玩的书！”当妈妈问他是什么书的时候，他说是一本非常美丽的大书，不是爸爸写的书。

永远的你的，

欧内斯特·海明威

（此信藏普林斯顿大学图书馆）

[1] 关于菲茨杰拉德和迈克尔·阿伦，见《流动的盛宴》（纽约，1964）第174—175页。

致麦克斯威尔·帕金斯

1926年12月21日，巴黎

亲爱的帕金斯先生：

谢谢告诉我《太阳照常升起》的数字。我希望它新年之后继续保持势头，我想人们对这本书的看法也会大相径庭；这也就意味着会有许多讨论。约翰·毕肖普昨晚给我看了一封埃德蒙·威尔逊的信，信中说他认为这是我这一代人写得最好的小说，言辞充满热情——不过还有许多人不这么看。毕肖普认为威尔逊也许会把他的想法写出来。我真高兴他喜欢这本小说。

布里奇斯想把三个短篇发在一期，[1]我认为这主意很精彩——都是很短的东西——没有一篇足够长来单独占一席位置——三篇互补则能成一组东西。也许这还能让多斯、艾伦·泰特和其他小伙子高兴起来，他们担心我走下坡路。

那么，我想当然他会买《在另一个国度》——假如他想寄支票，我就有钱用了。

谢谢你送给邦姆比的圣诞书。祝你节日快乐。

欧内斯特·海明威

多斯给我寄了他的评论的复写本。我想他不喜欢这书也好，本指望这本书写得更好也罢，可他说书里的庞朴罗纳不如现实中的庞朴罗纳好，这批评可不怎么——因为我想这书对从未去过那儿的人来讲是很令人激动的东西——这书就是写给他们的。为多斯来写这个，很容易，并且能写得令人激动——因为他去过那儿。不过，为他而写的书在一脸茫然的读者眼里就没什么意思了，而我的写作正是为了这些读者。

我想你现在已经见过司各特了。请转达我的最亲切的问候。

我在圣诞节那天晚上离开巴黎——也许要离开几个月——不过你发到银行的信总能立刻被转给我。他们也会转发电报。

凯普决定出《太阳照常升起》，并预付了50英镑版税——今后的版税待遇分别是10—15—20。书在春天就出来。

我又在写短篇小说。我把《太阳照常升起》的版税全给了我妻子——英国的美国的都给了她——我希望他们能照顾考虑到这一层。我不知道版税支票什么时候能出来。有版税支票开出的话，我希望你能把《春潮》的预支算作500美元，《太阳照常升起》的预支算作1 000美元；1 000美元付出后，有新收入的时候，就把支票按部就班开。

我没有想象《春潮》挣了500美元，但你可以从我下一本书里扣除差额。

版税支票一出来，你就把它寄给哈德莱·R.海明威，地址是巴黎意大利路“纽约保证信托公司”收转。

我想大家似乎都在吵嚷《太阳照常升起》会走红。主要的批评似乎是书里的人如此不招人待见——似乎批评得很滑稽。想想《尤利西斯》、《旧约》里的人是怎么招待见的，想想［亨利·］费尔丁法官作品里的人之招待见处，以及这些批评家喜欢的另一些人的情形，想想吧。滑稽。我不知这些彻头彻尾的招人喜欢的人都去哪儿，喝醉酒时都什么德性；或者对夜的生活都怎么看。啊，见鬼。书里至少有一个道德高尚的旅店店主［蒙托亚］。那是我的看法并且我将坚持。还有一个模范榜样名字叫哈里斯。

为什么不在文学作品里把犹太人写成无赖呢？他们在生活里就是无赖。犹太人在作品里就得辉煌灿烂吗？

我想下一本书我们也许能省剪贴资料的钱。

批评家，还是那个［艾伦·］泰特先生——习惯于自己给人贴标志——假如他们发现你不是那样的，就指责你在伪装的迷彩下航行——泰特先生发现我不像他公开宣称的那样强硬，感觉很糟。其实，我自打1918年7月8日以后就不强硬了——自那晚以后我发现所有的一切都是虚荣。

（此信藏普林斯顿大学图书馆）

[1]《在另一个国度》和《给某人的金丝雀》都刊登于《斯科瑞布纳》第81期（1927年4月）。《杀手》刊登于3月号。

致麦克斯威尔·帕金斯

1927年1月20日，瑞士格施塔德

亲爱的帕金斯先生：

随函附上雷克斯·拉德纳和曼纽尔·孔罗夫的两个便条。我今天给拉德纳先生写信，告诉他我写信请你把《五万元》[1]寄给他。如果他们退稿，请办公室的人再把它寄给《大西洋月刊》的编辑。如果那儿再退稿，我想就束之高阁吧。

《五万元》该多得点回报，好弥补邮费。

我收到《美国旅行队》主事人的信和电报。这书似乎不只是一本书，而是值得一试的美国式历险。他们去年夏天开始给我写信时，我答应保罗·罗森菲尔德，给他们写一篇长的斗牛故事，叫《缺少激情》。我一开始以为这是很好的故事，可一旦重写，又觉得一点也不好；重写也救不了它。现在我不知道该给他们寄点什么。也许《阿尔卑斯山牧歌》合适。我明天也许发电报请你把这篇小说转给克雷姆博格，地址是欧文公寓 77 号。我想寄给他们长一点的东西，但又想把《五万元》保留到下一本书里。手头又没有别的稍长的短篇。

舍伍德·安德森在巴黎。我们在一起度过两个美好的下午。他讲了《新大众》的编辑们的一件有趣的事情：他说，他们想发动一场革命。因为，他们希望在某种新的政治体制下，他们就是智囊了。他一点也不生《春潮》的气；我们在一起很愉快。他提到《斯科瑞布纳杂志》给他一个短篇的稿酬时，很念好，说是给了他 750 美元；就是圣诞节那期。假如那属实，我将在来年圣诞节给布里奇斯先生写个划时代的东西。有时写个不长不短的东西感觉非常好；里面要么是圣诞节精神，要么充满爱情的兴致。《新法兰西评论》要出法文版《太阳照常升起》，我支支吾吾，想让他们先出一本短篇小说集。

向你致敬。见到司各特请代我问候。

永远的你的，

欧内斯特·海明威

（此信藏普林斯顿大学图书馆）

[1]《五万元》刊《大西洋月刊》第 140 期（1927 年 7 月）。

致查德·鲍维尔斯·史密斯[1]

约 1927 年 1 月 21 日，格施塔德

我亲爱的史密斯：

我几个星期前就收到你的来信，但不愿匆忙答复。很有意思，你居然跟《在我们这个时代》里的人物对号入座。我希望你因此多买几本书，等我再去巴黎的时候，很愿意为你签名或者为你的朋友签名。

你的信虽然结构有瑕疵，但也可当有趣的例子。信是写给你肯定知道他已然外出的人的。我也注意到，你在最后是怎样带入“你就等着吧”这一腔调的。那个前提（我的缺席）是指望不上了。你的信设计得很好，可以避免开头语涉的危险。我祝贺你散文风格的改进。

你给我戴的“卑鄙的小人”的帽子真是抬举我了。我感觉你一定是卑鄙事物的权威，也不会跟你争论说我不属于那类。我记得见你的时候我对你的感觉是多么不屑。当时我就很遗憾自己的情感居然如此廉价；廉价的情感对文学生产很不利。我想我们在这一点上看法是一致的。然而，这不屑的感觉挥之不去，很令我遗憾；我听到你的情况及你在美国的冒险故事越多，不屑的感觉就越加深。我知道自己在你眼里是个卑鄙的小人，因为你跟我说过；并且我在你身旁也感觉很卑微。因为，在我眼里，我亲爱的史密斯，你是座卑鄙的高山。

能在巴黎再见你，荣幸得很。在那儿把你打翻在地几次也是件荣幸的事情，哪怕是一次也行，那就要看你爬起来的能力有多强了；尽管我事后肯定会后悔。然而，我怀疑3月份我回巴黎后你还会不会在那儿。假如你在，毫无疑问会带几把手枪几把剑棍或者别的武器，这样才跟你的卑鄙高山形象相称。

我亲爱的史密斯，你必须相信，这封信的结尾没有别的，只有我衷心地表示对你的不屑，对你的过去、现在和未来表示不屑——以免你被信的开头欺骗——夸你的信的文体的那段。

崇拜你的朋友

欧内斯特·海明威

（此信藏普林斯顿大学）

[1] 查德·鲍维尔斯·史密斯(1894—1977)是海明威《艾略特夫妇》的受害者。这篇小说原名《史密斯夫妇》，先发表于《小评论》第10期(1924—1925秋冬号)。故事尖刻地讽刺了史密斯夫妇传闻中的婚姻问题。史密斯1927年1月1日写信给海明威抗议此篇小说的调子和内容。简要叙述见卡洛斯·贝克《海明威：作为艺术家的作家》(普林斯顿大学，1972)第27页。

致格瑞斯·豪尔·海明威

1927年2月5日，格施塔德

亲爱的妈妈：

非常感谢你给我寄来马歇尔·菲尔德画展的目录和你的铁匠铺画

作的复制品。画看上去很可爱，我该是喜欢看看原作的。

你写《太阳照常升起》意见的那封信我没有回复，因为我忍不住要生气。气哼哼地写信是很愚蠢的；写给自己的母亲就更愚蠢了。你不喜欢这本书是很自然的事情；我很遗憾你读了让你痛苦或者厌恶的书，不管是什么书。

另一方面，我一点也不为这本书感到羞耻，除非是兴许我没有能精确地描述我写到的人物；或者是没能生动鲜活地把他们展现给读者。我知道这本书让人不快。但它也不是一点都不让人快乐；我肯定书里写的不会比橡树园最好的人家的真实内心生活更让人不快。你必须记住，在这样一本书里，人们生活里最不好的东西都得到展示，而在家里大伙都有可爱的一面；此类事情我自己观察门里的生活时就有体验。此外，你作为一个艺术家，知道作家不该被强迫来捍卫自己的题材选择，而该被评论他是如何对待题材的。我写的人当然是灯枯油尽的人、空虚的人、被击碎的人——那是我蓄意要展示他们的写作手法。我只耻于没能给我展示的人物点什么。我还有写作其他书的漫长岁月，而题材也不会总是同样的——只是我希望他们还都是人类。

假如［范尼·］布切尔小姐（不是个好评论家；假如她赞扬此书我倒感觉傻兮兮了）指导的书籍学习俱乐部的淑女们一致认为我在为最低下的目的出卖自己的伟大才气——那么这些淑女何以谈论她们一无所知的东西呢，并且说的都是很愚蠢的话。

至于哈德莱、邦姆比和我——虽然哈德莱和我不在一处住已经有一段时间了（去年 9 月我们就分居了；到此刻可能她已经同我离婚），但我们还是最好的朋友。她和邦姆比都很好，很健康，很开心。《太阳照常升起》的所有利润和版税经我的要求都直接付给哈德莱，美国版英国版都给她。我 1 月 5 日看到最近的广告，此书已经有了 5 次印刷（15 000）册，势头依然强劲。春天英国版出炉，书名用西班牙文《节日》。哈德莱春天来美国，所以你们因《太阳照常升起》盈利而得以见邦姆比。版税已经有几千美元了，我一分未取。除了就餐时的葡萄酒和啤酒，我最近一直没有喝别的东西，过的是僧侣般的生活。只要能够就尽量写作。我们对什么是构成好作品的元素看法不同——那是根本的歧见——但假如你允许范尼·布切尔之流跟你说我在为感官刺激当皮条客，那你就是真的在自欺了。我有《名利场》、《大都会》给我的来信，他们请我写小说、普通文章和连载的东西；可我一年半载内没打算发表东西（去年底卖给《斯科瑞布纳》几个短篇，发了一篇有趣的文章），因为我知道现在是关键时刻，安静写作对我来讲更为重要；尽量写得好一点，别盯着市场，也别管考虑作品带来的是什么，甚至别想是否能出版——从而不跌入挣钱的陷阱：挣钱之事像脱粒机当年弄残我那著名的亲戚的拇指[1]一样役使着美国作家。

我这信是寄给你俩的[2]，因为我知道你们为我担心。真抱歉让你们担心了。不过，你们不必担心——因为，虽然我的生活可能以不同方式搞砸，但我总会尽我所能为自己爱的人做点什么（我不经常给家里写信是因为我没有时间；因为我发现一旦写作就很难写信；不得不把通信限定于不得不写的信——我的真正的朋友知道我给不给他们写信都心里有他们）；我的真正的朋友也知道我从不是个酒鬼，连个酒徒都算不上（你会听说我是酒鬼酒徒——写喝酒人的生活的每一个作家身上都有这样的标签）；他们知道我想要的不过是安静和写作的机会。你们也许永远不会喜欢我写的东西——突然有一天又非常喜欢某个我写的东西了。不过，你们必须相信，我写的东西都很真诚。爸爸对我的作品很忠诚，而妈妈你根本就不忠诚于我的作品，我绝对理解那是因为你相信你有义务纠正我，不让我走在你看来是不可收拾的道路上。

所以，我们都放下吧。我相信在我有生之年，假如你们相信所见所闻，那就会有理由感觉我给你们丢脸了。另一方面假如打上一针忠诚当麻醉药，你们就能扛过我的臭名昭著并终究会发现我根本就没有丢你们的脸。

无论怎样，我爱你们。

欧尼

（此信藏肯尼迪图书馆）

[1] 海明威的叔叔惠勒比·海明威大夫在中国山西传教多年，是很有名的医生

传教士；尽管他少年时代右手因事故而残。见卡洛斯·贝克《海明威传》(1969)第13页。

[2] 海明威此信的开头五段是写给母亲的；其余是写给双亲的。

致麦克斯威尔·帕金斯

1927年2月14日，格施塔德

亲爱的帕金斯先生：

谢谢你传来福音：《太阳照常升起》越攀越高。

我去此地的照相师那里拍了一张照，今晚就能拿到，会跟此信一起邮寄。

至于传记材料——我曾经应一个叫厄内斯特·沃尔什的人之要求为他的杂志写过大约150字的个人小传；一年不到他就用这150字在《新大众》上攻击我，说我广而告之地夸大了自己的战争经历（略）。[1]此人不久就幸福地死去了。虽如此，我真的情愿没有小传，让读者和评论家自己编造去吧。

至于秋天要出的短篇小说集——我一直努力工作着——集中于一个题目，想称它为

《没有女人的男人》

内容包括

《没有被斗败的人》	15 000
《五万元》	10 000
《杀手》	3 000
《今天是星期五》	2 000
《阿尔卑斯山牧歌》	1 500
《在另一个国度》	2 500
《追车比赛》	1 800
《陈腐的故事》	1 000
《简单的调查》	1 200

《在密歇根州北部》　　1 600

共 40 000 字

这些劳什子里面几乎软绵绵女里女气的东西经过训练、纪律、死亡或者因为别的什么都去除了。

字数是个大概，但我想还算精确。也许还会有别的短篇。（请原谅我用碎纸条。）我的脑子又清醒了，又在写我觉得很好的短篇小说。

我呆在这里，滑雪一天，写作一天，交替进行——四年来最好的雪——直到没有雪为止。这之后的计划还没有做。

目录里列的小说篇目不一定是成书之后的篇目。我只是给你个概念，这样编者就能着手了。其中大部分篇什你都看过，所以你会知道写的是些什么。《没有被击败的人》是篇稍长一点的斗牛故事，来自奥布莱恩的故事书。你也许看过这书。《追车比赛》和《简单的调查》是我才写完的。一个是堪萨斯市的一个滑稽表演先遣队员被表演之事所囿的故事。另一个是发生在意大利的小故事。我急切想要发表《在密歇根州北部》——这是个好故事，利弗莱特把它从《在我们这个时代》里删除了。这是我不愿停留在那儿的原因。我认为它可以发表，并且可能让［艾伦·］泰特头脑宁静，就如我向来避免男人和女人直接发生关系，因为担心要面对这种关系。无论怎样我 3 月份去巴黎后会把这些篇什搞掂——《五万元》在你手里——并把他们寄给你。这样的篇幅可以吗？司各特还在好莱坞？

致敬！

欧内斯特·海明威

第五次印刷的护封很好看。我把《缺个太阳》放在 G. 莫尔的《欢呼与道别》的上面了！——漂亮的第二卷上。

（此信藏普林斯顿大学图书馆）

[1] 海明威也许指的是沃尔什的唯一的一篇书评(《新大众》1926 年 10 月号第 28 页)。见海明威 1930 年 4 月 11 日致帕金斯信。

致麦克斯威尔·帕金斯

1927 年 2 月 19 日，格施塔德

亲爱的帕金斯先生：

你 2 月 4 日和 7 日的来信今天收到了。

我一个星期前给你写信列了短篇小说集的大纲和标题。《没有女人的男人》也许令你觉得刺眼，像同性恋标题。假如是那么回事，请发电报告诉我；我尽量再想个标题。我在格施塔德对标题之类一无所知。你曾经写信跟我说你 3 月前就要——所以我匆忙弄了一个。

《纽约客》、《名利场》、《哈珀斯芭莎》和《赫斯特杂志》都约我写各类文章、短篇小说或者连载长篇。这一切似乎像迅疾顺滑的湍流，我看见祖宗和同代人就这么消失了。我于是决定一年里什么也不出售、不发送——除非等饭吃卖一个短篇。即便是那样，也只寄给你，你们杂志可以有优先发表的机会。我真的该有一个经纪人，哪怕没有别的理由，也该把卖小说的事从你那儿解脱出来。你知道谁愿试试这卖东西的活吗？还不会写信催我写连载的？能找到干这事的人就好了，这样寄走稿子就可以不闻不问，除非是得支票的消息。那样的话，每两个月到日子我就能清理掉箱底的作品，看一看，把好的寄给经纪人。

你给我安排这样的经纪人吧，随便怎么做都行。柯尔蒂斯·布朗等我的伦敦经纪人拿的是 10%。《太阳照常升起》的电影拍摄权有消息吗？我快没钱了。

至于汉克·斯特拉特的画像木刻所附小传——我在意大利步兵短暂服役，是个很不起眼的营地跟班——我在学校也远不是个橄榄球明星——只有一个孩子。我受过伤，得过四枚意大利银质勇敢军人勋章和三枚战争十字勋章。但是，给我这些东西并不是因为我勇敢，而是因为我是个加入意大利军队的美国人。至少十字勋章里有一枚是错给的：授奖辞提到马吉奥山的一次行动——在大轰炸下运送伤兵——我没参加——当时在 300 公里外的医院。因此，任何读《斯科瑞布纳》的人看到我的战时记录和个人宣传材料的而又了解事实的人会以为我

给你的信息有涂脂抹粉之嫌，会视我为骗子或者傻瓜。

比如我今天读到伯顿·拉斯科写的东西，里面说我通过当拳击教练挣钱读完大学！我从没上过大学也从未跟一个活人说过我上过大学；简直梦幻般好笑。假如斯科瑞布纳重复这个故事，人们会以为是我放出口风的；认识我的人会以为我疯了。

我知道我自己该给你点传记材料，但我没这么做的唯一理由是因为我恨这所有的材料；假如不涂脂抹粉，就没有什么可说的了。所以假如撇开小传，那算是帮了我的忙——假如本页第一段能当个人宣传材料，就能纠正另一说法。我不在乎外界编什么故事，但我感觉我们自己拿出来的东西应该属实。假如什么时候我断了一条腿、珠宝被偷，或者当选法兰西学院院士或者在斗牛场里死了或者酗酒死了，我都会正式通知你。从谎言陡生的路数看，我想他们也会摆弄另一则宣传材料的。不是我们放出的东西，我们就没有责任。

斯科瑞布纳对我一直很好，我真不愿说这小传的事情。我知道你会理解并认识这一点是很敏感的。我会寄你要的所有相片。

当然，整个事情错就错在该死的剪报系统。没有哪个活人在翻阅该死的剪报时该读这些劳什子写的关于自己的材料。我该停了它们，可是没有这么做。因为，这些东西实际上是我能收到的所有邮件——住在乡下或者一人独处，邮件就是件大事了。不过，我还是打算停了它们。所以你帮我停了它们，好吗？我想，《斯科瑞布纳杂志》一直在支付这个剪报费用。

希望司各特从［西］岸平安回来了。他们在那儿似乎跟唐·斯蒂瓦特相处融洽。

希望《大西洋月刊》不采纳《五万元》。别想象他们会采用。这样对保持短篇小说集子的内在成分有利。谢谢你把《阿尔卑斯山牧歌》寄给克雷姆博格。我很喜欢斯科瑞布纳书店里的那件东西。

敬礼！

永远的你的，

欧内斯特·海明威

（此信藏普林斯顿大学图书馆）

致 F. 司各特·菲茨杰拉德

1927 年 3 月 31 日，巴黎

亲爱的司各特：

你也是我忠实的朋友。你做得更多，工作也更卖力，啊见鬼，我要伤感了：你是多好的一个人啊！我的上帝，我想见你。我本周收到罗斯福旅馆来的两封信和《名利场》约稿的电报。原则上我已经决定不给他们写文章小说，也不预订连载之类。因为我的写作不易，不能随便脱手，只能有针对性地出手；一出手就用完了，没了。不过你给我想的题目很迷人，一点也不让我感觉勉为其难。你真是个好人。昨天给他们写了个东西，早上在床上还接着写呢。明天再审核一下、修改一下就寄上。是关于斗牛的文字。我想也许有趣。

你过得怎么样？书写得怎么样？快完稿了？你自己感觉怎么样？

哈德莱和邦姆比 4 月 16 日将乘船前往纽约。邦姆比跟我一同去瑞士呆了一阵子，状态很好。按照法国法律我会经常让他去度假；我要跟他一处则看哈德莱的情形而定。她的状态也很好，很开心，也很有爱心。别跟人提这个。我告诉斯科瑞布纳的人把《太阳照常升起》的版税都直接寄给她。跟凯普的人也是这样讲的。英国版的这个月就出来了。我把清样过了一遍，确认他们没有像对《在我们这个时代》那样重写并篡改文本。有两个短篇你在 4 月份的《斯科瑞布纳》上会看到。自那以来已经写了四个短篇。麦克斯·帕金斯怕是已经告诉你《大西洋月刊》采纳了《五万元》。不知他们是否计划用特殊的易燃纸印它，沿边再打上小孔，很容易揭下来；订阅的人可以撕下来扔进火里，不跟他们积攒的《大西洋月刊》厮守在一起。

［以下内容是页末倒着写的］他们很绅士，不提钱的事。到现在还没有听到怎么付稿费呢。《大西洋月刊》支付稿费吗？

写门肯的那篇好吧？好吧好吧好吧，自卖自夸。最后一篇是受辛克莱·刘易斯的影响。他的人物就是那样说话的。你写手头的书有本事随意地写，连人物都不追踪，也不记得里面谁是谁；如此还仍不处于跟他人竞争的危险之中。唐［·斯蒂瓦特］习惯自发写作；他老婆跟他打保票说写得越来越好。布鲁姆菲尔德下一本书是写一位牧师的。（跟毛姆或者 S. 刘易斯不同）布鲁姆菲尔德也许会把他写成一个腐朽的新英格兰牧师，名字叫卡伯特卡伯特卡伯特；自然他只跟上帝对话——只跟上帝押韵。不过早晚我能看见腐朽的法国贵族进这本书；他们的名字都会是戴德列·德·香奈儿；腐朽法国贵族小说家年轻的一代里最杰出、手艺最精湛的路易斯·布鲁姆菲尔德会把他在利兹西洛斯饭店第一手研究过的人写进他的小说——无疑是以朋友为大代价的。我一天晚上去那儿吃了顿晚饭。一般的葡萄酒那儿有很多。猫在桌上跳来跳去，一会儿弄条小鱼走了，接着在地板上拉屎。布鲁姆菲尔德尽量让我感觉自在，做了一切努力，然而却把脚放到桌上。我想表示我很自在，也许该在洗手碗里撒一泡尿。我们谈论了自己写的书是多么的好，并谈了是如何写的。我自己是喝着科洛娜啤酒第四瓶写作的，往下冲的时候我的天啊我简直什么也干不了啦。

没钱已经有一两个月了。目前所幸碰巧有得借。我要把债务堆积到能够到你、泽尔达和司各提，把你们从炼狱中拯救出来，除了重感冒外再也不遭别的罪。帕特［·葛斯瑞］已经离开达夫［·特维斯登］了，目前跟罗娜·林赛（或者林斯利）住在一起。一个叫［哈罗德·］洛布的来过，打算枪杀我，于是我广为传播说我礼拜六和礼拜天从下午两点到四点会手无寸铁地坐在李普餐馆前，希望枪杀我的所有人到时都来开枪，否则看在基督的分上别再说这事。没有子弹呼啸而过。有传言说我去瑞士是为了避免自己写的书里的神经错乱的人出来冲自己开枪。

宝琳很好，她从美国回来了。我爱她已经很久了，见到她当然感觉好。

没去［拉丁］区，也没见什么人——墨菲夫妇跟麦克莱什夫妇取道此地前往中欧。杰拉尔德从柏林寄来卡片，说是他的房子不能给我续用了，我的住期是到 5 月 1 日。有人租这个房子作他用。他们让我用真是仁慈，比桥下住强多了。他们对我很好。麦克莱什夫妇也好。

假如你不介意，我要说你是我最好的朋友。不只是——啊天啊——我简直不能下笔，但我很强烈地感到这是我要说的话题。

问候泽尔达，记得跟司各提说起海明威先生。

永远的你的，

欧内斯特

（此信藏普林斯顿大学图书馆）

致麦克斯威尔·帕金斯

1927 年 5 月 4 日，巴黎

亲爱的帕金斯先生：

随函附上《没有女人的男人》手头现有抄件。

篇目顺序如下：

没有被斗败的人
今天是星期五
在另一个国度
给某人的金丝雀 } 已经交给你
追车比赛
阿尔卑斯山牧歌
简单的调查
陈腐的故事
五万元 } 本周寄给你

我列此目只是意向性的，你可以随意完善。

至迟在三周内我计划再寄给你两个短篇——《意大利 1927》和《四号之后》——我正写着呢。我希望到 6 月中旬左右再完成三个短篇——《缺乏激情》（此篇不敢肯定能完成）——我正在重写的一个较长的斗牛故事——另有两篇。我想这样就能凑足一本书的篇幅。请你告诉我什么时候能把这些故事插进书里。我不能决定《在密歇根州北部》的进展。我想再花一点时间看看修改了的稿子。

我下月写作该很顺利，很想完成两篇好稿子。

我想故事里没什么烦人的内容，除了《追车比赛》里的一两个词儿。假如清样来后我能找些词儿替代，我会这么做的。假如别人愿意拿字眼来震世人的话，我是从不愿这样做的——尤其是字眼跟上下文没有关系的时候——不过，假如没有什么可做的，有时就只有这一件事可做了。

你对篇目的顺序有何高见不妨说，我悉听尊意。假如你觉得可以完善，我这就不算定稿。我希望你喜欢还没来得及读的那几篇。

我没有寄《杀手》、《金丝雀》，也没有寄《在另一个国度》，因为你能从《斯科瑞布纳杂志》上读到它们。

假如有时间，也许还有很多材料可以加进去。我想让这本书有200页的篇幅。但是，把只为了凑数的短篇寄给你是无济于事的。尽管如此，我还是需要一些不起眼的夹在其中。希望下月能有点好东西。

我打算下个星期二（10号）离开巴黎开始工作，不过“保证信托”会有我的地址，总是会把信转给我的。[1]我一写好就把东西寄给你，也许你会给我个截稿日期，让我清楚你手头的稿子成书的篇幅如何。本月内会有另两个短篇，也可能还有别的作品。这两篇会有6 000字可加在书里。

致敬

欧内斯特·海明威

我另有一个短篇叫《陈腐的故事》发表于《小评论》，[2]忘了跟你说，还没有样刊呢——（已经写信去要）。记得埃德蒙·威尔逊写信说他很喜欢这个东西。也许还能发现些别的什么。

《五万元》的副本是孔罗夫删过的。我把不拟删的部分做了标记，你记住别管那些铅笔划线，但排版不妨。

（此信藏普林斯顿大学图书馆）

[1] 海明威和宝琳·费佛5月10日在巴黎结婚。
[2]《小评论》第12期(1926年春夏号)第22—23页。

致麦克斯威尔·帕金斯

1927 年 5 月 27 日，法国格劳-杜-罗伊

亲爱的帕金斯先生：

随函再寄两个短篇给你做集子用。我没有收到刊登《陈腐的故事》的《小评论》样刊——我回想这是没有什么了不得的作品，但记得埃德蒙·威尔逊写信来说他喜欢这篇东西。所以，在纽约去弄一本样刊还是值得的。是去年夏天出版的那期《小评论》。

5 月 5 日那周的《新共和》上的一些东西看见了吗？假如你认为可用，我们就把它们放在书尾。目前篇幅如何？那些东西是三篇速写，叫《意大利 1927 年》；故事成分比别的东西要多一些。我在校样里会另加个题目［重起个意大利文题目《祖国对你说什么？》］。我想这些文字会得读者青睐的。

那么，又多加了三篇东西。假如排好版（假如还来得及），我可以在校样里安排篇什顺序。

你的信和 750 美元支票我收到了。非常感谢。德克斯特人很好；目前他仍在巴黎。我下周去巴黎会去见他的。我现在工作顺利。

唐纳德·弗瑞德［弗里德］（伯尼·利弗莱特合伙人之一）来巴黎了，为的是见我。他挖空心思想把我拉回他们公司去，说假如他当时在，绝不会允许我离开他们的。他说是特地为我来巴黎的；要我签个合同预付我 3 000 美元随便写什么长篇小说都行；短篇小说或随笔集的预付是 1 000 美元；15%的版税，副产品也不克扣。我忘了还说什么来着。他的说法是伯尼·利弗莱特在没有人愿意出的情况下出版了《在我们这个时代》；因为他当时不在我才得许离开。

我对他说我不能讨论这个事情，因为我很满意我现在的处境。说我认为斯科瑞布纳给《太阳照常升起》做的广告很精彩并支撑了这部作品；在畅销之前的一段时间里就在做推动工作；许多出版社碰到这种情况早丢手了。说伯尼·利弗莱特拒绝出《春潮》我才离开的；而斯科瑞布纳还没有读《太阳照常升起》的手稿就接受了《春潮》。至

于《在我们这个时代》，我跟他说我肯定你会出的。因为，我找到了一封很久以前的信，你写的信，回到巴黎就见这信等候我拆封呢，那时我已然接受了利弗莱特电报上所开条件。

弗瑞德还提出争取从你们那儿买《春潮》和《太阳照常升起》，今后统一外观一起出版。他说斯科瑞布纳提出要买《在我们这个时代》，但利弗莱特没有意向卖；目前正推出新版呢。除了新版我听说过要出外，我不知道别的还有什么言外之意否。

我写信跟你讲这个是给你提供情报，这样你就不会听信别的篡改了的版本或者以为我在跟别的出版社做什么交易。几个星期前《大都会》的人来，在谈到钱的话题之前，我就跟他们说，讲什么也没有用，因为我对处境绝对满意。然而，弗瑞德下了决心，说不得已这样提，我无从避免。

卡玛尔格三角洲艾日莫尔往下一点的地方可真是好；地中海的这一段有长长的海滩和一个美丽的渔港。我下周打算回巴黎一个月，然后去西班牙，直到750美元花完。我很健康，工作顺利。这个夏天应当不错。[1]

休·沃尔珀尔5月16日给我写信说，他在那周的英文杂志《国家》上发表了什么言论，夸夸其谈；假如你见到《国家》杂志，兴许能做个好广告。我希望你夏天过得愉快。希望这些个短篇还赶得上收进集子。

永远的你的，

欧内斯特·海明威

（此信藏普林斯顿大学图书馆）

[1] 海明威1927年5月10日同宝琳·费佛结婚。结婚地点是第16区维克多·雨果广场9号圣昂纳尔迪劳教堂，而不是半英里远的德帕西新教教堂。阿达·麦克莱什记忆中是新教教堂；卡洛斯·贝克将此记忆记录在《海明威传》（纽约，1969）第185页。据海明威1948年11月27日致戴维·K. E. 布鲁斯的信（本书未收），在婚礼上托马斯·H.（迈克）沃德是海明威最好的哥们。麦克莱什夫妇没有出席。

致沃尔多·皮尔斯[1]

1927 年 7 月 22 日，西班牙瓦伦西亚

我非常的骑士：

写第一页的时候我的汗水洒了满纸，不得不重写一张。你回家的路一定很艰难。虽然如此，那地方听着似乎不错。谢谢报告消息。我感觉是我把你弄进来让你破费许多，远比你想得多，又从你那儿窃取了更多。得找个时候尽量弥补一下。

天气炎热已经有三天了。真希望你也在这儿出汗。我比当地所有能榨汗的人还要能榨汗。有人打算在外面举行一场比赛，让我出汗出个彻底让人倾倒。在［哈里·］威尔斯那儿我欠你 50 比塞塔。在［杰克·］莎奇那儿我欠你钱了吗？假如一个立陶宛人能说话，就别在他身上打赌。

昨天买了三张夜场乐透票，5 个比塞塔一枚硬币，夜场单子上的东西三张票都赢了。还在晨报上赢了一把。不过这报纸印得太次，我于是等待正式的公布单。

昨天，58 头公牛被检查合格，它们将投身狂欢节斗牛场。都集中在场子里，每次放一头，如照片上所见。红褐色的那群——康恰和西耶纳是其中最好的——最后 6 头比我们年轻时见过的公牛都要大。

你到底过得怎么样？我给吉米发了电报，他把我丢在车里的眼镜寄来了。

地中海像人往里撒尿的澡盆。

宝琳问候你。我也问候你和艾薇。想写信的时候就给我写封信。我们在英格尔斯旅馆要呆到 7 月 31 日——然后去马德里呆三四天——然后去拉科鲁纳，8 月 7、8、9 日都在那儿。21—24 日在比尔堡。然后就不知道了。保持联系。这信写得很乱，可天气热得要死啊。这小城土大，很不错。

你的

欧内斯特

给邦姆比画的画很可爱，我把它们寄走了；他收到会很开心的。非常感谢。

（此信藏柯尔比学院图书馆）

[1] 海明威和皮尔斯（1884—1970）在巴黎近期才相遇。皮尔斯，缅因州班戈人，一个有天分的画家，哈佛毕业生，战争期间在法国开救护车。1927 年起成为海明威最亲近的朋友之一。此信和下列致皮尔斯诸信经缅因州沃特维尔市柯尔比学院图书馆同意在此使用。

致巴克利·迈奇·亨利[1]

约 1927 年 8 月 15 日，西班牙拉科鲁纳

亲爱的巴斯：

我在拉科鲁纳等校样。听上去像是一桩谋杀案或者怀疑谁通奸，实际上是等斯科瑞布纳寄校样①——该来了，看在上帝的分上我希望它来到。我需要读一下自己写的非常的东西，以使自己相信写了什么，也为了最终能写点别的什么。也许你理解这种感觉。

我今天收到你的信，非常感谢。我觉得欧文·韦斯特很有活力——他简直就像荷马经典作品里的人物——只是我从没读过荷马——连荷马的克［特］洛伊都没有读过。他喜欢那东西我真是领情。我很理解他不喜欢《在我们这个时代》，因为那多是你我这代人的话题，我们不能指望比我们老得多的那一代人明白里面的东西；假如那里面算是有东西的话。无论怎样，我很高兴听到他给你写的信里的话。我很愿意同他见面。[2]

你给我写信，还告诉我开心的事，真是个好蛋。我去年冬天在剪报对我影响太大时就停了剪报了，而现在又没有任何消息了。我认识到自己想听读者对作品的反应以及他们什么时候喜欢我的东西。时不时听见消息很有用也很受用——然而，不断有剪报来也很有害。

这个小城是欧洲难得的地方，远在古老的大西洋海岸；街道宽

① 英文 proof 意为校样，也有证据的意思。——译注

阔，没有人行道，也没有排水沟。整个夏天我第一次吃到像样的饭菜。这里的乡下很像“新发现之地”，只有雨水的间歇才见晴朗，而雨是自然的，你不觉得淋着了湿了。下周去钓鱼。此地和山里的桑迪亚戈之间找个地方去钓。今年秋天算计着往美国去。别跟任何人说我有此计划。不过，我希望我们能聚一聚。你知道哪儿能钓鱼吗——怎么钓都行——还有山鹑鸡和鸭子可打——等蚊子没了的时候——还有很好吃的食物——离纽约十二或者十五小时的车程？我一点也不了解东部的任何地方，但很愿意进林子里呆一个月左右，然后再进城瞎撞一阵子，省得老耳失聪。再看几场拳击，然后回巴黎接着工作。你知道有什么地方可去，费用几何？我指的是一周搭伙的费用，假如在营地的话。我害思乡病了，想回去，但不愿见许多文学绅士。

无论怎样，给我写信——听见你的消息总是令人愉快的事情。问候芭芭拉。邦姆比现在可以写信了，说他能像爸爸那样讲英语。他打算跟我过冬，去滑雪。我想 9 月份我会在纽约见到他的。

你的，

欧尼

(此信藏普林斯顿大学图书馆)

[1] 亨利(1902—1966)曾在哈佛和牛津受教育，1924 年在巴黎与海明威相遇。1927 年，亨利出任《大西洋月刊》财务主管。

[2] 1927 年 7 月 25 日，亨利摘抄了一段欧文·韦斯特近期来信并寄给海明威；在信里他承认自己不喜欢《在我们这个时代》，却盛赞《太阳照常升起》、《五万元》和《假如我三十岁》。韦斯特说：“这是我希望自己能做到的写作形式。”海明威 1928 年在怀俄明的谢尔镇与韦斯特初次相见。韦斯特(1860—1938)，宾夕法尼亚人，以小说《弗吉尼亚人》(1902)著称。韦斯特对《永别了，武器》怀有极浓厚的兴趣。见 1929 年 6 月 24 日海明威致麦克斯威尔·帕金斯信，同时参阅 1929 年 7 月 25 日海明威致韦斯特信。另请参阅本·M. 沃尔帕尔著《海明威与韦斯特》(1969 年 2 月 23 日《洛杉矶时报》“日历”第 8 页和第 11 页)。《永别了，武器》出版后，沃尔帕尔撰文指出男女主人公的名字都有亨利的影子。1929 年 12 月 2 日海明威致亨利(本书未收)信说：“上帝啊我把所有人物都安上你的名字了，是不是？迈奇是唯一漏网的——我下次取用这名字。”

致麦克斯威尔·帕金斯

1927年8月31日，西班牙桑迪亚戈德康伯斯泰拉

亲爱的帕金斯先生：

校样8月17日寄出了。希望你此时已经收到。

我收到你的电报，就是让我暂缓把《五万元》给奥布莱恩那本书的那封；很同意你的看法。我真不愿见奥布莱恩请求把那篇收入他的集子；他是我很好的朋友，除了你和艾勒瑞·塞奇威克，他比任何人对我的文学生涯贡献都多；在我们都信仰圣诞老人的日子里，艾勒瑞似乎就像圣诞老人。我刚收到他的便条，让我用自己对《斯科瑞布纳杂志》的影响替他获得许可——他还没接到你的拒绝呢，可又担心被你拒绝——我刚回信说我不能去做，因为我明白了你不同意——那是集子里唯有的两个稍长的篇什——在别处出版。

所以，坚决一点，就拒绝他人出版，别管我公开或私下的态度如何。

另一方面，我跟奥布莱恩建议，假如他想要个短篇，或请给《杀手》，或请给《在另一个国度》。我认为这两篇随便他印哪个都伤不着你出的集子。这两篇都不像《五万元》那么“重要”；但长远来看，也许属于更好的小说。

关于奥布莱恩就写这些。只是我感觉拒绝他很不好受——但更不好受的是他要求得出版许可。虽然我想，没有理由让人不提要求。奥布莱恩发表过我的一个短篇《我老爹》，此篇此前从未在杂志上发表过，违反他所有的规矩；此篇被每一家所投杂志退稿，除了《斯科瑞布纳杂志》和《大西洋月刊》；短篇集子出版时还题献给我。题献没帮我大忙的唯一理由是我的名字被拼错了，成了Hemenway——小说的作者署名也拼错了——没有人相信是我写的那个短篇。他为利弗莱特工作使他得以出版《在我们这个时代》，并让凯普在伦敦出版这本书的英伦版。他还从赫斯特给我弄来各种丰厚的开价，去年春天给我弄来“伦敦笔会美国贵宾”邀请函。幸亏我没出席：英吉利海峡在跟前阻碍还是别的什么有效借口，忘了。所以，我不愿拒绝奥布莱

恩——但同时我又不愿从我们自己嘴里拿面包给奥布莱恩。不过，假如他要书里别的任何篇什，我愿意给他；因为他不只是上述这一切的予者，而且也是位非常好的朋友。

明天早上前往帕伦西亚。一早6点有一列火车离开；午夜过后五分钟即达。另一列车是下午3:59开，次晨3:27抵达。帕伦西亚再过去一点有一趟火车可乘，是往昂代的。这些是北去唯有的交通。由于面对这两列车次选择困难，我才在加利西亚呆这么久。

能告诉我《太阳照常升起》销售近况吗？海明威太太［哈德莱］将在纽约呆三四天，然后再乘10月22日“兰开斯特里亚号”出发，也许希望取些到期的版税。假如有的话——假如还有尚未支付的。

我自己的文学生活体验还没有包括得版税呢——不过我希望某天能有版税的话就不用那么多预支了。

你的，

欧内斯特·海明威

校样我寄的是头等挂号。很难让邮局的人相信世上有任何东西值得贴那么多邮票。

（此信藏普林斯顿大学图书馆）

致C.E.海明威大夫

1927年9月14日，法国昂代

亲爱的爸爸：

非常感谢你的来信，谢谢你把信转交给泰雷［·汉考克］叔叔。我昨天收到他的信，信写得很好。你不会知道我有多不好受，让你和妈妈感觉羞辱难过——不过我无法写信告诉你们我和哈德莱的所有麻烦，即便是该告诉你们。信越大西洋需要两周，我尽量不把经历的地狱的种种写信转嫁给任何人。我爱哈德莱，我也爱邦姆比——哈德莱和我分手了——我并没有抛弃她，我也没有跟任何人私通。哈德莱出行的时候我跟邦姆比住在一所公寓里——照看他。她外出回来后决定要跟我正式离婚。我们安排好了一切，没有丑闻，也没有什么丢脸的事情。我们的麻烦已经持续了好一段时间了。都是我的错，跟别人没有什么关系。我对哈德莱没有别的，只有崇拜和尊敬。我们闹翻后，我并没有在哪一方面失去邦姆比。离婚后，孩子跟我住在瑞士。他11月份还要回来，跟我在山里过冬。

你很幸运，一辈子只爱上一个女人。一年多里我爱着两个人并且对哈德莱绝对忠诚。当哈德莱决定我们最好还是离婚时，我爱的那个姑娘还在美国呢。我没有她的消息几乎近两个月。在她最近的一封信里她说我们一定不能相互思念，只能想哈德莱。你提到"爱情海盗"，"破坏你家庭的人"等。你知道我是火暴脾气；可我也知道当你对他人一无所知的时候，容易就说让他们下地狱吧。我见过许多，也受过许多，经历够了，所以我不希望任何人下地狱。因为我不想让你们有羞辱丢脸的想法，所以才写了这些。我们很久没有相见了，而同时我们的生活又在继续。我经历了一年的悲剧生活，我知道你能理解有多难，几乎都不可能让我拿起笔写下来这些。

我们离婚后，假如哈德莱愿要我，我也会回到她身边。她说已然如此就最好这样了；分手了我们俩都得益。我始终会爱哈德莱，也始终会爱邦姆比；我也始终会照顾他们。我也始终会爱嫁给我了的宝琳·费佛。我现在是对三个人负有责任，而不是一个。请你理解这一点，你知道把这些写来说说并不那么容易。我明白你们要跟人解释，要回答别人的问题，又没有我的消息，这些有多难我知道。我是个很糟糕的通信人，几乎不可能写信谈我的私生活。不求自来——我的书成功了——所有获利我都交给了哈德莱——美国版、英国版、德国版和斯堪的纳维亚各国版的版税都给了她——因为这一切，也有很多闲话。这些闲话我不予理睬，你们也不要理睬。我回到人们关于我的传说故事，奇闻也罢，丑闻也罢——都是无稽之谈。这些故事但凡是作家都会有——球星也有——受欢迎的福音派传道士也会有，别的公众人物也会有。不过，我的愿望是努力把私生活留给自己——不对人作任何解释——个人不扮演公众人物，不曾想却不明智地让你们焦虑了。我唯有把私生活留给我自己才能保持私生活不外露——就此我欠你和妈妈一个说法。但我不能写信总谈论这个。

我知道你们不喜欢我写的这种东西。不过，这是因为我们的口味不同。不是所有的评论家都属于范尼·布切尔。我知道我的写作没有给你丢脸，反而有一天你会因此感到骄傲的。我不能马上就做到一切，但我感觉我的生活终究不会给你们丢脸。要展示这一点也需要时间。

假如你们能对我树立信心，就会开心得多，我也会开心得多。大家要问起我来，就说欧尼对他私人的生活从来也没有说什么，连在什么地方也没有告诉，他只是在写作，拼命写作。别感觉对我的写作或者别的所作所为负有责任。我来负责：我犯错误我受罚。

假如有时想以我为骄傲，那可以——不是因为我做了什么，我还没做得太成功呢——而是因为我的工作。我的工作对我来讲比什么都重要，除了三个人的幸福。母亲对我的作品内容感到耻辱，你们真不会知道我听了后感觉如何，其实你知我知天上有上帝，没什么可感到羞耻的。

信写得越来越长了，我最好还是住笔。桑尼不来我自然感觉不好。我很孤独，盼望她来。我愿成为她的向导，带她去爽快地游玩。她能看见跟团看不见的许多东西。

我很高兴你们喜欢邦姆比。他是我的心肝宝贝。因为我自己犯了错误，所以希望在他眼里我是个更好一点的父亲，更有智慧一点的父亲，帮助他避免一些东西。不过，我怀疑一个人能教另一个人多少。无论怎么样他是个好孩子。我希望再有八年我们三人就能一起去钓鱼，你就能看见我们并不是如此的悲剧人物。莱塞斯特似乎也是个好孩子。我已把新书［《没有女人的男人》］的清样寄走。这本书有 14 个短篇，今年秋天就出来了。我们下周去巴黎。我开始写另一个长篇小说了，会很努力地工作，直到圣诞节放假。

我很爱你，也很爱妈妈。真抱歉这封信写得这么长——也许没能解释什么，但自打我学会用笔和墨水以来，你是唯一收到我六页纸信的人。我记得母亲曾说她情愿在我的坟墓里见到我，而不是什么——我忘了——也许是抽烟。假如此事还有什么益处，那么我可以告诉你们，我不抽烟了。我不抽烟已经有三年了。虽然你们可能听说我抽烟抽得像个火炉的故事。去年冬天许多次我本可以一切很知足，一切也本像我在坟墓里一样简单；可总有人不愿见我在坟墓里，我对他们欠着责任，于是继续我的行程。我提这个就没有人提在我坟墓里见我了。我愿做任何事来效劳。

我希望你让母亲也读读这封信。她去年春天给我写了封好信，我恐怕没有回信。我之所以没能把你俩当知己，是因为母亲指责我的写作品位低劣下流，我很生气。我就像个穿盔甲的螃蟹，闭嘴什么也不说。我知道假如我们不能面对面谈论我的写作（我清楚我的作品不下流），那么谈论我的私生活又有什么用呢？对局外人来说，我的私生活就更糟糕了。

不过，我希望你们俩都从这封信里读到点信息——假如不谈文学批评和个人品行，我会经常写信的。

你的可爱的，

欧尼

（此信藏肯尼迪图书馆）

致 F. 司各特·菲茨杰拉德

约 1927 年 9 月 15 日，昂代

亲爱的司各特：

我收到你的支票并兑了现，却像个混蛋一样都不写信吱一声，并且是从不写信。我都兑现了。假如你研究一下你的银行账户，我就不用说什么了。不过，别以为我成了赫西特或者［麦克斯威尔·］波登海姆或者是那些文学绅士里的一个，以为写书的绅士有权当盗贼。因为，我现在正写着书呢，一旦里程碑式的题为《没有女人的男人》的作品出来，我就会还给你那一百块。让我俩都希望别晚于 10 月。

你到底过得怎么样？你觉得《没有女人的男人》这题目怎么样？我当时想不出别的题目了，菲茨，虽然我翻遍了《传道书》。帕金斯

你恐怕是见过的，他当时要我为这本书起名字。我想，帕金斯是个古怪的家伙，多么古怪的念头！他居然跟我要书的题目。真是莫名其妙。于是，我在瑞士的格施塔德跑遍书店想买一本《圣经》来得个题目。可这些混账书店所卖的只是木头雕的棕色小熊。于是我一时想给书起个名叫《小雕熊》，然后听听批评家们是怎么解读的。幸亏有一个英国国教神职人员当时在小镇子上，次日就要离开。宝琳从他那里把《圣经》借走，事先答应当晚就还回去。因为，这是他被委任神职时用的《圣经》。啊，菲茨，我查遍了那本《圣经》，是本印得不错的本子，磕磕绊绊地读那部伟大的《传道书》，大声读给愿意听的所有人。不久就剩我一人。我开始诅咒这该死的《圣经》，因为里面没有我要的题目——虽然我发现了所听到过的实际很好的每一个题目的源头。然而，伙计们（主要是吉卜林）都捷足先登了，把所有好的都勾画了，所以我只好给书起名《没有女人的男人》，希望它在仙女故事和瓦萨女子故事中间会卖得好些。

假如你觉得这段写得很无趣，就回到第一段去，就是我答应还你一百块钱那段，菲茨，那段里有金子。

你的小说写得怎么样啦？写完了吗？什么时候出来？我知道你会高兴听见我的新小说叫《世界的场》。我称之为亲爱的路易斯［·布鲁姆菲尔德］的布罗米也会高兴的。你没见肉用小牛脑子的范尼·布切尔那女人称布罗米为美国的菲尔丁吗？耶稣·基督啊。我正因为此感动得又拿起了笔。因为气候、脾性、教养、经验的缺乏、教育和胆量等，美国不可能有菲尔丁，可我决意那婊子养的——啊见鬼。不过，一个想去做美国的高尔斯华绥的人却被人称为美国的菲尔丁，很有意思。

菲茨，我自己就有精彩的体验被人认为是世上最抠门的人，因为从来就没有出手大方过，也没有花过《太阳照常升起》的所得，同时在五个月里靠你的 100 美元和麦克斯威尔·帕金斯给我的 750 美元预支过活。与此同时我又拒绝了赫斯特大笔稿酬，包括退回 1 000 美元预支：合同里的要求是 10 个短篇；头 5 个每篇付 1 000 美元，后 5 个每篇付 1 250 美元——如有连载作品另付 15 000 美元。在没有偏向的旁观者眼里，我取赫斯特的一千似乎比菲茨杰拉德的一百更实际。我敢说是实际。唯一的麻烦是我无法，绝对无法冲着合同来写该死的东西，一样也写不出。

然而，现在我打算写一部醉人的小说——我不谈这本小说，因为谈起来比写起来容易得多。如果这么做，今后还有重蹈覆辙的危险。

《名人词典》给了我一张表格。我的生平复杂得可以，我只能回答两个问题；不知道别的，只知道什么东西是可能被用作对我不利的。

哈德莱和邦姆比很好，去太平洋坡地一趟，你也去过，所以你知道他们回来的样子是什么德性。哈德莱计划10月22日乘“兰开斯特里亚”号从纽约出发，会提前三四天到达纽约的——她的地址是“纽约保证信托公司”收转。假如你们在那儿，能见到她；我知道她会高兴得不得了，我也很感激你能见她。

宝琳很好。我们打算今年秋天来美国。不过，因为我开始写作了，最好往下写，把东西写完，然后到春天再来。你到时在哪儿？司各特，请宽恕我的不懂事，收到支票都不吱一声。我收到桑迪亚戈的诺思罗普一个便条，里面夹着一张你的卡片——我收到时他都上船了。所以我把给他的信寄到了芝加哥。

问候泽尔达和司各提——写信跟我讲讲所有的情况。我想，墨菲夫妇整个夏天都在安特贝斯。自打去年秋天他离开之后，我再也没有听到唐·斯蒂瓦特的消息。也没有[鲍勃·]本奇莱的任何消息。多斯倒是经常来信。麦克莱什夫妇在美国。帕特·葛斯瑞在达芙[·忒斯登]离婚之后不愿娶她，因为她红颜已褪。他目前跟罗娜·林赛住在一起，后者使他免于牢狱之苦，因为他用了废支票；她能随时把他送进监狱。达芙在城里，她从英国把自己的孩子绑架来，又没有钱养活他——她的少量收入全用在孩子和保姆身上了；孩子在法国南部过着紧巴的贵族儿童生活。我一天晚上碰见她——她一点都不生《太阳照常升起》的气——说，唯一要提的是她从未跟血腥的斗牛士睡过觉。我一年里去那个地方唯有这一晚。自7月1日以来我就在西班牙——只是瞎跑，跑遍了加利西亚。

啊，你到底怎样。请写信给我。我愿听所有的文学事件——真愿见到你跟你聊天。

你的，

欧内斯特

（此信藏普林斯顿大学图书馆）

致阿奇巴尔德·麦克莱什

1927年10月8日，巴黎

亲爱的阿奇：

假如我再夸赞你该死的诗歌，你就会以为我是个仙女或者是个评论家了。可是，我从前以为你登在［美国］《旅行队》（顺便一提，这就像是个大车队，车队上的人被迫在封闭的屋子里拉屎）上的诗作好得很。那是首伟大可爱的诗歌。假如你要让爸爸开心，就像那样写，然后题献给我。[1]我该说，麦克，你现在可以不生不死地写生和死，假如那对你意味着什么的话。假如你已经出版的作品有所指的话，那当然意味着你做得不错。我该只希望你继续被泼冷水，不被赏识；因为经我仔细研究你是活着的所有诗人（也包括许多死了的诗人）里最拙劣的一个。现在别谈这个话题了，因为我担心你以为我喜欢你，因为你是如此优秀的诗人。麦克莱什，让你的诗见鬼去吧。

爸爸拼命工作，就像个婊子养的一样。完成了——数数但别阅读——九个章节。写得很顺利，许久搁笔之后收获成果。[2]

回来有三个星期了。从没有在10点以后上床——谁也没见——总在工作。前天宝琳和我骑车去凡尔赛，回来时都没下自行车歇歇。对宝琳来讲确实不易，但我是就这么练着，好让阿奇吃惊。你回来之前可得答应我不上自行车；这样我就说我也没上。我们一起出去骑车，我会说我们去皮卡迪角吧，阿奇。你会说，不，海姆，那太难了。狗屁，我会说那一点也不难。然后我们会开始。我希望走三分之一的路就把你灭了。我们今年夏天曾经往贝霍米角骑了4公里，没下自行车不知攀登了多少米。第一次试的时候得下五次车，累得要命。现在你知道我训练得如何了，能让阿奇吃惊在哪里。吹牛能毁整个事情。吹牛只会坏事。我们开始骑车时，你当然一如既往会撬动我。没有什么公正可言。替爸爸、宝琳和吉尼问候阿达、米米和肯尼。

我们当然会去滑雪。我们想去斯维兹门或者随你怎么拼写——在萨嫩摩瑟[3]另一边。再乘大雪橇一路之下——一座美丽的小城，离滑雪的地方更近，也更便宜，更像一个村子。这是 M. O. B 的终点。吃得好极了。宝琳和我试过。离格施塔德也不过一个小时。赶快回来。我得开始工作了——宝琳进城去了。她回来后我们打算骑车去凡尔赛吃午饭——那才是你会碰到某种竞争的东西。或者，麦克，你不在乎竞技性体育运动。好吧，我们只做校内体育运动。

Papa

(此信藏国会图书馆)

[1] 麦克莱什题献给海明威的诗作《传记片段》刊于《美国旅行队》(纽约，1927)第 374—376 页。海明威的《阿尔卑斯山牧歌》也刊于同一卷第 46—51 页。

[2] 显然指流产的吉米·布里恩这个长篇故事，写了六个月后放弃，转而更喜欢写《永别了，武器》。

[3] 瑞士中南部度假地 Zweisimmen 和 Saanenmöser。M. O. B.，蒙特鲁斯和贝尔乃斯-奥伯兰铁路。

致温德姆·刘易斯[1]

1927 年 10 月 24 日，巴黎

亲爱的刘易斯先生：

我刚收到你 6 月 30 日寄给凯普的信——他把信转寄［爱德华·］提特斯的书店了。“保证信托公司”是我唯一永久的地址。上帝知道凯普怎么会叫提特斯先生转交信给我。

无论怎样，我很抱歉没有收到这封信。我也不太有机会去伦敦。不过，假如你来巴黎，我很高兴能再见到你。我在这里会呆到圣诞节。

我很高兴你喜欢《春潮》，并且认为你在《苍白的脸》[2]里把

“红与黑的热情”销毁得很优雅。那关乎另一个种族而不是我们族类（不管是什么种族）的温雅高贵之类的可怕屁话的确值得审视一下。你知道吗，［D. H.］劳伦斯昔日曾经是［舍伍德·］安德森的上帝——自打他开始读劳之后，你可以在安的所有作品里追溯他的影响。当然，在他的自传《讲故事的人的故事》里，他从不提劳伦斯。在那本书里，你发现他是在察吐士酒构成的尖顶教堂里沉思默想才构思出作品的！当然，还有犹太绅士的陪伴。

至于我自己的东西——对不住，里面洒满了血。我想今后血不会那么多了。之所以有那么多血，真正的原因我认为是自己一直在追求语言的精确；开笔写作就得处理简单动作——最简单的动作——而我最经常见到的简单动作——便是或这样或那样的杀戮。虽然如此，我想今后流血的笔触会减少。

永远的你的，

欧内斯特·海明威

（此信藏康奈尔大学图书馆）

[1] 刘易斯（1884—1957），美国画家兼作家。

[2] 刘易斯的《苍白的脸》（1929）海明威显然是能见到初版本的。他收在《没有艺术的男人》（1934）里的随笔《笨牛》让海明威气得发疯，以至于把西尔维亚·毕奇书店里的一个花瓶都打碎了。海明威在《流动的盛宴》（纽约，1964）里大肆攻击报复刘易斯。

此信经康奈尔大学图书馆同意在此发表。

致麦克斯威尔·帕金斯

约 1927 年 11 月 1 日，巴黎

亲爱的帕金斯先生：

谢谢你的信和剪报。很为司各特着急。真希望我在那儿能让他好过一点。不过，我不会跟他说你写信告诉我的。

关于连载——别考虑这个，第一稿完成了再说。尽管如此还是要谢谢你。

维吉尼亚·伍尔芙的评论[1]很让人愤怒——她属于一个叫“布卢

姆斯伯里”的小团体，其中的成员都过40岁了，都把“现代”的重担挑在自己肩上，都很有前途，都是文学的救世主。他们忙活的时候，不喜欢40以下的任何人闯入这行当。上帝知道，人家并不想闯入。他们为了文学声誉而活着，并且相信保留文学声誉的最佳方法是诽谤或者批评后起之秀的诚实。

当然，他们有一点说对了：一个人在世时的文学声誉如同可以滋养的植物——植物蔫了，他们就尽量滋养自己的那部分和朋友的那部分，把蔫的甩给别人。愿上帝与他们同在。我则很愿意今天中午就把维吉尼亚·伍尔芙的衣服脱掉，允许她在歌剧院大街行走，让每个人，真理也罢，现实也罢，随她怎么叫——每次都从她身边走过。

封面吹捧故意歪曲事实，让我生气的正是这个——这个加上说我造假欺骗之类的诽谤。我很高兴在我情绪低落觉得自己再也不能写作的时候没有看到这个。

不知你是否能保存这些剪报——有一大堆呢——然后在圣诞节的时候把它们寄过来，我在瑞士可以读读——我正拼命写呢，这些该死的东西让我烦躁，让人起自觉意识——尤其是那些有意或出于无知的误解。一件事被人误解了，你就得解释；脑子里满是这个对写作不利。

你另要一张照片吗，还是多要几张？路易斯·洛佐维克根据想象画的肖像或者别的什么太该死的过分了。他是从哪儿弄来的摹本？这像唯一的优点是有点约翰·毕肖普的韵致。

另一位批评健将没能看见“小蛮横布瑞特女士，她的信仰幼稚得让人愤怒，她的道德观念让人热衷于指责”。呵，呵。

你读过“英美战后迷惘的一代在欲望的旷野里游走法兰西和西班牙的惊人叙述”吗？——那本书你不该漏掉。

永远的你的，

欧内斯特·海明威

书还没到，但我盼着它们来。

（此信藏普林斯顿大学图书馆）

[1] 维吉尼亚·伍尔芙评论《太阳照常升起》和《没有女人的男人》一文刊登于1927年10月9日《纽约先驱论坛报》图书版。

致沃尔多·皮尔斯

约 1927 年 12 月 13 日，瑞士格施塔德

我非常的先生：

有信从西班牙来，不亦乐乎。为朱迪蹲监狱。在专政之下于公共场所唯一不丑陋的亲吻之举是亲独裁者的屁股。在意大利和亚平宁半岛旅行的时候记住那黑肉叶刺茎藜。艾肯在乔伊斯着地之后能踢中目标可真是好事。我们且希望康拉德把猪皮放到横杆上。你现在到底在哪儿?

我在床上躺了十天，一会儿是这儿，一会儿是那儿不对劲。上帝啊，整个欧洲都在下雪，除了瑞士这里。邦姆比把手指戳进我的一个好眼里，指甲划破了眼球——我晚上在蒙特鲁斯接他，自作自受——可真难熬。早先哈里·格瑞布把他的拇指戳进我另一只眼里，那时我还处于一生里更活跃的时期。现在眼球胶凝了，恢复得不错。这期间又战胜了痔疮和肠痛。宝琳很好，已经读了亨利·詹姆斯（《尴尬的岁月》）并且是朗读——我对詹姆斯一无所知，但在我看来这书似乎狗屁不是。他似乎在害怕的情形下需要随时把客厅弄来；他不得不考虑小说里的人物剩下的时间里要干什么；男人一无例外谈起话来像仙女，思考起来也像仙女，除了几个漫画式的野蛮的“局外人”不属于此类。你无疑读过他的别的作品，比这个好的作品；但是，他似乎在此书里很假。到底怎么样？他做作吗？他显然形成了很优雅轻松写作的路数，对客厅也了解甚多，可他还有什么？让我听听你对此的看法。

你为什么不来这里？一旦下雪此地的生活很健康，假如你能防止邦姆比把手指戳进眼睛的话。现在外面大雪把地狱都打掉了。我们想从这里搬到斯维兹门，那儿没有那么多“该死的”，啤酒也更好些。这地方每天费用 12 瑞士法郎，属于膳宿公寓；有城里价格最低廉却吃得最好的酒吧。不过，对一个有众多家庭的人如我来讲，那还是太贵。我想斯维兹门会便宜些；他们那儿有优质慕尼黑啤酒和很好的滑雪运动。宝琳和吉尼今天下午去看房子去了。

圣诞卡很漂亮——贞洁的和淫荡的巴朗姆上校那张和给我们的那张都很漂亮。他们真他妈可爱。你愿意让我给你写几句吗？你当牛做马在你的行当里为朋友效劳真不是滋味。他们又能为你做什么。

你想要《最最认真的自由派的哀歌》副本吗？

我知道僧侣夜间自慰
也知道可爱的猫咪苟且
还知道某些姑娘咬人
可是主啊我有什么法子让万事顺理成章呢？

此诗献给奥斯瓦尔德·加里森·威拉德和《新共和》的编辑们。

假如宝琳在，她会在此信上写几句，因为她想给你写信。假如你能来，宝琳、吉尼和我会高兴得要死。邦姆比也会高兴得要死的。他跟城里所有孩子都打了架。自打来此就学说德语。我问他长大了后想干什么？他说给爸爸酿造威士忌。

问候艾薇。你知道帕特和惠特尼的地址吗？天还在下雪，看上去像真玩意。来吧。我留胡子三周半了。假如你在，这里就有两个大胡子了。邦姆比愿意长胡子，可是长不出来。我没有任何新闻——你有吗？问候桑德斯。

你最好的，

欧内斯特

（此信藏柯尔比学院图书馆）

致 F. 司各特·菲茨杰拉德

约 1927 年 12 月 15 日，格施塔德

亲爱的司各特：

听见鸡奸兄弟的音讯总是高兴的。你要我报告消息。好吧，我已经放弃写作的游戏，改当老鸨了。人们在净化巴黎，从前著名的老鸨

都没了，缺口很大，机会很好，我正尝试填补空缺，老鸨和著名两样我都想要。我拉起了一大杆“姑娘”队伍，法语叫“les girls”。等你和太太春天来的时候，我能给你们个非常有趣的优惠价。

老布鲁米［布鲁姆菲尔德］当然是扫荡了女子俱乐部啦。他肯定会遇上我的母亲，“四个孩子的、52 岁学画的母亲”，还真就遇上了。他跟她说自己肯定认出了她，虽然不能安置她，因为欧内斯特是他最好的朋友；并且表示他如何不愿认识欧内斯特的母亲。我母亲现在另有原因想哭，因为我写的东西跟布鲁米写的东西不一样。

小司各提的毒瘾你们帮着戒得好些了？我们在这里听见许多轶事，说她在 L. H. 门肯上次造访公寓大楼时用她自己的小针扎了他，说《美国水星》就是这么写成的。

特迪 · 钱德勒那小子在这儿。假如我没弄错，他曾经要了你母亲的命。比尔 · 布里特或者布尔 · 比勒特，耶鲁的大个犹太佬，写小说的同行，也在这儿。曾经跟达夫 · 特维斯登同居的帕特 · 葛斯瑞现在被罗娜 · 林斯利包养，目前更鲜亮更可爱了。这些人我都没见到呢，不过，我愿为你把他们都查出来。

我的儿子现在正步他爹的后尘，也在编故事。赫斯特答应给他 182 000x2 角 5 分买个连载，关于战时受伤的女同性恋的故事：要想生孩子很难，于是都开始酗酒，欧洲亚洲的满世界跑，一群无所事事的废物。我把其中许多人介绍给他，他写得很卖力；我不时帮他纠正拼写错误。宝琳大声读《邮报》上登的你的小说给他听，他于是得知什么是文体风格；原来跟麦克莱什最近的诗作风格一样，只是装饰有波斯羔羊。邦姆比称之为

同庆恋，同同庆恋，同同庆庆恋恋

我在这里很少见到谁，除了前银行家迈克 · 沃德。有一天晚上在“道恼俱乐部”，他有神奇的历险：他袭击了一个站在酒吧那儿的人，因为这人说了我什么。迈克没听见什么话，但不喜欢那话音；就问那人是不是海明威的朋友；那人说不是，迈克就袭击了他。结果是那人根本就没有提我；可迈克却说他能看出来那人不是我的朋友。

菲茨，你也该有这么忠诚的朋友。

西班牙式的逃避没有钱，所以我放弃了“西班牙式的逃避”游戏。我的眼睛现在没事了。我们希望天快下雪。吉尼自 12 月 1 日起就在这儿，也希望天快下雪。自 12 月 14 日起我们就期盼下雪。我嗓子疼，卧床休息。我想你会同意［查尔斯 · A.］林德伯格替我们扬名许多。你愿意让我替司各提或者泽尔达扬名吗？你说的关于西班牙式整羊皮做的酒囊的话不错，我发现拿着它很舒服，可拉链太没有男子气了，什么玩意儿也没这么没有男子气。我得注意点，不让自己沾上小安逸品，比如手纸、分号、鞋底子之类。我要是有一天用上这些，人们就开始叫喊老海姆毕竟也是仙女，哈哈他不是条汉子。

由于卧床时间久，我开始长大胡子了，很好看，几乎像犹太拉比。也许留到去美国，但我怀疑能否留到那时。

给我写信报告所有消息和看法。问候泽尔达和小司各提，假如你能帮她戒掉那玩意儿，来日明白我们的口信。你不该让那孩子扮演“女主人公司各特”。我从各个角度思考了一下这个问题，觉得这样对她不利。我知道你要保留面子；我也知道当下世风。但是，没有人能让我相信这对那个年龄的孩子有什么好处。

再写信给我。现在我不欠你什么了，除了无尽的感激。假如我有 180 瓶香槟酒喝，我就能写得更自由自在些。

你的永远的，

欧内斯特

（此信藏普林斯顿大学图书馆）

致麦克斯威尔 · 帕金斯

1928 年 1 月 15 日，格施塔德

亲爱的帕金斯先生：

我很抱歉没有写信告诉你收到装饰得光彩照人的牛和剪报——谢谢你寄给我这些——特别是那头牛，大家都喜欢。你听说“欧 · 亨利奖”了吗？我没听说。他们的信太啰嗦，假如愿意实际是可以避免过

程直接给奖的。

我没有给你写信，事实上也没有给你写别的东西，是因为我右眼（唯一的好眼睛）划破了；现在痊愈了。虽然如此，读书写作时眼睛还是疼。有一两个星期眼睛很瞎。

自 12 月 15 日以来这里有 3 天滑雪日——冬天完全开场了。我们唯有的两场雪之后接着是雨，雪块因此易碎，很危险，在里面滑雪也最恶心。阿奇·麦克莱什和我从桑那斯洛赫弗鲁山顶往下滑雪——一般情况下很爽的一长段——我却十次飞溅雪粉，糟糕得很，可以想象。即便是直下，雪块也会碎，雪橇尖头会跑到雪块底下，抓住雪块，把你扔出去。我戴着眼罩防护眼睛。有一次摔得狠，头埋在雪里很深，玻璃镜都被砸出来了。我的膝盖有一个是假的，不能很凶地跌倒，也从来不去碰它——但 208 磅的体重正是易碎雪块所希望得到的。不知道我为什么要写这个——除非是没东西可写，也除非是天气可诅咒。

我的眼睛是如何被划破的真是一点都不浪漫——在蒙特鲁斯旅馆从床上把我儿子抱起，让他表演一个重要角色，他举起手，一个手指就进了我的眼睛，指甲割破了眼球，画了一个大大的半月。

这些就是所有消息了，还有就是两个月内我们将去美国——不过得到秋天才能去纽约。

希望《没有女人的男人》仍然卖得好——我想一段时间里它会是我最后一本书。眼瞎了哪怕是一小会儿都能吓着你——尤其是你的写作不只出自头脑，而需要所有感官都一起上。想想我兴许能摸着打字机写——但打字机上写的东西不太好——我要是不写上几遍就什么也写不好。可是如果看不见的话，怎么能重写？我当时想也许可以找份工作，为德克斯特当耳朵使。

新杂志似乎很给人留下印象——他们付什么价给稿子？有一天我看见一册，样子很漂亮，可瑞士人要价一美元。于是我想最好给它投稿，这样就不用花钱买杂志了。

一个叫伯顿·艾美特的绅士给我寄了 500 美元要买《杀手》、《五万元》等短篇的手稿。也有别的人给价。可是在很缺餐巾纸的时候，我把手稿都送出去了。别告诉人这个。因为，假如我的眼睛开始坏了，这也许是个生财的好路呢，省得今后开始生产新手稿。目前似乎卖手稿比卖故事钱多。我想司各特的手稿光凭拼写就能收进上千美元。我不知道艾美特先生是喜欢我讲究语法前的手稿呢，还是更喜欢我用上语法后的手稿。不过，我害怕跟这些买手稿的人开玩笑，因为担心他们不要了。我想我会回信告诉他们，我的手稿都在大英博物馆呢，除了《太阳照常升起》在西班牙的普拉多国家美术馆。

你的永远的，

欧内斯特·海明威

《太阳照常升起》的销售情况怎么样——不会有太多麻烦的话就告诉我。

（此信藏普林斯顿大学图书馆）

致詹姆斯·乔伊斯

1928年1月30日，格施塔德

亲爱的乔伊斯：

我很感谢你给伊万·高尔写信推荐我给莱茵出版社。他立刻写信给我；可我得等等，尽量把在德国的事情安排妥当——有一位经纪人已经安排我跟一家出版社签约，至少出版一本我写的书。我已经给高尔写信，说下个月在巴黎同他见面。我希望届时能把事情弄出个头绪。

我希望你全家人安康。麦克莱什的父亲去世了。他离开此地去了美国，2月份才回来。皮尔斯夫人在此地。我们一家明天前往巴黎。我正要滑雪去伦克和阿德尔博登；回来就启程前往巴黎。这里只冷了两个星期，天气也不干，我们滑雪还不到十天。我家小男孩，在我去蒙特鲁斯接他、夜里服侍他来这里的时候，把手指戳进我的眼睛里，指甲划破了我的眼球。有十天我尝到了一点你当初的滋味。[1]即便是大夫用可卡因给我冲洗止疼，还是疼得要死。现在没事了。

我希望你安康，一切顺利。

永远的你的

欧内斯特·海明威

（此信藏纽约州立大学）

[1] 严重的虹膜炎折磨了乔伊斯数年。

致麦克斯威尔·帕金斯

1928年2月12日，巴黎

亲爱的帕金斯先生：

你2月3日来信今天到了。我很高兴这本书卖得这么好——希望它继续稳定前进。都说人们从不买短篇小说，此情形该能消除这种说法。

我们滑雪时遇上坏天气，一天度得很艰难。我收到新护照了。回到巴黎一看，所有水管子都破裂了——一周里没有暖气——感冒了，头痛得厉害。一直努力每天早上工作，可所有的产品似乎都是从鼻子里出来的。在过去十二个月里，这疼那疼了三次，炭疽差点要了我的命——一个好眼又划破——诸如此类。这也许是因为我的生活太平静，又不喝酒又不抽烟。

我们月底取道威戈、加那利群岛、哈瓦那、基韦斯特前往佛罗里达。我不久就需要钱，不过到时再写信要吧。几天前写了个短篇热身，想回到大步流星写作的状态，这样才好重新写那本书。心想，这也许合杂志的口味，不过写得不太好。

我读了罗阿克·布莱德福德的短篇——太弱；跟《夜莺溪桥有事》相比，太稀薄——就是你提到的［安姆布罗斯·］比尔斯的那个短篇。他反比尔斯之道而行笔，把结尾弄成皆大欢喜。不过，我能看出他写此作品写得很刺激——我很高兴他得了那500美元。作为奖项，“欧·亨利奖”给的荣誉很让人怀疑。它该奖给得奖后开心的人。

很久以来，我读过的最佳短篇小说是奥布莱恩选集里收的欧文·韦斯特写的作品。那篇东西实际不是个短篇，而是长篇小说的一部分；不过，作品的部分写得真是好极了；整体也写得非常非常好，可以当我们这代人的写作课本。

眼睛似乎痊愈了，可读书时还是疼。

别的没什么消息。

司各特寄给我一个通知：［路易斯·］布鲁姆菲尔德和［格兰威·］韦斯克特两人之间要有一场争论——你听说了吗？他们争论什么啊？

你四五月份去佛罗里达吗？或者6月份去阿肯色？或者六七月份去堪萨斯市？还是我们在别的地方见个面？假如共和党全国委员会在堪萨斯市开会，我就打算去那儿。伊万·薛普曼要结婚了。

永远的你的，

海明威

（此信藏普林斯顿大学图书馆）

致麦克斯威尔·帕金斯

1928年3月17日，巴黎

亲爱的帕金斯先生：

盖伊·希科克今天给我看了一份来自斯科瑞布纳的电报，问起我的健康；我希望你们没有为我着急。我也厌烦反复叙述事件，所以不打算再提它。不过，要说一声的是：这回是抽水马桶顶部的事情——一位朋友拽了支撑水箱的栓，而不是拉出水口的链绳，结果把玻璃弄破了。我想把栓钩子挂好（凌晨两点进浴室，看见它在那儿晃动），结果整个水箱掉了下来。我们用30层手纸止血（很能吸收，我在紧急情况下两度用此法），并用厨房毛巾当止血带，还用了一根引火棍。因为太短，头两个止血带止不住血——（擦脸毛巾），我很着急，因为我们没有电话，没机会在凌晨两点找来大夫。两根小动脉割破了；不过第三个还支撑得不错。我们去了尼利一家美国医院。医院的人把伤口处理好了，把动脉系紧了，在下面缝了三针，在破口子上缝了六针。没有后遗症，但着实让人心烦。

也许这是最后一场事故了。今年斯科瑞布纳要是给我上了保险的话准能挣钱。无论怎样，这封信的目的是告诉你我终于让海伦·布瑞克给我拍了几张照片——她正把照片给你寄去呢。她是［哈德莱的］老朋友，把钱都输光了，开始从事摄影。我想复制的照片也许能给她带来点声誉。我认为摄影术很扯淡；自打达盖尔银版法用于拍照以来，摄影术就稳步落后。不过，我答应了她，一旦她拍的照片被采用，就署上她的名字——海伦·布瑞克——巴黎的海伦·布瑞克。一个人得当一回老朋友，充耳不闻任何消息，却在我要他们拍照前把钱都输光了。这事跟摄影没有任何关系。我想她也许是个很好的摄影师，我想你会喜欢她的照片的。我对她说我不知道你是否给原作摄影付钱，也不知道付多少——并说假如你付钱，也是寻常价码——不过，无论怎样，你会署上她的名字的。

感谢上帝，摄影的话题终于说完了。

我让一个叫艾米莉·霍尔姆斯·柯尔曼［夫人］的把她的小说寄给你，那是写一个精神病收容所的故事的。她曾经作为病人在一个收容所呆了一阵子。我想，她也能写。我没读呢。她说要寄给伯尼·利弗莱特（他们出过她丈夫写的一本心理学方面的书）。我则想让她寄给你，万一你看了觉得好呢。

我想完成那部长篇——可是

（1）我一直因病卧床，要么老是外出。

（2）《在我们这个时代》里的短篇我写了 5 年。

（3）《没有女人的男人》里的短篇我也写了 5 年。

（4）我在 6 周内写了《太阳照常升起》，可扔在一边 3 个月没再看它一眼——接着是又用了 3 个月重写。在写它之前我喝酒浪费了多少时间啊，把自己的生活这样那样弄得一团糟又浪费了多少时间啊：我就是不能及时做个什么。

（5）我一天到晚工作，却连个不规则的时间表都制定不了，也无

> 法保证质量。我很清楚书该写出来的时候自然会写出来（你真够意思，连问都不问我，也不给我压力）；我俩要的都是好作品啊——唯有好作品我俩才要啊。你看见了：我的全部生活和头脑以及一切一阵子里都见了鬼。慢慢回到正轨（又不能让任何人知道你脱轨了，让那帮家伙知道你受伤了）。
>
> 不过，我想写一部真正好的长篇小说——假如我写了22章45 000字的那部[1]到了美国以后没有进展，我就放弃它，束之高阁，接着去写另一部我已写了两周的那个；本来我以为这是个短篇，却写得没完没了，不亦乐乎。[2]

第一部本打算写个类似现代《汤姆·琼斯》的东西。（别跟人说，因为我不想让人拿去作比较，只是想说一下这是本什么类型的书。）不过，非常非常有可能我所知不足以完成这个：我获得的任何成功都是通过写我所知道的东西得到的。

我知道得很清楚，司各特为了自己的话一两年前就该把他的小说弄出来。我不想让你觉得我也在重蹈覆辙或者在给自己找理由。不过，这下一本书得是个好作品。我生活里所要做的事情就是写作。不过，最好是有了好作品再拿去出版。

按计划我两年前就该去美国了。我跟欧洲了结了。在我写发生于美国的故事之前，我需要前往美国。可是我并没有走——现在，突然间，战争故事的灵感来了许多，所有故事情节和地点都如泉涌，书写得十分顺利。

这一切都是上周才有的情况——我老婆因此说她得让我像经常写不出来那样经常流血。希望在船上也能写作。假如我发现美国有我的任何读者，我就把名字改了。

这封信够长了，足以痛苦地考验你我的友谊，你还得读完它。我也将十分感谢你寄一本《没有女人的男人》给W. W. 斯蒂格勒，费用从我账户里扣；他的地址是阿肯色州琼斯波罗镇诺布尔旅馆。只要账户里有5美元我就支付书钱。谢谢你主动给我钱，需要的时候我就给你发报。

我很高兴你正在出版莫雷［·卡拉汉］的作品。我一直有他的消息，只是我不是个通信的好对象。

永远的你的

欧内斯特·海明威

我下次从佛罗里达给你写信。

外国译本的情况怎样？我回来此地之后，肯定能给你弄本拉克纳的书。[3]真不知道你要这书，也不知道你没有叫人帮你干这种事情。还是你又不想要了？我认为这是本伟大的书。法语版名为《最后一条私掠船》。他的早年生活部分和“阿德勒海”那部分写得好极了。

海伦·布瑞克想在杂志上发表她的照片。（我想）越贵的杂志越好。

（此信藏普林斯顿大学图书馆）

[1] 一部写了二十章、意向性书名为《吉米·布瑞恩》（可选题目还有《才死的骑士》的小说，源于中世纪歌谣《两只渡鸦》），场景放在芝加哥和纽约。吉米和父亲（一个革命家）在往巴黎的路上；吉米的母亲住在巴黎。菲利普·扬和查尔斯·W.曼编《海明威手稿》（宾夕法尼亚“大学公园”版，1969年10月）第13项。

[2] 这似乎是《永别了，武器》开始写作的日期，约为1928年3月3日。

[3] 也许指洛厄尔·托马斯的《拉克纳公爵——海之魔鬼》（1927），用菲利克斯·冯·拉克纳公爵（1881—1966）之事叙述战时的状况。

致宝琳·海明威

约1928年3月28日，海上[1]

亲爱的费佛小姐（还是称呼你海明威夫人？）：

我们往古巴去5天或者10天，与其说是旅行还不如说是爬行。未来延伸得无限长。我经常琢磨余生能做点什么，现在我知道了——我要尽力够着古巴。

真是难为我写信。你如此潇洒，又有天分。你的嗓子从不沙哑，也从不会说：“也许我的丈夫海明威先生弹得不好，你们不会感兴趣的。”

可是，你无法阻止这该死的船上下颠簸。只有母帆能做到，但也无法持久。

我一直在研读其他航线船只的设施——“大洋号”、“奥利塔”号、“奥洛雅”号等：它们都有健身房、单人床、双人床以及为多事的婴儿准备的育婴室。可我们的船几乎没有250美元的客舱。有250美元，买个宗教仪式都够了（假如他们收费那么低廉的话）。

我已经发现我们的印度朋友为什么那么鬼鬼祟祟了——他的脖子太短，想看四周时得转动肩膀。你则没有缺陷。这船是定期皇家邮船，我没有［一下字迹不清］除了这支笔抓住的东西（也许你的眼睫毛里的一根）。现在东西没了，该干什么呢。

无论怎样我爱你。假如你原谅这封破信，我哪天给你写封好的信。赶快航行吧，快到哈瓦那，快到基韦斯特；然后安顿下来，不再上“皇家男性蒸汽包”号。信尾弱，可爸爸也弱啊。

爸爸爱你

（此信藏普林斯顿大学图书馆）

［1］在“R. M. S. 奥利塔”号船上，从拉罗谢尔往西行去哈瓦那。

致麦克斯威尔·帕金斯

1928年4月21日，基韦斯特

亲爱的帕金斯先生：

我很遗憾听说司各特的情况。你能告诉我他那艘船的名字吗？我将发一封电报给他。也许最好还是发电报给我，告诉我他那条船的名字或者他所在的位置；可以发优惠价的夜信电报。此地若邮寄离纽约太远。我真希望他能完成他那部长篇小说，或者干脆扔掉，另写一本。我想他是被卡住了，自己也不再相信这作品，捣鼓了这么长时间，又害怕放弃它。于是，他就去写短篇小说了，找任何借口不再去咬那指甲，去了结它。不过我相信，在某个时候，每个人都不得不放弃某些（长篇小说），着手另起炉灶。我真希望能跟他当面谈谈。他自己相信这部小说很重要，因为《了不起的盖茨比》之后人们纷纷出来说他的好话；随后却跟着一部烂短篇小说集（我的意思是说里面有廉价的小说）。他感觉自己必须写一部伟大的长篇才不辜负批评家的厚望。所有的事情都这样（　　）因为司各特能做的事就是写长篇小说，好的坏的都会产生，终了会有好作品诞生的。不过，对他而言，［吉尔伯特·］塞尔兹之流的评论家只能是有害无益的东西。他害怕得要命，建起各种防护，像是需要通过写短篇小说来挣钱等，那都是为了避免面对完成长篇之举。在这么长的时间里他三部长篇也该写完了——万一两部糟糕而有一部跟《盖茨比》一样好呢？那就让他扔掉糟糕的就是了。他跟几内亚猪一样多产，却被评论家（读他们东西的每一位作家都给毁了）迷惑得以为自己跟鸵鸟或者大象产蛋一样那么难。

书呢？——广告出来这么久了，我还没见到《没有女人的男人》。

很高兴得知你见到沃尔多·皮尔斯了。他打电报说要来这里。我不知道他何时到，但希望是不久就来。多斯·帕索斯也在路上；我也不知他要走多久。

一切顺利。每天工作。新书已经写了 10 000 到 15 000 字［《永别了，武器》］。这书不会太长，写得很优雅。我希望秋天能写完，因为秋天是出书的体面季节；不过，考虑到重写前所需的放一放的时间，秋天出书又不可能做到。我忘了《太阳照常升起》稿子给你的时间，但我想是早春。假如我记错了，请你告诉我。假如可能，我想在此地完成这部小说，放它两三个月，再重写一过。一旦完成初稿，重写不会超过六个星期或者两个月。在重写之前，让我冷却一段时间对我来讲很重要。我想呆在这里直到写完一稿，因为我在这里写得很顺利。这里的生活如此健康，下午的垂钓使我在不工作的时候忘却忧虑。不过，想想吧，我们得在 6 月底找个地方把孩子生下来。该会在生孩子一个月前离开。只要我接着写下去，届时会完成许多。

这里很热，但总有一股凉风。有遮蔽的地方就不热；夜里睡觉还好。

我写完这个长篇之后——假如太迟，赶不上秋天出版——我可以写很多短篇，这样就能维持生计到明年秋天；那时长篇小说出来了，我们又有足够的短篇出个集子跟着。

这几天在抓大海鲢、鲟、狗鱼、红笛鲷。这季节能抓到的大海鲢我们都抓着了。六十三磅重呢。真正的大鱼此时正来呢。飞竿钓鲟。鲨鱼也很多，鳐鱼和其他有害鱼类也多。我们在市场上卖自己抓的鱼（能吃的），所得钱要够汽油和鱼饵。自己也拿鱼当饭吃。今夜较旺（周六），虽然没那么欢快；因为，又有一家雪茄厂子倒闭。这地方真不错。从前的人口有 26 000——现在约一万。车站厕所有人用铅笔写了诋毁我们这个城市的话；有人在下面写道——“假如你不喜欢这个城市就滚别来”。另有人在下面写了“大家都……”。

请让他们给我寄 3 本《太阳照常升起》和 3 本《没有女人的男人》（尽快），把书钱算我账户上。我说我是个作家，没有人相信我。他们认为我代表北方大贩私酒的商人或者沿街卖毒品的——尤其是那块伤疤像。[1] 他们连司各特的名字都没有听说过。有几个小子我认识的，头一次听人朗读吉卜林的小说，大为感动。一个介绍罗伯特·瑟维斯作品的人说假如有人请他铸币，他能铸币——可是没有人请他铸币。

你的永远的

海明威

他们拆我的信，希望我没什么东西可控告他们的。

（此信藏普林斯顿大学图书馆）

[1] 额上的疤就是巴黎头顶水箱弄的；1928 年 3 月 17 日海明威致帕金斯信里描述了此事。后来这疤发展成脂肪瘤，坚硬突起的一块，伴随了他余生。

致麦克斯威尔·帕金斯

1928 年 5 月 31 日，阿肯色州皮戈特

亲爱的帕金斯先生：

我给你寄《太阳照常升起》手稿的时候，伯克或德布瑞特的贵族名册里没有阿什莱夫人；我校对清样时，书里写的“良种马登记册”

里都没有她的名字。书出来之后的那个夏天，年轻的阿什莱娶了音乐喜剧里走出来的一个姑娘。她满可以试试起诉鲁滨逊·克鲁索。

你也许见到了沃尔多［·皮尔斯］。我们在一起度过的时间很令人愉快。我同时也每天工作，写了200页——一页有200单词——这都是在基韦斯特写的。目前在上面地址所写的地方——基督啊这地方真可怕。希望不久能北上去密歇根。因为不知道孩子什么时候出生，也许要生在堪萨斯市，或者类似的产科好的中心城市，所以延误了北上。

上一个冬天（亦即）前年冬天——我跟桑顿·瓦尔德争论为何不跟伯尼出版社合作（他受托怂恿我跟［伯尼］合作；恐怕现在他的说辞就更多了）。我认为《S.L.I［圣路易斯·瑞］的桥》是一本不错的短篇小说集——两篇杰出的作品——《埃斯特班人》，还有一篇我想是讲为修道院女院长工作的一个小女孩的。他能写得很好，小伙子人也不错［31岁］。

我想下一本书我得要一大笔预支以保证给书做的广告要大要华丽；斯科瑞布纳为收回预支就必须卖掉大印数的书。格兰威·韦斯克特、桑顿·瓦尔德和朱利安·格林都在一年里就富起来了，而我在这一年里还没有当记者时挣得多——并且我是其中唯一要养两个老婆和孩子的人。得想点办法。目前的版税到期后我就要另立标准了。不过，我想要一次挣一大笔，这样我就能投资了。这个在美丽的字母里产生的牛市不会永久持续。我不想总当本可以挣大钱却没有也不会挣大钱的人。假如我今后的事故接着跟过去一年里发生的一样多，那么在一两年里他们就得给我一种福利待遇。好像是《没有女人的男人》卖得很好的时候他们把广告给断了，转而给桑顿的书［《圣路易斯·瑞的桥》］大做广告，并且是在书刚开始上市的时候。当然我对此一无所知，可是上半年过后——当《没有女人的男人》还在叫卖的时候——他们似乎对销售很满意，就断了广告。

无论怎样我在稳步写目前这本小说，似乎很顺利——最终——我希望——能朝尾声迈去。等我写完了这本，就会回到我写了60 000［字］放弃了的那本，再把它[1]写完——现在看来，那时似乎工作起来不费劲；我想，那种光景又要来了。

我觉得你把疤［从照片上］去掉布瑞克夫人不会在意的。似乎她当时也觉得棘手——那疤痢——她也曾想去除它。不过，我当时想，假如你给摄影师一英寸，他们就会去除45英寸。

永远的你的，

欧内斯特·海明威

我的地址一阵子里还会是阿肯色州皮戈特。他们会转交的。

（此信藏普林斯顿大学图书馆）

[1] 流产的长篇《吉米·布瑞恩》(《才死的骑士》)。

致唐·卡洛斯·古菲大夫[1]

约1928年6［?］月15［?］日，密苏里州堪萨斯市

亲爱的古菲大夫：

此书是比尔·博德印刷出版的。他当时买了一台旧手动印刷机，在巴黎圣路易岛排的版。本该在前一年就出来的。因为我把比尔推荐给了埃兹拉·庞德。埃兹拉建议出版一套系列丛书——“有我、老福特、比尔·威廉斯、艾略特、刘易斯（温德姆）和另一些人。”埃兹拉说：“我们将称之为审视英语散文的状态。”艾略特没有入围——刘易斯也没有，最后埃兹拉弄了五个题目——比尔说：“海姆呢？”

“海姆的书算第六本。”埃兹拉如是说。于是，他们的书都印出来之后，这本书也得以出炉，比《三个短篇和十首诗》出得晚一些，尽管比尔得手稿远早于迈克阿尔蒙排版——

欧内斯特

（此信1958年10月14日由帕克-巴涅特提供）

[1] 古菲大夫接生宝琳产二子，都是剖宫产术引产的。此信写在古菲的一册《在我们这个时代》上，是以作者题词的形式写的。复本出现于《拍卖场上的海明威》，M. J. 布鲁克里和小C. E. 弗瑞泽·克拉克编辑（密歇根州布鲁姆菲尔德西尔斯版，1973）

致麦克斯威尔·帕金斯

1928 年 7 月 23 日，阿肯色州皮戈特

亲爱的帕金斯先生：

我给你写过两封信，但没有寄出去。新生儿是个男孩，起名帕特里克，很黑很壮的样子。宝琳可苦了——剖宫（拼写不出这个单词）产，产后可是不好过。我急得不得了。我的书写到第 468 页了——一页平均一定到 180 个单词了——本周末我打算去怀俄明。我会在那儿把书写完的。有许多东西要删；我会放一放，11 月我们回巴黎后再修改一下。无论怎样 2 月份就可以连载了。杂志会（愿）为它付多少钱？烦死这热天了，近一个月来几乎每天都超过 90 华氏度。帕特里克现在口衔奶瓶过活，宝琳可以把他丢给家里人照看，9 月份也可往怀俄明呆一个月，假如一切顺利的话。

我希望你假期过得好。除了沃尔多［·皮尔斯］说在缅因州钓鱼，我没有听到其他人的消息。赌赛马赢了些钱。

好像没有旁的消息。

永远的你的，

海明威

我倒希望来的这小子是你家姑娘中的一个。

（此信藏普林斯顿大学图书馆）

致盖伊·希科克[1]

约 1928 年 7 月 27 日，密苏里州堪萨斯市

亲爱的哥白尼：

无论我什么时候想念起巴黎，报纸上总有些小栏目说里切教授如何能用他的新望远镜看见火星上的人（假如那儿有人的话）。当然，他并不认为那儿有人；不过，假如这样能让美国人民开心，他会去寻找火星人；而假如他们的确在那儿，他就会看见他们。

九磅重的帕特里克出生于堪萨斯市。他的样子很像撒尔姆公爵，我们希望他会表现出撒尔姆家的天分，好像他在不断喊叫这事容易。我恐怕不能靠写作来养活他了。医生们终于开了宝琳的膛，像给骑马斗牛士的马开膛一样取出帕特里克。看朋友的内脏跟看马的内脏的感觉可不一样，马可是你不认识的一头动物。无论怎样，帕特里克出生的那天温度计攀上了 90 华氏度。自那以后三周，度数只往上，不往下走——几乎要了宝琳的命（接着马的主题），她呼出的气体像内脏移除后放在一个闷热的地方散发的气味一样。不过，终于一切平安无事，没有人死。帕特里克口衔奶瓶回到皮戈特——瓶子是数个——他父亲的著作手稿写到第 482 页——明天开着福特汽车去怀俄明——先看看美国风光。会找一个能钓鱼和工作的地方，把该死的书写完。谢天谢地能他妈四处走走，付钱给各路商人。你做得对，是该跟他们要发票。我知道你跟一帮混蛋游客在一起会有多忙；在任何情况下他们都足够坏。不过，从布鲁克林来的人都是奶油精华。你可真是好人，付钱给政府。还给我送来车子和回音。信请写到皮戈特。

宝琳 9 月份去怀俄明，假如一切顺利——这打字机不是我的，不知道边空换行在哪儿——我并不想强塞给你埃兹拉 · 庞德的奇词怪字。

宝琳剖宫产之后还好——疤瘌也结紧了——气色不错，感觉也好；就是有件事快要接近日子了——我打算在怀俄明找个舒服的地方，前院能钓鱼的那种地方，然后 10 月来东部，也许呆三个星期，然后再去里切威尔教授那里，我相信在那儿你能找到更多关于望远镜的情报。你的想法很对：因为你没有得报酬，所以不是里切的新闻经纪人。我希望瑞典人抓捕扎皮，以谋杀罪审判他。[2]我想他们会抓他的。这样才好，好过等他们回家，再由意大利佬的法庭把这脏猪给刷白了。写信给我们。宝琳说她在医院里的时候，唯有你的信让她感觉有活下去的愿望。

我也许以前就写信跟你说过手术的情况。假如是这么回事，请恕我不重复。我近来太糊涂，连自己家的角落都认不清。

旅游愉快！

欧内斯特

(此信藏普林斯顿大学)

[1] 1922 年海明威结识希科克(1888—1951)。他是《布鲁克林每日鹰报》巴黎办事处负责人,任职到 1933 年。

[2] F. 扎皮艇长当时乘坐翁贝托·诺比尔的飞艇“意大利”号,1928 年 5 月 25 日此艇在北极坠水。扎皮跟马里亚诺艇长离开事故现场寻求救援。在救援过程中罗尔德·阿芒德森(1872—1928) 遇难。

致沃尔多·皮尔斯

1928 年 8 月 9 日，怀俄明州比格霍恩

亲爱的珀斯：

你上几封信显得有点惧内。上帝啊，尽管如此，你还是写了一封高贵的信。我真愿自己也在缅因，而不是这里。尽管如此，这里的乡野还是很可爱的。看上去像是西班牙，比格霍恩群山。瓜达拉哈人追捕的［绕道的狐狸?］这里也有，并且更多；颜色一样，形状也一样。从堪萨斯市经 340、380、320 公路开车到这里用了 3 天。跟鼹鼠一样大的野兔一路伴随我们。来到一个朋友的牧场，这里有 15 个姑娘！妈的。写作和钓鱼的情况如下：[1]

第一天——写了四页，跟比尔·荷恩一起钓鱼，钓到 12 条。

第二天——写了四页半，跟两个姑娘一起钓鱼，钓到两条。

第三天——写了零页，独自钓鱼，钓到 30 条——这是限度。

第四天早上 6 点起床，不辞而别；进入谢立丹镇，呆在从前的旅馆，写了 9—6½—9—11 页——接着去空无一人的牧场，花花公子们都走了。昨天又写了 17½ 页——该死的近 2 250 个单词。兴许也是狗屎——我真希望宝琳能来；她来之前我把书写完最好。孤独得像个混蛋。昨晚喝了太多的酒，现在就是不愿干活。在牧场这里吃得也太多。殷勤的主人啊。我真高兴你近来挣这么多钱。要想处于高鳍笛鲷的状态就得有钱。宝琳写信告诉我费佛先生很高兴看到那些照片。很

感谢你寄照片。皮戈特是最好的永久地址，虽然我在比格霍恩会再呆两个星期。我在这里的地址是怀俄明州谢立丹镇比格霍恩。比格霍恩共四所房屋，一家商店，一个邮局。

帕特里克现在体重 12 磅，看上去像只中国旱獭。

我们在这里安顿得太久了。宝琳来后，我们将翻山越岭去柯迪；旅馆找不到的话就穿过［黄石］公园，穿过“杰克逊洞”到南端。在那儿，你交 50 美元就能合法地打一只美洲赤鹿。假如他们付我 50 美元要我用枪整一只，我会的，但一分不能少。

迄今我已经射杀了 3 只土拨鼠（岩狗），几乎跟狗獾差不多大。用的是手枪。我把水蛇的头都射掉了。30 条鲑鳟鱼里，26 条是东部溪鲑鱼，4 条是虹鳟。下午 3:30 我最后一次也就是第五次抓鱼。（7 英寸左右的留下）然后又放走许多，只留好的。

我买了一支口径 12 毫米的盖奇 · 温彻斯特式手枪，以后在基韦斯特就随身带着。我也想在这里见识一下龙卷风。上帝啊，这是个好地方。我们什么时候也去一下缅因。今年秋天某刻我们得回巴黎，明年春天去西班牙；也许下一个冬季来基韦斯特调皮捣蛋一下。我得再看一些公牛。上帝，这个夏天的每个礼拜天晚上 5 点我的整个生活就似乎没着没落的。我不知道人们在庞朴罗纳怎么样。我的斗牛报纸还没来呢。瓦伦西亚是最好的——7 月 25 日开始，7 天里有 7 场斗牛。在戈劳段的地中海里游泳；坐电车出去玩；在水里避开粪便。虽如此，还是感觉好；在海滩上吃饭，或者带一罐冰冷的啤酒和一个优质的肉甜瓜回到瓦伦西亚。那才是我现在想呆的地方，而不是在这里写作。让小说见鬼去吧。我已经写了 548 页。我可以写一个 12 页的短篇小说，感觉还不错的，也许是更好一点的作品。如此，今后 3 到 4 个月一切悬而未决。华生现在胖得像牛犊。看到老凯特、苏珊的照片真好；以前从未在意，太珍贵也太崇高了，足够好。有剪报就给我寄。上帝与你同在。

你的朋友欧内斯托

（此信藏柯尔比学院图书馆）

[1] 海明威的日程包括逗留在佛莱牧场（15 个姑娘包括邦妮，未来的荷恩夫人）、谢立丹客栈和艾莲娜 · 唐纳利的低地牧场。

致伊萨贝尔·西蒙斯·戈多尔芬

约 1928 年 8 月 12 日，怀俄明州谢立丹

最最亲爱的伊丝：

啊你的信写得真好——我不知道什么是性格内向。假如你是，那我的孩子就都有内向的性格。帕特里克体重 12 磅，已经长到可以跟外祖父母一起生活了——宝琳一周内会来这里。感谢上帝。我早就开始患上“放羊人的疯狂”了——写到第 574 页了——我希望早日写完——当然一直没完没了；不过昨天我重读一过手稿——从皮戈特寄来的，刚收到——我当时担心路上带着——你也许记得我曾丢过一次手稿——无论怎样，读了一遍，感觉很醉人——好得不得了——（事后）我竟喝了一加仑红酒、1/2 加仑啤酒，今天反胃，根本就无法工作——不过，一会儿还会去工作。我所做的一切就是工作工作——从未写信——但喜欢收到别人来信——你描述小镇的情形笔触很老到——那些编织毯子的人啊——

得住笔了——所有的生花妙笔得进我的书里——今天没多少生花妙笔。得再次进入状态——我肯定从基韦斯特给你写过信——请再写信给我——替我向西姆致意——

永远的你的——

欧尼

（此信藏普林斯顿大学图书馆）

致盖伊·希科克

1928 年 8 月 18 日，谢立丹

希科克高贵的希科克：

我在美国的杂志上看见斯蒂芬斯公布结婚的消息。等着吧，宝琳和我什么时候跟你讲讲我们的内幕生活故事。

帕特里克现在体重有 12 又 1/2 磅，目前跟他外祖父在皮戈

特——宝琳本该下午3:20到，现在都5点了，火车还没有进站呢。我写到第600页了，还有两天就写完了——已经在此地住了一个月或一个多月了——这儿啤酒酿得不错——红酒是意大利佬酿造的——有一家法国好人家（贩私酒的），我们就坐在葡萄藤叶覆盖的门厅，直接对着“双蛆”管子喝——青春年少的人有酒喝。[1]

最近除了写作，别的什么也没有干——写的书要么好得很，要么就是陈狗屎。

问候玛丽——

地址你就一直写皮戈特那个吧——你个游手好闲的家伙，给我们写信——你除了几个从布鲁克林来的叫人快活的乡亲可招待就无所事事——接着就怨天尤人。

不要紧，我们11月就回去了。我们打算去比格霍恩山里钓鱼——然后应季去［黄石］公园，到“杰克逊洞”去打野鸭和鹅——现在旅行至少要带三杆枪——我和宝琳问候你们。我希望再有15分钟她该到了。

欧内斯特

（此信藏普林斯顿大学）

[1] 海明威短篇小说《怀俄明葡萄酒》即源于此。

致沃尔多·皮尔斯

约1928年8月23日，谢立丹

我非常的沃尔多：

很长时间没有你的消息了。希望你没有卧床不起。宝琳出来了；我也写完那该死的书了，第一稿完毕——终于。接着我们就去钓鱼了，每天抓鱼30条，没有一条超过15英寸，不过都是上好的鲑鳟鱼。这地方让人乐不思蜀。看上去像是西班牙，当地人也很不错。每次我出门看一眼四周，就希望你也在这儿，把它画下来。

见到老韦斯特了[1]，迷人的老家伙，写作水平也很高。出去野游，从车里用手枪射击草原犬鼠。射中并且找到8只。这就像是战时坐飞机，机上每个人都确认到齐了，底下洞里还有一群呢——唯一不像战争的就是这里你夜间是要回家的。

我们下周去一个叫“乌鸦”的印第安人保留地打野鸡，然后回皮戈特家里，再然后10月底去东部，再再然后去基韦斯特过冬，省得靠美洲格洛格酒取暖。刚决定往南走，你最好也来，我们一起屠宰血腥的怪兽，游一个冬天的泳。写信到皮戈特啊。

宝琳问候你。她又像山羊一样强壮了。帕特体重18磅了，跟着他外公呢。

问候艾薇。

写信啊

你的海明威匆此。

（此信藏柯尔比学院图书馆）

[1] 见海明威致巴克利·亨利1927年8月15日信注解[2]。

致麦克斯威尔·帕金斯

1928年9月28日，阿肯色州皮戈特

亲爱的帕金斯先生：

我希望枯草热疫情过去了。没什么比这更糟了，我真希望现在疫情结束了。到皮戈特后我发现有你来的两封信，一封盖伊·希科克来的信；他说：“司各特·菲茨杰拉德就坐在我旁边，很白，头脑也很清醒——”所以，你可以把这个加进你的报告，虽然此刻司各特可能已经回家。我希望他身体好——我不知道为什么希望他为了自己的健康呆在美国。他写《盖茨比》可是在欧洲。他在那儿不再喝酒，所喝之物没有毒了。我渴望见到他。

回到此地后我渴望修改稿子；可是离初稿完毕才一个月，最好还是让它躺一躺，躺到我们在佛罗里达安顿下来。我完成《太阳照常升起》是在9月份，12月才开始修改。这种修改不会像每天修改前一天写的东西那样费时，那种（我在写作过程中的）修改是要过一遍前一天所写的东西。我要明确搁置一边足够久，让我找到写作过程中出现的精彩处，那些忘了转达给读者的要点。

我很感谢你答应给我 5 000 美元，没有什么比这个更让我开心了。我想积攒 15 000 美元等往纽约去买公债，为的是每个月给我们的收入增加 75 美元——假如可能就增加 100 美元，如果我能筹到 20 000 美元。银行里的钱对我一点好处都没有——它只会消失。所以我没有把 3 700 美元的版税支票兑现——假如我能整存并且投资，我们就能靠这个收入过上好日子。帕特很花钱，在美国生活要厨子保姆等。旅行也很花钱。所以，我想在耗掉我的本钱之前进行投资。有了这 3 700 美元和另一些积攒的散碎银子，我现在有约 5 000 美元可作投资。我想再挣点足够干有益的事情。

收 5 000 美元预支对我唯一不利的因素是：我无缘无故地答应了雷 · 朗［《大都会》］，说我会让他先看看我的下一本书，假如我决定在杂志上连载的话。我之所以承诺是想让他们别再啰嗦，当时他们以这啊那的建议跟我缠，让我着急，而我又在工作。

完全坦率地说，我极想在《斯科瑞布纳》上连载——我不是太在意《大都会》的连载，也不在意几千块钱的差别——两三千块钱差别吧——这数不会让我弃斯科瑞布纳而投奔“国际杂志公司”。我想连载一下对我有好处，因为在两次亮相之间不宜间隔太久；我今年秋天没有书出版——得等来年秋天才有书出来——因为写这本书花的时间太长——而保持发表的状态似乎是件有利的事情。

如我所言，钱是很令人高兴的。我会给雷 · 朗写信并告诉他实情，但又担心他以为我在讨价还价水涨船高，其实我最不愿看见这情形。假如你能想个两全之策让我脱身，我会很开心的。同时我感觉自己要是不收支票就太傻了。我担心的是整个写作生涯；因为老操心这些该死的琐碎，本想在长篇的间歇写些短篇都没有写成。

尽管如此，我还是知道让我焦虑的正是这个——迄今为止我没有挣到钱——也没有能看见挣钱的前景——我为挣到钱的人谋福利已经够多的了，他们也并没有死抓着这机会不放；所以我别无它想，只是觉得绝对有必要看到点前景。从另一方面看，假如我的书被认为不适合连载，我因此退还预支的钱，也是件无趣的事情。

情形就是这样——假如这封信拖泥带水，也许是因为这情形本来就拖泥带水——也许你能澄清局面。假如枯草热疫情还没过去，就别去做这事！

无论怎样，令人受到鼓舞的事是我相信也许这本书写得很好——我又动笔写了下一本书的开头40 000单词——从未这样感觉好，也从未这样强壮健康，身心都好——也从未这样自信，从未这样自律——自回美国以来从未生病——感谢上帝——也没有发生任何事故——再次感谢上帝。去年冬天割破的那只好眼前几天有情况；这个加上为钱着急让我的写作慢了下来——不过，今天没事了。

这信写得够长了。也许再读一遍你的来信后，我不会跟朗说话不算数，收下你寄来的支票。无论怎样你会明白的。我想我不会他报多少我都接受条件——也有可能他不愿要这本书呢。也许这本书就没有人要。我想这正是我要手头有现金的原因！无论怎样你将知道我的立场、我所能为以及我所不能为。你的良知跟我一样{好/坏}。

无论怎样，祝你好运，感谢给我开钱。

永远的你的，

欧内斯特·海明威

（此信藏普林斯顿大学图书馆）

致F.司各特·菲茨杰拉德

约1928年10月9日，皮戈特

亲爱的菲茨杰拉尔：

不久前麦克斯威尔·E.帕金斯来的一封信让我分享了一个小秘密：你每天工作八个小时——我相信乔伊斯曾经每天工作十二个小时。曾经有人比较你们两位伟大的作家完成一部作品所需要的时间是多久。

啊，菲茨，你当然是个干活的人。我自己从来就没有能写作超过两个小时，过两个小时就完全筋疲力尽——再写的话，文字就变成废话。我曾经了解的菲茨居然每天工作八个小时。老伙计，工作八小时什么感觉？你每天能工作八个小时的秘诀是什么？我急切期盼看到你的作品。它会跟别的伟大的作家和凯尔特同胞的东西一样吗？你是不是也进入无知觉的状态了？假如我能稍稍进入无知觉的状态，我每天就能工作十个到十二个小时，跟葛特鲁德一样完全［字迹模糊］。十八年前她就处于无知觉状态，在工作中从来无一刻知道什么是不幸福。

你个下流无耻的骗子，说自己一天工作（写作）八个小时。

给［乔治·贺拉斯·］洛里莫寄个短篇，见鬼。我让你为我俩给洛里莫寄短篇小说稿子。

我一个月前完成了该死的书的第一稿——一两个星期后会到东部去。想在这里写短篇，可是搁笔一个月失却了写作的所有动力；现在感觉身体太健康，与此同时精神却疲惫不堪。上帝啊，我为那本书呕心沥血。很想修改，但我知道还该等上一阵子。

刚从蒙大拿回来，是从怀俄明往那儿去的——过得很愉快。帕特三个月里体重增加了一倍——生下来时 9 磅左右。他看上去像 H［字迹不清］，从不哭，总是在笑——整夜贪睡，结实得像砖头茅坑。我正考虑在《国家》或者某合适的媒体上登广告：你的孩子们得了佝偻病身体变形得不让人满意？那就去见 E. 海明威（附上产品照片——都是不同母亲产的）；也许他能帮助你。海明威先生知道你的问题在哪儿。他是《艾略特夫妇》的作者。他知道你抵触什么。他自己的问题就不一样了。海明威先生不得不避免生孩子。自打十四岁以来，他就难堪：一连串完美的小东西接踵而来。现在他决定把这伟大的天赋跟大家分享。把杂志里附着的优惠券都撕下来，用平信贴邮票寄出，你就能得到他写的小册子《你们都能生完美的小宝宝》。

寄出优惠券和你的照片，你就能得到海明威先生本人的亲笔回信。

别把海明威先生跟菲茨杰拉德先生弄混了。菲茨杰拉德先生不错，是个完美的孩子的父亲，我们必须承认；他讲英国腔的欢快英语（海明威先生不能保证客户这一点）。不过，菲茨杰拉德先生在我们这个行当里以“只表演一次”著称。假如你希望如此，可以接受菲茨杰罗；不过到最后你会后悔的。然而，多斯·帕索斯先生那儿我们强烈建议你不要去。为了你的利益不要选择多斯·帕索斯先生。多斯·帕索斯先生实际上“不能生育”。你们都知道那是什么意思。D. P. 先生不能生孩子。可怜的 D. P. 先生。不错，海明威先生有时羡慕多斯·帕索斯先生；不过那恰恰又一次证明海明威先生对你们真正有价值。

最近有一场光脚运动发生。“美食”［删除］先生不许我们给［删除］先生取名字（或者姓氏）。我们不能太强烈建议你们反对这个。别强迫我们回答为什么。在这一方面，唐纳德·奥格登·斯蒂瓦特先生最近频频亮相，但经过成熟思考，我们感觉自己无法怀着良知推荐斯蒂瓦特先生。斯蒂瓦特先生也许是个“只表演一次的人”。在现代社会卫生方面没有什么比雇用只表演一次的人更浪费钱的事情了。接着是宗教问题。海明威先生在各种宗教实践中都获得了成功。即便是没有宗教，海明威先生也没有觉得渴望什么教义。在行为“标准”方面，一如在“肤色”方面，他并没有偏见。

你明白吗，我亲爱的菲茨，这些都不是私人话题。我说海明威，也许指帕金斯或者布里奇斯。我说菲茨杰拉德，也许指康普顿·麦肯齐或者斯蒂芬·圣文森特·本涅特或者诗人的妻子艾莲诺尔·威利。我说［删除］也许意思是马屎。这里连一点私人恩怨都没有或者说一点都不怀“恶意”。胸怀宽广的老好海明威在发话而已。我们今晚经《堪萨斯城市之星》以及下属报纸允许在无线电播送讲话。天啊，这可真是一场激烈的拳击运动。我希望你能看见汤姆·希尼的左眼。现在他们又开始战斗了。

10 月底你去哪儿？菲茨，我们在一起厮缠一阵子怎么样？来个小小的混呕或者“没有女人参加”的派对怎么样？

写信给我，（阿肯色）皮戈特的地址。

欧内斯特

你跟墨菲夫妇成为朋友我真高兴。

[部分内容划掉的“又及”：] 我情愿跟迈克·沃德这样的人交朋友，也不愿与圣保罗或者别的有钱的高贵人之类为伍。不过，[删除] 并不是圣保罗，他们也不是明尼阿波利斯。他们是芭蕾舞剧里的人物：一出非常迷人的芭蕾舞剧。孩子，什么时候把这个在《邮报》上用用。

[在划掉的部分左手边：] 这个划掉了——老海姆从不口头或者文字批评自己的朋友，他们是我的朋友啊……

（此信藏普林斯顿大学图书馆）

致麦克斯威尔·帕金斯

1928 年 10 月 11 日，皮戈特

亲爱的帕金斯先生：

非常感谢寄来支票。我会紧抓着它，我们，或者说你来决定日后怎么办。我想我见到雷·朗或者他属下的某个小“雷”时，能把事情处理好的，正如你所说。我们无论怎样看看再办。我看不出他们为什么就不能看看再说。

有一个短篇写了 3/4。一旦写完就离开这里去看看芝加哥和多伦多，然后顺道去纽约。司各特怎么样？我急切地想听他的情况。

莫雷·卡拉汉在多伦多吗？我想见见他。

《黑家伙对黑家伙》[1] 写得很好。我非常喜欢读。非常感谢寄这本书给我。也谢谢你寄 [康拉德·] 艾肯的书 [《埃洛斯的服饰》，1928 年] 给我。他讲的叩墙人的故事很有趣；那个老妓女的故事很悲伤。还没读别的篇什呢。

说枯草热是想象出来的人也许能证明生孩子也是想象出来的情形。我父亲得过枯草热，我对此怀着感激之情；因为父亲的经历让我们家从我小时候起就始终越搬越往北——不过我知道这有多可怕。我从沙尘天气里得的感觉是一样的。不过，沙尘是一两天就过去的。

我不认为泽尔达对司各特有好影响（这是什么话啊）；我想，90% 的麻烦是她引起的。我看见司各特做的蠢事几乎都间接或直接引发于泽尔达。我也许判断错了。不过，我常想，假如他没有娶让他浪费掉一切的人，他是否能成为我们见过的最好的作家或者有可能成为最好的作家。我还不知道谁比他更有天才或者谁比他更加浪费了自己的天才。他向上帝发誓但愿他写完本好书，而不是老在《邮报》上浪掷那些烂短篇。我不责怪洛里莫，我责怪泽尔达。老天老地，我不愿司各特想我有这样的信念。

你的永远的，

欧内斯特·海明威

三天内会离开这里。我会给你多伦多的地址。

（此信藏普林斯顿大学图书馆）

[1] 爱德华·C.L.亚当斯叙述南卡罗来纳州黑人的书，斯科瑞布纳出版（纽约，1928）。

致 F. 司各特和泽尔达·菲茨杰拉德

约 1928 年 11 月 18 日，在“圣路易斯精神”号列车上

亲爱的司各特、泽尔达：

火车在狂吠，在尖叫，在撒泼（不过好在没有翻垄土地）。

我们玩得很开心[1]——你们俩真好——我很抱歉为赶火车说了“是不是该走了”之类的扫兴的话——我们到那儿后才知道还早着呢——当你落入警察手里的时候，我在站台上打了电话跟他们解释说你是个伟大的作家——那个警察不错——他说你告诉他说，我也是个伟大的作家；可是他从没有听说过我俩。我迅速告诉他你的一些名小说的情节——他说——下面的话一字不差——“他似乎像花花公子”——警察说话就那样——而不是像［莫雷·］卡拉汉的作品里的警察那样说话。

无论怎样我们过得很愉快，埃勒斯雷公寓是美得要命的地方，我

以前没见过这么美的——宝琳问候你。

欧内斯特

等我知道基韦斯特的地址我会给你写下的——你写阿肯色州皮戈特的地址我们总能收到。

(此信藏普林斯顿大学图书馆)

[1] 海明威和宝琳11月17日在帕尔默体育馆看完普林斯顿对耶鲁足球赛后在菲茨杰拉德夫妇那儿呆了一晚。

致F.司各特·菲茨杰拉德

约1928年12月9日，伊利诺伊州橡树园

亲爱的司各特：

你真好，给我那钱也真他妈及时——圣诞购物后我就像个傻瓜一样只剩35—40美元了——圣诞购物也大抵是食品和基韦斯特一路上的小费。[1]

你可能从报纸上看见了，我父亲开枪自杀了。我到基韦斯特之后就马上给你寄还这100美元——或者让麦克斯威尔寄给你——

真的再次谢谢你灰常令人敬仰之举，就像我们在汽车赛里所说的。

我很喜欢我的父亲，感到很难过——也很糟——写信都费劲。不过，我要写信谢谢你。

问候泽尔达和司各提——

你的永远的，

海明威

(此信藏普林斯顿大学图书馆)

[1] 海明威和邦姆比正从纽约坐火车往佛罗里达，在新泽西州特连顿那站收到电报报告他父亲死讯的电报。他发电报给菲茨杰拉德借钱，把邦姆比交给普尔曼式卧车里的脚夫照看，在费城登上去芝加哥的另一趟火车。

致麦克斯威尔·帕金斯

1928 年 12 月 16 日，密西西比州柯林斯

亲爱的帕金斯先生：

周二早上希望能回到基韦斯特，能接着写那本书。我父亲开枪自杀了——不知是不是在纽约的报纸上能读到。我很喜欢他，感觉很难过。用足够的时间赶到橡树园处理事务——葬礼在周六下午。一切都安排好了，只是该死的缺钱——手头的钱也都花在那上了。当然认识到我能做的不是去着急而是去干活——恰如其分地写完我的书，这样就能帮他们一一把事情做完，让他们解脱。我感觉最不好的是，我父亲才是我关心其痛痒的人。

你不用写吊唁信给我——谢谢你发电报——还不马上需要钱——我收到连载的稿费后，就尽量把事情去办妥。

你自己知道就行（别告诉司各特）：家里还有我母亲和两个小孩子，男孩 12，女孩 16——有 25 000 美元保险——15 000 美元房屋抵押（房屋抵押能带来 10 000 到 15 000 美元，但卖起来很困难）。密歇根和佛罗里达等地有一文不值的土地，还都得付税。没有别的资本——都没了——我父亲连续买了 20—30 年人寿保险，在佛罗里达人家都支付给他了，他又把这钱弄光了。他有心绞痛和糖尿病，人家不再卖保险给他。他在佛罗里达把所有积蓄都弄光了，包括我祖父的房产等。因为病痛都睡不着觉——有时病痛把他折磨得头脑不清醒。

我希望这些能证明我没有在啰嗦——对不起信写得太烂。我心想你也许着急，所以要给你点消息。

你的永远的，

[签名裁掉了]

（此信藏普林斯顿大学）

致麦克斯威尔·帕金斯

1929年1月8日，基韦斯特

亲爱的帕金斯先生：

完成了20章手稿并打出来了——一定有30 000字左右——又用铅笔修改了整个稿子并且重读一过。写得很顺利，但每天工作却是6—10小时。你来的时候要是能歇一歇去野游一下就让人开心了。

你所需无非一些旧衣物和网球鞋——最好带网球运动所需之物和球拍——要是有球衫也带来——假如你没有，我们这里有的是。我准有15件——不同尺码的都有。

"湾流"这里鱼群很活跃。此时——真的——就像旧日野鸽和水牛满眼的时候。我每个礼拜天都去钓鱼。一周前我们抓到一条8英尺6英寸的姥鲛。上星期天——前天——到海上从一条船里打捞酒。从巴哈马驶出的船，触礁了——得了14瓶夏多玛尔戈红酒，还有别的。船上有价值60 000美元的酒，可大家都在打捞。我们遇上风暴受阻了。我当时真有一阵子担心自己为你而像雪莱一样蹈海。[1]

别让人搅和得你不来此地。这是你唯一能得手稿的途径了。下周之后任何时候你来都可以。我用复写纸给手稿做副本呢。还有15或者20章要写。不过，有人来陪我还是高兴的。本周我期待阿奇·麦克莱什来，可是得信说他被什么事缠住了，来不了。

你给司各特寄100美元好吗？我在北费城跟他借的。我本不想支取的，本想过了今年初再支取，好缩减我以往几年收入的数字。

买了一个9×9英尺防虫帐篷，里面有缝进去的着地床单，这样我们就能在马尔克萨斯湾野营露宿了。假如你想要，就能像沃尔多那样抓到大海鲢。想射击也有许多许多可射的——我昨天把工作推开后打了9只鹬——前几天打了20只——在那儿之前还打了15只。波尔多酒加上鹬肉可真是好啊。也有些战前酿的苦艾酒，喝了让人做太疯狂的梦，所以我攒着给你和沃尔多喝。

祝你新年好。

欧内斯特·海明威

（此信藏普林斯顿大学图书馆）

[1] 喻指诗人雪莱 1822 年 7 月淹死在斯佩奇亚湾。

致麦克斯威尔·帕金斯

1929 年 1 月 10 日，基韦斯特

亲爱的帕金斯先生：

你来这儿之后，回去就能讨论如何解决手球王找来的所有 15 岁小子和 60 岁胖老头的问题。不过，说真的，手球也是门技巧。也许那胖老头跟那小孩子一样是专家。就像拳击沙袋，手球没有实实在在的判定标准。

你现在随时可以来，我们一起会玩得开心的。

我姐姐［桑尼］和宝琳今天都在为我的书稿打字；晚上我就能有 29 章打字稿了。共完成 413 页手稿。

我肯定你能把稿子带回去——前提是你得来。假如你不来就拿不到手稿了。

我会去找一本《新共和》看看那些十四行诗的。她［艾莲诺尔·威利］在我个人眼里始终像只淫荡的猫，不过我曾经希望她只把自己限定于爱雪莱，这样就能让比尔·本涅特喘口气。[1] 他日子不好过啊。我很高兴听到这些十四行诗写得不错。上周看报纸才知道她死了。怎么死的？

谢谢提钱的事情。书写完之前我不需要钱。

告诉我什么时候去接你。这里有的是打网球的机会。网球场设施很好。我姐姐虽然不是打得很好，但也算个强手，你跟她无论怎样都能交手。我写信给沃尔多，建议他也来。不过，也许让他离开班戈尔还为时过早。

15 架海军飞机降落，把所有的鹬都吓跑了。不过，飞机会走的，我们会有新一拨鹬，它们的教育程度不会高到识别枪的射程。昨天又打了 14 只当晚餐。不过，现在很难得了。

我们一起钓鱼的船工以为打鹬太浪费弹药。他说能带我们去秃鼻子乌鸦筑巢的地方，可以在鸟巢那儿直接打鹭鸶！当地运动生活的理想之地。

你的永远的

欧内斯特·海明威

（此信藏普林斯顿大学图书馆）

[1] 见1926年2月25日海明威致伊萨贝尔·西蒙斯·戈多尔芬信。

致麦克斯威尔·帕金斯

1929年1月22日，基韦斯特

亲爱的麦克斯：

今天把书写完了。天气很好——76华氏度——所以叫你来啊。也许今天或明天我能收到你的来信。筋疲力尽，不能多写了——不过你越早来越好。

你的永远的，

海明威

“水手之家”也许是个住的好地方。那儿人很少。康家旅店很舒服，但在市中心；海外酒店太老旧，太原始。你不必决定住哪儿，可以都看看再说。你可以寄信，地址写我收转即可。见到你我会很开心的。问候沃勒斯·梅耶。

（此信藏普林斯顿大学图书馆）

致约翰·多斯·帕索斯

1929年2月9日，基韦斯特

亲爱的多斯：

随函寄来的东西今天收到了。

看在上帝分上来这里吧。路还没有修好呢——还有 45 英里水路缝隙。县里的司库带着所有资金潜逃了；人们把学校都关掉了——更别说修路了。

大海鲢来了，我抓了两条——昨晚在船上丢了一条大个儿的——我们在这儿呆到 3 月中——绝对花个精光，也许都走不了了。不过，在一艘搁浅的私酒船上打捞了许多酒。

沃尔多 [·皮尔斯] 下周来。你也来吧。昨晚至少见到 100 条大海鲢，在一条小航道里。

宝琳问候你。

来吧，我们去拖特格斯——沃尔多有点钱了。他母亲去世了。我家老头开枪自杀，可钱方面没留给我们什么——反而欠了许多！

来吧，小子——

你一定觉得我很操蛋没有写信。

海姆

[明信片倒过来写道：] 眼睛还没有脱落。

(此信藏弗吉尼亚大学图书馆)

致格瑞斯·豪尔·海明威

1929 年 3 月 11 日，基韦斯特

亲爱的妈妈：

随函寄上 678.93 美元支票一张——578.93 美元付特别估价税，100 元是 4 月份的开支。特别估价税支出属于运气不好；不过，只要我能力所及，我愿意支付。假如你把所有产业的正式地址和情况写给我——宝琳的叔叔在这方面有个经销人，他对圣彼得 [堡] 的地产有兴趣。我们请他把这些产业都查一下写一份报告，如此就能做出售的准备了。

只要我有钱，很愿意尽力。虽如此，我知道你会尽一切可能把事情理顺。因为，我不知道我自己什么时候可能身无分文。我今年能保证每个月给你 100 元，明年也行（现在就开始把这份留下来）。我们

都愿尽量把事情理顺。别担心，我总能把事情处理好——假如没有钱，我总能去借——所以不要着急；要满怀信心向前走，把事情理顺。我很高兴听见有 4 个房客，也高兴听见你要去温德米尔。记住，你是在自立，可是也有一个强有力的后盾——我整个都是你的后盾。我也要仰仗玛斯和斯特林 [·桑福德] 做点事情。我知道玛斯正要生孩子。不过，我们今年也生了个孩子。他们富有，又一直是我们家很好的朋友。我是靠笔生活的人，多少是社会的弃儿。

不过，主要的是别担心钱，要向前走——怀着勇气和信心。让乔治叔叔看见你把房子卖个好价钱，要不他就把抵押贷款撤销了，假如他不得不自己支付的话。他对爸爸的死要比别人的责任多，他最好干点事情弥补一下。我知道他小气得可以。就房子问题他得做该做的事情，否则我把他藏掖的——我从未写海 [明威] 家故事的小说，因为我从不想伤害谁；不过我所爱的人死了，这种收敛很大程度就结束了；我可能着手写海家的故事——

今天是礼拜六。我们下周二离开此地。宝琳嗓子疼得厉害——桑尼和帕特没事，可邦姆比也嗓子疼。我想他们到周二都会好的。希望如此——

问候孩子们。

你的永远的，

欧尼

你一切都没有问题。记得别着急，别瞒着我什么，也别拿一般事情来烦我——我越清静越不着急就越能起作用。已经支付了桑尼的川资，我想够她一路开销的。

(此信藏普林斯顿大学图书馆)

致麦克斯威尔·帕金斯

1929 年 6 月 7 日，巴黎

亲爱的麦克斯：

我两天前收到清样。海关把它扣住了，因为“校改清样”提示字样打得太小——没有大写——在标签上海关的人没有注意到。我在海关澄清了。昨天一整天都在校改，今天也是一整天。

我很对不住你，让你在抄件原校样上纠正了那么多。

我根据你的提醒，也看了那许多指出疑问的——有些指出得很好，另有些则对不住，没有什么区别。我在标点符号上总是尽量用约定俗成的。关于字眼——我在边上注明了什么是夜壶。我原有 2 000 单词医院生活方面的描写，可是太喧宾夺主了。我把它们都删了，除了夜壶那一段。

其他单词的情况是一样的。

你说书上从未印刷过——有一个单词也许没有——其他的在莎士比亚作品里都能找到。

更近期的印刷品，你会在一本叫《西线无战事》［雷马克作］的书里找到这些字眼。这书是司各特给我的，在德国有几十万的发行量，在英国卖了 50 000 本；里面有狗屎狗屁之类的字眼。从不为了着色而强拉这些字眼进书，只是因为它们被省略了成千上万次而用它几回。请读一下那本书的第 15 页上的声明。

麦克斯，麻烦的是我的书出来之前有这一本《西线无战事》，还可能同时有写《格瑞莎》的那个人［阿诺德 · 茨威格］出的第二卷书——他也知道自己产的蛋是什么——我不愿阉割自己从而抹杀自己的蛋的价值。我查了一下《西线无战事》，想找些字眼给你看，却发现很难找到。它们并不突出。

世上总有一流的作品，然后是美国作品（优雅的作品）。不过，你不该倒着说这事。假如一个单词能印出来，而文本又需要它，那年你删掉它就是削弱文本。假如不删掉这单词书就出不来，那好吧。

读过手稿的人没有被那些字眼震惊的。这些字眼除非你画上圈圈，否则并不突出。

在一封信里为此事翻案对我没什么益处。你知道我对此事的观点。假如他们把《太阳照常升起》也删削了会怎么样？那它就是一本彻底失败的书，我也就不会再给你写书了。

你说你认为必定有一个单词得去掉的第一处，是在校样第13页；我想你就留个空白在那儿吧。然而校样第51页皮亚尼用了同一个字眼；假如那个被删掉，那就毁了——我不同意，此事发生在我头上就完了。

校样第57页，有一个单词被用了；那个单词还被用于校样第60页。假如你认为这个词会导致书稿被压，就改成C——S——R吧。你看我把常用的词汇都免了——只用一次把意思点到了就行。真正有含义的我用两次三次。接着用的都是最经典的词汇。你知道康布罗尼将军在滑铁卢战役的时候说的不是“老卫兵宁死也不投降”，而是喊着“妈的狗屎”叫他们投降。

在拉丁语系的一门语言里，纯粹闲聊时争论，一个人可以对另一个人说：“干你娘的！”

你看我用的这些字眼本身没有什么错除了这最后的——校样第57页——极致的侮辱不屑之辞。别的都普通得不得了。我敢说不出今年，这些词在美国都会出现在印刷品上。

写这个让我很不满；我希望你别觉得我在此事上目中无人。我但愿我们能谈谈，你可以告诉我你的承受限度并且说说有什么危险。我也不想惹麻烦——我只想要没有麻烦而可得的一切。我想你曾经说过，假如我接受杂志连载时某些单词用空白代替，书可以依照原样印刷出版。我看见第二个连载删除之处我不知晓，当然我的命运在他们手里。

无论怎样一直在看清样，会尽快退回你处——周初就船邮给你。

我希望你安然收到我的签字文件了。我一周前寄出的，随函附着合同呢。

你的永远的

欧内斯特·海明威

又及：校样第38页，F. H. 跟医院女负责人谈话——我不知道该怎样——本来是故意用直接语言侮辱叫喊的；她的性别和身份受此语言是意料外的事情，也从未受过——这是上过前线的人和淑女的最后冲突，也是不得已的冲突。这字眼就这么不可能发表吗？假如真不可能发表，小说里的这个事件就算被抹杀了。我记得这字眼我们在《太阳照常升起》里删掉过。假如那时把它发表了，现在就知道它是否能发表了。

假如你决定那个不能发表，那b——有怎么办呢？我想那是唯一的叙事出路了。我想校样第57页的C——S——RS和C——ks——r可以解决其他页出现的类似情况，比如校样第60页。这些字母不会腐蚀没有听过这字眼的人，不会腐蚀不清楚这字眼意思的人。没有证据表明此论不确。

（此信藏普林斯顿大学图书馆）

致麦克斯威尔·帕金斯

1929年6月24日，巴黎

亲爱的麦克斯：

谢谢你来信谈文学行业协会之类。我想你说的情况是准的、对的，没有理由提交申请。寄来的杂志广告宣传也收到了，还有一包杂志连载清样。我真抱歉给你添了这么多麻烦。

我希望本周二能退回给你校样，由“荷马”号船带走。7月2日左右它们就能在纽约登陆了。

我一遍又一遍地写，结尾部分是新稿，我想要好过前稿。我们7月2日出发前往西班牙。会给你一个地址的。从7月6日到14日发电报就发到西班牙庞朴罗纳的昆塔那旅馆。会让银行一直留有我的地址的。我们8月份将在桑迪亚戈安顿下来。

欧文·韦斯特来这里了。我们见了他两次，相见甚欢。[1]他同意最后一章不改动了，也读了新写的结尾，说很喜欢。他临别的话是昨晚说的——一字也别动！他人很好很善也大方。我居然生气得那样给你写信，当然属于最后一个野蛮人。我希望你把那封信给毁掉。除了我俩没有人知道这个；也许毁掉它就能从记忆中把此事给抹掉，让我感觉不那么糟糕：居然这样愚蠢冲动。努力一遍一遍地去做，每次经历一场，希望事情有所好转；两个月来徒劳无益，加上别的事情，让我完全产生误解误判。兴许是这个原因引起的不快。不过没有什么借口可托，我希望你把那封信给毁掉。

现在得去教堂做午间弥撒。然后去奥特伊在“大型越野赛马”里捞一票。真是场好赛事。真希望你也能看一看。乔柯·维特尼的马“复活节英雄”在跑着呢。跑道没有“全国大赛”这么难，但也够刁、够过瘾的。司各特说他在艰苦工作。我几回见到莫雷·卡拉汉。我想，跟他拳击都有五回了。他虽然不拿架势，但是个优秀的拳击手。我写此书也一直很卖劲，但几乎没有什么改动。写出来，然后努力完善；再然后回到作品本来面貌。真高兴看到结尾出来。

有人发电报说6月号杂志在波士顿被查禁了。[2]韦斯特今晚在这里吃的晚饭。我告诉他这个消息，他似乎觉得这事无关宏旨。我希望这事不会让你烦心。

你的永远的

欧内斯特

原谅打字错误。

（此信藏普林斯顿大学图书馆）

[1] 见海明威1927年8月15日致巴克利·亨利信注解2及海明威1929年7月25日致韦斯特信。

[2]《永别了，武器》在出书之前，《斯科瑞布纳杂志》支付海明威10 000美元稿费在杂志上连载。杂志在波士顿被禁售。

致阿奇巴尔德·麦克莱什

1929年7月18日，西班牙蒙特洛伊格[1]

亲爱的阿奇：

看在基督的分上别再把你手上的石头弄掉地上了。把它们扔向［林肯·］克尔斯坦。他说我也是狗屎，居然模仿卡拉汉！

在这儿拜会［琼·］米罗。[2]在庞朴罗纳收到你的信。真是不错的小城。我什么时候得写写这座城；要么至少在哪本书里写写它。不过，这里喝酒太凶，所以我们最后还是离开此地。

我真高兴你喜欢那本书的开头——假如读到后来觉得很烂，别失望啊，因为这是杂志方面阉割所致——小小的手术大大的后果。我想作为一本书你还是会喜欢的。假如作为一本书，稿子仍然被阉割，那是他们因为波士顿查禁的事情害怕了。[3]我们会让人把稿子装订一下，把阉割的内容给你。我拦着不让他们拿走我的所有用词，但一切恐怕都终究被救济院抢走。我们但愿"救济院"会证明自己属于你那种"自负的火鸡之家"。[4]

听到你的消息真好，你个无知的掉石头的混蛋。写信干吗不写到西班牙-桑迪亚戈德康伯斯泰拉-苏伊佐旅馆。

这该死的书我希望在 8 月号就能重新读到。我想没有什么再值得杂志社的文学绅士们删削的了。所以假如你觉得无法给我写信是因为书写得太烂，那就读读 8 月号杂志；我想那样我俩就又没事了。即便是写得烂，也来信告诉我。我现在经得起，不再为它烦扰。

问候阿达·艾达和你令人敬佩的孩子们。我们什么时候再去打鬼斑鸠？[5]我因为看校样不能跟杰拉尔德［·墨菲］一起去了。我们 3 月份会在美国。所有的人都挺好的。

最爱你的，

Pappy

（此信藏国会图书馆）

[1] 蒙特洛伊格是塔拉冈纳省的一个村庄。《死在午后》第 20 章里有对蒙特洛伊格之行的一段令人记忆深刻的文字。

[2] 海明威 1926 年在巴黎结识米罗，他是在那儿买了《农场》一书。

[3] 见上一封致麦克斯威尔·帕金斯信。

[4] 海明威在给麦克莱什的信封上写了"马萨诸塞州康威镇'火鸡窝领主'"收。

[5] "不是在那儿的斑鸠——不过欧内斯特打了双倍数。"（1980 年 4 月 2 日麦克莱什致卡洛斯·贝克信。）

致欧文·韦斯特

约1929年7月25日，西班牙瓦伦西亚

亲爱的O. W.：

我真高兴收到你的信。你的建议总是好的，我会尽可能一切遵嘱。你一定看见，时过境迁之后，普普通通的讲话竟然大抵是缘于无从换个方式表达。写作对我而言是件艰苦的事情——真的——你总有大才写东西。我会努力营造效果——（你把这句话引用进你的著作好吗？）另一面（普普通通的讲话）在于哪儿看着必须安排，哪儿我必须厮守。我们恢复往昔语言所能做的——语言能说就该能写，否则就是死语言——就是把它用好。假如你成为语言的匪寇怎么办？我恐怕我们无论如何还就是语言的匪寇。也许我们该当语言的匪寇；也许又不该当。不过，你自己写作时心里有合法尺度（一米等于一百厘米）——努力达到尺度标准的过程并不快乐，但你有种意识必须达到。假如一个人能在此过程中让自己体会快乐（比如O. W.），那就增添了价值。

你也看出来了，我不像哈里·汉森，我知道自己总是他妈的垫着沙发靠座连发三枪，而不是直截了当用文字或者直接陈述。不过，也许我们该直接陈述。往昔的日子真好；我们现在的生活很像往昔的日子。尤其是1914—1921——各地都大抵如往昔的日子。品位是能指导你生活的一切。除此以外，我很感谢你告诉我的种种。

假如你不介意，我要说你是比梅里美更好的作家。那两位绅士的东西我都看了，都没有指导的益处。不过，法国人更文学一些，比我辈更有技能谈论自己——我们道歉的言辞在他们那里成为不朽的辞章（兴许拼写有错）。

我途经庞朴罗纳、雅卡、薛斯卡、弗拉加、勒里达、塔拉冈纳（可爱的地方）来到这里。昨天有一场斗牛很精彩；今天的一场则糟糕得很——现在牛肚子上都罩上席子了。我在这里的热吉纳旅馆待到8月3日。然后是苏伊佐旅馆（桑迪亚戈德康伯斯泰拉），待到8月底。我希望我们能见到你。已经写信让人给你寄《春潮》。有一天它也许得大赦，好玩吧；你也会觉得好玩。我近来一直想写点短篇哪怕一篇呢，竟然一点也写不出。明年此时我们在怀俄明。宝琳向你致以最好的祝愿。我永远是你的——（非常感谢告诉我情况）。

E. H.

（此信藏国会图书馆）

致麦克斯威尔·帕金斯

1929 年 8 月 28 日，西班牙桑迪亚戈德康伯斯泰拉

亲爱的麦克斯：

请原谅信纸边上的美丽纹饰，那是宝琳的杰作。我昨天收到你 8 月 14 日两封信。真高兴你夏天过得这么愉快。

喝波特酒当然能醉；醉后还很难受。那些著名的喝三四瓶酒的人都在野外露宿——打猎、射击，总在马上。那种方式的生活一如滑雪或钓鱼，你尽可以喝，多少量都不碍事。

我情绪又好转了——写了三个短篇——脑子里还有更多的——打算过一遍，在巴黎把它们抄出来。我们后天离开这里——去马德里——想见布鲁克林的希尼·富兰克林。他们说他很好。10 月 1 日回巴黎——也许在此之前。很高兴［沃勒斯·］梅耶喜欢那书。看在上帝的分上，我希望它比《太阳照常升起》好。那样比较两本书并不让我恼。

我跟你写信说过在巴黎见到莫雷·卡拉汉了吗？——几次——他在拼命工作。乍一看你不会相信，他是个很好的拳击手。我跟他交手三四回。有一天我俩约好在下午 5 点拳击——在普鲁米尔餐厅跟司各特和约翰·毕肖普一起吃的午餐——热月龙虾——各种别的食物——喝了几瓶勃艮第白葡萄酒。我当时就知道到 5 点我准睡着了——于是跟司各特去找莫雷马上就交手。我几乎看不见他——一路上又喝了几杯威士忌。司各特负责看时间。鉴于我的情况，我们决定打一分钟一个回合歇两分钟。我知道自己能打一分钟，于是打得很迅速，用尽气

力——接着莫雷开始暴打我了，把我嘴唇打破，总的来讲把我的脸打得一团糟。我狼狈不堪，心想从未见过这么长回合的；但又不能问，要不莫雷就以为我认输了。司各特终于叫停了。说他抱歉得很，不好意思，请我原谅他。他把回合弄成 3 分钟 45 秒之久——极有兴趣看我是否倒地！我们又打了 5 个回合，终于把我的酒打醒了，水平发挥也正常了。至今仍能用舌头感觉下唇上的那块疤。他出手快，也很懂拳击，是个让人感到快乐的对手。他不能重击——假如能重击，就会要了我的命。我滑了一跤，倒地一次，胳膊麻木，第一轮以左肩抵挡，拉伤了腱，事后还酸呢。我们临走前未再得机会拳击。莫雷在多伦多有一年天天拳击。他体胖，看上去体型也不好，但真是个好拳击手。

让我想起这个的是你也试试如何通过运动来解酒——5 轮之后酒就醒了——其间我第一轮打得很臭。接着我打得顺利——距离判断也准——身体状况也好，冲人舞拳霍霍（或在克制自己）；人家却打得我通身没有招架处，只有忍着的分儿。

[欧内斯特 · 海明威]

（此信藏普林斯顿大学图书馆）

致约翰·多斯·帕索斯

1929 年 9 月 4 日，马德里

亲爱的多斯：

真高兴听见哥们结婚了。替我们问候凯特。[1] 我听了真他妈高兴！

日前我从桑迪亚戈曾有一信给你。宝琳出门去城里了。外面雨下得很大，也许她要淋个落汤鸡。别的没有什么消息——我们从桑迪亚戈来到奥伦斯，接着沿着葡萄牙边境——维林和一个迷人的小镇佩布罗德桑纳布里亚——（在那儿喝醉了）；随后去本纳温图——上里翁——（一个破洞）到帕伦西亚——西班牙最糟糕的路：120 公里坑洼、沙尘，热得让你脑袋开花。帕伦西亚有两场醉人的斗牛赛事——其间我却因肠子爆裂而卧床——斗牛狂欢节我起来了，然后回到床上——接着取道瓦拉多利德和瓜达拉马山来到这里——真不错——

啊真高兴两位公民结婚了。请告诉我们往哪儿寄价值3万4万的礼物——

我们12月或者明年3月回美国——欧洲让人烦了。我肯定你的书第一卷[2]很好——三部曲无疑必要——看看“圣父、圣子、圣灵”吧——没有什么比这更大的了——

我真希望我们能去墨西哥有旗鱼的那一边——我们可以赌博、钓鱼为生，可以吃你带的西红柿——我愿独自靠吃洋葱去任何地方呆几个月，假如有足够的洋葱和盐——虽如此我们仍可带许多东西——后年冬天去怎么样?

斯蒂瓦特夫妇被唐毁了：拿那两万五千的合同外加见惠特尼一家。

我指望你避免那样呢——什么合同也没签。你一看见惠特尼的白眼就开枪——

毕肖普被毕肖普太太的收入给毁了。所以别让凯蒂碰钱。

永远的青春年少让菲茨夫妇沉沦了——长大吧，帕索斯——让凯特增添岁月——

老海姆被他父亲的开枪自杀毁了——别让凯特林的老头碰枪——

将要见到你们当然高兴——我希望我们能灌你一瓶苦艾酒——

啊这封信废话太多——

永远的你的——

海姆

宝琳问候你们——

她也在写作

(此信藏弗吉尼亚大学图书馆)

[1] 多斯·帕索斯1929年8月在缅因州埃尔斯沃思同比尔·史密斯的妹妹凯特林·福斯特·史密斯结婚。他俩那年初在基韦斯特相遇。见汤森·鲁丁顿著《约翰·多斯·帕索斯：二十世纪奥德赛》(纽约，1980)第270—280页。

[2]《北纬42度》(1930)。

致F.司各特·菲茨杰拉德[1]

1929年9月4日，马德里

亲爱的司各特：

关于“神经质忿忿不平”，你只记得有人在我写东西的时候来看公寓房子我冲他们发火的事情（我付了3 000美元答应长住，视它为我们的家）。可你似乎该死的忘了我第二天来告诉你，我认为露丝·戈尔别克·瓦兰布罗萨是个好姑娘，我一直很崇拜她。我还跟你说看在上帝的分上别告诉她我诅咒了这公寓。她不知道我生气了，她要是知道那就是你对她说的。你说你自己很明白，叫我别担心，你不会跟她提这个的。

我真高兴你一切都好。我们来里维埃拉的机会很少。听说杰拉尔德和萨拉［·墨菲］要来这里，我们打算跟他们一起回去。可昨天收到杰拉尔德电报，说萨拉跟帕特里克进山了；他们的信随后就到。还没有收到信，不过我相信他们的西班牙之行取消了。要是能见到他们该多好啊。自打7月12日离开庞朴罗纳就没有跟任何人说过英语，除了跟宝琳。都没听别人在说英语。假如他们不来，我们也许往北去，去看邦姆比和帕特。邦姆比写信告诉我他在布里塔尼钓鱼玩得很开心。

我无法跟你表达你的书即将完成我有多高兴。时髦的做法是贬低一切写作，唯一可做之事即去优雅地奢侈地喝个一醉方休。可是穷哥们这么做——放弃写作之类，去跟什么也干不了只能一醉方休的人竞争，这可成什么了。不提到朋辈就无法写完这哀诉——无论怎样听着不好——没有打字机就无法写那种废话！

当然，说这一切都为时过早。你也许还没写完你的书［《夜色温柔》］呢，只是把我列入报告好事的朋友名单里了——

不过我向上帝发誓我希望这是真的。就我所读，它比别的任何作品都好，除了《盖茨比》写的最好的那部分。你知道我指的是哪一部分。

一本书好的部分也许只是一个作家幸运地偷听到的某个什么，或者他整个该死的生活里倒霉的那段——要么就是同样程度精彩的那一段。

你竟能写妈的这么好的书。比别的更能阻碍你的就是［吉尔伯特·］塞尔兹发在《戴尔》上的评论。自那以后你就有自觉意识了，知道必须写一部杰作。世上只有仙人能写杰作或者有意识地去写杰作——别的任何人只能尽量写好，落入这本不杰出下一本也许杰出的窠臼。假如不是塞尔兹的评论，你两本该死的好书都写出来了。

当然，上帝知道还有别的复杂因素；可它们都是你自找的。这些复杂因素不是别人给你的，比如用那些佐料给《邮报》写东西，再比如用那些残渣写杰作之类。不过，即便是用那佐料，假如你迫不及待要写，塞尔兹不塞尔兹的，你也会写一部该死的好书。

好了，伟大的犹太先知耶利米·海明斯坦就写这些。

假如你想听新闻，那我告诉你多斯结婚了。假如你写一封好的而不是高高在上的信，别提我的神经质忿忿不平，我就写信告诉你跟他结婚的人是谁，以及别的一切消息。

重读一遍你的信，我发现它根本不势利。老海姆又错了。显然这信成了他的神经质忿忿不平的牺牲品！（这不是讽刺挖苦。）不过，假如我不把这封信寄出，就不会再寄别的信了，所以把信里的神经质忿忿不平扔掉（婊子养的假如我有那病），在工作之后不太累的时候给我写信，“保证信托”收转就行。我知道这信有多啰嗦，可让你知道一切都好总令我更开心——

你的永远温情脉脉的

欧内斯特

问候泽尔达和司各提。你打算在戛纳呆着？呆多久？写完书后大可以来此地。麦克斯［·帕金斯］很好。他不会让任何人倒下的，我从不担心他。

（此信藏普林斯顿大学图书馆）

[1] 这封信是海明威回复 1929 年 8 月 23 日菲茨杰拉德来信的。菲茨杰拉德 9 月 9 日回复了它。见安德鲁·特恩巴尔编《F. 司各特·菲茨杰拉德书信集》(纽约, 1963) 第 304—307 页。

致 F. 司各特·菲茨杰拉德

1929 年 9 月 13 日, 法国昂代

亲爱的司各特:

那可怕的沮丧之情绪，什么写得好不好呀之类，就是众所周知的“艺术家的奖赏”。

我敢打赌你的小说写得非常好——你弄一帮叫喊的醉鬼，跟他们说自己没有朋友。看在基督的分上你得修正一下——否则太令人伤心了——假如你说出了欧内斯特这恶心的连载大王外没有朋友还算凑合。你并没有油尽灯枯；你知道很多东西，足够你用的了——假如你觉得没有题材可写了，就来找老海姆——我跟你说说自己所知的一切——谁跟谁睡觉，谁结婚前结婚后跟谁——你想知道什么我就告诉你什么——

夏天可真不是干活的时候——它不像秋天那样让你觉得死亡在逼近；而秋天恰是小子们落笔在纸写东西的时候。

每个人都有花落凋萎的那一天——我们不是桃子——那并不意味着你烂了——一支枪最好是经过磨损的，也花落凋萎——马鞍也是这样——上帝啊人也是这样的。你失去鲜活的成分，失去唾手可得的东西；似乎再也写不出东西了——可你技巧更多了，知道的也更多了。当你从旧汁儿里提炼闪光之物时，你收获的成果就更多了。

看看开头是什么情形吧——所有的题材和精彩都来找作家，可那作家就是不知如何把它们转达给读者——你用尽材料，精彩纷呈，与此同时你学会了怎么做；你不再年轻，写的东西却比年轻时要好——

极糟糕和无助的时候你只消坚持——写小说就一件事，就是勇往直前，把该死的东西写完。我但愿你的生计仰赖这部长篇小说或者多

部长篇而不是该死的短篇；因为让你抓狂的、给你宣泄口和借口的——都是短篇小说。

啊见鬼。你比别人东西都多，你也比别人都在乎写作。看在上帝的分上接着写，写完它。在写完它之前别写其他东西。一定会是本好书——（人们不会给老婊子提价——即便是她知道 850 种姿势——人们照样砍她的价——你要么不老，要么不是婊子，要么是个年轻的婊子）。短篇小说不是卖淫，写它们只是判断选择不对——你本可以靠长篇小说过活并且足够了。你个该死的傻瓜。接着写你的长篇去。

我们用了一天时间从马德里开车到这里——昂代伊——普拉日——见到我们那位著名的同代人 L. 布鲁姆菲尔德了。正准备去巴黎呢——你有麦克斯 [· 帕金斯] 的消息吗?《永别了，武器》出来了没有? 布罗米给了我一大堆文学期刊，里面尽是德国战争题材的作品——很滑稽，我就是看不进去 [雷马克] 《西线无战事》之类；一旦看进去又觉得好得不得了——不像他们认为的那样伟大——但已经非常好了——L. 布鲁姆菲尔德在写一本战争题材的书。很不幸我的战争书要出来了；终究没有机会写书时从他那儿受益了。在 2—3 年里，一个作家就能写很好的战争题材的书了。

老多斯娶了凯特 · 史密斯——她是宝琳的同学（学院）（不是女子隐修学校）——他去年冬天在基韦斯特与她相识——是个很好的姑娘。

我们收到了杰拉尔德和萨拉的几封信。很不好他们的帕特里克病了——我想他不会有事的——

今天天气很好——水也好，适合游泳。太阳是夏末的残阳——

假如这封信很无趣很烂，那只是因为你情绪不高我很难过——我太喜欢你了。无论什么时候，你写信要是老跟人谈工作或“生活”，就不免可怕的陈词滥调——

宝琳问候你、泽尔达和司各提——

你的永远的——

欧内斯特

(此信藏普林斯顿大学图书馆)

致卡罗尔·海明威[1]

约 1929 年 10 月 5 日，巴黎

亲爱的卡罗尔：

谢谢你来信。我很高兴你收到那件内衣了。是宝琳寄的，不是我。我之所以问你，是因为我觉得也许有可能丢了，或者被海关没收了。你的信不像我记得的你的口气了。听着，你正努力学写作，我建议你避免桑尼[2]讲话时用的那种风格，也就是错用形容词作兴奋语以掩盖心灵的空虚。比如，我在写作里经常用“醉人”（swell）就不对。不过我只在对话里用，不作形容词取代你该用的词。尽量写直截了当的英文，决不要用俚俗语，除非是对话；要么在不可避免的情况下用。因为，所有的俚俗语在短时间里就会变馊。比如，我只用持续了千年的誓言，就是担心沾上一时之物，然后变馊。

我知道书信写作不同于其他写作。可这封信实在不像你的口气。写作水平最高的人往往写信写得最糟糕。这几乎成了定律。我不是在批评你的书信。

一个人最不济的穷困是心灵穷困。钱也移除不了心灵穷困。心灵穷困对你外出旅行很不利，因为你走到哪儿，它跟到哪儿。一个人头脑里如果没有资本利息，讲话就不具有智慧，甚至让人听了都不舒服。聊天是人生最大的乐趣之一——因为人们只有在跟心灵疆界与自己相仿的人一起才感觉自在。

我在橡树园看见你的时候，我觉得你是个了不起的姑娘，前面的路长着呢。我向上帝祈祷，希望你别被廉价轻浮溺爱腐蚀了，那不是爱。橡树园现在是盛开着自我陶醉的花，廉价，廉价，空洞的溺爱。

只是希望是没有什么用的，当然。可是，你已经到了一个必须选择的地方，要么走这条路，要么走另外一条路。我希望你走这条路而不是另一条路。“别听他的；他在说教呢。”我能听见此话。不过，无论怎样，祝你好运。我们圣诞节前后可能回［美国］去。也许那时能见到你。

最爱你的，

欧尼

(此信藏普林斯顿大学图书馆)

[1] 海明威最小的妹妹;1911 年 7 月 19 日生于瓦龙湖的家;1929 年在橡树园中学读高年级。

[2] 海明威的姐姐玛德莱娜,昵称桑尼。

致 F. 司各特 · 菲茨杰拉德

约 1929 年 10 月 22 日或 29 日，巴黎

亲爱的司各特：

有一天晚上见了葛特鲁德 · 斯坦因；她问起你来。她说你是我们这些人里最有才的之一；想见你。不管怎样，她给我写了个便条，让我请你或你们俩周三晚上来，到她这儿——我想是 8:30 以后吧——[艾伦 ·] 泰特或者泰特夫妇也来——一个叫伯纳德 · 法伊或者伯纳德 · 费瑞的也会在那儿。

我打算去——泰特也去——你或者你俩 8:30 前来我这儿好吗？要么——假如不来我这儿，葛特鲁德的地址是花街 27 号——不过如果你来，我们可以一起去——

顺便一提，加里波利 · 麦肯齐（你的老同学）写得非常好，自瑞平顿以来这是我读过的最好的战争题材的书——假如有人把它跟 G. 摩尔的《欢呼与永别》相提并论，也没有什么好奇怪的——

我很愿意为你买一册——还有 4 卷呢，这是很长时间来最好的消息——

你的永远温情脉脉的——

欧内斯特

[又及：] 麦克斯 [· 帕金斯] 没有新消息来。你起诉麦考尔斯的事怎么样了？

(此信藏普林斯顿大学图书馆)

致 F. 司各特 · 菲茨杰拉德

约 1929 年 10 月 24 日或者 31 日，巴黎

亲爱的司各特：

你的便条我刚收到。我就借着昨晚的酒劲来答复了。

我对你说的话一点都不生气（你此刻一定明了了；我从前写信也没少谈我多欣赏你的作品）。我只生气你不接受葛特鲁德 · 斯坦因真诚的夸奖，反而试图歪曲她的夸奖之词，说是对你的轻蔑。她一直对我赞扬你，赞不绝口。你来后又开始重复她的夸赞之词；末了怕你脸红，同时不让我感觉她无礼，就说我俩的火苗也许源头不同——随后你就多想这话了——

假如你不希望有人夸奖，不接受就是了（大多数夸奖都是马屎），用不着让我重申那些话是夸奖，而不是轻蔑之词。我画个十字对上帝发誓，葛特鲁德 · 斯坦因昨晚或者别的什么时候从没对我说过你什么，除了顶级夸奖。那绝对是真的。你不看重或者不接受并不意味着她的话不真诚。

至于比较我俩的写作，她并没有做什么——只说你文思如泉涌，我的天分就没那么足——意思是我得加倍努力才能有成果——接着为了避免当面夸你让我难堪，她说自己的话并不是说我俩的火苗属于同一品质。假如你强迫她说，她可能直截了当告诉你：她觉得你的作品比我的质量更好。

自然我不同意此说——不比你更赞同她的说法——拿并不存在的假设的“火苗”来作比较纯属马屎——拿你我作任何比较都是扯淡——我俩一开始就完全走的不是一条线——除非偶然，根本就不会相遇；作家们没有什么共同点，除了他们都渴望写好。所以，做什么比较，谈什么高低啊——假如你一定要高我一头，好啊；只是别让我也去感觉什么高你一头矮你一头的——严肃的作家之间不会存在这种比较——他们都在一条船上；在那条船上相互竞争——这船的目标就是死亡——要多无聊有多无聊，就像甲板上的运动——唯一的竞争就是船的始作俑者和你内心发生的一切之间的竞争。你在船上，你生

气，因为你还没有写完小说呢——就这些——我明白这个道理，你大可以还气呼呼的，我不介意。

胃痛着在床上写这破玩意儿真没意思。假如你又在里面找到轻蔑贬低侮辱你的话，那我一个早上就浪费掉了（反正已经浪费掉了）。葛特鲁德本想安排兔子和乌龟赛跑；选我当乌龟而选了你当兔子。自然，谦谦君子兼古典派头如你，希望成为乌龟——好吧，就让你当乌龟——都是扯淡——

我愿葛特鲁德大骂我一顿，因为这样一个人就不会摆出对自己的看法了——下去下去——她说她很喜欢那本书——而我想听的是哪些东西她不喜欢，为什么——她认为写得不好的那一部分我倒记得很生动，而不虚假——那不新鲜——我本指望听人说整本书都是废话——更想听人这么说，因为这样就能刺激你去努力工作。

无论怎样［这信］已经写到第四页了——我会附上麦克斯的信——

很遗憾布鲁姆菲尔德开始传播那样的谣言，不过这话伤不了斯科瑞布纳，我已经铁定了跟斯科瑞布纳——我愿意写一封声明信，他要是愿意可以拿去发表——

看看这都是写什么废话啊——我从你那儿学会怎么写普通讲话——从乔伊斯那儿学会怎样写城乡生活场景——从葛特鲁德那儿学会写时髦一族——还没报告从多斯·帕索斯、庞德、荷马、迈克阿尔蒙、阿尔德斯·赫胥黎和E. E. 卡明斯那儿学了什么呢——你认为我大可不必担心别人说我缺少活力——我是不担心——在巴黎谁有活力？大家写作都没活力——都是用头脑写作——我身体健壮的时候根本就不想写作——那不想写的感觉真好！G. S. 从没跟我们去施鲁恩斯或者基韦斯特或者怀俄明或者任何使你健壮的地方——假如她没有见过我壮实的时候——有什么好担心的？当人们痛骂你的时候，就带着痛骂的拳脚行进——

无论怎样，今后再不写这样的信了——我真抱歉让你着急了——你并不是让人扫兴的人。

你的永远温情脉脉的，

欧内斯特

（此信藏普林斯顿大学图书馆）

致麦克斯威尔·帕金斯

1929年10月31日，巴黎

亲爱的麦克斯：

对基督祈祷，我希望你没有陷在股票市场里。人们正清理债务，到1932年胡佛兴许能把我们带出低谷。过去几天我都卧床不起。流感。接着是肾脏出了问题。今年夏天在西班牙的时候，腹股沟的一块肌肉拉伤。裤子里的肛肠像斗牛士骑的马一样丰富。不过，现在痊愈了，虽然绷带没拆。端水喝没有手不晃动的时候。假如要我去保护你的投资，就得去基韦斯特。病得一个月没写东西，着急那书呢——是不是能接着写下去，写得顺就能处理诸事了。我们也许12月底离开这里，但还不知怎么处理这公寓呢：有3 000块钱绑在维修、下水、取暖、改装之类的费用里了。

我在《世界》上看到有某公民在讲《永别了，武器》课。上帝啊，最好能走进讲堂提几个问题，然后说："狗屁，先生，我觉得你误解了！"

今夏我受伤后，我们在最热的屋子里呆了三天，树荫底下还115华氏度呢——房子炎热的那一边，一点遮阴的都没有——只有一张小双人床，动都动不了。旅馆因为帕伦西亚的斗牛比赛而人满为患。真热啊。宝琳好极了。

这封信什么都没说清——不想阅读，也无法构思写作，除了跟你在这儿讲废话。沃尔多怎么样？他不留胡子什么样？对世界人民来说，这是一大损失。

希望你们都好大家都顺当。

永远祝你好运

欧内斯特

我收到3 000美元支票（两张，10月7日的，10月14日的）。你没有告诉我是否能拿到清样原件，这样我就能有一个不带空白的抄件了。你收到此信后给我发个电报，告诉我书卖得怎样，不管截止日期是哪个周末。

你寄一本样书给欧文·韦斯特老爷，地址是宾夕法尼亚州布莱恩·毛尔镇隆豪斯；一本给查尔斯·汤普森夫妇，地址是佛罗里达州基韦斯特汤普森鱼市对面基韦斯特五金公司收转；都写上我的赠词！非常感谢。

这就用掉4本样书了——我再买3本。你让他们给我留着好吗？我将寄支票，或者从稿费里扣。

（此信藏普林斯顿大学图书馆）

致B.C.肖恩菲尔德[1]

1929年11月5日，巴黎

亲爱的肖恩菲尔德先生：

谢谢你写信来。关于《太阳照常升起》麻烦的是我曾想（现在还想）自己把它改编成剧本——有很多东西出书的时候删掉了，那些东西对剧本来讲也许很有用。我想也许我该试试，哪年歉收的时候把它改成剧本。

你跟我提这个真是善意，我很感谢——等我把这书弄得一团糟之后，可能会后悔没接受你的提议。不过，我恐怕现在不能接受。虽如此，我还是非常感谢，谢谢你提议。请代我向［康拉德·］艾肯致意。

祝好，

你的永远的，

欧内斯特·海明威

（此信藏诺克斯学院）

[1] 肖恩菲尔德先生当时是耶鲁大学戏剧学院的一名学生。

致F.司各特·菲茨杰拉德

1929年12月12日，巴黎

亲爱的司各特：

你的信昨晚才来——银行的人替我收着呢。

我知道你这个人是个视荣誉为生命的魂灵。我说的是真的。你记得我对你在拳击场上的计时一声不吭，直到你不顾我第四次反对还跟我说你是故意要同我吵架的。第一次我以为自己让你信服了。你又回到老话题，而我，还有宝琳都以为我们再次让你信服。迈克阿尔蒙是我写介绍信推荐给帕金斯的，他居然也说谎；卡拉汉是我总想帮助的人，也跟你讲前后矛盾的故事。我是听了这些以后才生气的。

你得记住，虽然我对这一切都生气，但我并没有指责你胡乱改拳击的时间。我只问了你是否想让一轮赛事继续下去看会有什么情况。你说你是故意要同我吵架的。我对此念头很惊诧，不知道自己到底是怎么回事（从迈克阿和 C. 那里听到这个，觉得自己早该听见了。假如早听见了，也就早不生气了）。

另外，即便你是故意让那一个回合持续——我知道你不是故意的——我也不会生气。我知道讲好的时间是在哪一刻。业余选手之间比赛常有这样的事情。两个小伙子真的相互狠击的时候，看时间的人多给他们 10、15 或者 30 秒——甚至一分钟，就是想看结果怎样。你看上去是如此心烦意乱，以至于我觉得你是干了又后悔了。不过，你说自己不是故意的，说话那一刻我就绝对相信你。

我说过，你是个最讲荣誉的人。我则至少在拳击方面不是。我在巴黎跟让 · 普瑞沃斯特打拳的时候，提议让比尔 · 史密斯看时间。我当时身体也不好，对比尔说一旦我处于劣势就叫停（我们本该打两个一分钟回合的）。其中一个回合打了 40 秒都不到！普瑞沃斯特只是觉得时间过得太快。当我把他逗得顺手的时候，比尔让回合持续了两分多钟。

我自己也干过这事，你就别指望我控制条件反射，对发生在自己身上的事情还是知道的。不过，当我说我即刻丢掉了那样的念头你还是可以相信我的。我回家跟宝琳说你对此很有兴致，全然忘了时间。

你也记得我事后没把这当回事，反而比任何事情更高兴。我记得在双叟咖啡馆还带着快乐讲这事情，赞扬莫雷，说他把我打得落花流水好得很。我当时想，他是我的朋友。我读到他吹牛的谎话后才生气的。我生气是因为你太大意，给了他机会吹这大牛。

假如不是你说故意要跟我吵架，让我几乎发疯，我根本就不会问你这种事情。

再让我重复一遍——我一点也没怀疑你，觉得你不坦率——我绝对相信你，当时就相信你。

我知道你的荣誉感对你有多重要，荣誉感对任何人都重要。我不会伤害你的荣誉，不管是为了什么都不会的。

你看看我俩对运动的不同看法就知此事微不足道——你是以绅士的眼光看待运动的，本该这么看。可是，你看我是怎么看运动的——

我最初打拳的时候有一次——一个叫摩提·黑尔尼克的家伙——一轮回合末了钟声响后，我放了手。我刚把手放下，他袭击了我，荡右拳猛击我腹窝。打完后我几乎病了一个星期。第二次我与他交手，轻而易举赢了他——他反正是输掉了——于是故意给我使坏——我一生从未这样痛苦过——一个肉球肿得如拳头大——拳击就是这样——看啊——所谓的友谊赛——你从不想把人打出去——却不知人如何想把你打出去——你于是培养了疑神疑鬼的习惯——在体育馆与人打拳，拳击中他把手指戳出手套——大拇指戳进我的左眼，我被这拇指弄得什么也看不见了。他一生中还弄瞎过另外 4 个人。从没蓄意这么做——只是不光彩伎俩的副产品——我提这个是开脱自己疑神疑鬼的条件反射，即便一时反射起，也不会超过一分钟。

我跟你争辩那么多次，反复跟你说我很喜欢你，可你还是说要跟我掰，说你要像男子汉一样揍我；我这才又犯了疑神疑鬼的毛病，该死的动物本能。

不过，我还是要再次跟你道歉。我绝对相信你。过去我也一直相信你。我只祈祷上帝，希望你喝醉的时候不那么糊涂。我知道这种心情不好玩；不过我知道等你书写完一切都会好的……

无论怎样祝你好运——你知道吗，昨天哈利·克洛斯比开枪自杀了。[1]他去纽约前跟我讲过这姑娘的事。麦克莱什介绍她给他的。他是个好小伙子；我今天很为他难过。我的一个最要好的朋友两周前死了。要是因为吵架再失去你这个朋友，我就该死了。一如既往祝你好

运——你的温情脉脉的朋友

欧内斯特

（此信藏普林斯顿大学图书馆）

[1] 关于克洛斯比的生平和自杀，见乔弗瑞·沃尔夫著《黑太阳》（纽约，1976）。海明威和克洛斯比从未特别亲近过。

致麦克斯威尔·帕金斯

1929 年 12 月 15 日，巴黎

亲爱的麦克斯：

你 12 月 3 日的信昨天到了；另两封（11 月 30 日和 12 月 4 日）今天也到了——前天电报收到，内容是说修改合同与书籍销售情况的那封信的。书的销售当然很好啦。不着急做任何修改；假如你觉得不着急修改，就没有必要改。

我当然得道歉——我想我已经道歉了——司各特让我警觉销售停滞后我写信的那回，真抱歉。不过，从柏林回来以后本感觉不错，司各特让我警觉的话却在等着我。我当时就去看他，他给我看你写的关于书卖得不错的信，说唯一要小心的是市场在下滑。我心想你写的信里并没有什么让人警觉的东西，可他对写作的经济的一面比我了解得多；我当时以为他没把信的全部内容给我看，而只是给我看了关于我的书的这一部分；也可能有些偶发事情我不知道。他又看上去很吃惊的样子。

我真喜欢司各特，愿为他做任何事情，可他最近有点让人恼。他有一天来，小里小气地说："人真不该管你。真该让你干活，不替你担心着急。"接着对我说了些上帝诅咒的我的故事，我从未听人这么说过我。他把我的事情放在心上，愿意帮助我，可我一直在世面上谋生啊，很久了；跟人打交道也寻常得很啊，诽谤啦嫉妒啦我熟悉得很。虽如此，我不相信这种情形会像人们装假那样频繁；我还是更愿意不去理睬一些事情——假如它们不真，终究会成为过眼云烟的。不过，当事情摆到你眼前时，还是会让你气得不得了。司各特在拼命写作并且写得很好。我知道等他书写好自然就恢复正常了。

我希望你从我的版税账户里给沃尔多划 25 美元。做的时候别对沃尔多说什么。

假如你担心自己今后在文学史上的地位，我就得给你写一系列的信，告诉你我对你的真实看法——我不擅长那个，但会去做，以免除你头脑里的担心。

不过，我能看出基督教科学行当倒是件让人担心的事——虽然我觉得他们不会找《永别了，武器》的麻烦。他们没有这么聪明——只是组织得很精妙。假如他们更智慧一点，也许就不当基督教科学家了。无论怎样，我希望你在这本书上运气好——下次以及再下次，你在计划里要是给《永别了，武器》个大空间，就请用空间的 1/2，把 1/2 另半边让给那本埃迪书[1]——假如你那么做我就太高兴了。

当我气哼哼给你写信讲迈克阿尔蒙和卡拉汉的时候，这气也是个人生气。我有能力跟他们处理个人恩怨（只是希望别把事情弄彻底了进监狱去处理，任何时候我都不想）。不过，我不想让你认为我是把他们当作家来对立的。我希望他们成功，不想做任何事情伤害他们当作家——虽如此，当你有个敌人除了杀掉他什么都可能干的时候，那就危险了——杀人可太昂贵奢侈了。

［欧文·］韦斯特很棒，可老做错事。不过，仍然得提提他的丰功伟绩——他似乎是我们同代人；我的意思是比如你、我、迈克·斯特拉特、沃尔多的同代人——我们自己年龄也都不同。他写了三四个很好的短篇——《一匹当礼物的马》、《希拉毒蝎上的朝圣》，还有《尊贵的草莓》的一部分。我不知道写那些小说的他怎么会写《第四哲学》这样的东西。[2]我第一次读那个，感觉读它都害臊。我们都会写出狗屁东西，可你总有理由不发表，至少不再版。不过，我很喜欢他。假如他认为我是“个人偏见强塞给人”，也没什么害处，只要他不去影响别人就行。他本可以成为很伟大的作家；各种情况放在一起妨碍了他成为伟大的作家，这总是个悲剧。

还有 20 分钟就 12 点了——礼拜天的正午——得刮胡子，然后去做弥撒。

稍后——把胡子刮了，然后去做弥撒，再跟宝琳去吃午餐，同去的还有艾伦·泰特和另两三个人。泰特很机智，是个很好的伙计。多斯·帕索斯和他的妻子明天到。

我的喉咙很疼，尽是脓；无法很好地思考写作。我希望自己没有拿信来烦你并让你着急。我只在司各特搅和我之后才写信给你。我知道他之所以这么做，是因为他以为这是作家觉得令人兴奋的那种事情。但是，这并不令人兴奋——只令人懊恼。你来基韦斯特，我保证根本不谈业务的事情。一个作家能写一本书，然后又成为商人，接着又成为作家，这念头一如我们所说［……］。这本书在英国掀起很大的一场商业买卖——V. 萨克维尔·韦斯特从官方英国广播公司广播了它，B. B. C. 的头抬得高，而她，沃尔珀尔等等回应——英国的评论比美国的评论要好得多。真他妈好玩。我要去基韦斯特，远离这一切。从没像提这本书这样让我感觉这么不舒服。人们写来醉人的信夸它，而我却觉得不舒服。一封粉丝信只会让你难堪、不自在并且隐约感觉不舒服。写作真艰难——写散体文是个全天候的工作，最好的东西都是在潜意识的情况下完成的。要是写作时老是有买卖、评论、观点看法之类来搅和，你就什么也写不出来了。

讲到这一切担忧，我唯一担心的是意大利采取行动禁止这书——兴许是疯狂举动呢。不过，第一期连载《永别了，武器》出版的时候，杂志上登的我的说明怎么会成为头条内容呢？那东西似乎面面俱到——我唯一不喜欢的是人们可能以为我自比莎士比亚，胡乱就谈论《维罗纳二绅士》。假如你也这么看，那就更是这么回事了。

得住笔了——正想为《财富》写一篇关于斗牛业的文章。[3] 阿奇·麦克莱什让我写的——以报道的方式写，满是数据。这是商业杂志的罗曼司——文章里可没有罗曼司——也许他们不会要这文章呢——尽可能写得枯燥些。假如能写下去，我涉及的每一个方面都会成为一本书里的一个长章节。他们要的是 5 000 到 20 000 字的文章；我告诉他们价格是 2 500 美元。所以他们要文章超过 2 500 字，付 1 000 美元。他们杂志才出就赶上经济崩溃，运气不好。假如哪本杂志像没有用的球，这本就是。我做这个是为了阿奇——上帝知道他怎么跟他们混在一起了。

假如还有什么这封信没回答，那就是粗心大意了。谢谢你优雅的信——祝你和家人圣诞节快乐。

永远祝你好的，

欧内斯特

请从我账上划钱给沃尔多——否则我就得寄支票给你。划账比较方便！我真的要支付它。不过别让沃尔多知道。

（此信藏普林斯顿大学图书馆）

[1] 海明威在这里也许指 E. F. 达金的《埃迪太太：纯真心灵传记》，斯科瑞布纳出版（纽约，1930）。

[2] 1896 年到 1928 年之间，韦斯特推出五卷短篇小说，包括海明威欣赏的那些。《第四哲学》（纽约，1901）是本平淡的 95 页长的中篇，写的是哈佛二年级生和他们导师的故事。

[3]《斗牛、运动和产业》，刊《财富》第 1 期（1930 年 3 月）：83 页后。

致吉尔伯特·塞尔兹

1929 年 12 月 30 日，瑞士蒙塔纳-维尔玛拉

亲爱的吉尔伯特：

你都把脱离关系的声明发表了，还跟我要什么更令人信服的话啊，吉尔伯特？这都是些什么啊？你把脱离关系的声明寄给了我，而不是指控我什么。我又没有发表什么声明。[1]我在《纽约客》上读到 D. 帕克的文章，里面并没有指涉你的东西。[2]不幸的是我手边没有带那篇文章，但我确信里面提到的是某个办得不成功的文化杂志的编辑。为什么该是你？文化杂志现在不都不成功吗？这些东西在我眼里都是舞厅里的香蕉。

永远祝你好运，

欧内斯特

（此信藏普林斯顿大学图书馆）

[1] 关于海明威对塞尔兹的长久偏见（据说是塞尔兹退了篇海明威投给《戴尔》

的小说)，参阅海明威 1924 年 2 月 10 日致埃兹拉·庞德信注[5]。

[2] 多萝西·帕克在《艺术家的回报》(《纽约客》第 5 期[1929 年 11 月 30 日]第 30 页)里提到一个“年轻的绅士，这个人曾经是一本不成功文化杂志的主编”。有人曾经把海明威的稿子给他看，他拒绝刊登这稿子并且说：“我听说他是个记者——跟他说接着去写报道吧，别想着当作家。”

致莫雷·卡拉汉

1930 年 1 月 4 日[1]，巴黎

亲爱的莫雷：

我回顾了一下那故事[2]，发现在巴黎和纽约四处传布的是皮埃尔·洛文。我找到了他的住处并把如下电文发往了他在纽约市威佛利公寓的地址。

——“明白你看见莫雷·卡拉汉打昏了我。回电请复巴黎‘保证信托’。”——我没有收到回复。

司各特发电报给你说他正平心静气地等着读你对故事的修订呢，并告诉你那故事发表在哪儿/我要求他等待，让他别觉得自己总是判断正确。我不知道你见过那篇小说没有：3 个星期过去了，先还是在《纽约邮报》上发表的。假如你没有看见，修订故事的该是他这个当事人；并且他已然修订了这故事。他（司各特）跟我说，你肯定见到这故事了，所以一开始不想发那封电报（里面含有他对你的怀疑）。我自己 3 个星期里没有见到那登出来的故事，所以无法肯定你就见过那东西。

不过，整个事情都是我的错，引起你注意那篇故事的电报还是发了。关于发电报的人坊间有很不好听的话流传；我想让你知道：发电报的主意不是司各特的。完全是我的错。

假如你愿意，请你把安到司各特头上的绰号转给我。我几个星期内就会回美国；届时随你在什么地方处置我，只要没有宣传报道就行。

你的永远的，

欧内斯特·海明威

(此信藏普林斯顿大学图书馆)

[1] 日期误为 1929 年。

[2] 这事关乎 1929 年 6 月海明威和卡拉汉之间在巴黎的一场拳击比赛。菲茨杰拉德作为掌握时间的人错让一轮拳击持续了 4 分钟。见卡拉汉著《那年夏天在巴黎》(纽约,1963)第 241—251 页;另见卡洛斯·贝克《海明威传》(纽约,1969)第 201—202 页,第 206—207 页。卡拉汉(1903 年生人)后来成为加拿大领头小说家。他是 1923 年在多伦多与海明威初遇的。见《海明威传》第 119—121 页。

致 F. 司各特·菲茨杰拉德

约 1930 年 1 月 5 日,巴黎

亲爱的司各特:

你的便条我今天收到了。运气不好,可 11 月底西班牙就是没有斗牛啊。

圣塞巴斯蒂安 [从] 现在起多云潮湿,细雨霏霏。城里的人都走光了。最好的中档奢侈旅馆非常好的旅馆叫比亚瑞兹。阿拉那则更适中一些。

庞朴罗纳现在很冷,也许正下雨,雨从海上来——或者来自融化的雪水——在那儿此刻无所事事。那儿的旅馆:(1) 豪华大饭店人走光了 (2) 昆塔那酒店(《太阳照常升起》里的蒙托亚酒店,以你的品位也许太简朴)(3) 拉佩尔拉饭店——在两者之间,1/2 路程之遥。

冬天的马德里明澈寒冷——冷得要命——旅馆是萨沃伊旅馆好。

冬天去西班牙,气候好的地方是塔拉戈纳——从巴塞罗那沿着海岸往南——“巴黎酒店”好——山上面海的可爱古老小镇。

再往南走是马拉加——好气候——旅馆是“热吉纳”好,还有

隆达——从直布罗陀在火车上往上看美极了。可爱的地方——没什么可做的,可就是美丽浪漫——比如这地方是我想度蜜月的所在,假如我有很多钱的话——玛利亚·克里斯蒂娜旅馆不错(也许叫“热吉纳·克里斯蒂娜”)。不对,两个都不对;叫“瑞娜·维多利

亚”！皇家酒店也不错。

假如我还能为你提供些什么情报，请告诉我。不过，圣塞巴斯蒂安和庞朴罗纳在冬天会让你失望透顶的！[1]

欧内斯特

又及：我忘了跟你说，发电报的钱算在我账上。请宽恕我。我很高兴你喜欢那些书。希望这书（格瑞夫斯的作品）让你高兴，因为你没能赶上战争！这书让我对西格弗瑞德·萨逊肃然起敬。［罗伯特·］格瑞夫斯也一样让我起敬！已经读了 D. H. 劳伦斯的《查泰莱夫人的情人》——这书并未抓住我。

（此信藏普林斯顿大学图书馆）

[1] 菲茨杰拉德夫妇后来去的是阿尔及利亚，时间在 2 月。泽尔达当时处在精神崩溃的边缘。见南希·米尔福德著《泽尔达》（纽约，1970）第 157—170 页。

致麦克斯威尔·帕金斯

约 1930 年 4 月 11 日，基韦斯特

亲爱的麦克斯：

谢谢你的两封来信，还有版税说明。还没有收到礼物呢。假如跟你说的那样绚丽，能看到沐浴的美人、狮子和水牛，可就似乎不可或缺了。我就像我们小时候在圣诞节前等待礼物一样盼望它到来。我们旅行得很愉快，不是吗？

《在我们这个时代》的广告是刊登在《三个短篇和十首诗》里的。广告里宣称它于 1923 年出版，而实际是 1924 年出版的。这是“三山”［出版社］出的一个系列 6 本书里最后的一本。印刷设备是手动的，很老旧，所以出来的书总是比别家晚几个月。

得了肺结核的厄内斯特·沃尔什其人职业生涯多变。曾跟伊瑟尔·摩尔海德一起编辑《本季》。他死于两三年前［1926 年］。

我很想要这些信。[1] 你把它们寄给我好吗？他大出血不得不离开巴黎的时候，我替他把杂志的第一期给弄出来了。我帮了他许多

忙——他却以真正是爱尔兰人特有的方式把我给耍了。他在《新群众》上发表文章攻击《春潮》——那是我读到的最廉价的刊物——此事发生在我不得不停止《本季》连载它的时候。无论怎样，我想要这些信。假如你不能以35英镑的价格出售《三个短篇和十首诗》，我愿意支付你买和卖的差价。我倒不觉得那些信有什么丢人，但也许有诽谤之嫌。别读了，把它们寄给我。假如我读了觉得它们能让你开心，我就寄还给你。沃尔什曾设立“《本季》奖”，奖金为2 000美元，奖给杂志刊出的最佳作品投稿人。他曾答应给乔伊斯，给庞德；日后我发现还有我——他通过这有力的许诺从我们这里得到了醉人的东西！我还保存着他许诺给我奖金的信呢。我想保存我给他的信——不过，一定不止6封——该死的——等我俩都破产了，就找个时间发表这些信和他给我的信。

谢谢你替我弄来这些信——有类似情形请写信告诉我——有些信是我写给姑娘们的；假如你听说市场上出现了这些东西，我准备付个好价钱。

你的永远的，

欧内斯特

请他们把我给沃尔什的另几封信也买来，假如市场上出现的话。我会跟你拿别的东西交换，或者另给你写几封信。

你走之后我抓了3条大海鲢——此刻另一场东北风刮来，猛烈如鬼风。拼命工作。

(此信藏普林斯顿大学图书馆)

[1] 海明威1925—1926年间写给沃尔什的一些信出现在拍卖场上。

致亨利·斯特拉特

1930年5月20日，基韦斯特

亲爱的迈克：

你信写得很好，小子。我没有回信是因为写作完毕头脑一团浆糊，把食指给弄破了——击查尔斯沙袋的时候，还很厉害。现在吊着绷带绑着纱布卷裹得像个核桃。缝了六针，就在关节上。很讨人厌。

谢谢寄来冠岩和黏土。这是给阿尔奇拉［·皮尔斯］的。请告诉我多少钱买的，我把它添进我跟沃尔多的分类账。那账很可观。

查尔斯［·汤普森］听到明年秋天［去非洲的］消息非常激动。[1]我很可能也去，但得到那时再说。假如你给他施点压力，我想查尔斯会去的。我到时可能跟邦姆比去纽约。不过，也许先在怀俄明打猎，只要是在那儿的话。来纽约只是为了工作。打算写一个剧本。[2]别跟人说，否则我的债主们在我没写之前就要打探消息。

最近写作顺利。原谅我信中打字错误。现在此地热得像地狱。想象一下帕特［·摩根］跟你讲的托尔图戈斯什么样。该死的国王们一个都不复存在，只有旅行美好得很。我买了一辆 12 马力约翰斯顿［舷外发动机摩托］。我们回家的路上在苏韦斯特基抛锚了。我用这舷外发动机摩托把“商人”［宝琳和多斯·帕索斯］载到基韦斯特。12 马力很适合快跑和旋转。

我的枪还没有来呢，不过随时都会来的。我俩都急切想看见枪什么样并想一试身手。

贝克[3]写信来说他跟你一起吃了午饭。他从来不是你说的那种我的亲密朋友，不过在这支枪上的确出力很多。我以为他是懂点枪的，虽然很多知识也许是从你我也读的同一本体育杂志上获得的。他究竟懂得多少，要看我的枪如何来证明。他说装运之前要你先看一眼。

［盖伊·］希科克写信来说演员们给他写信问我的情况；他说他向他们报告了我的不良行径，希望我能在《克鲁伯》上读到这个。我正把鼻子捋直咯。

现在看来是不会去美国了，秋天再说。邦姆比 24 日到。我得开那辆该死的车去皮戈特，猜想吉尼［·费佛］会直接把他带到皮戈特。赞助布拉[4]去巴哈马群岛，本来是邀请他去纽约的。另找时间吧。他说他情愿去巴哈马群岛。

最近大海鲢很多。宝琳抓了 10 条，最大的有 74 磅；查尔斯抓的最大一条有 100 磅；洛林［·汤普森］抓的有 60 磅。

多斯放跑的一条看上去有 200 磅。它 7 次跳起，4 次让钓鱼的人鱼线走到头。我们不得不去追它。时在薄暮。我还从没见过这么大的鱼跳起。最后只好撒手扔了。凯特也放跑了几条大的。我因为手指头没好不能钓鱼。多斯最后抓了条 54 磅重的。

你走之前再见到“无表情” [帕金斯] 没有？

有人给杰克 · 考尔斯的狗下了毒药。真是不幸。大家都走了，除了小阿尔奇拉斯。我们也会走，不过正等待戈斯 [· 费佛] 叔叔呢。

我的书又写了 74 页；目前还在写，可天太热没法工作。假如不是等待戈斯叔叔我们早就离开此地了。他有一桩四百万美元买入的生意，所以来此地耽搁了。我跟他说拿着钱怎么花都行，就是别花冤枉钱在非洲之行上。[5] 他人真好。你会喜欢他的。他 6 月 7 日左右之前是不会来的。很庆幸从托尔图戈斯带来 3 000 枚蛋。他们就要离开此地前往巴哈马群岛了。布拉沃德 [布拉] 晚上睡不着觉，心里想着报道中所说每射杀一头野猪就得一美元奖金。我借给他们一支猎枪，用于伟大的“桑德斯皮金和野奥格科学探险”。

难道没有法子把我们的非洲之行也弄成科学考察？我们可以测量一下队员憋尿的量，1. 在喝茶的时候。 2. 从棕色的瓶子里喝 schlitz，免得闻臭味的时候。 3. 在喝大象奶的时候。我们要求男子队员在沙上尿出自己的名字，然后测量他们的尿量。如此就能把旅行弄成科学探险。假如有人被河马顶伤了，那就是科学事业的烈士。

给我写信，小子。问候玛吉。我们问候你的所有人马。

海姆

(此信藏普林斯顿大学图书馆)

[1] 拖延到 1933 年。

[2] 可能是根据《太阳照常升起》改编的剧本。见海明威 1929 年 11 月 5 日致 B. C. 肖恩菲尔德信。

[3] 米尔福德 · 贝克，1918 年意大利“美国红十字会”救护队老兵，属第 5 分队。

[4] 布拉即桑德斯船长，基韦斯特执照渔民。1928 年他跟海明威和沃尔多 · 皮尔斯讲述“瓦尔 · 巴内拉”故事；1919 年 9 月 9 日在一场飓风里此船桅杆尽失。见海明威短篇小说《暴风劫》。

[5] 宝琳的叔叔古斯塔夫 · 阿多尔夫斯 · 费佛给拟议中的非洲之行买了 25 000 美元保险。

致麦克斯威尔·帕金斯

1930年5月31日，基韦斯特

亲爱的麦克斯：

随函附上短篇小说［《怀俄明葡萄酒》］一个。我想你会喜欢它的。此篇近6 000字。别让人跟你说这篇东西不好或者说里面法国味儿太重。读《斯科瑞布纳》［杂志］的人都懂一些法国东西或者了解懂得一点法国东西的人。在这篇小说里，法国味儿是必须的。我从没给过你不好的东西，是吗？这是我答应给你写的第一篇逃离尘嚣的小说。[1]

"达布尔代"的人来这地方的时候真该喂他们点毒药橡皮糖。6月7日以后我的信件请替我收着。

你保持了钓月鱼的世界纪录，好吧。上帝，你该把这纪录破了，让新纪录稳留50年——那时的纪录是58磅重的鱼——你和迈克头天抓的就重达80—100磅。明年我们3月份都在那里过。

你的永远的

欧内斯特

我也许去巴哈马群岛——步布拉［·桑德斯］后尘。

（此信藏普林斯顿大学图书馆）

[1] 海明威曾哄骗刘易斯·加兰蒂耶阅读这篇小说，意在让他修改里面的法语。见卡洛斯·贝克《海明威传》(纽约，1969)第211页。

致亨利·斯特拉特

约1930年6月20日，基韦斯特

亲爱的迈克：

那支"斯普林菲尔德"[1]终于来了。你该看看它，小子。端起来就如用手指一下那样自然——头一次试它的时候100码外3次击穿6英尺厚的纸——是我所见过的最完美、细腻、简洁、实用的枪。

那远程射视镜简直就是艺术品！查尔斯［·汤普森］说："马上给迈克写信，告诉他远程射视镜什么样。"安装比褪弹壳还容易——一点也不复杂。我还没见过这么简单、有档次、容易射的装置。

枪尾没有凹底——不像16口径的那样凹——22格令子弹一发打中一英尺半厚的棕榈树，能打出你头和肩膀大小的一个口子——见鬼——好吧，是我的头和你的肩膀。

这里3个星期来只有雨和飓风——2个星期以来就没有湿过鱼线。此前我们每晚都捕杀鱼儿。查尔斯有3个晚上抓鱼（92磅重的一条，99磅重的一条，102磅重的一条）。宝琳一个季度都在抓，只缺席3个晚上。

我要去纽约接邦姆比（他乘坐"老佛爷"号来——预计是6月23日）。（别跟人说我要去纽约。）你届时有机会去那儿吗？也许他到达之前几天我就去；他抵达后我肯定在那儿呆两天。

别特意赶来。我能秋天见［演员］俱乐部的国王们。别把去不去那儿当成个任务或者一件啰嗦事了。我之所以提我可能在那儿，是因为你说有可能来，我不想错过见你而已。我会在布瑞沃尔特旅馆或者戈斯叔叔家住。布拉不会来。我反正是给他钱了——他今年没有挣到什么钱——想去迈阿密潜水打捞被追私船为了加速扔进海里的酒。他跟我发誓说他们找到了100 000箱。

在巴哈马群岛的风暴里丢了船还挺高兴。后来又报告说他把沉船捞起来了。船上有我的一支20口径猎枪。"桑德斯野猪野鸽科学打猎探险"悲剧结尾。

写信请寄斯科瑞布纳出版社——48街第五大道——我给麦克西（"无表情"）写过信，问他是不是真的所有出版社都在S—T大楼。他回信说它们是在我提到的那幢公寓楼。我猜出版业是昔日之物了，于是主动提出给麦克西一份打扫卫生的工作，地点是托尔图戈斯要塞，假如他能把东西归置整齐的话。

阿奇［·麦克莱什］说你给我画的肖像真是醉人。[2]我跟你说，我平生从没见过这么够档次的枪，没有比格瑞芬和豪·斯普林菲尔德牌子更好的了。我要把它带到纽约去，万一你在那儿可以看看。查尔斯和我现在要去射击。问候玛吉。再见。有什么体育运动新闻？

永远祝你好的，

海姆

［后来加在页边：］看在上帝分上，别来纽约，除非你有什么理由非来不可。

（此信藏普林斯顿大学图书馆）

[1] 米尔福德·贝克为海明威安排订购的。

[2] 斯特拉特第三幅海明威肖像，用于卡洛斯·贝克《海明威传》（纽约，1969）的护封上。

致阿奇巴尔德·麦克莱什

1930年6月30日，阿肯色州皮戈特

亲爱的阿奇：

我本来是很想来康威的，可吉尼和邦姆比比预期的早一天半到了；所以，明年秋天再说吧。在纽约，我开始剪报，剪报的内容是你的书［麦克莱什著《新发现的陆地》，1930年］的通告。可是很多地方都登了，所写评论也尽好。于是我想，霍顿·米夫林会给你寄的（这事可不是件大好事——我的基督啊，评论家都是狗屎，爸爸希望他们都被呛死）。不过，你的书所得评论是我见过的最好的——也就是说他们能看出这是一本好书。

事情就是这样，孩子——当你烦透了他们，希望什么也不发生的时候，他们却鼓噪起来了。当你有了自己清楚绝对是佳作的时候，他们却从不提起，除了指手画脚地说你的作品是从毛里斯·德克布拉那里[1]演化来的。

你是活着的还在创作的诗人里最好的一位。好诗人还有两三位，但他们都不写了，要么就在写些废话。你活着，并且在创作。

这里很干燥——对庄稼不利，却对鹌鹑很有利。找到很多鹌鹑窝，12月份我们就能开打了。季节从12月1日起；我正囤积当地产的酒呢，还有私酿的威士忌之类。你到时来，我们一起打个痛快。

我们两天内离开此地前往怀俄明——邦姆比、宝琳姊妹和我——住在堪萨斯市我表亲家，呆个两三天。

我打算在怀俄明读你的书。

见到加兰蒂耶了，他上过前线，是《灌木丛小子》的作者——我想让他检查一下8月号《斯科瑞布纳》登的我的一个短篇小说里的法语拼写。[2]他在字典的帮助下尽量纠正，也许你会喜欢这个短篇。他个头不大，我们俩在一个屋檐下时我总是信任他。他三次不怀好意以小人之方式推度我，我还是喜欢他——当我跟他在一起的时候。

你，迈克，我对你也有同感，跟你在一起的时候，以及不在一起的时候。

我们会打很多很多鹌鹑。还有野鸭。

阿达好吗？我希望她好。

宝琳问候你们。

我们连续40天夜里热得要命。很久没有睡个好觉了。山里会好些——非常需要工作。

祝你好运安迪·马维尔[3]——记住，当你死的时候，虫子们品尝你美好的半个后背，会觉得体验独特：毕竟是档次高的潜水员兼诗人兼律师啊。变成今年秋天被打中的鹌鹑吧，迈克，给虫子们另加点餐。

Pappy

（此信藏国会图书馆）

[1] 德克布拉（1885—1973）是用法语写作的多产小说家。

[2]《怀俄明葡萄酒》刊《斯科瑞布纳杂志》第88期（1930年8月）第195—204页。加兰蒂耶对此事的叙述，见卡洛斯·贝克《海明威传》（纽约，1969）第211页。

[3] 指麦克莱什的诗作《你，安德鲁·马维尔》。海明威戏仿《致他的腼腆情人》里马维尔的语言。这是他最喜欢的诗作之一。

致麦克斯威尔·帕金斯

1930 年 8 月 12 日，怀俄明州诺德奎斯特牧场[1]

亲爱的麦克斯：

我把《在我们这个时代》又看了一遍，也把《在密歇根州北部》看了一遍。[2]我重写了一下，尽量别让这东西惹来诽谤的指控；可这样一来，小说里的人物就得拿走了。这篇小说显然指涉某个小城里的两个人，这俩还都活着，并且仍然住在那里，很容易确认的。假如我把小说里的小城去掉，那就失去了所写东西的真实性。不过，我可以弃掉第一部分，足以抹掉引来诽谤指控的内容。然而，我知道你不会发表就剩这整个后半部分的东西；假如那部分被删掉，就没有故事可言了。

我不想卷进诽谤官司或者因为一张死马皮而被压缩作品。《永别了，武器》还值得争斗一番，我也愿意为此战斗，胜负我都认了。可是，这篇东西是旧作，是我出道时的作品之一，并且是写出来就发表了。[3]我现在正写着东西，不想让它搅和起麻烦。

我的建议是你去找埃德蒙·威尔逊，问他愿意为《在我们这个时代》写个序否。他是所有评论家里或者说所有人里最懂得我在写什么的人。你既然要出这本书，我知道他的序言就很有价值。我理解你是想把这本书当个新书来出，就是说你想要我的新材料。想这么做又不加解释，这不公平。这本书不新，而且是我早期出道时的作品。假如我来写序，就会被人诅咒；不过假如威尔逊愿意写序，他就能写个书本身需要的导读的东西。假如他不愿意做，那就最好什么也不添。艾伦·泰特也可以写，他是个好评论家；不过威尔逊懂得我的作品，并且很擅长写，假如他愿意，不让他写就太可惜了。

请告诉我你怎么看。

我知道自己不是在打退堂鼓，因为在斯科瑞布纳的书单上应该有我的作品。我真的认为《在我们这个时代》是本非常好的书——那些短篇故事，我现在读着，还是一如既往的好——值得任何人花两美元。不过，我不打算把它同另一个时期的东西混在一起，把这当个新书来卖。假如你要出版《在密歇根州北部》而又不会惹来麻烦，那就好。不过，让人看看，问问人家。我想让它出版，这样人们就能看出莫雷［·卡拉汉］作品的源泉在哪儿，不过这不值得惹一场麻烦。我还能写，并且也在写。这本书——《在我们这个时代》——所需的就是一篇好的导读。你在做的实际是让读过我的其他作品的人第一次读这本书。我太忙，太没有兴趣为此；也太骄傲太愚蠢，随便你怎么说都行，反正不愿写这个序。假如你能找威尔逊写，那太好了。他是非常好的散文体评论家，自己也很能写东西。我想这本书这样出就行——我的第一本书，现在带着威尔逊的导读来到读者中间。

无论怎样，我会稍作订正后把书寄还给你。原来有的《艾略特夫妇》以及同一时期的两三个篇什收不收都取决于现在和那时之间读者对这本书的感觉——至迟9月第一个星期寄还你。

我们最好还是想个法子在书前，就说书里写的都不是当下的真人真事。这绝对能避免诽谤指控。因为，有三个人还真可能指控诽谤，假如他们气急败坏的话。这本书足够有名望，他们可能打诽谤官司。这本书内容大抵看着真实的原因是它大抵还就是真事。我当时没有技巧（现在也不多）该换人名和环境。现在很懊悔。

新书写得很顺利［《死在午后》］。写了约40 000字。自打来这里，一周里有六个整天在工作。还有6箱啤酒够我再写6个章节。假如我列上这本斗牛书的开销账目，你们财务部就够研究一阵子的了。

支票收到，随支票来的信也收到。非常感谢——也非常感谢你发电报来讲G.和D.［格罗塞特和邓拉普出版社］书衣的事。我真不愿意拿那种事来麻烦你——你没有格罗塞特和邓拉普牌版的也就够操心的了。听到司各特不好的消息真难过。请告诉我你听见的一切；也请告诉我我能为他做什么，任何事都行。假如你觉得有必要，我去法国都行。

一如既往祝你好运。假如我信里有什么话不礼貌，请别在意，不是冲你的。我在拼命写作，一封关于某该死的问题的信或者别的什么只会该死地打扰我或者成为诅咒。别让我惹你神经。我们3月在托尔图戈斯会很愉快的！

你的永远的

欧内斯特

（此信藏普林斯顿大学图书馆）

[1] 劳伦斯和奥利芙·诺德奎斯特在怀俄明克拉克的福克谷拥有一个度假牧场，此地离蒙大拿的库克市有 12 英里。海明威自 7 月 13 日起在那儿逗留。

[2] 为 1930 年斯科瑞布纳再版本。

[3] 收录于《三个短篇和十首诗》（巴黎，1923）。

致亨利·斯特拉特

约 1930 年 9 月 10 日，诺德奎斯特牧场

亲爱的迈克：

我真希望你和查尔斯［·汤普森］能来这里打猎。先坐火车来蒙大拿加迪纳，公共马车会把你拉到库克市——我会带着马去接你们——假如你发电报说要来，我们就把一切安排妥当。

迄今为止我已经射杀了两头该死的吃牲口的大老熊——一头一枪就击中了，距离 90 码——一动不动——另一头两枪击中，距离 35 码。我起身追第一头，把它刺死。

也有很多松鸡、野鸭和野鹅。今年秋天没有别人来这里打猎。在山里打猎比干别的你能想象到的好玩多了。一周前我看见 12 只山羊。我保证你能射到驼鹿、野鹿、熊和大角羊——这里也是钓虹鳟鱼极好的地方——昨天下午 2:30—5:30 之间我钓了 29 条——都是大家伙——都是飞杆钓的。

书写得很顺利——第 174 页了——我现在打斯普林菲尔德枪跟打猎枪一样顺手。

宝琳和邦姆比 13 日离开——我则要呆过 10 月。打猎季节 9 月 16 日开始，不过此后一直持续过 10 月，很醉人。查尔斯可以坐火车去堪萨斯市，再从那儿去加迪纳。我真希望你能来。钓鲑鳟鱼的家伙我这里都有。你需要带的就是来复枪。带足旧的厚衣服——带足 220 格

令西部牛仔用的弹药。

这里的乡野美丽异常。猎灰熊是为前往非洲做的最好训练——北非最危险的动物就是灰熊。加拿大和此地费用的差价我愿替你支付。

收到信后假如你能来，就发电报告诉我。电报发到怀俄明——画家——劳伦斯·诺德奎斯特那儿收转。写信就请寄蒙大拿——库克市劳伦斯·诺德奎斯特收转。

你钓大个儿金枪鱼的时候一定激动得要命。我真愿自己也在那儿。

我已经让阿奇［·麦克莱什］也加入我们去非洲，让他当第四个成员。

你何不来这里。北皮斯河乡野这一边打猎是最好的地方。

60 块钱买个许可证，你就能打一头驼鹿、一头野鹿、熊、准许捕猎的鸟和鲑鳟鱼。山羊另交 15 块钱许可。无论如何你该看看西部。

希望听到你说要来——

一如既往祝你好

海姆

［边上又及：］查尔斯可以开车跟我一起回去，至少能开到皮戈特，然后再从那儿坐火车——这样就省开车的费用。

（此信藏普林斯顿大学图书馆）

致阿奇巴尔德·麦克莱什

1930 年 11 月 22 日，蒙大拿比林思[1]

亲爱的阿奇：

小子，有你的消息当然好。假如这封信是你得的最糟糕的信，那是因为墨索里尼是独裁者，不是老爸。不过，假如你要在这诺贝尔奖的世界里干点好事，就请坐下，再给我写封信，因为除非邮件来，否则这里什么也不会发生。今天邮件就没来。

胳膊快好了，不过到明天为止我有三周没有改变姿势了，除了让人给我安放好位置三次，手术一次；手术进行了两个小时，很令人满意。大夫给骨头开了个槽，在一边钻了个洞，然后用袋鼠腱把它绑起来——某天打莫雷·卡拉汉的下颌该很有助力。

你写信说我是个好作家，让你这么说真是好。即便是马屎，也能拿去喂部队，在他们写字的胳膊受伤的时候。我当然现在什么也写不了，一段时间里恐怕都不能写，让人说你是个骗子。现在感觉有种麻木，我想慢慢会褪去的，也可能再做一次手术就好了。一两个月里我就知道我的伤结果会怎么样。同时，也会知道我们今年夏天或者明年夏天是否去非洲打猎。我真不愿看见你的夏日计划被我拖住。不过，无论怎样我们会做点什么。

关于枪支，你别听迈克·斯特拉特瞎掰。他写信跟我谈枪支的内容纯属胡说。事实上，除了老爸我，别让任何人跟你说枪的事情。我不能把话题转到枪上，因为宝琳在打字，我现在是口授这信呢。我把枪的话题拿起，她就会扔下我不管了。换句话说，你能看出我现在是枪支的权威。我们一谈枪的话题，纸张就不够用了；并且这小妇人的手指就不好使了。我给迈克写过一封长信谈枪的话题，你可以请他寄给你读读，假如他没有把信给毁了的话。我体内留着五天的吗啡的残余，有着愉快的幻觉：自己拥有数条右胳膊，像印度教破坏女神湿婆或者随她叫什么名字的女神；这信就是这种情形下口授的。麦克，你也许知道那女神叫什么，可我知道信里写的枪支原理很扎实。你明白吗，英国人对枪有自己的态度。他们总是高调跟我们说枪如何如何，结果大多数大赛猎手都被他们吓住了。你习惯使用的枪支，只要子弹优良而有分量，打出不会成弹片，就不会有事。宝琳说她看出来了，我们在谈枪。总的原则是：足球队员不是漂亮裤子塑造的；棒球队员也不是8美元棒球手套塑造的。枪法是射击塑造的。斯普林菲尔德枪适合你，也够分量，它不会捣乱，没错是可爱的枪。我得了一支，所以我想不能没有它；因为，我扣动扳机时，猎物总是应声倒下。我看见一只大公鸵鹿，离着60码，很容易就打着，像使猎枪一样。麦克，这跟你使来复枪可不同。只有一发子弹，指哪儿打哪儿；只要你指的地方对，这是唯一需要你做的。枪的话题就到这儿吧。

我这里有台无线电，白天夜里任何时候我都能听到鲁迪·瓦里，那什么也不是的歌手的声音——记住我在口授此信——歌声轻微，唱的是《大蓝队》。无线电最喜欢播放这个，此外还有地方广播公司播放的唱片，他们称之为广板。我想那是韩德尔的作品。

对面有一个俄国人，他被射中了大腿；也是对面，还有一个墨西哥人，胃部被射中了。俄国人一开始还呻吟不止，现在则安静了。而那个墨西哥人插着三根管子，管里流出高级别的脓，质量好得很呐。今天有两个墨西哥人来看他——其中有一个丑陋不堪，从没见过这样难看的。他们也来看我，我拿瓶子装的苏格兰威士忌给他们喝。两天前我喝了三口，它差点没要了我的命。接着是两口黑麦威士忌，不坏，毒性也不大；但看着恶心，绿了吧唧的。他们答应明天来看我，给我带本城最好的啤酒——那得是从苏格兰威士忌里醒来才行。[2]

你夫人阿达好吗？你的孩子们好吗？邦姆比安全回到巴黎了。帕特里克说他父亲不爱他，因为他从来不去看他。他们学这法国思维可真快。

这里是威尔·詹姆斯[3]的属地。来看你的人，除了那两个墨西哥人（谈到收音机里有几根管子），都跟你谈威尔·詹姆斯。他们觉得你跟一个作家谈论的话题必须是另一个作家。我曾经在斯科瑞布纳见过威尔·詹姆斯，他衣衫不整如书页折角虫蛀，眼光躲闪，假模假样学C. W. 拉塞尔，后者倒是真正的牛仔艺术家。然而，我不想讲当地小伙子的坏话，于是数小时大谈威尔·詹姆斯，并且打算做得彻底一点。下次有任何人来，我打算声称自己就是威尔·詹姆斯，并送他们一本签名本《烟雾》，那可是小子们的经典。

你自己过得怎么样，麦克？当然，埃兹拉是个蠢驴，可他写出了非常可爱的诗篇。我想他不至于跟我找嫌隙，因为他写信来跟我讲了对我上一本书是多么的看重。那口气是说只有另一个作家他有同感。除了写诗，他的任何文字100次有99次都自闹笑话。写诗时则100次有40次犯傻。不过，他的好作品句顶句比［辛克莱·］刘易斯博士更值诺贝尔奖。[4]在我看来，这打击不小。因为，我总认为诺贝尔奖是等你胡子长了白了才得的东西，等你把孙子哄过“魔鬼岛”后才得的东西。我现在知道除非你得了胆结石开刀，否则什么也得不到。诺贝尔奖和其他奖项之间的区别在于诺贝尔奖金更多些。所以，也许我们得不到什么奖，麦克，除了得一个坟墓。希望别在我们老到屁股都擦不动了的时候他们才给我们奖——甚或相互擦屁股都擦不动了的时候——万一到时他们隔离了所有作家呢。

《永别了，武器》开场那晚有15次谢幕，却只上座三周；我知道谜底了。喜欢它的人要么想跟安德斯先生睡觉，要么想跟兰蒂小姐睡觉。

我会把这信寄到康威，虽然你的信是从法明顿寄来的[5]。因为，我不知道你法明顿的地址。* 问候阿达、米米和你。

Pappy

（此信藏国会图书馆）

[1] 11月1日一场车祸后海明威住进比林思圣文森特医院。

[2] 鲁迪·瓦里、俄国人和墨西哥人都出现于《赌徒、修女和收音机》(《赢家什么也吃不着》1933年版)，最初刊于《斯科瑞布纳杂志》第93期(1933年5月)。

[3] 詹姆斯(1892—1942)是个多产作家，写牛仔故事；他还是个插图画家。

[4] 辛克莱·刘易斯1930年获诺贝尔文学奖；11月5日他的出版商举行了一个记者招待会。

[5] 康涅狄格州法明顿，阿达·麦克莱什家所在地。

* 应宝琳电邀，麦克莱什飞往比林思：“我一生中最揪头发的一次飞行——结果发现欧内斯特躺在床上，一脸黑胡子，对我[来此]的动机满是怀疑，最后确信——或如他所说——我是来看他死去的。”(1963年8月9日麦克莱什致卡洛斯·贝克)。

致盖伊·希科克

1930年12月5日，比林思

亲爱的格罗斯：

啊格罗斯，读到你成功地让法国人智穷，又可怜他们自相争斗，当然是件令人满意的事情。我常想，假如是你而不是我们住在费露路6号，就会令“德·朱文纳伊”花费上百万法郎拿下这产业。如此，结果就会是他根本不娶那寡妇，只是把旅馆交给希科克，以这最轻松的方式摆脱这可怕的买卖。在外交政治里法国人总是被人玩弄，任何政治人物都能让他们智穷，此况一成不变。而你，格罗斯发现了这个秘密。假如你大规模操作，而不只是做点小家子交易，到目前为止你就能把所有的法国人都赶出这个国家。我们也许就能让埃兹拉·庞德回到巴黎来住。诺贝尔奖本可以颁给埃兹拉·庞德和《尤利西斯》的作者的，却给了辛克莱·刘易斯，真是让人觉得恶心。或者诺贝尔奖本该代表在美国的或者在别的任何地方的瑞典生活方式的方方面面最佳者。所以他们把奖颁给了刘易斯？啊，我想我们该谢天谢地他们没有把奖颁给亨利·范戴克或者威廉·莱昂·菲尔普斯。我肯定他俩都认为自己在排着得奖的队呢。德莱塞的威胁也消除了，尽管两个作家比较起来，德莱塞比刘易斯远更该得奖。在我看来，诺贝尔奖和其他奖项的区别似乎仅仅在于钱数。既然所有奖项都扯淡，除了数目大小，奖又有什么差别呢。虽然如此，去年他们把奖给了托马斯·曼。当他们把诺贝尔奖给了叶芝的时候，我真高兴。

假如这封信打字整洁，又假如这封信拼错字了，你希望我知道；再假如你发现这信里有女性理解人的笔触，那是因为这封信是宝琳打的。我们在过去的五周里一直住在蒙大拿比林思圣文森特医院；希望下周能离开此地到皮戈特。糟糕的路况和周六夜行司机给我带来点小灾难，有六天了。大夫给我的上臂做了手术。钻了个洞把骨头绑在一起，然后用袋鼠腱抽打末端，胳膊里面看上去像鸵鹿的身子组成部分，你得扔掉的那部分，你给它开膛破肚后人不能消费的那一部分。现在全好了，除了感觉沮丧，开始时疼得厉害。六个月内总会好的，要么就好不了了。骨头愈合很好，大夫把它固定直了，任何麻烦都只在神经末梢。

我们上半年从这里前往皮戈特，然后再去基韦斯特。也许春天在巴黎会见到你。我的关于斗牛的书写了四分之三了。估计我们五六月份去马德里采集插图。圣诞节前把初稿拿出来。为帕克斯［·伊斯特］或勒·特里尼特［欧内斯特跟我说怎么拼写帕克斯，因为他以为我可能把作曲家帕克斯的名字写上了。你看他多信任我，在床上还跟我争执呢。][1]写的书就要完成了。

阿肯色平均一天倒闭63家银行。比林思这里因为甜菜容易挣钱，倒是很繁荣。美国别的地方的人都失业了，包括写此信的人。假如你想知道我受伤翻的是什么车——就是那辆我们在波尔多放上船的车，我们从庞朴罗纳开着出门的车。假如你在琢磨进入戏剧行当，愿意提议我得750美元预支稿费（《永别了，武器》），拿到这慷慨报价的［保罗·］雷诺兹得75美元预支，受雇审查雷诺兹先生各项活动的律师得102.50美元，戏剧家古尔德拿18左右（同时还有几项我不愿支付的评估之类）。加上点别的，我们就买下咱的贝弗利山豪宅。按照制片人、处理钱的事情的雷诺兹先生、受雇审查雷诺兹先生的律师的说法，这个剧从未付过预支稿费。另一方面，电影制作权卖了80 000美元。其中，谈判中一点角色没扮演的雷诺兹先生很知足于200多美元的谦虚收入。把剧本弄得够长并把它卖给电影院的伍兹先生，以及将本子逐句写成戏剧台词的斯道林先生，各得24 000美元；海明威先生也得24 000美元。如此他的朋友、亲戚和家属以及比林思医院听到消息皆大欢喜。

万一这封信语气不甜，那是因为它是听写的产物；手持钢笔、铅笔或者玻璃杯，我脾气就再好不过了，人人不及我（海明威太太也许不愿打这个）。一口授这个，让人想起老普里·德里维埃拉，独裁的痛啊。假如你听到谁在报告说我们在支持左岸杂志，你就把报告人毙了，不管是谁；就当练靶子吧。我们什么也不支持。我们在中西部卧床淘金，结果没有发现金子。几个星期前，这里的人不再写报道了，因为他们心里有数，要不是简单而小的事情如胳膊受伤，我们早就乘船离开此地了。连《比林思报》都派了个记者来，结果发现这个叫海明威的家伙在医院里不过是有条骨折的胳膊。《比林思报》上的这篇报道说他进来的时候一定样子可怕，肝硬化，也许。啊，格罗斯，知道你对恐怖的细节感兴趣。你看见人家摘除肿瘤就产生快感，不管你认不认识人家。让我告诉你吧，肱骨断得干净，我的胳膊弯曲自如，关节摸到了肩膀，海明斯坦自己就将它归位并把它放在膝盖之间，又车行22英里到达比林思。你可以在皮肤下面看见骨头尖。不过，有创骨折是避免了。正骨之事进行了三次。两端不黏合，因为肌肉老让它们错位。手术进行了两个小时，刀口有九英寸半长。备用腱肌肉的袋鼠是心满意足的袋鼠类。受伤的胳膊是右胳膊。我相信给你写的已经够多了。也许太多了。家人不希望人送花环花圈，所以请你别告诉迈克阿尔蒙先生和卡拉汉先生。无论你写多少信，都请寄阿肯色州皮戈特，前银行业地带的核心。信准能收到。只要海明威夫人伸出援手，你的信就有机会得到回复。

问候你、玛丽，祝你全家好运。我仔细端详过阴险狡诈的前旅馆门房，他们或是饮酒过度或是别方面纵欲过度而颓唐。他们甚至小声把希科克的名字吹入几个人的耳朵，想让他们吃惊地承认他们是你的父亲。不过，迄今在这伟大的西方国家，没有人承认此。然而，我们在勤勉搜索，上半年会把开销账单寄给你。假如我能找到你老爸，你会拿他怎样？

再见，格罗斯。宝琳和我都问候你。

欧内斯特

（此信藏普林斯顿大学图书馆）

[1] 宝琳插入此注。

致亨利·斯特拉特

约1930年12月15日，比林思

亲爱的迈克：

随信附上给《队员》的支票。非常感谢支付这笔稿费。他们曾寄给我一张收据。

看样子得1932年了［非洲之行］，孩子。我到基韦斯特就会知道了。不过，大夫说神经功能恢复得六个月。假如它自己不恢复，可以通过手术来恢复。手术要来得快一点，当然啦。我的腕现在还完全处于瘫痪状态。一直疼得厉害，就像埃兹拉描写的那种地狱般的疼痛。可是自11月初以来，它就丧失了功能。技术上讲，所发生的就是骨头两端彻底断了后，胳膊自己弯回去了，神经被抻，结果就不管用了。今天，他们拿个镜子弄来弄去，把夹板去了看看，发现骨头长得很好，很直，开始结实了。二头肌和三头肌之间的刀口足有九英寸长。啊，见鬼，现在讲话、思考、写作或者口授别人打字都让我烦；有这刀口看着就更烦。

我痛恨把宝琳弄这打字机上敲字。你能不能把这封信寄给查尔斯，让他看里面关于武器的一些信息。我收到布拉醉人的信，他说一定是喝了劣质酒，因为自己倒在门口；不过感谢上帝他没有伤着胳膊。他建议我们都小心点，今年死的人多，这些人从没死过。

啊将军，这里没有什么更多的消息了。我希望你看到麦克拉宁和佩特罗尔的拳击赛了；我自己是把最后一百块钱拿出来也愿意看这场拳击。

一周内我们也许离开这里到皮戈特去；年初前往基韦斯特。希望你和阿奇能有机会打猎。假如他要双筒枪，就让他去弄吧。我不在乎人用什么枪，只要他们学会用就行。我觉得用什么枪没什么区别，只要不是太轻的变态枪。枪太轻容易反作用于你自己，也不容易举。我们提供分量重的枪的携带夹具。

我当然欣赏你写的又好又长的信件，因为信件是这里唯一让人激动的东西。你注意到了吗？胡佛现在热衷儿童福利，正让白宫充满孩子们的脚步声。他们无疑是想把他塑造成伟大的人道主义者——不只是斤斤于经济问题。他的喉舌开始把失业的人说成闲散人员，我看出来是怎么回事了。啊，你的老朋友海姆就是失业人员或者闲散人员。医院里的人都对我说，我该把这个看作是休长假。

我想象麦克西大大地欺骗了我；不过，那也许是我头脑处在死亡的状态。

问候玛吉，宝琳和我也问候你。耽误了非洲之行我真是抱歉。假如我提供的情报没有让你便秘，我当然愿意成为情报虫子。我只有五天的情报。他们害怕我太喜欢玩情报，可我感觉太好了；玩情报的好感觉是传递手段的感觉好，而不是积极寻求快乐的那种感觉好。你在疯人院就只能整夜躺着无所事事，想着老麦克斯（你信任他就像信任查尔斯）欺骗你。这大概都是卧床的毛病的表现。再见，迈克。记得替我问候失业俱乐部的所有哥们。我想听听比林思无线电广播一小时，就像斯特拉特在斯特拉特鼻烟狂欢节上吸一小时鼻烟。我想我跟你说过，这是吸鼻烟的绝佳之地。[1]

海姆

[1] 斯特拉特的祖父建立了世界上最大的鼻烟工厂。他的父亲在路易斯维尔运作斯特拉特兄弟烟草公司，专业制作口嚼烟草。（见 1980 年 4 月 4 日斯特拉特致卡洛斯・贝克信）

致麦克斯威尔・帕金斯

1930 年 12 月 28 日，阿肯色州皮戈特

亲爱的麦克斯：

圣诞前夕到达这里，仍感觉无力。希望 1 月 3 日能离开此地前往基韦斯特。谢谢你的来信、电报和寄来的漂亮书籍。我写此信是跟你讲讲阿奇・麦克莱什。他因自己的缘故要离开霍顿・米夫林；哈尔考特・布瑞思、哈泼斯等给他开了条件。在我的建议下，他愿意来斯科瑞布纳。我想他无疑是美国写诗写得最好的人。他有着最大的前景。目前他正写一首长诗叫《征服者》，是关于墨西哥克尔特兹人的；要写一阵子呢。等写完了你可以安排出版。你可给他写信，信寄到纽约《财富》杂志收转阿奇巴尔德・麦克莱什；可约见他。你找不到这么好的名字、这么好的作家或者这么好的人列入你的单子了，不管你怎么叫你的单子。他的未来在他前方，而不是在他后方。他不好意思谈钱，就像你不好意思开价多少一样。他对钱的安排很不屑于涉及。不过，看在上帝的分上，你付得起多少预支就尽量给他，因为这样会让他开心得要命，终究你会得许多许多倍的回报，无论你给他的是多少。他已写就的诗篇从现在起能传两三百年，一如现在被人阅读。

你知道我给你推荐人是什么情形；假如是出于“好心”或者友谊我会怎么做。我一般会说客气点，别伤了人家的感情，尽量愉快地把

人甩掉。这次推荐阿奇可不一样。他是目前你能得的最好的诗人筹码，假如你选择全面出击选题的话。别让埃德蒙·威尔逊跟你说不是那么回事。我在上帝面前跟你承诺。别人在停滞不前或者倒退，他却在稳步前行。假如他去了别家出版社，那才是悲剧呢。

别因此以为我是为了上帝、为了斯科瑞布纳、为了耶鲁才这么做，或者受什么爱国动机驱使。是你自己对我太好，你公司卖不卖书我才不管呢。阿奇是我能为你效的最大之劳。

这信写得比便条似乎长多了。你跟威尔逊谈写序的事情了吗？我希望你及时收到了我的电报，结果你还是没有及时收到。假如我不是经常发热，一会儿这个一会儿那个，我就不会留心，无非是亲自登记一下留作他日参考。啊对了，一个叫格里高利的家伙，比林思报业里的人，给你寄了本小说，我对那里面的内容一无所知。他人不错，我看着很随和。我希望你能好好看一下。然后给他写封信。我期盼 3 月在基韦斯特见到你。假如江纳森·凯普来，问起我下一本书，别跟他说任何东西。就跟他说你只知道我受伤了，书快写完了。上帝啊，我的确快写完了。你来基韦斯特，我给你看部分手稿，假如你愿意看的话。同时，你是个很好的小伙子；那就别在“联邦鸟类避难所”射杀任何种类的鸟儿。

你收到此信的时候，转寄部门也许开始转寄我的邮件往基韦斯特了。希望我们在那儿收到邮件。我大部分时间还是卧床；但有赖基韦斯特把一切修复好啰。

一如既往祝你好，

欧内斯特

（此信藏普林斯顿大学图书馆）

致阿奇巴尔德·麦克莱什

1931 年 3 月 14 日，基韦斯特

亲爱的阿奇：

我们刚从托尔图戈斯回来——13 天——只有 3 天好天气，余下 10

天刮风——抓了大约60条大月鱼——还有许多黄尾、红鳍笛鲷、石斑鱼等。我拿钩子钩了些月鱼给了别人。胳膊好了。这封信就是好了的胳膊写的——还行，仍有点困难。能用这条胳膊抓点小鱼。

没给你往蒙大拿写信，因为我想你还没收到信就要回来的。接着是发现你从那儿寄信，真遗憾你去那儿的时候没给你往法明顿写封信。

看啊——我们在查尔斯［·汤普森］家（他坚持这么做）为你准备了一间屋子（安静）——假如你不想要帕特·摩根家的［另一间］——或者楚布[1]住的那房子——查尔斯的房子和楚布住的房子都不错——查尔斯的不收钱——楚布那地方一周5美元。亨利耶特（饭做得不错）。昨天天气变好了变暖了。你什么时候来，能呆多久？现在正是钓鱼的好时候——大海鲢鱼开始上来了。湾流那儿还有许多鱼。狠扔了30只练靶子的泥鸽，打中27个。左手举枪抵住右肩，右胳膊扣扳机——每次都得抬胳膊。还用左手拿手枪打了两只燕鸥。爸爸又吹牛了。

凯若丝［·克洛斯比］把《1500年来的自然［死亡］史》拿去我高兴。[2]你来时也可一读此书。我没回信是因为我既不能写东西，也无法通读一过——我会给她写信的，很快。你传来的墨菲家的消息很好。我们昨天收到他们的电报。你来后跟我讲讲一切细节。宝琳问候你。我现在健壮得像头猪。Dans la vie il faut d'abord durer.［人在生活里先得持久］。写不了法语，原谅我信写得这么烂。手还是比眼睛慢。

很高兴听见瑞德［·辛克莱］·刘易斯人不错——我们死后都会成为伟人的，都会被虫蛀光的。我希望你的那位熟知你的波德莱尔：Les morts，les pauvres morts ont de grandes douleurs.[3]我也想成为伟大的作家，但也一样感觉难。一个手射击都令你的胸腔全然变色——永远也成不了伟大的作家了，但我对基督发誓，我的射击水平很高。一只手射击跟埃德加·史当东比，一个目标能得20环，并且还赢了两次——当然也输过两次——打平手一次。打过9x10—9x10—7x10—9x10—8x10—6x10。最后肩膀酸疼。爸爸真会吹牛。爸爸爱你。我们

5月离开此地前往西班牙。

(此信藏国会图书馆)

[1] 蒙大拿州瑞德劳吉的楚布·韦佛在基韦斯特度假。

[2]《在我们这个时代》是凯若丝·克洛斯比的黑太阳出版社出版的(巴黎, 1932年6月)。

[3] 见《恶之花》"幻想的爱"("L'Amour du Mensonge")。

致F.司各特·菲茨杰拉德

1931年4月12日,基韦斯特

亲爱的司各特:

我俩都很难过泽尔达情况这么不好。我早就该写信了。我向上帝祈祷让她现在好转,你也好。我知道你也遭罪了。我们表示十分同情。

除了这只胳膊外我一直过得很愉快。11月1日事故发生前我一直写书写得很顺利——自那以后一行都没有写,直到本周。现在身体很好,会写得顺利——胳膊神经恢复了,瘫痪的日子一去不复返了。

我们5月出国。我会在西班牙写一整个夏天,把书写完 [《死在午后》]。很期盼见到你。假如你还在瑞士,秋天就去那儿见你。我们可以不穿上衣骑摩托车游。我没有和阿兰 [迈克尔·阿伦] 或别的小伙子们保持联系。你可以给我写一份有文化含量的小伙子们的近况。我在纽约的私家侦探向我报告说你现在是个很严肃、很勇敢、很庄重的公民。这一切在我眼里都是马屎。于是相应地削减了我的私家侦探的薪水。请代我问候约翰·毕肖普,在你见到他或者给他写信的时候——我愿意给他写信,可只能写400字左右,否则胳膊就脱臼了。我把这400字左右算入削减欠麦克斯的国债——反正是要给他写信的——胳膊好得很快。

你也像邦尼 [·埃德蒙] ·威尔逊一样成为共产党了? 1919—20—21年我们都成了被收买的共产党员时,邦尼和那些家伙认为纯属扯淡——事实证明的确扯淡——可是假如每个人迟早都要经历政治或宗教信仰呢。我个人觉得情愿早点经历，把幻想丢在身后，而不是放在面前。

啊菲茨，我们可是渊博的人啊，我们码字的孩子。

随函附上最近的护照照片。去年夏天马术不佳，盘［脸］上挂彩了。照片能显示的。

一如既往问候泽尔达。告诉她，别感觉跳舞越发不好。无论怎样，她学跳舞学得太迟。你是6岁就开始跳舞了；譬如斗牛，也得这么早才能跟得上。她也不愿自己晚学，成为芭蕾里的悉尼·弗兰克林。不是吗？你是了解我们文字贩子的，菲茨——总是给人宽心丸吃，另一方面却自顾不暇我们自己的麻烦。

基督啊，我现在唯一的麻烦是去弄笔墨（铅笔也行）纸张，另外加3个月晴朗的天气，让我写书其中。不过，想象一下，所有麻烦都会迎刃而解的。

再见司各特，我们俩问候你俩。

欧内斯特（发现库洛·卡利约的人）

你的“前海军陆战队队员”好写不？

我很难过你去美国办这么伤心的事情。希望读到你对此行的叙述，是写成书的东西，而不是邮件。记住我们作家只有一个父亲和一个母亲赴黄泉。别浪费了这么好的题材。

(此信藏普林斯顿大学图书馆)

致瓦尔多·皮尔斯

1931年5月4日，海上

亲爱的老瓦尔多：

谢谢你发来电报，奇科——真希望你也在这船[1]上跟我们一起去西班牙。

旅途看样子是枯燥得很了——迄今同船的都像司铎。希望你和阿尔奇拉都好，双胞胎也好。

我们买了基韦斯特灯塔对面的带铁栅栏和阳台的旧房子。[2]阿尔奇拉知道我说的是哪一座。

我会从马德里给你写信的。巴黎的“保证信托”会转交信件给我的。我最近写作很烂，是因为该死的胳膊不行。刚摆脱瘫痪班3周。

现在绝对没问题。

一如既往祝你好

你的朋友

欧内斯托

(此信藏柯尔比学院图书馆)

[1] 荷兰—美国航线“S. S. 沃楞丹”号。

[2] 基韦斯特怀特海街907号这所房屋是在宝琳的叔叔戈斯·费佛的帮助下买的。

致约翰·多斯·帕索斯

1931年6月26日，马德里

多斯：

后天选举，此地沸沸扬扬——900多个候选人，右派不足100人——23个不同党派——共和派获大多数选民支持；他们以不同的颜色出场，有红色共和党人，有白色共和党人，有黑色共和党人。

政府振振有词地不再管科鲁纳-奥朗思铁路的事了（机动卡车和公交车把铁路给灭了）。结果，加利西亚人宣布成立加利西亚社会共和国（直到政府再管铁路的事情为止），打算在选举日施行大罢工，不去投票。

安达卢西亚开始进入沸腾状态，不过不会沸腾过头，得先看看柯尔蒂斯的情形，看看土地分割会到哪一步。工人委员会把所有收割机都给禁了。

（你看这跟俄罗斯可不太像。）纳瓦尔竭尽全力支持艾尔·克里斯托·雷——一个高级教士从公交车顶枪杀好共和党人是寻常不过的事情，卡尔摩罗修道院修士踢倒鼓动家也平常得很。两周前在庞朴罗纳斗牛场就聚集了23 000名纳瓦尔人。他们热情支持唐·雅米：他承诺一手拿剑，一手拿十字架越过比利牛斯山，胸口戴着耶稣圣心。[1]

他来西班牙时还籍籍无名；发誓要成为纳瓦尔的王和信仰的捍卫者，对唐·卡洛斯的圣树起誓。此人现在贝昂尼——一切都是在贝昂尼导演的。

加泰罗尼亚正等着做买卖。

马德里热爱共和党——一旦任何共和党人取得政权——雷诺克斯之流，他们从左变成右比法国政客还快。

国王是彻底出局了。

拉蒙·佛朗哥之流是一群疯子，正被人开除出党呢。他们的大野心就是“风月”革命（cuatros ventos-ism），谁在台上就反对谁。

礼拜天也许证明我的看法都是错的。我正打算寄给你一大堆报纸，供你如厕时阅读。我近来保存了一些有内容的。《自由解放报》现在成了《时代报》了——结果我的所有哥们都欣欣向荣了。一直拼命写作，直写到热得要命的42度—46度，即便是遮阴下也是这温度！我密切关注着政治，看见了一些有趣的东西。

大多数牛展都很烂。目前共和国都支持养牛，可养牛的人却把该死的牛都要毁了。

你到底过得怎么样？我们在这里可过得快乐。共产党人根本没有钱——否则可好好表演一下。安达卢西亚除外——去年庄稼收获季节如在阿肯色州一般——很少有人没活干。

马克思式的革命机会等于零——尽管如此，恐怖活动或可一见。

假如最坏的事情还是变成最坏的了，第一共和国的历史可能重演。

宝琳、帕特和邦姆比都好——打算带邦姆比去庞朴罗纳。哈德莱也好——我去巴黎看了她和邦姆。

给我写信，要什么跟我说。

我们俩在这里生活得很好，每天才花3块钱。现在是有钱的话就去买东西，时候好啊。你去过西耶拉德格雷多斯吗？巴克德阿维拉是座美妙的小城。我们在那儿时射杀了一条狼。熊掌钉在教堂的门上——鲑鳟鱼好——托尔美斯河流向萨拉曼恰——野山羊。比鲍廷斯吃得好——同样的碗碟——醉人的干净的大屋子——没有臭虫——聪明得很啊——人也好，都好——圣胡安维尔班纳第一共和国加里波第的旧旗帜——这一切 8 个比塞塔一天。

你在西班牙可是伟大的作家——假如你肯归化，凯蒂就成了大使夫人，你想前往哪个王室都行。他们都认为我在胡说，因为我跟他们说我是你的朋友。没有人读《曼哈顿［中转站］》在 4 遍以下的。尽管有描述性导读，可人还是觉你是个老头，跟乌纳木诺差不多年龄——否则你怎么会有时间如此了解基本的东西，又有那么多经验？我对上帝发誓，他们认为我是声称认识斗牛士的人里的一员，因为我说我俩是哥们。给我寄一本书，里面写上温暖的题词，否则我就因强说自己怎样怎样而受私刑——他们可爱私刑了。

写信报告消息。宝琳和我问候凯蒂。你的永远的，海姆。胳膊瘸了，但还可效劳。

（此信藏弗吉尼亚大学图书馆）

［1］庞朴罗纳集会：第二共和国（1931—1939）的反教会之举促成了西班牙王室正统论复兴。王室正统派在西班牙内战中追随佛朗哥。

致艾迪·桑德斯船长

1931 年 6 月 29 日，马德里

亲爱的布拉：

我们都很好。希望你和你妻子和安妮［女儿］也都好。这里的一切现在都很有意思。所有的东西也都很便宜。好酒只有 7 分钱一夸特。Pena 卖的那种 3 块钱一瓶的酒，这里只卖 25 美分。

天气一直很热，不过我一直很卖劲地工作。最近几天太热，什么也干不了，只有在遮阴的地方喝啤酒吃虾。

斗牛赛很多，不过都不怎么样。

我会在9月把钱寄给你，数日子指望着吧。你帮我把引擎外壳涂上油好吗？在管子插口也涂上油，省得长锈。查尔斯知道在哪儿。

假如你去打捞沉船的私酒，我祝你好运。我在哈瓦那赌斗鸡赢了点钱，在船上打扑克掷色子也赢了点。这次旅行没有晕船——从哈瓦那到威戈用了12天——最后6天很不好过。

在西班牙—法国边境见到宝琳。去巴黎见邦姆比。他们都很好。

国王是不会回来这里了，不过他们手上自己的麻烦不少。

当然希望你在这里，下午能一起去看斗牛——再带你四处走走。

替我问候你妻子朱莉娅，问候安妮。祝你好运。

欧内斯特·海明威

宝琳问候你们大家。告诉查尔斯，我之所以没写信是因为我在拼命工作，太忙。

（此信藏普林斯顿大学图书馆）

致瓦尔多·皮尔斯

约1931年11月1—12日，密苏里州堪萨斯市

我亲爱的瓦尔多：

你怎么样，爷们？不见你可真不好过，你个生双胞胎的家伙。[1]你既然知道自己有弄双胞胎的睾丸，看在上帝的分上，撇开家庭生活，今冬来基韦斯特，我们就又可以去托尔图戈斯了。宝琳和宝宝一旦能旅行，我们就从这儿前往那儿。假如这孩子11月15日出生，我们就圣诞节前去。无论怎样，会呆到5月。你3月份来吧，我们去托尔图戈斯。我们发现那些该死的大月鱼后你还没有去过那儿呢。真遗憾在纽约我们没有聚一聚。

大夫们都说这又是个男孩。所以，你还是少作预测吧。我很想要个女孩，但迄今合法的、私生的都没有；所以，不知该怎么办才行。也许麦克斯能支招。

你现在体重下降到195磅，真不错。我那该死的鳍瘫痪8个月左

右，无法做任何运动，拿重东西时晕得像头猪喝了啤酒。体重穿衣时曾经达218磅，现在是穿衣211磅。想象一下200磅左右时的身体吧，即便是不穿衣服。一旦我们生了这孩子，去了基韦斯特，我打算恢复一下体型。现在是拼死写这书［《死在午后》］呢。得住笔去接着写书了。所以我不经常写信。

我俩都问候阿尔奇拉，也问候你这不合格的一家之主。你把事情理顺后，要是不在3月把家里的摊子丢开，给我来这里过一段往日的生活，你就不是个东西。

无论怎样，同时要祝你们好——这破打字机跳字跳得像个打磕巴的满嘴讨好的话痨黑鬼。

西班牙革命后很好。春夏两季都不错——真遗憾把“北极雁”［点心］丢下回到这里。

给布拉寄了点钱让他把船底换一下。你在那儿时他们都喜欢你。假如跳进船里袭击我后背正中的大海鲢袭击了阿尔奇拉的大腿，你就不会有双胞胎了。好吧，再见，奇科——假如我不写信，是因为一整天写完那该死的书后人都该死的筋疲力尽了。

我们爱你们

欧内斯托

(此信藏柯尔比学院图书馆)

[1] 此信开头用西班牙语。皮尔斯的第三任妻子阿尔奇拉·伯恩刚生了对双胞胎迈克和比尔。

致保罗·罗曼

1931年12月9日，堪萨斯市

亲爱的罗麦恩先生：

我不记得你问的那首诗了，所以无法同意。[1]不过，假如你航空寄我一个副本到这个地址［沃德大道229号］，读后我就给你答复——前提当然是要注明出处：出版的时间地点。假如太不堪，我就给你发电报说“不”，你就知道我的意思了。

祝好，

欧内斯特·海明威

（此信藏普林斯顿大学图书馆）

[1] 罗曼正准备把福克纳早期作品用《萨尔玛艮第》标题再印一次（1932 年 1 月出版）。这些作品大抵源自新奥尔良《双面人》杂志（1922—1925）。海明威的小诗题为《最终》（《双面人》第 3 期[1922 年 6 月]第 337 页）。

致亨利·斯特拉特

1931 年 12 月 10 日，堪萨斯市

亲爱的迈克：

真高兴得知你旅行这么愉快。我希望玛吉没事，如此你不久就能来基韦斯特了。假如这里一切顺利，我们就在圣诞节前去那儿呆一周或者 10 天。

我已经写完了那本书，就剩扫尾工作了。我想你会喜欢这书的。在基韦斯特把它抄出来寄给麦克斯——会给你一本读的。

格瑞格一个月时体重 10 磅半——不胖——健壮——这小混蛋严肃得很。[1]

才去了皮戈特打鹌鹑一周——打得过瘾——三次一枪三只——一次一枪四只——树林里的四只啊——跟着它们到了玉米地外——在茂密的丛林里打了两只——树上挂着藤和欧石南。第一只径直跑了——看不见它倒下——第二只我是把枪抵在肩上打的，又是转身又是摇晃——把枪晃得跟干草叉一样——枪托抵着我的肚子。我在捡拾第二只的时候，狗把第一只捡拾来了。宝琳的弟弟［卡尔］亲眼看见的——树丛太密，想快速把枪弄肩上都难。很该死，但打鸟还是很好玩呐——有时一群一窝的，让我难以下手——假如你把一群里的一只打下来，就觉得打了不止一只——把它瞄了，接着就把另外几只也瞄了。在高高的玉米地里朝一群鸟儿打一枪以上，或者别的情形的一群鸟儿被打了几枪，你就看不见它们上哪儿去了。

找个秋天我们一起去打猎。两个月里你每天可以选不同的地方打。玉米地里有许多豆类可以吃。两年干旱，鸟儿们够苦的了——缘于此，我从不过分——就打 12 只——一天发现 7 个鸟群——本可以射杀许多的。我用的是勃朗宁 16ga。

听啊，你干吗要把牛拉出来？何不在杀它的地方就把它宰了——把肉挂起来，能打包的就打包——我们就是这么干的。把头、皮、肝先带回来，然后再去取其余的。干吗把整头牛带上走啊？一头好公驼鹿就重达 1 200 磅呢。你怎么拖到营地啊？

6 月头两周到劳伦斯那儿 [诺德奎斯特那儿?] 春猎打熊怎么样？熊一个冬天都在长膘——然后把憋的玩意拉出来，这时我们就好打了——你可以试试你的大枪。豪尔·史密斯借了我一把毛瑟 10.5，他说绝对是把好“水牛”枪——他曾用它打大象，但又说打象小了点儿。

这里野鸭的季节来了——30 天——他们猜错了——天气变冷之前都有野鸭——一次打了 3 只——另一次 8 只。天一冷之后野鸭就没有了，野鸭整日整夜都能飞——还有许多野鹅。

戈斯叔叔买家具回来了，他是给新公寓买东西呢，新房在 [纽约市] 帕克街 770 号。他们搬进去了。你何不去看他们？

阿奇在萨利文街——你可以通过《时代》杂志找到他。

剖宫产子很危险，也很昂贵，并且困难。宝琳每次都得经历此难，真不好受。

我最近在这里打活鸽子。从 30 码开外打。一条线在 12 码分别布了 5 个罗网；鸽子从罗网里飞起的时候开枪。拼命地飞啊——你得双管齐下才能打着它们；得在它们飞出射程之前打——我会把打鸽子的方法副本寄给你的。大射击入门票这里是 120 美元——全套票 2 500 美元——12 月 12—13 日。

我打过的最佳成绩是 21x25。都是死在围场里的——另四只我射杀的，其中一只起飞太晚，就落在我脚跟前；另三只带着枪伤飞跑了，在围场外落下。平均成绩因此是大约 20x30。

我带吉尼出去试试也打几个——有一天我们去打猎，她打中了 3

只鹌鹑，却径直放跑了30只活蓝原鸽——27码开外。领头的要快6—12英尺，它们是往两边飞的——目前只有三个州有这东西了——宾夕法尼亚州、肯塔基州和蒙大拿州。今天下午打算出去。

好了，就到这里。希望玛吉好。希望不久见到你们！

一如既往祝你好

海姆

（此信藏普林斯顿大学图书馆）

[1] 格瑞高里，海明威第三个儿子，1931年11月12日出生于堪萨斯市。

致麦克斯威尔·帕金斯

1931年12月26日，基韦斯特

亲爱的麦克斯：

我们在这里一周了——在新房子里——管子工、木匠、生病的保姆都在这儿；一位公民在前屋整天地打着这手稿。本希望把它打完圣诞节寄给你的，现在明确年初能弄完。我真不希望了结这书——可以轻松地再写上一年——或者已经够好了；也许可以再写上一年慢慢处理。

我在床上给你写信——嗓子疼又回来了——房子真是不错；草坪也很可爱，无花果树上结着无花果，椰子树上挂着椰子，酸橙也不少。我们计划再种些酸橙和椰子。但愿你也能种一棵杜松子。小帕特里克昨天把驱蚊喷壶灌满了驱蚊液、牙粉、滑石粉；他本该睡午觉的，却喷了他弟弟一身——他醒来大哭，引起注意，不至于被喷剂淹死——帕特里克喷得很勇猛；小的越哭，他喷得就越厉害。“你想害你弟弟吗？”

“是的。”帕特里克说道。他害怕了。

嗓子疼让我头脑里充满了脓，脑子不工作了；所以信就写到这里。希望你一切顺利。

你能让零售部的人寄一本关于鹌鹑的书给卡尔·费佛吗？就是那

些里程碑式的关于鹌鹑的杰作里的一本。寄到新泽西州奥朗治市黑伍德大街249号；另外再寄一本给我。威尔·詹姆斯的最后两本书，我想是《太阳当空》和《够大了》，请给邦姆比寄去，地址和收件人写：法国茹伊昂若萨镇蒙特斯堡蒙特斯学校约翰·H.N.海明威。

查尔斯和洛林［·汤普森］都很好，身体也好。天气还没有转冷呢。还跟我们那次去"海角"时一样暖和。此季北风尚未吹，整日整夜都稳拂东南微风。

布拉把船底换了新的，把它翻了个花样修缮。是我给钱弄的。他身体也好。布尔基最近没喝酒，可圣诞夜却醉了，跑来跟我说我是他世上最好的朋友；说那次没能回托尔图戈斯都是约翰［·赫尔曼］的错：约翰跟我讲的可不一样。他们俩那次旅行都不怎么样。不过，我对布尔基说，假如他想保持清醒，就别喝醉，证明一下自己的决心，以后我就会再信任他了。这见面如旧的一幕重演。我当然不会再相信他，但他在船上却是个很好的人呢。

司各特怎么样？

有时间给我写信。看到这地方［怀特海街907号］你会发疯的。我最近没有欧洲的消息。2月本该是下一波大沸腾的时候。

你到底怎么看M.伊斯特曼的书？[1]讨论这些伟大的作家时别那么小心。你的"世界级天才"什么时候再发表东西啊？还是他太在乎媒体的看法，要不就是辜负了人的期望，再也写不出来了？我希望他写一本好书。阿奇的诗歌到了那些红头美洲鹫[2]手里我心里真不好受。

我有一套精致的理论能够解释梅毒在喜欢床上运动的作家那里生产加速的原因。不是呼吸太刺激脑子，使该作家停止运动生活，给他诸多能量（尽管有旧疾），结果他推出的能量就如同［托马斯·］沃尔夫（他的性欲从来不强）的过头能量了。要么是我的理论错了。看看邦尼·威尔逊成什么样了？

多斯离开哈泼斯去哈尔考特·布瑞思了。或者说是脱离了煎锅进了厨子的围裙。因为，他们不愿出版关于老J.P.摩根的书[3]——接着他说哈尔考特也许拒绝出版下一卷关于亨利·福特的书。说他可能最后只能在立陶宛出书了。我把他送到你那儿行吗？我第一次听说他有麻烦是在他写信告诉我换出版社的时候。他说这本新书比《北纬 42 度》好得多。

啊再见，麦克斯，祝你好运——我们有足够的箱子搬家什。现在的家比托尔图戈斯的房子扩大了许多——还有些画和其他东西会被搬进来。

欧内斯特

莫雷 · [卡拉汉] 下崽了吗？[4]下的是什么？替我向他道一声好运。

(此信藏普林斯顿大学图书馆)

[1] 要么是《爱的种种：诗篇》，要么就是《文学头脑》；两本书都是斯科瑞布纳于 1931 年出版的。

[2] 麦克莱什的《征服者》由霍顿 · 米夫林出版（波士顿，1932）。

[3] 多斯 · 帕索斯在他的小说《1919 年》里讽刺性地描绘了老 J. P. 摩根的轮廓，哈泼斯对此很不屑，因为摩根家对哈泼斯有恩。

[4] 也许指莫雷 · 卡拉汉《中断的旅程》，此集由斯科瑞布纳出版（纽约，1932）。

致保罗 · 费佛夫人

1932 年 1 月 5 日，基韦斯特

亲爱的家人：

我很粗心，没写信给你们。不过，这不是因为我没太想到你们，也不是没想过我在皮戈特度过的美好时光。那次旅行真是美好极了，我享受了每一分钟。你们对我很好，我从未度过这么美好的时光。一回到堪萨斯市，事情就复杂了；因为那几天宝琳不能出门，我们还有许多事情要办。接着是到了这里。吉尼给新房子施了奇迹，这下可以住人了。

你给我们寄了美好的圣诞礼物。非常感谢你。我也会准备点东西，让宝琳的父亲用来展示给我们的小家伙们看；他来的时候就交给他。我们 3 月份能见到你，想来就高兴。到那时诸事就顺当了。目前的情形给一个男人提供了极好的机会展示真正的指挥若定的能力，看看创作如何能完成，同时还要开手动电梯把东西运上去；还要监督水暖工，重做漏水的屋顶的工人，给房子拉电线的电工，安装水管子的人，还有木匠等。要让大夫不许爬楼梯的人不爬楼梯也在此列。此人不喜欢指挥的活儿，却因这好差事而憔悴。我为此放弃写作的那一刻，其他的就轻松多了。

加布里埃尔［孩子们的保姆］看了一眼房子就一头倒在床上不起了。她没想到佛罗里达是这个样子的。自此，她上下床是常事，就是别的事情干得很少。她先是声称不知道是怎么病的，一生中从没生过病，一天也没有。“一定是房子有问题。”大夫给她做了彻底检查，发现她被开刀过多次，跟吃和睡不相干的所有器官都被移除了。她说她在干这份活之前才生的病。她说她的大夫说她有可能再生病；去一趟佛罗里达也许对她有好处。这里的大夫说她目前的麻烦也许是吃得太多造成的。

对她照顾有加——不用做家务，午睡时间有 2 个半小时；我们几乎每顿饭都在外面吃。她对大夫说，感觉很不好，起身都难，做不了什么事情；我们对她很好，可是她还是觉得最好离自己的纽约大夫近一点。

我们有一阵子面临把她抬上楼的问题。幸运的是，楼梯太窄。于是，在书房好好修养、呻吟了一阵子后，她终于能自己安全重获床位。她头两天还真病了，呕吐，消化不良。可自那以后，病得最厉害的时候也没见她吐，也不怎么发烧。沃伦大夫和盖雷大夫都给她做了检查，看是否阑尾炎，都说没有症状。她的问题可能是老毛病附带的，外加越发肥胖所致。不过，她的主要麻烦是想家。

所以啊，想象一下吧，事情不会拖太久了。

除了写作，别的一切都好。这房子非常好并且越来越好。两个黑仆人也好；一个花匠兼打扫庭院之类，很优秀；那黑女孩在做加布里埃尔的活，也很棒。

新年头一天下午跟卡罗尔［嬷嬷］外出去钓鱼，发现湾流的鱼开始进来了；告诉吉尼。今天有北风，这正是把迁徙的鱼群带进来所需要的。鱼贩子们昨天首次打到月鱼，前天还打到西班牙鲐鱼。

宝琳因干活太多这两天卧床。假如我能阻止她干过多的活，或者能阻止她匆忙上下楼（这是禁忌之事）搬东西之类，她就没有事。吓唬她说这么干会导致她不曾经历的状况，这恐吓没用。所以，她自己小心很重要。你圣诞节写信跟她说这个，我很高兴。因为，你的信起了一阵子作用。

此事的反复是这样的：假如她匆忙上楼后发现自己在楼顶还全活，于是相信不让她这么做的人是个老保守。一个女人生产后八周内如果不小心有了什么事，那就彻底毁了。得等胎盘部位完全愈合。她们在学校就该看到展示。或者是在她们的年龄还处于能留下什么印象的时候，有毁了身体的女人向她们展示，这就能给她们留下深刻印象。

啊，海明威先生，你还有什么计划改变女性心理，请日后再跟我们讲吧。我没有此类计划，所以，就这样吧。

假如这本书［《死在午后》］很低劣，就不用把读者（假如有读者的话）拉到一边，跟他们说："你该看见格瑞高里是多大个的小伙子啊，看看我右胳膊的大伤疤。我该看看我们那了不起的供水系统。我每个礼拜天都去教堂，在家里尽量做个好父亲。"我从事的行当碰巧很难，又不好找托辞。书写得好写得坏，纵有千个理由说我尽力了，还是不能当借口：它不好就是不好。你得把它往好了写。假如一个人为了当作家（他唯一在乎的就是这个）而给自己增添重重障碍或者自找障碍，那他就是傻瓜。在家务事的成功里寻求躲避、对自己破产的朋友解囊相助之类都只算放弃写作追求的一种表现形式。好了，你就是个傻瓜，海明威先生。你又能怎么样呢。你并不能怎么样。

布拉和汤普森夫妇都好。大家都问候你们。格瑞高里体重 13 磅半。他的太舅爷爷本雅明·泰雷·汉考克现年 84 岁，那是我祖母的弟弟。他寄给格瑞格家里的谱系，这谱系能追溯到 1600 年，是家族《圣经》的抄件。加上戈斯叔叔的家谱研究，格瑞格就能追溯祖先了。不管怎样，格瑞格该能够追溯他的祖先了，胡利家追几代我们也能追几代。

谢谢你把孩子的账单寄给我。这里诸事缓慢。现在打鱼的人可以把鱼拿走了。汤普森刚建了一个罐头食品大厂子，政府就禁止古巴菠萝免税流通。无疑是夏威夷人因自己的利益而唆使的。

爱你们并祝你们新年快乐。

欧内斯特

（此信藏普林斯顿大学图书馆）

致麦克斯威尔·帕金斯

1932年1月5—6日，基韦斯特

亲爱的麦克斯：

你没收到手稿的原因是打字的人玩篮球时扭了脚踝——宝琳生病了——或者说过劳了，得卧床休息。保姆自打我们来这里之后就实际什么也没干地躺着——我呢，嗓子溃疡。不过，现在打字员把稿子打完了，我也校阅过半；假如没有别的意外，下周初你就能得到。

我写此信时彻夜陪伴帕特里克。他吃了我们估计有1/2格令的砒霜，是蚁菇里含的，就一枚蚁菇。自6点以来就一直在呕吐——现在大约是夜里11点。我们能做的都做了。向基督祈祷希望他没事。大夫说他平安与否要60个小时以后才知道。

了不起的生活，麦克斯——真是了不起的生活啊。不过，你还是会拿到手稿的。从没有怀疑过这一点。假如人家给我吃了蚁菇，你照样可以出书：找人核对一下拼写，让麦克莱什校阅清样——多斯能过一遍西班牙文拼写。假如任何坏运气落到我头上，无非是出书时插图少一些。别弄彩页——把所需费用给宝琳。宝琳会挑选插图并写简短说明。我先寄给你手稿词汇表和附录，其他的就来。

水暖工——铺设房顶的工人——安帘子的工人——电工等等等等，简直让你发疯。自我开始写这本书，无名指就有创骨折——在那次打熊的过程中又被通身撞击一回——面部里外缝了14针——腿上扎了一个洞——随后是右胳膊——肌肉扭曲瘫痪——右手3根手指断了——左腕和左手缝了16针。在西班牙时眼睛弄得一团糟——现在戴眼镜。眼睛瞎掉之前干活不能超过4小时。宝琳二度剖宫产。等等等等。

司各特则是老婆疯了，比我还糟糕——糟糕多了。《太阳照常升起》期间就够多麻烦的，《永别了，武器》期间——除了帕特里克出生外，唯一的事件是我父亲开枪自杀，我又有4个人要养活，又有按揭要支付。接着是某些屎脸评论家写道海明威先生退回舒适的书房去写沮丧绝望——我写的是沮丧绝望吗？我不知道。

外面的风刮得很凶——从东北方刮来。首批月鱼来了——还有鲐鱼。查尔斯［·汤普森］和我礼拜天打了14只沙锥。今年此地是鹤的世界。查尔斯和洛林都好。布拉也好。布尔基圣诞夜喝醉酒来我这里，说他如何如何戒酒来着——我是不是写信告诉过你这个？

那鹌鹑书真是里程碑，不过有点枯燥。细嚼慢咽里程碑式的书。最近回避史诗叙述类书籍。所有能画伟大大幅画作的画家都能画伟大的小幅画作。

再见麦克斯

欧内斯特

［又及日期为1月6日上午9点］未睡，陪伴帕特到4:30。他好多了。该没事。刚收到你的电报：安·瓦特金斯传话：米高梅接受了。请替我谢谢瓦特金斯小姐，跟她说另有人找我了，但目前我太忙；忙得不能去海边。别把她的电报当成我有义务通过她来做此交易，假如我卖身给米高梅的话。他们早就来找我了。别着急——目前我不打算去——只是想立此存照。EH

（此信藏普林斯顿大学图书馆）

致亨利·斯特拉特

1932年2月9日，基韦斯特

亲爱的迈克：

谢谢你给我有用的情报。想发报但改了许多——“列奥帕德——

内罗毕——引号科学考察一个两个月最优惠价有水牛狮子也许还有大象四个年轻人 10 月初抵达句号需要你和一名白种猎人别玩花样克拉克。”

日期改变了，把克莱恩小册子里保证有的动物也写进去了。列了所要动物的具体名称，而不是一般有的叉角羚、斑马——那决定着他们该去哪儿——我无论打不打大象都想看看它——当然想打水牛和狮子。

发报的钱我来付——周末价——

遵嘱会想着带什么衣物——在内罗毕我可能会带上我的林中睡袋——我们可以配备衣物——外壳——还有倍速来复枪（二手的）。

我不想飞——万一坠毁就旅行不成了——所有的东西从天上看都是一样的——我想沿着尼罗河走会很醉人。看啊——迈克假如你有时间，请查一下海上邮船或者别的什么法国船，从马赛到门巴萨的价格是多少。我想看看邦姆比去——可以在勒阿弗尔登陆——再前往巴黎——在利普斯扬几次帆——从莱昂斯车站乘蓝色列车前往马赛——

这样就省去英格兰水路了——有时间还可以去看邦姆比；也让查尔斯看看巴黎——以及美丽的法兰西——我们齐聚一堂紧凑在大篷车餐厅里——

小子，这难道不是醉人的旅行吗？

不过，得弄清楚了，别上了去意大利港口的船，因为我们不想去利帕里——或者［挨］揍——

假如不去意大利，我们就能登上辛普敦——东方快车——巴黎——米兰——的里雅斯特——阿格勒布［萨格勒布?］——索菲亚——泼泼多泼里斯［菲利波波利斯?］——亚德里亚诺堡——康斯坦塔——穿过马尔默拉海，在埃及和苏伊士运河登岸——人们都说一路有火车了——穿越阿纳托利亚——那可真是醉人的旅行——我两次这么到的康斯坦丁堡——真是好极了的旅行——也许还越过阿纳托利亚呢——

我们可以在维也纳上东方快车，走布加勒斯特到康斯坦斯——不过我知道从马赛始发的法国船不错——英国船当然是以英镑计价的；

即便如此也不贵——可以坐“蛙”家船到苏伊士，再从那儿上“多汁儿的酸橙”前往蒙巴萨——你说怎样，将军——我们元旦才回来。

不带子弹我们也行——“运动员之家”很著名的——

关于克莱恩，唯一要说的是他的名字——克拉克说过他是否是克莱恩家族的一员吗？——德国人真醉人——犹太人可不那么好——我们可不想他结果一如哈罗德·洛布——不过还是发个电报，让我们得一语录——

我带 30.06—10.75 口径毛瑟枪——12 口径猎枪（连发）和 6.5 口径“蛮力谢尔”——还有我的柯尔特 22 口径“加利福尼亚林中猎人”——

我也许带上剑和斗牛用的红布对付水牛。你带上一个风筝，我们见到大象时好往上爬——

向上帝祈祷，希望玛吉好一点——替我们问候她，向她表示同情——不久就再见到你了——海姆。

［左边：］写作从未这么顺利——身体很好——写了 3 个短篇。

［右边：］礼拜五抓了 44 磅重月鱼一条——用活黄尾鱼。我们抓鲜鱼该破世界纪录了——也许是紫鰤——

［第一页右边：］宝琳今天离开此地前往纽约——去找保姆——两个黄了——她在迈阿密遍寻不着——去戈斯叔叔那儿见她吧——帕克街 770 号。她 3—4 天内必去纽约——

（此信藏普林斯顿大学图书馆）

致约翰·多斯·帕索斯

1932 年 3 月 26 日，基韦斯特

亲爱的老多斯：

你的书［《1919 年》］写得非常棒——4 倍好于《北纬 42 度》——那本书也就够好的了。你倒文思泉涌，还写得这么好；我害怕你会遇上什么事——吃水果时一定要洗要削皮。

现在小心一点。在第3卷里别走笔，回头把完美的人物都弄进去了——别写斯蒂芬·戴德勒斯之类——记住，是布鲁姆和布鲁姆夫人救了乔伊斯——能把这混蛋从伟大文学里毁掉的唯一因素就是斯蒂芬。假如你写高贵的共产党人，记住，这混蛋可能手淫，也会嫉妒得像只猫。动笔时保留人的本色，本色的人，人；别把他们弄成符号。记住，人类这个种群要比经济制度古老——“基督教青年会”（Y.M.C.A.）曾经是一场崇高的运动——一如循道宗——路德派——法国革命——公社——基督教——所有这一切都没有被人类经营好办好。

墨西哥的马克西米连派不值一提——第一西班牙共和国还行——结果却是一样。经营得好经营得坏结果都是暴君当政。

记住我们的主在十字架上苦熬，只是因为人们杀了他才“道成”。邦尼·威尔逊忘了基督教是从猛烈反资本主义犹太制度开始的。毁掉事物的正是经营管理之道。一切都是人做的，这是事实——只要一个单位比村子大，就不可能公正运作——你所要的又恰恰是正义——你很知道事情就是那么回子事——别让人把你吸进来谈什么经济Y.M.C.A.。

我该跟你说说这个——基督啊你比我更清楚。你现在处境不易，因为你自己给自己施加了许多压力；这对一个作家来讲很不利，就像惠特尼的东西对你不利一样。我说作为一个作家——不是作为一个人——你容别人影响你的勇气太多；可是记住，写作是世上最艰难的事情。所以，一切作品都要求点什么，或者要求有人承担责任。你现在比那些混蛋作品写得好多了，已经在最好之列——你一直处于越写越好的状态。看在基督的分上，别追求完善。保持事物的本来面目并展示它。假如你能展示事物的本来面目，你就能臻善境。假如你追求善境，你就什么善也达不到，也无法展示善。这就是你的书醉人之处：因为你抓拍了许多，通过照相机的眼——新闻胶片——画像——不过，因为你有那些抓拍，如实叙述时就不能掉以轻心。写的时候要像你别无选择——别依赖惯性。

原谅我说这些废话——也许不通得很。

我要卖劲看清样，尽量删掉你所谓的狗屎——你真好，不嫌麻烦给我指出来。[1]

上次见到你和斯塔特［凯蒂·多斯·帕索斯］真开心。宝琳身体感觉很不好。我们去了托尔图戈斯 18 天——3 场西北风，一场接着另一场。尽管如此，还是很愉快。

你的 200 元支票回来了——我收了。银行也许想用刀宰了你。别再寄了。真愿用 200 块钱做赌注，赌你该死的优良写作方法必胜。《暴风劫》卖掉了，卖了不少钱。[2]

我们这里大家都好。我们许多邮件包括航空邮寄支票都是通过“布兰特和布兰特”走沃德航运—韦拉克鲁斯的。这封信我会走美国快递公司—墨西哥城——挂号，并附上退信地址——以及一个贴足邮票的信封。我寄出支票后发电报也是走“布兰特”——复电也走他们，原电就是他们发的。

我真高兴你喜欢那斗牛的书。埃斯特［·钱伯斯］说假如对你的计划日程有利，杰克·劳森打算离开好莱坞前往东部。假如你来这里，我们就去吃虾蟹贝类，去抓大海鲢。

坎比［·钱伯斯］家里在我看来有点阴郁。可是，何不阴郁点呢?

大家都好。我们打了条 15 英尺长的锯鳐——抓了条 49 磅的月鱼——湾里充满了旗鱼。我们真愿住在托尔图戈斯。记住把天气写进你该死的书里——天气很重要。

问候凯特。大家都问候你们。基督啊——我真愿与你们这帮杂种在一起。

我们在托尔图戈斯抓过各种高鳍笛鲷——打了一群像紫鲔一样跟在船后面的——在东基浅水处把它们打捞起来——死寂一片——有重达 16 磅的——能看见它们来咬钩。

贩子们都有好日子过。

好吧，再见——

你写了本很好的书——你也该有好日子过。

海姆

（此信藏弗吉尼亚大学图书馆）

[1] 多斯·帕索斯曾写一信寄给海明威，是对《死在午后》充满智慧的评论。此信是海明威的“对等交换品”。

[2] 发表于《大都会》杂志第 92 期(1932 年 5 月)。海明威因此得 2 700 美元稿酬。

致约翰·多斯·帕索斯

约 1932 年 4 月 12 日，基韦斯特

亲爱的多斯：

我给你寄过几个邮件，都是挂号的，写的是“美国快递公司墨西哥城”收转；还寄过一封长信。假如信里写了任何文学方面的建议，你就当扯淡吧。基督知道，你比国内（或者市内）任何人都不需要建议。我在信里啰嗦说别在第 3 卷里塑造太高尚的人；看在上帝的分上，别以为我在说本·康普顿。在我看来，那是书里最好的一段叙述。非常美妙的故事。你不需要建议。

“死亡天使”干什么呢？“死亡天使”不能造访一下沃德·摩尔豪斯或者是客厅里的某些婊子吗？

埃斯特·安德鲁斯让我写信告诉你（“墨西哥城”收转）说，杰克（霍华德）·劳森离开西海岸了。不久，钱伯斯夫人又给了我相反的信息。

[坎比]·钱伯斯本人身体很好。我跟他说我的理论是：他的瘫痪纯属骗人的谎言；跟他说你是资本家付薪水的。多斯·帕索斯这条“华尔街孤独的狼”。

听着，狼，写信跟我们说说你过得怎么样。从明信片上看，你似乎旅途很愉快。

埃斯特说她怎么没有被写进你的书里。我跟她说我也没被写进去；不过，作为老橡树园的一员，我很高兴你把理查德·艾尔斯沃斯·塞维奇写成“老橙之家”来的人，属于“蓝色橄榄球队”的人。

我正拼命工作呢。每天都从清样里删除一吨垃圾，把它们撒在短吻鳄梨树周围，树将长成参天大树。第二个收获是酸橙，第三个收获

是杰彼斯金酒。

正写一本关于司各特·菲茨杰拉德的书，够怪的。很有意思，很有指导意义。打算也长一副照相机的眼，查看一番马的屁股，拍个新闻纪实短片报道你用中文唱歌、一边给每个顾客一杯热樱桃白兰地的情形。文学暂且放到它自己的脚上，或者放到该怎么说呢——孩子一屁股坐到——

我们都好。宝琳有了个好保姆。12号我们去古巴海岸；假如天气好我们打算夜里奔满月——等没有月亮可赏的时候再回来。打算呆两周。

海军部长［查尔斯·弗朗西斯·］亚当斯正要完全关闭海军大院呢——连看门的都不留。快来啊，我们偷椰子去。

写信给“美国快递公司”和“墨西哥城”，看看你有多少大好的邮件吧。

这封信我会寄到布兰特布兰特和布兰特。布兰特布兰特布兰特范多伦夫妇要来了。高兴起来吧，伊萨贝尔·佩特森，你不能来，在邦尼·威尔逊像下面，我们就永远也无法在老肯塔基之家的自由空气里见面了。

格兰威·维斯克特，这不是玩笑话，正推出《号召行动》。他觉得诸事都朝坏处去了。5月份就出版［《恐惧和颤抖》］。

假如西南岛共和体立刻脱离联盟也许还好些。我已经组织了切电缆行动、炸掉巴西亚宏达高架桥的行动、焚烧桥梁的行动、毁掉所有码头和灯塔的行动，并且还掌控了足够的运输蒸汽船，给饥饿的人群送吃的。我们就建立自由港，修筑许多大仓库放酒，当世界上最繁荣的岛屿，当西南的巴黎。萨利［J. B. 萨利文］在他制造开水壶的厂子里正搭断头台呢。我正制订计划一夜之间重新奴役黑人，在非洲高粱地里修设施管理中国佬。查尔斯［·汤普森］保证每个同志都有足够的绳索自己去上吊。

给我们报告消息。“政变”计划在海军和海军陆战队走了之后才实施呢。第一天夜晚我们屠杀天主教徒和犹太人。第二天夜里屠杀被第一天的事件催眠哄骗得以为有安全感了的新教徒。第三天夜里我们屠杀自由思想者、无神论者、共产党人和守灯塔的人。第四天我们在海湾钓鱼，捕获另一条船，给我们忠实的黑鬼送吃的。就在那晚上，我们打倒几个反革命分子；假如事情不顺，我们就烧了城市。第五天第六天自由活动，本党成员愿怎么玩就怎么玩。第七天我们选举巴特斯坦［·凯蒂］当“理性女神”，命令麦克莱什写一首关于此运动的史诗。那天深夜我们枪毙了麦克莱什，因为他的史诗写得太烂；派人去找伊万·薛普曼。你能看见结果会是怎样。皆大欢喜，人人忙碌开心。十二天后我们加薪去攻打地狱，屠杀波兰人。

假如你参加我们的队伍，请告诉我。

宝琳问候你们。

［欧内斯特·海明威］

（此信藏弗吉尼亚大学图书馆）

致瓦尔多·皮尔斯

1932年4月15日，基韦斯特

亲爱的老瓦尔多：

真是遗憾你破产了，孩子。因为，我们本指望在这里见你和阿尔奇拉的。这个冬天不错，2月27日才刮了一场北风。往年都冷了的时节，却一直像常规夏天的天气。本该是热的时节，现在却温和凉爽。老丹迟迟不动。有时得叫醒他来给他钱：不像世界上别的一般情形。阿奇、迈克·斯特拉特和戈斯叔叔一起来过。我们去了托尔图戈斯。本打算第一个晚上住在基西南的，就是那次跟比尔·史密斯捕小鲨鱼的地方。凌晨大约3点，天开始刮风，见鬼的西北风。我们不得不去长滩海峡躲避一番。在那儿滞留了三天，才越过托尔图戈斯。在流沙里行走可不是件舒服的事情。我那可怕的眼睛现在坏了（倒不是硬把乔伊斯的艰难书籍强读给小子们听读的，而是根本就读不了书，也不能写作。我是口授让宝琳打字写这信的）。从来就写不好信，口授就更烂了。现在就要拿到新书的清样了。你有庞朴罗纳斗牛场牛群拥进的那张画的好复制本吗？能给我马上弄一幅吗？我想复制一张用作书里的插图。请马上告诉我有没有，行吗？多斯读过这书的手稿并声称很喜欢它。也写了几个短篇。一个发在 5 月号的《大都会》烂杂志上，是写本地风光的，也许你会喜欢，假如你读的时候不看插图［《暴风劫》］的话。是布拉先把这故事讲给我们听的，你也许记得。还有些好故事可写。已经写了六个，是结集用的［《赢家一无所得》1933 年版］。

这房子真不错。你记得吗就在灯塔对面？就像尤特里罗家的房子那样好看。间于乌特里罗和米罗农场的房子吧。把你画的两只山鹑和猎枪放在餐厅壁炉上方，真是好画。大家都在巴黎，那是米罗、梅森和那些鸟儿，鸟儿死盯着你的两条狗鱼，啊是小狗鱼，在大浅盘子上的，还有鲑鳟鱼。你还画过这样的东西吗？有机会碰到你的画作或者买你的画作吗？查尔斯和我都后悔我们犹犹豫豫没买你在后屋画的两幅作品。我们打算推举查尔斯竞选总统，以便终止萧条，让人人都有绳子上吊。

但愿你能来此地，一起坐船去古巴海岸。他们那儿有巨大的枪鱼，条纹的黑色的都有，就是赞·格雷去塔西提抓的那种。我们下周打算去哈瓦那，去那儿钓鱼。打算坐乔·格朗特［乔·罗素］的船去，在头一个月光之夜。你收到信后，何不从你老爸那儿借点钱买一张哈瓦那往返票？我们在那儿钓它十天鱼，从 12 日开始。记住，一旦通货膨胀，钱无论怎样兴许也无济于事。你现在能借就借，等美元像德国马克一样再还。我们太久没有见你了，你太他妈的宅了。记住，为你好才说的：当爹只是一份兼职工作。你的朋友们很快就会死去的，只有你老爸还活着。

你何不发封电报说你要来。问候阿尔奇拉，祝你全家好运。不过，记得我们几个人的家是为了能回来才存在的地方。我们都行将老去，而那些鱼却不会变得脆弱。借你的傻福气，我们也许能抓到一条。

发电报来说你会露面的。你可以直接登船，在哈瓦那同我们见面。一个人破产的时候该做的恰是这样的事情。坐“无畏号”，就得坐“无畏号”，往返票廉价，远足的优惠价。格瑞格体重 20 磅半。5 个月大了。

我们都爱你

你的朋友

欧内斯特

（此信藏柯尔比学院图书馆）

致约翰·多斯·帕索斯

1932 年 5 月 30 日，哈瓦那

亲爱的多斯：

你没能来真是错了。该死的我真希望你能来。抓了 19 条狗鱼、剑鱼和 3 条旗鱼（其中一条 8 英尺 9 英寸）。我们把鱼分给水边所有的人吃。即便是这时候鱼也卖一毛钱一磅呢。我们都送人了——回家则把鱼剖开挂起来。不过给水边的人吃可是老鼻子了。多斯，你该看见这些鱼挣扎。比大海鲢还能跳，迅疾如光——其中有一条跳了 23 次。查尔斯与一条鱼奋战两小时零五分钟，随后钩子拽松了，他就拿叉子去叉。鱼 3 次拽鱼线跑出去 500 码。得把船钩住去追它们——它们不停地跳，像海里赛跑的摩托艇一样溅水。有一天奋战了 17 次——没有少于 3 次的。迄今抓到的最大一条超过 9 英尺——今天抓了 2 条——礼拜六 4 条——抓到一只 30 磅重的海豚。[1]

我们从贩私酒的乔·格朗特家弄了条船——一路沿着马利尔海岸行走——巴西亚宏达——哪儿都去。跑一整天只烧 5 加仑到 10 加仑油（一桶油 120 加仑）。查尔斯来过——布拉也来过——还有洛林，来度周末——宝琳一直是一周来两次，或者每十天来两次。她又来了。抓了 2 条鱼——其中一条重达 75 磅；跳了 19 次。鱼们跑得如此之快，它们会跳到船的一边，接着鱼线会松，你以为会失去它们；而它们却又拼命跳到另一边。鱼们也会往船这儿跳——在水平面鱼线上跳 30 英尺——僵硬得如同一块板子。

这里的渔船抓到过 900 磅的鱼——黑色的狗鱼——白色的也有——还有条纹的——我们有两个逗鱼的装置（一边一个），其中一个 2 英尺半长，是布拉做的——有时会把鱼赶进去；可是还没等你弄进去它们就挣脱了。

这里一个混蛋也碰不上——现在孤独得很，只有乔举着鱼线的另一头，夜生活只有疯疯癫癫的吉格舞——一边跳一边昏昏欲睡——一到船上他倒头就睡。每晚挣的钱他都花在夜生活上了。

在这个旅馆里——阿姆博斯·芒多斯——你能得一间干净屋子，浴室正好俯瞰港湾和大教堂——整个港湾的脖子都能看见，还能看见大海；两个人只需要付 2 到 2.5 美元。把旅馆的名字记下来——帕萨耶斯关门了——破产了。

把书稿看了 7 遍。删除了你反对的所有内容（在我看来似乎是最好的部分；假如真是，上帝诅咒你）。校样里删了 4½ 哲学内容并告诉小子们——把最后一章都删掉，除了关于西班牙的那一部分——这部分说的是一本书如何不够篇幅，要不早就把这些写进去了。如此便好。

把“老太太”留下了，书里最初涉及沃尔多·弗兰克的书［《处女地西班牙》］的那一部分也留下了——删除其他关于弗兰克的文字。相信“老太太”的那一部分东西没问题——至少应季需要。

但愿你的书运气也好。别让［马尔科姆］·考莱之流的蠢蛋动摇你的自信：你那些“照相机的眼睛”产物好得很。那些混蛋就是会挑鼻子挑眼。我们可都是出去看该死的世界的人啊。记得你当初多为《1919 年》着急吗？结果这书好得出奇。

别人的评价也改变不了你作品的处境。我不能成为共产党人，因为我恨暴君；我恐怕也恨政府。不过，假如你是共产党人，我也很能接受。我恐怕不能忍受任何形式该死的政府。邦尼的书［《美国的不安》，斯科瑞布纳 1932 年版］是很好的新闻报道——希望他继续报道，用不着拯救自己的灵魂。万事当然各就其形。不过，从前都没有形吗？假如没有事情失控，比村子大的单位就不可能存在。威尔逊写道他愿派我们作家去写关于某个工厂该死的爱国主义——（他知道什么对人民有好处）——他可真愿意。他可不会愿意把我往那儿派。

假如事情是那样，我立刻就把他杀了——天啊，这么说话有什么用——在这里抓狗鱼也能生存——我真的相信。也许不能谋生。不过，才不管呢——无论怎样能看见它们欢跳。

问候凯蒂。谢谢你寄来礼物。它们也许已经到基韦斯特了。

[欧内斯特 · 海明威]

(此信藏弗吉尼亚大学图书馆)

[1] 海明威从此开始钓狗鱼,此爱一直保持到生命的终点。

致麦克斯威尔 · 帕金斯

1932 年 6 月 28 日，基韦斯特

亲爱的麦克斯：

昨天给你发了电报。已经校完 233 页清样和各章所有标题。会接着校阅并把它和西班牙、中美洲、南美洲和墨西哥斗牛史上的具体日期一览表一起寄给你。我看最好还是别叫什么“附录”。篇幅和费用的限制已经使我无法穷尽题材，书已然如此，叫“附录”有点装模作样。所以，把它们列在目录页即可，按标题排——把原设想的附录 A. B. C. 去掉。

在床上恢复健康呢。也许还有两三天就好了。假如大夫允许我走动，就跟卡罗尔［嬷嬷］周六早上去皮戈特——再从那儿前往蒙大拿州库克市的 L－T 牧场——在那儿呆到 7 月 12 日。今年不打算去非洲——不想漏掉文学茶会。有点支气管炎肺炎。一开始时并没意识到。从哈瓦那带着 102 华氏度高烧（跟大狗鱼奋战出了一身汗，又在大雨里淋了，所以生病）越海，终于生病。

我会尽量去找那合同并寄给你，以使你再碰上此类偶发事件时不至于着急。我知道你我都不担心那合同，要不早就寄给你了。

可是，听着，麦克斯，你能不能大骂大喊一下是哪个婊子养的把

那些长条校样都弄上“海明威之死”字样的？你知道我这个人迷信，成千上万次盯着这玩意儿可他妈的不好受，还是用红紫墨水写的（写在这可恶的最后一批校样上）。假如我传给别人看，人会说该死的命运在诅咒我呢。

关于画儿的组合——你别开头用双页。那头种牛和另一头公牛都太好，不能合放在一起。我给你发电报就为这个——两个“维拉尔塔”合在一起要好得多。

看见本雅明·豪瑟发出来的宣传广告，估计是斯科瑞布纳广告词的翻版——大抵属于我删掉的夸大吹牛的东西。这么去做只会让大家失望。我把所有的东西放进去，任何买这书的人无论出于何理由买书，都物有所值。故事情节、对话等是额外插进去的。这书值任何人花 3.50 美元，买它的人拥有 3.50 美元价值的一本写斗牛的直截了当的书。假如你广告说书里有很多该死的别的什么，那你只会让人失望，因为里面并没有烹调的内容，也没有电话指南之类。

假如你把它当伟大的经典该死的谈斗牛的书来卖，而不是他妈的别的杂七杂八的东西，你兴许能卖掉几本。让评论家们去声称里面还有别的什么吧。不过，我们权当可爱的豪瑟劳什子带来的机会都随风飘走了吧。假如你想找到某个能说说这书好处的人，就去请多斯·帕索斯。

不过，这是你的事情——不关我事。

关于用词——你是看过全书的人。假如你决定删除一个字母或者两个，以符合法律规定，那也是你的事情——我把副本给你，你该知道什么字会让人进监狱，什么字不会。去他妈的这个行当——这话似乎不碍事。这话合法，不是吗？

麦克斯，我还是感觉身体很不好，不过还是能拧断把长条校样弄成那样字眼的混蛋的脖子。

啊对了——“现代文库”的稿费如何？我可没钱花了。达谢尔先生给短篇小说做的预算到底是多少？请回信告诉我这最后两条。

另，你能否给我三份校完的清样副本？我想给凯普一份，给德国方面一份，我自己一份。

一如既往祝你好——

欧内斯特

假如他们感觉失望，还是要在一本关于斗牛的书里写上我的“文学信条”，那就让他们加一句话说“去他妈的整个该死的让人恶心的营生”。海明威。

假如你需要照片，我就去照一些。不过，看在基督的分上，别再弄那些张嘴的开领的玉照了。这个请答应我。千万别放我跟小病公牛躺在一起的那张。

我会寄给你路易斯·昆塔尼拉画的画。他在卡萨德尔佩布罗画过壁画；那个你可以用。

（此信藏普林斯顿大学图书馆）

致保罗·罗曼

1932年7月6日，阿肯色州皮戈特

亲爱的罗曼先生：

谢谢你寄来15.00美元。我还没有收到书［《萨尔玛艮第》］。你确定是寄到斯科瑞布纳了？他们收转一般是很仔细的——不过我一直在古巴海岸，已经有65天了；也许哈瓦那方面替我保留着呢。我进门清理东西时，有个邮局包裹通知单；我填了张卡片请他们转寄过来。希望是你的书，希望它平安到达。很对不起没有回你的信，我很喜欢读那些信。我自己不怎么写信了。

至于你希望“左倾”之类对我一定有意义的说法，那纯属狗屁。我并不追政治时髦，文学、宗教方面我也不追时髦。假如有小伙子们在文学方面左倾，你可以下一个小赌注，下一步他们就会右倾的。同一拨黄种混蛋的某些人则会左右都倾。在写作里没有什么左右，只有好坏。

德莱塞不同。他是个老人；老人总是这样那样地努力拯救自己的灵魂。

多斯·帕索斯就不倾；他总是依然故我。让左倾右倾的人见鬼去吧。E. 威尔逊是只严肃而诚实的鸟儿；他发现生活的真谛太晚。他自然是很震惊，想于此做点什么。

这些小朋克连街上人打架都没见过，更别说革命了。居然写东西说你怎么对伟大的政治什么什么的无动于衷。我指的是爱荷华州戴文波特的一群人。听啊——他们都没有听说过那些事件就形成所谓“无动于衷”的看法，或者说这看法本身就无中生有。愤怒、仇恨、屈辱、幻灭的热潮恰是那些事件掀起的。

现在他们要你吞咽共产主义。似乎这是老小子们的“基督教青年会”的集会，或者说似乎我们一起都成了爱国者。

我他妈的就不是爱国者。我也不会左右倾。

真想马上用机关枪扫射左倾右倾或者中间的政治混蛋，这些混蛋不劳动谋生——任何靠政治谋生的人或者不劳动而食的人都在此列。

假如我们有过革命，而我又没有被冲撞［?］，有时间逃命；我就最愿意看见所有限量版书的出版商都被枪毙；他们那恶心的小灵魂被人分发，来减轻卫生纸短缺的状况。在所有虚伪的人群里，他们无疑是最虚伪的。（我知道你得生活，我的工作是好工作。不过，当你扫大街的时候，你并不想给马提建议。）而你却要我左倾，说这对我一定有意义。呵呵呵。

你的永远的，

欧内斯特·海明威

（此信藏普林斯顿大学图书馆）

致麦克斯威尔·帕金斯

1932 年 7 月 27 日，怀俄明州诺德奎斯特牧场

亲爱的麦克斯：

随信航空寄上昨天收到的清样。昨天下午和晚上校阅完毕的。匆忙寄上好赶上运送的车。

你把那两句诅咒的话抹掉好吗？那是骂排字工人的：他们还是排了“海明威之死”字样。在“（史上重要）斗牛日期”最后几页长条校样上——我把清样都包起来了，没法自己去抹——在最后几页长条校样中的两页的顶端。我向基督祈祷，希望你不会再给我寄乱写着“海明威之死”的清样了。毕竟，我给你写信发报都说了这事。不过，我还是要抹掉那些诅咒的话，因为骂排字工人并没什么用——他们没有责任。

希望你很快就收到这校样和信——我是送往“加德纳”去寄的——64 英里——今天就能赶上寄走。

我什么时候能收到正文清样？你怎么处理那些字眼的？我为什么还没见到卷首插画和护封？——你还没问卷首插画用什么标题呢。

《斗牛士》——胡安·格瑞斯作。

你告诉惠特尼·达罗我收到他写得非常好的信了，说我会给他写信的。他写信给我，真好。

现在感觉很好，但似乎没有很充沛的精力。

你提到的信是致厄内斯特·沃尔什和伊瑟尔·摩尔海德的——这俩混蛋就是我帮他们出杂志［《本季》］的那俩。男的当时就该死于肺结核的。到底还是死了。女的把信给卖了。跟那要卖的人说，我说过的，拿去插在屁眼上吧。

内战诸战场，最后一个阶段的，似乎不错——尤其在秋天——不过不知道我将何往。我们驱车穿过柯林斯、什罗；此前已然穿越“小心那山”和别的什么——从皮戈特到佛罗里达。也想看看威克斯堡——想跟你一起去。

可怜的老司各特。他该在五六年前，在泽尔达被诊断为疯子之前，在她最疯狂但还可被卖掉的时候，把她交换掉。他是我们这个可怕的时代里天才的伟大悲剧人物。

运信的卡车来了——得住笔了。

再见麦克斯——祝你好运

欧内斯特

（此信藏普林斯顿大学图书馆）

致保罗·罗曼

1932年8月9日，诺德奎斯特牧场

亲爱的罗曼先生：

假如你收到我许多信，你就不会惊诧你提到的那封怎么火气恁旺。我当时很生你的气，你个寄生虫，或者说艺术领域追随阵营的人；还偷偷摸摸地建议我说，你希望（我忘了原话怎么说的）我受这个那个政治经济运动的影响，至少对这些东西有认识能力。

让我生气的不是一根暴露的神经被人碰了，一个痛处被人戳了，或者一块阿契利斯的腱子肌肉给人点了；而是你那政治-文学的祝愿有着该死的“基督教青年会”工作者的主观武断腔调。

你的看法是：我站在右边，却愿意往左走，又囿于“我俩都清楚的原因”而不得；这更是主观武断的胡说八道。

我不会给你概括我的政治信仰，因为没有必要。发表出我的信仰可能导致牢狱之灾。你的政治信仰似乎是感伤的社会主义。假如我的政治信仰不比你的左，那我就把它们往左推推。

至于我孩子气地不愿意继续通信——让我跟你说说。限量版书的出版商都是卖作家信件的人。我从个人经验得知这一点，让人感觉肮脏的经验。假如你想显示自己的真诚，别让我相信你只是在从事你的行当，希望能得几封好卖的信；那你就会还给我那些信，假如对那些信有兴趣，就去复印下来保存着。

我很怀疑你会这样做。假如你这么做，那我就愿意继续通信，只要你受得了。

我不害怕人家说我人品怎样——也不沮丧有一天假如我停止写作“迷惘的一代和斗牛”而被人遗忘。

我在六个星期里写了一本关于几个醉鬼的书，为的是显示早期希伯来作家高明过日后被人引用的《传道书》与G.斯坦因。这是七年前的事情了。自那以后一直没有从事这所谓（不是我所谓）迷惘的一代。

关于牛——约有十年——斗牛是我的娱乐消遣，你的消遣是什么随你，假如你有消遣的话；我所谓娱乐消遣指的是除了工作外，你有必要去考虑做的事情。我曾经写过一本书来澄清斗牛的爱好并且把它们——还有我略知一二的西班牙——同我曾居住在那儿的事实剥离来写。

我且得活一阵子呢。我也还有很多东西要写。我的脑子里装的并不是迷惘的一代和牛之类。

你可别犯美籍犹太人的错，以为别人向你解释什么就意味着感觉自己不对或者低人一等。如此，算帮我一个大忙。我知道自己在干什么，也从未感觉“不公正”。我没有资本也能谋生，即便是“当下”；至少还有三种别的方式，不靠卖文。我从未感觉自己不是所生活的这个世界的一部分；我知道这个世界组织管理得有多烂。

瓦尔德和多斯·帕索斯都不是“好作家”。瓦尔德是个非常次要的作家，他知道自己的局限。是批评家们把他的价值吹过头了；也是批评家们很快又把他贬低了。

多斯·帕索斯常常写优秀的作品；他每写一本书就改进一次，并且各方面都改进。

多斯和瓦尔德来自同一阶级；他俩又都不代表那个阶级——瓦尔德代表“图书馆”——左拉和雨果都是烂作家——不过雨果是个了不起的老头。你读过他的《见闻录》吗？福楼拜是个伟大的作家，可他只写了一本伟大的著作——《包法利夫人》——一本1/2伟大的作品《情感教育》，一本很烂的书《布瓦尔和佩库歇》。

司汤达是个伟大的作家，写了一本好书——《红与黑》——《巴马修道院》的某些部分（也好极了），但很多地方属于废话，其余的是垃圾。

啊我似乎很愿意给你写信——或者说是我喜欢写东西。

这里的地址是蒙大拿州库克——我从未收到福克纳早期作品一册——哈瓦那的包裹也不是这个，人家给我转寄过来了。你真的给我寄了吗？既然没有哪个婊子养的请求允许重印，答应给一本，寄过一本，那么原谅我的疑神疑鬼。

我妻子刚才说她想福克纳小册子恐怕去了基韦斯特。所以，你可能是个诚实的君子，可能是个为人文而工作的人——为此请接受必要的道歉，为寄书的事情。

你的永远的，
欧内斯特·海明威

（此信藏普林斯顿大学图书馆）

致 W. C. 兰格尔

约 1932 年 8 月 15 日，诺德奎斯特牧场

亲爱的比尔：

随信附上短篇[1]——宝琳在基韦斯特抄就的，我现在寄给你。

你那些该死的长途电话吓死我了——每次我都想是有人死了或者我被人告发了，或者没有吧；结果是老比尔·兰格尔。很难过你眼睛有了麻烦。希望它会明亮起来。肺炎后我的胸腔还很难受。没穿衬衣同一条鱼奋战（我俩都没穿衬衣）一小时半，一直在出汗，又淋着雨了。本该在那儿养病几个星期的。可我要离开那里来这里工作。在哈瓦那，天气太热——在基韦斯特从来就不那么热。这里凉快得很。有很多事情要做。

这可是一篇很好的短篇小说——三个故事放在一个短篇里了。对话的量使篇幅显得长。

[边页插进文字：] 实际字数只有 3 600 字左右，但占的地盘约如 5 000 字的短篇。

这是短篇的新形式。三部分开头都同一个方法，或者实际上写的一样，是故意的；本想形而上地再现瑞士；都以同样方式起头：一个小伙子不愿娶一个年轻女子，直到她让人拔了原有的牙齿，安了假牙；这笔费用终究是父亲而不是丈夫来承担。不过，兰格尔先生，你可能自己就在瑞士呆过。

等人读了《向瑞士致敬》后，就都去过了。

啊，我还蛮可以把它寄别处的。如果发表，请勿作修改删削。假

如不合用，请掷还。

祝好并问候哈利 · 伯顿。

欧内斯特 · 海明威

（此信藏南伊利诺伊大学莫里斯图书馆）

[1] 短篇《向瑞士致敬》被《大都会》退稿；发表于《斯科瑞布纳》（1933 年 4 月），收入《赢家一无所得》。

此信经南伊利诺伊大学莫里斯图书馆特藏部允许使用。

致《猎狗与号角》编者

1932 年 8 月 27 日，诺德奎斯特牧场

先生们：

提到劳伦斯 · 莱顿先生非常有趣非常启迪人（多斯 · 帕索斯先生、菲茨杰拉德先生和我）的《解剖》[1]一文，我能否就一个句子表示另外的看法：

“读者感觉自己是跟在拉迪盖特、德拉法耶特夫人、本雅明 · 康斯坦斯、普鲁斯特甚至拉辛身后。”

这句话该这么读：“在德拉法耶特夫人身后的拉迪盖特。”句子其余也许成立，虽然把考克陶放在拉迪盖特后面、给拉辛一点不好确认的便宜显得更公正些。不过，也许莱顿先生对拉辛有感觉，不愿剥夺他的地位。

你真诚的

欧内斯特 · 海明威

[1] 海明威此信系回应莱顿刊于《猎狗与号角》（1932 年 7 月—9 月号第 519—539 页）的文章《解剖与药方》。莱顿的文章论及多斯 · 帕索斯、菲茨杰拉德和海明威的作品，说它们“令人厌恶，贫瘠，死寂”。海明威大大玩弄了此目空一切之文的最后一句，就是赞美拉迪盖特作品的那句。

此信发表于《猎狗与号角》（1932 年 10 月—12 月）第 135 页。

致罗伯特·寇兹

1932 年 10 月 5 日，诺德奎斯特牧场

亲爱的鲍勃：

我的书里并没有反福克纳的任何的话茬。[1] 你读一遍就清楚了。你对我作品的解读、观点和判断自然不关我屁事；我也不予评论。只是有个事实问题。书里提到一处，很友好地提到一处而已。有一个地方讲了考克陶（他是个公众人物，满可以讲的）；有对 W. 弗兰克、艾略特和［阿尔杜斯·］赫胥黎的反驳。

这艾略特一节来回很久了。弗兰克是垃圾（手握笔杆），不管他政治上多么让人敬佩。赫胥黎是个聪明的家伙，很聪明的家伙。

我不太以为你是个评论家——这一点也不是贬低的话。我的意思是说我视你为作家——否则我就不会向你作解释了。当然，书是要读者来评判的——不是作家自己来解释的。

不过，假如我说了任何无礼嘲笑的话针对福克纳，那我该死；你跟大家说我说过，那你就下地狱去吧。

你喜欢的针对沃尔多·弗兰克的嘲骂（或者连你自己也在内，假如你在找这些字眼），或者针对任何我不特别尊重的人的嘲骂是有的。但是，我很尊重福克纳，希望他一切都好。这并不意味着我不拿他开玩笑。假如打趣足够好玩，我愿拿任何人打趣（正如喜欢射击飞鸟。假如我母亲跟着一群鸟儿飞，飞得很强劲，我也会向她开枪的）。假如你觉得没趣，那算我运气不济，或者也许是你运气不济。

一直是

你的朋友

欧内斯特·海明威

[1] 海明威对寇兹评论《死在午后》的文章（《纽约客》第 8 期第 61—63 页，1932 年 10 月 1 日）的回复。海明威的信刊于 11 月 5 日那期第 86—87 页。

致亨利·斯特拉特

1932 年 10 月 14 日，诺德奎斯特牧场

亲爱的老迈克：

我真想跟你谈谈。我能解释非洲之行推迟的原因，这样就能让你受伤的感情平复。首先是戈斯叔叔来信问我是否延期——这就让我考虑到延期。接着是阿奇写信来说他不能去了。我写信给他说我在考虑暂且不去，直到他另有机会成行。我跟他说我会给你写信看看你感觉如何。我还没写信，他倒先给你写信了。要不是你同意，这该死的非洲之行也不会延期。假如你说想去，我也就去了，并且我也高兴去。我什么时候不愿打猎去而愿工作去啊？我知道你还是感觉受到伤害，还很生气。假如你能跟查尔斯谈谈，他就能让你明白到底是怎么回事。除非我有秘书，否则无法同时知会所有人；与此同时，一想到你的生活多彩多姿就对你发出赞美：你是比破产的阿奇多彩，他还得为薪水工作；查尔斯身无分文，为他哥哥工作。

一个人不以艺术为谋生手段也能成为严肃的艺术家——看看福楼拜、塞尚等人。这并不意味着评论一个人工作是否严肃，想当然以为他更愿为一趟旅行而敲掉饭碗，而不是因为他不吃不喝才敲掉自己的饭碗，假如他是自敲而失去饭碗的话。

另一方面，我是坏了你的计划，自己也真的感觉很不好受，并且越发感觉不好受。

然而，我对写作一如你对绘画那样严肃认真。至少打起 1/2 精神努力工作，放弃了许多东西。你能放弃多少我就能放弃多少，所以别跟我高调吹什么两年计划。

我们想你了。此趟旅行我自己更是想你。你漏掉了一次很好的打猎机会。假如你在，我一定会觉得很好玩；因为你不在，所以我的乐趣少了一半。

查尔斯打了一只公驼鹿。我们一起共射了一只。我自己单独打了一只。他杀了 2 头优等公牛、一头熊；我射杀了一只鹰（飞着的），诱捕了一条丛林狼，杀了一头大熊，大得很呐。前天晚上——就在天

黑的时候，高中它的前肩膀；（独自）追踪它，循着黑夜雪地里的血迹，在 20 英尺开外射杀了它。它像公牛一样大叫了一声。有 500 磅重。熊皮展开，从一爪到另一爪有 8 英尺，很美。我们一起射杀的驼鹿是只六角大公驼鹿，是在远距 11 000 英尺处打的。查尔斯在 150 码外正面朝它开枪，没打中，子弹打在它一侧（惊动了它）。他又猛打了一阵子。驼鹿翻山进了一侧的空地里，我边跑边打。两个前肩膀都让我打着了，稍后的身体部位也打着了，只是太低，子弹打到肺里了。我射击的时候查尔斯来了。这时公驼鹿下到沟壑里。我们跑过去。查尔斯盯着它是否起身，还差一半路的时候它起身了，查尔斯朝它开枪。我在他的火力下往回退身，在一棵树那儿找到支点，开枪打中了它。它向前跌倒，趔趄了一阵，可还在走。查尔斯打中它后腿，干净利索（真的）地打在膝盖连接处；它倒下了。这驼鹿被击中 5 次。我们给它开膛时发现它心脏的顶部被打掉了——两个肺被打掉了——查尔斯第一枪打穿了它的身体，只是打在嘴里，击中脊梁骨上方。

我在 11 000 英尺外一枪射杀一只七角大公驼鹿，跑着的。（它和我都在跑！）子弹进了腰子上方肋骨里，把肺部顶端打掉了。公驼鹿体内出血——往山下跑了 50 码，一滴血也没流到地上，一动不动死了。

该死的，迈克，在那陡峭的山里，在那纬度，接近它们可真不容易；开枪就更令人激动了。查尔斯昨天射杀了一只八角公驼鹿（伊万·沃勒斯要把肉拿到“红屋”去，算他的许可证里打的。明天还要出去追打一只，楚布［·韦佛］要拿它当储冬的肉，算他的许可证打的）。

查尔斯头十天打猎用力过狠，身体一度不适。我也玩打得太狠。不过现在好了。这该死的打猎根本就是工作。四天前我在一场暴风雪里驱车 35 英里去野营——次日还打猎一整天，在山里，在厚厚的雪地里——第二天驱车 35 英里返回。次日又驱车 25 英里，杀了一头熊——晚上 10:30 才回家。次日又驱车 25 英里去剥熊皮。今天休息。我们后天离开此地。

我们还打羊来着。我追踪了 8 只羊——把它们都吓跑了。查尔斯追踪了 11 只。猎羊是让查尔斯筋疲力尽的罪魁祸首。你可真没见过这样的岩石上的活计。在一个山头我不得不把鞋子脱掉在岩石上滑行两英里。跌倒了 9 次。一只羊也没打着——假如你是攀岩能手，你就能打到羊。我不是攀岩能手啊。会给你寄些照片的。

你的鱼饵装置看上去不错，但可能会旋转。在古巴，人们拖钓鲐鱼或者别的长条鱼，如此鱼就不会旋转，鱼钩就能通过嘴进去，从鱼鳃出来——如此切开一个裂缝，让鱼钩干进入，鱼钩进入；鱼钩再从两侧进入鱼的身体，鱼钩环端在鱼的嘴里，鱼钩干藏在裂缝里，尖端突出。绑住鱼嘴，露出接钩绳——再绑住鱼身，把钩子挂在裂缝上——这一切只需要 3 分钟就能完成。我们拖钓过的整鱼从 10 英寸到 25 英寸的都有。为了保持鱼饵不旋转，你得将鱼饵做如下对待：

[海明威画了张清晰的图表，一条装好的鱼饵，还加上了标签示意。]

钓小溪里的鱼总要把鱼饵在水里拖得很直，不让它旋转——间歇要动一动——还要切割鱼饵以便放出点腥味诱鱼。那里有 3 种金枪鱼，都中这招——还有旗鱼和枪鱼。你可以 3 分钟内绑定它们。我们总是事先弄好四五条，把它们和接钩绳都放在冰盒子里。

拖钓过鲐鱼、月鱼、鲟鱼、巨大的沙丁鱼、大眼泡鱼——都是整鱼——都不是旋转钓的。不过，都必须绑住鱼头——如此就能直挂着——小溪里的鱼是艺术品。

啊迈克，真希望能见到你。我无法表达我们多想有你陪伴左右。这趟旅行真不容易——一开始就运气不好，几乎没有可玩的——现在好玩的东西云集。我拒绝了 3 头麋鹿的诱惑——其中一头真美。查尔斯现在身体恢复了，真好；他现在又能优雅地射击了。他射杀了两头雄鹿和最后一只公驼鹿；各用一发子弹——一只巨大的雄鹿，鹿角漂亮极了——另一头雄鹿角像个大白尾雄鹿的角。今天下午我本打算出去猎雄鹿，却改作写此信。希望你打野鸭和野鸡打得痛快。

一如既往祝你好

海姆

（此信藏普林斯顿大学图书馆）

致盖伊·希科克

1932 年 10 月 14 日，诺德奎斯特牧场

亲爱的格罗斯：

谁会讥笑如此方便合用的信封啊。这里的情况是：一场风暴席卷了爱达荷、犹他、蒙大拿。你家老头把某妓女从旅馆赶到大街上去了，因为他开的旅馆是基督教圣洁之地。希科克家的人个个残酷无情。跟你不再写作一样，我也因为不能写作而停止写作。我上次写信是什么时候？你看啊，我们在“法兰西岛”下来，玛丽［·希科克］来访并送我们醉人的花——返程时喝得痛快。在纽约配了眼镜。接着去堪萨斯市。生孩子——9 磅 7 盎司还是 19 磅 17 盎司——无论怎样是个大胖小子，性设备巨大，深沉的男低音。去了基韦斯特。4 月去了古巴，本来想呆 10 天的，结果呆了 65 天——抓了 36 条剑鱼——了解了很多古巴的事情。

回家后我得了肺炎，病得不轻——坐着新型福特 V8 来到此地——在皮戈特接上宝琳——（一天驱车 654 英里！记得我们的开车记录是开往意大利的那次［1927 年］）。把孩子安顿好了——就一直在这里——

我把校样寄给你了（一拿到我就寄给你了）；还有一本样书。希望你喜欢它——我写它时很卖劲——可还是不够——希望我除此书外另有运气——

啊，写到哪儿啦——啊对了——这里——啊，宝琳漂亮得要命——格瑞格出生后她的身材可爱极了——从未看上去这样好，感觉也从未这样好——整个夏天都在这儿兜风——还打猎钓鱼——

本季开头 5 天，她在这里打猎；接着去了基韦斯特弄房子——在我们房间里安了一个浴室——拆了一个隔间等等等等。邦姆比前天也到那儿。

我们射杀了 3 头公驼鹿——2 头驯鹿——2 头熊——一只鹰和一条丛林狼——打松鸡就没停过手——猎杀的肉足够两个向导娶媳妇用的。

后天就要驱车回基韦斯特了——乡野被破坏了——真希望我小时候能像这样——1/2 的学校关门——200 000 人上路，就像俄罗斯的野孩子——斯科瑞布纳出这书只印了 10 000 册——本以为这也许只能维持到圣诞节，结果出版的头一天就都卖完了——书只要卖到 12 500 册，预支稿费就足敷了——结果第四天就达到了这个数；所以，明年夏末你也许能在游客的队伍里看见我们，假如还有游客的话——我本意是想把这书弄得不好卖的，把大家得罪光了算。可你看——又该死的运气不好——

谁赢了“法兰西之旅”——谁是第 2、3、4、5 名？

我们今年秋天可有得选了，是下面几个人选：

瘫痪的鼓动家
梅毒缠身的宝宝
感伤的改革家
莫斯科的应声虫——[1]

你何不回来投票？

大家都认为罗斯福会当选。所以，胡佛也许会排挤他。

你和玛丽好吗？孩子们好吗？这封信写得很烂，但我从基韦斯特会好好给你写一封的。皮戈特棉花收成很好——宝琳的父亲自去年起就把所有棉花都攥在手里，因此挣了很多钱。吉尼现在也在那儿。不知道她有什么打算。啊，你要我写信，这就是我给你的信了。可怜的老格罗斯——别想着美国有趣才回来——跟以前一样，只是人们都破产了；从前人们是糟糕却有现款。场景没什么变化。只是演员的条件变了——

我卖给《大都会》杂志一个短篇，一个单词一块钱——去年 5 月号的——也是个好短篇小说——2 693 个单词——想想吧，这可是在“大萧条”时代啊。我想一年内我该能从他们那儿吸 5 块钱一个词儿——啊啊啊，这大萧条可真是地狱——

另一方面，我们也并没有参与经济繁荣的时代啊。

再见盖伊——写信到基韦斯特好吗?

问候玛丽。再次感谢她送的醉人的花儿以及那奢侈的瞬间度过的时光——

欧内斯特

(此信藏普林斯顿大学图书馆)

[1] 海明威显然指罗斯福、胡佛、托马斯和福斯特。他们分别是民主党、共和党、社会党和共产党的总统候选人。

致多斯·帕索斯

1932 年 10 月 14 日，诺德奎斯特牧场

亲爱的多斯:

除非你说你自己现在不需要这钱，否则我不会去兑现这 100 块的。还是要谢谢你寄钱给我。这本书也许能在预支稿费外另卖个一两千。真希望如此。我还有个短篇脱稿，也能挣点钱。

基督啊，收到你的信可真好。真的。我当时正在回“伐木溪”的路上——射杀了两头优质的公驼鹿——其中一头有着七个角呢——还有一头很大的熊——熊皮展开有 8 英尺——射杀了一只飞着的鹰——诱捕了一条丛林狼，就在我们猎驼鹿的地方——打了两只喜鹊。有一个礼拜我们天天打松鸡。这里的乡村生活一如你在的时候那般空旷而无甚游戏。我真希望你在这里。有一天看见一头公驼鹿和 11 只普通鹿。查尔斯［·汤普森］也射杀了一头公驼鹿和两头驯鹿，此外还有一头小熊，熊皮很好看。我们一直在给伊万［·沃勒斯］和楚布［·韦佛］结婚准备猎肉呢。在一场风暴里骑马一路到“伐木溪”——在那儿读了你那该死的信，喝一口“红屋”月光下的酒暖暖身子。

没看见其他评论，只见到《纽约时报》上一篇冗长的废话（一个人该被《纽约时报》废话一番的）。《纽约客》上有一篇鲍勃·寇兹写的一篇优越感强烈的文字，假兮兮自以为知性很高呢。

该死的，不过我还是很高兴你喜欢它。假如马尔科姆·考莱或者

近期皈依他的人里的一个把它发在《新共和》或《国家》或《新群众》上，并且以他们新兴的“主”（他跟西班牙斗牛该没什么瓜葛，或者说，至少就我所知，从未写过这方面的东西）的名义，你就满可以写那信。你看我得以后才能读到那评论，也许还就永远也读不到了呢。

真是好玩啊。我以前对事情如此发展充满恐惧；那些家伙却从来对此一点兴趣都没有，甚至都不跟踪事情的进展。他们当时都在欧洲。事情发生的时候他们正为特里斯坦·扎拉激动不已呢——等你对某事如坐针毡或者怒火中烧并终于对事情（无非是聪明的政治暗杀）完全幻灭的时候，他们却出来说：“难道你们看不见不公正吗？发生了这么大的事情，你们为什么不写写？”

假如你看见克莱门索（“胜利之父”兼热爱法国士兵的人）让共和国卫队骑马碾过那些伤残的人，撞翻轮椅，让大街都爬满了没胳膊没腿的混蛋，任马蹄践踏；那可是“知道”“他”不会伤害士兵的一群混蛋啊——狗屁——这时某人写文章说你怎么看总统太忙没有时间接见作家代表团；“作家们”提醒你，（他们真的给我写信道：）在欧洲国家不会发生这种事情。我给他们写信说我如此震惊：这样的作家招待会！你看见共和国卫队和斯库珀的那个作品了是不是？假如他们（作家们）反对一个人，就别拿纪念活动来伺候他；直接攻击他就行。天啊，假如饶勒斯没有被杀，法国照样会有一场革命，肯定会的——一个成功的政客干吗要接受没有力量、没有钱并且没有东西可跟人交易的人民啊，干吗要代表一个手无寸铁的国体啊。啊我们都是作家。邦尼·威尔逊非常好。他的书（《极度紧张》）很醉人。有时候他也让人厌倦，因为，跟任何皈依的人一样，他缺少必要的灵活。不过，他的确很好。可是，其他小伙子呢？只要制度在运转，他们并不反对它。他们难道都像圣保罗一样看见光明了？还是这属于最新最有必要的宗教？

[边页评论：] 饶勒斯、罗莎·卢森堡、卡尔·莱布内希特，接着是另一种人，不过是很好的老拉特瑙，以及斯坦布利斯基。后者一如忠诚老实的人那般迅即出现于欧洲。假如他必须被收买，事后也就

没命了。也就没有人在那儿停留了。

你和邦尼·威尔逊在所有码字的人里算是前后表现始终如一的。

我想我是个无政府主义者——不过要塑造这个形象也颇费时间呢。人们糟蹋老费热和马拉泰斯塔；然而，他们的名字 20 年里会比斯大林的名字更显诚实。意大利正用美国格兰特政府的法子管理国家。我不相信也无法太相信政府——无论它的目的有多善良。当教会成为国家的时候就让它见鬼去吧。当国家成为教会的时候，也让它见鬼去吧。同样，很有可能捣毁比建设来得更加重要。

啊，让这揪胡子之举也见鬼去吧。楚布、伊万和诺德奎斯特牧场的人问候你，就像老查尔斯问候你一样。

问候凯特。

耶稣基督啊，我真希望你第 3 卷走好运。别让考莱这样的傻蛋跟你说“照相机的眼睛”写作手法不醉人。我们没有必要［字迹模糊］我们那该死的过去——我们利用过去的东西。

再见多斯……

海姆

在蒙大拿州库克镇下面的牧场呆到 10 月 14 日。后天去皮戈特，然后去基韦斯特。

（此信藏弗吉尼亚大学图书馆）

盖伊·希科克

1932 年 10 月 29 日，基韦斯特

亲爱的格罗斯：

魔鬼般的风暴席卷怀俄明和内布拉斯加之后，我们来到基韦斯特——两角五分就能买一顿美妙的饭餐，整个内布拉斯加都如此——汽油 9 美分一加仑。

你写的信真好——

帕特和格瑞格在皮戈特都养得很好。宝琳的父亲（戈斯叔叔是他

的后盾。我需要加一句吗？要不早就像我父亲那样开枪自杀了）为收棉花支付给农场工的钱比他卖棉花所得还要多，卖棉花的钱也都扔在杜松子酒上了。当然，农场工也疑心很重；他们也确实有点遭人欺骗。

西部是胡佛的天下——罗斯福在佐治亚——阿拉巴马和这个州是耶稣——我知道他在东部很弱——

宝琳正拆隔断呢，同时在抹灰浆，让房子好看一些——她看上去好极了（宝琳）。老邦姆比在这里——结实、顽皮，好孩子——

我那该死的书居然卖得很好——你怎么看这个情况？我本以为这书能让出版商从此不来找我——我们也许夏末过去——去西班牙——9月底或者10月去猎杀狮子。

你还可以去好莱坞。他们开拍牛片的时候，你去说："不好。你得多弄点牛的场景。像海明威那样。"

给我们写信——问候玛丽

欧内斯特

（此信藏普林斯顿大学图书馆）

致麦克斯威尔·帕金斯

1932年11月15日，基韦斯特

亲爱的麦克斯：

关于750美元我给你发了封电报。你可以把这当1月份那个短篇的稿酬，或者当哪本书的预支，悉听尊便。谢谢你告诉我关于这本书的销售等情况。

宝琳不得已去了皮戈特，因为格瑞格和帕特咳嗽得厉害。我一直在这里，打算把房子装修完。她走的时候室内装修正有许多活要干呢。还要照看邦姆比。我最近拼命写作。有四个短篇写好了等着打字出来呢。会给你寄上两篇。你没有义务一定发表它们，但这可真是好短篇小说。我现在已经有了10个短篇，可以结集了。需要再写两个，可能再写三个。明年秋天也许是出书的好时机。每天工作到眼花目眩。又开始老做法：醒着的时候在床上构思，再写到近午时分。假如起床，诸事就会引起你注意；在床上，人们就无法拿事情来牵走你的注意力。

本有计划来纽约的。很需要一剂城市生活。可是，写作进展得很顺利，我不想停下来。彼时此时又都有个在纽约如何安排邦姆比的问题。他是个好孩子，也是个好伴儿；可我不想老拉他去见那些喋喋不休的人。

也谢谢你寄给我那些书。他们能给我寄一本萨默塞特·木姆［毛姆］的新书《逼仄的角落》吗？泽尔达那书我发现简直完全绝对无法阅读。我试了［《把圆舞曲留给我》］，可无法卒读。书的致谢页是司各特写的，所以我想别人也得赠书了。谢谢你寄来泽尔达的书，我愿转寄给任何觉得能读下去此书的人。

D. H. 劳伦斯曾经是——可为什么写评论，你并没有要求他写啊。你一年里一定读不少文学评论；或者出版家根本不读评论。我以前总以为只有作家和评论家读书评，直到阿列克（路易莎·M.）乌尔克特在《麦考尔杂志》上写可怜的老“爸”，我才改变看法。或者是《麦考尔杂志》在此地广为阅读的缘故所致吧。

假如我得几篇很不待见的评论，你也许就要求出版社放弃我或者对我失去信心；所以，我必须敦请你期待某篇对我很不利的作品评论。

奇怪的是：我的头脑从未这样处于良好状态，很肯定会写出更好的作品，好过以前的作品。我不愿做的是重复自己写过的任何作品，所以新书可能鲜有那么畅销——人们总是想要跟上一个一样的故事。我的活力也焕发了，睡不着觉；只有在该死的眼睛疼的时候才停下手里的笔。

如下请复：你收到第二组装订前的校样了吗，我签字后交柯迪寄的？约在 10 月 15 日—17 日寄出的。我把它跟 14 封信一起寄（更确切地说是把他们放在柯迪公司的斯塔德贝克车库的邮袋里了，是早上，在邮差来取晨邮件之前，也就是我们起身的那个早上）。我迄今未收到这批邮件的任何回复。你回信复我收到与否，我好写信向柯迪询问。这些信都很重要。这是我一个夏天的通信，离开牧场前终于回了所有信件。

官方查禁了康普顿·麦肯齐的《希腊回忆》；这是我想看的他的回忆录之第3卷。我想是梅图恩出版的这书；有机会弄一本吗？他小说写得很烂，但那行当的回忆录却写得很精彩。

《死在午后》今天在英国出版。

啊，似乎我们目前去不了纽约。我们最近靠吃滨鸟度日：鹬、鸻和鸽子。查尔斯和布尔基让我向你致意。邦姆比谢谢你送他《两个小同谋》。

再见，麦克斯

欧内斯特

又及：你有海盗方面的书吗？我记得我小的时候《圣尼古拉斯》里有过连载，图文并茂的。我想是霍华德·派尔写的，插图也是他画的。我答应给邦姆比弄一本。

假如你要用这些照片，没问题。

（此信藏普林斯顿大学图书馆）

致阿诺德·金里奇

1932年12月4日，阿肯色州皮戈特

亲爱的金里奇先生：

假如你等我们到那后（1月、2月、3月都在那儿）把书寄到基韦斯特，我将很高兴为你签名。至于题目，我想象过是自己凭空捏造的，但读了科恩船长的巨著后发现却原来是从这儿来的。跟《在我们这个时代》一样——埃兹拉·庞德发现我是从《英语祈祷书》里撬来的——票房因素的诱惑淡出之后，我相信《永别了，武器》会是个好题目。Farewell在我看来是最好的英文单词；To Arms之铿锵作响，远胜过此书配有的——那个标题可以应付更多更精彩的战事。

关于《服饰艺术》[1]——我只签了个名，你不欠我什么；我也不想欠你的账。不过，能得到我也高兴；尤其是你说它们好看。

高兴听你说你喜欢上一本书［《死在午后》］的最后一章——这本书的内容就在这里，可是没有人注意到那个。他们以为这只是份目录，是漏掉的清单。人们想如何安放这清单？框在相片里还是跟地图放一起？

上一本书不期给我带来名声，我正设法逃避呢，还行。希望下次能写本好书。假如你的版本价格下滑，别被吓坏啊。[2]“爸爸”感觉很好，还没开始写好东西呢。谢谢你来信。

你的永远的，

欧内斯特·海明威

（此信藏普林斯顿大学图书馆）

[1]《服饰艺术》是《老爷》杂志的前身。

[2] 金里奇（1903—1972），来自中西部密歇根“大湍滩”；当时正搜集海明威著作初版本。他邀请海明威给《老爷》杂志投稿；金里奇 1933—1945 年、1949—1951 年任《老爷》杂志编辑。第一任妻子海伦 1955 年亡故后，他娶了简（此前是梅森夫人）；简死在他后面。

致麦克斯威尔·帕金斯

1932 年 12 月 7 日，皮戈特

亲爱的麦克斯：

你 12 月 15 日能来孟菲斯这里见我吗？我们一起去打野鸭一个星期，我们坐瓦尔特·亚当斯的房船出发——就停泊在阿肯色河“瓦特金斯［·沃琛］方舟”那儿。假如你呆不了一个星期，随便你呆多久都行。你不必带任何东西，只穿得暖一点就行。别的我都备齐了，已经预订了并为你提前付了账。我们可以畅谈一切并进行一次世上最美好的猎鸭活动。我知道你曾经多喜欢打金翅鸟儿。这些鸭子多得老往圈套里钻，你会打个痛快的。

我当然知道事业和你的家庭绝对不允许你来打鸭子，可我需要见你，你也需要脱身一下。我们就像祖辈和曾祖辈那种样子打猎一番。

请发电报说你会来的，因为叫别人都太晚了。假如你不来，我就输人100美元。我也曾试着叫迈克［·斯特拉特］来，可他不愿来啊。来吧麦克斯。假如你来了度过的不是最好的时光，我就用手推车推你回纽约。我们15日在孟菲斯碰头，16日前往沃琛——当天开始打猎。我会等你电报的。从业务角度谈，你真该来。

你要决定短篇小说集的事情——安排时间——等等［《赢家一无所得》］。

你也需要听我谈谈我正在写的新书。[1]你该把合同给我带来——你需要让我确信你是如何卖力出售我的书的等等。

（假如你来我就答应你不提这些该死的话题，除非你觉得没什么可谈的把这些话题拿出来说。）

从纽约来孟菲斯很容易，从孟菲斯返回纽约也很容易——实际上从船所在之地就能乘火车回去。

请发电报来。我有2 300发子弹，所以你尽可以打不着1 845只鸭子。就这样也能比你以前打得多。

谢谢你12月3日来信。关于弃权的声明，我是说着玩的。谢谢寄来康普顿·麦肯齐的东西——收到后我会读的，读完了就寄还你。

你能把如下宣传文字广为播散一下吗？你知道我对宣传的态度，可这份声明希望你传布：

> 海明威先生请他的出版人声明：近期一部宣传电影片安给他的浪漫、虚假军队履历和个人履历不符合实际。小说作家海明威称即便是在近一场战争里去了意大利，也只是因为大家都知道：在意大利死的可能性比在法国小一点。他开过救护车或者说有过开救护车的企图，也参与了营地次要的跟队活动，可从未介入任何英雄之举。但凡正常人都知道作家是打不倒中量级的拳击运动员的，除非这作家的名字正好是吉恩·图尼。海明威先生感谢此宣传片试图把他塑造成像弗洛伊·吉本斯或汤姆·米克斯的马匹托尼那样光彩照人的人物，可是他自己不喜欢这样，请电影制作者们别干涉他的私人生活。

宝琳誊抄出我上次跟你说的那几个短篇里的3篇。她当时要赶着去圣路易呢。我会寄给你3篇；你可以选择你想要的。你没有义务非发表它们不可，不过这3篇可都是优秀的短篇小说。[2]

一如既往祝你好——

欧内斯特

你把艾伦·泰特的地址给我好吗？我给他寄一本书。他人很好的。我在蒙大拿谁的地址也没有——所以我没有给人寄书。你给O.韦斯特寄书了吗？我当然是该寄给他的。基督啊，你该替我留心点那些——你知道一般谁该得书的。

假如你不来，我就无缘无故输掉100块钱（我在最低的胜算前提下吁请你来）。

来吧，麦克斯，求你了。

有人请我去牛津（英国）讲学。你想知道学院的名字吗？

（此信藏普林斯顿大学图书馆）

[1] 海明威所指不详。《赢家一无所得》之后，他的下一本书是《非洲的青山》；当时他还缺乏写作素材呢。也许他当时想的是《有钱人和没钱人》。见海明威1933年2月27日致麦克莱什的信。

[2] 海明威发表于《斯科瑞布纳杂志》的这三个短篇小说是：《一个干净明亮的地方》、《向瑞士致敬》和《大夫，给我们一个处方吧》。都发在第93卷上，分别是1933年3月、4月、5月。

致埃维瑞特·R.佩里

约1933年2月7日，基韦斯特

亲爱的佩里：

谢谢你来信。[1]我之所以用某些当下已不属于书面语言的词汇，根本原因是它们是我所写人物使用的词汇里的一部分；我无法避免使用它们而又能写出我要传达给读者的完整的人物情感。假如我写得很接近原话，哪怕是斗牛场里人们讲的话，那我的书就出版不了了。我不得已只好用两三个词来体现那种感觉，而不是直接使用原话。我的间接使用原话就像我利用《死亡的自然史》里的东西，是想让读者清楚我在表达什么。

我总是在向读者转达我在应付的一个题材时的整个感觉；让读者感觉这事是他们亲历的。在这个过程中，权宜之计是免不了的了。假如权宜之计没有成功，显得没必要那么惊人；那是因为这么做很难，我有时还就得失败一下。不过，我也许让一个读者感觉不成功，而让另一个读者感觉成功呢。

我利用人们写作里不再使用但还在讲话时坚持使用的词汇，跟小孩子往围墙上用粉笔涂抹新发现的词汇没有什么关系。我用这些词汇有两个原因。第一个原因如上所述。第二个原因是没有旁的词汇有同样精确的含义，讲出来也达不到同样的效果。

我用这些词汇时总是很悭吝，从不无端制造震惊——虽然有时也蓄意制造在我看来属于必要的震惊。

你的诚挚的，

欧内斯特·海明威

（此信藏诺克斯学院图书馆）

[1] 1月28日，洛杉矶市立图书馆馆员佩里巧妙地写信问海明威，《死在午后》里用了些日常语汇，有何收获。

此信经诺克斯学院西穆尔图书馆允许使用。

致阿奇巴尔德·麦克莱什

1933年2月27日，基韦斯特

亲爱的阿奇：

随信附上伊万［·薛普曼］谈快步舞者的文章。我认为这是一篇非常优秀的文章。他是在这里写成文章的，随后又重写了一遍。你可以给他写信，请基韦斯特“通递”公司收转。他在给邦姆比上早课——我跟他说了我给你写信时寄上他的文章。你离开（我也在当天离开了）后我给你办公室打了电话并且往你家发了电报。

没有写信是因为我开始动手写长篇［《有钱人和没钱人》］了——写就了三章半；此外还完成了两个短篇。进展顺利。天气好极了。

刚收到萨拉［·墨菲］的信，说杰拉尔德病得很厉害（真是叫人听了难受！）。说你打算3月20日前往欧洲，5月5日才回来。

我们的古巴之行怎么办啊？还是你五六月份回来？你任何时候回来都成。不过得告诉我时间，小子。你知道怎么回事：因为我跟戈斯［·费佛］叔叔说你也要去。我得做很多工作才能说动他出行。出门对他而言是件很重要的事情。上次我见到他时，他看上去很疲惫。假如我跟他说你去，而你又不能去，迈克［·斯特拉特］又不愿去（也许是因为我延误了非洲之行，跟我拿着劲呢）；那戈斯叔叔也许也不去了。

结果是老爸我独自在古巴钓鱼。

我准备支付你往返纽约的全部费用。所以，别想钱的事。你和你那美丽的麦克莱什夫人好吗？我们都很好——孩子和宝琳身体都好——我也好——写这本书（也许是本很好的书）坐得屁股嫌沉。进展很顺利。

吉尼［·费佛］（这流氓）离开之后我们就没有她的消息。相信她正撮合［约翰·］加德纳和卡罗尔［·海明威］[1]——真是助人为乐的老姑娘。

给我写信好吗？我没有写信是因为诸事都妥——一切都就绪了。计划4月10日到15日之间过去。10日是满月。Con la luna menguante［就要月亏了］——见鬼——你不懂西班牙语，我也拼写不好。无论怎样，我们会呆到6月中旬之后。假如不去西班牙拍照，我们会整个6月和7月都呆在那里。

我们从未吃过比这火腿咸肉更好的东西——真好啊。真的不只是最好的火腿咸肉，并且是最优质的，少见的优质。告诉阿达。真好啊。

再见老迈克——往医院给杰拉尔德打个电话，告诉他我们听说他有病痛后都很难过——替我们问候一声好吗？我会写信的。不过，我完成书稿后腹笥空空，就搁笔了。你打电话算是帮我个大忙。这样我今天就算不写信也不会忧虑了。用萨拉赫帕特里克的枪打了

96×100。

问候阿达。大家都问候你们。你真该看看宝琳把家弄得有多漂亮。

本以为阿达和萨拉来呢。她们怎么了？当然，杰拉尔德是病了。运气真不好。等他好了，让他们来。这（整个冬天）天气好极了——像秋天回暖的天气。给我写信。

Pappy

我知道假如你自己想要，本可以跟伊万的文章（他登在《斯科瑞布纳》上的写快步舞的诗歌）较量一下的（尽管艰难）——那是描写快步舞的最佳最美的文字。那样多好。

你不觉得那文章好吗？我觉得好极了。

你不可能再啃到那么多肉、叫人不愿撒手的好骨头了。

（此信藏国会图书馆）

[1] 约翰·加德纳 1933 年 3 月在奥地利娶了海明威最小的妹妹。海明威反对这桩婚事。

致阿诺德·金里奇

1933 年 3 月 13 日，基韦斯特

亲爱的金里奇先生：

谢谢你的三封来信。随信附上从圣莫里茨退回来的我写的一篇东西。自这篇东西之后，我又写了 3 个短篇和一部长篇的 50 页。由于天气好，我写得很顺利。没有生病，也没有出事（呸呸）。没有什么焦虑，不过是寻常的日子。可是一直没有能写信。昨天写完了一个较长的短篇，所以今天休息，给你写这封信。

我不觉得［瓦尔特·］温切尔的戏仿之文有什么好。太多怨气太多嫉妒。作为作家，你该比你戏仿的人胜一筹，而不只是道义上端起高人一等的架势。［韦斯特布鲁克·］佩格勒是位更好的作家，但作为报人，连温切尔的百分之一都不及。温切尔是有史以来最伟大的报

人。佩格勒写体育报道很有趣，但那是很容易写的专栏。我知道我自己也能写一篇。可这可怜的温切尔一周得工作六天。假如他休息，报纸显然就得歇了；他于是想在专栏里放入许多家庭情感废话。好吧，那就加吧。看看他周一都写了些什么啊。我从前就以为佩格勒的东西品位比温切尔写妻小的东西糟糕多了。

关于庞德。我相信我读过他写的每一行诗。至今仍然觉得《诗章》里的篇什最好。这是个人观点。《诗章》里也有馊笑话和许多废话，但其中的某些诗天啊好极了，没有人能写得比这更好。

现在谈谈你计划中的季刊。关于卖东西，我有两策。假如这出版物不为商业，而为了文学事业，那我就恭送掉我的东西，或者象征性收点费用；只要这家伙支付得起，就把他的钱拿回。接着，稍后，通常是找到那卖手稿的鸟儿；我写封信请他归还，因为我手头只有这一份手稿，出小说集时不得不撕开小册子里印的东西当稿子（这是什么句子啊）。无论怎样，这心地纯洁的书信爱好者已经把手稿卖了，卖了 10 到 100 倍于他付我的短篇或文章稿费。

第二策为：让所有商业杂志支付最高费用，从未给任何人这么高的费用。这就使他们热爱并欣赏你的作品，意识到你是多么优秀的作家。

过去 12 个月里有几次我急需 250 美元。可总能通过写你所建议的东西得许多倍于那数的稿费。至于短篇小说：我唯一不能发表的篇什是能让你的杂志进监狱的东西。要么是我不希望发表的东西，如你提到的那个。因为，发表那东西不对。我也总试图保留一定数量的身后之作以支付葬礼费用。我没有任何形式的保险，除了责任义务保险。

所以，我们说到哪儿啦？啊，是的。事实上 250 美元放进兜里不错，但没什么可谈判的。

我 4 月 12 日越境往古巴海岸去钓鱼两个月。有可能去西班牙拍照。假如不去西班牙，就在古巴呆 4 个月，然后去西班牙。假如我突然钱包瘪了，需要 250 美元到了不顾脸面的程度，就写一篇东西；假如有的商量，我会给你发电报。不过别指望什么。万一给你发电报呢，如下情报供你知悉：我从未不递稿子就接受预支稿费。我会从西班牙前往坦噶尼喀，接着去阿比尼西亚打猎。明年 1 月或 2 月回来。

关于短篇小说集，我写完了 14 篇。会再写一篇的。

致敬。迟复为歉。

欧内斯特·海明威

（此信藏普林斯顿大学图书馆）

致阿诺德·金里奇

1933 年 4 月 3 日，基韦斯特

亲爱的金里奇先生：

你写了封很好的信。

首先说说从广告商那儿预期得的好处。我的衣领尺寸为 17½，上衣尺寸为 44，但 46 为好或者更好；鞋子的宽为 11，裤子尺寸是长 34 腰 34。别想他们会寄许多尺寸拍照用。你如果有类似的衣服，就邮寄包裹来，我付邮费并且保证把它们穿出来。

我不崇拜乔伊斯。我作为朋友很喜欢他，认为没有人写作技巧高过他。我从他那里、从庞德那里学了不少东西。从 G. 斯坦因那里则主要在交谈里学到东西。她曾经是个优雅的女人，后来变得职业上缺乏判断力，不再有理智，还一口爱国强调，以为自己是上帝。老年停经，有同性恋倾向。在这之前她一直很聪明。随后太把自己当回事，而不是把自己的作品当回事。因为一直这么着，她把这么着也当回事了，而不是当自己突然变成这样的。接着她产生了一个念头：任何拥有优点长处的人都必须有点同性恋的特质，如果看上去没有，那只是在掩饰。更糟糕的是，她产生了一个念头：任何有同性恋倾向的人一定好。在她一团浆糊之前，我从她那里学到很多东西。从老福特那里什么也没有学到，除了别犯他犯过的错误；虽然他对我的作品写起评论来很慷慨。我从安德森那里学到过东西，但所学之技并不持久。年少时模仿过林·拉德纳，但没有从他那里学到东西。没什么可学的，是因为他什么也不懂。他所有的不过是一副好耳朵，还听不真；喜欢到处走走而已。这可怜的家伙除了纯洁不恨外，他痛恨一切。从 D. H. 劳伦斯那里学到如何表达你对乡野的感受。这都他妈的是什么啊？忏悔：benedeteme parde porque ha aprendido.[1]

非商业杂志差不多总是办来为男编辑和女编辑创造职业生涯的。唯一有点价值的是《小评论》。不过，它们结果都不错，几乎期期都是好东西，长远来看也不会错。年轻人觉得不发表不行，他们得获得作品背后的劳什子。

今天热得让人嘴歪眼斜，什么也写不了；此刻连写信都觉得热。

还得接着写，为你的季刊[2]写完这些信。我会写这四封信的。第一封从古巴邮寄，第二封从西班牙邮寄，第三、第四封从非洲邮寄。假如在非洲有什么情况，我就从别的地方给你邮寄。假如有余裕我肯定会去哪个地方。等我写信要，你先给我寄第一笔 250 美元。拿到钱后我就会去写这篇什。假如你有足够的钱，就寄给我双份预支，也就是乘 2 等于 500 美元。

一脚踩几只船不对。就［刘易斯·］麦尔斯通的情况，《名利场》差强人意。我在纽约拒绝了很多钱，没有卖上一本书的标题给电影方面的人。我有一次碰上麦尔斯通，两人谈起在西班牙拍一部电影，都由非专业演员来演。满可以拍部优秀电影的。万一今年夏天开拍，我就得 6 月赶到那里。现在晚了。麦尔斯通日前给我发电报说他正写信告诉我好莱坞的情况呢。我想拍这部电影，也想用他的技术方面的知识。假如电影成功，他就有信用了。我从未跟他合作过，不知我们会怎么样。我现在脑子里就能看见这电影的场面。我们得筹款，还得从情愿赔本的人那里筹。都得在西班牙拍。没有好莱坞，也没有电影工作室里的东西。

关于你说的幽默话题：那些混蛋不愿让你开玩笑，是因为玩笑打乱了他们的分类。大部分人都不愿读《春潮》，乔伊斯和庞德却喜欢它。知道我想干什么的每一个人也都喜欢读。

这封信成了我，我，我怎么着，可你说过你感兴趣。［路易斯·

亨利·]科恩船长说200册之后又宣称350册。老“爸”给他电话，他写了封寻常可怜的信，说是如何能从350册里挣点小钱，多需要这钱之类。说需要250美元支付费用。不会违背我的意愿做任何事情的。请我发个电报，他可以印250册。我发电报说印300可以，但基督啊一开始为何不说350，到这时才说？看在基督的分上别跟他提这个。因为，假如我希望得罪他，我自己就去做了。

昨晚收到［悉尼·］弗兰克林寄自伦敦的明信片。他一定是取道那儿前往西班牙的。

我今天本想工作，但天气太热。这封信也许能显示天热。现在琢磨一个短篇集的题目。只要时间足够，你总能得个好题目。见鬼的是你总有许多看上去不错的题目；要想甄别优劣就得费时。

祝你好运。

你的，

欧内斯特·海明威

（此信藏普林斯顿大学图书馆）

[1] 看似意大利文和西班牙文的合璧：“神父，保佑我，因为我犯有罪孽。”

[2]《老爷》杂志开始是季刊，1934年成为月刊。从1933年秋天到1939年2月，这本刊物共发表海明威25篇文章和6个短篇小说。

致简奈特·弗兰纳[1]

1933年4月8日，基韦斯特

亲爱的简：

你的信来的时候，我们在皮戈特。我很受感动，给你写了封长信；当晚又把信给撕了，因为你给我写的信这么好，我却写不好一封信。随后是没回信感觉很不好。

那个希腊馆子很好。我记忆里有一段美好的时光是在那儿度过的。正因为此，我一定患上了老诺尔·墨菲式的神经质。我喜欢诺尔，可她令我紧张，就像猫令有些人紧张一样。

看啊，你何不来哈瓦那？我三天内要去那儿，坐34英尺的船去钓鱼，那船整修好就是为了钓鱼用的。去年我们在那海岸钓了 65 天鱼，就是从这个时节开始的。真是好啊。湾流浓得几乎黑了，直奔海岸而来。鲐鱼、剑鱼从你身边游过，像卡车在公路上随湾流涌动。你坐在船里往岸边靠，透过清澈的水看白沙里的波纹。就像是要用拳头击一下水底一样；你抛锚的时候，绳子像是永远也够不着水底。这里有绵延不尽的海滩，瓷实的白沙；二十英里内没有房屋。我们通常是早上出门，在水流里钓鱼，下水游泳，夜里才回去。有时就在船上睡觉。有时在城里睡。美丽的旅馆俯瞰港湾，旅馆的名字是阿姆博斯·芒多斯。房间干净而好，可以在里面工作，每天只要两美元。

宝琳也来，一般是呆上两三周，随后回基韦斯特看看孩子们的情况，照料一下房子。再没有比这更自在的生活了。去年我们抓了 32 条剑鱼。

假如要去西班牙拍照的话，我们打算在那儿呆到 6 月中旬。假如不去西班牙，我们就呆在古巴，直到 8 月。无论怎样，我们到那时会去西班牙。随后，宝琳兴许将呆在法国，也许回基韦斯特。我打算去汤加尼卡和阿比西尼亚。她说她不愿去那儿，但也许我还是能把她弄去。无论怎样，我们三四个月之内能见到你。

我真高兴你这么喜欢那本［斗牛］的书。我认识的人里，并没有谁我想让人家喜欢这本书的（我也不觉得谁真的喜欢这本书）。有一个短篇小说集快弄完了。这些小说写得不错。今天真热。这封信写得太烂。

我们在这里有一所不错的房子。孩子们也都好。还有 4 个黑鬼、一只袋貂，18 条金鱼，3 只孔雀；一个栽有无花果树和酸橙树的院子。宝琳把房子侍弄得很好。我们一直过得很开心。我差不多一年到头都能呆在这里，看各种东西成长，看得不亦乐乎，乐不思蜀。不过，还是想念西班牙；想去［非洲］看动物，听它们晚上闹出的声音。有这么一处住所可以返家。7 月初到 11 月，我们去了怀俄明和蒙大拿，在那里过得很愉快。打猎打得痛快。我喜欢用来复枪，我喜欢猎杀动物，非洲是干这事情的好地方。也喜欢把自己弄得筋疲力尽，脑子里什么也不想，盯着动物看，却让它们看不见你。

[江纳森·] 凯普版做得太恶心。我愿他下地狱，但这也无济于事。跟一个出版商打架总比跟一群出版商打要好一些。他们是我们天然的敌人。

南希［·康拉德］我从未喜欢过。葛特鲁德·S.我曾经很喜欢，上帝知道我对她也曾经忠诚，直到她十二次推搡我的脸。最后一次见她的时候，她跟我说听到一个故事，一个男同性恋的故事，这故事结论性地证明我的确是个同性恋者。我说你认识我四五年了，你相信那样的故事？她说，或许那是在特定条件下发生的故事。的确是非常特定条件下的故事。她不愿跟我说是什么故事，只说很可信，只提到那故事的发生条件有多特定。可怜的老“爸”。我们也许会在她的自传里读到这故事。[2]你在《纽约客》杂志上读过其中一篇的。我从未关心过她在床上床下所为，并且曾经很喜欢她；她也喜欢过我。可是，自打绝经之后，她在性方面变得泾渭分明得可怕。她第一阶段的态度是：假如不是同性恋，你就不是个好人。第二阶段的态度是：是同性恋的都是好人。第三阶段的态度是：任何好人都是同性恋。“爱国主义”式的偏见可真是罪孽啊。马波尔·道奇是要命的竞争对手。美国的传奇女子可真能得彩啊。

我想唯一的法子是：先了解女人们在回忆录里想写什么，然后设法让她们怀上孩子。让人感觉见鬼的是，怎么说呢，我觉得能亲近的女人，她们一般不写回忆录。跟传奇女子在室内见面是个大错误。你但凡做什么都得误解。为儿子添加一些格言警句——别跟传奇女子在任何地方偶遇，除非是露天场地，还要带上自己的证人。

一个人最终从传奇女子那儿是任何东西也得不到的。我一生从未遇见比玛格丽特·安德森人更好、头脑更易波动的传奇女子了，也没有比她更漂亮的，可结果怎么样？[3]可怜的老“爸”曾经当过粉红眼睛的白兔子，带着粉红的兔眼，目光呆滞、痛苦地四处游荡，寻找某某；一路喃喃自语：你见到谁谁谁了吗？谁谁谁在哪儿啊？某个神秘的女人说拒绝过我，不愿把生命里最好的时光扔在我身上；我自己肯定没有要求人给我她的美好岁月。这到底他妈的是谁啊？还有人模仿我对斗牛场的热衷（不过只是踢踢自己兔子般的后腿而已）。耶稣啊，那么说我是从斗牛场模仿出一本很好的书了。

假如你没有喜欢过拳击，你写的都是模拟的东西，那书被人扔在地上几次后，你还能继续写多久啊？我第一次在拳击场上被击倒，迄今已18年了。去年花了105天在湾流。现在此人又假装对湾流感兴趣了，想遮掩他另外所求。

耶稣啊，某一天我要自己来写回忆录，在我写不出别的东西的时候。我的回忆录会很好玩并且精确，不是出书为了证明什么该死的东西。

海姆的大承诺。不，对上帝发誓，我会写的。我希望我们能见到你，简奈特。无论怎样，请原谅我等了这么久才回信。收到此信后给我写信好吗？我为了能尽快得回信都不惜在信里添加新闻。

去了一趟纽约。本奇莱有新（女）人了。可怕。多提 [·帕克] 很漂亮。麦克莱恩出局了。[唐纳德·奥格登·] 斯蒂瓦特从海岸回来，给每一个人都买了貂皮大衣，说欧文·塔尔伯格是时代的天才。多斯·帕索斯破产了。希望跟我们一起去西班牙。我认识的人里你还认识谁呢？菲尔·巴里发胖了，也聋哑了。帕奇死了。为罗伯特工作的麦克格瑞高尔中风了。司各特成了共产党人（只是太晚了）。他去了纽约，跟多斯说他跟巴尔的摩的共产党接上了头。我希望我跟你接上了头，弗兰纳小姐。

啊，这封信内容够丰富的了，即便是质量不高。

你写信告诉我自己如何对待我的书，真谢谢你了。假如你现在不喜欢那书了，也别不好意思。那没有什么。你写信时还很喜欢这书，那就很好了。

我从未读过你写的书，夫人；不过我很喜欢你。

海姆

(此信藏普林斯顿大学图书馆)

[1] 简奈特·弗兰纳(1892—1978)，出生于印第安纳波利斯；大部分时间在巴黎度过，为《纽约客》当驻外记者近50年，用笔名吉内特。在1966年12月27日致卡洛斯·贝克的一封信中，她回忆了与海明威的长久友谊，说是始于1920年代初，在巴黎。

[2] 在《艾丽丝·B.托克拉斯自传》(1933)里，海明威被指懦夫及其他错处。

[3] 玛格丽特·安德森,《小评论》的合编者(1922—1929),在她的自传《我三十年的战火纷飞》(1930)里讽刺挖苦了海明威。

致约翰·多斯·帕索斯

约 1933 年 5 月 15 日，哈瓦那

亲爱的多斯：

真高兴你打算来。你可真病得不轻，让我吓坏了——我即刻查阅了《布莱克医学词典》。假如不是听你说好点了，我就来巴尔的摩了。你还发过那 106 华氏度烧吗？[1]

随信附上救命钱 [1 000 美元] 。听着，这钱是私房钱。戈斯叔叔曾经给我一些储备钱用于非洲之行的。我从那里面兑现了这些。去非洲的钱还有足够的，甚至返程的钱都有。我连康尼岛都没有去成，更别说跟你去非洲了。你个无知的葡萄牙佬得了让人烦的病，手因此颤悠，脑子因此发傻。把它兑成现金吧，省得我拿去换成分币，在公共场所疑心病似的向你投掷——这也无法使你不让出版商发疯——什么也无法让你不使出版商发疯——只是让你转身时容易些——你可以还几笔欠人的账，让人觉得可以再借给你。对基督发誓，我希望自己没闯入你的私人领地。不过，我还是为你担心了。我并没有 [唐·] 斯蒂瓦特给哥们貂皮大衣的意思。

抓到两条肥美的鲐鱼。它们咬起人来像小人。昨天还看见 20 条呢。我们周二去马利尔卡班纳斯巴西亚宏达。

真希望你和凯蒂能来——6 月份来，你仍然可以去庞朴罗纳——从这里坐船前往维戈——去看桑迪亚戈·德·康伯斯泰拉——在克鲁纳坐火车——马德里——再坐火车去庞朴罗纳。在维戈买“计公里” [计里程票] 。

你可以租廉价车从维戈开车到桑迪亚戈——也可以开到挪亚——在那该死的美元变成废纸前用掉它。

得停笔了，否则赶不上寄它的飞机。

你论普鲁斯特的文章很有说服力。无论怎样我们还会在这里呆一个月——我正给小说集起书名呢——很难。真希望能让你看看这些篇什。我还真写了几个好的短篇。

月亮消失后我就不再钓鲐鱼了，再去写小说。月圆的时候鲐鱼纷至沓来。月缺的时候，鱼流就断了——月亮最缺的时候鱼就生病了——像女人——它们连东西都不吃——女人则还吃东西。

学了很多东西。有些是真理。好起来吧多斯。问候斯塔特。

宝琳也在写东西。她问候你们。

海姆

（此信藏弗吉尼亚大学图书馆）

[1] 多斯·帕索斯因风湿热在巴尔的摩住院。

致阿诺德·金里奇

1933 年 5 月 24 日，哈瓦那

亲爱的金里奇先生：

假如不用“先生”称呼对你意味着什么的话，我就不再这么称呼你了。不过，对我个人不太熟悉的人，我还是很倾向用“先生”的，也愿意别人回信这么称呼我。这也许是不同时期留下的习惯；也许是抗议赫斯特组织机构称呼“欧尼、斯柏克、雷、比尔”之类，出版社称呼“霍拉斯、汤米、麦克斯、惠特尼”之类。我记得麦克斯·帕金斯（我很喜欢他）在一封信里问我：何时才能不称呼他帕金斯先生。我很喜欢他，真的，但我写信说要想让我不称呼他先生，就得至少让我破费 10 000 美元。——（还真就破费了）我也不再叫他先生。在跟业务上的任何人成为哥们的时候，他们总能把业务的需要跟你自己的需要勾魂联系，而你就得做事情，因为你是哥们。

没有比麦克斯再好的人了。这则轶事没有什么针对性，只是想揭示从事某种专业的人既不愿意成为雇主的朋友，也不愿意成为观众读者的朋友。

这对你不适用。你是个很有头脑的评论家（不付稿费的）。只是你也是我的雇主，因为你买了我的两个作品。你不用跟我说那题目起得太烂——之所以如此是因为这些篇什得为题目保留点形式；所以它们只是得了个不成功的头条标题，而不是题目——书里就不这么标了。

假如你要看我跟凯普谈拳击的通信，我会寄给你的，假如我能找到秘书工作得够久把它抄出来。这信也许能让你一笑。

《老爷》的名字在我看来不好（作为杂志的名字）。或许我们因此膨胀成牛屎，感觉飞黄腾达也未可知。在繁荣时期，一个人不能太势利。现在说起这个来似乎太酸腐。

假如你问我可有更好的主意——我没有。

早就想写信了——尤其是要谢你给我寄来那一套很优雅的衣服。真好，也很酷。夜里太累，只能踉踉跄跄上床。深夜往往捡拾起政治来研究，有相当数量的东西还是很有趣的。不过不怎么写信。虽如此，我会给你写一封很好的古巴来信。

抓了29条鱼，有鲐鱼有剑鱼——来此地太早，早了3周。今年鱼汛也晚——上周六抓了7条（相信这是一杆钓鱼的最高纪录了），周日3条，周一3条，周二4条——今天卧床，嗓子疼得厉害。我们很有机会破世界钓鱼纪录的——让纪录见鬼去吧。不过，上帝啊，你该看看那鱼在空中腾跃时的大小尺寸。它们在水里游动时像歼击机。去年和今年我都有钓鱼日志。

会在这里再呆上一个月。等我看通货膨胀终止的时候，把你的支票寄到我的英镑账户上。我会在西班牙把英镑换成比塞塔花的。我们预订了从这里前往的票，是8月7日的。多斯·帕索斯病得很厉害。他写信跟我说要退还你的支票，因为他病了不能写东西。他5月25日坐船去了安特贝斯，在我们的朋友那儿养病。

你可以写信给他，请杰拉尔德·墨菲收转，地址是安特贝斯角美国别墅（A. M.）。

我们在西班牙将在8月和9月部分时间里相聚。

我会给你弄几张好照片的。很难拍有我自己在里面的好照片，因为我拍照用的是老相机 4×5 格拉菲，谁用都糟糕。虽如此，会安排人拍一些的。

体重降到 185 磅了。假如不是这嗓子，感觉会很好的——在风里跟鱼奋斗，出汗了，又没有衣服换。

我手头没有你上两封信；我知道有要回复的东西——关于那衬衫的——假如你寄到基韦斯特了，我老婆下周末来这里时会带过来的——我会喜欢它的。你要我从古巴给你带什么吗？

[欧内斯特 · 海明威]

（此信藏普林斯顿大学图书馆）

致亨利·斯特拉特

1933 年 5 月 27 日，哈瓦那

亲爱的迈克：

听到你的消息感觉真不好，都无法写信。接着是来到这里。晚上太累，也不能写。真是不幸，玛吉病得那么厉害。我相信你出纽约会好一些的。没有你陪伴，打猎俱乐部真是不爽。无论你去哪儿，还是该好好打猎。我对基督发誓，真的希望你在这儿。我独自钓鱼已经有 3 周了。3 周里没有一天没钓到过鲔鱼。迄今已钓了 34 条——有一天抓了 7 条——钩住，然后独自一人与它们奋战。真是美好的运动，就是没有人分享，让人感觉很不好——连电影都无法拍——有一条鱼跳了 37 次。

我们还能抓到一条非常非常大的。

玛吉怎么样？你怎么样？我知道窦炎这玩意儿很讨厌。宝琳得过，三个月里如同在地狱里，后来是服奎宁好了。服 5 格令剂量——也就能服那么多——就好了。

你的新计划会妨碍你去非洲吗？你好像是要从这个世界退隐了似的。我打算 8 月 7 日坐“太平皇后”号船（已订票）从这里前往西班牙——在西班牙呆 3—5 周；然后从马赛坐船往非洲去。你在被邀请之列，没有谁比你更受欢迎。得在美元还值点什么的时候去。希望通货膨胀快点结束。通货膨胀让我的储蓄都毁掉了。

好在基韦斯特的家还有枪、钓鱼设备，有画儿、书籍——管它呢。

你告诉我去不去非洲，好吗？我想我会给克莱恩发电报的。你不觉得他锻炼得跟别人一样棒吗？查尔斯会去。阿奇去欧洲后我就没有了他的消息。他本打算来这里的。

一天里看见100条鲐鱼——扑击了18条——邦姆比3条——胡西［·拉塞尔］5条——我10条。我用钩子钩上岸7条——都超过7英尺——水流的速度像磨坊引水槽——一个小时约6½到7英里。风是和稳的东信风。下个月上旬和中旬准有大鱼——该是60—90磅的鱼群，够厚实的。

多斯患了风湿热，病得不轻。我一直在给他写信，所以没有给你写。他刚出院，25日坐船去安特贝斯墨菲家养病——我会在西班牙见到他的。

此前没有写信让我感觉不安——我的地址就是这里的旅馆地址。在基韦斯特我们大家都为玛吉身体欠安感到难过。真是不幸。我真希望她好一点了。

问候她——

也问候你——

海姆

（此信藏普林斯顿大学图书馆）

致阿诺德·金里奇

1933年6月7日，哈瓦那

亲爱的金里奇先生：

谢谢你来信并寄给我衬衫。我老婆比预期的来早了点；不过她下周再来的时候会把它带来的。东西该到基韦斯特了。

迄今钓了39条鲐鱼剑鱼。“古巴来信”也有眉目了。等哪天风大不能钓鱼，我就写这封信。

我们8月7日从这里坐“太平皇后”号船走——她不去纽约。

很高兴你跟多斯的事安排妥了。他病得很厉害。

我给书起的题目是《赢家一无所得》。

“不像别的形式的博弈或者争斗，眼下的情况是赢家通吃不着。他既没有轻松，也没有快乐，更没有任何荣光的概念；假如他赢了很多，自己内心也没有什么回报。”

（以上是斜体字语录）

假如你想帮我忙，请发个收电人付费的电报，告诉我你怎么看这个题目——你怎么看那语录。此书收13个短篇。书名不是故意要难为人的——至少不比《没有女人的男人》更难为人。跟内容还是匹配的。

这些个短篇——迄今为止收入——《世界之光》（一篇关于妓女的上好小说）——比［莫泊桑的］《泰利埃公馆》要好；《暴风劫》（你读过的）；《大转变》（你读过的）；《一个同性恋者的母亲》（关于斗牛士奥提茨的）。

见鬼——没有必要把它们都列出来——你很快就看见它们了。我打算把《死亡的自然史》也收进去。因为这是一个短篇小说，有些人可能没有3.50元另买一本书［《死在午后》］来读它，收在那本书里呢。

然而，我希望你能电报告诉我怎么看那书名。这里找不到别人来看。我老婆宝琳喜欢，可是我们以前就弄错过。这名不廉价，好得很。

［欧内斯特·海明威］

（此信藏普林斯顿大学图书馆）

致麦克斯威尔·帕金斯

1933年6月13日，哈瓦那

亲爱的麦克斯：

谢谢你来电报。抱歉没能早点把书的标题寄给你，可早了也没有啊。现在你可根据那标题来拟定了。

我是不是最好把12个已有的短篇寄给你——好让你排版。随后再寄我正写着的两个。昨天完成了24页。早上3点还没睡，在凉爽中写作。打算下午去泛舟。最近工作很顺利。昨天写到中午——12:45才出门。抓了42条鱼——有一天破世界纪录抓了7条——反正我相信这是世界纪录。我正查资料呢。宝琳每周都来。她正修整我在基韦斯特工作的地方——把它弄得比以前大了一倍；弄了个隔板屋顶，这样天热的时节屋里也凉爽。

就这本书你给我寄份合同好吗？请具体写明预支版税的数目（已付1 000）6 000美元。收到手稿即支付3 000；出版前再付3 000。

[麦克斯·]伊斯特曼使我对纽约的所谓朋友有了新的看法。假如他找哪位有偿付能力的出版商把那诽谤之词出版成书，那出版商就得为此付很多赔偿；伊斯特曼也会去蹲监狱的。莫埃·斯佩瑟会搞定的。我可利用那部分材料。[1]

假如我在什么地方任何时候看见他，无论是现在还是将来，我会亲自讨回冤债的。

我不想再就此发表任何该死的东西了。这帮猪不值得我写东西。我对基督发誓他们不值得我写东西。整个事情的每一步都让人恶心，让你想吐。我写的西班牙斗牛的每一个字都绝对真实；都是长期仔细彻底的观察得出的成果。他们却支付伊斯特曼这个对此一无所知的人来说我写的是胡说八道的感伤故事。他可真了解公牛啊。它们的确如此——（他解释道）。我也的确如此——等等等等（他解释道）。我见过50头公牛做到了那个无知的傻瓜说的——没有牛能做到这一点。太恶心了，不写它了。

说我缺乏男子汉自信是再寻常不过的事情——狗屁。我该跟你那帮好朋友一起去背着我自已传播这个成见才好呢。[凯尔·]克里奇顿先生——伊斯特曼先生之流，你何不让出点篇幅，叫他们在你的杂志上写点东西？等我看完稿子，如果我什么时候在什么地方碰上他们中的任何一位，假如还敢这么说，他们的嘴巴可就要发出好玩的声音了。克里奇顿先生——这个当面跟每个人说道的勇夫——等着瞧。

他们可是一群好人啊——他年的职业男性美人——麦克斯·伊斯特曼——性生活的暗中摸索者（我意思是说用手），政治上的叛徒——见鬼，别浪费笔墨。

有朋友可真是件很好的事情啊。他们听说你出国了，于是开挖。

好啊，再带些朋友来。我出国出得远着呢，他们都会变得勇敢无比，说出所有自己希望是实情的东西——接着我会回来，等着瞧吧会发生什么。

你知道他们抹不掉的是（1）我是个男子汉（2）我能把他们中的任何一个揍出屎来（3）我有能力写作。这最后一样让他们最伤心。不过，他们呢也不喜欢我的作品。不过，“爸爸”会让他们喜欢的。

问好

海明威

（此信藏普林斯顿大学图书馆）

[1] 海明威回应伊斯特曼刊登在《新共和》第 75 期（1933 年 6 月 7 日）第 94—97 页上的文章《午后的公牛》，见卡洛斯·贝克《海明威传》（纽约，1969）第 241—242 页，第 606—607 页。

致麦克斯威尔·帕金斯

1933 年 7 月 26 日，基韦斯特

亲爱的麦克斯：

7 月 20 日回到这里。一直在清理东西准备离开。我在等清样或者说是在等你的信。在做善后清理工作。现在差不多一切就绪了。今天会重写《我祖父的坟墓》。[1]

我们 8 月 4 日离开这里，8 月 7 日乘“皇家邮政”线路的“太平皇后”号前往桑坦德尔。在西班牙的地址是：西班牙马德里维多利亚街 2 号比亚力兹旅馆。在欧洲的通用地址是：巴黎协和广场 4 号“纽约保证信托公司”收转。

8 月的一半和整个 9 月将在西班牙度过。也许 10 月也在那儿。11 月前往非洲。再次外出之前写作的时间就更多了些。你的清样和

英国来的清样我也有时间弄的。

可怜的老葛特鲁德·斯坦因。你读了8月号的《大西洋月刊》了吗？[2]她终于找到可以爱又不嫉妒的一个作家了——真正的美国作家——布鲁姆菲尔德。多么美好的故事结局啊。她自打停经后就失去了所有品位。这行当可真异乎寻常。她突然之间就分不清画的好坏了；分不清作家的优劣了。都成了……

可怜的老海姆脆弱的人儿。99天在湾流的太阳底下。54条剑鱼。一天里就抓了7条。独自在65分钟里抓了条468磅的鱼，没有人帮忙，除了人抱住我的腰，往我头上一桶一桶地浇水。另一条直用了两小时20分钟，见鬼。一条343磅的鱼跳了44次。嘴上挂着鱼钩呢。我在一小时45分钟内弄死了它。可怜的老海姆又假装渔夫了。体重187磅。从211磅降到这里。

我打算写一本很好的回忆录。之所以要写，是因为我对谁都不嫉妒，又因为我有捕鼠器般的记忆和一些文件。下手就有很多材料可写。

我想象你对书里的某些字眼又多少不知所措了。不过，还是告诉我哪些你能定夺，哪些你不能定。我们一起来想办法。我不是为了逞能在墙上写东西的小男孩。假如不用字词就能产生效果，我情愿不用文字。可是，有时候不用文字不行。用语言文字再现生命也很好啊，生命之血从文字中流出多好啊。这一点很重要。

无论怎样，请告诉我你的想法。

啊对了。你请人给我寄上12本《死在午后》，就寄到西班牙马德里维多利亚街2号比亚力兹旅馆。寄四包，每包3本；只标明“书籍”即可。会检查吗？我得送人；在那儿买我就破产了。这些书加邮费都算我账上，从我的版税里扣，什么时候到账的版税都行。

你的永远的，

欧内斯特

（此信藏普林斯顿大学图书馆）

[1] 又重新定名为《父与子》。这篇小说成为《赢家一无所得》里的最后一篇。
[2]《艾丽丝·B. 托克拉斯自传》正在《大西洋月刊》上连载。

致保罗·费佛夫人

1933 年 10 月 16 日，马德里

亲爱的妈妈及全家：

这封信信头的日期真让人不好意思。谢谢你和宝琳的爸爸寄来的生日礼物。我 7 月 21 日就收到了。

下面是我没有写信的理由。当时有很多事情发生。我本计划从船上写信感谢你的，可是没写。船上生活之后又太晚了，我不好意思写了。

昨天我意识到，假如再不写信，很快就到复活节了——所以现在给你写信。

非常非常感谢你和宝琳的父亲送我礼金。我很感谢你们，打算把它花在非洲。

吉尼不到一周前离开此地前往巴黎，去解决穿的问题。似乎一个月里不知怎么穿合适。她计划约一个月后前往纽约，乘坐大洋航线的模范船只：伯恩斯坦航线的“伊尔申斯坦”号。你也许听她说过此船。吉尼离开的时候身体很好，精神也不错。不过，她担心自己的胃病。现在大概每十天犯一次。比从前犯的次数频繁。不过，每次时间比以前短了。她打算在巴黎看病；那大夫治愈过我的肾和肝方面的不适（很不适啊）。假如那大夫不灵，她打算写出自己所有的症状和病历，由我寄给堪萨斯市［洛根·］克兰德宁大夫，请他推荐纽约或者芝加哥好大夫，好让她回家时顺路去看病。

宝琳精神头很好，身体也健康，看上去光彩照人。我希望在不到一个星期里同她在巴黎相聚。帕特里克长了 3 磅，很敦实，肤色呈棕色，声音很洪亮；这是吉尼写信告诉我的。我打算在波尔多接上他，带他去巴黎。阿达［保姆］来信说格瑞高里很好，他们很开心很惬意。邦姆比又上学了。

我想宝琳和吉尼已经给你写信讲了她们的计划，所以我就不说这个了。

自打来这里后我就卖力工作。在这里找到清样了，也整理出来

了。随后是编辑，删削，重写一段对话：422 页的一部西班牙小说（悉尼 · 弗兰克林为斯科瑞布纳写的）的翻译文字。这活不容易。因为，这书就是个垃圾。我得取这样的态度：我自己写了本糟糕的书，现在重看一遍，瞧是否能把它弄成本好书。与此同时，还不改变原书的风格。我弄完的那一天，垃圾的感觉让我恶心，于是决定写一个短篇漱漱口；动手之后写了 100 页稿子。[1]宝琳觉得这篇小说很好，吉尼不相信这故事是虚构的。我们到巴黎后，我还要过一遍重写一下。这篇小说的篇幅相当于普通长篇小说的三分之一。也许这是很好的一个小说呢。几乎都是动作；故事发生在古巴，在海上。有很多的动作。这篇小说里的东西恰是眼下这本书（《赢家一无所得》）所需要的。放在另一本书也好，也许更好。你不能把一篇自己清楚会卖得像刚出炉的蛋糕一样好的故事放进一本叫《赢家一无所得》的书里。

我不指望任何人喜欢目前这个短篇小说集子。我也不觉得你有必要努力去喜欢这本书——甚至礼貌地表示喜欢这本书。我是打算在自己看完世界这幅图景之前把整个世界拍摄下来——或者拍摄我所见的那一部分，尽量拍全了。我总想煮熟一点，而不是摊大饼一样薄薄地弄一番。这些故事大抵是人们不太关心的人和事构成的故事——或者说人们实际上不喜欢这些人和事请。好吧。随着轮子的转动早晚我会弄个大家喜欢的东西。

你跟弗吉尼亚的父亲说一声，我一直在把她的支票兑成现金，因为她在这里的任何银行都没有账户。这是支票写成支付给我的原因。我试过劝她别一次都把美元都换成法郎。可是，她担心美元贬值，想挽回自己认为是损失的那一部分，这样就不再担心了。现在美元又上去了一点。

我理解欠别人钱的都很热衷通货膨胀。谁要是总还清欠债又省下本来是诚实的钱财的，就不那么热衷通货膨胀。一旦通货膨胀开始，你就能欠多少就欠多少。我十年里在三个国家经历了这种事情。我知道是怎么回子事，该采取哪些步骤，结果会怎么样。迄今我还是在这上面挣了钱的；任何听从我建议的人也会挣许多钱的。不过，我讨厌这个，因为它根本就不诚实；末了它不会带来什么好处。我讨厌它不是因为宝琳有一小笔固定的收入。

我恨希特勒。因为，他只为一件事工作：战争。他嘴上说一套，手上做的是另一套。战争是国家的健身运动。任何有国家概念的人都得发动战争，或者威胁发动战争，以使国家运转。

西班牙目前处于混乱状态。所有的掌握权力的理想主义者都染指那张饼子；他们够着的又是果馅儿很少的地方。等没有饼子吃的时候，就会另发生一场革命。

别担心宝琳去非洲的事。我会很好地照顾她的。帕特里克跟吉尼就要回来了。我会在纽约见到阿达和格瑞高里。然后同他们一起去基韦斯特。我的妹妹厄苏拉（我最要好的妹妹）在我们不在的时候会跟她的小女儿住在那里的。

不知道回程的准确日子。

告诉卡尔，我当然想今秋跟他一起赶头一季“曼诺豪斯鹌鹑”。替我问候他和玛蒂尔达。我和卡尔在哈瓦那当然过得很愉快。

查尔斯·汤普森给我们发来电报，说风暴之后我们家没什么事。没有损坏。不过，可怜的老布拉失去了他的船。那可真难为他，因为人家的船可是度日用的。

斗牛士悉尼·弗兰克林在这里经大手术之后终于出院了，那是三年的伤，牛角顶的。大夫们切掉了他的三寸小肠。他手术的时候我在他身边；一开始很不好了一阵；现在没问题了。

去年 5 月［简·］梅森夫人跟孩子们在一起遇上事故断了腰；再加上悉德尼这个，今年可没少往医院走。让人惊奇的是，应付朋友们的麻烦好像比应付自己的麻烦容易些。我想，难怪一个人能统治一个国家还晚上照睡不误。

我知道有很多东西该写信告诉你，可是现在要住笔了，以后勤写着点。

一旦我们知道非洲的地址，我就寄给你。假如你寄航空信，八天内这信能从伦敦出发。

请你告诉卡尔和玛蒂尔达，今年的圣诞礼物就没有了。也让他们别寄任何东西，因为我们还不知道圣诞节在哪儿过呢。

对不起，这信没能写得再好一点，妈妈。今天下午很阴郁，因为宝琳走了；不过本周末还能见到她。我正等待清样呢，最后一校，已经往这里寄了。如此我就能给斯科瑞布纳发个电报说行。

问候大家，祝你们感恩节快乐。

永远的你的，

欧内斯特

(此信藏普林斯顿大学图书馆)

[1] 第一篇讲哈利·摩根故事的小说《过海记》，刊《大都会》第 96 期（1934 年 4 月）。

致麦克斯威尔·帕金斯

1933 年 11 月 16 日，巴黎

亲爱的麦克斯：

谢谢你两次来电报——一周前一封，两周前一封。也谢谢你 11 月 6 日的来信，随信寄来的一些评论［关于《赢家一无所得》的］也收到了。我昨天给你发了电报，因为近日我在读《纽约时报》、《先驱论坛报》和《周六文学评论》；这些报刊满是多提·帕克的短篇小说集的广告，可就是没有我这本书的广告。《星期日时报》曾经有一则广告；我想书刚出来的时候《每日时报》也刊登过。随后就什么也没有了，根本就没有了下文。《星期日先驱论坛报》也不见提起这书，就是登评论的那期。接下来的一周在你的秋天书目里有一则广告。书出的当日我想在《先驱论坛报》上也曾有过一则广告。广告是你的事——不是我的事。假如一个出版人对一本书看似不重视，一点都不吹吹打打，那读者很快也就跟着你销声匿迹了。

我总是（在商业上）坚持与你为伍，其中一个原因是因为你不断推进《太阳照常升起》之宣传，开始时是慢慢的，但做得很棒——我没太在意的事情之一是：良好的开头之后，他们对待《死在午后》的方式绝对冷漠。你自己知道这情况。

这本书碰巧是需要你做些宣传推广的作品。时不时地出一本文学书，终了对任何人都没有害处。尤其是我总是自费旅行搜集素材的。

你在信里提到索斯金的一篇评论，但你没有寄给我。

还有，我没有收到8月版税报告——自我上次在纽约见到你以来，也没有财务报告给我（春天也许收到过一份版税报告）。请把报告寄给我好吗?

那鸟，他说我人到中年，是想那样把我除掉——别人没办成。所以广告部门抓住那一点大做文章宣传那书。假如我写了谁谁——他们就自动贴标签，说那就是我。我写不可能是我的角色时——如《暴风劫》里的人物，那个皈依经济宗教的不幸的家伙；张伯伦先生就说这极富想象力，或者说比我试过的任何作品都要有想象力。真是狗屎。

人到中年从什么时候开始算起？那篇小说——《怀俄明葡萄酒》其实什么也不是；不过直接报告了我在谢立丹和比格霍恩完成《永别了，武器》时所见到的所听到的东西。我当时多大啊？那是1928年，在那儿的时候我刚30［29］岁。那鸟却说这是中年人的故事，因为他自己是中年人了。我刚参战的时候才17［18］岁。（这个你自己知道就行了。）我写的一些故事绝对是发生过的事情，亦即《怀俄明葡萄酒》——那封信［《读者来信》］；《等了一整天》；另一篇《暴风劫》也是每一字词都是布拉的故事。《一个同性恋者的母亲》、《赌徒、修女和收音机》；《暴风劫》（张伯伦说比别的更富想象力）也属此类。另有一些篇什我全是虚构的——《杀手》、《白象似的群山》、《没有被斗败的人》、《五万元》、《大转变》、《简单的调查》。没有人能说出哪些完全是我杜撰的。

问题是我想让所有的篇什都成为看似发生过的事情。等我成功做到这一点时，那些可怜虫又说这些作品是技巧圆熟的新闻报道。

《永别了，武器》可能除了三四个事件外，每一个字眼、每一个事件都是我虚构的。最好的那一部分全是虚构的。《太阳照常升起》的95%纯属虚构。我在那本书里写真实人物，但我掌控着他们的行为。是我创造了他们的事迹。

［H. S.］坎比之类的傻瓜认为我是个记者——我是个记者兼充满

想象力的作家。我还能想象许多。只要我活着就有小说要写，因为故事发生了。我碰巧 35 [34] 岁了。我在哈瓦那写就的那两个短篇是书里最好的两篇——这 15 000 字的篇什比那两篇都好，远远好得多。所以，假如你让希望我完蛋的人愚弄你，以为我江郎才尽了——或者让业务部门把我当赢不了的牌解雇了——那你就犯了大错；因为，我还没有开始写呢（不会再这样给你写信了）。

我无法写出比以往更好的短篇小说了——法迪曼要的那种小说——因为一个人写不出任何比那好的小说——别人也写不出。不过，每隔一长阵子我能写一个一样好的——我的短篇小说一直就写得比任何人都好。可是，人们要更好的，要有史以来的好小说那样的好东西。该死的，不会有更好的了。他们把《白象似的群山》挑出来当“经典”；可它刚出来的时候，没有一个该死的评论家把它当回事。我一直就清楚这篇小说有多好。管营销的部门读了对我不利的评论后以为我过气了。为了给营销的人做广告树立信心，我不得不说自己的东西有多好；那我就该死了。

所以，我不会这么做。再说一遍。我会做点别的事情。

看在上帝的分上，下面的事情很重要。你能不能寄一份 1933 年支付给我的所有钱的清单——怎么写都行——给个人所得税监管人员报告时，寄一份跟给我的数目一样的文字报告。请在 1 月 1 日就寄，或者你知道我 1933 年挣多少之后就寄也行，随你——绝对越快越好。（我今年不会再跟你要任何东西了。）请把清单寄到巴黎协和广场 4 号“纽约保证信托公司”；用大字在信封上写明“请航空邮寄”，他们会通过“帝国空中通道”寄往汤加尼卡的。这样我就能准备我的个人所得税报告了。

我本想离开前有点主意的；从西班牙曾经给人写信讲过这个，但迄今未听到什么回应。

这信就这些了。

人们说有三篇小说真好；可说这话的人几乎都选了另三篇。这话你听出什么没有？不明白这些的哈利 · 汉森先生同样在书刚出来的时候就没读懂《永别了，武器》。现在却认为这是伟大的作品。啊见鬼——怎么又接着写了。已经那样了，为什么还要写？因为我不得不。

假如《大都会》把小说（《过海记》）寄还你，请替我保存，等我的指示。

再见，麦克斯。我希望你过得好，没有太多的家务事担忧。我们下周三出航。现在是周五，有很多事情要做。

你的永远的
欧内斯特

（此信藏普林斯顿大学图书馆）

致帕特里克·海明威

1933年12月2日，海上[1]

亲爱的老墨[2]：

啊，我们快到红海的南端了。明天我们就要到印度洋了。这里的天气在晴朗的冬日里跟基韦斯特一样。昨天我们看见一大群大海豚；今天看见许多群小海豚。

往埃及的一路上天冷，多雨。接着是炎热、晴朗的天气。经过苏伊士运河我们来到这里，正好穿过沙漠。我们看见许多棕榈树和澳洲松（像我们院子里的那种），有水的地方就有这些树木。其余的只有大山小山和沙地平原。我们看见许多骆驼。一个士兵骑在一头骆驼上，让它跟着我们河道里的船走，船走多快它就跑多快。在运河里，有时你得停船把船系在岸边，给别的船只让路。你会喜欢看经过你的别的船只；会喜欢看这里的沙漠。我们看见的鸟类只有些鹞，老鹰很多，鸬鹚有几只，有一只蓝色的老仙鹤。

我想你，老墨；能再见到你就开心了。我们回去后我有很多故事讲给你听。

你去基韦斯特的时候，请代我问候布拉船长和萨利［J. B. 萨利文］先生。替我问候皮戈特所有的人。

慢点喝啤酒，在我回家之前别碰烈酒。

别忘了擤你鼻子，上床前转三圈。

爱你的爸爸，

Papa

（此信藏普林斯顿大学图书馆）

[1] 乘坐海上邮船“墨琴格将军”号。
[2] 帕特里克绰号“墨西哥老鼠”，当年5岁。

致阿诺德·金里奇

1934年1月18日，肯尼亚内罗毕

亲爱的阿诺德：

那是我表示自己信任你。

抱歉这封信写晚了。病得很厉害。一天要流一夸脱血。心想一定是痔疮，因为我的肛门疼得很。直到最后才感觉不好。没有激情写信。每天都打猎，除了两天闹痔疮病痛外。四天之内就会好的。满脑子都是伊米酊［治痢疾的］，没法恰当思维。

葛特鲁德羽下的朋友之一跟她说：爸爸海明威老是打坏东西，老是生病。不过，我不知道G和她的朋友们会怎么样，假如他们去爸爸去的地方、做爸爸所做的事情。

你的信［空了一格］和第二期样刊我都收到了。在营地一有时间、脑子一旦清晰我就另给你写一封信。

假如你要，我可以一年给你写12篇［文章］。回到基韦斯特后我就写上三四篇，这样你就事先有了一些，不用着急了。届时会补偿我给你造成的困难。

第2期很好看。保持下去。

我推荐年轻的阿尔弗瑞德·范德比尔特给你，是因为假如他的名字和知识（他真懂赛马和马匹）出现在你的报纸上，会对你有利的。他很有雄心想干点自己的事情；是个头脑冷静的狂小子。他手很紧。我喜欢他。很多人想买他的名字或者别的东西，可他不卖。

我们要去拉木外的一个岛屿，在塔纳河口；想去那里钓鱼，钓剑鱼和大旗鱼（据说有 18 英尺）。我会有很多东西给你写的。2 月 20 日去那里。

很抱歉这些信没能写好。我一来这里就闹上痢疾了。在赛义德港又拿起笔来试写，可就是脑子不转。否则早就给你写好信让你补白了。开了四封信的头，只完成 1½。

我从基韦斯特给你写好东西吧。

用斯普林菲尔德 30－06 枪支打死了两头水牛——所有的狮子也是用这枪打的。得了些美丽的兽皮和兽头标本。你要这里产的什么东西吗?

抱歉你可能以为我失去理智或者在骗人。是那封电报让我觉得糊涂的。

用一个小标题“汤加尼卡来信”，把我附上的信里的任何内容放进去即成篇什。你如果愿意，也可用那些照片。那些狮子照片很好的。我用 4 × 5 格拉菲相机在 8 到 10 码外拍摄的。1/50——stop No. 8。

永远的你的

欧内斯特 · 海明威

没有谁翻译法语比欧内斯特 · 博伊德更糟糕了，除了刘易斯 · 加兰蒂耶。让马尔科姆 · 考莱翻译你的法语。

何不给伊万 · 薛普曼写信要一个短篇或者文章？地址是：比克曼广场 19 号。

你的快手漫画家非常棒。绝对一流。

（此信藏普林斯顿大学图书馆）

致阿诺德 · 金里奇

1934 年 5 月 25 日，基韦斯特

亲爱的 G. 先生：

真高兴你在百慕大度了愉快的假期。什么时候我也去那里钓钓

鱼。现实一点的法子是先把“支柱”[1]弄下来，在汽船上装上从迈阿密出发到那儿的所有设备。不过，这事得他们安排，“爸爸”破产了——现在无力为此。不过，百慕大暂时还跑不了。

最好把这信打出来，及时挣点小钱。上礼拜天完成了 8 月篇的第一稿。今天是周五。明天再写一过，明天或礼拜天把它寄给你——也可能周一，但不会再晚了。周一是 28 日，即便是最晚邮寄的日子，你放心吧，6 月 1 日准到你那儿。这篇看似也是讲鱼的事情，恐怕有点科学意味。我会尽量把科学内容淡化，在重写过程中让鱼屎的芬芳气味散发。

有一个长一点的短篇我写了 59 页。我自己对此很有兴趣。看上去这篇东西会相当长。

这条船［“支柱”号］真是棒极了。是个有轮子的家伙，38 英尺长；按我自己的设计造的，75 马力的克莱斯勒，一个小时 40 英里的来康明。低船尾，好钓鱼。钓鱼很惬意。300 加仑油桶，100 加仑水桶。舱内能睡六个人，驾驶舱能住两个人。自身靠尾巴就能启动，平走一小时烧不到 3 加仑油，加大引擎航行烧 4 加仑。两个马达一起发动则烧 16 加仑油。小船能装五个人。

前天，我们偶然抓到一条旗鱼；我希望这是大西洋抓旗鱼的记录——早晨大忙了一阵子后 2:30 起航抓的。重达 119 磅半，9 英尺 3/4 英寸长，35 英寸围长。我以前从未听说过大西洋里有超过 100 磅的旗鱼。见鬼的是：这鱼是被某耶稣会士钓到的；他不想自己的名字见报，因为他本该在这里办别的事情的，而不只是钓鱼。他刚与一条旗鱼奋战过，但还是丢了；14 次跳跃之后，那鱼被鲨鱼吃了。他才丢手那条，就抓到了这条。他的左胳膊有风湿病，对付第一条鱼很不得劲；所以，这条鱼刚跳一次他就交给了我。我用了 44 分钟才搞定它。我不相信任何旗鱼会拖绳，因此心想它一定被钩得狠了。这条鱼比例协调，看不出有这么重。

我不愿居功，因为不是我钓到的。所以，我想让麦克格拉斯神父认下这功劳。无论怎样，会把这鱼记录在大西洋旗鱼记录里的。这可是旗鱼啊，50 磅重的就算好鱼了。75 磅重的就算优良品种了；我还从未听说过100磅重的。这家伙居然119磅半重。抓到它四个小时后在八个证人面前用验过精确度的秤称的。

晚上是抓大旗鱼的时候。就在太阳要落下去之前。前天我们抓了一条61磅重的，六点以后抓的。一般情况是船队这时离开湾流，稍后大旗鱼开始咬钩。

我本想告诉你我写了篇东西的；这篇东西关乎渔，而不是关乎猎。

你也知道，我接受那些篇什的预支版税，并不意味着我就接受这个价格卖别的任何文章，并不意味着把你解放了；你还是有义务付我钱，一旦杂志挣了更多的钱你就得支付。

再见，G先生，G少校，G上校。找个时间来这里，我们把你弄成海军上将。

吉米·麦克拉宁那个上午的拳击比赛，不管杀出什么黑马，他都会赢；假如我不对，就输给你10美元。

我正卖劲写作呢。五朔节我去了古巴，跟多斯一起去的。在那儿钓了一两天鱼。他们还没开跑呢。我也许7月份才会再去那儿——这里有太多的活儿要干——希望他们届时开始，我整个7月8月就能呆在那儿了。

你就不能从年轻人那儿约点小说稿子吗？写什么内容都成啊。整天就约本该死了的家伙的东西；这些人要么拼凑，要么换个法子拼凑东西。这样很快杂志就会变成陈词滥调了。

假如你看见E.西蒙斯·坎贝尔［漫画家］，告诉他，“爸爸”说的，他非常非常棒。不过，他这么聪明的人知道自己有多棒。

你的永远的，

欧内斯特·海明威

（此信藏普林斯顿大学图书馆）

[1] 带仓的游船“支柱”号，1934年5月9日“免费登船”。花费7 500美元。《老爷》杂志的金里奇预支给海明威3 000美元买断他未来给《老爷》的文章；所以海明威能付下头款。

沃尔多·皮尔斯

约 1934 年 5 月 26 日，基韦斯特

亲爱的沃尔多：

《四季鲨鱼》[1]很好。非常感谢你。这些画真醉人。

你现在怎么样——全家一切都好吧？在纽约见到你的时候，你们都很好，我感到很欣慰。贝姬也让我开心。她是个可爱的孩子。

这里一切静悄悄。来访的女消防员走了。她们可真是不错的女人。接着是 A. 麦克莱什到来。就你我知道，别跟人说：他很让我们感觉乏味。自以为是、大惊小怪，让人烦。精明和衰朽的奇怪混合。美国作家都见鬼，变成什么啦？他们写诗建议诗人们远离政治，接着自己却尽可能快地踏入政治。写史诗反对抠鼻子然后自己成为史上最大的抠鼻专家也比这更有人文意味。太自命不凡了。我不该写这个。所以，忘掉这段。这可是他自找的，自找的。我只喜欢我喜欢的人，而不是喜欢我的混蛋们。我并不想为了什么事情伤害他的感情。所以，撕掉这页，烧了它。[2]

天气很好。有点热，但不太热。微风拂面，爽啊。此刻有风从西南来。

有一天晚上我们抓了一条旗鱼，重 119 磅半。就在你和我抓第一条的地方——记得吗？一定也是这个季节。大西洋里抓这种鱼的纪录是 108 磅。人们钓这种鱼有很长时间了，所以你能看出来这是种很好的鱼。我想我会把它送到弗瑞德·帕克那儿去的。假如我送去了，你去那儿看看，行吗？

有条船玩儿可真好。把什么都弄上船，用不着从海湾［有两个单词不可辨认］回岸。

最近在写一个稍长的短篇。写了 60 页。宝琳正往皮戈特去探亲，要呆那儿一两周，然后再回来。邦姆比学校一放假就会来这里。帕特里克会成为一个好孩子的。他常带着啤酒坐船外出钓鱼。是个很认真的渔翁。格瑞高里个头太大，还浑浑噩噩呢，没什么可告诉你的。

这房子醉人凉爽。真希望我们能在一起喝啤酒。你雪茄抽完了就跟我说。

问候你全家。

你可怜的朋友

欧内斯托

(此信藏柯尔比学院图书馆)

[1] 皮尔斯画的一张画。他常这么慷慨馈赠。

[2] 海明威的话是因为才跟麦克莱什吵了一架。吵架是因为没去成托尔图戈斯。本是想跟迈克·斯特拉特和戈斯·费佛叔叔一起去的。“他够透了这世界,我则够透了他。”麦克莱什写道。“是我的错,也是他的错。可是……终不可避免:我们从未能成为亲密的朋友。”(1965年1月31日麦克莱什致卡洛斯·贝克函。)

致F.司各特·菲茨杰拉德

1934年5月28日,基韦斯特

亲爱的司各特:

我喜欢这本书,我也不喜欢这本书[《夜色温柔》]。一开始描写萨拉和杰拉尔德的部分很好(该死的,多斯把书拿去了,我没法去查了。所以,假如我说得不对——)。接着你就开始愚弄这两个人物了,把他们的出身写成本不属于他们的出身,将他们变成别人了。你不能那样做的,司各特。假如你取真人真事并且写真人真事,你就不能把别人的父母安给他们,要还他们本来面目(他们是自己的父母的产物;发生在他们身上的事情才是他们自己的故事)。你不能让他们干自己不愿干的事情。你可以取材你自己或者我或者宝琳或者泽尔达或者哈德莱或者萨拉或者杰拉尔德,但你得让他们保持原样;你得让他们干他们自己愿意干的事情。你不能把一个人写成另外一个人。发明创造是世上最好不过的事情,可你不能发明创造实际没有发生过的事情。

这是我们处于最佳写作状态时该做到的——把故事编织起来——但要编织得真实可信;日后,这故事会真的那样发生。

该死的，你处理人物的历史和未来太随意了；那写出的不是人物，而是编造奇妙的个案历史。你这个能比别人写得更好的作家，太滥用天才；你得——见鬼。司各特，看在上帝的分上，真实地去写，不管谁受到伤害，或者什么事情让人不好受，别作愚蠢的妥协。你能写出一本关于杰拉尔德和萨拉的好书，假如你够了解他们的生活的话。假如当真是那么回事，他们不会有任何感情，不过是错肩而过的人而已。

有多少美妙的故事场景。没有人（那些小子也不行）能写得有你一半好；你的书没有人能比肩。可是你在这本书里欺世太过。你也没有必要这么做啊。

首先，我总认为你不会思考问题。好吧，我们承认你会思考问题。不过，暂且说你从前不会思考；那你就该去写下来，基于你所知去虚构，直接记录人类有过先例的事情。其次，很久以前你就不再听别人的了，除非是回答你的提问。你也曾把好东西写进书里，虽然书本身并不需要那些。一个作家文思干涸就是这么来的（我们都会干涸。那不是当面侮辱你的话），不听别人的忠告。万事都从这里开始：听，看。你看得还行，可就是不再听了。

这本书比我说的要好得多，但没有你本可以做得那么好。

你可以在实地研究克劳塞维茨和经济学以及心理学；可是一旦写起东西来，别的东西并不给你带来多少益处。我们就像那不愿跳的烂杂技演员。

看在上帝的分上，你但写你的，别顾虑别的小子们怎么说；也别着急它会不会成为杰作，别在意它是什么。我写一页杰作就有 90 页狗屎跟着。我尽量把狗屎扔进垃圾堆。你感觉得发表些废话挣钱生活，也让别人过活。好吧。不过，写得多也罢，写得好也罢，杰作总就是那么些（我们在耶鲁就是这么说的）。你无从想好了坐下刻意写一本杰作。假如你不除掉［吉尔伯特·］塞尔兹和那些几乎毁了你的家伙，尽量把他们都抖露出来扔掉，让旁观的人叫喊，书好赖与否才不去理它呢。

忘掉你个人的悲剧。我们一开始都弄得一团糟。你尤其该被痛伤一下，如此才能认真写作。不过，当你被伤得不轻时，你就用这伤痛当材料——别拿它欺世。像科学家一样忠于事实——别因为事情发生在你身上或者属于你的人的身上，就把事情看得重要起来。

现在你就是冲我发火，我也不想责备你。耶稣啊，告诉别人如何写作、如何生活、如何去死，可真是妙事。

我愿当面跟你这个哀怨的人谈谈事情。你在纽约时可真是糟透了。我们没能谈出个什么结果。你知道吗，小子，你不是悲剧人物。我也不是。我们不过是作家；我们该做的就是去写作。你在书里对世上的人都要求严格，却娶了个嫉妒你作品的人。这人想跟你竞争，并把你毁掉。事情不那么简单啊。我第一次见到泽尔达就知道这个女人很疯狂。你却把事情弄得更复杂了，居然爱上了她。你当然是个古怪的人。不过，你还没有乔伊斯怪。大多数优秀的作家都是怪人。不过，司各特，优秀的作家总是要回归家园的，总要回来。你现在比当年声称自己很了不起的时候要加倍优秀。你知道我从未过多地想《盖茨比》如何如何。你现在能比那时写得加倍的好。你所需要做的是真诚地写，别管作品的命运如何。

继续写作吧。

无论怎样我很喜欢你。我想找个机会跟你谈谈。我们从前聊得多愉快啊。记得我们去纽伊利看快要死的那个家伙吗？今年冬天他来这里了。很不错的家伙坎比·钱伯斯。我时常见到多斯。他现在身体很好。去年这时他可病得不轻。司各提和泽尔达好吗？宝琳问候你们。我们都很好。她打算带上帕特里克去皮戈特呆一两周；然后把邦姆比接来。我们有一条好船。我在写一个稍长的短篇。这篇东西很难写。

你永远的朋友

欧内斯特

《太阳照常升起》拍电影的事情怎样了？有机会吗？

我并没有插话说哪些部分好。你知道这些故事有多好。你对短篇集［《赢家一无所得》］的看法是对的。我是想抻一抻多挣一点的。我在《大都会》杂志上登的上一篇小说要是收进去就能挣得更多些。*

* 1934 年 6 月 1 日菲茨杰拉德平心静气地回复此信。见安德鲁・特恩巴尔编《F. 司各特・菲茨杰拉德书信集》(纽约, 1963)第 309—310 页。

阿诺德・金里奇

1934 年 7 月 15 日，基韦斯特

亲爱的阿诺德：

谢谢你发电报来给我建议。可是我认识的真擅长此事而又从未挣到过钱的人要么在战争中死了，要么是瘾君子，脾气古怪。埃兹拉和乔伊斯也能做。现在是大家都挣着了，除了埃兹拉。你的意思是让我写埃兹拉？我写信跟你谈写什么东西，几乎是同时写了一篇文章，在写信之后立刻写的；多斯和其他人都喜欢这篇东西。可是头两页我重读时并没有让我发笑。于是重写那两页，现在喜欢它了；同样随信寄给你。还有，你告诉你的秘书，别在你外出时给我写信署名阿诺德。署她自己的名字，要么别写信。

我交你这篇后还得写几篇才完成我所得稿费的义务？今年古巴鲐鱼季节、阿肯色鹌鹑季节都没有赶上。唯一值得骄傲的是欠你作品和钱。我稳扎稳打写了些该死的好东西，甚至是醉人的作品；还及时交稿，有些还提前交稿；无论在多需要钱的时候，而写点别的还容易来钱。也许我只是在吹牛。不过，现在要的钱数是足够让我安然前往非洲的钱。因为，真的，G. 先生，我别的事情都去他妈，就是想再去非洲。尤其是在这样的礼拜日午后。午前时分也不次，夜晚也好。去他妈别的事情。

就我所知，我只能活一次。我努力工作了，写了很多好小说、好文章。对基督发誓，我只想在我感兴趣的领域里生活。我对美国场景没有浪漫的情怀。我还很快就会死去多时的。写作之外，我有两项开发得很好的天分：在大海里钓鱼，在有湍流的时候，在有鱼群迁徙的时候；第二个天分是用来复枪打猎。射程不确，目标却准得很。不一定打中要害，却一定击中目标。看在基督的分上，何不去我能用上这

两样技能的地方，却到这里来跟鸡屎样的旗鱼玩游戏。我都一个整年没碰来复枪了，感觉都中断了似的；不抓枪的滋味不好受。还有，何不把孩子也带去，让他们死在那里，或者玩得开心，而不是呆在这 F. E. R. A. 犹太人掌管的虚伪小城。假如我是说了美国不好，那是因为我忍不住。

好了，晚安，G. 先生。假如你热爱美国，好，伙计。不过，这并不打动我；很久以来就没有打动我过；我仍然是能被打动的人。这就像想象萨拉·伯恩哈特好，因为她曾经好过。我说下地狱去吧。我去过更好的地方，见过更好的人（西班牙）。此地我们拥有花卉和最好的树木还有别的一切，但我喜欢动物群，奈何。

你的

欧内斯特

（此信藏普林斯顿大学图书馆）

致阿诺德·金里奇

1934 年 11 月 16 日，基韦斯特

亲爱 G. 先生：

你的病当然很严重。我查了一下《布莱克医学词典》，从他们的解释里也得不出什么。你觉得把扁桃体割了会有治疗效果吗？我想你是精力太旺盛为自己做事，那可恶的淋巴一直在那儿你没在意。我很为你难过。你治愈后打算干什么呢？另办一本杂志？同时写两本小说？也许我们该成立一个委员会来研究一下你的事情。

谢谢你来信，刚收到。谢谢你采用贝尔蒙特那篇东西。我会给奇夫 [莱斯特·奇夫然] 发电报的。我明确跟你说这价钱可以接受。我想你对插图的看法是对的。我手里没有比《死在午后》更好的作品，否则我就用它了。

我今天上午完成了那个长篇 [《非洲的青山》]，手稿有 492 页。明天开始另写个短篇。兴许也用一下“美好时代”的优势呢，尽

然我身处这样一个好时代。

这里刮着美妙的北风。橄榄球赛的天气，一般都是在这季节的开头举行赛事。绝对会尽量把抄好的稿子给你赶 21 那期。不知道它会成什么样子呢。我多少有点不愿意写葛特鲁德，即便写这个题材一定会火。前几天她在电台里表现得如此可怕，就像是在打人体模特或者打鬼。你不会相信我说的，现在也没有了证据可以证明我说的。不过，此人在更年期之前还是很让人愉快的。让我朝曾经的朋友开枪，可真不符合我的脾胃，无论他们最后变得有多恶心。此外，我有一杆上了子弹的枪；我也知道什么地方能致命；我还知道友谊之外，还有知道自己能随时要别人命却仍然不动手的优越感，优越的感觉很好啊。比如［吉尔伯特·］塞尔兹吧，我已经让他担心那封信的内容很长时间了，我还要让他接着担心。别再跟人说我提到这信了。我把它跟文件一起放在巴黎了，锁起来了。不管他的评论生涯结果怎样，这信终究会让他成为浑球。关于葛特鲁德，我已经写了全部；假如有什么事情发生在我身上，这些东西可以随时取用。不过，老婊子来此［美国之行］风光，我不想猛烈抨击她。虽如此，你为这篇东西起的题目不错。

我的最好的哥们之一，路易斯·昆塔尼拉，要在纽约富勒大厦办个蚀刻画展，地点是皮埃尔·马蒂斯画廊，时间是 11 月 20 日。画展要办两周。这些蚀刻画真好，我所见活着的画家里干铜版雕刻没有这么好的。昆塔尼拉现在马德里蹲监狱，罪名是十月暴动时参加了革命委员会。他们想判他十六年。我为他的画展目录写了简介；多斯也另写了一份。我支付了画的装裱费用并准备支付展览费用。这最后的内容你我知道就行了。你能煽惑谁前往参观吗？或者纽约有什么人买蚀刻画你认识的，让他去看看东西？这玩意儿不是慈善，也不是帮哥们解围。只是这些画太好了。假如你有 20 块钱可花，你就该买一幅。这些钱都是给昆塔尼拉的，除了百分之二十给皮埃尔·马蒂斯当中介佣金。皮埃尔全力以赴，认为这些画真棒。我知道这些画真好，可因为我是哥们，可能人家以为我偏心。

这信就这些了。我希望你病好起来。你把贝尔蒙特那篇的稿费支票寄给莱斯特·奇夫然好吗？地址是马德里市第933号公寓。12月号刊登的那些大大的五彩缤纷的广告真是好啊。我们开始发财的时候，别忘了告诉我。

你的永远的，

欧内斯特·海明威

（此信藏普林斯顿大学图书馆）

致杰拉尔德和萨拉·墨菲

1935年3月19日，基韦斯特

亲爱的萨拉并亲爱的杰拉尔德：

你们知道我们也说不出什么写不出什么。假如邦姆比死了，我们知道你们会感觉如何，知道你们也说不出什么。多斯和我礼拜天从海湾回来发了封电报。昨天我试着给你写信，可就是写不下去。

对鲍斯来讲并不那么糟糕，因为他总是过得很愉快。他现在只是做了件我们大家都要做的事情。他刚过了这一关。真是可怕，这一关用了恁长时间。不过，假如能让他免受折磨，就算老天慈悲了。强似你很想活却得死，死前还累得很。

关于他不得不死得恁早［16岁］[1]——记住，他生前很愉快；一千遍地重复生命也不见得更好。他被赦免了，用不着知道这世界是个什么样的地方。

这是你们的损失：你们损失的比孩子自己损失的多。所以，从道义上讲，你们可以勇敢顽强起来。不过，我可不能勇敢顽强；我全心为你俩的损失而难过。

我说下面的话绝对经过冷静思考。我知道任何有过愉快童年的人早殇就算是赢得胜利了。你们为孩子的幸福童年所做的一切没人能及。我们都得前瞻死亡：被人击垮、躯体消亡、世界毁灭。不过，我们经历的是一样的死亡。他过了这一关，他的世界仍然完整无缺，死亡只是偶然的事件。

你们现在明白了吧：我们都到了生活的这一阶段：开始失去同龄人。鲍斯的年龄曾经是我们自己的年龄：没有几个人真正活着；那些活着的人从来就不会死。即便是走了，也不妨事。你爱的人就不曾死过。

我们在一个时间活着一天，就要小心别相互伤害。现在似乎是同在一条船上，仍然在一条好船上。这条船是我们自己造的，不过我们知道这船永远也到不了港口了。会有各种天气情况出现，好天气坏天气；尤其是因为我们知道没有陆地出现，我们得同舟共济、相互善待对方。我们很幸运，船上都是好人。

我们爱你们俩。问候泰克西德米公爵［儿子帕特里克·墨菲］，问候马儿们的昂诺丽娅［女儿］；问候老鲍斯。

欧内斯特

（此信藏普林斯顿大学图书馆）

[1] 墨菲夫妇的长子鲍斯（1919—1935）长久病痛后死于肺结核。

致阿诺德·金里奇

1935 年 4 月 11 日，基韦斯特

亲爱的阿诺德：

随信附上这篇什。假如不能说“通奸”，说“性交”行不？假如还不行，或者说“同居”可以？假如那还不行，就只能说“圆房”了，我想。你根据自己的品位和判断力来决定吧。

明天一早我们就离开此地了。迄今伤口还很干净，再有一两天就愈合了。[1]不怎么疼。

我会从比米尼给你写信的。心想现在最可靠的还是给你写篇东西，因为往比米尼路上要三天呢，离截稿日期太近，恐怕有虞。

致敬。

欧内斯特

（此信藏普林斯顿大学图书馆）

[1] 4月7日星期天在前往比米尼的路上,海明威无意中走火,子弹打在两条腿的小腿肚上。见卡洛斯·贝克《海明威传》(纽约,1969)第271—272页;又见《老爷》杂志第3期(1935年6月)登载的《论再次中弹》。

致阿诺德·金里奇

1935年6月4日,基韦斯特

亲爱的阿诺德:

我寄了两本样书给你,是在古巴出版的,显然是我著作的初版本啦。此书是评论年轻的[安东尼奥·]加托尔诺[古巴画家]的。[1]你记得他那幅醉人的画吧:两姐妹,长得都很可笑,蓝色调的,在那只林羚的头下方。他在哈瓦那穷困潦倒,赢了一场大比赛;那场革命把这事情给搅了(我们败了);所以奖金也从未支付给他。这书只印了460册。他寄给我50本。我付10本的钱,送你两本,剩下的当送我孩子的礼物。把40本寄给《斯科瑞布纳》,让他们代售,每本5块钱起卖。假如科恩船长付现金,就让他拿10本。所有的钱都寄给安东尼奥·加托尔诺,地址是:哈瓦那马里亚瑙波哥约第星星镇。假如乔治亚·里连菲尔德要的话,可以从斯科瑞布纳"稀有书籍部"订购。顺便一提,谢谢你告诉我有人说我"虚伪"。说这话的人变态。假如不太过分的话,你能否请她写信告诉我她是哪一天见到这家伙的,他是怎么说的?能不能描述一下他?我想有些人根深蒂固相信我虚伪、讨厌,源于那小子在美国的四处活动。他从东岸跑到西岸,签名售书,大声朗读自己的新短篇小说作品;在"探险家"俱乐部呆了两个月,带年轻人去吃早饭。我想让她或者在芝加哥碰上他的人跟我说说细节。[2]

从凯特凯伊飞回来,发现宝琳把房子改造一新;见到孩子们。还清理了《非洲的青山》连载[在《斯科瑞布纳》上]。我尽力把邮件处理干净。我们抓了两条大个金枪鱼,都没让鲨鱼碰着它们。希望在你杂志的下一期公布这世界纪录。你能往比米尼海明威的地址给我发电报告诉我你下一期处理文本和照片最迟是哪一天吗？你会吃惊地看到人们多追捧那玩意儿。假如你需要大明星大运动员的吹捧好让你的东家们满意，让他们觉得自己的铜钱没花在屎巴巴上，那我就给你去请，或者把他们的吹捧寄给你。我想这三四篇东西连着发比较好。最后一篇不得不在凌晨3点写，当时还抱歉呢。不过，来年冬天我会给你再写些文学作品的。或者今年秋天。

我还得写几篇才能再得些钱？上次支付的只是一篇稿子的费用。我不是在乞讨。我只是想知道。我寄这稿子是航空寄给你的，及时到达。加托尔诺那本书该是收藏家的好玩意儿。希望如此。假如说收藏家的玩意儿能留存的话。

最新版的《罗斯》和《米克》看了吗？没有什么可赌了。杰克·布瑞顿和特德·奇德·刘易斯也打了19局好拳击赛。每个人都在水平线上。

下面的话题你感兴趣吗？我打伤了一个叫乔·纳普的家伙，还把他揍倒在地。[3]我事后发现此人拥有或者据称拥有克里尔斯公司、麦卡尔公司……这是天黑之后的事情，在比米尼船坞，赤手空拳干的。有约60个证人，其中包括（21岁的）本·芬尼[4]、霍华德·兰斯、比尔·法根以及其他许多人。我想他是在［葛特鲁德·］斯坦因的文章里读到我是个虚伪的人，因此专门跟我挑战。我跟他说他还不清楚搅进的是什么局；说他既然在谈，就把在纽约跟我说过的话再重复一遍吧。不管怎么说，我用左勾拳勾了他三次，不知为什么他没有倒下。接着是下一拳，他向前倒下。我又抓起他来重重地打了他两下，手臂如棍棒，右手打到他耳朵后面。他退缩了，我给了他最猛烈的一拳，让他屁股和头同时都撞在地板上。我相信他本以为这场打斗是你晃荡两下即刻消失，随后某人抓住你狠揍。不过，他那帮人倒是一动不动坐着。他是次日凌晨4点离开的，坐他的游艇“风暴王”号前往迈阿密去看大夫。在迈阿密他跟法根说他后悔自己的鲁莽、咎由自取。换句话说，这叫别插手别人的一亩三分地。这婊子养的反正没碰着我一次。是他先出拳的，200磅体重呢。他穿着鞋，我光着脚。两个脚趾甲没了。假如你对此事还有好奇心，很容易证实的。当时船坞有一个黑人演唱队。他们看到了全过程。假如你来比米尼，你就能听到一支美妙的歌声。我真愿你能来。我6月7日到6月25日独自在此钓鱼。我老婆得去圣路易斯接邦姆比，小子从芝加哥被“托运”到那儿。我真希望你能来。这真是个很好的地方。这种钓鱼法有两个人比一个人钓要好得多。

无论怎样，给我写信，请乔治 · D. 柯瑞德船长收转，地址是：佛罗里达州迈阿密市第5大街西南1437号E. 海明威收，请比米尼“皮勒”船长转。

他是开操舵船的，每周二会把船开来。我明天回去。你可以从芝加哥或者纽约飞来，用不了多少时间。泛美航空公司的飞机从迈阿密到拿骚每周一和周五上午8点由蒂纳基机场起飞；28分钟就把你带到凯特凯伊了。你只需要发个电报让我去凯特凯伊接你就行。我们会在那里的。我打算把卡洛斯［· 古蒂耶热］也请来。

我们抓到一条鲐鱼，个头比迈克［· 斯特拉特］的那条还大三分之一。把它绑了起来搁在船上。鱼钩都拽出来了。这一仗可不轻松。它在水面上跳了22次。鱼线拉得有半英里长，真像该死的诺曼底阵线。我在28分钟内把它弄上船。这条鱼跟迈克那条鱼一样是自己蹦跶死的。然而，鱼钩是拽出来了。足够打破世界纪录的了。啊，才不管那些呢。反正鱼在那儿呢。你收到信后来这里，我们给鱼儿加点热度。也有很多小鱼儿。我们用的是8到10磅的金枪鱼拖钓鱼线。钓到两条金枪鱼：一条用了一小时十分钟，一条用了四十八分钟。那里的所有船只上的人钓了四年鱼，没有人钓到过。跟有钱的小子们打赌的话，能赢350块钱。有钱的小子在这里也多。可现在不是打赌的时候。

再见阿诺德。我会给你写篇好东西的。假如你有什么好建议，就说出来。

［欧内斯特 · 海明威］

（此信藏普林斯顿大学图书馆）

［1］见《加托尔诺》（哈瓦那，1935年4月）第11—16页。海明威评论这位画家作品的文章（1936年5月）《老爷》杂志第5期重发。

［2］此江湖骗子是美国海军一位上将的儿子，有点心理变态。他的各种动作许多年里对海明威构成侵犯。海明威1951年2月17日致卡洛斯 · 贝克的

信(此卷未收)讨论了此问题。

[3] 约瑟夫·费尔柴尔德·纳普(1892—1952)与父亲约瑟夫·帕尔默·纳普(1864—1951)一起参与杂志出版。父亲是克伦威尔克利尔出版公司前理事会主席。海明威1935年7月31日致金里奇信(此卷未收)写道:"自纳普的事情之后,这里的人都紧张,要么感觉危险;他们让我去打。当地人把这个当消遣,叫'拿他试试拳'。在过去的两周里打了四次——两次赤手空拳,两次戴手套。都把人击倒了……[比米尼]岛上还没有人在不到一分钟里这么重这么狠地击倒过人。"(此信藏普林斯顿大学)

[4] 芬尼(1900年生),前海军陆战队员,自1920年代起就是海明威的朋友。见他的自传《脚先着地》(纽约,1971)。

致萨拉·墨菲

1935年7月10日,英属西印度群岛比米尼岛

最最亲爱的萨拉:

真是罪过。我们在这里把孩子们安顿好了才收到你的信。要是我们能一起在那里该有多好。可是他们太喜欢这里了,我不知道如何能让他们离开。帕特里克长了2磅,现在真像棕色的墨西哥人。格瑞高里在学游泳。邦姆比成天在外面跟他的黑人朋友泡在尾挂机船上。这里的海洋真是地道,7英里内冲浪安全得很,后门就是干净的沙滩。在海滩上我们用棕榈树当屋顶搭了个小棚。那里没有虫子;水绝对是清澈的湾流水,永远凉爽,却从不寒冷。他们的房子在一个山脊上,可以俯瞰海洋和礁湖。一个月只要20美元!每天微风劲吹。他们上午都在游泳,下午都在钓鱼。孩子们太喜欢这地方了,我不知道世界上还能否找到这样的海滩或者这样的水。你得来这里。我们得知你和帕特里克去了阿迪隆戴克斯之前,我和宝琳想着你也许能来呢。[1]你对那里树木的描写让我想去。我们北上的时候,宝琳和我会去看你、帕特里克还有昂诺丽娅的。我还不知什么日子去呢。我们结束此地的活动之后,我想找个地方写作三个月。

最近鱼儿们没来。它们去古巴了。假如今后三个星期里它们还不露面,那今年就不会来了。也许会去古巴呆两周看看。然后北上。得找个地方安放船只,这样龙卷风季节来的时候,它就安全了。

萨拉，你会喜欢这地方的。它在湾流的正中。每一阵微风都是凉爽的。水至清，龙骨下 10 英寻呢，你以为要触底了。有各种各样的鱼，尽管大个鲐鱼和金枪鱼似乎过去了。有很好的旅馆［“全角度”：海伦 · 邓康比太太］。我们在那儿有个房间，因为最近夜里常有雨水侵袭，所以我无法在船顶上睡觉。那叫法不符合海洋词汇标准，但那是凉爽的好睡处。多斯和凯蒂会跟你说这个的。

告诉帕特里克，我有了一杆汤普森轻型机关枪。我们用它来打鲨鱼。两周里共打了 27 条，都超过 10 英寸。它们一伸头，我们就让它开花。我们在 35 分钟里抓到过一条灰鲭鲨，离世界纪录只差 12 磅，重达 786 磅。多斯会跟你说大金枪鱼和鲐鱼的事。我们曾与一条 1 000 磅重的金枪鱼奋战；另一个人跟我们一起奋战：他先已经奋战了 9 小时 50 分钟。我们把它绑起来之后，夜里九点的探照灯下鱼显得异常大。它被鱼钩钓着的地方在 17 英里外呢。鲨鱼们袭击过它。有 5 条鲨鱼同时袭击过它。我用曼利夏枪打了三枪，子弹像木桩杵进磨盘。光是鱼头就有 249 磅。真是丢人啊，库克 6 个半小时搞它，之后我搞定它用了 3 小时 20 分钟。

别的消息我就没有了。帕特里克会喜欢这地方的。你们可以抓笛鲷、海鲢；码头这儿就有 25 种小鱼。小镇上住着约 400 人。大抵是海龟船和海绵艇。北梭鱼更是稀松平常。

操舵船每周从迈阿密来一次。我们跟船带来饮用水、冰块和新鲜蔬菜。岛上没有疾病。墓园里的人平均寿命 85 岁。大约 2/3 的人口是黑人。这是英国属地。只有一名警察，还去了拿骚，要走 2 周呢。我们刚庆祝了女王的华诞、五十年节、威尔士亲王的生日、7 月 4 日国庆。即将庆祝 7 月 14 日。所有节日都大醉。我们庆祝的时候想你们，其他时间也想你们。问候你们，希望不久能见到你们。问候帕特里克和昂诺丽娅。可怜的“老爸”爱你们。

你写信请寄佛罗里达州迈阿密第 5 大街西南 1437 号乔治 · D. 柯瑞德船长收转英属西印度群岛比米尼“皮勒”船长收交 E. 海明威。那样可节省两周。信每周随操舵船来。

欧内斯特

我们从杰拉尔德那里又得了一大堆盘子。多斯和凯蒂忘了带你的照相机。我能寄走吗?

[1] 帕特里克·墨菲得了肺结核，跟他母亲住在纽约萨拉那湖教堂街 29 号。

致伊万·卡什金

1935 年 8 月 19 日，基韦斯特

亲爱的卡什金：

谢谢你寄给我书[1]和《国际文学》上的文章。今天收到的；是［威廉·］沙拉扬转来的。不久前，《老爷》杂志转来这篇文章，我拜读了。

有人懂得你在写什么总是件快乐的事情。我所关心的只有这个。至于我自己像个什么并不重要。此地，文学评论如同笑话。布尔乔亚评论家并不能分辨自己的屁眼和地上的一个洞有什么区别。新近改变信仰的共产党人就像改宗的新人。他们急切地希望自己正统；他们所感兴趣的只有以自己的文学批评态度来划分派系。这一切都与文学不相干：文学永远是文学。当文学是文学的时候，它并不管是谁写的文学作品，也无论作家信仰什么。埃德蒙·威尔逊是我们当代最好的批评家；不过他不再阅读新出的作品了。考莱诚实，可人们大抵的印象还是：他正接受改宗。他也慢慢什么也不读了。其他人都是职业评论家。假如为了什么事业不得不战斗的话，我不知道自己需要谁或信任谁。我忘了提迈克·戈尔德。他也诚实。

文学评论大多如此。比如，伊西多尔·施耐德会写一篇关于我的文字。我会读一读，因为我是职业作家，因此并不在乎赞美表扬。我只是看看能学到点什么。假如这篇文章很蠢，我顶多什么也学不到，并不觉得丢脸；只会觉得枯燥乏味。接着，我的某个朋友（约瑟芬·赫斯特）会写信给施耐德说：你为什么这么这么讲，《永别了，武器》呢？海明威在《死在午后》里是怎么说的？施耐德会回信给她说：《太阳照常升起》之后，他就没再读我的其他作品了。而这部书

似乎是反犹太的。尽管如此，他会写一本关于你的作品的严肃评论文章；并且不读你的最后三本书。文学评论就是胡说八道。

你的文章很有意思。在我看来，唯一的麻烦是张冠李戴了。在蒙大拿州比林思弄断右胳膊、胳膊吊在肩膀后面的是我，不是弗瑞泽先生。那次伤得厉害，五个月才养好，接着是胳膊瘫痪。我尽量用左手写字，可就是不会写。肌肉神经终于康复，五个月后我能抬起手腕了。与此同时，人也懈怠了。我记得痛苦学习的情形，也记得懈怠的情形；记得医院里的人和医院里的其他东西；写了一个短篇叫《赌徒、修女和收音机》。接着我写了《死在午后》以及上一本书（《赢家一无所得》）里的另外几个短篇。我去古巴，遇上点小麻烦。我去西班牙，写了个很好的关于人的需要的短篇小说，也许你没读过，叫《过海记》。与此同时，我给《老爷》杂志写稿子混饭吃并养活我的家人。他们不知道我会写什么：出版前一天稿子才到他们那儿。有时，我的稿子比其他人的还好。我每次都是在一天内写完稿子，尽量把它写得有趣并尽量说实话。这些稿子并不做作。我们去了非洲，在非洲度过的时光是我一生中最美好的时光。现在完成了一本书［《非洲的青山》］。我会给你寄一本的。也许你认为是狗屎一堆，也许你会喜欢它的。无论怎样，这是我所能写的最好的东西了。假如你喜欢它，想翻译出来在杂志上发表，那你就用吧。也许你没有兴趣呢。不过，即便杂志不感兴趣，你自己也会感兴趣的。

人们现在都想吓唬你，要么说要么写：假如你不成为共产主义者或不持马克思主义观点，你就没有朋友，就会成为孤家寡人。他们似乎认为孤家寡人是件可怕的事情。或者说，没有朋友也很恐怖。我情愿有一个诚实的敌人，也不愿要自己认识的大多数朋友。我现在成不了共产党人，因为我只相信一件事：自由。首先我愿自己照顾自己，干我自己的事情。接下来是在乎自己的家庭。再下来是帮助我的邻居。然而，我并不关心国家。在我看来，国家就意味着不公正的税收。我从未向国家索取什么。也许你们有更好的国家，但我得看了之后才相信。看了我也不会知道，因为我不会说俄语。我绝对相信政府越小越好。

无论我出生在什么时候，我都能照料自己，只要不死。一个作家就像一个吉卜赛人，他并没有义务效忠任何政府。假如他是个好作家，他就永远也不会喜欢他归属的那个政府。他的手该是反政府的手；政府的手也永远在反对他。人一旦了解官僚体系，他就会恨之。因为一分钟过去，不公正之事就会增添幅度。

一个作家就像一个吉卜赛人一样是远离中心的人。只有天分有限，他才会培养阶级意识。假如他有足够的天分，所有阶级都在他的疆界内。他从所有阶级里取材；他奉献的作品是大家的财产。

一个作家为什么要期待某个团体或者任何国家的奖赏呢？唯一的奖品就是你把东西写好；任何人有这个奖项就足够了。一个人摆好了姿势当法兰西学院或者别的学院的候选院士，在我看来没有什么比这更淫秽的了。

假如你认为这种态度将导致人类绝后，个人将一无是处成为人类的垃圾；我相信那你就错了。衡量一个人的作品不能靠量。假如你在一个短篇里能浓缩许多意义，如一个读者在长篇里所得，那个短篇就照样持久不衰，只要它有闪光点。真正的艺术品永久有魅力。不管这艺术品的政治主张如何。

假如你信仰什么并总在为此工作，比如我相信写作的重要性；你就对所信仰的东西不会幻灭，除非你的野心太大。你所恨的只是时间太短，我们得生活，又要把工作做完。

对我而言，在生活里行动比写作容易得多。我的行动能力比写作能力强。在行动中，我不再担忧什么。一旦生活处境糟糕，你就兴高采烈，因为你除了在做的事情之外什么也干不了；你没有责任义务要尽了。然而，写作是件你永远也做不到它可臻的境界的事情。写作是永恒的挑战。写作是我做过的最难做的事情——所以我要写作。我写得好的时候，倍感幸福。

我希望这封信没有让你烦。我给你写这封信是因为你仔细精确地研究过我的作品，因此你兴许了解我的思想。即便如此，你读我的东西时，也可能认为我写得狗屎般糟糕。我才不管什么美国评论家知道不知道我所想的是什么呢，因为我并不尊重他们。可是，我敬重你并喜欢你，因为你希望我好。

你的真诚的，

欧内斯特·海明威

又及：你能见到马尔罗吗？我曾一度认为十年里所读最好的书是《人类的处境》。假如你什么时候见到他，我希望你代我告诉他这话。我本想给他写信的，可是我写法语时拼写错误太多，不好意思写。

我收到一封他、纪德和罗兰共同署名的电报，是伦敦方面邮寄给我的，请我出席某作家大会。大会结束两个星期后电报才到巴哈马群岛我的手里。他们也许认为我太无礼，连个电报都不回。

这本新书 10 月份出版。届时我会寄给你的。写信发报到美国佛罗里达州基韦斯特我总能收到。就是我们不在那儿，他们也会转交的。

E. H.

又又及：你喝酒吗？我注意到你行文口气有点酒瓶的味道。我 15 岁就开始喝酒了。很少有什么东西给我更多的快乐。一个人整天用脑子工作，知道第二天还要接着工作，有什么能像威士忌那样让你换换脑子、让思绪在另一架飞机上翱翔？在你又冷又湿的时候，又有什么能让你暖和起来？在遭遇病痛的时候，谁能像朗姆酒那样说些让你一时欣慰的话？夜里我能不吃就不吃，但红酒和水是少不了的。唯有在写作和拳击的时候，酒才成为不好的东西。写作和拳击的时候要头脑冷静。不过，酒精总是在我打猎的时候帮上忙。现代生活也往往是一种机械式的压迫。酒精于是成为唯一的机械式解脱。假如我的书挣钱了，就请告诉我；我会来莫斯科。我们找个能喝酒的人，把我的版税喝掉，结束机械式的压迫。

[1] 俄文版《死在午后》由伊万·卡什金编辑（莫斯科，1934）；序言也是卡什金写的。序言还作为单独的一篇文章刊于《文学评论》第 9 期（1934 年 9 月）第 121—248 页。还有一篇文章也许是《海明威：匠人艺术的悲剧》，刊《国际文学》第 5 期（1935 年 5 月）第 72—90 页。卡什金（1899—1963），海明威真正的同代人；1924 年毕业于莫斯科大学，随后操业当评论家、翻译家和教师。海明威在苏联的声誉主要是他营造的；造势活动始于 1934 年。到 1937 年，15 个苏联作家里就有 9 个人认为海明威是他们最喜欢的非俄罗斯作家。见德明·布朗著《苏联人对美国文学的态度》（普林斯顿大学出版社，1962）。海明威总是把 Kashkin 拼写成 Kashkeen，除了在《丧钟为谁而鸣》借用此名的时候例外。有政治玩笑说卡什金是红头发，海明

威听了大乐。

此信发表于《苏联文学》第11期(1962年11月)第160—163页。

致麦克斯威尔·帕金斯

1935年9月7日，基韦斯特

亲爱的麦克斯：

真高兴收到你的信。本想早回信，无奈飓风在收信当晚袭来。我们只是在风力的外围。预期是午夜来袭。我10点上床，我把船尽量安排妥当，保证安全；假如可能，本想睡两个小时的。我把气压表放到床头的椅子边上，还备了个手电筒以防灯灭。午夜，气压表降到29.50。风高怒号，摧枯拉朽般把树木枝叶刮倒。小车被淹；徒步来到船上，坚持等到早上5点。风偏西；我们知道风暴越向北方，离我们而去了。次日整天，风高不得外出，与基城方面也失去联系。电话、电缆、电报都停止运作，船上的生活大艰难。次日来到［下马特康比礁］，发现事情不妙。我想你可能读了报纸，但什么报道也给不了你概念：毁灭有多严重。死亡人数在700到1 000之间。至今有许多人未被埋葬。40英里内的树冠绝对被刮掉，像是被火吞了；土地就像废弃的河床。各种房屋都被刮倒了。超过30英里的铁路被冲，被吹走。我们是第一批进老兵“五号营地”的；他们正在修公路呢。187人，只有8个人活下来了。自1918年6月下皮亚韦河以来，我还第一次在一个地方看见这么多死人。

这些营地的老兵实际上是被谋杀的。佛罗里达东岸有一列火车，二十四小时随时准备好将他们运出基城。负责当地事务的人据说给华盛顿发过电报请求指示。华盛顿发电报给迈阿密气象局；据说气象局回电：没有危险，为此花钱没有用。火车还没有走，风暴却开始肆虐。两个下营地30英里内一直未被风暴袭击到。负责老兵事务的人和气象局可以划分责任，两个营地各摊一半。

我所了解的情况如下。我发誓如下内容属实：风暴在马特康比到高潮时，大多数人已经死了。迈阿密气象局发出警告有大风临两基；基拉戈和基韦斯特都有风，并警告基韦斯特下方佛罗里达海峡飓风强烈。但他们却没有能预报风暴袭击，连最基本的预测其进度的常识都没有运用。

长礁钓鱼营地完全被毁；上马特康比和下马特康比所有安居设施被毁。30 英里铁路完全无影无踪；兴许再也不会有火车进基韦斯特了。公路没有铁路那样毁得厉害，但修复得花半年时间。铁路方面也许虚张声势，为了把路权出售给政府修公路，他们会假装重建。无论如何，基韦斯特至少在六个月里会成为孤岛，除了有船通行，以及从迈阿密飞来的飞机。

运输头等邮件的海军陆战队的飞机把两份清样带来了。我看到了第 130 页。你需要我在另一份清样到来之前把它寄回给你吗?

回到你的来信。

不过，首先要说的是：我真希望那个废物点心跟我在一起经历风暴。他让出版商宣传广告说他呆在迈阿密，因为他需要在书里写飓风的情形。似乎他又等不到飓风，很失望的样子。

麦克斯，你无法想象：两个女人赤身裸体，被水掷到树上，身子都肿了，发臭了；乳房像气球一样大；两腿间叮满了苍蝇。接着，慢慢估摸，你才知道这地方是哪儿，认出她俩：原来是离渡船 3 英里远加油站兼卖三明治的两个美女。我们找到六十九具尸体，那地方没有人能进去。基城印第安人保留地绝对被扫荡干净了，寸草不留。在那高地的中心到处是活海螺，跟海水一起来的，还有龙虾，死掉的海鳝鱼。整个海底的水泼向这块地。我真想让那文学混蛋小子来拿鼻子试试这玩意儿，他不是想要一场飓风吗？哈利 · 霍普金斯和罗斯福派那些追逐赏金的家伙来此就是为了除掉他们，这回可真除掉他们了。现在他们又说这些人该被埋在阿灵顿，不许就地火化或者就地埋葬。这就意味着得扛四分五裂的死尸、吹得像气球般足的尸体，尸体举起来可能爆裂、腐烂、流淌、有毒、分解；绝对不可能防腐，得扛 6 到 8 英里才能装船；等凑齐十个二十个才能放进箱子里。整个东西让你恶心想吐——一路到阿灵顿。反对火化和就地埋葬的抗议声来自迈阿密殡葬服务所，每个死去的老兵尸首处理费用是 100 美元。普通松木盒就叫棺材，每个 50 美元。本可以用生石灰就地处理的，根据薪水碟和文书确认身份，外加个十字架。日后再把尸骨挖出运走。

我的小说《过海记》里那个怪人的原型乔·洛在渡船通道处淹死了。

我刚写完一篇非常好的短篇，篇幅较长。周六晚上预警、风暴突起的时候，我正写另一篇呢。周日和周一两个整天，人们往外运老兵，怎么也运不完。假如他们像我们预先安顿船那样提前小心准备，那就一个也不会损失。

现在太烦，写不下去了。外面在下雨。我在快艇的甲板上睡觉。没有酒度过这一切，所以该记得整个过程。假如我想拿这些当小说的素材，那才该死呢。我们走了五趟，为幸存者提供补给，到不同的地方；结果发现除了死人外，没有吃这些食品的人。

希望佩格没事。我打赌她没事。无论怎样，你不用担心，她回来了。

我想假如司各特有什么东西还能爱，那这爱能帮他一把。女人并不那样可怕，他不需要太自嘲。

关于斯坦因——我只是想尽量诚实一点。我一般不指名道姓，又有什么能证明我说的就是葛特鲁德？你想让我用什么字眼替换婊子？胖婊子？烂婊子？老婊子？同性恋婊子？有什么修饰形容词能改善一下这样的字眼？我不知道用什么词来代替婊子，当然不能用妓女。假如世上有过婊子，那女人就是个婊子。我看看能改不。（刚找出来读了一过，看不出有什么不妥。）除非你认为这字眼会给评论家口实。看在基督的分上，麦克斯，你难道看不见他们为了相信自己的话不得不攻击我吗？你除非像高尔斯华绥那样操职业生涯，否则就不能一直畅销。你得生扛这不畅销。再出一本好的短篇集（只是这本动作会多些，读者易懂），一个好的长篇，你就能处于这样的境地：人们都围到你身边，再吃一遍你拉的屎。我才不在乎畅销不畅销呢。我畅销的时候，自己也不热衷。唯一让我不安的是你们发行部对我不再抱我自己所有的信念；他们不会明白我在做长远计划，而不是每天像罗斯福那样争取畅销。我也需要一定数量的钱。

好吧。我们再拾起婊子这个词儿。

你觉得“胖女人”怎么样?

这词儿还行。我会改成“胖女人”或者只用“女人”。如此好些。这样就能让她比听到婊子字眼更生气。如此也能让你高兴：不称女士为婊子。如此似乎我就不那么在乎她躺在我身边。皆大欢喜，除了我这个作者；我这个作者只在乎是否诚实。

啊，我现在就改。好了，改好了。如此更加深了我对她的看法；至于有没有必要加深看法就不重要了。好了。你不用担心了。

最好这时把信寄掉，因为没有人知道邮件什么时候走。希望你的枯草热没事。风暴的尾巴去了北方，秋天看似早来了一点，会把风暴平息掉的。我欣赏你关于写作的意见。随信附上关于斯坦因那部分文字，你现在可以重排校样了。这部分修改完好，强调了这段话原属于哪儿。我想此段修改也完善了章节结尾，避免了“婊子”这个字眼用在女士作家身上［《非洲的青山》第三章］。

你收到此信后能在我账户上存500美元吗?威廉街22号城市银行农场主支行。我想，这样一来，预支版税就达4 800美元了。

我将把剩下的校样看完，但想先寄给你修改了的部分，这样不至于耽误事情。现在就去寄走。

祝你好运，麦克斯。

永远的你的，

欧内斯特

(此信藏普林斯顿大学图书馆)

致F.司各特·菲茨杰拉德

1935年12月16日，基韦斯特

亲爱的司各特：

真高兴听到你的消息。真遗憾你认为人家强你写书评。我只是问麦克斯是否有你收到书的信。因为你一直在换地址；一会儿这事，一会儿那事。送你书并不求你赏饭，也不向你索字。

无论怎样，你好吗？我听说你现在不喝酒了，已经戒酒几个月了。接着又听说你还酗酒；你的内脏依赖酒精。等等等等。请告诉我你到底怎么样，你在做些什么，好吗？你写的关于身体的诗行很好。可我情愿知道你现在有什么同时又缺什么。

真高兴从来信里得知你不再能分辨什么是好书，什么因素能使一本书变得前所未有的糟糕。

无论怎样，那意味着你不再有灵光一闪的见解或者智慧：那个意味着“终结”。前几天我翻读东西，发现 15 页你写给我信，讲的是《永别了，武器》结果会怎样、该写些什么。你写的这封信跟那封一样。

我什么时候错误地以为你不喜欢《死在午后》啦？为什么会这么看？怎么回子事？你知道吗？你就像个真正热爱数学的杰出的数学家，却总是解题时解错。当然，你还像别的什么，很多呢。我才不管呢。你还不像别的什么人，除了你自己。你认为自己见老朋友的时候得喝个酩酊大醉，做出各种出洋相的事情让自己蒙羞；尽管如此，你的朋友们还是喜欢你。我就很喜欢你。在沙拉那茨萨拉［·墨菲］的家我们聊了一个下午，话题就是她如何在意你。她说你给她写了封很醉人的信。

我去年 9 月出发想到阿什维尔［北卡罗来纳］见你。接着是南北卡罗来纳的小儿麻痹症很厉害（我带着邦姆比和帕特呢），于是把车留在南卡的哥伦比亚，把他们弄上火车去了纽约。我很想见你，很想找机会跟你谈谈。交谈时可以扬弃写我们写文学书简时居高临下的废话，可以很好地相互谅解。你发了份电报说要来，我却两周后才收到电文：当时正在巴哈马群岛航船呢。我试过找麦克斯和金里奇，想让他们带你来。

我越往回想，越觉得《夜色温柔》是一本好书。这话可能令你愤怒，但是实话。你何不来这里呢？我打算 12 月 26 日前往哈瓦那看路易斯-戈斯坦那加拳击比赛。来吧，我们一起去。我可以弄到两个记者席位。

往这儿写信，好吗？——我们整个冬天都在这里。不知多斯会不会来。有很多东西要跟你说，在信里不好说。有一对夫妇，你可以从他们的故事里取材写小说。

祝好，

欧内斯特

（此信藏普林斯顿大学图书馆）

致约翰·多斯·帕索斯

1935年12月17日，基韦斯特

亲爱的多斯：

你好吗？凯蒂好吗？一切都好吗？我真高兴你去看望萨拉［·墨菲］。我真不该那样安排行程。我知道那次车着火，你无法去，也不该去；那次天气也不好。我知道凯蒂也不该去。我当时想，无论如何你似乎该去（就那情况而言，该去个屁）。我的安排太糟。萨拉似乎很沮丧，因为没有人来。

刚收到［安东尼奥·］加托尔诺的信，说他想1月份就在“《老爷》杂志上发表那双页插图，说是我答应的”。我答应他说尽量跟金里奇商量玉成此事。他来纽约的时候，我没能见到他。我正设法让他来此地，一起去看路易斯打拳。通过迪克·阿姆斯特朗得了两个记者席位。你是不是觉得加托尔诺听人胡说以为我现在是《老爷》杂志的股东？他要我付100或150美元办他的画展。不是问我有没有钱付他，而是要我即刻寄钱；也许是问我有没有钱帮他。要命的是我没有。来年1月我才有钱呢。《老爷》杂志上发表单页或双页会大大促销他的画；我相信我能帮他。不过，我无法承诺。至于钱，我上哪儿给他弄啊？我挣了《老爷》三期预付稿酬，在纽约都花光了。我的书预支稿费也花光了；评论家还扼杀了这本书。我们有300美元度过圣诞节，直到来年1月就这些了。你替我跟安东尼奥说一声，我给不了他钱，1 月 1 日之后才有进项。这不是敷衍他，而是我没钱了。假如我来跟他说这个，他不会相信。元旦后我让他从我这里拿 100 美元；我也会尽量让金里奇发表他的东西。你带他去看那个了吗？12 月 31 日前我得支付 1 116.83 美元利息在那笔非洲钱上。我筹了一笔钱用于此，那也不到 300 美元。我在圣诞节总是给家里钱的，他们比安东尼奥需要或者说更需要钱；可我不能跟他掰哧这个。他以为我是爱好文学和斗牛的游艇百万富翁。

你能给我弄一份 N.R. ［《新共和》］上登的邦尼 · 威尔逊写的文章吗？[1]金里奇和麦克斯来信都提到这篇文章，我还没读到呢。标题似乎很令人沮丧。怎么回事呢——他就受不了有地方有人稀罕我的东西？我想，他发现走到俄罗斯都有人喜欢我的东西，这还了得。他得搞定这事，不是吗？这事让我懂得，你让我出来见人的时候，我就该出来见人。最近在这方面学了很多东西。你觉得比尔 · 史密斯什么时候会写一本书攻击我？我当然也等着有一天昆塔尼拉和加托尔诺对我表示不屑。显然，我现在很不把加托尔诺当人对待啊。可是，我是在哪儿遇上这些人的啊？我跟他们要什么啦？毕竟邦尼 · 威尔逊曾一度说过我好话，所以他有权让我砸买卖。不过，我还不知道他写了什么呢。只是读了这些混蛋说道此文。

没有你，在这里呆着真郁闷。真希望你在此。天气好极，两个月来每日每夜都有北风。太泥泞，无法钓鱼。我写了两个短篇。写完一个的时候，知道往后三个月的前景无忧；因为，那是十篇里才出一篇的东西，有信来即可出售，但不是电报催的那种稿子。金里奇的信在路上 5 天，9 号才到的；说是 12 号就要我的文章到芝加哥，而不是按约定的 18 号或 21 号交稿。我无法写短篇写了一半另写文章，而且只有一天时间，于是就把这短篇寄给了他。我那该死的资本就这么走了。混蛋们会觉得这里有问题，否则我不会就这么撒手了。真希望你也在这里肚子疼。他们怎么就不能发个电报告诉我日子提前了？

刚收到司各特非常目空一切的信，趾高气扬地跟我说我这本书有多糟。他不知在哪儿读到此书的。该死的，那是本好书。我对自己的东西并不那么怀着那么爱国的热情，只是知道好坏，知道这是一本好书。

假如一本书好，没有人知道它好，那还写它干什么？假如有人接受我要养活的人——啊，我才不管别人喜欢不喜欢呢。肯定没有人会接受我要养活的人。我真想拿起冲锋枪朝21号扫射，或者在《新共和》办公室或者你说是什么地方，给他妈屎国添几个烈士，包括我自己，权当［字迹不清，可能是tapa＝cover］。

纳森尼尔等着取信呢。告诉我音讯，好吗？你把我的口信带给安东尼奥，好吗？1月1日后给他100美元。情绪低落，无法构思西班牙语书信。

再见，多斯。祝你好运，希望你好起来。宝琳很好，孩子们也好。

永远的你的，

海姆

（此信藏弗吉尼亚大学图书馆）

［1］威尔逊《关于海明威其人其作致俄罗斯人函》刊《新共和》第85期（1935年12月11日）第135—136页。此文攻击《非洲的青山》，赞赏卡什金论海明威的文字，对海明威发在《老爷》杂志上的“垃圾”文章很不屑。

致F.司各特·菲茨杰拉德

1935年12月21日，基韦斯特

亲爱的司各特：

啊，［乔·］路易斯一定测算了你的日常需要；因为，眼下拳击比赛取消了，2月2日才举办。所以呢，届时你来吧，假如到那时泽尔达能离开人照顾的话。我很难过她又生病了。并且，你自己也有肝病、肺病和心脏病。这真是叫人受不了。你现在怎么样？我们都得过肝病。我的肝脏六七年前状况很不好；后来把它们清理了一下。你的心脏是怎么回事？肺又是怎么回事？我的意思是大夫怎么说？睡不着觉也是件很糟糕的事情。最近睡眠很不好。无论我什么时候上床，总是睡不着，听见钟声敲响一、二；接着还是醒着，听见三、四、五。

我不去想过去那些该死的事情了，会好一些；只是躺着，静静的，休息，让时间流淌，如此安神如睡眠。这也许对你没有作用，可对我有用。

假如我去运动，到船上去出海，睡觉就死得像一根枕木，一夜不醒。假如在船上醒来，再睡着也容易。假如在船上睡不着，也不妨事。问题是假如你醒着的时候开始想事，把事情过一遍，穷尽一下，早上就完了，写作就不行了。假如你能静静躺着，心情放松，只是以局外人的身份思考你的生活和一切，不去理睬那些东西——这就有大益处。

在我看来，你太看重青春。你把成长和老去混为一谈。你受罚得够多，我没有必要再告诉你什么。尽管如此，我愿见你。拳击赛很有可能取消，因为路易斯的黑人东家认为他这个活资产太值钱，不能冒险，哈瓦那遥远而又可能有人开枪射杀他。那儿下一场革命正有人赞助呢。赞助的钱都是抢银行或者绑架勒索来的。暴力滋养的暴力可真是一件奇怪的事情，那些孩子都成什么了。古巴现在是个有趣的地方；过去五年里这一直是个有趣的地方。你说，也许从前也有趣。不过，我只知道我所见。无论怎样，我在写一个短篇，是关于这下一场革命的。你随时来都行，我带你坐船去那里。无论如何，你可以在那儿得到故事素材的。假如你实在郁闷，就买一注大保险；我会想办法让你死去的。你所要做的就是别很快就举手投降，某个黑鬼会开枪朝你射击，你家人就能得到保险金，你也不用再写作挣钱。我会给你写个精致的讣告，马尔科姆·考莱会把讣告最精彩的部分发表在《新共和》上。我们可以把你的肝脏取出捐给普林斯顿博物馆，心脏捐给广场饭店；一个肺捐给麦克斯·帕金斯，另一个捐给乔治·霍拉斯·洛里莫。假如我们还能找到你的睾丸，我就取道法兰西岛把它们带到巴黎，然后带到安特贝斯，让人在“伊甸岩”外把它们扔进海里。我们会请麦克莱什写一首神秘诗，在你就学的那所天主教学堂［纽曼?］朗诵。你现在要我写那首神秘诗吗？我看看啊。《司各特·菲茨杰拉德之睾丸从“伊甸岩”（安特贝斯水上阿尔卑斯）被扔进海里时朗诵的诗行》：

什么时候从这些灰色
高地解开弹力护身，一身病，他
投身
自己？
不。
某个跑堂？
是的。
啊青草的芽儿哟轻轻地推
别挠我们菲茨的鼻孔
让过
灰色移动而不友好的大海之死，这死远深过
我们欠艾略特的债
投身投掷投入他自己他的两个最后他的一个
球状的，胶质的，间质的
造反失败全暴露
吓得要命
自然
非人工
下沉沉下沉浸不起涟漪。

啊，见鬼，你得让麦克莱什写神秘诗。我只写几个他在巴黎时期的个人回忆录。伙计，现在就去弄那保险。假如他们不给你健康或人寿保险，就弄个意外保险。

再见，司各特——

给我音讯。圣诞节快乐！宝琳问候你们。

你的永远的温情脉脉的，

欧内斯特

（此信藏普林斯顿大学图书馆）

致伊万·卡什金

1936年1月12日，基韦斯特

亲爱的卡什金：

很高兴收到你的信。很难过听说你生病了。我希望你现在好了。你得的是什么病啊？你忘了把地址写上，害得我在这屋里到处找你的地址，弄得乱七八糟，就为找以前的那封信；结果还是找不到。所以，我只好把这信寄到纽约。我没有回那封信的原因是：我给你的信已经在路上了。既然我已经告诉你我信仰什么、不信仰什么，我想你也许不需要我再说一遍。就像我那绝不体谅地与民主党人同坐一桌的祖父。只是我认为你不像埃德蒙·威尔逊那样像我的祖父。

我让斯科瑞布纳寄给你《非洲的青山》。我也写信让金里奇给你寄上五期的《老爷》杂志；那里面登着埃德蒙·威尔逊如此有效地批评过的我的“垃圾文章”，他连读都没读。也许你读过我在《新群众》上登的那篇关于飓风的文章。在《老爷》杂志上，有我三篇反战的文章、一篇论写作的文章、一篇关于巴尔-路易斯拳击的文章和一个短篇小说。

威尔逊真的好玩得很。我都不能肯定他是否真的读了《非洲的青山》那本书。我想他是读过评论的。我写的每一本书都尽量净化派别取向，把那些误读而又喜欢你和你作品的蠢蛋排除出文字。纽约评论家们现在痛恨我的作品，可又奈何不了我。假如你没有看到威尔逊的文章（我相信他写此文是针对你的），我就随此信附上多斯·帕索斯寄给我的那个副本。

我在纽约见了伊尔夫和彼得罗夫［1935年9月］。[1]我们一天晚上一起喝了点酒。他们带了一个翻译，如此我们的交谈就更顺当些了。他们看上去很有智慧，很可惜我们没有共同语言。我向他们问起你，他们说不认识你。他们想去辛辛监狱，我安排他们前往，并给典狱长写了介绍信。这位典狱长在广播电台播放“死屋”回忆，推销一种制造品叫“洗嘴”，我妻子的叔叔替他销售这玩意儿。所以，你可以看到美国是个多奇妙的国家。我希望他们俩也看见这些了。我请他们到基韦斯特来，可他们的日程安排里佛罗里达的杰克森威尔是最南边的一站。我答应让他们射杀一个黑鬼；假如他们道德良心不安的话，我为他们射杀一个黑鬼让他们看也行。他们中的一员问我是否烤黑人当肉食，显然他并不真的相信我的主动提议。或者，他是食人族。他们中的一位说他喜欢我的短篇《向瑞士致敬》。我告诉他在瑞士男人把女人的牙拔掉后安上假牙才肯娶她；这是经济因素使然，因为假牙的费用由女方的父亲承担。讲这个的时候，翻译很费事，幸好那翻译比谁都聪明。我注意到伊尔夫和彼得罗夫都有假牙，就我而言，这个故事煞风景了。不过，翻译已然把内容译过去了。上帝知道他是怎么译的。

我希望你来此地。这里的天气很好，最美的那种春天；湾流美妙极了。可是，因为多斯在纽约，这里根本没人跟我聊天。

你提到的作家，我会读到肖洛霍夫。［伊萨克·］巴贝尔最初的短篇译成法语时、《红军骑兵》出来时我就知道他了；我很喜欢他的作品。他写的东西很了不起，写得也很好。高尔基的东西我觉得没有什么。可是，多斯说那些回忆录写得很好；我一定读读。在我看来，他的小说不太好。可是，我想读读那些回忆录。

我看到你提及《三个短篇和十首诗》，可我无法给你弄一本。早就绝版了。有一次我想买一本，人家跟我要150美元。我写这个就没有挣钱。如此买书，就像一条蛇吃自己尾巴还要付钱。里面也许只有一个短篇是你不曾读过的，题目叫《在密歇根州北部》。这是一篇无法发表的故事。否则我就再版它了。是一个铁匠引诱房东女佣的故事。女佣是个处子，疼得厉害，可未尝不感觉此事曼妙；等她疼痛渐退，想温存一番的时候，发现他竟睡着了。这是很好的故事，被莫雷·卡拉汉重写了许多遍，以可售的形式。可我却从未能将它收进集子；因为：你将她的话删除、将铁匠所为描写删除，发表出版它就没有意义了。假如你保留文字原貌，出版它的人无论是谁就得去蹲监狱。斯科瑞布纳想出版我所有的短篇小说，也许我能让他们出版这个作品呢。

我把你的文章拿给多斯看了，他喜欢；只是他和我都有同感，我没有那么惨。你明白吗？我们中的一些人生活很有趣。我自己15岁［18岁］就开始谋生了。除了写作，我有几样手艺娴熟得足以谋生；所以，我个人并不觉得失落。当你受罪的时候，是为别人受罪，而不是为你自己。出海，抓大个的鱼；拳击；通奸；纵酒；暴风雨；冒险的快乐都能令你感觉身体爽快，给你生活增添享乐，让你觉得快乐得不好意思，当大多数人没有快乐的时候。我停止写作一个月或者两个月的那一刻，在我旅行的那一刻，我感受到的是动物般的快乐。不过，在你写作的时候，在你按自己的方式做事情的时候，也有很大的快乐——不过那很不一样。当你感觉人生苦短的时候，这件事重要，另一件事也重要。这有点像别人在晕船，你却在享受风暴；你为晕船的人遗憾难过。你为他们难过，你尽量让他们感觉舒服；你知道他们有多难受，可你自己却很快乐，除了他们沮丧你无可奈何。然而，写作的时候你用不着站在晕船的人的立场上来写风暴，虽然大多数人都晕船。人一生中最好有过晕船的经历，那样你就能知道自己在说什么了。

我不知道你多大年龄，也不知道你的阅历有多少。记住：当你在评判别人的时候，你就在赢家这一边了。现在你是有信仰的人了。假如事物的发展一如既往，你也许活着的时候就不再相信它了。我也许以前给你写过这个，但我还是要冒风险写一遍。你写东西像个爱国分子，这是你的盲点。我见过许多爱国分子，假如疼痛厉害，他们像任何人一样都会死去。一旦死了，爱国主义只合用来当传奇，当散文就很不好，当诗歌则更糟糕。假如你想成为一个伟大的爱国者，忠于任何现存的政治秩序（而不是希望摧毁现存秩序建立更好秩序的那种爱国者），那你就是想早死，你的作品将不朽。

我真希望你在这里。你就不能像伊尔夫和彼得罗夫那样也设法弄趟差事吗？还是就想让他们从未听说过你才避免来美国这种事情？你比谁都了解我的作品，可你不了解我这个人。我很有自尊，很痛恨别人用文字诋毁我，即便是在我死后。（我不那么愚蠢，我知道我的作品会传世。）虽然你也许是我信仰的敌人；我情愿跟有智慧的了解你的敌人坐在一起，也不愿跟我们这个国家一群头脑糊涂的家伙为伍；

他们居然称那些玩意儿为文学评论。

这是我要说的话。我说此类话时很真诚，很谦卑，很勇敢。我的话勇敢到了可以拿它当商品卖——这是世上最好销售的商品。我总是很高兴自己明白这一点。在战争期间我很害怕。许多次机械地理解恐惧，并且认识到在生活里这有多重要。不过，你不能说自己有多么勇敢，因为大家会认为你说谎。一个人特别擅长什么，他跟人说起的时候一般很谦虚。所以，鉴于人们好强或者无知，你还是屈尊当个懦夫吧。记录是假的，一切都是误导，都是谎言。见鬼我才不管呢。不过，我所相信的不朽是一个人所写的东西不朽。假如你的作品传世，人们就会写你。假如你死了之后，人们写你一如你活着的时候，那他们所写就是狗屎，很愚蠢。无论怎样，这一切评说都很愚蠢，不过写作并不愚蠢；湾流也不愚蠢。我希望你明天能出来见见湾流。我明天去钓鱼，后天接着写作。

无论怎样，祝你好运。我会把东西寄给你的。

[欧内斯特 · 海明威]

(此信藏普林斯顿大学图书馆)

[1] 伊利亚斯・伊尔夫(1897—1937)和彼得罗夫(1903—1942)是俄国幽默作家兼讽刺作家。伊尔夫的《一层楼美国》(1936)是基于他的美国之行写的。

这两个作家的身份系尼娜・贝尔贝洛娃提供。

致约翰和凯特林・多斯・帕索斯

1936 年 1 月 13 日，基韦斯特

亲爱的多斯和凯蒂：

非常感谢你们送我醉人的香槟，至今余香满口。收到它的当天，伯瑞思 · 詹金斯及另三个人在此。我们喝了七瓶。好极了。出海六次，抓了六条旗鱼。两周来心情不错。希望你们也过得一切顺利。

假如你在你的豪宅看见那几个混球，替我踢他们几脚。金里奇发电报来说他已经为加托尔诺把事情搞定。谢谢你带他游览。

再次谢谢你馈赠香槟。我的天啊，你读了司各特在威廉·西布鲁克影响下写的关于吸毒的文章吗？[1]一旦成为作家，那他总就是你的作家同行了。我曾给司各特写信，想尽量让他开心起来。不过，收效甚微。我现在明白是怎么回事了。他现在正式成为瘾君子了。那在大峡谷吸毒会是个什么样子的想法真是不可思议，假如你也是个中人的话。麦克斯说他有许多想象出来的疾病。我也想象自己真有某种肝病。

你文件里有J.［伊万·］卡什金的地址吗？我刚收到他的长信，可是没有地址回信。

永远的你的，

E. 缪勒·威美治

又及：别踢那些混球了。

（此信藏弗吉尼亚大学图书馆）

[1] 海明威指的是菲茨杰拉德三篇“吸毒”文章的第一篇，刊于《老爷》杂志第5期（1936年2月、3月、4月）。

致宝琳·费佛太太

1936年1月26日，基韦斯特

亲爱的妈妈：

自圣诞节以来我每天都想着给你写信道谢，谢谢你和宝琳的父亲寄支票和股票给我们。你俩总是对我们那么慷慨，给我们精致的礼物。我无法向你们表达我有多么感激。我们非常想念跟你们一起度过的圣诞节。圣诞节之后，我匆忙投入工作（在写一本新书），今天震惊地意识到圣诞节已经过去一个月，我还没有写信感谢你送我们礼物。

今天我收到你优雅的来信，急忙给你写信，不过这信恐怕潦草得很，不成个信。我们刚接待完三天客人，迄今此冬算是无事了，有许多时间干别的事情，因为进出此地都困难。老熟客来此都会住下，因为离开此地较难。载车的摆渡轮一天只能摆渡 10 辆车。飞机大的 14 乘客位，小的只有 4 乘客位。这座伟大的旅游城市当局规划为纯旅游城市，所有工业未得鼓励；所以，它无法把游客弄进来，也无法把他们弄出去，游客数量都不足以支持一个稍具规模的热狗摊子。当地犹太执政者升迁前，司法部门［瑞克斯福德·盖伊·］塔格维尔一班人替代了他；地方法院审理诉他的状子，说是财务问题。他的最后的招数居然是去买下两条老旧的摆渡船（艉轮桨轮）；这是开罗开到肯塔基的摆渡船，据报价格为 60 000 美元。船终于抵达，一路靠拖船拉，破烂不堪，不过无疑适合初夏当摆渡轮。基韦斯特这个被人放弃的旅游中心，带着这如画的该死的老破桨轮摆渡船，就更加风景如画了。下一次飓风来袭，保证让人感觉刺激。

与此同时，我们都很好。宝琳身体一直好，也很满意自己的房子和花园，喜欢园子里的树木花草。这地方现在棒极了。帕特里克还是大家的好伙伴。我们下午在他放学之后常常一起去打猎，周六也常去。他很高兴收到你的明信片，今天还高兴地收到外公的明信片。昨天他坐船到湾流，在船上很难受，胃里很不舒服。我在开船，看见他在船的一侧呕吐。我听见他一边吐一边喊："爸爸！爸爸！"我跳过去看是怎么回事，他说："那儿有一条旗鱼在蹦跶。我吐的时候看见了！"他越来越坚强了，呕吐也不妨碍他快乐。他自己编了首歌："喝下海鲜杂烩汤，胃里转四方；嘿嘀嚯，嘿嘀嚯，结果跑这儿来了。"尽管天气不好，他还是抓了条小旗鱼，有五英尺八英寸。在大海上可真不容易。他和格瑞高里都喜欢钓鱼。不过，我发现，每次到海湾去只带他们中的一个要简单些。我从来就不是伟大的热爱孩子的人，可这些孩子可真是好伴，很有趣。我认为他们很聪明（也许是我偏爱）。

格瑞高里继承了他祖父的数字天才，喜欢在脑子里加数至百千，数数的时候都是一五一十地数——他只有 4 岁啊。你对他说："犹太佬，240 加 240 等于几啊？"他会把头放到一侧说："我想大概是 480。"他现在很逗人喜爱。他发现自己不用蹦就能挪动步子。有一天，帕特里克在上学呢，我们带他一起去钓鱼。我们这里有几个朋友拿鱼叉叉到一只海豚，把鱼叉放到钓竿和绕线轮上；海豚把想抓它的人弄得跟猴子一样。我们冲弯弓里的他喊叫该怎么办，格瑞高里会把话重复一遍，还加上自己的话，显示出危机当头的指挥能力：他祖父在任何人往车的后备厢装东西时就有这种指挥能力。他是个很好的孩子，很好玩儿，很甜蜜。他俩都一直过得很好，我也很愿意带他们出去并回答他们的问题，我喜欢跟他们一起四处走走。帕特里克刚进来让我跟你说缝补姑娘好着呢，算是回你的明信片。说她还是很无礼。我不知道这是什么意思。

自维吉尼亚在船上等待起航时写了一封信给我们以后，我们就再没有收到她的音讯。在那封信里，她跟我们讲了沃德的朋友杰伊在哈德纳特那儿找了份工作。沃德开始作家生涯了。我发誓沃德的作家天分不比我的拉小提琴天分高。我拉小提琴就算一天工作 15 小时，干 2 000 年，一毛钱也挣不着的（即便当盲人小提琴手）。他怎么就不能干点别的什么不成气候，偏拉进我们的旧手艺？你需要天分学写作，就像杂技演员需要天分一样。沃德干这有点浪费时间，愚蠢啊。假如他想成为大联盟球员，来到球场，连个苍蝇都抓不着，或者把球打出界了。那他就该知道自己不会踢球。吉尼的写作天分比我还高，只是她缺乏自信，不愿在那上面用心思。她可真有写作天分，去过的地方也多；所以，她是有东西可写的。我但愿她去写作。我们很想念她。

宝琳一如既往精力充沛，每天充分利用八小时。夜晚就显得很疲劳，九点就熟睡，一夜孩子般熟睡。她经常去看［坎比和埃斯·］钱伯斯，也经常去看［洛林·］汤普森夫人。她说要北上跟你一起消遣一阵子，可是最近读起了詹姆斯·乔伊斯的《尤利西斯》，对乔伊斯先生大崇拜起来，也许要守着《尤利西斯》消遣呢。她身体很好。

我最近工作很卖劲。郁闷的时候就歇一歇。所以一开始没有写信。三个礼拜没有好好睡觉了。老是凌晨两点左右醒来，到外面小房子里工作，直到天亮。因为，当你写一本书的时候，你睡不着。你的脑子夜里在奔跑。你在脑子里打了腹稿，早上脑子里的东西都没有了，你筋疲力尽。我确定这是运动不够之类使然，于是出海航船一阵子，无论天气如何；现在好了。最好写作量减少一半，进行足够的运动，别疯狂写作；这样比加速工作好，加速写作令脑子不正常。以前还从未有过真正的忧郁，很高兴有了它，我因此知道人们是如何忧郁的。我于是对父亲所经历的事情更加有宽容心。我想一个人一生中如果有足够的运动量，他的身心功能就良好；人需要这个就像摩托需要汽油和润滑油。在纽约时成天不运动，然后是什么也不干只用脑子。回来后是只顾干活忽略了加润滑油。无论怎样，现在好了。

你去凤凰城［亚利桑那］之后何不来此地？你喜欢这俩孩子。他们最好的时候就是在家里的时候。这地方真的弄顺当了。我们吃得很好。再说我们也想见你。我喜欢你胜过世上任何人，除了宝琳和吉尼。我希望你在我们过正常生活的时候来看我们，就像在纽约的时候一样。我直到去年才理解人们对孩子的感情，才知道孩子对他们意味着什么。假如你不来，我会明白无论你多想帕特和格瑞高里，你还是愿意他们呆在这里。我总是想只有一件事情要紧，你自己的职业生涯，就像战斗中的将军，我愿为我的工作牺牲一切。我不愿让自己喜欢上无法失去的东西。然而，现在我知道了，你活着的时候是不可能成功的，你活着的时候只有挣钱算是成功。而我从前拒绝为挣钱写作。于是，我现在打算为我身后成功而写作了，我打算细心照料我的部队，尽量不让伤病员出现；我打算享受能够享受到的快乐。啊，你自己也照料好自己——我们希望你能来。我们这里没有好莱坞餐厅，可我们可以聊个痛快，吃美食；我可以跟你在上午 11:30 一起喝啤酒。

元旦以来这里天气一直很好。春天里最好的天气不过如此吧。过去几天一直刮北风，因为偏北的地方冷。不过，这可好，能睡个好觉。今天是礼拜天，现在是下午。我误了空邮，这封信只能明天走了。跟宝琳的父亲说：我们真高兴你们在凤凰城有这么好的天气。我真想看看那沙漠乡野。我们明年秋天也许开车去那儿。孩子们问候你们。

爱你们的，

欧内斯特

期待那根皮带。

（此信藏普林斯顿大学图书馆）

致麦克斯威尔·帕金斯

1936 年 2 月 7 日，基韦斯特

亲爱的麦克斯：

谢谢你寄给我版税明细。告诉兰德学校的人：他们可以把《杀手》改编成剧本并由东 15 街 7 号的兰德剧场的实验剧演员演出。不过，只限于此，不能有别的。我保留任何商业性质的改编或者演出的权利；没有我的文字许可，兰德剧场外不得有这出戏的表演。我也特别强调保留这个短篇的其他版权，只允许东 15 街 7 号兰德剧场一个地点改编上演这个短篇。

我最好找个律师陈述此声明，不过，似乎这些文字就足以概括我要说的了。写这封信的时候，我刚收到 2 月份的版税明细。里面没有提到《非洲的青山》。我前些日子写信跟你说过这个——问你卖得怎样——但没有回音。你让零售部门寄我一本德考莱古尔的《随拿破仑在俄国》，再寄一本约翰·根瑟的《欧洲内部》。也请零售部给我一份 1935 年我花在书上的钱总数明细，我报所得税时要用。

谢谢你跟我说这位弗兰德劳夫人。也许我们会碰上她。过去 10 天，来访者不断，很头疼。什么人都有。电影明星来来去去。他们让我一周无法工作，除了一个完整日子外。人家要来还都一起来，总是挑凉爽的时候，而我这时正要干活呢。

司各特的事情真叫人难受。我曾一度想给他写信（以前写了几封），试图让他开心起来。不过，他似乎自尊心抹不掉，不愿提自己的无耻堕落。《老爷》杂志上刊登的他那些东西在我看来简直就是悲惨世界。还有一篇要发表呢。我以前就知道他不会思索——他从来就不会思索——不过他有极好的天分。问题是怎么利用这天分——不是在公共场所哀号。上帝啊，人们一生中经历许多空虚时光；结果还是得出来干活啊。我总是在想：我是什么时候与他初遇的。假如司各特参加了那场战争（他总是很遗憾没能赶上），他会因为懦弱而被枪毙。不过，这跟他的写作没有关系。一个作家可以是胆小鬼。可是，他至少该成为一个作家。天啊，我不能写这个，说司各特坏话可不是件仁义的事情；毕竟他得经历这些。不过，我看见了他初期经历的全部。本来是满可以避免的。全属于自找，而且源头都是一个——尽管源头分成许多小渠道，有些支流你都无法相信来自一个源泉。也许教堂能帮助他。你也说不清。工作能帮助他：非商业性的诚实写作——一次只写一个段落。然而，他却按钱多少来评判段落并把他的汁儿引向那支流，因为那样做能让他立刻满意。假如你不挣那么多，某人就会说不好；他担心这个。他太热爱青春，这事很可怕：他还没经历男子汉阶段就从青春步入老年了。一旦感觉青春逝去，他又害怕起来，以为青春和衰老之间没有别的。不过，批评朋友很容易啊；我不该写这些。我希望我们能帮助他。

你见到约翰·赫尔曼的时候替我问候他。来访的人达到高峰的时候，我连续三次钓到旗鱼并抓它们上岸——4 天里抓了 7 条。沃尔多［·皮尔斯］和家人周二来此地——老沃尔多，好人啊。

永远祝你好麦克斯

欧内斯特

（此信藏普林斯顿大学图书馆）

致萨拉·墨菲

约 1936 年 2 月 27 日，基韦斯特

亲爱的萨拉：

今天刚收到你的信，带着宿醉，醉得像喝了所有的林林牌西班牙红葡萄酒。所以，这封信是宿醉后写的，在［纽约萨拉那湖］雪地里写的。宿醉是造访律师［毛瑞斯·］斯贝瑟先生所致，不借着酒劲我不敢见他。再者，还得跟沃勒斯·斯蒂文斯那晚的裁判［阿瑟·鲍威尔］进行南方式的道别。记得那裁判和斯蒂文斯先生吗？可爱的斯蒂文斯先生。今年他又来了，欢快得像霍乱。我知道这消息是我可爱的妹妹厄拉［厄苏拉］告诉我的。她来家哭了，因为去参加鸡尾酒会，酒会上斯蒂文斯先生把她弄哭了，强跟她说我是个多么笨的笨蛋，说

我根本不是男子汉。这是一个礼拜前的事情了。我于是说：“好吧。这是我们第三次受够了斯蒂文斯先生。”于是过了黄昏，我们冒着雨出来，到那儿时正遇上斯蒂文斯先生推门而出。我事后才知道他刚说完：“上帝，我但愿此时海明威在这儿，我一拳把他打倒。”那么，谁会出现于此呢，除了老爸我？斯蒂文斯先生挥动了那寓言里的一拳，幸运得很，没打着。我把他整个打翻在地几次，狠狠地揍了他一顿。唯一的麻烦是头三次我把他打倒时，我还戴着眼镜呢。裁判坚持让我把眼镜摘掉：他希望我们打一场干净拳，没有眼镜掺和。我摘掉眼镜之后，斯蒂文斯先生给了我下巴一拳，嘭的一声，算是他最厉害的一手了。真好玩，他的手因此断了两处，根本就没有伤着我的下巴。我于是再次打倒他，收拾了他一顿，因此在屋子里躺了五天，医生护士打理他呢。不过，你别把这事告诉任何人。连阿达［·麦克莱什］都不要说。因为，他很担心他那可观的保险境况。我答应不告诉任何人。故事的官方说法是：斯蒂文斯先生跌下了楼梯。我同意这么说，表示可以，就说是从灯塔楼梯跌下来的吧。所以，答应我别告诉任何人。不过，讨厌我跟人拳击的宝琳这次高兴极了。厄拉此前从未见过拳击，睡不着觉，担心斯蒂文斯先生会死。不管怎么说，斯蒂文斯先生昨晚来讲和；我们讲和了。不过，深思熟虑了一下，我觉得没有谁比 S. 先生更欠揍。昨晚很高兴得见斯蒂文斯的大个头。假如事发前我仔细端详他，也许就不敢打他了。不过，我跟你保证：没有谁像斯蒂文斯先生这样醒目地倒下，特别是当街倒在泥泞的水里，在你家老房子前让人步履蹒跚的道上。这一切就这样发生了。所以，我本不该给你写这些。只是你那里各种消息太稀有；并且我也知道你也不会告诉别人，真的，绝对别告诉人。因为，但凡别人知道，我写信给你的罪过就大了。他很体面地跟厄拉道了歉，目前去了“海盗穴”，另用一周养脸上的伤，然后再去北方。[1]我想他是真是对着镜子打拳的人里的一个，在痛恨比他强的人时，冲着浴室的镜子舞动肌肉练习致命拳。也许我猜错了。无论怎样，我想葛特鲁德·斯坦因至少该把这些找可怜的老爸我拳击的人的钱退回去。够透了这些。不过，还没有斯蒂文斯先生那样觉得够了。这好玩，一个人声称要灭掉你，在那么一刻就亮相了。人家的拳头狠狠地落在你下巴上，却没伤着你分毫，倒是把自己的手弄断了。你可以说给帕特里克听，这也许能让他开心。不过，别告诉别人。告诉帕特里克如下统计数据：斯蒂文斯身高 6 英尺 2，体重 225 磅。他倒地的时候，真是一道景观。我第二天对裁判说，告诉 S. 先生，我认为他是很好的诗人；也请告诉他：打拳他不行。裁判说："啊，你错了。他是个很好的拳击手。啊，我见过他打人，把人打得有这间屋子长度那么远。"我说："是的，裁判。可你没听清楚那人的名字，是吗？"我想这人是个跑堂的。好乖乖斯蒂文斯先生。我希望他别多想这件事。回头拿起箭或者机关枪。你答应我，别告诉任何人。

可怜的萨拉。我真为你难过，你居然不好过。这年头就是不好过。这就像从莫斯科撤退。司各特［·菲茨杰拉德］在撤退的第一周就没影子了。不过，我们兴许在历史中扮演最佳后卫的角色。上帝知道你参加战斗了。

过去十天里天气不适合钓鱼。把船放岸边道上，刮刮，打打砂纸，再漆漆。还用了一种叫水银铜的新铜漆漆船底，里面含有水银，说是很不错的。让船看上去非常醉人。现在得写《老爷》杂志的文章了，要填个人所得税单子，然后回到那本书的写作中。上帝啊，希望人都离去了。

沃尔多［·皮尔斯］带着他的孩子们在这儿呢。孩子们像未受训练的恶狗，他则驯顺得像母牛。他现在只为孩子们活着，他投入的时间那么多，他们该举止乖觉啊，该受到良好训练啊。可是，他们从不听话。把什么都弄坏。跟他们讲话也不应答。他就像一只老母鸡，身边一群类人猿恶狗。我怀疑他在这里会不会坐船出海。离不开孩子。他们有个保姆，也有个管家。可他只有在画画的时候，一个把他胡子点着火，一个往帆布上抹炖土豆，才会开心。那代表自己当了父亲。

［其余内容遗失］

[1] 斯蒂文斯似乎是在"海盗穴"度过 2 月 26 日至 3 月 4 日那周的。3 月 9 日周一回到康涅狄格州哈特福德自己的办公室。见霍利·斯蒂文斯编《沃勒斯·斯蒂文斯书信集》(纽约，1966) 第 308 页。这就把拳击的日子推至 2 月 19 日了。海明威给萨拉·墨菲的信日期大约在 2 月 17 日。见卡洛

斯·贝克著《海明威传》(纽约,1969)第285页、617页。

致阿诺德·金里奇

1936年4月5日,基韦斯特

亲爱的阿诺德:

随信寄上一个短篇[1],我写信跟你说过,我想兴许得写一个短篇。我写这封信的时候,宝琳在打那篇小说呢。她吃午饭的时候,我可能把她解放出来。这是个好短篇小说,我想你会喜欢它的。两个月前写完的。另有一个短篇我已经写到第60页了。我的那本书也写了一半了。因此,没有时间写别的文章。假如这个短篇不合用,就给我发电报,我给你写篇文章就是了。

这个小说里涉及那个女人两腿间的衬垫。假如有必要,你就删除吧。那位无政府主义兼辛迪加派跑堂说那些牧师是黑猪,假如不行,就改成乌鸦吧。或者删除。我觉得别的都不妨碍发表。你可以用妓女代替窑姐,或者用窑姐代替妓女。我有原始手稿,将来出书时可以恢复。

《大都会》杂志的哈利·伯顿来这里了。昨天离去。他是来要短篇小说的,也在竞标那部长篇。《过海记》篇幅的任何作品他答应给7 500美元。最短的作品价格滑翔到3 000美元。我忘了《过海记》挣得5 500还是6 500美元。他答应40 000美元连载长篇,但让我别跟人说。我也许给他一两个稍长的短篇,因为我需要钱。假如我不在别处发表东西,你的东家很快就会觉得那是因为别处我发表不了东西。

至于那些短篇的题目:《在斗牛场外》、《季节开头》、《幻象山》、《名字叫帕克的男孩》——太容易了、《去清空看台》、《判断距离?》、《新赛手》。我会努力起得好一点的。你也许有主意。我有副本。

你告诉我截稿日期好吗?这样我就不用再想下个月杂志封面要交

的差事；万一我还在写这长的短篇小说呢，已经够长的了。我计划24日到古巴去。我写此长篇已经到了再去那儿找点东西的地步。现在我的写作光景较好。记住，我总是在春天工作顺利。希望你一切也好。你一拿到这小说就发报给我，好吗？

万一这期封面要出现我的名字，你可以在里面小注说我太忙，写长篇呢，小文章没工夫写。所以，你从我这里挤出个短篇。或者别的什么理由都行。今天会给你发报告诉你我正寄短篇小说的稿子呢。我数了字数就告诉你篇幅长短。

祝你好运

欧内斯特

(此信藏普林斯顿大学图书馆)

[1]《公牛角》，载《老爷》杂志第5期(1936年6月)。在《第五纵队和首辑四十九篇》(1938)中，其被易名为《世界之都》。

致麦克斯威尔·帕金斯

1936年4月9日，基韦斯特

亲爱的麦克斯：

谢谢你4月6日来信，信是昨天收到的。你一定还写过一封信，只是我没收到。因为，我还没有收到你对短篇小说集问题的答复。这封信也许跟你回复我电报的内容有交叉，但我还是要用这机会说一下。

下面是短篇小说进展的情况。

我现在有5篇——《过海记》约有12 000字。这是很好的一个短篇（我重读了一遍），会成为短篇集的重头戏。我还有一篇你在《老爷》杂志上读过的叫《买卖人的归来》，有4 275字。另有一篇我所写最佳短篇小说暂且叫《幻象山》，有4 500字，拟发表于6月号《老爷》杂志。我写眼下这个篇幅稍长的写得很顺利；刚写完，其间不愿插空写别的文章。所以，寄给他们这个短篇，我的经济损失是相当大的。不过，写完长的，挣得也就够多的了。前天写完的。有 11 000 字。这是讲令人激动的非洲故事的短篇。我想，《大都会》杂志会发表它的。篇幅约如一个小长篇。上周这本杂志的编者来了，说他愿意支付我 7 500 美元买我一个篇幅跟《过海记》相当的短篇；真的要是太短的话，价钱依次降到 3 000 美元。这篇小说暂且叫《正在萌发的友谊》。[1]此外，还有一个短篇讲非洲的故事，叫《幸福的结局》；[2]有 7 200 字到 7 500 字长。这也是主打短篇。这五篇里最弱的是《买卖人的归来》。你知道的，它也远不至于次。其他的如同《过海记》一样富于动感；我想，60%是对话构成的。也就是说手里约有 39 000 字的新小说了。

现在，你是想把这 5 篇加进《在我们这个时代》、《没有女人的男人》、《赢家一无所得》（不算《在我们这个时代》各章节里的短篇）的 44 篇里，出一部像《首辑四十九篇》[3]一样的大集子呢，还是另加一些短篇单出一本书呢？

我当时的构想是，拿一些十分好的出来，终结原来那本大书。那是我的处女作，我已经完成了。可以反复出那个集子，可我的新作足够另出一本集子。不过，我不想新出的书缺乏统一性。这些短篇动作够多，我需要一两个安静的篇什。在《赢家一无所得》里，那些篇什都是安静的篇什，除了第一篇。所谓的一般读者不喜欢这样的东西。新的短篇里只有一篇稍难，《幸福的结局》是也。不过，一旦读了，似乎也不太难，因为里面对话很多。不过，这些短篇都是很好的小说，因为我的目标是消灭从前的著作，让它们终结。

另一个问题就是什么时候出版——他谦虚地说：假如要出版短篇小说集，那就出一个把别的都推倒的集子。你至迟什么时候要标题和誊抄本才可能于秋天出版？我另有两个长一点的：一个已完成了约 6 000 字——另一个也差不多完成了这字数，我打算在古巴写完它。古巴的早晨总是很凉爽，我的一些最好的作品都是在那里完成的。最近写作很拼命，虽不至于筋疲力尽，但也够累的。无论何时，一旦有片刻闲暇就用于给别人写推荐信申请霍顿·米夫林奖金。世上有多少这样的奖金啊？假如只有一个，我就写一封值 1 000 美元的信推荐我自己了。就记忆所及，我还没有得过奖金呢。只是在开始写作的初期，多少醉醺醺地梦想一笔好奖金。人们说，现在的情形可不同以往。

你会很高兴听见如下消息：我赌博挣了很多钱。所以，许久以来我一直没有烦你。《老爷》杂志也越发繁荣。萨利［J.B.萨利文］和我正考虑明年冬天开一家高级赌馆；我希望能指望你光顾。你也会很高兴听见下面的话：我现在不再赌博，直到我赢的钱花完，我是不会再去赌博的。届时，我要挣足够的钱去非洲。乔西［·拉塞尔］要收手了，不再跟人合干那成功得很的买卖了。因为一天到晚站着，脚都成酒吧跑堂的脚了。“消防队员大会”的告别舞会之后，他打算跟我一起去古巴。我们计划用两周时间好好恢复一下严冬给我们带来的疲劳。你何不也来？你可以坐飞机来。我让你读所有的这些短篇小说，我们可以一起讨论这部集子。哈瓦那是个美妙的地方，特别是你挣到了一点钱之后，一切都进展顺利的时候。最近我的写作光景很好——一如往昔最佳的时候。其实东西还是那东西，只是你现在能应付更广阔的局面了；你皮带下的知识更多了。眼下如一匹马般干活。那一天写作完毕，下午3点跟帕特里克一起出门，抓了两条大旗鱼。一条7英尺8，另一条7英尺11。

还要谢谢你邀请我去你家见南希·哈尔小姐。我收到请柬太晚，没能前往。我哪天有机会跟她讨教一篇小说，题目是《大转变》；戴希尔会发表它。请告诉她我没能来是多么的遗憾。

下面从另一个角度讲讲出版集子的事情：假如我把《正在萌发的友谊》卖给《宇宙》杂志，他们7月8月前发表不了。那么假如他们买下《幸福的结局》，就进入9月了；9月就9月吧。假如我还有一篇可出售的稿子，那就进入11月或者12月了。我们看看吧。也许他们一篇也没看上呢。不过《正在萌发的友谊》（上帝啊，我希望能拿它当集子的标题）真是个醉人的短篇，绝对跟《过海记》和《五万元》一样可靠。那家伙来这里要稿子了。要么他就是来聊天的。

金里奇也给我发电报说司各特好多了。我希望他能从那种失败无耻的感觉里把自己拽出来。我们都会死掉的。那么，难道收手的时间还不够多？他在干什么呢？他打算干什么？他不能采取写作生涯就此完蛋的态度，不是吗？他和麦克西 · 巴尔有共同之处。

我 4 月 24 日前往古巴。你来此跟我们汇合，还是跟我们过去？我的船现在弄得很好，摩托利索极了。宝琳也很好。她要北上去探亲；我去古巴，她去接格瑞高里。吉尼刚从欧洲回来。她父母都老了，想念子女。孩子们也都好。邦姆比在学校表现也很好。查尔斯可日子不好过。他兄弟老是管着他，不让他惹麻烦。他有时很低落。布尔日有了孩子。一个像他这样的古怪人算过得好了，工作也刻苦。你见过跟他结婚的漂亮女孩吗？我们另一位怪人约翰尼 · 赫尔曼怎么样了？你看见他的新女友了吗？你最好来古巴。

再见麦克斯

欧内斯特

[边页又及：] 格瑞斯沃尔德怎么样了？希望他好起来。等再出书我要是还去纽约的话，我就是个婊子养的。我过了两个月才不去想那事。要不是这事，呆在纽约还是好的。别跟 [惠特尼 ·] 达罗说我需要钱。我不希望书的销量跌到他眼中的危险线以下。《非洲的青山》4 月 3 日在英国出版——还没有消息呢。他们把书的外观做得很好看。我主动抽掉了 7 个可怖的字眼，一个“婊子养的”，四五个“狗屎”，看看有什么不同的反应。让欧文 · 韦斯特他们高兴一下吧。看看如此一来，它是否跟缩帆一样航行得好或者不好。可惜啊，我没能移除一个“狗杂种”，作为给江纳森 · 凯普有限公司一个特殊的礼物。

《在密歇根州北部》篇在书里就处于二等位子了。如此，集子就由 6 个短篇构成。也许有必要这样异彩纷呈。即便我初秋发表《幸福的结局》，我们也能把集子弄出来。

正想起什么标题呢。

(此信藏普林斯顿大学图书馆)

[1]《正在萌发的友谊》换了标题《弗朗西斯 · 麦康伯短促的幸福生活》，刊《大都会》第 101 期(1936 年 9 月)。

[2]《幸福的结局》换了标题《乞力马扎罗的雪》，刊《老爷》第 6 期(1936 年 8 月)。

[3]《第五纵队和首辑四十九篇》(1938)。

致约翰·多斯·帕索斯

1936年4月12日，基韦斯特

亲爱的多斯：

很高兴听杰拉尔德［·墨菲］说你的书［《大钱》］写完了。我收到你在纽贝德福船上写的信后，给你写了封长信寄到你纽约最后一个地址。不过，我猜你从未收到。再就听说你在“老佛爷”广场了。

这里初冬还不错。我把许多的活计都干完了。接着是来访的狗屎人物到达，带着同伴或者艺术编辑，一拨接着一拨。3月底才结束。

沃尔多也来过。他现在跟头母牛一样顾家，只是牛奶得去某处买。他就像一只孵出一群“迪昂尼昆特普莱特”的老熊，想把它们保护好不被毁掉。他还是那么个好人。不过，这就有点像人们把他的睾丸取出放进奶瓶子里去。我想，等他们上学了他就解放了。与此同时，孩子们没有什么不对头，也没什么可担心的。他却整天整夜担心着急。口头上担心，实际上也着急，别的什么也不想，也不谈。也许这是由于我记忆中生的孩子都特别，所以对他们有偏见，觉得男人不该全职照顾孩子——老沃尔多当然是个很好的人。

你的计划如何？宝琳要去探亲，让他们跟［格瑞高里］欢聚一下，早就吵嚷着要见一见。我想这对格瑞高里有好处，让他染上从未得过的疾病。去皮戈特就是去染病。要不怎么叫“美国疾病文化中心”呢。上一次是穷咳嗽，再上一次是麻疹，再上一次是水痘。防孩子得病，防不胜防；她5月初回来。我24日坐船去哈瓦那。要在那儿呆一个月左右。然后去比米尼过6月份。我们今年夏天到西部的山里过。秋天也许去墨西哥。

假如你准备好往热带挪一挪，何不跟我一起去哈瓦那？你和凯蒂都来。我赌博挣了一点钱，可以在船上逍遥一阵子。我弄完了短篇小说集。里面有一些篇什的确不错（他谦虚地说）。宝琳说我只会写“优美的长信”和“棒极了的短篇”。擅长写信和短篇，比放弃这个前往爱尔兰来得愉快；即便是让朋友们更恼怒。我得给金里奇再写一个短篇。而不是中断小说去写别的文章。6月就能读到了，希望你喜欢它。我就不说这作品有多好了。

假如你不能和凯蒂一起来，何不独自来？现在我只有一个朋友可以不带家属跟我去任何地方，那就是乔西［·拉塞尔］先生。当然，他比我的其他朋友有家眷的时候长。无论怎样，这个月23日消防员大会告别舞会当晚结束后，他会跟我一起走，在外呆两周。［简·］梅森夫人几乎跟乔西先生习惯不带夫人外出一样习惯不带老公到处走。梅森夫人也是嫁人时间长了的缘故吧。不过，尽管如此，我相信乔西先生娶妻的次数比梅森夫人多，娶妻的时间也比梅森夫人嫁人的时间长。

你该去见葛特鲁德·斯坦因、帕索斯。“妻子有母牛”[1]的影响悄然爬进了这封信。

你回信的时候能把莫斯科卡什金的地址给我吗？如果你那儿没有，到邦［尼·］威尔逊那里去要。告诉你老婆凯瑟琳，我很悲哀地报告：跟踪威尔逊最近几篇东西，经“海因斯糖”检验，我被迫注意到作者的衰老沉积。我不知道早衰是不是普林斯顿人常抱怨的事情；我也不知道早衰是否与我们常有的呼吸道罗音老化相呼应。不过，就普林斯顿出身的人而言，检验试管是不会撒谎的。我又一想，别跟伊莲诺·威利或者凯蒂提这个了；因为，我的评论家哥们够多的了，再说这廉价的分析也不会赢得威尔逊不尽的感激。

你记得拜访过你的［沃勒斯·］斯蒂文斯先生吗？等我见到你后跟你说说关于他的趣事。我答应过S.先生不告诉人的，所以不得不当面跟你说。假如你在普罗温斯顿，又想听这故事（跟我一样出于崇拜斯蒂文斯先生），那你就去找哈利·希尔维斯特（一个穿着耶稣会士朴素衣着，却昂首挺胸的年轻人）；当时他在此地度蜜月。[2]

我一向是个可以托付闲话的人，完全可靠，一个耳朵进，然后从我嘴巴里说出去。

宝琳和孩子们都好。你还记得那个女里女气的德·阿尔科思公爵吗，第26代公爵，跟前总有个醉人姑娘的那位？他在一场摩托车事故里死了，就在迈阿密北边，撞上一群愣头青；当时坐的是一辆老福特，跟着他的还有一位西班牙爵爷。我本想发电报给你的，万一你上一本书里需要这种素材呢。不过，你可以写进另一本书的，伙计。

坎比和伊瑟［·钱伯斯］一整个冬天相处不错。杰克·克尔斯来此地了，带着他的新老婆；那女人的样子像新花样摔跤手里的一员。是英雄，不是恶棍。你总能看出谁是英雄，因为英雄都有小脓包。恶棍则是长大胡子。克尔斯夫妇是人们理想中的幸福人儿，是可大声朗诵的黑夫洛克·埃利斯新出版的著作集里的人儿。

你还想知道什么，帕索斯？大家都叫我吉姆，“全世界人的小朋友”。内心里是个感伤主义者，什么心啊，大家都叫他甜心。

帕索斯，你要是敢来加勒比，我就给你灌输点纯净点的八卦，跟那一比，这都算什么啊。给我们报信，浮皮潦草的信也成。

问候凯蒂

你的永远的，

海姆

我们一个冬天都在思念你们。亲人啊，我厌倦说四字母的不雅之辞了。

（此信藏弗吉尼亚大学图书馆）

[1] 这里指葛特鲁德·斯坦因的《以“因为妻子有母牛”结尾的书》（巴黎，1926）。

[2] 见海明威1936年2月27日致萨拉·墨菲的信。

致麦克斯威尔·帕金斯

1936年7月11日，巴哈马群岛凯特凯伊

亲爱的麦克斯：

金里奇来这里了。我把完成了30 000字的基韦斯特-哈瓦那小说拿给他看，《过海记》和《买卖人的归来》是其中一部分。[1] 我本是拿这些当短篇小说集材料的，他似乎觉得那样做太蠢。自打我中断写作以完成短篇小说集来，还没有再看一眼这30 000字呢——无论怎样，我决定接着写下去，在我们往西部去之前完成那书——只取走了两个短篇里的故事——等你要短篇集的时候你有的是篇什。可以在这

本书之后出。这本书拿两个地方相对照——揭示两者的相互关系——还包含我对革命机制的理解以及革命对参与者造成的后果。书里有两个主题——对个人的否决——哈利这个人物——《过海记》里就初次亮相了——他周围的基韦斯特的一切沉沦时他又出现——运输毒品的故事以及由此发生的后果。还有许多，我就不在这里强加给你了。不过，幸运的是：这是一本好书。金里奇读了之后很起劲，要我先别出短篇集子，等完成这个再说——我上次过海就得了写这本书所需的最后材料——龙卷风以及受灾时的实情也有了。

我欠你短篇集子的预支 1 100 美元。我记得是这个数。我有足够的篇什凑短篇集子。可是，如果我抽掉《过海记》和《买卖人的归来》就不够了。假如你要的话，我可以还给你 1 100 美元——或者你将这笔钱算到下一本短篇集子的账上——或者算到眼下的新书上。请告诉我，你觉得怎么好？我跟金里奇商定的是一年只写 6 篇而不是我实际写着的篇数；如此就不至于有干扰——我写 6 篇所得跟以前 12 篇所得的钱数是一样的——所以不需要强写。假如我让他事先知道也不妨事，大不了偿还预支，用不着赶稿子，假如我在忙别的作品的话。你读了《乞力马扎罗的雪》和《弗朗西斯·麦康伯短促的幸福生活》了吗？我以前就想跟你说这个，可是得等这些事情都搞定喽。我很惹纽约评论家们讨厌。假如今年秋天我出一个短篇小说集，不管有多好，他们一定会尽量把它灭杀。好吧，你想这么玩，我明年春秋两季出一本书以及一个短篇小说集，给他们提供许多东西当靶子。与此同时，我出版的东西不会伤到我的声誉。我所想做的，只是去西部，找一个小房子安顿下来写作。我们抓到一条 514 磅的金枪鱼，还抓到一条 610 磅的。迄今枪鱼捕捉运气不佳——丢了一条 700 多磅的，还丢了一条 1 000 多磅的。它把一个鱼钩拉直得像铅笔。管它呢，我除了钓枪鱼还有别的营生，很渴望再去干这营生。我们会在西部呆着，直到 10 月前后；然后回到基韦斯特卖力干活，在冬天来访的人到来之前：这帮婊子养的。

我希望你别因为小说集子的事情情绪低落。

请寄信到基韦斯特。假如天气争气，我们周二离开此地。刮大风三天了。尽量把此信让今天的飞机带走。别以为我在拖延短篇集子，我有《在密歇根州北部》、《过海记》、《牛［公牛］角》、《买卖人的归来》、《弗朗西斯·麦康伯短促的幸福生活》、《乞力马扎罗的雪》呢；还有新写的以及未起名的篇什。假如我能拿出那两篇来完成这另一部，再有一两个篇什，我就能有两本书了，而不是一本；其中还有一个大家都喜欢的玩意儿——长篇小说。

祝你好

欧内斯特

（此信藏普林斯顿大学图书馆）

[1]《有钱人和没钱人》（1937）。

致玛约丽·奇南·罗林斯[1]

1936 年 8 月 16 日，怀俄明州诺德奎斯特牧场

亲爱的罗林斯太太：

谢谢你写信来并谢谢你请我们去你那儿（要不是在这里收到信，我们就去了）。也谢谢你写信说喜欢《雪》里的故事。我对这篇作品没有更多的可说。去秋马特康比龙卷风之前才写的；然后就丢在一边没有再读，直到今年春天在古巴重写一过。我很高兴你喜欢这个作品。我也喜欢它。我总是喜欢自己写的东西，否则就烧了它们；所以，说自己喜欢并没有什么特别的意义。

也许我能什么时候拉上麦克斯去你那儿。我知道他想去。但是，据所有人的叙述：他害怕女人。你在比米尼岛上的时候，我在你身上没大看出的恰恰是女人的东西。你问他害怕什么，鬼才知道。我想他认为女人会令人生许多女儿。此外，我就不知道女人怎么就令麦克斯害怕了。女人的危险似乎一向是：她们能让你伤透心、能嫁给你，要不就是能给你性病。我是个很简单的人。也许世上真有危险的女人，像印度支那的野牛。我从未去过那儿。不过，假如去了，也许发现她们并不那么危险呢。

至于运动员艺术家之说。我自从能拿钓竿和单管猎枪始就一直钓鱼打猎；不是为了炫耀，而是为了内心的快乐，为了内心的满足，这满足感几乎是全身心的。我写作虽没有那么长时间，却也有同样的快乐。你独自写作，只是看上去写作要艰难些。假如我不干点别的（不钓鱼、不打猎、不喝酒），写作就举步维艰了，人也成傻子了。你在写不出来的时候，在写作的间歇，总想干点什么而又没的可干，剩下的无非是你去过什么地方，活了多少年而已。我最近有种感觉：我很快就会死去（希望这是胡思乱想，最好还是活到老当个智者，一脸白胡子，口里嚼着烟草）；所以尽量找些乐子。也许不配这么乐。可我想我多少已经做了力所能及的工作，这么些年都过去了。

我不太想猎熊。熊有点被惯坏了。我只喜欢猎杀朝路的两边跑的动物。也喜欢打到处飞的鸟儿，或者是随处跑的火鸡。你们那儿有火鸡吗？你 11 月或者 12 月初肯定在那儿吗？

假如回基韦斯特，我就会穿过整个佛罗里达；当然愿意到你那边逗留。不知道哪几个能去呢，也不知道带不带孩子们。你不必为我们张罗。我们可以喝一杯酒，接着前往奥卡拉。

再次感谢你写信来。你离开此地一个半小时之后，我们又抓了一条金枪鱼，有 610 磅重呢。不过，它比击打我的那条短了一英尺半。

没错，那些人都很笨。我喜欢他们，与他们相处不错。不过，［本·］芬尼是我在那儿的唯一要好朋友。就是格瑞奈尔夫人觉得像伍利·多纳休的保镖的那位。芬尼是条汉子。女人要是认真钓鱼那就太叫人高看了；但是，女人钓鱼让人觉得活着太枯燥乏味。90%的男人对此看法相同，就像看待老姑娘倾向。直到最近，钓鱼大抵是男子运动。这些人在学校的时候兴许就不能把球踢出场外，又想在别的方面胜人一筹。现在人们发明了机械法子，有那么多的骗鱼手段，什么人都能钓。尽管如此，我还是得很多乐子，觉得钓鱼很刺激。可是，人就枯燥无趣得多。我老婆希望我戒了钓鱼，回到打猎的运动上去，特别是打活鸽子；因为，人们现在比以前好多了。她喜欢钓鱼，但不能忍受钓鱼的人事后整夜地谈论钓鱼的事情。我们今年不打算去比米尼，因为那儿会有很多人。不过，我要是不回个什么地方就日子难过。假如明年没有钱去非洲，也许我会去那儿。

结束一封信跟开头写一封信一样难。祝你好运。我尽量拉上麦克斯一同去。我现正写一本书，很卖力气。去年秋天，这里适合打猎的乡野被火烧了。钓鱼的地方被让车进来的路给毁了。现在我们得看看我是否还能写作；或者说我是否还能写啊。没有选择。

你的永远的，

欧内斯特·海明威

（此信藏佛罗里达大学图书馆）

[1] 玛约丽·奇南·罗林斯（1896—1954）是《下面那南边的月》（1933）、《金苹果》（1935）、《一岁崽子》（1938）的作者。这些书都是斯科瑞布纳出版的。她在佛罗里达州豪桑镇十字溪有一大片橘子林。

此信经佛罗里达大学（盖恩斯威尔）图书馆允许使用。

致阿诺德·金里奇

1936年9月16日，诺德奎斯特牧场

亲爱的阿诺德：

森林电话局把你的电报转来了。电文译得乱七八糟，但我还能猜出是什么意思。非常感谢。你是个好人，是个好朋友。

就少点美德吧，这样生活容易一些。我12月起就想出门。

自我们来这里，我写了30 000多字。大部分时候写得很顺畅。只在去猎羚羊的3天里中断写作。还去花岗岩石那儿钓鱼3天。那是36天写作里的3天加3天。在花岗岩石那儿抓了6条虹鳟鱼，都超过16英寸，还有4条超过18英寸。书几乎完成了3/4，结尾在望。前天把［汤姆·］谢夫林夫妇送到我们这儿最好的驼鹿野地。（灰）熊饵都放了6天了，打猎的季节开始了（头三天胜过下三周）。我自己呆在家里写作。我今天完成了一个部分，明天骑马打猎去，去3天。也许5天。回来后就又会有饱满的精神了。不过，我带上了黄页和铅笔，万一下雪呢，或者碰上别的事情，时不我待。

这一时期给你写过一次信，你回了电报。给吉尼写了两封信，没有回音。给麦克莱什回信应急，没有回信。

猎羚羊猎着两只公鹿，一只在600码开外打着的，另一只在306码开外打着的。两只当时都在跑着。“大力”枪一枪就打死了。宝琳也打了一只公鹿。汤米打了一只母鹿；坐看七只跑掉。他老婆现在还想着那些公鹿呢。你知道啊，他是个好孩子，就是不会打猎。他认识太多纸上谈兵的猎人，自己也成为纸上谈兵的猎人，结果连必要的走火都没经历——这就像我声称自己是马球运动员。别以为我是在说我一枪一只就打死了俩公鹿。第一只我开了五枪，在300码开外。鹿们在那儿吓得逃窜。然后是鹿们跑到600码开外，在山脊顶上，我最后一枪才打着的。到那儿一看，发现没有血迹；于是匍匐前行，看见几只母鹿；一只公鹿跟着它们。我于是站起来朝公鹿开枪；没打着。公鹿跑的时候比野兔还快，周围岩石草丛遍野，斜坡下去就是参天大树。第三枪打断了它的脖子。趋前一看究竟，发现头一只大公鹿死了，就在山脊那一边视线不及处。几乎跟非洲大羚羊一样。我当时并没有足够自负到肯定在600码开外杀死了山脊那一边的头一只公鹿，虽然我看见它摔倒了。假如我喝了酒，就肯定敢跟人打赌百万（战时马克），说我打着它了。

新闻就这些了。你们（杂志）10月号现在看上去很肥很繁荣。我能看出现在你们不需要我了。喧哗骚动在强调这个声音。我喜欢那个用《杜朗蒂和西布鲁克》来证实我的话的家伙。真好。我得办一个喧哗与骚动派对，支付给愿意与你为伍的家伙们交通费。我常收到他们的信，总是答应支付路费让他们来基韦斯特，还答应支付医药费，共计50块钱，假如他们真愿意来的话。我现在体重下到198磅，自比米尼岛以来就没有超过205磅。不过，一个人写小说不是靠体重，虽然希望体重减掉10磅时，脑子也能减掉一磅。

假如你有时间，给我写封信。这里收到的邮件很乏味。诺德奎斯特今天骑马回去了，说是找到了几只灰熊。我想朝灰熊的肚子开一枪，看是否冲我来。我的意思是说：假如足够近，我想朝它那儿开枪；假如它跑错了方向，我还能补一枪。

宝琳问候你。谢夫林夫妇也问候你。汤米觉得你是个醉人的家伙。尽管如此，我很高兴他们10天内都要离去。他们自9月1日起就在这里了。我有6天没在，两次外出也没参加，工作。不过，我自己也过得很愉快，精力充沛。

邦姆比刚回芝加哥拉丁学校。他离你只有三个街区，同一条街的1320号。这里的生活和马背上的运动使他很结实。“老鼠”［帕特里克］会跟我们一起去打猎，小布兜里放着他的小猫。我担心他将来会成罗圈腿。不过，即便如此，也比膝盖外翻症好。

再见阿诺德。我很抱歉没能抽空给你写文章。可你见过的混蛋多了，我这样也不算什么惊人的事情。

大家问候你。

欧内斯特

很快就没钱花了——不过长篇的预支稿费不少，我已经收尾在望了。好吧。所以，不用着急。

（此信藏普林斯顿大学图书馆）

致阿奇巴尔德·麦克莱什

1936年9月26日，诺德奎斯特牧场

亲爱的阿奇：

我很遗憾你出不来，孩子。也很遗憾你写作写得这么苦。虽如此，你若想让人喜欢你写的东西，就得弄点了不起的东西。我认识的人里已经没有人再喜欢我的作品了。不过，至少这些作品影响过他们的写作路数。所以，我希望他们无论自己写了多少，还都能喜欢那劳什子。

我写这本书写得很卖力。快写完了。剩下的就是结尾处上演不可表演的奇迹，反正总得去做。有时候我也觉得写作很难。不过，管他呢，干别的也很难。

我跟小汤姆·谢夫林外出去打猎。他的手脚长得像他老爸，外表也不错，可就是内心脆弱纤细。如此，生活也就几样东西可玩儿、视野也就几码远了。虽然他走路走得很好，对乡村也有很好的感觉；可就是不会射击，像所有缘于侥幸富裕起来的人家的孩子一样，从不动手实践。不过，他是个好孩子，你会喜欢的。我们打了三只灰熊，还有一两只上好的驼鹿。我在林子里遇上三只灰熊，射杀了其中两只。这是某种让我有所收获的东西。它们在林子里很美，不期而遇。我听见倒下的声音时，以为是驼鹿。其中最大的那只站起身直冲我们看。两天后，汤姆也在诱捕坑里打死一只非常大的。林区也有一只大个儿的。我打算哪天去寻它的踪迹，用十天时间找到它。今后这十天得卖劲干活。昨天在暴风雪中我们骑马回到牧场。马儿奔驰最后四英里。先是我在前面，接着是谢夫林在前面。路滑，狼狈不堪。眼前马蹄翻出泥浆，脸上也沾满泥浆；下马的时候，我们都成泥塑了。我非常热爱生活，爱得如此深切，一想到要开枪自杀就会让我感觉厌恶。我猜也许很快我会为了不给孩子们留下糟糕的影响，安排枪杀自己。打算写完这本书。现在得去工作了。灰熊皮很漂亮，像银狐的皮毛，只是更厚更长；在风里吹着很漂亮。我还从未见过这么精致的皮毛呢。牧场的人说侍弄这皮毛的家伙没弄对，毛都弄掉了。所以，灰熊皮不再有了。我们的灰熊皮毛老是掉，这总令人失望。

得回去干活了，阿奇。问候米米，好吗？跟她说就当我寄给她世上最美妙的银针灰熊皮了；她能踩在熊皮上，无论跟谁睡在一张床上，她的脚都不会挨冻——可它就是掉毛。

我们送邦姆比回了学校。宝琳和帕特里克都好。问候你养活的人们，特别问候麦克莱什夫人。

Pappy

（此信藏国会图书馆）

致麦克斯威尔·帕金斯

1936年9月26日，诺德奎斯特牧场

亲爱的麦克斯：

我很高兴你加拿大之行如此美好。你在那儿见到帕特·摩根和他妻子了吗？他们在莫瑞湾。我一直就喜欢那魁北克乡野。我们去年秋天本计划去那儿的，而不是纽约；结果却像该死的傻瓜一样去了纽约。

自来此地就一直卖力写那本小说。其间有两天停笔去猎尖角羚羊。得了两个非常优美的兽头。过去六天里，我还猎了灰熊。我们共猎了三只。此外还有两只驼鹿。三只灰熊里，有一只是汤姆·谢夫林打的；另两只是我打的。当时正在林木线猎驼鹿，在最后一根林木那儿撞上灰熊。真叫人激动。那样子在林木里看灰熊真是美丽。汤米那只是第二天在诱捕坑里打的。我想我本可以三只都杀的，可是它们太英俊了。我很后悔当时多杀了一只，没有时间做决定。有一只巨大的灰熊在猎杀牲口呢。大得很，政府的猎手与它相遇都不敢开枪。我十天内去试试追捕。现在回到工作上了。枪法从未那么好过。希望我写作也这么棒。

完成了 55 000 字。最近写作很顺利。一直也很卖力于此书，竟然没给你写信告诉你巴尔的书[1]的事情，真不好意思。我当然很高兴能给他写序。我有机会先看排版吗？

等写完了这本书，我希望能去西班牙，假如那里什么也没发生的话。[2]我会把完成的手稿都放在银行保管库里，你也是受益人。我回来之后再过一遍稿子。万一有什么事情发生，你也是我财产的受益人之一；即便是没有这本长篇，也还有短篇集呢。

我也许不久得先预支些这部长篇的稿费。因为，我又拒绝给《老爷》写第五个月的稿子了。还是第六个月？在那期间，我给了他们手头现有的两个短篇。没有旁的义务了，直到来年 1 月那期。我不想写别的什么，以免打断眼下这本书的写作。

我体重下降到 198 磅了，身体很舒服。现在得住笔去写作了。假如我给你发电报要钱，你把钱替我存进威廉街 22 号城市银行农场主支行好吗？一个月内也许还不需要。最近没花钱，但也很久没有看见银行账单了。不久得把宝琳和帕特送回家。这里越来越冷了。

希望这个月完成初稿，亦即 10 月。假如我去西班牙，会顺道到纽约去看你。我真遗憾没能去西班牙，别的什么也没这个令人遗憾。

可是，我得先完成这小说。

再见，麦克斯。祝你好运。谢谢你和路易斯邀请我参加奇皮[3]的婚礼。我真希望当时能在场。我希望她得到应有的幸福。她是可爱美丽的姑娘。

欧内斯特

很抱歉，写信不勤。可是，我眼睛都在书上呢。

我真高兴你喜欢《大都会》里的那个短篇。我想我手头已经有了短篇集的好篇什。你喜欢《乞力马扎罗的雪》吗？

（此信藏普林斯顿大学图书馆）

[1] 海明威为沃尔多·皮尔斯的妹夫杰罗姆·巴尔的书《都是善良的美国人》写了篇前言。

[2] 西班牙内战7月3日爆发。

[3] 伊丽莎白（奇皮）是麦克斯威尔和路易斯·帕金斯的二女儿。见A.司各特·伯格著《麦克斯·帕金斯：天才的编辑》（纽约，1978）第310页。

致麦克斯威尔·帕金斯

1936年12月15日，基韦斯特

亲爱的麦克斯：

谢谢你往银行里给我存钱。我在古巴所需之款有了。现在回到这里，书写完之前哪儿也不会去。

假如你要我读那两本钓鱼的书，让我提意见看它们是否有价值；我很高兴为你效劳。似乎我可以做任何事情，就是无法写序。我很遗憾耽误了那本书的序言。我会尽快给你写的。黑伊是不列颠那本书的作者吗？假如是，那他是个优秀的作家。假如不是，那他是谁？

真难过听见汤姆·沃尔夫惹诽谤官司。[1]我这本书前面我们得密不透风地声明一下，绝对不让人对号入座。汤姆被缠得有多深？

我得去西班牙。不过，不太着急。他们且得打一阵子呢。马德里现在也太寒冷！我已经付钱给两个人去那儿打仗（到西班牙边境的交通费现金）。假如我能再送七个人过去，也许能成立一个小分队。不过，我不打算去那儿当海明斯坦军团的司令。佛朗哥是个好将军，不过他是个头等婊子养的。他丢掉了白拿马德里的战机，就因为太谨慎。昆塔尼拉当了将军，你知道吗？我敢打赌他一定很好玩。我有好玩的古巴故事讲给你听，信里写不了那么些。

我有先见之明：别跟马博·道奇见面。现在很知道不能见任何有文化的女人。有时候我想：最好也别认识有文化的男人。可是，认识了又怎样？

永远祝你好运

欧内斯特

（此信藏普林斯顿大学图书馆）

[1] 沃尔夫 1935—1936 年卷进几场官司。这一场是诽谤起诉，起诉地点是布鲁克林。见 J. S. 特里编《托马斯·沃尔夫致母亲书信》第 318 页。

致哈利·希尔维斯特[1]

1937 年 2 月 5 日，基韦斯特

亲爱的哈利：

西班牙战争是一场糟糕的战争，哈利。交战双方都缺乏正义。我所关心的只有人，让他们少遭罪；所以又回到救护车队和医院。造反派有的是优质的意大利救护车。不过，用手榴弹炸死托雷多医院里的伤病员很不符合天主教精神和基督教精神；不因军事的缘故轰炸马德里工人区也不符合教义。那样做只会杀了穷人。穷人的政治只是气急败坏的政治。我知道他们射杀了牧师和主教。可为什么教会在政治方面站在压迫者的一边而不站在穷人的一边——或者根本干脆不站队伍？这不关我的事，我也不想找事。不过，我的同情心总在受剥削的劳动人民一方，反对漠然的地主，即便是我和地主一起喝酒、跟他们一起打鸽子。我很快就会像打鸽子一样朝他们开枪。

多斯［·帕索斯］不了解你，也不理解你。他对你的信仰也不像我那样尊重。那是无知。没有什么势利比激进派的势利更甚了。多斯内心的这种势利泛起的时候，在他也不属自然，也不有趣。不过，他是个好人，就像你是个好人一样。不过，你不能指望自己的朋友都相互喜欢。我可以喜欢你，喜欢多斯，再比如喜欢吉姆·法热尔。不过，我不能指望你们三人相互喜欢。我想，你们也不会总喜欢我。

我很高兴你的孩子、你和丽塔都好。这里65天刮风不止，天气恶劣，无法钓鱼。地上泥泞如碱液桶。刮的都是东风东南风。今天是头一场北风。计划本月底离开此地往西班牙。

我的眼睛太糟糕，不能拳击了。现在只能在酒吧里和街上打架。不过，假如由我来挑地方，可以持续打一阵子。把身上脂肪都减掉了；现在约两百磅。一旦知道自己得干什么，感觉就很好，也像是很幸福。祝你好运，哈利。希望不久能见到你们。照顾好自己，别操心政治和宗教。假如你能忍住，千万别跟政治宗教搅和。我觉得俄国那一班人很肮脏。不过，任何形式的政府我都不喜欢。谈这些没有什么用。

再见

欧内斯特

（此信藏普林斯顿大学图书馆）

[1] 希尔维斯特（1908年生），纽约布鲁克林人，圣母大学1930年毕业生；小说家，兼擅长篇和短篇。30年代他在基韦斯特与海明威相遇。海明威的《你的信仰》指的就是希尔维斯特的天主教信仰。他日后脱离了教会。见《二十世纪作家》第一卷增补（纽约，1955）。

致费佛全家

1937年2月9日，基韦斯特

亲爱的家人：

这封信是西班牙战争穷鬼一方的“忘恩负义”营营长写的。我意识到的时候，已经是进入2月了：还没写信道谢呢；谢谢你们送我圣诞大礼包。支票我花在船顶甲板的新操控设备（术语太专，就不描述来烦你们了；不过这正是我们抓大鱼的时候用得着的）上了。股票给了我赢钱的一注筹码，拜你们和总统的良好表现所赐。红利都放进别的股票里了。都是及时雨，让我们开心。我圣诞后的那天就要写信表示我多么感激；结果却去写小说了。终于把小说写完了；拿着它去了纽约。卷入西班牙这事，得到合同为“北美报业联盟”写此行的稿子。每次发电报稿得 500 美元支票一张。支票寄给宝琳。每寄一篇报道（不少于 1 200 字）得 1 000 美元支票。稿子数量不限。

我们过得很开心。这地方很好，孩子们也很好。我不愿走开，但你又不能通过侍弄这房子并将它放进樟脑丸里来保存这幸福。很久以来我和自己的良知就知道我该去西班牙了。一般情况下可以粗暴对待自己的良知，甚至可以让良知喜欢这粗暴；可每隔一段时间，良知就赶来和你平起平坐。我想，现在这里人很多，宝琳这时候在这里跟在欧洲一样，会过得很好的。我有点担心她，但又得努力去工作。无论怎样，我不会让她去西班牙。假如我呆得比预期的时间长，我就会把她接来，想法出来看她。悉尼 · 弗兰克林打算跟我一起去。他能让我们摆脱最麻烦的事情。至少多年来他成功地让自己摆脱了许多麻烦。

在纽约看见吉尼了。看上去她气色很好，过得很愉快。我当时忙，没有顾上多看她；我是想多看她去的。加菲尔德也在那儿，但我没有见到他。沃德似乎真成功做到了什么也不干。我相信他大有前途。

我希望 5 月能回去。你要是想写写不受审查的文字，就得出国。假如人们不喜欢你的作品，有时就无法回到写作状态里。我们本月底离开。支持了政府办救护队。红十字会有可能像人们说的那么坏，但他们还是本国的人民，比漠然的地主强，比摩尔人强，比意大利人强，比德国人强。我知道“白衣天使”很腐败，因为我了解他们。可我想看看其他人在人道面前表现又怎样。这是不可避免的欧洲战争的彩排表演。我想试着写一下反战报道，等欧洲战争来临时，能让我们免于战祸。我不相信能从别人的苦难里挣到钱。救护队之事于是就有了。啊，就写到这里吧。

祝你们好运。爱你们。

欧内斯特

［右边页：］感谢你们为我提供了宝琳。她让我有了从前没有过

的幸福。

（此信藏普林斯顿大学图书馆）

致沃尔多·皮尔斯

1937 年 7 月 27 日，巴哈马群岛凯特凯伊

亲爱的沃尔多：

从东海岸回到这里，收到你的信。麦克斯的办公室转来的第二张护封素描也刚刚收到。你真好，主动为这本书[1]做护封。我非常感谢。真希望能当面谈谈这个，因为写信根本无法细述。一直忙着重写此书，同时在准备图片。我想你会喜欢西班牙那张。假如那张出现，你去看看，好吗？图片标题是伟大的原创者麦克莱什起的：《西班牙大地》。我坐飞机往纽约多次。目前正忙着图片设计，随后飞往东海岸，然后再回来为救护车筹款。筹到 20 辆车的款子。下周先把第一批车运走。两周后再去马德里。[2]所以，原谅我信写得如此潦草。

顺便一说，这是在凯特凯伊写的信，不是在巴克雷［旅馆］。外面狂风大作。

关于护封：第一个很漂亮。不过，坐在旧船舵柄上的是布拉。

［此信其余亡佚］

（此信藏柯尔比学院图书馆）

[1] 此书即《有钱人和没钱人》，1937 年 10 月出版。

[2] 海明威在此期间的活动更完整的叙述，见卡洛斯·贝克《海明威传》（纽约，1969）第 312—316 页。

致保罗·费佛夫人

1937 年 8 月 2 日，凯特凯伊

亲爱的妈妈；

谢谢你和宝琳的父亲寄给我们支票当生日礼物。洪水之后寄 50

美元的和平鸽子给各地流浪的孩子们一定也是难为人的事情。支票兑现了，才知道孩子们在哪儿，别无他法。希望我这话你能听懂。生日礼物太可人了。非常感谢你们二老。

我们自5月底就来这里了。三四趟旅行：纽约、东海岸、返回，中间加一趟华盛顿。今天下午阿达、帕特和格瑞高里要飞迈阿密；明天午夜，宝琳、邦姆比和我开船去迈阿密。然后把船存放在迈阿密河，躲避飓风。接着去基韦斯特。再过几天，顶多两个星期，我就回到西班牙。假如你直接或者间接染指政治的话，你就知道我是站在穷人一方的，该跟其他“红”字号一起被毁灭。之后，希特勒和墨索里尼就可以进来拿他们所需的矿物去打一场欧洲大战。啊，让我们祝愿他们好运，因为他们需要运气。我听这些废话都听烦了，并且碰上一群顽固不化的人，这些人都不愿听关于这场战争的真话。所以我情愿一声不吭回到那里，因为没有必要吱声。我没有过多谈论这场战争。我又一次为“北美报业联盟”工作。假如它由于某种原因垮掉，我还有别的差事可做。我们在东海岸筹了20辆救护车的款子。电影会再筹得50—100辆的款子。反正会解决那问题的。

宝琳和孩子们都好。她看上去可爱得很，比以前真的漂亮多了。孩子们也很欢快。你知道，天气热对孩子们来讲很难熬。格瑞高里要在阿达离开基韦斯特时跟她去叙拉古斯。宝琳要带那两个小子去一个牧场。这次是墨西哥的一个养牛场。悉尼·弗兰克林会在那儿照顾他们的。他在西班牙把我照料得很好。现在他要在“预备队”里呆上一阵子。在度假牧场调剂一下很好。

维吉尼亚在这儿呆了好一阵子。随后跟［简·］梅森夫人去了哈瓦那。她俩都想从那儿前往墨西哥阿卡普尔科。她们似乎过得很愉快。

我喜欢皮戈特的家远超过喜欢白宫。罗斯福夫人高大极了；很有魅力，就是什么也听不见。她实际上是个聋子，充耳不闻。可是魅力十足，大多数人没有注意到她听不见。总统也很有哈佛的魅力，很少性别特征，像个女人，像伟大的工党女书记。他腰以下完全瘫痪。上轮椅技术很娴熟，一间一间地出入房间也很自如。我们在那儿的时候，白宫很热。除了总统的书房，别的屋子没有空调。饭菜是我吃过的最糟糕饭菜。（这个不要对外人讲，因为客人不能批评人家的饭菜。）我们先吃了一道橡皮一样的乳鸽，然后喝了一道雨水汤，接着是凋谢的沙拉和一位仰慕者送的蛋糕。仰慕者热情而缺乏烤蛋糕的技术。我真希望卡尔［·费佛］在那儿吃这顿饭。他们都被“西班牙大地”图片感动，都说我们该多做宣传工作于此。[1]

很高兴见到他们，也高兴参观这地方，就像我很高兴参观了好莱坞一样。可是，我可不愿意住在那儿。哈利·霍普金斯白宫晚宴时在场。我对他印象深刻，很喜欢他。

罗斯福夫妇真是太好了，请我们去白宫，并且看见了展出的图片，我很感谢。给你写这个不是为了当个不领情的客人，只是想给你报告一下局内人的印象。别向外传播。安排我和约瑞斯·伊文思去那儿的那个叫玛萨·盖尔荷恩[2]的姑娘在我们飞往华盛顿前在纽瓦克机场吃了三个三明治。我们当时以为她疯了，可她说那儿的饭菜总是叫人难以下咽；大家在去赴宴前总是先吃点东西。她在那儿经常逗留。而我，我可不愿再在那儿逗留。

亲爱的妈妈，我很抱歉还是回了西班牙。你写信让我呆在这里照顾孩子，我想这话很在理。可我在那儿的时候，我答应他们会回来的。我们要是无法兑现所有承诺，至少要兑现这一承诺。假如我从前能教育孩子，现在则没有这个能力。反正是教不了多少。不过，他们的开头都不错，各自有所不同。不再有人知道目标在哪儿了。我们追求的目标当然不再是安全；我从前被训练来获取的就只有安全。

你的生活总是这样优雅，总是恰当地把自己按比例分配给这个世界和下一个世界。而我们这代人得自己决定事情，自己来犯错误；我们看上去一定是常常显得很愚蠢，不足为怪。我希望自己对下一个世界已然失去信心。似乎这下一个世界一点也不重要。另一方面，这最后一场战争完全消除了人们对死亡的恐惧，也消除了对别的事物的恐惧。这世界看似如此糟糕，人们有必要做点什么（来改变一下）。个人未来的考虑简直就很属于自我意识了。在马德里度过头两周之后，我有不食人间烟火的感觉：没有老婆孩子，没有房子，没有船，什么也没有。只有这样才能发挥作用。现在居家时间够久，不再有那种感觉。又开始珍视一切。现在我要回马德里，知道自己又要把这一切放下了。所以，别跟我说他们有多难，因为我也有一点想象力的。所以，这烂话题够了。也许下次回来会去皮戈特打鹌鹑，会把所有的心里话跟你说说。

再见，祝你好运。我很难过听到水灾的事情。这就是孩子们老在谈论的善良的大自然老母亲。假如世上有大自然母亲这个东西，我敢打赌她是个疯子，脾气像迈克·斯特拉特的老婆一样坏。我希望你来扮演大自然母亲这个角色一阵子，让天气增添点诚实、现实、温和的理性的东西。你可以隔一阵子刮刮风，给我们点祥和的云开雾散，别像现在这老疯婆动不动发怒。

没纸了，该停笔了。飞机要起飞了，得驱船送出此信。

问候皮戈特全家人。谢谢你送我们生日支票。

欧内斯特

我的长篇小说写完了（重写一过）。9月或10月初即出。

（此信藏普林斯顿大学图书馆）

[1] 见卡洛斯·贝克著《海明威传》（纽约，1969）第312—316页。那场白宫晚宴是在1937年7月8日。

[2] 玛萨·艾丽丝·盖尔荷恩（1908年生于密苏里州圣路易斯），小说家兼记者。受教育于圣路易斯约翰巴勒斯学校和宾夕法尼亚州布莱恩·毛尔学院。先是嫁给了法国记者贝尔特朗·德·尤文纳尔伯爵。1934年她出版了自己的第一本小说。1936年12月，她与海明威在基韦斯特见面。

致哈德莱·毛瑞尔[1]

1938年1月31日，基韦斯特

最亲爱的哈德莱：

随信附上刚收到的两张支票，给邦姆比做教育经费用的。戈斯［·费佛］叔叔又给了每个孩子同一支股票40股（每股价值100美元，每年付4%红利）。我今天收到通知和操作文件，把它附在原信托条款上。我会即刻料理此事的。

希望你和保罗、邦姆比都好。希望你一切顺利。

前天刚到这里。九个月没有处理信件，文牍堆积如山。还是想念西班牙。告诉保罗，我会找个时间跟他讲特鲁尔的事情的。［赫伯特·］麦休斯和［塞夫顿·］德尔莫没有拿到通行证，我就把他们管下来了。之后，文稿被审查。她准备好丢饭碗，让我们的东西通过审查（他们只获许发新闻公报）。第一个战斗故事于是到了纽约，甚至比麦休斯的还早十个小时。回去，与步兵团一起发起全面攻击，在一个师的轰炸、三个步兵团的掩护下进城；发送这则报道。回去，准备好了妙极了的门对门战斗故事，发电文稿。此时却收到“北美报业联盟”的电报说他们不需要稿子了。我想是因为文稿太贵。《时报》值夜班的天主教徒扔掉了我的所有文稿，把我的名字从麦休斯派遣小组里删除。昨晚在床上刚读到《时报》说，麦休斯如何如何实际上是特鲁尔的唯一在场报人。不过，一开始是《时报》借“萨拉曼卡公报”之力为佛朗哥重新夺得该城。他们拒绝用我的稿子，于是“北美报业联盟”会发电报解雇我。啊好了。你当然在学习吃一顿的苦果，我还得学着喜欢这滋味。麦休斯是个极好的人，我很高兴自己能对他有些用处。可是，你等了三个月，知道准有事发生，结果是自己的工作全然绝对被破坏。报上还添印了两栏东西：麦克斯·伊斯特曼求之不得的东西，他正想这么对我说、对我做呢。居然当事实，也不问我怎么回子事，也不问任何证人怎么回子事。这些人齐聚一堂，共对一书。我想我是最好改换一个名字重新开始。或者，也许就让亚历山大·乌尔克特发表我的东西，当他搜集重印的，而不先单独发表。

告诉保罗，理查德［·毛瑞尔］来马德里的时候我看见他了。他很好。

告诉邦姆比我爱他。说我会给他写信的。我很喜欢他写的信。随信寄上支票让他买圣诞节的东西。

路途艰难，一路有风暴。从迈阿密开来小船，在狂风中。太累，都不想写信了。请原谅。在马德里写了个剧本［《第五纵队》］。我想你会喜欢它的。不知会不会有人上演，才不管呢，反正有前例了，管它呢。我行我素，让别人朝我开枪吧。只是他们用我小时候挨打的方式打不到我了。另一方面，他们也吓不倒我，这真是意想不到的事情，也很让我宽慰。别在意这些。也许明天又兴高采烈了。海先生是很能顺应潮流的。原谅我信写得阴郁而烂。看看漂亮的支票，快乐起来。爱你多多，问候保罗。我很崇拜你俩。

欧内斯特

（此信藏普林斯顿大学图书馆）

[1] 哈德莱 1927 年同海明威离婚；1933 年嫁给保罗·司各特·毛瑞尔。

致约翰·多斯·帕索斯

约 1938 年 3 月 26 日，巴黎

亲爱的多斯：

我现在后悔从船上给你发了电报。我发这封电报时感觉滑稽，事后则感觉有点傲慢。

不过，我想跟你说点在我看来很严肃的事情。西班牙正在进行一场战争。交战的一方是你过去站在他们一边的人民，另一方是法西斯分子。假如你因为痛恨共产党而觉得攻击仍然在战斗着的人民理所当然，并且是为了钱而出言攻击，那你至少尽量把事实弄清楚了再说。我在“红书”上读到你的一篇文章，你没有提［古斯塔沃·］杜兰的名字；提他的名字才对呢，才公允呢。可你觉得该提瓦尔特的名字并称他为俄罗斯将军。你的文章给人一种印象：这是共产党人发动的战争。你提到自己见过的一位俄罗斯将军。

多斯，唯一的麻烦是：瓦尔特是个波兰人。正如卢卡斯是匈牙利人，彼得罗夫是保加利亚人，汉斯是德国人，考皮斯是南斯拉夫人等等等等。对不起，多斯。可你从未见过什么俄罗斯将军。[1]我看你对曾经支持过的人民发起攻击的唯一理由是：你有不可遏制的欲望想说实话，也为挣钱。那何不说出实话？问题是你在十天或三周里没有发现事实：这场战争早就不是共产党人发动的战争了。人们六个月来读一系列文章（尤其是读你的文章多）的时候，他们没有意识到

你在西班牙呆的时间是如此之短，见到的东西是如此之少。我发那封电报就是因为这个。不过，我该把话说得文雅一点，而不该那么傲慢。下面是宁的问题。你知道宁现在在哪儿吗？你该在写他的死讯时弄清事实。不过，那又如何？西班牙也有些善良的俄罗斯人。不过，你没有见到他们；他们现在也不在那儿。［赫伯特·］麦休斯和我在三个步兵师和一个炮兵师的掩护下在战争爆发的第五天于敌方的攻击下进入特鲁尔；城里的人都以为我们是俄罗斯人。我能跟你讲好些滑稽的故事。不过，在整个过程中，我只见到一位俄罗斯坦克兵指挥官和一位保加利亚指导员来到43旅。我们跟普瑞埃托的卡宾枪队一起发动袭击。这支部队战斗力很强；政治上也左得跟卡特·格拉斯参议员一样。你知道，大家都不是胆小鬼。许多人会去战斗，才不管是否战死呢，只要能使祖国免于外敌的侵略。战争不是共产党发明的，也不是法西斯发明的。你居然总把这场政府在进行的反法西斯意大利、反法西斯德国摩尔人侵略的战争看成是共产党人强加给人民的战争，这真是叫人可怜又可恶的看法。是谁发动了我们自己的内战？那可是连外敌侵略都没有的啊。

我现在很容易攻击。假如你愿意，我们放下西班牙的是非不谈，你就攻击我吧。不过，在你行进的路上，那也帮不了你什么。当人们为钱扭曲的时候，他们终究在所有事情上都被扭曲。另一方面，我想自己在所有事情上都被扭曲了，结果在钱方面终究也会被扭曲的。无论怎样，我期待着那一刻到来。

信就写到这里吧。假如你挣到钱了，愿意把欠我的钱还给我一些（不是你生病时戈斯叔叔的那笔钱。我是说另几笔小钱，后来给你的），何不寄我30美元，假如你挣到300的话。或者10块20块，或者随便多少。我现在用处多得很。现在我不想寄这封信，为什么？因为我们是老朋友。你知道我们是好朋友老朋友。为了两毛五分钱我在你背后捅你一刀。捅别人我收五毛钱呢。

再见，多斯。希望你永远开心。我想象你也总是开心的。一定是过着花花公子的生活。我过去也很开心的。今后又要开心了。好朋友老朋友。跟好朋友老朋友在一起总是开心的。逮住那些为一毛钱捅你后背一刀的人了。正常价格是两毛五捅两个。为两毛五捅两个。见鬼。老实人杰克·帕索斯为一毛五能捅你三下，还免费为你唱一首《乔万尼撒》。谢谢你伙计。啊，那感觉真好。还有老朋友吗？把他带走。大夫，他都被切开了。告诉主编的秘书给帕索斯先生开250美元支票。谢谢你帕索斯先生，那可干净整洁。有时间来坐坐啊。跟你想法一样的任何人都随时有工作做。

你的永远的，

海姆

（此信藏弗吉尼亚大学图书馆）

[1] 海明威这里强调许多忠于共和政府的指挥官有国际背景，驳斥多斯·帕索斯的观点说有些将军级军官是俄罗斯人。关于这场争吵，见唐森·鲁丁顿著《十四编年》（波士顿，1973）第495—498页、600—601页。另见《二十世纪奥德赛：约翰·多斯·帕索斯生平》（纽约，1980）第390—391页。

致欧也妮·饶勒斯

约1938年3月底？巴黎？

[亲爱的欧也妮：]

回答你第一个问题[1]——我一般做梦的内容大抵是当时正在干的事情或者在报纸上看见了什么。拿着小口径步枪的弹壳当来复枪的子弹要打迎面来的大灰熊。有时是射击的时候扳机弹簧坏了。有时是在打一个从未见过的非常大的动物。或者是在马德里参加战斗，情节很详细。门对门的战斗。都是报纸上说的东西。甚至发现自己跟S.太太上床……（感觉不太好）。跟迪特里克小姐、嘉宝和其他小姐上床的感觉体验要可心得多。她们（在梦里）很可爱。

2. 第二个问题：不甚了解。

3. 从来没有这种感觉。我倒是愿意用同样的工具应付白天和黑夜。相信自己可以做到。不过，我尊敬诚实写作的任何人用自己的方式来处理写作中的任何问题并祝他们好运。

[欧内斯特·海明威]

[1] 这封信发表于《过渡》第 27 期(1938 年 4—5 月号)第 237 页。饶勒斯所问题目为“夜的精神和语言”，请数位作家回答三个问题：1. 最近做过的最有特点的梦(或者白日梦、半醒半睡状态的梦、幻觉幻象)是什么？2. 在你的集体无意识里有祖先神话或者象征符号吗？3. 你有感觉需要新的语言表达你夜间精神的体验吗？

致麦克斯威尔·帕金斯

1938 年 5 月 5 日，马赛

亲爱的麦克斯：

你 4 月 7 日的信收到，谢谢。刚收到。关于剧本的电报也收到了。昨天从巴塞罗那来到这里赶往卡斯迪隆和马德里前线的飞机。我的邮件都聚集在这儿呢，都收到了。此行之后，假如太平无事，我计划赶往基韦斯特；时间短，都来不及通知人就离开了。我们可以定夺短篇集和剧本的事情。很不幸，制作人在来的船上就死了。现在一切都漂在那著名的溪流上了。

无论怎样，如下是另一个想法。把那三个未发表的短篇和剧本放在一卷里出版怎么样？也许很好。记得吉卜林的《盖兹比一家》[1889 年版] 吗？那也是剧本和短篇合一的集子。那是他最佳短篇集之一，也很成功。如此篇幅就可人。

我现在怀疑有无时间和机会上演。读着倒是觉得不错。跟那三个短篇放在一起就是一本不错的书。可以把剧本放在前面，三个短篇放在后面。在出版这个合集的过程中，我们既有现成的东西，又可能有我要写的新东西。或许新的东西还先出来呢。我到时写一个导读。[1] 我觉得这主意不错。

伊万 [·薛普曼] 现在很好，虽然有了 C3① 标签，不适合回到旅里。我看着他直接被送回家的。他竭尽全力想再回旅里，可真的不适合，该回家。希望你很快能见到他。我前天见到他了。他问候你。

① 征兵中体格最差的一级。——译注

这六个星期真是见鬼。我们在托尔托萨伊布罗狠揍了意大利人，在一个叫车尔塔的地方。绝对阻止了他们前行。可我们是沿着圣马迪奥左侧走的，最后还是让他们得了本来不可得的东西。可是我们并没有溃败，牢牢地把握着伊布罗。我回去后跟你说另一边的故事。要是没有渡过伊布罗河至少一次，谁也别想有什么社会地位。当混蛋们切断瓦伦西亚的道路时，你真该和我们一起度过那“美好的礼拜五”。我为此写了一篇好东西。你可以从“北美报业联盟”得到这篇东西，假如你感兴趣的话。我想我是3月18日寄出的。发挥你的想象力，记住文字审查尚未停止呢。

明天早上4:35得坐飞机。自打离开美国今天是得歇的第一天。真想在床上躺一周，吃饭睡觉读报纸喝威士忌和苏打（做爱），像祈祷转轮一样重复节目。对不起，信写得太阴郁，在船上写的。我从不阴郁，真的。近在咫尺你就能看见并且明白怎么回事。不过当你在局外的时候，比在前线要阴郁得多。

祝你好运麦克斯。问候大家。也许很快就能见到你。

从［比利时］蒙斯撤退和这最后一幕都是鸡屎。等这一切结束，真的有很多东西可写。我要仔细记住这些，不会在报道里浪费掉素材。等结束这一切后，我要安顿下来写作。［安德烈·］马尔罗之流的骗子混蛋在事情还没真发生就有了2月37日之杰作。他们再写寻常篇幅的书的时候，再写不做假的老题材的时候，会有教训的。那是什么玩意儿啊。你读《邮报》上弗兰克·廷克的文章[2]了吗？萨蒂夫波斯特呢？这些东西写得真好。

再见麦克斯。我希望你喜欢剧本和短篇合一的主意。

永远的你的

海明威

问候查理［·斯科瑞布纳］、［沃勒斯·］梅耶和比尔·韦伯

（此信藏普林斯顿大学图书馆）

[1] 海明威终于为《第五纵队和首辑四十九篇》写了篇前言；此文1938年10月14日发表。

[2] 弗兰克·廷克飞去支持共和派，《决战前夜》提到此事。关于他的自杀，见海明威1939年7月28日致费佛家人的信。

致麦克斯威尔·帕金斯

1938 年 7 月 12 日，基韦斯特

亲爱的麦克斯：

我因为两件事迟复了你的信。第一是剧本的事情。制作人没有按照合同于 7 月 1 日兑现 25 000 美元承诺。问题来了：是否给他时间去筹款，给他一次延期的机会。这事情别外传，我不想让外界谈论这个，以免他在努力筹款排演剧本的必要过程里难堪。其他制作人也在追这出戏。不过，一切都晚了。无论上演与否，我们都可盘算在秋天出版这个剧本。我尚未退还清样是因为不着急。假如着急，请告诉我。假如你需要前言，我就写一个前言。自然会根据剧本上演与否改变语气。随时要随时写，至多需一两天。

现在谈谈短篇小说的事情。《在密歇根州北部》似乎一直就是那样：没有那个短语，这故事就没有意义了。有了那个短语，找东西看的读者就会扑上去逮着它。

这本书应该是迄今我的短篇小说的定本。没有《在密歇根州北部》，就不算定本。假如这个短篇被删削，其重要性就不存在了。

这是我作品里的重要篇什，是影响过许多人的东西。比如卡拉汉等。这不是下流小说，是很悲伤的故事。我当时尚不能写得好，尤其是对话。那篇小说里的许多对话都很木。不过，写到船坞的那一段就绝对顺当了；那是整个故事的点，是我所得自然笔触的开始。（我刚重读了一遍。）我是根据从前的记忆写的这篇小说。

麦克斯，我不知道该怎么说这篇东西。假如你把它砍掉，出版集子就没有意义了。

假如你不愿出版这个短篇——好，假如你想出版，就照原样出版。

现在我另有一个主意。何不把剧本放在前面当第一篇。然后是 48 个别的篇什。

就叫《海明威作第五纵队和首辑四十八篇》。[1]

你知道，有谋略者总是强者——并且强的都是地方。

挨打总是因为分散力量。

这两本书我们太分散精力了。这书里没有最后一个短篇，这短篇能显示我从最初 48 个里所学到的东西。单独出剧本，大家都会骂那剧本不好。把它们放到一起，不管他们如何骂，也不管发生了什么，我都不会感觉不好，因为我知道里面有我完成的作品，你能看到我所学会的东西，剧本里有充满生命力的对话和动作，毕竟出自扎实的写作整体。

你知道的，这作品读起来也不错。

如果这么安排，你可以拿掉《在密歇根州北部》。我情愿你拿掉，也不愿你删削。不过，不出版这个篇什总是让人遗憾的事情。

麦克斯，这本书的稿费可不能含糊，整个买卖都不能含糊。

我可以写一个短导读，解释一番《第五纵队》是最晚的作品。它之后另有短篇；这些篇什按写作年份安排。是不是篇幅大了点啊？我想要一本大一点的书，变化一下。

你看如何？

伊万 [·薛普曼] 没弄到钱赌那一匹马真是遗憾。那可是一匹好马。是干将。当然赢啦。接下来的篇章是：上周六伊万弄到 100 美元，把赌注下给“战狐”。他输了。假如伊万按我的指点选地点和马匹，就不会输得那么惨。我只输了 25 美元。我还没有他的消息呢。也许一两天里会有他的消息。快步马驾车赛季到了，请你别给任何人钱去赌马，除非你有我的确认电报。然而，还是要谢你给伊万 100 美元。

现在去寄信。

我们撤离阿姆波斯塔那天我发给《肯》的那个短篇随信附于此。

我想这个篇什会给集子增色的——《桥边的老人》。你如何看它？

希望你一切都好。

永远的你的

欧内斯特

今年秋天十有八九剧本不会上演。

（此信藏普林斯顿大学图书馆）

[1] 第49篇是《桥边的老人》，首发于《肯》第1期（1938年5月19日）第36页。见本信结尾。

致麦克斯威尔·帕金斯

1938年7月12日，基韦斯特

亲爱的麦克斯：

把另一封信写完、封口，接着开始看短篇集的校样。

我不喜欢把《在我们这个时代》单独列一篇且只标明数字而不标出章节。这些篇章各需另起一页并加章节字头。如此才可能单独组成一个整体。

接着是你把两个章节列成另两个短篇了。你寄给我的目录里的第十篇"非常短篇"即《在我们这个时代》的第十章。除了"非常短篇"里姑娘的名字已从"艾格"改为"鲁兹"。在书里还是该用"鲁兹"，因为"艾格"有诽谤之嫌。那是艾格妮丝的简称。目录里第十二个短篇"革命者"即《在我们这个时代》的第十一章。如此安排你48个短篇就短了两个。我根本不喜欢《在我们这个时代》那样挤排在一起。要么各章另起一页，标出字头；要么按利弗莱特版《在我们这个时代》和你1931年［1930年］出的那版原样排。

［L. H.］科恩船长的编年顺序一团乱。

我写《我老爹》在《禁捕季节》之前；我写《今天是星期五》和《杀手》是同一天在马德里，两篇都早于《白象似的群山》一两年，那是写完《五万元》之后三四年。许多篇什我不记得什么时候写的了；可是我知道那个编年表前后矛盾。

为什么不能就按三本书出版的顺序来排呢？《在我们这个时代》、《没有女人的男人》、《赢家一无所得》，只是把最后三个短篇放在前面，即《弗朗西斯·麦康伯短促的幸福生活》放在第一，接着是《世界之都》，然后是《乞力马扎罗的雪》；再然后假如你采用，《在密歇根州北部》。其他则按原来出书的顺序排。

我说不上具体篇什的写作时间，但我可以检核足够的篇什从而知道科恩的编年顺序属于胡说八道。

我当时跟哈德莱住在巴黎圣母路；写《五万元》的时候，俯看就是锯木厂。我写《杀手》和《今天是星期五》的时候正在马德里和宝琳恋爱。早此至少一年在施鲁恩斯我写过一篇“平庸”的小说。在“编年”里它被列在《给某人的金丝雀》之后，《金丝雀》是在我跟哈德莱闹翻之后住在巴黎弗罗德瓦路杰拉尔德·墨菲的画室里写的。《白象似的群山》是在巴黎费罗路写的，那是一年多以后。所以，我知道这份“编年”系胡说八道。假如你把我放在证人席，我也讲不出那篇作品准确说是哪一年写的。我也不在乎精确的写作年份。所以，假如无法编年，那我们就按出书时的样子排，当年出书总是用心思排序的。再就是《在我们这个时代》请按照我想要的效果排版（这效果奇异，这些文字达到的就是这种奇异效果）。我当时让人排斜体字。这些文字需要斜体。

麦克斯，我想最好按三本书出版时的原样排，最新的三个短篇放在前面。接着是《在密歇根州北部》（假如你决定发表它）。假如你不发表《在密歇根州北部》，那只有 47 个短篇。请把“作者导读”的标题改成《在士麦那码头上》。《第五纵队》呢？本来可是拿它起头的啊。或者放进它后不成集子？那可是阅读的极好材料啊。

或者先出《第五纵队》和那三个新短篇，集子再找时间出。

我不希望集子里没有《在密歇根州北部》。人们喜欢为你鸣枪，这东西能让他们接着鸣枪。

这最后写的三个短篇很好读。其他的如果嫌长，这三篇会构成很好的一本书。

坦率地说，我不觉得剧本有希望上演。钱的麻烦太多。天主教也可能禁止把它出售给电影。现在拍电影的钱又大抵跟剧本上演有关。

我想单独发表，他们就只能一次扑咬一项了。眼不见一个，严厉批评另一个。放在一起，他们就觉得大了对付不了，太令人难忘。

另一方面，把一切放在一起似乎也显得弱。我可以在“导读”里解释一番，说有些人抱怨我的上一本长篇短，所以决定给这本书多加点阅读的东西。

麦克斯，你要记住，我的上一本小说［《有钱人和没钱人》］招来一帮人评论，那可是你能读到的书里算是不坏的小说。所以，这次我想弄个特别好特别大的东西，让他们无可质问。

我不觉得这是迫害狂或者自我中心论。有许多评论家似乎真的恨我，想让我离开这行当。我要说他们嫉妒，绝非口出狂言。不管是我做他们喜欢的也罢，做他们怕我那么做的也好，反正都痛恨。这里面有政治。所以，我觉得最好弄一本好读的东西，明显是个好东西，质量篇幅都醒目。

你觉得怎么样？

我可以写个直截了当的、谦虚的有趣的导读，谈谈这些短篇和这个剧本。单说剧本，里面就有令人印象深刻的东西；短篇里则有很多有趣的东西。

假如你愿意，我可以现在就写。也许最好去写那个导读，中断此信。反正信写得够长了。

我知道评论家那些事也有我的错。我太爱发脾气，他们就恨你这一点。

随便吧，让这些见鬼去。

欧内斯特

（此信藏普林斯顿大学图书馆）

致阿诺德·金里奇

1938年10月22日，巴黎

亲爱的阿诺德：

随信附上所写短篇。[1]

最后一段里有这样的话——“假如你不甚了解他，假如你没有看见……”

我猜这话不合语法。我依赖懂语法的宝琳，可她不在这里。

可这话还是可行。也许 have 该退场——不过我们还是留那儿吧，除非你反对。这字眼从某种程度上讲与韵律相关，增强语言情感色彩。

我无法写小说时像在写文章。小说很快就自己上膛的。所以，当我给你写第三个契哥特故事的时候，却写出这个篇什。这虽然也是契哥特故事，但里面也有许多别的东西。我既不在短篇里施展拳脚，也不刻意把一个长篇缩成短篇。二十个回合拳击手有不同的节奏。不过，当他们打得好的时候，往往时间不拖长。

这篇东西是两个短篇或者三个短篇的长度。所以，我们就按篇幅来做安排，假如你愿意。最好是先付给我 1 000，另替我还上账上借的 1 000。如此 3 000 预支就已经给我 1 200 了，还欠我 1 800；假如你愿意这样支付。假如你喜欢这个短篇，可以付我 1 000 美元，那 3 000 美元预支我就只欠 1 500 了。那样记账容易些。这篇小说里讲到的那个晚上，你差点白丢了这 3 000 美元。

你说这样行吗？你 1 月份那期这个短篇能充很大门面。我尽量给你我所能写的好东西让你发表。登点主打小说对杂志也没有害处。无论怎样，三个短篇一组，很不错的。[2]实际上是四个，上一次我给你的是《［乞力马扎罗的］雪》。

基督啊，我又开始写作了，感觉真好。用不着写别的文章了。我写那些东西的时候可真要疯了。每一次要动手都被打断。如今我又写完一个醉人的短篇，只消再看一遍（也许是有生以来写得最好的，无论怎样，是写得最好的短篇里的一个）；另，完成了长篇小说的两个章节。[3]

还没有读到书（《第五纵队和首辑四十九篇》）的评论，也没听说什么。也没见到样书。麦克斯只把护封寄给了我。我情愿自己拿到样书，届时兴许自己就偏好呢。

跟“北美报业联盟”签了合同。假如战争爆发，那周三就一切就绪。还有一纸参谋的委任，跟法国人一起去西班牙执行任务。会有事发生的。（此事保密。）这里的事情很肮脏。假如你多想，都能疯了。所以我现在只写作。你得常爬进那古老的塔里干你自己的事情，即便洪水滔天，你座椅裤子都湿了。作家就得写，写作比别的事情更让你感觉好，只要写得顺利。

再见阿诺德。问候戴夫［·斯玛特］。不知什么时候能回去。也许很快。

不愿详细写欧洲的局势。比你在报纸上读的要糟糕得多。

欧内斯特

问候海伦·玛丽。我觉得她很了不起。我最近每周跟本·加拉格驱打两次野鸡（都是飞得很快的野鸟）。现在习惯了这个。很艰难。它们高飞如火箭，树叶茂密，打得艰难。上一次打了57只，再前一次45只——得快，别停止晃动。也不能太超前。

（此信藏普林斯顿大学图书馆）

[1]《决战前夜》刊《老爷》杂志第11期（1939年2月）。这是海明威为该杂志写的最后一篇东西。

[2] 另两篇是《检举》和《蝴蝶与坦克》。刊《老爷》杂志第10期（1938年11月12月）。

[3] 可能是短篇《山梁下》。刊《大都会》杂志第107期（1939年10月）。长篇的两个章节可能指《丧钟为谁而鸣》的开头。10月28日海明威向帕金斯重申了这一点。

致麦克斯威尔·帕金斯

1938年10月28日，巴黎

亲爱的麦克斯：

我早就该给你写信表示对老汤姆［·沃尔夫］[1]的死表示难过。不过我知道你也清楚谈论伤亡没有什么益处。你一定很难过。他写的信真是一封好信。人们行将就土的时候写的信总是好的。你该不少收这样的信。希望在今后五十年里我也多给你写一些。

啊，我们本以为自己的书无懈可击，不是吗？可是你还是敌不过那些家伙，他们可以结成帮派把它弄倒。麦克斯，你知道我觉得自己还没退出江湖，即便是新一代评论家出场，我也能从容应对。你看，那些家伙把我埋葬了，又眼看着我像拉撒路一样起身站立，这真叫他们狼狈难堪啊。我从前曾想过拉撒路自己也觉得再起身出现在人们面前很难堪。人们不是说：“主啊，他发臭了。”［《约翰福音》11:39］

我对评论从不在意，除非它干涉到我的生活。我拿到样书，看到那些个短篇，我知道这些东西即便是我明天翘辫子了也能传下去。顺便一说——啊还是别谈别写没有影儿的事吧。

宝琳说书出来的那天，书店橱窗里没有展示。我肯定这是弄错了。跟评论的幅度有关系吗？跟广告的幅度有关系吗？我清楚大广告也无从得大评论。不过，小广告也许就指明评论也可以小。得很吵嚷一番才行。

我想你在广告里可以强调书里有此前从未发表过的185页内容。把新短篇的长度亮一下。提一提《在密歇根州北部》只有在一本售价350美元的书里能得读。强调一下书的篇幅和字数。

这些在我看来是要点。

书里有足够的新东西使之比［斯坦贝克的］《人鼠之间》长得多。

提一下那个话。我想你得评论、广告双管齐下促销。不过，我真的觉得你给的优惠很足了；假如优点得到强调，书是能卖掉的。

我拼命工作到那个礼拜三。当时心想这也许是最后一次写作机会了。于是，我好好地写了。写了两个稍长的短篇。战争喊停的时候，其中一篇还没写完。事后把它写完了。自那以后，混乱中什么都掺杂进来，让人失望，背信弃义之事肆行，一切都腐烂不已，加上书的事情［没有音讯，接着是听到的都是坏消息］让人沮丧，所以写作就难了。不过，我还是写了长篇小说的两个章节。[2]现在像是很快要回到写作状态。让宝琳给你看看我寄给她的那两个短篇中的一个副本——《决战前夜》。约有一万字。

今天会接着写那长篇。麦克斯，写作是件艰难的事情，不过没有什么比写作让你感觉更好。

下面的事情保密。我得了一纸委任，让我跟一组法国人去西班牙执行任务。要是去的话就好了。我跟［北美报业联盟］的杰克［·约翰·N.］维勒签了合同，并且答应宝琳不参战。所以，这两样义务有点冲突。我很烦义务冲突，可我就是老有相互冲突的义务。

我还没有写拿破仑的那个故事呢。不过，我会写的。回家之前，大约下周我去看看巴塞罗那的情形。麦克斯，我有点郁闷，所以信就写到这里。

记住，假如我有什么事情发生，我想到你的时候跟汤姆·沃尔夫一样多，尽管我不善表达此意。

再见，麦克斯。

欧内斯特

你收到信后电报告诉我书卖得怎样。

（此信藏普林斯顿大学图书馆）

[1] 1938年9月15日沃尔夫去世。三年前，读到海明威在《非洲的青山》（纽约，1935，第71页）里提到他，沃尔夫写信给帕金斯谈到“大大个儿男子、拿不起的文字斗士”之事。（《托马斯·沃尔夫书信集》，伊丽莎白·诺维尔编［纽约，1956］第468页。该信日期为1935年6月21日）。

[2] 见1938年10月22日海明威致阿诺德·金里奇信。

致保罗·费佛夫人

1939年2月6日，基韦斯特

亲爱的妈妈：

圣诞节后一个月零六天了，过了写信的期限。所以，这封信就只是一封信。抱歉没有即刻写信谢你和宝琳的父亲寄给我们的美好支票。谢谢你让吉尼从纽约寄给我可爱的睡袍。我很需要一件睡袍，你寄给我一件，真好。

纽约之行真如《旧约》里的噩梦。我重写了剧本。最后索性新写了两幕。犹太人[1]将第三幕高潮处当剧本的开头，第一幕因此刺激；之后就没有什么激动人的了，所以我索性另写了两幕。它该被称为4.95纵队，从5开始往下标识。

这行当可真可怖。你在剧场获得成功之前，人们的整个态度是：你不可能知道自己在干什么。一出好戏该跟上一出好戏一样才行，或者如同其他很好的戏的部分内容。既然排戏的花费在50 000元左右，弄钱的人感觉剧本无论如何得被证明可靠以保护投资。里面没有什么新鲜东西，也没有什么从前不曾挣到钱的。既然成功的剧本没有公式，他们大部分上演的也都纯属垃圾。

今天早上从梦中醒来。梦到他们从维尔茅斯公司又得了一笔资助，此刻剧本拟叫《辛匝诺快车》。头四幕依旧，我们却得重写下一幕，把维尔茅斯的视角合适地加以构思。这可真是一场梦啊。剧本的新视角为：剧本的最后一幕发生在一个岛屿上；他们真要在舞台上弄个岛屿并且种植奇花异草。

我但愿自己从未听说过剧本的事情，只写过长篇小说。也许许多人都这么想过。

帕特里克昨天受洗坚信礼。他成了本教区的骄傲：因为没有人能回答主教提的那些问题，除了他。他对教义问答对答如流。就目前的表现，将来替罗马教廷当个好律师不成问题。格瑞高里听说受洗坚信礼守灵的时候能得5美元，等不及也想进对答教义班上课。带他们去银行储蓄，我也跟他解释了利息是怎么回事。格格说："我真希望自己是想出这点子的人。"

戈斯叔叔和路易斯婶婶来了，玩得很开心。他在湾里钓了两天鱼。天气可不太好：两天都刮北风。所以，他没有钓到旗鱼，只抓到些礁鱼。我在暴风雪中降落，晚点六个小时。戈斯叔叔累了，我真希望他多呆一阵子，好好休息一下。

意大利人又搬来部队、炮火和飞机；西班牙人却遣散了外国志愿军。接着是把西法边境关闭，不让他们再运送炮火和弹药，张伯伦和达拉第给的军火。啊，谈论这个有什么用。我在《礼拜天访客》上读到红军的暴行、西班牙"共产党"政府的邪恶以及佛朗哥将军的人道。说是他本可以几个月前就结束战争的。因为他见过一个城池接着一个城池被炸平、居民被杀、路上遭轰炸的难民成队、机枪一遍一遍朝他们扫射；害怕伤及平民——谈这些有什么用。不过，这种谎言把你心中的东西都剿灭了。人们现在极力证明佛朗哥从未轰炸过圭尔尼卡。可我去了莫拉德尔埃布罗、托尔托撒、鲁斯、塔拉戈纳、萨贡托和其他诸多城市；佛朗哥的确做了他否认在圭尔尼卡做过的事情。可这又能怎样？面对战争你只能做一件事，那就是赢得这场战争。你被人出卖之后，被人以一打的方式出售；你输了战争，就不该反对人家额外跟你说谎话。英国人是真正的恶棍。从一开始他们就是恶棍。

加泰罗尼亚人从不愿跟人打仗。在整场战争中他们也从未跟人作战。也许他们太善良。不过，我们有一首西班牙诗，翻译成英语是这样的：

我的脸黑
我的鼻平
但我仍然是个人
感谢上帝我是个黑人
但我不是加泰罗尼亚人。

妈妈，我不该谈论这个话题。我也一直不谈这个话题。不过，我想宝琳的父亲想知道我对这些事情的看法。不过，我太不留情面了。

情形是这样的。法兰西边界已经关闭，自去年5月诸物不得进入。1月份他们开启边境，让一小部分东西进来，但为时已晚。西班牙中部得供水。意大利也许会放倒一个封锁堡垒。空中封锁半松弛，东西可以进了。他们每晚轰炸瓦伦西亚和阿里坎特的港口。当然，这是合法行动。

佛朗哥得花六周到八周来组织大规模进犯马德里或瓦伦西亚。假如他聪明，他就该试试瓦伦西亚。

假如他拿下瓦伦西亚，西班牙中部就注定了是他的。瓦伦西亚是西班牙最富裕的地区，马德里靠它养活。

意大利人也许想进犯马德里以洗瓜达拉亚拉战败之耻［1937年］。他们有可能在两个战场同时组织进犯。

他们拿现有能支配的力量、炮兵的优势就无疑能切断马德里-瓦伦西亚的道路并能让整个城市挨饿。西班牙中部短食物已经两年了。

我在西班牙最好的朋友现在就在那儿，让人想起来就郁闷。我在西班牙整个战争期间每晚睡眠都好而沉。就是饿，真的很饿。去年冬天五个月里至少每隔一天就感觉饿。不过，从未有过的感觉好。所以我想，人的良知是个很奇怪的东西：它既不是安全感管控的，也不是死亡的危险管控的，也不是人的胃管控的。

在纽约，我经过“好莱坞餐厅”。真希望你们在那儿，我们能一起再吃顿晚饭。我当时计划去皮戈特看你们，再把车取了开出来。可是他们却让奥托［·布鲁斯］先开走了，在我抵达之前。

去年的战争以及其他种种事情，弄得我们得付大约30 000美元个人所得税。成天算计交税的事情。幸亏在国外挣的钱不用交税，因为在外面超过六个月了，不用付这六个月的税。萨利［J.B. 萨利文］说：“上帝啊，欧内斯特，随便他们怎么议论你吧。可是，我对上帝发誓，你已经给得够多了。”所以，现在得去拼命干活，以保持这良好的声誉。

宝琳很好。模样从未这么好过。孩子们也很好。我在纽约请邦姆比吃了一回晚饭，一起过了一夜。他在学校表现很好。是年级里第一名，学校里第二名。格瑞高里和帕特里克的声音都很有男子魅力，去了趟北方回来，身体都很好。

问候大家，再次感谢你们的礼物。

欧内斯特

我母亲后天来这里呆两天。我在纽约见到吉尼。我们一起玩得很开心。她在摄影的创作里工作很努力。我给了她头一个忠告，是关于酒的玩笑话。告诉她把酒都销毁并警告大家把酒瓶都清空。这个酒玩笑开得很好，但收税的人可不开玩笑。

（此信藏普林斯顿大学图书馆）

[1] 关于此指称纽约戏剧制作人以及下一封信里再次提及此事，见海明威1951年9月10日致埃德蒙·威尔逊信，海明威意识到当时误解人家了。

致麦克斯威尔·帕金斯

1939年2月7日，基韦斯特

亲爱的麦克斯：

再次感谢你给我寄彼得·司各特的书。[1]这书写了各地野禽。那些地方我总想去，恐怕永远也去不了。

关于讲座。跟他们说我现在没有空举办讲座。你可以客气点跟他们说。我得积蓄能量以备目盲或者发生别的什么。那样就不能写作了。

啊，我们又输了一场战争。很糟糕输掉战争，但宁愿如此，也比听卡尼撒谎好。说什么国际纵队在这场战争中战斗之类的话太恶心。佛朗哥俘虏的国际纵队的人是没有证件证明自己国籍的人；他们被拘押在边境附近的营地里或者利博尔这样的小城里，直到国际联盟委员会来安排遣返事宜。应付战争就只能做一件事：那就是赢得这场战争。不过，在这场战争里，诸多情况使打赢战争成为不可能的事情，并且这些情况还都不是军事能控制的。

你收到此信后往我账户里存1 000美元好吗？城市银行农夫支行，纽约市威廉街22号。我需要它来支付个人所得税。算我预支《第五纵队》版税。

我下周一打算去古巴写作。我知道如何写作。我的意思是说下周一去。我到秋天该有足够的篇什出个短篇小说集子。还是你觉得又出个集子，太快了？我手头有：

《检举》，刊《老爷》杂志
《蝴蝶与坦克》，刊《老爷》
《决战前夜》，刊《老爷》
《他们都是不朽的》，刊《宇宙》，3月号请读
《有人影的远景》——还没寄出去呢。

我现在要写三个较长的短篇。一个是关于特鲁尔的，叫《疲

乏》。一个是讲老渔夫的故事的。这位靠卖鱼为生的老人独自在小帆船上跟一条剑鱼奋战了四天四夜。他把鱼弄到手边，却弄不上船去；最后鲨鱼吃了它。那是古巴海岸发生的奇妙故事。我打算跟老卡洛斯［·古蒂耶热斯］出海，就坐他的帆船，这样就有很好的素材写出好东西。他拿那条船进行的长时间奋战，其间他所作所为所思所想的一切，都是好素材：那可是远离其他船只独自奋战啊。这是个了不起的故事，假如我能写好的话。一个能写成一本书的故事。[2]

随后我要写瓜达拉马关口波兰轻骑兵掀起的那场风暴。假如我能写好这三个故事，我就能养活家人到年底。接着，我就又能去写长篇小说了。我得知道这场战争的结局，这样无论如何就会写得准确些。

自打我离开之后，戏剧制作方面的犹太人什么音讯也没给我。也许战事不利，他们在推诿制作这出戏。基督啊，我想当时写个长篇小说该多好啊。啊，我当时写不了长篇。我们在等待去特鲁尔，没有时间写长篇。我恐怕离开时把他们都骂了。感觉跟你和查理［·斯科瑞布纳］合作真是太好了。

我每晚都做梦。梦境就是这场撤退。详细极了，真可怖。奇怪，在西班牙什么也没有发生在我身上。只是反复重现下卡车的情形，以及不知目标却要攻击，也不知跟谁解释我们的位置的情形。昨晚我又陷于撤退梦境，详细得见鬼。我一定是想象力太丰富了。所以，我总要虚构故事——而不必记住所发生的事情。

好了，再见，麦克斯。问候查理。再次谢你俩送我书。

永远的你的，

欧内斯特

(此信藏普林斯顿大学图书馆)

[1]《早晨的班机》，斯科瑞布纳出版(纽约，1936)。
[2]《老人与海》(1952)写作计划的又一个阶段。

致伊万·卡什金

1939 年 3 月 23 日[1]，基韦斯特

亲爱的卡什金：

啊，真高兴有你的音讯。不只是有音讯，还知道在苏联翻译我作品的人还写了关于我的作品的最佳最有用的评论文字。在我看来是最佳最有用的；恐怕你比我还了解我自己的作品。我真高兴你还在从事这项工作。我会让斯科瑞布纳把各书的校样按你建议的寄给你。我谨此也授权你改编剧本［《第五纵队》］。

关于集子里短篇小说篇什的顺序，斯科瑞布纳希望把新写的三篇放在前面。既然除了这三篇外都是按原来出的集子的篇什顺序排的，也还好。也许放在后面更好些，好保留作品的编年顺序。未来的版本你也最好把它们放在后面，我谨此授权你这么做。

我还完成了几个新短篇。目前正在写一部长篇小说，已经写了 15 000 字。伙计，祝我好运。《大都会》杂志还发表了我的一个短篇，题目是《他们都是不朽的》。他们删削了一些内容。你要是想出这个，我就给你寄将来收在集子里的版本。眼前没有副本，否则就给你寄了。

如下供你当信息。关于那场战争的篇什，我尽量表现它的方方面面而已。我慢慢地写，诚实地写，并且多方审视自己所写的东西。所以，千万别拿一个短篇来代表我的观点，因为，这样会使问题太复杂。

我们知道战争很糟糕。尽管如此，有时候战争又有必要进行。不过，战争仍然很糟糕。谁要是说战争不糟糕，那一定在说假话。不过真的，描写战争很复杂很难。比如说：就个人体会而言——我年轻的时候在意大利参战，就很害怕。在西班牙一两周后，我一点都不害怕了，还过得很开心。尽管如此，我要是在作品里不理解别人的恐惧或者否认恐惧存在，那我写的东西就很糟糕。正因为此，我现在能更好地理解整个事情。战争一旦启动，唯一要做的，就是打赢它——我们未做的就是去赢得战争。让战争见鬼一阵子去吧。我要写作。

关于你翻译的那篇讲美国人之死[2]的文章，我写的时候就困难重重，因为，我得找些能诚实地说道的关于死的事例。除非有人死了，

否则没法谈死的事情。我真希望自己能善解人意地写逃兵和英雄，写胆小鬼和勇敢的人，写叛徒和没有能力叛变的人。我了解许多这样的人的情况。

啊，都过去了。不过，对捍卫西班牙共和一点贡献都没有的人，此刻感觉有必要攻击我们这些尝试过做点什么的人；我们就是为了冒傻气才去的。这下可好，他们自私怯懦反倒有理了。我们尽力无私战斗，却输了。他们于是说去战斗是多么愚蠢之举。

在西班牙的时候真滑稽。因为，不了解我们的西班牙人总认为我们是俄国人。特鲁尔被拿下之后，我跟总攻部队在一起呆了一整天。头一个晚上进城，跟炮兵师一起进的。当地老百姓从家里跑出来，问我该怎么办，我告诉他们在家里呆着，当晚在任何情况下都别上街。我跟他们解释我们红军是多么好的人。真好玩，他们都认为我是俄国人。我跟他们说我是北美人，他们根本就不相信。撤退期间也是如此。加泰罗尼亚人一直在稳步推出战争，但总高兴看见我们——俄国人在行进的路上朝错的方向走去——即朝前线走去。加泰罗尼亚人在阿拉贡撑起一条前线这么多月份，什么也没干。他们的战壕和法西斯的战壕之间有一公里距离。在他们的前线的路上，有个路标，上面写着 Frente Peligro。危险。前线。我拍了张很好的照片。

啊，胡说八道得够了。我真想见你。我真想去苏联。不过，现在我得写作。只要有战争，你就觉得自己也许会死，所以你就不着急做什么。可我现在没有死，所以得干活。你无疑也发现活着比死去更难更复杂。写作我是从来都很努力的。

我也想不为挣什么而写作。可是假如没有人付你钱，你就会挨饿。我去好莱坞能挣更多的钱，或者写垃圾也行。可我要继续尽量好地写作，尽量真诚写作，直到我死。我希望永远不死。我一直在古巴写东西，这样就不会被信件电报传票之类的东西干扰，真正地工作。写得很顺利。

再见，卡什金，祝你好运。我很欣赏你译文的细心和前后一致。问候就此工作的同志们。同志一词我现在理解的要比我第一次给你写信的时候多。可你知道好玩的事情吗？你得全然靠自己来做的唯一的

事情，别的活人想帮也帮不了你什么忙（除了不来烦你）的事情就是写作。很艰难的行业，我的孩子。找时间试试……（玩笑）

海明威

[1] 发表于《苏维埃文学》第 11 期(1962)第 163—164 页。
[2]《论在西班牙美国人之死》,刊《新群众》第 30 期(1939 年 2 月 14 日)。

致麦克斯威尔· 帕金斯

1939 年 3 月 25 日，基韦斯特

亲爱的麦克斯：

佳函敬悉。所附“讲座”代理人件也达。对他恭敬有加即可，但我们还不至于要干那劳什子。只是不能说嘴，说不干兴许结果就得干呢。不过，此刻无须。虽如此，对他还是客气点。

书卖得如何？现今卖了多少？

我不喜欢聊这个，因为运气不佳。不过，写作方面进展不错。到古巴，本为的是写那三个短篇。却写了篇战争故事。宝琳以为是我作品里的至佳篇什。此篇题为《山梁下》。接着是另一篇。我很久没写作意愿了；现在每天却写得笃定，得 15 000 字。感觉兴奋。居然一部长篇［《丧钟为谁而鸣》］。我就这么写下去吧，写完为止。真想给你看看，因为我自己很得意，不过，可惜运气也不佳，无法示你。谈它都不是时候。无论怎样，我在古巴有个好地方写作，没有电话打扰[1]，没有人能打扰。每天早上 8:30 开始写，直写到下午两点。我就这么写下去，直到写完。我拒绝了好莱坞的佳酬，也拒绝了别处来钱；恐怕得指望你过下去了。假如你要看样稿，可以——不过此刻还用不着。我向你打保票。写得很慢，每天从头过一遍稿子。这部长篇定然不错。无论怎样，小说的水平是尽我所能了。此刻我身体良好，把各种焦虑丢在一边，小心仔细写作，尽我所能。20 倍好于《决战前夜》。那篇太平了，此书圆满。构思此书让人想起那篇。

现在就打算呆在一个地方，写书，心无旁骛。法国人对西班牙共

和派的态度方式，让我觉得没有义务再为法国人而战斗。无论怎样，现在对我来说写作更重要。我此刻做的就是写作。让回纽约的事情见鬼去吧。我算明白了，假如我不写作，对人就一无用处。所以，在能写书的地方写作，不被干扰。邦姆比在此过复活节。随后我就回古巴。看样子，我们短篇以外，会有部长篇。迄今已得五个新写短篇。《检举》、《蝴蝶和坦克》、《决战前夜》、《他们都是不朽的》、《有人影的远景》，加新写的《地狱》，有六篇了。

我减到198磅了。我有地儿去打网球，游泳，过得开心健康；尽管每天长时间写作后当中有一段空虚感觉。麦克斯，祝我好运吧。我觉得自己比以前写东西时知识多了，所以能驾轻就熟；不过，写作仍是艰难之事。不过，此刻有写《永别了，武器》时的良好感觉。

再见，麦克斯。问候比尔·韦伯，问候［沃勒斯·］梅耶，问候查理［·斯科瑞布纳］。

欧内斯特

我在古巴找到司各特的《夜色温柔》，寄给你。真奇妙，这书大抵写得很优秀。假如再凝练些，这小说就更佳（已然很好）了。比他从前的作品都要好。我真希望他继续写作。他真写不了了？或者还会写？你要是写信给他，替我好好问候他。（关于司各特，我总有一份傻小子的高他一头的感觉——就像粗野孩子讥笑有才华的细腻孩子。）不过，那小说让人读着感觉好，叫人瞠目结舌。

（此信藏普林斯顿大学图书馆）

[1] 哈瓦那阿姆博斯·芒多斯旅馆。几周后，玛萨·盖尔荷恩在哈瓦那12公里外的圣弗朗西斯科德宝拉找到观景庄；海明威不久与她搬进那所房子。

致托马斯·谢夫林[1]

1939年4月4日，基韦斯特

亲爱的汤米：

这封信可真不好写。我试了五天，还是无法写这信。

听着，孩子。我不能来你那儿跟你的团队一起参加钓鱼锦标赛。我知道这很不守承诺。我尽早告诉你，你也好另找人替我去钓鱼。

事情是这样的。我去了古巴，本打算写三个短篇。结果，写了头一个，写得很好。接着我开始写第二个，不知不觉写了15 000字；自《永别了，武器》以来，还没写过这么顺当的东西；我知道这会是个长篇小说。我中断写作回到基韦斯特。加拉格夫妇要从法国来。邦姆比从学校回来。我每天见客，没再写那长篇小说，感觉要失去它了；这几乎令我发疯。我明天打算回去，再去写这长篇；这感觉就像你去战斗前的情形。我恐怕5月中某个时候又有必要打断写作。假如我失去这部长篇，那就不妙；我感觉就要失去它了。我真该挨枪子儿；因为，这是我写作以来最重要的作品。我到了该写个真家伙的时候了，作为职业作家，现在正是时候。

汤米，我希望你理解这个。任何说自己将做一件事的人尽管结果一事无成，还是会这么做的。假如我把这本书搞砸，那就太罪过，对不起圣灵。我得坚持下去，直到写完。在古巴，我每天上午从八点半写到下午两点或三点。我一生里还没这么好的写作状态，可以说是最好的了。我本没有想写长篇。我要写的是三个短篇，挣点钱，跟你去钓鱼，见见萝莉内［谢夫林夫人］，愉快地打发时日，抓抓金枪鱼，远离赌桌和别的许多东西。然而，我却在写一部长篇小说。

于是，情况便如此了。我不能同时既当运动员又当小说作家。假如我把这个小说弄吹了（可我不能，你明白吗。这是你自己没法预见的。这就像放弃一条鱼），我就发电报给你并飞过去，帮你的团队比赛，尽量当替手或者别的什么角色也行。不过，你现在得找别人，别仰仗我。

我知道你明白这地方：人们都觉得你能进入写作状态也能跳出写作状态。在基韦斯特，情形就是这样；我无法工作。你知道吗，我总尽量处于一种隔离写作状态。人们无法贸然进来打断。可是，我离家有两年了，自然情形不同了，人们也理所当然打断你。宝琳得有客人，想尽量过好生活。接着是老爸我回来；你又不能把人家都轰出去。游泳池人声鼎沸。路人不管是我认识的，还是读过一两行我的文字的，都来他妈的烦我。于是，想写作我就躲进荒凉的小旅馆，我开始写作的那间小卧房。跟别人说住这家旅馆，实际住的是另一家。等人们在另一家旅馆找到你，你就去乡下。等人在乡下找到你，你就搬到另一个地方去。每天工作到够透够透，你能做的日操也就是面对报纸读一下了。然后吃喝，打网球或者游泳或者别的，头昏眼花，也就能让肠子蠕动。第二天接着写去。

我们感到很遗憾没有赶上打鸽子的那周。你知道加拉格夫妇当时正往这儿赶。他比专业手打得还要好。他们本该22日来，最后是29日才到。弄得我一直欲工作又不能。尽管如此，他们倒是很有趣。我们终于抓了几条鱼。邦姆比很好。他现在个子很大，体重165磅。他踢足球。不过，在足球上他跟你和公牛菲尔迪南德一样。宝琳很好，越发漂亮了。吉尼现在这里。她现在行为古怪，我一点都不吃惊。什么是行为古怪？金和弗兰奇·威尔茅斯？“犹太人”［格瑞高里］掌握着我家的钱财；我不时从他那儿借点钱去教堂。帕特里克这么多科目得一百分，我们认定这学校很烂。

你在非洲打猎一定很痛快。那大象可真美妙啊。

薛普瑞克·凯利昨天在这里。我们做了一单交易，是关于《弗朗西斯·麦康伯短促的幸福生活》制片的事情［《麦康伯情事》，1947年］。霍华德·霍克斯想做，我写完长篇小说后可以跟他们一起干。我们可以都去非洲。台子搭得不错，真希望它不会坍塌。我跟薛氏打了五个回合的拳。他手脚快得像一头动物。跟他打拳很有趣。

别的消息就没有什么了。我宿醉还未醒呢；真希望你能在这里，我们可以同醉。问候罗瑞内，跟她说这次钓金枪鱼锦标赛是我仅有的一次未守承诺，别的承诺我尽量恪守。我感觉很不好。假如你也感觉不好，不用跟我说；因为我已经感觉很糟糕了。

汤米，祝你好运。我希望你把他们都击败。兴许能赢这场比赛的会是某个不知名的破纪录者，此人兴许从未见过金枪鱼。我钓鱼的运气很烂，也许没有我你反而有足够的运气。不过，我很想跟你和雨果［·路德福德］去钓鱼。

你的永远的

Papa

（此信藏普林斯顿大学图书馆）

[1] 谢夫林（1914 年生于明尼阿波利斯）1932 年离开宾夕法尼亚希尔学校，到西北部参与家族木材生意。他第一次见海明威是在比米尼，于 1934—1935 年冬。他是出色的运动员，曾经（跟别人一起）起草第一部钓鱼大赛规则；此规则被国际钓鱼比赛协会采纳。

致查尔斯·斯科瑞布纳[1]

1939 年 5 月 23 日，哈瓦那

亲爱的查理：

很高兴有你的音讯，但很遗憾你卧床生病。我自己今天也感觉昏头昏脑：风都刮进南部去了。南方是个搞乱一切的方位：在那儿鱼不咬钩，闷热多雨，很难着手工作。如此一般是持续一天，接着刮的就是信风了。

写作进展顺利。手稿写到第 139 页了［《丧钟为谁而鸣》］。也就是说过半了。我本该跟汤米·谢夫林和雨果·路德福德去凯特凯伊队钓鱼的，参加某个可笑的金枪鱼锦标赛；明天开始比赛，附加赌注很大。我 3 月初开始写此书，看见书的进展情况，于是 4 月初写信给汤米说我无法打断写作，让他另找人去。恐怕他们很生我的气。不过，我打算就呆在一个地方，直到写完此书；即便是破产并失去所有朋友也在所不惜。假如书写得够好，我会交到一些新朋友。

看样子战争离我们很近了。不过现在我不相信我们今年夏天会面对战事。无论如何，希望不要有战争。今年秋天我要出国打猎（带一支猎枪）。

《大都会》杂志在追着我谈连载的事情；可我在写作中，还未考虑此事。等写完了，看看是否可连载。假如连载，我们就可以计算出版的时间是在何时了。假如不想连载，也可以计算出版时间，不用担心其余了。迄今我觉得还是可以连载（多美的字眼）的，但我现在不想考虑。我只想把这个长篇小说写好。我手头有一个短篇[2]可以卖给《大都会》杂志，2 月份写就的；当时在热身，还没动手写长篇呢。

不过，现在我不想专门抽时间修改、誊抄。

查理，照顾好自己。谢谢你来信。我开启那“小黑人”的魔盒了，心想过也许运气会坏。

永远祝你好，

欧内斯特

（此信藏普林斯顿大学图书馆）

[1] 查尔斯·斯科瑞布纳（1890—1952），普林斯顿大学 1913 级生。生于纽约。他从 1932 年到 1952 年任斯科瑞布纳出版社董事长。1915 年娶薇拉·戈登·布拉德古德。他俩育有一子一女：小查尔斯·斯科瑞布纳和托马斯·J. 宾汉夫人。

[2]《山梁下》。见 1939 年 3 月 25 日海明威致麦克斯·帕金斯信并见《大都会》第 107 期（1939 年 10 月）。

致帕特里克·海明威

1939 年 6 月 30 日，哈瓦那

亲爱的老鼠：

前天是你的生日，希望你年年今日多多。[1]

我真希望自己飞过去看拳击并弄个派对一起给你庆祝生日。可是，拳击赛那天我才收到你妈妈的来信。

［托尼·］加兰托当然很接近将［乔·］路易斯打出局了。假如他借着啤酒的劲儿能做到那个，我不知道他如果借着冰得其力鸡尾酒能做到什么样。

我已经写了 53 000 字（约 280 页）。看似三分之二完成了。无论怎样，完成过半了。

我拼命工作，人都馊了。本·芬尼（记得这人吗？他给你起教名“斯比迪”）来到里德先生的游艇“蒙娜”号上。我们一起呆到很晚；我喝了几杯冰凉的得其力，看看有什么后果（酒很不错，让我觉得全人类都是朋友）。接着次日，芬尼先生和老爸我出去钓鱼，都死睡过去，舒服极了。这时，一条巨大的鲐鱼咬了舷外托座上放出的鱼饵，把自己钩上了，使劲拉杆座上的钓竿。格瑞高里奥［·富恩特斯］跳到钓竿跟前，放松渔线。好老鲐鱼缠绕渔线，把线给弄断了。这时我够着了鱼竿，鱼却跑了，跳进了海洋，搅起的浪花跟摩托艇一样。它奋力挣脱鱼钩。昨天，我们抓了一条小鲐鱼；本季凑够了15条。

现在这里可真热。他们把玩巴斯克回力球的地方叫“绿色火炉”(the Horno Verde)。因为，这里是油漆成绿色的，热得要命。

本·芬尼去非洲了一趟。他对非洲绝对着迷，不久还要回去。他说你的口号“爸爸，假如非洲像你说的那样，我们呆在这里就都是傻瓜”，现在成了他的座右铭。他说我们都该去那里。我想他也许说得对。

里夫斯还是那么棒。有一天晚上他跟我说：“欧内斯特先生，为什么你不告诉我你是个大人物？你为什么跟里夫斯隐瞒？”

我问他哪儿来的这个想法。他说他在古巴电话局碰上一个人，这人问他谁现在是你老板。里夫斯说海明威先生现在是我老板。欧内斯特·海明威先生？这人道。你是说写了那些书的那个人？是的，先生。里夫斯道：海明威先生是个好人。他也喘气呼吸。我不过给他调杯酒喝；可我不知道什么书不书的。是的，先生。那人道：他写书，写很好的书。我读了他写的所有的书；我老婆也读了一些。她说“写得好，真好”。

你为什么不告诉里夫斯你写书？

啊，里夫斯。我道：我跟你说过一百遍别打搅我，也别让任何人进来。因为，我在写书。

啊。里夫斯道：“我不知道你在写那样的书。我以为你在写簿记文书的书呢。我不知道你一人坐在那儿，只穿条裤子，光着膀子，竟是写读的书。欧内斯特先生你欠里夫斯一个说法：你是这么个大人物。我跟这人说：‘来啊，见见欧内斯特先生。我猜他很孤独，他当然愿见个人，这人还读过他的书呢。假如你读书，他肯定愿意见你的。’”

所以，你看，他还是那么棒。

老格瑞高里怎么样？我猜不能再叫他犹太人了，否则人以为他是难民呢。

谢谢你俩的来信。老爸很高兴你们这么喜欢夏令营，过得这么愉快。[2]

现在我最好停笔，因为我要给你妈妈写信，然后又接着工作。我愿成为“逃离打字机的人”。

没有支票本了。已经给妈妈写信要她寄给我支票。它们来了之后，我就寄给你生日礼物10美元支票。也寄给格瑞高里一点小支票，鼓励他继续活下去，他也会有个生日的。

爱你们。

你的热得要死的，

老爸

给老鼠和格格

第二封信：——跟格格给我的信一个样！

亲爱的格格：

你好吗，伙计？老鼠会给你读另一封信。谢谢你来信。

我下次给你写信。

爱你

老爸

(此信藏诺克斯学院图书馆)

[1] 帕特里克11岁生日是在6月28日。
[2] 小子们在康涅狄格州纽普瑞斯敦特万加夏令营。

致麦克斯威尔·帕金斯

1939年7月10日，哈瓦那

亲爱的麦克斯：

非常感谢你寄书来。我还没有收到，不过明天就有望到海关申报认领。非常期待看到书。

小说完成了56 000字，计14章；手稿有342页。猜想已经写了

2/3 多了。[1]真希望你能看看手稿。昨天和今天都写得很顺利。

宝琳跟保罗·维勒特一家坐着“诺曼底”号去欧洲了。我想等她到了巴黎女式时装店的时候，“海明威联邦写作储备银行”就成为历史了。所以，我也许得开始吃这本书了。我会让你知道什么时候开始吃。

现在很热。尽管嚷嚷热并未影响我写作，可我还是知道天气很热。一周前觉得人都写馊了，于是中断小说，在海上过了三天。如果天气还这么热下去，我就去［诺德奎斯特］牧场接孩子。不过，本来是拿定主意把整个作品在这里弄完的。不像格兰特那篇，这本书当然会费时整个夏天。不过，这书里的许多内容能让你开心。

问候查理。照顾好你自己。问候伊万［·薛普曼］。我很高兴汤姆［·沃尔夫］的书［《蛛网与岩石》，1939］卖得这么好。

你的永远的，

欧内斯特

(此信藏普林斯顿大学图书馆)

[1] 最后定稿包含 43 章。

致哈德莱·毛瑞尔

约 1939 年 7 月 15 日，哈瓦那

最亲爱的哈德莱：

我手头没带你说去西部的那封信，所以写信给你请告诉我确切的日期。你收到我 4 月份或 5 月初的信吗？那里面有 150 美元支票。我是寄往同一个地址（伊利诺伊州布拉夫湖）的。这封信我会挂号寄以保证你收到。

无论怎样，下面的话是要点。我写这本小说很卖力气（现在有了 58 000 字——340 页手稿），无法计划夏天怎么过。本来是想在战争来临前把它赶出来的，从未这样拼命，也从未这样稳步地进行写作。然而，战争似乎越来越不可能爆发了，书却越写越长。我现在知道 9

月 1 日前是无法写完的。我真希望跟邦姆比一起过一段夏季，8 月找个时间中断小说写作；无论我人在哪儿，都会抽空去牧场跟邦姆比呆一阵子，同时也带另两个孩子去那儿。他们也巴望着今年夏天去牧场。

你西行度假结束后，邦姆比可以去 L bar T。我来支付他的食宿费，让他呆到我出门。我会写信给经营牧场的伊尔玛 · 帕特里克，她会照顾好他的，随时都不成问题。她有两个孩子跟邦姆比同龄，本人也是我们的好朋友，是很善良、很有智慧的女人。我不记得你说什么时候结束西行了。要是记得就好了。我的印象是八月某日。

所以，你可以离开时盘算着把邦姆比送到 L bar T 牧场——蒙大拿库克市。他知道怎么前往那儿。走［黄石］公园到库克市。或者从柯迪取道新修的路（不知修好了没有）到克拉克岔路口。格瑞高里和帕特里克在康涅狄格夏令营。我会接上他们，带他们到西部。

你请告诉我邦姆比什么时候前往牧场，我好给伊尔玛 · 帕特里克和劳伦斯 · 诺德奎斯特写信。你也请告诉我他什么时候得返校，我好根据这个来安排我的时间。我尽量在 8 月份出门，还是有很多时间跟他们在一起的。假如这里太热，我还可能早走。请寄航空信到古巴哈瓦那阿姆博斯 · 芒多斯旅馆。这样很快就能到。每半盎司贴 10 美分邮票即可。

希望你们过得愉快。

这里没有多少新闻。拼命写作，我觉得很枯燥。别以为我的书也枯燥！宝琳盘算着本周去南塔奇特，但又突然决定（我想是吃了一顿美餐后）跟维勒特一家、布兰达和保罗一起坐“诺曼底”号出国了。他们人都很好，你会喜欢他们的。她自己也不知要去多久，也不知什么时候回来；不过很开心，很兴奋于此行。杰伊 · 艾伦也去，还有尼格林和艾略特 · 保罗。所以，他们会很快乐的。吉尼稍后也想过去。

埃德加［· 毛瑞尔］来了吗？请你代我问候他和莉莲。

希望你钓鱼快乐。问候保罗。说我爱邦姆比。我会给他的来复枪带很多弹药，就是基韦斯特家里那个弹药箱。问他是否还要手枪的弹药筒。啊对了。我想他最好自己给我写信。告诉他，他看似终于该给我写信了。

祝你好运并爱你们，

欧内斯特

信请写到阿姆博斯·芒多斯旅馆。我请旅馆代收转了，信封上要写清，因为旅馆信件常去“死信处”，假如不投递送达的话。

（此信藏普林斯顿大学图书馆）

致保罗·费佛夫人

1939年7月21日，哈瓦那

亲爱的妈妈：

我刚重读了一遍你的来信，那是你5月30日写的信，很久以前的信，读起来却像是前两天才收到的信。还真不知哪个夏天过得这么快呢。自4月头一个星期以来我就拼命工作，日子都弄模糊了。这本小说写了63 000字，完成了约2/3。《太阳照常升起》仅有55 000字，所以你看这部小说是够长的了。每天七点半醒来，吃早饭，九点开始写作，一般直写到下午两点。那以后，就像生活在真空里，直到次日写作开始的时候。

我不知道宝琳在做出那些快速决定的时候是否抽出时间给你写信了。所以，我得综合160美元长途电话费里所说的内容，跟你讲讲聚集在古巴的你远游的家人的最新情况。

我不知道她或者弗吉尼亚给你写信怎么说的医生对她病情的诊断。好像是宝琳跟露丝·艾伦（杰伊·艾伦的妻子）去南塔奇特考察那岛屿，看是否能在那里度夏。此行她直肠出血。她自然担心，于是去波士顿咨询大夫。这位大夫跟她说有可能是恶性肿瘤。宝琳当时没有告诉任何人。给我写信也什么都没说。我一直写信给她，却没有她的音讯约十天。所以我很担心，就打电话。她刚检查了身体（打电话的那天），次日还要最后复查一次。第一个检查结果显示没有胃病或者直肠麻烦。第二个检查说肠子有问题。我在她检查完后即刻打电话，同时预订飞机座位、安排船只、打点手稿等，准备在纽约长呆。如果有问题，预期立刻手术。可是谢天谢地，没有问题。她绝对没有病，完全没问题，并且健康。没有任何肿瘤疾病，恶性良性都没有。显然是血管些许破裂之类的事情。

我想有此一惊要回过神来，诺曼底欢快之行或者是件好事。何况她要跟维勒特一家（布兰达和保罗，后者是牛津出版社美国出版人；他们两个冬天里造访过基韦斯特的家）一起前往。一群不错的人登船。我想纽约所有原不想去的人也实际都决定去了。我当然也愿意上船。我只坐过“诺曼底”号去打仗，那感觉可不同于此。我有足够的钱去欧洲，因为我刚存了《有钱人和没钱人》拍电影的授权所得。所以，诸事都安妥。布兰达·维勒特是温斯顿·丘吉尔（英国那位）的外甥女，人真的很不错。他们在一起应该过得很愉快。在欧洲战事爆发之前，这是最后的机会。我预期张伯伦会以某种方式把丹齐格举荐给希特勒，假如他与俄国协定不得结果。所以，今夏就别寻找战争的迹象了。不过，也说不定。希特勒知道通过战争恐吓他能得到一切，通过战争却什么也得不到。不过，你擦火柴显示你的弹药筒数量，难免引燃易着火的东西。

邦姆比打算跟他母亲和保罗·毛瑞尔往西部去，很快就走。埃德加·毛瑞尔正从巴黎往这儿赶；他们会齐聚一堂。我打算去营地接上帕特里克和格瑞高里，等邦姆比跟毛瑞尔夫妇聚完，我就把小子们都带到牧场（L. bar T）去。我想你可能要孩子们（帕特里克和格瑞高里）9月底或者10月初到皮戈特去。假如你要他们去，就写信告诉我。我们可以从叙拉古斯带上阿达，好照顾他们，一以免哥俩淘气烦人。你上次见他们都快过去一年了。一年对格瑞高里算是长的，帕特里克则还是老样子。据我所知，他是最好的陪伴人。假如某人一两年不见格瑞高里，他们兴许发现小子成了财政部长（自亚历山大·汉密尔顿以来最伟大的财政部长）。

无论怎样，这些都写信告诉宝琳了。她离开的时候并没有想做具体的安排，因为旅行好玩，就没有必要急着赶回来。假如不好玩，她总会缩短日程。在欧洲最后的时刻，是该好好玩玩。

啊，眼下是我［40 岁］生日。要想此事不甚重大。假如我能写一部好长篇，那才重要得多。我得写一部好长篇。我会写出好长篇的。不过，有几天写得艰难。比如今天。

问候你。谢谢写这么好的信给我。我的信一点也不好读。问候皮戈特全家人。

欧内斯特

（此信藏普林斯顿大学图书馆）

致哈德莱·毛瑞尔

1939 年 7 月 26 日，哈瓦那

最亲爱的凯特：

有你的音讯当然好。告诉邦姆比我今天写信给哈代渔具店订购他的鱼竿、鱼饵、虾子和渔线以及飞竿线了。让他们直接寄往克罗斯德·塞伯斯。希望它们一路畅通达到。让他给我写信。写信是纪律培养的好方法！他上一封信写得很好（也给保罗订购了哈代家的鱼竿渔线当礼物，但先别告诉他。托运的东西每样都有两份，那就不会弄错了；那是个惊喜）。可能要付点关税；假如保罗垫付了，我把数额同等的支票寄给他。

很对不起，钱还是没能多挣点。最近事情有点复杂。我数次参战。在外面的时候，每月开销平均不到 200 美元。一直挣得不少。我把挣来的所有的钱都直接用来还联合账户上的开销。可纽约生活费很高啊。基韦斯特的家日常免不了的开销一个月达 1 000 美元。我把《有钱人和没有人》的电影制作权卖了个令人可笑的数额，以支撑这本小说的写作。我怀疑这笔钱的大部分会不会用到写作上。我自 1 月 1 日起就像古希腊战舰上的奴隶一样工作。上次从国外回来过感恩节，此前差不多三个月时，我们存入银行约 4 700 美元。我在外面花掉此数目以外的约 750 美元，是我挣的英国版税等。可是，等我回到家，发现银行里只有 300 到 400 美元了。纽约生活很贵。我猜世上所有的东西都贵；生活里最好的东西都是免费的。

无论怎样别跟任何人提这个。当然我是站在穷人的一边。可我从未做过我不该做的事情，出于大意我也没有做过。我只做自己得做的事。没有人听这些；但你了解得多了，也就会觉得我做了一个男人能做的。生活很复杂；一个人不会总有运气。无论怎样，这不是写信可以说清楚的。对我而言，重要的事情是别泄气。像你和我著名的先人[1]一样潇洒逍遥。因为，不这样的话，对孩子们来讲我的榜样很坏。同时也得完成这部小说。汤姆·沃尔夫未完成的小说跟完成的小说没什么两样。你家易受情绪影响的老蜡人未完成的小说，显然就是未完成的小说。

把这一切都埋葬。不过，老天，我看你们性别的人越多，就越崇拜你。

也许我们到天堂都会很愉快。真的，也许我们已经有来生了，就在意大利北部白云石山脉里，在"黑森林"里，在伊拉提的林子里。啊，假如是那么回事，在我这里就没问题，那时真好。

看看我还有什么消息。

"中国佬"［艾瑞克·多尔曼-史密斯］现在是英军参谋部最大的大人物了。他写了一本《步兵的未来》。

乔治·奥尼尔胖得像头野猪，娶了自己的奶奶辈的人。很复杂。

比尔·博德还那样。比以前英俊多了。萨丽脾气没变。看上去像［莫泊桑］《特里耶公寓》里的女房东。

这时被打断，所以只好收尾。问候保罗。也许在克罗斯德·塞伯斯能见到你们，在你们离开之前。小说已经完成了 63 000 字。礼拜六抓了条 525 磅重的青枪鱼。现在有许多大个儿的鱼。我只在礼拜六下午和礼拜天钓鱼。已钓 18 条。希望埃德加能钓那么多。

爱你并祝你好运。祝你在牧场过得愉快。

你的永远的，

塔提

随信附上支票，你放到银行里应 J. H. N. H. ［邦姆比］不时之需吧。

还有两张照［片］——夏茨［邦姆比］也许要它。体重202磅。

(此信藏普林斯顿大学图书馆)

[1] 指哈德莱的父亲(1903)和海明威的父亲(1928)自杀之事。

致保罗·费佛夫妇

1939年7月28日，哈瓦那

亲爱的费佛爸爸妈妈：

非常感谢你们寄给我生日支票并感谢你们给我写这么好的两封信。邦姆比约9月1日到牧场。孩子们的夏令营8月27日结束。我让奥托［·布鲁斯］去接他们并把他们带往西部。我们从牧场回家的路上到皮戈特来。

收到宝琳一封信，是登陆前一天在船上写的。她旅途很愉快。似乎杰伊·艾伦最后一刻并没有去；不过，他们的队伍够大的了，也够有趣的了。她又发一份电报来说自己和布兰达·维勒特跟着浩大的“法兰西之旅”自行车比赛的队伍，同摄影师罗伯特·卡帕在一起；此人在西班牙与我们一起工作过。

最近写作很努力，写得也平稳顺畅，有70 000字了。目前进入最难写的那一部分了。希望我有好运气把书写下去。

我希望你们在［纽约的“世界］博览会”上玩得开心，在“家园”也玩得好。洛尼叔叔中风我很难过。我喜欢他比喜欢别人多一些。假如你们写信，请替我慰问一下，祝他快点康复。

很遗憾弗兰克·廷克尔采取过激行动[1]前没能见到他。我自己经常劝导自己别去自杀，所以我想我是能打消他自杀的念头的。他是个好人，很勇敢，真的是名优秀的飞行员。

很高兴听到宝琳玩得愉快。越来越觉得这也许是很长一段时间里享受欧洲的最后机会了。也许在我们有生之年就不再有机会了。她有这次机会可真好啊。这本书写完之后，假如欧洲还是一个整体，我自己也去享用我的那一份乐土。

当然期盼在皮戈特见到你们。问候大家，再次感谢你们送的礼物。

欧内斯特

（现在得去写作了。我体重降到201磅了。我运动和睡眠都充足，就是厌倦这写作了。除了两次出海，几乎每天伏案写，有一整年了。六个稍长的短篇，杂志文章不知道有多少，两度修改剧本，长篇小说写了67 000字。机器还行，但很久以来都是强行运转。我想最好把写的东西带到山里去，让它凉下来。）

希望你们东部之行愉快。

（此信藏普林斯顿大学图书馆）

[1] 廷克尔在西班牙曾为共和派驾驶飞机，新近自杀身亡。

致帕特里克和格瑞高里·海明威

1939年8月23日，基韦斯特

最亲爱的老鼠和格格：

啊，我们平安到达基韦斯特。当然啊，没有家人陪伴我们很孤独。海上遇见大风，我一整夜都在踩发动机，两条腿现在还疼呢。坐在座位上太难受；大海让船东倒西歪，就像在摇滚。

家里还好。六只乌鸡还活着。孔雀把一些小东西给灭了。所有的母孔雀都有了小孔雀。公孔雀没有尾巴。吉米没有欧内斯特先生的烟草。

妈妈写信说她玩得开心。她坐着车去了德国，还有奥地利，还有整个法国。

现在得住笔去打包。大家都问候你们。埃瑟·［奥托·］布鲁斯或者我会去接你们。也许是布鲁斯，因为我不愿意面对纽约，去了就有那么些事情要做，还有“鹳俱乐部”要照料，我们还要去牧场呢。

书写了74 000字了。我在热浪里端坐写书，写的是一场暴风雪；这就更难更难了。所以我想：“管他呢，公民们，我们去西部，去看暴风雪。”

在火车上要听布鲁斯的话，别淘气；因为就我们几个了，大家尽量乖一点，否则我们就会受到不遵守纪律的大约束。你们记得不守纪律把西班牙共和党人引向何方吧。

（那著名的小溪）

爸爸爱你们。很快就见到你们了。拿到气枪等东西了。邦姆比写信给我说在朔朔尼的诺斯福克抓了条大虹鳟鱼。

爸爸字

（此信藏沃林·琼斯处）

致哈德莱·毛瑞尔

1939年11月24日，爱达荷州太阳谷

亲爱的卡思·凯特：

我很抱歉让你付了税款。支票附上请查收。我跟邦姆比说过，让他告诉我，我好寄支票。可是，他没告诉我。他给保罗送长线和飞线了吗？希望如此。我收到它们的时候也交税了。我很抱歉那个也收你们税了，因为送人东西还让人付钱的感觉不好。海明斯坦还是犹太人的名字。

我大约十天前写了信给杰克［·邦姆比］；今天也写了，话题是让他在学校好好学习，我尽量以最简洁的方式谈这个话题。

自怀俄明[1]以来我就在这里呆着，每天写目前正写的长篇。现在有100 000字了。我写作太拼命，写得我都不愿再用纸笔写信。得常出去运动运动；不知不觉又是第二天，又在写小说了。我尽量把这本书写好，写大，而不是搁下等老了再说，于是决定这么做。战争就是这么拖延耽搁的；可能大家等的那个时代不会到来。

邦姆比的圣诞节怎么过？跟你过，还是跟我过？随你吧，怎么对你方便怎么来。不过得告诉我，我好做计划。

我12月1日起本来计划是在基韦斯特的，但宝琳的一封来信似乎改变了这计划。[2]

不过，还是告诉我你是要杰克跟你过，还是跟我过。我会安排他假期有足够的网球打。我可以在乡下开辟一个地方，这地方在古巴，我有时在那儿逗留。很容易办的；那地方也不错。

“北美报业联盟”要我报道战事；一旦局势危急就让我去，这样就能支付那种钱数，合理合法。我很高兴没有浪费一个冬天于迄今为止那种所谓战事。

我还没有寄钱给邦姆比上学用，因为自打把一个短篇卖给《宇宙》杂志以来，我一个子儿也没挣。当时杂志给我寄了点钱。1 月 1 日，他的信托公司就会有收入了。我一旦写完这部长篇，就又能挣点钱，就能于事有补。不过，假如你需要钱，请告诉我，因为我在斯科瑞布纳有很好的信用，可以借用预支版税。别的事情你如果需要钱，也请告诉我，因为即便我没有，也能去借钱或者卖掉证券。

在那条山道上与你们三位见面可真好。[3]

请别以为我在逃避该尽的义务；我对邦姆比的爱也不曾稍改。我只是精力太集中于写作，尽量不去操心俗务，只想尽量把这本最重要的书写好。没有人帮助我；你甚至可以说：妨碍倒是不少。

埃德加［·毛瑞尔］来的时候请替我问候他。我很喜欢他。告诉他：玛蒂·盖尔荷恩现在芬兰和斯堪的纳维亚诸国，给柯利尔出版社办差呢。她本想在巴黎见他的。她大约 1 月份回来。

我在这里打野鸭打得很痛快。我想，这本书是本好书。我希望你们都好。我爱你们。

塔提

这么大个豪宅就住我一个人。到季即往度假。

（此信藏普林斯顿大学图书馆）

[1] 宝琳 9 月份跟海明威一起在诺德奎斯特牧场。他不久离开怀俄明到爱达荷的太阳谷。玛蒂在前往芬兰前线之前与海明威相聚于此地。

[2] 因为海明威和玛萨有染，宝琳暗示基韦斯特不再欢迎他。

[3] 见卡洛斯·贝克《海明威传》（纽约，1969）第 341 页。

致麦克斯威尔·帕金斯

1939 年 12 月 8 日，太阳谷

亲爱的麦克斯：

非常感谢你来信并往我的账户里存钱。很对不起老跟你开口要钱，但我想你可能愿意这样小笔支付呢。自 3 月 1 日以来我拒绝了所有约稿，为的就是写这部长篇。写得很顺利，就要收尾了。

你收到这封信之后，再给我存 500 美元，还是佛罗里达州基韦斯特第一联邦特许银行我的专用账户。

奥托［·布鲁斯］来跟我一起驱车出行。目前正收拾行李。明天一早我希望能离开此地往基韦斯特。很遗憾你没能来这里。

谢谢你寄书给我，麦克斯。这些书不错。多伦斯写河流的那本里面真有好东西。富勒将军的书极有趣。[1]除了你寄给我的那本谈将领带兵的书，我还读过他写的别的书。我想史上最大胆的军事行动完全可能产生于他为 1919 年筹划的大规模坦克进攻，因为那些坦克并不好。尽管如此，他比大多数英国人富有想象力。

真可惜阿尔·贝西不喜欢那故事里的意识形态。现在那些人都用什么作意识形态啊？玛蒂·盖尔荷恩一开始一直在赫尔辛基和芬兰前线。我想她不久就意识到那些双向发动的卡秋莎不再是我们的飞机。别把这话或者我说的别的话告诉贝西。那些可怜不幸的混蛋需要一切意识形态。我不愿剥夺人家的意识形态，就像不愿跟修女唠叨宗教问题。麦克斯，这是个烂局面，西班牙就是不缺烂局面，多少次了。你要是身处战争，就打赢它。假如打不赢，你就失去了一切。意识形态也救不了你。他写了本直接明了的好书。[2]然而，他那一套做法错在意识形态色彩太浓，军事训练太少，纪律不严明，物资装备也不足。最后那条没法怪别人，只能怪俄国人、法国人和英国人。我们只赢得了一场战争：瓜达拉亚拉。职业军人赢的。我们也拿下了特鲁尔；意识形态小子们又把它丢了。贝西那套做法的信徒们觉得自己拯救了瓦伦西亚—马德里公路。可怜啊，他们在那儿竟无谓地遭到不称职的军官们屠戮。真正的法西斯攻击远在北方的阿尔干达。假如我们有所需物资，就能赢那场战争。可贝西那套东西很烂，一开始就很糟。伊万［·薛普曼］加入进来局面才好起来。整个夏秋都好，直到特鲁尔之役结束。贝西看见战争的时候，这场战事都无望地输掉了。不过，他是个优雅之士、勇敢的士兵、优秀的作家。他当然是写了一本很好的书。很少有书读起来那么真实。无论是什么妨碍这本书的推广，我都觉得不推广这本书是罪过。

假如基韦斯特无法写作，我就去古巴。书写完之前就不动窝了。书写完后就当然感觉好极。我是说感觉会好极。我没有操心所发生的俗事，集中精力写作，其力量大过我所知啊。

祝好，

欧内斯特

（此信藏普林斯顿大学图书馆）

[1] W. A. 多伦斯著《河流交汇之处》（纽约，1939），J. F. C. 富勒少将著《决战》（纽约，1940），皆系斯科瑞布纳所出。

[2] 阿尔瓦·G. 贝西《作战中的人》（纽约，1939）也系斯科瑞布纳所出。

致保罗·费佛夫人

1939 年 12 月 12 日，太阳谷

亲爱的费佛妈妈：*

我秋天本来是非常想和孩子们来看你的。我也有一些事情向你讨教。

可是，宝琳出人意料从欧洲回来了。在比林思机场着陆时得了感冒，胸咳不止。在［诺德奎斯特］牧场一直就这么病着。我给她做饭，伺候她，尽量照顾好她，可是这里的条件原始，她的感冒非但没有好，还加重了。其他的事情你比我知道的还多。她的到来和她的计划改变了我的计划，所以我没有去皮戈特。

假如我们能谈谈，我相信你就会发现我比宝琳变化小，比维吉尼亚变化也小。维吉尼亚讲述的我的生活和行为是很夸大其词的。可是，她把自己的话传播得够远，在很要紧的关口破坏了我的家庭。我

现在是尽我所能弥合。我不是说自己一切都对。不过，真实的情况并不是你们听到的那样，很不同。

无论怎样，我很难过没有能带孩子们去皮戈特，没有去看你。当时没能去，现在也去不了。千万别担心，我会照顾宝琳的物质利益的，就像照顾我自己的利益。也会很小心对待孩子们，会照顾好他们的。孩子们跟我相处得很好。

这种信写起来不好玩，也许读起来更不好玩。所以我们还是住笔吧。我很想念你。写这本书写得很孤独。希望是一本很好的书。反正这本书很长，迄今还没有糟糕的字眼进入此书。很不寻常。

读此信一过，觉得自己总是麻烦很多。就上述段落而言，简直是文盲写的信。

无论怎样，我爱你并祝你圣诞快乐。即便这个圣诞不快乐，迟早有快乐的圣诞节。请告诉卡尔［·费佛］很抱歉没能在秋天跟他打猎去。

你的永远的，

欧内斯特

（此信藏普林斯顿大学图书馆）

* 费佛太太未注日期的回信上说："这是我所知最悲伤的圣诞节。家庭破裂是悲剧，尤其是有了孩子之后。"

致麦克斯威尔·帕金斯

约 1940 年 2 月 4 日或 11 日，古巴圣弗朗西斯科德宝拉，观景庄

亲爱的麦克斯：

这是定期给你写的宿醉后的礼拜天信。昨晚我们在回力球馆又赢了；呆到凌晨 3 点。今天要带玛蒂去看电影，作为礼拜六晚上喝醉酒的礼物，我猜。先喝的是苦艾酒，晚饭又喝了一瓶好红酒，在城里打回力球之前喝伏特加，接着是狂饮威士忌和苏打直到凌晨 3 点。今天感觉很好。但不像是要干活的样子。

上周写作顺利。一天平均写 500 多字，连续写了 17 天，包括礼

拜六礼拜天（这礼拜六礼拜天没写）。跟回力球队员打球打得痛快，体重降到198磅。

你收到这封信后寄给我一张1 500美元的支票好吗？抬头请写曼纽尔·阿丝帕。他需要这钱在美国买卡车，运到西班牙。假如他把钱寄往国外，就要付4%的税。所以，他会在这里给我1 500美元，我用它来支付我的个人所得税，他则省了4%。把钱算到我头上。此人是阿姆博斯·芒多斯旅馆的东家，一直为我打理银行的事情；我总高兴为他做点什么帮帮他。去年夏天用同样的方法给他钱买了一辆卡车。可眼下银行里我没有钱，开不了支票。所以，请你寄给我1 500美元支票，算在我这本书的预支版税上。

我开始琢磨书的标题了。想起个大题目。我倒不用担心这书题目起得太大。这书将承载许多。我想这书长一点是好事。你知道的，有人就对篇幅长印象深刻。我永远也不会忘记辛克莱·刘易斯说《有钱人》［《有钱人和没有钱人》］是“只有67 000字的微弱尖叫声”！他自己则写粗声尖叫声从不少于120 000字。假如我写得像那个满脸雀斑的鸟人一样蹩脚一样狗屎，我一年到头能每天写5 000字。我总有诱惑多些点，可我控制住了自己，这样就不至于删削垃圾并修改。认为自己是天才的家伙们从不懂对打字机说不，普遍现象如此。你现在只消忸怩作态，就能写随便多少字。

斯文尼一切都好。[1]非常感谢。我一直觉得你会喜欢他的。他非常想让我当他的参谋。这是过奖了，因为他自己就是很有天分的军人。不过，他这个军人高高在上，在行动中不会跟任何人相处。他能跟我相处是因为我爱他，理解他，会包容他，知道他生气时说的话不代表他真实的想法。不过，情况不好时他总是生气。我所知的人里他的军事头脑是最杰出的之一。法国总参谋部的人都尊敬他信任他；可我知道当他有一个师的时候会发生何种事情。现在他真有一个师，我能防止那种事情发生，也许能防止一部分。他也知道自己高高在上；还知道事情越糟我就越兴奋（这不是吹牛。我以前不总这样。我视它为一个人成长的部分内容。你总得是哪一类人，结果我就是那兴奋的混蛋之一）。所以，他想要我，因为上帝知道我是个鸡屎军人。我的意思是说：每次查理生气，他就要枪毙人。啊，我同意，人家就被枪毙了。只是我不愿开枪杀人；事后我倒没事。

他为特鲁尔进攻做了计划。或者干脆说他修改了计划。把俄军参谋部的错误一一列出；一切都如他所说，包括我们如何丢掉城池，为什么会丢等等。拿下城池的时候有一件事该做就没有做，所以丢城。他和法国参谋部的阿尔芒哥将军来到马德里当报纸记者，给我这个记者带来六瓶干邑、三瓶苦艾酒。我们早上7点开始争论（我解释，斯文尼不屑）；在前线一天到晚都这样。在我房间里争吵到凌晨2点。斯文尼骂我各种难听的话，不断羞辱我，叫嚷我缺乏军事教育，我无知透顶。我缺这个，我缺那个，在大家面前叫我滚。大家以为我们是宿敌。凌晨3点，他们又都吃惊：查理说："你这个老混蛋，竟然有点道理。答应我别干蠢事。"

我说："再见，你这老混蛋。"

接着我们拥抱、相互亲吻脸颊。他出去的时候我俩都觉得相互喜欢对方，相互尊敬对方，常人能做到的我们都做到了。在那儿看热闹的人却等着有人掏枪。有时候他真他妈绝对叫人忍受不了。但是，我知道他不会朝我开枪。我是唯一一个能与他一直相处下去的活着的白人男子。我真希望我们三人能一起出来聚聚；我可以让他开口为你说道点什么。沃尔多［·皮尔斯］跟他相处也是忍受了别人不会忍受的东西。问问沃尔多给他画像时候的情形吧：查理最终自己动起手来画它。天啊，我真愿自己也有那自信。

查理参加西班牙战事很晚。每次我都从巴黎开拔，他都会来帮着打点行装，取票，照料一切，然后到车站来并买一份带香槟的晚饭。他常寄书，并寄食物和酒。他行动起来就像一条不再被允许拖拉水龙车的水龙带。他一旦参战，行动就像是我们其他人属于一群罪犯疯子。他进来，战争才开始。他离开，战争结束。他可真是妙不可言。我则情愿听他讲谈军事，别人没他行。他认为我很英勇，但没有头脑。而事实是：我很有头脑，却只是一时勇敢，因为久而未被袭击，内心滋长了自信。反正我是一个作家。好吧，这个话题就写这些。礼拜天给你写信已经成为习惯。你不用回信。

这里一切都好。我要怎样做你才能来这里啊？3月底把船弄来。这里是你能见到的最好的地方。

祝你好运，麦克斯

欧内斯特

(此信藏普林斯顿大学图书馆)

[1] 查尔斯·斯文尼上校(1882—1963)出生于加州旧金山，是很幸运、很杰出的军人。海明威1922年9月在康斯坦丁堡与他初遇。据说他曾经为五个国家的武装力量打过七场战役。

致查尔斯·斯科瑞布纳

1940年2月24日，哈瓦那

亲爱的查理：

你在棕榈滩养胖了后我随时高兴见你。

别担心字数。我自1921年起就开始干这个了。每次中断写作、开始喝第一杯苏打威士忌的时候我都会数字。我猜这是我写应急稿件的时候养成的习惯。过去常从某些地方寄出稿件，1.25美元一个字。那样价格的稿子你得写得非常有趣，否则就被人炒鱿鱼了。开始写小说之后，我就保留了这个风格。我不像汤姆·沃尔夫那样能弄那么多字，所以一天里顶多写500字，超过此数简直要命。一周下来累加字数，心想，即便写得不好，这周我他妈的也写了3 500字。当作家可真好啊，你该试试。

我知道麦克斯总是跟女人有麻烦，有不祥之兆。不过，该有人告诉他，跟女人打交道得坚决一点。他该说，不错，我是要带你去哈瓦那。等最后一刻到来时，就说：宝贝，有事了，我不能带你去哈瓦那了。跟你解释不了，事儿太大。相信我，宝贝，像以往那样相信我。我8:45的飞机。

虽然如此，我还是希望他来。我就搞不懂这混蛋了。他怎么就不能像对汤姆·沃尔夫感兴趣那样对我也感点兴趣？假如他愿意，我就让他删掉我写的那点没用的东西。他可以掌控我的文学资产。我会把最次的妹妹们寄给他，跟书一起寄。汤姆·沃尔夫为他做过什么，我就为他做什么，除了不去哈泼斯出版社。

也许他不再愿意来见我，因为我从未把自己的书题献给他。告诉他，我之所以不题献，不是因为不爱他、不崇拜他、不尊敬他、不珍惜他，而是因为无论什么时候，当某作者把书题献给他，就意味着这个作者要完，不再能写好东西了。我可完蛋不起，也不能水平下降，因为我有这么多的人要养活，有这么多家庭要支撑。天才们所做的一切我只能做到一点：就是不理发。不过，我终究还是要去理发的。

查理，任何事情都没有未来。我希望你同意这一点。所以，我真喜欢去打仗。每日每夜都很有可能你就战死了，不用再写作。我现在是只有通过写作才能幸福，不管能不能得稿费。不过，这与生俱来的病可不好。我喜欢写作，这就更糟糕了。本来只是病，如此就是堕落了。我还要比别人写得都好，这就是执迷不悟了。执迷不悟很可怕。希望你从不执迷。这是我仅剩的东西了。啊，与其夸夸其谈，不如现在就去做这事情。

期盼与你见面。

祝好

欧内斯特

啊对了。我忘记说了。我有个野心。不是执迷不悟，只是个野心：就是把麦克斯·伊斯特曼这个婊子养的钉到篱笆桩子上，用两毛钱的矛刺穿他的屁股，你知道怎么做？然后慢慢地把他往后推。过后，我再开始收拾他。不，我想还是把他钉到麦克斯的写字台上，就搁那儿。也许每隔几个小时我就进来摇摇他。

（此信藏普林斯顿大学图书馆）

致麦克斯威尔·帕金斯

1940 年 4 月 21 日，观景庄

亲爱的麦克斯：

你看这个题目怎么样？

《丧钟为谁而鸣》

小说

欧内斯特·海明威作

没有人是一个小岛，完全孤立；每一个人都是大陆的一片土地，主体的一个部分；假如某笨蛋被大海冲走，欧洲就是租屋，即如普罗蒙托里，即如你友人的庄园，或者即如你自己的家；每个人的死都使我渐灭，因为我同为人类。所以啊，别派人去了解丧钟为谁而鸣；它为你而鸣。

约翰·多恩[1]

我想这个题目总有魔力。也许说起来不那么容易。不过，也许这书会使它容易脱口。反正我有三十多个题目呢。都有可能，但这是第一个为我鸣钟的题目。

还是你觉得人们会想到长途电话费，想到贝尔电话系统的贝尔?假如是这样的话，这题目就出局了。

《钟鸣》。不。不对。假如没有现代电话的涵义把意蕴给抹了，《丧钟为谁而鸣》就是个好题目，我想。

无论怎样，这是我要说的话。假如不对，我们就弄对它。同时，你4月22日有备用的题目了。

请来信告诉我意见。问候查理。现在去打回力球，把21日先弄清楚了。

祝好，

欧内斯特

(此信藏普林斯顿大学图书馆)

[1] 费了很大力气，海明威在《牛津英语散文集》里找到这段引语。

致麦克斯威尔·帕金斯

约1940年5月1日，观景庄

亲爱的麦克斯：

啊，温斯顿·丘吉尔被搞乱于三次登陆：安特卫普、加里波第和挪威。无疑，他能写一本很有趣的书谈论这最后一次。

想到一个新词儿：Coitus Britannicus，意指她的同盟；翻译成白话就是：撤退着从背后操蛋。

Coitus Britannicus；要的就是这个词儿。或者说是贯彻到战地的绥靖政策。

英国人可真是劣等人啊。自上次大战以来他们的政策就充满自杀意味。我们义务为他们在西班牙同希特勒和墨索里尼作战，他们却对我们如此不堪。假如他们给我们点增援——哪怕是一丁点儿，我们就能拖住敌人，让他们不知何去何从（正像半岛战争之痛揍拿破仑）。

国际纵队里的英国志愿军绝对是渣子。雅拉玛战役后，他们整个师整个师地弃地而走。他们是懦夫、装病的胆小鬼、骗子、伪君子兼同性恋。他们绝对被坦克和自己的军官吓着了。他们勇猛的时候又很蠢，蠢到绝对有杀伤力。

当然，也有例外，还是很精致的例外。不过，总的来说，英国志愿军是国际纵队里的渣子。赫里奥特运到西班牙想除掉的里昂混蛋疯子士兵都比英国人强二十倍。

好了，就说这些。

关于书名给你发了封电报。基督啊，我真希望只是《［纽约］时报》弄错了，而不是到处都弄错了。

《太阳照常升起》和《照常太阳升起》是不一样的。同理，《永别了，武器》和《再见了军火》也不一样。《丧钟为谁而鸣》和《为谁而鸣丧钟》差别就更大了；尽管一时看不出来。

啊，得干活了。

祝好，

欧内斯特

（此信藏普林斯顿大学图书馆）

Ernest Hemingway
Selected Letters

海明威书信集
(1917—1961)

㊦

〔美〕海明威 著 潘小松 译

上海译文出版社

致查尔斯·斯科瑞布纳

约 1940 年 8 月 15 日，观景庄

亲爱的查理：

谢谢你写信给我建议。我会尽量按你的意见处理。非常珍视你的建议。

也谢谢你来信谈那匹马的情况。我把它改成长了后腘滑膜瘤吧。还是有人会给《阵地》写文章谈这个问题？就我理解，后腘滑膜瘤不会发展成恶性疾病，病情很容易减轻的。我把发病的位置写在球节那儿，假如你和《阵地》觉得可以的话，假如马身上有这么个位置。请你告诉我你的意见。

我本打算这畜生膝盖下部撞到树干的下方，肿了，并无大碍。

我的印象是炮骨是从膝盖直冲南的，直到球节、骹骨等处被撞。如你很清楚地解释了：膝盖左近北边包扎了绷带。

我自己从未见过这样一匹马，所以都是道听途说。不过，我想尽量找机会接近这样的马匹，看看是否能找到“霍克”（我总是把它想成英国人喝的劣等白酒）和“盖斯金”（我多年来都以为是“盖斯奇特”的笔误）这样神秘的所在。

现在谈 withers（何往）。我总想象这是 whithers 的笔误，或者是马刚从那地方来的地名。别告诉我这些地方实际在哪儿，我要在生活里保留一点神秘。

我自己跟这种马的体验仅限于用它来当熊的诱饵。关于这个，我有资格给《阵地》写文章。我射杀过多匹可爱的老马、病残马，拿它们当熊的诱饵。它们的主人自己不忍射杀，也不忍心看；远远地在几百码外看着，或者在山脚下。不像我们能让整个编辑部或者《阵地》的订阅户观看。下次你给《阵地》写信的时候，请告诉他们：当熊诱饵的最佳马匹是高头大马，这样的马肉多，都不值当冬天喂草。你在太阳当头照它的地方把它杀了；在太阳底下它很快情绪高昂。假如你在阴凉的地方杀它，或者让它淋雨，就很可能变成酸腐马肉，根本不吸引熊。要想诱熊快一点，就点火烤肉。烧焦的毛发和炭火烤肉的味

道随风远飘，熊能闻到。得小心别烧过头了，因为，那样就不会飘味儿。乌鸦、喜鹊和老鹰倒来啄它。你要它尽快飘味（这都是专业词汇）的原因是它很快就没有味儿了。自然，你总能接近对马有利的风，不让它惊恐，也许还让它饱眼福。你接近这种风的时候，就能判断它不会出味儿。

还有很多秘方。可我为什么要把这无价的论马的最终归宿的数据免费写出来呢?

你收到此信后请给我发电报，告诉我“每月书籍排行”我们在第几位。我需要知道这个来安排生活开支规模。

把护封寄还你。似乎可以，虽然我不懂这些。只是那座桥该细长些，高拱，金属，悬臂梁；而不是石桥。就这样也行。但要高，要细长，看着像蜘蛛。画上石桥被炸并不构成什么画面。假如桥被画上去，一定要看着遥远，要连接陡峭的峡谷。我觉得在画面上应该按透视法缩短，因为这是要给人一种印象：是远山的一条通道。

请你把这些照我的原话告诉画家好吗?

字排得很好看。“点”看着很娱目很欢快。我看着唯一不对处就是那桥。我知道此桥只是略具象征，或许连那个作用也没有。不过，假如要画桥，就一定是钢铁桥而不是木桥。假如他画不了钢铁桥，像书里所写，那干脆不画桥。不过，他没有理由不会画啊。

把那记者写成英国人怎么样?不让他当美国人了。

一页上若淫秽字眼太多，就插进别的字眼吧。有些东西你的建议可以，也许我还会另找到些。

关于死亡气味的那部分（第19章）在我看来是与书融为一体的，是整部作品合理有效的组成部分。你记得吗，整个事情从一开始就有黑暗的气氛。自杀的那个叫卡什金的就满身这样的气氛。乔丹也有自杀的需求。凶兆的问题我知道不是故弄玄虚，我见到过活生生的人行走时带着凶兆，不祥之兆就端坐在他们的肩上（这不是浪漫假象）。乔丹对吉卜赛式的玄虚，有良好的理解，也有着实的疑虑，两者平衡得很好。吉卜赛式的玄虚并非都属于胡说。为了让吉卜赛的成分合理有效，不只是看似如那些玩意总表现出来的那般玄乎虚假，我需要某种彻头彻尾自然之物，给人点恐惧感，就像在马德里的那种恐惧。

小说里的东西不是硬拉进去的。我没有仅仅把所知所闻都放进作品。我没有把皮拉的丈夫（真名叫拉法埃尔·艾尔·加洛）结婚那晚躺在大通铺上阳痿不举（这不算数，除非是当众行房，或者床单跟吉卜赛人一起出现）写进小说，接着写吉卜赛人念咒语，想让他雄起，写她当众丢人，写他啜泣。

我略去了这些。

我还略去了一段某次入卡勒卡尔曼的故事。那里有一个人同一麻风病人上楼要干那事，一个比索银元的买卖；女病人的脸四分之三都没了。后来，如何如何吉卜赛人里有一位抗议，说是有假，此事不真。那麻风病女人下楼，一指头便把银元弹到他脸上，就像有根长线似的。

不，查理。马德里也有该死的可怕的地方，可怕得很，世上别处见不到。戈雅的绘画包含其一半内容也不到。我需要这些让书成为一个整体全面的东西。不过，我尽量不把不可发表的东西放进去。

还有某处有许多独白我打算删除。我在纽约时原稿不在手边，无法检核在哪处发出的一次独白写进了小说，所以让他们都排字了。

关于其他，我尽我所能办。

希望我不是太固执于死亡的味道那部分。我只是在营造气氛，我需要的气氛。假如拿掉它，你事后会非常想念那效果的。

关于俄南之类，我得看看什么时候遇上它的。周一我开始校稿子。

这本书是一个整体的作品，而不是许多篇什凑一块儿的。你拿掉某部分放一边等着它用，下一步就不完整了。

随函寄上示意图，表示桥该怎么画，请交给画家。也请他改进一下建筑的样式。另给他一张那国度某处的图片，好安排画上的钟。再给一张钟的图片。

我从不干涉护封画稿，除非他们把公牛画成小母牛，把雌雄同体的牛画成阉牛——无论是哪一种情况——我得修正。这桥的画稿我也有同感。除此外，我觉得画稿很娱目，会引人入胜，而不是把读者赶走。

还有一事——安德烈 · 马蒂是真人的名字［第 42 章］。他被判死刑，从法国逃往俄国；是法国共产党中央委员。他在任何情况下也不会来美国。他无法回法兰西，除非共产党掌权。他能起诉吗？问问你的律师行不。在他逃离前，法国出的数本书和无数文章里，他被指犯有谋杀罪。共产党被认定非法，他逃离法国的时候，国民议会正调查他呢。

《玛丽安娜》（大型法语周刊）上尼克 · 基朗指控他犯有谋杀罪。一篇文章接一篇文章，每次都指名道姓，说马蒂杀了谁谁谁。他在 1938 年出版的《贪财的人》里，也指控马蒂犯有谋杀罪。我手里有一本。马蒂并没有采取行动对付他。他真的射杀过人，没法起诉。并且，他还是司法追捕的逃犯。这本书仍然在卖，或者说今年 1 月还在卖：玛萨在布鲁塞尔给我买了一本，弥补我送赫伯特 · 麦休斯的那本。

与我交谈的那位记者米歇尔代表特定的美国记者。我称他为英国记者会不会澄清笔触不受诽谤指控？英国没有这样的记者，活着的死了的都没有。书里提到的米歇尔真是个混蛋，不过仍活跃在报刊上。他的名字当然不叫米歇尔，也不具类似的名字。我可以称他为英国记者，也可称他为丹麦记者。我愿删除那部分，但这是卡尔科夫性格的组成部分，也表明卡尔科夫和乔丹的必要关系。得保留。

你把这封信给麦克斯看好吗？等我处理他提的问题时，我另给他写信。

玛萨说她咬合并浸泡了那戒指，似乎还能撑住。这里天气很好。今天下午钓鱼去。

祝好，

欧内斯特

打电报告诉我“每月书籍排行”的情况。我觉得他们不会排我的书呢。有一点我清楚，他说惠特尼［· 戴罗］不喜欢这书。我也肯定他不会喜欢《愤怒的葡萄》［斯坦贝克］或者《土生子》［赖特］；

也不会喜欢比如稍好一点的《卡拉马佐夫兄弟》或者《包法利夫人》。我不是说我的书属于那档次的。我只是说他不会喜欢这些书。这些书都卖得很好啊。

(此信藏普林斯顿大学图书馆)

致克拉拉·斯皮格尔[1]

1940 年 8 月 23 日，观景庄

亲爱的克拉拉：

你好吗？我那邪恶的老哥们弗瑞迪好吗？

7 月 21 日我生日那天，我写完了那本书的第一稿。得找人打字。我把它带到了纽约。这本书有 200 000 字长。我让律师莫伊·斯佩瑟给你寄装订好的一校清样，未动笔改呢。我两周前让他寄到太阳谷。只是你不可能收到，因为昨天我收到他的信，说还没有寄呢。我想他是以为你属于竞争对手（他已经从我的律师变成我的代理人了），担心害怕你。说之所以不寄，是因为这些清样还没有登记版权呢。

于是，今天我给他发电报说，你在短短的两周里不会抄袭侵权；说你不碍事，不会把稿子给别人看的。因此，你收到这信的时候，也大概能收到那份清样。

我的长子邦姆比也叫杰克。我估计他大约十五六号或者 17 号从霍尔姆之家一路取道前往太阳谷（我今天给他寄了一信，收到那天即来）。他开着自己的破车呢，会比其他孩子早到你那儿，会在银溪钓鱼。

他该在 27 日 28 日到。

我给泰勒［·威廉斯］写了信，让他派个人跟他到银溪，带他去那儿。假如泰勒不在，你让阿特或者查普去好吗？

也请你叫麦克［·弗瑞斯特·麦克马伦］给他们一间房，要么就在客栈，要么滑雪的人呆的地方；把账算我头上。

帕特里克和格瑞高里（老鼠和犹太佬）9月1日晚7:05从旧金山出发到犹他州奥格登，也顺道去太阳谷。

我给邦姆比写了信，让他从太阳谷乘火车和汽车（别开自己的车！）前往奥格登去接这俩小子。他有的是时间到那儿去接站，然后乘火车把他们接到太阳谷，火车9:20离开奥格登，次日即9月2日凌晨6点抵达太阳谷。你盯着他把这事做了好吗？他有点木，但能说英语。

假如玛蒂和我都不能去接他们，请你给他们安排一间屋子等我们到来，好吗？

托你办的事情可真多。不过，哪天我也为你做点事情。或者在你的墓地发表演说，假如我们得把你和/或者弗瑞迪种下去的话。

我正安排离婚事宜；读校样到第141页了；在修改结尾。接着是坐船去基韦斯特，坐车前往太阳谷。玛蒂和我觉得我们现在该结婚。不过，告诉弗瑞迪：下次他结婚的时候别娶有钱的姑娘，因为比娶世上最穷的人要贵很多，除非你遇上刚开始创业的佩吉·乔伊斯。我可没碰上这样的女人。无论怎样，不久一切都好。

邦姆比只能呆到11日就回芝加哥。帕特里克和格格能整个9月10月都呆在那儿。

我能呆到地狱霜冻。或者说，只要能让玛蒂远离战争、虫灾、屠杀和冒险，我呆在那儿多久都行。

有可能“每月书籍”会收我这本书。假如收了，他们就会印刷10万册，我们就青云直上如斯坦贝克们了。假如不收，就仍然属于大家的2.50美元的货，希望人们来买。这是我写的该死的最好的书了。你们真好，在我写作此书最艰难的时候帮我多多。

天啊，光玩不工作多好啊。

不管离婚手续什么时候办完，我们现在自然不会结婚，孩子们在太阳谷呢。事后就没什么可顾虑了。

我是个筋疲力尽的闺女，也许做事不那么合情理。

假如“每月书籍”收了我的小说，我们就接着背包旅行。否则，就9月初跟孩子们一起坐车去某地；季节过后，我们就落脚在太阳谷。

希望你喜欢我这本书。看过的校样大有起色。许多讹误得以修正。这个副本能让你看个大概。你和弗瑞迪自己看就行，别给别人看，好吗?

我想你会喜欢“老鼠”、格格和邦姆比的，老爸我给他们灌了点常识。他们都去过夏令营，也许很可怕。

玛蒂很可爱。我们俩最近成天坐着看排版、校样，胖得像猪。不过，在太阳谷，我们得骑马，打网球，走路；会瘦下来的。我很长一段时间保持体重不到200磅，现在又回到207磅。玛蒂体重130磅，或者还要轻些。

请替我问候蒂莉和洛伊［·阿诺德］，问候宁［吉恩·范·吉尔德夫人］，问候麦克，问候那里每一个人。

能再见到你和老弗瑞迪可真好。我当然期待啊。

我也期待看你的新作；希望有很多东西给我读。

10月我们上路，剧本演出开始。书10月14日出版。现在要下雨了，我又要校稿子了。

我们问候你们

欧尼

（此信藏普林斯顿大学图书馆）

[1] 弗里德里克·斯皮格尔的妻子。1918年在意大利，海明威同斯皮格尔一起开救护车。斯皮格尔夫人此时在爱达荷州太阳谷度假。

致麦克斯威尔·帕金斯

1940年8月26日，观景庄

亲爱的麦克斯：

我今天用航空信把123页校样寄给你。我都过了一遍。我想你兴许等着用这些东西呢。随信附上整个校样的订正，这些都必须改过来；我列了份印刷体例单子。单子列有梅耶提的问题或建议，我作了答复或者谈了具体怎么回事。

我一边看稿子一边就在根据你和查理的建议修改了。

我寄给查理第 21 页校样部分重写稿（共产党那部分），第 29 页（过分用淫秽这个字眼）的修改稿，好让工人排字去。寄出的校样都很具体了。他上周收到了这些稿子。

关于米歇尔这个人的描写，我大刀阔斧地删削了，除去了一切可能导致诽谤指控的东西，我想，也除去了卡尔科夫的精神风貌。把卡尔科夫写成机智的人，而又没有对话来证明这一点，没有什么好处［第 18 章］。

我用 thee 和 thou 都是尽量做到精确的，没有给这本书沾上老夫子腔，使人不忍卒读。我在用 you 而不用 thee 的时候，我知道自己在干吗。

我把那个不能印的词儿都删掉了。我想这个词儿本来可以体现文学蕴含，这含义不好。我把它改成了无可名状的词儿，或者别的什么词儿了。

校样第 18 页末尾关于皮勒的那段描写我不同意你的意见。你认为描写部落和马就可以，我则认为那段文字很有必要。第一次这么写，给人的印象总是震撼的，你的感觉即缘于此。第二次读就可以了。

我把那段写偏见的文字也拿掉了。你说得对，这段文字对乔丹的处境的确让人费解。

关于死亡的味道那部分［第 19 章］。除非这个很影响销量，或者会导致查禁，我觉得有必要留下。我得制造许多效果，而这些效果一时并不体现。这就像从我的交响乐团里抽掉低音提琴和双簧管，因为它们单独演奏的时候，声音难听。

假如你和查理觉得这段很危险或者不可发表，我可以改成读给你们听，而不是用它裹住你们的头。尽量透过它呼吸——你把包举到眼前，深吸气——在下一个句子用同样的短语试试。

请告诉我你们的最后取舍。这段文字就是让人感觉可怖。不是无端让人讨厌或者使之不可发表。我得给出马德里的质感，让这气味有世俗气，具体而微，普通人觉得可信——而不是虚假的吉卜赛人把银质的玩意儿在我手上画了个十字之类。真正的吉卜赛人是很奇特的人群。这本书里的吉卜赛人不再是书里写的吉卜赛人；我从前写的印第安人都是书里写的印第安人。

校样第 94 页索尔多打斗，我同意你的修正。

我修订了“手淫”那段。我希望如此就不会难为查理了。毕竟，罗伯特·乔丹是个男人，一想到一个晚上都抱着某个姑娘，还是正常性交过的姑娘，又是总攻前夜他想睡觉的时候；有这样的问题不算什么特别。我尽量微妙地处理这个问题了，让他拒绝这法子。假如这样的描写让看稿子的人觉得反感，我可以删除。不过你记住：人物塑造令读者可信的绝对是这类小东西，而不只是英雄行为。

关于这个，大家还是坦率一点吧。

还有一些问题。

书现在缺少个“尾声”，[1]你觉得这样结尾好吗?

我写了此书并修改了一回；稿子还算可以，不过，这就像战斗结束后回到梳妆台前，或者像跟着凯瑟琳·巴克莱[2]到墓地（我在《永别了，武器》里的原创），并且还解释瑞纳尔迪及其他人身上都发生了什么情况。

我总是有强烈的倾向，想使一切都编织完整，并且整整齐齐地码放贮存起来。

我可以像托尔斯泰那样写小说，让书的厚度加大，智慧成分增多，还有其他东西。可是接着想起来的是我读托尔斯泰时，跳过的恰是那些东西。

你怎么看？这本书还算可以吗？（我已经修正了某些情绪，让小说变得更好些了。）

收到这封信后，请寄航空信告诉我你的意见。问问大家如此结尾是否合适。

我周四离开这里，坐船、驱车、坐飞机前往太阳谷。至晚 9 月 4 日该到那儿了。我离开前会把剩下 18 页校样寄给你。

昨天一整天都在修改稿子。

你看见了吧，“尾声”只是表明优秀的将领在不成功的进攻战之后也难受（这个没有什么新鲜的）。他们克服了难受（有点新鲜）。那天戈尔茨杀了那么多人，宽恕了马蒂的行为，因为他有仁心；有时候人是有仁心的。我能让卡尔科夫看出一切都是怎么进展的，并且我还让他看见了。不过，那对我而言不过是按日子记录事情。结尾处安德烈的那部分写得很好，很让人惋惜，很优雅。

不过，真正的结尾是在乔丹于森林里松针落叶地上感觉心跳那儿。

你明白吗，这本书里的每一个该死的单词和动作都依赖另外的单词和动作。你看，他开始时躺在松针上，结尾处还是躺在松针上。开头他就一直有那问题，一生里都存在这问题；结尾处则只有死亡，他一点也不害怕，因为他得到了完成使命的机会。

可是，一切都澄清了吗？

我该把“尾声”放进去吗？有必要吗？还是尾声不过是高大全式的写作，反倒把原有的结尾的情感冲淡了？

你收到信后即刻告诉我该如何办。

校样第127页还有一个段落我想听你的意见。页首那段长文。我可以拿掉最后一句，马蒂同志的台词开头的那部分。之所以写这个，是因为……

要么拿掉它，同时拿掉第一句的开头，如此切入——安德烈·马蒂同志的介入也许太偶然，因为那儿没有人在。

其他则照旧，去掉最后一个句子。

请告诉我你的取舍。

我不愿像上帝一样写东西。因为你永远也做不到。评论家也觉得你做不到。

马蒂和卡尔科夫的全部故事要讲的话，你得另写一卷小说。不过，没有理由开了头不收尾。所以我写了那个段落。这个段落解释为何没有结尾。

好吧，我周三前就把全部校样寄给你。

这一两处修改（校样第78页之前没有任何问题）该不会马上影

响你制作到那儿。你回航空信，我周三或周四就能收到，有足够的时间修订。我反正先得自己琢磨着修订。不过，你一收到此信就给我回复。记住，每1/2盎司一毛钱。

该再校一遍以确认我的订正没问题。你可以把它抽出来，给我寄到爱达荷州太阳谷，航空挂号，大字注明“请保留”。假如没有要修改的了，我就发报给你说送印。假如有修改，同一天给你寄航空邮件。请把我修改好的清样和待修改的新清样一起寄给我，这样我就能快点核对多出来的那部分了。

同意戈斯叔叔的决定，觉得还算公正安排的宝琳，现在索要更多；当然她得逞了。9月1日、10月1日请往她的账户存500美元。她可真会玩花样。跟戈斯叔叔说同意他的方案，却跟她的律师说按另一套做。

玛蒂和我不能一起去西部。所以，我们会到那儿后碰头。我的建议是尽量少结婚；永远也别娶有钱的婊子。［以下两行半被浓铅笔划掉。］一切都会好的，很快。所以，别担心。

祝好

欧内斯特

欧内斯特·海明威　　　　看在基督的分上，别把这个丢了

海明威

《丧钟为谁而鸣》清样修订备忘录。这些修订内容因为这套校样上没有空白处，不能写在校样上。这些修订形式统一，每个词和用法都该在看全部校样时核对。

整部书用的是Heinkel代表“飞机”——不要用Henkel。

是Golz——不是Goltz。

是Estremadura——不是Extremadura。

拉法耶尔是gypsy——别用Gypsy（除非在句首）。

玛丽亚被指guapa——不是Guapa（除非在句首）。

玛丽亚被称rabbit——不是Rabbit（除非在句首）。

Viejo（中央偏左），不是 Viejo（除非在句首）。

Qué va 里的腔调每一例句都该用。

guerrillero 整部书里要用斜体字。

partizan 要用斜体字，中央偏左，整部书如此。

整部书里只有 Agustín——没有 Augusitín。

在某些地方，sierra de Gredos 被称 Gredos（罗伯特·乔丹总这么称呼）。索尔多和帕布洛总是直接称 Gredos。就按我的修订排版，别有疑问：我已经仔细地核对过了。

找个懂俄语的人核对俄文姓名，看 Kashkeen 是不是该写 Kashkin。（我这儿没有俄国人。）假如该写 Kashkin，那就全书都改过来。

校样第 91 页空白骑士军团的名字，我会发电报告诉你的。

题献页请写：

此书献给玛萨·盖尔荷恩

从 Donne 起的那段请仔细核对我的修订。清样上有许多错，我根据原稿修改了。

（此信藏普林斯顿大学图书馆）

[1]“尾声”最终还是去除了。
[2] 海明威取此名无疑是因为他近期在纽约巴克莱饭店逗留。

致麦克斯威尔·帕金斯

约 1940 年 10 月 12 日，爱达荷州太阳谷

亲爱的麦克斯：

收到这封信后请寄 1 500 美元的“每月书籍”版税到基韦斯特第一联邦特许银行我的专用账户上。

我可真高兴看见鲍勃·舍伍德的书评。谢谢你寄给我这个。有些挣大钱的电影制作权谈判正进行着呢。我们拒绝了 100 000 美元出书的版税，也许能挣 150 000 美元。[1]这可是天大的好事。我可很久没

有钱了，现在可知道拿这些钱干什么；即便是政府拿走它一半或者更多些。

在读汤姆［·沃尔夫］的书，里面写“福克斯”的玩意儿多得让我如坐针毡。我认不出那声音。至于比尔·韦伯，基督啊，哪天我将用 1 000 字以内的篇幅给你俩来段描写，看看是否能把你的形象矫正些。[2]我想汤姆只擅长写他的故乡，那写得可真好，无法超越。他的其他作品一般都是膨胀了的新闻稿。

我把三十本样书都寄到能给书带来最大益处的地方了。再给我往这寄三十五本。让哪个孩子帮着打包邮寄就行，核对一下地址；如此比都寄到你那儿办这事简单。所以，马上给我寄三十五本好吗？我自己也要买六本送朋友，另要“日出系列”两本，请寄到这里，我答应了人的。也请把司各特的地址写给我。还有约翰·皮尔·毕肖普的地址。

另外，请零售发行部给我寄：

《牛-弓事件》——一个叫［瓦尔特·范·梯尔伯格·］克拉克的人写的

玛尔格瑞·阿林翰最新出的书

《新英格兰》、《残夏》——范怀克·布鲁克斯

《到芬兰站》——埃德蒙·威尔逊

《这山属于我》——毛瑞斯·沃尔什

《奥杜邦美国手册》——唐纳德·皮提

《别了我的爱》——唐纳德·钱德勒

《如何在牌桌上玩赢》（达勃尔迪·多兰）[3]

离婚的事情似乎都好了。财产安排，监护人安排等都达成协议。按佛罗里达法律，只要宝琳的律师批准，她签字，我签字，她就离成了。[4]

非常感谢你寄书给我。玛蒂正在读唐恩的书；我把法官那本借给别人读了。[5]等我读过后马上跟你讲看法。

多萝西·帕克和她丈夫来这里了。盖瑞·库珀和他妻子也在这

里。所以，我们有足够的人陪伴。虽然我很喜欢这些人，但我们明天还是打算去三文鱼河中部河汊的原始地区。库珀是个优雅的人，诚实、直率、友好；一点也不像他那被惯坏的模样。我们在一起很愉快。他娶的姑娘也不错，她打网球可打得真好。我和她搭档能打败玛蒂和库珀。今天下午我们看看玛蒂和我能不能打败库珀两口子。在这个高纬度的地方我一开始打得很不好，现在则没问题。库珀是个非常非常非常好的来复枪射手，也是个飞鸟好射手。我打猎枪比他略强，来复枪可不如他；可能是因为多年来喝酒太多，旁骛的也太多。打网球能赢他。我们打算去买些手套打拳。他是个好人，像查尔斯·汤普森和萨利［J.B.萨利文］一样好；像我们认识的好人一样好。

告诉查理我得去骑马一周左右；告诉他我会出门尽量多走路的，会拽着马尾巴上山。假如拽马尾巴上山时不得不看马屁眼，我会尽量记住专业名词这个动作叫什么的。我想是“马鞍尾鞘”；但不确定。为派拉蒙所有人拍马的题材写脚本写得一向糟糕的鲍勃·迈尔斯建议：我俩共同选一个乡村，一起骑马下山，比比谁行。我同意了，但永远也不会去做这事。他需要的是已故的约翰·麦顿；而不是诚实的欧内斯特·海明斯坦。也许查理可以出来替我去比这样骑马？假如查理骑，我也去。我们用滑雪索道把马运上去。没有自己的马的某种参与，怎么结束比赛啊？

再见麦克斯

希望你能出来

欧内斯特

(此信藏普林斯顿大学图书馆)

[1]《丧钟为谁而鸣》电影制作权 1941 年 1 月以 100 000 美元的价格出售给了派拉蒙。

[2] 沃尔夫著《你不能再回家了》(1940)里面有一位编辑名字叫福克斯豪尔·爱德华兹，是以麦克斯·帕金斯为原型的。

[3] 这份书单上有麦克斯写的“寄了”的字样。

[4] 1940 年 11 月 5 日海明威终于跟宝琳离婚。

[5] 1940 年斯科瑞布纳出的两本书：唐恩·鲍威尔著《吐司上的天使》；J.C.诺克斯著《这个时代里走出的法官》。

致查尔斯·斯科瑞布纳

约 1940 年 10 月 21 日[1]，太阳谷

亲爱的查理：

我听玛蒂说了你小舅子的情况，很难过。他的运气不好，大家运气也不好。请告诉维拉［查尔斯·斯科瑞布纳夫人］，我真的很难过。我知道那是什么情形。告诉她我会写信给她，但书信无济于事。不过，我对她深表同情，明白她有多难过。

很高兴这本书有如此好的评论。一切看似没问题。一旦拍电影的事情澄清，我会告诉你我们想如何处理这笔钱的。也许从电影改编权里能得一大笔钱。假如今年这笔钱来，我就要把别的钱都查一下，看明年之前的财政状况是个什么情形。与此同时，我要接着根据需要从“每月书籍俱乐部”支钱。

玛蒂跟库珀夫妇在一起，常见那位盖瑞。她要我买几件衣服，打扮得漂亮一点，体面点。可是，只有肺结核能让我瘦到库珀的三围；这张该死的脸还不是老样子。

我们骑马进了三文鱼河中汉乡野，是上周的事情，背包旅行。好是好，就是艰苦些。23 英里山道进去，全是悬崖峭壁，尿不干净之类的情形。

你对这本书的建议和批评对我帮助很大，别以为我不知恩。我并不是那种把书题献给出版人的家伙，所以别介意小遗漏。我发现那些题献给人的作者要么是经济上欠出版人的，要走人了，良心不安，要溜；要么是很有前途的作家。

现在此地正好打野鸭。玛萨重感冒卧床。孩子们都好。假如我把书的改编权卖给电影方面成功，我就给你买一匹马，骑到你们电梯里，把它献给你。正在跟人讨价还价，找一匹银鬃帕罗米诺赫尔玛佛洛狄特马，没有人能抓住它，保证属于今年的头号种子选手。这匹马无论牝牡，都要有普世的魅力。

刚跟口岸谈了话，跟他们说：你们要钱太多。不妨 100 000 美元把马卖了，你们就他妈富裕了。还可以加上每本书的版税抽成。

所有事情都办妥了。玛萨和我 11 月可以结婚了。[2]她说结完婚打算去滇缅公路玩。我真希望是她写了这本书。在她开稿费的时候娶她。不过，一旦起办这些事，我还是对一切都高兴；所以我猜我会喜欢滇缅公路的。也许会呆在滇缅公路上，而玛萨要去爱荷华的奇奥库克。啊，我想我也会喜欢奇奥库克的。那儿很他妈不错。

有人要我在书上题个字吗？要我签名后寄给他们？还是你从不热衷这些？我自己也不太信这个。可有些人信。我在书里找出一堆讹误，等你纸型磨损完了订正吧。

再见，查理。别让任何事情把你弄垮哦。

祝你好，问候薇拉

欧内斯特

（此信藏普林斯顿大学图书馆）

[1] 海明威误将此信日期写成 10 月 21 日，实际是 9 月 21 日。

[2] 海明威和玛萨·盖尔荷恩 11 月 21 日在怀俄明州切岩结婚。

致哈德莱·毛瑞尔

1940 年 12 月 26 日，观景庄

最亲爱的凯特：

邦姆比是不是看上去棒极了？他在学校很用功，精力很集中，各方面都比以前好很多。我在纽约带他出去了几次，让他开始跟伟大的乔治·布朗学习拳击。也给他买了些衣服和一个周末用的背包。

假如他在纽约还需要什么，请告诉我，因为我大约 1 月 20 日起会在那儿。

玛蒂 1 月 15 日登“克里珀”号前往马尼拉和香港。我 2 月 7 日也登“克里珀”号前往。[1]我会在香港同她会面。我们很幸福。4 年了，终于合法了，有了一切。虽然我睡觉有游击队员的习惯——黎明时分醒来出门——这可难突破。

我立了份遗嘱，对照顾邦姆比和另几个孩子很有利。也立了遗

嘱，让你处置应得的大笔版税。此遗嘱是防万一的。避免要求出具遗嘱的最佳方法就是立一份遗嘱。我父亲的事情我是经历过的，事情弄得一团糟，很可怖。

谢谢你寄圣诞卡和事先写的祝福信到太阳谷。

我们祝福你多多。也祝福保罗。你们已经福气多多了。关于邦姆比明年的生活，我有个计划；假如你同意，我可以跟你谈谈此事。

我想假如他休学一年，会更喜欢大学生活的。半年跟我钓鱼打猎，学真正的拳击；半年做一份工。就要打仗了，孩子们这个年龄的好生活不该浪费。假如一个人只有一生，那抓条钢头［鲑鳟鱼］就不枉此生了，假如一生到此时为止这人就想抓条钢头的话。

他回到大学里当然会更成熟，会认识到这是件严肃的事情。

无论怎样，问候你，祝你圣诞节快乐。

《纽约每日新闻》四处派记者到圣路易斯、芝加哥、奥尔巴尼、基韦斯特为一篇烂故事挖东西。这真令人厌恶，我希望你没读到那篇东西。谎言、半真半假的东西，烂。我明白：吉尼［·费佛］跟他们合作了。

然而，我跟帕特里克说：我们每卖掉100 000册，我就宽恕一个婊子养的。等我们卖掉一百万册，我就宽恕麦克斯·伊斯特曼。老鼠却说："不，爸爸。我情愿你视而不见，让我们的祖先斗他们的祖先。"

问候邦姆比。也问候马蒂夫妇，老鼠和格格。

爱你们

塔提

我会把邦姆比算在我个人所得税单上的要养活的人。今年税可是怕人，所挣60%给了政府。[2]

［1］海明威跟拉尔夫·英格索尔编的报纸《PM》签了合同，为他们报道中日战争。

［2］然而，12月28日海明威就买下了观景庄，花了12 500美元。

致哈德莱·毛瑞尔

1941 年 1 月 26 日，纽约

最亲爱的哈德莱：

随信附上“教育费用”支票。邦姆比跟我们一起过了周六周日[隆巴蒂旅馆]。他刚考试完毕，很累。这表明他很用功。[1]他功课很好，在班上是第二名。英语成绩都在 86 分以上；西班牙语——我想平均成绩在 76 分。他在工作，看上去很可爱。我们跟乔治·布朗拳击了两次，去看了一次表演。我很健康，忙着明天前往中国，所以不多写了。

玛蒂也问候你和保罗。写信请她母亲收转吧。她会有转寄地址的。我的咳喘很令我难受，还有点流感，所以原谅我写信潦草。书的销售情况如地狱里的冰冻得其利酒。

（此信藏普林斯顿大学图书馆）

[1] 邦姆比当时是哈得孙河上的斯多姆金学校的学生。

致索丽塔·索拉诺[1]

1941 年 1 月 26 日，纽约

最最亲爱的索丽塔：

随信寄上给玛格丽特[·安德森]的支票。我[很]希望她能有幸扛过去。替我问候她好吗?

重感冒。事情多，又没有时间去做。所以，原谅我信写得潦草。原谅我没去看你：我很想见你。

爱你，索丽塔，照顾好自己。别着急，因为只要我们中的任何人有钱，我们大家就都有钱了。

欧内斯特

（此信藏普林斯顿大学图书馆）

[1] 索拉诺小姐，简奈特·弗兰纳的密友，1940 年离开法国到纽约。玛格丽特·安德森在幕后照顾乔吉特·勒布朗·美特林克，后者死于癌症，玛格丽特因此陷入困境并挨饿。海明威的支票数额是 400 美元。“当时是笔巨

款了。”索丽塔道。

致麦克斯威尔·帕金斯

1941年4月29日，香港

亲爱的麦克斯：

很高兴收到你4月4日和4月11日的信；昨晚收到信时我刚从仰光飞到这里。此行从昆明（云南府）到这里的最后一段很糟。我们盘桓于香港上空的时候，静电干扰，德律风根无线电不起作用；200英尺云幕我们转了近一个小时才穿过。我上次见你以来飞了18 000英里；再见你之前还有12 000英里要飞。真希望我的报酬按里数来支付，而不是按字数来。

我收到查理一封电报：事实上是两封。都是复我在重庆给他发的电文的。我问他书的销量来着。另一封说没收到你们的回电我不开心。对书的销量或者电文不提销量也不开心。

也许谁对500 000万的销量不开心该去精神病院了。再者，我离开的时候，你正宣布要印500 000册。我当时想销售宣传是跟上了。很遗憾，宣传没有跟上。

现在我很累，所以也不想胡搅蛮缠。我有时想，你、查理和出版公司要是卖我的书跟我写书一样努力，这书的销量会怎么样——或者说历来的销量会怎么样。不是说你们没有努力。我知道你们努力了。我知道当书没有畅销的可能的时候，我也如何努力来着。

我希望现在宣传还来得及。很不幸我走开了，也没听到任何消息。绝对没有任何消息：香港距离纽约航空邮件只有八天的路程。终于有消息了，却是这样的消息，并且是打了电报才得到的消息。

从1月底到4月4日没有自己出版人的消息，任谁也不会开心的。即便是你以为我4月回来，也没有理由让我2月3月不得音讯，航空信一周一次，一天就达。尤其是我在期盼信件，想尽办法让人收转；每次飞行员来送信，却没有我的该死的信。

我不知道用马的术语怎么说，好让查理明白我实际要表达的东西。不过，我觉得就像骑了好半天的马，你既不给喂食，也不给饮水，被骑在脖子后的马作如何想？

希望邦尼·威尔逊写那东西[1]时别在那儿捅司各特一刀。他们一起上的普林斯顿大学，我想他不至于。无论怎样，司各特出版未完成之作很艰难；我想书虫们不会介意。作家们也会像苍蝇一样死去。老安德森去了，真叫人难过。[2]他总是热爱活着。除了西特韦尔夫妇，没有人不死。

似乎沃尔多［·皮尔斯］露了一手。非常高兴听说这个。

5 月底就回去了。在前线跟中国军队相处真愉快。艰难之旅，但很有趣。回家后会感觉高兴的。我要写几个短篇。

我会从西岸飞纽约，去一趟华盛顿，然后去古巴。玛萨还有事情要做，约需两周。我希望我俩能一起回家。假如不行，她就赶下一趟“克里珀”号。[3]

她说要扔了记者的工作，在家呆着。别把这告诉任何人。

祝好，

欧内斯特

请在 6 月 1 日寄给宝琳 500 美元支票。

[1]《末代大亨》(未完成的长篇)和《了不起的盖茨比》及五个短篇加上埃德蒙·威尔逊的序 1941 年于司各特身后由斯科瑞布纳出版。

[2] 舍伍德·安德森 1941 年 3 月 8 日去世。

[3] 关于海明威和玛萨的中国之行,见玛萨·盖尔荷恩著《我自己旅行和与另一个人在一起的旅行》(纽约,1979)。

致宝琳·海明威

1941 年 6 月 9 日，观景庄

亲爱的宝琳：

谢谢你发报告诉我孩子们平安抵达。很对不起让你为此头疼。还要抱歉没好好发个电报贺帕特里克生日。我记他的生日与其说是为了这只老鼠，还不如说是为了你。尽管如此，他还是过了一个愉快的生日。我在想你的事，一切在坟墓里都会扯平的。无论怎样，他很热情，是个很好的人，自然学家的体格，很好的伙伴。

我想格格一直就很好，越来越好了。他在家里属于性格最阴郁的，除了我和你之外。我现在不属于那个家了。他隐藏得很好，你从来就没有注意到这一点。如此，他的阴郁也许会越发累积。也许会消失，就像伴随青春期的所有天分会消失一样，就像构成人生追求的浮财一样。［原文如此］

我写这么愚蠢的信，看似围着地球转圈的河马。别以为我真的就是绕圈子的河马了，因为失去荷西先生[1]对荷西先生来讲并不好玩。一路上有一段，我一直跟他在一起骑马的，本该更好地保护他，真的。他的常识和判断力一直都很好，所以我并没有担心过他。多写这事也无济于事。无论怎样，希望你这个夏天过得愉快。一年里的此刻，我在旧金山过了令人难以置信的晴日当空的一天。我想，你也会遇上这样好天的，伙计。还有拳击赛，别的一切，我记不了那么多。我只记得我们自己拳击过。我总是想念你，还有天知道的玩笑，还有A炮台和B炮台，我甚至想念广播电台不广播的那一刻。所以，在电报结尾别说致敬之类，我也不加第十个单词，而是让电报自己载着这分量。所以，我要落款说爱你了，假如你知道我的意思。

欧内斯特

（此信藏普林斯顿大学图书馆）

[1] 乔·拉塞尔（荷西·格朗茨）曾经是基韦斯特“斜坡乔酒吧”的主人，半为《有钱人和没有钱人》里哈里·摩尔根的原型。他刚去世。

致宝琳·海明威

1941年7月19日，观景庄

亲爱的宝琳：

昨天收到你7月16日（反正是那天寄的）来信。从东岸寄过来，这算是快的了。

你问我贝尔蒙特去世的日期，我不知道（尚不知他已经死了）。假如他已故，那一定是我在中国期间，因为没有听到死讯。

你是不是也想了解荷塞利托或者别的拳击手的情况？荷塞利托死于5月16日，不是20点就是21点。你要的日期是不是基塔尼罗·德·特里阿纳的？我可以查一下。

奥特曼账单不是你的就是吉尼的。我想这是买衣物之类的账单。3月份买的。那时玛蒂和我在国外。再说她也没有奥特曼账户，我也没有。

还没有听说我和邦姆比出镜的事情。

你写孩子的那段话说："真可惜你自己不能跟他们在一起。你就不能安排一下吗？"

假如你看一下我的信，就会明白我在信里写的唯一理由让孩子9月初先我而到，是因为我要在国外住满6个月。所以，我只好那样安排。

你明白，我也得有点钱办事。你得6 000美元免税款，而我得为此支付15 000美元的税。实际上我挣的钱因此全被没收了。新政规定：所有已婚夫妇必须报告两人联合账户的退税状况。我的书所挣的钱加上玛蒂此行挣的混蛋钱都交了税款，等于四分之三所得被没收了。除非她也老老实实在国外住满6个月。现在还要求连续住满6个月，零星居住不算。得按年历实足月份算，比如从2月20日到3月20日之类。

东方之行我们实足有三个月。现在得另积攒三个月，9月中旬即得。

假如有人问孩子们，他们的父亲为罗斯福先生的战争做了什么，他们可以回答："他付钱了。"实际上那本书的劳动所得都付了税或者即将当税款交付。快到手的100 000都得直接变成个人所得税款交掉。希望你生日快乐。随信附上我很久以前写的一封信；当时等你音讯，所以没有寄出。也许能想办法让［奥托·］布鲁斯去接孩子们。如果不行，就想办法接他们去爱达荷吧。好吧。

很高兴你收到那碗和盒子。很高兴你喜欢它们。我还以为丢了呢，挺难受的。那木头玩意可让人动情。无论怎样，它让我动了情。我本想多给你些钱，让你用它喝酒的。会给你钱的。

欧内斯特

我收到最新款的打字机那天，当回复所有的信件。

用 60 美元为水上老人买了条小帆船。就是我们喊他“朗高斯塔”的那位，带着狗的；自他丢［船］以来，几乎饿死。

（此信藏普林斯顿大学图书馆）

致普鲁登西奥·德·佩瑞达[1]

1941 年 8 月 14 日，观景庄

亲爱的普鲁登西奥：

我很高兴听到你的音讯。很高兴你的书就要写完了。我非常期待读到你的新书。请搞定啊，一旦出来我就能得到样书。

关于电影［《丧钟为谁而鸣》］——我也不比你知道得多。我给［盖瑞·］库珀写了信，问是怎么个情形。我最先卖给派拉蒙的时候，说是库珀可以在里面演个角色。通过他，我们在导演方面就可以有点声音。因为，他跟派拉蒙有合同：他可以拒绝任何导演。现在似乎是山姆·葛德文在找库珀的麻烦，为他在电影里担任角色设限。他想从法律上把库珀捆绑住，如此他就无法演这个角色了。我不知道派拉蒙心目中的导演是谁，因为迄今我看到的只是宣传广告。他们推出的我发现是“完美”的玛丽亚，本地农庄风光里的人物。我也日夜拿自己的摄像机在实验这个角色。纸上谈兵一阵之后，他们打电报给我问是否有意跟他们一起把故事改编得好一点。让我给他们寄我拍的古巴靓妞照片。你看，这就是你读到的所谓电影预告。我一旦有明确消息，或者说他们开出任何条件让我合作，我就告诉你。

我知道你很行，一起干《西班牙大地》的时候我就知道。我也真希望能就这部电影跟你合作，假如我说了算。不过，别指望什么。因为，很有可能在他们开干的时候，我又前往中国或俄国了。

祝你好运，普鲁登西奥。玛萨和我始终爱你。

你的朋友加同志

欧内斯托

（此信藏普林斯顿大学图书馆）

[1] 德·佩瑞达（1912年生），西班牙裔美国小说家。1934年通过信件与海明威结交。1937年他在材料方面帮助了《西班牙大地》电影制作小组。他日后的小说包括《我们爱的姑娘》（纽约，1948）和《狂欢节》（纽约，1953）。

致麦克斯威尔·帕金斯

1941年11月15日，爱达荷州太阳谷

亲爱的麦克斯：

首先谈谈业务。好，就让罗伯特［·佩恩］·沃伦重印《杀手》。我同意你说的收到学校课本里这事很重要，无论对学生来讲有多难读。无论怎样，这篇东西比《弗兰德斯家的狗》［韦达著］更有趣，比我们小时候在学校里读的短篇小说那些玩意更有趣。我永远也不会忘记莫泊桑的《一根绳子》和《项链》有多恶心。不过，我想，编教材的人不能把莫泊桑的好小说放进课本里。

我通读了司各特的书［《末代大亨》］，不知该不该跟你讲真实的想法。里面有很优雅的部分。不过，大部分属于死气沉沉，我都不敢想是司各特所为。我想邦尼·威尔逊真是行为可嘉：他花了许多笔墨解释、筛选归类、安排布置。不过，你是知道的，这么大个前后矛盾的写作提纲，司各特是绝不会完成的。我想，关于斯塔尔的那部分都很好。你能看出欧文·塔尔伯格，看出他的技巧和魅力，看出他对行当的把握，读出笼罩在他身上的死。然而，那些女人则前后矛盾。司各特渐行渐远，他鲜知那些人很怪。他写任何东西的时候，仍然有技巧和浪漫的情愫。然而，蝴蝶翅膀上的粉到底脱落了许久，尽管翅膀还舞动，到死才停止。[1]我想，他写得最好的书仍然是《夜色温柔》。在那里面，司各特和泽尔达与杰拉尔德·墨菲和萨拉两对人混为一体，难分彼此。我去年又读了一遍。这本书有司各特找到的悲剧的现实。气氛也好极，描写也有魔力。一点也没有他最后一本书写作大纲里不可能实现的戏剧伎俩。

司各特内心在 30 岁到 35 岁左右的时候就死了。他的创造力死得稍晚一点。这最后一本书就是在他创造力死了许久后的产物。他刚发现万物都是怎么回子事。

我读了那些短篇。邦尼 · 威尔逊选得不好。《富家小子》真的是蠢得可以，假如你读了的话。《一颗像利兹饭店一样大的钻石》简直就是垃圾。当你读《富家小子》看他逐渐腐朽的时候，突然看到司各特居然把这老态定格在 28 岁这个年纪上。几乎不敢相信他那样写。

《星期日时报》上 J. 唐纳德 · 亚当斯对此书的评论写得甚佳，所附司各特照片也好。我想，司各提看了一定高兴。对她也有好处。因为，她从来也不曾知道司各特有多么好。不过，J. 唐纳德 · 亚当斯不是真正有智慧的人。真正了解司各特的人、干着同行当的人会觉得这本书死气沉沉。写作里要是有了死气，就无可救药了。这就像一块火腿，上面长了毛。你可以把毛去掉，但肉本身已经发霉到内里了，吃起来还是有霉味，怎么弄也去不掉。

你给玛萨写信的时候说：好莱坞没有伤害司各特。我想也许好莱坞的确没有伤害他。因为，在他去好莱坞之前，司各特早就被伤了。他的心在法国就死了。不久，他回了国。自那以后，剩下的那一部分也进而死去。读这本书就像见一位棒球老投掷手。他的胳膊里什么东西也出不来了。在他被打出球场之前，也只能用智慧打几个回合。

我知道你对飞机上骑马之类的玩意儿印象很深。因为你没有体验过，而司各特当时恰好刚体验过，他自己印象也很深。他把昔日的魔术放进了他的小说。然而，在男女之事上，这古老的魔术就没影儿了。司各特对生活从未真正理解到能写好小说的程度。小说不需要魔术来生动活泼地体现。

这信写得阴郁，也太挑剔。不过，我想你是想让我写真正的看法的。你手里有过三个人：司各特、汤姆 · 沃尔夫和我。其中两位已经死了。谁也说不好第三个会碰上什么事。不过，我想，最好还是猛烈地批评一下。等你有了新人（日后总要有新人的），你可以真诚地对他们说实话。

我不知道还有什么可写的。除了告诉你：今秋我们不来纽约了。我答应过玛萨我们会出去旅行，不过放弃纽约之行是在收到“金奖”[2]通知之前。所以，你和办公室里的其他人得去应付这荣誉。这事是不是意味着他们日后要出个限量版？辛克莱·刘易斯给我写了封很友善的信，我真诚地感谢人家给我这个荣誉。可是，我答应玛蒂目前的旅行安排了。

谢谢你寄给我上一批书。这些书都好。你的一切还好吧？玛萨的书［《另一颗心》］有消息吗？我们在这里还会呆上一周。所以，写信就寄到这里吧。这里现在有许多电影人。罗伯特·泰勒像个袖珍人。他的一切拍进照片是个男子汉，并且很英俊。然而，镜头放大的那个真实的模特既不快乐，也给人印象不深。他的妻子芭芭拉·斯坦威克，其肉身真是丑陋，晚宴时脸上有油脂。人倒很好，有爱尔兰佬的韧劲智慧。库珀人好极，是打猎的好伙伴。钱方面也抠得很，像苍蝇季节的野猪屁眼。他被工作拖垮了，干活太拼命，电影拍得太多。我希望他下一部电影拍摄前拍摄后都能休息一下。有可能他还会出演《丧钟为谁而鸣》。

寄一本伊万的书给我好吗?《大家的自由》，寄给我，我再转给霍华德·霍克斯。他打算拍一部快步马驾车赛电影。我跟他讲了伊万［·薛普曼］的情况。我们长谈了一次。我想也许我能给伊万弄个此片技术顾问的活儿，也许还可以写脚本。霍克斯对他很感兴趣。我答应给他弄一本书。霍克斯很聪明，也很敏感，身边跟着一位可爱的姑娘。

这就是我要写信告诉你的一切了。原谅我写得那么长。假如对司各特有不欣赏之处，记住我知道他有多棒。我只是在批评威尔逊的选文标准以及司各特的遗著。

永远祝你好，

欧内斯特

(此信藏普林斯顿大学图书馆)

[1] 蝴蝶这一形象再现于《流动的盛宴》(纽约,1964)第 147 页。

[2] 以辛克莱·刘易斯为编委会主任的"限量本书籍俱乐部"授给海明威"金质奖章"。11 月 26 日举行仪式。海明威未出席。见海明威 1941 年 12 月 11 日致帕金斯信、12 月 12 日致查尔斯·斯科瑞布纳信。耶鲁大学图书馆藏有海明威 1941 年 11 月 15 日致刘易斯信函解释为何不能亲自出席仪式。这两位作家 1940 年 12 月在基韦斯特和古巴见过面。见马克·肖热尔著《辛克莱·刘易斯》(纽约,1961)第 671—672 页。

致查尔斯·斯科瑞布纳

约 1941 年 11 月 20 日，太阳谷

亲爱的查理：

我从未收到你说要寄给我的信。就是那封关于从我的稿费里扣诉讼费的信，就是斯佩瑟在加州起诉抄袭的那事。

假如我真的抄袭了，或者我的作品有抄袭的迹象，或者换个说法叫“相似得要命”，那就另当别论了。可是，一个心理变态的病人起诉斯科瑞布纳、二十世纪福克斯和派拉蒙，说是《丧钟为谁而鸣》、《西斯科小子》、《西北马背警察》都是从一个未发表的脚本里抄来的；你于是平心静气地从我的版税里扣除诉讼费，就好像我真的抄袭了，而事实上我就没见过这个人，没去过加州，也没有被传到庭。这就是另一码事了。[1]

我也不明白了：我们相互从对方的工作里得到许多，将来也还是有指望得更多；你却让我承担无端攻击导致的费用；你我可是相互都从对方得益的人啊。你不给我音讯的唯一理由是起诉有可能导致审判的结果；在这样的事情面前最好还是不与我为伍。

反正我等你的信等了三个月。还没有收到呢。这事就谈到这里吧。

我们打算驱车南行，穿过犹他到亚利桑那；接着穿行得克萨斯到墨西哥湾。12 月 1 日前下一个寄信地址是：亚利桑那州图森市红星路麦修·贝尔德夫人收转。今年秋天不想来纽约。也许元旦过后得来处理些税务方面的事情。我希望今年剩下的时间里你别再支付我钱

了，假如你能做到的话。你就不能明年给我钱？明年我手头就没钱了，我 1 月份开始写新书。

贝尔德地址之后，我会给麦克斯发电报告诉你们往哪儿寄信。希望你们都好，秋天过得愉快。我们一个秋天都在打猎，很愉快。眼下零度左右，正好打野鸭和鹅。两座矮山间有个关口，我们要去那儿。这俩山是山脉最矮处，在银溪沿岸［在爱达荷州皮卡荷］。飞鸟成群地拥入，飞得很快，你以为它们要撞倒你呢。都是北方大禽绿头鸭和针尾鸭。

孩子们都好。玛萨也好，很漂亮，很幸福。她渴望回古巴。

永远祝你好，

欧内斯特

（此信藏普林斯顿大学图书馆）

[1] 约翰·米盖尔·德·蒙提约上诉斯科瑞布纳抄袭，1941 年 6 月 2 日法院开庭审理。原告指他的电影脚本《万岁马德罗》被《丧钟为谁而鸣》抄袭。1942 年 2 月此案了结，海明威等被告胜诉。海明威 1937 年和 1941 年去过加利福尼亚；两次停留都很短暂。

致麦克斯威尔·帕金斯

1941 年 12 月 11 日，得克萨斯州圣安东尼奥

亲爱的麦克斯：

首先谈谈业务。

(1) 好，就让约翰·毕肖普出版《杀手》西班牙文版。不过，因为这是外语翻译本子，不是重印本，费用该都归我，而不是分享。

(2) 好，就让那学校课本再版《杀手》。

关于战争。当查理·斯文尼用“内战”的话来勾你的时候，别把他的话太当真。当他生气的时候，总是说类似不公正的东西。他和托马森对与日本的战争的看法都全然不对，而且错得致命。我们在华盛顿争论过，事情的发展证明他们都不对。眼下，我们无敌海军的神话破灭了，破灭得跟加美林是伟大的将军之神话一样惨烈。假如我们要赢得这场战争而不只是防御；不只是想掩盖将打败仗的人的无能，在

珍珠港遇袭24小时内，诺克斯就得被免掉海军部长的职务；那些在瓦湖岛对此灾难的一击有责任的人就该被免职。这上面的看法别拿去发表，也别传播。

最后将话题脱离战争。我真无法跟你说斯科瑞布纳没有能弄台录音机把［辛克莱·］刘易斯的演讲录下来我的感觉有多不好。我可是事先发电报请他们弄一个的啊。从你们的根本利益出发，这讲话也有出版小册子的必要。从我的利益出发，我从我的书里就得了这么个东西对我还有意义（作永久记录）。我现在是得不着了，保存不了了，连看一眼都没机会了。[1]

斯科瑞布纳没有按我的请求录音，属于最不体贴人、最疏懒、最麻木不仁的行为。我就没在文化生活里见过这样的。我愿把"金质奖章"给贵出版公司，每次无论谁见到这个就会想起我的感觉。我都不想见它。永远也不想。

我知道有人听说［约翰·］梅西愿弄个录音稿或者一份报告，或者哪怕有人答应他弄一份备忘。我可是请斯科瑞布纳弄一份录音稿的啊。

你的永远的，

欧内斯特

（此信藏普林斯顿大学图书馆）

[1] 刘易斯的演讲其实很难让海明威开心。讲话说他是六个活着的最伟大小说家之一。其他五人分别是德莱塞、维拉·凯瑟、毛姆、H. G. 威尔士和儒勒·罗曼。刘易斯在"限量本书籍俱乐部"版再印本《丧钟为谁而鸣》里加了他据演讲修改的"前言"。此书1941年10月由普林斯顿大学出版社出版。见马克·肖热尔著《辛克莱·刘易斯》（纽约，1961）第680页。

致查尔斯·斯科瑞布纳

1941年12月12日，圣安东尼奥

亲爱的查理：

谢谢你两封来信。我是在图森贝尔德牧场看到它们的。

我很抱歉自己在看到版税清单上，你的法律事务开销从我那儿扣除后，发了那么大脾气。我第二天早上就发了电报道歉我发脾气了，别在意我说的话。也许麦克斯［·帕金斯］没有拿给你看。我不想吵架，也不想彼此误解……自1926年或者1927年以来我就开始理解你们这些人的直率和诚实了（我说的是真的——不是挖苦）：麦克斯、你、韦伯和梅耶。更别说我的同一俱乐部的伙计惠特尼·戴罗了。韦伯和梅耶都是至简单的人，麦克斯最复杂，你最细致委婉（这单词我拼写不确，不是指邪恶的那个意思，意思是正确拼写后那单词所指）。

战争当前，我们也许相互很长很长时间都不能见面；所以，我们该友好相处。我们美国人因疏懒、可耻的粗心和盲目的傲慢，在这场战争的头一天被人奸了一把。我们要想赢这场战争的话，恐怕要历经艰险了，无论你什么时候想，只要想赢就得艰辛。啊，早上5:45谈这个干吗？

我给麦克斯写信明确表示没得到辛克莱·刘易斯的讲话，我的感觉如何。所以，我不愿谈这个话题。这事过去了；我在此事上被愚弄了。从爱达荷到亚利桑那一路驱车，像个傻瓜一样期待着读到它；然后又从亚利桑那驱车到这儿。我现在是知道永远也读不到了，本可以读到的东西，永远也读不到了。这是我唯一想保存的跟写作相关的东西。通过录音、印刷小册子，你可能让我得诺贝尔奖；事实上，这不是我要表达的意思。有可能不再有诺贝尔奖了。反正，录音和小册子，是我想要的东西；我非常非常看重这个。人们想要的东西都不一样；我想要的就是把那讲话保存下来，念给孩子们听。这又如何？你就是得不到啊。我真希望你们保留那个奖章。我不想见到它。

我们要从这里前往新奥尔良，再到迈阿密，再到古巴。也许无论去哪儿干什么之前，都会到纽约看你们。无论你看见多少国家被愚弄、被糟蹋、被毁，你永远也无法轻描淡写地对待之。一直不得已观察所有这些步骤，很是了解这些东西啊。啊，今天早上情绪阴郁，竟写了这些话。你和麦克斯之所以对司各特最后一本书印象深刻，是因为你们从未在飞机上骑过马。开玩笑啊。塔尔伯格那部分写得很好。

不过，他用两千年也写不完。他的脑子开始正常转动了，但他的腺素还不行；脑子又不足以替代另一样东西的缺失。他从前可是唾手可得这玩意的，都不知它所来何自。去夏我重读了一遍《夜色温柔》，书里书外浑然一体，所以他当时并不知道谁是杰拉尔德和萨拉，谁是司各特和泽尔达。这本书仍然是他所写最佳最优雅的作品。这本书许多部分真的美妙。

我们做了一次印第安人的乡野之行，很迷人。玛萨现在是漂亮幸福之极，从未见过她这样。我们今秋能这样度过，能有此行，可真幸运。今后十年，就等着司令将军们骂我们吧，你想去哪儿看什么都受谴责。

再见，查理。祝你好运，照顾好自己。

欧内斯特

（此信藏普林斯顿大学图书馆）

致麦克斯威尔·帕金斯

1942 年 7 月 8 日，观景庄

亲爱的麦克斯：

谢谢你 7 月 1 日来信。

是的。我得到伊万［·薛普曼］的音讯，他跟着一支装甲部队呢。

他给我写了封长信，写得非常好的信；谈了工作和他面临的总的情况及问题。他也告诉我说他收到了你寄给他的 50 美元。他离开前，没有时间告诉我这些。他似乎很开心，体重增加了 12 磅。我希望他能保持。他的健康问题跟天冷有关系；胸腔就是因为冷才得病的。假如能被派往气候温暖的地方，他该没事的。我明天给他写信，会转达你的问候。他唯一的问题是孤独，没有人给他写信。我会把他的地址附在这封信的信尾。请你给他寄一本纳尔逊·阿尔戈伦的书《别早上来》好吗？我觉得这本书很好很好。詹姆斯·W.［T.］法热尔平淡、重复而无价值，芝加哥能产这样好的东西还真难得。法热尔第一本书讲斯塔兹·罗尼干，里面有写得高妙的部分，描绘南边那一地区的恐怖甚到位。不过，阿尔戈伦此人比法热尔可强远了，能让他裤子脱落。他写的芝加哥北边比法热尔写的那个辖区要精彩20倍，哪儿都比他写得好。我给伊万写信谈这本书。你收到此信后给他寄一本。假如你还有别的任何真正的好书，也给他寄去好吗？我不是指《回忆录之海》或者《奥利维尔·奥斯顿的观点》[1]之类的东西。

关于花园城市出版公司重印《弗朗西斯·麦康伯短促的幸福生活》的问题，我全然反对授权他们以6角钱的廉价版本重印。我们，也就是斯科瑞布纳和我，从未在那四个短篇里挣到过钱；那四篇可是我［1938年］出版的上一本短篇集里打头的作品。假如我们把这些短篇攥在手里，早晚是要挣些钱的，因为收这四个短篇的集子出版后并没有卖掉多少。我记得我自己在书出版一两个月后，想从斯科瑞布纳门市买一本，书店里已经没有卖的了。我突然想到目前有销路之处是“现代文库”版。顺便一问，重印稿费什么时候支付啊？可以用这钱。不过，我们仍然可以出版我的短篇选集，仍可以有好的销路。我反对把“麦康伯”这样长、这样大的短篇以廉价口袋本重印方式让给人家，他们是可以另择方式出版的。

对重印的东西只取2毛5分的是［江纳森·］凯普。像《弗朗西斯·麦康伯》这样的短篇小说，斯科瑞布纳通过收进集子出版只获得了个所有权凭证而已，这本书根本就没有卖，也没有很认真打算卖。这些短篇小说是能反复出售的。我只得了我所有的财产带来的一半收益。

我正在检核［纳特·］沃特尔斯的举动。他目前收进了你的所有选目，除了《大鳍蓟》。他把约翰·托马森的信寄给了我，还有查理的信。我在思索他们的建议。我删除了许多他收进的“枯木”，放入了很多别的东西；还重新组织了篇什，重新安排了顺序。所以，现在说是我编辑的，就名正言顺了。我把《巴格拉季昂行动》篇放了进去，这篇东西写此行动是最简约的一篇叙述，整个过程通过文字展示可见全豹。假如不收进去，那就是大损失了。我很感谢你抽时间把它找出来。我把整个事件过程都放进去了：他什么时候如何到那儿，如何审时度势，如何在餐厅见到那位炮兵军官，直到行动结束。这本书目前的编排结果会很好，假如我把东西恰当地聚合在一处的话。编年排序不对。还得非常小心不让各部分叫读者觉得蹊跷。我真希望你们来出这本书，希望我们都能从中挣点钱。我希望这本书很有用，它本来就有用。[2]

我真高兴你们打算出版奥尔登·布鲁克斯的书。[3]他在图森跟我说的时候，我就觉得这书很好。我这里没有他的《战斗着的人》。我还真想有一本看看。你能给我寄一本吗？或者让沃特尔斯看看《三个斯拉夫人的奥德赛》。我一点也不相信沃特尔斯的判断力。他喜欢的多是猥琐的东西。不过，另一方面，他时不时也表现出很有常识。我想他的主要麻烦是：他属于那些总想当作家的人。或者说，至少总想对写作插一手指。无论如何，他现在得按我说的编书。

祝好并问候查理

欧内斯特

（玛萨去加勒比地区为柯利尔写东西了。孩子们在这里。我努力完成手头工作，这样就能去参战了。）

（此信藏普林斯顿大学图书馆）

[1]《回忆录之海》，查尔斯·莫兰著（纽约，1942），斯科瑞布纳出版的一部地中海通俗史；《奥利维尔·奥斯顿的观点》，范怀克·布鲁克斯著（纽约，1941）。

[2]海明威正在给王冠出版社编选《战争里的人》（纽约，1942）一书。见海明威1942年8月25日致伊万·薛普曼信。

[3]奥尔登·布鲁克斯的《威尔·莎士比亚与染匠之手》（纽约，1943）。他的《战斗里的人》收有《三个斯拉夫人的奥德赛》。

致哈德莱·毛瑞尔

1942年7月23日，观景庄

最亲爱的凯特：

谢谢你从明尼苏达（拼写时加个n）写来优雅的信。我是在生日那天收到的。很高兴有你的音讯。看样子那是个很好的钓鱼场所。

玛蒂正在加勒比为柯利尔出差。老鼠和格格在我这里。所以，我本以为寂寞的，却不那么寂寞。不过，我从来就少孤身一人的时候。当然也不喜欢独自生活。温斯顿·盖斯特正往这儿飞，来度周末。汤米·谢夫林来这里与猎艇队为伍。所以，我们除了干活，也有调剂。我一般是身边要有女人的，因为我跟男人在一起几乎即刻就有麻烦。所以，我只好跟孩子们在一起。

关于邦姆比的车：他在这里的时候，我跟他谈过此事。把车带到东部很不实际。因为，他一路上会把轮胎用尽。东部各州配给很严格，所以车到那儿也没有什么用。此外，也没有备用胎；我怀疑它能否经得住跨大陆之行。最好还是放那儿。他到东部后，自然有车开。达特茅斯的小伙子们喜欢扎堆钓鱼，他们都能贡献点汽油。我正设法把自己的欧式自行车给他弄去。只要基韦斯特方面稍稍合作即可。不过，那儿可不是合作总部。

在过去的两年里，为战事为政府做了几件有用的事情。本主动要求做些更有用的事情，却被拒绝。目前处于战争期间，我的主要麻烦是财政方面的。得借 12 000 块钱支付我去年个人所得 103 000 美元的税。我得还清这钱，还得另准备足够的钱，以免从战场上回来之后破产，身无分文。战争至少持续 5 年，也许 10 年，也许持续到永远。这要看我们应许的战争目标是什么。宝琳每个月从我这里得 500 美元（免税的）；今年我就没有挣钱，只出不进。如此，10 年下来就是 60 000；也就是说 5 年内我就身无分文了。所以，不那么简单啊。我参加了为避免这场战争而发动的所有战争，无怨无悔。我倒想看到导致这场战争却又不愿一战，或者在以往为避免这场战争而发的战事中出过点力气的吹鼓手们在我之前出手。然而，他们永远也不会出手，所以，那愿望只是柏拉图式的幻想。与此同时，我今夏尽量把自己的孩子都弄来；假如可能，尽量提前挣点钱。所以，我今秋就去不了太阳谷了。不过，也许还能去。玛蒂对钱的情况一无所知。她小处很省钱，但大钱却从来出手阔绰，不假思索。她对钱财有儿童般的态度；然而，却不知当你越发老去，在各书的版税间隙，得有稳定的进项生活——你越老，可得版税的书之间的空当期就越长，假如你只写好书的话。

格格今夏很好。他一直就是好孩子，越来越好了。他枪法很棒；帕特里克枪法也很棒。当地射击俱乐部给格格一枚金质奖章，上面刻着："卡萨多雷斯德尔塞洛射击俱乐部的伙伴们向格格致敬！"他9岁，却胜过了24位成年人，还都打得不错。其中许多发打得还很不错，打的是活鸽子。他用的是410，那些成年对手用的是标准的12口径步枪。打活鸽子可不是双向飞碟的花样。每一只鸟都不同。你不能光是打着它，你得在一定距离内射杀它。帕特里克目前枪法比格格好，然而却很谦虚，很低调，不玩花样摆姿势，没人注意，除了老掉牙过时的人，写书的人。不过，格格上了报纸。报上说他是"美国青年才俊"。前天一篇文章称他为"受人欢迎的格格"。我们去邮局取"受欢迎"的邮件吧，否则睡觉时间就到了，受欢迎的人。不过，他内心还是很开心人家说他受欢迎的。他射击的时候像个天使。邦姆比打鸽子的时候也很潇洒漂亮。他们一定都是好射手，因为射击评论家说古巴还没有哪四枪能胜邦姆比、爸爸外加另两个小子。有一天格格连着射杀了21只鸽子。帕特里克22发子弹打了19只。我一个季度平均是92×100。我们参加礼拜天的"古巴射击冠军赛"。真希望邦姆比也来。因为，他打网球时紧张，射击时却很酷。

啊，我最好还是收笔吧。我希望保罗一切都好，希望听到他的小子们的福音。跟他说我写了关于哈代的文章。里面有东西你俩都愿看呢。还没收到样刊。邦姆比订的东西倒是到了。我的东西最终也会到的。钓鱼是不是很可爱的活动？我每年都钓鱼打猎得痛快，所以不愿死啊。我现在喜欢这些活动仍像16岁时那样。我写了够多的书了，所以不用再为书着急。我要开心地去钓鱼去打猎，让别人去抱着球一阵子吧。我们手里抱着球已经够久的了。假如你不知道如何享受生活，又假如一个人只能活一次，那你可是真丢人，不值得一活。我碰巧一辈子都拼命干活，在政府没收你所有收入的时候挣到了一笔钱。真是不走运。不过，好运意味着有过世上一切美好的事物，度过我们自己的美好时光。想象一下，假如我们生在一个年轻的时候永不可能有巴黎体验的年代里，会怎么样？记得在恩格希恩的赛马吗？记得我们第一次去庞朴罗纳吗，就我们俩？记得那条船“列奥珀尔迪纳”吗？记得柯蒂纳达姆佩佐吗？记得“黑森林”吗？昨晚我睡不着，所以想起我们做过的一切，记得所有的歌子：

身披羽毛的小猫咪啊
就会挖他人的眼睛。
身披羽毛的小猫咪不会死哟
啊不朽的猫咪

我们这儿有三只猫，我于是唱给它们听这歌子。它们听得可高兴了。我们有一只正宗的“蜡玩偶”，尾巴卷曲得惟妙惟肖；猫们都喜欢它。这几只猫里，有一只烟灰色波斯猫，叫“试试看”；一只黑白色的猫叫“帝林哥”或者叫“波西党格拉斯”；一只马耳他猫叫“威利”，还是个雏儿，呼噜声却大。我晚上睡不着觉的时候，就给它们讲 F. 普斯的故事，讲我们从前在西部那只了不起的猫穆基打狗獾的故事。我一说“狗獾”，“试试看”就躲进床单：她害怕极了。

再见，凯瑟琳·凯特小姐。我非常爱你。爱你没有关系，因为这跟你和那位伟大的保罗没有任何关系；这是不可转移的早年情感，是对诸神最美好的向往。即便有过这美好，也不跟人提起。我想，你也许有兴趣知道哦。

你的朋友塔提
欧内斯特·海明威

（此信藏普林斯顿大学图书馆）

致伊万·薛普曼

1942 年 8 月 25 日，观景庄

亲爱的伊万：

我收到你的信可真是开心。早就想给你写信，可是太忙啊。玛蒂当时就回了信。我给麦克斯写信让给你寄一本纳尔逊·阿尔戈伦的《别早上来》。我觉得这本书很好，属于出自芝加哥的最好的书。写这本书的人现在东圣路易斯一家开水壶厂当老板的助手。他老婆是波兰人，难怪知道那么多波兰的事情。我们总知道巴黎的波兰人很艰辛；看样子芝加哥的波兰人更艰辛。

邦姆比来这里过了 10 天，春假结束到夏季学期开始中间的那段时间。他已经加入海军陆战队预备部队。那就意味着他们允许他完成大学学业，假如两年半里能完成的话。然后去匡蒂科接受军官培训。他跟上次我们从中国回来见到他时一个样。长大了些，很帅。

帕特和格格整个夏天都在。他俩都安好。汤米·谢夫林在这里与猎艇队为伍。他们声称这是个好猎艇队。玛蒂，我的玛蒂在加勒比海，坐着 30 英尺的单舱帆船，带着三个黑人同志为柯利尔采写东西呢。昨天才收到最近一封电报，从圣奇兹发来的。假如她和助手们沉船，我想柯利尔得加倍付稿酬。或许，他们会反让我给她写一篇“敬悼”文字。

我编选了一本最佳战争论述文集，从恺撒、色诺芬到现在。我一拿到样书就寄给你。这本书有 1 000 页，真是难为我了——还有“导论”。他们坚持让我写个 10 000 字以上的导论。从 200 字到 2 000 字我想怎么说就怎么说；所以，这篇“导论”也许不那么好。今天早上，打字员把稿子送回来了。我打算删削这劳什子。真希望你在这里帮我。你知道，要是稿子不给人看看，我就写不好东西。现在真想有一份在露天里干的差事。我最近有一趟不错的墨西哥之旅，在那儿看见许多老朋友：奇斯奈罗等人。这些优秀而有用之才不被用在这场战争里真是罪过。当然希望他们被派上用场。这就像让一艘很优质的舰船在这样的时候烂在海港里。

约翰·塔那卡斯终于弄到一条船，又漂流去了。我只给你写个人的事情，因为我们在战争期间生活，任何人有不谨慎的想法或者在战时有批评的话语，他的信都可能被拍照并为自己终生累积的此类文件添砖加瓦。我总想起在西班牙的时候，马尔罗问瓦尔特他对某个问题怎么想。瓦尔特道：“怎么想？我不去想。苏维埃将领从不想问题。”我既不是苏维埃人，也不是将军，但我也不在战争期间思考问题；除了想赢，知道我们会赢。这就行了。

很对不住我总是写不好信。我现在处理信件是一周里让秘书来两次，口授一切内容。我口授信的速度很快，比自己写强多了；但我不想给你写信也口授内容给别人打字。伊万，我总是为你骄傲。这话出自冲你吼的人，似乎奇怪。我冲你吼过许多次。或许就只是为了冲你吼，你懂得吼的意思；于是我们不计较？反正，我总为你感到自豪。我打算写个关于你的短篇小说，告诉你我想说的是什么。不太擅长在信里说这个。

孩子们问候你。你需要什么吗？需要让麦克斯·帕金斯给你从纽约寄什么吗？请告诉我，假如需要。我真希望你愿意写东西，这样我写作就会提高水平了。

海姆

（此信藏普林斯顿大学图书馆）

致麦克斯威尔·帕金斯

1942年8月27日，观景庄

亲爱的麦克斯：

非常感谢你寄来奥尔登·布鲁克斯所写莎士比亚书的校样。他很有可能把那个人揭穿了；去年秋天在图森他跟我说过这事。他热衷此事，像嗜血的狗獾，也像手握定罪记录的地区检察官一样跟踪可怜的威尔。他这么做会疏远很多人。不过，正如你所说，他堆积了大量证据。无论怎样，这活干得不错。不出版这个东西简直就是罪过。他也是个好人啊，还曾经是个好兵。

我终于写完了“导论”，把它寄给了沃特尔斯；也完成了全书的编辑工作。

也许离开此地一段时间。不过，我会安排人收转你寄来的信的。请你在信封上都注明“要件”。一封写得好的私信或许在任何人那里都是要件。“要件，请收转”。我会想法子收信的。假如有延误，请理解我为何不立刻回你的信。

“现代文库”版短篇小说集的钱来了之后，请存到我的“纽约保证信托公司第五大道分部”的账户。我们又快没钱了，很欢迎这笔钱。手头还有不到500美元。

英格丽·褒曼要出演那部片子［《丧钟为谁而鸣》］里的玛丽亚，太好了。我通读了达德利·尼科尔斯的脚本，多有建议改动之处；绝对有必要修改、增删。结果他还是重写一过，加进了我建议的所有东西。他们还是想让佐丽娜这个可爱的舞蹈演员上镜，可她的脸像只宠物狗，除非你不拍她的脸，看她身体的其余。电影是视觉媒介，如此，在电影上不可能起好效果。她在头几个镜头里太匆忙，在西耶拉斯拍的那几个镜头。在那里拍着拍着，他们终于把她剔掉了，让褒曼姑娘上镜。除非她在过去一年半里有什么不测，否则她该是很好的角色扮演者。[1]

你可以跟［毛瑞斯·］斯佩瑟保持联系，一直到电影制作完毕。请跟他保持联系，看在上帝的分上。这样就不至于在电影上映后失去出廉价版书的机会。要是因为疏忽错过了机会，那就太糟太糟了。

邦姆比还在达特茅斯。就我所知，他还在那里。我写信给他了，但近来还没有收到他的任何音讯。格瑞高里和帕特里克在这里。帕特里克得北上去［坎特伯雷］学校，在康涅狄格州米尔福德附近；9月17日开学。他经过纽约时，你可能见到他。格瑞高里要在这里呆一阵子。

沃特尔斯那本书终于脱手了，感觉真好。不过，我真希望你也考虑过此事，我们可以一起干。我俩合作是多叫人开心的体验啊，我们可以挣一罐子钱。我不知道那样是否这本书就更好一些，因为我们在品位的方方面面都与他们一决雌雄了。你的品位一直比我高，我真愿你在这方面把球带下去。

迈克·斯特拉特结婚的事情你知道吗？我收到布告，但此外一无所知。我给他和新娘（假如有新娘的话）写信道贺，但如果知道细节就更好说点道喜的话了。这事发生在缅因。你就不能从沃尔多［·皮尔斯］那里问出点什么？假如玛吉［·斯特拉特］这些年之后被战胜，那男人和女人之间没完没了的斗争里，我们的性别这边就有希望了。瑟伯描绘这个题材很漂亮——他为什么不再写了？很长时间没有在《纽约客》上看见他的作品了。他几乎失明，有可能在空军陆战队？跟桑顿·瓦尔德和吉米·希恩在一起。这是颠覆性的思想；是玩笑话。查禁。

我寄了份书单，要的书很多。希望韦尔考克斯能找到它们并给我寄来。这里阅读之物难得。你读过贝丽尔·马克海姆的书《与夜一起西行》吗？我在非洲就与她相熟。从未疑心她能动笔、会动笔，除了她的飞行记录本。她却写得这么好，好极了。我全然为自己是个作家而羞愧。我觉得自己只是个文字匠，干活时拿到什么用什么，把东西钉在一处，有时简直就是在盖说得过去的猪圈。这位姑娘据我所知并不让人快乐……居然能写出韵味，居然四周都还有人认为自己是作家。我知道这本书里的真事我只知道亲历的那一部分，因为当时我在那儿，听到别人的故事了。绝对真实。所以，她早年孩提时代的经历你也必须当真，绝对写得好。她省却了一些非常奇妙的东西；我知道这些东西有损女主人公的形象。可写出来又怎样？我希望你得此书而读之。因为，这书真他妈好。

我把查理的信转给玛萨了。她现在加勒比航行呢，船是 30 英尺的单帆，仓 4×5 英尺大小，船长室只有 4 英尺 5 英寸。有三个忠实的黑人跟着她。我明白，假如她在海上迷失，柯利尔就得双倍付她最后的文章之稿费。我期待他们让我为其无畏的记者写悼念之文。告诉查理，他现在就可以动手写一篇。那样我们就能随时在停尸房取读，不浪费时间。我自己届时恐怕没心情写悼词；查理可以准备悼词的大部分内容。在新泽西漫长的秋夜里他正好有事做了。

请代我问候出版界同人，告诉他们：这里是花花世界，或者又不够花花。

祝好，

欧内斯特

（此信藏普林斯顿大学图书馆）

[1] 舞蹈演员维拉·佐丽娜剪去头发扮演玛丽亚三周，后被英格丽·褒曼取代。褒曼在《卡萨布兰卡》里的表演颇获热情洋溢的评论。（A. 司各特·伯格 1980 年 5 月 15 日致卡洛斯·贝克信）

致帕特里克·海明威

1942 年 10 月 7 日，观景庄

最亲爱的老鼠：

我们很高兴收到你的信。很高兴知道你足球踢得那么好，知道学校如你预期的那般好。格格给你写过信说贝茨的死。这事真叫人难过。它得的病跟波尼一样，病了很久才死。我们给它吃了所有该吃的药，很细心地照料它，尽了我们所能。格格很难过，我们不知道他如何能最后过这关。他表现真的很好，因为他有很好的理智。虽然他爱贝茨，但知道我们也无能为力。另一件让他解脱的事情是：沃尔佛成了一只优雅的猫咪；泰斯特生的新宝宝也是只奇迹猫。

它看上去就像博伊西；只是它是波斯猫，毛很长。它跟熊一样结实，体型像条小狼。泰斯特跟它在一起时很可爱，很照顾它。自它诞生以来，几乎每分钟都在呼噜。昨天它就三周大了，现在能发出呼呼声并四处走动。真是只好猫。格格跟他的球队玩球，很能掷球。大主教队打败洋基队，那对他来讲是个打击。在系列赛上他输了 15 块钱。他跟马依托［·梅纳科尔］头一天就去了［泛美］打探消息，第二天跟胡安［·杜纳贝提亚］去公园看大记分板。之后，他还跟我回家听实况。无线电上说得很好，也记录分数。我们在海滩的船上收音机里听到最后一场比赛，对老人来讲，那一击够厉害的。

博伊西体态很优雅；威利也是。新生的猫咪和斯杜皮·沃尔佛也是。我发现你的猫薄荷的问题是种得太浅。你得挖深洞种深点，因为长出的那长干其实是植物的根须。一旦你种得深，叶子就有机会生长。

玛蒂正往纽约去呢，11 日到那儿。她和沃尔佛［·盖斯特］会出来到学校看你，假如有可能。假如她去不了学校，那无论如何也会打电话跟你说说话。你会有机会去加迪纳岛，感恩节假期在那儿打猎。我会跟沃尔佛安排的；他来这里时我跟他讲讲到底怎么个在岛上打猎。

假如这封信太垃圾，讲得不那么清楚，那就责备爸爸的口授录音机吧，我第一次用它。无论如何，有个口授录音机还是很管用的，至少事实表明如此。芬卡这地方现在很可爱，我们当然想你，希望你也在这儿。乡野深处有许多鹌鹑。每次玛蒂或者格格出去，总会碰上至少两三个大的鸟群。格格还没有去打大群的鸽子或者大群的鹌鹑；不过，他在射猎的队伍里赢过约 50 美元。也有没打着的时候，也出局过。即便是“世界系列赛”上输了，他还有 65 美元高出别人的成绩呢。

现在有很多鸟来到这里。鸣鸟、金莺以及我还没有时间确认归类的各种小鸟儿。也有大群的水鸭飞来，也许这意味着今年冬天会早来。

所有的科学项目[1]都很成型，一切都好。亲爱的老鼠，我们非常想念你；你是个好弟弟，一个好伙伴，一个能开玩笑一起相处的人。没有你，这里的一切都不同。我让玛蒂给你订飞机座位，过了圣诞就上飞机。我保证你能上飞机的，你没有借口不来这里。《丧钟为谁而鸣》的电影就要拍完了。他们说把片子送纽约，让我去那儿看。我想办法让他们把片子送这儿来，我们一起看。库珀和褒曼该不错的；不管其他人演得怎么样。

老鼠，写写学校的情况，跟我们说说所有的事情。我们想知道学校怎么样。问候 H. F. 家的人。我们都爱你。

很爱你的，

爸爸

我会多写点信的。格格昨天写信给你了。麦克斯 · 帕金斯正寄我编的那本大书呢［《战争里的人》］。

关于橄榄球——记住，擒抱的时候胳膊要甩开。擒抱的那一刻大甩胳膊，然后狠狠地击掌。就像以掌击胸那样。跌倒时要侧身，如此就像拳击时那样可以护住你那蛋蛋。打球的时候要戴护膝。

爸爸

(此信藏普林斯顿大学图书馆)

[1] 1942 年年中,海明威秘密地给“支柱”号安上武器,把船装扮成商船,在加勒比海猎寻德国潜水艇。因为需要保密加上战时禁令,他把此活动称为科学探险。见卡洛斯·贝克著《海明威传》(纽约,1969)第 374—375 页。

致阿奇巴尔德·麦克莱什

1943 年 4 月 4 日，观景庄

亲爱的阿奇：

你能找到我们的老哥们埃兹拉 [·庞德] 广播的波段和时间吗？(我之所以问你，是因为我记得你有个天晓得奇妙的玩意；你冲里说话，人家就回馈你知识。) 当然，他早晚受审。我要听听他说的是什么，这样等审判他的时候就知道情况。我想我俩都该尽量多了解些，因为这种事情病态得很，也许会让我们出庭作证。我希望能就此跟你谈谈。

你何不抽时间来我这里？我有时在有时不在。不过，假如我外出，会尽量赶回来跟你见面；或者在别的地方相见也行。玛萨写完那本书后会去战地。你可以在这里好好休息一下。这地方可爱极了。你何不 7 月份来啊？我可以带你去些特别的地方，你可以换换脑子。我保证绝不再自以为是，决不再犯浑，像我 1937—1938 年那个时候那样不好。那时我疏远了所有朋友 (我现在很想念他们) (更别提 1934 年那么操蛋的时候了，我那时更糟)。我那可爱的阿达怎么样？我那美丽的米米怎么样？肯尼在干什么？邦姆比现在是列兵海明威，准备去军校。他希望上军校，一两周内就去。这个结果对他来讲还不错。

萨拉和杰拉尔德 [·墨菲] 的情况你了解多少？假如我有萨拉的地址，就给她写信了。

原谅我写这么枯燥无味的信。我刚回来。在旅行的时候，我常想到埃兹拉的事情。我该多了解些情况。我知道没有时间了。不过，假如你知道点什么，请写信告诉我好吗？

问候阿达，问候米米——即便她已幸福地嫁人。

Pappy

（此信藏国会图书馆）

致阿奇巴尔德·麦克莱什

约 1943 年 5 月 5 日，观景庄

亲爱的阿奇：

我收到你从［国会］图书馆[1]来信之后，没及时给你回信；因为你说是从家里给我写信的。今天我收到你 4 月 27 日来信，很开心。

你把手头有的埃兹拉广播的图片报道寄给我好吗？这该死的事情无论什么时候被追究起来，我俩也许会被传唤，获许该被传唤。我觉得应该了解这都是怎么回事。假如埃兹拉有理智，他就该自杀。我个人觉得他在写完诗第 12 章的某个时候就该自杀了，也许还要早一些。他活得肯定没有尊严，居然因为一个政府把他更当回事，就跟这政府站在一边。整个事情就病态得很。他就该因此受惩罚，而不是别的什么前提。

你个老混蛋。我们俩一定都在想着自己要行将就土，就变得这么宽恕起来。我这些年来就难过。任何人都忍受不了这煎熬。最近一年来我变得乖了，但我没碰见老朋友，所以没有人欣赏我的乖。所以，我想让你来这里，看看我变得多乖、多不自以为是、多不夸夸其谈、多不喜欢吹牛，几乎都没有什么鸡屎的事了。否则我也当死，没人愿把我的死当个事情。

看在基督的分上，别担心这场战争。我俩是一条战线的。我过去常想有可能的话操军旅生涯。可［文森特·］吉米·希恩当了上校，我就更想静悄悄地干点别的了，既不想橡树叶子，也不想当吃鱼的好老鳖，更不想肩章和领子上的天空星星了。我实际上是拼命工作了一年，从未这么幸福过。你到这里来晒晒太阳，换换脑子，别老呆在华

盛顿。假如你两个月内来，我安排你坐飞机，我们在哪儿你就在哪儿降落。你可以换换脑子，休息一下，看看这该死的奇妙的岛屿。

今夏之后，我就不知道自己该干什么了。我想我们会在东边打十年仗。也许我在中国还有点用处。会仔细想一下的。假如你来，我们可以谈谈许多事情。事实上我想我们余生就要在战争里度过了。那样似乎很愚蠢，但必要时我会就此争辩。无论怎样，我要再写一本小说，因为，我已经找到两三件事情可写；一般写一本书时，只有一件事情可资利用。你知道——1927［1926］年的《乱交》没有结果——有一段文字你还引用过——1929年；1936年“男人独自没名堂”篇；1939年“没有人全然是个孤岛”篇；我知道现在有三个新题材。虽然我常看不准。还是真看不准？问问多恩。他知道。爸爸也许脑子从不好使，但对耶稣发誓，他骨子里的思维还是好使的。也许1945年写这本小说。把它列入计划了。你觉得国会图书馆会在那一年给我资助写小说吗？还是到那个时候，作家们都被废除了？1942年我支付了104 000元个人所得税。今年或者去年就没有挣钱。在过去的一个月里，我从一个银行的账户已经透支104.36美元了；另一个银行账户透支1 732美元。我每个月都要支付赡养费给一个女人［宝琳］，而这个女人的父亲拥有76 000英亩土地，她的叔叔［戈斯］身价40 000 000美元。我们的财政结构一定有某种略微荒唐的东西，居然存在这种情况。可我还是要说“新大陆万岁”，让他们在另一条道路上重振雄风，因为那个老人也许是瑞普·凡·温克呢，我们希望这事看上去像是他们合演的一出戏。为莉迪亚·品克汉姆饮料歌唱歌唱歌唱，你对人道主义的大爱无疆；缝纫机歌手在每一户不可触碰的家里吟唱这歌。然而，这歌并非来自伯明翰，除非是阿拉巴马州的伯明翰。大广播里播四大自由的时候，玛蒂像个士兵那样偷听到了。她在加勒比海某处。听广播的时候，谁也不说什么；广播结束后，一个家伙说：“我们有自由就够了。”我想人们厌倦了说教，明白说教包裹愤世嫉俗是多么的不成功。也许我得多听你说说情况，帮我辨清是非。不过，我跟你说过，我骨子里思考问题还是很灵验的；我的骨头现在沉甸甸地思想着。不过，我希望你能来，告诉我许多事情；因为，今天骨头思想套件运作不佳。也许，思想着的是断了的骨头。晴雨表不准。过去觉得味道不错的许多东西，现在觉得味道不对。

无论怎样，问候你和阿达。

Pappy

（此信藏国会图书馆）

[1] 麦克莱什 1939 年到 1944 年任国会图书馆馆长。

致贾斯珀·杰普森夫人

1943 年 7 月 30 日，观景庄

最亲爱的厄拉：

收到你生日贺信真好，我很开心。我特别记得从前的生日树，记得雪松的味道。[1]温德米尔仍然是我平生最清晰的记忆，我想。所以，我从来就不回那里。虽如此，我打算战后带着孩子们去那里，等能开车的时候吧。邦姆比在密歇根州克斯特要塞完成军官培训呢。这封信尾有他的地址。他到 17 日结束培训，然后来这里休假两个星期，假如他能休的话。帕特里克和格格在这里。玛蒂刚写完一部小说。我下次出行的时候，她也要走，再次为柯利尔当战时记者去。外出两个月，有许多艰难的工作，运气还不错，刚回来。

我们的兄弟［莱塞斯特］男爵有消息吗？我有一年没有他的音讯了。妈妈怎么样？家里其他人怎么样？收到桑尼从孟菲斯来信。不过，好多年没有“牛肉”［卡罗尔］的消息了。

原谅我此信这么烂。别人打字我口授的。假如不把它弄完，又得一年不写信。我想告诉你我们都有什么新闻，想说我一直是多爱你。问候贾普和卡莱尔。我最爱你，厄拉。

[欧尼]

（此信藏肯尼迪图书馆）

[1] 海明威提醒他妹妹在温德米尔家里的习惯：为生日装扮树木。

致麦克斯威尔·帕金斯

1943 年 8 月 2 日，观景庄

亲爱的麦克斯：

非常感谢你来信。我很沮丧听到哈罗德·斯特恩生病。不过，我记得他多次病得几乎致命。让我完全相信这次很厉害，也难。不过，一个人的胃要忍受哈罗德昔日忍受的痛苦而没有生那种病的苗头，办不到。这让我想起温斯顿·盖斯特不久前在船上跟我解释说，他父亲最喜欢喝的东西之一金酒掺上伍斯特什尔酱和红辣椒；没有什么比这个更让他感觉好身体健康了。我问他父亲是死于何病，他忙说是“胃癌”。哈罗德在巴黎时就有病症表明他易患癌，很久了。我希望他好起来，能和伊万［·薛普曼］一起去看汉布东尼良驹驾车赛。[1]

很高兴得知约翰·汤普森过得好。他一定是旅行很愉快。我羡慕他去了那儿。另一方面，我又不愿跟任何人换目前的差事。[2]

玛萨正拼命写她的书［《莲娜》，1944 年出版］。弄个书的标题就像在牌桌上抽牌。你不停地摸牌，可都是毫无价值的东西。假如能坚持，终究能得一手好牌的。她的工作很艰难；因为，很久以来矿都被人掘过了，好题目一年少似一年。约翰·多恩的作品里有些极好的可当标题的东西。可是，一家子两个人在挖矿藏的时候都有自觉意识。有那么多的人从《圣经》里抢劫，没有人在意。我想，我们该让玛蒂开挖《传道书》或者《箴言篇》；那里还有价值连城的财富埋着呢。

我既然此前给你写了业务方面的信，这里就没什么新东西可说了。我很感谢你定期给我写信，给我带来这么多消息。现在书信是难得的东西。我想，一两个星期里我就又要出发了。希望你能来这里。你怎么再也不脱离那个环境了啊？你要是有空，我们可以重温一下往昔美好的日子。没有比约翰和布尔基再好的怪人了；不过，你会吃惊：世上还是有许多优雅的怪人和毫无价值的人物，此流不断。

祝好，

欧内斯特

(此信藏普林斯顿大学图书馆)

[1] 哈罗德·埃德蒙·斯特恩(1891—1943)8月13日死于癌症。
[2] 海明威无疑指他的搜寻潜水艇的活动。

致阿奇巴尔德·麦克莱什

1943年8月10日，观景庄

亲爱的阿奇：

谢谢你寄来埃兹拉激昂讲话的［图片］报道。他显然是疯了。我想你也许能证明早在他出版后几章诗的时候，他就疯了。他活该受惩罚受辱。但是，他最该得的是嘲弄。他不该被绞死，他不该因被绞死而成为烈士。埃兹拉有过很长时间的慷慨无私地帮助其他艺术家的历史。他是活着的最伟大的诗人之一。真无法相信一个人头脑正常的话，会说出他在广播里说的那么恶毒愚蠢的胡说八道来。了解他的朋友们，看着他头脑和判断力逐渐扭曲变形腐烂的朋友们该在那前提下为他辩护并为他向世人解释。这事很不受欢迎，但绝对有必要做。我跟他有十年没通信了。上一次见他还是在1933年。当时乔伊斯让我去，他请埃兹拉到家作客来着。我在的话，乔伊斯感觉轻松点。那时埃兹拉还不那么古怪。如今他的广播讲话可是绝对异味十足了。我真希望我们能就此该死的事情谈谈。你可以任何事情都信赖我这个诚实的人。

三周前我很为肯尼［·麦克莱什］担心。他好了吗？替我问候他。

我在这里还会呆上十天；然后出门三个月。假如你来，可以用这所房子，好好休息一下。或者无论我们在哪儿，你也可以来看看风景，换一换日常生活样式。

无论你做什么，请继续给我写信。我感觉像是有一个老友从死亡里回来见我；不幸的是：大部分老朋友现在还真都躺在死域。顺便一问，约翰·皮尔·毕肖普到底怎么样了？他曾经多么无私地热爱文字，却有个令人厌恶的老婆。

我回到这里后才发现昂诺丽娅［·墨菲］婚事的电报。我往哪儿给她去信？你知道吗？萨拉的地址是哪儿？

11月底也许我能去趟纽约。想远离热带到某地呆两个月，写点自己想写的东西。有一年多没写东西了。

我们有机会派人往战场吗？不是写政府出版的东西或者宣传作品，而是事后写点好东西？等我完成手头的活儿，你觉得我有资格得这样的差事吗？英国就那样利用作家和画家。我不像吉米·希恩，我不想当少将。我还给他指出哪个战场的尾端在哪儿呢。在过去的一年里，我发现隐名埋姓是件快乐的事情，能容许自己有缺点，可以发脾气，好得很。可是，我突然想到，等写完这个，也许弄个上面提到的差事做做也很好。你觉得呢？也许我能为国会图书馆当个委派通讯员。

给我写信认真说说此事好吗？

再见，阿奇。问候孩子们和阿达。

Pappy

（此信藏国会图书馆）

致艾伦·泰特

1943年8月31日，观景庄

亲爱的艾伦：

谢谢你8月23日来信。我很高兴阿奇［·麦克莱什］给你写信谈我给他的信里的事情。［8月10日］我给阿奇的信绝对代表我的立场。人们不能绞死他［埃兹拉·庞德］，也不能以任何方式让他成为烈士。他该去疯人院，他够格；你从他诗集的部分内容里就能找到他够格的端倪来。你真该读一读这个婊子养的广播讲话之图片报道。你是知道他都说了些什么的。他的讲话通读起来像横征暴敛，绝对属于疯子之言。通读一下还是有必要的，由此知道你实际对他所说是怎么个看法。

另一方面，我们知道他是如何变成疯子的，如何逐渐稳步地变得不负责任，变成白痴。他曾经是多么优秀的一个好诗人啊。往日他曾经慷慨高尚地帮助过他信得过的所有的人。比如艾略特［T. S. 艾略特］、乔伊斯，还有许多许多，包括毫无价值的邓宁。[1]我想我们绝对完全有义务反对绞死他，尽管我们都该爬上绞刑架把绳子套在自己的脖子上。假如我不是取这个立场，我早就不活了。现在正是表明立场的时候，并且不声张；只是给该持同样立场的人摆明事实。

几个月内我还去不了那儿，当下也去不了。假如阿奇想来我这里谈谈此事，或者你愿意来谈，我可以随时随地安排见面。你知道，我很高兴能见你。

我一如既往。正如你所说，两次自行车赛事之间有很长的间隔。一切事情之间都有很长的间隔，包括文学。我想你能在"东北阁"主持诗歌真是件好事。[2]有几个玩笑可开，不过，这些玩笑都让人忍俊不禁，我肯定你自己早就开过这些玩笑了。顺便一提，内讧结果怎么样？我的一个朋友引发我问这个问题。这位叫温斯顿·盖斯特的朋友最近在读瑞南的《耶稣传》，因为他想，在这个郁闷的时代，自己的生活里该有些精神影响的东西。我不得不警告他别跳到结尾来看结局。事实上，结果最终是在第 34 天，他们把耶稣钉到了十字架上。

请把事情的进展告诉我。跟阿奇说，在我这里，这是件严肃的事情。因为，这是一种检验，看我们是否都是婊子养的（我是说不及时采取措施而任由事情发展下去）。我想我们都不是婊子养的。在这个案子里，有三四个场合，大家都得咬那老钉子。[3]

他们绞死了罗杰·凯思曼；我想，他们还绞死了厄斯基恩·柴尔德斯。这两个人都参与武装叛乱反政府并为此付出了法律代价。庞德发表了广播声明，并留下文字，疯得可以；在任何文明国家他都会被判刑。我 1933 年最后一次见到他是在乔伊斯家里。乔伊斯当时就确信他疯了；庞德要去他家，他就让我来；因为他担心庞德会做出疯狂的事情。他当时讲话就让人不明就里，像无稽之谈，胡说八道；1923 年的时候，他可是条理分明的人啊。所以，我想，我们看着他堕入荒唐愚蠢仍不澄清事实，不澄清在变得疯狂之前他是多么优秀伟大的诗人、多么慷慨的朋友，那就太不像话了。历史需要我们做这件事。绞死他的话，就等于犯罪；就像绞死苏芮特夫人。[4]我想最后一句话能让我上绞架，不过管不了那些了。那老家伙说过什么来着？假如这算叛国，那就彻底叛国吧［帕特里克 · 亨利，1765 年］。

祝好。

海明威

（此信藏普林斯顿大学图书馆）

[1] 拉尔夫·契佛·邓宁，见《流动的盛宴》（纽约，1964）第 143—148 页。

[2] 泰特 1943—1944 年任国会图书馆诗歌主持。

[3] 1941 年 12 月—1943 年 7 月，庞德在“罗马电台”作了 125 场广播讲话。美国华盛顿哥伦比亚特区地区法庭上，联邦大陪审团 1943 年 7 月 26 日裁定他犯有叛国罪。

[4] 玛丽·苏芮特因伙同他人谋杀亚伯拉罕·林肯，在华盛顿哥伦比亚特区被处以绞刑。

致帕特里克·海明威

1943 年 10 月 30 日，观景庄

最最亲爱的鼠：

很高兴接到你的信并得悉辉煌的第三队老队员们仍那么热衷于自己的运动项目。让另两个队见鬼去吧。我支持第三队。我希望你们获胜后把小城给点着了火庆祝。很显然你是继承了老爸的“橄榄球传统”：你老爸可曾经是“全美国著名的松垮裤袋”。邦姆比在他鼎盛的日子里也被称作“哈德孙的瘸驴”。更别说你的爷爷了：他能带着球轻松地双向跑动，总有人拿着指南针跟着他，告诉他那条线是要越过的目标线。他是中西部最伟大的“漫游进攻后卫”。等他拿到了球（一般是信号错误的结果），没有人知道他是想触地达阵还是安全得分。

眼下天气是飓风警报解除（往东去了），预报刮大风，是北风。所以，我们这里哈哈哈哈哈。整个 10 月，我们都让天气搞得三度哈

哈。这会子天气不错，很凉爽，空气新鲜如洗过的一般。10 月的暑热沉重天气都过去了，空气清洁如洗过的一般，好极了。

玛蒂上周一去了她的目的地［伦敦］。邦姆比也显然结束了假期。冷浪袭来，大群鸭子来到此地。迈阿密有成千上万的沙锥。我们希望周二外出一阵子，不过不是我们想的地方：现在那里没有鱼。

你假期有消息吗？我是说日期。告诉我，好安排计划回来这里。11 月似乎去不成北边了。因为，我们耽搁得太久。这可是难过的月份。直到过去三天，一天好天气也没有，现在又大刮拨立沙脱风，不过我感觉好极了。你记得弗洛拉戴拉吗？啊不，那是开玩笑。我是说你记得那巴斯克船长我们叫他辛巴达［·多纳贝提亚］的那人吗？高个，跟我们一起打过水球的？我们带着他呢，不是蒂尼了。唐［·萨克森］也走了。

老鼠，我当然想你。这里比里姆博还寂寞，只有大野猫为伴。你的威尔一如既往好得很。布瓦西很可爱，很好。“无友”成了一只了不起的猫。索拉斯特很坏，远人不近。泰斯特在我跟前很乖，但对别人不善。“毛屋”和布罗都很好。“肥肥”跟臭鼬一样大了。动作也像臭鼬。它是只动作缓慢待人友好的猫。“狼叔”的皮毛很漂亮，很渴望众人瞩目。它不再捣乱了，将去参加猫跑比赛。我现在把它和布瓦西训练好了架个金字塔，就像马戏团门口的柱子上的狮子。叫它们的时候，它们就会沿着栅栏相向而行。“狼叔”一天到晚都想练习这个。

尼格瑞塔的两只小狗，其中一只是个美人儿：黑白相间，很漂亮。另一只则像它的黄狗父亲。当然这漂亮的就是浪，所以我们要让人切除它的卵巢。它有点像帕赫歇的狗琪琪。

沃尔菲［·温斯顿·盖斯特］很好。帕赫歇［·伊巴露西亚］也很好。唐·安德列斯［·乌恩扎因］也好。大家都问候你。我最后六枪有五枪打赢了。都打到内环，除了两发外。沃尔菲和我在二十发内环射击赛里把法蒂和索尔瓦尔德［·桑切斯］给毁了，赢了 100 块钱。

厄尔木阿［·阿瑞提奥］从未表现那么出色；他像顶帐篷那样盖

住基勒尔摩。没有［罗伯特·］乔伊斯也让人感觉寂寞。我跟你说过他们部门改名了吗？不叫“斗篷与短刀”了，现在叫“裹住的桨”。今后慢慢就变成“毒酒杯”或者“苦杏仁味儿”部了。[1]

现在得进城到“佛罗里迪塔”买午餐满足低级需求。接着面对的是25米开外打内环的激烈比赛。今天礼拜六。礼拜六总是“佛罗里迪塔”的大日子。

谢谢你经常写信，写信还很注意笔法。爸爸爱你。

（此信藏普林斯顿大学图书馆）

[1] 罗伯特·乔伊斯1941年1月到1943年8月25日驻扎在哈瓦那。此后他离开美国使馆，不再担任一等秘书，并辞去外交部门的工作。他进了“战略情报局”（OSS）。（据1963年11月17日乔伊斯致卡洛斯·贝克信。）

致麦克斯威尔·帕金斯

约1943年11月16日，观景庄

亲爱的麦克斯：

非常感谢你写信给我。我夜晚在水上试着读了读克里斯汀·韦斯顿的书［《靛蓝》，1943年］，感觉这本书有特别不可读的品质。她写的别的书我也有同感。她的东西如此不可读，我毫不怀疑人们终究会相信她的东西是经典。在现实生活里她却是更活跃些。

你去戴夫·兰德尔［斯科瑞布纳稀有书经营部］那儿一趟好吗？告诉他国会图书馆问的那句话是我作品里的东西。[1]玛萨《灾区》前的那句优雅的有中世纪之风的话也是我写。也许在那个时代里我能写出好作品。可惜啊，这些好东西都被人写了。好东西就是好东西；所以要以此为榜样写东西。说着容易做起来难。

你收到此信后请往我纽约保证信托公司的账上存2 000美元。就从你和［格罗塞特和］邓洛普公司说的13 000美元廉价版书的稿费里扣吧，你们说是12月打算往我账上存的那笔。查理突然打电报来问我是否现在就要29 000这个数，还是明年再要。我现在就要，因为格罗塞特［和］邓洛普公司、你和我签的合同或者说协议里是这么承诺的。别突然只给一小块，让我失望：本来按合同我预期有这么一笔进项的，也跟人吹嘘了。只是我现在 11 月就需要 2 000 美元，而不是 12 月。这说清楚了吗？

我们被婊子养的北风困住了。这北风可能把你的脑浆都击出来。我昨晚来到此地，今天第二股北风就刮来了。玛萨不在我很孤独。大大的空房子里我感觉阴郁。孩子们要是在倒也好，可是他们不在。邦姆比有两个月没有音讯了。都不知道信往哪个地址的邮局寄才能收转。有口信说玛萨在伦敦很好。·

很遗憾听到沃尔多［·皮尔斯］有女人方面的麻烦。这事你得交给查理·斯文尼。他可不替女人省事。假如女人跟查理找麻烦，他就要摆出老腔调下命令了。比如，伊万［·萨普曼］之类遭女人罪的男人得了比癌症还不可治的疾病。盘尼西林也治不了。我的意思是毒品。一个女人毁了司各特。司各特不只是自毁。可他为什么就不能让这个女人见鬼去呢？因为比如她生着病呢。因为有病，他们才这么行事可怖。因为他们有病，你不能按对常人那样对待他们。一个人首要的禀赋是健康，其次也许是更大的禀赋是拜倒在健康女人的石榴裙下。你有健康的女人，拿她另换一个也不难。可是，假如一开始就交个病秧子，那你就有好看的了。头脑有病也罢，别的地方有病也罢，都让你无所适从。女人无论哪里生病，旋即脑子有病。假如人们把疯女人都锁起来——我为什么要假象呢——我自己就认识些好料子啊。比如宝琳这个好人——真是好极了的女人啊——一旦她坏起来——虽然，当然，是你自己的行为让她坏起来的。我是说我的行为；不是你的行为。我们还是离开这个话题吧。假如你离开一个女人，也许该先射杀了她。如此便省却了麻烦；即便人们为此把你送上绞刑架。可是因为有孩子们，你还不能把女人杀了。所以，其实什么解决方法也没有，除了能做到让别人伤害不了你自己。等你有解决之道的时候，一般是已经死去一段时间了。

再见，麦克斯。谢谢你来信。你寄别的书我都欢迎，就是别寄克里斯汀·韦斯顿的书给我。我这里缺书啊，一直就缺。

见鬼，有谁能花 1.45 美元买本书的，指望再回去花 2.75 美元啊？我们自己怎么就不能弄个廉价版呢？或者礼品版之类，让书有附加值。因为，当一个东西标价 1.45 美元的时候，谁愿意买标价 2.75 美元的啊？除非是上好的金酒。我们若再想卖出去一册，那就得是好酒。下一步，我想你们都不会再印了，此书就像《死在午后》一样难买。我在世上任何地方都买不到那书，即便是从出版社那里订购。别告诉我《丧钟为谁而鸣》不会再有得卖了；就因为《马尔西娅 · 戴文波特》或《戈尔迪洛克斯》和《七个小矮人》或者你们畅销书榜上别的书需要如此多的纸张。我的意思是接着开印下去的纸张。

祝好，

欧内斯特

(此信藏普林斯顿大学图书馆)

[1] 海明威给《赢家一无所得》(纽约，1933)写的题记。

致哈德莱·毛瑞尔

1943 年 11 月 25 日，观景庄

最最亲爱的哈德莱：

邦姆比写信跟我说（第一封信几乎有三个月了，他肯定去海外了）你住医院了。所以，匆忙写信给你，希望你的病不会积成大碍。无论病得轻重，我还是要表示关爱，希望你不久就好起来。可怜的凯特，我真不愿意看到你生病。希望你现在没事了。这封信表达我爱意多多，希望你快好。

随信寄上还你的支票，就是你垫付邦姆比来这里休假的钱。我太自私了，光顾得让他在我这里。不过，我猜你在密歇根要塞见过他了。他很喜欢这个地方。这地方代表浪漫、欢快（拼错了）。我总是给他忠告，也给他得其利酒，也许这对他有利。我本想早点给你寄支票的，可是人出出进进，太忙，就没成。要回到这里，可玛蒂不在又太孤独（她在伦敦为柯利尔出版社办事。弄了份差事像是要外出整三个月。我于是胶在此地已经有一个半月）。来后也就跟我的猫们喝几

杯酒，其次就是睡在地板上看仍在玩耍的凯普哈特。所有的书信都堆积在两个大木盒子里。

要是你在医院或者卧床，想开开心或者得些消息，那我们就说说这里的十一只猫吧。讲一个猫的事必然牵扯另一只猫。领头的母猫叫泰斯特，来自佛罗里达“银色黎明猫窟”，是一只波斯猫。她跟一只黑白色的猫爸迪林格（来自海边一个叫柯基玛尔的渔村）育有一只小猫叫索拉斯特。它跟同一只猫爸还育有“毛屋”、“肥肥”、“无友”和“无友的弟弟”。都是一路货色。两只可爱的黑色波斯猫模样的小猫，两只黑白色的小迪林格。我们还有一只灰色的雪豹猫名叫“狼叔”（也是波斯猫）；还有一只来自瓜纳瓦科阿的虎猫叫“好威尔”，是根据纳尔逊·洛克菲勒起的名字。目前有两只半大的小猫叫“瞽猫”（生来就瞎），是索拉斯特和她父亲所生。那就对了，是吧，胖夫人？“淘气千金”也叫“小基蒂”，是这群猫里最漂亮的，呼噜呼噜的，能把你吹刮出医院。

这地方很大，看似没有这么多猫；等喂它们的时候，你就见它们云集了，像迁徙。

我们还有 5 只狗，其中一只是短毛猎犬，另几只是小杂毛狗，有点像我们原来那只“蜡偶”。

玛蒂或者孩子们在这儿的时候，这地方真好极了。我独自呆在这儿的时候，简直寂寞得要死。我教“狼叔”、迪林格和威尔如何沿着围墙走到门厅上面，像狮子一样搭个金字塔。还教“无友”跟我一起喝东西（威士忌和牛奶）。即便是那样，也代替不了妻子和家人。

我一生中从未有过许多时间想问题，尤其是在这水上，在这样的夜晚。因为择席，我在这里睡不着觉，于是带着快乐的心情和大崇敬想起你，想起你以往多好，现在还是那么好。你就没发现邦姆比参军后身上在大学养起的膘都不见了吗？他比以前更英俊了。

我跟猫们在一起的时间很多，看见了它们要经历的事情，于是不太在乎自己没有女儿了。有一天在船上畅想，想到人在热头上结婚，在闲暇时后悔。又有一天想到“监管”这个贞操的大防护层。也许我会成为《人物》上或者喜剧漫画上登的亨利·詹姆斯。

再见，我最亲爱的凯瑟琳·凯特。保罗不能介意我仍然爱你，因为他要是了解你的话，就会知道我如果不爱你那才会疯掉呢；我疯掉过，但从来不会疯得太久。

在海上，天气情况不好的时候，就唱老歌，比如“啊，老头们，你们有长羽毛的猫吗”，“长羽毛的猫咪小聪明不真”，巴斯克船员们觉得这是我们国家的民歌。

是就是吧。“我的国家”，快好起来吧，照顾好你自己，照顾好保罗。请接受我对你驯服的爱意。

塔提

（此信藏普林斯顿大学图书馆）

致麦克斯威尔·帕金斯

1944年2月25日，观景庄

亲爱的麦克斯：

很高兴收到你的信，还有那张关于高尚的斯科瑞布纳签约作家退还预支稿酬的剪报。希望不是暗示我该退还了。我希望这个月等邓洛普［格罗塞特和邓洛普］付的钱来了之后，我把所有的钱都还给你。假如不够还全部，那是税或者生活开支延误了还款。不过，记住，这钱可不是预支稿费，而是借款，是你们先垫支的协议再版稿费的钱。这钱利息低，所以跟政府债券一样属于好证券。这不是我未来作品的预支稿费，而是我已完成作品的再版稿费。至少我是这么看的。就我所知，在这个世界上我不欠别人的钱，除了斯科瑞布纳。至多是我死了后你从我的资产里扣除就是了。

我希望你把司各特的书信留下来单独出个定本，而不是让邦尼·威尔逊一点一点尿掉了，他一贯这么涓滴不已。他没有过问司各特给我的信，我还真保留了很多。不幸的是，这些信都捆在基韦斯特呢。不过，随时都能得。除了这场战争，我还有事情要做呢。我有“盖茨比”时期到巴黎时期司各特致我的全部信件，还有其余时期他给我的信。这些信都是关于写作的，它们显示了司各特强的一面和弱的一面。我建议你存着所有给你的信，别授权别人使用任何一封，等我们自己出一本论司各特的东西，再把信加进去才好。我经历了几个时期，对他的了解比别人多，很愿意写个长东西，真实、公正、详细（这些指的是比别人做这个我更能点）地叙述我了解的他。也许等到我写回忆录的时候更好些。[1]可这些年我的回忆录期望值这么低，也许在记忆衰退之前先写篇回忆司各特好些。我建议了解、热爱并理解司各特的约翰·皮尔·毕肖普而不是威尔逊来编辑这些书信。约翰永远是那么和善、无个人偏见、超脱，威尔逊扭曲事实以掩盖过去业已表达了的评判错误或者偏见或者学识的不足。他也非常不老实；事关钱和朋友、关于其他作家，他都不老实。我就没见过一个这么致力于诚实的人内心这么不老实。他的评论文字就像二流福音布道书，还是一个在假释期间的人写的。他对人们不了解的一切东西，都怀着极大的兴致阅读着。对于人们十分了解的东西，他倒是很显愚钝、不求甚解、所知无多并且故作姿态。由于他故作姿态，他的不精确解读都被比他（所写领域）知识少的那些人接受了。他是我们这个令人遗憾的时代的大伪君子、大伪工艺师、大伪批评家。假如一个人内心里诚实，对自己所写的东西也诚实；那无论如何没有必要抱歉。你能从他的批评文字里找到一根道德败坏的线，这根线跟多斯·帕索斯创作衰落的线平行。这两根平行线都贯穿对钱和其他事物越发的不诚实；都大抵跟他们受制于女人相关。我们还是别用这有限的时间攻这话题吧。无论怎样，关于司各特的书信，上述是我的建议。等我经历完了这场战争，得锻炼身体，再度回到写作状态，很愿意用司各特这本书热身、起步，愿意帮忙。

我很怀念写作，麦克斯。你瞧，不像别人干得那么操蛋（*ce metier de chien*）；康拉德和福特就总是那么操蛋。我曾经非常热爱写作，没有什么比写作更让我幸福了。查理［·斯科瑞布纳］讽刺我每天数字数，那是因为他不特别理解我或者写作，也不了解一个人按自己的想法安排 422 字是有多么的幸福。1 200 字或者 2 700 字的那些日子简直就幸福得无以置信了。自我发现 400 字到 600 字好东西是我可以把握的更佳节奏，我就很乐于保持那个字数了。即便是我只写320字，我也感觉不错。

很失望没有见到你。很多事情很久以来不那么简单了。似乎我能在相对短的时间里去那儿一趟。可是，我不知道我要去干什么呢，你还是写信到这里来吧。

很高兴玛萨的书［《莲娜》］出得那么顺当。我看见全国的评论都很精彩。先是纽约的评论，《纽约时报》、《先驱论坛报》等。这些都不是罗美克寄给我的。事实上，就没有纽约的评论。

但愿查理·斯文尼来这里。不过，他一直喜欢的是圣安东尼奥，那儿有更多的人愿意跟他争论问题。我多年前就放弃跟他争论问题了。

再见，麦克斯。希望不久见到你。[2]继续给我写信，并把别的邮件转到这里给我，直到我电报另通知你更动变化。

问候查理和你那里那帮人。

欧内斯特

（此信藏普林斯顿大学图书馆）

[1]《流动的盛宴》（纽约，1965）第147—193页里有三篇关于司各特的速写。

[2]海明威5月到伦敦为柯利尔当通讯员，出发的第一站是去纽约见麦克斯。跨洋航班是在5月17日。见卡洛斯·贝克《海明威传》（纽约，1969）第386—388页。

致玛丽·维尔什

1944年7月31日—8月1日，法国维勒博东和昂比

小朋友：=可爱的朋友：

收到你的信，这信使我……非常开心。非常感谢你耐着性子把那篇小说看完。在我看来你人很好，对我也很好。我很想念你。真不好意思，我形容词认识得不多，也常滥用形容词。见鬼，小朋友，我真想当面跟你谈谈：最好是在床上谈。你很清楚的，我巴不得呢。要是能回去就好了。——我们刚弄好的阵地就有人来了。他们在山上扔

炸弹呢——很多炸弹。

写作之事艰难。自打送走你之后，我跟一些空军战友呆了一阵子，写了那么点（不多，但还好）。[1]接着是去了我该去的地方，无聊得很，没什么可做的。孤独异常，获准离队，到另一个师。[2]这最后一个差事开始之后，我就没动窝。我们的生活艰难，但过得很愉快。这是我们发起进攻以来第 8 天了。在一起的伙计们人都很好。步兵比空军日子不好过的时候多。我知道自己飞行的激情也许就是另一种形式的懒惰或者别的什么。反正是很开心，又回到步兵的快乐生活了。我不喜欢装甲部队，因为尘土飞扬。可是，哪儿都有尘土啊，虽然有时我们也在可爱的乡野。有些乡野之地很美，也比其他地方高。少见。

我们缴获到一辆带边斗的摩托车，现在以此为交通工具。昨天，我们还缴获了一辆梅赛德斯奔驰牌参谋长用车。我刚把它开到车厂去刷漆。也给你弄了些好玩的小礼物。有时，我们坐着梅赛德斯兜风。这车能改装，发动机被子弹打穿了，电线被打断了。不过，我们还是把它开起来了。正修着发动机呢。这个师消灭了许多德国人；我们从装甲车里缴获了上好的干邑。［R. O. 巴顿］将军[3]是位受过良好教育、有天分、有魅力的男子，一个优秀的士兵。刚才他看见我在开梅赛德斯，很开心，很快乐。

基督啊，我是多么枯燥的作家啊，小朋友。我想也许是因为我累了。有时我们整天或者整夜在行军。这个师非常棒，真的。我尽量表现得有用一点，别让人觉得讨厌。我有一个很好的短篇小说素材，等能写了，我就把它写下来。不过，先得休息一阵子。我会写的；下一个阶段还会另有素材。然后就回到［利兹］饭店的 612［房间］。一想到那些人把我们优雅的房间弄得一团糟，我就烦。

玛丽，我无法把给你的信写好。因为传递过程中，有多少人读或者说能读到它，一想到这个我就害羞，就没法往下写。我真希望能当面跟你谈一谈；很快我们就有机会谈了。我为你抓到那张照片感到骄傲，也为他们写的那封信感到骄傲。我在这里也听到人们在夸你。会记住这些夸奖的话的，回头告诉你。我想你，所以空虚；为了填补空虚，我日夜与战争为伍。不过，这个替代品可不怎么样，就像喝伍斯特郡的酱油醋，而不是——什么来着？什么来着？而不是幸福，我想。我看见你就感觉很幸福。我尽量把这战争时光度好。我懂什么是步兵生活，不过，也听到不少新鲜事情。在前线我很开心，不过，这可不是有爱的生活。

一个人忙得很，又行踪不定，总在动；加上疲惫，要做决定；跟着一个师打仗，睡起来像死过去一样；你就别指望有其他生活内容了。我现在就得做这个。出于某些原因没法离开此区域，否则我就到那儿了。我是说到“伦敦城”去跟你厮守。[4]

这信可真枯燥。我其实不乏味。假如见到你，我是说当我见到你的时候，我会跟你说最最有趣好玩的事情。我们现在脏得要命，黎明前起床，撣撣全身，抹抹脸，就用肥皂和抹布，利索干脆。在日光里照照袖珍镜子，尘土让你的眼睛看着像喝了啤酒醉醺醺的妓女，或者像喝了苦艾酒的交际花，泪水流到眼睫毛上。

小朋友，我非常爱你。我给你写完本页内容收尾处的时候，又跟着排里去发起步兵攻势了。你写东西写得好，我什么也写不好。把它放进老香肠机，让我们榨出个“斯万勒斯博士的新珍珠”。

玛丽，世上没有“小心谨慎”留给我们当遗产。我们有那闪光的铝壳，黑白条纹，700 英里每小时当遗产，可还是躲不了尘土飞扬，你脸上还是一样沾满灰土——等等等等。我的意思是说：你得用你的脑子，可以无畏但要小心谨慎。“你”意思是 Toi①。借着日光写下这个还能说明问题。

玛丽，这会儿天太黑了，没法再写了；明天再说吧——我们黎明即起发起攻势，接着是一整天；回来后我就给你写。

小朋友，我带着你进入梦乡，今晚一定好睡。就像跟你这样可爱的人相隔远方仍然感觉幸福一样。请按信里的地址邮寄；他们说我能收到。现在完全是在黑暗里写字了，不过，还行——（吹牛）——你

① 法语，你。——译注

会喜欢这个的。此信大抵——或者有些——我将心给了“无可接受”……

请给我写信，因为我彻底想你——“头疼”好多了。

次日——8月1日——现在才刚到下午5:15（17:15），所以光线很充足，可以写。杰克·贝尔登给了我《时代》和《生活》的地址。我到了自己该去的大营地，获准呆在这个师里一起战斗，然后再去赶其他人。现在我们打的是攻坚战，我不想离开，因为时间在这里没有意义，要的是开局的结果。也学到许多步兵知识，这些对我来讲都新鲜。不想离开这支好部队，现在正是黏稠的时候。有意思就不觉黏稠了。

读读这信，振振有词而又枯燥乏味。等我们在一起的时候，我只说开心的笑话。或者说，反正得是笑话，不是振振有词的话。

我知道自己一旦独处，外加有打字机，就能写好的短篇小说；等这一切都过去吧。我要去某个好地方呆两三天，写东西。所有的草稿都在脑子里呢。有些很棒的东西——不该浪费在《柯利尔》杂志上。过去这周的事情可以写一本书……

我在这里遇上的最好的记者（哥们）是肯·克劳福德和比尔·沃尔顿[5]。我不太了解比尔·沃尔顿，他很开心自己进行了一场空降表演，演得还很好，很感人。他人也和善可爱。我真希望你能在这里，因为你很聪明勇敢；你也愿意置身其中。

法兰西现在好玩啊。我是说，我们解放了广大地区却毁坏东西不多，因为步兵、空军和装甲兵用得都很机智。

现在有机会把信寄走了——原谅我写得这么长——今晚再写一点。大家问候你——写信请寄到这里——

你的大朋友

战地记者 E.海明威

（此信藏普林斯顿大学图书馆）

[1] 关于海明威和英国皇家空军的关系，见卡洛斯·贝克著《海明威传》（纽约，1969）第395—400页。

[2] 第四步兵师。见《海明威传》第401—403页。

[3] 雷蒙·奥斯卡·巴顿(1889—1963),少将。出生于科罗拉多;毕业于西点军校,1912 级学生;1942—1944 年任第四步兵师师长。海明威初见到他是在 1944 年 7 月。巴顿出现于海明威的文章《士兵与将军》,此文刊《柯利尔》第 114 期(1944 年 11 月 4 日):11。

[4] 此时海明威与玛丽的关系有两个月了。5 月底,他们在伦敦见面;当时她正为《时代》、《生活》、《财富》工作。5 月 25 日,一夜聚会之后,海明威在朗兹广场出车祸严重脑震荡,在伦敦诊所住院。他的第三任妻子玛萨·盖尔荷恩来看他,很为他在战争期间胡闹生气。他于是在玛丽那里找安慰。巴黎解放之后,他跟玛丽在利兹饭店团聚。详见玛丽·海明威《事情是这样的》(纽约,1976)第 93—98 页,第 109—118 页;另见《海明威传》第 389—393 页,第 419 页。

[5] 比尔·沃尔顿,《时代》、《生活》杂志记者,时年 35 岁。5 月 24 日在伦敦初遇海明威。他 6 月 6 日凌晨 1 点随第 82 空降编队空降诺曼底;日后(6 月 27 日)在瑟堡、(6 月 28 日)在圣米歇尔山、(11 月中旬)在叙尔根森林、(12 月 31 日)在卢森堡与海明威数度见面。他与海明威的友谊贯穿整个 50 年代。

致玛丽·维尔什

1944 年 8 月 1 日和 6 日，法国圣博和圣米歇尔山

小朋友：

给你写信是一件好玩的事情。刚才有人去部队，我于是把写到哪儿算哪儿的那封信寄走了。现在是吃过了晚饭，日光还不错，接着再写。好风袭来，天气晴朗；时值夏日却并不怎么热；我们还要好好打一仗呢。我们的狗在咬我的脚，我的脚是光着的。我们从德国人那里带走了它；它个头很小，耳朵耷拉着，看着蠢。它喜欢吃脚，也喜欢吃罐头里的东西，什么都吃。休息的时候我们只得打扑克——基督啊，有些时候我情愿干点别的，却只能打扑克——尤其是在船上：一动不动坐在那里，我每到此时就尽量多输掉一点，这样就能不打了。

我想明天会过得很好的。我早上随队发起第一轮攻势，跟队一整天。我想，假如能找到昨天跟我们一起发起进攻的部队就好了。这是最好的学习方法：跟你认识的人群在一起。这个排有一个上士，讲西班牙语，是我的好朋友。在漫长的行军中，我们相互为伴。

玛丽，我不想拿这枯燥的信来烦你。事实上，我们过的是一种快

乐的生活，这生活里充满死亡、日耳曼战利品、枪声、战斗、篱笆、小山、土路、金属铺就的路、绿色的乡野、麦田、死牛、马、新生的山、死马、坦克、88式狙击步枪、牵引车、死去的美国同胞。有时连饭都不吃，在雨里睡觉，在地上睡觉，在麦子地里睡觉，在大车上睡觉，在行军床上睡觉，坐着睡。总不停地动，动——假如不想你的话，我可以说什么都不想。自我们发起进攻以来，我从未一闪念想过那些自私自利的鸡屎“女主角”——一次也没想到她们——既然知道很长时间会见不到孩子们，我于是也干脆不去想他们。只是看见了适合给他们玩的纪念品；那些很有技术成分的德国好玩意儿他们会喜欢的。我捡起这些玩意儿，一天后又把它们扔掉了。大部分时候，我讲法语，跟人说孩子们在哪儿，是否离开某地了，下一个目标是哪儿；有时话近乎耳语。

玛丽，往这个地址给我写信，因为我要完成目前的采访，并写出来，另外还要写一篇；之后才能回到我们的生活中去。假如伦敦届时局势不好，你就得呆在伦敦。局势不好有多久，我就得呆那儿多久；你也得呆在那儿。假如你要来，我们有几个好去处可以尝鲜。

我夜里想到的坏事只有在伦敦登陆后发现你去了别的地方。所以，保持联系并给我写信。

现在天黑了。小机关枪突突突地响——突突突——像小猫呼噜，但声音要硬一些，有金属感。

8月5日或6日——反正是礼拜天［6日］。

我们现在离开此战线几天。因此，我打算花4到5天写作。大概会写4篇左右的短篇小说，讲步兵师的故事，写完寄给柯利尔。他们什么时候用都行。过去12天里，步兵攻势发动了11次——认识师团营长，也结识了许多连排长和其他战友。稍后还会认识更多，了解更深。不过，最好还是现在就动笔写。

结果还不错。因为我会讲法语，老兵又很有用场。巴顿将军和我是好朋友。一天下来，他满身灰尘累得要死的时候，跟我躺在一条毯子里。我跟他讲摩托车一路所到之处的实情［内幕］。刚才起身出发，他给了我一瓶波旁威士忌，说：“欧尼，我会非常想你的。私人情分战友情分都有。”这可真好啊，有点像空军里战友们对你说的话。

我们皇家陆战队“期货”士兵昨天都经历了一阵子狼狈不堪。我们在步兵师（师长称我们为非正规骑兵）前面，我被罐壳击倒，又被坦克机关枪当成目标。路两边各有个机枪手。我不得不装死，直到一大阵子过去。能听到德国人在 10 英尺外篱笆另一边说话。他们对你的大朋友很不敬，以为他死了。

稍后我们又取回摩托和所有设备；不过，有些部件被打得稀烂，得把它们拖回去。德国自行车转手了 4 次。另有些设备转手了 5 次。

我的背部受伤，尿血。不过，今天下午感觉好多了。睡眠不错，剧烈的头痛也离我而去。

不再淘气了。写了些很奇怪很好玩的短篇小说。因为些许给人留下印象的东西得了嘉奖。不过，也许因为行动得没有规律，这奖励没有什么实质的结果。也许将来会有。我上次给你写信，跟你提我们抓的党卫军第一装甲师的俘虏了吗？《星条旗》上的报道经过严格审查。我从指挥官（只是下级军官）身上给你拿了个小铁十字架。不过，肩章领章可是从真正的指挥官（死了的）那里拿的。德国人的家伙事多，打仗都花里胡哨的。

小朋友，我累得快死了，所以原谅我信写得枯燥。假如你在这亨利·亚当斯昔日逗留过的地方，我们就能一起度过愉快的时光；我打算龟缩在这里写作 4—5 天。我非常想念你。

你能去［多切斯特］旅馆一趟，把我的邮件归置一下吗（假如有邮件的话）？（假如你感兴趣，可以先睹为快），然后寄到我这里。跟皇家空军的提克尔说，我（因为眼下的情况）只能坚守这儿了。我们在法国见面吧（你和我）。我要跟［第四步兵］师并肩作战到底。假如你不能脱身，伦敦的情况又糟糕，我就回到那儿见你。我有两个爱人：一个是你，一个是我的步兵师。爱你。另一个则是我的义务。假如情况不好，请告诉我。真的不好的话，我就来见你。

今冬稍后我要写一本好书。

小朋友，请给我写信。假如有办法寄维他命 B_1，那就太好了。我每天行军 15—16 小时，也许该补充点零嘴。

再见，吻你。你好得就像地雷探测仪。

大朋友

（此信藏普林斯顿大学图书馆）

致玛丽·维尔什

1944 年 8 月 27 日，巴黎

小朋友：

刚收到你的信。自《生活》和《时代》那人带来你另一封信以来，这是我收到的第一封。回部队两次去取信，但没收到什么。刚进利兹饭店，说有一封信。我真开心。

玛丽，自我上次给你写信以来，我们过着非常奇怪的生活。19 日我联络上一支法国反纳粹游击队，他们归我指挥。我想因为他们又老又丑，于是给他们穿上骑兵的全套服装；那些骑兵进朗布耶时就被消灭了。从步兵师给他们拿来武器。重新装备的游击队撤离后，朗布耶我们占据了。巡逻车满街跑，每进一步还都给法国人提供情报。他们也很能根据我们的情报行动。走爱多勒广场和协和广场进入巴黎。几次全方位战斗。他们打得很好。现在真是累了。[1]幸亏在前进的过程中朗布耶巴黎有官方史家跟我们呢。[2]否则大家都觉得这一切都是谎言。至于战斗，大部分行动都属于鸡屎。也只能这么糟糕了。现在与步兵师会合了，明天要写报道。接着，我的人就归步兵师指挥了。很好的人啊。你会喜欢他们的。不过，这些人喜怒无常。见到你的朋友山姆·波尔了，还不止一两次。他是个醉人的家伙。

有两次我很害怕。且说我们当时是在接纳［原文如此］、筛查或者布置联络人吧。那个小镇有 15 辆克朗式坦克，相对的是 52 辆自行车。我们有几次巡逻比格林童话还可怕，就算是没有克朗式坦克的话。我们用自行车侦察坦克的动静。能压低身影就压低身影，可还是免不了要骑车前行的。

真希望能见到你。我很想念你。愿跟你上床，说笑话。我想我不能说我爱你，因为我还不了解你；只是很想念你，没有你觉得自己孤独。没有别人让我感到这种孤独。反正就说我爱你吧。我们很久没有傍着那本书操作了。我把书扔在城堡的那一边某个地方了。

我一直很乖，很安静。在夺取小城的时候总要守点纪律，总是要给战友们念叨所有事项。进城当天把打字机借给乔·德利斯克尔了，好让他写故事。我并不因为参加行动就比别的记者有优势。还没写东西呢，不过明天会写的。

我有很强的感觉我的运气就要到头了。我打算再试一两把色子。我到了从前在巴黎生活过的所有地方，一切都很好。就是像这一切都不真实似的，感觉自己死过一次。一切皆如梦幻。非常希望你在这里，我是筋疲力尽了，想要点可爱的东西，可触摸的东西，或者说是有形的东西。用词不一，反正我要的是一样东西，不是别的什么。求你了，非常感谢。

玛丽，求你再给我写信。我最近无法写信——太忙。不过，一直很开心。除了［此处撕掉了］方面的满足没问题外，无他。很想吻你，而不是代之以该死的他人。希望不久能离开这女人亲吻之乡，进入香槟之乡；虽然这里飞翔自由，女人也很好。

你何不来此地？要我跟［查尔斯·］威尔腾贝克说说吗？那样是不是就张扬得人知道了？我现在离不开，你随时随地来我都能给你好床位住。

我非常爱［比尔·］沃尔顿。

［此信其余遗失了］

（此信藏普林斯顿大学图书馆）

[1] 海明威在解放巴黎时的表现，请参阅卡洛斯·贝克著《海明威传》（纽约，1969）第409—418页。

[2] 这位“官方史家”是陆军中校S. L. A. 马歇尔。

致玛丽·维尔什

1944 年 9 月 8 日，比利时里宾 [?]

我最亲爱的咸菜：

我们今天住在一处美丽的森林里。有小股战斗打响，还会大一些，但一切尚好。我很爱你，跟你在一起再幸福不过了，至今还感觉幸福。咸菜，你可以把信寄到这里：APO4 第四步兵师师部 PRO，信你得审查一下再寄军中邮局；一两天就能寄达。10 天里我是没有机会回去了。有时间就给我写信，即便没时间也尽量给我写信。在森林里可真是好啊。我在步兵师很开心，虽然这么呆着对写作没有什么用处。我们可能要从有熟悉的人的驻地调走，所以我在尽量了解更多的东西，这样稍后写东西就有好材料。第一次这么从容地行事。昨晚在松针林里睡觉。天未雨，风高而沉，吹动松树的树梢，像我小的时候在密歇根 9 月的第二周刮风的样子。一个人在城市里或者在不同气候的异国他乡生活，常以为这不是秋天，在这里我却感觉就是秋天。宝贝，我爱你一如我所说，一如我们重复过的话——昨晚爱你，今早爱你，现在午间也爱你——没有别的可写了。请把我的邮件放进一个大信封，寄到目前这个地址，直到 9 月 13 日为止——假如你 14 号收到此信怎么办？我会给你写信告诉你怎么办。

昨晚秋风袭来感觉凉，今天我穿上暖和一点的衣服。有时间你去买一双卧房里穿的鞋，11 码的——我会去买些衬衫，另买一双靴子。咸菜，在这么短暂而不永恒的时间里，难道我们过得不愉快？我知道你工作会很好，我但愿你工作顺利。我希望我自己没惹麻烦。[1]我做了该做的事情，没什么可隐瞒的。让它见鬼去。再见最亲爱的，等我再给你写信。

大朋友

APO4 战地记者欧内斯特·海明威

买不到厚衣服。天开始下雨了，很冷。也许下次能买到。没有内衣穿。

（此信藏普林斯顿大学图书馆）

[1] 海明威的“麻烦”指有人指控他 1944 年 8 月 19—25 日实际上参与了朗布耶-巴黎之战(译者按:《日内瓦公约》规定记者不得参战)。见卡洛斯·贝克《海明威传》(纽约,1969)第 427—430 页。他接到命令于 1944 年 10 月 4 日回总部见第三军(后方)检察长,结果被认定无罪。

致玛丽·维尔什

1944 年 9 月 11 日,比利时乌法利兹

我最亲爱的:

过去两天在这残夏的乡野度过,可爱的蔚蓝秋天天色,充实而有用的两个整天。我的奥吉布威车能走多远,我们就看见多远。咸菜啊,这个月是我一生度过的最幸福的月份了。因为你,这幸福还不是极度幸福——这幸福是通透美好的真幸福。知道自己为什么而战,知道去哪儿作战,知道为何要战,目的是什么。不孤独,不失望——不幻灭。没有什么虚伪,没有谁暗示。一目了然——用足气力成全之以使之克服。尽量把东西写好。生活更好了,不再孤独。

我们俩非常相爱,根本无需衣物遮蔽。没有谎言,没有秘密,没有装假(没有内衣)。每人只有一件衬衫,共有一个炉子——那背信弃义的玩意儿有时还不管用——我们唯一的资本也就这炉子了。炉子为阿奇[·佩尔盖]所用时甚管用。

我很疲乏,但每天早上醒来时很开心。夜里也常醒来;睡不着的时候就想汤姆·维尔什的孩子。我希望你好,这个比什么都要紧(不是比什么都要紧,是因为假如你一切都好,我们就能战胜任何东西)。我希望你还在巴黎,这样我就很快能见到你。

斯蒂威[马尔克斯·斯蒂文森]带着两个记者回师部了。其中一位叫彼得·劳勒斯;他认识你和诺尔[·芒克斯][1]。讲起你来,我听着开心。我说是的,我见过你,你人很好。我并未跟他说“我很爱她,愿在地图上指给你看我有多爱她。可惜这地图太小,1∶25 000。我需要一个地球仪和三张大幅地图来跟你展示我多爱汤姆·维尔什的女儿玛丽。因为不这样讲,你就不明白”。

在我们昨天拿下的小城里等待呢，等到他回来。我给你写信的时候已经在笔记本里写完了昨日和前日的战事。跟［查尔斯 · T.］朗汉上校一起度过了美好的一天。[2]他对你家老头的看法变好了。我希望他们来，因为天气太好了，不宜只呆在室内做事，除非是给你写信。假如他们 10 分钟内不来，我就走人了，留个话说是参加第几师的先头部队去了。

咸菜，假如你在这里，我们该有多好玩。我保留着一个笔记本，因为每每过的好日子不一定记得住。残夏的乡野过一天少一天。

很对不起信写得这么潦草。写信时总要考虑文字审查。约翰［· 让 · 德坎］还好。两次出色的利用机会都很高明。现在大家都在讲法语。在正规部队也讲，很优雅啊。

昨天我们过得好极了。见面再跟你说。

小朋友——我愿记住我们在利兹饭店餐厅里的那一刻，这世界那一刻属于我们自己；别人也可留有他们自己的世界——利兹饭店的酒吧里不就有麦克 · 克兰德勒这样为空军方面的人做点迎宾差事并在弥撒的时候当军中小贩吗？他肩上还残留着橡树叶子，说："你最近在干什么呢？跟着小子们跑？"我喜欢你坐在圣路易岛的码头上的样子。喜欢你在床上抚摸我，那永不孤独的奇妙的抚摸——你，我自己真正的爱，抚摸着也可爱，触碰着也可爱，跟你在一起就感觉可爱，知道你在跟前就觉可爱。最亲爱的，我如此爱你。

［罗伯特 · ］卡帕没有把我的邮件送来，也没有把我的钱送来。我的钱大都让人借走了。关于钱——我至少挣了 15 000（纽约存着呢），柯利尔欠我约 3 000 块各种开销。也许还要多一些。我从巴黎伽利玛出版社能得我俩所需法国用度。在纽约从布朗先生那里把支票兑成现金就行。《丧钟为谁而鸣》纽约方面有一普及版，他们会付我 25 000 到 35 000。我跟斯科瑞布纳说，1944 年付我一半，1945 年再付我一半。如此，明年写书的本钱就有了。这些文章［为《柯利尔》杂志写的］——不算被查禁的部分——能够成一本书，就算没钱花了也能拿它去换钱（也许最好还是别这么做）。我写短篇还能挣 4 000 到 6 000。至少可以写四个短篇。卖艺不卖身——什么也不妥协，那

就得明确前方的生活费有着落，能为我们写一个长篇扫清道路——我每天刻苦训练，睡觉，过艰苦的野外生活，少喝酒，学习各种东西，直感觉能写一部长篇。冷却一下则需要时间。我自己的一亩三分地我呆得久了，知道有些什么——咸菜，我们的未来很好。再没有比现在好了。

希望写个非常优雅的成人小说，迄今我只有一行字的题献：

献给玛丽·维尔什

假如你不喜欢长篇小说，那随你题献给谁吧，反正是你的财产了。

（做小说期货生意属于烂赌。我们还是一次攻克一座城池吧。现在给斯蒂夫留言，再去攻另一个城池。不过，我会写一本好小说的，输赢不计，平局也可。即便你离开我，跟波斯国的肖某人同居，我也要把小说题献给你；尽管可能在括弧里加上F－K这波斯婊子。）

再见，最亲爱的可爱的咸菜。

你的大朋友

E.海明威

（此信藏普林斯顿大学图书馆）

[1] 澳大利亚人，玛丽的现任丈夫。见玛丽·维尔什·海明威著《事情是这样的》（纽约，1976）第41—43页。

[2] 海明威7月28日在勒梅斯尼埃尔芒与朗汉（1902—1978）相遇。朗氏西点军校出身，1924级。当时他在勒梅尼厄尔曼指挥第四步兵师第二十二步兵团。

致玛丽·维尔什

1944年9月13日，德国黑默勒斯

最亲爱的小朋友：

昨天我们疯狂围猎一个整天，玩得开心，进入残夏又一陌生的乡野；最后安顿在一个废弃农场的房子里过夜。这一夜可怖，不知有多少事情发生呢。不过，我们美美地吃了一顿鸡，鸡是用手枪打的。为

[朗汉] 上校和营长弄了顿晚宴。农场屋里的活都是他们干的。我们把酒都喝光了，得庆祝一下啊。天不错，我们跟踪坦克履带的轨迹穿过林子，最终是人把履带轨迹踩满了。看见炮兵在坦克上路时打到它们的情形。这乡野是一片山林连一片山林，丘陵地带，高处光秃，什么东西移动都能看到。攀上一处高地你就能拥有整个地盘了。再爬上一处高地，那地方便绵延另一片乡野。有时是厚厚的森林一片，像家乡的森林，或者像加拿大的森林。在这里若战死沙场才怪呢，像在密歇根北部，让你感觉自信，感觉在家里。

我们来的时候，这里的人早就离开了。不过，约翰 [·德坎] 还是去找了些人来打扫、做饭；还找到一个汉子来挤牛奶，如此就不至于弄疼这些奶牛。我则照料那只猫和那只优雅可爱聪明并且如此困惑的狗，这狗伤心透顶，所有的人都走了，日常生活也打乱了。随后我们是要走的，我想人们会回来。无论怎样这地方会很干净。狗们反正没有国籍，也没有公民待遇。

我晚上醒着的时候想着跟你云雨一番，凌晨半梦半醒里又云雨一番。记得你可爱的样子……记得我们如何说笑如何在一起。咸菜，我很想你。你很清楚我爱你。

我们这里有很多小问题，也总有些大问题，不过，我仍然希望在10 天里能回去跟你见面。你收到此信后给我写封信好吗?

这不像封信，但就是想给你写。我不知道你是否收到另几封信，也不知道你是否还在巴黎。按逻辑推你该在巴黎，因为《生活》杂志的人都愿接着挪动——跟师部一样愿意动，我想。反正我想最好还是人到那地方太平无事再干别的。

玛丽我最亲爱的，抱歉我的信写得枯燥。我们这里有一位巴西战友，他译制过《潘帕斯草原虫害》。我写信简直就像我儿子格格。都是些小小的平铺直叙，就像说我爱你。

战地记者 E. 海明威

9 月 13 日晚饭后

我的爱：

这里写个小纸条告诉你我多爱你。我们刚吃过晚饭。没有任何带酒精的东西可喝——昨天庆祝的时候都喝光了。又没有占领别的囤酒的地方。今晚有许多部队，可以不挑战而睡个好觉（或者说用不着把真爱着的人扔下床了）。斯蒂威用娴熟的技巧给他的女友写了封信，论述“美国女人是如何不懂得欣赏士兵——受训来杀人的人的——也不知道士兵经历着什么指望回报什么”。他读给我听部分内容，我开心得像头丛林里的老野兽，得意地呼噜呼噜。因为，我爱你，你也爱我。咸菜，我希望你是很认真的。因为，我就像支全副铠甲的纵队，义无反顾地行走在峡谷间；在那里什么车也不能调转头，也无平行的路可回头。我是义无反顾的马匹，有的是义无反顾的脚，义无反顾的枪——所以，你要为我照顾好你自己，为我俩照顾好你自己。我们要打从未有人打过的胜仗——为了我们所立的誓言——对抗孤独，对抗鸡屎，对抗死亡，对抗不公正，对抗不理解人的懒蛋（我们的老对手），对抗各种替代物，对抗一切恐惧以及其他毫无价值的东西——我喜欢你直坐在床上，比帆布上画的最优雅最高大船上的任何人物形象都可爱，也比在风中摇曳的女郎可爱。我喜欢仁慈、永恒、互爱及优雅的充满爱意的床上的日日夜夜。咸菜，我非常爱你。我是你的伙伴、朋友和真爱人。

今晚不太冷，可是那只可怜的狗很伤心。我想跟它作一番解释是怎么回子事。可狗只知道它自己该照料牲口和猪，只知道爱它的主人。它知道我人很好，但它的世界垮塌成碎片了。它躺在麦子地里，伤透了心。我让人挤了牛奶，如此牛就不疼了。我还喂了猫。可那只狗还是叫人悲伤。让人清理了一下此地（虽然不会持续这么整洁）——不过，我还是希望人们回来照料自己的狗。他们就这么自私地一走了之，太不是东西了。都不配有这么好的狗。他们家只有两本书——一本是关于“德国野兽”的——好书——一本是关于1936年柏林举办的奥运会的书，不好看，但有些可爱的插图。我把两本书都读了。我今晚对着那巴西人的脸诅咒，骂他愚蠢，骂他过分。他就像个在赛车场上要坐车玩的小孩子，想要比赛着的车停下他好尿尿。

最亲爱的玛丽……请爱我多多，永远照顾好我，小朋友。就像别的小朋友照顾大朋友那样——天高云淡，日光照耀，美丽无比。啊，玛丽，我非常爱你。

（此信藏普林斯顿大学图书馆）

致帕特里克·海明威

1944 年 9 月 15 日，德国黑默勒斯附近师部

最亲爱的老鼠：

爸爸在盟军登陆奥马哈海滩[1]后回到巴黎，迄今有两个月了。你可能在《柯利尔》上看见那篇东西了。之后，我随英国皇家空军的飞机飞到巴黎，我写信告诉过你。一直跟着一个步兵师，除了一段时间里指挥过一支法国游击队全副人马（暂时不当记者）；这是最精彩的一段时间，不过不能写信跟你说，将来面谈吧。我跟邦姆比现在的服役类别一样［OSS］。这段故事可爱极了。我们再也无需枯燥地过那漫长的冬夜了，能讲故事讲到你听烦了为止。我们整个部队进了巴黎，解放了"旅行者俱乐部"、利兹饭店等处。真是好极了。我不得不完成两三篇东西，现在还得设法递出去，然后就回步兵师。我们步兵师去了北方，接着往东走；整个师行动出色，我跟他们并肩作战很开心。我们有艰苦的时候，也有美好的时候。

自 6 月那封信以来就没有了玛蒂的消息。在巴黎见了她所有的朋友。她也本可以在那儿的，能看见部队行进时的威武雄壮和战斗时的勇猛。可惜她太自大，一个星期都等不了。南部登陆时她本该是其中的一员的，那样就有好素材了。我对她的自大有点烦了。［在伦敦］我的脑子一团浆糊，头疼得厉害。她一点都不照顾人，连我们对狗的照顾她都不施于人。[2]我可真看错了人——要么就是她变了——我想两种情形都存在——主要还是她变了。我也不愿失去看着那么可爱的人，我们还教她打枪呢，她的文章也写得好。不过，我已经决定跟她分手，最好永不见面。

现在头脑清醒了。战胜了头疼（头颅曾经受伤），体重减到 202 磅，又瘦又黑，头脑工作正常。我给你写信说过，唯一不好的是眼睛

被尘土弄得不舒服。不过，现在换了眼镜，会好起来的。

老鼠，我想念你，还有“老头” [格瑞高里] 和邦姆比，一直在想你们。心里想着来日跟你们在一起的美好时光。自打最后一个差事以来就没有老邦姆的消息。不过，他们上校答应帮我打听他的消息。我给他在利兹饭店留言说，他要是露面，可以用我的房间。昨天和今天，我们战斗很激烈。不过，那是预料中的事情。一切都本该如何就如何。反攻的喧闹声于跟前，我在给你写信。不能给你写细节，不过战役一结束，我就另给你写信详述。你会为我们步兵师所作所为感到骄傲的。我从未如此幸福，自己的生活也从未这样有为过。我正攒作战地图呢，将来放在战利品陈列室。

我想该给你讲讲玛蒂，这样你就知道我俩到了什么地步。我对她在古巴和伦敦期间的态度完全厌恶。自离开伦敦后只收到过一封来信，描述的是乔克 · 惠特尼花园的美，说在美丽安静没有战争硝烟的城市如罗马散步有多么可爱。也许她还写了别的信。我听说乔克是战俘。假如我们不用脑子、不利用麻烦不断的下面这两个蛋状的睾丸雄起阳起，早就每天都不知当几回战俘了。我们边打边问自己为何被欺负了这么久才动手。爱：舞厅里的香蕉是也。

在巴黎，我只有两天有半空时间，只是看看老朋友比如西尔维亚 · 毕奇和毕加索。我们一起痛快地散步两回。六个人在一个中档餐厅午饭要花 100 美元，所以一般我们在利兹饭店房间里的煤油炉上自己做饭。

我在伦敦狼狈不堪的时候——只能仰着睡，两边尽是听听罐罐。头一往两侧转动，神志就不知所终了。卡帕的姑娘品奇对我很好，另一个叫玛丽 · 维尔什的好姑娘也对我很好。我在巴黎又见到她了，我们一起度过了美好的时光。我想你会喜欢她的。爸爸给她起了外号：“袖珍版的鲁本斯”。假如她再瘦一点，那就晋升到“袖珍版的廷托雷多”了。你得去大都会博物馆才会懂我的参照物是哪几幅画。非常优雅的姑娘。在最艰难的时候照顾我。

老鼠，我的孩子，假如今后两个星期我们能挺下来，那我们的生活就会非常美好。

我把波波利牌雨衣丢了（昨天下了一整天雨）。穿着作战服，拉链还坏了，两个别针别着。两个月里就只有两件衬衫替换。鼻伤风，支气管炎，两肋都疼。身后是轰炸，面前还是轰炸，并且都很凶。右侧是反攻，左侧就更热闹了。我从未这么开心过。只是希望有点滴鼻剂治鼻伤风。我在喝一种奇怪的德国杜松子酒。明天像是好天气。

你把这些告诉格格好吗？他大了，能懂这些了——努力吧，当个好样的（你），爱你老爸，知道你老爸也爱你，圣诞节前会在纽约见你。我们都能团聚。假如学校校长问起来，你就说爸爸真的出国了，到了各个国家。爱你，老鼠。

爸爸

（此信藏普林斯顿大学图书馆）

[1] 海明威并没有登陆奥马哈海滩。他的话语义含糊是因为写“登陆”时前面漏掉“那次”所致。

[2] 玛蒂那边的说辞，见海明威 1944 年 7 月 31 日和 8 月 1 日致玛丽·维尔什信。

致查尔斯·T. 朗汉上校[1]

1944 年 10 月 8 日，巴黎

亲爱的巴克：

昨晚收到你的信。我不得已去了趟第三军就朗布耶事件接受监察长的讯问。此事成了记者们指控的目标。签《日内瓦公约》的中立国也对我表示抗议。

指控内容包括指挥部队、摘掉记者标识、卫城、巡逻、用上校军衔的人当参谋长以及其他等。

监察长是个明白人。他应景替我解释说当时部队（事发时叫部队才见鬼呢，不过日后的确成了部队）自己将指挥权交给我，我拒绝了，并解释道根据《日内瓦公约》战地记者不能指挥部队。当部队面临紧急情况（略）时，他们又坚持要我指挥，我又解释我不能指挥部队，但可以贡献意见，只要我的意见不违反《日内瓦公约》即可。

其他指控我的调调也基于此。给你寄两张滑稽的报纸看看，都是这个话题的。不过别给他人看，替我保留着。

你知道我今天或者别的什么该死的日子不能跟你在一起是什么感觉。不过，假如我不来，他们就会把我投进大牢。见随函附件。

现在澄清事实，随后就回来。尽量把官司打好，否则就惨了。

假如横生枝节（还有记者指控我说，我的举动是为了招摇过市，说我妨碍了部队行进，还不止一次妨碍），我可以请你写封信谈谈我这个人的个性举止在你眼里是什么样的。这个不必勉强。假如你愿意写，信请寄美军总部收转 APO. 887 COMZONE 战地记者海明威。假如你有时间就写，没时间算了。对不起，只好给你这丢人的地址了。

很抱歉让你妻子担心了。我能理解。我妻子就从不担心。她以为我们在玩魔镜呢。

夜里醒来几次坐在马桶上，写了首优雅的诗。会给你看的。

孩子［邦姆比］跟鱼竿蹦跳水平有所提高，在朱拉山里跳就的。他熟悉那里的溪流。工作完毕后可以钓鱼。无论怎样，假如你跟德语沾点边，就能钓鱼（金发孩子，法语讲得很好，德语也行）。眼下他在沃格斯，他的上校很喜欢他。上周跟德国巡逻兵干了一仗，闹腾得很呢。假如我能随心所欲，倒想去看他。他的上校主动说送他去巴黎和我相见。我们俩都知道不合适，我也说不。上校抱怨说他可真他妈有军人气质。无法联系到他。不像他老爸。我也曾经这样，不过，那是在另一个国家。再说，当时我无牵无挂（“乡下的妹子死了”）。

巴克，我非常想你。你在打仗，我感觉自己在这里像头野猪。我只寄报纸，所以你看是否收到这该死的报纸。你也差点得来这里。对有些事情，我就是感觉不舒服。不过，这不是你我能担得起的行李。

交点好运。假如有什么事情落到我俩头上，我们在地狱里的明处会共度美好时光的。

欧尼

（此信藏普林斯顿大学图书馆）

[1] 8月第三周，海明威自行脱离朗汉步兵师、团，来到朗布耶和巴黎之间戴维·布鲁斯上校指挥的 OSS。巴黎解放后，他于9月3日在波姆勒伊与朗汉重聚。回到巴黎跟玛丽·维尔什小聚，随后跟 22 步兵团移师比利时南

部。详见卡洛斯·贝克《海明威传》(纽约,1969)第401—428页。

致麦克斯威尔·帕金斯

1944年10月15日，巴黎

亲爱的麦克斯：

请你寄一张52.50美元的支票给“费城枪支俱乐部”，地址是宾夕法尼亚州费城忠诚-费城信托大厦1807室。我这里没有支票。我把支票本子落在伦敦了。

自我上次给你写信以来我们就空得很。突破圣路易斯起我就跟着第四步兵师，直到8月18日他们暂时成为后备部队。我混入一支游击队武装。经历各种有趣的战斗之后，我们离开［约翰·辛格尔顿·］莫斯比［联合骑兵］，跟先头部队进入巴黎；当天下午就解放了“旅行者俱乐部”和利兹饭店。我这辈子从未有过这样辉煌的日子。随后回步兵师。巴顿将军借给我一辆吉普，准备迎接巴黎战役。我们可得了许多交通工具（大部分是德国货），哪里见过这阵势。我接着就是一阵乱追打：我们先是往北走，接着转东，最后袭击西墙；再接着就是守住战果。

我这回可有好东西写书了。步兵师的每一次行动我都参加了。突破之前就随他们了。假如运气再好一点，想脱身去写书。想写小说——不是战争小说。我要写的书里该有海，有天空，有大地。[1]我来到这里的时候就准备好写海了。接着是跟皇家空军为伍。现在是跟大地为伍。写了两首长诗[2]。所以，现在即便是坏运临头，我也有了文字可以讲述一切发生的事情。

我［通过］飞行治愈了思念玛蒂的病。一切似乎都恰如其分。我们着陆之后，我就根本不想她了。好玩，一场战争［西班牙内战］里开始怀念一个女人，另一场战争让你忘掉她。运气不好。不过，你在战争里还是能找到善良的人的。真是不缺好人。虽如此，他们还是遭遇许多事情。

想跟你面谈，麦克斯，写信说不清。

问候查理和所有人。假如你把我弄回去，你就得了宝了，因为我们这最后一趟充满希望之旅报酬不少。

欧内斯特

(此信藏普林斯顿大学图书馆)

[1] 海明威在此第一次提到海陆空题材;这本书他酝酿了 10 年,结果是《老人与海》(1952)和《岛在湾流中》(1970)。

[2]《致伦敦的玛丽》和《致玛丽 2》,刊《大西洋月刊》第 216 期(1965 年 8 月)第 94—100 页。

致亨利·拉·考希特[1]

1944 年 11 月 16 日，德国于尔根森林

亲爱的亨利：

你从未让我指定那份保险受益人：就是柯利尔为我获得的那份。我在此特指定《生活》和《时代》公司的玛丽·维尔什为这份保险的受益人，她的地址是协和广场 4 号。如果此前指定过谁，那以这封信为准，取消前定。

我的妻子玛萨·盖尔荷恩·海明威离开纽约前我们就签字生效一份“共同财产协议”；她的生计完全有保障。

除了柯利尔预支给我的钱，我还花了 3 950 美元自己的钱，都是为柯利尔开销的。你寄 1 500 美元给我妻子玛萨·G. 海明威，因为那钱是她先垫付的。剩下的寄到我的账户里，地址是“纽约保证信托公司”纽约市第五大道分部。

你的诚挚的

欧内斯特·海明威

(此信藏普林斯顿大学图书馆)

[1]《柯利尔》杂志编辑。

帕特里克·海明威
1944 年 11 月 19 日，于尔根森林

最亲爱的老鼠：

上面［APO757］是最近的“永久”地址——你收到此信后，往那儿写封信。接下来就是我从纽约给你学校打电话，让薛普莱太太准你通行证，如此我们就能往古巴去了。让妈妈［宝琳］把格格的护照寄到薛普莱太太处，好让她准予通行。一旦我知道什么时候能去，就给她准日子。你告诉我假期首尾日子，我好预订泛美机票。

老鼠，我指望你了，无论多忙，一定要把护照的事情办好，告诉我假期首尾日子。我一旦有此消息并知道我自己的往返日期，就能给妈妈发去电报了。

本指望回去过感恩节的，却没能回成。遗憾，本可以一起度过好时光的。

没能直接给你发电报。不过，汉克·格瑞尔把我的名字写进几篇故事了，几天前的事儿，假如你读《世界电讯》或者《纽约邮报》，就能看见这些文章，并知道我们的情况。老鼠，我们正处于一场激战的中间——我希望结果德国佬的军队并结束这场战争——我不能离去，直到我们这段打完。所以我没有回家，又不能事先告诉你。我还惹了一场官司：被指控指挥非正规军（各路记者指控我）。这些指控被证实是虚假的，因为我不可能指挥非正规部队，那是违反《日内瓦公约》的。当他们坚持要我指挥的时候，我再次跟这些部队解释过这情况，说我不能指挥，因为这违反《日内瓦公约》；不过，我可以提建议提意见，这样做不违反《日内瓦公约》。无论怎样，没事了。

鼠鼠啊，我们过了段艰苦的日子。非常艰苦。现在就更艰苦了。

不过，这场战斗结束后，我就打算退下来了。去古巴，修理一下地面（树木让飓风刮走了），修养一下身心，写书——得写书。“玛特杂货店”［玛萨］想呆在欧洲。她很有机会成为“荷兰人”(Dutchess)，我是说“公爵夫人”(Duchess)——我们不再吵架。一旦我离去，她就很想回来。不过，我们要的是简单的活计，不孤独，

不必通过参战才得见老婆，也没有一个为了让自己作品不跟老公竞争而前往不同战区的老婆。打算找一个愿缠着我的人，让我成为家人的作家。既然孩子们得上学，我不打算独自一人孤单死，这样不能工作的。

稍后——老鼠，森林这里今天有激战。这里的森林浓密如［怀俄明］克拉克要塞——树木茂密极了。夜晚有很多大个儿鹿在跳跃，一闪一闪的，它们撞上枪口的时候很常见——没见到野猪。不过，有许多野兔、狐狸和鹿。我们最后一个指挥所设在一个行猎别墅里，里面有许多好兽头。也有许多野鸽子。不像在松果堆里能见到那么多其他种类的鸟儿，只有大黑鸡；再往高处走能看见岩雷鸟。别的松鸡或者山鹬我还没见到。这么闹哄哄的，早就吓跑了。最好玩的就是猎牛了。在空阔的野地里，我以鹰的眼神观看牛的倒下；大家携手在地图上标好位置，第二天就有牛腩可宰割了。一旦牛遭了炮火，我的眼睛就再不离开它。轰炸得再厉害，我的眼睛也不会失去这个目标。假如我们自己人或者敌人越野去追踪，我马上就去看牛是否在他们行进的路上。今天我们吃了在第一轮炮火下牺牲的牛的牛腩。它在地下室里挂了4天。炮火连天时房子弹壳遍地，我们就住在地下室。我吃了5块牛排，优质德国葱头腌渍过的，伴以名牌红酒和水一起下肚。酒足饭饱，我走进森林。德国佬想尽办法消灭我们。不过，一个吃饱了牛肉的人是不会打败仗的。

老鼠，我记不得什么箴言警句，没法给你写这个了。

我了解法国的打猎生活，除了猎山鹑外。法国猎季很好玩，也短暂——这回可破坏得厉害，需要恢复一阵子。我打算重新熟悉一下肯尼亚和坦噶尼喀，看看情形，如果可以，就搬过去住。人生苦短啊。从非洲出发，用现代飞行器，我们能打到巡游欧洲的鸽子，假如有这样的鸽子群。法国已经在举行比赛了。下一步恢复的就是猎鸽子，尽管我想只有到旅游再兴才能有真正好的猎鸽景象。不是美国游客，是法国国内游客再兴才行。

老鼠，我不知还该写些什么。巴黎很漂亮，但局势仍不太平。自行车赛在进行中。新手的车技很优雅。哈利酒吧开门了——不过只在下午5点。没有威士忌，除了假金酒，别的什么也没有。回城后爸爸还住在利兹饭店（我们合租）。巴黎城很可爱，可汇率却是50法郎兑1美元（真实的价值是200法郎兑1美元），生活贵得很啊。好的美术作品一样都没展览。毕加索和别的好画家作品好得多了去了。在德国人统治下，画家们没事可做，只有呆在家里作画。结果倒不错，画了许多好画。普鲁尼餐厅没有牡蛎卖呢。至少得一年诸事才能恢复秩序。

老鼠，原谅我写这封没有价值的信。今天林子里很忙——很遗憾错过感恩节了——不过近来错过的东西也多。不过，我们会怀着兴致让这些东西再回来的。你把护照给办妥啰——收到此信后告诉我假期首尾的日子。

爱你

爸爸

（此信藏普林斯顿大学图书馆）

致玛丽·维尔什

约1945年3月6日，巴黎

最亲爱的咸菜：

我永远永远爱你。现在去开启我俩的生活。别让任何事情烦你自己。我很抱歉一直这么黏黏糊糊不走。等我再见你的时候，生活会很美妙。我不在你身边的时候一定每分钟都守身如玉。心、脑子和身体都忠于你。[1]

你的爱夫

大山

（此信藏普林斯顿大学图书馆）

给玛丽的情书，可就早餐（开头是情书，写了一半）。

[海明威画了一颗大心，箭头穿过此心；心上写着“夏安·瓦伦丁”。]

[1] 这是海明威乘飞机离欧洲往纽约并返家前给玛丽的便条。

致查尔斯·T.朗汉

1945年4月2日，观景庄

亲爱的巴克：

有你的音讯真好。我离开巴黎前一天得到惠特尼·盖茨的消息。我交给那位军官一封长信，让他送达你；就是给我你的纸条、卡宾枪和子弹的那位。非常感谢你送我这些东西。我指示这位军官：一定要把信亲手交给你。肯定是你走了，他人还没到；因此你兴许从未收到我的信。我是3月6日离开巴黎的。坐的是［此处划掉了］轰炸机。没什么惊天动地的事情可说，除了一个电台的家伙打仗累了，发了几声怪调（他喝了点酒，又在水上飞行，印象因此深刻啊）。我跟他解释说过于激动成不了好事；他回道："你不懂，我回家就要结婚了。"我对他说我自己又没在盘算结婚的事情。

我从机场给佩特［玛丽·朗汉夫人］打电话，可是没人接。我也试了试她妈妈家的电话。接着往纽约去。从那儿也拨了电话。终于打通了，真好——像是跟我认识了一辈子的人通话。她人真的很好，如你所说。感觉像是她最要好的老朋友在跟她通话。

她在焦急地等待着你，等你很长时间了。我告诉她：你当时发起进攻是绝对必要的，当时是在攻破（西尼埃菲尔地区）；自那以后你一直就很明智。我还跟她说有一阵子你也够狼狈的，不过很快就被自己的弹性拉回来了，恢复得很好。我还告诉她有关你的许多美谈，这里就不重复了。我跟她说你很爱她、想念她、依赖她。

家里的交通很困难。帕特的车和我的车都夜里9点才来，次日早晨才开往迈阿密。所以，我不能去华盛顿看她了。不过，我们在电话里相谈甚好。大家相聚的一天总会来的。不会太久了。我审的那部手稿封了口了，不能拆封，所以只好邮寄或者下次北上的时候带去了。

很高兴你现在104团。我认识那部的指挥官；他的副手吉姆·伊斯特曼是我的朋友。

离开第22［步兵团］可真不好受。说起来有点不坚强，不过，我确实一直很想念步兵团；我很想念你，巴克。写不写作我才不管呢。我得克服思念之情。我想我会克服的。已然克服过许多。

今天情绪黑［低落］。很想念玛丽，难过。我们双二［第22步兵团］有难题发生之前我也总想她；她不在的时候，你陪伴我一起参加战斗，我也想她。今天，孩子们都回学校了。我不知道还有多长时间我才能见到她。（她不能乘飞机回来。）所以，我情绪如黑洞，脾气很坏——没有地方可以倾诉以减轻心里的憋闷。

很对不住，让你为我辩护，无论那反击我的人是谁。别动不动就替我辩护，那样的话，一辈子你也辩护不完了。当一个人的行当本质上得宣誓否认自己干过的任何好事，如此便没有前途可言。你会听到别人说我虚伪、好说谎、懦弱；甚至也有人说此人"有种"。叫他们滚蛋即可。记得我们把车拖活动房的门开着好盯着指挥所周围的小火力动向吗？我当时正跟海军陆战队的一位上校讲于尔根之战的情况，我能看出他开始不相信我的话了。于是，我闭嘴了。那上校总的态度似乎是："啊，假如你真参加了那样的战斗（我们怀疑），怎么没有勋章啊？"

离开前线两天就叫人受不了。我喜欢巴黎的生活，知道自己总会回到那里，所以尽情享受，从不感到罪过；我知道我们来自何方，知道自己干了什么。现在是思乡了，孤独，无用。不过，会从这情绪里出来的。因为你不得不走出来。

我也不再猛喝酒。等玛丽回来，拿这个情况当礼物送她。酒精是我最好的朋友兼最严厉的评论家；我怀念它。我也跟昔日的女郎们解释说自己什么酒也不喝了——这点子酒属于正当生活，跟往日冰桶里至少两瓶沛绿茱耶比起来算什么啊。德国佬娘们玛莲娜［·迪特里希］[1]总进来坐我身旁看我刮胡子——我则等着看玛丽中午来利兹饭店酒吧呢——看个究竟。好，我们还是别情绪阴郁吧。婊子养的回到家了。他脱身了，该感到幸福。然而，他却不开心呢。玛丽来后就不同了。我将用这无聊的时间修养身心，为她，为工作。

孩子们都好。杰克［·邦姆比］的情形依旧。[2]不过，我预感

[他] 没事。

我很高兴你喜欢现在的地方。希望 [将军之] 星很快来临，你就能有个师了。在这方面我很自私。因为我想着一旦你有个师，酒的配额就不同，我来替你喝酒（省得你喝糊涂了）。我还可以当差，干点《日内瓦公约》允许干的杂活，比如让罗德威尔将军开心之类，随叫随到（我用自己的车拖活动房）。我就把书一直写下去，伟大的新书名叫《你也能当将军》，穷尽“糊涂及其对将军的影响”研究。“波旁酒还是苏格兰威士忌——其作用于将军”，“死亡恐惧——其作用于将军”，“心理分析——其作用于将军”，“为将军们看地图”，“保安还是睡觉——将级军官的难题”，“将军的荷尔蒙——其用及其滥用”。这段时间我就给你用一只手进行病态奉献，另一只手为你的车拖活动房设陷阱。这是我唯一真正期待的生涯。所以，你的军事生涯不能停顿，因为我们该开始行动了。

再见，巴克。得住笔了。玛丽来这里时，我真希望你也能来，我们让她杀个黑人看看，而不是德国佬。告诉她，这是“黑域”某地来的一个很黑的德国佬——趁他还没逃跑抓住他。（就拿管家开刀吧。）问候佩特。给你写信我心情敞亮多了。

欧尼

家里还好。上好的芒果都没了，不过可以重栽。船没问题。

问候大家。佩特收到香水了。我一有时间就给她打电话来着。

你现在老打德国鬼子，能给我弄两支 P38[3] 给孩子们玩吗？

（此信藏普林斯顿大学图书馆）

[1] 海明威和迪特里希（他给她起外号“德国佬”）小姐 1934 年初遇在西行的“法兰西岛”号船上。

[2] 约翰[·邦姆比]·海明威 1944 年 7 月入 OSS，空降被占领的法国，10 月底在罗恩谷受伤被俘。在汉梅尔堡附近一个战俘营地住院后他获得自由，接着又被俘送往纽伦堡空军第三战俘营。1945 年 5 月他在那儿被释放。6 月初，他回到观景庄家中。

[3] 瓦尔特式 9 毫米[鲁格尔厂生产]自动手枪 P-38。

致玛丽·维尔什

1945年4月9日，观景庄

最亲爱的咸菜：

我上次见你到现在已经有一个月零三天了，我最亲爱的。我渐渐感觉自己身处炼狱、地狱，觉得自己在哪儿都是短暂停留。昨天为止，孩子们走了一周了。今天绝对是个完美的日子，天气凉爽；阳光优雅，天高云淡，一切看着都新鲜，新而可爱。

昨天，村里有一场狂欢，伴以美妙的音乐。乡下人都是骑马来的，街上有赛马表演，斜倾的样子有点斗牛场的意思。有鞭炮焰火，很有节日气氛。俱乐部的打猎季节开始了。不过，我主意已定：无法忍受那些人，参加对我不利，对我们都不利；并且鸽子也不是德国佬——于是没去参加。我邀请格拉希拉·桑切斯和她的女儿出门去打网球。我们打了3局。随后是大家都走了，我独自一人读纳坦·贝德福特·弗瑞斯特传，解步兵师的难题，穿上"凯普哈特"睡觉。半夜醒来，吃了两片安眠药（前两个晚上未服），还是睡不着。睡不着就睡不着吧。反正不会永远睡不着的。我们曾经住过比这还糟糕的地方。我该能睡着的，如此才能一个人过。然而，睡不着。我从不想要什么人，除了你。我想念你，似乎就像有人用剜苹果核的刀子剜出我的心。

我让人重新给船安上席子、垫子。小镇子上就只有一种材料，将就点吧——或者戴上特殊眼镜，让人觉得那材料好看得很。无论怎样，罩子颜色还是弄原来的绿色和白色。假如受不了，就把原来的颜色恢复了。实际上也重修了前舱的尾座，安了帆布，舱和挡风合二为一体。还修了几处风暴来时不管用的地方。海里可是正有些好玩得很的事情发生呢。600英寻深处出现了大量的鲨鱼新物种。（鱼背）背上没有鳍；鱼身黑色；嘴长得恐怖丑陋，肚子里满是剑鱼的剑状上颚、四鳍旗鱼之尖嘴。假如你收网不恰，它们还相互对吃。科希马港有一位渔夫还钓到过一条大白鲨，重达7 000磅。假如我们坐船出海，你第一次钓上7 000磅的鲨鱼，闺女，那可是真不平等的较量；

我们该跟《日内瓦公约》的制定者抗议这不平等的较量。我钓到的最大鲨鱼重量也就 798 磅。即便是小鲨鱼，也反抗得厉害。我想 7 000 磅的鲨鱼让人怀疑谁在钓谁呢。咸菜，假如你和我碰上这种情况，我相信你会饶有兴致的。这条鲨鱼并不觉得自己被钓了，很长时间毫不在意，除了与船并肩，把头探出水面，冲人响动下颚。真希望那正往这寄的小机器人弗瑞德来了，假如他的下颌老是作响，看我们能作何反应。我们就还他响动吧。

我找到一个地方，我们可以去钓鲨鱼，把钓来的鱼卖个好价钱。卖鱼的钱该够养船的费用。其实消灭鲨鱼跟消灭德国鬼子一样好玩；附加优势有余，后来结果还是输。

哈德莱来信给了我邦姆比的地址。他很快就会被“席卷”［被救出战俘集中营］的，可能已经被救出来了。太好了！我们不能仰仗此，但是，逻辑上讲，此事可期待。

天啊，又有打字机了，真好。（这只是插入文字。）我今天早上给哈德莱写了一封长信，告诉她我让你去见她，送上给邦姆比的钱。咸菜，假如你不愿去，就别勉强。假如我办了蠢事，请原谅我。我从纽约打长途找不到她。她倒是想知道我的情况，想了解邦姆比的情况。她的地址是伊利诺伊州森林湖西南大街 270 号，伊丽莎白 · 赫斯夫人收转。保罗［· 毛瑞尔］去巴黎了；她正处理出售东西、打包、把家什送人，准备去和他汇合。她急切等待着邦姆比和我的消息。她想知道我们的情况，我写信告诉了她。我跟她讲我多爱你，我多想努力成为一个好丈夫、一个好作家。成为好作家需要时间。好丈夫则可以开始做。已经开始了。自老鼠和格格离开后就没有听到他们的音讯，不过，这很正常。

希望你来之前下点雨。我喜欢四周都是棕色，像在非洲。不过，假如下雨，花儿就都开了。我想你会喜欢这乡野的，咸菜。我现在就像用你的眼睛在看这乡野。我熟悉巴黎给我俩带来大愉悦的一切。记得巴黎的初秋吗？记得德拉西特岛以及郁金香花园里美好的下雪的日子吗？记得你那天用雪堆了个天使吗？我见过的世上所有城市里，这个城市是最可爱的之一。等我拥有了你，一切就又都新鲜了。

你知道巴克的步兵书写得真好：冷静、全面、不偏不倚（除了看重常识）。啊（你怎么拼写“常”字？那样写很滑稽。）我这一辈子看字都觉得像第一次见到它们似的：coman，commen，comman，common，（得了）识。他能写一本妙极了的新书，把我们学到的东西都写进去。我真希望自己能雇用［路德维希·］贝梅尔曼、［詹姆斯·］瑟伯和巴克（负责军事内容）来写我所得知的东西，而不是我自己来操刀。啊，最终还是得自己来写。为了我的咸菜，得把书写得比以往都好。

你知道吗？纳坦·贝德福特·弗瑞斯特（南部邦联骑兵伟大的统帅）只上过6个月的学；40岁前既没有军事经验，也没受过军事教育。所以他们才排外啊。我最近还重读了迈克·内伊[1]。你知道吗咸菜——他不只是很糟糕的战士——他还是个大好人。

我给你买了许多可爱的书。附近有一只蜂鸟，每天都飞去九重葛那里。小房子已经修缮好了，你想来就可以住了。很漂亮的房子。6月底之前没有孩子打搅。到那时，你就拥有“波西奥岛”了。本周四船就修好了。厨子妙极。我现在知道他拿手什么了。他是个伟大的艺术家，整天坐在厨房里切萝卜和洋葱，把它们切成艺术品。你不知道他把厨房弄得有多干净。他对沙拉佐料一无所知，但你可以告诉他啊。这50岁的老鹦鹉上周五回力球队来的时候，突然不知为何发脾气，开始（用西班牙语）大喊：“我够透了。我要坐巴士回哈瓦那。”有一个小子对他说了粗鲁话。老鹦鹉说：“闭嘴，你这个仙女。”他离开纯真的波莉太久了，想鹦鹉迷人姑娘呢。我以为他要的是葵花籽。他也许只知道葵花籽的中文名字。那中国人说他根本就听不懂老鹦鹉的中国话。或许老鹦鹉说的是满大人的话，那中国人说的是广东话。我现在放他走了，他在房子四周飞啊飞的。他能模仿猫打架，惟妙惟肖。

咸菜，我真希望今天或明天能听见你已经抵达的消息。如此，见你的日子就多少有准了。同时，你读到这封信就知道我爱你。我现在得给伍尔菲［·盖斯特］写信，接着给老鼠和格格写信。给你写信属于自私的享受快乐。给别人写信属于纪律，回归写作状态。书信，简单的短篇小说，复杂的短篇小说，长篇小说。写作计划如此。假如你要我改变这计划，我就改变她。

你的熊山

（此信藏普林斯顿大学图书馆）

[1] 米歇尔·内伊（1769—1815），拿破仑的将军，海明威心目中的英雄。见《流动的盛宴》（纽约，1964）第30页。

致玛丽·维尔什

1945年4月14日，观景庄

我最亲爱的：

今天早上写了7封信，有一封信是给你的，正要邮寄。可是想你想得寂寞无比，于是又给你写。现在离5点还差25分。

我给格格、巴克、宝琳、麦克斯·帕金斯以及公事上的人都写了信。也往汤姆［玛丽的父亲］账户里存了1 000美元。别告诉他，省得他觉得一夜暴富。

何塞·路易斯·赫拉拉大夫是个优秀的脑外科医生，做过几千个头部手术，在他担任我们昔日第12国际纵队主治医生的时候。他今天出来，我们在游泳池旁一起吃午餐。他一直在研究我的头。本来该做的是开头颅，把原来的血（第一次脑震荡出的血）放掉。不过，因为我要隐瞒此事，当时就不可能开头颅。由于赶上盟军登陆日，我否认自己得了脑震荡。第二次脑震荡似乎也不利。很多我们视为不良习性（当然属于不良）的东西其实只是表象。比如，白兰地在你脑子成了那样的时候就是毒药。香槟害处就小一点。几乎没有害处。酒除非喝多了，也没有害处。然而，动作迟缓、失语症、反手写字并且倒着写，斯［克鲁比］先生遇到的情形以及迟钝、头疼、耳鸣等症状，都是脑震荡的结果。一切都会清晰起来好起来的，不过他说得慢慢来，一点都不能着急。让一切都如同其他事情那样慢慢恢复。不过，得记住，白兰地和金酒是如何让我自己一度失控的。他说我能保持现在这样运转已经是奇迹了。（他一点都不言过其实，认识我10年了，了解我的所有缺点错误。）伦敦事件（在床上呆了四天，第五天就穿上［皇家空军］的蓝色制服）后我应该休三个月的病假的。8月5日那事之后，怎么讲都有可能脑子大出血。他说现在我的脑子里的血块已经被融化了，不会再头疼。说你和我得仔细照顾脑子一阵子，慢慢训练，会好起来的。每天做点智力工作，不要太多。会比以前好的，因为你知道的会比以前更多。咸菜，过去似乎情况不妙。现在情况总的就是这样。没什么可担心的。都是最新的情况。不过，毕竟是两年里有5次脑震荡。对待吃饭的家伙事，这样可不行。不过，从诗作上看，这机器还好使；我们会让它恢复良好状态的。我知道这一点，没有什么比这更清楚了。

我们也有美好的时光来恢复它。我可等不及要跟你分享美好世界的一切了。我比你初见我时可好得多了，所以别以为我得了疑难杂症，就因为我打破砂锅问到底，一如我为巴克解难题。我细究此事绝对不是因为自己的事情。此处不涉盟军登陆日、攻击开始时刻。不邀功，也没人给我记功。

最亲爱的咸菜，假如你今晚在这儿，一两个小时后不是我进城与格拉希拉［·桑切斯］这位好姑娘一起吃晚饭该多好。真枪实弹和纸上谈兵可不同呢。我们，你和我去一家中国馆子，然后要么去看拳击，要么去打回力球，然后再去一家好夜总会（我是说坏夜总会）；接着是实打实地睡觉，明天在泳池里游泳，手里又拿一杯酒，有浮动小酒桌，一起出海，或者飞到哪里去，或者玩“凯普哈特”什么的。请告诉我你预订的船是什么时候的。昨天，13号不吉利，灭了。今天14号。离27号还有13天。我们也把它灭了。不过，我情愿守着爱人跟这些日子耳鬓厮磨。

老山人

E.海明威

（此信藏普林斯顿大学图书馆）

致查尔斯·T.朗汉上校

1945 年 4 月 14 日，观景庄

亲爱的巴克：

你好吗：你个一文不值挨揍的老候补将军？我当然是想死你了。

玛丽终于到达美国了。旅途可是艰难。她在电话里也没法跟我说何以艰难。还要熬 13 天，等她完成纽约之行、探家等等。我一直尽量照料她的财产——修养身心。夜里的酒戒了。你知道，一个人老是夜里醒来，诸事叫人受不了；你于是喝酒，让自己好受点。所以，现在喝酒都是在早上。我的胸腔清理干净了，不再咳血，很长时间头也不疼了。

老毛病是：我还是不太认真写作，情愿跟你回去厮混。这该死无聊的老百姓生活其实很好，我知道。可是，我的老骨头骨髓都无聊透了。我得战胜无聊。跟玛丽在一起我有能力战胜也必将战胜无聊。

真希望我有你的消息，巴克。别停止写信，好吗？为了宁静而舒适的生活，我重修了我的船。也对房屋进行了大修缮。你知道吗，那场时速 160 英里的该死风暴（即便是谎报，时速也超过 100 英里了）刮了 12 小时。本该让格瑞高里奥［·富恩特斯］守船的，那就不至于如此了。现在只能再教训教训他，让他别以为风暴过后的船就这么操纵行驶了。船上现在没有英雄，接下来就是应付蟑螂了。

我重读了一遍你的书《战斗中的步兵》。这书写得很好，掷地有声。你可真会利用我们在这场战争里所学的东西写书啊。你的书是我看过的军事书籍里废话最少的。大多数军事书读来像是巴西留斯［1944 年间的一位记者］插了一杠子。等我们老了成废物时，得由我们的老仆人抱着到游泳池，他们会拿掉我们手里的杯子，擦掉我们的眼屎，让我们把那些卷册的部分重写成英语。我对此书唯一不喜欢的是那杂志式的封面：封面上拿着勃朗宁自动步枪的市民。假如你把坎佩尔朝歌罗丝豪上方看去的神情弄上封面，就没有人愿加入步兵师了。巴克，这是什么买卖啊。多可怕的买卖。

人们常谈起我们的主在那棵树上度过的艰难时刻；大家都为总统［富兰克林·德兰诺·罗斯福］的死表示哀悼；可是，没有跟步兵师共患难过的人就等于没有经历过患难。伙计们，抓住他。这人要被伤感征服。

要住笔了。本来唯一的目的就是给你写封短信，让你知道想你和全体战友想得感觉寂寞。假如玛丽在这儿，我知道她也会问候你们的。她就要来了。我会让她写信告诉你她觉得我这小窝和船怎么样，看我有多乖（上帝啊希望如此）。我真的要学乖，因为这是我要奋斗的目标。我会达到目标的。我回来以后就守身如玉，酒也戒了90%。只是希望别因为太乖被一团云什么的提上天。我的一位老朋友要我帮她开一个妓院。我连这个都拒绝了，尽管想来这样一个地方下午无聊的时候去逛逛不错。想象一下在你自己开的窑子里当嫖客是怎样的情形。生活里较美好的东西当然诱惑人。

祝好，

欧尼

请代我问候你的将军好吗？也问候吉姆·伊斯特曼，假如你见到他的话。

上校，给我寄一个你们师的袖章好吗？我好用它吓唬小孩。

（此信藏普林斯顿大学图书馆）

致玛丽·维尔什

1945 年 4 月 16—17 日，观景庄

最亲爱的咸菜：

这信只是个便条，好让你有邮件可收。今天上午我本以为肯定有信来的，然而却没有信来。也许今晚能收到封信。也许等船送信为时太早。所以，得耐心。无论怎样，捱过了 12 日，13 日，14 日，15 日，只剩 12 天了。今天就要度过 16 日了。

你的“大山领地”有好消息。周六晚上跟格拉希拉·桑切斯一起

吃晚饭，在水上一家咖啡馆呆到凌晨2点，几乎没喝什么酒，谈论的话题是你。她主动说要给你写信，告诉你我的情况有多好。早上醒来感觉好极了。决定去射击，看看反应能力如何。枪打得很快，很稳。赢了38块钱。打败了另20个射击手。最终人家也把我打败了。那是击落一只鸟儿的时候，我输掉了，那鸟是我打死的。第二枪开得太快，距离第一枪太近，把篱笆那儿的鸟打落。射击没什么要紧，我不再看重射击；不想拿同样的叙事来烦你。不过，这表明属于你的这个身子骨完好无缺。风大，鸟儿飞得也快。

请［约翰·］哈特上校夫妇来吃晚饭了；接着上床睡觉，大约午夜时分。没吃安眠药就睡着了。

我打算到镇子上吃午饭。主啊，也就比其他射手略高一筹（变得谦虚了）。回来的感觉好玩啊，因为他们都很高兴见到你一年不练，射击这么差。我绝对知道写作也是这样。三周前，任何看见我打鸽子的人都会跟你打赌说此人恢复不了射击的能力了。昨天打得比捕兽夹还快。咸菜，你得对写作这玩意儿有信心。我知道你会有信心的。

你知道吗？我突然意识到我在把这个小镇极其好玩的90%的东西给你留着呢，把我一生玩的好东西给你留着呢。我想你会对这些着魔的。只是希望我们共度这些日子，而不是为了等你来这里，自己在消磨这些日子。

周二，4月17日

昨晚在家吃饭，而没有出门吃饭。因为，我心想也许有邮件来。然而，没有邮件。接着是肯定今早会有邮件。得有啊。今天是17日，你是12日回国的。猜怎么着？没有任何邮件。

我于是打算跟帕赫歇［·伊巴露西亚］和唐·安德列斯［·乌恩扎因］和格瑞高里奥［·富恩特斯］出海去。在外一整天，然后再回来。我肯定届时有信来，至少一封。也许会有信来。假如没有，我就是伤心的婊子养的了。可你当然知道怎么应付这种事，对吗？你坚持到第二天早上；我想最好揣度明天晚上才有信来，如此今晚就不会太难熬。

你现在该在芝加哥了。春天的芝加哥该是可爱的季节了。我愿意在湖边散步与你相会。

咸莱，给我写信。假如是你该做的工作，你就去完成它。没有你日子可不好过。我把诸事理顺了，就是想你想得要死。假如你出了什么事，我就会像动物园里的一只动物那样：它的配偶出事，它会死的。

让胡安把这信寄走。最亲爱的玛丽我的爱，我不是没有耐心。我只是火急火燎。

E.海明威

（此信藏普林斯顿大学图书馆）

致查尔斯·T.朗汉

1945年4月20日，观景庄

亲爱的巴克：

你4月3日寄的信我两天前收到了，信写得很好。今天收到你寄到APO887的那封信，告诉我你新的工作的那封。我没赶上此行真遗憾。你知道的，我情愿放弃一切呆在部队的。离开时的所作所为也不风光，就是不风光嘛。不过，我当时真的没有任何选择的余地。除非是最后跟着混；我倒是不在乎，只要能跟着你的部队混。不过，这会让玛丽失望透顶的，对我的孩子也不利。本人是为了老婆孩子离开部队的。同时也听到了伤者的哭喊：我的头部伤势不轻。

找了个一流治脑子的医王；他说脑震荡后的三处情况糟糕。有一处还很糟糕。早就该开颅把淤血排掉。他无法看到我是怎么行伍的；不过，我跟他解释道：假如不是脑子严重受伤，我也不会听从法国接收大员的建议离开部队；再者，我所做的也就是坐在拖车里跟你扯闲篇；那事情我把脑子放在手心里都能做。大夫们发现我还有许多不对劲的地方，不过，哪一样也不是断头台治不了的。

无论怎样，我在调养锻炼，以良好的状态等待玛丽2号到来。她现在芝加哥陪家人呢。我孤独无聊。她两年多没回家了，也得尽尽义务啊。我写信告诉过你我要把酒都戒了。夜晚醒来的时候喝的，早上喝的都戒了。差不多戒了90%。同时也守身如玉。后者倒是容易，因为你真爱着某人呢。可是，不喝酒可真是无聊。然而，目前能为这姑娘做的仅此一件。很爱她，希望为她当个好人。

我现在指挥第一、第二、第三和第四花匠、门房、女佣、中国厨子和三个小男孩。我手无寸铁，然而瞪一眼就能把他们吓坏了。我没酒喝不舒服，跟全世界过不去，这是事实。第一眼看见什么事他们没去做，那就有好看的了。迄今还没有能写出值得一看的作品。不过，历来战争结束后，我的写作状态就如此，所以也不着急。

我把房子弄得你都不相信此前实际上被摧毁了，假如你没见过那时的样子。巴克，我寂寞啊，孩子不在，玛丽也不在，你也不在，战友们也不在；真不爽。玛丽来后，生活就会开始的。我现在是打发日子。真希望自己是个战士，而不是狗屁作家。一文不值的老愿望。

你有老部队的消息吗？假如有，请告诉我。你要是听到那些吹牛的家伙的话真会乐坏了。有一天晚上，一个了不得的家伙靠在吧台上说取人之物者皆坏，酒精的火绝对最坏。啊，上帝，他道：让他记起这些都不爽。我礼貌地问他在哪个部队，结果是空军第15师的。我估计他连喷火的家伙事都没碰上过，跟他说酒钱我替你付了，你可以离开酒吧了。不过，这酒还真贵。下次我打算只笑笑。上周日在射击俱乐部，一位会员说（他们显然在争论）：“欧内斯托，你从未上过火线，对吗？”“狗屎，没上过。”我道。“你觉得我疯了吗？”

我见过的人执行任务都不少于60次。地面的人杀德国鬼子比我们吃的K种配给粮都多。大众的看法却是打德国佬跟打可怕的日本人比起来如同在教室里自虐。我记得从前杀日本人都是放在中国人堆里杀的，人多得味道都难闻；中国人心肠好，纪律严明。大家无疑觉得那不是精锐部队。老实讲，巴克，我觉得你在于尔根战役之前指挥的那个团，能战胜世上任何一个团的兵力。

得落款寄走此信了。我们不想让人烦。照顾好你自己，问候舒加特。告诉他：假如他不照顾好你，最好他妈的别碰上我。他的脚清理好了吗？

祝你好，巴克

欧尼

E. 海明威（作家兼农夫）

我的孩子杰克还没有音讯呢。其他孩子都好。有我兄弟［莱塞斯特］的消息吗？

（此信藏普林斯顿大学图书馆）

致哈德莱·毛瑞尔

1945 年 4 月 24 日，观景庄

最亲爱的凯特：

非常感谢你可爱的来信。希望你找到玛丽了；她能给你更多的有关邦姆比的消息。她和我都认识他的指挥官上司，并且很熟悉。我终于也认识他的大部分战友。邦姆比走背运前，我正帮他的上司解决难题呢。真希望能跟你面谈，而不是写信说这些。假如你有任何消息，请打电报给我。与此同时，我唯一知道的是着急不管用，也于事无补。自古以来最着急的人就觉得这话的分量重；此话有些道理。

那“河边森林”女人［海明威的母亲］是不是很可怕？别理她，什么时候也别理她。我也不知道自己怎么会是她生的，但终究是她生的。虽如此，我总有点体面的血统吧。因为，我的“男爵”小弟弟［莱塞斯特］，我一向觉得无用透顶的那位，自愿去邦姆比的部队，并且听说他走背运后，马上担起他的工作。他干不了那活；于是自 7 月突击起从（相对）安全的信号兵岗位转到我所在的步兵师。进自己兄弟的部队很不好过（也很不聪明）。我给他指出所有劣势。然而，只要能打德国鬼子，他情愿那样。[1]

别担心在巴黎的保罗和小狗。既然我们打开了波尔多的通道，法国的交通也稳步改善，粮食不会成问题。去年冬天日子艰难。假如你能熬过今年夏天或者熬过秋天，形势就好了。我看到房子没问题，自然无法知道是否遭劫掠。我是在吉普车里路过那房子的，当时正找近道：我们从巴黎往北边去呢。保罗不在、你可爱的家一分为二，你一定日子不好过。我也讨厌挪窝。建一个可爱的家，然后不得不离开，这日子不好过。除非你是去巴黎，那仍然是世上最好的地方。

玛丽和我当时住在利兹饭店（你也可以时髦一把）。解放旅行者俱乐部之后不久，戴夫·布鲁斯和我就合租下那房子了。你真该看看我跟我的司机阿奇·佩尔盖在一起的头几天情形：在壁炉前的一个煤气炉子上煮饭；一群最粗鲁的土匪在精美的古老家具上擦武器。我带着三位文书试着弄出个不归罪谁的朗布耶报告。斯蒂夫［斯蒂文森］上尉从部队带来口信——最好跳过这段。那可是最不羁最美丽美妙的日子啊。你知道一个人不是每天都占领巴黎的。事实上，只有一定数量的公民占领过巴黎。不过，知道自己被写进了历史，远未冲破打回那可爱的城市的幸福感：该死的德国佬还以为永远拥有巴黎了呢。我们解放了利普斯（老头给了我一瓶马爹利）；接着解放了图鲁斯的黑鬼。这可真是好玩啊。法国报纸写了很多关于我们的事迹。肖塔先生［海明威 1924—1926 年间的房东］写给我一张便条，告诉我说夫人已故。他一直怀着友好的情谊想着我们，问我是否愿跟他一起吃个午饭！我抽不出空，因为部队要北上。不过，要是能一起吃饭，多好啊。“河边森林”那个女人的傲慢，我们可以用肖塔夫人来交叉平衡一下，如此，无论何时再看任何不堪的表演，都有精神胜利法了。

你给我写这么优雅的信，真好。真但愿我能把信写得更好。一场战争往下进行，我的脑子却越发谨慎：先是不愿写，接着是不愿谈，然后连想都不愿想。下面接着是写不了，谈不了，也想不了了。

现在得整装进城。一个人过很无聊。再熬一个星期就好了。我很遗憾你离开你那位独自过了那么长艰难日子。人们本不该这样生活的。我讨厌本该正经过一天日子的，却不得不打发这日子。人还只能有此一生，日子就只有那么多。

永远是最亲爱的凯瑟琳·凯特，你要尽量渡过一切难关，然后去巴黎过优雅的生活。我们大家在那里相会，吃好馆子，笑谈人生，说大笑话。我的身体不适情况好转（看似疑难杂症，其实不是）。我跟你讲过我们 50 岁的老鹦鹉吗？原来属于吉姆·斯蒂尔曼先生的。我打着长途电话，它开始尖叫，我听不清；后来才意识到它喊叫的是："我真受不了再听你说该死的一个字了。"

你昔日挨揍的塔提爱你。

（此信藏普林斯顿大学图书馆）

[1] 见海明威 1945 年 4 月 2 日致查尔斯·T. 朗汉上校信注 2。

致托马斯·维尔什

1945 年 6 月 19 日，观景庄

亲爱的维尔什先生：

非常感谢你寄来三本书，也谢谢你在《最先知道耶和华名字的摩西》空白页上写了话。我很喜欢这些书，也欢迎你提供信息、学习心得，欢迎你邀请我讨论此问题。我们见面的时候，可以谈谈这些书。

假如你要想知道战争对人的宗教信仰的影响，我们谈这个话题或许有益。我跟你女儿（时不时）曾深入交流这个话题，那比从前跟别人谈得要好。我期待跟你谈，她也期待跟你谈。

第一次战争（所谓"世界大战"）里我因伤而感到害怕，最终还是很虔诚地对待宗教。害怕死。相信个体会得拯救或者说通过祈祷"圣母"圣徒，以部落信仰的虔诚，要他们在上帝面前求情以得庇护。

西班牙战争是教会资助的人对全体人民发起的，如此事情当头，为自己祈祷似乎就显得自私了；教会从不为自己祈祷。一个人想念灵魂的安慰就如同湿冷的时候想念酒，因为习惯了酒的温暖安慰。

我这次是从头到尾经历战争而未祈祷一次。有时不太好过。不过，自己感觉求情的权利都被褫夺了，无论怎样害怕，请求也无济于事。

这些都可以铺陈详尽。与此同时，我所能添的就是我非常爱玛丽。自我第一次跟她表白爱之后，我就守身如玉；我会守到我俩结婚为止。我唯一的野心就是结婚后给她当个好丈夫。假如你需要个儿子使唤，那请记住现在你就有了。我有三个儿子，你也可以仰赖他们。

欧内斯特·海明威

亲署

你可以直呼我名字或者缩写，或者外号。

（此信藏普林斯顿大学图书馆）

麦克斯威尔·帕金斯

1945 年 7 月 23 日，观景庄

亲爱的麦克斯：

恐怕自上次事故以来我还没有写过信给你呢。假如我写了，就把这句话跳过去。我的头没什么严重后果。伤在额上了，很深；不过没有骨折，也没有脑震荡。左膝伤得很严重（狗头肉般出血）。恐怕括弧里的字拼错了。还有些小麻烦（僵硬起来）。现在胸腔没问题了。当时 4 根软骨松了。现在好了。

山上干旱 8 个月以来第一天下雨。人们早的时候运走土坷垃；现在则滑得像打过肥皂。运气不好。我让门房跟记者们说我没事，出门钓鱼去了，把受伤的消息压了下去。不过，真的是疼啊。额上的伤是后视镜弄的，金属部分。刺进骨头而没有穿透。我的胸弄弯了发动机启动杆。当时是中午，我又冷又难受。一年里已经是第四次受伤了。幸运的是，只有两次上了报纸。

邦姆比回来过，又走了。他是个好孩子。希望你见到他。他在俘虏营里体重下降到 160 磅；现在又恢复到 185 磅了。曾经逃过一次。他的伤很重，幸亏伤的地方还算有运气。大夫们本来是要给他的右胳膊截肢的，但他力争不截。结果是从后背取掉一块肌肉放血。他说现在唯一影响到的是［网球］正面发球胳膊感觉松，从前则太紧。他现在又要外出了。他跳进这场战争后在德国阵线的后方呆了 6 个星期，组织抵抗活动。有些良好的作战表现。他在弗格斯地区在第三步兵师，一个半月后受了伤，被俘。他呆在那儿的时候，我们都在一起聚过，很好。另两个孩子平安无事。我想，帕特里克会成为一个好画家的。

麦克斯，你让零售部打包的时候，把每本书分开来寄好吗？《有钱人和没钱人》每册都分开来寄。《非洲的青山》、《短篇小说集》（“现代文库”本最小一本却最实用）、《太阳照常升起》、《永别了，武器》（最好也寄“现代文库”本，因为那个本子轻便些）。再给陆军准将查尔斯·T. 朗汉寄一本唐·鲍威尔的《生逢其时》和《维金诗选》（阿尔丁顿编辑），地址是纽约州纽约市邮局转 APO26 第 26 步兵师师部 015568。

巴克·朗汉是我的哥们、搭档，前第 22 步兵团的上校团长，现在是准将。在德国驻扎了整个夏天，非常孤独。他现在是第 26 步兵师的副师长。我俩在“亡命激战”、西尼埃菲尔之役、于尔根之役和保卫卢森堡之役中都算搭档。假如我有什么不测，你可以找他了解我们在刚过去的这场战争里的所作所为，矫正人们的误解，尤其是邦尼［·威尔逊］之流的误解，以及他们所愿见的情形。

巴克认为我这个人比他想的要好得多。可他的看法太多个人偏好，麦克斯·伊斯特曼和邦尼·W 以及那些没有打过仗的人就不免在评价天平上处于劣势；于是否认我们所拥有的拙朴美德。（这话题让我烦。）不过，这过去的一年可是艰难的一年。我们从中学到的东西可能很长时间里显现不出来。很小的一部分被廉价购买了，真的，麦克斯，也许并不就是大夫命令一个 45 ［46］岁的好作家什么时候该写个什么作品才好，脑子这零件才细致。我跟巴克一起时，比我此前拢共所学的还要多；所以我希望我们能找个时间由此写点体面的东西。我会非常努力尝试的。

你让他们给我寄本邦尼论司各特的书好吗？[1]我感觉自己很不好受：在我了解司各特的时候没能写写他；我可能是最了解他的人了。不过，泽尔达或者你也无法写真东西；就像我那不怎么样的母亲还能阅读，你什么也写不了一样。我跟乔吉·威尔腾贝克的 P47 小组在一起生活的时候，有一个名叫约拿什么的或者别的名字（这名字很反常），甚至连约拿都不是的人告诉了我司各特最后一刻的状况。司各特死的时候，此人跟他在一起呢。他也见证了希拉［·格雷厄姆］那可怕的情形。当然，他永远也写不完那书。这书更多的是起了纲要有待进展。是一个计划的模型而不是成书。所以，其豪言壮语给那些不了解作家秘密的人印象很深。我们大家都知道，英雄史诗一般都很假。而他却起了个英雄史诗的调子，于是任何人都无法持续写下去。葛提斯堡演讲的简短不是偶然的。散文写作的定律跟航班、数学、物理的定律一样不可改变。司各特几乎完全没有受过教育；他对这些定律一无所知。他哪件事都没做对。事情的结果却还好。不过，几何学总是能对你产生坏影响。我总觉得你和我能真诚谈谈司各特的事情，因为我俩都爱过他、崇拜过他并理解他。其他人被他眩惑了，而我们则能看出他的好处、弱点和了不得的缺点在哪儿；这些东西就一直在那儿呢。那份懦弱、梦幻不是后来的症状（读诸多评论时邦尼似乎觉察到了）。他总怀着橄榄球的辉煌和战争（他又对此一无所知）（还是门馊学问）的梦幻；当他在第五大道隔着车水马龙无法交谈的时候，心想："我于是知道自己多么坚守不了阵地。"

下次我写信谈他的内心的善良。不过，我们都理所当然认为人应该善良。我在一匹马、一个团和一个好作家身上寻找什么不对。理所当然认为它们善良吧，否则就不愿意面对它们了。

原谅我给你写这又长又蠢的信。诸事都有点小难处，否则我早就给你写信了。写写你往我账户里存钱。我现在累积的钱有多少？我对查理·斯文尼和沃尔多［·皮尔斯］的感觉一如既往。过去这一年，觉得记忆有某种不好的情况：像是你不用它，它自己就从你脑子里把自己一点一点砍掉了。可怜的查理看到里希如何对待佩坦一定很苦逼。我从来就没有喜欢过佩坦，既不喜欢作为将军的他，也不喜欢作为政客的他。一个 86 岁的人还得精确记住个什么，同谋又背叛你，这日子可不好过。

你知道艾森豪威尔脑子很好使，也是个优雅的人。去年夏秋的许多错误是他犯的，可他还是个好人，一个很好的将军。我想，［奥马尔·］布拉德莱是位更优秀的将军，也许跟谢尔曼·巴顿一样优秀。假如他不是让人难以忍受的历史人物兼十足的骗子，他也会成为一个优秀的将官。战后等他们出版回忆录，读读这些狗屎一定很好玩。

啊，停止胡说八道。请把书寄给巴克，麦克斯。把邦尼的书寄给我。等收到我会给你写信的。一如既往祝你好。希望大家今年都不染花粉热。

欧内斯特

(此信藏普林斯顿大学图书馆)

[1] 埃德蒙·威尔逊编《破裂，及 F. 司各特·菲茨杰拉德其他未结集篇什、笔记和未发表书信》(纽约，1945)。

致玛丽·维尔什

1945 年 9 月 1 日，观景庄

最亲爱的咸菜：

希望你一路没有把东西搬来搬去。要是搬来搬去东西的话，旅途就遭罪了。

谢谢你留了个可爱的“我走了”便条。我的便条很烂。另一张则值得保留。

鲍西和我都很思念你。它不愿跟我做什么，就伤心地躺在你老呆着的地方。它很爱你；我也爱你。

还有一件事我跟你说道不够：就是你用西班牙语写的东西很优雅美妙，很努力。那是你的主业，你干得不错，干得漂亮。

你跟孩子们从城里回来时我正情绪阴郁，对不起啊。本可以欢快的，本该让亲爱的人高兴的，而不是让他们伤心。小猫，我很爱你。我要好好照顾你。我知道我会学着如何照顾人的。

随信附上阿尔图洛 [·苏阿雷茨] 的句子以及 D [多萝西] ·汤普森的一篇文章，她也许是我最不喜欢的专栏作家；不过，她就你所持立场作了很好的立论，很利于那天中午你就取消“平等租借交换”发表的意见。我认为取消这个很有必要，不过同意你的看法：方式有点粗鲁；粗鲁会给我们带来麻烦。

整个居家设置很不值得一提。胡斯托精神崩溃。我们又不喜欢那中国人做的饭菜。中国人的饭桌是清淡简单的那种美食；厨子把菜单扔一边就能照着满屋子堆放的那些食谱做上一个星期。可以做我们所要的吃食，但也不过是我们所要的。我用中国厨子是临时的。他很能用杂碎喂吃得不足营养不良的孩子。他们有许多写得好的娱人眼目的简单菜谱；能照着做一个星期——或者一星期做两回。（一个厨子也许知道的比这菜谱多得多。）不过，人们在美国研究色香味俱全的饭食，还是吃一阵子自己想吃的并筹划着做来得好玩。你吃烦了之后，我们可以让厨子再想办法。战争期间很难筹划吃食，因为买东西得逛市场，看你能买到什么，然后才拿东西做饭。不过，我们可以想办法弄吃的。我俩都爱美食，爱变着花样吃。我们会从中享受乐趣的。假如你能弄来菜谱，我让皮勒把它翻译出来。这只是合作者的建议。假如你觉得没有意思，就让它见鬼去吧。

我吃烦了维纳波马尔餐厅。怀念巴黎的可爱简朴小馆子。你在那儿能吃自己想要的东西，量也随你愿。酒也是你要喝的酒。我想，明年我们就能去那里吃了。法国的情况主要是有必要调整汇率。你知道的，我在这里写书跟在巴黎写书一样。目前只是战时的生活。没有人注定要呆在这里的。我可以在巴斯克乡野工作，也可以在巴黎工作，还可以在西班牙的山里任何地方写作（我还只是提了提工作效率好的地方）。芬卡这地方可爱的时候很可爱（你连那几个月这儿的样子都还没见到呢：人们本该享受其热带风光的，却像是在忍受，找别的东西来补偿所忍受的什么）（在国务院人们也有此情形）。

无论怎样，欧洲还得糟糕一年。不过，法兰西是个如此富裕的国家，一旦交通通讯恢复重建，它就很快回到原状态了。这个国家受害得轻微。诺曼底是奶制品和苹果酒的别名。苹果酒当然 90% 是开胃酒的首选。不过，我们反正是不喝。只要原子弹不把杜松子酒从地球上抹掉，你就没问题。

能去芝加哥当然好。当你谈起此事的时候，我不愿去玩；因为我知道自己不能去。我从战争中培养了一个坏习惯、一个什么事都得立竿见影的习惯：扔掉自己知道不能有之物。我记得少年时生活那激动人心的场面：美术学院里第一次看画；人家想让你觉得宗教假，你却从那里感觉到真；昔日南方州窑子街区，我们从前常光顾，还有世上最长的酒吧欣基·丁克，啤酒酒窖，Wurz n'Zepps，周六晚上赌博烂玩法，有我，有杰克·潘特考斯特掷色子，为我们那一伙人赌钱；冷天驱车去打橄榄球；你跑出车热身，感觉脚下的场地；你从不顾及人群的喧闹，看也不看他们一眼，充耳不闻；带芥末和咸菜的热狗，一条光滑的面包裹着，时在“西北”；从游泳池出来到“蜉蝣”俱乐部，一帮白人小子，都还是一个年级的；再往回记忆就是跟祖父午后一起去看戏，有祖父，有列奥纳德·伍德将军；另有时有他，有西奥多·罗斯福，后者拥抱还很真诚，声音很尖锐；战后夏天，我处在穷困之中，夏夜沿湖漫步；寄宿房屋，我们从前常租住，有钱的时候就请中国佬来做一顿好吃的。随后是厌倦了不洁的生活方式，我们五人租了阿尔蒂丝太太的公寓，就在湖那头，很不错；我们有一个好厨子，生活得很好，可以走着去上班。1928年，这城市建得很漂亮，都是新车道，人们都臭富（那时经济还没崩溃呢），自己于此也很有感觉。我自己当时并不怎么喜欢那种生活，心想也许是因为经济太繁荣的缘故。我那时已经有很长时间的巴黎生活经验了，那可是文明城市。记得当时怀俄明要是有个芝加哥人出现，戴着机车工程师的帽子，拿着路易威登的行李箱，给人印象是很深的。我倒觉得没有什么不协调，因为机车工程师的帽子是开敞篷车时戴着最合适的帽子；路易威登也是最好的行李箱（在坐飞机旅行成为风尚后，这箱子显得笨重了；之前还行）：是世上最能防尘、防钢铁划伤，最能防磕碰的行李。不过，那时人们太过于自觉良好。是胡佛当选总统的那年。再没回去过，除了去给父亲下葬，那是同一年秋天的事情。自那以后，许多次我没回家，因为去了不见母亲有点粗鲁；而我又不能忍受见她。也有许多朋友在那儿，假如我见了谁不见谁，都不礼貌。不过，我们找个时间去一下，因为那是个可爱的城市。请在这个城市里度过一段可爱的时光吧。但愿如此。

最亲爱的咸菜，你总说我写信比说话精彩，比我行动精彩，那是因为，尽管说了那么多话，我还是不善组织言辞，我还总是行为不能反映意向，或者举棋不定。这不是一封好信，不过还算一封长信，愿此信陪伴你左右。

老鼠、格格和做出姿势的鲍西问候你。我非常爱你。

你的充满爱意的丈夫

Papa

（此信藏普林斯顿大学图书馆）

致玛丽·维尔什

1945 年 9 月 4 日，观景庄

最亲爱的小猫：

胡安刚把你的电报从阿姆博斯·芒多斯带过来。我真高兴你的旅途不坏。谢谢你爱我。我很爱你，非常非常想你。

这个地方沉闷得很，没有什么新闻。我们在波多埃斯康迪多之行中还下了船。一路步行到那儿；还原路返回，马不停蹄。（龙卷风天气就要来了。）虽如此，波多埃斯康迪多还是很美丽的，树叶一如［亨利·］卢梭丛林里的叶子。入口石灰石很高，跟山里的入口一个形状，也有洞穴。我们在河流的入海口，却没见到一只昆虫。我们进去的时候风刮得很厉害。不过，当风停下来的时候，我也没有见到昆虫。

回来的路上雨下得很大。初秋般冷。鸭群在水上往南飞；真的像是夏末了。

我开始朝酒夜酒都不沾了。迄今尚未动口；估计今后也动不了口了。鲍西终于又接纳我了，以跟你在一起时同样的姿势睡觉。你作任何移动它都带着困意抗议。

潘丘还在维达度打工呢。我自己开始安装屋顶天沟，很大，可以收雨水；水流到房子的一端也就是我的房间上方，然后排到一口井里。那个井每天注水，足敷全家所需。从屋顶所收的水足够储备游泳池的了。

我正查于斯托的财务呢。我弄了个簿记本，谁从他那儿支领现金都得签个字。

也盘点吃食。假如能懂那位中国佬说的就好了，简单多了。支付各种账单。

今天下午或明天上午见律师谈离婚之事。希望法律条文之类没变。假如我不得不去雷诺或者墨西哥，那才讨厌呢。不过，叫我去我就去。

昨天天气很冷，下雨，阴郁。干了一天活，这样不至于漏了什么。

图比·巴顿[1]给我写了封长信。他冲《生活》发出的尖叫发在第四版也就是两版相连的那一页，通栏标题是《瑟堡巴斯东》。他让人到哪儿都读这个：犹他海滩——瑟堡——诺曼底——巴黎——西格弗瑞德阵地（5 次）——西尼埃菲尔——于尔根——卢森堡。这不平之鸣递出去很久了，他似乎奇怪怎么没人回应。不公是生活的正常状态。一个不学会在不公里生活的人也许以为他们该在纯氧气里呼吸。假如他们真有了公正，用不了一半时间，我们就都被枪毙了。我更喜欢人对我慈悲一点，才不管人记录了我说过什么呢，活得高兴就行。

希望你玩得愉快，生活不那么郁闷。家里的小孩子们在成长，对俗世的经验和知识却所知无多，也不懂生活是长时间的磨难；所以，我对他们格外好，充满爱意。我知道你会对他们很好的，会让他们开心，让他们有一位美丽、可爱、杰出、有爱意的并且是很成功的亲人。

有些东西如谦虚和出生高贵比出生低贱要好；任何东西都比无法回到的原来的处境好。世上有许多东西能让你愤怒啊，我的最亲爱的咸菜。不过，既然做了，就把它做好，与人为善。假如生活把你惹毛了，在芝加哥又没意思，那你就去纽约吧；去看看演出，去看［威廉·］沃尔顿；在回来这里之前好好玩一下。我愿为此寄给你点钱花。我真想让沃尔顿到我们这里来。也许他和那位德国佬［玛莲娜·迪特里希］愿意到这里来过一个盛大的圣诞节或者感恩节。无论怎样，假如芝加哥真的不好玩，我想你该去纽约；那里有许多东西你在这里是得不到的。

上帝知道，我自己要是去那儿东看看西看看也会高兴的。我在纽约总是花许多钱。去那儿之前，我得先挣点钱。不过，一个女孩总不会像老爷们那样花那么多钱（除非大买东西）。我们有足够的钱让你来这里之前去纽约。

不管怎么样，我 11 月要去那儿。去看表演，看博物馆，看新派画家的作品，看头脑好使的老朋友，聊天；看 [哈罗德 ·] 罗斯先生和 [詹姆斯 ·] 瑟伯先生以及 [罗伯特 ·] 本奇莱先生。我感觉北方的秋天又来了。秋天从每一扇窗子朝里张望呢。

我们去年冬天一起过了，可是漏了秋天。我们在西尼埃菲尔的冬天是 9 月 14 日开始，从未终止。今年秋天无论怎样我们得一起在纽约过秋天。假如你想去，就先去看看，然后再回家来。需要去就去，一点也别犹豫。

你知道吗，一个套房带冰箱，冰箱里还有鱼子酱和别的一切吃食；灯光在窗外闪亮，室外的空气尖锐酥脆，要多好有多好。室外寒夜，室内暖床。那城市散散步也挺美。

非常美妙的世界。我们为享受生活已然挣到了共有股票的大份额。假如是朋友又互爱（我们总是互爱的），不相互摧残，一切皆好。我们在巴黎举行婚礼至今才 1 年零 3 天。当时我不得不北上投奔图比 [· 巴顿] ；另外也还有谋略问题。自那以后我就觉得自己是结了婚的人，就像在巴黎圣母院举行过婚礼一般。我有优点，也有缺点，不过你指出的缺点我都戒了。其他缺点容易控制，假如你想建设性地控制它的话；要紧的是一个人戒毛病时，你得承认或者记住，这样他就不会觉得“你做了他们也不会注意到。除非不做”。当你决定爱一个人的时候，我知道你会有多少爱意和仁慈善良，你会展现情感。假如你爱别人，你就该展示这些，让被爱的人开心。我永远爱你，我最亲爱的小猫。

今天的课（宗教词汇）就到这里。你明白吗？当我们发现有必要丢弃什么的时候，别信任何人说别的。玛丽 · 格罗威尔 · 贝克夫人你别信，上帝和他的大胡子也别信。我也不信当下活着的任何政客，不信活着的任何士兵，除了艾克［·艾森豪威尔］的善良和实在。我暂且也相信俄国人的真诚好意。他们知道原子弹能促进类似相互理解的需要。我也不相信别的许多东西，这些东西铸塑了人们的生活和行为。我们需要相信的是，为了做到相互友善并将这种友善施及所有人，我们就需要相互信任。我们该相互告知不能做到这一点是因为什么什么，无论事情大小。人只要有爱意、照顾到别人的感觉、有信念，这些举动就能发挥作用。因为，我们在这个世界上能比任何人都过得开心。你很知道这一点的。这种生活只需要花匠所下的功夫：一片沃土，一个好花园，花匠就能照料一切花草。

你的爱人兼伙伴问候你。

Papa

后世人知道此人“不完美”。

（此信藏普林斯顿大学图书馆）

[1] 见海明威 1945 年 11 月 27 日致 R. O. 巴顿将军信。

致玛丽·维尔什

1945 年 9 月 28 日，观景庄

最亲爱的小猫咸菜：

今天要坐船出去，所以那么一大早就给你写信，这样你就能收到点东西了。空气新鲜，天气凉爽的早晨；看样子柔风就要刮起来了。巴克[1]要去林科恩（大眼渔礁）抓些小鱼。所以，我希望别去得太早，那就太辛苦了。无论怎样，此行会很愉快，我们总能抓到大鱼的；虽然拖着小艇不太方便。

老天穷下雨，时间不太长，雨也不太大；昨天下午还是中雨，我渴望去看雨水的量。刚及泳池，看到草已经在沟壑造就的棕色小道上铺长开了。没看见鱼先生和鱼太太，也没看见鱼崽们，虽然水很清。绝对清澈。假如池底不是棕色的，那就很扎眼了。我现在可以陪你游泳了；因为又喜欢上了游泳，这运动非常好，进去游着又舒服。很对不住以前游得不好。

昨天巴克在特殊的射击场合下打得很好。他从没打过猎枪，反应能力很差。不过，你叫他做的事情他都明白，为甚要做，什么时候做，他都知道。他的来复枪枪法好。过得很愉快，他开心得要命。

我枪法也不错。练了一天，我想我能比过别的枪手。不过，飞鸟极快，我已经是第 102 次动作慢了（人们总是最后才把鸟儿放进来）。我只顾着看它们，忘了开枪。等开枪射击时，它们已经出了视线。如此，12 次射击有两次打不中。芒戈 · 佩雷斯在俄亥俄州万达利雅举行的“大美障碍赛”里得了射击第二名，有 1 000 名左右射手参加呢。大家开枪向芒戈致敬。芒戈不参加国际射击比赛的话，他就得有证人证明自己那场射击他没加入。他倒是有了证明：当时脚踝有点扭伤；没见过脚踏实地的人瘸得那么厉害的。芒戈回来是水泥路上一个激动人心的场面。

写信伊始风就开刮了，还挺有劲儿，所以钓大眼鱼就别想了。也许用沙丁鱼钓点什么还行。

现在风大了，很猛——

6 分钟后：

送信的人来之前开始写这段。昨晚没有收到邮件，不过，无论怎样还是想写；因为昨天写的信太阴郁，没有你的音讯的缘故；现在想把这味道从你嘴里去除。

你写了如此可爱的信。我对房子的一切安排都满意；很高兴你喜欢这安排。不是我要求表扬，只是想知道一起过的人觉得怎么安排才好。我没有读给佩蒂［· 朗汉夫人］听这个东西，也没有让她读。我不是个向人兜售计划的人。我想我本是有这个能力的，只是从未想到这么做。

你知道柯利尔没给我信儿（他们还没退还我的钱呢）。不是该由我来说明我是如何花他们的钱的，不是这个问题。我倒但愿当时就开始为他们工作了。我当然知道如何给他们东西。我不是个很有报复心的人，不过，当然，我还是愿意把东西给那帮人的。

今晚和明天我会提笔写，你离开前还会有时间收件；这样来这里的路上就有新东西阅读了。这地方真是美妙极了。你无论什么时候需要朋友，你就高兴地发现找到朋友了。假如我在卖劲工作，你就招待朋友，直到我当天的工作做完。

生小孩就看人怎么面对了。“老鼠”被怀上的时候我在写《永别了，武器》，他出生后我们往西部去，小说在那里完成。宝琳从医院回［娘家］。小孩子没事后她就往西部跟我团聚。假如人的生活开始围着孩子转，大家都过不好，包括孩子自己。孩子的主要问题是找个好保姆，千万别惯坏他们。很多时候看似很没心没肺并且无礼，但不得不那么做。格格 13 岁了，邦姆 21 岁了；我不认为这问题有什么基本改变。希望这么做不是亵渎神圣：不过头几个月乃至头一年，孩子往往是最乏味之物。我尽量躲避他们。假如此类情况出现，别以为我不爱或不欣赏我们的宝贝。格格出生后，我去了非洲。他生于 10 月，我次年 7 月出国，直到来年五六月才回来。大约 4 月份的时候（离家 10 个月），宝琳说：“我想我该看看孩子去了。”[2]

我爱他们。不过，当年不得不照料邦姆比，我就知道一开始你就雇个合适的人照料他，会比自己照料强得多。没有理由折磨夫妻或者让他们分居。没有道理让一个孩子把你逼疯。现在就给你打预防针，省得到时你说我对孩子不好。没有哪个准备要孩子的人有我更投入时间的。也许人们爱他们的孩子更多，但我爱自己的孩子也足够。我会爱小汤姆或者布里奇特的，很爱，或者更爱。

咸菜，我得住笔了，否则信就走不了了。原谅我写这匆忙的破信。期盼回家再读一遍你的信，回头好好回封信。再见，上帝保佑的咸菜。我们已经出海了。

我爱你

（此信藏普林斯顿大学图书馆）

[1] 查尔斯·T. 朗汉将军夫妇 9 月 22 日抵观景庄看望海明威。

[2] 海明威把格瑞高里的出生日弄错了：1931 年 11 月 12 日才对。他自己出国也不是在 1932 年。宝琳的话也许是 1933 年或 1934 年说的。

致马尔科姆·考莱

1945 年 10 月 17 日—11 月 14 日，观景庄

亲爱的考莱：

听到你的消息可真好。我收到书有几天了，很喜欢你写的序。[1]现在终于明白你说的“夜间之物”是什么了。希望有运气现在就写点东西，好让你有新品种用于老手术刀。

你知道的，一个人谈自己的东西很难，用文字评论自己的东西也很难。因为，你的作品要是好，你自己明白它怎么个好法——不过，假如你自己来说，感觉就很糟。我的孩子们是我唯一谈论自己作品的对象。或者说，我跟他们谈论自己一直努力写的是什么东西。他们知道多斯；也喜欢听司各特和乔伊斯的故事；喜欢听事情的本来面目，而不是大家接受了的说法。当然这两者之间区别很大。孩子们会问：“爸爸，谁谁谁这事真实的情况到底是怎样的？”Gen 是空军暗语作“情报”，汇报情况时递出去的东西。真实的 gen 是他们所知却不告诉你的东西。真实的 gen 很难获得。

我以前不知道我们有相似的早年生活经历。那生活真好，不是吗？很难过你有耳背的问题。假如不得不失去一样的话，倒是情愿失去听力。不过，失去哪一样都不好玩。

我不知道福克纳身体那么不好。很高兴你也在编他的作品“袖珍本”。他很有天分，只是需要某种良知，他的作品缺这东西。当然，假如世上没有半自由半奴隶的国度，也就没有人能写半正直半邪恶了。不过，他绝对会写出完美的正直来的，然后就是没完没了，无法收笔。我对基督发誓我能拥有他就像一个人能拥有一匹马，并且像训练马一样训练他；让他像一匹马一样去赛跑——仅限于写作领域而已。他能写很漂亮的文字，很简朴的文字，五彩纷呈如春秋季节。

我会试试给他写封信，让他开心起来。

我们得聚聚聊聊，等我去纽约吧。不知道什么时候能去呢。我现在工作顺利；每天上午工作。有几个月了，我夜里不喝酒，干完活之前也不喝酒。从战争中归来，不喝酒可是件最难做的事情。用这古老

的“巨人杀手”用惯了，实际上它也一醉解千愁。我记得在西班牙，连看地图都得来两口；两口之后看东西就不那么模糊了——即便是一片糊涂。接着是酒精过劲了，你得让它沸腾出你的血液系统——只留有用的东西，干完活之后借以放松自己；不骗自己，也不愚弄自己；这过程不易。

我曾经给伊万［·薛普曼］写信，请麦克格劳收转；但未见回音。他去年给我寄了两首写得很好的诗作。

你知道我从来就读不下去凯特林·安妮·P［波特］写的东西。我就是读不下去。她的作品似乎很无聊。不像那位卡尔松·迈克卡拉斯那么虚假，只是觉得她的人物活着很无聊。

肯尼斯·伯克写得好的时候，我太没有教养，还看不懂他。现在想重读一下。你们刚开始写作的时候，我才刚读完中学。我是在战争中学会意大利语的，并且一直没忘。我也懂一点德语。我学着写作的时候，正在巴黎受教育呢（大抵是西尔维亚·毕奇书店里的书教我的，直到学会法语）。随后，我学了西班牙语。每年都在继续学习，继续阅读。每年都学新东西，让脑子充实知识。学习真是件很好玩的事情。看不出理由来停止终生学习。当然，要学的东西多着呢。

11 月 14 日

当然，没能用心把上面这封信寄走。

每天写作，写得很顺利。写作使眼下的生活显得很枯燥。不过，写作也比别的事情来得好玩。你记得老［福特·马多克斯·］福特是如何总写［约瑟夫·］康拉德写作时痛苦的情形吗？说它是狗的行当［un metier du chien］之类。你写作的时候觉得痛苦吗？我一点也不觉得痛苦。不写作的时候才痛苦得像个混蛋呢。动笔写作之前，感觉空落落的，写完之后像是宣泄过了。不过，没有比写作过程中的感觉更好的东西了。

我收到你的信之后，写信去买袖珍本爱伦·坡的书。他过的是多么可怕血腥的生活啊。他甚至比司各特都自找苦吃，坏运都是自己惹来的。假如他生在我们这个时代，也许会成为奥斯瓦尔德·莫斯莱那帮人里的一个。他们会为杂志筹钱，这杂志会成为唯一一本法西斯主义好杂志。我期待着读坡的作品。我想这个冬天干这件事就很好。接着是发现我去意大利之前就读过了；记得很清楚，简直没法重读。这些作品我都忘了，然而故事却在那儿——完整无缺。他似乎很像伊万。当然，他是始作俑者。你知道伊万是很好的作家吗？别以为任何人都意识到他有多好。

阿奇［·麦克莱什］除了"爱国"还写别的吗？我读了他致一名"死去的士兵"的很没有生气的诗行，就收在那本"自由世界"文集里。我以为老艾伦·泰特最能写极无生气的讴歌"死去的士兵"的诗呢；阿奇也很能啊。[2]你知道吗？他的兄弟肯尼在上一场战争里死于空中。我总觉得阿奇感到此事让他有种压倒一切的对一切死亡的兴趣。

庞德会怎样了断？我们参战后他继续广播了吗？我想他们该剃掉他的头发把他当"奸细"。任何别的惩罚都为过。他曾经是位伟大的诗人兼最慷慨的朋友。他曾照顾很多人，在意大利享有拥戴也很自得。而不是后来的囫囵吞枣吸收法西斯主张，被玩弄（除了庞德这种自我白痴，没有人会这么愚蠢；然而，他却做了：就这么简单，接着是为自己的行为找正义的借口）。1933年，乔伊斯跟我发誓说庞德疯掉了；让我陪他一起侍坐：他当时请了庞德出席小聚。他表示请我是因为"埃兹拉疯了，我不知道他会干出什么来"。我很久以来就觉得他的想法不正常。他的广播稿我读了，觉得愚蠢不堪，疯狂；这些文本本身假如整体呈堂的话，就能成为他最好的辩护。

你知道人们会拿他怎样吗？威廉（霍-霍）·乔伊斯干的事情是很危险的。把埃兹拉归为同类有点恶。他是个叛徒，不过是个愚蠢疯狂而无害的叛徒。

［欧内斯特］

（此信藏肯尼迪图书馆）

［1］马尔科姆·考莱编维金版袖珍本《海明威》（纽约，1944）。

［2］海明威把麦克莱什的《死去的年轻士兵》（《诗集》［波士顿，1952］第139—140页）同泰特的《南方联军士兵颂》（1928）相联系。麦克莱什的兄弟肯尼思（1894—1918）被间接写进《悼念之雨》（见《诗集》第36—37页）。

致 R. O. 巴顿将军

1945 年 11 月 27 日，观景庄

亲爱的“酒桶”：

非常感谢你写来优雅的信并寄给我精彩的照片。我要给它们配相框。

没给你写信令我很不安。今天早上推开手头的写作，无论如何把这信寄走。

这里的情况是巴克［·朗汉］和夫人来看我了。我放下手头的写作，甚至信都不写了。他离开的那天我才接着写书（我们在一起很愉快；我想他也喜欢这里）。我拼命写作，停笔时就像快拧干的抹布。我每天都想着给你写信，可你的信总躺在“立刻作复”信堆顶上。

我希望你现在感觉好一点了，在做你想做的事情。我说的话不该是这个，因为你想做的事情是去打仗。可是我们的仗打完了。

我收到了第 4 步兵师战友联谊会的信和申请表格。我会填完并寄走的。非常感谢你。我很高兴和平时期我也属于这个整体。我想你的联谊会规划也一定很不错。如果需要我做什么，尽管说。

其他事项：你知道的，我做了的任何事情或者努力做过的事情，为此我并不希冀奖励。只希望自己可能对人有用。不过，我很感谢你为我做过的事情讲好话。第 4 步兵师现在打算怎样呢？

你自己打算接着做什么？我希望不久能再见到你。照顾好你自己。请原谅我回了你一封这么烂的信。我的心血都给了那本该死的书了。我无论何时写信写得好的话，那就意味着我没在从事写作。

我现在才觉得自己多习惯于用这昂贵的脑子写划时代的书卷，而不是坐着那摩托车奔驰——此时此地——我才感到一丝战斗的疲惫。我读了一本叫《压力下的人们》的书，才发现自己 25 年来有着书里写的一切症状。只不过我一直以为是痔疮所致而已。

将军，有你的音讯真好。我希望你感觉好多了，度着你该度的假期。

问候巴顿夫人和你的千金。

永远的你的，

欧尼

玛丽（是who还是whom？我只会在书的标题上用whom），我希望能很快娶她[1]。她问候你。

约翰·格罗斯写了篇蠢玩意儿，是写我的。我写了篇“序”之后，他却在自己的文章里插进各种东西。[2]你在巴黎的时候，他在西尼埃菲尔。幸亏我在“序”里说他写的是“童话”。

（此信藏普林斯顿大学图书馆）

[1] 海明威与玛丽·维尔什1946年3月14日在哈瓦那结婚。
[2] 约翰·格罗斯著《欧洲演播室》(纽约，1945)。

致康斯坦丁·西蒙诺夫[1]

1946年6月20日，观景庄

亲爱的西蒙诺夫：

……你的书昨晚我收到了。今天正读呢。等读完了我给你往莫斯科去信……

这书一开始翻译过来时我就该读的。可是，我刚从战场上回来；对战争题材的东西不忍卒读。无论写得多好的书。你肯定知道我的意思。我初次上战场之后有9年我都无法写战争题材的东西。西班牙战争之后，我不得不马上写东西，因为我知道接着另一场战争很快就要来了，觉得时不我待。这场战争之后我的脑子受损（3次），头疼得厉害。不过，最终我还是拿起了笔，又开始写作了。然而，我的小说写了800页稿子还是远未触及战争。假如，我能活下去，书总是会写到那儿的。希望能写得非常好。

整个战争期间，我都想跟苏联军队在一起，亲眼目睹那卓绝的战斗。不过，我觉得自己没有正当的理由在那儿当战地记者，因为A.我不会说俄语；B.因为我觉得自己在别的方面摧毁德国佬（我们称德国人）更能发挥作用。在一项艰难的工作中，我在海上呆了有两年。接着去了英国，作为记者随皇家空军飞行。这是盟军登陆前的事情。我亲历了诺曼底登陆。接着是跟随第4步兵师。跟皇家空军那段时间很美妙，但是毫无用处。跟第4步兵师和第22步兵团时，我尽量让自己变得有用，学说法语，熟悉国情，能跟着游击队冲锋在前。这才是美好的生活，你也会喜欢的。我记得我们是如何在大部队之前进巴黎的；部队赶上了我们。之后，安德烈·马尔罗来看我，问我指挥了多少人。我告诉他最多的时候不超过200人；一般在14—60人之间。他很高兴，也松了口气；因为，他说他指挥过2 000人。所以，这个时候，文学上的优势是谈不到的。

那个夏天从诺曼底进入德国，是我一生最幸福的时候，尽管处于战争中。后来在德国，在西尼埃菲尔，在于尔根森林以及伦德施泰特进犯时，仗打得很激烈艰苦，天气也冷。之前就有艰苦的战役，但我们重新拿下法国；拿下巴黎尤其让我感到开心，从未有过的开心。打年轻时候起，我就知道撤退、蓄势待发、撤退；要么是储备力量还没上前就胜利了。我从来就不知道胜利能给你带来什么感觉。

自1945年秋天起，我就拼命写作，成天地写。一周一周一月一月飞快过去；假如没有意识，不知不觉我们就都死了。

我希望你在美国和加拿大旅行愉快。我但愿自己能说俄语，能陪你四处走走；因为，的确有许多奇妙的人可以见见；有许多不错的事情可以做做。然而，这些人很少能说俄语。我愿让你见见我们第22团的上校（现在是朗汉将军了），他是我最好的朋友；也愿你见见第1、第2、第3营的营长们（还活着的）以及许多连排长、许多很不错的美国士兵。从盟军登陆日在犹他海滩驻扎起的第4步兵师，直到欧洲胜利日，全师伤亡人次21 205；而我们的兵力是14 037。我的长子在第3步兵师，他们伤亡人次是33 547；兵力也是14 037。不过，他们在西西里；在登陆法国南部之前一直在意大利。他是先头部队空降兵，后来受了重伤，秋天在沃格斯被俘。他是个好孩子，是个上尉，你会喜欢他的。他跟德国佬说（他是金发小伙子）自己是一位奥地利滑雪教练的儿子；父亲在一场雪崩里死了，他于是去了美国。德国鬼子最终知道了他的身份，把他送进了人质集中营。不过，结果他还是被解放了。

真可惜你不能来这里。你的诗歌和日记有英文翻译吗？我非常想读一读。我知道你在表达什么。正如你说你知道我在表达什么一样。这世界毕竟有足够的联系，作家们该能相互理解。眼下有许多事情都是 *govno*（臭狗屎，也许拼错了）。可人民还是那样善良、机智，出发点还是那么好，相互理解。假如我们相互理解，而不重复丘吉尔的表演；做 1918—1919 年间他所做过的事情以保存点东西多好；现在只有通过战争才能保存这些了。假如我在谈论政治，请原谅。我知道自己在谈论政治时该当傻瓜。不过，我知道什么也妨碍不了国家间的友好往来。

苏联有个小子（也许现在是老头了）名叫卡什金。红头发（也许是灰头发）。他是我最好的评论家兼翻译家。假如他还在那儿，请替我问候他。《丧钟为谁而鸣》翻译过去了吗？我读过伊利亚［·爱伦堡］的一篇评论，但从未听到译本的事情。小有改动或删掉几个名字就容易发表了。希望你能读读。过去几年人们把它看成战争题材小说，其实不是。不过，说它写山里的小战事，还凑合。里面有一处写你喜欢的打死法西斯的场景。

祝你好运，祝你旅途愉快。

你的朋友

欧内斯特·海明威

[1] 康斯坦丁·西蒙诺夫(1916—1979)，苏联诗人、小说家兼剧作家。本信文本源自《苏联文学》第 11 期(1962)第 165—167 页；显然有删节。

致查尔斯·T.朗汉将军

1946 年 8 月 25 日，怀俄明州卡斯珀尔

亲爱的巴克：

一周前这晚，我们到此地。是卡斯珀尔，不是医院。周一早上

[8月19日]，我在收拾车里的东西，玛丽7点醒来，疼得厉害。细节就免了：是输卵管妊娠；管子破裂。找了当地最好的外科大夫，带她到目前这家医院。体内大出血。得找足够的流体和血浆供她身体用，以便手术。周一晚上8点半点终于动手术。大夫忙着安排术前脊背麻醉，玛丽的血管却崩溃了。没有脉搏，大夫也无法用针注射血浆。大夫对我说，没有希望了，没法手术。玛丽无法忍受电击。跟她说再见吧（说再见也无济于事，因为她昏迷呢）。我找助手切了一刀找脉，让血浆流动起来（他们人手不足，血浆管子里面有气泡，通气孔塞住了，因此血浆不流动）。我于是自己安排输血浆，挤奶般疏通了管线，高举，斜拉，直到血浆流动。第一个品脱量血浆快输完的时候，她苏醒了；于是坚持让大夫手术。

再跳过细节：手术过程中她输入4瓶血浆；术后两次输血。一直就戴着氧气罩。今天好多了。血球计数没问题，脉搏和温度正常；下周三或周四拆线。今天早上吃了顿好饭；很快就要午餐了。大夫切掉了破裂的管子以及另外一节管子。其他器官未动，没问题了。

巴克，这是我见到的最近在眼前的一例。大夫都放弃她了——手套都摘掉了。这表明事到临头绝不能放弃。

受孕是7月4日——第一次月经没来是7月15日——第二次是8月15日——其间没有四肢酸疼，没有生病，没有恶心，也没有输卵管妊娠的迹象。可是，它还是发生了，早晚要破裂管子的；幸亏在卡斯珀尔，而不是在山里。

自那以后就在医院。玛丽至少还要住上一周。也许还要长些。我等着，给你写信是因为我想也许你的信转到爱达荷州凯彻姆去了。不过，昨晚收到你那封信了，在这里。没有别的信可等了。现在给你写信，免得你着急，万一你在报上看见什么呢。

孩子们当时在凯彻姆等待（现在还在那儿等着）。我想我会带他们来这儿的。他们本周四到，在这度周末。还没法计划什么时候带玛丽来凯彻姆，也没想好怎么带她来这里。她本周大可以在这里恢复并观察身体状况的。

我们住在米申汽车旅馆，坐公交车往返医院。（至少到）9月2日的地址是怀俄明州卡斯珀尔铁道德宾大街米申汽车旅馆。

除去这段插曲，别的计划没有变，如我上封信所说。你什么时候来我都欢迎。我们安排一下吧。没有你的音讯，我以为你去了东部或者 ETO［欧洲战区］。

原谅我写流水账般的信。旅途还算好，不慌不忙的。我们过得很愉快，见到了漂亮的乡村；正玩得最开心的时候，输卵管破裂之事发生。

宫外孕可真是不走运的事情。玛丽很勇敢，很有耐心，乖得不得了。上周一晚上，没能看到公墓，她记得清楚着呢。还没见她跟谁这么亲近过。

巴克，永远祝你好。

你的战友

欧尼

（此信藏普林斯顿大学图书馆）

致查尔斯·T. 朗汉将军

1946 年 8 月 28 日，卡斯珀尔

亲爱的巴克：

刚收到你的电报。非常感谢你发电报。电报让玛丽很开心。

玛丽没事了。晚上睡得很好。血球计数稳步上升。她不需要再输血了，现自己在造血，没问题，质量还很好。仍带着氧气罩睡觉，这样心脏压迫感就小一些。她现在终于走出危险的林子，高卧平坦之路了。

谢谢你主动提出来帮忙。我知道你是真的想来帮忙。不过，这里没有什么事是我应付不了的，我情愿你在能玩得好的时候再来。反正等你信来我会安排的。你知道我多想见你。

这信只跟你和佩特［朗汉夫人］再次确认玛丽没事。除了福音没有别的消息。

今天大夫要拆线了。自手术以来，已经过了 9 天了。大夫说玛丽

下周二或周三才能出院。随后一周内不得旅途劳顿。我不能安排得太长远，因为要看情形如何。此外，大夫们的决定都是临时做的，有许多变数呢。这里（航空）包机服务价格还行，有双摩托警灯和担架设备；可以用飞机送她到黑利，离凯彻姆只有 12 英里远。假如需要，我就让邦姆比开车，其他孩子也可做任何需要做的事情。

米申游人旅馆或者汽车旅馆的生活还算快乐。因为，一旦紧张的一刻过去，就没有什么可做的了；多少起了点冲动想去工作、拳击、操——，要么去喝酒。我近来几乎不喝酒。我热爱西部并且对西部很熟悉。西部所有镇子过一遍，我都不会选卡斯珀尔。不过，这家医院真是不错，我们能撞到它真是幸运。因为想照顾玛丽，写作就不是真想干的事情。等什么时候开始干活，写作一定是第一件事，别的没什么可做；也没有什么事留给我去做。不写作，也不喝酒，性子变得很有耐心，就想好好照顾玛丽。

希望你别以为我在信里把自己塑造成海明斯坦大夫，“伟大的急救应付专家”。只是想给你逐幕展示一下情况，我自己也很好奇：人多大程度上能跟命运较劲而不是接受命运。不过，你需要个打擂台的人；玛丽恰是那个拉起架势让命运跟你斗一番的人。巴克，我会再写信的，等收到你的信吧。谢谢你发电报来，让我感觉需要伙伴的时候总有个伙伴。

欧尼

明天去罗林斯接孩子们。

离开这里后的地址：爱达荷州太阳谷罗伊 · 阿诺德收转。

（此信藏普林斯顿大学图书馆）

致查尔斯 · T. 朗汉

1946 年 11 月 2 日，爱达荷州太阳谷

亲爱的巴克：

希望你周游世界旅途愉快。每重访一地，一切都好。

我给温斯顿［·盖斯特］写了信，说我们计划 12 月头一个星期到那儿［纽约加迪纳岛］。我收到他的电报，说他得悉此信高兴极了，你随时可以去他那儿。[1]

我们打算 11 月 10 日离开此地前往盐湖城；在那儿跟朋友们打猎玩几天。都是些很好的人啊。他们曾跟查理·斯文尼来过我这里；查理是我的老战友，我们一起在几个地方当过兵。他是委内瑞拉人，而卡斯特罗是墨西哥人；美国"外籍军团"的马德罗是摩洛哥人。在皇家空军服役期间，我们一起在近东和西班牙；他是我认识时间最长的老朋友之一了。他目前跟这些人在盐湖城呢，其中有克莱伦斯·巴姆伯格和他妹妹迪迪·艾伦。他们声称在埋伏下、在沼泽地的小推车里、在摩托艇里都能高水平进行射击活动。这可是我从未干过的事情啊。打个无辜的鸭子整那么大动静，似乎过了点。不过，我常发现当时看着蠢的事情，结果却很实际并且很好玩。

昨天没有设埋伏，不过一个小时不到，大家都受不了了：来了一场暴风，50 英里时速，就在银溪水泊老地方。一群十来只诱鸽放出，鸟儿狂飞，纷至沓来，如喷气推进的神风特攻队。

打野鸡也很不错啊。每天风力十足。鸟儿屁股借着风力可真能飞跑。玛丽现在能在野地里走常人能走的 3/4 路程。她玩得开心。她最后射出的枪弹击中了两只野鸡。希望今天打得顺利。

帕特［老鼠］打着了一只肥鹿，漂亮极了，鹿头也很可爱，放血开膛后几近 285 磅。［泰勒·］威廉斯上校打着一只更大的鹿，胖得几乎走不动路。这家伙可真是块肥肉，从未吃过那么好的。我想办法给你寄点冰冻好的肉。还没见过这么肥的鹿肉，吃起来像活牲口展览上得了奖牌的牛肉。

在纽约，我们会住在荷兰雪梨酒店，除非我另外通知你。寰宇电影制片公司的家伙（《杀手》制片人马克·黑林格）来此地印《杀手》海报。我觉得这是一部好电影。这家伙说只要提前 10 天给他打招呼，绝对能把我们弄进荷兰雪梨酒店。我们可以在那儿见面啊。你告诉我你何时露面，11 月 30 日，12 月 1 日还是 12 月 2 日。

我们将从盐湖城开车前往新奥尔良，把车放那儿。接着前往芝加哥探望玛丽的父母。接着再前往纽约。也许先送“老鼠”去纽约；这样，他跟格格就能于感恩节在加迪纳岛打猎，我想是在 28 日。也许到那时我们已经在那儿了。也许吧。希望如此。

我在这里身体很好，可以想走多远就走多远。冷风吹得人感觉好极了。凛冽如在卢森堡过圣诞节 [1944 年]，虽然不像那儿那么冷。

前天差点真的玩儿完。你知道，千万别把自动武器交给女人。霍华德（斯利姆）· 霍克斯夫人再次证明这一点。我们正卸枪要进车呢，她把口径 16 的勃朗宁自动步枪弄响了，离我的头很近，（实际）擦到了我的头皮，头发都削掉了。我当时正跪着系靴子呢。她也吓得够呛。我则故作轻松，只说了句这枪安全系数不好（不是她的错：狗屎）之类。现在这枪归我了，其实是把好枪。你可以在加迪纳岛试试。我跟她说另给她弄一把多少使着安全的枪给她。走火之事以后，我心想得把这制作精良的武器留下：功能很好，双管，卡茨补整器，四根管子都不一样。我打过一支勃朗宁，用了 12 年呢。自动猎枪里就这个好。所以啊，跟这掠夺来的战利品比起来，脖子后面烧掉点头发算什么啊。跟这枪一起归我的还有 500 发子弹。我们弹药也有了；还可以试试那把德国造。也许我们该先用轻子弹打，尽管有验讫标记本可放心。

巴克，这次度假真是好极了。玛丽很开心，身体也好得很；自抵达卡斯珀尔（事实上自离开新奥尔良）以来就没争吵过。我多少年来就没能这么打猎，我终于又进行我热爱的打猎运动了。冷风凛冽，我睡眠良好。每晚吃得也好：山羊肉、驼鹿肉、鹿肉、野鸡和野鸭。我早上做早饭；我想我写信告诉过你了。玛丽做晚饭。她饭做得真不错。在英国学的，给前夫 [诺尔 · 芒克斯] 做饭；他只喜欢熟透的（干）肉，享用着这些鲜美多汁的主食，享受着这多美好的时光啊。

本来是可以让她去卡斯珀尔公墓的，而我却没让她去；这回可给了她信心。她一分钟也没嫉妒过斯利姆夫人：两人是好朋友。只是问我：“Papa，我不用担心斯利姆，对吗？”我老实告诉她不用担心。就这样，我多幸运。（她）躲过一劫之后，重拾对一个人的信心和信念，多美好啊。

与其写信，不如期待你跟我一起到［加迪纳］岛上共度美好时光。这是一所优雅的老房子。自殖民地时代起，这岛就属于一家人：波士顿国家银行前经营人奇德。这房子是这家人在那里构筑的。克莱伦斯·麦凯伊用大价钱租下它直到去世为止。温斯顿每年为这所房子花费3万到3万5。1937年或者1938年的那场飓风（我在西班牙期间）把房子破坏得够呛。不过，这地方还是不错的。半月形状（近似），向海里延伸，黑野鸭、野鸡成群，也有许多鹿。我们会好吃，好喝，聊天，打猎。我40年以来就期盼这一天了。要是我们能共度这好时光，那就10倍为好了。你只需要带最暖和的衣物。假如衣物湿了，有的换就好。我肯定莉丽会喜欢这里的。我从未有暇去那儿——总是匆匆忙忙——要么就是干活写作——我们会度过好时光的。你想呆多久就呆多久，因为温让我们想呆多久就呆多久。我们会度过好时光的。呆在那边可以的，因为我也让温在我那里呆过，还有他的朋友们，好几个月呢。我们尽量让你增加10到12磅体重吧，长骨头，长肌肉。热牡蛎老汤好着呢，还有香槟酒招待。

必须住笔去进行腹肌锻炼了；到南面的乡野去。已经切好剩下的冻肉块了。玛丽用传统奶油沙拉酱、酸辣酱和生菜做三明治。有的用酸辣酱，有的用奶油酱。还有，每个三明治加一片野鸡胸脯肉。酒拿皮囊装的葡萄酒（两夸脱）。

再见，巴克。你收到此信后若回信，我10号临走前能收到的。就算收不到，信也会被转到盐湖城地址：犹他州穆雷市7沃克斯巷2600号。我们会收到的。或者往那儿写信。

问候佩特。玛丽问候你们。

欧内斯特

（此信藏普林斯顿大学图书馆）

［1］朗汉将军事后与海明威在温斯顿·盖斯特租来的大宅那儿会合打猎，此地是长岛蒙托克角外的加迪纳岛。

致恩斯特·罗沃尔特[1]

1946 年 12 月 18 日，观景庄

我亲爱的恩斯特：

我很高兴收到你的来信。因为翻译拖延了些，我收到得晚了。我很高兴得知你没事，又回去干本行了。你们当然是经历了战火。我很高兴你不是我们在西尼埃菲尔或于尔根森林打死的德国人里的一个。别以为这是胜利者的压迫的口气，你们在这两个地方也杀了我们很多小伙子，比我们杀你们的多。（幸亏我俩没相互残杀。）

请给安妮·玛丽·霍希茨写信，替我跟她说我期待她再次翻译我的作品。她是我作品最好的译者，别的语言的译者也没有她好。

请通过我的律师毛瑞斯·J.斯佩瑟与我保持联系，地址：纽约州纽约市 20 第五大道 630 号。请告诉我你开的条件，什么时候能再次以德文出版。如此，我们就可以商谈交易。与此同时，我跟别的德国出版商做交易前必先跟你联系。

不过，先弄点钱去吧，如此我就不用在你满柏林追逐钱的时候，在皇家大饭店里等你了。

你的老搭档欧内斯特·海明威

向你致以温暖的情意

（此信藏普林斯顿大学图书馆）

[1] 罗沃尔特时为海明威德国出版人。此信曾刊 Rowohlts Rotblonder Roman（汉堡，1947）第 44 页。

致麦克斯威尔·帕金斯

1947 年 3 月 5 日，观景庄

亲爱的麦克斯：

我太大意了，没给你写信。请原谅我。原因是多方面的：太忙于写作、接着是写作被打断、然后是加倍工作弥补时间损失。有 1 个

月零3天没有上船出海了，都快沤臭了，明天无论如何要出去。

刚到这里就要处理纳税事宜。接着是［马克·］黑林格来谈电影买卖，我决定不接受这桩买卖。尽管拍电影意味着挣很多钱，但我还是不想涉足电影公司。我就干我能应付的写作。我打算给他一项选择（第一选择）：可以拍已经发表的短篇小说和将要完成的（短篇小说），价格固定并且属于盈利的份额。如此，他要怎么拍是他的事情，我就不干预了，什么也不干：以往我总参与。他曾经要我们当合伙人，成立一个公司，取得作品版权、当制片人之类。钱方面弄得很诱人。可是，我是个小说作家，偶尔客串记者（上帝啊，希望不再）；我不想以任何形式进入电影行当。我该做的是卖掉我的故事。当我卖故事给电影厂的时候，我只跟利润沾边，而不是卖掉所有权，然后让税收吃掉故事所挣大部分钱，还把产权永久拱手出让了。我得想想怎么弄才好。

接下来的是［毛瑞斯·］斯佩瑟［海明威的律师］：越来越难打交道办事了。他走人了。

昨晚［江纳森·］凯普来此地了。我还没见到他呢：把他安排在旅店了。这婊子养的先从伦敦写信来，让我给他弄签证。为此，我不得不去移民局然后去州务卿处，让他把签证电文发到纽约领事处。凯普找不到这电文，于是我又重来一遍手续，给他寄去签证电文号。接着他又要我给他老婆弄个签证。我不得不停下手头的活儿，又经历一番签证手续。我得求人帮忙，把跟政府人员的信用关系用尽：这些本可以留待自已享用的。他打电报来说要订个床位用4个晚上，于是在国家酒店给他订房间，跟人家说我来付账，包括餐费。那大约要每天支付80美元。希望他就呆整4天，不逾期。就这样也比让他来我家好，如此我早上能继续写作。我从来就没能喜欢凯普；现在想培养这份情的话，太晚了。

尽管如此，我还是稳步写作，进展顺利。目前，别的就顾不上了。从头修改着我离家前写的那部分。大部分都重写了，以前写的不对劲。从头来一遍可真难啊。现在是重写一过，该是作品应有的样子。写了137页打字稿，重写的部分在里面呢，手稿达156页。如此，手写稿一共有907页了。开头之后、中间部分都写得顺利，许多就不用重写了。我但愿这些救火队式的访问者别来烦我，因为这凉爽的冬日是一年里最好的写作季节。

如上是我没给你写信的原因。也有别的各种打扰中断工作；不过，对这些打扰，我很无情无义。门上挂块牌子，写着西班牙文："如无预约，海先生不接客。""不来我家则免去不被接待的烦恼。"如此，有人来，我就有权骂走他们了。

稍后我会写信详细跟你说说插图的问题。[1]有一点很明确：任何条件下都不用［约翰·］格罗特。我很喜欢他，但却不喜欢他的插图。请不要明确承诺［路易斯·］昆塔尼拉。他的作品（至少在我看来）已经属于低级品，沦为漫画了。假如他愿意，是能画好的。不过，我得确定他愿意往好了画。见鬼，我似乎已经在这里详谈这个了，尽管现在不得不就此住笔。我想帕特里克也许能画好《永别了，武器》。一阵子里还说不好呢。假如我能去欧洲，也许能让毕加索至少为一本书插图。你知道吗：他能为书画很漂亮的插图。他还是我的好朋友。我真想要好的插图。［雷吉纳尔德·］马什给多斯的书作的插图我认为绝对糟糕。因此，多斯的书卖得不好，我都不吃惊。各部分都不卖座。我们的书所有插图都卖座，至今仍以某种形式卖座。对不起，这封信谈不出什么建设性的意见，但我反复琢磨过；迄今就想到那么多。

谢谢你给我弄那除水藻的玩意儿。我冒着当江纳森·凯普第二的风险，请你再给我弄三四加仑好吗？要同一家的产品，空运快递给我。还有三周我就要出门了。泳池好而干净与绝对无法使用之间是有天壤之别的。我们这里不像基韦斯特那里有那么多水可以放掉。

帕特里克在这里努力工作。除了干活，他还学习天文学、航海和西班牙语。我在教他英美文学。他的航海老师曾在西班牙海军学院教授航海；他也从这个老师学西班牙语。他身体好，很开心。想去哈佛，跟人说起你，算推荐人吧。希望那没问题。2月在此地他射击赢得国际赛奖金，赛事两天，规模大，他都得奖了。下午我跟他打网球锻炼身体，但运动仍嫌不够。玛丽很好。很开心。

我今天打算给你发电报，请你往“保证信托”账户存 3 138.13 美元，就是 2 月版税清单上显示的数字。这个我本计划生活开支用的；今天收到斯佩瑟的电报，说他需要 2 100 美元作税的第一笔缴纳金。假如我不卖东西给电影厂，我今年就收入微薄了。已经拒绝 50 000 美元卖《五万元》；他们愿出 75 000 美元。不过，因为现在这种征税法，我不愿卖任何东西得现金；除非利润里有我一份。

你收到此信后能不能借我而不是预支给我 3 000 美元，请存进我“保证信托”的账户。发封电报告诉我一声，就写 3 000 美元存了。这样我就知道并提款用了。我会支付点利息的，就像借贷别人的钱一样。

我尽量节省点生活，尽管所有的东西都贵得要死。就我们而言，最好在需要的时候跟你借钱，而不是搅进大宗电影交易；电影买卖帮不了大忙，还分散我的工作精力，我的工作是写好书。我不愿想如何把自己的作品拍成电影。

《乞力马扎罗的雪》能拍很好的电影。无论何时我只要卖掉它的版权，我就能还账：假如届时我这本书还没写完的话。我想我有足够的资产，这本书也写得很差不多了，所以，借钱之举没问题。

对不起，往一封信里加了那么多东西。得去发电报了。你收到此信后，往我账户里存 3 138.13 美元，我也得往别人账户存一张等额支票。接着就是去写作；看看在狗脸长相的英国人出来吃午饭之前，我能写完多少。明天无论如何我要坐船出海，凯普去不去我就不管了。我也不打算问他。我想我会跟他说要出去开一整天的会。不行，他能看出来。内阁阁僚和白金汉宫的所有人就那些。

今天你收到电报后，请给我存进账户 3 138.13 美元版税；等收到此信后，再存那 3 000 美元。

问候查理。照顾好你自己。非常感谢你。

欧内斯特

（此信藏普林斯顿大学图书馆）

[1] 插图新版《永别了，武器》正在酝酿。

致伯纳德·佩顿[1]

约 1947 年 4 月 5 日，观景庄

亲爱的伯尼：

要想弄一大罐子“血红玛丽”（小罐子不值），就得拿大号罐子，放进去一块差不多大小的冰块，放得下就行。（这是避免我们的产品快速融化、流淌。）混入一品脱伏特加以及同等量的辣番茄汁。加一大勺伍斯特酱。一般也用李派林牌子的英式香辣酱；不过也可用 AI 或者上好的牛排酱。搅拌后加小量芹菜、盐、红椒、黑胡椒。接着继续搅拌，然后尝尝味道如何。假如太浓烈，就用番茄汁稀释。假如不够劲，就加伏特加。有些人更喜欢加柠檬水。如果觉得余音不绝，挥之不去，就加伍斯特酱——但别把可爱的颜色弄没了。不断地喝，看看味道怎样。1941 年我把此物引进香港。除了日本军队外，这个东西也许是大英帝国这块殖民地沉沦的另一个因素，舍此无他。你掌握窍门后，就可以自己来配搅。喝起来像是绝对没有酒精，一杯下去，还是像上好的大杯马蒂尼那样有劲。秘诀是要冰镇，别让冰块把它弄成水汤了。要用好伏特加和好番茄汁。新泽西有一家俄罗斯伏特加酿造厂，产品不错，记不得名字了，我还是别乱说，省得你找错了地方。

很高兴见到你和你可爱的妻子。希望我们能多见面，多呆在一起。玛丽正写信感谢你给她危险的经济书刊看。谢谢你送我们除水藻的东西。感谢你周到仁慈寄这些给我们。希望不久后我们能找时间一起打猎去。

向两位致敬

欧内斯特·海明威

有一种墨西哥佐料叫埃斯塔斯毕冈（塔巴斯哥辣酱里清淡的那种），把它加进“血红玛丽”也甚好。只加几滴即可。

（此信藏普林斯顿大学图书馆）

[1] 佩顿（1896—1975），尤金·杜邦的外孙。普林斯顿大学 1917 级。1917 年在法国开救护车；1947 年纽约空气制动机公司副总裁兼司库。

致小威廉·W. 西沃德[1]

1947 年 6 月 19 日，观景庄

亲爱的西沃德先生：

非常感谢你来信。听到你的消息总是感觉很好。你重读我的短篇而能有这么好的看法，我很开心。

我读了［塞缪尔·］帕特南的书［《巴黎是我们的情人》，1947］，觉得这是奇异的混合之物：好的用意、不准确的新闻报道、个人不在现场的证词：而帕特南的确在他写的那个时间段里干了些奇怪的事情。等我们见面后，我跟你讲讲他是如何向他的法西斯朋友谢罪的：曾建议我担任某种文学竞赛的评判，之后又如何如何。他后来成了共产党，在共产党的报纸上为《丧钟为谁而鸣》而反复攻击我。可是，你在他的书里却看不见这个。帕特南人很不可靠。在巴黎的时候，他曾经有过很好的题目可以写书。

另一本书我没见到过，假如你寄给我，我会高兴阅读的。我会记得还给你的。你愿意我在那些不太讲得通的地方作书边批注吗？

我很高兴你正利用《罪与罚》写文章。《卡拉马佐夫兄弟》和《白痴》你用吗？我总觉得《赌徒》也是很好的小说。

我身体很健康，非常感谢你。希望你也健康。我的二儿子帕特里克在摩托车事故里得了严重的脑震荡，事发时又没太在意。当时他带着弟弟在基韦斯特兜风呢。如果当时卧床休息则没事，然而，他却跟教练打了 6 局网球；没有休息就从事锻炼；直到问题很严重，他才来了这里。病了有 64 天了，不得不直肠给药 45 天。与此同时，我妻子的父亲在芝加哥也生着病，得做手术。她从芝加哥回来了，不久就患了流感和肠胃炎，发烧几近 104 华氏度，有两周了，尽管用着各种磺胺药治疗；在过去的一周里，每 3 个小时就要打一针盘尼西林。今天好多了。

我的长篇小说写作因此落后两个月，本来写得很顺利的，已经有了 13 万字。我正修改删削第一部分呢，几乎准备好写新内容了，帕特里克冒了出来，身体弄得恁糟糕。

等他好了，等海明威夫人也好了（她也就是几天的事情了），我就又精神焕发了，上船呆几天，然后回来干活。现在用这个机会给你写信，是因为我在写作；我每天完成写作时累得很，几乎不可能再写信了。

大夫刚来，得去给他当翻译。信就到此为止吧。再次感谢你来信，感谢你主动要寄书给我看。

一如既往祝你好

欧内斯特·海明威

请原谅我把信写得这么烂——这里诸事不顺当啊。

（此信藏普林斯顿大学图书馆）

[1] 西沃德是弗吉尼亚州诺福克市欧道明大学的一名英语教授。他著有《我的朋友欧内斯特·海明威》（纽约，1969）等书。

致查尔斯·斯科瑞布纳

1947年6月28日，观景庄

亲爱的查理：

孩子，别为我担心。你已经烦事够多的了。我发电报后没给你写信是因为：又能说什么呢？我们用不着相互眼泪哗啦谈论麦克斯。我觉得糟糕的是：他要死了。[1]我并没有想到他就要死了。我只是想他大概是完全聋了，我们如这般失去了他而已。反正我有很长一段时间尽量不去烦他，尽可能让他跟我一起时觉得好玩。上次在纽约我们过得很愉快。是不是很幸运？这样度过最后一段时光，而不是问题和争论缠身。无论怎样，他再也不用担心汤姆·沃尔夫的狗屁资产了，不用处理路易斯的买卖了，不用防着那些女作家在他帽子里筑安乐窝了。麦克斯生前过得很有趣；反正至少我们在一起的时候很有趣。他用尽心思抵御休息充电对我们来讲都是教训。你现在也别过劳。至少小查理懂得业务很长时间之后你就别那么玩命了。因为，至少在今后20年里，等我去你办公室的时候，我想看见你那张被酒精摧残的脸，让我感觉在纽约还有人比我醉得更厉害。

查理，一点也别为我担心。我从来就没有喜欢过达罗那婊子养的；不过，他现在出局了。沃勒斯［·梅耶］和我相互之间非常喜欢，也相互理解。你和我之间也相处很好。比人们所了解的好多了。你不用操心给我写信之类。我得工作，得写好东西，除非蹲监狱了，或者有2 000万美元；要么是穷极了，得挣点别的钱来维持生活；更或者我要死了，更更或者老天对我说我永远会活着。所以啊，别为我担心。我不会屈从于任何诱惑，我也不再轻易奉承别人。你有足够的资本支持我，就算我写这本书时跟你开口也不妨事的。我尽量少借钱，尽量把书写好。我一直在想法子把现有短篇小说卖给电影方面，又不卖得像卖身那么贱，如此就能写作时也生活无忧了，一如既往，无所谓书卖不卖，而只看写得好不好。至少在想法子。假如［毛瑞斯·］斯佩瑟不过分伸张他的谈判能力，把事情搞砸，这个月内搞定，我想问题不大。无论事情结果怎样，我有足够的钱维持到9月份。假如跟黑林格的买卖成了，我就能有把这书写完的资本了，可能还能维持之后的生活一段时间。

假如这对你有利，请告诉我。麦克斯是我在斯科瑞布纳最好的老朋友，是一位伟大的了不起的编辑。他从不删削我的文字，也不让我改变文风。我最好的朋友兼最忠诚的朋友之一、我生活里写作中最有智慧的顾问之一死了。查尔斯·斯科瑞布纳公司是我的出版人；我打算终我一生将著作交给你们出版。

马尔科姆·考莱可以跟你说说他和麦克斯以及我、稍后他和麦克斯是如何先后商量出版三卷本《永别了，武器》、《太阳照常升起》和《丧钟为谁而鸣》的；我们想用插图和考莱的“导读”来展示三本书之间的关联。你说你和麦克斯商量过出新版《永别了，武器》。那三卷本兴许就在这个本子之后出版呢。我想，这些书持续出我们自己的版本，是英明的决策。三本一起出加上考莱的综合导读，肯定能赢得好评。三本一起比一本一本零着出更出彩。

假如不是小子们跟本·西格尔闹僵了，我们也许让他负责给我弄诺贝尔奖去。他曾经问过我：“欧尼啊，你怎么从来就不去弄这些奖呢？我看着别的作家得奖呢。怎么回事，欧尼？想想办法总会有的。”

你事情够多的了，不拿这些来烦你了。假如小查理广告做得好，何不让他干一阵子，何苦急着让他入行？

帕特里克和玛丽病得厉害，我这里也不顺呢。帕特里克都病了 78 天了。玛丽去基韦斯特那所房子养病去了，有宝琳照顾她呢。宝琳表现很好。她来到此地，诸事帮着做。玛丽高烧 102 华氏度以上，都快 104 度了，近三周每天如此。用磺胺类药剂给她治疗，接着大夫又给了两百万单位的盘尼西林。她是在芝加哥患上流感的，我想是因为照料她父亲做手术时得的。又因为热带某种臭虫没能隔离躲避，转成肠胃炎。宝琳觉得玛丽是个好姑娘。她俩成了好朋友。

我们直肠给药帕特里克有 45 天。他现在能吃饭了。体重又逐渐恢复了。目前很壮，一次有四五个小时脑子完全清醒。

一两个月来我头一次在床上睡觉，是从前天晚上开始的；当然倒头就着。今年雨水足，这地方很美。真希望能寄点芒果和鳄梨给你。请代我问候夫人。

50 块钱一箱我们买了真正的戈登牌杜松子酒。还有真正的诺利帕特甜味美思。我们想到一个法子，用网球桶作冰块模子，冷藏取出后零下 15 度；杯子也冷冻一下；如此世上最冰冷的马蒂尼就诞生了。味美思能盖住杯底就行，加入 3/4 杜松子酒，加入非常脆的西班牙鸡尾酒葱头；它们入杯时也零下 15 度。

生活之路已然崎岖不平如我所说。不过，与其埋首哭墙，不如苦中作乐。

麦克斯收到邀请去“青铜之星”[2]颁奖会了吗？从诺曼底登陆起指挥第 22 步兵团时我就相随的朗汉将军说我该拒绝；可我觉得那样太不礼貌，人家会以为我想得更大的奖项——我才觉得那是鸡屎呢。战时有一次在晚饭上喝醉了，因为就要得 DSC 奖章了。结果，上面否决了。所以啊，觉得这次最好在黄了之前拿下它。

再见，查理。照顾好你自己。

一如既往祝你好的，

欧内斯特

你有玛萨的消息吗？自圣诞节以来我就没有她的音讯。我们的新女仆也叫玛萨；使唤起来当然有快感。尽管如此，玛蒂曾经是个好姑娘。我真希望她不那么野心勃勃，不那么热衷战争。我想，没有战事，她一定很寂寞。

（此信藏普林斯顿大学图书馆）

[1] 麦克斯威尔·帕金斯 1947 年 6 月 17 日凌晨 5 时去世于康涅狄格州斯坦福。

[2] 海明威 1947 年 6 月 13 日在哈瓦那的美国大使馆接受“青铜之星”奖。

致威廉·福克纳

1947 年 7 月 23 日，观景庄

亲爱的比尔：

真高兴有你的音讯，高兴联络上你。你的信我是今晚收到的。请扔掉所有误解，否则我俩都得为此鼓噪。根本就没有什么事情。我生过气，巴克［·朗汉］也生过气；等我们知道怎么回事之后，马上就不生气了。

我知道你说 T. 沃尔夫和多斯的话是什么意思。但是，我仍然不能同意你的看法。我跟沃尔夫也从未心心相通，除了北卡罗来纳这一个契合点。多斯我一直是喜欢的，也是尊敬的，但我认为他是二流作家，因为他没长耳朵。二流拳击手没长左手，就像作家没长耳朵，所以啊，火急火燎。多斯的每一本书都有这种情况。他还很势利眼（因为自己就是个混蛋）（我倒是欢迎这个）。本可以当我国最好的黑人作家的，却十分焦虑自己身上的黑人血统。假如他愿意如我们希望的那样当黑人，我们就会有个最佳黑人作家的。

你挑了我的冷门作品作比较，来谈论我们都喜欢做的伟业。那天上午天气宜人，我如此写道——不过，我写的时候尽量绕开场景：比如他们在桥上与其他队伍联系之后回来；皮拉尔家的女人知道这一切都是怎么回事，她又在此谈起她家男人，谈起过去，谈起瓦伦西亚，谈起他们一起的快乐时光（我觉得还可站得住）；也是在这里，她谈论死亡的味道（这可不是胡说），谈论与她的男人（曾事斗牛）死别。我们也是在这里的村子里消灭法西斯分子的。你重读的话也许会厌倦死了。不过，作为兄弟同行，我愿意听听你的看法。反正我是尽力往好写了并且当时能把握的机会都把握了。（一个掷球手，当掌控局面的时候，还是能掷得很接近的。）（也许没能中的。）

我们哥俩的区别是：从年轻的时候起，我就总在国外生活（要么是受雇于人，要么出于爱国）。我自己的国家没了。树木被砍倒，什么也不剩，除了加油站，还有草原上零星的地方可以打打沙锥。我在外面发现很好的乡野；学习当地的语言，一如我熟悉英语；去的时候丢英语，回来又丢了那些语言。大多数人并不了解这个情况。多斯总来我们住的地方当游客。我当时也总是谋生还债，总是练拳。自有记忆以来就觉得自己妈的狗屎错了位。不过，在每次失败之前，我们总是战斗一番的（上一次我们战斗时把家伙事大都拿上了。最容易办的事情，我们却损失最大）。事情没有比现在更糟的了。

你是比菲尔丁那些人更优秀的作家。你自己该知道这一点，并且要接着写下去。你写的东西能让我回味，比他们中的任何一位都强，我没有胡说，真的。你不该读活着的作家们的狗屁书。你该写你最好的东西，跟已故的作家们争高低；我们知道这些作家的声望（不是声望，是号召力）有多大。一个一个把他们打败。你第一个回合为什么要跟陀思妥耶夫斯基斗？去打屠格涅夫——我俩都跟他实实在在地斗过。我听见时间在滴答，一个 205 磅，一个 115 磅，有压力啊（结果事情还不坏）。接着去钉德·莫泊桑（很难斗的小子，直到他老得能听见肺的诊音；就这样打三个回合也危险）。那么拿司汤达试试（拿下他，我们皆大欢喜）。不过，别去跟我们这个时代可怜的病态秧子斗（我们连名字都懒得提）。你和我都能打败福楼拜；他是我们最尊崇的大师。不过，为了打败他，你得能指挥拨给你的一个营（而你此时可能只是个了不起的连长）；放弃一个营是为了当一个团的副团长（跟狗屎为伍，又不失寻常韵味）；接着能拿下一个团却又厌恶当团长，随遇而安（或者不安，但已然不愿领略水桶里的尼亚加拉大瀑布了）（这个等级秩序我不能再往上高攀了。因为没有更高处的体验。

反正也许我的话让你感觉乏味呢）。无论怎样，我是你兄弟，假如你想要个写作的兄弟的话。愿我们保持联系。我的次子（帕特）重病了4个月了。经历45天直肠给药。现在吃睡都好，但还是没有脱离危险。假如我的信写得很愚蠢，请原谅。这个孩子最有天分。长子很……好。是上尉，空降兵，三次受伤，当俘虏6个月。我们刚占据战俘营就发起进攻把他从监牢里救出来。本想来点容易的（空降），但行动被取消了。这孩子（病的那位）是个好画家。车祸击着头，他的小弟弟当时在驾驶。原谅我写鸡屎信。很尊敬你的。愿意继续写［信］给你。

欧内斯特·海明威

（此信藏肯尼迪图书馆）

致麦克斯威尔·盖斯玛尔[1]

1947年9月10日，观景庄

亲爱的盖斯玛尔先生：

非常感谢你寄给我新书［《最后的乡鄙：美国小说1921—1925》］。我怀着极大的兴趣期待它。假如你正给霍顿·米夫林写信，烦请他们把书寄到爱达荷州太阳谷，包裹注明“勿退”。我下周离开这里。我会开车到那儿。当夏季和冬季运动结束那儿没有人的时候，我通常去那儿，离群索居，写作。这是个好地方，气候也好极。我建议你秋天到那儿度假。

你还在教书吗？我常想起你和你的妻子。1944年早春时节我们聊得多开心啊。自那以后，就没有太多机会谈论写作，除了有一次在纽约圣诞节前见考莱时谈过。麦克斯·帕金斯的死让人觉得诸事寂寥。我希望我们找个时间聚一聚。

希望你出别的书时运气也好。我不愿写［F.O.］马西森（也许拼写错了）之后的早期人物，不过也许你另有视角。你读过J.H.伯恩斯的《画廊》吗？我觉得这本书很优秀。比《多斯在多斯公园》之类的东西强多了。我觉得 A. B. 戈斯瑞的《苍穹》的大部分也很好，尽管有一小部分写砸了。我也非常喜欢［A. 哈耶斯］的《都是你征服之地》。我觉得阿尔格伦不怎么好：《别早上来》整体来讲不怎么样。只有《霓虹灯下的荒野》里两三个短篇还可以（第一个短篇很棒）。［约翰·］奥哈拉最后一本书［《废铅字箱》］里有一两篇好小说。［杰罗姆·］魏德曼的《船长的老虎》有两三篇更好一点的作品。我喜欢魏德曼谈"心理战"部队的书《现在说为时过早》。我觉得他是很了不起的作家。他头两本书当然写得好。一年里有伯恩斯、戈斯瑞和哈耶斯三个这么好的作家展示作品，写作之事看去似乎并不那么糟糕。也读了些别的，大抵属于垃圾。

军队的麻烦是：要按能力考查、分级、筛选；过程很彻底，最终认字的或者能表达的实际不参加作战。都成了"专业人员"、应急通讯员或者被安排进情报部门、心理战部队之类。我们曾尝试老老实实写一部第 22 步兵团团史；我从诺曼底到西格弗瑞德、于尔根、阿登突出部之战役都在这个团。而实际上，幸存下来的人连一封老老实实的信都写不了。所有出色的人都不善表达，更别说用钢笔、铅笔写作了。我想过勾勒骨架，然后请参加过每次行动的人诚实评论一番。然而，这竟是无法做之事。

我还在写那本书［也许指《伊甸园》］，就是见你时就开始写的那本书。书越写越长，但我不时大刀阔斧地删削。我的次子几乎病死，老丈人也病重，老婆也病，耶稣啊我写作中断 5 个月。不过，现在大家都好，我打算换换空气，又开始咬指甲了。

谢谢你写信来，谢谢你寄书。你在书里写几个字好吗？我可以留给孩子们。有一个孩子很喜欢书。

永远祝你好运。向夫人致敬。

你的永远的，

欧内斯特·海明威

（此信藏普林斯顿大学图书馆）

[1] 盖斯玛尔(1909—1979)是美国一位有影响的评论家。

致查尔斯·斯科瑞布纳

1947年9月18日，观景庄

亲爱的查理：

我刚给我的朋友毛瑞斯［·斯佩瑟］（我认识他的时候他叫毛埃，现在叫毛瑞斯，而我还叫欧尼）写了信。于是想到你。反正我老想到你，因为一个月来打字机旁有一行红色的字母总盯着我："给查理写信，回复他插图之事。"

这不，给你写信了。很对不起拖了这么久。家里一团糟：忙着救死扶伤之类的事情。不过，现在帕特里克好了，玛丽又恢复健康了，漂亮，皮肤呈棕色，开心得很。宝琳在这里呆着照料帕特里克，要几个星期，等他复原。玛丽要呆一两周，监督修理房屋之事。我后天出门，开车西行，跟［奥托·］布鲁斯我这位老秘书一起，他还是我的司库、车夫、小跟班兼拉皮条的。跟他在一起不用担心夜里行车，因为他很擅长夜间行车。我将在爱达荷离群索居一阵子，好好接着写书。这地方是我1939年写《丧钟为谁而鸣》的所在，玛丽会在最后一段时间来与我会合。我也许在那里能写得更好些：这里同时有两个老婆在身边晃悠：前任和现任还都绝对表现出色，真的很好。也许稍后再加入这其乐融融吧。

收到你寄来的让人伤心的版税报告了，还有文学书的目录和试读样本。这些我都要带到西部闲时来读（除了那份版税报告：从我紧张的手中滑落，手中的罐子也掉到地上）。我今后3个月（也许4个月）在那儿的地址是：爱达荷州太阳谷"太阳谷之家"。

关于插图，我真是费了一番脑筋。我寄还了三张我觉得该修改的，附上评论，并退还原作。这些画要是我动手，不会这么做：我一张也不会这么画。不过，即便插图画成这样，也比书不再版要好一些。其中有一些画得很优秀，有一些让人感觉透着优秀。在他动手画的时候，我倒想跟插图画家聊聊。既然不可能聊，请代我感谢他为我的书画了优雅的作品并为此倾注了感情。就把我真不喜欢的几张画的评论转达给他。书里的姑娘还真像玛莲娜［·迪特里希］年轻的时候。她不是那种受压的英国女子的样子。她面部表情纯洁，有一张可爱的脸，一点都不显困苦；她属于“至高无上的母亲”那种形象，我曾反对把这画挂在我床头。她在插图里太伤心了。我认识的姑娘伤心要哭的时候只是哭得眼睛肿嘴唇肿，没有困苦的表情。我认为一个姑娘要是有自然可爱的脸庞，她哭的时候或者要哭的时候就更漂亮妩媚了——哭后则更美。就像一张用艺术手法塑造的女人的脸禁不起哭一样，这样的脸一哭就如同见鬼了。

反正，这三张修正一下就好了。只要你同意，可以走下一步了。[1]

你一切可好？一直想着家里的病人，写作之事就忽视了。谢谢你寄来样书，也谢谢你给我德·金冈的书。[2]他是个深受女人欢迎的人，蒙哥马利式的战士，水准也差不多。他相信只要人有13/1的优越感，就有同等机会。否则，让别人去打仗吧。我小的时候，大家常说三个对一是黑鬼的玩法。13/1是蒙哥马利的玩法。我对这些人没有敬意，也没有多少耐心，但他们善于表达，貌似有理，看法根深蒂固，拿他们没办法。假如不是揍可怜的德国佬儿而是去打他们，事情就简单多了。

我期待［马克·］阿尔达诺夫的书［《大洪之前》，1947］。他的《第五个印》写得很出色；我觉得《对你来说再好不过》是我读过的最令人失望的书之一。也许这只是整个积木里的一个模块而已。不过，他最好这次拿出的玩意能建构佳一些。

我从伊万·薛普曼的来信里得知他需要那笔钱是为了赌马。我猜，他是赌输了。当时电话连接很糟，事关生死，于是在不该麻烦你的时候麻烦了你。下次可能真的事关生死，所以我们接着照此办理。

我期待阅读约西［约瑟芬·］赫布斯特的书［《暴风雨落到的地方》，1947］。

你一定思念那可恶的麦克斯。这一年对死者可不利。我有两个最要好的朋友死了。一个在华沙遇刺，一个死在德国。两位都是将军，都是出色的人，优秀的战士。凯蒂·多斯·帕索斯是我的老相识，她8岁起我们就认识了。多斯开车带着她，撞上了一辆停着的卡车，她死了。这是上周六的事情。[3]另一个朋友的老婆生孩子难产死去。这是一个月前的事情。大夫没有及时赶到。爱达荷的老泰勒·威廉斯，我想在纽约时我给你介绍认识来着（不，是给麦克斯介绍的），在这场战争里失去一个儿子；他的女儿，一个可爱的姑娘，两周前也死了。像是我们的天父在卖甲板的底部啊；所以我让布鲁斯开车带我出门，保护你的投资，因为我夜里总是看不清路，一年里这个时候白天又短。

当然愿意到那儿去，又可以好好写作了。

下面是公事：我想那笔钱我最好还是当借贷，愿支付同等利息。假如还需要，我就照这个前提再借支，假如你同意的话。直到可以预支这本书的稿费。也许不需要了呢。我想把我的钱捋一捋顺。在过去的5个月里，我不得不挖掘储备，狼狈不堪；税的情形让人瞠目。你比我清楚这一点，不过，我们的减免也确实太少，除非你有所储备，否则这方面没有机会。我比许多人都挣得多，比有相当财富的许多人也多，这是实情。可是我他妈能自己留多少钱呢？每一场用我支付的税打的仗我都参加了。至少进使馆的时候你该有归属感吧？而他们却做不到让你觉得很礼貌文明。

再见查理。请代我问候夫人。照顾好你自己。一点也别为我担心；也别为要写信给我而担心着急。

你的永远的，

欧内斯特

（此信藏普林斯顿大学图书馆）

[1] 盒装《永别了，武器》由戴维·拉斯姆森插图，海明威序，落款日期1948年6月30日；1948年11月15日出版。

[2] 弗朗西斯·德·金冈少将兼爵士，他的书叫《胜利行动》（纽约，1947）。弗朗西斯爵士是蒙哥马利的参谋长。

[3] 多斯·帕索斯夫人当即死亡。多斯·帕索斯在一次车祸里失去右眼；那是1947年9月12日发生在马萨诸塞州瓦尔汉附近的事情。此事故发生在一个周五，不是周六。见汤森·鲁丁顿著《多斯·帕索斯：二十世纪的奥德赛》（纽约，1980）第431—432页。

致查尔斯·斯科瑞布纳

1947 年 10 月 29 日，爱达荷州太阳谷

亲爱的查理：

很对不住回你 10 月 8 日的信回晚了。

约西·赫布斯特的书前两天我收到了。我会读的。我翻了一下，但这样读对作者不公平。翻了一下并没有让我对此书表示激动，但我会读的，并且会告诉你读的结果。值得读的东西是比较难啃的，在你自己进行写作的时候。

关于毛瑞斯［·斯佩瑟］：他根本没有我的授权跟你商谈许不许重印之类。好赖我总是直接跟你做买卖的，没有什么第三方拥有授权混在这里面。我没跟他商量重印权益，他也没有写信跟我谈及此事。我同意你的态度：关于此事有任何问题，你该直接跟我谈。假如是课本里重印，得卖上几年呢，我想作者该享有相应份额的版税，而不是单纯的重印稿费。假如说一本书谁该得实质性的版税的话，我想被重印的那个作者该有他的份额。某个老师写一篇往往愚蠢不堪、几乎总不具有启发意义的导读，然后主动将这本短篇小说用来当课本，孩子们还不得不买（或者学校不得不付钱），这是欺诈之举。你难道不同意我的看法？

我在这里拼命写作。气候变化简直就像个超级充电器。我上午工作，下午打猎。

还有一件事我必须写信谈谈，查理。你知道《死在午后》里复制的照片原件在哪儿吗？凯普要重印，需要这些原件来复制。在英国，这些照片已经脱销了。凯普说他能弄到多少纸张，就能卖掉多少照片复制品。

请你找一下，看看这些照片在哪儿好吗？还是当时还给我了？我在基韦斯特和古巴都没有能找到。也可能存放在基韦斯特那个家的什么地方，只是没能找到。我的前任秘书布鲁斯翻找了许多角落；似乎当年宝琳需要金属档案柜，很多东西是存那里面的；于是被重新分配过（我们该不该说被驱散过）也未可知。反正我是没找到，即便是我

有这些照片的话。我不记得我有这些照片的原件，但我记得有几百张未用上的照片。这些未用之件也没有浮出水面。

请你看看是不是在你那儿。还是转给雷诺儿了？请直接给凯普回音好吗？假如不在你那儿，有无可能照相复制一份，就用第一版书上的照片复制件，省得将来磨损后没法复制了。纸型是不是不好了？不适合再印了？假如没问题，凯普是不是能从你那儿取走，或者花钱买下他需要的那几张复制件？请你告诉他情况，也知会我一声。

我读了《新共和》上玛萨的文章了。[1]觉得写得不错。她生气的时候或者感动得对别人有可怜之心的时候，则处于最佳状态。处理日常事务的时候则处于最糟糕的状态。或者说，她在应付自然生活时多少不逃避或者不酿成大过，则处于最糟糕的状态。她泡在战争里够久的，还算对此有所了解；不过，西班牙之后，我觉得她是把战争当成了对她个人魅力和美貌的高度有序的敬意。不幸的是，战争是要有伤亡的。我们对付的敌人凶恶如撒旦。战争的磨难和我方的胜利写进编年史是这么回事：它会产生可观的非常让人赏心悦目的免税稿费。我 1944—1945 年的时候常常想：假如玛萨的出版人柯利尔派她去写报道之举突然被规定要纳税而不是免税，她会在战争中呆多久？假如她没有供花销的账户和将军们的好客，她会怎样？我记得有一次安排她跟军队护士们去法国，没有什么诱人的条件，她觉得屈辱，大怒——于是转而去了意大利。在意大利她给我写信说罗马有多可爱——泰克斯和乔柯［·惠特尼］的别墅多么令人赏心悦目。而此时我们还没有摆脱诺曼底的荆棘呢。她在为自己信仰的东西奋斗时处于最佳状态，如《新共和》那篇文章所表现。作为战时出现的虚荣姑娘，或者跟另一个虚荣的人在一起，她则处于最糟糕状态。有一位军队上士通讯员写过一篇东西你看过吗？写他跟玛萨一起去意大利的情形，在《纽约客》上刊登的。写得很不留情面，但很有所指，让人感觉强烈。无论怎样，我花了很多时间帮她把东西写好，还是以她自己的方式把东西写好，不是让她写得像我。我真希望她把这学到的东西用在正地方，希望她有好运气。不过，我真无法不倒胃口地想起在卢森堡那家旅馆她穿着诱人的衣服和军装的样子，一身脂粉味道，还带着化妆用具盒。这是我在欧洲大陆最后一次见到她。我们还是别再写信谈她吧。我只是想知道她现在在哪儿，在干什么，过得怎么样——想得知她还好。谢谢你告诉我她的情况。我很高兴她能写《新共和》那篇文章那样的好东西。

阿尔达诺夫［马克·阿尔达诺夫］我还没读呢。我会告诉你阅读体会的。他的《第五个印》写得非常好。眼下这本书开头太沉闷。不过，也许读下去就好了。我们这个时代发生了许多很令人激动的事情，现在想摆脱还很难。假如你目睹了这些事情，又想逃回梦幻般的过去，不太容易，除非人家很巧妙地再现以往给你看。

我跟你说过麦克斯的女人里有一位写信给我，要我当她的麦克斯吗？一个星期就一个小时，在某个旧场景里（别跟任何人提这个，也别在人前拿她开玩笑）。你觉得我能抻抻旧帽子，解除一下道德约束，堵上一只耳朵，跟她去约会吗？有一次我觉得也许能治愈她。可怜的冷酷无情的女人。麦克斯死了，他不会回来了，没有任何人可当替代品了。尤其是我当不了替代品。假如我们早知道麦克斯要死了，就该好好给他拍个电影，然后把片子复制给他的所有女人，大家可以轮流说他的好话。把这些女人都灌醉，假如其中任何人还念旧情，就睡她。见鬼，这或许还成了宗教呢。

我不该写这个可怜的女人的事情，可是现在抽掉这部分为时已晚。扔掉即可。

好像该回的内容都回了，除了那些手稿。［伊尔玛·］维克夫小姐的手稿在麦克斯的书桌里冒出来了。请你跟她说，把稿子给我留着，我去古巴之后，她可以把稿子寄来。假如有价值，我可以为孩子们留着。

玛丽外出打鹿去了，想打个大个儿的。今早 5 点就离开家了。昨天也一个下午在外。前天是一整天。本季还有三天可猎鹿；她可是漫山遍野搜寻呢。她热爱这个运动。今年野鸭季节与此分开了。第一季节打猎她打得很不错。第二季节 12 月 2 日开始；打野鸡是 11 月 1 日开始。我拼命写作，不过下午射猎也很过瘾。

查理，希望你过得好。祝你一切顺利。

一如既往祝你好的

欧内斯特

(此信藏普林斯顿大学图书馆)

[1] 玛萨・盖尔荷恩的《呼喊羞耻》发表于《新共和》第 117 期(1947 年 10 月 6 日)。此文谈的是汉斯・艾斯勒和众院非美活动委员会听证会之事。

致查尔斯・T. 朗汉将军

1948 年 4 月 15 日，观景庄

亲爱的巴克：

非常高兴有你的音讯，虽然还是担心你过劳。过劳可能让你死去。我知道，因为，我以为自己是个铁人，去春、去夏及初秋帕特里克和玛丽就差点要了我的命。看在基督的分上，悠着点。

谢谢你向我报告考莱[1]的事情。很抱歉，他去麻烦你了。我看不出有什么理由把巴黎的材料都给他，我自己可以去写啊，也可以当小说的素材啊。我只在一封信里给他写了个大概。我们是在克拉玛特法国第二装甲主纵队分的手，接着下山到巴斯默东，他们则继续前往蒙鲁日和奥尔良港。我们当晚稳住了塞弗尔桥的局势，第二天早上挺进欧特伊的圣克鲁，直驱星形广场。勒克勒克的军队还在卢森堡周围战斗，我们就到达星形广场了。不是说这有什么了不得的。只是我看不出为什么要把这些无偿提供给考莱。另一方面，把历史说清楚了也好。我为柯利尔写的急就章结尾是：我们从老路俯瞰巴黎，那条路我从前常蹬自行车爬上去；我们也常从巴黎骑车到凡尔赛、朗布耶，然后再回来；那些日子我们把那个国家的风光都铭记在心。巴黎实际上是被自己的人民解放的。只有朗布耶和克拉玛特（两场小战役）之间隙，打法国第二装甲主纵队的那个人数才可能占领巴黎，还得至少提前 5 天。法国第二装甲主纵队的枪声 90% 实际是庆祝胜利的枪声。两场真正的战役很小，但很激烈。巴黎之战本身只是小打小闹，只及残余，清扫他们未来得及撤离的军事设施而已。所以，这才那么有趣。

希望你会去墨西哥，我就能飞过去见见你。我想见你，非常想念同你聊天。瑞士之事就抱歉了。我也很想去瑞士的。

巴克，现在没法给你血压的统计数。离开太阳谷就没有量过血压。倒是一直就在减体重，今天是217¼磅。最重的时候是252磅。我听从大夫摆布，在吃他开的药。这么拼命干活是很难减体重的。但总在稳步减体重。

4月份写了的字数：556，822，1 266；钓鱼；631，0，966，725，0（写了4 500字的信和来往公事文墨），679，0（礼拜天——不干活），466，905，763。这个月就这些。希望这写了的不都是狗屎。

关于在第三集团军监察长面前所作证词记录，我知道你有多忙，很不想麻烦你。不过，我想下列步骤可能简单些：

A—弄清1944年10月5日第三集团军（后方）监察长是谁。证词是在法国南希第三集团军司令部（后方）做的。

B—从监察长那儿弄清这份记录是否还能拿到。

C—假如监察长没有信息。弄清谁是当时的听证会速记员。我们可以通过不同渠道找到这位速记员。一旦找到他，我会给他写信。听证会当天他跟我说他要给我一个备份。我在突出部战役打响之后就取道穿越凡尔登到了卢森堡。我们在那儿过的夜。这位速记员听说我在城里，企图找到我把记录给我。可是，我们已经离去了。

通过监察长我们能知道谁是证词的记录者。知道这人是谁之后，我就能找到记录副本，假如它还存在的话。

很抱歉给你添麻烦了。不过早晚这事会有纷纭的，尤其是在我死后。我觉得这记录我还是拿到为好。

既然监察长决定最好指控我，那么拷贝一定不止一份存在于世。还有［军事］法庭呢。我本有资格当堂读这份记录来重振记忆的。

现在此事不再受限，我愿保留这该死的记录，等写这段故事的时候重振一下记忆。

我的记忆被钝器破坏的次数够多的了。所以，有助于记忆的东西，我都欢迎。

不打算再谈政治了。我见过几场拉丁美洲革命，略知道哥伦比亚这场革命的背景。谁一想到这场革命源自克里姆林宫，当然屁股上就会有痛感。不过，这至少为［S. L. A.］马歇尔博士提供了机会听听愤怒的枪声。或者说是因为恼怒而射出子弹。他的第二代手下的口径有多大，测测即知。我想象此时他的想法很坚决：所有手下只能与他的车辙保持一致；而不是让他们真有作为。

假如我往后更加够透了古巴电力公司（世界上收费最高的）或者科托罗输水系统（这些管子都是在跳蚤市场上买的一文不值的东西，却要三倍的价钱。水渗漏的结果就是城里没水用了），合法途径用完又解决不了问题，我就带领同城住的，还有一对睾丸敢于进攻这两个机构的人去闹事，希望你别以为这是克里姆林宫鼓捣的，别说我收了俄罗斯人的金币。

有人在拉奇特俱乐部把［詹姆斯·］弗瑞斯塔尔先生的鼻梁打断了。我们这些鼻梁断过的老家伙都愿意让人把鼻子修好。而 F. 先生却不。他是个硬汉子。一个骁勇的拳击手。的确。他有一天会赢的，我的孩子们也愿意为他去打拳。假如我走了，莱斯特·阿穆尔会得到我的 DSC（那附带的一群也都属于他了）。

我一如斯［蒂芬·］迪卡图尔（拼不好他的名字），无论对错，总是站在我祖国的立场的。不过，我不喜欢那位不成功的男子服饰商人［杜鲁门总统］和弗［瑞斯塔尔］先生拉拽的许多东西。我于是就闭嘴。别问我有什么看法。我不去想这个。这事让我想起瓦尔特将军，我在西班牙认识的一位苏维埃战士，一个好孩子。他是个波兰人，后来当过波兰战争部长；去年遇刺。［安德烈·］马尔罗是个伪君子，不断向他提问：你怎么看，将军？什么都问。中国人怎么相互手淫？当地那些精英阶级那么死去值得吗？等等。瓦尔特终于说道：“为什么要我去思考这些？”“思考？我的苏维埃将军，我从不思考！”

我的圣弗朗西斯科德宝拉作家。我写 bouqins［老派书籍］。我从不思考。

祝你好运，巴克

大家问候你

欧尼

（此信藏普林斯顿大学图书馆）

[1] 马尔科姆·考莱当时正为《Papa 先生肖像》收集材料。此文刊于《生活》第 25 期（1949 年 1 月 10 日）第 86—101 页。见 1948 年 5 月 31 日海明威致马里昂·史密斯信。

致马里昂·史密斯[1]

1948 年 5 月 31 日，观景庄

亲爱的马里昂：

谢谢你来信。请告诉比尔，别把他自己要用的任何材料给考莱。考莱有可能都不去华盛顿。我前天收到他来信。他们在催考莱的稿子呢。他告诉我：比尔在我收到你的信讲同一件事的时候，人在华盛顿呢。

我把比尔的名字给考莱，是因为比尔是我密歇根时期最好的朋友。让他去找比尔，可以与他核实任何事情。

我把事情搅和成这样，是因为考莱得了个机会带着老婆孩子免费来哈瓦那，条件是写一篇关于我的文章。10 分钟会谈后我就厌倦如此写我的文章了。于是把我的朋友的名字都告诉他，让他去问别人，而不是跟我要素材，我厌倦这么诉说，也懒得读。

关于普罗温斯顿：我想你该去那儿，别想到凯蒂［·多斯·帕索斯］就阴郁。她已然死了，我们都会死的，这是没有法子避免的事情。我们因此记得所爱的人的种种，并且仍然爱着他们。当然，这种情形让比尔感到阴郁，这也没有办法，而你却应该摆脱这种状况。

真高兴有你俩的消息。我们的消息是七上八下、七七八八。从 1942 年到 1945 年早春很经历了一场战争。

你的地址很好玩，［弗吉尼亚州阿灵顿市］北珀欣大道，我记得昔日比尔在圣路易斯有一个地址［以下七个单词看不清］也叫珀欣，多斯谈起话来的口吻像美国制造商协会会长。

凯蒂死的时候，我感觉很不好，简直没法写信给比尔。不过，他知道我爱凯蒂并不亚于比尔和多斯。虽然不是她哥哥，也不是她老公，我爱她一如别人爱她。

你在照顾别人的时候，替我好好照顾比尔。我们又联系上了，保持联络。我去华盛顿时会找你们的。我想你也会喜欢玛丽的。我很爱她，我们相处很好。

爱你们俩，

威美治

史密斯你这个老鬼好吗？[2]

以上地址是永久地址。电话：科托罗 17-3

（此信藏普林斯顿大学图书馆）

[1] 小威廉·史密斯的妻子。

[2] 1962年2月1日小威廉·史密斯致卡洛斯·贝克："我1941年起接着为劳工部的官们做鬼，上司是菲利普·B.弗莱明少将。此人是联邦工程局局长。我还在其他地方干过，直到去年7月退休。"

致查尔斯·斯科瑞布纳

1948年6月2日，观景庄

亲爱的查理：

草此便笺，随函附上12 000美元支票。这是我向你借来支付税款的钱，另还你100美元利息=5个月2%。谢谢你借给我钱。我对你的感情一如对给我编书的人。

事实上，我就把你看成做我书的人。我想我不会跑去看［乔·］路易斯和［泽西·乔·］路易斯——路易斯完了。[1]我愿把旅行费用的钱数用来赌沃尔科特——虽然赌拳击之举是吃力不讨好的事情。

你最近出了些好书。我都买了。上个月我钓到了18条海豚、5条刺鲅、6条无鳔石首鱼（其中一条54磅）、一条48磅的鲷鱼和7条枪鱼。其中最大的一条有110磅，是一条白枪鱼，用的是15根线搓成的鱼绳，带锤子的羽毛钓钩。昨天这里进行了选举，像是有些骗子仍然在掌权。我拒绝加入美国什么什么学院。希望此举不会冒犯你。另一方面，我愿意加入“伦敦白人会”，假如他们接纳我的话。5月份就放慢了那本书[2]的写作，因为大夫说我4月份工作太卖命了。5月是钓鱼的好日子，也是跟玛丽小姐做爱的好日子。拼命写作的时候，做爱就得减缓，因为这两件事的马达是同一个东西。你也要照顾好自己。

欧内斯特

（此信藏普林斯顿大学图书馆）

[1] 1948年6月25日在第11个回合里路易斯击败了沃尔科特。

[2] 此书后来成了《岛在湾流中》（纽约，1970）。

致查尔斯·斯科瑞布纳

1948年6月3日，观景庄

亲爱的查理：

今早我收到你6月1日来信。昨天才给你一信，还你一笔钱，我从你那儿借的钱。

下面快说坏消息：最低版税也得是12.5%。我想要的是15%呢。

理由如下：你有时得带着球跑一会儿。

《永别了，武器》脱销了。《非洲的青山》脱销了。两个月来，我答应送给猎友的书我都买不到。我不知道其他书的情况，但我想不会太热。

与此同时，虽然得知这一切，我还是向你保证我仍然与你厮守一处；你没有必要担心。我已经拒绝了各种提议、交易，仍然保持产品的纯洁性。不管作品结果怎样，我都尽了力。我没有为狭隘的目的破坏我的作品，也没有做过我自己觉得很烂的事情；无论有多少钱可挣，我都没有做伤害我作家声誉的事。不过，假如我们在球场一起玩儿，你有时得带球跑一阵子。除非我就是个碍事的后卫。我还真不是碍事的后卫。

斯科瑞布纳出个你描述的本子［《永别了，武器》］挣不挣钱我才不在乎呢。我视此为荣耀（你和我的），视此为善意之举，你根本就不用考虑挣钱的事情。

我多少次跟你合作在不挣钱的条件下卖书以保证书的质量良好？很多很多次了。实际上一直就是这么做的。夜以继日如此。

回到这本书的话题：假如我自动作序，所有可怜该死的藏书家都不得不买这书。这就是向你做的保证了，值得的。

《生活》杂志正在刊登马尔科姆·考莱写我的文章；碰巧跟你出我的书在同一时段。这本杂志有相当的发行量（我不知你是否读此文；不过，有人觉得写得不错）。这篇文章相当于封面故事的篇幅。不知为何，他们认为我是个好作家。也许是因为他们有编辑在国外读过我的东西。比如，我的书在丹麦豪华本就卖了340 000册，而不是廉价的本子。这些书你却让它们脱销了。（《生活》杂志的广告宣传费根据篇幅和发行量而定，也许值个100 000美元。）

销量并不意味着什么。赞·格雷或葛特鲁德·阿特顿也许卖得更多些。只是没去卖而已。我的这些书出自一个严肃作家之手，作家尽力了。

记住，或者想一想，你是出版人，有时你得带着球跑一会儿，而不是我。我老是投身所有该死的战争，肝脑涂地；我写作时从不欺骗作假，或者为人出价钱而写烂东西来浪费我昂贵的时间。我一生中只有一次帮助考莱找材料找史实写他那篇该死的文章，就这还让我恶心。不过，也许历史地讲，这事情有必要。长远来看，你从此事可得好处远大过我。有时这长远似乎该死的长了些：当我看见我的许多书都脱销了的时候。

你从小的们和女人那里能挣更多的钱，上帝保佑他们。不过，我是一匹像“终结者”一样的老马，除了一次例外，每次都为你赢得胜利。我不会为10%而奔跑，你有径直从马嘴里夺食的权利。我心里愿意尽量为你奔跑，无论何时，无论脚酸累与否。但是，我不会为

10%而奔跑。你即便是为那本书损失一万美元让我开心一下，你也是个聪明透顶的出版商。你也很知道，你在我这边最终是不会亏本的。世上只有一样东西让“终结者”般的马匹和我感觉累，那就是当你让马奔跑的时候，把人鼓捣来，却不敢下注。

我说这些话并不是侮辱人，也不是不友好。我很喜欢你。我对斯科瑞布纳和麦克斯也很忠诚（忠诚是不在市场上销售的商品），一如我在各个时期对西班牙共和国、美军第 4 步兵师和第 22 步兵团的忠诚，至今我仍然忠于它们。我对第 12 国际纵队、我的孩子们和玛丽就更忠诚了。不过，基督啊，一个人本没有必要爱出版社的，也没有必要爱政府，没有必要爱一支好部队。你所需要的就是忠诚。你得到了这样的忠诚。

这封信旨在明确让你知晓并反复阅读我对整个交易和情况的态度。假如你要我尽量直截了当，我就用军队的术语，既然我最近在用军队的术语思考写作。我无法再用比一个师大的军队用语了（可以这么做，但那并不是我熟悉的）。

这就好比：你在指挥一个师，要么根据你所有的东西决定下什么命令，或者不下命令。我则是个忠诚的团长，可我不喜欢师长的想法。我太多次看见为了获得皮毛而遭受袭击，都是上司命令干的。结果是为了一毛钱花掉 64 美元。本可以花 7 毛 5 分钱就可以办的事情。我虽然绝对忠诚，但我终究是雇佣兵；我不为一毛钱去打仗。

祝你好运，查理。我的信这样写，你也就这样看吧：我持的是友好的态度，尽量直白。

祝好

欧内斯特

假如我们进行业务合作，我也许会多买斯科瑞布纳出版的书。我会比别的固定客户从你家零售书店买更多的书。我买斯科瑞布纳的书是没有折扣的。自麦克斯死后，也没有人送我斯科瑞布纳出的书了。（这是可以弥补的。）

EH

你一开始时给我寄的书没有价值。好书都是我自己买的。

EH

（此信藏普林斯顿大学图书馆）

致R.O.巴顿将军

1948年6月9日，观景庄

亲爱的塔比：

有你的音讯可真好。我的回信晚了，因为外出旅行了。《假日》杂志的摄影师来我这里拍了些彩色照片，把跳跃的鱼拍进去了。彩色照片拍得很慢很慢，在你开始聚焦潮水之类的时候，需要精确的光的条件。这比乔吉·巴顿在“终结战”前，两挺轻机枪支撑的两个纵队里的一个更加混乱。虽如此，我想他还是拍了些好照片。四五个月后你就能看见照片了。我正写文章配这些照片呢。[1]

我很高兴得知你在哪儿，得知你现在的工作情况。似乎很不错；我很高兴你现在又工作了。我也拼命工作。不过，有了我们以往的经历后，觉得写作很枯燥。我四年多没杀生了。文身都退色了。无论怎样，我们经历了一场荣誉之战，优雅之战，也许是世上最好的一场战争。你我从中他妈的什么也没得到。不过，你指挥了一个伟大的步兵师，这师永远属于你。你从犹他海滩把这师带到德国，经历于尔根战役，经历伦德施泰特之事。那以后德国佬就完了。虽然战争还在进行，剩下的就是马戏团表演了。

塔比，我也永远感谢你那次放手让我自行其是。我因此得以进入巴黎，有机会亲自指挥作战；无论所指挥部队有多不正规，我总做了有用的事情，在我最喜欢的城市里进行了一场战斗。假如没有你的支持，我不可能在战争中做我高兴做的事情。我们事后发现此举技术上讲在战时不合法，你再次支持了我。我至今仍然对有些东西不明白。一个记者能跟飞行员搭档飞B25，为皇家空军轰炸V1发射场，[2]穿蓝色制服，携带手枪和逃生装置；在一次特别行动中两次打开同一个降落伞；在地面时跟随步兵师；人家却指望你当个小绅士，碰到麻烦别奋斗，能发挥作用时也别逞能。

我们7月底突围的时候，你多少能看出我到底可靠不可靠，有用没用。我尽力当个有用的人，不玩政治；自那以后也不嚼舌头，直到在卢森堡同你告别。我这个人只有两样真正的天分。我可以无顾虑地作战，我有忠诚的天赋。于尔根之后我们都挨打了，程度不同。有些人表现就不同于他人了。不过，在那个可怕的夜晚，就吉姆·拉奇特之事，你表现得就很模范，像个有种的指挥官。我本想巴克该会在那儿的。我把自己写的故事（免费）给了《生活》杂志，而不是《柯利尔》杂志，如此我们师就会及时得分。我当时并不感觉自己很惹人注目。我也喜欢吉姆。你当时可真好啊。《柯利尔》那次就没付我费用。他们发现《生活》杂志的事情了（《生活》和《时代》杂志的威尔腾贝克当时得了个中校头衔，因为他曾经写过军事题材，写得很有力度而获此委任）。小雏鸽们的尖叫声让他们发现我参加战斗了。我用的是自己存在英国和法国的钱（得先拿下法国才能拿到钱）。因此，1944—1945年这场战争花掉我大约一万两千美元。将军，这买卖可不划算。

美国战略情报部得了荣誉十字勋章，事情却是我干的：朗布耶之战的一切安排。勒克勒克（很高兴这鸟人死了）只花了一毛钱就入场了，他本该至少花8块9毛5分的。这十字勋章是颁给我的。颁赏的时候，《日内瓦公约》令我惹人注目。那就给莱斯特·阿穆尔这个肉乎乎的贵族吧。此人把我所得情报交给法国第二装甲师的G2；从未巡逻过（我则深入德军驻地［MLR］，核查了三条可能进城的通道）；连我们经历过的战火都不曾领略过。假如没有自己人伤亡，我早就突围了。突围，然后前进。大行动。快前进。别让狗娘养的拿住你了。一旦纵队出现，敌人就完蛋了。假如自己人有伤亡，你得杀几个让这不正规的部队开心一下。（假如我说得不对，纠正我。）下面要做的最好的事情就是让他们偷缝纫机。只在敌国偷缝纫机。（能跟你讲很有趣的故事呢。）也请你就此纠错。

随函附上第22步兵师聚会的安排，不可能改变计划了。今年9

月我不能去了，因为聚会在欧洲。不能参加可真遗憾。我愿意参加并见你和活下来的人。我会发个电报，假如你觉得可以。

巴克没有回我上一封信。假如再写一封我就该死了。今天也许能收到他的信。收到后我给他回信。我爱巴克，因为我们一起经历了西尼埃菲尔和于尔根战役。我尽量跟步兵师的所有人保持友谊；可今天写信我才清醒地全然意识到只有你这样迅速建立信任的人、相信我的人，才可能让我发挥任何程度的作用，才能让我摆脱战争，无论我从战争中得到了什么结果。基督啊，我希望曾经发挥作用，不只是个被哄骗了的讨厌鬼。

永远祝你好运。

欧尼

（此信藏普林斯顿大学图书馆）

[1]《假日》第6期（1949年7月）刊《蓝色的大河》。

[2] 关于海明威参加皇家空军飞行，见卡洛斯·贝克著《海明威传》（纽约，1969）第396—400页。

致莉莲·罗斯[1]

1948年7月2日，观景庄

亲爱的莉莲：

收到你的信可真好。邮局说邮票不足退回去了。所以，我收到信之前两天就把关于辛斯基的便条寄走了。我努力教导孩子们说：写完信不寄走，就如同没写信那么糟糕。不过，邮局却胡要你贴航空信邮资。我很高兴你写信给我。我没有收到信的时候却在想：啊，你真蠢，你以为那姑娘跟你一样喜欢写信呐。你的信写得不错。

（1）关于正事：昨天我想了一下，谁会把人物栏目读下去。结果是：吉米·卡农。一个酒鬼。他喜欢剪贴人物材料，成了纽约市最好的运动题材作家。吉米这人很有趣。很能听话听音，很有记者的良好素养。我觉得他写的人物栏目很好。他写的好文章里有好句子可引。

(2) 关于美国舞蹈家帕特丽西亚·史密斯的短篇报道。此人仍在瓜纳巴果阿女子监狱服刑。对她的判决有点野蛮：她开枪打了情人莱斯特·米。她的律师援引各种“刑不上大夫”之类的说法，来自芝加哥的那小子的父亲却使钱把她判进了监狱。这故事很耸人听闻，该被挖掘一下。同一种罪过，在古巴你能免刑或者得轻判。人们很怀疑帕特丽西亚是出于自卫才开枪的。假如我不是在写书的结尾部分，我就会去采写这案子的。这就如同到手的山芋。涉案律师来找我，想向我兜售故事，所以我知道此事有多糟。

(3) 特鲁吉洛也可来一篇人物专访。假如别人还没有动手写的话。你会发现此故事最得魔咒。有许多美国人介入他的事情。《迈阿密先驱论坛报》——那些人你在纽约时就认识了。

(4) 阿尔图洛·苏阿雷茨。此地的专栏作家，有意重构美利坚语言句型的那位便是。这故事题材绝妙。阿尔图洛自己的专栏就构成素材。假如你愿意看，我给你剪贴一些经典文章。这故事玛丽该动笔写的。我但愿《纽约客》的［哈罗德·］罗斯委派她来写这个。

正事就谈到这里。

关于网球：我过去爱打网球。可是，自打我的巴斯克哥们球友都去了墨西哥市联办特区之后，我们就不再有打球的习惯了。夏天在此地打球很热。今年冬天这里又干旱，没有水维护网球场。我打网球很平庸，像个孩子。学会了打球，但打得很笨拙。在加拿大的时候，我在多伦多工作，那时就学会了。我那时总跟比我打得好的人一起打，喜欢双打。跟巴斯克人在一起我们二打三；网跟前的人允许越界，并允许拦截发球。另外还有些特别的场地规则。吉勒尔摩，你也许看过他打网球。我愿打任何三人组合；我们也的确打过，还可以。经常赌输赢。我过去常跟玛萨打单打。你得让她少输一点，让她开心。假如你让她赢，那她就变得让人忍受不了了。无论是否让人忍受不了，有时你得让她赢。她网球打得不错。看着她打也舒服。不过，脚有点像灌了铅。她在体育方面不是竞争对手，无法忍受任何劲热。能打好，但假如有社交人群在场下大赌注，她绝对打不好。跟我单打的时候，假如没有人看，她常能打好。有时跟巴斯克人在一起也能打好，因为她发球很好，属于布莱恩·毛尔式发球。在手下方发球的那些人，开始打球时，都很羡慕她发球的动作；那就给她脸了，令她光芒四射。我不会打单打了，但仍喜欢双打。我得常练练才能再比赛。长久不动再拿球拍，打得很难看；你就不会相信此人会打网球。尽管如此，此项运动很妙。我情愿看一流的网球，也不看别的，除了自行车赛和球赛。当然，我也喜欢看职业橄榄球赛和拳击。（西班牙）斗牛当然是我的最爱。不过，这不算运动。职业橄榄球赛和拳击也不算运动。

我很高兴听到说你也玩球。你能击球吗？［约翰·］胡思顿跟你说过这里玩球的情形吗？我不愿揭发任何人，不过跟你说，他没有跟我们玩过球。我们的老球队解散了。自对日作战胜利以来我们就没有认真玩过球。我在此地跟约翰讲过许多关于玩球的有趣故事。他一定是想象跟我们一起玩球了。他从没有跟我们一起玩球。那是海边的人老做的事情。一个人要是知道自己完了，不再做什么的时候，情愿一生里有三四样做过的事情能留在记忆里，这些东西属于你。我宁愿这样也不干浪漫的幼儿园生的狗屎想象。海边的人至少都玩过半职业球。他们还都斗过牛，当过奥林匹克拳击赛冠军。那里有一些运动员，他们都破过纪录。你知道吗，胡思顿跟我说他是西岸轻量级冠军。他跟玛丽也这么说。当然，说的时候他喝了酒。不过，这幻觉也够奇怪的。他当轻量级冠军，除非人把腿齐根切掉；或者他是 9 岁 10 岁时当过冠军。我没说他不是冠军。他偶尔打拳是可能的，但绝不是拳击手。［以洛尔·］弗林也说自己是拳击手，但他跟女士打拳都输。假如当过冠军，起码在非职业赛上你得赢一局。

有一个叫［比尔·］清的家伙，有一副活泼的好低音嗓子，长得也帅。他看上去像个运动员……我们装修船的时候，他在这里的胡里干海军基地。他是拳击手兼半职业球手（本可以升级的，但他想唱歌）。有一个礼拜天，我们随便凑了个球队玩球。当时正刮北风，风很大，显示不了球技。我把他安置在第三垒。我先来。因为年纪大了，我只能投不旋转球。他们也真打得不太瓷实。不过，你需要另 8 个球手各司其位。因为，对手大抵还是能击着球的。我一局也许能掷三个快球，假如有人在两次掷球间隙举着我的胳膊的话。在这场球里，我几乎立刻看出自己未处在最佳状态。因为我够球够不了那么远（这是真的）。很小心地不热身，因为我知道自己只能投那么几次，不想浪费球（这也是真的。我干吗要在投手练习区浪费精力啊？），于是，我跟格格挥手示意他来。他在那儿热身半天了，一直盯着我。我走到球场的右边，知道自己不会再去掷球了。格格掷球让整场比赛显得可爱。他别无高明，不过是小孩子手快；不过，他从场子中心能掷中莱尼·莱昂的鼻子。他可是从小就甩胳膊掷球的啊。这连篇累牍不怕你烦的文字旨在跟你说，伟大的比尔·清能荡悠出最美的姿势，四次直击一个上了年纪的黑人投球手。那黑人像个戈雅画中走出的小矮人，每天卡车运垃圾，抓垃圾桶，然后把空桶扔回原地。尽管每天如此锻炼，生活方式也健康，但他绝对没什么了不得。我四局四赢。这潇洒不堪的清也直击了四回。这次球赛之后不久，他在25英寻海深处找到一处鲶鱼床。他当时以为是在巴西亚宏达的莫里洛呢，其实是在卡班纳的赫拉杜拉（隐约相似）。深水搅起鲶鱼或者鲶鱼屎；他于是找人弄更多的船只去；结果搅起更多；结果各种执法人员来了。古巴人最终宣布他们把他的潜水艇击沉了。这是拉丁美洲历史上最辉煌的海上武装战绩。如你所说："Gee."

我明白你说的"脚上工作"是怎么回事了。我很早就学会走危险的路了，如此人们就让你独自行走不跟着你了。我想在我们这个地方，这说法就是别来烦你。别来烦我，杰克。说这话时不带语调。不过，最近发现，当我如此危险地行走时，有点像跛足熊。

告诉乔，我们旅行很愉快。东风一股强劲，结果水流湍急，没法钓海底的鱼。20海寻是到不了海底的。海底有黄尾和鲶鱼群，大个的有5磅。水流湍急。很过头。不过，我们到角落去钓，湍流结合处略显不同；在100海寻曲线的边上，算计得很准（跟海图偶合）。钓了1 800磅马林鱼（小个的）、刺鲅、青花鱼、鲶鱼、大个无鳔石首鱼、卡瓦拉马鲛鱼和梭鱼。每钓一条别的鱼种，就有三条梭鱼入网。我们还掀翻了三只上岸的大海龟。把鱼都冻起来了，回家都是新鲜的。老鼠刺穿了许多瞪着眼的大龙虾。他很擅长此道。他是我的儿子，却没有我的细致，别的方面也不像我。他在每个方面都比我强。我唯一愿意改变他的，就是让他别脆弱。

让 [约翰·] 奥哈拉见鬼去吧。好题目。等我读了再跟你讲故事。我说的是“乐透彩”。

玛丽小姐有话跟你说。你上封信附言谈及的写作方面的道德问题，当人们扔出道德问题的时候，我总是被击中。

说说你的话你会烦吗？你是哪里人啊诸如此类。我是哪里人？问陌生人是哪里人不太礼貌。假如你在邮局的墙上看见他的脸，最好转移视线。（我们把那都卖给了胡思顿。）我都感到羞耻，居然写那样的文字谈约翰和玩球。因为，我是哪里人，或者被选做哪里人之类的问题，无论怎样是暴露人秘密的提问，很不好。要么就是拿法律定义说事，一副至高无上的样子。假如你自己想不出办法，你就该在所属团体里玩。香蕉船不是为乌龟打造的。你在波士顿能赢的事情，在芝加哥会输掉。只有杞人才会忧天：把船上的表演给我停下，你个敲打苹果的婊子养的。我们未获准用简单的好词汇，那些很合格的形容词。（老爸先生和他的神秘白话。）反正我没问你什么，只是我愿闻其详，亦即高兴知道。

很高兴你没在做鲍比·里格斯的 [人物专访] ……我还有人选呢：皇家空军的彼得·维堪 [维克汉姆·] 巴恩斯；此人找盖世太保的司令部精确如在光天化日之下找东西，用蚊子轰炸他们。玛丽小姐奋战在手术台上，刀枪不入；自己浑然不知，比特斗牛都弃走了。我那些死去的英雄人物如迈克尔·内，制桶工人的儿子；在两百次的掩护行动中为部队从莫斯科撤退做后卫（我会找个时间写写这个，玛丽会为我做些调查研究的）。我的朋友福楼拜先生、我的朋友吉姆·瑟伯先生，还有老鼠也会帮我的，假如他能坚持到底。老鼠癫狂的时候我在场；他公然反抗撒旦，反抗所有的魔鬼以及当地的小鬼。他癫狂的时候说：“好吧，你们有三个。三个最大的家伙，对付一个小男孩儿。好吧，你们知道会发生什么吗？一个小男孩将跟你们战斗到死。不过，他不会死的。他将打败你们三个，把你们赶回地狱。”

好吧，你取圣乔治和“龙”，我取老鼠先生。地狱女儿，你可真该看看他如何还击那些魔鬼的。等你真认识他们的时候，也就如同死醉或者癫狂了。正如人们在法庭上或者别的地方说的［字迹不清］，或如在热议某事时所说。因此，别再贬损悉尼［·弗兰克林］了；我当真看见过他的好，否认它是罪过。再见，莉莲。我喜欢写信给你。更喜欢收到你的信。

大家都问候你，

老爸先生

我的体重降到 209¾ 磅了。昨天给“巴勒斯坦血库”献血一品脱。人家一开始还用怀疑的眼光看我呢。人们不解：不是希伯来人，干吗要献血？不过，此前我们是朋友。

(此信藏普林斯顿大学图书馆)

[1] 罗斯小姐 1947 年 12 月 24 日在爱达荷州的凯彻姆初遇海明威。当时她正写悉尼·弗兰克林这位美洲斗牛士的人物专访。她的海明威专访刊于《纽约客》第 26 期(1950 年 5 月 13 日)第 36—62 页。另见她的集子《报道》(纽约,1984)第 187—222 页。这次再版此文附有她自己的自传性质的前言。

致莉莲·罗斯

1948 年 7 月 28 日，观景庄

亲爱的莉莲：

谢谢你发来电报并谢谢你来信，信是昨晚收到的：我外出刚回来。还是邮资不足的老问题。我们刚办了一个奇妙的生日庆祝会：玛丽、辛斯基、格格、格瑞高里奥（船上的伙伴）、玛诺利托（在柯吉玛拥有那家咖啡馆的那个人）。非常好的孩子；喜欢水，不晕船。能帮格瑞高里奥并崇拜格格。他俩一起学习海洋的知识。我们有一箱子香槟酒，老朋友送的生日礼物；半磅真正的鱼子酱，我们的酒商送的；另外，我们自己还有些法国白雪香槟。辛斯基和我早晨 6 点就开始喝香槟酒，喝了一整天，感觉好极了。上午我们离开的时候收到你的电报。玛丽得到许多礼物，还有猫啊狗啊写的生日贺卡；一个棒极了的生日蛋糕。我很自豪也很高兴弄了个 49。我想假如是高尔夫球手，就得破 49。我高兴了一整天。

关于未竟的公事：那篇故事[1]写得不好。结尾太假太虚。一切都可能很糟。即便真的发生了，也不对。你得这样写，人们才会信。我觉得这是《纽约客》上登的最糟糕的故事。

很高兴胡思顿打球的情形得到澄清。我急于知道此事。我不知道东岸有谁打球打得好，关我什么事，只去过一次，还只呆了两天［1937 年］。我说的话意思是胡思顿作为球手，在别人还没看出缺点的时候，还可以推出他去。我看见了，因此可以让教练带着 6 个球员猛冲，届时玛菲小姐可以坐在土墩上吃她的狗屎和乳清。不过，现在总的情况我们还不了解；所以呢，趁他还有价值，赶紧把他卖了。人们很快就会把你弄得一钱不值的。

关于棒球：你说得对：球软的时候该跑起来，而不是滑行。滑行实际上是一种威胁，让人丢分，让他出局。滑行也能掀起尘土。假如你真的能进去，你就能尽量避免紧跟了。实际发生的情况往往是，假如在第二垒你被挡掉或者人背对你，你会说："下次我到你跟前，就把你双腿他妈的撞掉。"假如短暂停留难，第二垒的人又不好对付（他们是很难对付），人们会说下次他来时，让我来对付他。你在垒位上透过尘土看不清怎么回事，可当人紧跟你时，会把球给你，这就难了，在耳朵下方，贴脸，直捅肋骨，到要你命的地方。就这些了。好了，所以，第二垒处你总能看见突发的莫名其妙的斗殴。

棒球里你看到的最肮脏、最叫人痛恨的主也许是迪克 · 巴特尔。他会把球给你，会弄伤你。在他之前是［泰 · ］考布。真是个了不起的球手，绝对狗屎。

我用了那两个词儿。假如我这个作家谨慎，就不会用那两个词儿。你无需用这两个词儿，因为对你来讲用这两个词儿不自然。我们用这两个词儿是为了节省时间。我写作中从不滥用这两个词儿。我讲话时带脏字，这是因为我成长的环境使然。我也能得体地交谈。不过，我记得问过你是否忌讳，你说不在乎。所以，我就自然地表达了。

英语里没有别的短语替代"Fuck off， Jack"。假如你说的就是这句话，这句话就能表达清楚。在滑铁卢战役期间，康布罗尼将军被喝令投降时，他没有说“老卫兵宁死都不投降”，而是说了个“屎”。假如有什么东西可称神秘的话，这就是了。假如你对一个障碍赛马术骑手说祝你好运，他会往你的脸撞去，假如允许的话。在战斗中，或者在危险的情况下，祝你好运是最糟糕的话。只有基督教女青年会的人才会这么说话。

1944 年 9 月，当我们打到西尼埃菲尔的时候，我写了一首诗。我当时觉得自己肯定会死，想写下我知道的，或者说于尔根所发生的情形之前我就知道了。我写道：

今天没有人用俚俗语，因为明晰是最重要的表达要求。只有 fucking 保留了，不过只用于形容词。

Sweating out 也保留了。

它的意思是一个人得忍受，没有可能改变事情的结果或者后果。

我们那些很晚懂得走路的人；我们用无限爱和深情相互看着对方。

这只有百日之后才会有的情形，是最后的症状。我们经历了愤怒、气恼、恐惧、怀疑、指责、否定、误解、错误、怯懦、无能和缺少才干于此。

都这么过来的，将来的人也要再次经历。让坚强、稳健、勇气、迅速理解和动手的能力及战斗的能力来平衡我们的弱点。

这是一首长诗。这是内容丰富的诗歌。不全是爱和深情。

假如略显懦弱，这就是我对语言的认识。当我要人们去动，我就说 fucking，作形容词。作为动词用的时候，是骂贼呢。自维庸以来我们就是这么写的。你一定知道这些，因为你的东西也庶几类之。你有很好的听觉，话太粗的时候或者不必要用那词的时候，你自然就排斥了。

我很高兴得知你是哪儿的人。格格夏天都在叙拉古斯。有一次，我和老鼠从农场回来。我们打了三只北美洲灰熊（我打了 6 年才打着一只），老鼠也在场。格格的偶像是个叙拉古斯拳击手，名字叫伯特 · 科瑞奇。他说：“帕特里克，假如你对熊感兴趣，那当然好。可是我们叙拉古斯没有熊。”

请别相信关于“爸爸先生”的任何报道。这一切都是狗屁。我从未帮过他们写这些。不过，总不出来否认这些东西，也就如变相默认了。你的个人传奇长起来就像船底的甲壳依附动物，看似有用，其实用处很少。

很高兴看到你的文章《流行与尤金·V.德布斯》。他是我投过票的唯一总统候选人。我从（第一次）世界大战回来之后，人们让我当共和党人的“选举”裁判（付了5美元。我外祖父一辈子就没有跟民主党人有过从；所以我生来就是共和党）。我在我们选区只投了德布斯一票。从那以后就再没有投过票。在我们的候选人去世那天，我就退出了晕人的政治漩涡。[1920年] 是哈丁。现在是杜鲁门。他们都有分歧。

跟布伦丹说，我觉得《有钱人 [和没钱人]》是一本好书。杰瑞这个人就像你很快站定脚跟的一个位置，有毛病，但你宣称愿把握牢它。这本书比人们想的要好得多。不过，没有我最初希望的那样好。跟老兵一起的那晚可真是好极了。本可以更好的。可惜那年我的脚踝有骨刺，体重达296磅。我写这小说的时候生活一团糟。扔了有10万字。这10万字大抵还比剩下的东西好。世上再没有比这书删削更多的了。大概我得罪人的部分原因在此。你在狄更斯博士的作品里读到的袖珍版家庭成员群像，在这本书里没有。这书说“Fuck off, Jack”次数太多。虽如此，我当时却尽了力不去用这字眼。也许我该学“你忠诚的人儿啊，都来吧”的时候，我却学了那个。那姑娘对作家表达不屑的时候，这话就有可人的意味了。告诉布伦丹，我现在写的东西比那个好。两周前，我让玛丽小姐读我最近写的东西；从不让人读正写的东西：写时随心所欲，哪只蝴蝶展翅就放飞哪只蝴蝶。当你把东西示人的时候，或者跟人谈论的时候，作品呈现的就是老鹰羽毛的排列了。我想，她在有压力之类的情况下也很忠于我的。耗子“出埃及”时，你可以使用普通机械计算器算它的步子（不许旅鼠登船）。该给她看在塔楼里，是否打了飞机，或者想坚实地击中个球，而不是尽力为球的主人拽球。反正她很高兴，我享受了一次政客们会回应的一波欢迎的掌声，此生未有过。

莉莲，我很喜欢给你写信。假如你不喜欢，或者感觉不好，就不写了。希望能去城里跟你们这帮人见个面。就我所知，你们是我头脑里的心里的同伙（除了［约翰·］奥哈拉。他太廉价。我们都很昂贵，从不被人收买）。请代我问候他们。我在巴黎会见到简妮［简妮特］·弗兰纳的。我们从这里取道丰沙尔、里斯本、吉布、阿尔及尔和戛纳直接去巴黎。我一路都带着渔具，钓鱼到巴黎。也许［哈罗德·］罗斯会让我当云游通讯员。

喜欢的话就写信给我。我很喜欢写信给你。

Pappa 先生

（此信藏普林斯顿大学图书馆）

［1］谢利·杰克逊的文章《乐透》刊《纽约客》第 24 期（1948 年 6 月 26 日）。

致 W. G. 罗杰斯

1948 年 7 月 29 日，观景庄

亲爱的罗杰斯先生：

我很高兴读到你关于葛特鲁德的书［《你看到这个的时候，别忘了我：我所见到的葛特鲁德·斯坦因》，1948］。我一直非常爱她。正如你所说：她大肆攻击我的时候，我从没反击过。她，或者艾丽丝［·B. 托克拉斯］都有某种需要跟朋友断交。她只对不如她的人真正忠诚。她不得不攻击我，是因为她从我这里学会了写人物对话；正如我从她那里学到了散文奇妙的韵律。我不理解她为何要攻击我。不过，我也不在乎，因为你多少知道自己怎么样，值个什么。我除了写好东西别无野心。她野心可多了去了。我们大家都在写作里找到幸福。她发现了自己力所能及的写作形式，每天都很开心。她不会失败，也不能自成一家，也不会出局；因为规矩是她定的，戏在她的规矩下演出。当我无法写作（最严格意义上的写作）的时候，我就写信；比如今天。她发现了一种写作方式，就如同一直在写信。

我很幸运在巴黎见到她，那是在1944年秋天从西尼埃菲尔回来的时候。当时没有多少时间，所以我只跟她说了声我一直很喜欢她。她也表示很喜欢我。我想我们讲的都是实话。

我更喜欢她剪掉头发前的那个模样。各种事情发生，剪头发之事是个转折点。她曾经跟我谈过同性恋问题，说女人同性恋如何如何好，男人如何如何不好。[1]我总是听着学习着。我一直想操她，她也知道。这是健康的情感，与其谈不如做。我觉得艾丽丝有点嫉妒葛特鲁德的朋友，其中有些人是她那一类的。毕加索也有同样的理论。他认为我们由于那个，都被甩到外层黑暗里了；认为她不喜欢葛特鲁德跟男人在一起，扮演异性角色的那些男人。

无论怎样，谢谢你看出《永别了，武器》那段文字：我从她那儿学到多少东西。那段文字读起来也很好；我都忘了。我从她那儿学到东西，从埃兹拉·［庞德］那儿也学到东西。我从许多不在世的作家那里学到东西。接下来就该自己独立做点什么了。你自己去做，不断学习。只有独自去做，才能学到东西。现在这些作家都死了，很让人觉得这行当孤独。现在连好好聊一下的人都没有了。我天生是个乐天派，所以我过得很愉快。我爱我妻子，爱海洋，爱我的孩子，爱写作，爱阅读，爱优秀的绘画作品，还有酒吧生活、妓女、责任；我支付所有账单，也还有其他杂七杂八的快乐。我当然不愿葛特鲁德死去。[2]我很高兴你和你妻子写了这么一本关于她的好书。我也真的喜欢艾丽丝；我无法意料她会恨我。不过，那一段人生是我受教育的时期（现在还没学完呢）。

祝好，

欧内斯特·海明威

（此信藏得克萨斯大学图书馆）

[1] 见《流动的盛宴》（纽约，1964）第18—20页。
[2] 葛特鲁德·斯坦因1946年7月27日去世。

致海伦·克柯帕特里克[1]

1948 年 11 月 12 日，意大利托尔切洛

亲爱的海伦：

非常感谢你写信来，谢谢你帮助杰克。信写得好。

关于巴克［·朗汉］，我又能说些什么呢?

我在勒梅斯尼埃尔芒同他第一次见面，那是在突围之后不久。你记得的第 4 步兵师发起进攻，结果破围（这也许有争议）。此前，我没有见过巴克，虽然我认识步兵团第 8 团、第 12 团的团长。因为，他正参加左岸战斗呢；他的团是加强团，比步兵师其他部队有优势（没有地图，谈这话题很难）。假如不是等待第一步兵师夺取马里尼城，我们师的其余部队早就在前方了。（撇开这一段，因为我需要给自己的书留点可说的。）

反正我是在巴克的 CP［指挥所］见到他的，在勒梅斯尼埃尔芒。我很低声地跟他解释说，我是柯利尔派来的海明威；跟我一起来的先生觉得到团部指挥所就行了，仍旧一副热心肠（他并不知道巴克的指挥所在哪儿）。此人名叫［伊拉·］沃尔夫特什么的。我想，当时是巴克的参谋鲁姆·爱德华兹介绍我们给上校的：“上校，这是柯利尔斯上校和沃尔夫兰先生。”

巴克请我吃了顿好饭（我纠正了介绍人的错误并解释说我此生的抬头就是“先生”，那位沃尔夫特先生的确是沃尔夫特先生）。有烤鸡吃，气氛很安详。没有人显得紧张。大家都很欢快，办事效率也高，不用喝酒就很快乐；也不摆出效率高的紧张架势。我印象很深。巴克谈论了文学。午饭后，他又跟我谈了局势。沃尔夫兰问了些傻问题，让我很难为情；于是我们即刻离开。

再一次见到上校是在维莱迪厄波莱。我有几瓶香槟，是佩尔西一家客栈兼餐厅老板送我的。此人误以为我是巴顿将军的先遣私人代表。他问我是哪个将军的部下，我说雷蒙德·O. 巴顿“啊，Patton（巴顿）将军。”他道：“我们多么崇敬他啊。来人，找香槟去，要好的，当礼物送巴顿将军。”因此，到达维莱迪厄波莱之后，不排除偶

然性，我碰见巴克，立刻给了他一瓶香槟，从缴获德国佬的摩托车侧座里取出；我们用这摩托车当运输工具。巴克累了，脸色土灰，有点晕，眼睛如死人；不过，他在人前还是尽量表现欢快。

之后在诺曼底我还见过他一次。然后是在巴黎。你也记得，当时大家都在不停地移动。我再见他时是在朗德勒西。或者是在那古老的要塞之城外的一个小城。记不得名字了。他的指挥所一如既往那么洁净欢快，功能运作无可挑剔；大家都欢快，好像没有该死的战争发生一样。之前一天，他们打了一场大战，真正的战斗。巴克亲自作战（有必要啊）了，他用那句名言问候我："你在哪儿啊，勇敢的克利翁，当我们在……（请查地名）[2]打仗的时候。"

跟一个有文化、善于表达、骁勇善战、智慧超群的人在一起总是很有趣的。我习惯与他为伍，忽略了其他完全值得交往但不太有趣的人。最后，在激烈的战斗中，在西尼埃菲尔，我们成了很亲密的朋友。我不觉得以前跟别人作为朋友有这么近。在于尔根也没有人跟我比跟巴克近。我也没有更崇拜过谁。

你可以从各种谈论巴克勇猛的表扬文字里获取所有材料。你在那些文字里得不到的是：那场战役 24 小时连续激战的疲惫场面，一刻也不曾躺下。有点像（一战西线）的帕斯尚尔战役：树都打爆了，却仍然保持绝对整齐、机智、幽默，仍然是世界上最好的步兵师。

你从威利 [沃尔顿] 那里可以得到于尔根战役的掌故。尽管他阅历漂亮女人如筛子过滤，我想他仍然记得于尔根。

顺便一提，玛萨小姐当时不在于尔根。你也许去过那儿，我不知道，或者忘记了。李 · 卡尔森一天来到巴克的指挥所。他们跟她解释局势，她道："耶稣基督啊，我们离开此地吧。"我们都知道李并非神经质的姑娘，重复一遍，她不是神经质的姑娘。

假如这些东西对你有用，你就用吧。你可以引用我所说的任何字眼，我授全权。假如还需要别的，我也给你。

玛丽说她希望参加某小房子 [乔治城海伦的家] 的小派对。我则愿跟你在任何地方喝上一杯。去年冬天得见你，好玩有趣。

这里一切都好。至少北边不错。玛丽准备开车兜风，去看翡冷翠的露西·摩尔海德，看比萨，看米兰我们的一些朋友，看图里诺的潘姆·丘吉尔……

问候威利。告诉他别在湿甲板上滑倒了。A&F牌的一种鞋实用防滑。不过，我没穿这鞋睡过觉。

照顾好你自己。祝你文章好运气。问候巴克。

[欧内斯特]

（此信藏普林斯顿大学图书馆）

[1] 克柯帕特里克太太11月4日从华盛顿写信给海明威，问朗汉将军的情况，好写文章给《星期六晚邮报》。

[2] 关于海明威自己写东西用这些的背景，见卡洛斯·贝克著《海明威传》（纽约，1969）第420—421页。

致玛丽·海明威

1948年11月20日，托尔切洛

最亲爱的小猫咪：

我一直在拼命干活，更在拼命想你。今天根本就没有邮件来。我前天给你写了封信，今天往翡冷翠爱克赛西奥酒店转寄了你家里来的信。现在日落，正给你写这封信。你走以后这里就是秋季美丽的天气了。我跟艾米利奥出去打猎，打了25只小鸟。我们本可以打着两只鸭子的，有4只从我们头上掠过，很低；然而，当此发生时，我们正吃午饭。也可能打不着呢。

我该写的信都写了，除了给［阿尔弗瑞德·］赖斯的。[1]接着要写那篇文章。[2]也许先写文章再给赖斯写信：既然得去威尼斯先将委任书公证了。也给查理·利兹写信了。

明天（礼拜天）上午去放手打野鸭，或者周一去。今晚艾米利奥会告诉我怎么安排的。希望是在周一，因为我上下举高打枪，肩膀酸了。我想也许这是轻猎重压所致。现在能自如朝上朝下打了。还没学双击呢。

我想杂志因为码头罢工过不来了。他们说纽约有50 000多包邮件积压在码头。你也读报纸，我就不跟你啰嗦有什么新闻了。

你上次那些照片（塔啊什么的）出来了，很不错。昨晚拿到的。

中国政府显然在利用美国和英国的飞机狠打共产党。不过，别相信他们能阻止已然滚动的雪球。在《先驱论坛报》上读到斯梯尔的文章。我知道他（你也许也看过新闻，知道他）。此人一流，精确。有趣，他们居然派流浪小子比尔·布利特去支援蒋。希望他常收到信。他在这场游戏里呆的时间会跟格格一样久。

从孩子们那儿没得什么新消息。

希望你的新闻是好消息。

我一直坚持晚睡，读书到午夜，甚或凌晨1点。

收到你的电报，电文胡乱翻译，说是取道博洛尼亚，天下雨，费拉拉城堡很美之类。假如是那座大的，我知道。你在博洛尼亚碰见我们的疯同胞了吗？裴冷翠怎么样？你在乌菲齐肯定感觉累，我打赌。那个美术馆真让我晕倒。我在那儿老想，再给我看一张圣母马利亚，看他妈还会喜欢不，先生们。菲耶索莱打烂了吗？这地方很可爱，就是有点娇贵。你会喜欢西耶纳。我期待听到你去了罗马，既然离得那么近。所以啊，去一趟吧。有车就是为了去罗马的。假如你在翁布里亚，就去看看伊特鲁里亚人的玩意儿。这些东西我至今觉得神秘。奥尔贝泰洛也不错，假如你往那儿去的话。我跟埃兹拉［·庞德］走遍了那个国家，跟他解释西吉斯蒙多·马拉泰斯塔为什么要打那一仗，如何打，在哪儿打；这么说的理由是什么，如何打就赢了之类。也许很误导他。现在想更好地解释一番。

这两天听见关于老比尔·史密斯的事儿。玛蒂怎么从未用这些材料，也不晾出来给人看或者锣鼓喧天。否则我在她的书里就能给你的钟拨一下指针了。我猜她是盘算着分享这笔财富，留着给我呢。

本地没有新闻。穆基的脚没事了。今天在户外太阳底下吃东西。整个午饭时间它都把头偎依在我腿上。蚌、鲳、白米饭。另一只狗鲍比，克雷泽的兄弟，能坐起来乞求东西了，也能作问候状：很高兴见到你。

这里没有别人了。尽管如此，今天有三对夫妻来吃午饭。其中有一个人要么是个男同，要么是电影明星，要么两样都是，带着个整过容的女人（拉直了的挡泥板，油漆还很糟糕），布鲁萨代利那类，正配女人，一对比利时人。我现在一闻到那味儿就知道比利时游人来了。

问候你的朋友们。爱我的小猫。乖一点，玩开心啊。现在天黑了。打猎开始了。我一直在想比利时人是什么味（战后旅行的比利时人）。我想这味道是叛国的国王、大脚趾果酱、不洗的肚脐、旧自行车鞍子（出过汗的）、铺路石、响当当的钱带着一丝韭菜汤和防风草萝卜。白军万岁。

我最亲爱的猫咪，我爱你。非常非常非常非常非常非常想你。

Papa

（此信藏普林斯顿大学图书馆）

[1] 毛瑞斯·斯佩瑟 1948 年 8 月 7 日去世。阿尔弗瑞德·赖斯继任海明威的律师，直到海明威身后。

[2] 为《假日》杂志写的《蓝色大河》（1949 年 7 月）。

致阿尔弗瑞德·赖斯

1948 年 12 月 15 日，威尼斯

亲爱的阿尔弗瑞德：

昨天我给你发了封长电报。此信是增补。随函寄上委托书和宣誓书。

请原谅我，假如我太唐突的话。我没有时间了，所以这些事都在打搅我的工作。我在跟时间赛跑。我高血压，尽量不增添砝码，也不能着急。别把这事告诉别人。

现在听着（从前说这些的那个人都是在船上才说的。）

在不跟我商量并将所有东西让我过目之前，我不想让你张罗要回退税。[1]如此，我就能判断索要之举是否有损荣誉或者符合道德。不只是法律意义上符合伦理道德，而且是根据我的个人标准。我因为交税，财政上很拮据。不过，我很自豪，因为以某种方式帮助了自己的

政府，就如在战场上我也能助一臂之力。我不希望老是说自己经济上遭受了打击，我也不希望老说身体上受到了伤害。我需要钱，很需要；但还不至于做不光荣、不光彩的事情，不明确的事情或者说“不假思索”的事情。我希望这话我说清楚了。

现在谈谈“非常住”问题。下面一些事实也许你不知道：1942—1943—1944 年的事情。1942—1943 年，我从未离开古巴。任何时候都没离开过。除了出海执行最艰巨的任务，反间谍的使命，对付潜水艇的活儿。毛瑞［毛瑞斯·斯佩瑟］那儿我的文件里有一份副本或者原件信，是斯普鲁伊·布拉登写给我的；当时我正要前往欧洲。布拉登是那一时期我国驻古巴大使。我情愿支付此信估价，也不愿意此信公开。布拉登先生的信是在我放弃那份活儿（潜水艇不再来了）时写的。信上说的，旁人一看就明白了。他很愿意跟调查局的任何人讲明我们在海上干了些什么，我们为此付了什么样的代价。我肯定他也愿意证实我居住在哈瓦那。我肯定罗伯特·P. 乔伊斯也愿意，他是美国总领事，地址：华盛顿国务院；当时他刚从的里雅斯特回来：他在那儿是美英军队司令部的政治顾问。问这些东西的时候一定要注意最严格保密；并且只问关于海上的事情。否则我顶多再活一个星期或者说一个月吧。

1944 年我在海上，直到潜水艇离开。每次出海都是我方信号指示的。我接受《柯利尔》的差事，是为了进一步得到欧洲的有益工作。我当时在纽约呆的时间足够长是为了取得委派、接到命令出发。皇家空军的飞机把我送达并答应我：跟他们一起飞，写他们的故事。我在伦敦受了重伤，好一阵子不能飞行。于是在奥马哈海滩获准跟小股海军登陆艇车辆人员，随他们行动。我只给《柯利尔》写了 5 篇文章，他们支付我的费用不足一半。我写的文章是关于盟军登陆日第七波挺进海滩的情形，日夜拦截 V 型飞弹的景象，轰炸发射场地的景象；步兵师突破诺曼底的情形；拿下朗布耶挺进巴黎的情形，游击队行动之类；第 22 步兵团终于 9 月 13 日奇袭西格弗瑞德阵线等等。《柯利尔》把我的文章肢解得厉害，我再也不给它写了，虽然准备了另一篇东西：我没有寄出这篇，而是把它融进了我自己的书里。从 9

月到1944年底，我尽量为第4步兵师效力，并一直为自己的书搜集资料。你看，我头两个月在海上（我写书正写到这一部分），最后4个月什么也没写给《柯利尔》；他们给我搜集资料的钱根本不敷用。你知道人家给我改编电影付的钱数，那是可课税的。

不管是谁在重检1944年之事，我希望你让他读读这封信，从而得知概况。我被授予"青铜之星"勋章。这是他们能给非军人最高的垃圾荣誉了。我非正规军。别人建议去干各种有益的事情；因为我的非正规军身份，没拿到差事。这些差事给我的话事实上会违反《日内瓦公约》。

1944年间，我也毁了自己的健康。两次重创头部。1945年回家，身无分文。于是，当人们还要我另支付海上那段时间、天空上飞的时候以及一百多天参加战斗的日子（诺曼底、激战、西尼菲尔德、于尔根森林、坦克大决战中头部受伤、生病、104华氏度高烧还参加坦克大战、穿着毛线外套当内衣吸汗、外面再加一件）的税款的时候，我就很难过。不交。哪年都行，就不交1944年的税。我在西格弗瑞德战线后面的时候，龙卷风把农场都给刮毁了。剩下那点芒果树重新站立起来，但从未从那场龙卷风的摧残中康复。

假如他们能说出我1944年得了政府什么好处换取我所付出的东西，那我就很愿意支付他们觉得该付的税款。我是得了本护照飞伦敦，但那也是付了10美元费用的。

关于公事：我不想每年都卖财产来还借来付税的钱，然后再为此付税。这种做法过时了。因为，1944年后有一次我把自己的东西卖了个悲惨的价，那时我的脑子被胡桃夹子夹了。现在，没有理由再廉价卖东西。别跟人提要卖东西；别人要买，来跟我说。

有两样东西能让我放弃写作：假如我1944年所作所为还要付税；带人出去钓鱼也要交税。人要是只维持基本生计、没人会挣钱去。政府、经纪人、任何人也都不会挣钱去。如此我就能钓鱼，也不用绞尽脑汁写东西并且还很富有。今天看来这是好主意。

别跟人谈德文翻译的买卖。事情我还没理清呢。孟达多里和艾拿乌迪跟你说他们付我钱了。640里拉一美元折成了美元；此地自由市场就是这个价。他们换美元的目的也就在此。假如那钱也需交税，那就报税吧，理所当然。你要是需要我的账号就知会我一声：保证信托、《老爷》、芝加哥银行、凯普公司都付给我钱了。我可以发电报让他们电告你。

祝圣诞快乐一切都好

欧尼

（此信藏肯尼迪图书馆）

[1] 美国国税局当时正给海明威寄 1944 年个人所得税退税单。

致阿瑟·米泽纳

1949 年 7 月 6 日，观景庄

亲爱的米泽纳先生：

谢谢你来信谈菲茨杰拉德传记[1]的事情。我很抱歉：手头并没有司各特的信件。司各特的信大部分曾经储藏在基韦斯特；也许被老鼠吃了，也许被蟑螂咬了。那个地方不是保存重要文件的好地方。我有一个档案柜在那儿，所有的文件记录都在里面，并且都是按顺序放的。然而，有一次我上战场，某人［宝琳］决定要用这个档案柜放自家的东西，于是做了笔小古董生意；结果，我早期的手稿、司各特的信以及其他多少值点钱的文件成了老鼠和蟑螂的食物。

假如你来此地，要我跟你讲讲司各特生活的真实情形，我愿意效劳。他在西岸的生活点滴你最好去找一位电影评论家，她的名字叫希拉什么的，或者叫别的什么名字。此外还有一个人，我在上一场战争中在空军认识的，名字叫乔纳或者乔达，或者类似奇妙的名字。司各特死的时候他在场，一直伺候到咽气。我现在想起那电影评论家的名字了，她叫希拉·格瑞厄姆。她可以给你提供另一个人的姓名。假如那人自己不写书，他能给你提供大量真实材料。

我非常爱司各特，但他自己投身的处境让人很难与他为伍。泽尔达不停地让他喝酒，因为她嫉妒他的书写得好。这事有方方面面的因素；假如你想为他好好立个传，我愿跟你谈谈许多事情，尽量把记得的实情告诉你。从我第一次跟他见面说起。［麦克斯威尔·］盖斯玛尔写他的东西让我恶心。约翰·奥哈拉为《袖珍本菲茨杰拉德作品集》写的导言包上了奥哈拉自己的旧貂皮大衣；他从未穿这件衣服上耶鲁大学。邦尼·威尔逊和约翰·毕肖普是他生前的哥们，但他们从未目睹他鼎盛的时期，这一时期很短暂。他的人生轨道很陡峭，几乎如同一颗定向了的导弹，就是没有人给他导向。

假如你的书需要的是文献，那我的信就对你毫无用处了。老鼠们把文献吃了。不过，假如你要谈论司各特，我则随时愿意效劳，只要你方便即可。我很抱歉不能给你提供更有用的帮助。

你的诚挚的，

欧内斯特·海明威

（此信藏马里兰大学图书馆）

[1] 米泽纳当时在写《远离天堂的那一边》(纽约，1951)。

此信及此后致米泽纳教授诸信经马里兰大学(帕克分校)麦克克林图书馆同意在此使用，特此致谢。

致查尔斯·斯科瑞布纳

1949年7月22日，观景庄

亲爱的查理：

谢谢你来信并寄比利·罗斯的材料。我已经给罗斯先生写信了，说一个二百五能拿走很多东西跑掉，却很少有二百五能老这么做。不过，用文字表达，那就成了“不过，你要是再从我这儿偷，我就拨你的钟，如此你就永远听它嘀嗒了”。我相信罗斯先生会明白这语言的；这语言跟我们在Pallazzo Mocenigo（拼写不对）［威尼斯］用的语言不一样。

那包书里有那份普林斯顿大学出版社出版的关于那位美国士兵［S.A.斯陶佛等人］的报告（写得很好，印象深刻）。此外还有［W.范·T.克拉克著］《猫的轨迹》和［J.F.道比著］《郊狼的声音》；

这两本书半讲动物半形而上学，却又属于讲动物的书。我订的书还有许多，不知所终；尤其是麦基任［J. F. C.］富勒（这混蛋）写的《第二次世界大战》。我需要这本书。

字数：星期三 577；昨天早上，我的生日，早饭前 573。体重：200 磅。为庆祝我的 50 岁生日（身在该死的异域，生命在此浪掷，尽量往好了写，难道不想收到美国来电？我多灾多难的 50 个年头！）做爱三回，在射击俱乐部打鸽子 10 次（飞得很快的那种）；跟 5 个朋友一起喝酒，喝了一箱法国白雪香槟。整个下午在海里找大鱼。海流很强，但是没有鱼；水色也深。信风头一天，似乎稳刮进来了。有时鱼会在第二第三天上来。本周末很有希望钓到鱼。

我觉得小查理不弄几本那老掉牙的书当门碰头真是错矣。反正人家要给他。我隐约感觉这些书被拒之门外有点不好。不过，可以理解：他兴许不喜欢这些书。事实上，这些书很好。他拿几本签名本也不错。假如我们能找几本初版书；很愿意付［戴维·］兰德尔[1]钱的。此举就像蛇吃自己的尾巴。

我想今天会写作。因为，我身在一个能让我热爱的国家只能做好不能做坏的地方。

我收到妙极了的生日礼物：战争期间跟着我出海的胡安·多纳贝夏给我走私来一把.22Cal Colt 比赛靶子射击用手枪。我们的牧师给了我两瓶龙舌兰。我们的酒商给了那箱 1941 年的法国白雪香槟。从前给我当跟班兼司机兼精神支柱的［奥托·］布鲁斯从基韦斯特来，带着一个精致的海军用闹钟、一套信号旗和两只橡胶冰桶。玛丽给我一个精致的银质酒瓶，还有十来个用心的小礼物。凯普给我发来贺电；国外也有人发来贺电。

我现在得停笔了，去写作。我们之所以没有正式回复小查理姻亲[2]的邀请函，是因为邀请函只写给海明威先生，而没有写给海明威夫妇。假如一件事情是当形式来做的，那就最好注意形式。我没有给玛丽看请柬。我当然理解此种场合的种种混乱。我自己也不是正襟危坐的人；不过当有人要跟我玩正式场合的时候，我知道正式是个什么样子。我有四位祖先赴十字军东征（我没跟考莱说这个）；另外我还有一位曾曾祖母是夏安族（这也没告诉考莱）。我的祖父外祖父都参加内战了（在美国，但凡有点钱的人是不会有打过仗的祖父的）。我的长子杰克，我的小弟弟和我都在这场战争里打过仗。我们都受伤了，我们都没因此出名，而是都得了各种倒霉。我当然愿意响应国会某委员会某一刻的传唤，问我是否有意颠覆政府。我愿对主席说："你个鸡巴玩意儿，你什么时候才来这个国家的啊？1776—1779 年、1881—1885 年、1914—1918 年和 1941—1945 年你家人都还在哪儿啊？我们都是那些时光里健康受损的，也是在那时候失去财富的。你那可怜的鸡屎爷爷那时在干什么呢？他也许正雇用替身去参战，自己叫唤阉猪呢。"

查理，我很势利。我一直努力不势利并且痛恨伪势利。好战的人和好赌的人之势利和无所谓的人的真势利恰是白人觉得好玩之处。群氓的隐约表现的狗屎及其他只是漂亮地模仿绅士所为。绅士总由那些不太在乎的人群构成。这根本就跟你去过什么学校没关系（穷人总为这个苦恼并费尽心思）。不三不四的人也进入白人社会。不过，大家都知道他们是不三不四的人，人家在容忍他们呢，排斥他们呢，或者说不理他们呢。真正的绅士跟真正的好匪徒一样坚韧。不过，这跟法西斯没有关系，也不是随便什么解说能解决的问题。假如你见到一个人就知道他好，又快又准，就好像你在他身上按了盖格计数器……

假如你还想听我说，我就给你点真货。不过，我觉得 50 岁生日上给你提炼的这点智慧已经够多了。感觉 25 岁上就让头脑里灌点东西真好；可能吧。

唯一希望的是我还能健康地再活 30 年，好好写作。因为，我发誓我的脑子还很好使，还很无情（一直努力仁慈些）。我对一个地方的知识也略具规模。

你可以坐着上下班的列车读我这封信。我想从乡下到城里上班是必要的。你可以自己调整生活节奏。不过，一定很烦。我知道自己不会接受地下铁的没有尊严：就为这点钱。

祝你好运，孩子。看在基督的分上，悠着点，别叫我还没用上你，你就没了。麦克斯就这么像废物一样死了，我至今难过。他干吗守着亲爱的路易斯的资产、汤姆·沃尔夫的资产还这么玩命工作到死？总是连帽子都不脱地连轴转。他那该死的帽子本身就足以让他毙命了。我希望人们把他埋葬在那顶帽子里。

啊上帝保佑你，如我们的朋友说的。

你的庄家老马
消灭一切的人

又及：

我写过关于作家辛克莱·刘易斯的文章吗？也许写过。他当时跟前情妇玛赛拉·波尔斯的母亲一起生活。那位母亲很整洁，洗得干干净净；总是称呼他刘易斯先生。他们在格瑞提饭店有一套豪华房。他常常晚上下楼去酒吧喝三四杯双份威士忌。然后去写作。有时候他也早上写作。不过，大部分时候夜里写。其他时间里，他总带着波尔斯夫人出去，在巴达克，只要有三个星标志的东西他就窥探。我在帕多瓦住院的时候，他讽刺谩骂玛丽达3个小时之久。“我爱欧内斯特可是——”问题似乎是我不愿每年写一本书或者出版一本书。另一个问题是我势利（正确）。还有一个问题：我从未就他的书写过一行字，虽然他得金奖的时候发表演说提到过我。（我他妈怎么评说他的书啊。唯一能做到仁慈的就是保持沉默。）另有牢骚：亲爱的人儿，当个天才的老婆一定很难。（谁曾见过有人举止像天才？我是个作家、猎手兼渔夫。嫁给我的人都正常吃饭，想操的时候就操一把。生活蛮有趣的。还能到处动动。）另有牢骚：他一定很难处，是吗？你知道我有多同情你。

玛丽最后是替他付了所有酒钱。我对酒吧招待说，再见到他，就给他喝蒙汗药。酒吧招待答应我好吧。跑堂的领班和我小时候就一起跟人打架。他真的很烦他。说：他真是堆垃圾。心想你廉价买来忠诚，而不是替人考虑理解别人、好品位、好教养。你个在巴达克偷窥的混蛋跟情人（离他而去了）的母亲玷污了威尼斯，一脸麻子好奇神色，缺少理解人的教养。[3]

我们应该像拜伦爵士和［约翰·］莫瑞那样保留信件。我知道一些滑稽的事情，可以写信告诉你的，可是我太拘谨了。现在我知道我还有版权，可以给你写该死的任何东西。连字数都不用数。

海明威

今天早上的邮差送来我订的所有书籍。因此，现在我只需要3份佩恩·沃伦写的《永别了，武器》卷的导言样本。我又要给韦尔考克斯下订单，要别的书，明天寄走。今天下午秘书来，口授。

海明威

（此信藏普林斯顿大学图书馆）

[1] 兰德尔时任斯科瑞布纳书店稀有书部主任。

[2] 小查尔斯·斯科瑞布纳1949年7月16日娶了琼·桑德兰。

[3] 这篇修饰过的攻击刘易斯的文字在《过河入林》（纽约，1950）里重复了一遍，见第87—88页、第124页。1949—1950年，这种年轻气盛之语还经常出现于海明威的文字，此段很典型。这可能跟他10年来头次发表长篇小说有关，《过河》里包含海明威的自尊。

致斯佩尔大主教

1949年7月28日，观景庄

我亲爱的主教：

我在你每张照片里看到的越发是粉嘴傲慢、胖头胖脑和过分自信。

作为对天主教徒工人不利的反罢工者，作为攻击罗斯福夫人[1]的人，我感觉强烈：你自己在拖延时间。教会领袖过分自信很不好。

我知道你在西班牙共和国问题上说了谎。我并且知道你为什么说谎。我知道你从哪儿接受命令。我也知道为什么有人给你下这样的命令。你在美国领导一个少数派群体，我也曾经是这个群体的付费成员。可你却以傲慢无理的姿态、以教会领袖的脑满肠肥来领导这个群体。

在欧洲，人们说你将成为下一任也就是首任美国教皇。可是请你别滥用职权，别逼人太甚。只要我活着，你就别想当教皇。

很尊敬你的，

欧内斯特·海明威

[打字稿，有海明威签名；恐怕从未寄出。]

(此信藏肯尼迪图书馆)

[1] 大主教致伊莲娜·罗斯福："我将不再公开承认你。"他指责她有反天主教偏见(见 1949 年 7 月 23 日《纽约时报》)。罗斯福夫人 7 月 28 日的一封信说指控不属实。见阿奇巴尔德·麦克莱什"声明"，此篇收入《诗集》(波士顿，1952)第 164 页。

致格瑞斯·豪尔·海明威

约 1949 年 7 月 30 日，观景庄

我亲爱的妈妈：

非常感谢你在我生日那天写信给我。我今天早上才收到。我很抱歉在你生日的时候没有写信给你。不过，当时我在巴哈马群岛；格瑞高里当时得做手术；反正阴错阳差我没能给你寄信：我想我是写了信的。代我问候露丝·阿诺德，[1]照顾好你自己。大家问候你。

你的温情儿子，

[欧尼]

(此信藏普林斯顿大学图书馆)

[1] 海明威夫人由露丝·阿诺德陪伴住在伊利诺伊州河林镇吉斯通大街 551 号公寓。

致 M. H. 缅因兰夫人[1]

约 1949 年 8 月 15 日，观景庄

亲爱的修女骨头：

真感谢你写了这么好的信谈温德米尔之行并告诉我那里的情形。好像那地方没怎么变，还是奥托·布鲁斯和我两年前秋天走过的那样子。

真感谢你和肯［·缅因兰］所做之事。小欧尼舅舅认账。寄上

200美元支票以应任何开销，并贡献其余等母亲抵达之后作费用。她的信托基金钱该足够了，我给她建的。她要是来看你们，呆那么久，以她的行事，够你们受的。我谢谢你们为她做的一切。我知道不接她来跟我呆一阵子是够无情的。不过，我只是无法（不能）忍受跟她在一起。你知道的，我们母子从来就没成朋友，尽管我尽我所能资助她。我最近给她写了封尽量充满爱意的信，不过希望她别以为我们就成了朋友了。假如这封信有什么意味，那不过是我想让她知道儿子还有爱心。事实上，她缺少爱心。

别担心我卖掉温德米尔。这是我们的根所在，是我们小时候最开心生活过的地方。你和肯可以随时去。厄拉［厄苏拉］、莱斯［莱塞斯特］也可以去。玛斯［玛赛琳］我总以为（从我认识她起，得有50年了）她是彻头彻尾的婊子，不想跟她有什么瓜葛。可怜的老比菲［卡罗尔］——我们吵翻了，很为她难过，也不想跟她有什么瓜葛。

问候你，你个老打球的。问候肯和你的“欧尼舅舅”（微缩版的）。玛丽也问候你们。

爱你的哥哥

［欧尼］

（此信藏普林斯顿大学图书馆）

[1] 海明威的姐姐玛德莱娜(桑尼)和她丈夫肯尼斯·缅因兰以及他们的儿子欧内斯特当时住在田纳西州孟菲斯市林登大街。

致查尔斯·斯科瑞布纳

1949年8月19日，观景庄

亲爱的查理：

收到你温馨的信。很抱歉我的信太粗鲁。我当时觉得与其误解，不如发火……

非常感谢你提供［约翰·］高尔斯华绥博士的信息。我恐怕拿他当榜样已经太晚了。他在我眼里似乎一直是穿着绅士衣服的垃圾。除此之外，我读不下去他写的东西。

我很高兴看到我的观点略有支撑。

关于克勒芬出版社重印之事。好，让他们去重印我给已故葛特鲁德·斯坦因小姐的信吧；只要这些信的版权还属于我就行。[1]我曾经非常喜欢葛特鲁德·斯坦因，并且在她竭力攻击我的时候也从未反攻她。她可是从我这里学会写对话之后攻击我的啊。从作家同行那儿学任何东西显然都是不可饶恕的罪过。不过，她的公寓墙上的画真好，她家的酒和吃食也好。那时候这可是非常难得的享受。

我这里一切都好。周末我们外出钓鱼去了，很愉快。玛丽很开心，也很好；我也好，家里的其他野兽也好。

请薇拉［查尔斯·斯科瑞布纳夫人］看在基督的分上别骑马奔跑，因为这样我就得一直为她不安了。我最好的朋友几乎都两番撞断肢体，断什么的都有；看样子这是骑马所具有的危险几率。然而，你还是免不了为他们担心。

［1936 年 9 月在怀俄明］我跟汤米·谢夫林赛马下山。你知道什么叫下山，那可是泥泞路。为 500 美元；把他给毁了（距离是 5 ½ 英里）；直到平地为止。

当时他比我轻 45 磅，跑在我前面。事情过后，我则可以说是泥塑的。灾难发生在最后 400 码。不过，赛事还是完成了。汤米的妻子和宝琳还有其他几个人花了一个小时拿小铲刀刮，才辨认出泥下是谁，因为最后我们的样子都差不多。

除了当运动工具外，我对马一无所知。对散弹枪略知一二，对各种铅弹武器也略知一二。曾经带着一群蒙特洛猎狗一起打猎；那是从吉布带的一套玩意儿，曾经在直布罗陀海峡西班牙这一边行猎时相随。然而，打那时起，我就从未用过所谓英吉利马鞍。那更像是一种体验，而不是一场体育运动。跟我一起打猎的第 22 团上校当时一直在患流感。他有两匹马，比普通马高得多，从未之见。没人给它们顶部修剪毛发。我一无所知要去干吗就爬上去了，团里的军官都在测量我的马镫有多长；拿这跟托德·斯隆和别的臭名昭著的美国人物坐骑的马镫相比较。我要的是长马镫。这很让他们吃惊，都忙着测量马镫的长度。我们一起打猎两次，我觉得是一生最吓人的体验；不过，我当时就知道别骑马践踏猎狗；我还知道自己得当心别让桑树缠绕的藤蔓把脖子给切了，这里的桑树缠绕之物有时像英国的葎草的样子。所以，当你不得不跳跃的时候，我就让马跳跃：我有上帝恩佑，相信它。它结果也还真的可靠。后来有很多人评论这匹美国坐骑，我不得不两度表演。第二次要糟糕得多。所以，我赞同只有过两次随意打猎经历的人可刻意安排去打猎。虽然那次马匹和我不完全均势（大家都希望如此）；但我没有落马。

我们老家那儿，也就是我们在美国呆得最长的地方，有时我们酒后从蒙大拿的雷德洛奇进城到比林思，我跟特尔克·格林诺和另几个不值一提的人去帕特·康纳利的马鞍店；亲眼目睹特尔克让帕特拿存货马鞍给他试试。帕特让他试了那马鞍。特尔克把马鞍夹在两腿之间，完全把那块木料弄断了。然后他对帕特说："再拿个我试试，帕特。这一文不值。"——帕特对他说："你个婊子养的，滚！把你的狐朋狗友都带走。"假如你能上马，就多少能强守纪律，因为两条大腿被约束了：我们从小学骑马就像学别衣服别针。我一直没有马鞍，直到蒙大拿州比林思一家妓院管事的给了我一个。骑马是骑马，好玩归好玩。老布里奇［冯·布里克森男爵］过去常说："金鱼死的时候总是万籁俱静。"[2]

想到这肃穆的话题我住笔了。希望你一切都好，家人一切都好，买卖好。我想什么时候去你那儿呆半年当你的二把手，非正式的。就像我在第22步兵团跟巴克·朗汉在一起时那样。给你的行当增添点纪律。我对上帝发誓实话实说，你的买卖因效率低而损失了不少钱，或者是因为从业人员缺乏指导。另一方面，我也许能发现自己对出版业一无所知，并不能提好的批评建议。无论怎样，查理，我希望你好，一切都顺利。

你的朋友
欧内斯特

（此信藏普林斯顿大学图书馆）

[1] 这些信被唐纳德·F.盖洛普在《〈美国人的诞生〉之诞生》引用，见《新克勒

芬》第3期(1950)第54—74页。

[2] 冯·布里克森也许是在回忆W.H.奥登的句子:“金鱼死的时候丑陋无比。”见《大海和镜子》(《诗集》第365页[纽约,1945])。

致·J.劳顿·柯林斯将军

1949年8月19日,观景庄

我亲爱的将军:

祝贺你被任命为参谋长,[1]这贺信有点晚了。我外出钓鱼回来才知道此事的。

第7军和一野的人都很高兴你得任命。我还担心SHAEF① 某个笨蛋会被任命呢。一个明白大局的战士得此任命比让一个只知道出风头的人得任命要好。

我希望我的感觉并不出格。我谨此表示愿意当你部下,任何时候都愿为你效劳(最好是涉及写作的),去哪儿都行,打击我们国家的敌人。

非常尊敬你的

欧内斯特·海明威

(此信藏肯尼迪图书馆)

[1] 柯林斯将军1949年8月17日宣誓就任参谋长。

致贝尔纳德·贝壬松

1949年8月25日,观景庄

亲爱的贝壬松先生:

非常感谢你送我两本书。我妻子玛丽和我很喜欢读它们。将军,

① (二战)盟军远征军最高统帅部。

你写得不错。我读你的书感觉开心。我并不总有这样的看法。不过，假如这世界上都是一种看法，没有歧义，那就悲哀了。

也非常感谢你对我妻子那么好。[1]你有点像她眼里的英雄。你是世上活着的人里我最敬佩的人。悄悄告诉你：我敬佩的人还真他妈不多。

这只是一封普通信，你不必回复。我不太在乎翡冷翠（希望你不介意异端）；我自己就是个老威内托顽童。我爱这种状态，也很知道这种状态的况味。没有你地道，但不拘小节处略有不同。吉卜林先生在写得不错的时候曾经恰如其分地写道："一个人只有一次处子身可失；他的心永远在彼。"[2]

这说法有点湿，但它却表达了我对威内托大区（各个角落）的感觉，甚至对波丹诺内的感觉。

照顾好你自己。我也照顾好我自己。这样可能还有机会见一面：假如我俩都走运的话。我妻子问候你。

永远的你的

欧内斯特·海明威

（此信藏塔提别墅）

[1] 玛丽 1948 年 11 月在塔提别墅见到贝壬松(1865—1959)。见卡洛斯·贝克《海明威传》(纽约,1969)第 469 页;另见玛丽·海明威《事情是这样的》(纽约,1976)第 229—231 页。因为这个消息,海明威才跟贝壬松建立通信联系的。

[2] 吉卜林的诗《处子》结尾原文是：We've only one virginity to lose/ And where we lost it there our hearts will be.

此信及下文致贝壬松诸信经赛西尔·安瑞普博士允许使用,特此感谢。

致查尔斯·斯科瑞布纳

1949 年 8 月 25—26 日，观景庄

亲爱的查理：

话匣子收到了。非常感谢。我今天会找个电工来把它安起来的，然后让他跟我说说怎么用。我付了 84.70 美元税金和航空快递费。我

想我们会把这钱找补回来的。我有些可爱的话题可对话匣子讲。你觉得《我所知道的事情》这题目怎么样？我事后总能得一个更好的题目；所以啊别着急。这里只说我知道的东西，往极致说……

居家数字数：周一 802 字，周二 379 字，周三 314 字，周四 688 字。今天是周五。我正热身给你写信，然后接着掷球。我小的时候，有一个掷球手名叫埃德·沃尔什，是芝加哥“白袜队”投球手，喜欢吐口水。一年为一个队赢得 40 场比赛。球队也就让他当过一回主力队员。我正写这个故事的教训呢。有人说道过他，沃尔什，说他是唯一能趾高气扬坐下的人。我屁股着地时才能趾高气扬，也只有屁股着地时才会趾高气扬。

这信才刚热身。关于中等篇幅的新书：我要你把它弄进“当月图书”俱乐部。现在就去砍树准备纸张。假如这书不好，你就吊死我。我昨天让玛丽读了 121 页。她近来什么事也干不好，只知道手脚并用伺候我，才不管我有没有婊子或者交际花之类，只要我有运气像那样写书。新近我在威尼斯有一个可人的婊子，很美，让你心碎；还有三个优雅的交际花。我猜，三个大概是合适的数目。不过，其中最优雅的那位写信也很可爱。我想，你会很喜欢她的。她是让人崇拜的女人。我一直争取为玛丽当个忠实的好丈夫，我爱她。我想你会喜欢这书……

今年是奇怪的年份。我们身处 8 月，月底了，仍然有芒果，芒果本该 6 月就没了的。华丽的树木 7 月底才开花：它们本该 5 月就开花的。没有鳄梨；从前无论怎样总是有鳄梨的。我的一棵长得最好的椰棕快死了，并没有瘟病啊。（蔬菜）园子里本有 4 株好作物，而我直到眼下数来数去只有 3 株。我的斗鸡都在脱毛。不过，脱得却不像往常该有的样子。

今天是 8 月 25 日。我们的猫和狗（34 只猫；11 条狗）却长了冬天的外衣。青枪鱼汛晚了 3 个月。鸣鸟本该 9 月底 10 月份才来的，如今却已然到来。

这是怎么回事，查理？你作为乡下人该有主意。我不想听沃尔夫、菲茨杰拉德、阿尔弗瑞德·诺普夫的意见，也不想听戴维·斯玛特的看法。假如温斯顿·丘吉尔头脑清醒，我倒是愿意听他朗读。哈里·杜鲁门和哈里·沃汉的看法也不足取，最高法院的法官的意见也不足取。

不过，这真他妈是滑稽的一年。我每天只能写430字，恒常居然每天只有300字。操女人比25岁时还强，事后写作要好一些。以前从不这样。

这可真是奇怪的一年。不过，假如是怪年，我们也许不妨看看我们能赢多少球赛。

你的朋友

欧内斯特

又及：

写了388字。本周足够了。加起来有2 516字。我们这里经历了一场龙卷风，往北走了。今天下午会袭击佛罗里达海岸。也许是在迈阿密和棕榈滩之间。狂风大作，中心风速每小时达100—125公里。这是今年第三场了。不是好兆头。不得不取消海上钓鱼之行了，因为将有汹涌波涛，鱼会下去。今早会去打鸽子（坏天气里叫声一片，打鸽子倒是一乐）、游泳。明天去品纳德尔里约省，开车去；他们在那儿修了新路。去那里散步，跟玛丽一起走长路。那里的乡野都是参天大树，多山；不像这里的农场乡野遍布荆棘，给人印象不佳。那里有许多针叶松、雪松，跟石灰岩山里的喜马拉雅雪松遥相呼应。有一条泉水小溪，很冷，跟山里汲取的泉水一样冷。这里也到处是小嘴低音鸟儿。我想，不去钓鱼了，就在这里，带上4瓶香槟，去当地富人带情妇去的地方；喝香槟，操女人，听收音机，阅读累积的《纽约时报》。查理，这是一种神仙日子。假如你能这么过下去，愿意这么过就行。我从来就不太热衷当绅士，也不太热衷见美国那些一本正经的人物。我永远也不会忘记一个好摆绅士姿态的垃圾名叫尤金·V.考内特的。你和麦克斯以及已故你家先人之外，在出版业我见到的唯一绅士是一位叫吉恩·雷纳尔的小伙子。弹吉他弹得很好的那位吉米什么的跟法勒·斯特劳斯公司厮混，他也是个绅士。你知道我指的是谁。乔·利品柯特也是绅士，这里大家都知道他叫“大鸡鸡”。[①]刚收到宝琳小姐的明信片，说孩子们安全抵达威尼斯。他们现在道勒麦特，本周末将跟纳纽基·弗兰彻蒂一起去打猎。玛萨小姐在威尼斯，面貌看上去好极了。假如玛萨小姐在你出我的书之前能写一本关于威尼斯、托尔塞勒岛、威内托区、格拉帕山、帕苏比奥的书，或者关于下皮亚韦河保卫战的书，那我就直截了当跟你说，我奉还所赐。我向你保证。真的。双倍严肃地跟你保证。

宝琳小姐说玛萨现在为孩子们做事情。也许是想从孩子们身上找素材。两位前妻在威尼斯对我很不利。希望她们至少看上去不错。也许正在传播很耸人听闻的故事。玛萨小姐编的故事是很可怕的。不过，我怀疑她们在那座城市里能坏我什么。那座城大抵是我的城市，或者说曾经是我的城市。我也曾经爱过这两个女人。基督啊，我但愿自己现在那里等着度周末。现在就走，杀掉几只让人阴郁的鸟儿当储备食物冻起来。我们每次打 25 只；我每打 25 只就给玛丽两只。在 23 只的时候，我跟她一起从 30 米处开打。这根本就不挣钱。操他妈的钱。我跟前搅不清，连听都不想听到这个词儿。就像我的一位祖父辈，他从不许人在他眼前提美国内战。

啊，这是热身、工作之后的凉却了。我不断收到人们来信，大抵是曾经参加过战斗的人。他们痛恨麦克斯威尔·盖斯玛尔（《时代》杂志上那篇愚蠢文章的作者）。他们写的信很愤怒，读起来很有喜剧意味。也许该给盖斯玛尔寄几封，让他知道晴雨表上指针在何处。我们在战士中很有影响。这就更让我自豪了，也更让我开心。我想这就比任何东西强。这些人物不是美国军团里的人，或者是国外战争中回国的老兵。他们就像那个邪恶的老头：汉克斯 [约瑟夫·斯坦利·佩内尔，1944] 所写《罗马史》里棒极了的那小子。那本书里有些部分比美国任何书写得都好。有些部分写得糟糕。

都见鬼去吧。玛丽小姐委屈得像在马鞍上受伤了，我得尿马鞍子

① 利品柯特(Lippincott)的谐音 Leaping-cock。

给她医伤：因为她觉得我在往死里干活。不过，她会克服的。除了死，人什么都可以克服。死也算不得什么狗屎。我谨此怀着虔诚之感住笔。

欧内斯特

（此信藏普林斯顿大学图书馆）

致查尔斯·斯科瑞布纳

1949年8月27日，观景庄

亲爱的查理：

谢谢你来［信］并寄来材料。能不能请你的秘书给《麦考尔》杂志那个女人写信告诉她：我在赡养母亲，假如她再接受采访或者在别人写关于我的文章时提供任何情况，我就断掉赡养费。[1]这是绝对不含糊的。

如下情况供你了解：

我的母亲很老了。她的记忆就更不可靠了；她还很热衷胡说八道。最近，因为她年迈，我则扮演孝子：万一这能让她开心呢。不过，我讨厌她的脾气，她也讨厌我的脾气。她把我父亲逼得自杀。稍后某个时候，我让她把某些不值钱的财产变卖，因为那些财产的税在吞噬她。她写信道："不要威胁我去干这干那。你父亲在我们刚结婚的时候就试过一次，结果他生前因此后悔。"

我则回答："我亲爱的母亲，我跟我父亲不是一种人。并且，我从不威胁任何人。我只做承诺。假如我说如果你做事不靠谱，我就不再给你赡养费。我的话就是我要表达的意思，很精确的。"我们从此没有什么麻烦。只是我不愿意见她。她也知道自己不会上我这儿来。

我的秘书在度假，很感谢你的秘书能帮我个忙，给《麦考尔》杂志那个女人写信（这女人好像是那种最差劲的不管不顾拿来就用的东西）。这样的文章不能问世。我会给我母亲写信，严禁她跟此类采访程序合作。

让《麦考尔》杂志那女人多写写金赛博士夫妇。

能不能请你的秘书也给杰克逊维尔来的那位美联社记者也写一封信，我愿意在任何一天下午 5 点之后见他，假如他提前两三天预约的话。不过，别周末来。因为，我周末去钓鱼。我在上午工作。我很高兴能见他。不过，我想知道他什么时候来，因为 10 月份有很多鱼。我不愿搅他的兴，也不愿让自己扫兴。

请你告诉《生活》杂志，我们会提前告诉他们关于此书的情况，会全然配合他们。我很欣赏他们以前那种方式行事以及他们对劳作着的作家所取的体面态度。请告诉他们我非常遗憾没有新娶的老婆给他们的报道增加荤菜，目前只有玛丽小姐，还是他们从前的雇员。玛丽太好了，舍不得离开。

我不知道还有什么事没说。

《麦考尔》那女人是从哪儿想来的主意她可以写写我们家的事情？她想写我与不太有天分的兄弟姐妹们的不同。比如我那婊子样的妹妹玛赛琳、我那可爱的妹妹厄拉以及我的小妹妹桑尼（都是绰号）。她可是中选校队（都是男生）；弹起竖琴来像个天使。我的妹妹卡罗尔 12 岁就受到侵犯被强奸：是我的一个变态小弟弟干的。这个弟弟曾经拒绝服兵役，却在步兵第 22 团当了二等兵。他在部队里很被人喜欢。随后在大开曼群岛制作比赛用的船只。现在像是在波哥大使馆？那个婊子有什么权利知道这些？她就不知道人还有私人生活，不知道人有自尊和秘密，不愿让别人像秃鹰那样损人利己地拿去利用？那么说《麦考尔》杂志是完全让她自己去办这事了对吗？她踩着高跟鞋扭着屁股吵吵嚷嚷来了。我请你的秘书照原话引用我第一段文字，信的措辞强烈些。这些婊子以为我想出名是不是？我知道你们需要些宣传，我也经常经历宣传。不过，寻常吃饭也很好啊，就像猫拉屎也很畅快啊。

请对那女人厉害点，省得她再次出现在我们酒吧妓女老坐的那位置上。

今早感觉又脾气粗鲁了。我决心努力成为一个基督徒，不发粗鲁脾气，当绅士。

告诉那女人，去给《女人居家伴侣》杂志写一篇关于“禁欲是否过时”的文章。或者去采访玛萨小姐请她谈谈“战争经历”。有一次，突出部战役被决定发起之后，她装模作样要回到战场。我高兴又欢快，对她说：“虫儿，你真是越来越棒。你见过的战争场面比我还他妈多。”

“我是看到的比你多。”她道。一边如同腓特烈大帝的驴子那样详细讲述她去哪儿了。

“除非你把意大利也算上。”我道。

“啊，假如你要算那个，”她大笑道；接着在我们上校面前讲法语以免他听懂，她以为人家就是个步兵上校呢。上校可是翻译过德库兰古尔回忆录的；那本回忆录讲那场寒冬里他跟拿破仑往回走的经历……

你们现在作如何想，先生们?

那个表情我一直很喜爱。现在跟你们分享。你们这帮王八蛋，当你们把反坦克手榴弹放到可爱的德国党卫军头上时，他被喊投降就是决定不出来，你傻眼了吧。

有一次我杀了一个势利眼党卫军德国佬。我跟他说你要是不跟我讲逃跑线路，我就杀了你。这德国佬说：你不会杀我的，因为你害怕，因为你属于下等杂种。再说，这违反《日内瓦公约》。

兄弟，你犯的这叫大错特错。我跟他说，一边迅速朝他开了三枪，打在肚子上。着，他膝盖着地；我则朝他脑袋开枪，脑浆从他嘴里流出，或者从他鼻子里流出的，我猜。

再次碰上一个党卫军，我讯问他，相谈甚好。他清楚地讲述了德军军事上的处境，透露了情报。他称我 Herr Hauptman［上尉］。接着，觉得这还不够，转称我 Oberst［上校］（我没戴肩章）。我真想让他讲到称呼我为将军。可是，我们没有时间了。那之后，我们迅速追赶他们，因为了解了所有粉笔标志所指为何，有多少人，都是些什么人。

我现在又想回去当基督徒了。

我以基督的名义发誓我是你的，

欧内斯特

（此信藏普林斯顿大学图书馆）

[1] 见海明威 1949 年 9 月 17 日、1949 年 10 月 4 日致母亲信。

致查尔斯·斯科瑞布纳

约 1949 年 9 月 6—7 日，观景庄

亲爱的查理：

一大早给你报告一下舍下动物的情形。

我们的狗是王牌宝贝，不过猫却是最长项。

天刚亮就再读了一遍你的来信。突然发现我没有说图书俱乐部之事。也许我不对，但还是要建议别给人提交什么，也不跟人分利。(也许此事不对。请你直说。）也许我们该试试“文学会”。

我愿意拿这匹马赌一下，全都押在它身上。假如我们赢不了，没问题，因为我们下一本书准是赢家。暂时撇开图书俱乐部，不过，这次试试实实在在往鼻子上打。希望我这么用赌博术语没有惊着你。

假如评论家们不喜欢（我的宿敌多着呢。破落户无产阶级对手们恨不能把你当咸肉吊起来，只是我不是咸肉），多少也是他们愚蠢，因为我们要拿下一本书推土机般碾过他们去。希望这不是过分自信。我这个人没有什么野心，就是想当世界冠军。我不会在 20 个回合里打败托尔斯泰博士，因为我知道他会把我耳朵打掉。托尔斯泰博士势头很劲，可以永远不败，而且还不止如此。不过，我可以跟他打 6 个回合；他打不着我，我则能把他屎打出来，也许把他打出局。他很容易打的。不过，天啊，他很会打。假如我能活 60 岁，我就能打败他。(**也许吧**)

给你透露一下：我开始出手打死去的作家们了。我知道他们曾经有多棒。(原谅我用大白话）我先试了试屠格涅夫先生，不太难。又去试了试莫泊桑先生（都不服气给他戴个“德”字），四个短篇才打败他。他被打败了。假如他还活着，会知道自己被打败了。接着试了另一个家伙（不好意思再说了，不再吹牛了，不再陈述了）。我想跟他是打了个平局。这另一位死去的人物。

亨利·詹姆斯先生我只在他初染指小说时翻阅过一次；后来打过他一拳，打在他没球胆之处；随后就请裁判停下比赛。

有些家伙是没有人能打的，比如莎士比亚先生（冠军）和无名先生。假如在培训期间能跟塞万提斯过招 20 会，那我很愿意，任何时

候都行，在他家乡（阿尔卡拉·德·埃纳雷斯）进行即可。把他屎打出来。虽然如此，塞万提斯很聪明，也一直好学，也许回头能打败你。打“第三场”人们都愿意付钱观看。有很多人呢。

这些布鲁克林混蛋无知透顶，他们开手就打托尔斯泰。还没打呢，就宣布他们打败托尔斯泰了。他们该被绑在卵蛋上吊死，因为这无知。我能写好东西，但我却不愿跟托尔斯泰先生长久斗牛比赛，除非我和家人不吃饭。

大书方面我希望拿麦尔维尔先生和陀思妥耶夫斯基先生作榜样，他们就像同一马厩的双子马匹，往脸上踢土不止，因为跑道不够快。然而，那种比赛你也就能跑那么几圈了。他们能理解你。

现在真就像吹牛了。不过，耶稣基督啊，你得有信心才能当冠军。那是我唯一希望当的角色。我直到年纪半百才认识到没有放手让马儿去奔跑。现在马儿要跑了，直到这杂种撞破什么，或者死去。

我怀着虔诚之情住笔，去干活。

欧内斯特

稍后——

又及：礼拜五写了 1 149 个字。礼拜六礼拜天跳过，写了几封信。9 月 6 日写了 640 个字。

海明威

此信未寄，无意之错。

（此信藏普林斯顿大学）

致 W. 阿维瑞尔·哈里曼

1949 年 9 月 9 日，观景庄

亲爱的阿维瑞尔：

我收到一封信，署名是你。不过，签名很正式，我想象这封信是别人寄的。写信的人让我写一致辞给 1 月 30 日在瓦尔多夫·阿斯托利亚饭店“（罗斯福）诞辰纪念”音乐会上用。[1]

假如我的书写完，我很高兴干这件事。你知道的，我并不是擅长演说的作家，也不像前辈作家那样懂修辞。不过，假如我能写，还是叫我写吧。我要是能写，我会告诉你或者你指派的代表的（就是用你的名字写信的人），时间还早呢。祝你好，也祝玛丽和凯思琳好。

你的永远的

欧内斯特

(此信藏肯尼迪图书馆)

[1] 海明威是在爱达荷州太阳谷初遇哈里曼的。他当时是富兰克林·罗斯福诞辰纪念委员会的主席。海明威不久拒绝了这份邀请，因为他正写新作长篇。不过，他让秘书妮塔·詹森抄存了如下文字(写于 1949 年 10 月 11 日)，估计这东西从未寄出："今天我们集会纪念一位被宠坏了的富有的瘫子；此人改变了我们的世界。作为一个人，我想很乏味，成天讲无聊的逸闻掌故，讲捕风捉影的冒险，而威廉·布里特之流还居然相信他。后来他飞过许多地方，这些地方还很遥远；有了自己的历险。很可能因为飞来飞去和过劳，他把自己毁了。一个国家的总统比如美国总统，本可以分配下属去工作的，没必要自己过劳。可是今天我们聚会纪念的这一位，却把所有的工作委诸人的同时，给自己留了这么多任务，又不能正确地去完成。他死了，我们国家目前是这个样子。先生们，我觉得目前不好。我建议：与其纪念这位从不自己起草讲话的人(此点不像他偏执酗酒的同行温斯顿·丘吉尔先生)，不如悄然起立，离开这屋子，这才是对死者表示尊敬。我们有一件事是明了的，先生们，那就是他已经死了。我们就此表示敬意。海明威。"(此信藏普林斯顿大学图书馆)

致格瑞斯·豪尔·海明威

1949 年 9 月 17 日，观景庄

我亲爱的妈妈：

非常感谢你 9 月 7 日来信。从前收到过你给我们所有孩子们做的书，当时真开心啊。这些书存放在基韦斯特了，我很多年没有看见它们了。为你的勤勉和对孩子的爱心而感觉可喜可贺。当时我们都还小，一定很讨人厌。你在书里写的字很可爱；我爸爸拍的照片一无例外都很棒。我希望你一切都好，跟大家相安无事。希望鲁斯·阿诺德也一切都好：我问候她。

斯科瑞布纳出版社给我写了封信，说《麦考尔》杂志某个女的在联系他们，想接触你，打算写一篇关于我小时候情形的文章。我不想出这样的名，不允许人家写这东西。我让斯科瑞布纳写信给那女人（此人很起劲，也很邪恶，我想属于那种让人讨厌的记者），说我寄赡养费给你，假如他们不经我同意发表类似的文章，我就不再给你寄钱了。希望此事就此了结。

我们家小子们都好，在欧洲玩得很开心。邦姆比在柏林，已经是陆军上尉了。今年夏天帕特里克和格瑞高里骑摩托车去看他了；他们去了以前在图片里看到的意大利各地，拜会了我在那儿的朋友。我费了很大劲才给莱塞斯特找到在波哥大的工作。真正给他工作的是巴克·朗汉将军。在上一次大战期间我是他第22步兵团的兵。莱塞斯特本来有个轻松活：拍照片。他却主动请调到步兵师，干得很好。巴克当然一直照拂他。我也不愿意他去步兵团，因为如此我可能有一天要养活他老婆和两个孩子。我喜欢他的两个孩子，可是并不想养他的老婆。

祝贺你当上77岁的曾祖母。我也想当个曾祖父，能如此长寿。

现在正卖劲写一本书，我想这本书会很好。一旦书写完，就去欧洲度假。假如我忘了在各种周年纪念和其他场合表示问候，请原谅我。

爱你的儿子

欧内斯特

（此信藏普林斯顿大学图书馆）

致约翰·多斯·帕索斯

1949年9月17日，观景庄

亲爱的多斯：

我们很高兴收到你的结婚通知，差点就没有及时收到耽误给你发电报。[1]孩子，祝你好运气。假如你老婆想看看古巴的房子，我这里是不错的地方。我们这里候鸟齐聚，在这个季节很不寻常：早了几个星期。所有的猫都长了冬天的厚毛。这里还飞来一串串的鸭子，也提早了几个月。我们经历了5场龙卷风；风倒是没有毁坏我们的家。

我写作状态良好，也许比以往任何时候都好。没有钝器伤着头脑，写作当然轻松。以前从未意识到写作慢是因为这层，直到休整一段时候之后。一年里7次脑震荡也许对一个作家来讲有点过了，除非你是安德烈·纪德先生。

等我们结束此段写作生活，我打算去欧洲，假如能挣到你说的法郎，我当然愿意去挣。我要在那座城市给玛丽买一些衣服，再给我自己买一小瓶塔维尔葡萄酒。你可让你的经纪人把法郎寄到利兹饭店的查理·利兹那儿，他会为我保留着的；或者存到那座优雅的城市的协和广场4号“纽约保证信托公司”我的账户里。希望你一切都好，生活幸福，工作开心。假如你是新娶一位，该很幸福的。我上次抽牌运气多多，而我不愿意拿玛丽去换任何模特新人。不过，新人总是能让老葡萄牙人开心的。请为我们令她笑逐颜开。假如你想要什么当结婚礼物，请问问她，我们从远方给她带，我想老厌物们过去常这么说。

既然意大利之行是为了研究但丁的生活，则似乎此人生活属于一团糟之流；不过他写东西可真好！也许对我辈而言，这是一课。

我是对着录音机写这封信的。这是盘尼西林以来最伟大的发明。所以，请原谅我这纯口授之信。我们都问候你们。

你的朋友

欧内斯特

(此信藏普林斯顿大学图书馆)

[1] 多斯·帕索斯1949年8月6日于马里兰州巴尔的摩县里奇科瑞斯特农场与伊丽莎白·汉姆林·霍尔德里奇结婚。

致玛莲·迪特里克

1949年9月26日，观景庄

我最亲爱的玛莲：

请往这个地址写信告诉我10月底你会在哪里，以便我们聚聚。你好吗，闺女？一切都怎么样？我很嫉妒你当了祖母。而我还没有正式成为祖父。不过，我已经跟邦姆比说了：脱下戎装，把这局面收拾啰。

闺女，从现在起保持联系，因为我的书快写完了，三个月左右就收手。我想你会非常喜欢这本书的。假如你想读，我给你寄复写纸复写的手稿。你在此书中出现了，没有别人，因为这本书都是杜撰的。不过，我尽量杜撰得好一点。

玛莲，玛丽和我非常爱你，一直在想念你。请写信给我们，尽管这是一种强迫劳役。

我的健康跟预期所差无几，属于重装过的吉普车那类。玛丽很好，去芝加哥看她父母了。他们很老了，也很脆弱；她是该去看看了。我希望酒店［圣瑞吉斯］方面的人会把这信转交到你手上。假如我们到纽约时你不在，我们可以在欧洲相见。这本书之后，我打算出版一本诗集，里面加几个短篇小说。我们可以再次于利兹酒吧读这些东西。

我希望你一切都好，你家人也一切都好。能再聚在一起并有机会谈谈真是好啊。也许我能早上弄几瓶香槟，你则帮我剃胡子。我问候你，玛丽也问候你，假如她在这儿的话。

Papa

又及：我知道许多风言风语，好极了的。有些还是真有其事。我们一起吃晚饭时我一定不把钓鱼的人带去。你得答应不把我的复写手稿给［埃里克·玛丽亚·］雷马克那人。[1]

E. H.

（此信藏肯尼迪图书馆）

[1] 迪特里克小姐关于海明威的文章《我所认识的最奇妙的人》用同样的语气提到海明威和雷马克，此文刊 1955 年 2 月 13 日《本周杂志》。

致查尔斯·斯科瑞布纳

1949 年 10 月 4 日，观景庄

亲爱的查理：

今天让写作见鬼去吧。随函附上一信，告诉你我为什么不让那本杂志的婊子跳去找我母亲。此外还有别的原因。

那么说，小子们连故事都讲不出。你知道为什么吗？假如人们把他们弄到讲台上，他们就讲不出来了。假如你有故事就不难讲。也许人们不相信这故事。但是，你仍然能直接照实讲。

当然，一个作家得编故事自圆其说，不能像照片那样扁平。不过，编故事得根据自己所知道的东西来编。

大多数写故事的人不知道这一点，从来就不知道。他们是贼一流人物，或者是想当然的蠢货。自吉姆·乔伊斯死了之后，我从未见有哪个作家是好鸟。他有时也带泥渍。不过，有一次他喝醉了酒跟我说："欧内斯特，你不觉得我写的东西很有郊区中产阶级韵味吗？"

"是的，吉姆。那是你比任何人了解得多的领域。"

"是啊，我就了解这方面的东西。"他道。"上帝可怜我吧。"亨利·詹姆斯的东西我想你会喜欢《德莫福夫人》。这篇东西很短。另还有几篇好东西。不过，他的东西整体上讲很势利眼，是写得很费劲的狗屎。

你也可以读一读你的汤姆·沃尔夫小子以及他那位"圣徒母亲"的作品。假如不是麦克斯删掉沃尔夫几十吨的狗屎，人人都会知道他第一本书之后的东西有多烂。而只有我这样的职业作家或者会喝葡萄酒而不是看牌子的人知道怎么回事。我想你也知道。

我们眼看着司各特借用他永远也不可能写的东西的纲要，东一榔头西一棒子，像是矿业开发人对待撒了盐的矿。

此信给你提供点爬行写作的情况。无论怎样，我们有了 44 000 多［字］。对话很多。假如你愿意，现在就可以出去买这匹马的赌注了。明天我们就所得一连串了。今天中午我要进城去看我的婊子，她是我最相好的，也是最老的女人，年纪跟我一样。她还是个雏的时候我就认识她了。当时她是西班牙法西斯主义创立者普里莫·德·里维拉小子（好孩子，就是脑子走歪了）的情人。我们会讲国王们如何如何死去的悲伤故事，我也听听当地有些什么嚼舌。她会跟我讲所有人的所有故事，会把她相好的人留下的手绢都给我。我们把岛上所有"糖王"的手绢都绣上其姓名的头一个字母。这次会面需要一天，罗贝尔托［·赫瑞拉］今晚要带来年轻美貌的雏妓。明天早上会好好写作。玛丽会穿着外套周四晚上飞回来……

你会喜欢格格的。他是个冷酷的运动员，在热头上泰然自若。我想，假如他不跑偏的话，能当一个很好的作家。他是真正的印第安小子（北夏安族人），有天分，也有缺点。我打算把自己所知都教给他。他把我教导他视为给马拴绳。我随信寄一张他11岁的照片给你。还有他得射击冠军的一大堆奖状，你就明白我不是胡吹。请把它们寄还给我。他能驾驭任何东西，也不觉得难。从前他有个小绳梯，他把这放在马鞍子上，可以用来攀登马背。他6岁上就能骑马一整天。7岁的时候他就能在大型射击比赛里挣钱了。他能屁股底下就放张明信片骑着马就走，纸还不会滑落。上次他离开此地时，他把射击挣来的钱都给了用人。我昨天才得知此事的。

他现在17岁，打算去安那波利斯的圣约翰读书，他们那儿教授"100本伟大的书"之类。不过，他写信来说不甚喜欢那儿，但还是要读完这学期。还写信说他要去某个地方，那里可以不要教授也能读这100本伟大的书。可以操妞。射击一阵子好挣点钱。他热爱过威尼斯，目前在那儿有个姑娘。此外，在梅斯特雷，他有一辆比赛用的摩托车。

我在他这个年纪也射击，并且成为了真正的男人；所以啊，除了让他努力，你还能做什么？但愿我们的老北夏安们还在行当里，因为格格还有很长的路要走呢。他也爱喝酒，跟你我一样。我的另几个儿子对酒无所谓。可是，格格却骑着他的摩托车，吃遍喝遍了我跟他说到过的意大利的好馆子，一家也没漏掉。这跟亨利·詹姆斯略有不同。格格写道："我一安顿下来就查了那位男爵夫人的电话号，打电话问她是否能造访。她很可爱，给了我几杯酒喝。我觉得几杯够了，考虑到我们两家的关系，我离开了。很可能我计算错了杯数。野姑娘那晚在乡下，于是我未得见她。不过，从那时起，爸爸——"

谈谈正事：别让［赫伯特·］梅出版社搞混了他们和我们的出版时间。很简单：牌在你手里呢。

我真的信任［A.E.］霍奇纳。为赫斯特办事的迪克·柏林原话说："告诉欧内斯特，他跟我们机构的关系如此：我们觉得最好他自己来开价。他是好朋友，需要怎样就怎样，觉得怎样就怎样，东西值多少就多少。"

大家都彼此信任。某时某地。我一定是诚实的，你才会信任我；别人信任我也是因为我诚实。

我就此打住，想到上述心里美滋滋的。我不知老凯西·斯当格尔今晚能睡踏实否。

欧内斯特

又及：你有些客户不太好的另一个原因是：他们无知；在场外给他们拽球他们打不中：他们都不再想练手艺了。一个都不想当学徒。布鲁克林"托尔斯泰"小组的人都想不打拳又能得冠军。他们连乔的屎都舔不着，就更别说托尔斯泰先生了。请别把随信附上的信件给任何人看，跟格格先生那份文件一起退还给我。当我尊敬他们的时候，我都称呼他们先生。

3 个附件：

妈妈

格格，乔·柯林斯

（此信藏普林斯顿大学图书馆）

致马尔科姆·考莱

1949 年 10 月 11 日，观景庄

亲爱的马尔科姆：

我希望你别太得意那本袖珍或者"修真"海明威读本。[1]我还在写呢，写作正在延伸，对上帝发誓没有时间更多关心此事。假如有人说我不热衷此书，那就让他们说吧。不过，可悲的是我其实很热衷。你会明白你所做有长远的益处，你会得到适当的并且是充分的补偿的。查理·斯科瑞布纳得补偿你，我也可能给他施加点压力。你和维金先生之间的事情不是我该介入的。维金公司是个什么公司？在哪

儿？什么时候创办的？

你只跟能一时写作的人打交道，所以目前的工作似乎很难。你满可以把莱昂内尔·屈瑞林、索尔·贝娄、杜鲁门·卡波特、让·斯塔佛德……罗伯特·劳瑞放进一个笼子里，让他们开心；但你会发现你什么也得不到。尤多拉·威尔蒂能写；其他人我则觉得加以讨论是浪费时间。还不如讨论谁在为得克萨斯州达拉斯打球呢。假如你打棒球，得克萨斯联盟倒是不错。不过，跟大场面的时代不同了，那时得真表现；无论你自己水平怎样，都得在可能的范围内绝对表现完美。这话似乎意味深远，但我是刚从凯西·斯当格尔那儿学来，他自己才赢了一次。

我认为内尔森·阿尔格伦也许是 50 岁以下的作家里最优秀者。你觉得当今还在写作的谁最好？他有逐渐淡出的福克纳的一切品质，除了魔幻才分。他让托马斯·沃尔夫先生显得如文学领域的里尔·阿布纳那般臃肿；他四处观望，一如我们职业作家过去看着他是个什么样子。假如不是麦克斯·帕金斯删削他 50 万字，人人都知道沃尔夫先生怎么样，除了第一本书《天使望故乡》还不错外。他从未有胆量赶走碧丽·博克小姐，她都 64 岁了都没敢删除她。她也从来就不出色。她多少属于完事就跑的人。

你能给我寄一本《西欧邪巫术》当然好，就是玛格丽特·A. 莫瑞写的那本，1921 年牛津大学出的。我对巫术所知无多，对英国人也所知不多。尽管我们这一带也盛行巫术，特别是在瓜纳瓦科阿。我们老夏安人有自己的信仰；不过，正如一位印第安人一次跟我说的：“很久以前，很好；现在不好。”

请代我们问候穆瑞尔［考莱夫人］，问候你儿子。格格上周差点中断圣约翰的学习来我这里。因为，他说，让你做的无非读 100 本书；你可以在家读这些书，干吗要听教授们讲啊？干吗不去射击挣点钱啊？不过，我建议他坚持完这个学期，也许能碰上很不错的人。

你的永远的，

欧内斯特

(此信藏普林斯顿大学图书馆)

[1] 考莱编了《维金袖珍本海明威》(纽约，1944)，1949 年 10 月重印。

致约翰·海明威上尉

约 1949 年 10 月 16 日，观景庄

亲爱的杰克：

非常感谢你寄来你可爱的婚礼照片。[1] 我们请人装了框挂在墙角，跟你得参战十字勋章授勋照片放在一起。你们俩看上去都很好啊。希望你一切顺利。无论怎样，你都得抽空去看看巴克［·朗汉将军］夫妇。这里一切都好；我的书也快写完了。我觉得这本书会很不错，我们会得彩的。

一旦书完成，我们今年秋天就来欧洲。我们想见到你和帕克。假如你有假，我们可以在威尼斯见面，在那里射击，打个痛快。杰克，我很想念你，一直在想你。希望老鼠和格格过得不错。他们射击水平也很高。我像着了魔一样写作。今天早上 4:30 开始，8:00 前才刚写完。写了 901 个字；昨天是 1 176 个字。假如我能把握写作节奏，别搞砸束帆索，也许能挣点钱。

无论怎样，我们问候你和帕克。你要雄起来啊。

我急切地希望你在这可悲的专业领域里做好。我们家从没有人在和平时期服役。不过，我想，从今以后就没有和平时期了。“闪电”的乔［·柯林斯将军］给我写了一封很好的信。假如我挣到了钱，就寄一点给你。猫们狗们都好。玛丽小姐问候你。这问候可不是随便送的商品。我问候帕克，同理。我期待有一天大家能在观景庄团聚。我打鸽子命中率是 94%。这是很好的兆头。我想书很好，但我很挑剔。

请保持联系并给我们写信，即便是没有时间写。我的健康如同重新组装的吉普车；有时零部件非常好使。

照顾好你自己，照顾好帕克。乖一点，要知道爸爸很爱你。这也许是老掉牙的废话，但我们家从来如此。我们都问候你们，我们忠诚的同胞同党都问候你们。

爸爸先生

又及：你要家的照片给帕克看吗？埃尔蒙斯特罗的罗贝尔托

[·赫瑞拉] 时不时来这里，他可以放大一些照片。这个时候园子很可爱，龙卷风的季节却没有龙卷风，风景很美。请代我们问候帕克。让她生几个好孩子，这样我就能当爷爷了。

Papa

(此信藏普林斯顿大学图书馆)

[1] 海明威的长子 1949 年 6 月 25 日在巴黎娶了拜拉·惠特尔塞·惠特洛克(绰号帕克)。见玛丽·海明威著《事情是这样的》(纽约，1976)第 241 页。他们的三个女儿分别是：琼(人称玛菲)，1950 年 5 月生；玛尔戈，1955 年 2 月 16 日生；玛瑞埃尔，1961 年 11 月 22 日。

致查尔斯·斯科瑞布纳

1949 年 12 月 29 日，法国尼斯

亲爱的查理：

非常感谢你送我《人见人爱的枪》(J. K. 斯坦福著，1950)。这真是本好书。关于射击那部分写得很好。我就要读到最后一章了。我自己就是个势利眼，所以也不在乎人家势利。不过，同类事情上我不总势利。

我们跟彼得和弗吉尼亚·威尔特尔从巴黎开车来到这里。最后一刻齐聚霍奇 [A. E. 霍奇纳] 那儿。在欧塞尔吃完午饭之后在索利厄过的圣诞节。所有午餐和圣诞晚餐之后，我们在瓦朗斯之南某地。看过阿维尼翁和高德水道桥之后我们在尼姆度过次晚。在卡玛尔格边缘到达艾格穆尔特，出而往勒格罗笃王，在那里办手续钓金枪鱼。这里钓鱼一年有两旺季，一次在 4 月，一次在 8 月。

姑娘们还从未见过普罗旺斯呢，艾格穆尔特真是个好地方。唯有此处要塞之城保持原汁原味没有改造过。人们不让维奥莱特·勒迪克染指这地方。圣路易第七第八次十字军东征，你是从弗鲁瓦萨尔《编年史》里读过的，一定熟悉，就是从这里出发的。第一次出征他得了老掉牙的肺疾；第二次出征途中过世。儿子把城建完。圣路易本是需要此城当港口和供应基地的。当时勃艮第公爵们占据着马赛，勒格罗笃王是他唯有的港口；这是他手建之城。我一直喜欢这地方。两天的

雾气之后我们有了好极了的天气，勃艮第好，罗纳河谷也好。

之后我们驱车越过卡玛尔格，穿越阿尔勒到普罗旺斯的艾赫。在那里过的夜。昨天把威尔特尔和霍奇送上从这里到巴黎的夜班火车。

假如办公室里没问题，霍奇会在威尼斯和我们碰头。否则就把手稿挂号寄出。秘书还没誊抄完毕呢。

请告诉我寄你稿子之前我还有多长时间可以不去理会此事。时间越长越好。如此，我就有机会冷却之后再检视作品，修修补补，假如有必要的话。

我想在威尼斯我能做到不沾腥，既然大家都会在柯尔蒂纳。无论怎样，希望如此。麻烦的是：每当完成一书，老是不在乎后果。弗吉尼亚要替我做高空掩护，玛丽则上甲板，猛烈炮轰道路，并负责运输。不过，彼得给这好主意泼了凉水。也许是为了我好。谁知道呢？我反正不知道。

希望你假日愉快。

得住笔了。给孩子们写信去也。天气不好，今早就显示了：去不了威尼斯及时赶这周的打猎了。不过下周那里会好的，可以好好休息一下。在这里呆上一天，把信债都还了。

你可以写信到“保证信托”，他们会转交的；或者直接写到威尼斯格瑞提皇宫酒店。他们很可靠，无论我们在哪儿，他们都会转交的。

玛丽问候你。她过得很开心。

祝好，祝节日愉快。

欧内斯特

（此信藏普林斯顿大学图书馆）

致查尔斯·斯科瑞布纳

1950年1月6日，威尼斯

亲爱的查理：

谢谢你来信并寄来奈德·卡尔莫的书［《陌生的土地》，

1950]。书的开头很不错。请你告诉我改动的是哪一些，我不告诉别人。就是你让他在书里改的内容，到底是哪一些。另一个人写的书还没到。我巴望着呢。

今天是礼拜五。我们一般礼拜六打猎。霍奇［A. E. 霍奇纳］礼拜一来，会带来修正打字稿［《过河入林》］。他也许即刻返回。我会给你寄副本，好让你放心。我看没有必要马上排版。何不让我再修改一下稿子。你根据修改稿再排版也不迟。如此你可省钱，我又能再审视一过校样，省得讹误永远流芳。

请告诉我你什么时候需要（1）修正稿排版；（2）修正的清样。

在这里总是很快乐。前两三天在乡下过的。上周在柯尔蒂纳［安佩佐］滑雪，跟我一起打猎的南郁奇·弗朗切提把腿给摔断了。但此后他还行猎四天，又破了相。这孩子可真好。

在他家，我们进行了很有趣的塑像射击，用大枪，在午饭后。我以前从未朝塑像射击，不太愿意用.447下手。可是南郁奇的妈妈让我们打，她说很烦这些塑像，说该清理掉它们了。玛丽很能用这大枪；她肩膀都不觉得酸累。她还不断用.22枪把教堂上的钟敲响。她在这个城及周边很受欢迎，除了最小的那群孩子不太欢迎她，觉得她是障碍，就像毕切·布鲁克所说的那样。

南郁奇的妈妈跟我说了玛萨的情况。说她在这里气色很好。写了两篇很乏味但却了不起的文章。很是了解了一番去年夏天来这里访问的前妻们的状况。有一位前妻在威尼斯出了情况，那情况堪比一个你最喜欢的人第一跳就扭断了脖子。此地艰险。

再讲讲孩子们的情况。据南郁奇的妈妈说，格格似乎在乡下露过面，直截了当地说了句："我是海明威。"她跟他说从骨架上她认出来了。似乎他射击也不错。没问他们是否让他打塑像了。

恐怕我们在欧洲会想你的。我们要么3月3日去法兰西岛，要么12日去。我真的不能再飞了。飞行让我的头受不了。1944年我就不该飞行了。不过，1944年有许多事情是我不该做的。感谢上帝，我却都做了。

昨天和前天我们在尤丹附近的柯西勒家。卡罗·柯西勒已经卖掉了他的马匹或者正在卖。现在是有土地的人不好过，有工厂的人好过。

在卡罗家跟英国驻的里雅斯特部队司令某将军一起吃了午饭。很有魅力的人，夫人也很好。我想他的名字叫阿里（Arie），但也许我拼写不对。我写“保证”一词的时候总像写“保证信托”那样头一个字母大写。

在柯西勒家没有塑像射击活动。卡罗挖出一幅很棒的戈雅油画，一幅尚可的格瑞科油画。他为了买这两幅画，卖掉了他的“阿尔法·罗密欧”。马没了，暂且以画为衣食之本。这两幅画终究是好画啊。他该能卖掉它们的，能挣点钱的。

这里大部分人都出城了，都去柯尔蒂纳了。很美的雪景。

我在审度需要加强我的书稿的一切。会把它弄好，弄瓷实，100%没毛病。

对彼得·威尔特尔的稿子一无所知。我见到他时会问他一下的。或者写信给他。他和弗吉尼亚跟霍奇一起离开尼斯去巴黎了。我写信告诉过你，我们一起旅行很愉快的。

此地人大流动，我要去罗马了。最邪恶的罪人似乎得了上帝的宽恕，如苍蝇一般到处飞。我快看一眼地狱，似乎完全赶不及看炼狱了。然而，我又不打算去罗马了。反正12日我的私人牧师［安德烈斯·翁扎因］会来。这里的领班跑堂找到一间好酒吧，我们晚上可以去喝酒唱歌。很难让他偏离轨道，可是他才发现23/1杯酒的奇妙：一个牧师毕竟得做点牺牲，除了禁欲的誓言外。

祝好

欧内斯特

（此信藏普林斯顿大学图书馆）

致查尔斯·T.朗汉将军

1950年4月15日，观景庄

亲爱的巴克：

我们通讯的渠道是怎么了？我写给你的每一封信难道给梵蒂冈截

留了还是怎的？

我寄了三封信给你，没有回音。一封因为意外，那好吧。也许是两封。我知道了，这三封信是最纯种的北夏安人写的屎堆，还得翻译。

瑞德·奥海尔跟我说了“把朗汉送回老家去”运动这事，是你当地下属乡巴佬发起的。

也许他们该把我俩都送回胡法利兹，当年我曾在那儿看到“白军”的人摘掉袖章；当时小股战斗开始了，佩尔奇、让、马塞尔和我正开心地喝酒，就在那路边的屋子里，等着美国武装力量的到来。英国人把胡法利兹收拾得很好。我们也许该更提前一点，在我们接近它之前下令空袭这个城市的。我记得你恰到好处地来到制高点，就该这么干。我们步行往下走，既小心谨慎，又自豪不已。彼得“无法无天”后来死了，也许是因为我让他染上坏习惯。他是个好人，勇敢、欢快。假如他再聪明一点，也许能成为一个好战士。他在第一次大战里就是个好青年军官。

在纽约，有一件滑稽的事情。25 年之后，我碰上个家伙，是一战时我最好的朋友。[1]我们当时都是小青年军官。他后来成了少将（英军），在沙漠里当着奥金莱克的参谋长。他本可以拥有第八军的，可是丘吉尔却安置了蒙蒂（那男人里的王子）。这小子外号“中国佬”，现在是退了休的少将。他告诉我整个过程是怎么回事。不是整个故事，而是所发生的基本事实。对我来说，反正是弄清楚了。当隆美尔无法拿下亚力山德里亚时，他们派兵揍了他一顿。他们正恢复休整呢，准备轻而易举地把他赶走，这时蒙蒂带着他的 14/1 来了，或者——我这里就不搬军事概念了。

“中国佬”说，蒙蒂在战争学院教授兵法时，他的唯一理念就是拿大锤子砸小榛子。大锤子一般是不发给部队的；就算发了，也很难携带。“中国佬”说：他的理论和我的理论都是拿一个榛子来砸另一个榛子，用拇指和食指。好拇指容易找，大锤子可不容易找。拇指可以自身驱动。

我们一起度过了美好的时光。他正要来此地呢。我真希望你也能来。我对战争一无所知，因为我放弃了战争，想当个作家。不过，“中国佬”和我过去常在一起打拳，在他第一次大战后休假的时候。我们在有名无名的场地常打拳，就像下象棋。我们也常拿下/或者说捍卫庞朴罗纳，直到它比贝宁要塞情况还糟糕。我常跟他说我能穿过奥雷亚加关；他说：“你穿不过的。”我愿用隆美尔在隆加罗内搞我们的方法穿越此关。

这反正是健康运动。

他曾对我说，在沙漠里他总记着我的基本概念。我自己都忘了我的基本概念是什么。也许是我喝醉了的时候形成的概念。

啊想起来了：“假如你真的有好情报，任何前线都是半透明的。及时发起进攻，别打敌人的强处。”

我对他说，我不会用“半透明”这样的字眼。他说我用了。还加进一句话支撑自己的观点：无论前线在何处，它都像蜘蛛网一样脆弱。你要做的就是消灭蜘蛛。你要用蜘蛛网把蜘蛛包裹起来，总得打一个小仗。

这里跟你显摆的是我在幼儿园得的分数。

先生们，这是多了不起的幼儿园啊。的确是闹哄哄的幼儿园。各种甜美的喧闹设施免费帮助孩子们磨练神经。心理理疗家们不需要。假如你在同一座该死的山上疯掉许多次，也不妨碍你看炮火连天。假如你脑震荡之后视觉出现双影，就像看两个阵营的炮火了。不过，当时看到炮火总当成别的什么，管它重影与否呢；有时自己还下命令呢。

当然那是个美丽的幼儿园。

当时该去上大学，如此就有好生涯了。我有过的职业我一点也不看重。

海明斯坦又逢阴郁日了。再见，我的将军。我希望不久能在某个地方见到你。

问候皮特，玛丽也问候你们。

欧内斯托

(此信藏普林斯顿大学图书馆)

[1] 艾瑞克·爱德华·多尔曼-史密斯上尉(“中国佬”)，海明威 1918 年在米兰

与他成为朋友。他此时是英军退了休的少将，才住进爱尔兰卡万郡祖产。他此行来美国是为爱尔兰政府发表演说。1950 年 4 月他和海明威碰巧在纽约相遇。

致阿瑟·米泽纳

1950 年 4 月 22 日，观景庄

亲爱的米泽纳先生：

我很高兴你及时收到授权。我的秘书美丽的妮塔在我外出时出色地完成了这一工作。我还有一个朋友剩下，可真不容易啊。某个老小子圣诞节老写信给我，说亲爱的欧尼，你也许不记得我了。谁谁死的时候我就成了一个师的指挥官，如此这般。当时你把你的法国人借给了我，我们在指挥所有个什么东西来着。

于是妮塔认为那是个师长了，是吗？我觉得 Papa 才不希望哪个只有一个师的人来烦他呢；并且还是人家死了你才得这么个师的。于是她回信如下："亲爱的先生：海明威先生出门度假去了，短期在欧洲停留。你的来信等他回来再说了。他什么时候回来尚不确定。"

我本可以收到此信的当天在任何地方回信的，不管我在干什么。我度假也从不喜欢收尾书稿并过一遍初稿。

关于司各特，假如你碰到什么我可能知道的情况而你又需要，我可以帮你。到那时，我这本书也有眉目了。现在正出校样呢。不过，我动手校阅时希望收到全部校样。正如我阅读写作时每每可能死去，但我不愿一块一块地死。

可怜的司各特，他该有多喜欢这本关于他的大书啊。我记得有一次在纽约，我们在纽约第五大道行走，他说："真希望我还能打橄榄球，现在我懂得打橄榄球的方方面面。"

我提议在车流里过第五大道，既然他想当后卫（能当后卫，这就不难）。可他跟我说我真是疯了。

然后就是没完没了的战争。他很走运，从未参战。这就像由于没能赶上旧金山地震（大火）而伤心不已。

这些你都别写。我只是给一个兄弟作家讲讲我知道的事情。或者说我想当然以为自己了解。这又是关于另一个兄弟作家的事情，他还不在人世。我从未说过或者写过关于他的事情，除非是当他面能说能写的东西。除了他可爱、金子般、浪费了的天分，我从未尊敬过他。

假如他的缪斯少一些，多一些瓷实的教育，也许能好一点。无论何时刚让他安生一点，写作认真一点，泽尔达就嫉妒他，把他的写作搅黄了。

还有酒精。我们用此作“大杀手”。曾几何时，我没有酒就活不了。或者说，至少没有酒我就不屑于活着。对司各特而言，酒不是食物，简直就是毒药。

还有一样你也得知道：除了泽尔达，他不跟别的女孩子睡觉；直到泽尔达正式成为疯子。我认识他们时，泽尔达就是个疯子，但还不至于要拘禁她。我记得她在昂蒂布说：“你不觉得艾尔·乔森比耶稣还伟大吗？”我说：“我不觉得。”我当时只知道如此答复。

有一个小伙子名字叫巴德·舒尔伯格。非常好的小子，敏感而直截了当；但没有天分，也无多少见解。他在写司各特的生平故事。你的故事可以纠正他的故事。他曾经写过一本小说化的普里默·卡内拉的传记，里面满是怪诞的扭曲故事，因为害怕人家起诉他诽谤。卡内拉对我的一位朋友说：“我真希望舒尔伯格来找我，因为我能讲讲有趣得多的故事。”

我跟你讲过泽尔达是如何把司各特毁掉的吗？也许我讲过。不管它，再讲一遍吧，万一没讲过呢。她跟他说 A：他在性方面从未满足过她。B. 那是因为他的性器官太小（我这信是要经过邮寄的，所以用这些拿腔拿调的词汇）。

他是在吃午饭的时候跟我说这个的。我跟他说上厕所去，让我看看是不是那么回事。他的性器官很正常。我对他如实说（午饭是在雅各布路的米肖德餐厅）。（他想去那家餐厅，因为乔伊斯和我过去老在那儿吃饭。）他不相信我的话，说自己的性器官自己看上去的确小了。我说那是因为他是从上往下看的，所以前视短小。我怎么说他都不信。所以啊，他并不是被人算计来出这洋相的。[1]

他浪漫而又野心勃勃。耶稣基督啊，上帝知道他多有天才。他不仁慈却很大方。他未受多少教育，也拒绝任何方式的自我教育。他会去详细研究橄榄球和战争，不过，那都扯淡。他头脑清醒的时候是个很迷人很让人开心的伙伴。虽然时不时有英雄崇拜的倾向，有点让人难堪。他的英雄是汤米·希契科克、杰拉尔德·墨菲和我。也许还有别人，我不知道。不过，于那三位，他是不遗余力地崇拜。更有甚者，他不受纪律约束： 他帽子掉了不去捡拾，会借别人的帽子接着掉下去。他是脆弱的爱尔兰人，而不是坚毅的爱尔兰人。我真但愿他还活着，我能把这封信给他看；那样他就不会以为我老在他背后说他了。

祝你写书运气好

欧内斯特·海明威

我很高兴你喜欢已读的那部分。假如普鲁斯特参战过、喜欢操、恋爱过，我希望此书写得比普鲁斯特的书好。

海明威

（此信藏马里兰大学图书馆）

[1] 此掌故在《流动的盛宴》（纽约，1964）里重复过，见第 189—191 页。

致 E. E. 多尔曼-欧戈万将军

1950 年 5 月 2 日，观景庄

“中国佬”：

你要是决定不来我这儿，那你就是个混蛋。我谦虚点，尊重你的决定，但仍希望你重新考虑。我在乎的是再次见到你。不过，我越来越像不愿免费被人睡的妓女了。这回就又像是什么也得不到。啊可爱的什么也得不到啊，你从哪里来啊。

此地没有什么消息。86 大张校样我看了 38 张了。没什么麻烦，直到第 60 张，我得往空当处填东西。这些东西费点神，先生们，我们会为它们费点神的。

先生们，我们战斗了。即便手边没有战斗，我们也会从别人那儿搞点颠覆性的斗争，临时创作点什么。不愿漏掉跟你谈那场愚蠢的战争［西班牙内战］。他们拿下伊伦的时候，我们挨打了。不过，我们此处完结，却开始了长达两年半的蓄势待发，这恐怕是史上最漫长的等待了。当然，这攻击从未发出。

在这下一本书里，我对伟大的蒙特［伯纳德·劳·蒙哥马利］有不恭的话。不过，我本希望是跟你说的。下次写书，我就在第一拳里让他断气，让他眼瞎。为什么一个人能让另一个人这么厌恶？我只想杀掉他。我现在有精确的数字：我干掉了122人（带武器的；没算必要时开枪射击，这是有可能的）。然而，这位蒙特却没挨着我的枪子儿。该立个法才对。

假如你开始当政客，我也许能进来。虽如此，我还是觉得最好别进。会让本党难堪的。无论你属于哪个党派，我进去都会让你党难堪的。

“中国佬”，你不来我这里可真叫我难过。这就像当年穿着步行鞋越圣伯纳德关一样想见你，还有那些我们一起度过的美好时光。[1]

请答应我一件事：你会来这里。我无法前往我们的首都，因为我得校清样大张和页样。不过，我能筹到钱让你和夏娃来。作为回报，你能让我埋葬在贝拉蒙特，而不是阿灵顿那儿。

我记得有一个打算进来的小子让我告诉他该学些什么真东西；我跟他说：放开你的肚肠，畅饮乡村的美酒，记得异乡某个角落永远是你的英格兰。

你的演讲日程（发shedule的音）看上去让人咋舌。我希望你信任这个爱尔兰。我们不是仅仅在报复可恶的萨森纳克人［英国人］（我拼写不对）。我一辈子都想着跟英国佬干仗。不过，这只是一种运动式的较量。因为，我肯定自己能打过他们，在任何地点都行，只要你把他们调遣去打就行。不过，我也对此总有些保留，因为，你当过少将。我知道假如我想出奇制胜（manoeuver这词总让我想起肥料manure）你，就会让许多美国人死去。也许连爱尔兰裔美国人也不能幸免。

此刻是7:30。我最好住笔，去干活。我希望你喜欢目前这本书。

你了解威尼斯吗？这本书是讲威尼斯的。你要是不知道这本书是在讲什么的，那此书就没什么了不得的了。这本书实际讲的是人生的苦涩、当兵的景况、荣誉、爱和死。我也许夸夸其谈了，但想给你点真实情况，万一你匆忙阅读呢。8月份书就出来了。我会寄一本到欧戈万府上的。别让仆人染指此书，小孩子不到年龄也不准看。

现在得干活了。

假如你觉得寂寞，我这里有几个爱尔兰裔美国人。我们有一条主街叫欧莱里大街。此地的灯塔是欧唐纳尔将军建的。你看，你实际上是可以来朝圣的，回去跟爱尔兰人说你造访了这些圣坛。世界上最好的酒吧就在欧莱里大街上。我可以暂时把它的名字改成圣帕特里克的得其利鸡尾酒大教堂。我会到机场接你，或者到泊船的地方接你，(作家) Shamus O'Popplethwaite[2] 接你来也。没有人会知道我是真正的冯·海明斯坦将军，一个历史上如此危险的人物，大人们因为我都不让孩子们读历史书。

祝你旅途愉快，“中国佬”。你觉得那些宴会怎么样？沙拉怎么样？我真希望他们给你点酒就饭。

见到你真好啊。玛丽问候你。她只是半个爱尔兰人。不过我们可以用盘尼西林或者别的什么去掉她非爱尔兰的血统。

海姆

(此信藏普林斯顿大学图书馆)

[1] 海明威、哈德莱和多尔曼-史密斯 1922 年 5 月 31 日步行越圣伯纳德关进入意大利。见卡洛斯·贝克著《海明威传》(纽约，1969)第 92 页。

[2] 多尔曼-史密斯给(1918—1926)海明威起的外号。

致乔·麦卡锡参议员

1950 年 5 月 8 日，观景庄

乔·麦卡锡参议员大人：

我亲爱的参议员：

相当一部分人开始烦你了。你有可能成为彻头彻尾的陌路人。假如你在太平洋行动中失去四肢或者脑袋，大家自然会同情你。然而，许多人只是烦你，因为他们看到了优秀的战士当时在流血牺牲。我们有些人甚至看到死人后还数了数，然后再数麦卡锡家有几个人。麦家有许多人，但你不在其中。我从未有机会数你身上的伤，没机会作任何比较，看看你的嘴巴是怎么丢掉的，那嘴就像个蛾子，直说吧蛾子嘴。

我知道你曾经在很好的部队服役，也一定曾经受过重伤。不过，参议员先生，你的确让一些纳税人烦透了，这封信就是让你滚蛋。你可以来此地义务作战，没有出名的机会，与一个老家伙如我并肩作战：我 50 岁，体重 209 磅。我觉得你是团狗屎，参议员先生。我想在你最得意的那天揍你屁股。对你的健康而言，也许有好处，也能教训你一下。

欢迎你随时来，孩子。万一你身上流的是狗血（我怀疑是那么回事），别去找法院要传票（拼写不对）啊。自己付费来此地吧。假如你是个小陆战队员，可以跟我哪个儿子打一仗，以便获得声誉。我儿子的体重，有 152 磅的，也有 186 磅的。你可以跟其中任何一位打。不过，事后得跟我干一架。

祝你调查活动好的那部分走运。假如我们能脱掉你外出时穿的制服的一部分，你就跟自己私通一下吧。你可以在没有证人的情况下好好打一架，然后可以告诉所有的人结果是怎样的。

你的永远的

欧内斯特·海明威

我觉得你连只兔子都没有胆量打，更别说一个人了。我老了，不过还是愿意快揍你一下；或者看着孩子们慢慢揍你，仔细地揍你。

你的永远的，

欧内斯特·海明威向你的衙门表示敬意

[打字稿并有海明威两个落款，但可能未寄]

（此信藏肯尼迪图书馆）

致阿瑟·米泽纳

1950年5月12日，观景庄

亲爱的米泽纳先生：

你写你的书，最好别让自己受［埃德蒙·］威尔逊太多影响。他在许多方面是个优秀的批评家，但此人心性方面有奇怪的漏洞，知识上也有类似缺陷。这种漏洞缺陷很糟糕：假如他是沟渠，那他会干涸的。也许我的话不公允。不过，当一帮人开始过分详细写操的场景，那很有可能意味着他们不能操，连普林斯顿的圈子都操不了。假如你跟一个姑娘做爱，完后还去写这事讨好她，那你就够蠢够狗屎，除非她给你鼓掌之类。否则的话就不是她的错了，因为某人是自献的。

我相信一个人基本上只为两个人写作：为你自己，因为你想写得绝对完美；即便不是绝对完美，也是写得很了不起。接下来就是为你所爱的人写作，无论她能阅读与否，能写作与否，无论她是死是活。我想司各特以他奇异混合的爱尔兰天主教徒的从一而终，是为泽尔达在写作。当他对她全然失望的时候，她就等于毁了他的自信，他于是也就完了。这就像把你的上帝当成一艘船，或者说一架飞机什么的，这就不会长久；不如当不可磨灭的形象。

我的上帝画了许多奇妙的图画，并且写了一些非常好的书。在拿破仑从莫斯科撤退的时候当过后卫打过仗。在葛提斯堡战役期间为双方都作战过。他赶走了黄热病；教毕加索画画，还颁布嘉奖令。他是你所知道的最好的上帝。不过，我从没见过他。在普拉多博物馆我见过他的许多画，年年都读他写的书和他写的短篇小说。我知道他是如何干掉乔治·阿姆斯特朗·喀斯特的，并且知道细节。这些是别人所不知的。我的上帝，在打橄榄球的时候他就是吉姆·索尔普；在投掷的时候他就是瓦尔特·约翰逊。那球就像小大理石球那般大。假如击着你，那你就毙命了。所以，我的上帝从不给人拂尘。

司各特的上帝最后是欧文·萨尔伯格。一个非常好的好人。不过，你的上帝不该对你一无所用了，因此（我拼写不出“脆弱”一词）。

你用不着写一本让威尔逊、司各提认可的书，或者别的什么人认可的书，对吗？司各特和泽尔达都死了。麦克斯［·帕金斯］也死了。约翰·毕肖普也死了。你就当我也死了吧。我还从没这么跟来请教的人这么嚷嚷过呢。我厌烦邦尼·威尔逊写东西说有神秘的事改变了我的生活或者说塑造了我的生涯之类，然后又在脚注里不屑一提《丧钟为谁而鸣》。他为何不明说是什么神秘之事呢？是我的父亲自杀的事情？是我不太关心我的母亲？还是我的阴囊、右手、左手、右脚以及双膝和头部都被枪击中过两次？

麦克斯曾经寄给我一张他［威尔逊］的照片：被踢屁股。摄像师拍得很美，我至今保存着它。这张照片把万事都扯平了。或者说，它该能扯平万事。然而，还是扯不平。首先：我很难过他被踢屁股；或者说任何人被踢屁股都叫人难过。其次：我但愿他写东西能直截了当，而不是偶尔直截了当。

你挑了个很难写的关于司各特的题目。我感觉我让你觉得失望了，因为我手边没有他的书信。我记得［福特·马多克斯·］福特跟我说过一个人写信时要考虑身后的读者。这话给我的印象很不好，我于是烧掉了家里所有的信，包括福特的信。

你会把 a.50 卡的果皮保留下来留待后人享用吗？那你保留吧。好。不过，这样的东西写来是为当时用、当天用的，而不是留待身后。身后的事情你身后自有它自己料理。

最近我很孤独。孩子们不在身边。不喜欢眼下所发生的事情，于是取报纸而观就像——（还是不谈为好）。无论怎样，我写信给人，是因为能收到回信。不过，不是为了身后。身后的事情关我屁事。这话就像是在说：你曾经一屁股坐在地上过。

司各特对待“文学”很严肃。他从来就不明白写东西尽力即可，把开了头的写完即可。

《末代大亨》部分写完之后，他江郎才尽。其实那书只是借钱的由头。在我看来，他最好的书（尽管有前后不一致之处）是《夜色温柔》。他在书里显得更成人了；尽管书开头还是写萨拉和杰拉尔德；然后才笔锋一转去写泽尔达。《盖茨比》尚可。他的短篇都称不上伟大，但《重访巴比伦》和《富家小子》算他最好的作品了。我是追求完美的人。在我读《天堂的这一边》的时候，我已经从意大利回来了；我认为这书是喜剧性质的作品。《美与虐》不忍卒读。我记得我当时在想谁他妈说这东西美丽啊，又怎么该死啊？我当年想格拉帕和帕斯比奥的人还有皮亚韦河谷的人都该死；而在我看来你不一定受到了诅咒，因为到底你还是挣了点小钱的。

你也许听够了这些了。

落款了啊。

你的永远的

欧内斯特·海明威

（此信藏马里兰大学图书馆）

致阿瑟·米泽纳

1950年6月1日，观景庄

亲爱的米泽纳先生：

谢谢你来信。关于威尔逊我只是忠告你一下；因为，他既然能把我搞砸了，也许会把司各特也搞砸。我跟你说的话并不旨在吹嘘我自己。假如你想击倒一个评论家，那就用一本书去袭击他，让大家觉得他的观点错了。

关于威尔逊之绝望，我觉得你的看法是对的。他那么喜欢司各特的绝望也正因为此。不过，司各特的绝望没什么大不了的。本不该绝望而绝望，里面的因素很复杂。事实上，我对他俩的绝望都无敬意；因为，他俩的绝望都来得太容易了。（假如这句话能让你理解，请告诉我。）

并不是这些有什么重要：我19岁、45岁和50岁时都火急火燎过。然而，除了写作，别的我也什么也不在乎了。我对写作怀有敬意，至少其间有10年怀着敬畏之心。居家时的小绝望从前就让我烦。我小的时候，差点进教养院，那事不好玩。第一次世界大战之后，我差点进感化院；这事就很滑稽。我一直就烦司各特的跃跃欲试，汤姆·沃尔夫的没完没了以及他愚蠢的情事；还有司各特的不保的童男身；他们对荣誉的渴求等等。不过，当时我想，这就是文学生涯吧；你所在的圈子就是这样，小子。

吉姆·乔伊斯是唯一让我尊敬过的活着的作家。他有他的问题，但他比别人更会写东西。埃兹拉人很好，也和气友善，是一位美丽的诗人兼评论家。G. 斯坦因在绝经前也是个好人。不过，我尊敬过的只有乔伊斯先生，并且不是因为读了关于他的剪报才产生敬意的。

司各特就像个老想进大队伍里玩的孩子。也许孩子可以这样。不过，我过去常跟他说：走在头里的艺术家“D'abord il faut durer” [必须有持久的生命力]。你可以把这句话翻译成准确的法语。我能说法语并阅读法文书，但我不会写法文。意大利文我也写不了，德文我也写不了。不过，我能写西班牙文。也许有时我会写英文。

我热爱写作并且爱得足以浪费写作。然而，威尔逊在我眼里并不值什么。[麦克斯威尔·] 盖斯玛尔过气了。他脑子“绝经”了。他开头的时候也曾不错。不过，他把武器扔掉了。

关于你写司各特的书，我能帮你什么，尽管说。这封信是为了打发今天的时间写的：我刚看完 42 大页清样，从 0600 到 1300；听着无线电里关于古巴选举的新闻，无聊透了。现在换台，混搭听听法兹·沃勒和莫扎特。把他们放在一起听，真好。

祝好

欧内斯特·海明威

（此信藏马里兰大学图书馆）

致阿瑟·米泽纳

1950 年 6 月 2 日，观景庄

亲爱的米泽纳先生：

昨天我完成书的校样 88 页。从 6:00 干到午夜。接着又过了一遍最后33页。我读稿子约有两百遍了。现在，我的马好赖等着号令手的命令了。可怜的盖斯玛尔。我希望他能理解。不过，对他来讲还是有点深奥。也许他会明白下一本书讲的东西。我尽量把下一本书弄得容易读一些。我写信给你只是为了冷却一下干完活后的热度。所以，请你原谅。我不明白为什么现在的人不再相互写信了，过去人们总是写信的。我想，现在的人就愿上电视。

我的妹妹厄拉［厄苏拉］去了你上过的学院［卡尔顿］。现在她住在夏威夷（我的拼写不对）。这个情况跟我们的话题不相干。第一次世界大战之后我回到家，她总是睡眼朦胧在三层楼梯通往我房间的阶梯那儿等着我。她总想在我进屋的时候尽量不睡着，因为她听说一个人独自喝酒不好。她愿跟我一起喝点不烈的酒，直到我去睡觉为止。她愿跟着我睡，这样晚上我就不孤独了。我们总是开着灯睡；有时她看见我睡着了，就会关掉灯，自己却不睡；我要是醒来，她就又把灯打开。那时，我只有开着灯才能睡觉。这个故事能告诉你威尔逊和盖斯玛尔对我的了解有多少。也让你知道，你们学院有了个多好的姑娘。

见鬼，对母亲的爱或者恨再简单不过了。你爱过两个妹妹、5只狗，也许是20只猫、4架不同型号的飞机、两个城市和5个小镇、三大洲、一条船、海洋，基督啊算算吧，还有女人；你想想啊。于是，这人她就是你母亲罢了。反正扮演个角色就这么简单。我还爱我的孩子、爱写作，爱阅读，爱照片，爱射击，爱钓鱼，爱滑雪，爱威尼斯各色各样的人。我也爱我的妻子玛丽。我爱第4步兵师，爱第22步兵团。

别老缠着你的教练海明斯坦，让教授歇息歇息，我也爱听已故的法兹·沃勒。我还爱被白痴焚毁并廉价卖掉的诺曼底。还爱香港和“新领土”。爱威尼斯的两个姑娘，以及巴黎的一个姑娘。真诚地爱她们。

［埃德蒙·］威尔逊跟人讲隐藏的伤痛［《伤痛与弓弦》，1941］。我自己可见的伤有22处（也许还有隐藏的伤）；亲手干掉122个敌人，此数字明确无误。还有可能漏掉没记的。最后一位被我

干掉的（不，不是最后一位）让我觉得不好受。那是一个穿德国军装的士兵，戴着钢盔骑在自行车上，沿着他们逃跑的路线朝亚琛去。我们自己就曾骑马走过那路，就在圣昆丁北面。我当时不想让他们射击，因为这样会吓着别的骑车来的兵。于是我说："让我来对付他。"我用 M1 朝他开了一枪。等我们去搜索他的时候，又重设了陷阱。他当时是个跟我儿子帕特里克年龄差不多的小伙子。我的枪子儿打中了他的脊梁。子弹从肺部穿出。没有办法把他弄回原位，所以我尽量把他安置得舒服一些，给了他吗啡药丸。这时一个法国小子过来要自行车，因为这德国佬骑的车是偷的他的。我们把车给他，让他快他妈回十字路口的小酒馆；我们又重设了陷阱。

不。我觉得我们生存的状态一直就是世界原本的样子。这些心理分析文本或者解读远非精确。

关于身后：我只操心真诚地写作。身后的事情让身后自己去管吧，去他妈的身后。

反正见鬼的是：当人们进行挖掘时，谁会找到那了解我的人以及知道事情原委的人？只有声称了解你的人存在，或者是长寿的几个你不喜欢他、他也不喜欢你的人。

"中国佬"多尔曼-史密斯会死，朗汉将军也会死，豪威·布莱扎德会死，胡安·杜纳贝提亚会死（六个星期前他在这里就要死了。不过，现在又没事了。明天还要出海）。泰勒·威廉斯会死。凯彻姆会产生几个赌徒。考迪和雷德洛奇也许会活跃起来。但是，它们不会是人为的火。麦克斯死了。本奇莱死了。我们船上［1942 年］一起的九个人，现在只有四个人了。

不。现在一如既往会万事一团糟。我算计着把所有文稿和未完成手稿都烧掉，在我自己下葬的时候。我不愿谬种流传。

反正我现在是把所有垃圾都倾倒了，假如你只读到第一段就不读了，那已然很宽容了。

祝好，

欧内斯特·海明威

当你写完一本书的时候，你就筋疲力尽了。以前从未感觉累。想着写一本真正的好书来着。

29/8/50

不知为何我没有寄走这信。也许觉得太暴力了。

(此信藏马里兰大学图书馆)

致阿德莲娜·伊万奇奇[1]

1950年6月3日，观景庄

我亲爱的阿德莲娜：

闺女，首先我觉得你用意大利文写作写得很漂亮。我也能明白你的作品。你的文字风格很干净利索。也很好，从不花里胡哨（华而不实）。除非是在你生气的时候。你生气的时候，我也不介意；因为我想，我自己20岁的时候也总生气。我还记得，当我们有机会见面的时候，我俩都不会生气太久。

以上是你信中最后一句话的回应。（现在我写东西可真像倒着讲课的教授。）

关于我的工作：我得看两遍校样。修正错处，并加进些东西。我完成了第二遍校对，前天还修改了一番。从6:00到午夜之后，看完全书。我改动了十来章结尾处。尽量挑剔些，尽量积极主动些。眼下我的马匹准备好听号令手的命令了。我也再没别的什么可做的了。我每读一遍，几乎要命一次。我已经读了约两百遍。

我明天要出海。吉安弗朗哥不去，因为他要工作。我昨天晚上又读了读他的书：书写得很好。我给查理·斯科瑞布纳写信讲了这本书，他很希望看看。我也写信请人找一位意大利文英文翻译。英文译本我能就写作提建议；别让他写得像我。而是要按他自己的风格写作。

本人夏天写作计划如下：我有一个中篇，是讲战争期间在这片海域干反潜艇侦察工作时被风暴驱使的故事。这中篇有30 000字，是一天里所发生的事情。我接着写了尾声，快写完了。我知道这篇什看似很枯燥，但其实不枯燥。

吉安弗朗哥和希达玛［船运公司］业务上的事情我懒得裁判也懒得发表意见。Stanco e doppio stanco［烦了，烦极了］。这意大利文也不很好。我的感觉如此。作为一个实际的人和当过兵的人，在我看来似乎 1. 古巴办事处不希望威尼斯［总部］来人；2. 卢格罗头脑轻飘，在此事上缺少决断力和战斗的勇气；3. 在吉安弗朗哥找工作的间歇，我想正好让他干点自己想干的事情，在这里过过干净、良好、健康而努力的生活；4. 假如他想写，也可以写写他是否正为某公司干活，或者写写如何当家长。他学我教，没什么损失。

你知道我们总是开玩笑。不过，我的确能给吉安弗朗哥上任何大学能教他的课程。我已经许多次拒绝当院士之类了。我真的不觉得他在浪费时间。我真的真的不觉得他在浪费时间。我愿意用脑袋打赌。

我尽量拿纪律规诫自己；那对我有好处，因为我也需要纪律。现在我写自我为中心的信，是因为我孤独，想念你。我不想跟别人说这些。自打我从吉安弗朗哥的年纪起，我就是家长了。我付清了我父亲的债务；卖掉了土地；尽力阻止了我母亲的过分要求；赡养她和孩子们；所有的战争我都参加了；把孩子们养大了；结婚离婚；支付所有账单；尽量把书写好。所以，你要相信我是个半严肃的动物；我不会给吉安弗朗哥加以不利于他的鼓励的，也不会给杰奇瞎鼓励，也不会瞎鼓励你。我对你另眼看待，因为我爱着你。不过，在任何情况下，在任何环境里，只要我开心你开心，我愿你开心在先；假如有竞赛，我愿自动退出。

我得住笔了，你可能早就弃而不读了。

我非常爱你。

Papa 先生

（此信藏得克萨斯大学图书馆）

[1] 海明威 1948 年 12 月在拉蒂萨纳附近一个射击场结识阿德莲娜。她当时 19 岁，是《过河入林》里瑞娜特的年纪。瑞娜特部分原型是阿德莲娜。关于阿德莲娜和她的兄弟吉安弗朗哥，见卡洛斯·贝克《海明威传》（纽约，1969）第 469 页、第 471—472 页，第 476—478 页。

此信及下文致阿德莲娜诸信，经得克萨斯大学（奥斯汀）人文研究中心同意于此发表。

致哈维·布瑞特[1]

1950 年 7 月 9 日，观景庄

亲爱的哈维：

自 5:00 起就睡不着：因为得让我家黑狗进门。然后再也睡不着了。“他”知道写作从某个角度谈与嗞嗞在烤的牛排相关，于是整天让我去打字机那儿（在我卧室的书架顶上，所以我能站着写）。写作和旅行假如不能开阔你的头脑，那起码能开阔你的屁股。我喜欢站着写作。

上上封信里你似乎口气沮丧；所以，我这封信你就当星期二在老莱姆宾馆里好玩的花纸吧。我想你会收到礼拜天的《先驱论坛报》和《纽约时报》的。

我写完一本书之后不能马上停下手里的笔。不过，我知道不该马上动手修改短篇，直到冷却一阵之后；也不能进入另一本书的写作。所以啊，这是海明威一周一封的书信，讲一切是如何如何糟糕。我也许该优雅一点，该跟跑堂的讲法语，说如何如何 *enmerdent*（狗屎），还把这词儿错拼了。

我通常是给莉莲·罗斯写信的。她是我的好朋友：虽然你从那份“人物档案”里找不到此人。我还通常写信给 C. T. 朗汉将军、E. E. 多尔曼-欧戈万少将（爱尔兰卡万郡贝拉蒙特森林）、玛莲·迪特里克小姐、英格丽［·褒曼］小姐、查理·斯科瑞布纳，也写信给威尼斯［的阿德莲娜·伊万奇奇］。

我跟麦克斯威尔·盖斯玛尔没有通信联系。你是我唯一老写信的评论家（因为《杰克逊·拉莫塔》和《的里雅斯特的骄傲》）。还有一位例外：那就是明尼苏达州北地卡尔顿学院的［阿瑟·米泽纳］。此人在写司各特·菲茨杰拉德。我尽量给他提供关于司各特的一手材料；因为他（司各特）对不朽很在意。我很喜欢司各特，即便是他曾经很怂。

（文学评论到此为止）

黑狗现在幸福地睡觉去了；我在写东西。“他”不知道我写什么，但是喜欢听这键的敲击声。这狗是条大斯普林格，很能寻回猎物。我爱“他”，“他”也爱我。［阿尔弗瑞德·］金赛博士可以免费用此案例。

妈的，我真希望别再回去打仗。我倒是不在乎自己。我可以不去，但我会去。不过，可怜的孩子们连受教育的时间都没有了。他们不在家的时候，谁操他们的老婆啊？他们有父亲节母亲节之类。人们该给天下所有的男人一天，让他们呆在“预备役委员会”。

啊，先生们，我们还是讨论文学话题吧。

自然，作为一名作家，该把球投向我自己的作品：投高一点，投进去，看看你能把他妈的他帽子弄倒过来不。或者他害怕了呢；还很不客气。我给他个随意球，做出同样的投球动作。他生气地抓住球的一点点，要把它扔出球场。因为性急，他出局了。

啊，我想，我们有些人写作，有些人投球，迄今还没有人们可遵循的法则。看看圣路易斯的T. S. 艾略特的《鸡尾酒会》吧，约吉·贝拉也从那里来。“保皇党人，盎格鲁-天主教徒兼保守派”。很不错的一位诗人，良好的评论家。然而，作为一个男人，只配舔我屁股。他一生里就没有在球场外击到过球。他要不是老埃兹拉，就不存在了。老庞德诗人可爱，当叛徒之举愚蠢。

最好别说这些，我越来越容易对事物固执己见了。祝你好运，好好休息；好好爱你妻子、孩子。

海明威

（此信藏哈佛大学霍顿图书馆）

[1] 布瑞特(1913—1968)，诗人、小说家、戏剧家、编辑兼记者。此间以通信与海明威结交。

此信及下文致布瑞特诸信经哈佛大学霍顿图书馆同意在此发表。

致查尔斯·斯科瑞布纳

1950年7月9—10日，观景庄

亲爱的查理：

我们都希望你好，孩子。吉安弗朗哥给你写了封信；玛丽今天也正给你写信呢。

我们这里只有三口人，但我们都一直如同跟你在一起呢。

我不擅长这种枕边书信。不过，听从医生的建议，理智些，照顾好你那小心脏。那东西我们只有一个。麦克斯就像一只兔子一样死在我们眼前。你得努把力，努把力让自己休息。

我的头部在事故后一个星期就好了。[1]不能去钓鱼了，因为“皮勒”号还在修理呢，今天可能就弄完了。两名外科大夫说，要放在别人就死定了。无论是马，还是舵手，还是公牛，都死定了。说我的头盖骨很厚。这可以当文学评论。

收到爱尔兰（贝拉蒙特森林）［多尔曼-欧戈万］将军来信，说读了这本书［《过河入林》］三遍，跟将军夫人一起读的。他说现在他知道了：这是我写得最好的一本书，此书对事物的许多观察都很到位；在我自己看来也似乎很到位，谦虚一点我就不重复了。请别担心一名作战的军官怎么说话，也别担心他不说话。我从 17 岁起就听这话音了。“中国佬”称呼我为“亲爱的将军”和“前 A. D. C.（副官）”（当然是开玩笑。不过，我的确曾经当过他的 A. D. C.，在他当米兰部队指挥官的时候；我当时因为受伤离开队伍无所事事。我们一起经历了“登梯”等所有了不起的举动。）“中国佬”在坎伯雷教过你的朋友弗瑞迪·德·金刚。

该死的军队生活是我略知一二的东西；因为，我就是两位祖辈军人带大的，17［19］岁就被扔进部队，受伤 22 处；杀过 122 名敌人。

随函附上美国军队一名指挥将领［C. T. 朗汉准将］的一封来信开头部分。别给别人看这信。看完还给我，别复制。

这个人物在他当正规军上校时，就和我在一起；我则当时被指控是非正规军的贼将。我们一起突破了西格弗瑞德战线。我们一起在西尼埃菲尔作战（那时我已经指挥着两名法国人，重复一遍：两名法国人。他俩都是盗贼兼美女童子军）。我们一起参加于尔根战役（我做的都是些零碎活，但还是有两名法国部下）。我们可不是什么代价也没付喔。全团的损失比葛提斯堡战役同级部队损失大多了。我们团拿下了所有任务。所以啊，尝尝味道吧，看看军官怎么说话；看看是否有菲奥娜希、蒙纳斯特尔和法萨塔的腔调；尤其是看看有没有法萨塔的腔调。

昨天是7月8日。[2]刻在某人背上呢，这伤就跟这日子相呼应。皮亚韦的佛萨尔塔庆祝胜利。所以我跟吉安弗朗哥说，我们该写一出庆祝的戏。我们于是进城，找到利奥波尔迪娜和克塞娜霍比亚；活干完之后喝了两杯或者八杯；把《杀手》电影看完（好片子），兴尽而散。我觉得亨利·詹姆斯肯定觉得这种生活很不堪；不过，去他妈的娘娘腔吧。

我认为他写东西还好，但生活太单调。也许太太单调。他写单调写得有声有色。

我真希望骑着破马见到他，就见一面。或者把球击出场外的时候让他碰上。你觉得他小时候会干些什么呢？冲着“名声”手淫；还是像T.S.艾略特那样冲着“财富”手淫？运动并没有什么了不起。大多数运动的人也许不过是废物。不过，完全没有能力运动的人或者不能尝试运动的人属于害怕失败的人，这就有问题了。杰克是个运动员，什么都能玩得很好，除了棒球。帕特里克是个很糟糕的运动员。但是，他什么都愿意玩，包括第三垒球员；他一直拿自己开玩笑，尽管他知道一个直线球就可能要他的命。他抓不到球，但他会把球打到地上，或者尽力把它往地上打。他在此地跟我们打球好几年，就是捡球、刮球而已。我本不该让他进球场的。他的运动员素质跟你的哥们温莎公爵差不多。也许他能学高尔夫球。

格格是冠军的料；或者说曾经是。他什么都玩，什么马都骑（他很小的时候，要是出门一整天，就带上一个绳梯随时上马）。9、10、11岁时整天射击，什么样的射击场合都去，有时最好的射击手都在场。他跟好枪手盘桓，有时成绩还超过他们。现在，女人开始往他那儿扑了，目前我还没法管这事。他去纽约的时候，我派他去看个朋友；格格很礼貌，给女主人送了花，然后就消失了。我想：记得自己在他的年纪上也是个坏小子就得了。我但愿当年没有［跟宝琳］离婚、没有失控，没有不约束自己（年轻时反叛没这么厉害）；但愿当时能管住自己啊。

让这一切都见鬼去吧。好好的吧；即便不能好好过，死的时候最好能体面些；为我修补修补过失。给我找一个套间，能看见别样的生活场景；再准备一瓶又红又热的香槟。麦克斯会在那里等我；也许还戴着那顶帽子，耳朵更聋了；身体都焦脆了。狗屎，我们还会见到别的奇妙的人儿。

玛丽让我读了她写的信，里面似乎都是小女儿。吉安弗朗哥写不了英语，虽然他的意大利语写得很漂亮。他们的孩子学习过德语，就像我们家也学德语。阿德莲娜两岁时他们就不再学德语了。所以，她不懂德语。她学的英语比吉安弗朗哥多，因为他要上战场。不过，她虽然说英语带可爱的嗓音，写起来却也很费劲。她常给我写信；写信的时候用的是意大利语。

吉安弗朗哥和我交谈用英语、西班牙语，有时并用意大利语和德语。你说觉得他的句子结构有条顿语的特点，那说对了。

玛莲娜和我总讲英语，有时也讲西班牙语，还讲法语。

我跟瓦莱丽亚·德·里斯卡公爵夫人讲法语；跟乔万娜·托法尼我讲英语。她比我擅长用英语交谈。

我们在家里总是讲西班牙语。玛丽常纠正我的语法，尽管 1945 年之前她从没有听到过西班牙语对话。假如西班牙语我讲得快，她听不懂。或者说粗话，她也听不懂。假如超出她的西班牙语知识，她也听不懂。西班牙语最粗不过了。我们可以在她面前说，因为最黄的那部分她听不懂；古老的吓人话，她也不懂。不过，她一旦听懂我们的话，会纠正我们的语法错误。够了，语言问题到此为止吧。我知道如何跟变态的家伙说话： 去你妈的，杰克。可以用六种不同语言骂。基督知道我还能用多少方言说这个。这不是什么了不起的成就。不过，你话出口，他们总是走的。

我的一只最美的波斯猫在地板上行将死去，过程相当痛苦。但我没有给它一枪以摆脱苦难（瘟热），以免吵醒玛丽。这是此地我们面临的道义难题。

我还可以为爱阿［德莲娜］而死；我爱玛丽因为她该被爱；我希望如此。这也是此地的道德问题。

局面很美。将军啊，看看你能如何处之。

我想没有别的新闻了。沃勒斯［·梅耶］写信来说他收到校样了：该收到了。

查理，什么时候你雇用我，一年就给一个美元；看我如何规训你那些下属：不管是谁，也不管来自何方，只要把书弄出那些错就把婊子养的开除了。把你那儿的傻子都清除，代之以有天分的人、有精力的人。给需要手术的地方都做个手术。

随函附上那家伙的信。他在信里说我是他所知最无情的人。还说，我也许还是最仁慈的人，兴许此话不公允。

你知道，直至今天（1950 年 7 月 10 日），我尚未收到校样复制本原件。我随时随地都会开枪，一旦收到。

我知道东西不在此地，因为我在邮局和海关都有朋友。大家都为我的校样到了没有焦急。古巴相关机构都为我着急。

这话有点泄气。我想现在我得做好准备收不到这校样。

管营销的无法营销了；评论家会说不好的话。事后有人想买又没的卖了。人们要写封面故事，也因此泄气。没有人知道几月几号，也没人知道几点。这书会像当年《永别了，武器》那版一样无声无息出版。

我对荣誉和财富已然无所谓。不过，我还欠着你的钱，我要他妈的还清债务。假如他们老这样，我就还不了钱了。想想啊：一个人在哈瓦那河上四小时传递过程里丢掉了十天劳动的产品啊。

一个本可以做其他事情的人等着邮件、火车、汽车、飞机、海关等等；等着出击。

我永远也不会去找其他出版社。可是耶稣基督啊，我真想替你管一下事务，归置一下。我想看到你的出版社如何能同第 22 步兵团；指挥这个团的人给我的信部分我也随信寄上给你看。我们俩的进攻却如同母牛。

有时我真泄气，查理啊。今天就是泄气的一天。这个世界上我最爱的两个姑娘认为你是最优雅的人。看在基督的分上，把事务归置清，飞行方向弄准，不管是好心还是坏心［写成了雄鹿 hart］。别再听你这真朋友接着给你唠叨主意了。

欧内斯特

先生们，你们听着如何？

(此信藏普林斯顿大学图书馆)

[1] 海明威上“皮勒”号后发生了事故。
[2] 海明威 1918 年受伤的日期。

致查尔斯·斯科瑞布纳

1950 年 7 月 19 日，观景庄

我亲爱的查理：

你那该死的页校样（第一系列）昨天到了。那简直慢得破了纪录。

我不怪谁。这又不是我的“总攻”。

玛丽不愿把你的信给我看。不过，她总是问我为什么不能像查尔斯·斯科瑞布纳那样当个绅士，而非得动辄让卷铺盖滚蛋。阿德莲娜写信也说你是个 tesoro［宝贝］。这词儿在意大利文里是个好词。只有你喜欢的人才配叫这个。(谢谢你，为你是人人的宝贝。)

不过，假如你再受欢迎一点，我就请你找出两位朋友（如果你有的话）；我会去接两三个人来，十步之外把你杀了。你从前未被人杀过，会觉得体验非常的。

我希望出版《海明斯坦：其人其作》[1]的那些可怜的混蛋赔掉一百万。

会给他们寄一张照片的。有一张照片是在北“密歇根联队”最大的球场的左侧围栏击球的瞬间。我觉得他们不会喜欢这个的。这张照片也不认可考莱的理论：说我是自学苦修的运动员。我 16 岁前就跟山姆·朗福德、杰克·布莱克伯恩、艾迪·麦克格尔提等人打过拳；是在拳击馆里打的（福布斯和费热提，或者是奇德·霍华德）。那年月我需要 100 美元的时候，不管家伙事好不好使，有什么就用什么去干，才不管上马时是否有捕熊鞍子呢。你看过威尔·詹姆斯[2]画的假兮兮的玩意儿，也许知道什么是“捕熊鞍子”。第二次上马，马匹扭曲身子把你摔到地上。有捕熊鞍子，它就摔不着你了。你接连跟它在一起。不过，20/1，它是要弄断你的背的。

去他妈的，去他的《其人其作》。凯普做的书封也淫秽得可以，可怜血腥的上校的名字也拼写错了。请他核一遍，记住啊。我核了一下《军人名录》，是 Cantwell，不是（再说一遍，不是）Cantrell。跟凯普说把事情搞清楚了，朝正确方向飞。（杀了我祖辈里的一员的是 Quantrell。）

我的喜剧脑袋很好，脑图上你看着模糊不清的那部分，现在缩到高尔夫球那么大了。这是脑图的背部，是可能招来麻烦之处。这是脑动脉里的大血块，无法清除的。

让他们都见鬼去吧。

请尽量把书出版并把它卖好。我现在该做的可都做了。马现在就等一声令下了。我现在可帮不了你了。不过，别让你那群成天度假玩、度周末、不动脑子、业余加缺脑的、半专业的（我就不说什么了）的家伙乱操我的马。我所要的不过是老实智慧地好好骑一把，需要两个球我们就带上呗——还有一根球棒。假如你骑马得当，坐在头里，我想你是不用拿球棍收拾他的。基督啊，要有信心。

你比我大，我该尊敬你一点。不过，在某些方面，我比你年长；所以，相信我，当我出言不逊的时候，并非不敬。查理，我是个坏小子；我也不为自己是个坏小子而感自豪。我尽量当谦虚安详的好小子吧（没成功）。

我们今天打算去钓鱼。吉安弗朗哥在写他的书；所以他不能去。玛丽和我一个小时内出发。

当好小子，别太劳累。

祝你好，也祝我的英雄薇拉好。

欧内斯特

（此信藏普林斯顿大学图书馆）

[1] J. K. M. 迈卡弗瑞著《欧内斯特·海明威：其人其作》（纽约，1950）。

[2] 詹姆斯(1892—1942)是位牛仔作家兼插图家;他的作品由斯科瑞布纳出版。

致 E. E. 多尔曼-欧戈万少将

约 1950 年 7 月 27 日，古巴埃斯孔迪多

亲爱的“中国佬”：

这里的港湾是某种袖珍峡港。你从海上来是看不见的。只有在约 400 码内才能看见。有高大的石灰石墙，太阳的热把露水浓缩成这个样子的，午后的太阳。夜里，这里就像可怜的 B. 布瑞提什所说的一个“冰箱”。这次带了一个温度计，从 17:00 开始，温度从 85 华氏度降到第二天早上 6:00 的 68 华氏度。在炎热的天气里，这就很适合睡个好觉了。信风吹来，84 华氏度上人也感觉凉爽。

我想你呆的地方不会很无聊的。有社交场所、外交官的圈子、各种俱乐部、游艇俱乐部等。赛马、有奖拳击、冰雪嘉年华、赛船会、游泳会、“心灵生活”等，有一位好画家，80 位糟糕的画家，有世上最好的酒吧（拉福罗里达）；有回力球赛，有“法斯特国际运动之家”冬天来访；有各种赌博，有一家很好的窑子。我的房子里有两三千本书。我们从 9 月中旬起到 4 月中旬还有很好的射击活动；一年到头都能钓鱼。我不想强拉你来此地。不过，这地方真值得一看。我们一年到头还能很优雅地游泳。

啊，对了，我忘了。我们还有一个交响乐队（通常是由一流指挥家指挥的）。上次来的是一个叫埃里克·克雷伯的歌剧团；还有应季芭蕾舞等。

我记得我跟你讲过被海浪摔打的经历。不过，假如没有告诉你过，那就如下：游艇驾驶台遭浪打，甲板浸水，当时我正在轮盘那儿替换大副。我一条腿在护栏上，身体的重量在右腿（那条受过伤的腿）。此时，浪荡悠到船侧而入通道。我被划破 5 英寸（如刀割），伤到骨头，割断部分动脉，我不知道这叫什么动脉。（我当时跌入大

鱼叉和夹钳子里。）此外，脑震荡5级（蒲福特级）。现在都痊愈了。我现在就住在船上，一天游泳两到两个半小时。疤痢快被浸泡掉了。

这可不是我自找的伤，将军。不过，在楼上呆过一个礼拜，是挺烦人的。

关于可能发生的战争。没人该提它。我也不会提它。除非在欧洲战区打，否则我不去。要是在欧洲战区我就得去，因为邦姆比在柏林呢。我答应过一个将军［朗汉］我会去；他是我参加1944—1945年那场混账战争期间最好的朋友。他声称他们部队能给非军人以任何形式的同等待遇？（不管它是什么）给专家的头衔。他认为我是某个领域的专家，或者某个令人惊讶领域的专家。我不知道他指的是什么。撤退方面的？

对不起，纸张可能弄脏了。我打了几回无辜的秃鹰；它们传播牲畜的疾病。

圣弗朗西斯科德宝拉离市中心有12公里。

你随时可以来，好好看一看。唯一不巧的是10月1日到12日我得去西部一次。不过，你也可以去啊，有什么理由去不了那儿呢？

无论如何，祝你打猎运气好，祝你玩政治玩得好。

海姆

我的头没事的，一如既往没事。

（此信藏普林斯顿大学图书馆）

致罗伯特·坎特维尔[1]

1950年8月25日，观景庄

亲爱的鲍勃：

这么久了，收到你的信，我觉得很奇怪。我曾经为你担心，等待过你的书。我收到过《霍桑传》，很喜欢。可是，没见小说。你是我在美国小说领域最看好的作家。对着基督发誓，我真希望你动手写小说。

关于名声不好之事。我想这事很简单。50 年里发生了许多事故。我开始驾驶生涯是在一艘蒸汽船里，那船名叫斯坦利。我得了安全驾驶证书；通常情况是每年年初退步一节。我在阿肯色州皮戈特和佛罗里达州基韦斯特跟 T. 奥托 · 布鲁斯一起驾驶过；从孟菲斯到基韦斯特，用了不到 18 个小时。不过，这事从未在报纸上披露过。因为，这是私人的事情。假如我们轧了一头猪并且把它弄疼了，马上就有报纸刊登消息。我们当时可是得开 976 英里啊。

就是这么个情形。在夜总会里，人们会朝你走来，说："那么说，你就是海明威，是吗？"然后，什么也不说就围着你转。要么就用爪子扑上来，男人可不喜欢这个；于是他又用爪子去扑你老婆或者是你认识的某个姑娘。假如你规劝他们警告他们，然后不得不收拾他们，这事就上报纸了。亨利 · 詹姆斯没有碰上这种问题。

一个人不能总呆在家里。当他出门的时候，碰上什么事情，这就上了报纸。你黎明即起，开始工作；这事不上报纸。你为国家效力，叫干什么就干什么，这也不上报纸。你的弟弟和大儿子都为国家打仗受伤，得勋章总是在最后；这事也不上报纸。你的两位祖辈打仗，在内战中受伤，也不上报纸。你受伤 22 次，脚上腿上都挨过枪子儿，大腿双手也挨过枪子儿，头部伤过 6 次，都是敌人打的；也不上报纸。你不过是想当个美国写散体文最好的作家，努力写作，不糊弄人，这也不上报纸。假如有机会，我愿揍倒他们；不过我不愿糊弄他们，除非他们先糊弄我。他们要是糊弄我，我能把他们糊弄到不知怎么回事。鲍勃，我从来就没有当过圣人。眼下这个时代比中世纪还艰难；我在这艰难的岁月里度过了 51 个春秋。也许不久麦卡锡参议员（上帝让他的灵魂安息）会作出决定把我干掉。

莉莲 · 罗斯现在《纽约客》工作，正写着分配给她的活儿：关于西德尼 · 富兰克林。我想，见到富兰克林洗漱换衣服的样子，她不会明白也不会钦佩他年轻时的举止了；那时他可还是好样的啊。她写信跟我说了他的情形，并且问了我许多问题。她圣诞前夕还来了一趟爱达荷州凯彻姆，后来她又提出希望为《纽约客》写一篇关于我的文章。我喜欢她，一如我喜欢别人，也一如我喜欢她或者别人写关于我的任何文字：好赖是他们自己的印象。我不会编辑这些文字，也不会纠正它们，除非是日期和地点。莉莲的文章我觉得可以，莉莲这个人我也觉得可以，她恶搞过查理。不过，让他尝尝败北的滋味也好。

关于经纪人：我还是直接来处理版权吧。因为，我不想给任何一个婊子养的10%的佣金，让他干我自己能干好的事情。

关于反击：有一次，一个人来此地扬言看见我就开枪打死我。我给他寄了封挂号信，告诉他在哪儿他能按时找到我；要么来开枪，要么把嘴擦干净。他没有露面。我按时去等了他四天，并且什么武器也不带。随后我又寄了封挂号信给他，又等了一天，于是开路走人。

这种攻击简直好玩并且幼稚。我大抵（请别以为我这个人自负，我谦卑得很，尽量做到仁义待人，也有基督教徒宽容的精神；我往往做到了此点；一旦做不到，报纸就披露出来）尽量做个好人，尽量把书写好。

我对自己的祖宗不了解，也不把他们浪漫化，像比尔·福克纳那样。我知道的是：我祖父告诉我：无论什么时候把格兰特弄醒，你就能得到圆满的答复。

我不知道纽约还有谁知道我的近况或者认识我，除了玛莲·迪特里希和乔治·布朗（西52街225号）。其他朋友都作鸟兽散了。给贵报写文章的肯·克劳福德认识我。当年突围的时候我们曾经在一起（在瓦尔哈拉快车）。从朗布耶进巴黎，在图叙勒诺布，有一小交火；我们在一处。

我想他该记得我，我可记得他呢。他个子很高，肤色黑，似乎住在南部某州（像是什么罪过似的）。大家都喜欢他。人家老是叮嘱我，别让他挨枪子儿。他在行动中很勇敢，大家都不想让他死，就如同不想让圣徒死掉一样。

近来的活动：一本诗集（关于战斗的、赛马的）；13篇短篇小说。165 000字的长篇，难写得很哪。

如下仅供你自己参考，别拿去发表：我很长时间都写不好东西了，因为自打头破了以后就头疼得厉害；从早上醒来就持续疼，疼一整天。血管破裂，醒来咳血；只是支气管罢了。这是 1944 年 7 月在圣普瓦落下的病根。孩子们站在身边，我往往咳血咳满一个罐头盒；跟他们说没事。说血管破裂过的人都这样。看看颜色就知道没事（有脉纹，静脉状脉纹）。接着又咳，我把颜色不对的血扔掉了。那可是鲜亮的红色啊。

别说这个了。

书真是很不错。假如你不喜欢，就严厉批评它吧。那是你的权利和义务。不过，我可是读了 206 遍，尽量想把它改好。删掉不对之处和不公之处。最后一遍读的时候我非常喜欢；它让我第 206 次他妈的伤心落泪。这只是个人的反应，该打折扣。这么写作阅读有一段时间了，能从别的东西里闻出屎味儿来。

我想该说的都说了，鲍勃。有任何事情就给我发电报，我即刻给你回电并且实话实说。滑稽，你的名字跟我那可怜该死的上校名字一样；不过，这很让我开心并且自豪。

英军一位前少将在爱尔兰建了个坎特维尔协会，在杂志上读到片段后建立的。他总是写信落款 MCS（坎特维尔协会成员），尽管他获得过其他勋章。也许我们自己也能获得协会会员资格呢。尤其是你，你本来就是坎特维尔嘛。

不过，请批评，请鞭策，请杀伐，假如这书该着，假如你能够，请吧。我愿意当个好美国作家。不过，假如读者看不懂这个，记不住内容，你也可能成为约翰 · 莫斯比（拼写错了）或者像气急败坏的杰克 · 凯彻姆。我才不在乎怎么样呢。

希望你一切都好。跟肯联系一下。（不知什么原因）他昏庸得不记得我了也未可知。不过，请跟他说，我是那个 7 月某怪异日去找他的人，不管他当时想怎么着了；那日子可是基督也无法在水面上行走的日子啊。他也不想回步兵团了。美军第 8 步兵团。指挥美军第 4 步兵师的雷蒙德 · O. 巴顿将军跟我说，而不是命令我上前去找肯，把他找回来。一辆坦克或者 SP 枪发了一颗能穿透铠甲的炮弹，打穿了房子的墙，那是指挥所的房子。一个参谋的腿给齐膝盖打掉了。炮弹继续落到后墙，在两个信号兵的脑袋上方，他们躺在行军床上呢。那条腿落到地板上，巴顿将军打电话时的声音都没变。我按要求去跟肯联系。上尉参谋的腿被炮弹烧了，几乎没有流血。他只是看着它，觉得滑稽。上一次战争的英雄欧尼·派尔在外面哭叫，因为我们的轰炸手杀了些自己人。他声嘶力竭哭喊抹泪。我告诉他在前一次战争中，我们为了一个任务目标我们都不得不紧靠掩护炮火，估摸到兵力伤亡在20%。他说我没心没肺。我跟他说那你进去啃咬那腿，还在地板上呢，你个感伤无知的傻瓜。别跟我说报纸废话，因为我要加入第二场战斗了。

那就是肯当年的情况。不过，至少你是看见一个人能交那么多朋友。假如这在职业生涯里是个重要的方面。肯很勇敢，他能从帝国大厦跳下来。不过欧尼·派尔是位辛迪加国民英雄——我不喜欢一个在喝酒的时候吹牛的人。不过，他比喝酒时哭的人还强些，至少一起喝酒时比那样强。

好了，纸用完了。还有很多话要说呢。不过，干吗说它呢。你说对吗?

欧内斯特

一只种猫在原件上撒尿了，于是我只好扔掉，给你寄复写件。

亲爱的鲍勃：

请别重复、别加进我受伤多少多少次，或者叙述我开枪多少回。我请凯普和斯科瑞布纳两家都别用我的服兵役来作宣传。在我看来，这很没有品位，如此毁掉的只有我在这方面的自尊。我要作为一个作家行世，而不是作为一个经历过战争的人；也不想以酒吧斗士的面目出现，不想以玩马的人的面目出现，更不想以酒鬼的面目出现。我就想当个作家，直截了当接受人家的评判。

祝好

欧内斯特

假如你住在风景如画的小房子里，有300只精神脆弱的绵羊围着你，还有一只忠诚的黑狗，你感觉有何不同？我想问的是：你还能写作吗?

海明威

（此信藏俄勒冈大学图书馆）

[1] 坎特维尔（生于 1908 年），1930 年代开始写小说，此时改写传记（1948 年），《霍桑传》是他尝试的第一本书。

此信经俄勒冈大学图书馆特藏部允许在此发表。

致查尔斯·斯科瑞布纳

1950 年 9 月 9 日，观景庄

亲爱的查理：

你到底去哪儿啦，小子？你读了《时代》杂志的评论了吗？你去了泽西旷野从那儿发起反攻了吗？啊，人人都有自己做事情的方式。不过，难道给作家报告点情况不是大家约定俗成的习惯？告诉我书出来后人们怎么看。我可是呕心沥血，没有逾期，也没有不遵守承诺。

我本来很肯定今天早上能收到你的信的。可是什么信也没来。你是不是以为我还没有老到人家能老实告诉我说我的老马失前蹄，不能告诉我它的表现？

吉安弗朗哥有 22 天没得威尼斯的消息了。我听到威尼斯的消息是 9 天以前的事情了。大家都很好。现在得护照很难，有许多新的限制。

玛丽去戈尔波特了，去那儿找地方安顿她父母。这过程开销可大。父母都老了，很脆弱，得小心伺候。

我弟弟的一个朋友给我来信，说我的小弟弟阵亡了。他是听我母亲（他的直系亲人，所以会得到通知）说的。不过，我不相信，因为如果是，我会得到消息的。我正打听消息，到处发电报问呢。

你能预支我 5 000 美元吗？存到“保证信托公司”纽约第五大道分部后请电告我。我 9 月 15 日前需要这钱。我以前借的钱都会从版税里还给你的。我会找［阿尔弗瑞德·］赖斯，在最合适的时候核算清还。不过，这笔借款有书作保证呢。前提是书如果出来了的话：我肯定书已经出来了。我订阅《时代》，让他们确保宣传。

别担心我弟弟。我母亲很老了，有点糊涂。假如她服胰岛素，那完全有可能导致失忆或者糊涂。

我现在得去喝一杯干马蒂尼，管它呢。过来一会儿：我收到《新闻周刊》的评论，他们寄给我的。还有《时代日报》和《星期天》，都是司机从城里买来的。

我不认为你现在养活的这匹马养错了：假如你养活过它的话。没有学历和文化的奥哈拉，没有军队经历的他自然没法理解我的书，也不会理解书里的姑娘、书里的上校，不会了解威尼斯。他感觉这本书恐怖，就像一个人害怕有陷阱的房子。自然，关于无异议文字冠军莎士比亚的那段文字显得有点荒唐。莎士比亚博士身后有十二三个好作家；好作家群也就这些了。不过，都是些好作家，我是其中一个。所有真正的好作家都擅长写作。他为什么要说这样的话？不过，假如有人读评论文章而又能剪贴语录，这倒是很好的语录。奥哈拉，我非常感谢他。不过，假如他能读懂我的书，我要高兴100倍。[1]

你也没读懂，也不喜欢这书。你在见阿［德莲娜］之前，也不相信有丽娜塔这样的姑娘。不过，在今后的生活里，假如你们真正活着，你和奥哈拉都会明白的，会知道从拉蒂萨纳到威内托谷的通道是怎么回事。我就是在那儿遇见阿的。我当时在那儿等雨停等了两个小时，等着去打野鸭子。这些人物不是从贝德克尔旅行指南来的，也不是从米其林来的；他们来自你的内心；或者如我们过去老说的：来自很惊天动地之处。

啊，对了，另一个让人高兴的消息是：那个仇外的小子，我寄过他的照片给你的，19岁上得了喉音，每天下午16:00要打针。所以此刻颇感寂寞。自然我们要把这仇外的小子的病治好。我给玛丽和赖斯写信了，寄了一套银餐具给某人的闺女。某人的闺女据说被尊敬的乔吉·巴顿强奸了，在她还是小孩子的时候。吉安弗朗哥在小房子里过劳工作着呢。罗贝尔托·赫瑞拉正开着支票；奇德·图内罗（曾四次在中量级世界冠军赛上拳击）刚给我做了按摩，所以今晚兴许能睡着。也许我们会想出点什么的。

再见，查理。问候薇拉。

欧内斯特

（此信藏普林斯顿大学图书馆）

[1] 海明威显然见到了（也许通过哈维·布瑞特）约翰·奥哈拉评论《过河入林》的样刊，此文登在1950年9月10日《纽约时报书评》第30—31页上。

致查尔斯·T.朗汉将军

1950年9月11日，观景庄

亲爱的巴克：

书卖了100 000册。所得不跟图书俱乐部分成（我拒绝跟他们分成；如此，我每册得6毛钱，图书俱乐部每册得1毛2分5）。斯科瑞布纳读了评论之后自己的书店又订了25 000册；同时订了一车纸张。英国版未出，在英国已经卖了30 000册；加印30，另购纸张。所以啊，今年无论如何有饭吃了。麻烦的是，我没有多少胃口。不过，也许胃口会变得好一些的。

我们经历了6场龙卷风。也许因为气压低，我就情绪低落。书出来那天，我得读《时代》那篇恶心的东西。不过，不再像往常那样容易动情绪反击了。这篇文章是早上邮差送来的。我跟多纳贝提亚（此人如辛巴达，他的船在港口，因此呆在我家）说：我们第一局输掉了。我要进城去买《纽约时报》和《新闻周刊》，空运来，到了我就买一份。报纸来了，我一看：我们赢了。还是没有动情绪。一位威尼斯的小伙子［吉安弗朗哥·伊万奇奇］在“小屋”里写小说呢；他来到福罗里达，跟我呆着。辛巴达告诉他：我们输掉了第一局。这小伙子是我认识的威尼斯（我把心都留在那儿了，自那以后就再也没找到这颗婊子养的心）一个姑娘的弟弟。我们跟利奥波尔迪娜，这位模样可爱的老窑姐一起吃午饭。接着威尼斯小子去接他的女孩儿看电影。我把利奥送回去，自己回家。

玛丽在密西西比州湾港，在为娘家找套房子。然后她要去芝加哥，接父母到新地方。他们老了；芝加哥的天气很冷。

我要是能找到《新闻周刊》就给你寄去。也可以寄别的评论，看着觉得是那么回事的评论。我还会寄真正糟糕的评论。《时代》上刊登的是迄今最糟糕的评论。不过，他们有一位员工发来电报道歉；说他们对我的答疑表示满意。他们还加了句：我还是没提第 4 步兵师。

《纽约时报》周日书评把评论我的文章放在首页。《先驱论坛报》也放在首页。《纽约时报》的评论是约翰·奥哈拉写的。他的文章开头就说：我是自莎士比亚以来最好的作家。这句话能让我得许多朋友啊，我想象。多么异乎寻常的陈述。所有好作家都好，有些则更好。好的作家各有其长处。自莎士比亚博士以来至少有一打作家很不错。可惜，他不懂我的书；因为我熟悉的人物他不熟悉。我也不太懂他笔下那种人物。不过，我了解各类斗士：画家、外交家、盗贼、匪帮、政客、骑手、训练师、斗牛士、许多美女、了不得的淑女、上流社会、“国际”快捷运动屋套件、职业杀手、各种赌徒、蒋介石夫人和她两个姐姐（一个好，一个坏）、疯狂的无政府主义者、社会主义者、民主党人、共产党人、君主制论者。所以啊，假如你觉得把你跟他们联系在一起你有了罪过，我则推上述各类人为罪魁祸首。我了解的酒吧招待超过一个连，认识的牧师至少有一个排。酒吧招待和牧师都曾借钱给我；我也把钱都还给他们了。我还认识许多渔夫、猎手、棒球手、橄榄球队员、教练；我认识乔治·克莱门索、墨索里尼；还很了解他们。另外，我也认识些前国王。19 岁时，我就认识格雷皮公爵，他可是当代的梅特涅。勃朗特大公我也认识，此人是纳尔逊的后人。这两个人当时都 90 岁了；都给我教诲，我因此有一个绅士该有的良好教养。（一两年后，我在一个窑子里厮混，白天写作。）所以，我觉得自己的背景跟那些用如此家伙事来评估你的人不同。这些人有乡村大夫儿子的腼腆。考莱很不堪了，眼睛视力又坏；现在是这帮人在玩。我弟弟自小就戴眼镜。不过，我却有我父亲的双眼，31 岁之前从不戴眼镜。训练时格拉布用大拇指戳伤了我的一只眼[1]，自那以后才坏的。躺在医院里灯光不好，看书太多；有时几乎没有灯；这也是视力下降的原因。还有，就是曾经在烛光下看书。接着是两年水上阳光，一天 12 个小时，或者说平均一天 9 个小时。用大眼镜，结果帮倒忙，把眼睛都毁掉了。

啊，好了。反正都是些马屎话。下面引用那废话：别成为我书里写的那种女人。你相信吗？他们的意思是说，他们从未见过那样的女人。他们上哪儿见啊？他们怎么能见到那样的女人啊？

他们会相信吗：那个德国女人［玛莲·迪特里希］不久前在一张照片上写道：Papa——我把信写在照片上，这样你就不容易丢了。我无条件爱你。这话不包含生气的时候，被冒犯的时候。等等等等。这话包含关于我你得“全心全意”。先生们（落款），你们现在咂摸出滋味了吗？

假如没有人拿走，我尽量翻出《新闻周刊》给你。

找到了，信就到此吧。

你的朋友欧内斯托拥抱你

（此信藏普林斯顿大学图书馆）

[1] 海明威的左眼生下来时就不好使。哈里·格拉布跟这一点关系都没有。

致阿瑟·米泽纳

1951年1月4日，观景庄

亲爱的米泽纳先生：

非常感谢你寄给我书，也非常感谢你把这书题献给我。你的研究成果很出色。书里有许多讹误，我愿意给你指出来，将来再版时改吧。

可怜的司各特，难道他不知道《乞力马扎罗的雪》里那个人会提到他或者想到他，一如他司各特会提到真实发生的事情、车子啊地方啊之类？

如下事情知会你：卡拉汉之事很糟。司各特、约翰·毕肖普和我有一次在普吕涅吃饭，喝了很多桑塞尔葡萄酒。吃完午饭，我记起答应过跟卡拉汉一决高低。他是个优秀的业余拳击手兼有希望的作家。但是，他却不胜酒力。我当时心想这回有机会赢了，尽管一般是饭后不马上进行拳击运动的。约翰有约会；司各特跟我一起回到我们的住处。接着，我们去了体育馆。我们讲好打两分钟一局的。两分钟过去，感觉不错。我盘算着休息一分钟。司各特却让头一局走了13分钟。第5分钟过去后，卡拉汉随意向我开弓了；足打了我8分钟。不过，他没伤我，也打不倒我，也不撂下我。司各特喜欢看这场面，很着迷。我不知他为何不叫停。我嘴巴被打得很重，只好把血咽下去。

这局结束，13分钟过去。我对司各特说："你个婊子养的。"

他说道："你什么意思啊？我是你最好的朋友。"

我说："你喜欢把最好的朋友置于此境地，却本可以老实叫停的？"

卡拉汉对我大打出手。在后来几局里，我就不费劲了。我至今肯定自己能打败他。在普吕涅吃的饭都被打出来了。我感觉好极了。我还真的知道他打不着我。不过，我也不想把他打倒。他拳击的确不错；当时也算个有希望的作家。我很喜欢他。再说，这里并没有他的错。把我打败在他可是件很重要的事情。唯一的麻烦是：他打不着我。对此常规运动一番我对他心存感激。我当时也真的希望他好。

你知道，当一个人心目中的英雄可真是可怕的事情。你要让他们把各种品质安到你身上，而你只不过是想尽量把事情办好而已。假如这是自大狂的表现，你就尽量利用它作文章吧。不过，我的确当过司各特心目中该死的英雄一阵子，也当过阿奇［·麦克莱什］的英雄。在我，这角色只令我尴尬。他俩后来都把这英雄崇拜病治愈了。一个死去，另一个——

我批评司各特的书，除了开玩笑外，是因为想让他写得完美些，把东西捋直，好好飞行。

当司各特要把我当英雄的时候，我感觉很尴尬。他生我的气，我不喜欢。最终，我觉得这事不再重要。我们经历过西班牙战争、经历过中国的战事，接着经历了其他；他这么胡闹我不会感到有兴趣。他也曾想打橄榄球；可他连看车过马路都不太痛快。他曾经幻想过上战场。问我如果身临其境，他会表现如何。我告诉他，拿他平时的表现作标准，兴许会因为胆怯被重新归类，或者被枪毙。

这话太粗鲁了。但是，这话的目的是让他干活，让他至少对自己要讲实话。

啊，让这些都见鬼去吧。他死了。好赖你已然把他埋葬。他写的东西该戳住的自当立住脚。

你可真了不起，做了这么个研究。我非常喜欢巴德 · 舒尔伯格。不过，我觉得他的书盗窃严重。你的书是很好的殡葬服务。几乎跟我父亲开枪自杀后人们在他的脸上所下的功夫一样好。人们记得下葬时候的脸，而忘记了枪击后的实际样子。不过，殡葬人员让参加葬礼的人感到愉快啊。

反 [麦克斯威尔 ·] 盖斯玛尔之流是件好事。批评家干吗非得写本书才能熟悉从解剖室到手术室的过程呢？可怜的邦尼 · 威尔逊写散文；很多人喜欢他的散文。（对不起，打字机太黏，得送去清理了。我干活正起劲，又不愿把它送走。）

上面说评论家的话不公；因为，许多评论家还是写得不错的。不是“许多”，而是只有几个不错。

当我们这些所谓作家从他们那里学到东西时，还是喜欢他们的。我就从你这本书里学到许多东西。

在这看似糟糕的年份里祝你好运最佳。

欧内斯特 · 海明威

（此信藏马里兰大学图书馆）

致阿瑟 · 米泽纳

1951 年 1 月 11 日，观景庄

亲爱的米泽纳先生：

谢谢你来信。写作是艰难之事，需要韧劲。假如我玩笑开过头了，别生我的气。假如拼写错了，也别生我的气。假如我说评论家没教会我什么、我不喜欢他们，你也别生我的气。我说过：你的书的确告诉了我许多我从前不知道的事情。你会明白要是我看见司各特赤身裸体在市场倒下死去会是怎样的光景。这可不像诺曼·梅勒的裸者和死者；而是真的裸体死去。我从你的书里学到很多东西。非常感谢你。不过，我没获得的实情也一样多：因为我从未跟人讲过，也从未写过。我肯定这话不会让你生气；因为你是个认真努力写作的人，对严肃的话题也很下功夫。

司各特在生命最后一刻或者行将走到最后一刻，我放弃了他，因为他跟我发生口角，也因为他无端的嫉妒。我接着去了马德里、雅拉玛、特鲁埃尔、中国。随后是其他事情拴住了我的注意力和我的希望。他在我这里不再有希望。我跟他失去了联系。（一个人不能失去联系；可是，许多时候你就是跟人失去联系。）

我跟你是尽量直截了当了，绝对实话实说。我不恨评论家。我只希望他们跟作家再相互协调一点。

不过，这愿望可能太虔诚了。

尽管如此，让这愿望成为本周第100个最次要愿望。

祝你的书走好运。

欧内斯特·海明威

我忙完我的书就给你纠错。那本长的。头三分之一（关于海的部分）已经调拌好了。我希望这书最终能让你读着开心：而不只是因为它涉及我的生平细节；这细节我从未跟人说道过。我从不知道司各特生我的气，除了喝醉了的时候偶尔能看出外。他有时会写些气哼哼的信；我也会像个事不关己的人那样回信，放在你也会回信的。当他写的东西很美的时候，我也总认为他写得很美。他写得很蠢的时候，我觉得他写的东西就是蠢。我还以为他是个酒鬼（话出有因），简直就离不开酒。我保留了一封信；在信里，他告诉我如何让《永别了，武器》成功，有50条建议，包括删掉那军官枪毙那上士；结尾部分把美国海军陆战队（真的，我对上帝发誓他真这么说）搬进来（亨利中尉在贝劳伍兹读到胜利的消息，是在咖啡馆；此时凯特琳就要死了）。这是我读过的最糟糕的文献，我不会给别人看的。

海明威

（此信藏马里兰大学图书馆）

致查尔斯·A.芬顿[1]

1951年1月12日，观景庄

我亲爱的空军元帅：

感谢你写两封信给我并寄来剪报。我们把这些归档时就加个标题叫“尽我之力，以达天际”，或者叫“致星星[原文如此]艰难之路”。我想老克兰尼[克兰斯顿][2]比你我的力求准确更有权于他的不准确。作为一个人，《多伦多》对待他可真够糟的。一个人能受的坏待遇也不过如此了吧。这就有点像布痕瓦尔德集中营里的一个老小子了。虽如此，我明白你的意思。

很对不住，《合作共同体》一书，我无法帮你弄到。我当时是执行编辑，回应《芝加哥论坛报》上“需求”广告上的需求。我干到自己确信这份工作是在骗人为止。我还坚持了一小阵子，心想我能写文章来揭露它；随后决定还是把它当一段人生阅历吧，让它见鬼去。我自己则一直在写自己想写的作品。

假如你想知道任何事的真相，请告诉我。我为你难过：人们窃取了你的储备。不过，想想啊，可怜的老考莱拿我的整个生平履历当赌注，其实又所知几无。告诉我，你是不是对此时的结果有什么奇思妙想？我只知道今天早上写了个短篇。累得要死，正喝茶呢，然后得穿衣服出门。

原谅我信草草如此。

你的永远的，

欧内斯特·海明威

（此信藏普林斯顿大学图书馆）

[1] 耶鲁大学的查尔斯·芬顿当时正搜集材料写《海明威的学徒阶段：早年生活》（纽约，1954）。他在第二次世界大战期间在加拿大皇家空军服役四年。

[2] J. H. 克兰斯顿从1911年到1932年编辑《多伦多星报周刊》。见芬顿《学徒阶段》一书，尤其是第76—81页。另见克兰斯顿的自传《我手指上的墨水》（多伦多，1953）。

致查尔斯·斯科瑞布纳

1951 年 3 月 5 日，观景庄

亲爱的查理：

你来我这里可真让我开心，我们又成为合作伙伴，也真让人高兴。唯一遗憾的是我那些天病了，不能跟你和维拉去钓鱼。发烧热度一直在 102、103、104 华氏度，并且一周不退烧。接着是支气管干得像砂纸，痒痒；现在好多了。我还感觉累，感觉乏力。但是，我总有余勇可贾。写作比任何东西都能驱动我，让我止渴。

我很高兴你喜欢迄今读到的那部分书［《老人与海》］。（尾声。）你要是不喜欢，我会觉得你是个标准的傻瓜（他欢快地说道）。世上有某种东西是对的，这毫无疑问。但当你喜欢的人和尊敬的人说这话的时候，你就觉得异常幸福。有生以来我只从家人那里获取好的见解。

今天，我写了 1 578 个字（《海》书另一长段）。你想知道我们什么时候可以出版；我觉得这本关于海的书该在 1952 年秋天出版。这样你那头就有足够的时间安排，而我则可以写作修改一番。我也许能靠不费劲地给电视改编短篇小说过活或者写些我喜欢的短篇过活；同时不妨接着写我这个长的。霍奇这么建议我，我也觉得没有什么丢人的，也没有什么显得傻乎乎的。假如有什么不好，我可以立即中止。

［阿尔弗瑞德·］赖斯说我今年可以还清欠你的钱。我得估算一下今年怎么过活。假如你觉得没问题，我可以照寻常利息借支；既然我又有了借支的抵押品，同时又那么卖力气干活。假如你同意，我觉得借钱可以，既然我会还清或者说将要还清以前所借。即便是书写得不比从前，也能支付我所欠的钱。“金鸡”丛书的 2 000 美元还没有来呢。

赖斯兴许能把（上一本）书卖给电影方面。如此，我就没有钱的问题了，能过活了，能接着写作了。不过，迄今我已经拒绝了所有主动来谈条件的。我只是想在工作的时候别为钱操心。我要过充实写作的生活，根本不考虑钱，当然也不能挥霍。

关于詹姆斯［·琼斯］的书［《从这里到永恒》］：无论别人怎么跟你说的，这本书在我看来没什么了不得的。这本书有优雅的品质，也有大毛病。太长太卖弄。在珍珠港出事那天他打飞机那章几乎成了音乐喜剧。他对厨房专门词汇恭敬有加，很有天分。他是个喜欢攒东西的小子，有东西就存着，还老存。东西跟他赛跑，他也许因此会自杀。谁会在今年（1951）他作品的广告词里声称1944年“他翻过了那山”啊？那一年许多人在尽义务呢，许多人死去。在我看来，他倒是很有本事把事情搞砸。他的书会损害我们国家。也许我该再读一遍，能给你些更真实的答复。不过，我不需要吃掉一整碗痂，才好跟你说那是痂。不需要啜一口开水，才告诉你那是开水。不需要游过鼻涕河，才告诉你那是鼻涕河。只要他不会掉他的和你的发行量，我希望他自杀。假如你给他一杯文学的茶，你大可以让他先喝干一桶鼻涕，然后把黑鬼耳朵里的屎嘬出来。然后给他呈上他要的那些女人里的一个，让他把自己的肖像和剪报拿给她看。他们是怎么给他弄来这张大耳照片的（还是未受损的耳朵）？看着是那么的坚韧！他能替你挣钱我就高兴，不笑跑他了。我真想给他个大桶，让他好好倒一倒鼻涕的细节。他有心理疾病患者自杀的冲动；他会自杀的。

你就放手挣他的钱吧，尽快，把挣到的钱留够了出版《基督徒的葬礼》。

假如不是你提起，我根本就不会谈他这么多。我现在觉得自己不洁如开始读他的操蛋书的时候。这本书可真操蛋得真诚而又有操蛋的魅力。先生们，我给你们献上詹姆斯·琼斯；请在他分尸前或者开始尖叫前带走他。

我得住笔了，因为明天得工作。希望你感觉好。我也尽量感觉好点，好好工作。玛丽问候你，问候薇拉。

永远祝你好

欧内斯特

（此信藏普林斯顿大学图书馆）

致查尔斯·斯科瑞布纳

1951 年 4 月 11—12 日，观景庄

亲爱的查理：

谢谢你写来这么好的信。我每写傻信自己就后悔。近来写作卖劲，太投入，等停下笔，人已经傻了。接着是为了降血压得先减体重。这成了该死的日课。每天早饭就吃三个大麦脆饼，接着是干完活后吃几个胡萝卜、小萝卜和嫩洋葱，都是自家园子里的东西。午饭也素，晚饭要么不吃，要么花生酱三明治一个。我想，这是我早上醒来那么早的原因。我也许是饿了。昨晚我在小游艇俱乐部吃了份大牛排，今早直睡到 9 点。决定今天不写书，也不构思。会到池子里游 50 圈，如此就能睡好觉，明天写书就有精力了。我本周还要校读 5 000 字（4 月 12 日校读了 5 267 字）刚干完。

昨天连鳍都没见一个。所有的条件可是具备的啊。我不知道为什么枪鱼不露面。等你我都没事的时候，什么也不操心的时候，你该来这里钓鱼。上次你和薇拉来，我生病了，真不好意思。整个冬天身体都好好的，你来之前那晚却得病，该死啊。假如有个人在单身晚宴上脸上起包，我的自豪差堪比肩。

玛丽今天下午打算跟李·塞缪尔斯去钓鱼。她可是强有力的竞赛手。她一有机会就去练习，准备参加 5 月 25、26、27 日的锦标赛。她现在身体状况很好。每天在池子里游 880 米。不过，没有什么能替代真的钓鱼；因为钓鱼所用的肌肉，你平时做任何事时都不会用。假如不练，真的钓到大鱼时，那前胳膊就苦了。

我的上帝，一天不干活可真是好啊。我热爱写作；但写作也能成为艰难的苦差。最难的一次莫过于重写《丧钟为谁而鸣》。他们排出校样让我修改。我在纽约的热浪里从头到尾一刻不停干完。不过，最近干活又有点那般拼命了——省得修改。

琼斯上校的东西之所以惹毛了我，是因为我读他的书时，发现他有种心理疾病，他不是真的战士。然后你说他是战士，大家都认为他很棒。我当时想，一定是我疯了，看见了自己觉得绝对肯定的什么，

而事实又不是。接着是我看见那篇关于琼斯和劳尼的文章；或者还有另一篇文章承认他从瓜达尔回来后“神经质呜咽得可以”，于是翻过那山；因为，他请三个月假，部队只给他一个月的假。我就不再为他操心了。

这里不是吹牛，不过琼斯上校和我不是一路人。我记得自己脑震荡后，头都震破了，动手术清理就花了两个小时，缝了 57 针。两个膝盖肿得要命，弯都弯不下来。6 天后，人家把我从登陆舰的冲锋艇上抬下来；因为，没有人（尤其是我自己）认为我能从那吊网上走下来。那是 1944 年 6 月 6 日 02:00 点。下水之后，我们接到命令接着前往“铁砧帝国”。又换一条冲锋艇，我不得不在不太老实的大海上爬进吊网，又一次上登陆舰；呆在登陆范围内，直到我们袭击奥马哈海滩的“狐绿”滩。查理，我对上帝表诚，琼斯在任何防护设施里遭受的都不如我在吊网里的折腾受罪大。我发誓，这简直难受极了。而我却不断来这个。

6 个星期后，我在圣普斯或者普瓦又一次伤着头部。需要地图看是哪个拼写对了。这次可是厉害的脑震荡，我的视觉开始出现双影。(想起来了，是在圣普斯。）我从那次脑震荡起就没有休息过。一发坦克炮弹把我炸离地面，脑袋朝地落下。我干吗没完没了说这些？不过，你不妨看看我为什么对该死的虚假磨难有偏见：光环都是胆小鬼编织的，真正的战士不会。我记得人们把乔利埃特劳教所的暴力罪犯都释放了；他们自愿去打仗。在战斗中他们没有一个顶事，个个（第四师收拢的）去了摩托队或者后排编队。

我记得当人们在安置指挥所过夜的时候，我坐靠在果园的苹果树那儿。我才去了将军那儿，告诉他我见到了什么，知道些什么，（在我看来）局势是怎样的。我坐在苹果树那儿，尽量不去想明天的事情；也不去想其他人，只想着头疼什么时候才会好。疼痛袭来时如电池的火花。不过，有一种疼是持久的，挥之不去。我给它起绰号叫 MLR2（抵抗组织的主阵线）。只好接受这头痛。

啊，摩托队的那位罪犯来了，说是有人从芝加哥来，他也是芝加哥人，要跟他们说说话。说他有些苹果白兰地藏在某处。他们都是把酒藏在车子里的简易罐子里的。

我于是说，我来自橡树园。

“花边窗帘之属啊？”罪犯道。

“回答正确。在我割掉你的球之前快滚回你那儿去。”

“什么意思，说要割掉我的球？”

“如我所说。再放到你嘴里去。你的脸颊很好，正好鼓两个球囊。你从前都干些什么打发时间啊？猥亵小女孩儿？”

“我偷盗打发时间。”

“好吧，盗贼。你要是俩球还在，趁早滚蛋。滚，小崽子。”

我上次战争经历里，这罪犯的故事是最温和的故事了。第一次世界大战时我还是个孩子。我知道那次战争里有很多罪犯参战。很多人都成为黑手党之类里的大人物。我第一次大战期间就知道，假如你真的凶，不需要龇牙咧嘴说话。你只消把意思表达了，然后能够自圆其说。我着急琼斯之写有关人物，因为我也知道很多心理疾病患者的故事。他们在西尼埃菲尔地区如番红花一般盛开无数，就在德国人的炮弹第一次真的袭来的时候。潜在的心理疾病患者一路心想：炮弹都是我们自己的。他们从未经历敌人的集中炮轰。结果，此事哪能忍受啊。不过，琼斯上校之入伍参军是刻意的。他是雇用来坚强的，不是征募来的。

现在既然［《生活》］有文章把我的事情澄清，我会谢谢琼斯，假如他把我的名字从书里拿掉。我注意到三个地方提到我。要是在1700年代，这在美国是好的战斗者的名声。再往前，在别处也是好名声。我儿子杰克受伤被俘当人质，也可受此。我则不想被一个哀婉的神经质在书页里提及，况且还提得不是地方。一个懦夫嘲笑地提到我的名字，我要他删去。我肯定，即便我自己去跟琼斯上校说，他也理解。

我期盼大主教的书。[1]看都不看我们就会烧掉它。这位教会亲王是否想到过他是在年轻的作家嘴里夺食？他当初带着神学院学生反罢工的人群（薪水不足的天主教掘墓工人）时就该想到了。

我希望他没有带着出版许可游说你出版前市长奥杜耶的回忆录。

擦亮这些劳什子吧。我尽量礼貌些。

假如从琼斯的书里抹掉我的名字花费很大，那就保留到你没有损失的时候再抹。不过，这混蛋一天用我的名字，我就一天不好受。

假如他有脑子，就会知道有多少雇佣兵得了淋病，就如同他知道自己写的书标题何来所自；也会知道他引用的歌谣的作者的名字，更会知道吉卜林写的短篇小说《女人的爱》。[2]我可以列我所认识的士兵和斗牛士（还有拳击手）的历史个案列到下周末。这些人都有我们所说的“水泡音”（old rale 这词可以追溯到乔叟的时代）。我少年时就得分辨什么是软下疳，什么是硬下疳。英勇的琼斯跑来说人家都觉得他写得棒；这东西可怕极了。我记得有一个高尔夫球手在全国赛和公开赛上获胜的，赢球那年他的鸡巴就吊着绷带呢。他说这么做是为了改进“推杆”，因为他并不为“推杆”着急担心。

我所希望的是你在他过量服用安眠药之前从他那里把钱挣足。他还有可能找别的退路或者逼迫去干别的事情。与此同时，我希望他倒霉，希望他出门尽可能自己上吊。

这话都是在一个小子决定今天一整天当个好基督徒时写的，省得明天咬指甲犹豫不决。

一想到你认识的人经历了没处诉苦也没处露脸当英雄的磨难，公众还要读这种嬉皮脸的梦幻愿景，我生气啊。

最好还是住笔吧。只是当你习惯写东西，就很难停下来。即便是给你写信，我也愿意跟你谈。这谈话傻得可悲，一头热得可悲。

查理，一如既往祝你好。照顾好你自己。我们会有一趟美美的钓鱼之行的。不打大野兽，只快乐地钓鱼。我知道有两个地方很好玩的。就在海岸的埃斯孔迪多和“天堂小鸟”。

玛丽问候你们。她很喜欢你俩。

祝好，

欧内斯特

（此信藏普林斯顿大学图书馆）

[1] 弗朗西斯·约瑟夫·斯佩尔曼大主教著《弃婴》由斯科瑞布纳出版（纽约，1951）。累计销售版税都捐给了纽约弃婴医院。

[2] 吉卜林歌谣《现役士兵》的叠句。

致查尔斯·斯科瑞布纳

1951 年 5 月 18—19 日，观景庄

亲爱的查理：

很对不住，我的信惹你生气了。就我的记忆，我从未见过“汉姆”·巴索，因此无法帮着纠正银行职员所犯的错误。我的步兵师团账户里原有约 1 200 美元。我不欠任何人的钱，一个子儿都不欠。除了你。我欠你的每一分钱也都还清了。我想，我欠你的钱都是有保险的：有 20 万字的新书稿抵押着呢。上次在纽约，我就有了 16 万 5 千字。我想，这个以及我对你和你社的忠诚，对我来讲足以跟“保证信托”那儿拿你说事来应付偶尔的超支。假如我给你带来了麻烦，对不起。这不是偶尔超支，是财会错误。

我删削了 16 万 5 千字，我想这是书稿自然删汰的结果。我另增加了三个部分。有两个部分很长。有一个部分，结尾部分，你已经读过了［《老人与海》］。我休息一阵子之后，打算再写，再删。

我有时给你写信的时候是在工作完毕之后，人很累。我并没有恶意跟琼斯小子作对，也不想跟他的劳尼作对；更不想跟那位大主教作对。换一匹马赌赌什么时候就不行了呢？你的工匠赢的时候，我总为你高兴的。不过，你是主人，我则不需要非喜欢他们不可，非尊敬他们不可，非在他们身上押宝不可。我保留无恶意发表对他们看法的权利。

关于我的减肥：我尽量锻炼。你最好也找个乔治·布朗似的人练练，用他过去训练我的法子。乔治没在我这儿，我尽量自己训练。我总是敞开肠胃，消化吸收一切：也许我吃得太快。然后是干一天的活。

玛丽是这里读我书的唯一读者。假如我的书让她起鹅皮，那我很抱歉。不管起不起鹅皮，我将继续尽我可能把书写好。

恶意一词用在信里很粗野。

我也很爱麦克斯。我很了解他，他也很信任我，即便是我有不公允之处和刻薄之处。（原谅这破打字机。）请将麦克斯的阴魂保留在

记忆里吧。别说他了。也别说汤姆·沃尔夫和司各特了；他们和你属于诸神。这真让我羞愧。麦克斯是五个女儿和一个白痴老婆的麦克斯。汤姆·沃尔夫是一本书主义小子，是有脑子有肾上腺素的巨人，他有三只老鼠的胆子。司各特是个酒鬼，一个爱撒谎的人，关于钱的事情不诚实，天生就有撒谎的才分。是很容易惊吓着的天使。

何不忘掉这一切狗屎，当个好出版家和勇敢的人；你本来就很勇敢，也该是个好出版家。

玛丽问候你们，我也一如既往祝你们好。

欧内斯特

别为我这封信生气。记住，我是怀着爱意写这封信的。

海明威

平常午后风就小了，玻璃没事。龙卷风似乎渐渐退了。

海明威

礼拜六——次日——5 月 19 日——

很对不住，这破打字机不好使。色带太淡。不过，就要用完了。需要送店里去清理更换。

查理，跟你说实话，孩子，每个人的新陈代谢和饮食习惯都不一样，各有特点。比如，我就不能清除淀粉和糖分，因为我从不专门食用这些。我从酒精里摄取了足够的糖。这是我的医生告诉我的。为了抵抗酒精给我的神经造成的后果，我每天早上服用 6 粒维他命 B_1 胶囊。是我写作《永别了，武器》时，那位大夫让我开始服用这个的。我晚饭后从不喝酒。我也从不宿醉。

我每天分两次服用这些维他命。我把说明书给你寄去，上面有配方。

纽约是唯一让我纵欲或者夜里不睡的地方。乔治·布朗会早上 8 点来访；即便是我 6 点才进门。我会去体育馆跟他打 6 到 8 个回合，有时 10 个回合。把酒精都挥发了，然后搓一搓身子，喝一夸脱牛奶。

大家的身体素质都不一样。我过去往往能每天 12 个小时站着不离驾驶台；许多时候还开 18 个小时。很多人知道此事，这不是我的幻觉。我现在能开 12 个小时，但太阳让我的头受不了。

在战争期间，我从不服用安眠药。一旦有机会睡觉，我睡得很好。我写作的时候，每晚服用两片安眠药；这样就不会天亮前醒来，思考要写些什么。我从不增加药量。大夫说我并非神经质的人，所以不会对任何东西产生依赖。

这就让我感觉好像高贵。我根本就不高贵，也不想高贵。不过，我的身体跟大多数人不同。

我小的时候只吃肉和鱼。大人没法让我吃蔬菜，怎么鞭打我也不吃。终于因为只吃肉而便秘，痔疮很厉害。为了不长痔疮我都不愿去拉屎。我记得最长一次是 9 天不拉屎。有一次在密歇根大学校车站肚子绞痛。拉出来的屎堵住了抽水马桶；得叫抽水泵才能疏通。这有点像 T. R. 罗斯福的大拐杖，卡通上画的那种，老在那些公司头上挥舞的。有人说该保存下来给博物馆。我那段时间身体很健康，是水球队的队长。

不过，我知道了得学着吃蔬菜，好定时排便。痔疮自己好起来了。我不久也学会吃各种蔬菜。便秘的问题也就解决了。

人们的身体素质不同得也有趣。我只在海上或者山里饿了才喜欢吃东西。我真喜欢吃的是新鲜的鱼、烤得上好的牛扒（不是那种让人看了想笑的牛扒；那是给软蛋吃的，没味，只剩个头了）；带骨头的好牛扒，很稀有的。还有很少见的羊肉、马肉、山羊肉、鹿肉、羚羊肉和松鸡肉，鼠尾草鸡、鹌鹑、水鸭、野鸭之类。跟炖土豆和肉汁一起吃。蔬菜我喜欢吃芹菜和朝鲜蓟菜，冷盘、酸汁儿（写得不对）、布鲁塞尔清蒸甘蓝球、瑞士甜菜、绿菜花和所有水果。

写东西的时候吃东西很烦人的，除非有上述吃食。

所以别担心我在这里傻乎乎的什么也不吃。我自小就有奇怪的饮食习惯。这没有什么可骄傲的，也不丢人；也没什么可惊可怪。熊们一个冬天都不吃东西。哈里 · 威尔斯每年禁食一个月呢。

祝好，

欧内斯特

我想巴索是玛丽的朋友。想记起他，但想不起来。

（今天下午钓鱼去。龙卷风败退了）

海明威

（此信藏普林斯顿大学图书馆）

致 E. E. 多尔曼-欧戈万将军

1951 年 6 月 13 日，观景庄

亲爱的 Chinko-Maru（日本式盖尔语）：

我不能祈求什么，只有工作（4 月和 5 月写了 45 000 多字）。你的信放在“最急等回信”之列，就在打字机旁，每天都在让我不好意思。假如需要“前言”之类，就交给我吧。虽然我自己也不知道有什么资格这么说。我怎么想就怎么写。然后，写些你吩咐我写的话。我不会按别人的吩咐写东西，你是例外。

你好像是忙得要命啊。不过，把此事弄到体制系统之外要好些。“明日之家”没有音讯给我。也许你仍然往煤火上浇水呢。这似乎需要写写。

此地无甚消息。夜里无眠于海上，脑子里想着要写的句子。天亮起来，把夜里想的句子灭掉，写新稿。终于把书稿搅拌匀了；最后两章是原本该有的样子。现在我必须修改书稿去了，要删掉第一第二章。

书写完后，我们进行了两场青枪鱼钓鱼锦标赛。其中一场运气不佳。第二场是“国际锦标赛”，我代表的俱乐部得了第二，虽然我没能助力。假如运气好，钓上一条猛钩大鱼，我们就会赢。玛丽在蒂恩基德拿到第六名，有 44 条船呢，参赛人多为“国际”选手。她的船是船队里最小的一艘。她跟爱达荷州太阳谷的泰勒 · 威廉斯一起垂钓。此人 64 岁，我们称呼他上校，因为他是肯塔基人，人们却总以为他是英军上校；又因为他像去过印度很长时间的上校；耳朵又聋。他人很好，你会喜欢他的。锦标赛第三天最后两个小时有一股大风刮起，泰勒弄断了两根肋骨，脑袋上也鼓起一个大包，有半个棒球大。

他没在意，直到第二天肋骨疼痛。他和玛丽都很会钓鱼。

我们外出钓鱼时，厨子拿我的22口径来复枪玩耍，误伤了自己的左肩。我昨天不得不为此去了趟法院。1860年建的法院，古老西班牙式的，很漂亮，夏天凉爽极了。法院门庭若市，各种罪犯云集，警察也多，我这才明白我们的仆人为何乐于光顾此地。可我没有时间，我得把他们弄出去，然后让事情平息，开除他们，再培训新人。

现在是芒果的季节，吃起来味道不错。玛丽弄了很多放在冰箱里；如此，你和夏娃无论何时来我们都能让你享用。园子里的东西也长得好。我们餐桌上有园子里的各种蔬菜。不久鳄梨就要上市了，这可是纽约夜市里的奢侈品；而在此地，这是穷人家的黄油一样寻常。人们用面包和鳄梨做三明治。

虾季到来。一旦鱼季来到，我会冷冻它500—600磅。

我但愿能读你的书作消遣。我跟你说过［空军元帅阿瑟·威廉·］泰德和他的妻子来我这里了吗？我们乘游艇在海上呆了两三天。鱼虾季未到，不过他们还是东钓了点这个，西钓了点那个。我想他俩玩得很开心。我在没有鱼可钓的情况下跟他们讲如何钓鱼，很费劲。这就像跟某人在你阵地全然安静的那一角讲如何作战。在安静的角落你随时能发一小炮弹，并得一回应，并死几个人。可是，在大海上钓鱼，你就做不到这一点了。下个月，鱼们也许把你拽下船去。却没有客人来，连几只锦鸡你都没有人可展示。

“中国佬”，给我写信啊。原谅我自己也疏懒得很。

我本以为有一部分长稿不用写了，但还是得写。那一部分还是我害怕写的。不过，我到底还是写了，并且还沉浸在其中。我希望你喜欢它，因为里面有一场精彩的战役（我想跟那本关于西班牙的书里山上那场“索尔多”战役一样可观）。只是在这场战役中，另一方（敌人）是追赶的对象。他们往往击败追赶他们的人；可是又缺少必要的后援。我反正是希望你喜欢读它。追赶敌人的人很能利用自己的东西。不过，他们终于陷于一场完美的伏击战，对方还是装备不如他们的人［《岛在湾流中》第三部分“海上追敌”］。

尽你所能写作很好玩。不过，这份责任也很重。我但愿人能让你活一百年，身心还硬朗朗的；如此你就能好好写作。

祝你的书走运。常写信。

玛丽问候你俩，我也问候你俩。

海姆

我急于见到你的书；有什么我可以做的，尽管说。

海明威

（此信藏普林斯顿大学图书馆）

致查尔斯·斯科瑞布纳

1951 年 7 月 20 日，观景庄

亲爱的查理：

你 7 月 18 日从［新泽西］“远山”来的信今晚邮差送来了。我一直在等，等我们的书信往来不拧巴，多少能理清并剪不乱。我此刻写信并听凭这雨飞流直下。假如这雨后面有风，我就不得不打断，把窗户关上。

假如关于书的事情我把你弄糊涂了，那对不起。这书的手稿总计有 1 900 页到 2 000 页。这是关于“海”的书。不过，给它故意贴标签没有什么意思。那份规划只是供你了解情况的。

这本关于海的书可以分成四部分；每一部分可以单独出版。

目前，我在重写第一部分；自 1947 年以来我就再没读过原稿。此部分手稿有 1 195 页。我用了一个月完全重写一过，删掉了 179 页。很多重写稿完全是新稿。

我想把整部书的字数定在 13 万或者 14 万到 15 万字。这就意味着我得删掉许多，重写许多。

最后两个部分根本不需要删削。第三部分需要很多删削。不过，这是很细致的手术刀活计。假如我死了，也就没必要删削了。

我之所以告诉你四个部分既构成整部书，也可以单独出版，是防万一我死掉。

这回清楚了吗?

目前，当我不在重写第一部分的时候，我在拟一份标题。有些标题不错。不过，我发现在拟定之前，跟人说道它，一点价值也没有。

我跟你写信说最后三个部分你随时可单独出版，是因为万一我死了或者意外亡故，无法将第一部分弄好出版，你就可以单独出后三个部分。这本书的情况即如上述。假如你拿不到第一部分，你可以着手第二部分；假如你没有第二部分，你可以着手第三部分。假如你没有第三部分，你可以着手第四部分并结束此工作。不过，我是规划好了全书，把它都装进一卷里，由第一、第二、第三、第四四个部分组成。

假如这很让人觉得混乱，或者不清楚，请告诉我。假如这信看似不清，那就请再读一遍。

按照医生的说法，我活着完成此书的机会很充分。不过，过去半年里我太拼命工作，我知道需要休息一阵子，换换环境。你可以通过锻炼和节食来降低血压，如我所做。接着又这么拼命干活；很可能垮掉，任何不适都可能击倒你。我想，没有多少作家能四个月以上平均每天写 1 000 字以上，还是一连写的，还是写你在我这里时看到的那种东西［《老人与海》］。也许从前有过很多作家这么干。不过，我可以告诉你：我从未这么干过。我现在要回到写第一部分的节奏了。请别以为第一部分就次，因为我老提到它。它一点都不次。

至于你如何把书呈给世人：别着急！我会尽可能简单地跟你讲我的想法。我们可以想出个法子的。

请保存好这封信，有问题出现就看看这信；因为我太累了，不再重写这信了。

一个月来此地温度几近 90 华氏度，我一直觉得热得要命。许多年来这里一直干旱；眼下老天正补救呢：每天下午下大雨。

假如这些够你了解情况的了，我们就谈点别的吧。

我很高兴你的家人能在一起。我希望小查理用不着一辈子穿军装。邦姆比也许得一辈子穿军装。不过，当兵是他唯一熟悉的行当。他刚荣任美军驻法国第一军团联络官；才卸任驻柏林负责美军安全事务的职位。

帕特里克在西班牙。我想我写信告诉过你了。他在哈佛以优异成绩毕业，之后就去了西班牙。

玛丽最后一次给我信是从新奥尔良发的；她当时在那儿准备坐飞机去芝加哥和明尼阿波利斯（先此与家人在格尔夫波特团聚）。她下周该回来了。见到她回来真好啊。

我今天把大约 250 磅腌好的海豚和王鱼放进了冷冻柜。在海岸线上三天，老惦着书稿。我们进港时赶上大风，风夹带着雨；因此飞桥那儿见不到彩虹。雨打着我的头，等干的时候像是生牛皮裹着我的头似的。回来后一堆信等着呢，满是坏消息。饭菜草草；空床独守。还总是黎明即起干活。

怎么样？明日复明日复明日。

一如既往祝好

欧内斯特

希望你的身体好些了；你体重会渐渐增加的。开心点。明天是我的生日，我打算去钓鱼。

海明威

（此信藏普林斯顿大学图书馆）

致埃德蒙·威尔逊

1951 年 9 月 10 日，观景庄

亲爱的威尔逊：

假如这三封信于你有用，但用不妨。别把夸你的话拿掉，也别把夸你文评的话拿掉。你兴许有数那是诚挚的夸奖。我只愿你做两件事：把“犹太人”改成“纽约人”。我当时谈论的是保罗·罗森菲尔德和沃尔多·弗兰克，并没有贬损或反犹的意思，今天人们会从里面读出这味道。[1]

还有一件：你能否加个注，就说我提到的哈里伯顿是《钟表匠山姆·斯里克》的作者（一个无关紧要的小人物如百富勤泡菜一般），不是理查德·哈里伯顿那位已故《女士之家》杂志冒险家。[2]

关于《伤与弓》：我不记得为什么麦克斯［·帕金斯］跟我说它有诽谤之嫌了。[3]不过，他的确说过这话。现在争论西班牙共和国的历史也没有什么用了。不过，在"美洲共产主义事业"之说之前很久我就深信此了。我想，你不明白这个，是因为我只写斗牛。我相信过"共和国"，自二十年代初期起我就认识为此奋斗的人。《死在午后》最后一章大抵谈此，那恰是你不喜欢的章节。[4]真的，你不明白这个，就像我不明白你写我的"伤"那章。我试了，还是不明白。那不是我对伤痛的理解。

现在，大家都死了，或者行将死去；我想我们可以解除误会了；看看我们有什么好的地方，假如有；同时也看看有什么不好的地方。即便那样，我们也该让中立的人物如迪恩［·克里斯蒂安］·高斯指出好坏在哪儿。他或者已经死了？

希望这信不那么无聊，不那么庄严。因为，我已经没人可谈谈这些了。再说我干完活了，一天的工作结束了。我玩命干了一整天。

请随意利用那些信吧。

一如既往属于你的

欧内斯特·海明威

（此信藏耶鲁大学图书馆）

[1] 威尔逊想把海明威 1923—1924 年给他写的三封信收进《光的两岸》（纽约，1952）。他修改了海明威所请，那是一段关于安德森·舍伍德的文字，见《光》书第 117 页。

[2] 提到哈里伯顿处被抹掉了。

[3]《伤与弓》（纽约，1941）有一章论海明威。

[4]《死在午后》里只有一段"政"论，见第 20 章（纽约，1932）第 274—275 页。

此信及下列三封信经耶鲁大学贝内克图书馆允许在此发表。（海明威的原信在威尔逊书出版之前显然经巧妙编辑过。）

致帕特里克·海明威

1951 年 9 月 16 日，观景庄

亲爱的老鼠：

恐怕你没有收到我给你写的信。所以，我把此信复写了，会寄到你的新地址；假如搬家了，那就等你母亲把地址寄给我后再寄。（用鞋拔子把那句子拔出来。）我给你妈妈写了信并要你的地址。不过，她只捎话来说你从基韦斯特当局获准延期三个月［再尽兵役义务］。我又给她写信要你的新地址，假如你搬家了的话。

德国出版商 B. 费舍已获我授权付给邦姆比 2 400 美元（10 000 帝国马克）。我给他写信，让他给你 500 美元。你得安排一下如何转账。也许他会开张美元支票存入你的基韦斯特银行账户。也许还有更简单的方法。反正是我通过邦姆比给了你 500 美元。德国方面已经给我写信了，说已准备好给钱。

下面是邦姆比的地址：约翰·H. 海明威上尉，0－1798575，邮编 50.330，Par B. P. M. 517，APO82，纽约州纽约市。

这地址实际上就是一封信了。他现在是美军驻法国第三集团军联络员，驻扎在布赖斯高的弗莱堡。人家给他 2 000 英亩狩猎地，他打了雄鹿、野猪、锦鸡、野兔、家兔、獐鹿以及鸽子和野鸭。大家现在都在打鸽子。鸭子稍后才出现，锦鸡要 11 月才来。大家现在可以打野猪了。他还有别的狩猎地许可证，总计有 20 000 英亩呢。

今年秋天我本希望跟他一起打猎的，放放假。然而，玛丽的父亲在芝加哥时生的老毛病又犯了，她得去格尔夫波特。她呆那儿只一个星期；老人现在出院了。不过，我们不知道他什么时候又得住院。所以，我得坚守在这儿。至少 9 月 10 月不能离开。

本岛有史以来最热的 8 月是今年 8 月。迄今有六场龙卷风。不过，没有一场在我们左近。一场大龙卷风袭击了牙买加，重创了金斯敦，然后到墨西哥；最后席卷坦皮科，一路到山区。

另几场风所到之处，岛屿受袭，在大西洋上出海而去。不过，今年龙卷风灾害严重（打字机在木头上歇着了）。自 7 月初起，温度表就一直显示低温；第一场龙卷风6月初袭来。钓鱼是绝对不行了。玛丽很好。她在（明尼苏达州）伯米吉，在苏必利尔湖“鹰港”她表亲的家。

吉安弗朗哥也很好。他们在波耶若斯农场过去一点的“红土”乡村买了房子。他一直在那里种花弄草，修修补补，自6月1日起在蒸汽船公司工作。

我的书已经写了76 000字（删改等等），第一部分新稿完成。这书就是你那年［1947年］夏天生病时我搁下的那个。第二部分大约35 000字；第三部分44 000字，还有结尾部分。你和黑妮[1]离开此地后我就开始写了。新年里写了22 000字。第三部分以及最后部分实际上根本不用改写。不过，第二部分有很多得改写。我现在很疲惫，想度假休息一阵子，然后再神清气爽地回来统稿。

这游泳池一夏天都很好，干净，凉爽。可怜“黑狗”夏天不好过。不久，北风就又要来了。

老鼠，我希望你的画画得顺利。希望你和黑妮夏天没有什么不舒服。你们去了普拉多吗？马德里9月中旬之后应该很好。我真高兴你的兵役义务延期，希望你再得延期一次。

等你收到此信后，我们保持联系，因为你和黑妮在欧洲期间，我仍然有可能过去。

问候黑妮。玛丽也问候你们；吉安弗朗哥也问候你们。

Papa爱你［吻］

（此信藏普林斯顿大学图书馆）

[1] 1950年6月19日帕特里克娶了马里兰州巴尔的摩的亨丽埃塔·F.布罗伊尔斯（1929—1963）。

致埃德蒙·威尔逊

1951年9月19日，观景庄

亲爱的威尔逊：

在我有时间彻底重读一遍我给你的那些信时，我读了，并感觉很对不住：我要收回成命，不让你发表这些信了。我初读的时候，没有意识到这些信有多反加拿大人。我根本就不反对加拿大人并且在那儿有许多朋友，那个国家大抵我也喜欢。[1]

所以啊，你可以截取对你和你的文评有用的东西，别的就不要拿去发表了。我说清楚了吗？

祝好

你的诚挚的

欧内斯特·海明威

（此信藏耶鲁大学图书馆）

[1] 埃德蒙要求编辑加工的唯一反加拿大的句子，见《光的两岸》第116页："你不了解加拿大任何事情。"

致埃德蒙·威尔逊

1951年9月22日，观景庄

亲爱的威尔逊：

谢谢你寄来关于斯坦因那本书的评论，谢谢你的信。我已经订了此书（或者说正在订购）。假如你在写关于她的长篇论著，兴许下面的情况有用：A.T.在两人的关系里占上风。我是经过多年里对许多事情观察里得出的结论。不过，我记得最清楚的一件事情如下：葛特鲁德跟我说我可随时去她家，用她的话说："当是自己的家。"这话意味着假如主人不在，仆人会让我进去，我可以坐在大屋子里欣赏画作。仆人会给我端上一杯喝的。

这天我按响了门铃。仆人让我进去，带我到那间大屋子，说葛特鲁德小姐忙着呢，但她知道她要我等着。主人正打点行李要出门。我说我回来路过时再造访吧，当时我刚干完活，要去散步。然而，仆人却坚持要我等，因为葛特鲁德小姐特别关照说我来后要留住我。

仆人走了，我站在那里看画。这时听见葛特鲁德大声说话，声音苦楚："小妖精！小妖精别啊。别说你要那么干。假如你不那么干，我愿为你做任何事情。求你了，小妖精。求你了。”

我此时出门，下面的话就没有听到了。我当时也不想再听。[1]

假如你对此有兴趣，念你是唯一写葛特鲁德时还有些情感的人，我随时可以再告诉你一些。葛特鲁德去世前，我们又成了好朋友。她生前就知道我清楚她的书《A. T. 自传》里那些东西不厚道，那些属于不实之词。我并且知道那不厚道和不实之词来自艾丽丝。艾丽丝有魔鬼的野心，很嫉妒葛特鲁德的男女朋友。葛特鲁德懒得很，但她终于发现一个方法能让她每天写作，于写作中有成就感。不过，接着就是追求文体成为必要，有时行文虽不比日常写作好多少，但还是得到公认。她生活状况改变之后，经历了一段自大狂，很难让人接受；又恰巧跟她热情高昂的同性恋阶段重合，就更让人受不了了。她完全失去了对美术作品的判断力；评判画作时按画家的性倾向习惯作标准。毕加索和我过去常笑话她这一点。不过，我们总是一致认为无论她做了什么，我们还是很喜欢她。不过，艾丽丝是她的魔鬼天使兼了不起的朋友。

关于所出作品最早的评论：你在《戴尔》上发表的文章就我所知是最早评论我作品的文字。[2]

很对不住给你写信收回成命发表那些信，除了语涉你的东西那部分。这些东西让加拿大人看到，只会给我带来麻烦和误解。我在那儿有好朋友，死了的活着的都有，我也记得自己曾经多么喜欢那个国家的许多地方。我同时也记得什么是我当时不喜欢的；不过，我该用喜欢的方面来平衡自己的文字述说。

我们既然生活在如此暴力的时代，伪证充斥的年代，不求精确的年代，诽谤和谎言不绝的年代，皆为利往；我则努力用余生来维护公正。这并不意味着那里就没有人该被绞死。

一如既往祝你好

欧内斯特 · 海明威

(此信藏耶鲁大学图书馆)

[1] 海明威经常复述这则逸闻并用于《流动的盛宴》(纽约，1964)第 117—119 页。

[2] 海明威忘了早先还有两篇评论。

致查尔斯·斯科瑞布纳

1951 年 10 月 2 日，观景庄

亲爱的查理：

现在玻璃海面低落了，只有 29—30。不过，看天空，似乎风暴已经离去。这可真是奇怪的风暴。不过，今年一年的天气则更奇怪，从未见过这样的。我当然愿意见到玻璃海面开始上升。

有几个欠我钱的人今天下午以邮件送来支票。所以，你没有必要往我账户存我要的 750 美元进保证信托的户头了，也别再往借款账上记了。你要是还没存，就不用存了。

海岸来的消息不好。

记忆的浪潮终于掀起，它冲毁了我给内心建立的堤坝，那堤坝是为了保护心灵的港湾的。我很难过宝琳死去[1]；此事激起港湾的浮渣。我爱过她很多年，现在让她的毛病见鬼去吧。

祝好

欧内斯特

（此信藏普林斯顿大学图书馆）

[1] 宝琳 10 月 1 日（周一）凌晨 4 点在洛杉矶意外死去。

致查尔斯·斯科瑞布纳

1951 年 10 月 5 日，观景庄

亲爱的查理：

谢谢你 10 月 3 日回我那封狗屁信。现在也不管那信是什么时候写的了，反正是那天嗓子疼，信是在床上写的；次日让你别理会信里写的一切。（你试试能不能写出比这更糟糕的句子！）

还要谢谢你发电报吊唁宝琳并往我账户存了 750 美元。我已经给你写信没必要存了（附上此信）。然而，车夫却没有寄走。我当时站在一台不好使的电话机前，公司反复跟我保证一会儿就好。既然你寄了，就记在我的借款账上吧；此账本有版税和将来的收益作担保呢。

尽量少用这笔钱，因为今年可课税的收入不多——明年也不需要太多付税。假如我卖点什么给电影电视，就有钱交税了。或者把基韦斯特的财产卖掉，也能有钱交税。

玛丽父亲那儿的消息都是好的。但是还不能打保票。想象一下“基督教科学G－2”拉起阵势是什么样。此地的风暴往北去了，继续肆虐海上，在哈特拉斯左近。希望它就停留在湾流那儿别进来。

我等待着坏事情发生，又没有人跟我联络，只好数字来作职业理疗（玩笑）。我逐字数了你读过的那部手稿（《老人与海》）第四部分。字数是26 531。此前数过的稿子是不完整的。这回是你读到的同一部手稿的精确字数。

这文字是我一生追求的东西：读起来轻松、简单；看似短，却具备可视世界的各个维度，也具备一个人的精神世界的维度。我目前也只能做到这个地步了。

不过，我想你也会喜欢第三部分的。这部分讲追潜水艇而摧毁之的过程。目的是让这些水兵成为俘虏。为了完成这任务，主人公想尽了办法。这本书性质跟你读过的第四部分（老人部分）一样。不过，动作很快，对话很精确。

第二部分，在读詹姆斯·琼斯作品长大的人看来，可能太粗鲁。它讲在海上执行非常规任务的人的岸上生活（执行任务前后的生活）。讲一个人的长子死去的事情以及他同孩子母亲见面的情形。（第三部分讲随后要执行的任务。）

第一部分是田园诗，直写到田园风光被暴力摧毁。因为是田园诗，所以我想你会非常喜欢它的。主人公就是第一、二、三部分里的人。最后只有那老人和那小伙子了＝（第四部分）。[1]我有很多可供选择的书名。最后会敲定一个的。（有三个书名不错。）迄今有182 231字了。

李·塞缪尔斯[2]之事真不错；因为，他没有你面临的问题。我给了他保证。我写作修改此书期间，你也不用担心着急要资助我。

玛丽很好，她问候你。

10月5日，我们又经历了破纪录的炎热一天。

今天早上修改稿子的时候，热得要命，浑身的汗湿透了衣服。然而，我却坚持了 40 个俯卧撑，在游泳池里游了 10 个来回。填支票付账；给［阿尔弗瑞德 · ］赖斯写信；干活干到“系列节目”开始为止。下午凉快点后又开始干活。

一如既往祝你好

欧内斯特

今年可真是难熬啊。此书的内容和纲要要保密，只能你一个人知道。

海明威

（此信藏普林斯顿大学图书馆）

［1］海明威这里所说的“第四部分”出版时是《老人与海》（1952）。第一到第三部分身后出版时名为《岛在湾流中》（1970）。

［2］海明威专题收藏家、版本目录家，有《海明威著作目录》（纽约，1951）行世。

致 D.D. 佩吉

1951 年 10 月 22 日，观景庄

亲爱的佩吉先生：

你 10 月 15 日长信我今天收到了，急忙给你回信。

加布里埃拉 · 米斯特拉尔的动议似乎很勇敢且很高尚：以诺贝尔奖得主的名义要求大赦埃兹拉，或者请他们签名呼吁。不过，有几个诺贝尔奖得主眼下还活着啊，他们中有几个愿意签名啊？[1]

还有一些实际情况得牢记在心：选举年就要来了。我很怀疑民主党党魁能签这份大赦令。此举意味着：共和党人会以此攻击他或者攻击民主党。民主党政府四面楚歌：说他们同情共产党，或者说他们的外交政策形成里（尤其在中国）允许共产党人得掌控局势或者说他们屈从共产党压力。给埃兹拉大赦，而别的犯有同类罪行的人却还在监狱服刑，会惹来大麻烦，把政府置于被控同情法西斯党和共产党的境地；换句话说，你同情独裁。我肯定会出现这种结果。

记住，一旦埃兹拉神志被宣布为清醒，他就得因叛国罪接受审

判。你得永远记住：庞德这位我们尊重的诗人、我很在意的这位老朋友，从法律上讲，不是那位做叛国广播的庞德。叛国广播并发表反犹言论的那个庞德被称疯子。这种状况是他摆脱指控的保护伞。

假如人们宣布他没有疯掉，那你就能肯定厌恶他反犹广播的人会群起攻讦他。这是你必须面对的事实。另一个你必须面对的事实是：没有哪个政府在这个时候愿因释放庞德而流失犹太人的选票。

假如加布里埃拉·米斯特拉尔希望组织诺贝尔奖得主帮以示帮助埃兹拉，让他获得大赦，那是她的事情。这举动不会伤着埃兹拉。我怀疑此举有什么实际的助益。在我看来，总统肯定会拿此件去问国务院。司法部兴许就希望大家认定埃兹拉神志清醒，可以接受审判，可以被定罪。另一方面，他们还兴许觉得埃兹拉的案件就维持现状好了。

别以为我对待埃兹拉心太冷漠。在考虑他的情况时，我其实是在说服自己尽量冷静点。

还要记住：埃兹拉是美国公民。他得持护照才能旅行。他也不能被递解到意大利，因为那不是他出生的国度。意大利会否接受他也是个问题。当然，爱戴他的小城拉帕洛会接受他。可是，他之进入意大利国境，属于两国政府之间的事情。

加布里埃拉·米斯特拉尔何不让她自己的国家为他提供正式避难啊。并且得担保他不再广播，不再写作，不再发表叛国言辞，而是专注于诗歌。这才是可操作之举。在这样的前提下，我觉得他有可能获释。

我不觉得［T.S.］艾略特的信有什么胆怯之处。我觉得他说得有理。米斯特拉尔可以不知轻重勇往直前，不管指控埃兹拉的分量；艾略特则不行，他知道其中的分量。许多人鼓足大勇去解救囚犯，却少些理智。由于他们的热情盲目，犯人倒因此死了。

比如：我的儿子杰克受伤后在德国人控制的人质集中营里当战俘，乔治·巴顿将军命令一个营的坦克突击进入德国，为的是解救他的女婿和同一集中营里的其他战俘。德国人在坦克进入后设了路障。坦克攻击集中营的时候，在混乱中一位党卫军军官射杀了巴顿将军的女婿。杰克和其他一些人爬到坦克顶部跟着离去；结果却不是被射杀，就是又被俘虏。我相信没有一辆坦克回到美军阵线。巴顿说此事是他一生中最让他遗憾的事情。假如他耐心一点，所有的战俘终将获释，早晚的事情。

今天我会给多萝西·庞德写信，尽量澄清他们所要的是什么。［奥尔加·］拉吉的事情很不幸。我想此事皆因此案歇斯底里解决问题的思维所致。[2]

请原谅我不能多写了，因为我正在收尾一部小说。家里近来故去两人，此外有许多别的麻烦事。像这样一封信（连同给多萝西的信）需要一个工作日来写。

祝好

欧内斯特·海明威

（此信藏普林斯顿大学图书馆）

[1] 埃兹拉·庞德自 1945 年 12 月 21 日起就住进华盛顿圣伊丽莎白精神病院了。

[2] 奥尔加·拉吉是庞德女儿玛丽的母亲。她 1950 年 3 月 13 日写信给海明威，敦请他为庞德的获释做点事情。

致多萝西·庞德

1951 年 10 月 22 日，观景庄

亲爱的多萝西：

随函附上刚写给拉帕洛城 D. D. 佩吉的信。这是回复他的一封长信的。这封长信说的是那位南美女诗人 G. 米斯特拉尔为解救埃兹拉所做的计划。我想你可能知道这计划的细节；你也可能知道艾略特已经写信建议他们小心谨慎行事。我估计埃兹拉跟佩吉有联系，因为佩吉引用了他信里关于艾略特的话，“第 58 次”叫他别跟律师去交涉此事。

我的信为自己作了一番解释，我想信写得有理。也许不那么靠谱，但我对局面的冷静思考已经是尽了可能了。

你能跟我说些关于佩吉的情况吗？他在埃兹拉受审的问题上有多少发言权，能为他开脱吗？似乎有些人差不多在以埃兹拉案子的审理和不幸为生了。你能告诉我谁得授权为他说话？谁又未得授权？

你能不能告诉我你和埃兹拉的近况？你们计划到底要怎样？希望什么？目标呢？就我所闻，就我在巴黎收到她的一封信来看，奥尔加·拉吉是整个事件里最没有理智、最歇斯底里、最麻烦的一个人。除非我们还算上“真理的王子”：比尔［威廉·卡洛斯·］威廉斯。

我一直记得他给我透露说你实际没有生过孩子。这是埃兹拉捏造的谎言。你在衣服下放了个枕头假装怀孕，然后就离去，让埃兹拉宣布得了个儿子［奥玛尔·S.］。记得坐出租车去往尼里医院的情形吗？你最终告诉我得走了，自那以后，我可一直对那位好大夫的确诊怀着大信心。

请别觉得我给佩吉的信太不客气。那是我对事情发展到今天这个地步的真实看法。

假如你能回答我提的问题，那对我有大助益：如果那些问题还不算涉及你的私密。也请告诉我你觉得我该知道的事情。

问候你，也祝埃兹拉好运。祝贺他得奖。[1]告诉他我对他惹上麻烦以来写的东西有多崇拜。我肯定他会跟罗杰·凯思曼被绞死的方式一样被绞死。[2]不过，他却因此写了更好的诗，我为此高兴多多。

海姆

（此信藏普林斯顿大学图书馆）

［1］庞德因《比萨诗篇》得了博林根诗歌奖（1949）。
［2］罗杰爵士（1864—1916），爱尔兰造反派，被英国人绞死。

致埃德蒙·威尔逊

1951 年 11 月 28 日，观景庄

亲爱的威尔逊：

谢谢你 11 月 22 日来信。这些信以你寄给我的样式发表没事的。

我随函退还你的手稿。

博德是威廉·博德。他是三山出版社的出版人。他当年是用手工印刷的。他是乔伊斯的好朋友，是我的老朋友。他容忍过福特·马多克斯·福特；在庞德很难缠的时候，也容忍过庞德。我从前就喜欢他，现在仍然喜欢他。

所提《珍视荣耀》，意思是：我们当时在巴黎听到，似乎很动人；也就是说，从纽约带回来的是好消息。

你能弄明白这个吗？关于加拿大那句没问题。

我没看《珍视荣耀》。事实上，我看过的唯一战争剧是《行程的终点》。尽管有毛病，但假如你懂得那英语表达，还是很能打动你的。我不会再去看第二遍，也不会去读剧本；但是，我记得当时在巴黎看它上演时自己的反应。

要寄信去了，同时把你的复本寄还你。

克里斯蒂安·高斯可真是不幸。我们在巴黎有过一年的交情，是很好的朋友。当时司各特想把生活摆平了去写作。我很难过他去世了。[1]

你要是有空了，告诉我你怎么看这个做法：把《夜色温柔》按编年顺序来排一下，而不是它出版时候的样子？我读了一过，似乎这本书的魔力被拿掉了。一点惊奇都没有，神秘的东西都被挪走了。我想司各特有时想法就是这样，这是一个例子。就像他给书起名；麦克斯·帕金斯就老阻止他用那些书名。那些名字不太好。不过，我想知道你怎么看。不过，你有充裕的时间了再说这个。

一如既往祝你好

欧内斯特·海明威

（此信藏耶鲁大学图书馆）

[1] 普林斯顿大学教务长高斯 1951 年 11 月 1 日在纽约市宾夕法尼亚车站突然死去。

致托马斯·布雷德索[1]

1951 年 12 月 9 日，观景庄

亲爱的布雷德索先生：

谢谢你 12 月 3 日来信。这信因为邮费不足被退回去过；所以，今天早上才到。

马尔科姆·考莱给我的信在我这儿呢，不过我太忙，今天上午没法去查。反正他一定告诉过你他给我写了些什么。他是我的朋友，我喜欢他。我给查理·斯科瑞布纳写的信你已经知道了。

我不认识扬[2]先生，虽然我很同情他因我而至于处境艰难。

这台打字机打了 183 251 个字的长篇小说，假如有漏字母现象，请原谅它。

假如我早认识你，或者莱因哈特先生或者扬先生，我想这个问题就没有了，只是一样东西是根本的原则：我不想在我活着的时候由别人来写我的生平，或者我生平的一部分。原因只有一个：任何人的生活都牵涉许多人。

假如我及时得知扬先生当时在写我的作品评论，我会很高兴给他提供我作品的情况；那是他别处找不到的。有许多东西别处找不到；有些还可能很有意思。

然而，坊间写我个人生活的东西太多，我讨厌这些。《生活》杂志发表马尔科姆·考莱的文章在我是件坏事情。不过，那不是马尔科姆的错，他的用意都是好的。不过，不要因此就认为《生活》的文章是获我授权的。马尔科姆当时说杂志雇用他写这文章；我于是给了他一份我的熟人名单，名单也包括我服役时的上司、不同时期一起共事过的人；他从这些人那里获得事实。在意大利读到《生活》刊登的这篇文章之前，我从未见过此文的内容，任何部分都未过目。

莉莲·罗斯为“人物”栏写了篇关于我的文字，那篇东西的清样我是读过的，当时觉得恐怖。不过，因为她是我的朋友，我知道她写此文并无恶意；她有权那么写我，假如她愿意那么写。我不相信自己说话时像半个土生的考克陶部落印第安人。我也不相信别人会从她的文章读出这样的印象：此人黎明即起努力写作，几乎一生里天天如此。不过，当时我的确刚写完一部书。一个人完成一本书的时候，几个星期里其实是什么也不在意的。所以，尽管我知道这文章对我有害，我却没介意，一如《生活》杂志那篇文章于我不利，我也没介意。这种文字没有害人之心，很多内容也还让人接受。不过，我至今仍然喜欢莉莲。

布雷德索博士，这又有什么呢？我妻子昔日伦敦报界的一位朋友叫山米·鲍尔，在船上与我们相遇。我谈话向来不谨慎，还谈得很开心，没有端作家必要的架子。结果，山米是受雇用来为"人物"栏目写我的。[3]

好极了。他需要那钱，就像迄今大家都需要过钱一样。我现在读起这篇文章来还是充满恐惧。不妨提个阅读建议：任何人都不可能把某句话安到我头上说是我说的。我接着是纠正那句话，告诉转述的人：人们实际是怎样说话的。如此纠正能给文章带来一丝正宗。一切都出于好意，一切结果又都那么糟糕。

我是个严肃的作家，但我不是肃穆的作家。我不写东西的时候，喜欢开玩笑。不过，到这个节骨眼上，我觉得受够了。

所以，当我听马尔科姆·考莱说扬先生在写一本书，里面要证明我作品的主人公都是我自己时，我想到的是，尽早说服他别写那书才对。如此，他不至于浪费时间，也不至于白费劳作。这是我给考莱第一封信的内容，也是我随后给查理·斯科瑞布纳诸信的内容。

每个作家大抵会出现在自己的作品里。不过，他的出现不那么简单。比如，我满可以告诉扬先生《太阳照常升起》"创世"的全过程。那是一段个人经历：我当时受伤了，几块棉布被塞进我的阴囊，体内受感染了。因为这，我结识了另几个小子，他们都是尿尿的家伙受伤。我则想，一个人要是阳具没了，睾丸和精索还在，生活会成个什么样子。我认识的一个小伙子恰巧就遇上这麻烦。我于是带上他，给他在巴黎找了份驻外记者的活儿。我想象他爱上某人、某人又爱上他后会有什么问题出现，并且想着他们也无能为力。

这些是我愿意跟扬先生说的东西，并且只让他自己知道就行。然而，我却不是杰克·巴恩斯，我自己的伤很快就痊愈了。我不行的时候，只用了一小阵子导尿管。我想，这个能帮扬先生铺陈此专题。他不用发表这个，也不用写传记。他只消利用这别处拿不到的信息，得出他文学批评的结论就行。

与此话题不协调的另一点是：我唯一能写的关于我自己的文字为：那么弗朗西斯·麦康伯是谁呢？那是我吗？我很知道那不是我。

(对不起，此信写到这里不得不被打断了。)

我重读一过，发现我们又回到了起点；只是我在跟你明确表示我的处境，语气不够正式，但我希望不是令人不快的语气。

还有一两样要说：假如这本书不是我反对的东西，我就说我从没听你说起过，如此会怎样？

假如，像你所写的，这是一本严肃的评论我迄今作品的研究文字；那它为什么包含“只略引了几处片段”这样的话？在我看来，这样断章取义很可能就是为了论证一个话题。

我会寄一份本信的副本给马尔科姆·考莱以保存历史本来面目。当然，我并不想以任何方式令他难堪。我说他的人物采写或者文章给我带来害处，意思是说他过分宣传了我的个人生活。我的生活是我个人的事情。出于友谊，我三次让人侵犯了我的个人领地。三位朋友对我的生活的印象构成我的生平，并且广为传播。我的作品被评论，评论者的立足点是我的这些朋友对我的印象，而不是作品本身。

你会明白我为什么反对自己个人的生平被当作大学生研究的题目。即便你不明白，我至少是试着解释过了。

假如你和扬先生喜欢我写的东西，这整个争辩一定是既显得无聊，又让你们痛苦不堪。我一定是显得很难相处，很小气无礼。对我而言，这事的确无聊又让人痛苦不堪。不过，请相信我，我不是出于小气才这么做的。

祝你和扬先生好运。我的立场没变，一如在给斯科瑞布纳的信里所说。不过，我写此信已然为你尽力澄清我的态度了。

《纽约客》那篇文章之后，我就决意不再接受任何人任何话题任何采访；我会避开任何可能碰上采访的地方。假如你什么话也不说，也就很难让人错引你的话了。不过，我从中吸取教训：在学院派评论家面前，一个作家一定不能开玩笑。你注意到这个了吗？我想，往昔作家多，评论家少，那时，一定更有趣。

也许不久，随着眼下情势的发展，将来就没有作家了，只有评论家。那时，评论家可以到东岸按作家们用过的法子（已然失传）写东西。电影因评论家们的作品而消亡。阿瑟·米泽纳在我们这个时代不会成为电视明星，你愿意打赌吗？赌多少？我们得做的是再给他弄出个司各特·菲茨杰拉德。明白吗？这些玩笑就是作家们不该开的玩笑。

祝节日愉快，

欧内斯特·海明威

（此信藏普林斯顿大学图书馆）

[1] 莱因哈特处的一名编辑。

[2] 菲利普·扬当时正写《欧内斯特·海明威》（纽约，1952）。关于他跟海明威的尴尬局面，参阅扬著《欧内斯特·海明威：再思索》（宾夕法尼亚大学公园，1966）第5—24页。

[3] 山姆·鲍尔著《跟你实说》，刊《派克·伊斯特》第10—11期（1950年12月—1951年1月）

致查尔斯·斯科瑞布纳

1952年1月8日，观景庄

亲爱的查理：

给你写了一两封愚蠢的信，又撕了：重读一遍，觉得不能寄。这一两封信大抵重叙宝琳财产的扑朔迷离以及孩子们经济上的事情。我重读一过，意识到一个人一生要处理多少家庭财政方面的事情；意识到我还是别跟你说这些轶事吧。尽管有些故事可能让你开心、让你感觉可怕，或者让你震惊。无论怎样，假如我那两个小子顾一顾自己的钱的话，他们会很富有。有些事情，等我们相聚的时候再告诉你吧。

昨天晚上我醒来，再也无法入睡：绝对是因为读了那些书名。罗杰·博林加姆为纪念斯科瑞布纳成立多少周年弄的那本书［《论制作许多书籍》，1946］，我跟它追溯那么多书名。查理，当那本书让我无法成眠的时候，你让我干什么？你读过更无聊的书吗？它讲的可是本来一定是很有趣的读物啊！你还有博林加姆写的别的书吗？让我试试读一读。

前天我们经历了好一阵北风。昨天也是。昨晚跟老婆和毯子裹在一起睡觉还是够冷。跟玛丽缱绻缠绵，真情幸福之后醒来，读博林加姆。李·塞缪尔斯给我带来一样新东西叫"多尔米森"，近似那种巴比妥泡腾片。我泡了两片喝，嘴里味道像海鸥拉了屎；躺在床上久久挥之不去，跟我的思绪挥之不去一般。即便你不大张旗鼓地认真对待这个世界，一晚无法入睡也都是寻常事。昨晚跟丘吉尔的来访干上了，还想着东边和欧洲的画面，想着洛奇宣布艾森豪威尔为总统候选人。要是你捉摸这些事情，那你晚上就无法入眠了。

我现在最好就此停笔，在情绪阴郁之前把信寄走。啊，华盛顿是个帅才，他是位好总统。也许最好还是这样想问题。

自私一点来讲，我很高兴这一切到来之前写完了一本书。

假日很好，尽管如此，还是希望你来跟我一起过啊。反正是让我们开心过新年，不管这一年会有多糟糕。

玛丽问候你俩。

欧内斯特

（此信藏普林斯顿大学图书馆）

致托马斯·布雷德索

1952 年 1 月 17 日和 31 日，观景庄

亲爱的布雷德索先生：

谢谢你 1 月 10 日来信，昨晚收到的。又因为一开始邮资不足，

信被耽误了。

作家有时候“穷大方”，或者别的什么随你怎么说，反正不像出版人和评论家那样花呢套装叼着烟斗；我因此又即刻回你的信，虽然我对此事已然厌倦。

比如，假使你太忙，无法答复我的即时回信，那为什么我也收不到［菲利普·］扬的信呢？假如扬先生不太忙，有时间读关于我的作品的论文，我就觉得他不该忙到连给我的信都不写，也不给我寄他读到的文章副本。既然大家承认这一系列文章就这篇最好，我自然有兴趣读。

假如关于这本书没有大家钩织的这么多神秘色彩，我也就不会写这么些信来说道它，或者就此持什么立场。我上封信给你理由说明为什么我决定不合作。我尽量直截了当并且很友善地跟你解释了我的立场。一个月过去，我却没有收到回信。

此信权当即时便条，意思是扬先生本人来信并附一份他所读底特律报纸关于我的作品的文章复本能澄清我的上述问题。我的观点很简单：一个评论家有权写关于你的作品的任何评论文字，不管他写的东西有多离谱。我也认为：一个评论家在你活着的时候，没有权写你的个人生活。我讲的是道义上的权利，而不是法律意义上的权利。我的律师才处理法律方面的事情。

我还是觉得：假如我要写一本书谈某人的作品，并尝试同时写他的生平，我会先给他写信，问他是否反对。假如他反对，我就去写别人，写不反对我写他的那个人。或者写一个已经死去的人。

不过，扬先生给我写一封信，一切就都澄清了。

我不能苟同你的说法：就是跟厄尔·威尔逊先生开的那个玩笑即可为一派批评的论调正名。大家对活着的作家作心理分析，当然属于侵犯隐私。

1952 年 1 月 31 日

我把这信搁上两周，这样就不至于成为即刻回复信件又是唯一搅乱此局的人。扬先生是在跟苏丹的另一位评论家通信吗？我有兴趣读他的文章，我想这文章也不会包含不合伦理道德的内容。也许这文章能对我目前的写作有助益。

你的非常真诚的，
欧内斯特·海明威

（此信藏普林斯顿大学图书馆）

致查尔斯·斯科瑞布纳夫人

1952年2月18日，海上

我亲爱的薇拉：

周六下午玛丽跟格瑞高里奥上岸到一个叫拉穆拉塔的地方弄冰块。回来后，她跟我说了查理的事情。[1]我俩都惊呆了并且非常难过。我非常爱查理。我俩是那么好的朋友。真是令人难以接受啊。这些你都是知道的。我们也无法用言语来减轻一点你的痛苦。

玛丽问我，有什么跟她说的，能帮她缓解一下悲痛，并能安慰我俩；因为，这是个很坏的消息。我跟她说：最好还是想想你和查理来我们家时如何互爱互敬，想想他多为自己的孩子感到自豪，想想他多为自己的工作感到自豪，想想他多为夫人感到自豪。查理很幸运地拥有成为好基督徒的福气。你们在这里的时候一起祈祷，场景很动人。

我跟她说了自己所能说的话，也说了自己真正相信之情形，不过千言万语终究抵不了损失，这个你是知道的。

你一定要知道我们爱你；我们真心诚意向你和孩子们表示同情。

玛丽是从男仆瑞内［·维拉瑞尔］那儿听到查理的消息的，男仆是接电话时听说的。他说吉安弗朗哥收到电报后就给你回电报了。我给查理写过信告诉他我们要出海，其间收不到邮件和电报。

从周一到周六夜晚，我们一路都很好。接着就听到这噩耗。当天夜里风暴雷电交加（就像《圣经》里说的）。海浪拍打着我们卧舱外的礁石。早上6点，北风开刮。今天，我们会去拉穆拉塔把这封信寄给你；这里有一辆卡车去瓜纳耶伊，那里有一个邮局。

薇拉，你俩来这里的时候，我就担心查理会死。那时我就知道他病得有多厉害。我一直给他写信，以免他为什么事着急。我努力阻止他参加“国防”巡视小组的活动，那样他就得飞来飞去。不过，我的话并未起作用。

现在我亲爱的好朋友死了，没有人说知心话了，也没有人可托赖了，更没有人开粗玩笑了。我对查理的死感到很难过，写不下去了。等回家后我再写。

请原谅我写这愚蠢的信。一定要记住我们与你和孩子们同悲。

你的忠诚的朋友

欧内斯特

（此信藏普林斯顿大学图书馆）

[1] 查尔斯·斯科瑞布纳 1952 年 2 月 11 日在纽约去世。

致沃勒斯·梅耶

1952 年 2 月 21 日，观景庄

亲爱的沃勒斯：

谢谢你来信谈查理之死详情。昨晚我们回到家后收到你的信。正如你所说，我们一时无语。我很难过自己出门了，事发的时候联系不上。我听到消息后即遇上风暴；那是查理下葬三天后的事情。我从那儿给薇拉寄了封信到“远山”别墅，天气转晴当天我们就回到家里。我希望她收到我的信了。信得先送上岸，然后才能邮寄。

我几乎每次给他写信都要让他注意保养。我还特别让他别参加部队巡视小组，省得飞来飞去的。然而，我的话无济于事。

沃勒斯，你知道的，哭哭啼啼说话不解决问题。所以，我尽量不哭。不过，我很高兴他死得很利索；假如他非死不可，我情愿他那样死去。要是他在梦乡里死去就更好了。我一直希望他兴许是那样死去的，直到有你的信。

想想我永远也听不到他说话了，也真是叫人感觉郁闷。你知道吗？我给他写信向来是不忌讳什么的。我们经常开玩笑，玩笑开得很厉害。他有什么想法和感觉，也会写信告诉我。他也写了许多不该写信告诉人的东西。我会好好照看这些信，不让其中任何一封落入他人之手。我不知道他是如何处理我个人给他的信件的。不过，我想，你或者他的家人要多加小心，别让人染指这些信，更别让专事私人研究的评论家或者传记作家之流“查阅”。私人信件往往很有诽谤之嫌，总是口无遮拦，常常语涉淫秽。很多信会惹上大麻烦的。我俩情绪不好的时候经常通信；我感觉他情绪不好的时候也经常写信给他令他开心起来。

我知道你说的关于麦克斯和查理的话是什么意思。麦克斯死的时候，我觉得自己挺不住了。我们相知很深，就如同你自己的一部分死去了一般。然而，事情就这么发生了，没有法子，直到我看见能为查理做点什么。他取代麦克斯的角色可是很费了一番挣扎的。我当时想，我能做的唯有绝对忠诚于他。我们的友谊有很长时间了（尽管我俩是在你不情我不愿的情形下成为朋友的。但是，终于我们成了亲密的朋友）。我有时往往生气；他也往往生我的气。不过，当他来我家后，我见到他身体虚弱得这样，而我却一直以为他效率低下；我知道了，自己再也不能伤害他，也不能让他着急，能容则容吧。我向基督发誓但愿自己能为他做了些什么。可是，沃勒斯啊，你又能做什么呢？我非常爱查理，我理解他，我也欣赏他。我希望自己做到了这些。现在他死了，我感到很难过。

眼下会怎样呢？谁来接手？会做些什么？小查理还会呆在海军吗？[1]还要呆多久？我现在的联系人是你吗？假如是你的话，就别在意我会气恼一些东西：比如是否真的有佛萨尔塔、福尔纳斯和孟纳斯蒂尔（有时写作孟纳斯蒂耶）之类。记住，沃勒斯，我脾气不好，有时不耐烦被问到已经澄清的事情。这不是个人如何如何，而是因为我过的生活与文字生活很不一样。

你觉得莱因哈特那本书［菲利普·扬著《欧内斯特·海明威》］怎么样？书里可是附着许多未解的谜啊。我告诉查理不许他们用我的生活隐私，唯一的理由是：考莱跟我说，这本书的用意首先是作者要证明我就是我作品里的全部主人公。考莱还告诉我，他读完后寄给作者，让他大刀阔斧修改。随后，书的面目就很神秘了，成了一本对我进行心理分析的书。关于此书，没人跟我坦率表示过什么，也没有谁澄清什么；我（昨晚）刚收到作者来的一封信。查理生前我也没有在信里拿此事烦他。我希望避免的是：宣传此书，夸大其重要，好像藏着掖着什么似的。我断定此书因其分量不够会自行销声匿迹（尽管由于神秘，会有邪性的情况出现），假如不作宣传。不过，我给查理写过信表示我反对写在世的作家的私人生活并对他们进行心理分析；理由在信里列了。

现在的文学评论混杂进了联邦调查局低级侦探的东西、弗洛伊德和荣格扔掉的玩意儿、专栏作家的窥阴癖，外加漏掉的洗衣清单之属。米泽纳写司各特的书是挣着钱了，也伤天害理了（对小司各提而言，假如她还有孩子，连孩子也伤着了）。每个年轻的英语教授在这些肮脏被单文字里都能看见黄金了。我这个作家有四床合法的被单，想想吧，他们会怎样看床单上的污渍吧。所以你得明白啊，他们为什么垂涎三尺（也许我用词不当，你可另给我找一个词儿）。

沃勒斯，我得住笔了，不烦你了。我本打算去度一两个月假的，然后再开始修改书稿。然而，我刚走了六天就传来查理去世的消息。特此告诉你，我在这里呆上一周或者十天，把事情理顺了，然后接着去休养。每天晚上睡眠尚好，直到听见查理的消息。现在又好了，恢复睡眠了。上次测血压是 125/60。自意大利那次以来还没有测过心率。当时大夫很惊讶我的心脏居然很好。我只是劳作过度，操心过度。不过，只要休息一下我就会恢复的。我们每晚 9 点半上床，早上 6 点半跟着太阳一起醒来。通常是钓鱼四到五个小时，然后看书；下午则休闲。

有什么情况的话，该我知道的，请告诉我。也请告诉我薇拉的情况。

我会给小查理写信的。

祝你好运。你知道我有多么欣赏你不顾自己应对困难。随时坦率地给我写信，告诉我一切。我目前的情况是：辛苦写作加上去年出现的问题之后，我还需要休养一段，以便有最佳的工作状态。我的健康是我的主要资本，我得机智地管理我的健康。

一如既往祝你好。

欧内斯特

（此信藏普林斯顿大学图书馆）

[1] 小查理·斯科瑞布纳1943年到1946年、1950年到1952年在美国海军服役，得中士军衔。

致哈维·布瑞特

1952年2月24日，观景庄

亲爱的哈维：

我很高兴收到你的便条。因为，我没得到你的音讯时，很着急，怕你生气我对“滑稽戏”工程一无用处。我很高兴事情不是我想的那样。

听着，孩子啊。维生素对你很有好处。它们很费钱，可是值得。我跟你说说我自己的经验。至少试试Combex，这是维生素B_1复合粒。

我干活的时候太猛，几乎要过劳死。假如我不累，我知道自己没有尽力工作。不过，我要是工作得很顺手，我总是试试停下；我知道接下来会怎么样。如此，你就能可持续工作。

我在写《丧钟为谁而鸣》时，有一天累得起不来床。我们的家庭医生科里大夫要我卧床两三天，好好吃饭，别喝太多的冰茶（我一般喝茶；干活太猛的时候就喝啤酒）。他让我开始服用Combex，此外还有Afaxin（维生素A）。这复合维生素就像在胳膊上注射了什么。无论怎样工作，我都不觉得累。

后来，我发现维生素B_1（Combex）会去除喝酒对你神经的影响。它不会伤害你，会对你有大帮助。我每天早上服用4到5粒。我战争期间常给同船的人服用，我们称它为“义勇维生素”。

我不认为这是瞎鼓捣大自然的恩赐。你住在大城市，肺里吸入的都是各种脏东西和烟尘。生活也不接近自然，喝酒是为了减轻压力而不是为了快乐。这一切都会导致后患。任何能纠正它的东西都对你有益。

上一次保罗·德·科瑞弗来我这里，给我带了一种叫 Vi-Syneral 的东西，是美国维生素公司产的。有两种药粒儿：一种黑的含了你所需的一切维生素；一种白的含了你所需的一切矿物质。你每天只需要服用一样一粒。我知道这些对你无害。外加一粒维生素 B_1，这就于你有助益了。

假如你累得要命，疲惫不堪，何不服用 Methyltesos terone。你不用像畏惧屁股上打针那样畏惧服用它。这东西服了也不会让你更想私通。保罗跟我解释说：这玩意儿对头脑有好处，对整个身体系统也有好处。他给我的这玩意儿叫 Metandren Linguets，是新泽西萨米特 CIBA 药业产品公司出产的。是小粒药丸。大夫说我一天一粒，放在舌下含着就行。实际上我几个月都没想起来服用。后来，我感觉情绪低落的时候，或者累得起不来的时候，我就又开始服用了。当保罗要我服用这药的时候，我跟他解释说：我不需要性刺激；不想吃了药又惹麻烦，我麻烦够多的了。他跟我解释说：这是让你头脑清醒的东西，能抗人人都有的阴郁。

我并不想无照行医，也不是建议你服用什么。我不过是想跟你说说自己吃维生素的体会，特别是 B_1：自打写作《丧钟为谁而鸣》起，整个战争直到结束我就按科里大夫嘱咐定时服用它。我知道喝酒后吃它有好处，因为酒精伤的是神经，而维生素 B_1 绝对能抵抗酒精伤神经。人们现在通过注射 B_1 来治疗神经受损的人。

你该问问大夫丙酸睾酮怎么样。不过，我肯定维生素 B_1 对你不会有害。

希望你别觉得我烦。我不愿想象你疲惫的样子，也不愿你情绪低落；假如有简单无害的法子解决问题，何不试试。

我们这里有两位好大夫。我听从胡斯·路易斯·赫热拉大夫的建议，只吃他认可的那些药。保持体重不增，血压从 225/125 降到 135/65。我很走运：他从 1937 年在第 12 步兵团当外科大夫起，我就是他医疗加手术的对象，他很了解我的情况。医生们终于发现人跟人不同，尤其是对酒精的反应不同。他说我对酒精的忍耐度是正常人的十倍，或者还要多。不过，我不该滥用这种耐度。也不该滥用体能劳作。

我在喝酒方面乖了很长时间。不是因为手头紧或者喝了后感觉不好。而是为了尽量约束自己。不过，我记得1942年有一次，户外天气很不好，在“花都”酒吧碰上了不起的巴斯克球手吉勒莫。是上午10点半的光景。他前一个晚上刚打完球，输了；我也感觉不好。我俩在酒吧里呆了一整天，当中只偶尔如厕；每人喝了17杯双份冻唇蜜鸡尾酒。每杯双份冻唇蜜含有朗姆酒4盎司。也就是说我们每人喝了68盎司朗姆酒。饮料里不含糖。我们每人吃了两份牛排三明治。他终于离去，因为当晚要赶到“山墙”去给人当回力球赛裁判。我又喝了一杯双份，接着回家，一整夜在看书。

第二天中午我们在酒吧相遇，又喝了几杯冻唇蜜，感觉很好，两人都没醉酒，也没强自己多喝；两人也没宿醉。吉勒莫12岁起就是神童职业球手。他服用可卡因抽大麻有超过15年的历史，随时可以戒之；一次可以几个月不碰镇静剂。当碰上损友时，他就又开始服用麻醉剂了。他现在45岁，仍然是世界上最求速度的球类职业运动员。想想这是怎么回事吧。

我从不吸毒，也不抽大麻，所以，于此道不甚了了。不过，你听说过吗？世上就是有人像吉勒莫那样收放毒品自如，毒品对他们的神经反射系统绝对不起作用。我认识很多拳击手也用镇静剂，不过他们或早或晚，都成了瘾君子。球手们喝酒一般都是在夜里，孤寂的小酌能驱散神经紧张。有人写过这方面的故事吗？

哈维，请考虑一下我写给你的维生素方子。假如我的体格像头骡子，我还需要吃呢。你有什么不好意思吃这为我们大家提供的东西啊？你的工作压力比我大，生活状况比我更不健康。试试 B_1 COMBEX。是帕克·戴维斯公司产的那种。我知道这对你没害处，并且会让你感觉良好。

[埃德蒙·]威尔逊和我当年跟那么些朋友（已故）争吵，我当

时就觉得没名堂。另一些人则以各种自大的方式成为支离破碎之物，也没意思。

玛丽和我本来正度着假：我当时希望这次度假简朴些。本想度完假后，再开始工作。不过，可怜的查理·斯科瑞布纳去世了，我不得不回来。我们度假时玩得很开心，9点或9点半就上床睡觉，睡眠很好。黎明即起，在蒂恩基德湾钓鱼钓到中午，或者看书，或者下午去瞎转，看闲书。我想尽快再出门一次。玛丽也过得很愉快。我们抓了一船的鱼，都冰冻起来了。我们支付了汽油钱和冰块钱。我本想去巴黎的。不过，目前的计划更可行些。今年我可要好好的；不说别人坏话；不打架；不通奸；不……尽量远离我熟悉的那些狗屎。我们的第一个计划是：尽可能让你身体好起来。

写信来，我迟早能收到的。也许下个周末才离开此地呢。我会写关于查理·斯科瑞布纳的文字的，但人之既死，谈论又有何用？

欧内斯特

（此信藏哈佛大学图书馆）

致小查尔斯·斯科瑞布纳

1952年2月25日，观景庄

亲爱的查理：

我称呼你父亲查理，要是现在称呼你斯科瑞布纳先生的话，感觉怪怪的。不过，假如你喜欢我那么叫，可以的，又假如那样叫更省事的话。

你父亲去世的时候我出门了，没有联络上，你知道我很为此难过。就沃勒斯·梅耶和［阿尔弗瑞德·］赖斯写给我的信来看，我们离开港口约一小时，他病倒了。玛丽是在紧接着的周六晚上带回他的死讯的。我们在海边就给你母亲写了信，告诉她我和玛丽对你父亲的感情。不过，我都不知道这封信她收到没有；因为，寄信要先送到陆地上才行。

我不想写信啰嗦作为朋友兼出版人的你父亲对我意味着什么。他是我最亲密的好朋友。简直无法想象从今收不到他的信了。说这个也无益；说什么也不能减轻哀伤。既然他不得不死，至少他是过了死亡这一关了。

假如有什么实际事情要我做的，请告诉我。3 月 15 日个人所得税支付掉之后，我会做计划，今年不再从借款账户上支出了。只是，还有四笔要付的钱共 750 美元除外。赖斯算出来的，说是 1952 年内的税款。请取消每月支出的 100 美元。把 3 月 1 日到期的给格瑞高里的月钱给他吧。亦即 3 月 1 日之后，不再支付任何月钱。一旦《过河入林》电影的版税到账，我会支付些钱，减少些借款账户的欠款。按三方担保约定，我能得 25 000 美元预支，另外还有电影毛利的 10%。不过，在支付报酬之前，电影制作方还有些手续得办。我跟赖斯打电话时，他的口气很乐观，说他们筹钱没有问题。这是他第一次用乐观的口气同我谈事；他跟我说这是一桩急不得的买卖。这部作品属于优良资产，没理由强卖，本就可以守株待兔的。

我尽量不给你增加经济焦虑，也不给你增添别的麻烦。你不用给我写信，也不用惦着我。我知道你现在有多难：又是海军、又是资产、又是斯科瑞布纳出版社，都得操心。任何人都不该承受那么多。请尽量悠着点。假如我能帮上什么，尽管说话。假如玛丽和我能为你母亲做点什么，也请尽管说。她很喜欢玛丽，她也喜欢大海，喜欢钓鱼；她满可以找个时间来我们这里，跟我们呆一阵子，跟玛丽去钓钓鱼。

我计划要把中断了的假期度完。其间不操心任何事情，也不去想解决不了的问题，然后再以最佳状态去冲刺书稿。在船上我们 9 点就睡，睡得很香；黎明即起；上午钓鱼，下午阅读，到处转转。我能感觉到每天电池在充电。任何人不以最佳状态工作都不好。我打算把精神状态调整到最佳，其他事则放在其次，必要时才去做。我过劳了 18 个月啊。

这封信写得不好，查理。不过，我还是太伤心，无法写好信。

你的朋友
欧内斯特·海明威

对不住，我不知道你的军衔，所以信的抬头称呼是对老百姓的称呼。

海明威

（此信藏普林斯顿大学图书馆）

致沃勒斯·梅耶

1952 年 3 月 4 日和 7 日，观景庄

亲爱的沃勒斯：

非常感谢你来信。你的信解释整个画面已经够清楚的了，我所需关于查理之死的细节也够详实的了。我也不得已写过许多信，跟人说谁谁怎么死的，他人有多好，人们如何爱戴他等等。不过，一般要如此小心谨慎写那人是怎么死的，以致让人觉得写这信真不值当。我非常感谢你写来这封信。

我随函附上《老人与海》的打字稿，未经修正的。我现在不想修改，也不想另起标题，等两个星期我休假回来再说：玛丽和我下周接着节约游的第二阶段，把假休完。只有在这样的状态下，你才能知道自己是怎么看这作品。请别让你办公室以外的人读，也别让你不完全信任的人读它。

这部小说的篇幅有 26 531 个单词。也许这种长度的小说不可能出版。但是，据我所知，历史上有过这种长度的书籍出版，并且还持续畅销，卖得异常好。我就不给你说这书稿的好处和它的内涵（拼写错误）了。不过，我知道这是我有生以来写得最好的书；我想，拿它和别的好作品、能个儿作品并列，别的作品会黯然失色。我会尽量往好了写，但这是个艰巨的工作。别以为我头脑里一下子出现许多幻想。我是个职业作家，我对这个活计有所了解。这部书稿不是短篇小说，也不是中篇。我想听听你的看法，然后再跟你陈述我对写作了解些什么。

迄今为止，我只给查理和他的夫人看了，另外给了不同圈子的几

个朋友看了，其中包括编《大都会》的那个小子。他们都深感受到作品的影响，非常奇怪。我以往的作品还没有这样强烈地影响过他们。你读过之后，就多少能想象我写它的时候它是如何影响我的。这是我的一部长篇的尾声。不过，这书稿本身就构成一个完整的单位。事实上，那部长篇如果写作得法，是不需要尾声的。不过，这本小书重版来当长篇的尾声也未尝不可。或者它就是我创作和人生学习的尾声；是我努力学习写作、努力生活的尾声。这话有点沾沾自喜的味道。这稿子将会在书尾出现，它就属于尾声。

勒朗·黑沃德在哈瓦那度假时读了它，建议拿给《生活》杂志在一期上发表。我不知如此是否比一期发在《纽约客》上好。当然，也许这两本杂志都不要它。《大都会》那位编辑想发在他们刊物的一期上，但他的预算只允许他支付10 000美元。我跟查理说区区此数，还不如等出书突然给读者一个惊喜震撼呢。

我现在觉得这书稿该单独出书；假如你的时间表允许，秋天出来就好。定价可以适中一点，不会增加太多纸张成本的。

你读过之后就知道自己怎么看它。策略上讲，此书现在出版能消除一派评论：我的作家生涯结束了。这本书能毁掉一派评论：他们声称我除了写自己和我自己的经历，别的什么也写不了。长远来讲，出此书能让我们占据战略高地。这些战时用语很乏味。不过，还不至于比将军们用橄榄球术语谈话更乏味；那游戏你还没玩呢就有可能厌倦。

我过够了不发表东西的日子。别的作家也出版短篇幅的书籍。可人家总希望我歇歇去，回头拿个《战争与和平》或者《罪与罚》来，否则人家就觉得你是个废物。这种态度对一个作家来讲很糟糕。我肯定可怜的老司各特就是被这种态度毁掉的，而不是其他，除了泽尔达的原因、他自己的原因和酒的原因外。我知道麦克斯很想司各特写出一本真像样的好书。然而，司各特却想成为更好的作家，他跟观众卖弄技巧以博喝彩（假如我的打字机不是拿去大修过的话，我也一定把它往观众席上扔）。

我现在就想出版这本书。接着出版我花了牛力气写的另一本书。

保持这种势头。这本书再次成为另一本书的附加值。另一本，长的，是本很好的书啊。这本书是之后的产物，是值百万美元的后缀。

谈谈实际的一面，篇幅不大而销量很大的书（不是比较，而是但就技术上论）有：狄更斯的《圣诞颂歌》、《另一个智者的故事》，玛丽·雷蒙德·薛普曼·安德鲁的关于葛提斯堡演讲的故事（此书可能还将作者和书中人物混在一起呢）。此外还有《没有国家的人》。[1] 你的研究人员会给你挖出更多，给你这些书的数字。

我知道我自己不喜欢的琼斯那本书[2]就是卖得很好的卷册。除了心理病态外，《山那边》是这本书的分量，篇幅也就这么长。潮流变化是定然的趋势，人们也许愿意把读一本不太沉的好书：书里一个人向大家展示作为个体的人能做到些什么；“灵魂”在不用大写字母的时候，人类灵魂的尊严是怎样的。

我把这封信放一放，再想一下，看看黑沃德是否还像原来那样对这部书稿有反应。他们昨天离开这里的。夫妇俩初读此稿，感觉很强烈。夫人是个很有智慧的人，我认识她多年了，是个很难对付的评论家。

黑沃德建议可以让“每月一书”俱乐部拿去当，跟另一本有书的篇幅的作品一起候选。他说他要跟《生活》的编辑一起吃午饭，跟他谈这部稿子。我跟他说等斯科瑞布纳看了再说。眼下这个时候，我不想让你和小查理觉得我在另择高枝。你自然听到谣传说我正跟别的出版社谈判之类。我也没法阻止谣言。不过，我要是不跟你说我要挪动地方了，谁的话你也别信。

查理给我写过几次信，问我是否愿意连载此作。假如我愿意，连载没有问题。我曾经给他暗示几次，这稿子可以单独出书（关于海的那部长篇的四个部分，任何一部分都可以单独出书）。不过，我不想强加给他或者让他担心着急。

斯科瑞布纳出版社读完手稿后请寄还给我，我再于假期后读一遍。我们周一开始度假，结束假期回家后即开始读，然后就把它寄给黑沃德。我一周后能收到邮件，两周后肯定回来了。最好是现在重过一遍稿子，做最终的修订，一次做完。不过，我再过一遍的时候希望稿子绝对清新。查理的死真是让我心碎不已。这么长时间过去了，此事对我还是影响很深。你要是在场并知道自己能做点什么还好，或者明知道做不了什么，但事发时你接受了既成的事实也行。我记得自己当年如何不让父亲的死给我留下任何印迹，直到我重写完《永别了，武器》；接着，这影响还是适时地来了。我于是另写了一部小说。[3]不过，这小说是我的心经过烧灼写的。我很高兴自己当时涉世够深，没有拿去发表。

你就要读的这份手稿我已经读了约20遍了，还不算我写作过程中每天读的。我肯定没有多少可改动的了。即便是有要改动的，也是玛丽的打字错误和我的拼写错误。不过，也许还有能让它更完善些的法子。不过，我觉得已经足够成型，可以让你发表意见了。

沃勒斯，我现在得住笔了；因为，我还得另写封信给你谈莱因哈特的书。这一切是多么浪费时间啊。假如你对我寄给你的这部手稿有什么想法和反应，觉得有必要发电报，我3月13日还可在此收电报或者信件；3月14日晚，有一个小伙子会把信件带到海边给我。

沃勒斯，祝你好运。我希望给你带来的是胜利的喜讯，而不是让你感觉麻烦着急。

欧内斯特

（此信藏普林斯顿大学图书馆）

[1] 海明威列举的小册子可能是他小时候读过的东西：安德鲁夫人著《完美的献礼》(1906)、亨利·范戴克著《另一个智者的故事》(1896)、爱德华·埃弗瑞特·黑尔著《没有国家的人》(1863年初版)。

[2] 詹姆斯·琼斯著《从此地到永恒》(纽约，1951)。见海明威1951年3月5日致查尔斯·斯科瑞布纳信。

[3] 海明威指的也许是写吉米·布林的那本书《刚被刺的骑士》；此书他放弃了，转而选择了《永别了，武器》。

致菲利普·扬

1952年3月6日，观景庄

亲爱的扬先生：

假如你跟我保证你的书不是用评论伪装起来的传记，不属于对一个活着的作家所作的心理分析，我就不反对你引用我的作品，假如斯科瑞布纳也没意见的话。

我给已故斯科瑞布纳先生和布雷德索先生都写过信，表明我为什么反对给活着的作家立传。没有必要再重复一遍我的立场了。

不过，你知道吗？跟一个写作生涯还在进行中的人说他有神经官能症是很有害的话，就如同跟一个人说他患有癌症。这个人会说“啊，糟了”。读他作品的人都会烦他，他于是受到损害。我认识的作家里就有被类似言论损害的；并且被损害得很凶，从此不能再写作了。

我真的很遗憾你的书耽搁了。不过，第一次耽搁是因为［马尔科姆·］考莱；我明白他是建议你修改。直到他写信跟我谈及此书，我才知道它的情况如何。

假如你要出版此书，当然需要引文以证实自己文学批评理论的正当性。

不过，我之反对公开心理分析活着的人，以及我对由此导致对相关人员的损害的看法不只是个人的问题，这是原则问题。

感谢你给我寄来你的论文。这文章很有趣。不过，也很令人震惊：三位评论家以及他们的评论人随意用了很严肃的医学词汇（就我所知并无行医资格）宣布自己的诊断（即便是私下里）。这不是我个人在找嫌隙或者无礼或者自作聪明。我对论文很有兴趣，对你的结论也有兴趣。我只是震惊这公开言论的不负责任。

我的这封信能让你更明白些吗？我完全是出于好意和坦率给你写信的。

在我看来，真的，有足够的已故作家可供你写，让活着的作家安静写作吧。从我自己的立场看，作为一个作家，我因你的书而焦虑，烦恼；我的工作因此而被严重干扰。焦虑源自考莱给我写信说他建议你作大修改，也不征求我的意见。后来我问他这一切到底是怎么回事，他说不上来，因为这里面有良心账。接着，我听说他不再介入此事，也不想担干系，正退回费用呢。这里面没有哪一样对我这想安静生活好好写作的人有利。一年里，我的长孙在柏林死了；我的儿子驻扎在那里当步兵上尉。接着是他妈妈死了。老丈人得癌症病得厉害。前妻兼两个儿子的母亲死了。家里的女仆自杀（已经有过自杀企图）。曾经盯着她，不让她自杀。接着是我在非洲最后仅剩的一位老朋友死去。接着是我亲爱的朋友兼出版人查理·斯科瑞布纳死去。我就在这样的情况下努力稳步好好写作。你的书里的神秘色彩和底特律报刊上关于我的神经官能症报道一点也帮不上我什么。

真的希望你走运。我这里在过去的一年里可是够艰难的。

致以最良好的祝愿

欧内斯特·海明威

今天很热，你的（等于说我的）胳膊肘都出汗，弄湿了信纸。

（此信藏普林斯顿大学图书馆）

致菲利普·扬

1952年5月27日，观景庄

亲爱的扬先生：

今天你应该收到我的电报了，也该收到我对你底特律报纸上的文章表示意见的信了：我反对你的传记写作计划和心理分析研究。

我在此事上的整个立场是原则性的。我跟你用长话解释过，也跟布雷德索先生解释过。他希望出版一本书，而你说你们两口子赖此糊口。我则永远坚持跟布雷德索表明过的立场。你的书我感觉很不好，无论我有多大误解：我感觉自己被抢劫了、受挫了，生活面临危险。

我曾经给你写过6页纸长的信，跟你说我为什么觉得你不该出版这书。既然我授权你引用我的作品，此事也只有你着急了。我正给斯科瑞布纳写信，请他们支付布雷德索付给斯科瑞布纳的版权费；无论我该得多少，我都让他们付给你。假如引文不多是因为费用问题，那你就放手引用吧。

如此，也许我能弥补六个星期不回信给你带来的任何损失。

我很对不起你，孩子，假如你的经济捉襟见肘了。我可以让你得

200 美元，假如你需要。你也可以骂我是婊子养的，假如你愿意骂。假如你破产了，你就不能被起诉，也无从收费。那就起诉出版人吧。

你的真诚的，

欧内斯特·海明威

（此信藏普林斯顿大学图书馆）

致阿德莲娜·伊万奇奇

1952 年 5 月 31 日，观景庄

我最亲爱的阿德莲娜：

我从未如此为你感到骄傲：我记得自己很早就为你感到骄傲了。[1]随函附上今天早上收到的沃勒斯·梅耶来信。他们拍的这个 coperto［*copertina* = 护封］是有漂亮公寓房子的那座山；这山也有破屋子，你上次给老安塞尔莫画素描，就是在破屋子那儿。山后是海滩和蓝色的海湾。这地方真是不错。假如我有足够的头脑要求得此，我当然想要。吉安弗朗哥和玛丽也觉得这地方好极了。

一开始的时候，他们说没有时间，得马上弄个封面。他们给我寄了三幅可怕之作，我当天就给你发了电报并给斯科瑞布纳写信说你熟悉这个故事，并熟悉那大海和那房屋，以及那“老人”；并保证你能及时把封面准备好，那本来看似不可能的事情啊：我当时清楚，让人这么快交活，有点不像话。不过，我也知道你是“了不起的黑马”之属；越是不可能之事，越是难事，你就越能做好。我知道这是褒奖之词了，但我对上帝起誓，这是实话。

你完成设计时，我要是在那儿跟你一起庆祝该多好啊。我觉得我们凯旋时，却相隔遥远；不过，航空邮件还是快的。可这还是抵不上紧紧拥抱你，跟你当面说我为你骄傲，说你有多棒。

在我看来，世上最好的不是速度，也不是可靠度，而是质量方面的稳步改进。渔人的小破屋和歇脚的房子以及构图都好极了，小船也画得很完美。原来那份设计上的船画得不对，在你的设计里就不存在这个问题。我等不及要看海的颜色，等不及看护封的其余部分。等书出来之后，也许他们可以放在橱窗里展示。我跟梅耶说一下。我能让他们寄给我看一下画稿吗？如此我就能看看然后告诉你，哪几幅可考虑让别的出版人用。还是你现在就要拿回去？请来信示我。

我不知道他说稿费丰厚是什么意思。不过，我想报酬该是不错的。我写信跟他说假如他们接受不了，我愿意支付一切；不过，我肯定他们愿意支付的。假如没有你的封面，那就惨了。你，你的神速以及召之即来，以及“足够的邮资”才使这事情成为可能。

我得寄这信去了，别无说的，玛丽和吉安弗朗哥问候你，大家祝贺你。

你棒极了，姑娘。我非常感谢你，非常爱你，那么那么为你骄傲。

错字连篇的，

Papa

“白塔”[2]万岁

啊，万岁！

“无名社团”（公司）万岁

（安静一会儿）万岁！

（此信藏得克萨斯大学图书馆）

[1] 阿德莲娜为《老人与海》画了护封。

[2] “白塔”是海明威为观景庄所建新楼起的名字。他有时跟阿德莲娜一起在那儿合作，以“无名社团”或“公司”的名义做事。

致查尔斯·芬顿

1952年6月18日，观景庄

亲爱的芬顿：

很对不起，我的信让你生气了并让你写了寄给我的那封信。昨晚我给你写了封3页纸的信。不过，我现在想尽力在这黎明的时分给你写封冷静而直截了当的信，而不是气哼哼的信。我们把相互激怒的东西放走吧。我见过太多的人吵翻，我明白吵翻是怎么回事。我并且知道自己是在直截了当帮助你所说的项目。我多次在黎明时分想过，自己不是太浮夸的一个人。很多时候焦虑过，自己也不喜欢这样；不错。不过，我不是爱吹牛的人；不是。通常，我只是个欢快的人。

下面是我要说的话。我曾经想写一部小说讲“橡树园”的故事，可后来又不愿意写了：因为我不想伤害活着的人。我觉得一个人不应该拿自己父亲开枪自杀的事来挣钱，也不该拿驱使父亲自杀的母亲的故事来挣钱……汤姆·沃尔夫只是写了他本人的生活，还添加了点修辞粉饰。我本想写我所认识的该死的整个世界，假如我懂得这世界的话。我开始写作的时候，写的是些短篇，都是生活里真实发生的故事；其中两篇伤害到人了。我为此很是难过。此后，在我利用真实人物写东西时，我只用我完全不再尊敬的人当原型；并且尽量不偏不倚。我知道听起来这很冠冕堂皇，不多还真不是马屎话。自认是《太阳照常升起》里的科恩那个人［哈罗德·洛布］曾经跟我说：“你干吗把我写成总在哭泣的人啊？”

我说：“听着，假如那人是你，那叙述者就一定是我。你觉得我的小鸡鸡被枪打掉了吗？假如你跟我打架，我能不把你的屎打出来吗？我们经常在一起打拳，你是知道的。我告诉你个秘密吧：你是在替一个人哭泣呢。”

那么，我们回到橡树园的话题吧。你觉得作为一个学者（什么时候规定一个作家得当学者？还有此义务？），你有必要在我活着的时候挖掘我家的材料……我想，橡树园里没有人喜欢我。曾经是我的好朋友的那些人都死了，或者走了。我放过“橡树园”了，从未用它当作靶子。你也不会去梳理你的家乡吧，是吗？即便是哪天你能背井离乡了，这不再是你故乡了，你也不会去梳理，对吗？

当你进入我家领地时，在我看来，这是侵犯隐私；我给你的只有让你止步，不得入内。假如我违反了良知或者缺乏品位，你还有得说。不过，我想你会同意：假如我写过橡树园，你有理由去研究它。

然而，我却没有写过橡树园的事情。

我知道最好有直截了当的人来评论你的作品，而不是个心术不正的人。我认为你是个直截了当的人。不过，没有人愿意自己被跟踪。这不是说大话的意思。我的意思是说一个人不喜欢被别人跟踪、调查、被问这问那，而且还是被业余侦探调查：不管这侦探多有学问，多直截了当。你该能明白这一点，芬顿。我们的祖先在建立这个国家的时候就至少在原则上于此达成共识：这是人的基本权利之一。

接着谈谈［莱昂内尔·］毛斯的事情。[1]我尽量回忆自己是否在他被某妓女或者某人的丈夫捅刀子后把他弄回家；我也尽量回忆他是否把打字机从新闻发布室的窗户扔向警察署；老实说，我想不起来了。在报界工作，你得学会每天忘掉前一天发生的事情。在堪萨斯市，一切在我眼里都好极了（这简直就像歌词）。不过，我是在一家报纸工作。我该记得的东西却没能记住。你可以在你的书里加一句脚注：报纸工作很有价值，直到它强有力地开始摧毁你的记忆。一个作家在那一刻到来之前必须离开。不过，他怎么也脱不了由此带来的旧疮疤了。正如战争的经历对一个作家而言很宝贵；不过，假如经历太多，那对作家而言是毁灭性的。你也许论述这个比我在行。假如你没有好好服兵役，或者服兵役时间不长，你也许就在写作了，而不是教授写作并密切注视我的童年。

不过，我很知道于尔根森林之战对我而言，毁灭多于受益。

就别谈戴夫·兰德尔［斯科瑞布纳珍稀版本部］了。首先，我就不该提起这话题。

希望你能用我信里写的精神来对待此事。我对你的研究项目完全信赖。不过，你的书失控了。证据是：你写着写着就渴望延伸。你觉得我说对了吗？

告诉我你怎么想。撇开那些让我们自己伤和气的字眼。我也许不该把自己算进“我们”之列。不过，我对文字还是有良知标准的，尽管我的婚姻不那么符合标准，一生也有过大错，如你所列举的。假如你也 52 岁奔 53 岁了，你也会有过失的。几次婚姻总是有原因的，基督啊，我希望自己给不出理由。我的立足是以书的形式出版的作品；

我希望人们别干涉我的私生活。任何人有什么权利进入我的私生活?我说谁都没有权利。

祝你好运，真正祝你好运

欧内斯特·海明威

(此信藏普林斯顿大学图书馆)

[1] 关于毛斯,见卡洛斯·贝克著《海明威传》(纽约,1969)第35页。

致哈维·布瑞特

1952年6月21日，观景庄

亲爱的哈维:

很对不住，我让你把那封该死的信寄还给我。我给你写了两页纸的信，却不能寄出去，因为这信里含有太多东西有违图尼罗的信任。接着，我写了这封信，庞朴罗纳那部分文字显得太吹嘘了，太自以为是了。我知道你不太介意，会原谅这封信的。不过，我却没有再得空写另一封信。所以，我请你寄回来，而没有请你撕掉它。我该说把它撕掉的。请原谅我。

布瑞南［杰拉尔德·布瑞南］还写过两本好书：一本是关于西班牙文学的，很有定见；另一本是关于两三年前一趟西班牙之旅的，西班牙环游记，外加一趟格兰纳达之行，寻找洛尔卡葬身之地。两本书报纸的“礼拜天”版都有评论。我把两本书都借给别人了，所以无法跟你说书的标题。不过，你可以从书目索引里查到的。这两本书是去年出版的。

沃勒斯·梅耶给你寄校样了吗?我希望他寄了。

这封信枯燥得很，因为我坐在岩石上晒太阳过长，脑子不清醒。当时《生活》杂志的艾森斯塔德给我拍彩色照片，给杂志做封面用的。这里的阳光跟苏丹的阳光一样（同一纬度）。又是在6月；树荫下还92华氏度呢。我光着脑袋坐在那儿两三个小时。你跟人解释说这可不好，最后又只说了句“啊见鬼”，接着拍吧。不过，我的脑子可真的不好受。最后一天，艾森斯塔德自己也几乎中暑：他忘了戴帽子。他这才意识到太阳有多厉害。在“皮拉尔”号船上，天热的时候，我总是往头上扣两三层折叠纸巾，用网球眼罩绑住纸，在驾驶舱里驾船。假如我要跟大鱼奋战，不管用多长时间，船上的人就不停地往我身上浇海水，用水桶浇。如此，你的头脑总是凉爽的。在这个纬度6月份坐在阳光下一动不动还不戴帽子，可不好。你的头部要是顶上受过三四次重伤，那就更糟糕了。

莉莲·罗斯上一篇文章[1]我在样刊上读过了，是前天读的。我觉得这篇东西优雅而分外悲伤。我现在还是觉得它比大多数小说更有故事性。我很高兴他们杂志的编辑有此篇可胜出。他一定是个好编辑，因为稿子的检核一路靠他。莉莲给我写信说他喜欢这篇东西。我都有点害怕了，因为，她写这东西可花了很长时间。不过，还算值当。我可对那行当不熟悉。我第一次见她是在凯彻姆。我当时坐在那罐子上，听见帕特里克在外面跟一个女人说话。那是圣诞节前一天，我不知道这女人会是谁。接着帕特里克跟我解释说是他在旧金山遇到的一个女士，想跟我谈谈她写的一篇东西，是关于悉尼·弗兰克林的文章。他说爸爸当然愿意见她，但他忘了跟我说她要来。我们当时住在两间舱房里。我事先邀请了战争期间跟我在一条船上的伙计一起过圣诞节。我支付一切费用：我们本来是要把马克·黑林格与我合同约定的稿费都花掉的。不幸的是，马克·黑林格几天前死了。我在电话上退还了那钱，因为我很可怜他的遗孀；结果是：这位遗孀继承了好几百万遗产。无论怎样，莉莲和我们一起过了愉快的圣诞节。小伙子们也过得很愉快；此外还有［胡安·］杜纳贝提亚和罗伯特·赫热拉。不过，一切花销都很大胆，也没个详细计划。我想她是喜欢我们这种欢快和满不在乎的，本想在《纽约客》上写篇文章对此表示致意的。人们都有种印象我是个莽汉。不过，我肯定她的想法是：人们本知道我是个严肃的作家；她要向人们表明我不写作的时候，是个很放松的人。

你知道很多评论是非常学院派的人写的。假如你开玩笑或者不严肃或者做小丑状，那在他们眼里就是你这个人一文不值。我们的主在十字架上受难，我也不会拿这个开玩笑。不过，假如我碰上他在神殿外追逐换钱的人，我就很想跟他开个玩笑了。

这让我想起自己的日记。我给你随信附上两个片段。假如你不介意，我得让你寄还给我。不过，假如你让人抄一份，装订一下，放在床头柜上，那请便。查理［·普尔］也许愿意读一读这个，因为他是戈雅的老朋友。之所以让你寄还我，是因为我没有副本。我从此往后要做副本备份了。

也许现在最好住笔了，再写点日记去。

你觉得我发表日记的话，兴许能当个“文人墨客”？

当个文人，这一直就是我的野心。

你的美文家

欧内斯特

附件：日记一则

恩斯特·冯·海明斯坦《日记》片段

周五。——见到瓦莱里。他看上去很可怜。我俩一致认为乔伊斯的眼睛很糟糕；纪德眼下阳痿。法尔格死了。可惜。

周六。——斯科瑞布纳（父与子）正出着我的《太阳照常升起》。这本书是论人的根本孤独以及乱交的欠缺的。斯科瑞布纳的编辑帕金斯极热衷于此作品。不是对书里的道德内容产生热情，而是对书里的对话（他天真地称那为对话）热衷。我一定要研究如何去掉这些对话，以及对西班牙乡村那冗长的描述。

周一。——跟两位美国青年作家在利普斯午餐。［塞尔登·］罗德曼和［威廉·H.］哈尔。喜欢罗德曼。哈尔则有点前景过好。

周二。——与乔伊斯同醉。是一点都不夸张的醉，而不是象征性的醉。

周三。——得知法尔格还活着，没有死。好极了。这次有关纪德另有报道来自＊＊＊＊＊＊。让人沮丧不过。得知哈尔这年轻人不是纳坦·哈尔的儿子，我本以为是呢。

周四。——开始写新长篇小说。准备起名为《永别了，武器》。这是写意大利前线战争题材之作。亨利·詹姆斯死后，我在那儿短暂停留，那时还年轻。奇怪的巧合。关于本书如何结尾，有点难。终于解决这个问题了。

周五。——出席我主被钉在十字架上的仪式。廷托雷托也在那儿。他做了卷帙浩繁的笔记，看似很受感动。跟戈雅一起吃晚饭。他说整个场景都是骗局。他还是那么易怒，却是益友。他说乔伊斯喝酒太多，还证实了关于纪德的几则新轶事。纪德似乎被拒绝参加十字架受难仪式（人们已经决定正式用“受难”这个词儿了）。戈雅主动请我到拉阿尔巴打发夜晚。他可真是迷人啊。这晚过得不错。

[日记还有4页续文。]

(此信藏哈佛大学图书馆)

[1]《画面》,论述米高梅影片公司约翰·胡思顿所拍的《红色英勇勋章》。见莉莲·罗斯著《报道》(纽约,1964)第223—442页。

致哈维·布瑞特

1952年6月27日，观景庄

亲爱的哈维：

谢谢你寄给我“福克纳引用语录”。[1]他没有忘记我是在什么场合给他写那个的。他记得很清楚。他有一次喝酒喝得高兴了（我希望如此），直截了当地说我是个懦夫。[2]特里伯把这话拾起（那次演讲稿重印过）刊出了。我把它寄给了C. T. 朗汉准将（步兵第22团前指挥官）。1944—1945期间我们在一起很长时间。我请他给福克纳写信。我们俩都收到福克纳的道歉信。福克纳说他的话意思是我没有勇气在写作方面进行实验，或者说没有勇气抓住机会（见《修女安魂曲》里论如何在朗姆酒起作用时抓住机会）。这不属于对个人勇气的评论。

我给福克纳写了封友好的信，就是他引用的那个，说的是“像狼，却是狼群的狼；独自分离出来，只是另一条狗而已”。

想想这话的含意吧。

好，继续历史记录。他曾经讲过我的好话，正如你写信告诉我的那样。不过，那是他得诺贝尔文学奖之前。我读报纸得知他获奖，给他发了封贺电；我很懂如何写贺电。他从未回复表示收到。多少年来，我在欧洲都是挺他的。无论什么时候什么人问我谁是美国最好的作家，我都跟他们说是福克纳。每次有人要我谈谈自己，我总是谈他。我想大家对他的认识很含糊，我尽量为大家拨开云雾。我从来不跟人说他不可能连打九局；也不跟人说为什么，更不说我知道一直以来他哪儿出了问题。

他给你写信，像是我一直求他保护我。我，那条狗是也。我将成为伤心的婊子养的。他作了一次演讲，很好。我知道他写作再也达不到他演讲设定的目标了。我还知道我能写一本比他的演讲更高明更直截了当的书，而且不要花样，不加修辞。

哈维，此刻我开始生气了。所以啊，我把难听的话删掉了。我的意思是说：福克纳的陈述很奇怪，像是说我求他帮忙了（帮助我成为狗）。他很客气，说我并不需要帮忙，真的。他可真好啊。

你看见比尔·福克纳是怎么回事了吧：只要我活着，他就得喝酒来找得诺贝尔奖的好感觉。他不明白，我对那个颁奖的机构并无敬意；他得奖，我真的很为他高兴。我给他发贺电表示我真诚地为他高兴，他却不回复。现在他却拿出这关于“狼群”和狗的话，以及他如何屈尊抬高其余，我想这评价一定包括《死在午后》之类。

他连书都没读就说这话，你倒是说他要是想评论就该读一读这本书。林林总总，他的话就成了一句非常怪异的陈述。也许我是气昏了头，太容易冲动。我知道我有时候就是容易冲动的混蛋，我也讨厌自己的冲动。不过，他何不说自己不打算写评论或者说自己不够格来写呢（就如我说自己不够格写奥威尔的书评）？干吗要说那奇怪的话，好像我需要辩护似的，要他说我其实不是一条狗。他甚而至于在第二段、第三段文字里反复讲此话。

你问我怎么看这一切。我的看法如下：我不想要福克纳的陈述。他在写好东西的时候，是个好作家；假如他知道如何完成一本书，假如他在收尾的时候不像“老实人糖雷”那样精疲力竭，就更好了，别人不及他。当他写得出好书的时候，我很喜欢读他的东西。不过，我总恨他为什么不写得更好一点。我但愿他走好运。他也需要好运气，因为他有无可救药的大毛病：你无法再读一遍他的作品。当你重读他的作品时，你感觉第一次读的时候上他当了。真正好的作品，你无论读多少遍，都不会知道这东西是怎么写出来的。因为，伟大的作品里都有神秘的东西，这种神秘的东西不能被解剖。这东西持续存在，总在作品里起作用。你每读一遍，都能看见或者学到新东西。你首先不会看到骗你的那伎俩。比尔有一度曾经拥有这样的魔力；不过，那东西早就从他作品中消失了。一个真正的作家该能够创造这个东西；我们不用简单的宣言式的句子来界定此东西。

文学评论阶级过时了。

我很高兴艾丽丝［布瑞特夫人］喜欢那书。我跟你说过：你喜欢这书，我有多开心。我希望书能让有判断力的人读到，让没有偏见的人读到，让喜欢它的人来评论。不过，假如他们不予评论，那就是本书的坏运气，也是我的坏运气。

祝好

欧内斯特

又及：

我一定是对福克纳太不客气了。不过，我知道自己对他并没有像对待自己那么不客气。7 月 21 日我就要进入 53 岁了。我都不记得自己什么时候开始想尽量把作品写好的了。我写这最后一本书，是本着没有遗憾、不妥协的精神；我知道有多少读者会读它，别的一概不管。我不需要喝酒来找内心的感受。我现在想做的就是忘掉它，努力去写一本更好的书。

请别把我的话传给福克纳。我不想再跟人吵架。假如他读了此书想写评论，就让他写去吧。[3]不过，还没看就发表意见，那是娘们所为。不过，我不想跟他吵架，也不想跟他找麻烦。我祝他好运，希望阿诺马托皮尤［·约克纳帕塔法］郡像大海一样永恒。我不愿跟他置换县郡。不过，是他把这话捡起的。我嫌一个县太拥挤，不管它是哪个县。不过，他已然尽了他那份力量。我希望他的作品能让他持续开心满意。昨天我钓了一条176磅的鱼，还见到一条婊子养的大鱼，又长又大，跟锯木似的。它想咬钩，又犹豫不决。现在我要出门。玛丽的家人又生病了。在她离开此地去同他们相聚之前，我们想一起再呆在家里一天，她得去一阵子呢。很抱歉提及福克纳。不过，要不是你把话题引起，我保证不会提及他的。忘了他吧，除非他读完后写东西。

(此信藏哈佛大学图书馆)

[1] 1952年6月20日，威廉·福克纳给布瑞特寄了份奇怪的陈述，表面上是赞扬海明威的。此陈述第一段文字如下："几年前……海明威曾经说过：作家应该跟医生和律师一样抱团，狼群也是抱团的。我觉得此话机智的成分大过真理和必要；至少以海明威为例是这样的。既然无论自愿与否都需要抱团(否则将消亡)的作家们像狼群(且是习惯群居的狼群)；独自行走的狼就是另一条狗了。"

[2] 1947年，福克纳跟一些学生说：海明威缺少放手进行小说创作实验的勇气。海明威叫上朗汉将军证明他个人的勇敢；这勇敢不是福克纳说的那个勇气。福克纳道歉了。见卡洛斯·贝克《海明威传》(纽约，1969)第461、647页。

[3] 福克纳在《谢南多厄》杂志第3期(1952年秋季号)第55页上评论了《老人与海》，称此为海明威最佳小说。

致哈维·布瑞特

1952年6月29日，观景庄

亲爱的哈维：

今天早上我又把福克纳的陈述读了一遍。它一直困扰我，此次读就更令我不解了。首先，他跟你明确表示我真不是条狗，所以我不需要找人辩护说这指控不成立。那么，假如某本书之后我写的东西不好，他愿意为我辩护说：事实上我尽了力了；假如我自己觉得不好，早就拿去烧掉了。

这都是什么话啊？这完全就像是他认为自己被人求来为一件一文不值的东西说好话，写那一文不值东西的某人写不出好东西了；他出于良心可怜这个家伙，故此写了份高尚的意见。

首先看看那关于狼的话。他当然是没有见过荒野里的狼；否则，他就会知道荒野里的狼根本就不像狗。没有人会把荒野里的狼误认为狗。那狼也知道自己不是条狗。它不需要进狼群里去找尊严，也不需要进狼群里去找自信。荒野里的狼被猎人追捕；人人都追猎它；而它却是独自行事，就像艺术家。我的看法是：狼身处荒野，不该（永远也别）相互捕猎。关于医生和律师的话，行里也有小秘密；好的操业者相互支持。吉卜赛人从不偷吉卜赛人。他们倒是相互厮杀。不过，他们不以自己人为猎物。

他没能看懂我的话。他猎黑熊，因为黑熊在那个县属于奇怪的、让人害怕的动物。我则认为猎杀黑熊是罪过，因为黑熊是优雅的动物；黑熊喜欢喝酒，喜欢跳舞，对人无害；你跟黑熊说话，它比别的动物更懂你的意思。黑熊在黄石公园有时被宠坏了；不过，那是游客在宠它们。我从小时候起就杀过许多黑熊。我因此知道猎杀黑熊是罪过。这并不是我捏造的罪过。不过，在后来的许多年里，我只在畜牧业主协会抱怨某黑熊吃牲口时，才去猎杀它。我去杀那头黑熊，省得他们派一个政府猎手来把所有的熊都杀掉。不过，有时北美洲灰熊也会弄死牲口。不过，黑熊绝不是福克纳头脑里的动物，不该猎杀。他从没见过北美灰熊，正如他没见过北美灰狼。假如他见过，就不会把狼跟狗混为一谈了。

即便他肯读此书，也不会明白里面的东西。因为，他见过的鱼是猫鱼。他也许认为沟渠里的大猫鱼不会那样挣扎。所以，A. 这书不真实。B. 既然这书不是写那个县的，也就没趣，也就不重要。

我有时真够透了他那个“县”。任何需要族谱表来解释的东西，都有点像詹姆斯·布朗奇·卡贝尔。假如你需要世上最长的一个句子给书找个突出点，你蛮可以雇用比尔·维克并找几个侏儒。作为一个技术人员，我告诉你那句子不是一个句子；它是许多许多句子组成的东西。不过，当他写到句尾的时候，他只是不加句号。假如给句子加上恰当的逗号，则要好得多。他那么写也挺好。只是我总感觉少了点规矩，少了点特点，总感觉有点玉米威士忌酒劲带来的勇气。我读福克纳的时候，我能说出来他写到哪儿感觉厌烦了，能知道哪儿是借玉米酒的酒劲写的；正如我当年能说出司各特什么时候能写好：从《夜色温柔》起我就知道。不过，我当时觉得这是作家不该告诉外人的东西之一。不过，他是不明白作家该团结一致对付外人的道理的。这不是投桃报李的问题或者说为了相互说好话。这是为了了解一个伙计到底出了什么问题，看看他身上还有什么优点，而不让外人来窥探“职业秘密”。

他那个陈述也许就是他想表达的东西。不过，由于掺进了许多别的东西，事情变得复杂了。我所想到的是：他相信了众口一词的评论，以为我完蛋了，以为我求他帮我走出困境。也许是因为他得了诺贝尔奖。这当然是二把刀的反应。

好了，见鬼去吧。玛丽有一天钓到一条鱼，但不太大。有一次大风之后，日落之前，我们钓了一条巨个儿的鱼。我当时在钓鲸豚，那条大四鳃旗鱼却半路杀将来，把它的头都撞破了。它并不想吃那鲸豚。我把线放松让它吃进，它也让我松线，但却只挤兑鲸豚。也许是条公鱼，在与母鱼交配产卵前，正清理海洋呢。有时，在鱼类大迁徙的过程中，会出现一波鱼“兵”，走在产卵鱼的前面，见什么灭什么，不停地吃东西。你无意中会钓到这些鱼。不过，这一条比鱼“兵”要大得多。母鱼直勾勾张开嘴吞食鱼饵。我今年看见三条非常大的鱼，但它们并没有在捕食。那是因为它们在海底的时候吃得很好，浮上来就不用再觅食了。

我今天下午要带着大鱼饵去钓鱼，再去试钓一条大鱼。假如你一周能钓一条大鱼，运动也就足够了，能保持身体健康。我身体好的时候跟大鱼奋战，曾经减体重 10 磅，这才把它钓着。你从脚趾酸疼到大腿，然后到肚子，然后到胸腔，然后到胳膊和肩膀。一周钓两条大鱼，你的肚子就像板子了。一周钓三条鱼，你的肚子就像旧搓衣板了。用几年时间，我们都下午去钓鱼，一周钓三次，每次两三条大鱼，如此身体就好了，晚上也能睡好觉了，醒来时开心如小时候一般。我用的是 1933 年用的方法。钓大鱼的话，现代玩意儿如换齿轮和用绞盘都不可能起作用。那些新东西是了不起的助手。不过，解决问题不能靠它们。等我再老一点，我就用这些东西。有时候，你感觉自已老得很快。不过，应季抓到的每一条鱼都让你感觉很好，身体也更棒。这个季节已经钓了 14 条了。玛丽钓了 3 条，泰勒 · 威廉斯钓了 5 条：他在参加两三个锦标赛期间跟我们在一起。

提前安排假期怎么过了吗？我们计划的欧洲之行成了过眼云烟。玛丽的父亲迟早病要再犯；她母亲也病了。罗伯特 · 赫热拉身体很不好，差点就死。我得支付他的医药费，迄今花费已然够头等舱来回飞法兰西岛了。我得还掉借的钱，好算个人所得税；已经留下钱支付今年的个人所得税了。此处经常开销已经所剩无多。假如斯科瑞布纳版我的这本书没问题，我们也就没问题，我看看书卖得怎么样再定吧；也许 9 月份能去。现在是觉得在此地呆得够久了。假如信风不起，热浪就会袭来。

希望你和家人都好。

欧内斯特

（此信藏哈佛大学图书馆）

致查尔斯 · 芬顿

1952 年 7 月 29 日，观景庄

亲爱的芬顿先生：

谢谢你来信并寄来你的文章。

你的文章含有很多不准确之处。比如，你在毛斯的故事上就没躲过鱼钩、渔线和铅锤。假如莱昂内尔 · 毛斯觉得（或者他自己那么说）他影响了我的写作手法或者我的性格，姑且算是这么回事；假如这么想能给他快乐，我则没有意见。不过，你把这个放进一本严肃的学术著作，就另当别论了。

从你的文章看，毛斯的影响说依据是韦斯利 · 斯多特和毛斯本人的证词。假如我受毛斯的影响或者教诲，我会很高兴承认的。我跟你写信说过，皮特 · 惠灵顿是个好老师，他教人如何遵守纪律。我也写信跟你说过《星报》的文风和别的东西。

关于毛斯教我写作有两样说得不对。A：这不是事实。B：我跟毛斯的关系是韦斯利·斯多特描述的。

你能查一下我在《星报》工作期间韦斯利·斯多特有多少时间呆在堪萨斯吗？我记得自己就被人介绍给他一次。他从来就不是我的朋友，也不是很近的熟人。我的回忆也许不准确，但我在那儿的时候，他大部分时候是在华盛顿为《星报》工作。我在《星报》的那个上司斯多特是拉尔夫·斯多特，他是执行主编。

《星报》至少有十个人比莱昂内尔·毛斯跟我的交情深。你给我的我在《星报》见习期接触的人（你联系过）的名单里就没有提到这些人。我这才开始对你的研究项目感觉不对劲。

我只是略微认识毛斯。我对他印象最深的是他的能力、他那不受约束的天分，以及他旺盛的生命力：这生命力借着酒劲能溢为暴力；而我又从来没有见他不喝酒。就我所知，我从未听见他严肃谈论写作。他写的新闻稿我记得当时属于文风浮夸的，往往言过其实。更让我吃惊的是他居然有能力把报道写出来。我很少见到他，因为我们在城里的工作地点不同。我那时总说他的好话，我现在也会说他的好话。不过，我很吃惊于他的浪费天才，也很惊异于他的暴烈。

你听信了毛斯教我写作的话。也许你没听信，是你自己得出结论他曾教我写作的。我想毛斯是敢这么说的；或者他当年敢这么说。说我是毛斯的追随者的是韦斯利·斯多特，而不是毛斯本人。

我过去总感觉莱昂内尔·毛斯的道德良心是他自己的事情。他非常奇特，有活力，心胸也宽大，很能喝酒，很能打拳。我总为他遗憾：他的天分没有纪律约束，没有被引导到好的写作中去。也许他写过好东西，只是我没读到而已。

你说他是理查德·哈丁·戴维斯和报纸头版的混合物；我真的觉得你的对比不精确。我一直听说戴维斯是个势利鬼，是一流的战地记者。毛斯从来就不是势利人，我也不记得他当过战地记者。我只记得他是一股原始的力量，很有报人的技巧，极能说会道；他的麻烦来自女人和酒。我现在则但愿了解他更多些，也有兴趣知道我在《星报》的时候他到底花多少时间为报纸工作。

芬顿先生，你的研究项目面临的麻烦是：你不可避免得不到真东西。你得到的是幸存者的口头情报。比如你在论述毛斯教我写作的事情时提到卡尔·埃德加，虽然他是我真正的理所当然的老朋友，但他也只能给你关于毛斯的传闻。我不认为卡尔见过他。我当年交往的其他人他也认识很少。你在写《堪萨斯城市之星》那段，却把他们都漏掉了。韦斯利·斯多特常振振有词地说他根本就不知道的东西。皮特·惠灵顿一直太卖劲工作，太忙，无暇顾及三十五年前发生的事情之细节。你怎么能指望他呢？我在报纸工作的时候，我俩不是朋友。他是我的顶头上司；我尊敬他，崇拜他，喜欢他。不过，他从不过问我办公室以外的生活，因为他就不是那种人。在皮特手下干活，就像在一个好军官手下服役。

如下为你得不到的真的情报：卡尔·埃德加一直爱着凯特·史密斯（比尔·史密斯的妹妹）。我都不记得什么时候认识凯蒂的了。比尔曾经是我多年最好的朋友。老实的约翰·多斯·帕索斯在基韦斯特结识凯特·史密斯，当时我正在写《永别了，武器》。他此前从未见过她，甚至连密歇根北部都没到过。然而，他却迷上了密歇根北，并娶了凯蒂；最后也终于害死了她：把小车开进卡车的尾部。我已经把真东西压缩到最低限度了。多斯在我们家听说了许多关于密歇根的话；他从凯蒂那儿也听说了许多。1951年，他出了一本小说叫《上帝选中的国度》，其中很大一部分是关于密歇根的。我是里面较讨人厌的人物之一［乔治·埃尔伯特·沃尔纳］。他把在我家作客时餐桌上听见的逸闻轶事加上点荤料编成小说，还选取的是记不太清的素材。他拿比尔的弟弟Y.K.、弟媳妇和唐纳德·赖特牵扯进的一个杀人事件当素材。唐就是你见的（或者通信联系的）那个小萝卜头。这事发生在芝加哥南一个叫“帕罗斯公园”的地方。我相信是有个爱上了Y.K.的女人开枪误射了一个花匠［1924］。我当时已经在欧洲住了几年，记得是在法文报纸还是西班牙文报纸上读到这个的。多斯在那本书里写了个让人讨厌的人物，那家伙写的是我。接着他背叛了凯特、Y.K.等人，把一张照片拿去发表，并在芝加哥某报纸上写专题报道，指责这些人从事邪教，举行古怪的性仪式。（我真是感觉无望啊，你居然也跟着讲这事情。）真实的情况当然是：我在欧洲，对此事一无所知；除了我在报纸上读过的东西外我什么也不知道。不过，那张照片（一定是多斯在凯蒂的相册里找到的）是比尔和我以及卡尔·埃德加欢迎《堪萨斯城市之星》的一位老朋友时拍的，那是战后的事情。

这就是实情。你再看看给你的是些什么。我想你应该停下整个研究计划。没有当事人的合作，你是不可能得出真理结论的。这种合作之费力几近让一个人去写自传。

这种做法很容易落入圈套，比如，毛斯那种说法。我不得不给你写信免使你犯错，在我也是件难事。假如你接着写我在《多伦多星报》的见习期，外加在巴黎的那段，那我就得没完没了纠正你了，否则会有很严重的麻烦。我蛮可以自己来写这两个时期的生活（我一直就想写）。

我是该写写巴黎那段生活。这很重要。因为，没有人知道实情，只有我。这一时间来写这个，也很有趣。我跟乔伊斯很熟，他是我的好朋友。我也认识F. M. 福特（雪佛）很久了，很了解他。斯坦因和庞德也是我的熟人。列奥·斯坦因也是我的朋友；毕加索、布拉克、梅森和米罗都是。我也跟许多法国作家相熟；我要是来谈谈他们的话，会很有趣味。假如我动笔，会有人买我的稿子的。

我写的每一个字值50美分到一个美元。我给你写的信是500字到1 500字；你把它融进材料里可以卖2分5每字，另外加上10万册以上的版税交易也不过如此。芬顿先生，你必须同意我的看法：这在经济上很不划算。

你的信和手稿是昨天早上我收到的。我放了放，今天才动笔给你回信，然后接着干我自己的活。到我努力给你回答你问的关于你的稿子的问题时，我想于毛斯之事上给你正视听；我今天实际是无法写自己的东西了。几个星期前我给你写了封长信，解释了关于橡树园的种种以及原因，那是你从别人那里得不到的东西。不过，当我收到你气呼呼的信后，我没有寄出那封信。我仍然相信你该停下这个项目，或者另行组织一下，让我俩都从材料和文学评论里获得充分的利益；我当然会给你提供材料，那样才不至于失手。任何人的自传都属于他个人的财产。他该有选择权决定权于是否动笔。不过，他当然不该零敲碎打地把材料写进信里，让另一个人使用。假如你看一过你的手稿，就会发现最可靠最直接的东西、可以得到证实的东西以及可以铺陈叙述的东西都是我给你写的东西。

也许更简单的办法是让你继续干，去发表毛斯的说法。这样做能让毛斯高兴，我也乐得那样。不过，那不是事实，那会毁坏你的声誉：我会证明那不是事实。任何人读到这段都不好，尤其是想从中寻求写作指导的读者。

我在读你的手稿……

＃＃＃＃＃＃＃＃＃＃＃＃＃＃＃＃＃＃＃＃＃＃＃＃＃＃＃＃＃＃

我刚才读了你的手稿。见鬼。我不想再完善修改它了。关于毛斯的那段，毛斯看了会很高兴。他现在也一定是个老头了。我愿意让他开心。我当然也愿意让皮特［·惠灵顿］开心。我想，你拿掉韦斯利·斯多特的徒弟助手那段引文也不会害着你的稿子的。保留其余部分吧，假如你是这么看待这事的。这看上去更像是一张退了色的快照，而不是某特定日子真实发生的事件。我要写我自己的东西去了。谢谢你让我重新回忆起堪萨斯市的生活。我现在能写很好的堪萨斯故事了。

你可以用我给你写的信，引用时就照这篇文章出现的样子就行。

就当是那么回事吧。假如你给毛斯写信，请代我问候他。别跟他说我写给你的信里会伤害他感情的话。他要是在《新世界创作》[1]里读到这篇文章会很开心的。我认为这项工程很棒。

你的写作方式基本构成有误是大多数人的记忆不精确所致。你要我跟你说的就是这个，不是吗？你的研究方法另一个缺点是：美国的一切都变了，草原是微不足道次区域，光秃秃的山属于纪念碑的斜草坡；建筑都被拆了，代之以别的构建，绿草坪大树都没了，代之以公寓房屋；曾经演讲过的地方，我们建造了洛克菲勒中心；一位好人死了，另一个多嘴的家伙在为他说好话；有多少米泽纳也不能让昔日那个美国复活。你需要点方志知识，也需要见一见推土机推倒一切之前的那山那景。你需要在人们建水坝以利灌溉工程之前在溪流里钓一番鱼。你需要很多东西啊，所以不用样样都做得很好。

我希望你能得到这些知识。我希望你去写别人，因为你的研究方法很有学术意味，很体面。

祝好，

欧内斯特·海明威

（此信藏普林斯顿大学图书馆）

[1]《新世界创作》第2期(1952)第316—326页。

致查尔斯·斯科瑞布纳

1952年9月3日，观景庄

亲爱的查理：

我让［阿尔弗瑞德·］赖斯跟你商量一下电视改编的提议。保护你对此书［《老人与海》］的版权是我的第一选择。我这一头觉得他们不可能改编出什么好东西而又不损害书的长处，因为没有相当研究，改编成剧本是很难的。我也不想有什么瓜葛，无论别人的用意有多好；结果是不会好到哪里去的。因为有合同约束，交稿期限也很短。本可以用用这免税的钱。上帝知道。但这钱不足以为此妥协。

一本书写完，我精气神完全消耗掉了。假如你没有消耗掉，说明你没有完全把情感传递给读者。反正这一套在我这里起作用。我半年或者一年后阅读这叙述，会好得多。

我同意你的意见：就按17 500美元的价格让“西部”（德尔丛书）出版35美分版《过河入林》吧；这是最佳选择了。你跟阿尔弗瑞德商量一下，看什么时候钱（我的那份）能到我账上。看看书卖得如何，然后再看能再做点别的什么。

我当然希望这本书能卖得好一点。我跟你父亲的交情很好；我俩也绝对相互忠诚于对方。评论家们煞有介事写文章，说我对斯科瑞布纳不忠。你对此并不陌生，所以我们没有必要深入谈这个。

我想，最好不去生闲气。不过，读了奥威尔·普瑞斯科特小先生在《纽约时报》上的文章还是不禁让我惊讶于这种可怕的无知带来的沾沾自喜；他居高临下地说这本书里“没有故作姿态的招摇女郎”。

这都不算什么了。夜里打来的长途电话才新鲜呢。打电话的人不分时候，跟你争论书里某处讲的是什么。有些打电话的人属于歇斯底里；有些则来向你表示感谢并开始哭（啜泣）。有一条游艇从巴哈马群岛跑来我的俱乐部；一个巴哈马黑人小子来自阿巴柯，他在甲板上找到一本《生活》杂志，两天里已经读了五遍了。他的理论是：“世上没有活着的人能写这个。不可能知道这样的故事，不可能写。别跟我说这个，这个故事很奇怪。”那是超自然的写作手法。

还有没法确认的报界人物。假如你接电话，他们就扭曲你说的一切。昨晚有个家伙想给我设套，问些关于宗教的刁钻问题。我跟他解释说，我只管写小说，故事里的任何宗教都属于那“老人”。然后这婊子养的问我是否礼拜天钓鱼。他声称自己是一家澳大利亚报纸的记者。我跟他说只有在鱼季我才礼拜天钓鱼。希望我的态度得体。

前天下午又钓到两条，如此共计 28 条。假如龙卷风不太打搅这溪流，我们还能抓到 8 到 10 条大鱼。水流的湍急度目下是 4½，是正常时候的两倍。接下来的两周是今年钓鱼的最佳时节，都是大鱼啊。不过，随着温度计下走，鱼就往深水区了。龙卷风天气也总让它们望而生畏。不过，龙卷风过后，它们就有的吃了；浅滩上到处都是黑翅巴哈马飞鱼。

等钓鱼季节过去，我就要离去了，赶紧走。太多干扰，不得干活；我就当它度假吧。

我们想见琼［小查尔斯·斯科瑞布纳夫人］。也许今年秋能见面。

小查理也许是想把死木头从出版书目里清除掉。[1]把它记下来，将来给传记作者提供资料。

祝好，

欧内斯特

（此信藏普林斯顿大学图书馆）

[1] 查尔斯·斯科瑞布纳三世时 15 个月大，喜欢把书从书架上抽出来。

致贝尔纳德·贝壬松

1952 年 9 月 13 日，观景庄

亲爱的贝壬松先生：

非常感谢你来信，非常感谢你喜欢这书。我很抱歉你迟迟才收到此书；不过，那是我所知唯一快捷传递方式了。假如我从这边寄，它都可能成为圣诞节礼物。

我想读那本关于战争岁月的书，要英文本的。我耽读过意大利文本的，但来我们这里的意大利朋友离开此地时把它拿走了。他们就拿了这一本书，所以我觉得在我是损失了本书，对你来讲，这可是褒奖。

我没有给你多写信的原因是：今年不是个吉利年，死了很多人，出现许多问题和琐碎之事。玛丽和我都喜欢你；我不想用琐碎的事情来烦你。玛丽很好，属于荷马先生了解的那种贤妻。你是个智慧老人（我的唯一人生目标）；等你见到她就很清楚她如何贤惠了。

我们以前好像谈过《大白鲸》，现在再谈谈也无妨。这本书在我看来写的是两样东西：新闻（写得好）加人为的寓言史诗。我从前就觉得你别把大海当个很凶猛的东西，就当它是海洋，当我们喜欢的“海婊子”，海浪拍击我们，海水让我们身上起疙瘩。我们总叫她“海婊子”。你可能不会爱一个妓女，可你会很喜欢她很了解她，成天跟她厮守在一起。

接着就要讲另一个小秘密了。世上不存在象征主义（我拼写得不对）。海就是海。老人就是老人。小子就是小子。鱼就是鱼。那条鲨鱼一如别的鲨鱼；不好，也不坏。人们所说的象征主义是狗屎。等你了解了就明白，跑偏了，是因为你看偏了。一个作家应该有过多的知识。

我自打看见画儿，就努力从这些画儿上学知识了。你知道，画家们比作家们强多了。很不幸，但这是实情。当然，他们也常常卖废纸篓里的东西。我们知道这情况。评判的路数我想出来了：别人为定标准就行；读你的信我发现你已经完全说出来意见了。这话也许无礼，但你要知道，我并非无礼。

假如我问你是否想或者说愿意或者说高兴就此书写两三句话，好让斯科瑞布纳出版社引用；你会觉得我的请求不对吗？你是我唯一尊敬的评论家。假如你真的喜欢这书，会让我不尊敬的那些人震惊的。不过，还是请别那么做吧；忘掉我所请，假如这请求有伤大雅。我自己都觉得这么请求有伤大雅。也许最好忘了它。反正你知道我寄书给你不是为了这个。

我们这里刮龙卷风已经一个星期了。我想，玛丽下周要去纽约。我们既然凯旋了就该有凯旋的精神面貌，或者得看上去像凯旋的样子。不过，我现在不想进城。

尽管天气有变，海湾还是有很好的湾流。我们迄今已经钓到 29 条大鱼了。都是非常大的鱼，每一条都很好，每一条都不同。我想你会很喜欢的。离开水一阵子再往水里去，满眼都是大鱼；这让我心动如第一次见到这水的时候。我总跟玛丽说，哪一天我看见飞鱼离开水面而不开心，那我就不再钓鱼了。

请原谅我信写得太长。忘掉我提的任何要求。请记住古巴这里有两个人很喜欢你，希望你好，希望你幸福。我希望能有幸不久见到你。

祝好，

欧内斯特 · 海明威

（此信藏塔提）

致唐纳德 · C. 盖洛普

1952 年 9 月 22 日，观景庄

亲爱的盖洛普先生：

非常感谢你写来两封信并随函寄来我写给 G. S.[1]的信。我很开心你喜欢我最近写的那本书。

关于葛特鲁德：只要那位托克拉斯——还活着，我就不允许发表我写给葛特鲁德的信。她死后我们再把信拿出来。你不觉得给人写的信——我们还是不谈这些吧。

为了让此信成为收藏家收藏的东西，我无论如何还是说了吧：我曾经是花园路27号的熟客。葛特鲁德跟我说随时可以来；假如她不在家，我就等着，就当自己家，跟仆人要喝的。“你请随意。”是她的原话。于是，有一天我来道别，因为她们要出门。女仆让我进去，请我等一等，坐下喝一杯，因为她们在打包。她拿出一瓶樱桃酒和一个玻璃杯，离去了。我接着听见托克拉斯对G. S.说话，说得很不好听；G. S.求着她。我出门回避，努力忘掉所听见的东西。[2]

所以啊，假如你觉得没什么（我恐怕你有什么介意），我就直说不许发表我给G. S.写的信了，只要托克拉斯还活着就不能发表。她死的时候［1946］我们还是好朋友呢。假如不是因为艾丽丝·托克拉斯，我们会一直是好朋友的。

我很对不住，不过我恐怕情况如此，不得已也。

真诚祝愿你

欧内斯特·海明威

（此信藏耶鲁大学图书馆）

[1] 耶鲁大学的盖洛普当时正选编《友谊之花：致葛特鲁德·斯坦因的信》（纽约，1953）。

[2]《流动的盛宴》（纽约，1964）第117—119页里铺陈了这则轶事。

致沃勒斯·梅耶

1952年9月26日，观景庄

亲爱的沃勒斯：

谢谢你来信告诉我书的销售情况。我不愿像个报丧鸟一样在销售数字上盘旋，也不愿像土狼一样气喘吁吁死咬下你的脖子（这些象征词汇都是近来读《乞力马扎罗的雪》评论文章获得的）。我只是想知道我们的成绩如何。一阵狂风吹来，打字机夹着的第二页纸都被鞭打到滑动架上了。龙卷风又往北部去了。这是本季第三场龙卷风了。我们每次所遇只是龙卷风的余波。我们预先请人探明地点并标上图，比气象局早三天为此。

可以提一下古巴之事［古巴政府颁予的荣誉奖章］。他们未经征求我的意见就颁发了奖章。要是拒绝的话，显得有点无礼，于是我接受了，以职业枪鱼钓手（从埃斯孔迪多到巴西亚宏达）的名义。我接着提名许多了不起的垂钓人，活着的死了的都有。

玛丽昨天飞往纽约。我本也想去。不过，你知道我去了会怎样。我能脚沾狗屎行路而面不改色。然而，我却不能忍受某些东西，除非喝醉了酒麻醉自己的批评功能。有人会对我发起挑衅并会得逞。然后就是完全无知的人物，他觉得花 20 美分买一本《生活》杂志，就有权叫你 Papa，而你却说了句："我也许是你父亲，但在我眼里你看着像个婊子。"接着就是你伤害了某人的感情，你得使他冷静下来，让他不再悲伤。假如你不去做冷却他的工作，他就会说，他曾经冷却过你。那可什么时候都是新闻的材料。假如你去冷却他，他还可能去起诉你；假如他落入不当之人之手，你就面临麻烦了。我但愿人们为起哄的人生产一种空难防护衣；一旦飞机撞到地面，机组会自动出具签署了的法律文件，完全赦免你。

可怜的［泽西·乔·］沃尔科特先生。之所以那样，是因为他的腿迈动了；也许是因为他的身体挨了拳。也许是因为最后四轮他跳动过频。只要你的腿动了哪怕一小点，你就会挨拳；此前是打不着你的。［洛奇·］马奇亚诺这么能打，没人能跟他交手。沃尔科特也许还能打败他。不过，我恐怕他在以往的 12 轮里教了他太多。

请每周上下跟我通报一次书的销售情况，除非太麻烦了。请别把这事太当个事情，我只是想知道情况。很多书店主动给我写信说，杂志的文章根本就没伤着书的销售。很多人读了多遍后给我写信；还有人写信说要买这本书，放在书架上给孩子们读。得克萨斯简直就沸腾了。人们把评论从报纸上剪下来寄出去。西部干脆有同一张报纸刊登针锋相对的评论文章。有时同时刊登两篇文章。有时一周登一篇文章；下周又登另一篇文章。一天里收到过250篇。一个人读那么多关于自己的狗屁文章可不是一件赏心乐事，无论是让你高兴的文字还是不让你开心的文字。可我怎么知道是不是熟人写来的，假如不拆信的话。万一有我想看的熟人的意见呢。不过，同时有五百万的读者（不管它实际有多少）很恐怖，沃勒斯。尽管如此，我还是觉得在这里读读这些玩意儿比去纽约谈论此书要好得多。

我但愿麦克斯和查理还活着。因为，他们要是看见某小子躲避某事会觉得好玩的。我们当然是迅速地把销售量提高了。不过，不久就会有某种大反击的。他们也许会让邦尼·威尔逊之流带头来反击。他会不客气地说：此书一文不值。那是他们的最佳反击了。说此书无聊、重复叙述、没有动作、没有性格、大海也写得假兮兮，语言不真实等等。我想我们得等待那些季刊抛出此文。我想他们再能耐，不会比德国佬在阿弗朗西战役和"突出部"战役里表现得更好。不过，这种情况发生时，瓶瓶罐罐总要碎很多。我的生活和性格也总成为攻击的目标。很简单。不过，看似还要简单点：因为我的不雅生活继续了很长时间；任何想着手证明我的生平事迹，或者想从我的生平里吸取可怕的教训的人，往往都陷入1942—1943—1944—1945年的泥潭里。他们不知道自己探究的是什么。我自己也很不愿意探究那段生活。沃勒斯，原谅我写这么愚蠢的信。我独自一人在家，没有闲话的对象啊。

祝好，

欧内斯特

（此信藏普林斯顿大学图书馆）

致唐纳德·盖洛普

1952年9月28日，观景庄

亲爱的盖洛普先生：

我授权你使用［去掉称呼和落款的］那些信，就是你9月24日随函寄来的那些。不过，你得查一下关于科瑞布斯 · 弗瑞恩德夫妇的内容，那些可能有诽谤之嫌；我允许你使用，除非这些信里含有诽谤之嫌之任何东西。

我没有理由因为自己对艾丽丝 · 托克拉斯的感觉，搅黄你这么努力为之的研究项目。你的书信选摘没有涉及斯坦因的信，也没涉及我跟她的友谊；这部分书信只是文学史和商业史部分材料。我希望你的书走好运。

请原谅我的信写得这么短，我并不想这么潦草的。我只是忙于处理关于我最近的书的信函。我喜欢收到信件，但一个人一屁股坐那儿读成千上万的关于一个话题的信，那简直是非人的生活。何况那书已经写完，事情了了。我想客气点，体面点，感恩点；我希望自己真的懂得感恩。不过，我还是但愿托克拉斯小姐收读这些信，且不得不回复每一封。

祝好，

欧内斯特 · 海明威

（此信藏耶鲁大学图书馆）

致贝尔纳德 · 贝壬松

1952 年 10 月 2 日，观景庄

亲爱的 B 先生：

非常感谢你寄来给我的书写的话。[1]我无以表达对你这么费时费心之谢意；不过，有能力的话我还是努力写作，让你为我骄傲。

玛丽去纽约看戏逛街了。她有点飘飘然，我不喜欢；不但不喜欢，还让我感觉不好。我的乐趣在于：我把书写完了，知道这书还写得不错。书出来的时候，我往往激动不已。不过，事后我情愿去思考谈论别的东西。

我们这儿现在天气不错。天空几乎跟意大利的天空一样。我现在该去意大利，不过，不得不忙生计，以免毁掉大家的生活。不过，这个时候是我最思念意大利的时候。玛丽在身边的话，因我很爱她，就忘掉了一切。她不在家，我就很孤独，平时不去想的东西就会蜂拥而至。

你的书［《谣言与反思》，1952］有大块评论呢。一切评论都是狗屎。无论如何我航空寄给你，万一你没看见呢。我小的时候，有人告诉我，人的一生要吃掉一顿的评论。所以我当时想最好吃快一点，快点吃完；我于是吃得很快。然而，随后却发现人家指望你终生吃它。不过，有时我略作反应，说："对不起，先生们，我今天不饿。"明白无误的吃狗屎的人，或者爱国的吃狗屎的人永远不会原谅这种离经叛道。

我们为什么出生的日子这么不同啊？否则能有很多好玩的东西。也许我们还将有很好玩的东西一起玩。你写的关于我的书的话，是让我最开心的东西了，除了写它之外。

你有过在许多国家不同时期生活的假想体验吗？或者那感觉很疯狂。我早上常常闻到马的味道；我感觉得到各种盔甲的不同样式；我感觉得到你哪儿被擦伤了。我熟悉泰本山的一切。我当年初到曼托瓦的时候，就像脑震荡后夜里回家。我脑子不太正常的时候，能记得最见鬼的事情。［福楼拜的］《萨朗勃》总令我厌倦；因为我记得实际情形是怎么回事。不过，所有的东西都被写过了，除了那些没有人写的。所以，我来写这些东西。生活在往昔可真是好玩，那时人的交情笃实。大家刚开了个头，你却写出来了；这情况也好玩。

出书于写作很有害。出书多比做爱太多还糟糕。因为，你做爱太多，至少你得一片光影，别的光明还无从替代。一片清晰而空洞的光。

得住笔了，不烦你了。把剪报寄给你。请原谅我写无聊愚蠢的信。

玛丽要是在这里的话，一定会问候你的。请保重。

你的朋友，

欧内斯特 · 海明威

英文版的那本书我还没收到。

海明威又及

(此信藏塔提)

[1] 贝壬松为《老人与海》写的"腰封"文字:"海之为海的田园诗;如荷马本人一般非拜伦非麦尔维尔;行文静谧扣人心弦,散文而有荷马的诗韵。世上真正的艺术家都不会去象征化什么或者寓言化什么——海明威是真正的艺术家——然而,每一件真正的艺术品都会吐出象征和寓言。这部短却非同小可的杰作呼出的也是象征和寓言。"

致查尔斯·A.芬顿

1952 年 10 月 9 日,观景庄

亲爱的芬顿先生:

对不起,没能早点给你回信。不过,这封信可以多写点。我有 3 814 封信要回呢,还有别的作业。我的秘书嫁给了一个外交官,去了日本。那些信我至少该回复 100 封,绝对。现在此地找不到好秘书。我试过了。

你把我给你的都装上了?你的手稿开头几页我发现了很多错误,我能把冬天剩下的时间都用在给你修改稿子、给你提供真实材料;那样我就根本干不了自己的活儿了。

比如:你把我写成了康纳波尔家两个孩子的指导老师。康纳波尔家是有两个孩子。一个男孩,一个女孩。男孩随父亲的名字叫拉尔夫,出生时因手术钳接生过度操作,有残疾。他就是人们常说的特殊孩子。你知道,人们为特殊的孩子专门办了学校的。

多萝西·康纳波尔当时已经从卫斯理毕业。我想,她是在法国为红十字会工作。她比我大一些。我们当朋友的时候,自然不是因为我受雇当她的指导老师。你这么写,很傻。

此外,就我所知,康纳波尔家跟芝加哥没有任何关系。康纳波尔夫人是我母亲北密歇根的朋友。我相信她的老家在佩托斯基。无论怎样,她是个可爱的女人;属于最优雅最可爱之列;我见过的女人里她属于长得最可爱的那种。

我遇见她的时候,正在北密歇根生活、写作。我当时没卖出什么作品，短篇小说写得很不赖。康纳波尔夫人问我想不想去多伦多，给小拉尔夫当指导老师，同时教教他拳击之类。她说她家在深谷里有个小木屋，在大房子后面，没人会烦我，我可以自行安排教拉尔夫的时间，什么时候教什么都行。或者不如说，不教也行。我当时正跟［佩托斯基］的三个女孩儿有染，我就是在这个镇子上见到康纳波尔夫人的。我当时想，该离开此地。现在想起来了：我当时爱上了四个姑娘，都是很好的姑娘啊。还跟其中的一个订了婚（至少算订了一半）。同时，我有了第五个姑娘的麻烦。这故事听着很荒唐，还真荒唐。不过，你也曾经 19 岁 20 岁过，能理解人是不寻麻烦也会有陷入麻烦的时候。

反正我是去了多伦多。康纳波尔夫妇做的第一件事情就是去了棕榈滩，把房子交给我，把小拉尔夫也交给了我。我从没管过家，更没管过那么大个家；何况还有那么多用人。这可真好玩啊……

不过，康纳波尔夫妇从棕榈滩回来之后，我跟他们说我教不了拉尔夫，想走人了。他们不愿让我走，因为我能给拉尔夫好影响。我说我没法一边干这个，一边写作。拉尔夫需要全天伺候。我说我想去报纸工作，挣点自己的钱；有自己的工作，可以在小木屋里写东西。康纳波尔先生一周支付我 20 美元，让我住着，给我酒喝；需要时车夫和小车可供我驱使。我常跟多萝西和多伦多认识的别的朋友去转悠。我表示一旦开始给《星报》写东西，我就不要那 20 美元了。不过，康纳波尔坚持要给，因为他有路子把钱弄回去。他喜欢打台球，100 分里每次总能赢我 8 个点；他每周从我这里赢走 20 美元还要多一点。我自己则在拳击和赛马上下赌注。另外，还赌些别的：事先弄够钱，好在春天揣着赌赢的钱离开此地前往密歇根。我辞却拉尔夫的工作后，康纳波尔夫人请求我跟拉尔夫住一间屋子，这是我唯一的义务了。我为她做了这件事，因为我真的喜欢她。尽管如此，我其实没有必要这么做。无论这个小伙子有什么问题，他在伍尔沃思连锁店的努力工作，外加他的女朋友的作用，这些问题都有所解决。

这就是“他教过康纳波尔家的两个孩子”需要改的真实情况，才是实际情况的十分之一呢。

还有一件事：你花钱找到我没有落款的许多文字。不过，你却不知道哪些文章改头换面过或者倚着抄写小桌重写过；哪些又没有修改过。我觉得一个作家的少作要是未经修改就被人拿去出版是件极其糟糕的事情，除非他自己允许当作品拿去发表。

事实上，我觉得还没有几件事有这么糟糕的：另一个作家把作家同仁的新闻稿件搜集来出版；这些东西作家本人是希望别留存于世的，因为它们没有价值。

芬顿先生，我对此反应很强烈。我从前写信跟你说过，现在重申一遍。

我不希望发表的文字，你没有权利出版。我不会对你做这样的事情，一如我不会在牌桌上欺骗你，或者翻找你桌子上或者纸篓里的个人信件。我想你最好还是在继续做之前检视一下良知；我已经跟你说停下别干了，让你打退堂鼓；即便这么做不会让你进监狱，至少会给你带来许多麻烦。

祝好，

欧内斯特·海明威

(此信藏肯尼迪图书馆)

致贝尔纳德·贝壬松

1952 年 10 月 14 日，观景庄

亲爱的 B. 先生：

随函寄上另一份剪报。我很喜欢这篇文章。《先驱论坛》周刊上真正谦和的文章就这一篇。这份周刊是办来给作家们写写自己的。去年我也写了一篇，所以今年不再有义务。

玛丽在塔顶上晒太阳呢。我的黑狗躺在我脚下，正做着噩梦。它的梦跟我一样多。我有时夜里醒来听见它在做可怕的梦。现在此地流行武装盗窃。这条狗最讨厌武装盗窃。有动静的时候，我拿着枪起身，它会装着睡得很死。它白天的时候很勇敢。它痛恨警察、“救世

军”的成员以及别的穿制服的人。夜里则安稳明智。有时它也会起来跟我一起巡逻。不过，我知道它有多不情愿；当它熟睡时，我并不责怪它。

奇怪的很，玛丽和我见到了你的表亲，这事大约发生在两个月前，在福罗里达酒吧。我们从海上回来常去这酒吧。玛丽对他很友善，因为他跟她说自己是你的表亲。我没有机会跟他说话，因为我在酒吧的角落里面，免得生什么麻烦。不过我现在知道了：当时我是不相信他是你表亲，认为他在撒谎；因为他劲头太足，太自以为是。这里也有几个不喜欢他的人，有两三个。这几个穿巴斯克衫的小子在打回力球。我还没见到他，他们就跟我说别理他。不过，下次再见到他我会对他好一点的。在我眼里，他太自以为是：不需要别人来喜欢他，也不需要朋友。重量级选手往往就给人这印象，没有什么别的目的。反正下次我对他好一点。玛丽已然对他很好了，我想这对他来讲也许更重要些。

[阿瑟·]克斯勒我像是从未谋面。不过，也许我脑震荡时在伦敦见过；脑震荡得厉害，没记住他。《正午的黑暗》是一本很好的书。我已经订了《自传》，但还未收到。美国版的你的书，我也还未收到。我记得在西班牙内战时，我们都拼命保护克斯勒，不让他被人枪杀；当时他在马拉加监狱。最终，我们使他获释。我在西班牙呆过许多年，认识交战双方的人：在内战里这种情况很正常。我为他是尽了力的。我记得一个俄罗斯人叫米哈伊尔·柯尔佐夫，我把他写进一本书［《丧钟为谁而鸣》］里了。我那本书就是讲那场战争的；在书里他的名字叫考尔科夫。他对我说：“欧内斯托，你怎么这么傻？你不知道吗？一个人要是故意让自己被捕入狱，你救他，他还会让自己再被捕入狱的。你要是再救他，会怎样？”

我当时并不知道这个。也许不是那么回事。不过，此事有趣。柯尔佐夫自己当然免不了西伯利亚流放的命运，假如他还活着的话。他知道我不是共产党人，也永远不会成为党员。不过，他相信我这个作家，于是尽量告诉我事情是怎么个运作法，如此我就能真实叙述这段历史。我写那本书的时候尽量做到真实叙述。彼时战争已经结束。因为，我在战时是不会去写什么东西伤害那个共和国的。我曾经信仰过这个共和国，并尽我所能为她服务。

希望玛萨现在过得好，过得幸福。我理解她对我有怨恨之辞。不过，那很自然。我自己也不会太相信这些话。编辑方和破裂的婚姻一方，你都得不到非常精确可信的叙述。当然，我也不会给人叙述这些。一个人要是连俊俏而有野心的姑娘和“天后”都分不清，那你就该被当个傻子受罚。更别说道听途说了。

我一直记得乔伊斯的话：“海明威啊，亵渎不属于罪过；道听途说才是罪过。”

你认识乔伊斯吗？他对崇拜他的人可真不好，真是不识抬举。他对待把他当偶像的人，则更不好。然而，他却是最好的伙伴，我见过的最优雅的朋友。我记得有一次他感觉很阴郁，问我是否觉得他的书郊区中产阶级味道太足？他说有时他情绪低落是因为这个。乔伊斯夫人说：“吉姆可以做点你那种猎狮的事情。”乔伊斯说：“我们必须面对一个事实：我看不见那狮子。”乔伊斯夫人说：“吉姆，海明威会跟你描述它的；然后你再上前去摸摸它，闻闻它。你需要的就这些。”

请保重身体，好好写那书。不过是一个字接下一个字写去；一旦开头，你总能往下写。别写愚蠢的东西，那会浪费你的生命。只写你不得不写的东西，才知道什么有价值去诉说一番。小说家们都是超级编谎言的人。假如他们知道的够多，而又有约束，那他们的谎言比真实还要真。假如你打过拳，掷过色子，或者上过法庭，或者参过战，懂得导航，知道海上的种种，了解世界坏的一面，也知道世界伟大的一面，了解不同的国家以及其他东西，那你就很有本事撒谎了。所谓小说家不过如此。

我愿跟你缔约。你现在开始写书，一天里就一段时间里写。我则尽量去写一个好故事，只为你一人而写。我们就这么写下去，一直到把东西写完。

玛丽问候你，我也问候你。

欧内斯特

我想，缔约之事倒是个很好的短期项目。打电报来，就说“pacted”(此约缔也。别说 impacted）。我就开始写。我们写什么都会是好东西的。不过，我们得开写才行。

海明威

亲爱的 B. B.：

这封信我没有给你寄，是因为我找不到那剪报了。现在好了，找到了。可是，这信看着太自以为是了。不过，你也许会原谅我这么写的。你的书终于来了，我读着比读意大利文的更喜欢。你在战时写这本书，可是真了不起。我在战时可什么也写不了，除了诗歌。有一次在马德里，我写了个剧本。我写的时候，这东西看似很好，但也许根本就没有价值。最近在读一本奇怪的英国书，写作风格异常糟糕但行文却很有效果。像可怕的拉加尔托河（我不会写“蜥蜴”俩字）。我自己也正模仿这风格呢。这就是早饭前读小说的结果。也许我现在能终止模仿了。一般我早上写东西前从来不阅读什么，就是为了努力不求助于人来自己咬那老指甲，不受别人影响，也没有人给你奇妙的样本，或者坐在你身后看你怎么写。在马德里，我学会了写东西之前，去上流社会的林荫道散散步。这样做效果很好，不像阅读那么有害，那么给人开药方。我知道那不是你的盘中餐，但对一个没有受过正规教育的人来说，假如每天去去普拉多林荫道，别匆匆忙忙的，能接受很好的教育。那里的丰富多彩、那里的伟大和琐屑、那里的无人知晓的奇妙种种构成一道视线，让一个没受过教育的人感兴趣、着迷。西班牙人在［约瑟夫·］杜文爵爷博士动手之前就买了些非常好的画作；他们在佛兰德斯行动的时候就一定偷过些非常优雅的美术作品。

关于偷画的事情，我只略知一二。不过，最有趣的一个故事我知道发生在一个叫惠提·达尔的飞行员身上。他是个很好的飞行员。有一天，他上我这儿来，说：“欧内斯特先生，我得听听你的意见。”

“好吧。”我道。

“范迪克是个好画家吗？”他就是这样发音的。

“很好的画家，惠提。大家觉得他很好。”

“范迪克的一幅好画值多少钱？”

“惠提，我没法给你精确的估价。我得去查查。不过，相当值钱。”

“听见这个我当然很高兴。”惠提道。“我很高兴我的判断力不错。我们在城堡的时候，我挑了这幅老范迪克的画。我走到哪里都带着它。它就挂在我床头。我爱这幅老范迪克。我很高兴听到你确认我有好的品位。”

很可惜，惠提没有跟约瑟夫爵爷联系。惠提答应过我，战争结束后他会交出这幅画。然而，他却被击中了，被俘了，在萨拉曼卡被判死刑。他最终还是出狱了。不过，我不知道这幅画现在哪里。普拉多富人区的画都保护得很好，没有一幅被毁损。我总是为西班牙共和国感到骄傲：他们把那些画保护得那样好。我记得来了一长队卡车；“普拉多”富人的那些画就在从瓦伦西亚往巴塞罗那去的那条路上；那天佛朗哥的人切断了道路，到达了海边。一个师所剩部队都在拦截那支企图切断道路的卡车纵队。梅塞密特和弗拉特的人围着那地界用机枪扫射；我为那些画祈祷。那是那些画经历的最危险的时刻。之后，这些画直接到了瑞士；后来，这些画都被归还了。我想当时这么通过道路交通相机撤走这些画是错误的。不过，没有人知道在瓦伦西亚会怎么样。许多人都被打死了（本可以在后卫行动里得救的；后卫行动能保证道路畅通，直到他们安全撤出）。在法西斯轰炸马德里期间，那里不识字的人有句口号叫“敬畏你搞不懂的任何东西，它也许是件艺术品”。

似乎这可以在任何时候都被当作很好的基本口号。

假如你烦透了我这封信，就当它是本坏书，跳过去不读即可。

今天早上收到你的信，系发自罗马伊甸园旅馆的那封。

一个人不必在乎那些评论。不过，我在乎你的评论。阅读别的评论简直就是罪恶。一个人发表一部作品，然后再去读那些评论是有害的。评论家们要是不懂你的作品，你会生气。假如他们懂得你的作品，你不过是读了你已所知的东西。对你来讲，没有什么益处。还不至于像喝女巫巧克力调的酒，但有点类似这种东西。

我记得第一次世界大战期间，一个英国兵来到［斯奇奥附近］蒂耶纳的一家酒吧（或者在玛洛斯缇卡，或者在西耶特地区后面的某个地方），说："给我来一瓶，给你他妈的里拉钱。"他真喝了一瓶酒，就像喝的是啤酒似的；立马死去。

我上一本书所得评论很糟糕；这一本书我有必要树立好书的形象。你为我的书树立了好的形象。此后，老鼠们回不回到永不沉没的船上去，我才不管呢。反正它们从来就不太受欢迎。连那条船上的猫都不太喜欢这群老鼠。我需要你提供指南针和航海用的六分仪。假如你能成为指南针和六分仪的好朋友，那就太好了。B. B.，我需要纪律和培训，就如同一匹很难驾驭但却非常优良的马。我自己也需要制定该死的纪律，同样还得犯犯错误。你真正喜欢《老人与海》对我来说有多重要，我说不出。你给我写信说你如何评论这本书；我也无法表达这个对我有多重要。我想过你说过的话，不过却无法表达出内心的感受，自然是说不清楚。现在这感受说出来了。我不必解释这书的蕴含，也不会再跟人去谈论它了。

我最开心的莫过于写这本书。假如你读了别的书：这些细节对你来讲就好玩了。我是在瓦伦西亚开始写《太阳照常升起》的，那天是我的生日。因为，此前我从未完成过长篇小说；而我的同龄人都完成过长篇；我感觉很不好意思。于是，我在六个星期里写出了它。我写它时身在不同地区：瓦伦西亚、马德里、圣塞巴斯蒂安、昂代、巴黎。到最后一站的时候，简直就像发烧了。写到最后就是疾跑了。也像自行车赛。我当时不想停下这速度，做爱或者别的事情都妨碍这速度。于是我让老婆跟她的两个朋友［宝琳和维吉尼亚·费佛］去了鲁尔。随后，我完成了小说，整个人都掏空了；很寂寞，非常需要一个姑娘。于是，我跟一个不太好的姑娘上了床。就在这时我老婆回家了，我只好让这姑娘爬到锯木厂（切割木材做镜框）的屋顶，赶紧换床单；这才来开院子的门。大家都很开心，因为是不意之归，除了锯木厂屋顶上那个姑娘。你得想出点计谋啊。不过，我写得太快，激动的是我的内心，书里则几乎没有什么可激动的。我于是写完书就通奸，让头脑进入可怕的绝对清醒状态；那可是不信宗教的人的地狱边缘啊。我们接着来到瓦拉尔堡的施鲁恩斯；在这里我们过得非常愉快，好极了的健康幸福生活。我又把书修改了一遍。接着，再次修改。随后，就有了一本书。这期间一直就有各种可怕的事情发生。

接下来的一部长篇，《永别了，武器》，那就更属巧合了。这本书写作过程模糊得我都记不清是怎么回事了。我写了第一稿；我父亲开枪自杀时，我正准备修改呢。我当时是一家之主，有许多事情要处理，有很多债要清偿。我有必要把这一切完全抛开，只考虑修改作品的事情；同时小心翼翼地应付各种问题和债务。这种素养的培植让日后进入你生活的人觉得你以无情为乐。

在另有长篇小说场景出现在我眼前之前，我最好停下这封信。

将来写什么，我不知道。我的二儿子，帕特里克出门去肯尼亚了。他热爱非洲，就如同非洲是个姑娘。非洲还没让他得瘟病呢。我知道自己也曾经同样热爱过非洲，至今还爱着。非洲可是让我出过疹子。非洲和大海是我认识的两个最可爱的婊子。假如我们年初有了钱，而我又不欠别人的钱，玛丽和我该去非洲。我在此地已经拼命写了两年半书，该往青山里跑跑了。我在那儿兴许能帮上帕特里克。我们也可以去意大利，到那儿迎接你回来。你会对我失望的，不过你会见到玛丽。走出非洲之后，人总能看到新东西。假如没有新东西出现，我能创造个新东西。

这封信简直就是三部新闻专题电影了。Basta［够了］。

你的朋友

欧内斯托

（此信藏塔提）

致埃德蒙·威尔逊

1952年11月8日，观景庄

亲爱的埃德蒙·威尔逊：

非常感谢你寄给我书［《光的两岸》］。谢谢你书里那么写我。我本非常想寄给你《老人与海》的。可是，因为我俩互通了几封文明友好的信，我想你会觉得我寄书是为了讨好你，让你注意我。你知道我写这本书的时候想着的是真正的鲨鱼；这书跟那种说法（鲨鱼代表评论家）一点关系都没有。我真不知道是谁想出这个的。我一生里希望有明智扎实的评论，因为写作是最孤独的行当。然而，我却很少见到有见地的评论，除了卡什金之外，除了你。你的有些评论我也很不同意；不过，你的其他评论都很让人心明眼亮，很有帮助。

我看见你的新闻体写作能以散文而立足，这真让人开心。我读你的这本书直读到凌晨3点。这可是让司各特着迷的神秘钟点啊。你一旦接受失眠这个事实，这个时辰在我就是夜里最佳时辰；这时也就不再担心自己的罪过了。迄今我已阅读此书剩余部分三个晚上，我小心地保留些下次再读的东西。世间最美好的事物之一是阅读你当时对事物的感受。你早先写的评论司各特的书非常有见地。我想多斯是骗了我们大家；不过，他骗得最厉害的是他自己。他写的最后一本书《应许之国》［1951］让我读着觉得恶心。我当时唯一的希望是：他作为一个作家，把这本书弄成亲爱的凯蒂为《妇女杂志》写的东西的改写就成。不过，这个希望也不太好。你见过有谁被钱腐蚀得像多斯那么厉害的吗？当艾森豪威尔从民主党人那里接受了他的书免税所得之钱财，他成了共和党人。他的政治进展以及多斯的文字进展有着非常奇怪的相同轨迹。

读俄罗斯人如何盗窃你的好书那段，很有喜剧效果。那个故事多奇异多好玩啊。我对俄罗斯人的了解只通过卡什金，他我也从未谋面。不过，他信写得优秀。我想，他外表古板教条，内里却是个极好的评论家。我当时就觉得他知道我想怎么努力写得更好。这就如同一个投球手碰上一个好极了的接球手。接着是我在西班牙遇见了些俄罗斯人。柯尔佐夫似乎是想让我知道万事万物的真理。盖洛德家那次行动他让我来行事，并且也不遮掩什么，让我知道整个事情的真相。这些事的真相可不咋样。可是，他想让我知道真相，无论好与坏。所以啊，你跟他们在一起经历了勇敢和胆怯，你也就看见他们是在尽最大努力行事了。我看着科尼耶夫实验坦克战术，学得很不对劲，大抵不对劲。我看见瓦尔特在一座桥那儿，想炸桥又什么东西都没有带。另一边就是法西斯的坦克。他们以为桥上埋了地雷。我们四个在注视着他们。在这样的情况下，瓦尔特还能开玩笑。卢卡斯死了，海尔布隆死了。汉斯和我划船过了河，伊布罗河；那环境条件是够糟糕的。如今，这些人都死了。不过，这不算斯大林主义经历。这只是捍卫西班牙共和国的小插曲。俄罗斯人撤退了，走了。到 1937 年 10 月（得查准确日子）俄罗斯人放弃了西班牙，觉得这是个没有希望解决的问题。伊布罗河畔富恩特斯攻击战失败之后，他们就决定撤退了。他们留下了几个人，但不再作任何努力，撤退了。那场战争的历史都是不求真、只在乎自己的理论和信仰的人写的。

我在《纽约时报》上读到哈维·布瑞特[1]写的一篇关于你的好文章。他写到你想学西班牙语、想了解西班牙文学的情形。表面上看，这西班牙语很容易学。然而，每个单词的意义却那样多；若说起话来，简直就是在讲两件事情。一个单词除了已知的意思外，还有许多隐藏的意义：这些意义源自盗贼小偷、老鸨妓女之流的语言。这一现象其实存在于世上所有的语言；隐语大抵很古老。假如你要开学西班牙文学，我觉得最好先读杰拉尔德·布瑞南的《西班牙人民的文学》，这书是剑桥大学出版社出的。这是一本很扎实的书。他的另一本书《西班牙之谜》（Labrynth 也许我拼写不对）是我看过的谈论西班牙政治的最佳读物。假如你真的想学这门语言，你可以跳过许多，从克韦多学起。那张起口来可难啊。学洛尔卡很时髦，但完全是愚蠢之举。他的诗歌是基于安达卢西亚音乐创作的。假如你不知道那种音乐的不谐音，或者不熟悉阿拉伯语，那语言几乎就没有意义。（假如我拼写得不对，请别以为我跟司各特一样基本属于文盲。我每次拼错字心里都有数。不过，要是用字典，怎么用手把字打完呢？假如我写传世之作，我就会用字典或者专讲拼写的字典。有时英文字典也会错。我写非母语的文字时，错就让它错吧。）

关于斯坦因同性恋问题，我希望你保持自己原来的立场，别去描述它。我可以给你提供你所需所有材料，假如你希望支撑早先那本书的评论文章里你所取的立场的话。她有一次跟我谈了三个小时，告诉我说自己为什么是同性恋；同性恋的方法技巧如何如何；为何操演同性恋的人并不觉得此举令人倒胃口（她彼时还反对男同性恋，后来出于爱国心改变了看法）；为什么说参与双方都觉得没有什么下流低俗。听葛特鲁德滔滔不绝跟你说话三个小时，那可真够长的。我可真让她的理论打动了；当晚我就出去干了女同性恋，结果真不赖：事后我们睡得很香。从G.S.那里得来的知识使我能够写出《大转变》。这篇小说的故事不错，也写得很权威。这次谈话，中途托克拉斯离开屋子；日后她变得穷凶极恶，原因之一是这次谈话。有一阵子，事情发展到这个地步："你要么跟海明斯坦断交，要么放弃我。"托克拉斯以往也总对葛特鲁德恶言相向，不过，葛特鲁德的自负也与日俱增，远比安德鲁·马维尔描述[2]的要厉害。她最终只要这自负了，别无所需。绝经之后，她对生活的态度和文字实践的态度都变了。她与老朋友好朋友决裂的那一年正是她绝经的那一年。

此事你知道就行了，别外传。

再次谢谢你送我书；谢谢你的题献。保重身体，继续写东西。

你的朋友

欧内斯特·海明威

（此信藏耶鲁大学图书馆）

[1]《纽约时报书评》1952年11月2日采访威尔逊的文章。收入布瑞特《被观察的作家》(克利夫兰，1956)第267—269页。

[2]《致他忸怩作态的情人》第23—24行："我们眼前一望无际/广阔的永恒的沙漠。"

致查尔斯·斯科瑞布纳

1952年11月20日，观景庄

亲爱的查理：

非常感谢你寄来装帧精美、排版好看的样书，还有剪报的复印件以及图书预告等。这书真漂亮；玛丽和我对它满意至极。她打算把一些谈这本书的信函放进透明活页文件夹里。这些活页夹很漂亮，很实用。

从古巴邮局和海关里取出这包东西我们是费了点劲的。因为，包裹上标着价值 100 美元。他们要我出具领事签货证书，否则不让我取。他们甚至考虑退回去。不过，协商到第三天，他们让步了，什么费也不收就把东西给了我。我本来乐于付关税，不过他们没有领事签货证书，也无法入账。我前后给邮局和海关写了 6 封信，去了 3 次：值。

还要谢谢你在纽约招待玛丽。她非常喜欢琼和你。我还没听她在纽约的全过程故事呢。不过，她在那儿玩得很开心。

在此地寄任何东西，即便是一本签名书，都是要许可证的，从战时规定延续下来的报批文件程序。所以啊，我本来是想寄还厄内斯特·沃尔什/伊瑟尔·摩尔海德那些信的，还打算寄上那本李·塞缪尔斯签赠给他们的书的。他每两周左右来一次这里做烟草生意。可是，他今天休息，没来；玛丽也想读读那些信。所以啊，除了其中 4 封，我将寄还其余所有的信；下次再寄还扣下的那 4 封。［戴维·］兰德尔何不把这些信卖给真正的收藏家或者博物馆呢。假如你愿意，我们可以分利，随你怎么分都行。“稀有版本部”不能劳而无获。

该从幻想中醒来了：你给人编辑书时写的信（还免费给他们杂志编稿子），当事人沃尔什还得了肺结核病，你却眼巴巴看见人把这些信拿去收藏，还麻木不仁拿去卖现钱。我当时写作非常卖力。把一本杂志交给法国出版社印可真够难的：没有英文校对；你得照料印刷装订的每一个细节。我不可能贡献它所需要的时间，那样会毁掉我自己的工作。我于是建议 1 000 法郎一个月找个人来承担这份大活。我还可以就要紧的事情帮帮忙。我事后才知道，只要是花钱的事情，摩尔海德那女人都会生气。沃尔什觉得我希望继续写我自己的东西属于背叛之举。他是个很奇怪的人物。

我初次见到他是在埃兹拉·庞德的公寓里，那是个下午，我去埃兹拉那儿上拳击课。我想，沃尔什才下了“阿基塔尼亚”号，才到。他带着两位穿貂皮大衣的女郎。他们当时都住在克莱里奇饭店。金发女郎里的一位私下里跟我说：沃尔什是世界上被付最高价的诗人。我问她：他给哪家写诗啊？她拿给我看：哈利耶特·门罗的《诗歌》，芝加哥出版的一本诗刊。当时，每页诗歌能得5美元到12美元。

“沃尔什先生这些诗得了22 450美元。”金发女郎跟我说道。“你不觉得他神圣吗？”

结果当然是：那个周末，克莱里奇饭店把他扔了出来。不过，他又被这个中年女人摩尔海德捡了起来。这个女人看似很靠谱，很认真，出生于体面家庭。她想办一本杂志，文学的，愿意付稿酬。他们还打算每年颁一次奖：2 000美元奖金（就像当年的《戴尔》杂志），给发表了的最佳稿子的作者。在三次亲密的小型晚餐聚会上，她告诉我、乔伊斯和埃兹拉·庞德说：我们将得到第一年的奖金。她对我说我第一年就能得奖，庞德第二年，乔伊斯第三年。对别人她说的是：庞德第一，乔伊斯第二，我第三。还说过：乔伊斯一，庞德二，我三。

他们刚开始动手杂志工作，刚向人保证这个保证那个，刚拿到人家的投稿，刚签完合同，沃尔什就脑出血了。他把所有的出杂志的活扔到我手上。他在任何紧急情况下都会脑出血的。我相信：首先是他吸吮枪了，见血了；然后就把血咳出来了。不过，他终于还是从支气管的深处咳出血来了。他终于能真正咳出红色的东西了。此人看着像斯蒂维·克莱恩的那些画像。我知道他既能装病，也会真病。我知道自打金发女郎事件后，他就窘迫了。不过，他有点诗人的气质，似乎真诚地想帮一切作家起家。此外，他还在跟我以及乔伊斯、庞德承诺那看似稳拿的摩尔海德2 000美元奖金。[1]

啊，长话短说这段迷人的历史吧：我写了《太阳照常升起》。他想在季刊上连载，实际那本杂志是不定期出版的。当时我跟斯科瑞布纳签了秋天出版的合同。他给我写了封棒极了的信，说这书如何如何好，并且很有智慧地挑出了书里的精彩部分。他也看出了我的用意，我很高兴。不过，我跟他解释说，我正跟斯科瑞布纳谈出版呢，不可能给他拿去连载，不管有没有2 000美元奖金。于是，在书出版之后，他写了篇评论，题目是《我有生以来读过的最廉价的书》。

乔伊斯后来跟我说过那2 000美元奖金的事情。庞德也跟我说过。从来就没有人得过那2 000美元奖金。

我觉得这经历教给了我东西，很珍贵。不过，我从此把这段经历存入“不信任”卷宗：别相信当诗人的爱尔兰人；当心所有脑出血的人物。不过，下一个让我吃了可爱的一惊的人是葛特鲁德·斯坦因（她并非爱尔兰人，根本就没有肺结核病）。

读这些信想起这一切真好玩。有些信我不再传阅是因为事涉个人隐私或者有所指；我不想草率对待。留下来的那些信能说明这段故事。我现在写的这封信以及从前我给沃勒斯［·梅耶］写的那封信是读那几封信的钥匙。

我又给沃勒斯写信了，问书销售的情况；因为，我读了上礼拜天的《纽约时报》戴维·邓普西的文章，很着急。他的文章题目是《判决书》。

假如你要用，我这里还有些最该死的信件，你闻所未闻的信。一封是阿克塞尔·韦克菲尔德来的信；此人是“蓝枪鱼”垂钓记录的保持者。一封来自《布鲁克林家庭主妇》杂志。一封是个老太太写来的。你要是想用孩子们的信，用多少都随你。我服役期间的战友给我的信，你也可随意用。假如你愿意，把美国人的见解或者美国加外国的见解加以利用，用这些信是蛮可以语出惊人的。

请告诉我你打算怎么用。我一点都不想搅你的局。也许一切都没问题呢。

祝好，

欧内斯特

（此信藏普林斯顿大学图书馆）

[1] 见《一个注定要死了的人》，收《流动的盛宴》（纽约，1964）第 123—129 页。

致查尔斯·珀尔[1]

1953 年 1 月 23 日，观景庄

亲爱的查理：

谢谢你本月 19 日来信。

我给沃勒斯［·梅耶］写信表示第一部分没问题，就以《大双心河》、《春潮》、《太阳照常升起》全文开头。他同意把这本书弄成个读本，而不是糊弄人的玩意儿。他还同意用《永别了，武器》第 35 章、第 36 章和第 37 章以及《有钱人和没钱人》作一组，当重头戏。

他没有提删削短篇的事情。那么，我们就别删削了吧。我们从前总是冒破产的风险的，何不再冒一次风险呢？

假如你想要，就把那些诗作留着吧，当我送的礼物。我信任你，同时我也知道这些东西的去向：假如这地方着火或者再次失盗。

我不记得《大双心河》的准确写作时间了。应该是在《太阳照常升起》之前写的；当时我们还住在巴黎圣母院路，能俯瞰锯木厂。我上午写作往往是在那儿，还有丁香园咖啡馆；此外还有圣米歇尔广场，在那儿我没有熟人，所以常去那儿写东西。

我想你是知道这个故事的。这是一个小伙子从战争里回来的故事。尽管就我的记忆，小说里没有提到战争。也许这小说正因为这些才叫座呢。

《太阳照常升起》我在六个星期里写出第一稿。是在瓦伦西亚，在 7 月 21 日我生日那天。是狂欢节的前一天。整个狂欢节我都在写（6 场戈雅式的斗牛），接着在马德里、圣塞巴斯蒂安、昂代继续写；9 月 6 日完稿于巴黎。当时我无法让创作激情冷却下来，于是写了《春潮》，那是在当年的感恩节前的那周。写完之后我们就去了施鲁恩斯；在沃拉尔堡滑雪；我则修改《太阳照常升起》。你可以通过斯科瑞布纳查一下那是哪一年［1926］。我带着《春潮》手稿离开施鲁恩斯，去了纽约。我不记得是否带上修改好的《太阳照常升起》那部分稿子了。

反正是利弗莱特没接受《春潮》。斯科瑞布纳采用了这部书稿。我当时也想让他退稿，因为我不信任他，也不喜欢他。但是，我并没有写信让人退稿。我写信是想让人出版它的。

你可以从斯科瑞布纳查到他们是什么时候决定采用并什么时候出版的。与此同时，我跟鲍勃·本奇莱、多提·帕克一起乘船回到欧洲。从巴黎再到施鲁恩斯去滑雪，同时完成修改《太阳照常升起》。

我不记得斯科瑞布纳是那年［1926］秋天出版它的，还是第二年出版的了。

但是，我记得那年［1926］5月我们去了马德里。圣伊西德罗的斗牛因大雪而取消了15日、16日、17日的比赛。我呆在卡热特拉圣耶若尼莫地区阿尔瓦热茨的廉租房里，一天内写了《杀手》、《今天是礼拜五》和《十个印第安人》，上午写，下午写，晚上写。

5月30日阿兰胡埃斯的斗牛结束之后，我坐火车去跟哈德莱和宝琳团聚，她俩当时住在朱安雷宾司各特为我们找到的一所房子。

那年7月，我们带着杰拉尔德·墨菲夫妇、宝琳和多斯一起去了庞朴罗纳圣菲尔敏狂欢节。哈德莱和我接着去了瓦伦西亚狂欢节（又是我的生日。所以啊，又是一年过去了。我一直卖力气写作，恰逢麻烦事连连，我都追踪不了哪件事是哪件了）。之后，我记得是看《太阳照常升起》的清样，在安特贝斯；我们住在墨菲家。斯科瑞布纳知道书是什么时候出版的。

我接着出了《没有女人的男人》集子。不过，各篇都是不同地点写的短篇小说，大抵是在巴黎写的。我但愿能跟你说清《世上的光》是在哪里写的。要么是在基韦斯特，要么是在哈瓦那。很有可能是在基韦斯特。我知道《你们决不会这样》是在那里写的。《一篇有关死者的博物学论著》也是在那里写的。

《死在午后》我是在基韦斯特、蒙大拿州库克县附近的一个牧场（用了一个夏天）、哈瓦那、马德里、昂代写的，最后一站是基韦斯特；用了大约两年时间。我记得“词汇表”是在昂代写的。这可不是人干的活。麦克斯的通信能表明完成的时间；斯科瑞布纳知道是什么时候出版的。

《永别了，武器》我是在巴黎开始写的，接着在哈瓦那、基韦斯特、皮戈特、阿肯色、堪萨斯市、蒙大拿（提名胡佛竞选大会期间）续写，然后是在怀俄明的谢立丹；在怀俄明州“大角”写完。回到基韦斯特。我父亲就在那年（胡佛年）圣诞节前夕开枪自杀。我当时稿子正修改到一半。你可以问斯科瑞布纳这本书是什么时候连载并出版单行本的。我很肯定的是：最后一部分修改是在巴黎进行的。或者，清样是在那里完成的。最后一章我修改了40遍；我希望这书读起来别那么费劲。现在我想起来了：我肯定最后一章是在巴黎修改的。因为，我收到过F.司各特·菲茨杰拉德写的一封长信：除了别的事情，他特别告诉我千万别让亨利下士枪杀那位中士；他同时建议凯瑟琳死了之后，弗里德里克·亨利该去咖啡馆并拿起一张报纸来读，他在报上读到海军陆战队拿下了夏多蒂里。司各特说：如此写，美国读者就更明白这本书了。他也不喜欢米兰古老的卡沃尔旅馆里的那个场景。他还要我修改其他多处描写"以使读者能够接受"。没有一条建议讲得通，或者对我有用。他直到书完成出版后才见到我的手稿。（作品是独处时你找到要点时才产生的。）我很早就学会不把手稿拿给他看了。我将来再跟你讲这个故事。现在只写你需要的材料，因为那故事说来话长。

《丧钟为谁而鸣》是在这里写的。在爱达荷州太阳谷开的头，然后在此地完成。斯科瑞布纳的档案里有具体日期。

你知道的，我从1942年初到1945年并不算个作家，除了写过6篇《柯利尔》杂志的文章，还有那些诗作（我想以此努力提炼一番，看看是否能去写作）。

接着我开始了写作，或者毋宁说继续写长篇。在看似长篇写不完的情况下，我插入了《过河入林》。反正那是大夫们满足我的愿望的结果。在柯尔蒂纳达姆佩佐开始，接着在此地写，有志者事竟成。（我最喜欢在冬天里的利兹饭店写作。）凌晨5:00，把浴室门关上，卧室里的窗户开着，这里却暖和；房间里灯关着，玛丽照睡不误。

我跑题跑了这么远，到我完成小说那段故事了吗?

记住，查理。在第一次世界大战里，我做得最多的是听战友们聊天。尤其是在医院和康复过程中听到的多。他们经历的比你自己经历的要生动得多。你从自己的经历和他们的经历里编出故事。你熟悉的国度，你熟悉的天气。你接着去弄一张1/50 000的地图：前线和整个区域的地图。要想看得清楚点，就去弄一张1/5 000的地图。接着从别人的经历和知识里编出故事，从你自己所知道的东西里进行创作。

接着就是某个婊子养的会来，证明你没有参加某场战役。好吧。托尔斯泰博士参加过塞瓦斯托波尔战役。可是，他没有参加波罗蒂诺战役啊。他那时候也没有经商啊。不过，他可以从所知道的东西里杜撰说我们都经历过某该死的塞瓦斯托波尔战役。

希望这些材料对你有用。

写作是没有陈规的。有时写来容易，写来完美。有时像在钻岩石，反复爆出的只有火花。

祝好，

欧内斯特

玛丽问候你。

（此信藏马里兰大学图书馆）

[1]《纽约时报》的珀尔当时正收集数据为他编的《海明威读本》（纽约，1952）写导言和注释。

致贝尔纳德·贝壬松

1953年1月24日，观景庄

亲爱的B.先生：

莉莲·罗斯昨天给我写信说你没有我的音讯。我收到你上一封信后就给你写过一封长信。所以啊，要么是这封信迷途了，要么是我没有收到你另写来的信。随函寄上本周的《新闻周刊》，看看近来邮政的状况吧。此外，这里还有别的困难。

我从不给我信任的人写信时作备份；否则我就再给你寄一份我上次给你的信了。

你觉得莉莲的书怎么样？我觉得故事太悲伤。她不太会开玩笑；也就会我教她的那两招。不过，我觉得她描绘别人说的话很细，听得很真切，写得很好。她是个奇异的姑娘，我很喜欢她；我们是好朋友。有点像跟电动圆锯当好朋友。不过，我也曾臻此境。她有时真是鬼使神差。不过，我有时也鬼使神差。我从前总觉得不是鬼使，而是我的受托人或者我宣誓效忠的君王在驱使我；我只有鞠躬尽瘁的份儿，死而后已。这并不意味着我就不说自己的主人（写作）是老狗屎，或者说我就不亵渎老人家了。不过，我效忠他，一如我懂得如何效忠；并且一直就懂得如何更好地效忠他。我的主人不干预我，也不改变我做的决定。事实上，他已经死去；不过，我没有告诉任何人。我效忠他就像他还活着。这也许很愚蠢。不过，我们都需要某种约束；我尤其需要约束。于是，我从写作里接受约束。女人则提供本地的约束戒条。

你好吗？今年冬天似乎很糟糕。我的新闻老是来自威尼斯。我没有去那儿有两年了。这就像20年那么久。今天阴郁潮湿。那就更让我想家了。我希望没有什么规定就能像我从那儿寄信一样给你寄信。你不会认为《过河入林》等篇什如评论家所说“不自然”吧？你也不会觉得世上不可能有瑞娜特姑娘这样的人吧？我希望你不这么看。

评论家的老婆看着都像奥尔杰·希斯太太或者怀特克·钱伯斯太太，并且更糟糕。也许我写信跟你说过这个。

你觉得纪德和克劳德尔来往书信集怎么样？纪德身后显示的对他的玛德莱娜的狡猾之举你怎么看？

《如果种子不死》［纪德著］是本好书，另有几本书也不错。不过，我对他的感觉总像有些蠢人对猫的感觉。他给我的感觉有点像艾丽丝·托克拉斯。尽管这样那样，葛特鲁德我总还是喜欢的；她也喜欢我。艾丽丝因此嫉妒得要杀人。我也很喜欢列奥［·斯坦因］。你喜欢他吗？

舍伍德·安德森是个小人。不真（不只是说他捏造不实；所有的小说都是某种形式的谎言）。而是不真得你无法给他画肖像。有时还显得湿乎乎且多愁。他拥有非常混蛋美丽的意大利人才有的一双眼睛。假如你生长在意大利（有着非常美丽的意大利人的双眼），你就会知道他什么时候在撒谎。我第一次见到他，我就知道他反应迟钝。这种迟钝就是能当新鸡屎共和国文化部长的那种迟钝；当这种部长无需其他标准，有魅力就行。你知道我们这些人都是坏小子。我的意思是说生来就是粗野人。我们从不相信南方口音的人，也不相信眼睛美丽的人。

你能辨别谁真杀过人（带武器的人）：一般这种人眼睛不眨巴。一个说谎的人眼睛总是在眨巴的。我有时也见到［安德烈·］马尔罗。你是不是听烦了？烦了你就别看这信，停下来扔掉即可。

可是听见你说我没有给你写信，我感觉很不好。

假如你喜欢听，我可以给你讲讲关于马尔罗的许多滑稽故事。我几乎知道我那时代任何人的故事。我们没有什么了不得的新闻。还在等待弄清合同，计划拍部《老人与海》的（好）电影。还有别的事情处理一下就去非洲。玛丽很好，很开心。又遇到一次持械盗窃，但这次我听见了；黑夜中枪声阵阵。我想不会再有盗窃了。反正希望如此。

我这个人要是有事悬而未决就无法写作，待走不走也无法写作。不过，一旦电影的事情合同定好，我就去奋击——鲨鱼和别的跳跃着的鱼——春雨之后就去非洲。

最近出的这书卖得还算稳，还算不错。我希望你也稳定并且过得好。我们现在得一口气把冬天度过去。

玛丽问候你。她写了一篇关于我的文章，里面引用你的话（从你倒数第二本近作）：讲我们希望如何如何的那段。假如你不觉得倒胃口，她愿意寄给你读。

她期望我能像你那样待她，我可难死了。不过，我跟她说给我35年就成了。

来自古巴的爱

欧内斯特

（此信藏塔提）

致贝尔纳德·贝壬松

1953年2月17日，观景庄

亲爱的B. B.：

你知道的，我们得给一些东西加分。你2月12日来信我今天早上收到了。你的信给我带来的欢乐无法破解其中的奥妙。

我可以用“军人的风格”落笔，假如这样更可读的话。不过，我不愿在打字机上写，尤其是写给你。你是我心目中少数几个英雄之一。

53岁时的传记都是狗屎。他们不懂。你又太骄傲，不愿告诉他们。就是跟他们说，他们也不懂。

一个人（也就是我）无知，常犯错。希望忘掉自己犯的错，从错里吸取教训。想借着活下去，工作并活得有生趣。别人却要你开具送去洗衣店的脏衣服和肮脏床单的单子。他们以为秘密兴许就藏在你要扔掉的护身绷带里。也许是那么回事。Pero tengo dudas［不过我却怀疑］。在合法的神话故事里，真相总是比已经发表的（新闻报道式）的神话更有意思。除了带着情感色彩写你的妻子所为的文章。

［安德烈·］马尔罗是他自己创造出来的猛货。他自身形象上的手就颤颤巍巍，左眉还抽搐。

真正的榜样：在入城之后的巴黎，在入城三天之后，我们（法国非正规部队）准备向北推移，走到第4步兵师之前方；经贡比涅过拉费尔那儿的艾斯尼河，拿下圣昆丁，然后两路纵队从两侧跨越，切断德国人逃往亚琛的路。在圣昆丁之前，我们大开杀戒两次。稍后，我得抄小路去勒卡托：我最好的朋友、第22步兵团的［朗汉］上校在那儿问候我道：“勇敢的克里隆，自己上绞刑架吧。我们跟鸡屎打了半天仗，你却不在。”[1]他们在蒙特罗西大开杀戒。

啊，B.B.先生，我们开始追踪、拦截、屠杀之前，我在巴黎的利兹饭店，跟我带的那些一文不值的人物在擦武器呢，在给他们脱衣服呢；我忙着换人呢，忙着清理掉那些在巴黎心满意足而又不愿（当A.M.现身时）离窝去打仗的人呢。他有5条丝头带［金穗带］——马靴铮亮——还有各种勋章。我当时还留着自己的两件衬衫里的一件呢。

我说：“你好，安德烈。”

他说：“你好，欧内斯特。你指挥过多少人？”

我说：“十个，十二个，顶多两百个。”

他说：“我：指挥过两千人。”

我说："真可惜啊，我的上校。我们在拿下这个小城（一个patelin［村子］）时，没得你的部队援助。"

接着我们继续干活，让他洋洋自得，让他自慰，让他抽搐到离去为止。

我的手下之一追问我跟着进了卫生间，说："Papa on peut fusiller ce con? ［不该把这伪君子枪毙喽?］"（我法语拼写得不好。）

我说："不用。给他一杯喝的，他自己会走。"

这是我所知马尔罗故事第三佳者。另两个故事更佳，但它们发生于西班牙。在西班牙，他超越了自己。

纪德的故事更是一毛钱能买一打。瓦莱里的故事都很动听。乔伊斯的故事跟乔伊斯本人一样雅致。非常雅致。非常奇异。他最害怕上帝，最害怕雷电。孩子，我总是很庆幸你不是在教堂里长大的。

稍后 11:45

打卡纳斯塔纸牌的人正玩得欢呢。假如你对纸牌没有什么势利的看法，我想这东西还是可以玩玩的。不过，只要有本好书看，或者有朋友可写信聊天，我就不打牌。我今后也不会再打了。假如雪天你被困在阿尔卑斯山俱乐部的小屋子里，什么也没得读，桥牌还是挺可爱的。卡纳斯塔纸牌游戏是行房不当的老婆们的游戏。这大概就是老婆们的命运吧。老婆要是不好，丈夫就有一文不值的迹象了。

喜欢玩卡纳斯塔纸牌的老婆能表明老公的迹象：他的心思或者别的什么游荡到别处去了。我尽量把心思集中到主位上去。

克里斯托佛 · 拉 · 法日在我家做客。他说他 1924 年曾经访问过你或者说拜访过你。他是公认的诗人，也很擅长飞射。

你没有读那些关于海明斯坦的书吧？已经有三本了。这些书说我想当文坛圣徒，只是尚未得圣徒封号。读这些书可真是罪行呢。读这些书让我自己都觉得一个礼拜不干净。不过，现在已经过去了。

此地今冬甚美。我们无论何时读到欧洲天气怎么不好（或者直接听人从威尼斯报信），就想到你要是在这里就好了。晚安，睡个好觉。这个是我们能得的最好的东西了。相信另有美好生活的人儿真是可怜啊（深信不疑的圣·欧内斯托啊）。假如他们真的弄个类似的肮脏小把戏，我们倒是能聚一聚，好好玩一玩。你来归类，我来赶着评论；我们会搅得圈子不安的。可怜的但丁。也许我们可以给他找个门房的工作。另一个伟人已然离开翡冷翠了。你知道那古老可爱的故事的：就是给死人穿衣服的那个人的故事。

来自古巴的最爱

欧内斯特

（此信藏塔提）

[1] 此处戏仿阿尔克之后亨利四世对克里隆公爵说的话。见卡洛斯·贝克著《海明威传》（纽约，1969）第420页。

致多萝西·康纳波尔

1953年2月17日，观景庄

亲爱的多萝西：

谢谢你来信，也谢谢你的忠诚，还谢谢你的情人节礼物。也许这不是情人节礼物。但是，它给我的感觉如此。知道你在哪儿，知道我能给你写信，知道你能收到我的信，这感觉可是真好啊。我们大家一定要在不久的将来找时间聚一聚。欢迎你来我们这里。在佩托斯基当年错过你令我很难过。

[查尔斯·] 芬顿此人属于那类觉得文学史或者创作的秘密要去旧洗衣房单子里去找的人。谢谢你告诫他别写。请别以任何形式跟他合作。他侵犯我的私人生活有两年了。他笑容可掬、花言巧语；等他拿到人的隐私后，也就可能到阿瑟·米泽纳的手里：司各特·菲茨杰拉德的朋友都信任过此人。

他现在在写我多伦多那段生活。我见到的那部分文本完全失实，很可笑——去年我花了无数小时尽量帮他研究我在《堪萨斯城市之星》的写作学徒期。我本可以用这时间写三个短篇的。不过，我想，也许这对起步写作的孩子有用——可是结果：拿去发表的时候，他还是保留了错误的信息和谣传。我警告过他别这么写，断了这念头。我把《多伦多星报》上发表的新闻稿件都弄了版权，不让他用。（他还不知道呢。）

多萝西啊，一个人还活着的时候，人家来写你私人生活，这可是件悲惨的事情啊。我尽量阻止人家写我的生活；可是，还是有我信任过的人这么滥用我的信任。你不能从此不信任人吧。不过，我学会了小心谨慎。你要想让别人信任你，你就得信任别人。不过，此人不在此列。

关于多伦多的一切都属于你、属于你母亲、属于你父亲、属于拉尔夫、属于我；这是隐私，跟芬顿无关。不过，想阻止嗡嗡声，最好是什么也不跟他们说。假如你跟他们讲了什么实情，他们会听而不闻，要去找更刺激的故事，或者找他们想塞进你生平的东西，以符合他们的说法。

我们在多伦多那时过得多好啊。我很爱并崇拜过你那可爱的母亲。从你父亲那里也学到很多东西。我也喜欢过拉尔夫。可惜我对他一无用处。我痛恨芬顿之流的脏手染指这些。

我想，等《堪萨斯城市之星》那篇收入《新世界作品》发表之后，我就能阻止芬顿发表关于我的文字了。也许管点用——我得去提醒一下哈德莱了。

邦姆比在北卡布莱格要塞给特工培训班当指导老师呢。他仍然是上尉，不过每年的评语都是特优。他在战争中表现也不错。就我所知，他是空降进法国的人里唯一带着飞线钓竿的。他受过重伤，1944年11月被俘。有一段时间我在第4步兵师所为跟他在第3步兵师所为一样。他让自己的指挥官来找我，让我找些优秀的法国人。我们给他派了些非常优秀的法国人——就是有点粗野。我上次在法国逗留的时候，发现很多手下都进了监狱；因为，他们还干当年我们教他们干的事情。

请为了我去滑一次冰吧。你的网球现在打得怎样？

自收到你的信，我就又感觉到了多伦多冬天的干冷，美妙啊。我还感到你当时对我这样的蠢人有多好。当时在你可爱的屋子里聊天有多美啊。我们当时都是那样年轻的老兵。我真想找个时间自己来写多伦多，而不是让芬顿先生来写。我尽量把那所有的精致和我的愚蠢写进去；还有那不名一文的仆人们，真好啊。我们该让亨利·詹姆斯来写这个。不过，我有可能做到的，能写精致的东西。不过，当时我是客人，我从不写自己当客人时的情形。

玛丽声称自己从没有去过多伦多。不过她记得在纽约见过你。反正她问候你，不管是在哪儿见过的了。我们都期待同你见面。我们欢迎你来这里。

欧内斯特

这封信写得愚蠢。不过，有你的消息我很感动。好像比我自己历来觉得会怎样面对事情要动容得多。美丽善良优雅可爱的多萝西。

1953 年 2 月 14 日

（此信藏普林斯顿大学图书馆）

致莉莲·罗斯

1953 年 2 月 20 日，观景庄

亲爱的莉莲：

非常感谢你来信并告诉我作家福克纳先生的消息。他又去纽约干什么？我以为他从不离开密西西比那个古老的小家园呢。

关于上帝，我真的帮不了你什么。因为，我从来没有衣衫褴褛追随过他；也没有在藤蔓荆棘的丛林里寻找过上帝。我也没得过诺贝尔奖。你最好还是找福克纳先生去求上帝的真谛。

你了解上帝多少，我也就了解多少。我也从未得神的启示。很有可能是：福克纳先生每天晚上跟上帝坐在桌前；假如他做了噩梦，神会安慰他，给他擦嘴，早上还给他喂食玉米饼或者玉米粥玉米粉或者麦片。

我希望福克纳先生永远不会忘掉自己并舍身事神，带着他的玉米穗轴。知道他品位高、判断力强，很好；不过，作为我交往最久的老朋友，记住啊：永远也别信任有南方口音的人。也永远别信任到处找上帝的人；不管是“梅西-狄克西线”以南的人还是以北的人。

你问我是否知道他的话是什么意思。他的话意思是：他害怕死，正往最强的一个营里转移呢。我们在这里也要跟死亡的恐惧作战。假如没有储备力量，就太“福克”奈何了。大家会看看山上“狗”师还剩些什么。

千万别跟人引用我上面说的话，因为容易引起争议。莉莲啊，我不禁想到：喜欢谈论上帝、口气像自己跟上帝很熟悉、接受过“神示”的人都是骗子。福克纳向来喜欢骗人，不过他最近才引进上帝的话题，那是他在耍人。

我那小说里的“老人”生来就是天主教徒，他生于加那利群岛的兰扎罗塔岛。不过，他当然不只信教会。我想福克纳先生是没有看懂我的书。他讲话貌似皈依的人或者貌似怕死的人。我经常开玩笑，别太拿我的话当真。无论如何，别引用我的话。关于《老人与海》，我不打算发表什么声明，现在不想，以后也不想。大家愿意把什么想法安到那小说上，就安吧。不过，我可没什么好解释的。

我没什么话可捎给福克纳先生的，除了跟他说：我但愿他死的时候很安详幸福；希望他没有了天分就别再写东西了。也请别把这话告诉他。不过，这是我想跟他说的话，真的。

衬衫很漂亮。非常感谢你莉莲。哪天我也给你个好东西。现在能给你的就是我的爱了。

H. von H.

[哈克 · 冯 · 海明斯坦]

致贝尔纳德 · 贝壬松

1953 年 3 月 20—22 日，观景庄

亲爱的 B. B.：

非常感谢你来信跟我讲 [乔治 ·] 桑塔亚纳。我想我现在是明白

了。当我写完那书的时候，我感觉自己对老罗素和他的问题的看法，不同于写那一部分时的感觉。我从未嫉妒过谁，现在生嫉妒之心也太晚了。不过，假如你喜欢，我就嫉妒一下桑塔亚纳吧，权当精神体操。

关于《生活》杂志，别犯糊涂。这不过是一本画报。我时常开玩笑，我的玩笑大抵是唬人的幽默。你真的得知道：为了不跟蠢人发生争执，人有时会装傻；无论怎样，你对其稍有敬意的任何作家、给过你快乐的任何作家，都是有点思考能力的啊。

眼下的暴力是我们时代的暴力。这是我们这代人的遗产，不是你这代人的。我很难过，你居然也免不了面对这愚蠢。你生在好时候。在我看来，任何时候都是好时候；我们每天都要过得有意义。我文字不漂亮，但我写东西精确（我希望，有时候我很精确）。精确本身就创造着某种美了。（不是照相机那种精确。）我知道如何营造乡野风光，你愿意的话，不妨走进去看看。我懂得触觉的价值，但愿如此。有时我会创造人物；因为，作为作家，我几乎有完美的听觉。这像是在吹牛，不过，我是在跟你讲一匹马的情况呢：假如你在买马，我这是在告诉你该去买这匹马。你现在没有想买这匹马。我也没打算卖这匹马。好赖这匹马还在我手里。卖出后就概不退换了。

你谈到醉酒的话题。你没有醉过酒，那太好了。我想我只能说当班的时候没有醉过酒；在所谓文雅场景中我没有醉过酒，除非太无聊了。我太腼腆，有时喝酒是为了让人容忍。不过，我不知道你热爱的红酒为什么这么昂贵。假如我拥有世上所有的金钱，我就一周喝一次卡奥尔产区的葡萄酒和水，喝一次塔威尔酒（冰冷的），喝一次瓦尔波利塞拉（拼写得不对），喝一次你家乡产的酒。我能列上几页呢。不过，那些酒并不贵。我喝的好酒里唯一昂贵的是干汽香槟。这种酒和真正好的鱼子酱是我所知物有所值的昂贵东西。我的意思是说这东西新鲜而不易保存。

别以为身体硕大的人就粗野。（我手头没有字典，又是一清早就写这封信：写完后就去“湾流”，那可是我这可怜的人儿的“阿尔诺河”啊。）

事实上，假如一个作家需要字典，他就不该写作。他该从头到尾读过字典三遍，然后把字典借给需要用的人。只有一定数量的有效词汇和比喻（把字典给我拿来）会像哑弹（此时我就能想到这个最低级东西了）。

次日早上——3 月 21 日凌晨 6:30

[保罗 ·] 克劳德尔似乎总显得很荒唐。我开始用法语发表东西的时候，他认为我是个好极了的作家。这令我很不安；心想："一定是这东西哪儿写得不好，我没看出来。假如克劳德尔喜欢，那一定是哪儿有问题。"纪德也有那种可怕的好色的新教徒特有的冷；就像长老会第四教堂的牧师被门房抓到他在管风琴后跟小男孩们捣乱。他一般会被门房拘押。我 20 岁到 25 岁在巴黎认识的那些人里，最喜欢（李昂 · 保罗 · ）法尔格（也许拼写名字不对）。瓦勒里 · 拉尔堡很愚蠢，但人很好，让人感觉愉快。我还喜欢一个名字叫莱格 · 莱格的，此人还有别的名字，我想是珀斯。他在外交部工作，写过很好的诗作。瓦勒里是个很好的人。我们是非常好的朋友。他死之前，希望见我一面；西尔维亚 · 毕奇和阿德里安 · 莫尼埃尔要为此办个派对。现在想来，我该是已经离开巴黎了。不过，我还可能受伤害了：他并不记得我：我当时是个安静的小伙子，不名一文。那时年稍长的人以为我是个拳击手。因为，我早上得去体育馆工作，当陪练；那是在庞托瓦路。练完了才去写东西。下午去西尔维亚 · 毕奇的书店找书；有时在她的书店会客。

一般是：我没有足够的钱去咖啡馆，除了"丁香园"和"挑选"两家：我跟两位跑堂能赊账。其中一位我在奥尔良港跟他一起在蔬菜园子里干过活。他会给我一大杯威士忌（一只"赛水美"玻璃杯斟到顶）。我啜上一小口，放一根虹吸管在里面，坐上一个晚上。他常去体育馆看我打拳（我们训练过优秀重量级选手；一个回合 10 法郎；每天早上他们就想着怎么打趴你。你当然是得客气点，就像个仆人。不过，人家还希望你打。但是，别过分，否则，对方的自尊心会让你受罚）。咖啡馆的那位朋友知道我是个作家；他一直为我担心。当时除了我自己，没有人知道我是个好作家。当时，唯一发表我作品的是《法兰克福报》和《截面》杂志；挣钱很难。“丁香园”的那位朋友（我们就住在街角）一直为我担心，怕我拳击把脑子打坏。不过，他没有读过我用法语写的东西。你知道吗，除了用法语写作，否则你的东西什么也不是。

这话题说起来太长，太投入。我就饶了你，不讲下去了。结局是：我成了一个好作家；即便是用法语写，我也是个好作家。与此同时，我需要赊欠的话，就在训练拳击的时候多把重量级的打趴下。看着我这么干的那位朋友能借钱给我，假如我需要钱。不过，B. B. 啊，我们的生活都各不相同。说一个人有男子气概可不是客气话。我们都是男子汉，有着男子汉的缺点。你老说爱不是私通。有一阵子玛丽担心自己身上发生了可怕的事情，我告诉她永远也别担心。我们要是在一起睡觉，摸着彼此的脚就如同做爱了。

你知道，假如你真的爱谁，你就会为他们的快乐而感觉幸福。

关于打斗出血之类，你得知道，我们谁也不是故意要流血的。我曾多次流血。你看见血色，看着它喷流与否。你看颜色就知道是从动脉里还是静脉里流出来的。你设法把血止住。这动作里并没有神秘或者罗曼司。它就像一场工业事故。我要是看见鲜红色或者脉搏跳动得厉害，我就会说：“糟了。”这是［皮埃尔·］康布罗尼常用的口头禅，至今还管用。这些东西跟写作无关。一个热爱写作的作家不该挨枪子，也不该太多朝别人开枪。当他受伤的时候，往往自己照顾自己；不过，他并不赋予这工业事故太多神秘，也并不太重视。

你看，我们成长的环境不同吧。我在你这个年纪上，当我俩都是小孩时，你有自由在欧洲随心所欲流动，你的问题都是自己提出的问题。桑塔亚纳的问题也是自己提的。我小的时候，碰到的问题都是别人给我提的。给我提问的是：阿丹美罗山、里瓦河、帕苏比奥河、马德里西耶特社区、（阿尔提皮亚诺德阿希亚哥）格拉帕山、蒙特罗山以及下皮亚韦河。我很爱美术作品，但只能拄着拐杖看，或者一条腿打着石膏看。我爱意大利人；心想战争之举真的很愚蠢。可是，当我们从米兰的玛吉奥尔医院（帕第格里奥尼大楼）治好伤回来时，醉鬼们和流氓无产阶级却要揍我们，把拐杖弄断，并且（用米兰话）骂我们脏话。我希望自己还能懂那骂人话的意思，理解他们的麻烦以及其他一切。不过，这一切又不是我们刻意买来的。我们恐怕得去查日期；不过，我想我受重伤的时间是在亨利 · 詹姆斯因爱国情感而得欧 · 亨利奖之前。我的一位叔祖总跟我说：爱国主义是盗贼和骗子的最后一把保护伞。他也许是从别人那儿引来的话，还引错了。[1]不过，他是个优雅的人，在我们自己的内战中也受过重伤；在他面前，我们是不许提这场战争的。我的另一位叔祖［安森 · 海明威］是个英雄。我小的时候，跟着他去看《安妮特 · 凯勒曼》和《一个国度的诞生》；一起去埋葬"共和大军"的所有成员。他总是在葬礼上致辞；回家后总是在某个沙龙稍留片刻，说："欧恩啊，别信我今天说的关于那个婊子养的话。一个人活着是婊子养的，死了也是婊子养的。可我得他妈的礼貌点啊。"

我很抱歉称呼你"先生"。我们总是按抬头来称呼人的。玛丽是玛丽小姐。我们家族有一位传奇人物，大家都称呼其 Snicketesnee。有不好的事情发生时，我们就编关于他的歌子。歌子的韵律很烂，可以放进任何字眼，只要嗓子能接受即可。这个 Snicjketeesgny（波兰拼法）就像桑塔亚纳（我们羡慕嫉妒；可惜他死了）。

典型的诗行是：

乔治 · 阿姆斯特朗 · 克斯特
和第七骑兵队
都不如斯尼克提斯尼
杀印第安人如痴如醉。

假如你对"小小大号角"战役很熟悉，你就会看出这很有反讽的味道。

另一首歌涉及"我主"：

全能的耶稣基督和他的"圣三位一体"
斯尼克提斯尼却以为不过是皈依的人而已。

还有一首：

我就不引了。因为，这些歌词更糟糕。只有调子可取。调子跟《顺其自然》差不多。

假如我的话是想表明什么，那便是：假如你来自阿维拉，那阿维拉对你来讲就没有什么神秘可言。我从来就不知道圣女小德兰，因为她是从前的人，不属于我这个时代。假如我们是同代人，我肯定能跟她成为好朋友。“圣师若望十字”也一样。奎维多，我感觉我了解他比了解我弟弟要多。桑塔亚纳在我看来是另外一回事。他来自大墙之内的一座城市，他以为仅仅此就与众不同。其实，人的心里面觉得这没什么不同。任何一个在墙内城里生活的人都知道防御城墙上、塔楼下有多少人屎。我们知道谁在为这个城战斗，谁建城时出了力，谁没有出力。我们以为小酒馆老板的儿子很荒唐：他怎么总思绪混乱？你知道是什么毁了西班牙，知道是什么力量创造了西班牙；都是“宗教裁判法庭”。他们漏掉了桑塔亚纳家族；他于是成了宗教裁判法庭的辩护写手，而且还写得很漂亮。这很不公正；但你也得耐心听我说道。每一个人都热爱着什么。我爱西班牙并且了解它。我在细处了解西班牙，就像你了解相片。

关于死：我们都得去死，但没有理由去重视这件事情。

你做了件很好的工作，把东西归顺了。假如下面的话对你有用，那我要说这里有两个人爱你：玛丽和我。

近来我们这里的天空金星、木星、火星、水星并列。我此生还没见过金星这么奇妙。今后很长一段时间，不会再有人见到这奇观了。所有迁徙的鸟儿都经过这里走了，有十对反舌鸟在此地建巢。我在留声机上放巴赫的音乐，它学得很像。我们游泳池有条纯黑色的蜥蜴。我可以用无声口哨唤他，随叫随到。我不知道这呼唤里有什么魔力。我这是跟一个人学的；他又是跟别人学的。你吹口哨时并没发出声响，但这蜥蜴完全能听到。这个显然是暗语。我试过不同的调子。不过，这调子并不重要。是调制频率在起作用。你喜欢拉加托斯那种海鸟吗？我可真喜欢它们，它们飞起来速度快，而且很优雅。得知它们也有弱点后感觉奇怪：它们也能被呼唤，就像你呼唤其他鸟类和动物。

谢谢你寄来“前言”，我刚收到。我已经买了这本书。真希望书在手边，好跟玛丽一起去海边时读读；我们后天打算去海边。那小伙子［哈维·布瑞特］手里有为《纽约时报》写书评的一册样书；他想送给我；不过我还是觉得买一本好。无论怎样，我在旅途可以读“前言”。（实际现在已经读了；非常喜欢。显然人们也许不会懂它在说什么。）你知道，当我们的写作最直截了当的时候，最简单的时候，我们便彼此知道我们的写作有很多相似之处。我希望这话并不会让你生气。我说这话是怀着敬意的。

现在是棕榈树林礼拜日早上 7:00。我读了一遍这封信，从未读过这么多拼写错误。里面表达的情感像是“文盲之家”墙上的印刷出来的格言警句。

人类相互之间的交流并不很好。我给你写信是为了让你开心；是因为我孤独。桑塔亚纳说的有一句话很好：他从来就没有法国朋友。这句评论很糟糕啊。想象一下住在法国而没有朋友是什么样的情形。连罗伯特·德斯诺或者雅克·普瑞维尔这样的朋友都没有。没有医生，没有门房，没有门房的老婆；没有妓女，没有任何人可赊账；没有柯瑞柯瑞·杜·波斯罗瑞这样的你如不犯傻的话可能娶回家的女人；没有来自波尔多的昂丽冶：战争期间本不可能来，她却听说你在巴黎；你见不着她，因为北上了。更别说没有在历次战争里一起作战的战友们会怎样了。

“听着，布西厄。就要撤了。”

“狗屎。我在这里挺好。我的左肋有小斜坡护着呢。我的机关枪放得挺对位置的。我在这里好极了，我要歇会儿。”

从未交过法国朋友。我不知道还有什么能比这更不让人羡慕、更窘困。

我们一路打进巴黎，一路唱着优雅的歌。歌词是：

“哥别林大街 10 号乙，
哥别林大街 10 号乙
哥别林大街 10 号乙
那是我的邦姆比的住址。”

那是我们为我的长子写来唱的歌，在他小的时候；好让他记住曾经住过的地方。这些法国小子都是坏小子、疯子。他们以为这是亚美利加伟大的战曲。在正规军服役七年的瑞德·佩尔奇，一生从未讲过一句法语；直到我们在诺曼底登陆。现在既然要指挥法国人，只能讲法语，我们于是忘掉了英语。他有了印象：自己的名字叫吉姆，因为法国人都叫他吉姆。实际上他的名字是阿奇。他是我的司机，一位二等兵，不是一等兵。反正我觉得他是理所当然的疯子。朗布耶城外激战，我们把法国属下都用死人的衣服装裹了。佩尔奇因穿死人的遗物而成为上士，当了好几个月的上士。法国人管巴黎叫 Paname，那是俚语黑话，假如你喜欢这么说。是从《魔鬼岛》上来的俚俗词，我想。既然我们要攻下此城，要到一个叫哥别林大街 10 号乙的神秘地点；佩尔奇就觉得奇怪了：为什么老说 Panama（巴拿马）？和我在一起，他的词汇少到说出这样的话：“是，Papa。俺没瞧见呢。他们还没来呢。Papa，看得清楚着呢。Papa，大伙儿都很开心。能见到坦克。”

我老说：“阿奇，你就不会讲英语了吗？”

他总说：“不会了，Papa。那是老鼻子以前的事了。大家都讲法语；我想事都用法语啊。”

我说：“你能读英文地图，看懂坐标吗？”

“是的，Papa，从不看错。哥别林大街 10 号乙。没问题。Ohn battre. May pah pour patrie. Patriefou tu.”

我们就这样交流了很长时间。桑塔亚纳可能发现其中有什么不对。不过，佩尔奇有许多法国朋友。我也有一些。我们做着自己该去做的事情。有时候，佩尔奇有精神信仰方面的问题，比如：“Papa，开枪打混球之前得先请示你，对吗？”

“那是命令。”

“谢谢，Papa。人老无故开枪。小子们太心急。老朝女人开枪。”

“可千万别。”

“谢谢，Papa。我也这么想。永远也别对女人开枪。尊敬妇女。

May too say le patree footoo."

"我们会搞定的。"

"那些小子从不想这么做。女人、摩托车、吉普车。Toos con ah."

"佩尔奇，别悲观。"

"不悲观，Papa。不过，小子们该明白我的用意。"

你也许现在烦阿奇了，烦得有理。不过，他却是有法国朋友的。我们进巴黎之前，他很为Paname着急，说："Papa，我跟你走。反正要进攻，大家开心。哥别林大街10号乙。可要是打运河就太混了。"

我们在圣克劳占了个桥头之后，他就再不用担心运河了：Paname原来说的是巴黎。人们解散了非正规部队。他被送回摩托车库。他绝望了，独自一人上路，像伤心人一样一直在哭。他不愿干活，也不愿服从命令，不问候人，也不敬礼喊长官。什么也不做。他们把师部心理医生请来，也没什么用。阿奇说他跟非正规部队在一起，自己都变了；假如不跟Papa在一起，情愿去死。拿什么法子惩罚他也没有用；他生是没把惩罚当回子事。于是，他们把他送我这儿来了。

这封信开头就谈生活的事情了；我还尽说桑塔亚纳的坏话。人是不该说别人坏话的。不过，假如你是个势利鬼，怎么能避免说人坏话呢？你记得吗？乌纳穆诺当年有多无聊多自负？不过，他常常说对了。我过去常按钟点坐着倾听，等他把话说到正确处。跟帕辛在一起就更好玩了。跟乔伊斯在一起也好玩，因为在跟他不相上下的人在一起，他从不自负。我也很喜欢庞德。他假装什么都懂，能不招人烦吗。不过，他熟悉的领域他还是很在行的。他有一颗可爱的心，直到他变得苦涩了。法西斯是失望的人弄出来的。我跟墨索里尼很熟。假如你了解克莱门索这样邪恶的老头，墨索里尼也就显得不太有趣了。你也不可能不记得他在战争中是个懦夫，是很不像样的记者。我讨厌唐戈［墨索里尼被游击队员杀害的地方］这样的事情。当你想到他的愤世嫉俗都很廉价的时候，想到他如何恨意大利人，他的结局也就算不太糟糕了。他不太像是来自佛利城的一个物种。没有人愿意在罗马涅生活。不过，在那里出生可是个大资本。我来自蒙大拿州库克市巴克德阿维拉，伊利诺伊州橡树园，佛罗里达州基韦斯特，此地，威内托，曼托瓦，马德里。太多地方了。不过，在各地你都是当地人。这个有好处，也有坏处。

明天我们凌晨 4:00 离开港口。玛丽和我今晚要睡在船上。我们要在海岸附近逗留一个星期，或者 10 天。夜里看看星星，别去操心那些蠢事。床铺就是我的祖国，大海是我真正的祖国。我们可以合二者为一。我尽量当个仁慈的绅士，希望能当个好丈夫。请原谅我写这么愚蠢的长信。我常常写这些信而不去写短篇小说；这些信在我是奢侈品，它们给我快乐；我希望它们也给你一些快乐。假如信不能给你快乐，那我就不再给你写信了。假如你烦透了，我也理解。也许你有两面性，一如我，你就明白我在说什么了。有一次我去“风河”印第安人保留地，一个垂垂老矣的印第安人跟我说话：“你是印第安小伙？”我说：“当然。”他说：“夏安人？”我说：“当然。”他说：“很久以前，世道好；现在，不好。”

Pues nada mas；yo te quiero y soy a sus ordenes.［就到这里；向你致敬，听候吩咐。］

欧内斯托

（此信藏塔提）

［1］误引（“爱国主义是流氓的最后庇护地。”）自塞缪尔·约翰逊的话，见詹姆斯·鲍斯威尔《约翰逊传》第二卷，G. B. 希尔、L. F. 鲍威尔神父编辑（牛津大学，1934—1950）第 348 页，1775 年 4 月 7 日。

致阿尔弗瑞德·赖斯

1953 年 4 月 26—27 日，观景庄

亲爱的阿尔弗瑞德：

你 4 月 23 日来信今早收到了，并那些储蓄条。我随信附上 2 500 美元支票，是给你的“非人工服务”，25 000 美元支票的 10% 。

很对不住，你觉得我没有对你的忠诚、有效、热情的工作表示欣

赏。请考虑一下我态度不好是在什么情形之下。

14 页的三份合同到来，每一份我都得阅读、比较、签字。这些合同被误寄到加州旧金山，姗姗来迟。你写的地址技术上讲没错，但几次你的通信都被邮局误寄，因为地址栏没有强调古巴。我的第一个任务就是无怨无悔地改正这个，再明确跟你解释一下别再出现这种情况。

接着我得阅读这些合同。读这些东西很头疼，你会同意我这看法的。不是律师的话，不熟悉电影业及其资金运作的话，谁读了都头疼。这些合同未加任何解释就到我这里了，任何部分都没有解释。所以啊，我得自己来捉摸里面的意思。

首先得核检一下我有义务做的一些具体事情。我发现你很专业地保护了我的权益；合同里精确说明我们达成的协议。合同的其余一些段落很难懂。不过，我跟你写过信说过我仰仗你跟我解释任何看似伏笔的东西，在问题纯属法律用语的情况下。我请你留意的是关于国外权益的问题，我不愿让渡权益，而合同上似乎写着要让。所以我让你注意。

当我要匆忙做一件事情的时候，因为没有秘书，所以匆忙完成的东西里就包含感谢恳求了。拳击之后，你总是要得勋章的。我知道你在战斗，因为我一辈子几乎每天都在战斗。我唯一不在战斗的时候就是我们坐着“皮拉尔”号在海岸转悠的时候；这时玛丽就很开心。

我很对不住让步使你破财了。这笔交易到此结束。我肯定要不是拉下脸来，此事就没完没了。你现在在干一件大事，一旦进入就有很多工作要做。迄今你的工作很出色，这是我的评判。见鬼，阿尔弗瑞德，你不会要我写这样的话吧：“他独自在纽约，被数不清的敌对律师团包围；自己团队的律师或死或被人夺去光环，他只身指挥着这个排，只有兼职秘书一名，捍卫了第五大街 630 号 1959 室［赖斯的办公室］。”

我们从今天起就进入大战了。假如拍了了不起的电影，就能克敌制胜。不过，要是［斯宾塞 · ］特雷西和我大部分时候不把球攥在手心里，这了不起的电影就拍不成。他知道这一点，我也知道这一点。

大家都得拼命干活；我们得创造奇迹。我很感谢你做的一切；不过，我期待你参加新的战斗。

我们船上吃的东西和冰块都不少，本打算今晚午夜开拔的；却收到勒朗［·黑沃德］和他妻子［斯丽姆］的信，说周一没准就真的即刻到来。所以，我中午要听电话。昨晚想找到他们所在的地点来着，结果没找着。所以啊，阿尔弗瑞德，假如你加入参谋部参加战斗，也得记住要消灭的部队的番号。

我需要加强锻炼，以便前往非洲去写我该写的东西，然后再弄这个电影。上次锻炼很有效，很快就身体健壮了。不过，你得多锻炼，身体得有存货；少喝酒，别在没用的人身上浪费时间。阿尔弗瑞德啊，《生活》杂志发表《老人与海》给我的工作和休息时间带来的灾害很难估量。在往昔，我常入福罗里达酒吧一角，喝一杯冰冻唇蜜，阅读报纸。我现在可是三分钟都不能在那儿呆啊，准有真心诚意的婊子养的上来请你跟他和他老婆一起喝一杯：他们在那儿等了5天，每天都去，就等你来。我客气得都见了鬼了。然后是半个美国都读了这则报道，假如照片拍得好，你就能赚钱了。别以为这是个乐子：某人每当别人夸奖，就会害羞的。

人们开始写这些虚伪的书和文章。神经病们从各地前来烦你。就好像你也有他们的病症。他们来见你，是以为你一定知道“秘密”所在。他们才不管门上的启事呢。假如屏门没有关，他们会闯进来，一大早就来。我不得不揍两个不愿离开的坏家伙。你还不能如往常那样把他们扔出去，或者在外面揍他们。因为，我家门口是石台阶，石头路，接着还是石台阶。假如你不慎把某个婊子养的扔在地上弄伤了，那你就等着杀人的好戏看吧。

我客气，客气再客气，直到他们还是不愿意走。然后，我给他们降温。可是，他们却对一切都热血沸腾。玛丽不耐烦了，全忘了是她让我来给他们降温的。我跟她说：你是不知道那情形是什么样的啊。

罗伯特［·赫热拉］在福罗里达半年内是不能再打架了。因为，第一区的法官警告过他：无论对错，他都得吃官司。这福罗里达又没有保镖，也没有能充当保镖的人。我们于是承袭了所有的麻烦。现在既然那里有了空调，只有两扇缓慢开启的门，而不是以往随意都能荡开的出口，要是惹麻烦可就糟透了。“烟草柜台”对面有扇窗户，从外面看里面有谁在一目了然。找麻烦的人或者要咬你一口的人从那里窥探时机；那他们一旦进来，把他们轰走的责任就落在你身上了。每次在报纸上读到什么或者电台播送什么，说我挣到钱了，某个在野的匪帮就要勒索我一下。有时这并不好玩。不过，我尽量幽默些，或者靠近他，把他的枪缴获喽。这个比艰难还要艰难两倍啊。

所以啊，你做得好，我并不像切斯特菲尔德爵爷那样夸你，也不会歌唱：“啊，演得好，演得好。”或者像漂亮卷毛姑娘那样喊：“啊，好枪法，好枪法；几乎是完美的枪法。”你只能期待身后我如何漂亮地写你。

不过，当我匆忙回应你的时候，假如你表现好，我的礼貌和赞扬也就在这草草写就的信里包含着了。你见过两个棒球运动员在双杀的时候相互说好听的话吗？有一刻停下来吗？

现在硝烟暂时灭了。我说：“非常感谢你，阿尔弗瑞德。你一路杀出来一定很艰难。我估摸着现在得反戈一击了。”

我刚才接了电话。他们安装了新电话。你真的可以听到人家正常讲话了，不用叫喊着说话了。斯丽姆嗓音优雅。他们推迟到周二来，周三要去见玛丽·马丁谈生意。已经相信跟他们描述周四怎么才能找到我们。斯丽姆（南）可能呆上几天。我们今天半夜起航或者再晚一点。

阿尔弗瑞德，在信里我想告诉你别生气。因为，我当时写信匆忙。我花去这礼拜天一上午的时间跟你说了些别的东西。基督啊，我真希望没有又伤害了你。

随信附上我上次跟查尔斯·A.芬顿的通信。你能往他的大学地址给他写信吗？就说：“我的委托人欧内斯特·海明威先生让我给你写信，想问明白为什么他未收到他写给你的挂号信复函，信的落款时间是 1953 年 2 月 18 日。未来一段时间海明威先生在旅行，请将所有通信寄我收转。致敬！”

请给他寄挂号。假如一周内没有回音，请寄挂号信给耶鲁大学英文系，地址是康涅狄格州纽黑文。随函附上你给芬顿先生的信，问他们是否确定我的信已经交到了芬顿先生手里。

芬顿此人我跟你说过的，他现在扮演着业余 FBI 行动小组的角色，在锁定（几乎都不精确）我从 1915 年到 1925 年的所有生活细节。他把真人真事都抖搂出来，弄得我没法写小说了。说某人物如何如何是真人：他把我置于诽谤起诉之境，起诉什么都不过分。他介入我的隐私到了令人难以置信的地步。我不知道类似“何以”和“虚饰”的文章里有多少狗屎来自他那儿，有多少来自他的同仁菲利普·扬。

我把我们之间的往来书信都编了档，包括他写来的许多他的大学不会喜欢的信。他是希尔学校校长的儿子。曾经在皇家空军服役。出版过一本不太成功的小说。目前在耶鲁大学教写作。作为一个不成功的作家，他痛恨小说；老想用事实来诅咒小说。

他的一些信很接近敲诈了；有几封信还很下流。我好多个月前就警告他就此打住，可他就是不听。你看，这不，我 2 月 18 日的挂号信到今天都不回，都已经 4 月 26 日了。

他最典型的评论文字是关于我在《多伦多星报》上写的那篇偷盗商店之事的文章的。“没有事实证明海明威什么时候偷盗过商店，不过——”说我的材料是从伊顿百货商店经理和一位商店侦探那儿弄来的。这就是他从事研究的风格。

我在堪萨斯市当记者的时候，住在芝加哥和另几个地方的时候，跟一些硬汉相过从，这是很容易证明的。作为记者，报道警察的事情，这都是必须的。作为一个作家，假如你不了解这些小子，你怎么能被指望写他们呢？假如你跟打拳的人交往，你怎么可能不认识流氓呢？

不过，我知道这一切，他却不知《杀手》里的拳击手是哪一位；他何以被杀（跟黑林格的说法不同）。我知道许多事情，那些事情都是未立牌坊的。梅伍德、西塞罗和哈莱姆（是我们这儿的哈莱姆，不是你那儿的）的小伙子们的手术大抵是我父亲做的。我小时候也曾经是吉姆·克罗西莫的好朋友。战后，美国也曾经推举我竞选19行政区市政委员会委员，跟汤姆·康诺斯抗衡。我很明智，没有搅和进去。他们参与竞选，选举了托尼·丹德里亚；此人不到一年就死了。我离开芝加哥的时候，只是想尽量走远一点，离开堪萨斯市的情形也一样。

我迄今没有写过哪怕是一篇故事，连禁酒令那段日子的事情都没写过。除了密歇根的事情，往昔的东西我还什么都没写呢。我当时在写关于密歇根的一篇妙极了的故事，我在那儿遇上了非常有趣的大麻烦。[1]这位芬顿接着写密歇根岁月，开始锁定这一目标了。这则故事里的人大都还活着呢。我写的时候很小心，不让人辨认出来里面的人物。半路却杀出个芬顿，开始研究我在密歇根认识的每一个人。这就让我担心，让我左右为难了。我于是推迟发表这小说，这可是篇难得的小说啊。[2]

我要给他设个严实的路障：前面一个，后面一个。

*****周一早上

昨天下午六点半开始刮南风，很大，夹带着倾盆大雨。接着风朝西北去了，每小时60英里的速度。不得不拿出三个铁锚，行程推迟24小时。今早气压仍然很低。

细想了一下芬顿之事：先把给耶鲁大学英文系的信放一放，等我此行回来再说。请把挂号信寄到芬顿在耶鲁的地址（伯克利学院630号）。我不想就此事进入法律程序。你记得“联邦联盟”那个案子里往日的裁定吧：你手上不干净就无法进公正法庭。反正是你上法庭等于把脖子伸出来让人宰。不过，我想让他有所顾虑，让他失去平衡一下。我要他的出版人（法勒·斯特劳斯和扬）焦虑得不敢碰这部书稿。我觉得他不是随便就害怕什么的人，不过这家伙是你骂他他就动怒。我两次骂他，他都气得发疯。我有主意了：他曾经写信告诉我，在皇家空军服役期间他惹上过什么麻烦。不过，我得核实一下。

阻止这种东西出版，不过是谁唬住谁的问题；我相信这一点。大多数问题尚未经检验，检验这些问题代价是很高的。我想你是能以侵犯隐私权威胁一下他的，令他别犯。不过，我们先礼后兵。先寄挂号信让他回复。大多数人一看见法律字眼打头的东西就害怕了。

我刚跟格瑞高里奥［·富恩特斯］通了话，外面天气还是不好。风速似乎超过每小时 80 英里了，刮狂风呢。古巴最精致最大的游艇之一“美洲虎”号从瓦拉德罗回来时迷失了。港口破坏严重。我们则没问题。

希望菲利普一切都好，做什么都顺。

玛丽问候你。辛斯基上周在我去寄合同的时候来这里了，身体好极了。唐·安德烈斯却有严重的心脏病，不能再爬山了。罗贝尔托在西尔斯的照相摄影器材部找了份经理的差事。他的薪水不高，但有10%的提成。合同半年一定，福利是全额的。

他差不多办完手续了，一周工作三个晚上。自上次小动枪支，不再有溜门撬锁的人来了。

昨晚风来，出不了海，暂且歇息。不过，这天气带来了久盼的雨水。

就眼下的情形，我们有望在 6 月底去欧洲。希望进出纽约时不惊动媒体。

你告诉我支付税款的日期和数目，好吗？

祝好并感谢

欧尼

附件 = 一张支票

芬顿的信及回复

挂号信凭证

（此信藏肯尼迪图书馆）

[1] 1915 年 7 月打鹭鸶那一段。见卡洛斯·贝克《海明威传》（纽约，1969）第 20—21 页。

[2] 海明威也许指的是《最后一方清净地》或者《度夏的人们》；两篇都收入《尼克·亚当斯故事集》由斯科瑞布纳出版（纽约，1972）

致沃勒斯·梅耶

1953年5月6日，古巴梅加诺德卡西瓜

亲爱的沃勒斯：

5月4日我们在收音机里听见《老人与海》得了“普利策奖”；一起获奖的还有［威廉·M.英吉著］《野餐》、唐·怀特海写的某篇报道、阿奇［·麦克莱什］的诗集。希望这能对斯科瑞布纳有利，对这本书有利。我从来就没有得过这样的奖，不知它会给这书带来什么样的影响。我想，这事不会害着此书的。我在海上远离电话，幸亏如此。我就不用说对不起，我家黑狗没接电话；也不用说假如《土生舞娘》要是得了“德比奖”，很多人会比我更开心，会发财。

实际上玛丽很开心，我也很开心；尽管《永别了，武器》的事情及《丧钟为谁而鸣》的事情之后，我就不太当回事了。是那年［1941］他们拒绝给我奖吗？我记得麦克斯［·帕金斯］给我写过信。《永别了，武器》也碰到过扯淡的情况。我都忘了是怎么回事了。一定是有人又把这事情挖出来了，因为他们昨天早上又在新闻广播里说我得过此奖。昨晚托马斯·洛厄尔也谈到此。收音机里一条简单的新闻播这么长时间很少见。

我的老婊子利奥波尔迪娜最喜欢的书是她称之为海明威著《太多的短篇故事集》；我肯定她跟我的别的朋友在福罗里达酒吧庆祝我得奖了。在古巴，收音机里每15分钟播送一遍，整天不停地播。利奥波尔迪娜等也许以为是诺贝尔奖。他们等着我回去花这钱呢。

万一有人担心我也拿出［辛克莱·］刘易斯的噱头欲擒故纵，不接受此奖（别跟人说我讲过此话，也别提刘易斯），你告诉评奖委员会或者无论什么什么颁奖的人，就说海明威先生说的：是跟夫人一起乘“皮拉尔”号船在海上听到《老人与海》得了“普利策奖”的，船上没有安无线电话。说他非常感谢评奖委员会（就说这些）。我不用做别的了吧，是吗？请告诉我。今天下午我的司机胡安会把这寄走的。今天下午3:00他要把泰勒·威廉斯送到拉姆拉塔渔港。我们本周或者下周一到家。

问候大家，沃勒斯。我进城时会为得奖之事请你喝一杯的。玛丽得去探望父母。我们的非洲之行安排好了。希望我们去非洲期间没事发生，基督啊，那样的话玛丽就得回来了。我得住笔了。玛丽出去钓鱼了；她回来时我得上那条蒂恩基德；在蒂恩去接泰勒之前一小时要赶回来。

祝好

欧内斯特

（此信藏普林斯顿大学图书馆）

致帕特里克·海明威

1953年7月11日，西班牙庞朴罗纳

亲爱的老鼠：

谢谢你来信告诉我怎么去你的农场。我们8月27日乘“费尔南德·德勒塞普斯”号到蒙巴萨，然后接着去伯塔-马恰柯斯。菲利普［·帕西瓦尔］跟我们一起去，他另有人替他干活呢。马依托［·梅纳科尔］也来。他很激动。我想9月底我们才会上你那儿去呢。等我和菲利普安排妥后会写信告诉你的。我正托运枪支武器呢，往内罗毕的［O. M.］里斯运送。

我在这里旅行很愉快，正搜集《死在午后》的附录材料呢；这份附录讲的是现代斗牛行业的演变和衰退。尽管只涉及一个斗牛士——尼诺·德·拉·帕尔马斯小子安东尼奥·奥尔多内茨。他正值他父亲鼎盛期的年龄，比他父亲强。

爱你和你的黑妮多多。地址：法国巴黎协和广场4号“纽约保证信托公司收转”，电报地址（GARRITOS）。他们会转交的。

爸爸

我稍来了基韦斯特的所有人的话，都是好消息。

爸爸

（此信藏普林斯顿大学图书馆）

致贝尔纳德·贝壬松

1953 年 8 月 11 日

亲爱的 B. B.：

法国人罢工以及其他种种，上帝知道（假如他跟踪事态的进展）文坛会怎么样。我想我肯定是个碍事的。无论怎样，自离开古巴之后，我就没了你的音讯。

当我发现美国公民去西班牙需要签证（旅游现在是个产业）的时候，我对玛丽说我想带她去普拉多博物馆和别的观光地。在边境那儿有点恐怖，但只是一小会儿。稍后，他们似乎很骄傲，也很高兴：有人居然有种还来这里。其实没什么了不得的，也伤不着什么。玛丽从未到那里去过。要枪毙我也为时已晚。他们待我们很好。记者们满心希望地问我：现在是不是想修改《丧钟为谁而鸣》。我对他们说：我已然写了的东西，就那样了；我签了名，我就对作品负责。

我们在福罗里达饭店住；当年我跟玛萨也是在这里，那是在城市被围的一刻。我们没有见到鬼魂。普拉多博物馆好极了。我很为共和国保护美术作品之举感到骄傲。该有人来写写这方面的事情。我现在头脑里和心里又浮现出这些画作；比挂在我餐厅里要安稳多了。当然，它们也从未消失过。能把它们当礼物送给玛丽当然好；不过，既然她能拥有整个西班牙，而且能自由自在地拥有，那即便是不跟我结婚，收不到礼物，也没什么了不得的了。公共汽车的噪声让她心烦；高原土地贫瘠也让她不快，我的朋友啰嗦也让她烦。不过，她喜欢那些美术作品，喜欢斗牛表演。她对这两样的感觉都是发自内心，就像她喜欢一个可爱的地方。不过，上帝还是别让我们捉摸女人的头脑吧；也别让我们想勇敢的人缺乏仁慈心这事吧。我不觉得他们中的任何一位真的勇敢。他们缺乏想象力。有任何东西打击到他们，他们都会以为自己是世上头一个碰到这种情况的人。有时，你很难信任没生过孩子的女人，尤其是逢生育期而未生者。信任她们如同信任一位银行家或者高价外科大夫。我想，在许多方面，妓女要乖巧得多。妓女在情感上（或许在钱的问题上也）更可信。也许你认识的女人比我认识的要优秀。也许你对待她们要好得多。西班牙不是女人的国度，除非她是西班牙人。所以啊，让女人到西班牙去可不是件享受的事情。

我们本打算 8 月 14 日乘坐法国船去欧洲的。这样就能挤出时间开车去翡冷翠了。可是，在马德里这个安排被取消了。我们得 8 月 6 日从马赛起航，还是这艘船。我们有一辆蓝旗亚车，有一位很好的来自乌丹的赛车手司机（通过威尼斯和弗里尤利方面安排的；用的是“海明斯坦奖”剩下的“蒙达多利”钱）。不过，即便是赛车手驾驶，也有点小冒险。接着是：这条该死的船在热那亚停下了，恰恰没够着塞提涅亚诺。我又一次像那个没看到卡尔卡松的傻瓜。（此刻已经看到卡尔卡松等处了。艾格莫尔特古城要比想象的好得多，假如你喜欢要塞城的话。）

基督啊，我但愿自己能画。我在头脑里画着那座城：十字军在卸包裹行李和尿壶，从勒格劳杜罗伊离去。我记忆里的十字架如此清晰，以致得小心点，别说那是我造的十字架。我没有造那十字架；我也永远不见你。尽管如此，这事还是那么回子事。既然我知道这是怎么回子事，事情就简单了，也更容易接受。

今天下午我们会抵达萨义德港附近，要通过我们鸡屎“十字军东征”较悲惨的一段。昨天附近的山区大刮北风，直刮到我们进入克里特的避风处为止。此刻的海才算是顺风的海。不过，那风也是干净的冷风，是季节性东北冷风的兄弟。8 月 11 日那一天就有了冬天该有的一切。

假如这对你尚可博一笑，我则真诚为你祈祷，接着直入沙特尔、布尔戈斯、塞戈维亚以及另两个小地方。一个有着 1/8 北夏安人[1]血统的不信宗教的人以此为乐，为一个犹太人祈祷。假如人们提供这方面的有偿服务，我愿支付。很遗憾，没能去桑迪亚戈德康伯斯泰拉的总部。不过，我们的票已经在三处得彩，不可能再锦上添花了。

爱你，

欧内斯特

（此信藏塔提）

[1] 见海明威 1958 年 7 月 23 日致哈维·布瑞特函。

致贝尔纳德·贝壬松

1953 年 9 月 15 日，坦噶尼喀–肯尼亚边境卡亚多

亲爱的 B. B.：

你好吗？很久没有你的消息了。

我们旅行很愉快。我们一路替狩猎的马赛人屠宰牲口、猎杀狮子。马赛多的是牲口，并且也没有理由不猎杀几头狮子。不过，跟大多数富有的人一样，他们也悭吝。我们每逢十头仅杀一头，还是他们希望宰杀的。昨天我们跟许多雄狮猎手一起奔跑。假如我射杀了一头狮子，他们会像犯了癫痫一样高兴欢呼。不过，你要是不看他们，他们就会安静下来。他们不像我们在沙漠另一边相过从的马赛猎手那样友善，跑步也不那么快；他们不太愿意跟狮子搏斗。

玛丽很好。终于找到一个像她一样坚韧的国度了。两年来此地少雨水；这里又沙漠绿洲并存。不过，马赛人雇用来自坦噶尼喀的土著在干河床里挖井，那井真是好极了。一头母牛的代价就能让人挖一眼井；500 头牲口于是有水喝了。

我们早上 5:00 即起；在晨曦里，我们开始打猎。这里的鸟儿很美丽；除了供我们肉食的动物，我们每天还能见到大象和河马。狮子肉很好吃。那里脊肉涂上面包屑就如同维也纳小牛排。

请写信来给我们报个平安。

爱你

欧内斯特

（此信藏塔提）

致哈维·布瑞特

1954 年 1 月 3 日，肯尼亚马加迪

亲爱的哈维：

你好吗，孩子？一切都好吗？我们在肯尼亚–坦噶尼喀边境野营

露宿。我在此地已经有约七个星期了。我被授予“荣誉狩猎监督官”。由于出现紧急情况［暴乱］，现在只好在野外狩猎。这可是一流的生活啊。日夜都有问题出现。比如昨天，21只大象袭击一个沙姆巴［村子］，那村子是我的瓦康巴“未婚妻”家所在地。这些大象是游走族，其中9只穿过玉米地。此时玉米在雨后已经长成15英尺高的庄稼了。不过我们猜这些象并不坏，因为它们只是穿过玉米地，一路走一路吃，吃出一条带状来。有一组7只；另有一组5只，其中一只走在队伍外边。假如它们夜里还来，我就追它们到山里；然后离开狩猎童子军“小阿拉伯”，跟另一个人去吓跑它们。查了一下水牛群（82头），没事。圣诞节前那一天发现有一只母狮子带着小狮子。它也平安无事。它咬死了一只非洲大羚羊，11只羊群里的一只。自9月起，这只大羚羊就是我的伙伴。不过，有6只小羊到来，其中有一只会拿下头羊的位置。不过，我还是为它难过。夜里睡下又起，拿着长矛出去散步。仔细研究各种声音，夜里狩猎时出现的不同噪声。别用手电，穿软底鞋子，独自一人去。早上5:30喝茶。玛丽小姐和我带着她的扛枪人沙罗一起出去；扛枪人一定接近80岁了，比她个子还要矮小。我的扛枪人叫诺圭，米科拉的儿子。我写《非洲的青山》的时候，他就是我的扛枪人了。诺圭是个很皮实的小子——在K. A. R.［国王的非洲来复枪队］、阿比西尼亚、缅甸等处服役过7年。他在阿比尼西亚那儿学了点意大利语。我跟他爱着瓦康巴村子里的两个女子。这个村子在小溪上，很美丽，怎么也有15英亩玉米地和小庄稼。我俩爱的姑娘都是女继承人，有点像往日的布兰达·弗瑞泽；只是她们是黑人，并且很漂亮。她俩每天给我们带礼物来，有甜玉米和自己酿的啤酒（很好）。今天我给了她们一磅猪油，还有一块野猪肉：玛丽小姐打的猪。此外，还有一些盐和一本《生活》杂志。昨天我见了我那女孩儿的母亲和两个姐妹。她的父亲不很有地位，尽管他很富裕。她母亲人很好，又有了小宝宝。玛丽小姐远远地躲开这一切，很善解人意，很好啊。她［玛丽］不在的时候我认识“未婚妻”的。当时我们杀了一头猎豹，猎狗一路穷追不舍。大家“艾普沃斯联盟”聚会般搞了个大型诺加马庆祝会；别有一番滋味。我得杀掉吃了她们牲口或者糟蹋毁掉她们庄稼的那些野兽。只要我那方面做得好，我就受到欢迎。野兽们洗劫庄稼的时候可不笨。哈维，我真的觉得你会感兴趣的。这就像你每天要在大球队里投球。投球你就得与胳膊打交道，否则每天如何开始？不过，我在这里面扮演的是中继投手；只有在不好的情况下才上前去。我已然回到嚼烟丝以获得自信的状态。

是这样的：你坐下像福克纳、H. 詹姆斯（不是杰西）等人一样写作。两个长矛手来了，安然站在帐篷外面。我想写作；玛丽却说："有两个朋友要见你。我不知道他们是不是你姑娘家的人，也不知有什么事情。""他们一定有事情。"我道。他们是有事情啊。住的地方离这儿有 25 英里远呢。况且年纪也不小了，不属于年轻的武士。（年轻的武士都酗酒。）那头狮子来家咬死了两头母牛。它正在家门口吃其中的一头母牛呢，一边吃还一边哀号。25 英里远呢。3/4 能开摩托车走。于是，你去了，去看母牛的残骸；弄清源头，追踪狮子，把它从这该死的国度翻找出来。这一活动得重复三四天。我跟诺圭及另几条猎狗追踪一头狮子到乞力马扎罗山，接着是（气喘吁吁）在雨中再度进山。

我现在的体重是 186 磅，此前很长一段时间里在 190 磅到 192 磅之间徘徊。我把头发剃光了，因为那是我的"未婚妻"喜欢的样子。她喜欢摸我头上的洞和聚宝盆。这也很好玩啊。我自己从前就不知道这个。我一直觉得头上这些东西很丢人现眼。这里的人可不觉得丢脸。哈维，非洲姑娘、康巴人和马赛人都妙不可言。说她们不可能爱你的屁话都是胡说八道。她们比我们家里的那些姑娘欢快多了。我的这位姑娘全然是个粗野姑娘，她的脸即便处于静态也是粗野的。不过，绝对可爱，粗鲁得精致。我最好还是别往下写了，因为我真有写的冲动，不能把这脸给毁了。反正是这张脸让我勃起，真糟糕。

诺圭大约 30 岁，他自己估摸的岁数。他有 5 个老婆。这趟差事完后他挣到钱，还可以娶两房。也许只娶一房：我那位姑娘的妹妹。也许他会跟我那位姑娘结婚，因为他和我是兄弟，所以没问题。不过，我的姑娘想去纽约，要在那儿看我杀掉《生活》杂志动物专号上登的那些动物：那本杂志属于"史前"杂志了。她以为我住的地方有雷龙和翼龙，也有猛犸和剑齿虎，以及爱尔兰麋鹿和巨大的树獭。因为，她看到那些照片了。

夜里，我跟他们说我们如何杀死乔治·阿姆斯特朗·柯斯特和第七骑兵纵队。他们觉得我们在这里是浪费时间，该赶紧去美国。哈维，这可真是个可爱的国家啊。

爱你多多并祝贺新年

Papa

（此信藏哈佛大学图书馆）

致贝尔纳德·贝壬松

1954年2月2日，肯尼亚希莫尼

亲爱的B. B.：

非常感谢你发来电报。[1]玛丽和我收到电报后都很开心。你可真好，还发电报给我，发得恰到好处。我们3月10日离开蒙巴萨（老式拼写是Mombassa）Si Dios y la Puta Hostia quieren［假如上帝和“婊子女主人”允许］；［3月］26日抵达威尼斯（Si Dios y la Puta Hostia quieren）。我们探视完家里人之后就去你那儿，去朝觐。我会从威尼斯给你写信的，地址从3月26日起为格瑞提皇宫酒店。

我有许多好玩的事情告诉你。只告诉你一个人。瓦康巴语表达此意只用一个词儿*Tu*。意思是就跟你说，就你一人，我珍爱的你，我再会的你，与我分享部落秘密的你。在康巴（瓦康巴只是教授们［又写错别字］谈起它来的有感情色彩的称呼，他们说到斯瓦希里语时用的是Kiswahili这个字眼），你要表达类似意思就用*Tu*。奇怪，在西班牙语里也是同样说法：西班牙语是我唯一真懂的外语。假如我像你那位已故朋友［乔治·］桑塔亚纳一样出生在西班牙，我就会用西班牙语写作，希望会是个优雅的作家。眼下是用英语写作；那是个混蛋语种，但还好对付。西班牙是用*Tu*的语言。

这是件好玩的事情。也许——脑震荡是很奇怪的创伤——我一直在研究它：重影视觉；听觉来了又走；嗅觉（闻东西）灵敏到你难以置信。

我要给威尼斯的阿德莲娜写信，写一封真诚的充满爱意的信；然后再读一遍看看是否可以。信写得很曼妙，只是一半文字都是西班牙语，1/2 是康巴语。你这时才知道事情不太妙。

Tu. 我于是今天给你 *Tu* 写信，看看这手是否与脑子能联系得更好一些。

玛丽小姐很好。她的肋骨快愈合了。她以前从未断过肋骨，不知道此伤你拿它没辙，只是别深呼吸。这个容易做，但教给女人就难了。

B. B.（兄弟，*Tu*）我一定得多写，因为正努力不成为 Kivisha。你知道自己老跟媒体说从未这么好过之类的话。那是为了不泄露行当的秘密。这秘密就是要经得起长途跋涉，或者说要有持久的耐力（也许拼写错了）。你的真正的朋友现在的情况是（在我们的婊子死去的时辰）：肾脏破裂（流了许多血，尿里有腰子的碎片）。剩下的也见鬼去。所有的情况都来自那个部位。好多了，但很疼。即便记者们说人是不可摧毁的，但人还是可被摧毁。

虽然起身不易，但我还是宣称要赢得这场战斗。我们都知道死亡算个狗屎。可是，我想见我可爱的阿德莲娜；我要到你那儿去朝圣。B. B. 我希望这封长信没让你太烦。

记住，假如你愿意（假如不行就别勉强），在某些方面，我可以给你当学生；可以通过书本、通过制作精美得要命的可爱书本接受你的一点教育。在我听到你的名字之前，我是个贝加莫野小子。我没有闻大名，是因为自己遗憾地忽略了成长家教。不过，我是可以当你的学生的。你不必认我这个学生，随时可以开除我，我不怪你。

不过，B. B.（我的兄弟兼父亲），假如你想过要当一个坏（重复一遍坏；油盐不进，毫不留情）小子的父亲，那你就收下这不名一文的东西吧；这不名一文的东西会去朝觐，但我答应你不会给你丢脸的。尤其是跟玛丽一起去。她有印象自己是在纵队里维持纪律的人。

请原谅我不断写信。这是因为我很孤独。你连同你所臻可爱的年龄，从某种意义上讲（或者不傻乎乎恭维了）是我的英雄。也是玛丽小姐的英雄。也是帕特里克的英雄。假如你（*Tu*）觉得好玩，你就是我世上仅存的父亲了。

无论怎样（拿出“大玻璃杯”来），读读这信。我们都很爱你。让我们（我从前不太勇敢）齐聚一堂，好好乐一下。上帝（Gott）保佑你。我们的爱，我的真爱。

欧内斯托

海明威（起飞）

[信纸左边：] 写完了，但没重读。假如傻，就烧了它。

E. H.

（此信藏塔提）

[1] 像其他许多人一样，贝壬松发了电报，庆贺海明威从1月22日、23日两次空难里平安归来：一次在木尔奇森大瀑布，一次在乌干达的布提亚巴。接着海明威造访了希莫尼。见卡洛斯·贝克著《海明威传》（纽约，1969）第518—522页。

致哈维·布瑞特

1954年2月4日，希莫尼

亲爱的哈维：

给右胳膊和大脑之间建立了某种沟通功能，所以现在能用手给你写信。假如我以前也这么做过，那就忘了这事。给威尼斯的［阿德莲娜］写了信。邮寄之前读了一遍，发现写的一半是关于瓦康巴的生活的。

下面给你提供点情况：第二只坠落［失事］的风筝［飞机］有点糟糕。我们一直在说：“你个婊子养的撞不着我。”可是，我还是摔破了肾脏，或许只破了一个；肝也破了，脾脏也破了（不管是哪一个了）。每天晚上枕头上都有脑子里流出的东西；头盖骨顶烧掉了。还有（还有你明白了自己是如何得大脑震荡的）在火里被迫喘了两口气：那可不是什么好事，当然属于圣女贞德让戴高乐将军再生之类。左眼几乎失明（反正也一直不好）。

哈维啊，这可比福克纳做的诺贝尔奖得主玉米棒子可坎坷多了点。

玛丽小姐很好。不过，神经受了些刺激。事发时她很勇敢，很可爱。

一时情况不太明了。现在七窍的血是止住了。一直在声称要赢。不过，读读比利·罗斯倒有看喜剧的效果：以色列人要得的肿瘤可真够恶心的。假如你认识波多黎各人，请代我致意。

哈维，孩子，眼下情形不太好。我在（两度）行将死去的时候，有机会想想这些。只知道一样东西：如何开始反攻。已经发起反攻了。

乖一点，我什么时候见见你。请帮我个忙：给乔治·让·纳坦打电话，问候他和＊＊小姐。假如不太麻烦，也请给西57大街225号的乔治·布朗打个电话，代玛丽小姐和我问候他一下。

你的永远的，

欧内斯特~~爸爸~~

（此信藏哈佛大学图书馆）

致阿德莲娜·伊万奇奇

1954年5月9日，法国尼斯

最亲爱的阿德莲娜：

昨晚我给你写了信。不过，刚读了一遍，撕掉了。那是深夜里写的信。一文不值。

昨天从都灵到库内奥之行很美，山谷一片绿意，可爱。雪山不很近也不很远。接着到关隘，近山，隧道，到另几处关隘；然后到尼斯。非常美丽。[①]

---

① 尼斯（Nice）与美丽（nice）拼写一样。——译注

4点钟开始有光了。这里春天就要来了。

闺女啊，你知道我多想你吗？离别简直就是截肢。谢谢你对我这么好，表现这么可爱。

我反思了一下我俩的种种，不就是苟活着之外干了件事情而已。

我很快就会把这一切扔掉，所以我尽量学作家亨利·詹姆斯的样儿让自己冷静下来。你读过亨利·詹姆斯吗？他是一位伟大的美国作家，曾经来过威尼斯。曾经朝窗外望风景，一边抽着雪茄，一边思考。他生得太早，从未见过你。

从威尼斯坐汽车到米兰，一路风景不佳，可怕。终于，路标太多，根本看不清哪儿是哪儿。只有加尔达湖还算美丽。

英格丽［·褒曼］也一样。甜美、诚实；嫁给了22磅的老鼠［罗贝尔托·罗塞里尼］。这不是嫉妒。也许他是一只未被发现的42磅的老鼠。反正他能生出好孩子来。

第一天的旅程伤了后背，猛吐。事前不知道人还能伤成那样。昨天几乎就没事了。今天就能完全好了。我们去了塞尚和凡·高的乡野：普罗旺斯的艾克斯、圣雷米、雷堡，接着去了阿维尼翁和尼姗，也许还要去蒙比利尔，可能还要远一点。

闺女，我爱你，非常想念你。你知道的，我们当年很相好的，遇上不顺的事情也从不打架。

（霍奇）［A.E.霍奇纳］宝贝也很好。我并不是他的好伙伴（本该做得更好点的）；因为，我想你想得要死。不过，我们一起常常开玩笑，他很有进取心，也很有爱心。

请代我问候多拉小姐［阿德莲娜的母亲］，问候杰奇和弗朗切斯卡。我当年跟你们在一起幸福如家人。希望没太讨你们嫌。

今天，我会好好陪陪霍奇。

我非常爱你，永远爱你。现在太阳升起来了；这是个可爱的日子。

我会给你写信的，会告诉你事情的，闺女。

我爱你（静默）。

也许能听见你的声音（静悄悄地），或者 con la calma

consiguente［在沉寂里见到你的身影］。你好吗？

爱

Papa

（此信藏得克萨斯大学图书馆）

致阿尔弗瑞德·赖斯

1954年7月12日，观景庄

亲爱的阿尔弗瑞德：

关于1953年的个人所得：

你可以从斯科瑞布纳1953年支付给我的数目里得到数据；可以从我买的书里扣除免税的部分。

《老人与海》的电影版权——你有这方面的记录。

销售红利和利息所得——你可从“纽约保证信托公司”获取数字。

我还直接收到——W. R.华纳公司400美元。

江纳森·凯普1953年支付给我的，请到凯普公司索取数额。电报地址：伦敦凯普江那个。

国外所得，电台、电视以及其他版权——你都有记录了。

《老爷》杂志给的钱，请问《老爷》杂志去。

J.凯普那儿给伦敦发个电报他就回电了。《老爷》杂志也会回电报的。从纽约发电报比在这儿发便宜多了。

《观察》1953年6月或者7月支付了15 000美元——是各种费用的预支。另10 000美元是1954年1月支付的。

玛丽从《时尚》杂志得了270美元，从伦敦《现代妇女》得了90美元，从“国际纤维棉”公司得红利150美元。

她从《观察》所得钱是1954年才收到的。

我想，没有代言费收入。我只为“派克自来水笔”和“巴兰坦麦芽酒”代言过，但那都是几年前的事情了。

如下信息给你和税务局备案：1953年我乘飞行器出行是探险活动所需，绝对需要。大部分游猎活动都需要飞行器；因此，我们比以往用飞行器的地方更广泛。1953年，从8月22日到12月31日，我们都在游猎。菲利普·帕西瓦尔在蒙巴萨用车接我们。我支付汽油钱、租车钱、零星开销，也支付他弄设备花去的时间。我向你保证我们花在游猎上的费用很合理，别的活动这么长时间的话，花费还要比这多呢。

我希望你跟税务局的人说：要想挣钱就有必要去花钱。他们当然知道这个道理。不过，看看他们从我上次非洲之行计算出多少可课税的收入，会是件有趣的事情。上次非洲之行产生了《乞力马扎罗的雪》，那可真是大挣钱的电影之一。我就125 000美元的数主动交税了。我不知道20世纪福克斯向政府交了多少税。那次旅行还有个结果就是《非洲的青山》和《弗朗西斯·麦康伯短促的幸福生活》。后者拍成电影也给政府挣了不少钱。我上次非洲之行让税务局挣了一大笔呢，我也不知该怎么算。

你跟他们说，搜集那样的资料是极费钱的，是极危险的。假如不是用飞机并且差点死掉［患了阿米巴痢疾］，就没有什么《乞力马扎罗的雪》。我上次非洲之行能挣点钱，完全在于我的身体状况好，能坐着写，而不用操心税务方面的事情。

一个作家头破血流、后背和内脏都受损而得一点写作材料，他们也不许减免些税钱。这材料除了作家本人，别人是弄不来的。就这样弄来的东西才会成功，别人弄来的东西不成。这次我可是真有好极了的东西可写。然而，我这时该写作的，却在到处找发票；到处写信如此。关于《老人与海》电影野外研究的费用：那些费用都是合理合法的。我的实际开销比那还大，可当我埋头苦干的时候，集中精力于所做的事情的时候，我是不想着记账的。既然工作期间我用现金多，我要说明用途的费用也就限于支票了。你不能在古巴海岸给人开支票啊。在非洲开支票也行而不远；那里的人甚至连纸钱都不愿收。他们要硬币。你得拿个锡罐子装钱。刺死一头狮子后，你付钱给狮子猎手，他们很精明，稍不留心就能连你都刺死，就像刺别的东西。他们能把自己往带刺的灌木丛里扔，嘴里能吐泡泡，那是在嘴里酿了很久的东西啊：以此来壮胆。这样的猎人是不会给你发票的。部落头人不识字也不会写字。也许你能让他们按指纹。不过，我自己总是累得很，也缺少按手印必要的设备。许多次我拿出钱袋子，是为了让它减轻点，倒不是有什么要付的费用。

阿尔弗瑞德，今年日子不好过啊：即便是在我们飞机失事之前也不好过。假如人们别来烦我，让我从蓝色的土里开采石头，让我切割，让我抛光，我是能收获钻石矿的。假如我能挖矿，我会为政府挣到更多的钱，我会比得克萨斯石油人强，他们还有减免呢。我被打击得比你凶，然而我却还在这里；我还会逐步恢复健康，接着写作，不去想别的，也不去操别的心。

假如我忘了自己哪项收入，会去查一下的，看看还有什么。都查过了，你就是我的主要线索，我说过的。很对不住，还要让你去发核查电报。这样可以省很多钱。我们把数字即刻拿来，也有助于你办事；如此能弥补给你带来的麻烦。我对新的税法不熟悉，玛丽就把单子列出来，让你决定这些是否能减免。

你知道这里的问题关乎招待人的费用。假如有什么大事，这里就有很多招待人之举。今年（1953 年）就很多。我觉得玛丽所列并不过分。不过，你对此比我更了解。我只知道你要是想做大买卖就得花钱。这个地方对大买卖很重要，就像在纽约得有个好办公室。付司机一个月 50 美元并不过分。那是唯一跟城里联系的途径。我大概是属于报税人里付给人工资较少的生意人。我支付大夫、医院的费用还没申报呢。我给他们建造房屋也没申报呢；他们有麻烦时我借钱给他们，也没申报呢。

我希望你妻子和菲利普一切都好。祝你一切顺利。

祝好，

欧尼

（此信藏肯尼迪图书馆）

致哈维·布瑞特

1954 年 8 月 18 日，观景庄

亲爱的哈维：

很高兴你能以这样的方式度假，也很高兴你工作顺利。

你想写关于司各特的剧本，我觉得没有什么不好。他现在属于公共话题的对象。我当时不喜欢的是米泽纳写司各特的文字的许多方面。巴德［·舒尔伯格］的小说我记得不是很好，你要小心。那个女主人公并不令人信服。假如我是你们俩，我就不会太拘泥于此书。你可以利用些米泽纳的书里内容，因为那本书本该属于写历史的东西。现在常识存在于公共领域，就像司各特是公共话题一样。

如下属于基本背景供你利用：我当年在巴黎认识司各特的时候，在里维埃拉，他从未跟别的女人睡觉，除了泽尔达。这是一手情报。

她却先对他不忠：跟法国海军航空兵的一个飞行员有染。

这是让司各特心灵破碎的首要事件。接着是她精神分裂（Scyzophrenic；你查一下拼写，我拼写得不对；字典在玛丽的屋子里，太远了）很长一段时间，没有人知道这个。她莫名其妙地妒嫉司各特的创作；他只要一卖劲工作，她就捣乱。那倒没给他带来什么难处，因为他可不是等闲之辈，潜力大着呢。真正拯救了他的是：他不胜酒力。他根本就不能容忍酒精。几杯酒在你是享受，在他可就能昏厥过去，浑身发冷。他也乐于昏厥过去，因为如此就能引来注意。他虽不刻意，但是时常扮演赤身裸体的角色，并且表演得很棒。随着时间的推移，他的醉酒越发让人觉得恶心。巴德一次一起旅行领教了他一回，我都记不得在好莱坞（少写了一个 l）有多少回了。我认识他很久了，在各种情况下都有类似的酒醉；我充当他的“英雄”，随时都要解围。

他有着混混的自鸣得意，加上爱尔兰混混的自贬自损。他也有奇妙的天分，几乎没接受过什么教育。泽尔达跟他说他的阴茎比正常男人的要小、从未令她满足过，他于是没了自信。他在米肖的餐馆跟我讲了这可恶的秘密，我让他跟我去厕所，在那儿，我仔细检查了他的小弟弟构造。我觉得他的尺寸很正常。我跟他解释说，他是从上往下看的，所以觉得小弟弟前头短了一截。他认为我把别人的痛苦不当回事。我跟他讲：一个男人在床上是否能让性伴侣快乐，取决于他阴茎勃起的角度和勃起的能力以及其他几样基本功，比如要照顾到对方的快感。然而，他却抓住这不放，认为是自己失败的原因；什么也没法让他快乐起来。我主动提出要带他去罗浮宫，让他看看昔日人们的构造是个什么样子。可是，他不愿快乐起来。泽尔达既然这么说了，那就是真的。泽尔达当时完全疯掉了。

这种东西也许对你没有用，也许有用。司各特习惯于醉酒之后，人就变坏了。我常跟他一起去吃晚饭，他老是侮辱人；为了不让他挨揍，我就老去摆平事情。他一生里最好的时候也手无缚鸡之力；他却老去袭击人家，我则替他解围。这是巴黎生活的一个例子。我在一个阁楼的二楼住，可以俯瞰一家锯木厂。我的房东住在一楼。他带着小司各提来看我们，老在房东门口楼梯那儿给小家伙把尿。尿流进房东的门里，房东出来，很客气地告诉司各特楼梯底下有马桶。他认为孩子冷不防被吓着了。

“我知道那儿有马桶，你个婊子养的。”司各特说：“我带你去，把你的头塞进去。”

这种故事成百上千。有一天晚上我不得不付给协和广场一个看门的人一大笔钱以摆平司各特干的一件可怕的事；经此可怕之夜后，我告诉他不能再跟他出去吃晚饭了，除非他答应不再对人干可怕的事情，或者尽量不干。他很能写东西谈如何以权威的口吻论失败人生，写我也如何能以权威的口吻论诸如此类的东西。我们于是再也没能坐在一处。自以为是啊。

是泽尔达毁了他。每次他要振作起来，泽尔达就给他酒喝。哈维，他这个人似乎喜欢被人羞辱；当然他也喜欢羞辱别人，无论谁跟他在一起，他都羞辱人家。我看见过他干的一些事情，你都不能原谅一个疯子那么去做。一开始的时候，他事后还能翻然悔悟。最后，他干脆记不得了。他一直是很慷慨的，有时也能非常清醒可人。

假如这些东西没有用，或者让人感觉糊涂，就把它扔掉吧。他在好莱坞期间我从没见过他。这个剧本是关于一个人那一阶段生活的。也许这些情报对你没有用处。这是他写完《盖茨比》之后六年的生活情况；或许有十年呢［1925—1935］。假如对你形成概念塑造人物有害，你就忘了我所说。我想他在好莱坞一定是另一个样子。巴德了解那一段时间的他。

我初识他的时候，他很英俊很体面。每次拿饮料他的脸都会小有变化。四杯之后，他的皮肤就收缩了，像个死人头。我想你通过灯光可以在你的戏里表现这一点。也许巴德认识他的时候，他并非那样。他喝红酒的时候很好，只喝一两杯开胃酒的时候也好。

希望你的剧本走好运，希望你的书走好运。

我倒是希望自己看过［埃扎德·］查尔斯-［洛奇·］马恰诺的拳击。我眼下对拳击没什么感觉。不过，要是能再看一次精彩拳击，我会把感觉找回来的。

我现在得给菲利普·帕西瓦尔再写一封信。他在伦敦，病得很厉害。接着还得游泳，游440。这里现在非常热，几乎每天下午都下大雨。

我完成了一个短篇；另一个短篇也写了约20页了。我想以前给你写信时说过这个。

假如我能派上什么用场，能帮你塑造20来岁的司各特的话，我很愿意效劳。他那段时间的生活并不都像这封信所说的那样不堪。有些时候还是很有趣的。不过，他的生活从来就没有靠谱过。我想，我当时比别人更了解他。杰拉尔德和萨拉·墨菲（杰拉尔德是马克·克罗斯的头）对他也很了解，比我见他的次数多。他们也能帮你。阿奇·麦克莱什也能帮你。我想，米泽纳干了那件事之后，大家都不太愿意帮忙了。宝琳本也可以谈谈的。可是，她已经故去。

祝好，

海明斯坦

（此信藏哈佛大学图书馆）

致贝尔纳德·贝壬松

1954年9月24日，观景庄

亲爱的B.B.：

有你的音讯可真好；知道你一切都好，我很高兴。你说得对：我们永远也达不到一开始设定的目标。隔了很长时间再读一遍，我们知道这目标时或出现。当这目标表现得很好的时候，读着读着，好像我一定是从谁那儿偷来了这个创意。接着是心想，并且自己记得没有别人知道这个故事啊，这事从来就没发生过啊。我一定是自己杜撰了这个故事。于是，感觉好极。一个人写了一个故事后总会有幻觉；我因此对《老人与海》有夸张的自信。我写作的时候，每天都惊异于写作进展的奇妙；希望第二天能像前一天那样写得那么真诚。写完之后，只有三四处修改。我想一定是哪儿不对。可是每读一遍，感觉作品给我这个读者的影响跟前一次阅读是同样的。这不是作者读自己作品的感觉。我至今阅读这个作品都要动容。我想你也会相信这不是崇拜自己创造了什么的感情，因为毕竟他创造了这个故事；而是因为我置身故事外而来读它，好像是别人写的东西，并且作者已经死了很长时间。

我们都老了，老得足以真诚地聊聊天了。我跟你讲下面这个话完全出于好奇。另有几样也完全是我杜撰的，比如《丧钟为谁而鸣》里帕布洛和皮拉尔以及他们在村子里消灭法西斯分子的故事。我有一次偶然需要读一下这篇小说，全然惊讶自己能杜撰出这样的故事来。你知道，小说（或者毋宁说散体文）是写作里最难的行当。你没有可参考的东西；旧的可参考的要素不存在。你有的就是一张白纸、一支铅笔，以及去杜撰的义务：还得杜撰得很真实，比事实还要真实。你得把不可呈现的东西完全呈现出来。还要让它显得很正常，让它成为读者经历的一部分。显然这个任务不可能完成。你一旦能完成，人家就觉得这个作品很珍贵。也许价值就是这样产生的。不过，这东西花钱雇用或者订合同是没法办到的。这就像花钱雇不到炼金术士。

不过，B.B.，我们永远也别太悲观于自己所为，我们知道自己做得不错。因为，我们该得些奖励；唯一的奖励是自己在心里颁发的。假如我的 *hoja de servicio* ［工作考核记录］有你那样好，我会感到自豪的；这都属于很轻描淡写的话了。不可达到的目标则是另外一回事。那些山都攀登过了，值得造访的国家很久以前就被我们探索过了；非洲之类的老地方，你去了就知道许多许多人都在那儿见识过一切，传教士拿着传教的钱很久之前就有人去过，詹姆斯·戈登·本涅特［美国记者］之前就有人去过。

出名、崇拜、谄媚或者时髦都算个屁。假如一个人容易被这些东西影响，那就极有害。你一定要原谅我假想你和我同龄。不过，我有身体致命器官被毁的经历，一般有这种经历的人需要很长的人生体验。伴随那身体毁损的是粗俗的习惯。我们预期寿命多少一样。即便这样，我也不能 tutearte 尔汝相称［我用 tu 而不用 usted］。因为，我的头脑是 55 岁人的头脑。在我所处的瓦康巴部落，55 岁就是老人了。一旦成为老人，你就比比你更老的人地位低；不过，人家承认你到了某种年纪。即便是没判断力，也起码有经验。

我现在的工作量是我本该有的能力的 1/2，且工作环境里的一切要好于以往。我这工作是极易受天气影响的人干的工作，这工作着的人就像优良品种的动物，对天气反应灵敏。雨天我会沮丧，闷热我也沮丧。温度表的变化也能给我的脊椎带来变化。还有 6 个星期坏天气要熬，接着就是好天气了，好到你想写作，而不是强迫自己写作。我是个单纯的作家：在我的书里出现的天气情况，几乎就是写作时门外天气的情况。今年夏天这种天气，我但愿没有强加给读我这本书的读者，于是我在带空调的屋子里写。这种写作很假，就像在飞机的气压舱里写东西。你是把东西写出来了，但它很假，就像在温室的背面写的东西。也许我会把这些都扔掉，也许等到哪天早晨天气活过来时，我能用这故事的骨架重写，填入芬芳的气味，加进鸟儿在早上发出的叫声，加进这地方一切可爱的事物；这里的冬季可跟非洲一样。

不过，B. B.，没有什么地方能跟非洲一样，就像没有什么能跟青春相比；没有什么能跟爱你所爱相比；也没有什么能跟每天醒来不知这日子能给你带来什么、但你知道它会给你带来东西相比。现在的日子很乏味：除了偶尔你喜欢的在乎的人来烦扰你一下，别无其他。你在塞蒂尼亚诺也许好得多。你总比我过得好，因为你有更多的书籍。谢谢上帝赐给我们书籍。我但愿能抛砖引玉，让自己的写作引来别人写的更值得读的作品。玛丽本会问候你一笔，但她在晒日光浴。我想我能替她问候一声。不经她同意也没事的。

我们祝你好，

欧内斯特

我口授此信给新来乍到的秘书。读了一遍，修改了她的错误（修改我的错则太迟了）。读起来有点像可怕的演说。

E. H.

（此信藏塔提）

致查尔斯·T. 朗汉将军

1954 年 11 月 10 日，观景庄

亲爱的巴克：

你写来的关于《时代》那位研究者的信我刚收到。基督啊，巴克，你可是真捧我啊。Cuestan lo que cuestan ［无论代价如何］我现在都得活下去，好在你墓前充分说几句话。我们不管这个叫“相互”吹捧。上帝啊，这个会是“盖棺”吹捧。

《时代》那篇报道简直就是骗人的东西。你能看出来的。我并没有去招新闻媒体。他们连打了一个星期的电话。无线电传来新闻之后，我作了简短声明，随后说：“先生们，还有问题吗？”接着他们问我拿这钱干什么；我尽量实话实说。然后我谈到了伊萨克·迪内森、贝壬松和桑德伯格。[1]

你知道的，我多少清楚自己属于哪一类的作家，但那不是头脑膨胀的理由。或者去跟别人说自己属于哪一类作家。我早就学会不坦率地说话了，或者超然地谈论这些话题。下面的话也就跟你说说吧：我是这样想的：桑德伯格是个老人，他会高兴得奖的（他的确高

兴）；布里奇的老婆（迪内森）比那些得过此奖的瑞典作家观察力强多了。布里奇（布罗尔·冯·布里克森-芬内克男爵）此刻在地狱；假如他听到我讲他老婆好话，他会高兴的。贝壬松我觉得该得（不比我更该），我愿见他得奖。或者说，这三位里任何一位得奖，我都觉得应该。那是一个人脑子里正常的想法。

我踉踉跄跄在喝杜松子果汁酒呢，或者在喝金酒，或者在喝汤力水？肯定没把这几个名字说出来。

我说自己冲破了训练，指的是午前喝酒；那是为了把工作放一放。我先喝金酒和汤力水，然后改喝椰子汁儿。我自然不会说自己打算只再活五年。谁会自己咒自己啊。我想我说的是打算再好好写五年。我每三四年才有一年好好写作的时光，说那话并不离谱。我1942—1943—1944—1945才写了多少？这些有什么要紧啊。

他们宣布评奖结果的那天，天气凉爽，风很大。我看见《时代》这位亨利·沃勒斯一直在出汗。我想他打算用刀捅死我。还真是，他真捅我一刀。当你注意到这些事情的时候，亦即你我哥们还活着，在这样的情况下，你也无计可施。我当时跟玛丽就这么说的。她像是更解事，跟我说别疑心太重。（沃勒斯说《时代》弥补了所有漏洞。海明威。）

巴克，玛丽在非洲时的无知无畏你可真该见识一下，我对她可负有责任呢。不过，她大部分时间表现不错。许多时候，她还真是学习的榜样。在海上，情况不好的时候，她也很勇敢；大多数女人都不行。此外，她也了解海洋。她现在往基韦斯特去了；去把房子翻修一下好出租。

巴克，我现在去不了你那儿。真希望我能去。目前正处于写作的黄金时期，[2]假如人们不来烦我的话。我又回到这个国家了，我每天就在这里生活。我想，除非你对不同种族通婚很有看法，你会喜欢这里的某些东西的。除了那个以外，此地还很有些东西呢。每天人们不来捣乱，我就日子很好过。一定别自己说嘴。

我打电话给你，是想拿个主意是否接受这个东西。有很多理由不拿这个奖呢。不过，没有人会理解的，除了你这样的朋友。别人会以为你烧包；或者不接受会给自己的国家抹黑。我想让你帮我把一下舵，往哪儿走都行。可你当时卧病在床，我不想让你操心。所以我尽量自己把舵。无论你怎样做，《时代》都用偏见谎言毁了你所为。

我非常感谢你说我们在一起那年月，你觉得我有作为。人们也许歪曲事实，把真相撇开；却去用中学时我踢过他屁股的人的话当证词。某人要想证明我虚伪很容易；既然我在誓言之下在命令之下不得已否认过自己曾经为之自豪的一切。不是一切都否认。不过，足够多了；不断否认足够多的事情；明天还要接着否认。人们要弄《时代》封面故事，我害怕极了。假如他们把某些东西放进去，我就得搬家了。我们在非洲的时候，［斯普瑞尔·］布拉登先生作过访谈；那些话对人对兽都不利。

不过，我想，就像面对其他一切一样，我得冒着汗经受这些。我并没有把你的名字告诉他们。我想是他们自己打听到的；因为这名字跟我相关，是他们研究出来的；他们的研究当然包括考莱那篇东西。我见过戴夫·布鲁斯一两次；上次威尼斯之行也见了。他说考莱实际就没有用他提供的材料。也许那是因为考莱充耳不闻；也许是留着另写一本书呢。谁知道呢。

我不知道他们还找到了哪一位？想它也没什么用。我也无计可施。也许你的证词还能拯救我，将军。反正我没写福克纳写的《寓言一则》。我可以用干净的心来发誓。

"老鼠"打猎打得不亦乐乎。假如他安然度过 1955 年而不死，那他的学徒期就满了。我想，我给你写信讲过这个：我们给他找了位老木木，这是位很著名的追踪大象的老猎手，从沃伊来。他还是一流的偷猎手。他私带"老鼠"进猎区呢。"白人猎手不得入内。"这可是艰难之途。上次跟木木、"老鼠"打了一头膘肥溜圆的水牛，该着的；还有一头长着优雅黑毛发的狮子。这种没有人当后援的赤足打猎很艰辛。他热爱这一运动；现在他的枪法也好。他给我写信完全都是行动过后的报告（他也从不谎报）。我接着给他作评论。他天生就是个猎手；去年他学得很快。一开始的时候他很紧张，但从不惧怕。这当然很危险。不过，他能绝对冷静地射击，这弥补了危险之处。他射击用的是.357大弹药筒枪。他画画也不错。所以，我想，他同别的生活得好的人一样生活得很好。一两年内，他该能在“渔猎”部门找到份工作。也许他还不愿干呢。不过，我想他会去的。这是一份不错的差事，因为你只射杀多少属于“罪犯”的动物；由你来决定这些动物是“罪犯”与否。有一定量的控制工作，当然这工作非关“罪犯”。用他的标准来判，也许没有什么动物属于“罪犯”。某些动物虽然一直很坏，但也可能不太坏了：因为，它们老了；野生的天然食物跑得太快，它们杀不了了。还总有受伤的动物。这些动物很危险，得消灭。

有一拨人要我跟他们去非洲拍电影。而我却情愿跟“老鼠”去打猎，教给他我所能做的事情，教他如何在紧急情况下为“渔猎”部门工作。他们很缺少人手；尽管我有很多缺陷，但对他们来讲还是能派上用处。

知道我们住在这里的人太多了；我们太出名了，人们像看动物园里的大象一样来看我们。我烦透了这个；想去某个没有白人住的地方。大海仍旧是个好地方，可是天气太糟糕。此刻我能出门了，格瑞高里奥［·富恩特斯］却得去迈阿密看他女儿；他女儿有麻烦了。六个星期没上船了。我们倒没被飓风袭击过，可还是得防范啊。近来一直下雨，讨厌的天气。

被来人打断了：他们要拍摄。我坚持说1月份事先看看再说；就我所知，眼下不行。整个事情悬而未决。什么也没拍，也没为1956年签合同；看看情况再说。

假如你发表诺贝尔奖获奖演说，你会说些什么？也许对你来讲很容易。在我，似乎不可能。原谅这一文不值的信。透不过气来。Tu amigo de siempre.［爱你的朋友。］

欧内斯托

很希望你手术了的疝气没问题。来信跟我说说。原谅我自我中心的信。此信被中断时就发出去了。再写吧。

海明威

（此信藏普林斯顿大学图书馆）

［1］关于海明威诺贝尔奖之事，见卡洛斯·贝克著《海明威传》（纽约，1969）第

526—529页。

[2] 海明威正在写关于他最近一次非洲远行的书。手稿有200 000字左右；其中约55 000字在他身后被节选发表于《体育画报》第35期（1971年12月20日）和第36期（1972年1月3日及10日）。

致乔治·M.阿伯特[1]

1954年11月30日，观景庄

亲爱的阿伯特先生：

非常感谢你来信。我起草完大使代表我在宴会上发表的讲话后，方给你回信。这讲话稿随函寄上；我希望它没问题，比一般讲话稿短一些；也许这么做是美德呢。

今天下午，使馆公共事务官员录了一段这份讲稿的录音；明天会转交到你手上，以便及时再交到瑞典无线电台。我这么做，是因为瑞典无线电台尚未找到我谈此话题。瑞典总领馆的荣誉总领事在此地录了一份广播讲话给瑞典无线电台；我相信几天前已经递过去了。

假如大使在那儿，请代我致意并告诉他：很抱歉让他替我讲话；不过，我已尽量简短了。

我记得我们在马赛见过面呢；我希望你在斯德哥尔摩生活愉快。很抱歉不能在那里跟你见面。真希望我的大夫允许我成行。也许另找时间在那儿跟你相会吧。

你的诚挚的，

欧内斯特·海明威

随函附件

又及：关于讲话的客套内容，假如礼宾仪式里有什么变化，请核，并适当加上敬礼之辞。

谢谢。

（此信藏肯尼迪图书馆）

[1] 阿伯特时在斯德哥尔摩任美国使馆代办。

致 E. E. 多尔曼-欧戈万将军

1954 年 12 月 25 日，观景庄

亲爱的中国佬：

很不好意思，一直没有写信。被记者们、摄影师们、大小疯子们碾压过头了。我当时正写着书呢；有点像正行房事被人打断。

我不知道你们欧戈万家的整个事情结果会有多糟。很令人震惊啊，也很可怕啊。你拿此事开玩笑，我却一直不知道此事有这么糟糕。

希望这位拉里 · 索隆人物不会给你脸上抹黑。我自己的经验是：无论你什么时候跟人说了什么，那就是犯了错了。随函附上在斯德哥尔摩最终讲稿的副本。也许在那儿发表讲话也是错误。不过，无论怎样，我的讲话稿很短。我想你是能从中读出点东西的，只有你和我知道这东西是什么。

我甚至能知道你如何感觉“毛-毛”。这是个很怪的行当，说说要比写来得好。

中国佬，有一样你得记住：永远欢迎你来这里。任何时候都行，愿意呆多久就呆多久。请清楚这一点，并且清楚我必须承担你的交通费和其他费用。我也愿意去你那儿，但现在必须呆在此地不动，把这本书写出来。

今年是艰难的年份。你知道的，我们从不谈论灾祸的。就是在莫奇森或者布提亚巴碰上倒霉事我也义无反顾；只是我得照顾玛丽，一个人活下去总有点义务的：老被人误读的“义务”。不过，我相信布提亚巴那架飞机燃烧时，一旦玛丽逃脱，我本会呆在飞机里的，假如那时我就看到玛丽 1954 年剩下的日子是个什么样子、她的感觉是个什么样子的话。我们称此为“黑蛋”，永远也不想有这个。我有时也疼得不耐烦，即便这感觉很不体面。

你知道的，我一直是个乐天派；却对前往瑞典之事一点也快乐不起来、好玩不起来。这钱用来付税很美妙；但人们却也因此有权侵犯你的隐私。昨天，我在切宰绿龟和鱼，是去岸边的时候得的；打算离

开这里，躲避电话；包裹好这些以便冷冻。已经不复运作的巴斯克政府的代表来访；葡萄牙总领事也来访；还有中国人。水电都断了。我乐得用沾满龟肉的手跟他们握别；愿他们神速快快走。

最好别指望我去斗当地的反对派。我可不像那位苏格兰人，既不能往前跑，也不能往后跑。我也不愿他妈的前后跑。我认定你眼里的战争不是那种战争：非正规军的断了脊梁骨的前将军们（不会讲盖尔语）会被带到垃圾上思考问题。尽管如此，静悄悄地坐在冷却着的煤渣堆上听毛里斯·德·萨克塞，那真是好玩得如同在地狱。

我很高兴你飞到莫奇森［瀑布］去了。似乎那里更有家的感觉。你那天晚上就该在那里。真是富有喜剧色彩。我们相聚后，我会有很多好玩的事情告诉你。谁都不认识，那才看着开心呢。假如你不能来这里，中国佬，我就真去艾尔了。

请尽量宽恕这愚蠢的信。我们在一阵西北狂风里回到家。在横浪里航行，我连着开船 5 个半小时，看着浮桥，告诉自己我能行；接着脚下又加了三个小时航程；从前这结果不算什么，现在却办不到。我从前能在浮桥上开 15 个小时；还曾经不停歇开过 18 个小时。现在我是一钱不值的狗屁。比我患痔疮的时候还没用，当时穿着普通鞋子能翻越圣伯纳德山。当时到意大利这边可真好啊；在艾奥斯塔多美啊；接着去米兰的画廊看画多美啊。

我们那时真有得玩，中国佬。你还记得在艾格勒喝啤酒，记得“蜡烛”一样的七叶树吗？记得勒萨旺的“鲍勃赛车队”吗？我们在巴黎时也很好玩；在锯木厂的时候也很好玩。巴黎那时候是个可爱的城市。[1]我们还可以好玩一下的。我知道我会战胜眼下的无用之身的。因为，时间会给你清理一下的机会的。

尽量别跟自己过不去。记住，我们不到 20 岁的时候就本都可能死翘翘的。所以啊，我们要多古老就有多古老，要多不被人理解就有多不被人理解。我们活得太久了，人家不欢迎。你有头脑，能战斗；在军队里这就让人怀疑。我就没见过能打仗而有头脑的人有什么好结果。

假如你是个作家，你日子也不会好过。因为我从来就不特别懦弱，于是人家怀疑我。那种品质太显示英勇和无情。假如你在折磨之下不哭喊；那自然是不疼啦。

一般见解就是这样扯淡；我们生来就要吃这成吨的狗屎的。祝你家人和你圣诞节愉快。1955 年我们还要战斗；别失去联系啊。

玛丽问候你家人。

中国佬，祝你一切都好。

欧海姆

（此信藏普林斯顿大学图书馆）

[1] 见《非洲的青山》（纽约，1935）第 70—71、279—280 页。

致菲利普·帕西瓦尔[1]

1955 年 9 月 4 日，观景庄

亲爱的“老爸”：

谢谢你来信，谢谢你捎来孩子们的话。帕特里克写信告诉我他的工作情况了。他出门去游猎了，要去 42 天；跟他一起去的猎手名字叫拉塞尔·道格拉斯。他们已经去了两周了，一切都好。迄今为止没有什么特别的事情发生。他也跟我说了黑妮的工作，似乎这主意也没问题。帕特在打猎，她不愿独自呆在“约翰的角落”（John's Corner）。她从来就不会打理房子和农场；最好让她干点别的什么，不闲着。

帕特写信说格瑞高里表现很好；非洲对他大有好处。既然我什么也做不了，也就没有什么理由可担心他们的了。不过，你任何时候写来任何情报，我都感谢你。

我们正给《老人与海》里的老人拍实景电影。第一天就钓到 472 磅和 422 磅的枪鱼。还有一些别的收获。凌晨 4 点就得起床；一直钓到天黑。昨天在浮桥上踩油门七个小时，一直就没下来；此前每天十个小时。如在小说里写的，给四条当地的船配了帆索；还有两条摩托艇护航。有一条鱼上钩时，离摄像机很近。每条船上都有大棱镜摄像机；另外还有作战补光系统。这些光束是在肩膀上扛着射出的；用起来很快，很精确。当这些船收起帆回家的时候，我们两条船还慢悠悠地钓着鱼呢，想抓拍一个鱼跃的瞬间。玛丽给渔夫们和摄影师们准备热腾腾的午饭。小船上的渔夫吃饭盒里的饭；两条摄影船上的人就着大砂锅吃。我们给他们的伙食很好。有烤大龙虾、烤鸡，或者烤牛排，任选。有黑豆和米饭当菜，有好沙拉和水果，木瓜或者橘子。这都是渔港的科希玛餐厅做的饭。除此之外，我还提供冰块、鱼饵、装备；让电影里的角色开心；要开船并盯着船上的一切，直到下午两点半或者四点；然后才坐到斗鱼的椅子上，慢悠悠 16 到 18 英里回家。玛丽喜欢这个过程，因为她说这就像在海洋上远猎了。她很自豪自驾一船；开心自己那么受欢迎。一个姑娘无论什么天气都带热饭来，这在他们看来是一种美德。几艘小船上有 14 个摄影师，有 8 个渔夫。格瑞高里奥、我的大副、我和玛丽；还有埃利辛［·阿吉勒斯］（马伊托［·梅诺卡尔］的表亲和他的大副兼徒弟）在第二条船上；这就是远猎的规模了。我们还带了一名医生，他兼着酒吧招待的差事。还算让他们开心，也让他们专注于拍摄；我们的工作提前完成了。你要做的不过是讲西班牙语和放松一下，所以做起来容易。我们只出色地完成了三天的活，还有十二天呢。海流很强；眼下是全月亏期，钓鱼应当更有收获的。假如钓不到足够大的鱼，我们就到秘鲁的卡波布兰科去；那里 1 000 磅的鱼多得很。不过，这些鱼过肥，太懒，超重；因为，它们吃乌贼。那里的乌贼也有 40 磅重。这里的乌贼却只有 1 磅重。不过，假如我们能抓拍到几个鱼跃的瞬间，一条大大鱼跳跃时的瞬间，剩下的就是演员们的事情了。

今天是礼拜天。我们放假，于是乘着休息给你写信。很感谢你让我知道孩子们的情况。帕特很能写，但从来不写信告诉我他遇上什么麻烦了；也不告诉我格格有什么麻烦。所以，没有他们的消息我就着急。大家都等着听马伊托家的信儿呢。我见到他的大儿子；他说家里一切都好；所有的牲口都壮实着呢，吃的也好。他估摸一个月能运 200 头猪到市场上去。糖作坊和稻子也好。马伊托可以在外打猎，想打多久就打多久。他的孩子出息了，一等的出息。马伊托曾经对他不抱任何希望。看样子格瑞高里最后也会出息的——上礼拜天来人打断了我写信。一周里每天钓鱼 10 到 12 小时。一切都好。可就是天气糟糕得可怕。还有 5 天活儿。今天又是礼拜天了。得写些公函。今天让两套拍照设备休息。明天一早就出去。玛丽问候你和你家人。问候“妈妈”[弗洛拉·帕西瓦尔]。

祝好，

Papa

(此信藏普林斯顿大学图书馆)

[1] 关于肯尼亚马恰克斯伯塔山的菲利普和弗洛拉·帕西瓦尔，见卡洛斯·贝克著《海明威传》(纽约，1969)第 248—250、609 页。

致贝尔纳德·贝壬松

1955 年 9 月 18 日，观景庄

亲爱的 B. B.：

你[90 岁]生日那天[6 月 26 日]，我给你写了两封信。一封是在基韦斯特的游泳池边上写的，一早就开始写了。另一封是下午写的。不过，这两封信写得都不好。我没有寄出去。我想，问题在我当时太嫉妒你活得那么长，还有机会那么好地完成你的作品。我们都有机会把作品完成好，但很少有人能像你那样活得那么长久，那么明智，那么热爱事物。还有就是：这两封信有人看了觉得太具有爱意，此人你从未见过。不过，此信还是一封充满爱意的信；为你的生日和寄来的美丽书志而感谢你。

现在让我们欢快起来，谁也别把自己当九十的人。有一天，我有很好的兆头。这里正在搞什么政治呢。有人说：“你可记住啊，你有诺贝尔奖的权威。”我真的真的对你发誓：我绝对完全（拼写错误）忘了我获得了那份瑞典奖。所以啊，这是个好兆头。

我写大字，写清楚点，你能看见吧？这对我也有好处。因为，我讨厌那个打字机（我的新打字机）。我也不能在旧打字机上写信，因为那上躺着我［非洲］那本书的第594页稿子；用罩子罩着防尘呢。把稿子抽出来是很不吉利的。

你觉得我该给《意大利晚邮报》写稿子吗？他们约我写呢。我在“书志”里看见你给他们写稿子了。问题是我工作的时间少得可怜；为他们写作有时或许是快乐，但很浪费时间啊。我情愿给你写信。

除了写书，我一般只给我的孩子们写信；还有就是给威尼斯、弗留利和非洲我认识的人写信。我的两个儿子在坦噶尼喀。其中一个是不错的画家［帕特里克］，他去当“白种猎人”学徒，9月15日完成了他实习远猎。跟着一位名字叫木木的“老象牙”偷猎手。学得不错。我每个月都买他的画，买得很多。他最终办画展的时候（假如野兽没把他吃掉），可以从我这儿再买回去，就给我付的数就行；假如他想卖掉它们，也行。自然，我没有跟他说到时我不要他的钱。

我但愿他见过你。他是个天使样的孩子。不是波提切利画上的天使。是北夏安印第安人的天使。在那儿，印第安人也有很好的天使。

再见B. B.

我得去见木匠。

玛丽问候你，我也问候你。

（内华达）拉斯维加斯之欧内斯托·海明威

请为我过好意大利可爱的9月底。

（此信藏塔提）

致贝尔纳德·贝壬松

1955年10月24日，观景庄

亲爱的B. B.：

我们都很遗憾地听说你病了。希望你现在又好了。你在城里过得这么愉快，真好啊。

我能读出信里的消息，可其余的就看不清字了。我现在没有几个人还通着信呢。其中一位，老埃兹拉·庞德，时常犯傻；有时他的反犹倾向和孩子似的法西斯主义让我讨厌，都没法给他写信了。不过，他从来就不是小丑，常常表现出优秀诗人的品质，还能拿腔拿调；常写信来抱歉，用的是我所能描述作“未被人知的语言”。这种语言很难读。可是你这位我眼里最机智的朋友也字迹潦草了，连破译密码的专家都看不清，我就泄气了。

早上6点就起来写东西。现在日光姗姗来迟。每天不得不工作的时间都在缩短。天气很狂野，但很适合干活。我的书稿打出来的页数有650页。我现在努力像一个好魔术师的学徒（“魔术师”拼写错了）那样写作。我知道人群里的确有魔术师；我也很能扮演魔术师，但我开始写东西时总是当自己是学徒的。一本书写完，你就是大师了。可是，假如你一开始就扮演大师，无论如何在写作里这么做的话，结果反而很烦人。

有时候我累了，就模仿一下福克纳；只是为了给他表演一下作品该如何完成。这就像放松肌肉的五指操。不是音乐家的人会误以为这是音乐。

有时候我在想：接受实在的音乐教育有多少好处又有多少坏处。假如你对它不抱有大幻想，就像欧几里得的弟弟那样接受我贫乏的学问箱里的一个对应点，那就有好处。不过，最好还是别提它。最好别的什么也别提。

玛丽问候你，我也问候你。让我们都安然度过这个冬天：这个冬天可能很糟糕。我们最近失去了很多人；都像闹着玩儿了。不是因为他们沉湎于什么或者干了蠢事而丢了命，而是因为拼命往前赶什么似的。我们追都追不上。

9点半了，此时似乎庄严肃穆。我听见桑迪亚戈德康伯斯泰拉此时的弥撒了（你喜欢“辉煌门”大教堂吗？）。我在接受教育期间在那里呆了三个夏天努力学习，每天都学东西。我学到的大抵是秃鹰如何飞翔，不同的鹰，但大抵都是教堂上飞的小型鹰类。我记得大教堂一天早上来了一个农妇，要见我。我想她是相信我在那儿工作。她问我：“你们在哪儿吃耶稣的身体啊？”她是用加利西亚语说的，我回答她道：“女士，跟我来，就在这边。”

生活里有很多有趣的东西啊，我无可抱怨。

海明威

（此信藏塔提）

致哈维·布瑞特

1955年10月27日，观景庄

亲爱的哈维：

我将愉快地对埃兹拉表示敬意。不过，我愿做的是把他弄出圣伊丽莎白医院，给他弄一本护照，让人允许他回到意大利：在那儿他被公正地珍视为诗人。我想他在战争期间是犯了严重错误：在我们跟墨索里尼战斗时继续为那个鸡奸犯广播。我也认为他为此付出了全部代价；继续关押他是残酷的，这么惩罚他是非同寻常的。

假如［詹姆斯·］拉夫林想帮助埃兹拉，而不是利用他的被关押，他可以花一些他“钢铁”那儿挣的钱，花点他的时间，想法子把埃兹拉弄出来。

你可以把这封信给拉夫林看。请你也把这封信副本给华盛顿特区圣伊丽莎白医院里呆着的埃兹拉。孩子，这算帮了我个大忙了；因为我写书正到斜滑道冲刺阶段（骑的还是破马）；我又忘了写信时放一张复写纸。反正埃兹拉也会高兴你给他寄一份副本的。我们不怕冒被攻击的风险，因为你干的是件好事。

问候帕特小姐。

你的永远的，

海姆

又及/下文别寄给任何人，私密切记

把它从信上剪下来。

埃兹拉是个伟大的诗人，他只是一定程度精神失常。他不该为精神失常而被拘押。或者说，拘押也要有期限；当年人们拘押保罗·维尔伦就有期限。（埃兹拉偶尔犯神经犯糊涂；这与可怜的莉莲的情况完全不一样。）我总是为他的政治观点而可怜他，感觉他捍卫自己的政治观点之举很愚蠢。我尊敬诗人埃兹拉、批评家埃兹拉；我爱他这位慷慨的朋友和好伙伴。从听说他有麻烦那天起，我就用了各种实际的法子帮助他。我厌恶拉夫林表达敬意的方式：什么向“老埃兹拉”致敬啊，列个书单啊，自然少不了他出的那些。

生气前最好住笔。

海明威

（此信藏哈佛大学图书馆）

致哈维·布瑞特

1955 年 11 月 14 日，观景庄

亲爱的哈维：

请跟帕特小姐说：我们要学习的是与狗屎共舞而不失寻常韵致。她现在是我最喜欢的人；请告诉她，就说我说的：跟作家结婚是坏运气。也许，一个作家可以，两个就是灾难了。三个就是一出闹剧。

福克纳先生给我寄了（或许是他的经纪人寄的）《威廉·福克纳狩猎小说集》（大伍兹，1955）。书没有题签，所以我也不用回复。不过，你见到他（免不了见他）时，请告诉他：我觉得这些篇什写得不错，构思也很精巧。不过，假如他猎过两个方向跑的动物，我就更感动了。

请把此信归入“势利眼”档案：一级势利。

下面说说拉夫林：他写来一封很好的有指导意义的信。我跟埃兹拉沟通很难：他放弃了英语而去写“未被人知的语言”。我很能讲不被人知的并且我自己也不熟悉的非洲方言。假如埃兹拉希望给我写信，可以用英语、拉丁语、法语、西班牙语或者意大利语；我能尽量弄明白他的意思。可是我不会满大人的语言，也不会广东话，更不懂

四川话；也不会读汉字；我的藏文瑕疵也多；用德语的话，我只能提提问题，滑滑雪，打发一天的时间；至多指挥一个排。埃兹拉犯浑，我则觉得恶心。

于是，我猜拉夫林也有问题……我很想用弗留利语给埃兹拉写信，那是只有来自弗留利说弗留利话的人能懂的一种边境语言。不过，我猜想圣伊丽莎白医院的日子很不好过；就跟眼下的情形不好一样。

[弗朗西斯·] 布朗的事情我很抱歉。不过，你明白我为什么不为他写东西，办“礼拜天副刊”办得很好的其他人，我也不给他们写。我一直在拼命写自己的东西，运气很不错。运气好到让我害怕。今天早上6:00广播里说：我们失去了伯尼·德·沃托和安德森；很糟糕。[1]你可为这些损失编个纪年。我记得已故德·沃托（一个普通的摩门教徒兼弹道学专家）最滑稽的事情是：一次他写“西部”，说那里的人穿什么衣服；很能证明他一生在那儿都没有一个冬天的生活体验。蓝色牛仔裤之类。东部职业写西部小说的和历史学家都得自己攒钱去体验在半夜跳降落伞，他可没被迫干过此事，或者连普通冬天里驯马都没体验过——那你也得买沉重的钱夹袋子系上腰啊。他可能连暴风雪都没经历过，更没有经历过翻山越岭齐腰深的雪：马道都被雪阻断了。他是夏天的历史学家。一个活着的婊子养跟死了的婊子养没什么两样。

我们黎明前幸福地舒服地站着写作时，谁坐在那安乐椅上呢。已故德·沃托生前是手枪教练，就是没挨过枪子儿。他写过三本很好的书，大约写过六本狗屎。我希望他在瓦尔哈拉与约翰·奥哈拉团聚；在那儿他们再好不过了；直到某人在那酒吧不愿跟他们一起喝酒前，都很好。

我们别太关注社会新闻，也别太挑剔。我为德·沃托正式地简短地祈祷两回，坐在马桶上祈祷。让别的有能力埋葬他的人埋葬他吧。

再见哈维。我写到第689页了。孩子，祝我好运吧。我让这书胜出了。不过，过去打的几个回合都还算那么回事啊。需要休息，跟玛丽去加拉加斯看路易斯·米盖尔 [·多明衮] 拳击；还有安东尼奥·

奥尔多内茨。11 月 27 日，12 月 4 日。假如有什么好玩的发生，你会在报上读到的。

问候你俩，

海姆

(此信藏哈佛大学图书馆)

[1] 伯纳德·德·沃托 11 月 13 日去世；罗伯特·E. 舍伍德 11 月 14 日去世。

致沃勒斯·梅耶

1955 年 12 月 5 日，观景庄

亲爱的沃勒斯：

非常感谢你 12 月 2 日来信——也谢谢你写来的其他我可能未及回复或者采取行动的信件。11 月 17 日，我不得不去出席一个愚蠢的点缀性仪式，在本地麦迪逊广场某处。里面通风不好，等了两个小时才轮到我们，在拍电视的灯光下。[1] 我的衣服都让汗水湿透了。结果，你都能把我的黑外套拧出水来。我在一间没有暖气的屋子里换了衬衫和外套，可是考虑不周，没带酒精擦洗，也没带储备裤子。结果右肾重感风寒，本来在那次空难里这肾就损坏了。此风寒负我，接着是另一个肾和肝脏受感染。我的右脚肿得像足球时我就知道不好；肿胀使脚趾底部出血。这就很叫人印象深刻了。不过，我在西班牙的时候就曾经肾脏感风寒：当时在汤姆布热河齐腰深水里跋涉，而没有防水裤。我从桑迪亚戈德康伯斯泰拉抵达河边的时候，发现自己带的是宝琳的防水裤子，而不是我自己的。我无可奈何，只好卧床休息挺过去。

脚肿是 11 月 19 日出现的。大夫自 11 月 20 日就把我按到床上了。我那晚很晚才找到这位大夫的。他和另两个大夫看了分析（就不跟你啰嗦细节了）后三天里都很惊恐。现在的分析则很好；他们皆大欢喜。不过，他们要我再卧床十天，等待一切痊愈。腰子那事是肾炎。肝脏的事是风寒、病毒感染所致疾病，就跟那年要了格［·特鲁

德 ·] 劳伦斯命 [1952] 的病情一样。这些东西你听着一定很烦，我也烦。我们这儿这几天天气不错，我 11 月 30 日开始在这写字板上写 [非洲] 那本书了；一天写 300 到 400 个单词。目前写到第 703 页。我爱这本书；也很幸运攒了一大堆好书来读。迄今读到的最好的两本书（当然也有缺点）是安东尼 · 韦斯特写的《传统》和 [P. H.] 纽拜写的《在撒哈拉野餐》。 [诺曼 ·] 梅勒在《鹿苑》里可真能吐露心声。玛丽 · 麦卡锡 [在《迷人的生活》里] 写得像最训练有素的虱子，总是能左右逢源。她写乡村写得很美，写法庭的场景也很好……我希望遇见她不是我的不幸，遇见她笔下的人物也不是我的不幸。还有一本优秀的书你也许感兴趣：J. A. 匹兹瑞沃写的《塞拉人》，伦敦威登菲尔德 · 尼克尔森出版的。这本书延续的是杰拉尔德 · 布瑞南的《西班牙之谜》 [1943] 的传统。我 [个人] 并不认识这位作者。这是一位前空军试飞员寄给我的；此人是“白人伦敦”会的业余斗牛士，热爱并了解西班牙 [鲁伯特 · 贝勒维尔] 。

另外也读了两本垃圾书——《穿灰色法兰绒上衣的男人》 [斯隆 · 威尔逊] 和《伟人》 [阿尔伯特 · 摩尔根] 。还有两本优雅的书写的是《祖鲁战争》。另， [J. F. C.] 富勒著《 [西方世界] 军事史》第二卷也不错。你现在恐怕烦得屎都没了。

关于支付方式：请你按如下账户存钱：（原谅我换铅笔）8 585 美元存入我的“特设交税账户”：纽约保证信托公司第五大道分理处。10 000 美元存入我在佛罗里达第一国立银行的储蓄账户：佛罗里达州基韦斯特市基韦斯特，行长杰瑞 · J. 特瑞佛收转。

沃勒斯，你知道有件事情很滑稽。我在肯尼亚见到的唯一一名好大夫 [1954] 曾经当过皇家空军医生。他跟我说：“（你的那些伤）让你还有 6 个月，前提是要好好照顾好自己；假如你把照顾自己当个职业，你能再活两年。”（我后来听说他以为我都支撑不到威尼斯。）啊，我自己很小心地活了很长时间了。可是，我从来没把照顾自己当个职业来做。我超时写作，因为时间太短了。我感风寒之前，每天 4 点 5 点起床，6 点钟天都还没亮呢。

所以啊，现在能完整地休息几个星期也是件好事。假如我的假期得这么过，我就这么过吧。

请把此信给查理看看，但别跟其他人说我不幸有难。

祝好，

欧内斯特

（此信藏普林斯顿大学图书馆）

[1] 在哈瓦那体育宫接受“圣克里斯托巴尔荣誉勋章”。

致阿尔弗瑞德·赖斯

1956 年 1 月 24 日，观景庄

亲爱的阿尔弗瑞德：

今天是我们在布提亚巴飞机第二次失事并烧伤［第二个］纪念日。我想，那一段事情就不写了。我能更清楚地回忆 1953 年头六个月的事。

如下便是我的回忆最清晰的内容：

勒朗·黑沃德和他妻子 1952 年 12 月来此地谈交易。1 月、2 月、3 月、4 月我仔细研究了古巴北部海岸钓枪鱼的各渔人港口，看看是否能找出一个比科希玛更好的地方，或者能够替代科希玛（假如哈瓦那向东城市化稳步加剧，它被毁掉的话）。除非电影拍摄赶在这城市化脚步的前面，否则电影拍摄就面临着大危险。

我也调查了这些港口对渔人和船只是否合适；这些人如何嵌入原故事情节。唯一适合场景的港口是当时与哈瓦那没有实际联系的那些港口；它们都有大不利之处。

然而，我检核了所有的港口；想着钓鱼的情形、地点以及有利处不利处。科希玛要是不被毁的话，显然是该拍电影的地方。4 月、5 月我在头脑里过了一遍电影如何拍；我们要解决的问题在哪里。我也考虑了鲨鱼的难题。捉摸在哪里拍这个场景，如何拍。有一个地方叫炼狱角，过去多的是活鲨鱼。现在鲨鱼放弃了这个地方。鲨鱼的问题随 1952 年以来异常天气和湾流的飘忽不定而变化。这个问题仍然是个问题。我得屡败屡试，把办法想出来。

[斯宾塞·]特雷西和黑沃德夫妇此前几次说要来而没来，未露面。特雷西4月6日左右来的。他和黑沃德与我口头约定好后，待律师敲定。黑沃德、特雷西和我当时已经去过科希玛给特雷西展示场景。特雷西多呆了一天，让我再展示一番详细的景物，跟我谈了整部电影的设计；问我的意见如何。

3月、4月我沿着北岸到了捕枪鱼的区域的最西边，在头脑中形成直接印象并加以研究。这两次考察一次10天，一次16天。我把其他写作项目都放弃了，就集中干这个。最长一次行程是4月27日开始的。我想在那之前你已经结束了跟黑沃德和特雷西的律师们的交易，拿到钱了。

我但愿能给你写出我给电影做的规划工作以及全部研究工作。不过，可以肯定地告诉你：我头脑日日夜夜琢磨着这项工作，直到前往非洲。这可不像你能记录下来的办公室内部工作备忘录。这事得像我干的那样去做。

导演或者黑沃德也许说："何不在埃斯孔迪多找地方拍？"你可以回答："因为有清淤大工程，有建筑工程要用的扬沙堆；就在港口入口处，日夜都有驳船装卸货物。"

你想想啊，怎么才能在老人与鱼奋战时，在老人的那条渔线上湾流的光落脚点弄个小鸟飞过啊；你只能跟一个在乡下捕鸟的人一起想办法啊，他们能在鸟飞过来在灌木里休息时诱捕到鸟儿，然后驯养，鸟儿会站在渔线上；无论在室内拍还是在室外拍都成。

电影脚本里有许多东西我得调查研究；有的要加进去，有的要排除掉。另外要记住，阿尔弗瑞德：黑沃德直到今年10月才找到导演。今年9月，我们着手拍摄。我得训练渔夫，告诉他们该如何在可怕的天气里驾船面对全景电影镜头；还试着做我1953年想出来必要做的动作呢。

随函附上你要的关于税务问题的法律委托及中止委托等文书。

最近每天晚起几个小时；大夫们很满意上几次验血和测量血压；昨晚是132/66；血细胞计数显示缺乏150万单位；大夫们认为这也许

是在非洲弄的。我有记忆以来这是第一次计血细胞数；也许这情况并不新。玛丽血细胞计数缺 100 多万单位；六个月治疗也不见好；虽然她每天都打肝注射液。所以啊，我俩都得了这个血虚热，这就不是什么巧合了。大夫们排除了丝虫、变形虫；他们觉得这就是普通的热带贫血病。我曾注意到在非洲，只要我上了乡野高地，我就感觉奇妙。反正没什么好担心的。你能做的事情我们都在做啊。电影拍完就让人开心了；可以放个假。我稳步写着那本关于非洲的书，用的是小写字板，在床上写。六十天在床上，只有十天没写东西。现在写到第 810 页了。

祝好，

欧尼

这不是一份很有力量的文件。不过，归根到底要说的是：我挣那钱是因为我为电影做研究了：刮掉没价值的东西，保留好的东西；研究大海以及我们会遇上的问题。目前的脚本除了某些用词，几乎跟我头脑里琢磨出来的东西一模一样。

海明威

（此信藏肯尼迪图书馆）

致盖瑞·库珀

1956 年 3 月 9 日，观景庄

亲爱的库普斯：

很高兴有你的信儿，匆忙在瑞典人送我的打字机上回复；写完信好去厨房［电话］听电影制片方的某人谈取消哪些东西或者改变什么数据。

库普斯啊，电影这玩意儿不是为我准备的。无论挣多少钱、无论怎样花这钱、无论是否在跟影片里不得不打交道的人物打交道中死去，电影都不是我的玩意儿。《老人与海》之后，我再也不会碰电影了。所以啊，上帝帮帮我。这里的上帝是大写字头的上帝。

你这桩买卖不错：为花生把昔日的“豹女郎”拿下（也许自英国

人在南坦噶尼喀实施“落花生”计划以来，还是第一次有人把“豹女郎”跟花生相提并论）。不过，我干完这一单之后，再也不干了。我打算回到凯博山的斜坡上，把嘴里许多东西的余味去掉。

我很感谢你想让我挣些钱。不过，按他们要求拍那必要的一点东西，无须两趟，我还是能做的。我把“豹女郎”本人从空中扔到覆盖乞力马扎罗（凯博）山口的雪里，然后（亲自）把她带到阿比西尼亚，没有别人帮忙，只有满身流血的斯蒂沃·格兰杰；还带着那偷来的象牙。

我都能听见有人冲我默诵：“欧尼，孩子，你这是欠电影的。我们是幸福地一起工作的团队，一起迈向成功。我们知道她（豹女郎）对你来说意味着什么。我们的飞机失事当事人随‘黑水’而去了。欧尼，这就是他的尿样。这尿像斯蒂科斯河，不是吗？Papa，你会为了我们团队而干完这事情、经历全过程的。我们信任你。你是我们唯一的希望。Papa，请失事吧。一点也不疼的。你自己说的一点也不疼。再说，雪地里也不会燃烧。我们有了处理这些难题的小装置。我们从海军去弄装置，假如他们有并且肯给我们的话。这部电影比《罗伯茨先生》棒多了。我们拍一切场景都不用色彩；所以你都说不清自己在哪儿。Papa，这怎么会伤到你呢？再说，你也爱‘豹女郎’。你爱她好多年了。是她想起这主意的，让你赚钱。Papa，来啊。把她弄个飞机失事。今天下午先来个小预备失事；我们就知道是否要拍全景了。Todd PO 或者 1/8 000。来啊，把她弄失事了，Papa，别喜怒无常。我们有一打富余的飞机呢；还有你会着魔的充气飞机。你用嘴就能吹起来，就像充气席子……”

库普斯，此事恐怕你最好还是找别人交易吧。我知道这就意味着我永远也挣不着钱了。不过，我知道自己在写书卖书方面顺当，就不该在电影里找活干。

用斯瓦希里语说：HAPANA CHUI MANAMOUKI. 换句话说就是别把“豹女郎”推给可怜的老爸。

即便是你周围到处是秃鹰，见到你还是很醉人的。报纸宣称我给了你一打 guayaberas［古巴衬衫］。于是，我欠了你 12 件衬衫。

我必须坚持啊。假如我的名字跟一部“豹女郎”的电影放到了一起，大家会说我把自己卖了；于是大家说的都对了。所以，不能接“豹女郎”。

玛丽问候你，我也问候你。洛克斯和玛丽娅也问候你。

Papa

又及：现在跟大家说你出生于 1902 年（我准备把你的出生年份写成 1904 年）；说是我为你接生的：我冒着暴风雨骑了 80 英里的车，那一年随你写，只要是你的生日记录就成。16 年后我从骑车去接生你的地方回来，还是那辆车；我发现玛丽在如今的明尼苏达州沃克市附近的雪堤上，我决心尽快让她当我的小新娘。法律上有点麻烦，两人暂时不能相聚：我得先把宝琳小姐摆脱掉：我发现她蜷缩在华尔街摩根银行总裁的书桌底下。还有玛萨，她前天刚在（密苏里）圣路易斯珀托西出生，是个早产儿。不过，这些事情都自己搞定了。

祝好，孩子

(Papa)

（此信藏肯尼迪图书馆）

致沃勒斯·梅耶

1956 年 3 月 31 日和 4 月 2 日，观景庄

亲爱的沃勒斯：

感谢你来信，感谢你寄来书单子。这些书都到了，就别提重本的事情了。有些也许是出版商寄的书。请替我谢谢韦尔考克斯，他寄给我三本书，都是礼物。也要感谢查理：告诉他他那本关于伊特拉斯坎的书［爱德华·胡顿著《西耶纳和南塔斯坎尼》，1956 年］真好。我步行走过那个国家的许多地方。这书在我是个赏心乐事。

电影方面的人有麻烦了；希望他们的麻烦是常见的麻烦。目前的计划是：4 月 15 日我们要去秘鲁的卡波布兰科。5 月 15 日回来。坐飞机去，取道迈阿密。

4月2日

电影方面的人物似乎克服了喜怒无常的脾气；一切都没事了。我后悔以任何形式参与电影之事。不过，似乎把书弄成部好电影的努力对大家都最有利。我以后不再跟电影扯任何关系了。我为钓鱼拼命锻炼，体重减到了209磅。去年9月曾经体重231磅，是从242磅减下来的。从11月20日到1月10日生病，体重减到222磅。自我锻炼身体起，体重减到有史以来最低，除了非洲那段时间：在飞机失事之前。卡波布兰科的钓鱼活动很烂。不过，既有（大鱼跳跃）我们从那里[这里?]得到的镜头也够多了，即便不是我们希望得到的东西，也尽够了。不过，不得不反复尝试。玛丽打算跟我去，还有我的副手格瑞高里奥和埃利希奥·阿基勒斯。后者是很好的钓鱼手，是我的好朋友。给我念念咒语，省得我有什么不测或者麻烦。

地址如下：秘鲁国卡波布兰科，卡波布兰科俱乐部。

你收到这封信后，请C. W.韦尔考克斯跟以往一样给我往家运些书来：《无翼女神的胜利》，弗朗西斯·温沃尔著——哈珀兄弟公司出版；《记住那一夜》（泰坦尼克的故事）；《红、黑、金色与橄榄色》，埃德蒙·威尔逊著——牛津版；《露西·克朗》，欧文·肖著——兰登书屋；《文静的美国人》，格雷厄姆·格林著。

请原谅匆匆草此。

祝好

欧内斯特

（此信藏普林斯顿大学图书馆）

致吉安弗朗哥·伊万奇奇

1956年5月25日，观景庄

亲爱的吉安弗朗哥：

我们很抱歉没能去参加婚礼。不过，罗贝尔托把剪报都寄给我们了。我很高兴即便我不能成最佳人选，但我还是证婚人。希望一切都好；替我问候克里斯蒂娜［·尼耶·桑多瓦尔］。

谢谢你写来那么好的信。这些信写得真优雅，读来像回到威尼斯。我收到乔和南希从罗马寄来的信，说他们要去威尼斯看你。无论如何，那可好玩。去乡下也好；替我问候乡野风光，问候所有的人。

我们很想念你们。有你们陪伴左右，亲如兄弟，又让你们走掉，那真叫人感到孤寂。我现在没有兄弟，没有一起喝酒的朋友，也见不到拼命种香蕉的人。大家都怀着情感思念你，都问候你。谢谢你寄给我那本关于圣米歇尔山的书。

我们在秘鲁玩得很愉快。海上的日子艰苦，但海洋很有意思。我的身体也变得好了；腰背一如往常那么结实。给你寄张照片，你可以给那位希腊人看看。

我们这里雨水少，雨水只够保芒果存活；还是我灌溉的雨水。这个月底，我们就能吃到很好的芒果了。可怕的风暴把它们从树上吹下来，来得正好啊。剩下的芒果显然是经过了筛选的过程；它们会很好；我们吃的时候会想到你的。

我们离家时，博伊西死了。它死的时候我不在，因此很难过。它是夜里死的，一点罪都没有受。是心脏病。我们把它跟威利埋在一起了。我不觉得布莱奇也活不长了，不过它还有乐子。我早上醒来，我们继续在房子周围散步。

吉安弗朗哥，分别时分写信不能不让人伤感；往威尼斯写信也不能不提阿德莲娜。可我还是写了这信。请代我问候所有的朋友。问候凯彻勒所有的人，问候你家人。回来之后一旦把事情处理完，我会给你写信，告诉你所有的消息。关于动物的死的信不属于最佳信函，寄这样的信不太好。

玛丽在秘鲁时过得很好。她像山羊一样干活，为拍摄的船只当翻译，很开心，过得愉快。我们都很愉快，因为生活本来就艰苦，我们最好过得愉快一点。我还不知道电影拍得怎样呢，因为我刚回来。如你所知，那位艺术家［斯宾塞·特雷西］有点难伺候。不过，他们说都解决了：我们现在有了位听话的艺术家。不过，在我看来，在静态下，昨晚我看着他似乎还是太胖，不像渔人。那个孩子又太显小。没有什么事是一条橡皮鱼办不了的。在稍后的静镜头里，他看上去就好多了。他是个好演员，也许大多数事情他都能克服。

我想希普利亚尼［威尼斯哈里氏酒吧］现在游客拥挤不堪了吧。无论怎样，去那儿替我喝一杯酒。假如发生了什么，我们就拿上艾奥迪［出版商］给的钱去救你。有事就告诉我，因为我当然愿意支付点钱给卡梅罗尼大夫。

我们还没什么计划出门呢，因为得呆在家里看那破电影拍摄的情形。有鲨鱼的场景，也得把这弄完。［泰勒 · 威廉斯］上校来了，跟格瑞高里奥去钓了两回鱼。昨天他钓到四条大海豚、一条旗鱼和三条枪鱼。今天，我又打发他去跟格瑞高里奥钓鱼。对格里高里奥来讲有点难，秘鲁的差事那么久，还没来得及休息呢。不过，他一直表现很棒。他在秘鲁的表现也了不起，迅疾如虎，总是那么欢快。

假如我们放假，就可以见你们去了。比预料的会快。请保持联系；请告诉我阿德莲娜的所有情况。我祝愿她走好运。[1] 不能多说了。乖一点，谢谢你来信。

祝好，

Papa

（此信藏普林斯顿大学图书馆）

[1] 阿德莲娜此时已经嫁人。

致菲利普 · 帕西瓦尔

1956 年 5 月 25 日，观景庄

亲爱的“老爸”：

非常感谢你来信。假如鱼竿套筒能及时到达你那儿我就开心了。我让查尔斯［· 汤普森］另寄上一个齿轮、一些羽毛、一根鱼竿和一个绕线筒，替换我从前给你的那些在上次去的时候弄破的；还有鱼线。希望它们都到你那儿了。假如没收掉，就请告诉我。

那头大象的事情我很遗憾。不能一起打猎就更遗憾了。我们都很想念你。我真高兴你战胜了那该死的肿瘤，能钓鱼了，能四处走走了。在那里钓鱼可真好啊，“老爸”，你见过的，我们出海的情形。我不觉得那儿的人钓鱼水平高……也许你跟我明年可以一起在那儿钓鱼。我希望挣够钱去买一条船，把船开到那儿去。不过，现在看来愿望实现不了啊。也许我能在别处弄点钱。

你会喜欢秘鲁之行的，只是海上生活艰苦啊。寄给你几张照片，让你看看我们钓到的鱼是什么样。

我的腰又结实起来了，跟飞机失事前一样结实。我的头也好，不痛了。内脏也好。你和我生来就不是那么容易死的（呸呸）我们要记住：坦噶尼喀土著猎杀的所有动物都活了许多许多年。我已经决定（再次呸呸）活得长一点，找充足的乐子。我希望有一部分快乐是跟你一起共享的。跟你在一起最好玩。

谢谢你建议帕特里克去猎手联盟。我想他会成为一个好猎手的。因为，他枪法很好，也无所畏惧；语言能力也强，性格也好。小格瑞高里的老婆要离开他了，我是通过他的诉说才了解的：他写信征求我的意见。我给你寄信时也给他发了信，我怀疑我的话能起什么作用。假如两个孩子有什么情况我该知道的，就请告诉我。因为，这不是个传闲话的问题：你是我活着的朋友里最年长的，是我最好的朋友之一。我俩之间相互交流没有问题。格瑞高里从来不写信，除非有了麻烦。我对他自然有点担心。最近几年已经最少担心了，但还是有义务：无论他们的结果怎样。

玛丽问候你。她很好。我们俩问候“妈妈”。我给丹尼斯［·扎菲洛］写信讲了来复枪［让人擦干净］的事情，往他的卡贾多地址寄去了，在我们前往秘鲁之前。不过，还没收到他的回信。我无法给帕特里克写信关照此事，因为他在希腊岛屿休假。我想，黑妮找塞浦路斯这个地方度假很是理想。

现在得去寄信了。希望你钓鱼愉快。

祝好，

“老爸”二世

（此信藏普林斯顿大学图书馆）

致哈维·布瑞特

1956年7月3日，观景庄

亲爱的哈维：

你从前就主动提出把房子给我用，这次又主动提出，真是感人啊。可是，孩子，这完全不合适：你就要有孩子了，不该有任何事情干扰养孩子；我们去或者让帕特不得不考虑我们要去，这都对你们不公平。住在你家让人听着就感觉美妙，我知道我们在那儿会有多开心。然而，再一想，那样我也就不想着去天堂了。

无论怎样，我8月中旬之前是不会去的。一旦让我神经紧张的采访和拍照结束，我极想去纽约。所以啊，别的地方我不太乐于去呢。能在你家住真是好极，我乐于考虑一下，但我还是情愿去办手续住旅馆，而不愿成为你的累赘让你心烦。

这样吧：权当我乐于接受邀请，但如果有任何不便，我们就不去。告诉帕特：我们不是你在莉莲·罗斯书里读到的迪兰·托马斯上一个地方去的那个样儿。

让人到你家来也是件有趣的事情。我们招待过的最好的客人是奇珀·拉法格和比尔·沃尔顿。他们一住就是几星期或者几个月。而感觉却是只有几天。总是很欢快，总是尊重劳动，自己干活。喜欢吃，喜欢喝酒，喜欢优雅的聊天。这个家族的威尼斯一支吉安弗朗哥一次来这里，直到找到住处之前，他住在塔楼二层的马具房里足有三年左右。他喜欢在地板上睡觉，而不是床铺，不知出于意大利人的什么缘故。自打温斯顿·盖斯特不再喝酒，他就让我有点紧张。不过，往日他喝酒的时候，人也正常的时候，他老在这里住，一住就是几个星期几个月。汤米·谢夫林也是个好客人……

我想要那本罗兹的书。[1]我不认识他，但我熟知那里的乡野。我想，除了吉姆·乔伊斯和芝加哥的一个名叫亨利·B.富勒的老作家（《住在悬崖上的人》等），除了一个名叫埃德温·鲍尔默的（写过粗制滥造的东西；我年轻时帮过我），我喜欢过的作家唯有多斯（在他早年还是那么回事的时候）、司各特（在他酗酒之前；不过，总是让人惋惜啊，就好像你拿蝴蝶或蛾子当朋友了）、肖伦·阿什、书信里的老贝壬松、亲爱仁慈善良疯狂的埃兹拉、阿奇·麦克莱什（在他好玩且不庄严的时候；从未见过这么少的人为那么多人的死而这么难过的）。天啊，这单子已经够长的了。此外还有约翰·皮尔·毕肖普（一个心不在焉的绅士）和欧文·韦斯特。此人最无私、最冷漠，也最深情。我父亲开枪自杀那会儿，家里的事情一团糟。我当时一边做着信托基金，一边得让我那可恶的母亲收敛点。我把一切都置于脑后，去修改《永别了，武器》，就像是飞机没有失事，没有人被这被那街上的车轧死。此时他给我写信，给我寄了张大支票，说为了让我不必为钱担心；说他会一路支持我。哈维啊，他当时并不知道我的书的任何情况，我也没有给他看手稿。他只是认为我是个好作家。他喜欢《太阳照常升起》。我现在想来，他那时是看见我骑上马奔驰了，或者类似的什么。

舍伍德［·安德森］好笑得很，又勉为其难在你跟前装扮女人。斯坦因在人生遭际变化之前也是个好女人；她后来只选同性恋当朋友了。我喜欢年轻的纳尔逊［·阿尔戈伦］。他是个粗野孩子，不过自己没意识到；假如你真是个坏人，就不必用腮帮子作势说话；只有占星术需要诗歌散文并用。福克纳总让我毛骨悚然。哈维，记住啊：Papa 给你的遗嘱就是：永远也别信说话带南方口音的人。假如不说假话，他们说英语时跟我们一样正常。[2]

我想，我们的总统选他们是因为他们资历老，资历在文坛总是让人感觉自在的一个所在。哈维，此话千万别跟别人说。也许我以前跟你写信说过。1944 年 6 月 6 日玛丽身边有个爱上她的将军：他当时正打着一场心理病态之仗呢。他教她打柯尔特造 45 式手枪；自然没有哪个女人能用那奇特的枪械打中什么。我至今弄不懂那位将军。他告诉玛丽：他放弃一个师的指挥权到法国打仗就是因为爱上了她。我跟她说：愿意放弃一个师的指挥权机会的任何婊子养的都该被枪毙；不管他爱的是地球上哪个该死的女人，尤其包括玛丽小姐在内。啊，我和当时尚不认识的将军之间的关系在恶化；无论如何，没有盛开友谊之花。其中还有一位准将介入。我从未问过他放弃了什么。现在长话瞎说啊：6月6日“绿狐”和“易红”海滩行动回来之后，玛丽问我对艾森豪威尔博士对所有有关人员的讲话怎么看；我告诉她这是突击作战前动员讲话稿里最不鼓舞人的一篇狗屎，我却未能有特权不听。事后有人报告我：玛丽是那篇演讲稿的作者，至少帮助起草了这划时代的稿子。所以你看啊，我追求玛丽的初期并不总在雪粉堆里往山下跑呢。

倒是提醒我了：假如纳尔逊小子内心足够坚韧，他怎么会不止一个晚上向西蒙·德［·波伏娃］献殷勤呢？你能给我解开这个谜吗？

让我们别把埃德蒙·威尔逊弄成唯一的评论家或者大师评论家。总是会有年轻的好评论家的。只是为了讲求效果，你得时不时开开火，把人们的注意力打散一下。

我理解你对飞行器的感觉。你为那些委内瑞拉人葬身火海难过（我也难过。不过，他们不该在水面上飞行那么久，需要很多燃油的。我们还是不谈这个）。[3]某个婊子养的在大峡谷上方21 000英尺撞上你，却是因为航空公司太抠门，飞机没装雷达，你会感觉如何？不过，这比高速公路还是少些危险，比勒芒、比劳动节、比7月4日危险还是少一些。我要是能跟罗伊·马什再坐一次塞斯纳180回去一次该多开心啊。我但愿自己能写飞行器方面的东西。福克纳在《塔门》里写这个题材写得很好。不过，别人已经干得很好的事情，你就不能去做了；尽管在人们没有做的情况下，你可能把这事情做好。他一定是在某个时期对飞行器有强烈的感觉。我很早就害怕飞行器了。后来克服了恐惧。1933年就很开心舒服乘飞机了；在中国时则永远告别害怕了。上一次大战里，我跟飞机一起度过美妙的时光。1943年、1944年、1945年不断得脑震荡，我开始晕头转向。人家建议我尽量少乘飞机。在非洲，罗伊又让我感到飞行的可爱。这是我所在意的生活重点内容之一。现在我在泛美公司还有积分可用。因为选购他们公司的机票我得奖了；我不愿拿现金回馈，却愿意把这积分坐飞机用掉。有某种规定不许这样做；钱在他们手里，我就这么花。不过，能坐船横渡大西洋且很好玩，你却去坐飞机，那就是件蠢事。没有哪架飞机能像法国轮船那么快把你带到法国的：你只消跳上这艘好船的跳板，上面干活的人你大抵认识，有美食，有健身房和游泳池，跟认识30年的人吹吹牛［饶饶舌］多好啊。我在法国航线船上最开心，别处没体会过。跟大飞机感觉不一样。

记得有一次从洛杉矶到纽约乘坐环球航空的飞机，空姐很怀疑地盯着我看，因为我没刮胡子，喝着扁瓶装中国人喝的白酒，一品特装的。她去把机长找来；机长盯着我看，就像我是巴德·舒尔伯格写司各特·菲茨杰拉德故事那本书里的人物。最令她印象不好的是：我的头倒剃光了。

“你个老婊子养的。”机长道：“你从哪儿飞来的啊？”

“昆明。”我道。

“见过波特史密斯吗？”

“我们一起飞香港的。”

“你遇见斯蒂夫了吗？”

“从守护神节起就跟他在一起。我们困在关岛了。在（不归）路到达终点的一刻不得不两次撂屁股返航。”

“见过别的朋友吗？”

“伯恩特·巴尔肯和克莱德·庞伯恩从马尼拉飞到檀香山。”

“他们还用拖船运水上飞机？”

我看着那位空姐，跳过那句问话。

“他们在檀香山与妻子团聚。”

“欧尼，你上前来。”

“不，孩子，我累了，要睡会儿。”

“这是某某小姐。”机长道：“某某小姐，这对你将来分辨累了的人和无赖有用啊。假如你要她给你点什么混在酒里喝，就直接跟她说。”

我恐怕信写得长了，哈维。就这样吧。问候帕特小姐并祝愿她好。玛丽小姐去城里看牙医了。我现在得带黑狗去游泳池了。他眼瞎了，耳也聋了。样子也不好看。不过，你拿3美元打赌的话，其中两美元有胜算：他比艾森豪威尔更有持久力。

海姆

(此信藏哈佛大学图书馆)

[1]《跨越障碍的人：尤金·曼洛夫·罗兹的生平和个人作品集》，W. H. 哈钦森编辑(纽约，1956)。这本书写的是新墨西哥奶牛乡村和乡下人的事情。

[2] 7月29日海明威致莱德先生函，称福克纳是“一无是处的婊子养的”。不过，他却推荐人读《圣殿》(1931)和《塔门》(1935)，以为他著作里“最可读的”。同时赞扬了《熊》。不过，他还把《一则寓言》比作“重庆的夜土[人类的排泄物]。”

[3] 海明威这里指6月20日新泽西州阿斯伯里公园外海上“超级星座”飞机失事的事情，此空难致74人丧生。其中24人是从美国学校回加拉加斯的委内瑞拉孩子。

致埃兹拉·庞德

1956年7月19日，观景庄

亲爱的E.：

明天是我57岁生日。我希望你会接受我的诺贝尔奖章，我正通过几个渠道给你寄呢。[1]我是根据你熟悉的中国古老原则“有舍才能有得”寄给你这东西的。

我把这个寄给你是因为你是至今仍然健在的最伟大的诗人。这是个小荣誉，但属于你自己。

这东西也该给我的网球老对手，给创办 *Bel Espirit*[2] 的那个人。此人开明地教导我要仁慈，他努力教育我对人要和善，而我当时却只有 Omerta[3]。

要想引用什么有的是东西，我还是跳过去吧。我情愿在此问候你和多萝西。在英国，那些反过自己国家的人都被释放了，你却还在被拘押，我无法忍受这情形。对你来说，你所为是你的信仰，所以不属于罪。在我看来这是很严重的罪，不过你已经千倍付了代价。

战争期间，我监听过广播，有时值班，能听见你说话。我一点都不喜欢你的讲话；有些讲话我还更不喜欢。不过，当时局明确我们要胜利了的时候，我给艾伦·泰特写信说，我们得拿个主意：在你被推翻的时候该怎么办。我写信跟泰特说：假如你要被绞死，我就爬上绞刑架，也接受绞刑。泰特说他也愿意跟随。

还是不提这些吧。不谈政治了。假如你能接受，还是接受这奖章和支票［1 000 美元］吧。这符合我表示过的尽量把这诺贝尔奖金花在明智的地方的宗旨。

我会另找一个非正式的场合（拼写错误）给你写一封非正式的信。

假如你得了瑞典人这个奖（你该得的），就把我的保留着，把你那个找个你觉得合适的时候处理掉。

你的永远的，

海明威

（此信藏普林斯顿大学图书馆）

［1］海明威似乎又把他的奖章给了古巴科布勒圣母堂。他在这个场合的演讲稿被收入菲利普・扬和查尔斯・W. 曼编的《海明威手稿目录》（宾夕法尼亚大学，1969）第 120 页。

［2］见《流动的盛宴》（纽约，1964）第 110—113 页。

［3］黑手党沉默法：拒绝作证。

致哈维・布瑞特

1956 年 7 月 23 日，观景庄

亲爱的哈维：

我真高兴并激动：我们就要去你家［纽约市东 64 街 116 号］小住。又要在大城市逗留了。玛丽说我们不该跟没有见过面的人住在一起。不过，我打消了她的念头。假如我们没有见过面，那谁他妈见过面啊？再说，我们在车站会像外交官一样相会的。我会告诉你具体日期的。只要不是在 8 月 15 日之前，任何日子由你定。

反正是好极了。不过，我担心帕特和小宝宝。也许我用不着像阿奇・莫尔担心帕克那样担心你们的情况。不过，还是有一点点担心。不过，跟那两件事一点关系都没有。

自我不再弄电影起，我为了整肃写作并解决写作中存在的问题，写了两个短篇。这两个短篇是关于［“自由法国”］非正规军的往日的故事。那一段时间在我的人生履历里是复杂的时期，也是最开心与最糟糕并存的时期。我还会写3到4篇，写写不同的天气。有太多的东西要写啊。短篇小说写3个就很可怕，不过，我尽量写得简单点温和点，但要用真实的文字。我本不想写它们的，不过现在觉得不写就错了。这项写作能弥补我浪费掉的时间：本来是努力想拍个好电影的。[1]

写写你和帕特给我发来生日贺电。我跟玛丽解释了“水门汀牛”所指为何；也跟我妹妹［厄苏拉］说了。我妹妹跟她的夫婿在我这里呆了一个星期。她就是去年动了三回肿瘤手术的那个妹妹。她跟山羊一样勇敢。因为她从未到过南美，她丈夫于是决定从自己很重要的工作时间里抽出两个月来；于是他们去了巴拿马、利马、智利、B.A.、巴拉圭、里约、圣胡安、海地，再回到牙买加，然后到这里。当她知道自己开始走霉运的时候，她去了曼谷、新加坡和香港。我小的时候，我们很相爱的；至今仍然很相爱。她和夫婿都很能喝酒，从来不醉，从不吵架。他俩都是棒极了的运动员。假如你不看见杰普苍白的脸，你是不会晓得两个人有什么不对的地方的；他游泳的样子显得轻松安逸。从没见过这么缺少病态的人，也没见过对万事这么感兴趣的人。他们是如此勇敢，如此自然，如此优雅。见过厄苏拉之后，我就知道我家人为什么给我那小弟弟德瑞格斯起外号了。这么叫人很残酷。第一次世界大战结束之后我回家，不许他们再喊那外号。不过，女孩子们比我们更无情。起外号的那个妹妹不是个好人。

自他写了那本书之后，家里就连关心他行踪的人都没有了。尽管如此，这事仍然属于西西里小子坏了“拒绝作证”的戒条。

那位气急败坏的F.B.I.人物查理·芬顿在橡树园与古老的“拒绝作证”戒条相遇。所以啊，除了无赖，没有人给他提供海明斯坦家的情报。你知道吗：我父亲开枪自杀之后，有两家当地的周报《橡树叶》和《橡树园人》都在头条刊登了消息，每张报纸都登了八到十二栏。两家都不提他的死因。我父亲不是这两张报纸爆料的对象；死的时候还破产了。不过，他的祖父可是拿沼泽地换过上好的坡地的，那可是长满了橡树的坡地，在北方属于“北方林中空地”，在南方属于“南方林中空地”，可以打草原野鸡的好地方啊。此地现在是“环线”马歇尔·菲尔德家店面那处。现在“南方林中空地”的大部分属于西塞罗。

芬顿博士到处调查，没发现这个；也没发现我父亲家族的埃德蒙兹一支有印第安人血统。他也没有发现刘易斯和克拉克碰到过一个人名字叫汉考克：此人在那儿好多年。他也没发现我家族的成员办过“玫瑰花骨朵”特工处；也没发现我叔叔比尔［威洛比·海明威］是达赖喇嘛的医生。我自己总以为《堪萨斯城市之星》是我接受教育的一站：他没发现除此外我的写作背后还有几样东西。这些家伙总有自己的一套理论；他们是尽量把你塞进自己的理论里。马尔科姆［·考莱］以为我跟他一样：因为我父亲也是个大夫；我两周大的时候，也去了密歇根：那里有铁杉树。在P.扬看来：我的一生充满创伤。1918年肯定是创伤够多，可是到1928年时还没有症状表现——1937—1938年在西班牙也没有症状——1940—1941年也没有症状——在海上也没有症状，在空中也没症状，战斗中的155天里也没有症状。我想，阿奇·莫尔失去他的腿的时候，P.扬给他诊断的话，也会说他是心灵创伤的牺牲品。卡洛斯·贝克真的让我困惑不解。你觉得他会自欺到以为我会故意把一个象征符号放进什么里吗？写一个段落这么做都难。我的瓦康巴未婚妻德巴是个什么符号？她一定是黑暗的象征。诺圭是我的粗鲁坏兄弟。他的确是个非常黑暗的象征符号。

“国家联盟对”赛马真好看啊。我但愿能在电视上看一眼阿德考克踏过戈美茨的情形。

8月后半月有什么球的俱乐部在家啊？

我们得一起出去转转。我自己跟自己打球太寂寞。我又不愿意跟纽约相熟的那些家伙一起出去。勒朗·黑沃德真的喜欢球赛，可他太神经过敏。吉米［凯南］又太装腔作势。

得寄走这信了：玛丽要进城。

哈维，永远祝你好。祝帕特小姐走运。

海明威

（此信藏哈佛大学图书馆）

[1] 海明威未发表的短篇小说（关于二次大战的）里，包括《花园那边的一间屋子》（14 页誊清稿）、《纪念碑》（14 页打字稿）、《叉路口》（也叫《叉路口感伤记》，26 页打字稿）、《印第安人的国家和白人军队》（19 页打字稿）。未加标题的短篇小说包括：《我们从南希开车到巴黎的那天》（12 页打字稿）、《英国很冷》（17 页打字稿）、《声低如夜籁》（19 页誊清稿，半页打字稿）。此外还有一个誊清稿片段，写着第 22—38 页；开头写"让你停飞，把头部伤养好"。其中五个短篇著录于菲利普·扬和查尔斯·W. 曼编辑的《海明威手稿目录》（宾夕法尼亚大学，1969）第 34、35、56、68、79 项。他们报告的页数与上述页数不一致。见下文海明威 1956 年 8 月 14 日致小查尔斯·斯科瑞布纳函。

致查尔斯·斯科瑞布纳

1956 年 8 月 14 日，观景庄

亲爱的查理：

谢谢你来信并给我报告书销售的情况。我很高兴它们一直能挺住。非常感谢你把它们放在一处销售的行动。

我不再弄电影之后，发现自己已经不可能再拿起非洲那本书了：得先热身一下收收心，于是我开始写短篇，这在我是最艰难的工作。已然写了五个短篇，玛丽抄出来了。这些加上我非洲回来之后开动写的一篇，共计六篇未发表。

题目是：《得了条明眼狗》；《花园那一边的屋子》；《叉路口》；《印第安人的国家和白人军队》；《纪念碑》；《泡泡声誉》。[1]

后五个短篇小说每篇从 1 200 到 4 500 字不等。这些小说写的是非正规军和打仗的事情；讲的是现实中人杀人的故事；会有点让人震惊。写营地部队没什么震惊的揭露，因为他们从来没打过仗，也不巡逻，也看不见某人带回个死尸。作家也不病态。营地的人们可以翻过山去见出版商。我这些短篇可不是从汤姆·沃尔夫那里抄来的，也不是从福克纳那里抄来的。我书里的人喊王八蛋，那可真就是骂人王八蛋。我不用穿上犹太教拉比的衣服来写作；我所需要的就是一张地图。所以啊，它们也许是很乏味的短篇。但是我想，有些还是很好玩的。无论怎样，你可以在我死后发表它们。我还有五个短篇要写。

我们现在面临的主要问题是玛丽的健康。她的贫血症很顽固，怎么治疗都不管用。红细胞贫血症。一周前血细胞计数下降到 3 200 000。她上周输了血。明天再测血细胞数量。大夫说我得带她去经纬度跟此地不一样的地方。她还没结实到能去非洲，不过也许她会的。

我想现在我能安排运输那些散弹壳了，谢谢你腾空间为我储存在你那里。乔·利品柯特去打松鸡了。

我要是什么时候去纽约的话，会跟你讲讲这些的。我有 20 年的陈年弹壳，但不能给人推荐，除非了解使用的人没问题。在非洲的时候，我都不跟人赌是否臭弹；我用这散弹猎枪只是当备份。7 颗或者 7 又 1/2 颗或者 8 颗，5 码开外打任何敏感猎物都很要命，比大型铅弹、丸弹或者任何来复枪弹药都危险。一头狮子或者一头猎豹比网球还来得快，谁会用来复枪射网球啊？

抱歉拿这些胡说八道来烦你。不过，既然你父亲已故，我没有谁可开一下玩笑的，也没有人可以让我诅咒一下埃及人，也没有人跟我一起当当势利眼。所以啊，请你尽量包容。

问候你和夫人。我们希望你夏天过得愉快。请代玛丽和我问候你母亲。

你的永远的，

欧内斯特

（此信藏普林斯顿大学图书馆）

[1]《得了条明眼狗》载《大西洋月刊》第 200 期（1957 年 11 月）。其他几篇，迄 1981 年，未发表。

致哈维·布瑞特

1956 年 9 月 16 日，巴黎

亲爱的哈维：

玛丽给你俩写信了，昨天早上我把它寄走了。我写这封信只是为了告诉你我们有多思念帕特的美丽和可爱，多思念你的和善和魅力，告诉你我们在你家玩得有多开心。希望我们没有太毁坏你家的环境。艾伦·塞巴斯蒂安［男婴］表现很不错；你那儿乡野的天气也好，很好玩。

我们在船上遇见的人也不错。一路天气也好。大家也许都喜欢乘坐飞机（我也喜欢），不过，没有什么比搭法国线路的船越洋更好玩的事情了。健身房里可以舒服地健身；酒吧不止一个，还有美食美酒；至少有一个可爱的姑娘。这条远洋航线没有职业赌棍。酒吧里的人告诉我他们几乎不再是船上的一景……不过，道义上的宽容还是存在的。跟飞机上的情况不同：飞机把专栏作家弄成了世界和世上奇迹的权威。

从写作或者文学方面看，坐船也很有趣。当然，船上的大夫都是了不起的读者。我们这条船的大夫有我著作全部的英文本和法文本，比我还熟悉书里的内容：我假装都记得。我给船上的船员签名约60本书。船员买的那些书，事后我都替他们支付了，我让人家退还船员花的钱：就是"丛书"里收的那些书。这跟剧场外签名的人不同。一个乘务员跟我说，在他老家布列塔尼的村子里，有两个男孩给自己的狗起名桑迪亚戈，因为这些狗品种优雅而高贵。那本书一定很怪。也许我最好别出版其他东西。就留着，等我死后再说吧。

我觉得玛丽好多了。她对我和别的女人搭讪，显得有点不太可人，也不雍容；这是好兆头啊。

他们这里根本就没有夏天。一周里我们有过两天好天气。明天我们去西班牙。蓝旗亚车不错。司机［马里奥·卡萨马西玛］给你赛车手般的信心，不过，在拥堵的交通里，你还是吓得要命。一辆车要是真的跑得快，那你跟死亡的亲近机会就比一大包确诊的肿瘤多。我们这一小群文学圈子里的人共享一辆新的梅赛德斯-奔驰、一辆保时捷以及那辆蓝旗亚。你可以选择跟鲁伯特·贝勒维尔在梅赛德斯里行驶，他是个超好的试飞员。保时捷里的彼得·威尔特尔很小心，但开车很快；也可以选择马里奥·卡萨马西玛这位乌丹人的骄傲。我要带玛丽步行前往，用两条轻松的腿代步。往日路不太好，一天里开车却轻松自如。奥托·布鲁斯和我曾经从田纳西州孟菲斯开车前往基韦斯特（976英里），一口气开到。不过，我们每两三个小时替换一下对方；还在奥尔蒙德海滩朋友家吃过一顿可口的晚餐。我现在面对车可是个好孩子。宝琳和我曾经开车从马德里到圣塞巴斯蒂安；还时间富富有余看斗牛。

Ah que cet cor a long haleine.[1]

现在得去穿好衣服，去安慰伯丁。他这个礼拜天在酒吧值班，本来想干的事是去钓鱼。

问候你俩。等在埃斯克里亚尔落脚，会给你写信的。取道洛格罗尼奥时，要去看安东尼奥·奥尔多内茨拳击。

海姆

请代我问候西尔维亚，也问候梅。她们俩对我们很好。

（此信藏哈佛大学图书馆）

[1] 海明威何处得此佳句不清楚。他一直喜欢用《罗兰之歌》的句子，在《太阳照常升起》第11章里也指涉龙塞斯瓦列斯修院。这行诗源自《罗兰之歌》牛津版（T. A. 詹金斯编辑，波士顿，1924）第136页第1 789行："cil corz at longe aleine."是卡尔王的话，意思是"这号角真叫长喘啊"。他是听见罗兰"阴沉痛苦"地吹号后说这番话的。我感谢博学的同事维克多·H. 布隆伯特和约翰·洛根认出诗句的来源。

致J. 唐纳德·亚当斯[1]

1956年9月30日，西班牙埃斯克里亚尔

亲爱的亚当斯先生：

我真愿为你的委员会效力。你给我写的关于此事的信很全面很有智慧。然而，我却无从效力。理由是：艾森豪威尔总统的身体状况我以为不够格当4年总统。假如克里斯·赫尔特是副总统候选人，我就为你的委员会效力。我不想投尼克松的票，不是因为他在希斯案件里扮演过有作用的角色，而是因为他个人的一贯记录。

让我投斯蒂芬森［·阿德莱·斯蒂芬斯］或者［埃斯特斯·］克佛沃的票是不可能的。

事实上我在政治上的立足点并不坏。作为共和党选举的“裁判”，我不能投考克斯的票，却终于投了尤金 · V. 德布斯的票，因为他是个诚实的人，还在蹲监狱呢。

别想你就不寄那本书了。我们回到家，想给书房添你这书呢。不过，我也愿意买一本，让你签名。

关于西部的书：戈斯瑞的《广阔的天空》是一本好书。我很爱那里的乡野，太爱了。刘易斯和克拉克到来的时候，那儿有个汉考克干得很不错。我记得在比林思住院［1930］，入院填单子，职业栏我填的是“作家（writer）”。护士却把它写成了“骑手（rider）”。第二天，协会代表来看我，说：“谁他妈的说你是个骑手，欧尼？”“不是我说的，特克。”我道，“我清清楚楚如挺括的书封里印的那样写下‘作家’两字。”

“你的胳膊吊在后背呢，你怎么可能写啊？”

“我让人把胳膊反转过来，两条腿夹着，用那只手写。”

“艾丽丝和宝贝问候你。”特克告诉我，“帕特 · 康纳利夫妇还生我们气呢。”

我努力回忆那话是什么意思。可是伯尼 · 德沃托并不在那儿给我解释。也许他当不事礼拜的摩门教徒有点难，从未在山里度过冬。不过我还是有分居两地的蒙和约翰尼 · 沃格曼的消息，也有“红舍”里呆着的楚布 · 韦佛的消息。[2]蒙 · 沃格曼和我曾一度是我们那个年纪的人里面仅有的独自射杀过 3 只北美灰熊者。在乡野高地直冲灰熊而去，此后什么事也不曾给我那种感觉；瑞典人的奖不会让你那样动容。

很抱歉不能为委员会（拼写错误）效力，希望你理解。

假如你喜欢打赌，赌下面这件事一定 1 美元能赢 4 美元：我的狗小黑能活过艾森豪威尔先生。我的小黑狗 14 岁了，听力全无，从游泳池爬上山都困难，一个眼睛看不见；胃口好，渴望活着，我干活的时候喜欢闻我。你可以把赌注下到 100，赌 400 的赢头。

也许这投资很吸引人。[3]

诚挚地祝愿你，

欧内斯特

（此信藏得克萨斯大学图书馆）

[1] 亚当斯时任《纽约时报书评》编辑，是谋求艾森豪威尔连任的作家艺术家委员会的主席。

[2] 蒙罗（蒙或芒）和约翰·沃格曼兄弟以及勒朗·斯坦福·韦佛1930年造访在怀俄明州诺德奎斯特牧场干活的楚布，当时海明威在那儿。查布的名字出现于《丧钟为谁而鸣》。

[3] 黑狗死在艾森豪威尔总统生前。

致哈维·布瑞特

1956年11月5日，埃斯克里亚尔

亲爱的哈维：

刚收到你10月26日的信。我曾经给你写过几封长信，孩子。你就没收到音讯？你一定以为我俩是多不知感恩的动物。我们多次谈起在116号［东64街］的幸福光景——主人是多么周到多么妙不可言；你们是我俩好极了的朋友。

玛丽好多了。不输血、不用升压器，血细胞数也有4 060 000。她得了两次感冒，我得了一次。不过［胡安·马蒂纳维提亚］大夫正治疗她的痉挛性胃炎和结肠炎。这过程慢，但还算顺利。

他在我身上发现的是老毛病，也有些有趣的新现象；不过，我一切都节制；两天前总体检，他说我各方面都更好了。他禁止我去非洲，不过我解释道反正愿意去。现在成局是：假如我按他说的去做（不容易办到），我就能去。反正要去，兴许能按他说的去办；锻炼可真是乏味的事情。不过，以前不得已也锻炼过多日，再做也无妨。

不愿评论国内事务；你得消息时，那消息已然过时。这里的“［世界］系列”报道于“交流沟通”方面很糟糕。我有一半时间听不到［图茨·］绍尔。至今仍然等待听他的消息。

我跟儿子杰克（邦姆比）说去看看你和帕特。他在松树街70号梅里尔·林奇、皮尔斯、伯纳之类的培训学校。他的大名叫约翰·H.N.海明威。

我为什么要生气？生你的气？那可真是疯掉了。我们争取资格做彼此的朋友的时候，我就曾经解释过：我俩跟迪兰·托马斯夫妇没有关系。

我1月份打算去非洲。很开心很激动。Fraiche et Rose comme au jour du battaille.[1]（拼写错误）

我们看了几场斗牛，很精彩；有些牛则很糟。我跟你写信讲过安东尼奥。我们开了这“有限公司”：海明威和奥尔多内兹南美有限公司。我们不卖股份给别人。在萨拉戈萨，他献给我最后一头公牛，跑来说：“欧内斯托，我俩都知道这公牛一文不值。看看能拿它怎么着吧，看看我能不能像你宰牛一样宰掉它。”

他要跟我们一起去非洲。库奇比哈尔的马哈拉贾要我们去印度跟他一起打猎。11月底12月安东尼奥得去墨西哥斗牛。希望你和帕特能来看他表演。真正发烧友老伙计们认为他是我们这个时代4个最好的斗牛士之一。那是从胡塞利托和贝尔蒙特迄今为止的4位。他今年在正式的斗牛场合斗了66次，3次被严重顶伤。我们这会得在墨西哥捏一把汗了。

假如你们能去墨西哥，我就给安东尼奥写信。我周六同贝尔蒙特一起吃了午饭。明天周二，我们跟他一起驾车出去。真愿你也在这里。他比任何人都会讲故事，比任何人都能聊天。一个了不起的人。

我给你写信讲过这里的事情有多怪。尽管我曾经站在西班牙共和派的一边，可人们还觉得我是西班牙作家，碰巧生在美国而已。与其写信跟你谈这个，不如当面跟你说。

我们上周二埋葬了唐·皮奥·巴罗亚［小说家］。很感人，画面很美。我也会当面跟你说说这个的。本以为多斯·帕索斯或者某些美国人会寄几个字来。《时代》关于［我］造访他的文章[2]太假。你知道他是个很伟大的作家。当然，在他的书不叫座的时候，克诺夫就放弃了他。那天雾蒙蒙，太阳穿过雾霭，烧灼光秃秃的山，一路直射到不甚有神圣感的墓地；墓的那一边是街道，满是鲜花，以及卖鲜花的摊位：这是等待着11月2日——万灵节。我们驱车穿过他的书Hierba Mala［《野草》，1918年］、La Busca［《搜寻》，1917年］和Aurora Roja［《红色的黎明》，1910年］里写到的乡野，到达墓地。我们去的人并不太多。他被放在一具普通的松木棺材里，那是新漆的黑色；油漆掉到抬棺人的脸上、手上，掉在他们的外套上。

问候你和帕特，问候西尔维亚

欧内斯特

（此信藏哈佛大学图书馆）

[1] 19世纪历史学家埃德加·奎奈的句子，讲的是野花经岁犹存。海明威是1933年秋天在巴黎的时候从詹姆斯·乔伊斯那里拾的牙慧，并在记忆里加以改造后利用。原句是"fraîches et riantes comme aux jours des battailles"。见理查德·埃尔曼《乔伊斯传》（纽约，1959）第676页；另见卡洛斯·贝克著《海明威传》（纽约，1969）第247、608页。

[2]《时代》第68期（1956年10月29日）第47页。

致乔治·A. 普林普顿[1]

1957年3月4日，观景庄

亲爱的乔治：

2月16日我到家，第二天你的问卷也到了。迄今，你寄来的32页我已经完成了21页。

孩子，你这问卷可是在烦难时刻到来的。蒙斯特罗［·罗贝尔托·赫热拉］那儿有400封信没有转交我呢，连分拣的工作都还没做呢，量太大！我还要做报个人所得税的事情。此外，我还像一个该死的傻瓜那样希望坐下来马上去写那本书。

我4月份第一个礼拜或者第二个礼拜把你的问卷答完。也许还会提前。不过，我想着能答完问卷的时候，是在埃斯克里亚尔的时候，答起来觉得好玩，而不是在这里每天头一件事情就是做这个。今天早上7点开始，到10点。我答了3个问题。

主要麻烦是我对这些问题很没有兴趣。我能感觉到你也没有兴趣。我们都放一放这问答吧。我对自己是否列入这本书里并没有暴露癖那样的热衷。有很多很重要的事情要去做呢，我却浪掷时间。

别枉驾惠顾。我们一直想见你的；不过对基督老实发誓我没有时间。

现在得住笔了。回到问卷上去。

祝好，

Papa

玛丽问候你。

我把问题答完后，就能把一天的开始用于自己的写作，那多开心啊。我知道你懂这话的意思。

海明威

（此信藏普林斯顿大学图书馆）

[1] 普林普顿当时在准备一份海明威访谈录，这份东西日后刊于《巴黎评论》第5期（1958年春季号）第60—89页。

致沃勒斯·梅耶

1957年5月24日，观景庄

亲爱的沃勒斯：

谢谢你马上来信。我不该让巴纳比·康拉德惹我生气，不过现在两部电影出来我无从管控（还什么都没得到）；［戴维·］赛尔茨尼克那杂种还从中破坏《永别了，武器》（他和本·黑西特写了那爱情故事）。他对［约翰·］胡思顿说写得不好。他写的是真的爱情故事。赛尔茨尼克不会让洛克·亨特以这么笨拙的方式去接近那姑娘的。他们都对文本进行了改写。我的脾气有点粗鲁。他说赛尔茨尼克写了个爱情故事，那故事不只是东施效颦地照搬我的破玩意儿。这就让人恶心了，沃勒斯。不过，在第一个电影脚本里，亨利上士抛弃了那姑娘，因为他没有收到任何信件，然后整个意大利军队开拔了，他有了军队作伴。

谢谢你再次给我伊戈尔·克鲁泡特金的名字。希望你的手没事。

祝好

欧内斯特

（此信藏普林斯顿大学图书馆）

致小查尔斯·斯科瑞布纳

1957年5月24日，观景庄

亲爱的查理：

沃勒斯写信告诉我你三儿子［约翰］的情况。祝贺你俩，也祝贺他。我愿意看见老查尔斯·斯科瑞布纳家繁茂至深。

非常谢谢你寄来你写的关于贵出版公司的文章。[1]有许多事情我从前是不知道的。文章写得很有意思。

这是我写给你的第二封谈此事的信了。第一封信我开头写的是关于汤姆·沃尔夫书信[2]的事情。打了两页纸，我不得不把信扔掉。你认识他吗？我只见过他一面，跟麦克斯一起见的，一起喝酒，在瓦尔多夫酒吧。假如当时我读了那些信，我想我能找个办法不露面的。最好在我也扔掉这封信之前住笔吧。

希望一切都好，别太玩命干活，好好放个假。我们这里几乎3个月天气不好。

问候你和琼。请代我和玛丽问候你母亲。

一如既往

欧内斯特

（此信藏普林斯顿大学图书馆）

[1] 小查尔斯·斯科瑞布纳写了篇查尔斯·斯科瑞布纳出版公司的简史，刊于《美国图书馆协会简报》（1957年3月）。

[2]《托马斯·沃尔夫书信》（纽约，1956），伊丽莎白·诺维尔编辑。

致阿奇巴尔德·麦克莱什

1957年6月28日，观景庄

亲爱的阿奇：

非常感谢你来信。[1]我自收到这封信以来，就在构思给［罗伯特·］弗罗斯特写信。玛丽今早正打着这封信呢，会与此信一起寄出。

信写得可能不如该写得那么好，因为我想写得简单点，而话题却很复杂。

埃兹拉的朋友们都因为那位［约翰·］卡斯帕尔的事情进“洞”了。不过，他接受卡斯帕尔这样的奉承小人，也是自己的狂妄在作祟。所以啊，我希望他别弄政治；我曾经发电报告诉你这个意思的。不过，无疑他不愿意；我提议他别弄政治之后，也就于他不能施加什么影响了，假如从前还有什么影响的话。我们痛恨的一切，他都不在乎于彼扮演烈士的角色。我想，那是人人都该避免的举动。

假如他愿意去女儿家［在意大利］，好啊。我从不同的人那里听到不同的故事，都是关于［奥尔加·］鲁吉等人的。不关我们什么事。我们希望他能有自由写诗，能从事任何艺术活动里的一种。我个人以为他的打猎许可证应当受到限制；免得他去写政治方面的东西，或者沉湎于政治。否则，他的敌人们会让他发表该死愚蠢的言论，又让他惹上麻烦。一旦他没有拘束，敌人们马上会行动，为了让他再惹严重的麻烦。假如他同意一点都不谈政治，他就能受到保护；方法是让他叨上一些不太熟悉的话题。否则，除了麻烦，我看不到任何东西：那种记者会成天跟在他屁股后面挑唆他扮演“反犹、种族主义疯子诗人”的角色。他想干的头一件事情兴许就是上迈克·沃勒斯的节目。这种事情应当避免。

也许我是在自寻烦恼。当然埃兹拉该被释放。[2]不过放他得有条件：不再有人鼓动挑唆他去讲那些他并不擅长的话：这些话会令他再次被捕入狱。

我在写信给弗罗斯特之前，想先给你写信讲讲这个。随后又想我这是在拖延时间呢，一个太有节制的人也许把事情看得太黑暗；假如信里有这样的情绪色彩，也就不会有行动，只有等待和熄火。反正这些是我个人的想法：自己的掂量。

身体方面。上次检查结果没有预先期望的那样好。我已经把喝酒的量减到了每顿午餐和晚餐两杯淡红酒，酒精测试仍然是残存正2x。所以，现在我又减到每顿晚饭一杯红酒。似乎要完全戒掉；大夫们不想让神经系统在治疗的时候太受不了。毕竟，我从17岁起或者更早，吃饭时就酒一直如此。还是不谈这个话题吧。让人紧张，让人跟不熟的人在一起的时候与人相处很难。我情愿不谈这个：假如在我是如此生活很无聊，那人家读着我所写就更无聊了。好消息是：假如我度过了这一关（到 7 月 4 日我就 4 个月不真刀真枪地喝酒了）；再加上 3 个月彻底戒酒，随后我就能再接着喝了；试试多少量对我没有伤害，需要检测。

吃饭也跟遵从宗教规定似的。运动也有规律；体重现在是 206 磅，看上去不错。下周去基萨尔，与突然喝酒带来的不适作斗争。麻烦是：我人生但凡碰上真的不顺，可以借酒消愁，喝完马上就觉得好多了。不能喝酒的话，那就不同了。我从未想过有一天连酒都能被人剥夺走了。可是，人家就是能剥夺你的酒啊。无论如何，再过 10 个小时，我就能就着晚饭喝一杯可爱的瑞格尔侯爵了。

希望你、阿达和大家一切都好。玛丽问候你们。但愿今年我们聚一聚。

请代我问候弗罗斯特，替我谢谢他。我真高兴他得了那么多荣誉；也真高兴他自己也很开心得了这些。我则愿意拿世上所有的荣誉换一天喝两瓶深红葡萄酒的待遇，换我的黑狗恢复青春健康，而不是被埋在游泳池边网球场旁。

拥抱

Pappy

（此信藏国会图书馆）

[1] 麦克莱什、罗伯特·弗罗斯特、T. S. 艾略特和海明威正努力让当局把庞德从华盛顿伊丽莎白医院释放出来。

[2] 1957 年 4 月 16 日、6 月 13 日、7 月 15 日、9 月 13 日和 20 日，庞德都有信从华盛顿给海明威。9 月 22 日，多萝西·庞德写信给海明威否认一份公开发表的报告：该报告称庞德骂海明威不诚实。庞德自己在 1957 年 12 月 6 日的《伦敦时报文学增刊》上也公开否认自己有类似言论。

海明威在本信第六个段落加了如下内容："也许我对此事太操心了；不过我很清楚记者们干的这活。假如他同意表示'我不会谈论政治了'并且做到了这一点，那他就没事。"

致罗伯特·弗罗斯特

1957 年 6 月 28 日，观景庄

亲爱的弗罗斯特先生：

此信简单说是我对埃兹拉·庞德仍旧被拘押在圣伊丽莎白医院的反应。

庞德因叛国罪被捕拘押迄今有 12 年多了；他被捕的时候头脑并不很靠谱。他的行为除了说是叛国，我也无从界定为别的什么。假如他当时头脑清醒，我也不相信他会犯下那些罪行。不过，我从来就不认为他是个危险的叛徒。他的影响不过是个狂人的影响。当年大夫说他无法过堂受审，我就明白医院方面说的是什么了。

问题在哪儿？问题在庞德无力解决各种问题的时候，他仍然是我国最伟大的诗人之一，世界最伟大的诗人之一。他在被拘押期间，仍然写了全世界人都称赞的诗歌。他在自己的国家获得诗歌领域的最高荣誉。那么这算怎么回事？

我们派文化宣教士前往的别的国家不能理解这一情形。他们看到我们最伟大的有着国际声誉的诗人仍旧被拘押在疯人院里：因为他在战争期间犯过罪又无法过堂受审；而很多重要的名战犯都服刑期满，获释了。他们得来的印象是一个强大而有担当的国家如美国却害怕庞德。要么就是得印象：美国政府对庞德没有怜悯仁慈之心，打算把他拘押到死。假如 11 年后庞德在圣伊丽莎白医院死去，文明世界都会得印象：那印象文化宣教士和文化项目都抹不掉。

弗罗斯特先生：因为你是个伟大的诗人，一个受人尊敬的人。你可以跟司法部讲讲政治生活和个人生活里遇上大麻烦的伟大诗人的事迹：他们的诗作却仍然是祖国的光荣。但丁就有过很多麻烦。拜伦一生就麻烦不断。魏尔伦服过刑。波德莱尔也有过麻烦。我没时间查出所有在酒吧争吵里死去的诗人的生平。假如惠特曼今天活着，“秘密文件”字样就会构陷他了。

没有人说诗人不该像其他人那样受到惩罚。不过，伟大的诗人很稀有；他们该得到一丝理解和可怜。埃兹拉·庞德在圣伊丽莎白医院里被拘禁了 11 年；拘禁 11 年对诗人来讲是很长的时间，对其他人来讲，也是很长时间。假如司法部不受理起诉庞德的案子，医院方面觉得他该获释，我想他女儿玛丽·德·拉奇列维茨能在意大利照顾他。我愿意贡献 1 500 美元帮他安置到他女儿那儿。

也许司法部会觉得不受理起诉庞德的案子会很不受欢迎，因为庞德反犹、有种族主义偏见，还发表疯狂的言论，还有同党。我讨厌庞德的政治，讨厌他的反犹倾向和他的种族主义。然而，我却真诚地以为拘押他到死对我们国家不利，还不如把他释放了，让他跟女儿在意大利过活。他热爱意大利，曾在那儿完成伟大的诗篇。正因为意大利待他如上宾，尊敬他给他诗人的荣誉，才使他觉得墨索里尼政府（给他荣誉的）因此是个好政府。

整个事情很复杂，我也许过于把它简单化了。不过，我给你并通过你给总检察长的陈诉，是我个人相信的事实。[1]

阿奇·麦克莱什会告诉你大夫为什么让我不得离开此地的。我在此愿意回答任何提问。可以把问题寄到我家，或者请使馆转交我。我可以直接回答或者通过这里的美国使馆的法律参事来回答问题。

假如能以任何方式为你效劳，请告诉我。

你的诚挚的，

欧内斯特·海明威

（此信藏普林斯顿大学图书馆）

[1] 关于弗罗斯特在庞德获释里所起的作用，见劳伦斯·汤普森和 R. H. 维尼克著《罗伯特·弗罗斯特：晚年 1938—1963》（纽约，1977）第 248—258 页。

致爱德华·威克斯

1957 年 8 月 20 日，观景庄

亲爱的威克斯先生：

非常感谢你 8 月 16 日来信谈及我寄给《大西洋月刊》纪念号的两个短篇小说。[1]

亚当斯小姐来我这里的时候，她跟我说你只能为一个短篇支付1 000美元。不过，她告诉我《大西洋月刊》希望两个短篇都给它，假如可能的话；并且说愿意支付两篇稿酬。

我因此随函寄回你的支票。《大西洋月刊》很久以前发表《五万元》就支付过我2 000美元。而你给两个短篇的价格却如此低。我都不好意思跟你说把这两个短篇给你，我的经济损失是多少。

作家通常是有经纪人处理小说卖稿之事的。我写短篇每个字是一到两美元，自1933年起我就接受这个价码了；因此经纪人是不会允许我按你的价格出售这两篇稿子的。我寄给你的两个短篇我至少能按我提价格的四倍出售给别人；我出的价格是为了帮你弄100期纪念号。我从前也为我觉得值得做的事情损失些钱财的，我乐意。

你的很真诚的，

欧内斯特·海明威

又及：你会注意到我寄这两个短篇，上面都标识了只授权"美国首发连载"字样。你随支票寄来的信却说是支付的所有版权。我愿意授权给加拿大首发连载，不过得把你第二封信告诉我的律师，以明确表示其他权益不授不卖。我要明示两个短篇的标题给律师，让他们分别加版权保护。我把两个短篇放在一起称为"黑暗两故事"；只在《大西洋月刊》上发时用此标题。

欧内斯特·海明威

（此信藏普林斯顿大学图书馆）

[1]《人情世故》和《得了一条明眼狗》，刊《大西洋月刊》第200期（1957年11月）第64—68页。

致吉安弗朗哥·伊万奇奇

1958年1月31日，观景庄

亲爱的吉安弗朗哥：

从公函里你能看出我们已经回来了，正赶上可恶的个人所得税季节：此事打断你的工作并干扰你最佳工作时间。

这个冬天也是最该死的冬天。整个气候变了。北极的空气流通到此地，只有南方的剧烈风暴能遏制它。北风因此一场接着一场。12月初以来天气就狂野得奇怪。迈阿密三次温度到零下。一次，雪居然下到了汤巴。真正的雪。柑橘被毁，许多小树苗死了。寒冷狂野的天气持续不断，迈阿密的大旅店都被毁了。此地的温度都到过华氏40度和50度。有过三场冬天的风暴，风力达到70英里每小时。有三场风暴比埃斯孔迪多那儿的还糟糕，就是跟你母亲和阿［德莲娜］在一起的那阵［1950年11月］。

人们的记忆里就没有过这样的冬天；统计数据里也没有过这样的冬天。佛罗里达所有的小一点的水果都死了，一次一次地死去。

美国开始萧条了，也许跟1929年那次萧条一样糟糕。这里的富人却比以往日子好过。不过，失业率很高，印第安部落里的人在挨饿。

我们很想念你。我拼命工作，写了许多东西，但愿能给你看看。天气冷下来之前，我每天在游泳池里游三四十个来回，身体很好。现在太冷，腰子受不了。不过，你会喜欢这池子的，它仍旧可爱。地产开发，贫民窟蔓延，此地却顽强抵抗，成了孤岛。

玛丽的母亲新年前夕死了。她是晚上听到消息的。乘飞机去明尼阿波利斯出席葬礼，她赶上最大的一场风暴。

阿夫黛拉［·弗朗切提］现上了报纸的社会专栏，或者是《时尚》杂志的社会专栏，或者是《哈泼斯》，反正一直是社会专栏的话题。她有一家好的组织替她作宣传，就像勒朗［·黑沃德］当年给斯利姆作宣传一样。不久她就会上“十佳穿衣女郎”的。这不可避免。

我试着给你写了三封信，在你写文章谈论百姓婚姻问题的时候。终于，我无法用恰当的字眼，作罢。我希望你从阿德莲娜那里得了福音。

11月某一天，我们在马里埃尔那家旅馆小歇吃午饭。我记得我们在这里聊过天。那旅馆还是老样子。

海洋里的鱼都消失了。科希玛的渔夫们见鱼没来、见天气那样糟糕，都很坐卧不安。格瑞高里奥［·富恩特斯］在一场大风暴里救了一个人，那人差点淹死。蒙斯特罗［·罗贝尔托·赫热拉］抓到一个小偷，救了一个钱包，里面有500美元。他既没有得到奖赏，也没有像阿夫黛拉那样上报纸。报纸上没提格瑞高里奥的名字，虽然他在夜里游出很远，到风暴里把一个人的尸体拖回来，又在人无法过活的大海里救出另一个人。报上只说是“一个老人”。

很久没有阳光了；今天阳光却好。冬天本该这么美丽的。人们记忆里的冬天就是这样的。

我真希望自己能把信写得跟你一样好。也许是因为我写别的东西把自己写空了。

想想还有什么消息。隧道修建完毕。他们说2月份就能开通了。当局在谈论从“缅因舰纪念碑”到“德拉庞塔堡”圈地盖旅馆之事。目前的马勒根街以后就是小区里的街道了。我肯定克里斯蒂娜听说过此消息并且告诉你了。哈瓦那越来越像迈阿密海滩了。我不知道自己还能去哪儿。你知道吗？

大家都说起你。我告诉瑞内［·维拉瑞尔］我正给你写信；他让我带好。他还是那样好，那样优雅。玛丽说但愿你能看见她新弄的玫瑰花。

问候你家人，问候克里斯蒂娜；祝你好。

你的朋友

欧内斯托

（此信藏普林斯顿大学图书馆）

致埃兹拉·庞德

1958年6月26日，观景庄

我亲爱的“前疯子”大师：

令我们开心的那天［1958年4月18日］你跳出或者跃出牢笼；

我给你往圣E［圣伊丽莎白医院］发了电报，想表达我的欣喜并问你的地址，以便寄此随函附上的［1 500美元支票］。这是我通过R.弗罗斯特向检察长保证过的给你前往意大利的费用。这封信写于1957年6月28日。

我等待回音，却不得消息。昨天发电报给麦克莱什要地址，以及你扬帆远航的船的名字；我听说你7月1日启程，是无线电里说的。麦克莱什给了我这个地址，于是发此信。他还说你7月中旬才启程。

自令人尊敬的［T.S.］艾略特、办事迅速的弗罗斯特和我自己签署了给时任检察长的信，我想最好还是断掉通信，如此我谨慎措辞的旨在使你获释的情感表达就不至于被解读成私人友谊，而是被解读成“国家政策”。这也许没什么用，但我表达情感时口气坚定热切。无论如何，你是出来了。那天消息一确定，我就给你发了电报表示给你一个拥抱。

我现在再给你寄个拥抱。看在基督的分上，请兑现这张支票去。在珍珠港事件到广岛原子弹战争期间，我实际就参与了战争。我给诗人A.泰特写信说，假如出现了你将被绞死的问题，我就上绞刑架，声明自己该和你一起被绞死。他说他也愿意同赴死。不过，事后我再也没有了他的消息。也许从逻辑上讲，这个计划就不切实。不过，我只在自己的限度和智慧内支持了你，尽我所能而已。永远都［以下两个单词字迹不清］。

有任何可以效劳的，但说无妨，请信赖我。我为你被如此关押感到愧疚。我为你离开那天的照片感到骄傲：整个过程你都表现优雅。希望你一路平安，一切都好。问候多萝西。

你的朋友，

海姆

挂号寄出，这样信就会跟着你的行踪。敬礼！

海明威

（此信藏肯尼迪图书馆）

致威廉·W. 荷恩夫妇

1958 年 7 月 1 日，观景庄

亲爱的邦尼和比尔：

见到你们真是开心。收到比尔的信之后每天都想着给你们写信来着；比尔的信里有我要的一切情报，还有 [K－L 牧场的] 优美地图。我一直赶写书稿，不知何时有空，也不知能做点什么。这个月似乎就是在这里写作了。不过我们有了这地图和情报，够打发一年的了。小子，它们现在是不是来得快啊。

谢谢你们寄给我这些。这地方像我早岁的 L－T [诺德奎斯特牧场] 。

玛丽写了我们的近况。本地现在拿绑架当体育运动。他们绑过矿业工程师、糖厂技术员、领事官员、海员（各类）和海军陆战队员——我给使馆打了电话，问他们什么时候动用联邦调查局——最后的敷衍是菲 [德尔] ·卡斯特罗 7 月 4 日会招待更多的美国人，而不只是史密斯大使。

问候你俩，问候孩子们。

欧尼

上帝啊，我但愿我们能再一起去西部；就像当年遇上邦尼那样子！[1]

（此信藏普林斯顿大学图书馆）

[1] 1928 年 7 月底，海明威和比尔·荷恩开车前往怀俄明州谢立丹附近的佛莱牧场。荷恩在那儿遇见未来的妻子邦尼。他俩 1929 年结婚。见海明威 1928 年 8 月 9 日致沃尔多·皮尔斯的信。

致阿奇巴尔德·麦克莱什

1958 年 10 月 15 日，爱达荷州凯彻姆

亲爱的阿奇：

我很高兴在此地收到你的信。很抱歉 [《巴黎评论》] 访谈里有

些事情弄混了。我当时能做的不过是按提问回答问题。我想你是直接传话的，他们把意思弄拧了。大家都把意思弄拧了。

关于他们所谓了解作家，其实意思是了解老一辈的作家。我从不把你当老作家。同时，我也以为他们是在问我们在巴黎初次见面的时间，亦即在古老的勒穆瓦纳红衣主教路-康泰斯卡普广场的往昔日子。我也许是那个时候认识你的；我不认为直到回加拿大、接着回到巴黎圣母院路 113 号居住我们俩才相识。我清楚记得第一次来到会考路时的情形。当时偷了一个酒瓶起子，记得又还回去了。反正乔治［·普林普顿］问的是在巴黎的最初日子。我谈的也是这段日子，以及当时的写作情况。我们常在一起的那段是后来了：当时我不怎么去见 G. 斯坦因了；埃兹拉去了拉帕洛，乔伊斯完成了《尤利西斯》。我讲的是那段和我打算开始胡乱写作之间的好玩的时光。假如我记错了，你就纠正我。因为，我能记得重要事情的大部分，并且是逐字逐句的细节。其他场合我则自动忘却。

你个糊涂蛋。你以为我忘了会考路、胡安勒潘、扎拉戈扎、夏特、你住的彼得·汉密尔顿家的地方？忘了我们的自行车、阿达和“六日［自行车赛］”？忘了弗洛瓦德沃路等上百万件事情？忘了格施塔德？——别让我一一列举。巴萨诺和“自行车追逐赛”。她出版的好小说多，还是退稿的好小说多？——人们现在却来写那些人，写那些垃圾。

阿奇，关于过去的事情，我是迟迟不动笔的作家。我不能把你放在我认识你之前那段历史里啊。不过，我当时很喜欢你，现在仍然喜欢。我爱过阿达，现在仍然爱。

可怜的萨拉和杰拉尔德——还是别写这个吧。我爱过萨拉。我当时无法忍受杰拉德，却的的确确又忍受了。

埃兹拉是你处理得很好的话题。现在都过去了。多好啊。

我［1954］给你写信的时候，身体状况很不好。吃 12 个坏鸡蛋不容易，复原内里稀巴烂的鸡蛋也不容易。你不运动，减体重就不容易。不过，可以做有纪律约束的事情啊（迄今我做到了）。等我见到乔治［·格瑞高里奥］的时候，身体状况就很好了。体重 206 磅——血压 150/68——酒精含量几乎是负数。自那以后工作了 10 个月——

每天游泳 880 米，有时还要多 440 米，有时多两个 440 米——体重稳降到 205 磅——血压 136/66——酒精含量负数——肝测试没问题。胆固醇降到几近正常值。写这书还需要一个月。[1]玛丽于是建议我们来这里，因为古巴的天气让我感觉低落。（她也低落）自去年 10 月底以来，我还没休息过呢。于是，基韦斯特的［奥托 · ］布鲁斯和我开车从基韦斯特取道芝加哥来到这里；玛丽是我们在芝加哥接上车的。秋天看乡野风光可真好。布鲁斯和他的妻子［贝蒂］此刻又要回基韦斯特了。今天下午我们要出门打几只鸭子让他们带上。

听到迪克 · 梅耶斯［理查德 · E. 梅耶斯，作曲家］和葬礼的消息真难过。希望你过得好并且《J. B.》［麦克莱什 1958 年的剧本］走运。我听到的关于此剧的一切似乎都很好。我不懂戏剧。我的意思是自己不了解戏剧的门道。你若喜欢，那一定是好极了的。我希望自己发现戏剧的秘密别太晚，就像我发现飞机的秘密那样。

不知道对教人做事这问题该说些什么。我至今还经常教人做事，很喜欢，但从未收过学费。假如你收学费，又喜欢教人东西，也许你就最好拿它当喜欢做的事情那样坚持下去，反正要做；假如那些混蛋付了学费，也许就会更注意听讲一些。

玛丽很好，但刚得过病毒感染（流感），现在还头疼呢。尽管现在的天气最适合治感冒。

希望你和阿达一切都好。希望孩子们都好。

邦姆比在旧金山为梅里尔 · 林奇工作。帕特里克（“老鼠”）在非洲有自己的圈子。作为“白人猎手”，他干得不错。他的地址是：坦噶尼喀地区阿鲁沙私人邮箱帕特里克 · 海明威。大伙觉得他人不错，是个好猎手。假如你知道有谁想到非洲游猎，我真诚地推荐他当向导。他能应付游猎之种种——打猎或者拍摄。

……格格……在佛罗里达州迈阿密大学读医学预科已经第 3 年了。我 9 月份收到他的音讯，当时他是这么说的。

希望你冬天过得好，阿奇。希望一切如你所愿。

一如既往祝福你

Pappy

你们跟考尔夫妇一起来的时候，我们见的面，真好。

问候最亲爱的阿达

Pappy

（此信藏国会图书馆）

[1] 这些巴黎速写于海明威身后发表，即《流动的盛宴》。

致布朗尼斯劳·季耶林斯基[1]

1958年11月5日，凯彻姆

亲爱的季耶林斯基：

我给洛杉矶发了电报：你飞往盐湖城的航班是西部航空公司的72航班；12:05从旧金山起飞，下午4:30（16:30）抵达盐湖城。爱达荷州黑利市的拉里·约翰斯顿会驾驶一架“比奇”飞机去接你，那是一架非常好的飞机。他会驾机送你到黑利。我们在机场接你。约翰斯顿是个很有经验的好飞行员。他会赶着飞过去的，趁还有日光，先飞到那里。别着急，即便是天黑，也能着陆的。那里的简易跑道很好用。

他们告诉我从旧金山到盐湖城，西部航空收费48.80美元。我随函附上100美元支票。我们再想想你怎么回去吧，坐火车或者什么，随便。你是我们的客人，不需要支付费用，也不用交什么钱。

这个航班从旧金山出发，我们安排这个的时候，白天的时间比现在长。不过，我们跟约翰斯顿再次核实，用快一点的飞机，而不用Tri Pacer（“三倍快”），绝对没问题。

假如天气坏，约翰斯顿不能飞，你就从盐湖城打电话给我，电话号是凯彻姆3762。我们另想办法把你接来。

你的飞机抵达后，约翰斯顿会让人呼叫你的。

礼拜一晚上盐湖城有一架很好的中型飞机。假如你不得不在那儿呆一个晚上的话，就搭那班飞机。

报纸上会有详细报道的——关于乔·米赛里和基尼·福尔默

对决。

希望你过得好。我们期待不久见到你。这里还处在打猎的好季节。

祝好

你的朋友

欧内斯特·海明威

（此信藏弗吉尼亚大学图书馆）

[1] 季耶林斯基是海明威作品的波兰文译者。1955年到1957年间，他翻译了《老人与海》、《永别了，武器》、《丧钟为谁而鸣》、《太阳照常升起》以及23个短篇。1959年他翻译了《非洲的青山》；1961年，他翻译了《过河入林》，及其他25个短篇；1966年，他翻译了《流动的盛宴》。

致帕特里克·海明威

1958年11月24日，凯彻姆

亲爱的老鼠：

你的信我今天收到了。真高兴有你和黑妮的消息。

我们10月6日像从前那样跟［奥托·］布鲁斯驾车从基韦斯特出发，在这里一直很开心——一路到佛罗里达的佩里（现在是高速公路的大枢纽站，有很好的汽车旅馆）；这里可是满是松香味道的乡野，从前是铁链囚犯的大本营啊——然后开车往北，过密西西比河，到达田纳西某地；然后穿过伊利诺伊到芝加哥。在芝加哥接上玛丽；驱车穿越北伊利诺伊——从洛克福德到加莱纳，真的很美——像法国的多尔多涅河般起伏；时或像英国的巴克斯，越密西西比河到迪比克——到美妙的小城加莱纳——你就明白为什么格兰特将军在此不算什么了。在N210道上驱车穿越爱荷华州：这条路现在是好路；再接着穿越北内布拉斯加：优美的沙山草原鸡就在此乡野，有苏族印第安人保留地“玫瑰花骨朵”等。就在北边，所以城里傍晚满是印第安人。这里的牛排很好吃。许多车顶上都放着公山羊——西怀俄明打猎季节的开头几天射杀的。飞鸭很多；还看见许多锦鸡。我们往司各特的布拉夫和图林顿北边驱车，那位置在美国北部北纬 30 度；进入卡斯帕尔；接着往北穿越布法罗和谢立丹；越“大角”到科迪。次日穿越［黄石］公园下新修的“超级公路”到布莱克夫特；进凯彻姆直入皮卡伯。此时已经是下午 5 点左右。我们睡了一觉；中午从芝加哥出来；在爱荷华呆了一个晚上，在费佛乡野（穿帕克斯堡，那是你母亲［宝琳］出生的地方）和戴厄斯威尔（我的祖父汉考克卖掉卡拉斯的三桅帆船“伊丽莎白”号后就在此落脚并把孩子们带到美国。他们徒步越过巴拿马地峡，在爱荷华安顿下来，和其他几位“汉考克”定居在一处，那时这里印第安人多着呢。其中有一位汉考克进黄石的乡野当了山民；那比刘易斯和克拉克还早呢）。看看这英国风格的小镇很有意思；接着再看看费佛那些富裕的日耳曼乡野小镇。我曾经驾车带着舅爷戈斯［·费佛］去过那里一次。我们只是偶然穿越罢了。我要玛丽看的是北伊利诺伊州美丽的一角；自我跟父亲带着两条狗来这里打草原鸡以来，还不曾再看上一眼呢。

我们有一个晚上是在内布拉斯加歇息的。就在“玫瑰花骨朵”印第安人保留地南侧；第二个晚上在科迪过夜。这可真是舒服的驾车游。科迪的人们还是那样，只是许多酒友都去世了，或者如《黑里时报》所说被上帝召唤了。

这里的秋天美妙极了——事物没多大变化——（当地有）许多野鸭。北方人第一场雪下来时才到这里来；那是十天前的一场暴风雪。不过，北方飞来的鸭子还会来呢。玛丽打枪打得很好——她打驱散的锦鸡——也打山鹑和鸭子。

我打得还行。我现在的体重是 204 到 206 磅。前天崴了脚；这才写这信的，而不是本意就坐下来写信的。

现在每周四天写作——三天打猎；有时下午也去打，假如写作顺利的话。帕皮和蒂丽[1]都好；他们问候你。我们住在小溪旁的一个木屋里；不过，12 月 20 日就要搬到另一个木屋了——可以打野鸭子到 1 月 6 日——我要在这里完成书稿［《流动的盛宴》］——然后回观景庄——处理各类琐务、应付事情，眷抄稿子；报个人所得税。接着去西班牙看圣伊西德罗教堂，夏天就在那儿呆了。秋天想去非洲。

老鼠啊，现在古巴很糟糕。我不是只害怕危险的小猫，不过住在一个人人不正常的国家——两边都穷凶极恶——清楚新来的人进去后会有什么样的事情和什么样的谋杀行动发生——现在就看见那些人滥用权力了——我够透了。我们的境遇不错，一如在别的国家；有优雅的朋友圈子。不过，事情总体上不好，老有谋杀。这封信要完全保密。我兴许离开那里呢。未来看似很糟糕。“湾”里没人钓鱼有两年了——沿岸最终就没有自由了；老地方都毁掉了。

我以前写信老是跟你说基韦斯特的。你要是需要，我随时都可以给你一份完整的关于它的报告。我一直为你不撒手这个地方，是因为土地值钱——钱在滑道上——股票暴涨——但收入却在往下跌——我们眼下经历着第一场速度膨胀——当它高歌猛进的时候，放第一个铁锚就为时太晚了，更不要说第二个了。你的普通股票假如表现好的话，就行，会上扬。买这些股票当后盾的机构和个人从国债转移走了钱，这才是市场……

邦姆在旧金山的梅里尔·林奇公司终于得心应手了。他在古巴做了笔烂生意；不过去年又在那儿打了次胜仗。我没过问，他的老板主动给我写信说他在加利福尼亚干得有多么好。他的地址仍然是加利福尼亚州旧金山市4蒙哥马利大街301号梅里尔·林奇公司。也许你已经跟他取得联系了。

［查尔斯·］汤普森很渴望跟你一起去打猎。他有钱干这事，想在死去之前完成这个心愿。T.太太会跟着一起去，但不打猎。我跟他谈过此事；建议他尽早预订，玩得开心。你说过明年10月前你那里都预订满了，所以我也没法给他更多的情报。我建议他别预订雨季；因为，他们并非冲着战利品（非洲大羚羊、水牛、犀牛都很难打），而是想优雅地在非洲行猎；出发之前就要明确去的地方（哪好去哪儿）。我会详细告诉你他的情况的；假如你接受他们，我会告诉你他们想要什么。我们回古巴途中会见到他们的。

萨利［J.B.萨利文］很好，就是孤独。假如你能给他寄个圣诞卡，他会喜欢的。我们刚收到丹尼斯[2]来信。他没问题，就是有点郁闷。他跟我们在一起的时候真是很开心，尽管只有毫无价值的钓鱼活动。吃得好，有书看。

谢谢你寄来《非洲生活》那篇文章。那家伙其实是好意，当然啦……老吉米·罗宾逊是你哥们。我也许能跟《观察》商定一笔交易，也许对你有利；不过，总是不好意思把你跟我扯在一起，让你觉得是个负担。可以弄一篇摄影故事，自然风光。不过，我尊敬你自己的决定：行或不行。

老鼠，我爱你。玛丽会给黑妮写信的。

[猫头鹰头的漫画。] 画得不成功，大角猫头鹰的吻。（谷仓里有一只。）爱达荷凯彻姆，要呆到1959年1月15日——然后在观景庄呆到4月底。体重205磅。

爸爸

（此信藏普林斯顿大学图书馆）

[1] 罗伊·R.阿诺德（1906—1970）和他的妻子蒂丽。他从1939年到1959年任《太阳谷》主任摄影师。著有《旷野高地上的海明威》（纽约1977年版系1968年初版修订的结果）。

[2] 丹尼斯·扎菲洛（1926年生），肯尼亚卡加多云游侠；英国老兵。海明威1953年8月在马查科斯附近与他结识。

致吉安弗朗哥·伊万奇奇

1959年1月7日，凯彻姆

有血性的吉安弗朗哥：

非常感谢你发来的圣诞贺电；谢谢你来信，谢谢你寄来支票。我希望你买［吉安弗朗哥的］宅子得了个好价钱。这块地很可爱；我记得你在那儿有多幸福——就像高艮［亨利·高艮］摆脱了“那根大针”。这是个好地方，我记得那里长着不同的绿色植物。讲到“大针”，可怜的辛斯基［·胡安·杜纳贝提亚］又被老对手［“花冠”］顶伤了。60岁上第4次被牛顶伤。即便在巴斯克人里，这也算破了纪录。Con la izquierda y facil［用左手，轻松自如］。不过，库库［·科利博士］和胡斯·路易斯［·赫热拉］两位大夫把他治好了。他又开始引领牛了。

三天之前，我跟瑞内［·维拉瑞尔］通了电话。一切都好，除了短食物。Huelga general［总罢工］现在结束了。我跟他说杀一头小公牛犊，有紧急情况的时候，把 pisycorre［驿站马车］借给负责任的当地闹革命的人。

那位从科托罗来的军士（那个在抢劫活动里到来的 bisco［bizco＝斜眼?］），就是杀了我们的狗马查科斯并折磨了村里几个小伙子的那个人，两三个月前被科托罗的小伙子们绞死了，就简单一砍头。Cosas de Abysinnia.［阿比西尼亚常见之事。］我把《纽约时报》上赫伯特·麦休斯的快讯剪下来随函寄给你，这是刚到的报纸。报纸（AP 和 UP）正宣告叛乱者的失败；［福尔根奇奥·］巴提斯塔被追，追者都追过了卡马圭。当时巴提斯塔正离开机场前往特鲁希略［多米尼加共和国］，随行的有他的主要凶杀犯和盗贼。B 要离开古巴的时候，“毛里塔尼亚号”和“格利普肖尔姆号”正在这港口，哈瓦那正值新年除夕，各赌场都在搞派对呢。等到能包抄那帮狂欢饮酒的家伙的时候，两条船都扬帆起航。真愿我俩在场，非常好玩。我记得你和刘吉诺是看见他来到这里的。我真愿我们能看见他离去的情形。记得 3 月 10 日我们是如何前往“天堂小岛”的——玛丽、格瑞高里奥和我——Sic transit hijo de puta［婊子养的就这么过去了］。

此地 4 天前才下雪。现在是下了 2 英尺——大好的雪，大地准备留它一周呢——华氏零下 20 度，摄氏零下 2 度。大地寒冷而没有雪崩，即便雪接着积厚。

昨天打鸭子活动结束。今年真是不错。我们打了很好的山鹑和锦鸡，还有鹌鹑。整个秋天乡野很漂亮，没有雨水，直到这场雪终于下来。

你会喜欢海拔 1 600—2 000 米高的开阔山谷的——美丽的溪流，春天有鲑鳟鱼和三文鱼。有野鸭野鹅沿溪流栖息。昨天在深雪地里，我们沿着熔岩石间的小溪流打猎，小溪之间的地里有水芹。野鸭（Misurini［?］）跳得很高很快。我在雪地里打了 6 只“大绿头”。玛丽整个猎季也打得很稳很好。昨天前天尽管有雪，但还是有许多沙锥鸟。

我们希望5月前往欧洲。我希望我们能一起去庞朴罗纳和马德里。

请原谅我不经常写信，也写不出更好的信。明天再接着写这方面的事情。现在为了明天能写好书［《流动的盛宴》］，我得去睡觉了。

这谷地里住着优雅的居民。农场主和牧场主。我们一起打猎，很开心。玛丽弄了个40人的派对，在圣诞节过后两天弄的，在“山道溪”木屋；派对很好。有一位弹奏吉特琴的一般，但钢琴师很棒，还有巴斯克美食。你和克里斯蒂娜会喜欢这派对的。我现在是要把书写完，否则不出门了。

吉安弗朗哥，我为阿［德莲娜］担心；希望你告诉我她的消息：无论是好消息还是坏消息。我们听到你母亲的音讯很高兴。玛丽读完这些后，我就把这信和剪报寄出去；尽管或许你得到了来自古巴的更好的消息。

原谅我总是信写得不好。替我问候威尼斯所有的好朋友。我听费德里科［·柯西勒］说他们都在考德罗伊坡——而不是在佩尔科塔。这是怎么回事?

我们的猫（“大小子彼得森”）爬到报纸上了。所以我没什么剩下的东西要说了。现在雪停了。

邦姆比在旧金山很好。老鼠在非洲也很好。他现在有自己的游猎装备公司了……玛丽很好，非常好。问候你家人。拥抱你我的朋友。

Papa

（此信藏普林斯顿大学图书馆）

致小L.H.布拉格

1959年1月24日[1]，凯彻姆

亲爱的哈里[2]：

对不起，这封信耽误了。关于陈述、采访、书等事宜：你所为没问题。我有一个未列入电话号码簿的电话：凯彻姆 45—92；假如你和查理需要给我打电话，就用这个号码。别把这个号码告诉任何人。

我在这里叮当忙着把这一阶段的活干完；然后回古巴。在古巴各种人都会来烦我；消防队员出于职业本能给我的写作灭火。自书出版以来，我在这里接到许多让你无法干活的人来的电话，还有来访的不速之客。不过，现在一周能有 5 天可以好好干活，保持身体健康。打猎季节过后，今早体重又到 207 磅。我会再减减的。

谢谢你给我关于 R.［罗兰·］沃德那本写大象的书［《大赛纪录》，1892 年版］的报告。那个价格很低廉。我希望我们能早收到此书。建议珍本书部把他们能买到的都拿下。

我们在古巴一切都好。我在西班牙时候交的一位朋友现在是新政府人员。他往我这里打电话说现在那里一切都好。他在我古巴的家那儿走动过了。哈瓦那守备部队的司令员是老哥们 S. F. 德宝拉；我们在当地一个球队玩过，我当时是投球手。给我打了电话的杰姆·伯菲尔斯说他们正要给我们办个盛大欢迎会呢。美国人的合法利益在那儿呢；他们可是头一次要给古巴人光明正大地来一下。那可很难啊。新任大使菲尔·邦萨尔为 I. T. T. 工作的时候，我就认识他了；那时他还没进国务院呢。他和宝琳还有宝琳的妹妹吉尼还有我 1953 年［1933］一起去了萨拉曼卡过“古罗马喜庆日”。他是一个很靠谱很有能力的家伙；他自然会为我们的利益工作；有些还办得不错［比如“水果联合体”］，有些则很不被认可：跟［福尔根奇奥·］巴提斯塔的那些破买卖。［菲德尔·］卡斯特罗面对的钱无数。这个岛是如此富裕，还总不知不觉被人偷盗。假如他能运行一个正直的政府，当然好极了。巴提斯塔离开的时候，把这岛子给弄光了。他一定有 6 到 8 个亿的财富；那可以买许多报人——已然收买了。

得停笔寄信去了。原谅我不常写信。我每天写东西写得天昏地暗；然后强迫自己散步爬山以保持身体健康，睡得好。上周六我们打喜鹊打了个痛快。105 只。这礼拜天又痛快地打了一场。我希望还能滑雪；但大夫们说那对我的腰有太多危险。

现在正下雪。请代我问候查理。下次写信谈别的吧。

祝好，

欧内斯特

(此信藏普林斯顿大学图书馆)

[1] 海明威把信的日子写成 1958 年了，人在 1 月份常犯这错误。

[2] 布拉格时任斯科瑞布纳公司贸易部编辑。

致小 L. H. 布拉格

1959 年 2 月 22 日，凯彻姆

亲爱的哈里：

非常感谢你给我寄来版税报告，谢谢你寄那些书。假如还没寄，请快寄到我家吧，两周后我就要离开家了。

很高兴你得了些好新书。我很喜欢的一位了不起的老朋友上周死了。我们昨天埋葬了他［泰勒·查尔斯，2 月 18 日］。我的朋友凋零得所剩无几。

我本周工作了 4 天。今天则没有心情工作。本希望在这里完成第一稿的（写到第 45 章了），可这周迷失了；恐怕得去古巴或者西班牙写完它了。按事情的进展，我本该早就在古巴了。到那儿后，我就得填报个人所得税。我但愿那些混蛋除了拿走你所有的钱（或者只拿 90%）外，别再拿走你劳动生命的两周到一个月时间……

告诉查理我很高兴看到版税报告，并且很自豪；我也为他感到骄傲。告诉他，我觉得他估量事情很靠谱。我真希望为他多写些书。我在这里是可以好好写书的，本计划出来住在小屋里工作，把保险柜里藏着的一切处理完毕的。所以，告诉查理，别担心。我们前头还有东西呢。有些东西还很棒；我也会把不好的狗屎剔掉的。

我想，也许下一本要出版的书是关于巴黎的东西：我给乔治·普林普顿看过的。我让人把它打出来了，会带着它去欧洲，再看一遍。也许另外再写两篇东西。这真是本好书，真的。

这些人的死让我觉得我该更努力工作，因为时间苦短啊。不过，我对基督发誓，我不能再拼命干活了；我得放慢节奏，同时保持身体健康。前一周我写了 4 000 字——上周 2 950 字。我现在是到了该重读一遍修改的时候了，接着往下写之前有许多事情要做。我们有伤亡啊——不是说你失去了谁，而是说你是如何失去他们的。

我热爱写作。不过，从来就不容易。假如你老是想做得比自己能做的要好，你就别指望容易。

刚接了个盐湖城查理·斯温尼的电话。他造访此地之后就又脑中风了一次。他因此身体略瘫痪了一边。

请把这封信拿给查理看看。我本可以每年给他一本书的，就像［约翰·］斯坦贝克；那书包括我修剪脚指甲（亦即重印战时通信），包括关于“屎屎王”的小幻想，或者别个作家的脚趾酱。[1]不过，这些都是臭狗屎；都是自我或贪婪的副产品（或者兼而有之）。查理不需要我给这种东西，也不会跟我要这个。我们俩都不会生产这个。

谢谢寄来罗兰·沃德那本谈大象的书。我读这书的时候［1954］，是借的另一个作家的；当时（头盖骨）骨折，还得快一点读，因为就要去海岸线了；而我的头部又运转不太灵。当时我却想，这书读着比从前总要好多了吧。很高兴得到它——可是却觉得不像我记得的那样好。我们为此支付的钱还是值的；但斯科瑞布纳买来做投资就不值得了。

我能做的最佳投资就是写手稿。自 K. C. 的［唐·卡洛斯·］古菲博士为我给他或者为他签名的这玩意儿得了 23 000 美元，我连信都不愿意写了。我曾想写信给他，让他给我寄一箱苏格兰威士忌，就从那份掠夺的东西里出。我兴许会写这信呢。

很高兴［江纳森·］凯普身体好。大约 30 年前我们闹了第一次别扭，之后一直相处很好。还不止于此呢。他说话算数，一点都不懦弱；他的缺点都是明显能见的。别信他的那位搭档，永远也别信。在英国，你可以在有限范围内信任一位绅士；也可信任不真属于绅士的人。两者混合之人则很可怕。在美国就更复杂了。

原谅我写这封无聊空洞的信。我似乎是在用老生常谈来去除悲哀呢。其结果就像玉米粥；做玉米粥需要用碱。也许我的老生常谈里有一点碱呢。

希望你一切都好。我们 3 月 7 日到 12 日间离开此地。我想去看黄石公园和间歇泉盆地。在雪地飞机或者雪地汽车里与寒冷和深雪斗争（用螺旋桨驱动式滑雪鞋）。曾在 11 月这么晚的月份里看过黄石公园；但从未遇零下 25 华氏度并伴有暴雪。回家的路上要看拉斯维加斯，还有冬天的大峡谷。也许我的了不起的斗牛士朋友安东尼奥·奥尔多内茨会加入我们的队伍。我昨天晚上跟他在电话里通话了。他正在波哥大斗牛呢；在南非 30G 斗牛场，他有 5 场斗牛表演。他想在斗牛期间来这里，但冬天的（飞机）航班连接很不确定。他现在觉得最后一场结束后，回西班牙赶斗牛季节之前，是可以来一趟的。你也许在《体育画报》上看到过 K. 泰南的那篇关于他的文章。

问候查理，

你的永远的，

欧内斯特

海军有一位叫戴夫·莫兰的认识查理；他对查理评价很高，请我代他向查理致意。

海明威

（此信藏普林斯顿大学图书馆）

[1] 海明威指斯坦贝克的《皮品四世的短暂统治》（纽约，1957）。

致帕特里克·海明威

1959 年 8 月 5 日，西班牙马拉加

亲爱的老鼠：

很抱歉这么迟才回你的信：你的信写得很优雅。你是知道西班牙的情形的，眼下很艰难。首先，我必须告诉你：我们见了瓦伦西亚那个人，你跟他一起打过猎的。他是跟妻子一起来马德里的。假如他说你很不错有一半是实话，那找个时间跟你见个面就是件很值得做的事情了。另一位名叫安德烈斯· B. 扎拉；他的夸奖就更热烈了，不过我

无法确定他是否真的跟你一起打过猎。希望他跟你一起打过猎。你在西班牙很有人缘；我想我俩什么时候在此团聚就好了。无论怎样，我们会玩得很开心的。你可以在小巷子里帮我在《永别了，武器》上签名。

安东尼奥［·奥尔多内茨］非常棒，非常勇敢，表现一贯，在斗篷和斗牛红布间的动作叫人难以置信。他置牛于死地的速度是非常快的，但动作还是有毛病［有失误］，除了 recibiendo。[1] 不过，他弄死牛的时候，动作体面，出其不意。我每天都在学习关于牛的东西，关于斗牛的种种，学到很多。回到斗牛的场所，有机会在西班牙转转，可真是好啊。我曾经在不同的季节多次踏上这几条路。我们呆的这地方[2]可真是可爱。比尔·戴维斯是老朋友了，你在太阳谷见过的。我们有一次一起打长耳大野兔。我们沿着海岸到你住过的地方，并去塔利法北边安东尼奥的牧场；往返多次。卡迪斯的这一头还是能看见奇克拉纳的。这是我从前一无所知的乡野；你会很喜欢它的。我们在海岸的一个地方买了一块地，那一地区叫康尼尔。这地方像从前的西班牙，一切被毁之前的西班牙。奇妙的海滩，优雅的人群，真正的阿拉伯小城；这里的渔夫像科希玛那里的渔夫。与安东尼奥相处就如同跟你在一起，或者跟邦姆比在一起，只是老让他受累。5 月 30 日那次可让他累坏了。另一次也是。不过，还好，没碍着他的股骨头；他的股骨头有 1/4 英寸的错位，有块旧疤，是牛顶伤的。他浑身上下有 13 处顶伤，没有一处吓着他。他有时夜里受着惊吓，就像我们大家时常夜里受着惊吓一样；所以他喜欢白天睡觉，这着聪明。不过，他可真是热爱自己的工作，也热爱公牛。我们在一起很愉快，真的很愉快；他很信任我，我希望自己能对他有用。他周围有许多毫无价值的人，有些人还很坏。我们一起把这些人逐一筛掉。这次旅行，我们碰上很多奇妙的人儿，我过得非常愉快，少有的快乐。我为《死在午后》的附录搜集了优质的新材料。斯科瑞布纳说这些材料把整本书弄得像新出书籍。随函附上几张家里人的照片。

我遇到了为你工作过的托尼。他说正在苏丹开公司。他看似不错，在《卡扎帕斯卡》上发表了一篇很好的关于苏丹的文章。他告诉了我关于犀牛和狮子的坏消息。昨天，我收到菲利普·帕西瓦尔的来信，他确认消息属实。有新消息就及时告诉我，告诉我这对你有何影响。老鼠，我这封信是口授请人打字的，因为我们刚从两场狂欢节里回来。还得出门，因为安东尼奥被顶伤了。信件高筑，你记得这情形吧。

希望你远猎愉快。有机会写信，就告诉我你的计划。当然，一定有个国家，那里的犀牛很坏，人们想除掉犀牛，你获许猎掉它们。一想到乔克·亨特为里奇毁掉成千上万，就觉得悲惨啊。菲利普给我写信说，眼下这种情况，我不会想回去的。不过，我想，一定有些美丽的乡野边角可以去打猎，假如我们不把自己归入"五大类"人群。

爱你，问候黑妮。下次详细写写西班牙。以前从未见那么多鹳，今年春天见了。鸟屎多极了。

爸爸

(此信藏普林斯顿大学图书馆)

[1] "Recibir：斗牛士拿着剑冲上前去杀掉面朝他的牛；牛冲过来，他都不挪步……最难动作，也最危险，最具有情感色彩；现代斗牛里很少见了……"(《死在午后》[纽约，1932]第472页)。

[2] 拉康苏拉，马拉加和图勒莫里诺斯之间一处大房产；海明威夫妇在那里作过纳坦(比尔或尼格罗)和安妮·戴维斯家的客，时在1959年5月到10月。这是海明威7月21日六十大寿的生日派对场所，盛大的派对。戴维斯是寓居海外的美国有钱人，自1940年起就认识海明威了。见卡洛斯·贝克《海明威传》(纽约，1969)第545—547页及其后。另见玛丽《事情是这样的》(纽约，1976)第462—476页。

致安德鲁·特恩巴尔

1959年11月1日[1]，海上

亲爱的特恩巴尔先生：

感冒或说流感卧床。曾经下来看你，但你不在你的舱里。想在甲板上搜寻你，可是体虚出汗啊。

关于司各特，我没有什么好说的。我认识他的时候起，就想写点关于他的什么了。祝你好运。我很喜欢读你在《纽约客》上刊登的关于司各特的文章。

我要去第一“沙龙”的那个酒吧了——靠近船头——人称“牛仔裤”，放松一下。我会跟大夫核一下，看看是否能不卧床。其他时候就是在 [特等客舱] 48 号打包、写便条了。

你的，

E. 海明威

(此信藏普林斯顿大学图书馆)

[1] 这是在往西去的“自由”号船上给特恩巴尔的便条，船就要靠岸了。特恩巴尔当时在巴黎搜集材料写《司各特·菲茨杰拉德传》(纽约，1962)。海明威则随身带着《流动的盛宴》，11 月 3 日要递交给斯科瑞布纳出版社；他不能随意把商业秘密透露给陌生人啊。海明威 60 岁上就身体虚弱成那个样子，特恩巴尔很伤心。见他的文章《帕金斯的三个将军》，刊《纽约时报书评》1967 年 7 月 16 日。

致小查尔斯·斯科瑞布纳

1959 年 11 月 3 日，纽约

亲爱的查理：

有一章[1]遗漏了——非常好的一章。不过，霍奇 [A. E. 霍奇纳] 有复印件，他会寄来的。请你读完后寄给我，让 C. E. 艾特金森转交就行。地址是爱达荷州凯彻姆购物中心。

祝好，

欧内斯特

(此信藏普林斯顿大学图书馆)

[1]《流动的盛宴》打字稿里的一章，海明威随这个便条附上了。

致纳坦·戴维斯

1960 年 1 月 7 日，爱达荷州凯彻姆

亲爱的尼格罗：

希望你和安妮节日过得愉快。希望提奥的学校好，他喜欢。

我们后天本要离开这里的。不过，玛丽的胳膊[1]需要多洗洗按摩浴，多操动操动。于是推迟一周到 16 日。我从芝加哥会接着往古巴；不过玛丽要停一下，去看她的表亲［比亚特丽丝 · 古克］，呆上两天。她 25 日之前或者当天回家。

她的胳膊在好转。肱上膊末端核桃大小（英国）的一块断裂，大夫把它接上了；现在看似结实了。她的接缝处日见动作更利索。上下侧面都好。在麻醉之下，大夫们把它整个弯上去。还有一处不太好。乔治[2]把特拍片子寄给别的大夫去咨询意见。不过，已经比大家预期的好了。耐心和加强锻炼会还她一条有用的胳膊，能打猎钓鱼的胳膊，能写字的胳膊，能用打字机的胳膊。眼下诸事艰难，但别的地方就更艰难了。她已经是碰上最好的大夫和最好的设备了。我也一直全天候在照顾她，安慰她。就不拿细节来蹂躏你了，也不详细列时间表了。我们很快就回古巴了。那里有训练有素的仆人履行各种职责。那样我就能回到写作里去了。

圣诞节的时候想给你打电话来着，但我们这里遇上风暴，所有的线路中断了 3 天。自那以后天气是华氏零下 20 度到零下 25 度。不过，景色很美。我尽量散步锻炼身体，体重保持在 202 磅到 203 磅。美美打猎好一阵子，但近来时辰不佳。日短，上午又在医院当差。只好玩手持抛靶器——这里有棉白杨树林，很适合投掷靶子。那条［大木］河，繁茂的柳林，也是美丽的投掷场所，我都打了几千个目标靶子了。有几轮直打了 50，一次打了个 98，一次打了 103—105。乔治投靶子投得不错，另几位朋友也不错。霍奇［A. E. 霍奇］打靶子很准，不过最后一天在野地里打得很糟糕，感觉很不好。我本以为他真的学过射击，因此感觉比他还糟糕。见鬼的是他学过坠落目标射击，而野鸭子是往上飞的。他从海岸往纽约去过圣诞节后我就没有了他的音讯。也许是因为线路不通的原因。

我给瓦尔[3]写信了，告诉她我要回古巴以及计划等。计划被耽搁了；我前天给她电报，告诉她 25 日绝对到达古巴。

她需要旅游签证到美国。需要一张往返哈瓦那的机票，或者走迈阿密，或者走基韦斯特，或者走纽约。得弄“旅游卡”和古巴旅游通行证。

现在得去寄信了，去医院的路上顺便寄。看看你还有没有信来；

寄购买潘布洛克珊瑚的支票。请告诉我别的开销还有哪些。

祝福你俩。

欧内斯特

(此信藏普林斯顿大学图书馆)

[1] 海明威和奥尔多内茨及其妻卡门 11 月驱车往凯彻姆。27 日,这对西班牙夫妇走后,玛丽在打猎时弄折了她的左胳膊。见玛丽·海明威著《事情是这样的》(纽约,1976)第 479—480 页。

[2] 乔治·塞维尔斯大夫,海明威在凯彻姆和太阳谷的私人医生。

[3] 瓦勒里·丹比-史密斯,1959 年 7 月海明威在西班牙遇上的一位爱尔兰姑娘。见《事情是这样的》第 470—471 页。

致查尔斯·T.朗汉

1960 年 1 月 12 日,凯彻姆

亲爱的巴克:

非常感谢你写来这么好的信。也谢谢你给玛丽写信。我得道歉这么久没有给你写信。玛丽真的在 11 月 27 日弄折了她的左胳膊。我一直在她手术期间照顾她,用了各种措施,接着还理疗。胡安和瑞内在家做日常护理。我们经历了狂风暴雨;有两周天气在华氏零下 15 度到 25 度,时上时下。天气很美,也很利于健康,但就是费燃油。玛丽上周得了气管炎,在床上躺了四天。计划四天后坐 1:46 的火车离开这里。假如今天她的体温正常,我们就照此计划走。整个秋天事情一件接着一件,一直到现在就没有断过。有些人是较能应付疼痛的,比另一些人强。反正这么说吧:玛丽疼痛得厉害,神经却坚强。在这种情况下,人们有时会责备自己最亲近的人;他们最熟悉的那个人往往是最不接受他们英雄气概的人。

于是,我的写作就限于支付各种账单了。

那些说是我说的话,这会儿你也不会再激动了吧("美国人"①

① Yanqui,(区别于拉丁美洲人)美国人。

之事）。不过，我早就猜你对我足够了解，不会相信报纸上读到的东西的。我把信息寄给了列尼（列奥纳德 · 莱昂斯，花边新闻专栏作家）了；所以我还没有能去信的那些朋友会得到全部情况的。列尼当时也正发表传闻，一如那些报纸。我想，我给他的消息会把事情澄清的。

“美国人”的背景来自一家地方报纸，系老哥们爱德华 · 司各特所为，于《哈瓦那邮报》发表，目的就是给我找麻烦。

说你不是“美国人”帝国主义分子，而是老圣弗朗西斯科德宝拉小子（在你生活了 20 年的村子里，经历了各种时候），并不等于剥夺你的公民权。我是个好美国人，大抵总是为我的国家出力奋斗——既不得报酬，也没有什么野心。不过，我完全相信古巴革命的历史必要性。我并不掺和古巴政治，不过，我看［卡斯特罗］这场革命是从长远着眼的；一天一天发生之事，以及各种性格的人登场，我对这些不感兴趣。我对此保持缄默。11 月 4 ［1］ 日“自由”以来我就没有接受过美国报人的采访。

就眼下的局势，我没什么好说的；说什么都会被误读或者歪曲。我有大量的活儿要干，想独自去干工作，不受打扰。

这地方[1]滑雪季节租住很好。夏天租住也好；曾经价格好得出奇。我计划打猎季节在此居住；届时也是龙卷风季节；更是古巴北风的初期。这地方该能支付所有的税和开销；也许还是收入的来源。我的健康和玛丽的健康需要变化一下气候，每年一部分时候要离开亚热带。我的血压因为着急现在很高；今年秋天流年不利。灾难故事和恶心故事我就不写了。

我们可能在纽约躲两天［东 62 街 1 号］；我们用那地方就像当年夏天用哈维［· 布瑞特］的老地方那样。玛丽留着那房子隐居用呢。假如有人知道了，就不算躲在那城里了。那样的话简直就是陷阱了。不过，我要是去纽约（估计 6 月中旬前不会去）的话，会给你打电话的。我讨厌纽约，可是玛丽喜欢它。没有人能承受纽约的开销。上一次在那儿只呆了两天，其中一天还是选举日。在斯科瑞布纳出版社、霍奇［A. E. 霍奇纳］、［阿尔弗瑞德 · ］赖斯和银行等处事务缠身。连哈维·布瑞特、列尼都没去见，谁也没见。

一年了，体重保持在205磅之下。今天早上称的是203磅。睡眠不好；也许是因为散步不够；老是坐在车里去办杂事。

希望能听见你得了更好的差事；希望佩特［朗汉太太］血压不那么高。请告诉她我多为她难过。她用利血平了吗？这药很好。氯噻嗪也不错。假如她觉得服了利血平精神压抑，可以用利他林抗衡一下。让她去问一下大夫。乔治·塞维尔一直用利血平，两年了，控制高血压很成功，没有任何副作用。

玛丽现在醒了；她不再发热了。今天天气明亮，她很欢快。

我最好就此住笔；否则你就收不到我的信了。

谢谢耐心读信。祝好。

拥抱你

欧内斯托

你往古巴写信时，别谈当地的政治；但其他话题可别缩手不出拳。

《阿尔格西》上有一篇好玩的文章，是一个真浑球写的。我们不能让懒散党人庆祝斗牛季节的结束。他大约240磅，比我小25岁。我给他打电话，可他缩回去了。你得把他们下巴打掉；尽管他们会起诉你。

（此信藏普林斯顿大学图书馆）

[1] 海明威买了栋两层小木屋，混凝土结构的，是亨利·J.（鲍勃）建造的。此屋在山顶上，俯瞰大木河，就在凯彻姆西边。这是1959年4月6日的事情。他寄了张50 000美元的支票给C. E. 艾特金森，付全款。艾氏是凯彻姆代理商，在这桩买房交易里代表海明威。

致小查尔斯·斯科瑞布纳

1960年1月16日，凯彻姆

亲爱的查理：

今晚打包，分拣邮件，准备离开此地前往古巴；发现你12月21

日来信还从未拆读呢。这封信显然是圣诞节一阵混乱里从购物中心被带到这里来的。

玛丽 11 月 27 日弄折了她的左胳膊。住过医院，现在出院了。她的胳膊经此事后还能发挥作用；不过养伤时可真是挺艰难的。我一直在照顾她，这可是全天候的活儿。我努力锻炼身体，好回古巴写作；下周中我就能回到那儿了。会呆在那儿工作至少到 6 月中旬。这地方可以在滑雪季节和夏天让人租住。

这个便条写给你是让你知道为什么我没回信、为什么我没寄圣诞贺卡。

为学生出的那一版听着不错。你想过出凯普那样的插图版吗？那些图画得不错；我为朋友们买了好多本；他们很喜欢的。这些画是在科希玛画的，很正宗，很好。

请往古巴的家回信。祝福你和琼。

欧内斯特

（此信藏普林斯顿大学图书馆）

致小查尔斯·斯科瑞布纳

1960 年 3 月 31 日—4 月 1 日，观景庄

亲爱的查理：

非常感谢你 3 月 23 日来信。秋天销售榜显示那书你得好利了。随函附上我的写作时间表，就是给《生活》杂志写斗牛文章的时间表。[1]我会解释原因的。我还有一个月的艰苦写作要完成，然后打字，纠错，再打字。我开始写的时候，也没料到会写这么长；本希望写 15 000 字篇幅的。然而，这在我们未尝属于损失。如此，可以把这东西当《死在午后》的附录。或者单出一本书，另添一点资料，我会加进东西的。我们可以稍后商量此事。眼下要做的是完成这该死的作品。我全力以赴于此，你从统计数字里能看见的；这表格看着有点吓人。我不是汤姆·沃尔夫：我写的所有文字都得让人明白你在说什

么，这就累人了。请别为此不好受，因为这也是财产啊。

你说过，关于巴黎的那本书无论何时出来都该是本好书。很对不住，今年秋天还不能按原定计划出来。明天是4月1日，我5月底才能去弄这本书，或者6月中旬。要是往死了写可就蠢了。原谅我用不吉利的话，不过我们在家也用这个五字母的death的。尽管死让你振振有词，但自己寻死还是件最愚蠢的事情。

很多人也许以为我们没有书稿了；以为这些如同司各特曾经拟过的提纲。他曾经以此借钱，却从未完成。你知道的，我要不是想把书写得更好一点，满可以把玛丽打出来的稿子略加修正就拿去出版的。

我希望你和琼都好。我们这里终于有好天气了。我打算一周钓两次鱼，恢复一下精神。游泳池的水游泳还算好。玛丽的胳膊也好多了：游泳和按摩的结果。对她而言这两样都很吃力，但结果会好的。

假如你要我解释广告出了、书稿推迟的原因，你就跟人说我要加三章进书里；这是我跟自己争论了半天才决定写的。这是实话，没有人会因此受伤害的，我想。

祝好，

欧内斯特

问候哈里［·布拉格］。我并非贸然给他写信的。我想他是个老军人，会意识到我在干着个什么勾当。等他看见字数的时候，会知道我当时在干着什么。现在是4月1日早上；刚清偿完各种债。很抱歉书稿未能及时完成；不过假如我不休息一阵子，大夫说我会把“垫圈”弄炸的。一次睡眠只得两个半到三个小时。一晚只得四个小时睡眠——至多五个小时。今天早上体重200磅，很好。如此，血压就不会上升。

海明威

（此信藏普林斯顿大学图书馆）

[1] 海明威附上了5页手写工作进展报告：他列了每天写《危险的夏天》字数多少：从（1959年10月10日）在马拉加附近纳坦·戴维斯的拉康苏拉别墅动手写，到1960年3月30日回到古巴为止。他算出在拉康苏拉是8 693个单词；在观景庄是54 869个单词；共计63 562个单词。

致吉安弗朗哥·伊万奇奇

1960 年 5 月 30 日，观景庄

亲爱的吉安弗朗哥：

无论什么时候收到有你消息的信，我总是开心的。真高兴你又开始写作了。今天这里在下雨；今年这还是第一场下了一整天的雨。两个月来水很大，鱼很多。我家周围绿意盎然，现在很优美；在此游泳也很美妙：不太冷，不太热。今年冬天是个奇怪的冬天——北风一阵接着一阵。美国以前可从来没有这样的冬天的。佐治亚有大雪，芝加哥 5 月中旬居然有暴风雪。辛斯基［·胡安·杜纳贝提亚］回西班牙了；现在可以多写点了。我想我是给你写信讲过玛丽的胳膊受伤的事情了。她 11 月份打猎的时候，在冰冻的地上跌倒，把左胳膊弄折了。胳膊像手榴弹一样断了。手术情形很糟糕（做得好，但很难）；接着是理疗，现在还继续着。我们圣诞节没有寄贺卡也没有写信，就是因为这个（请告诉朋友们）。她是 1 月（底）来这里的；寒冷的天气对伤不利，当然的。我（用机器）努力给那胳膊做按摩；她也接受了很好的理疗；不过，六个月来够她遭罪的了。尽管她自己没有信心，但我觉得会好的。我们只是看着每天的进展，而不是每周每个月的进展。瓦勒里［·丹比-史密斯］来这里帮忙，表现很好，很欢快。

我一直非常努力工作——自 1 月底以来写了 100 000 多字；每天写，写完了累，就无法写信了。《死在午后》之后，完成了这又一稿关于斗牛的文字。[1]不过，得让人誊抄，当然也得修改。也许得去欧洲获取我书稿结尾所需资料。《生活》杂志会发表 3 万到 4 万字我写的关于路易斯·米盖尔［·多明衮］和安东尼奥［·奥尔多内茨］的文字，我已经签了合同答应写的。我希望你会喜欢它。自我前天完成第一稿，昨天又写了一天；今天要填写个人所得税单子。今年延到 6 月 15 日了。你记得的：这种时候是个什么样子。

你收到信后给我寄封航空信，告诉我你从我们留在威尼斯的基金里付了多少给“蓝旗亚”（我为一切付了个人所得税）。如此，我就能填上已经支付了的费用，以便得些减免。账单可以以后寄，只要人家核查的时候，我能拿出来就行。还有在意大利花在保险上的费用，房费上的开销。把他们都以里拉计算，再折成美元。我自然不能减免汽车的价格上该付的税；不过磨损的花销以及每年的折旧费是可以享受减免的，我在马德里修车的账单都在；也许一部分已经包括在里面了。我会核查，不过昨天才开始干这活。我很久之前就要给你写信，但活计一件接着一件，很难；所有的消息又都是悲伤的消息。[2]玛丽的胳膊会好的。就像我的右胳膊和我的后背一样都会好的——她很有耐心。难为她啊。

我很高兴你打猎很痛快，居然去了探险逐猎。我去年秋天打猎也痛快，只是无法在野地里打了；因为玛丽身体欠佳。大家都好，问候你。我们一直想念你。真希望在这雨天里有你陪伴左右；一起吃午饭。昨天（星期天）下午我们跟皮奇洛［家里的主园艺师］在科托罗赢了一场斗鸡，场面很大。他今年训练得很好啊。瑞内［·维拉瑞尔］很好，他问候你。芒多［猫］还活着，跟一群动物在一起呢。家里草地很好。芒果开始结果了，棒极了的芒果。

问候克里斯蒂娜，问候你家人。

拥抱我的朋友

Papa

（此信藏普林斯顿大学图书馆）

［1］《危险的夏天》节选刊《生活》杂志第 49 期（1960 年 9 月 5 日、12 日、19 日）。文章谈的是斗牛士奥尔多内茨和多明衮之间的竞争关系。

［2］这封信里含沙射影强调悲伤、焦虑，不厌其烦；老是说斗牛书写作“艰难”；这兴许是海明威精神病的先兆。玛丽·海明威暗示问题早在 1960 年 1 月就出现了。见玛丽·海明威著《事情是这样的》（纽约，1976）第 481 页。

致乔治·塞维尔斯大夫

1960 年 6 月 14 日，观景庄

亲爱的乔治：

此便条回答你 5 月 20 日来信；省得一放就到了 6 月 20 日。

5月底完成了斗牛书的第一稿——110 000多字。此后一直在做个人所得税报表誊抄修改。玛丽深深牵扯进这个人所得税上了。这对她来讲也是件苦差事啊。瓦尔［·丹比-史密斯］抄写的活一直干得不错。我想你会喜欢这个东西的。里面有相当篇幅讲你在庞朴罗纳和瓦伦西亚［1959年7月］的情形。[1]

玛丽的胳膊快好了。胳膊伸展自如，她现在可以把手指伸到嘴边了。在温暖的水里游泳很有助于她养伤；她也坚持锻炼。我每天给她的胳膊按摩20到30分钟，我想对黏合脱落很有利。现在她的胳膊能放下来了，能到我右胳膊的水平。4月从斯科瑞布纳订的书还迟迟未到全，现在一切都慢。

希望帕特和孩子们都好。请代我问候他们。可怜的老唐［·安德森］日子这么糟糕，真替他难过。请代我问候他和［弗瑞斯特·麦克马伦］公爵。一直写作，焦头烂额，没有顾上写信。

我们得为文稿的结尾和这本书去一趟西班牙核查实地情形。不过，会通知你消息的。安东尼奥干得漂亮。也许他有肝脏麻烦：在南美的时候没有管住饮食。

问候所有朋友

小心照顾自己

Papa

两场热带低压带来的大雨，钓鱼之事就了了。自5月19日以来就没上过船。

（此信藏普林斯顿大学）

［1］塞维尔斯大夫和他妻子帕特在拉康苏拉出席了海明威60岁生日派对。

致小查尔斯·斯科瑞布纳

1960年7月6日，观景庄

亲爱的查理：

非常感谢你6月20日两封来信。一封6月29日到达，一封7月

1日到达，我昨天于此收到。很难过哈里［·布拉格］一直情况不好，又住院了。请代我问候他。至少大夫们有很好的东西来治疗肺炎。不过，仍然是件很苦的事情；后遗症也不好啊。

这信打得不好。一直用手写，要么口授人打字；现在手不听使唤。也许打着打着就恢复了。

谢谢你告诉我《老人与海》加拿大版的情形。看似不错。

我们见面后再谈斗牛书的事情吧。我写了的部分加上修改，有120 000字了。《生活》杂志原先要4 500字；结果却写到了15 000字；接着写到了3万到4万字。埃德·霍奇纳上周来，想看看是否能把给《生活》写的删减到3万到4万；然而，我们能做到的又要做得好，却非7万字左右不能。我的东西不宜删削，连节选都不宜。我是边写边删的人啊，一切有赖另外的一切；把人和乡野描写拿掉，就如同把《太阳照常升起》里的人和地点拿掉啊。有很多东西我没有用。等拿到其他材料当附录，则无论何时出版，都会是一本好书。霍奇昨晚打来电话。他见到执行主编埃德·汤普森了；主编似乎对此篇幅一点都不惊讶，也不生气。他们打算周末看完稿子；霍奇周一晚上会给我打电话的。当然，他们也许不要这东西。如果是那样的话，我就在这篇文章上浪费了五个月，却没在此书上浪费时间。无论怎样，我想我们该先出版巴黎篇什。

我把手头的稿子过了一遍，把它们按适当的顺序理了一下。读起来很舒服。我校正了稿子，文通字顺。我试着往下写，多加些内容；然而过度劳作让我身心疲惫（从5月19日到7月4日，我一天也不曾休息，也没坐船出海）。我想，接着写作之前我得恢复一下身心健康；因为我不想降低质量。即便我们只有你读到的那部分稿子，也够出一本书了。

自4月初，我的眼睛就有麻烦。可以手术的那部分没有问题；视力不好和散光能被矫正至20/20，一直未变。我从凯彻姆回来眼睛也一直很好；然而却因为写这本书，眼睛伤了：我写书读稿子都没戴眼镜。这里最好的大夫说玻璃（幽默）（物质）进一步损坏，大抵是从前的高血压所致。散光、劳累、不戴眼镜阅读等也是原因。在纽约，我会再过一遍稿子。请别跟任何人说我眼睛有麻烦。我因为不知道眼睛将来有多糟，于是加快写斗牛那本书的步伐，很卖劲。现在我知道我不会因此而卧床不起，可以继续工作。此人医术该是很高明的。他出国了一段时间，我不得不等他回来；因为我不想让某个热切的大夫拿我的眼睛胡来。很可能从前就是这种病状；现在戴新眼镜好多了。

陪审团的义务一定很不好尽啊。你会读到的，这里今天的新闻不太让人愉快。自今天早上 6 点起，收音机里就每半个小时播一回。所有的消息都是坏消息。

现在要去游泳池游泳了。问候你和琼。告诉哈里，他日子这么悲惨，我很难过。我们计划两个星期内离开此地。正赶上天气炎热。信风不吹，每天下午大雨滂沱。大鱼尚未来呢，但已经延误了。我离开此地之前真想钓几条大鱼。今天早上体重降至 194 磅。

祝好

欧内斯特

（此信藏普林斯顿大学图书馆）

致玛丽·海明威

1960 年 9 月 25 日，马德里

我最亲爱的小猫：

我从拉康苏拉给你写信（就是你写上一封信的那天）之后，就来到这里；我们到了马德里。[1] 在电话里跟霍奇［A. E. 霍奇纳］接着谈电影的事情，那电话接线员的操作还跟噩梦一般糟糕。联合国的外交官和记者把线路都占了，有时候打个电话要比预约的晚 4 到 6 个小时；本来一个小时可发的电报要 5 个多小时才发成。夜间电报居然要用 36—48 小时。你当然就有好瞧的了。这一头的事情于是看似很不重要并且属于琐屑之事。不过，打电话之有必要霍奇也许跟你说了。有一次在线打电话或者说预约打电话，从 6 点醒来等待，等到那晚 6 点。接着等了一整夜，直到凌晨 4 点——衣服都没脱，也没睡觉，就怕误了。第二天11点终于打通。看似不可能联系上“洛格罗诺”，但不到5个小时还是联系上了。最后是44小时未合眼；接着是睡不着。“洛格罗诺”所看到的东西好极了。马德里的路易斯·米盖尔［·多明衮］给了我结尾的材料［《生活》杂志文章］；我想不用去尼姆斯了——得另驱车两天（回来要两天半），而只看得到法国式斗牛——外加巴黎丑闻——也许外加路易斯·米盖尔个别事件（他现在为了出名什么动静都来）。于是回到这里，处理各种事情，特别是书里的插图，外加核对稿子，外加其他需要处理的事情。我在这里等着跟霍奇商谈（也校对《生活》插图，为西班牙语版《生活》干这活）。虽然路易斯·米盖尔七上八下让事情复杂化了，但我还是看清了我的书的路径。他真的为杀个回马枪用了心思，但在马德里没有得逞；那天在“洛格罗诺”，安东尼奥却表现得很了不起。他［安东尼奥］在斗牛的序曲里特地为我延长时间和动作；接着出手冒险，我还没见过他这么冒险过呢——用新手段把牛杀了，为我表演的啊。动作美丽而高昂——我不想把它都写下来，因为我不想失去那一刻。他说今年在西班牙，这是他所杀最后一头牛，献给我的。10月12日在“圣玛丽港”他要与路易斯·米盖尔竞技，有大压力——因为他想此次比赛可利用一番——米盖尔兴许能杀掉6头牛；我可不想呆下去看这个。我得从这些事情里抽身，回到你身边，回到凯彻姆的健康生活里去——我明白怎样做了——我的意思是指写作。现在电影方面有困难，目前在扫清别的细枝末节。希望你一直很愉快。霍奇说你过得很愉快。你上一封信写得很好。我们这里从报纸上是读不到什么真正发生的事情的。我打开一封《花花公子》寄来的信，那可怕的杂志在给我的大过错设圈套呢。这信是写给你的，让你找我说情。我只看到《花花公子》字样，误把它撕开了。不过，此事是我要跟［阿尔弗瑞德·］赖斯应付之事。这上一封信有很多问题啊。我给霍奇发了电报，周一再给他打个电话；看他是否准备好了——否则周二打也行。今天早上去普拉多——一切都乱了：把木地板换成大理石；照片四散，就像一本撕掉的书的纸页。你发现这些照片时，还是觉得美妙无比。灯光很完美。我爱你，我最亲爱的小猫咪。我一旦知道10月哪天（10月初）能离开此地，我会发电报给你的。有许多问题要解决，但我们会解决的。睡眠不好；记忆力也不可靠了——什么酒也喝不了了，只能喝点最低度的红酒。还有许多［问题］，但我们会想出办法的。我会健康起来的，写作会很顺利的。希望纽约一切都好；我去后没有新闻界打扰。我想在联合国会议期间[2]去纽约，那时大家都忙。去纽约一定很好。原谅我匆忙草此烂信。这信承载着对一个幸运的秋天的爱和很高的期望，还有连带的别的东西。

你的大猫

希望霍奇的这件事有结果了。这是多角度电影啊。尼克·亚当斯故事电影版。有十个故事在里面呢——我不知道霍奇跟电影人打交道经验有多丰富。给库普斯［盖瑞·库珀］发了电报，告诉他我为何去不了法国了。［两个单词不清］寄票了吗？

（此信藏普林斯顿大学图书馆）

[1] 海明威此时就要结束他1960年8月—10月的西班牙厄运之旅。他和玛丽是7月25日离开观景庄的。在纽约东62街自家的公寓里呆了一周之后，他独自飞往马德里，再一次跟踪观察安东尼奥·奥尔多内茨的命运，同时为《危险的夏天》节选弄图片：此篇刊《生活》杂志。玛丽·海明威在《事情是这样的》（纽约，1976）第485—491页上记录了这个荆棘四伏的秋天；她广泛收入海明威8月15日和26日以及9月3日，7日，18日和23日的书信。海明威害怕“过度劳累身心不支”（8月15日）；抱怨“脑子疲惫——更别说身体了”（8月26日）；尽管服用了很多剂多眠丹，还是噩梦不断（9月3日）。9月7日，他写信说身体好多了，尽管“脑子还不太好”。18日，他欢呼：“基督啊，我就要从这一团糟里走出来了，去凯彻姆与你团聚，兴许就好了，又能干活了，我相信的这个的，要好好过。”他还说“厌倦斗牛的一切了”。9月23日他写道：“我希望你在这里照顾我，帮我摆脱身体疲惫。感觉很不好，现在就想静静躺着休息一下。”他10月8日到达纽约，外表看着欢快，内里却一团恐惧、怀疑和纠缠。《事情是这样的》第491—493页描述了海明威在纽约和凯彻姆随后的行为表现。这个秋天并不是他希望的那个“幸运的秋天”；而是另一种秋天。11月30日，他住进明尼苏达州罗切斯特梅奥诊所附属圣玛丽医院进行身心治疗；为避免公众瞩目，登记名字是乔治·塞维尔斯。他在那儿住了3周零3天，大家这才发现说海明威在此。

[2] 联合国第15次大会很活跃，此会9月1日开幕。演讲的人包括艾森豪威尔和卡斯特罗（讲了四个半小时）；赫鲁晓夫也一通长篇大论。

致相关人员[1]

1960 年 12 月 4 日，明尼苏达州罗切斯特

致相关人员：

我妻子玛丽从不相信或者认为我犯过什么法。她对我的财务状况以及与任何人的关系，也一概不知；不知者不为罪。乔治·塞维尔斯大夫跟她明确说过我有高血压，程度很危险。她在［科勒尔旅馆］登记的名字是塞维尔斯的名字，为的是躲避记者骚扰。她对不当之举和非法行为一无所知；只是最粗地了解我财务状况的大概。只帮我准备过退［税］材料，那材料还是我整理的。我携带的行李包有她贴的标签。不过，她从我在纽约见到她起就相信我去旅行的唯一目的是为了躲避记者，我这么干有很多年了。她既不是同谋，也不是任何意义上的逃犯。她只遵从了大夫兼朋友［塞维尔斯］的建议；那是她信任的人。

欧内斯特·M. 海明威

（此信藏肯尼迪图书馆）

[1] 此件显然是主动提交的备忘录。目的是为了把玛丽从联邦调查局或者国内税务局的指控里解脱出来；玛丽在他们那里是所谓“非法行为”的“同谋”。当然这些都是莫名其妙的空穴来风。此信首次发表于玛丽·海明威著《事情是这样的》（纽约，1976）第 494 页。

致小 L. H. 布拉格

1961 年 1 月 8 日，罗切斯特

亲爱的哈里：

非常感谢你 12 月 1 日来信；信是别人转交给我的。很抱歉没能早一点回复，因为事情有点乱，出来时又匆忙；血压 225/125。我在此登记的名字用的是我太阳谷大夫乔治·塞维尔斯的名字——免得记者打扰大夫们给我降血压呢。今天早上 118/80（这是一天里最不好的时候）。我的体重 175 磅。别让这数字吓着你。除了别的小病外，

大夫们发现我有糖尿病的先兆。不过，注意饮食即可控制，不用服药（不用注射胰岛素）。希望不久就能离开这里。请别跟人说我在这里，也别透露说我用塞维尔斯的名字，查理除外。千万别跟媒体说，也别跟任何人说我要你保密。无论你有多牛，你也不再有安全的保障了。

我很难过你在巴黎断了两根肋骨。希望你和查理都安然无恙。艾伦·帕顿的事情我也很难过。

关于12月1日到期的钱（19 244.10美元），得写入1960年个人所得报告（见泰勒·卡尔德威尔的案例），得履行程序。我相信你是报告了的；我也相信这钱在12月31日前进了摩根保证信托公司第5大道分部我的账户。假如还没有存入，就请向政府申报。请你往我的支票账户上存入6 000美元；也请往我的交税专门账户上存入该交的数额。假如还没有存，请把支票日期填作12月31日；假如那样做不违反法律的话。我想我要是拿这里的钱对付没完没了的税，钱就花光了。

自10月底［11月30日］起就在这里了。先头病得很厉害。玛丽用乔治·M.塞维尔斯夫人的名字住在这里的科勒尔旅馆。步行一两个小时才到这里。昨晚跟我的大夫［在他］家一起吃晚饭。喝了桑塞尔红酒、麝香干白葡萄酒、红颜容酒，气氛于是活跃起来。11月我不得不停下巴黎故事的写作。请你给我个时限，这样我再动笔时就心里有谱了。谢谢你告诉我《危险的夏天》最终出版时所用照片种种。我知道这些照片还没出版，哈里·古尔登就加以批评和诅咒了，弃之如敝屣。安东尼奥·奥尔多内茨也寄了些美妙的照片。

请把《永别了，武器》、《过河入林》、《死在午后》、《丧钟为谁而鸣》、《非洲的青山》、《海明威读本》、《海明威短篇小说集》、《太阳照常升起》、《有钱人和没钱人》、《春潮》等书各一册好本子（别拿学生看的廉价版）让人寄给休·R.巴特大夫，地址是明尼苏达州罗切斯特市第7大街西南1014号；同样的一份寄给霍华德·P.罗马大夫，地址是第5大街西南622号。再寄两份同样的书给我（明尼苏达州罗切斯特市圣玛丽医院乔治·M.塞维尔斯）（写明塞维尔斯先生亲启——别转交——）。

此外再寄到爱达荷州凯彻姆555信箱（用我自己的名字，并标明海明威先生亲启）如下书籍——克林顿·阿默里著《谁灭了社会》；戴安娜·库珀著《来自陡峭山崖的鼓角声》；查尔斯·诺曼著《埃兹拉·庞德》（麦克米兰版）；威廉·斯泰伦著《把这房子烧了》；赫伯特·古尔德写的最后那本书（这不是标题）；伊萨克·迪内森著《草里的影子》；兰登书屋版［万斯·］帕卡德著《垃圾制造者》。请航空邮寄给我，用乔治·M.塞维尔斯的名字——明尼苏达州罗切斯特市圣玛丽医院——此外寄一份12月的《纽约时报》文学版和周六版“文学评论”。两者都要全份的，我好订购书籍。我有1月1日《时报》和1月7日“周六评论”。明天会收到周日《时报》的。[1]

请原谅写信匆忙，原谅我身体不好，不能早回信。[2]你收到此信后请直接写信到这里，我还要呆上一天左右。写信用乔治·M.塞维尔斯的名字——罗切斯特圣玛丽医院；或者你和查理来信寄到明尼苏达州罗切斯特市科勒尔旅馆，写乔治·M.塞维尔斯夫人收，房间号1006。请航空邮寄并标明专递。欢迎你告诉我任何消息。

希望从这里回到凯彻姆。

问候你，问候查理。

欧内斯特

（此信藏普林斯顿大学图书馆）

[1] 海明威的书籍预订尚未完结。1月19日及20日写给布拉格的信里他又订购了33本书；两周内共订了40本。

[2] 海明威反复重申同一地址，极端念叨细节，担心个人所得税问题，错写入圣玛丽医院的日期，害怕“安全”措施泄露，这一切表明他精神出现病兆。

致帕特里克·海明威

1961年1月16日，罗切斯特

亲爱的老鼠：

非常感谢你12月初来信。真难过黑妮腰子有病并有水肿；加上糖尿病，可真够她受的。请代我们问候她，说我们同情她。玛丽和我12月30日并31日在此地等电话，但电话没有来。一定是新年电话线太忙，打不进来。

你收养的孩子[1]从照片上看好极了；你和黑妮的照片也好看。此信只算个便条，告诉你我在这里平安。血压一度达250/125，大夫们把它降到了126/84。体重要是能在175磅左右，血压就能被控制。今天早上体重173磅；周末就能出院了。我会从凯彻姆另给你写信的。

我想你在报上读到古巴的情况了。不过，事情比你读到的要复杂。

我觉得《生活》杂志上的文章不怎么好；不过，这是一部长篇的部分内容，整本书兴许好一些。我在写另一本书，关于早年巴黎生活的。我想，这本书会很不错的。或者说，希望它不错。我想现在就完成那书。你知道的，还有许多东西要写。

我们会在凯彻姆呆一阵子。再往后，就没有计划了。要不是接近雨季，真想去非洲。昨晚我考虑过这个；还没机会同玛丽商谈呢。现在想找个没人打扰的地方写作可真难啊，人们就是不让你好好干活。

我随信寄上“信托公司”的支票。原谅我不多写了。你的信写得这样好，我不好意思写这么烂的信。不过，我草草写完，就能和玛丽去散步；这是减体重的日课项目。写信请寄凯彻姆的地址；写我亲启。告诉我，我们能为你做点什么，或者你想知道点什么。

爱你们。玛丽问候你们，问候家里的新成员。蒂娜的名字很好。埃德温娜也好。

爱你们

爸爸

（此信藏普林斯顿大学图书馆）

[1] 帕特里克·海明威和他妻子亨丽埃塔领养了一个女婴；女婴1960年7月31日刚出生就被他们领养了；他们给她取名埃德温娜。

致乔治·A. 普林普顿

1961 年 1 月 17 日，罗切斯特

亲爱的乔治：

非常感谢你来信谈［诺曼·］梅勒，以及他那完全无忧无虑的最后一晚。他上一本书就给我们这种感觉：记得吗？我们一起买的那本，有点像修改稿标签汇总的那本，二次构思和随想贯穿其中，偶尔闪现光芒［《为我自己做广告》，1960 年］。我很高兴没能去派对，尽管人们说该去看看这一切。

卡斯特罗的那篇文章也很有意思，谢谢你寄给我。他没把这话拿掉真是没羞："假如我被推举，就不竞选；假如我当选，就不干了。"也许我的引文不对，但你写的谈他的信写得优雅，我明白他为何使你感兴趣了。

霍奇把书［普林普顿的《队外》，1961 年］的校样弄出来了。写这个话题现在可难。虽然你用实际的语言的能力差一点，不得不用骂人的话代替，但大抵写得很精彩，很了不起。你不得不往掷球的人身上扔臭鸡蛋、让他们自己选一个好球出来看看，写到这里你累了，读者也累了。不得已而为之是很可怕的事情，你把话说清楚了，结尾的疲惫和平淡效果还是很优秀的。不过，在一本书里，我还是希望至少有莫尔的那一场战斗。我总是想从哥们那里多得点东西；从你那儿要得更多。也许这书开局不错呢，我的话会被证明是错的。无论如何，我希望如此。假如我的话能起什么作用，我可以想一句什么说说。写信请寄凯彻姆，让我及时了解情况。

关于彼得·马蒂森和他英属东非之行，他可以写信给我儿子帕特里克；地址是东非坦噶尼喀阿鲁沙 504 信箱。告诉他此行的目的；看看帕特里克能建议点什么。彼得也许会寄一本书［《美洲的野生动物》，1960 年］给帕特里克，解释一下自己在什么条件下旅行，就说是我让他写信给帕特里克的。帕特里克也许去远猎了，不过我肯定他一回家就会写信的。我昨天匆忙给他写了封信，可惜没提彼得要去。不过，假如说是我让写信的，就如同我写信给他了。为了节省时间，

他可以寄一本书去，同时写一封信给丹尼斯·扎菲洛，地址是英属东非肯尼亚卡加多“行猎部”收转。信里解释一下情况，跟丹尼斯说是我让写信的。我得给丹尼斯写一封信，也会提一下彼得要去的事情。别承诺两下里能怎么着；但匆忙里我只能这么效劳了。

我不记得别人的地址了，本可以让他联系的。因为地址簿不在手边。不过，他可以联系一本名叫《塞壬葛蒂不该灭亡》［1961］的书的作者［伯恩哈德和迈克尔·格尔基梅克］。这书历数塞壬葛蒂种种，以及马赛牲口带来的破坏，还有那一地区的臭名昭著的偷猎者。我肯定丹会给他联系合适的人，不过得花一点额外的钱。大家都很忙；整个肯尼亚忙得不可开交选举呢。他最保险的是跟自然历史博物馆的人泡在一起，接着利用我提供的别的渠道。那里的基本问题是汽油的价格；交通很昂贵。整个远猎是纵情欢乐的事情；不过，一旦到达内罗毕，他就能有好的联络人了。“行猎部”和“国家公园指南”都有可靠的人。“拯救塞壬葛蒂运动”的后援设备也很庞大；那本书会给他必要的信息的。

原谅这信写完了，11 月底来这里高血压达 250/125。大夫相信把体重控制在 175 磅就能控制血压。作为一个作家你得站一站动一动，尽管你不是因久坐而去站一站。要保持这体重有点难。阿奇·莫尔保持了体重，不过在训练期间你是知道他如何吹的。我不能吹牛，很难啊，但会尽量试一试。

我草此信匆忙，请原谅。请告诉我能实际帮一点什么忙，写信寄凯彻姆吧。现在主要的问题是如何回到写作中去，如何找一个不被打扰的地方写作。

玛丽很好；她问候你。请别因为我就你的书说了点什么就泄气；这书很好啊。我只是希望内容更丰富一些。

祝好，

Papa

没有裁判而投球的痛苦经历以及胳膊走形在我眼里还是噩梦：我知道无效球的价值。你那一部分处理得漂亮。

（此信藏普林斯顿大学图书馆）

致查尔斯·T.朗汉将军

1961年1月19日，罗切斯特

亲爱的巴克：

谢谢你17日来信，昨天到的。我们上周末本来可能离开这里的。今天早上体重下降到173磅，血压今早是140/82。大夫们想完成肝脏的检查，于是留下。都还不错。现在是感冒得厉害，头沉。我们等待着适合飞机起飞的天气到来。

佩特的事情让我们感到难过。这次可是真格儿的了。请替我和玛丽说我们慰问她，为她生病难过。我跟我妹妹厄拉通了电话，她是最好的妹妹。前天通话的，她正往檀香山去。她喉癌第三次手术刚结束，才出医院。第一次是三年前，当时感觉很好。

老菲尔·帕西瓦尔76岁上在伦敦，“大机器”之后，大夫们说还能给他六个月时间；三年后，他还射杀了两只吃牲口的狮子呢，在马恰克斯。我们都知道，三年在时下，可不算短啊。

很高兴你没接受“老兵局”的［岗位］。这工作值得做，但于你是大材小用了。这个机构是敲打不动的，你又何必去动摇它。很高兴奥马尔［·布拉德莱］干得这么好。我老不在，不了解情况。我们很高兴见到肯尼迪的邀请函，让我们去参加就职典礼。发了个电报解释我们为何未能出席。昨天，本地的一家破报纸写了个虚假新闻，说我被问及是否出席总统就职典礼时，我只说了句“无可奉告”。真是不负责任的新闻机构啊：根本就没有跟我联系过，连《新闻周刊》都不如；《新闻周刊》的报道［1月23日那期］还写得很美呢；你也许昨天读了。

当然希望戴维［·布鲁斯］能去当大使，比圣詹姆斯法院强啊。他去哪儿都能干好。我只遗憾他可能去个我们也许再也无从见面的地方。

别为我担心。我只为飞行天气着急，感冒是普通的感冒而已。

相信瓦尔［·丹比-史密斯］跟她朋友们在长岛呆着呢。不过，我没有她的消息；也不知玛丽有没有他们的地址。她今天来，我问问。她昨天去了明尼阿波利斯，在那儿很开心；为凯彻姆的屋子买了许多罩子。

祝好

欧内斯托

长岛的朋友是邓恩大夫，瓦尔在他那儿呢。不过，玛丽只有电话号码，而没有地址。我们到凯彻姆后寄给你电话号码。

（此信藏普林斯顿大学图书馆）

致约翰·F.肯尼迪总统[1]

约1961年1月24日，爱达荷州凯彻姆

［尊敬的总统阁下］：

我们在罗切斯特看了你的就职典礼，感觉幸福，感到希望，感到骄傲。我们觉得肯尼迪夫人很漂亮；觉得就职典礼演说很动人。我从电视屏幕上看的转播，看后肯定：我们的总统能克服一切艰难险阻，就像他战胜演说当天的寒冷。我每天都信心倍增，努力理解总统面临的实际执政难处：难处随时都出现啊。我崇拜总统面对困难时的勇气。我们这个国家这个世界艰难如眼下就需要这样一个勇敢的人当总统。

［欧内斯特·海明威］

（此信藏肯尼迪图书馆）

[1] 此信抄自肯尼迪图书馆藏手稿，原信未写日期。海明威和玛丽受邀出席就职仪式，但他俩婉拒了。此信是仪式过后几天的产物；他俩在明尼苏达州罗切斯特看了电视。海明威夫妇1月23日飞回凯彻姆。见玛丽·海明威著《事情是这样的》（纽约，1976）第495页。

致小L.H.布拉格

1961年2月6日，凯彻姆

亲爱的哈里：

我不记得订了些什么书了，因为我都是在《纽约时报》上划下来的，不在一张报纸上。大夫们的秘书里有一位（麦夸瑞小姐）替我订购的。这无关大局——可以查出来的。

如下是近况：材料排成章节了［《流动的盛宴》里的］——共有18章——我正写最后一章呢——第19章——我还在想标题呢。这可难啊。(我一般都是列个长单子——感觉单子上的都有问题；不过，就要有了——巴黎经常被利用啊，它能毁掉一切。）打完字的稿子顺序是：7，14，5，6，9½，6，11，9，8，9，4½，3½，8，10½，14½，38½，10，3，3：177页+5½页+1¼页。

平均字数（5页）：

3页除对话外	209
	266
	335
对话	222
全部对话	171

$$5\overline{)1203}$$

240

所以，算来大约42 000到45 000单词。

此地很不方便：没有我的书房和参考资料等。我7点天亮起床，做早饭，8:30或者之前开始写作——下午1点筋疲力尽。两点钟左右午饭才来——晚饭在8点左右。为保持身体健康睡眠好，至少散步两英里。今早体重170磅（太轻）。不过，吃的已经不是大夫们命令的内容了，有一阵子了。

目前没有秘书。不过，寄了一章给玛丽意中秘书人选试试；明天就知道是否合适了。

我无情地删除了许多东西，以使书稿更强些（不是你看见的那部分，一点都不是）。任何取舍都该由作者本人来做；由他断定该删除的材料。这书稿里有真实，有魔幻，但我们需要更好的一个标题，而不是《巴黎故事》。

尼克·亚当斯的故事拍电影的买卖来了。怕有人对号入座导致不好的后果，我对一些名字做了必要的改动。不过，仍然需要

1. 查尔斯·贝克的书-
2. 芬顿的书
3. P. 扬的书
4. 忘了哪位英国人写的第二本书（约翰·埃德金）[1]

} 我得知道他们做了多少妥协

还需拟标题时用——一册《牛津英国诗歌集》，一册詹姆斯王钦定本《圣经》(字要印得清晰的)。这是最低限度的书单；这里什么也没有。

每天都努力构思，每天都努力写作，但事情很艰难，全都难。古巴的情形——缺少图书馆查资料——等等。我就不烦你了。不过，我想你该愿意听我报告一下情况的。当然希望玛丽送去手稿的那位姑娘能读懂我的手写字。我不得不用小学生体大字修正书稿上的错，誊抄一过。

这一切做来都困难，但还是做了。谢谢查理写来便条，谢谢他写来说 Faut d'abord Durer [第一个必持久] 的信。我当然努力试了。大夫允许我一天喝一升淡红酒，这是酒精摄入量的界限。我那天也没有超过此量的3/5，并且一点烈酒也不喝。我进来住院的时候肝脏很好，从罗切斯特出院的时候也没问题。酒精含量是负数。胆固醇正常。你、麦克斯和查理·斯科瑞布纳都习惯了司各特 [·菲茨杰拉德] 的谎话了——不过，我说的都是实情。

迄今1/3的书到了。

问候你

欧内斯特

(此信藏普林斯顿大学图书馆)

[1] 卡洛斯·贝克著《海明威：作为艺术家的作家》(普林斯顿，1952)；查尔斯·A. 芬顿《欧内斯特·海明威的学徒期：早年》(纽约，1954)；菲利普·扬著《欧内斯特·海明威》(纽约，1952)；约翰·埃德金著《欧内斯特·海明威的艺术》(伦敦，1952)。

致乔治·普林普顿

约 1961 年 2 月 25 日，凯彻姆

亲爱的乔治：

昨晚在一位老朋友家发现那期我写来回答你问题的《巴黎评论》采访（手边没有原始材料）。看见有些东西我想在书稿里引用：早年在巴黎的那些日子的材料，我现在正核对呢——我的意思是说直接从采访篇里引用；不是从所提到的我写给你的另一种形式的文字里引。

我不知道你是什么时候规划发表此访谈的，但注意到此文声明了版权，所以我请你准许我引用。第一批采访搜集齐了，我想，是维京搜集的。

你能否通过《巴黎评论》授权斯科瑞布纳出版社的哈里·布拉格？还是他从《巴黎评论》或者维京直接获取版权？请你给他打电话，电话打到斯科瑞布纳即可。同时写信告诉我情况，地址如上。仰仗你先做这件事了。

希望我给你的《非我辈》写的东西没问题。你了解那些问题的——你是没能用上实际语言（我想那最难了），不得不用脏话，不得不用无裁判之类的题材。我不能等阿奇·莫尔的东西出笼了。那该是奇妙的东西。

我今天寄了本信的复件给哈里·布拉格。希望你一切都好。昨天体重 170 磅。奇怪：如此体重我却壮实了。拼命干活，但暂时未及检核。

祝好

Papa

（此信藏普林斯顿大学图书馆）

致小 L. H. 布拉格

1961 年 2 月 26 日，凯彻姆

亲爱的哈里：

随此信附上另纸作自我解释。乔治·普林普顿的地址是：纽约市东 72 街 541 号。《巴黎评论》的那期是 1958 年春季号，五周年纪念号。其他参考资料有我为他哈泼斯的那本书写的前言或者广告词。此书下月出版。我为他做过许多事情；我们是好朋友，我想他会高兴为我做这件事情的。

自然今早我不确切知道［《巴黎评论》采访］的那些内容我希望引用；不过，不会太长，也许只用前言部分内容或者结尾部分内容。

我得快寄掉这信，回来工作——邮局明天开门。我今天至多有望收到包裹单，会放在邮局信报箱里的。

问候你和查理

欧内斯特

有点担心体重，好像不该这么轻。

海明威

（此信藏普林斯顿大学图书馆）

致帕特里克·海明威

1961 年 3 月 22 日，凯彻姆

最亲爱的老鼠：

匆忙寄此信。没听说［奥托·］布鲁斯有什么消息从基韦斯特写信告诉你详情，也没什么新闻。不过，看到你和黑妮还有孩子美妙的照片了；是巴德·普尔迪[1]带回来的。谢谢你对他们这么好。纽约的交易顺利，但得存 70%应对可能的征税；也许更糟。不过，得先寄这信给你。我努力完成书稿呢。非洲的情况这么烂。我本想立刻做点什么的。

这里的情况也不好，家里的情形也不好。我自己感觉不好，也许寄走这信就好了。[2]

吻

爸爸

大家问候你们。

（此信藏普林斯顿大学图书馆）

[1] 普尔迪是凯彻姆南皮卡搏的一位牧场主；他在非洲打猎了一阵子。

[2] 海明威写此信前后有两次威胁自杀的举动；这就有必要让他回到梅奥诊所；1月底，他被放了出来。他是被人带上飞机从爱达荷州黑利飞到明尼苏达州罗切斯特的，时在4月25日。

致小查尔斯·斯科瑞布纳

1961年6月10日，明尼苏达州罗切斯特

亲爱的查理：

非常感谢你来信并寄来惠林顿写的黄石公园水系指南。这是我读到的黄石钓鱼最佳指南——他说假如往日的旧书还在印刷则此书没必要读是错的——因为地震将一切完全改变。我们当年钓鱼的时候，在泥泞里走一过都能改变一条河流的走向好多年。你朋友的指南好极了。假如你为他印几本，或者能买一本，把账算我头上即可。假如你能寄一本给我的长子杰克——约翰·H. N. 海明威（加利福尼亚州旧金山市梅里尔·林奇、皮尔斯、芬纳和史密斯公司收转），我将十分感谢。他钓鱼的技术高超如赫伯特·惠灵顿。我很早就带他去这些水系钓鱼了。不可能比这个礼物更好：他对这些水系比任何人都有感觉，直到你介绍给我惠灵顿的指南，我才改变这个看法。

我很高兴书卖得好。谢谢你夸奖。你的夸奖让我感觉很好。

希望不久离开此地［圣玛丽医院］，像从前那样身体好。一如既往问候你和琼——永远——

欧内斯特

（此信藏普林斯顿大学图书馆）

致弗里德里克·G.塞维尔斯[1]

1961 年 6 月 15 日，罗切斯特

亲爱的弗瑞茨：

今天早上你父亲的便条我收到了，很难过；听说你在丹佛还要卧床几天，于是草此便条告诉你我希望你早日康复。

罗切斯特很热，很闷。过去的两天还算凉爽，夜里很舒服，睡觉很美妙可人。这里的四野很美。我有机会欣赏密西西比河沿岸美丽的乡野风光。往昔，这里是伐木滚木的地方，有先驱们北去的道路遗迹。我看见河里鲈鱼在跳跃。密西西比河上游我从前不了解，真是美丽的乡野。秋天有许多锦鸡和野鸭。

爱达荷就没有多少锦鸡和野鸭。我希望我俩能早点回到那里，可以一起笑谈我们的住院经历。

问候你，老朋友老掉牙非常想你啊。

Papa（先生）

问候你全家。我感觉很好，对事情总的感觉很快乐。希望不久见到你。

Papa

（此信藏普林斯顿大学图书馆）

[1] 弗瑞茨，太阳谷乔治·塞维尔斯医生夫妇 9 岁的儿子，因滤过性毒菌心脏病住院；1967 年 3 月 11 日亡故。此信影印副本发表于《生活》第 51 期（1961 年 8 月 25 日）第 7 页。

后　记

虽然海明威在大夫们眼里康复得足以从圣玛丽医院出院；可他还是在给弗瑞茨·塞尔维斯写了这信后三周不到用自己的双手结果了自己的生命。6 月 26 日他和妻子玛丽离开了罗切斯特：纽约的老朋友乔治·布朗开着租来的车送他。6 月 30 日星期五，他们抵达凯彻姆。次日早上，布朗驱车带海明威到太阳谷莫利·司各特诊所与乔治·塞维尔斯夫妇会面：他俩带着弗瑞茨来见海明威，那是傍晚的事情。周六晚上，海明威夫妇和乔治·布朗在凯彻姆克里斯蒂娜餐馆用晚餐；餐后早早回去休息。礼拜天早上，海明威 7 点前即起。他打开地下储藏室的锁，从架子上选了一杆双管 Boss 猎枪，带到楼上前廊；装上两筒弹药，把枪把放到地板上，自己的头额抵到枪筒那儿，把整个头盖骨打飞了。这是 1961 年 7 月 2 日的事情。葬礼于 7 月 5 日在凯彻姆举行。海明威死去的消息与此同时在全世界传开。

译后记

译事殊非易事。译者所能做的，无非是以已知应付未知。时或如临深渊，如履薄冰。勇往直前者，无非是因为相信还有需要解译的读者。校译文如扫落叶，枯败沾粘滞涩在所难免。责任在译者。译事需要雅赏，编辑雅赏即如春风化雨了。被赏者因此受到怂恿鼓励。译事也需要一份生活的安宁，海纳的胸怀和泉水般纤细的关照就是保障了。译者因此铭感于心。

后记无非记书之由来，书者的心路。吾道不孤，对传统的纸张文献留有一份情怀者仍然是译者工作的动力。为着这样的一群读者，此书显得意义存在并且不小。我或者因了这本书信集，要做些海明威研究也未可知。翻译的园地面临新的花种移植；文字的审美也面临审美之人的新的感受。旧文献是文物一样稀有的东西。书信在纸面的消失为文物增添了品类。文物如酒，历久弥甘。我们旧式文类或者也为读者提供一个视角和老物件的新鲜感？

此书的意义彰显于兹，余不赘。

潘小松
2015 年 12 月 16 日
宣南小同文馆

ISBN 978-7-5327-7215-5